Der Hof Kaiser Neros im Jahr 62 neuer Zeitrechnung. Einflussreiche Leute versuchen in Rom, die Lage der Provinz Judäa zu verbessern, die durch römische Statthalter ruiniert worden ist. Eine Abordnung von Priestern und Schriftgelehrten aus Jerusalem, die nach Rom reist, um bei Kaiser Nero gegen den römischen Prokurator zu protestieren, muss sich zunächst verstecken. Der Ich-Erzähler, ein junger jüdischer Sekretär im kaiserlichen Hofamt, dem es zukommt, dem verhinderten Künstler Nero bei literarischen Texten zu helfen, soll nun im Auftrag der Jerusalemer Delegation vermitteln. Und verliebt sich dabei. Gleichzeitig sorgen die Anhänger einer jüdischen Sekte, die einem Messias namens Christos huldigt, immer mehr für politische Spannungen …

Chaim Nolls historischer Roman »Der Kitharaspieler« zeigt jüdisches und frühes christliches Leben im antiken Rom, er beleuchtet die für die folgenden Jahrhunderte so entscheidenden Jahre am römischen Kaiserhof, an dem Tage und Nächte mit Theaterspiel, Liebeshändeln und politischen Intrigen vergingen, in deren Trubel und Lärm jedoch nur wenige ahnten, was wirklich vor sich ging.

Chaim Noll wurde 1954 in Ostberlin geboren. Sein Vater ist der Schriftsteller Dieter Noll. Er verweigerte den Wehrdienst in der DDR. 1983 reiste er nach Westberlin aus, 1991 verließ er mit seiner Familie Deutschland und lebte in Rom. Seit 1995 lebt er in Israel. Veröffentlichungen, u. a.: »Der Abschied« (1985), »Unheimliche Tage« (1987), »Berliner Scharade« (1987), »Der goldene Löffel« (1989), »Nachtgedanken über Deutschland« (1992), »Taube und Stern. Roma Hebraica – Eine Spurensuche« (1994), »Die Wüste lächelt« (2001), »Meine Sprache wohnt woanders. Gedanken zu Deutschland und Israel« (mit Lea Fleischmann, 2006).

Chaim Noll

DER KITHARASPIELER

Roman

VERBRECHER VERLAG

Erste Auflage
Verbrecher Verlag Berlin 2008
www.verbrecherei.de

Einbandgestaltung: Sarah Lamparter, Büro Otto Sauhaus
Satz: Christian Walter
Druck: Dressler, Berlin
ISBN 978-3-640426-11-6

Printed in Germany

Der Verlag dankt Heike Joswig und Konrad Krämer

Um diese Zeit errichtete König Agrippa ein weitläufiges Gebäude auf der ehemaligen Königsburg der Hasmonäer nahe bei der Ringschule, und da das Gebäude in bedeutender Höhe lag, genoss man von hier einen reizenden Ausblick auf die Stadt. Daran hatte der König sein Vergnügen. Wenn er auf einem Polster lag, konnte er alles übersehen, was im Tempel vor sich ging. Als dies die Grossen von Jerusalem gewahrten, wurden sie sehr unwillig, weil es ungebräuchlich und ungesetzlich war, die Vorgänge im Tempel, besonders während der heiligen Handlungen, zu beobachten. Daher liessen sie oberhalb der Halle, welche im Innern des Heiligtums gen Westen lag, eine hohe Mauer aufführen, die nicht nur dem Ruheplatz des Königs jeden Ausblick versperrte, sondern auch der Westhalle ausserhalb des Tempels, von wo aus die Römer an Festtagen die Vorgänge im Tempel überwachen liessen.

Darüber geriet nicht nur Agrippa, sondern in noch höherem Grade der Landpfleger Festus in Erregung, und letzterer gab Befehl, die Mauer niederzureissen. Die Juden jedoch baten um Genehmigung, in dieser Angelegenheit Abgesandte an Nero schicken zu dürfen, weil sie lieber sterben als einen Teil ihres Tempels zerstört sehen wollten.

Da Festus dies genehmigte, bestimmten sie zehn Vornehme aus ihrer Mitte sowie den Hohepriester Ishmael und den Tempelschatzmeister Hylkia als Abordnung an den Kaiser. Nero erteilte ihnen Audienz und verzieh ihnen nicht nur das Geschehene, sondern gestattete auch, dass das Bauwerk blieb, wie es war. Er tat es seiner Gemahlin Poppäa zu Gefallen, die eine Gottesfürchtige war und sich deshalb für die Juden einsetzte.

JOSEPHUS FLAVIUS, ANTIQUITATES JUDAICAE, 20. BUCH, 8, 11

Erschrocken ist unsere Seele von der Fülle unserer Leiden. Vergiss unser nicht, erhebe und hilf uns, bei dir suchen wir Zuflucht. Unser Vater, unser König, wenn du in uns keine Barmherzigkeit und guten Werke findest, so halte uns zugute deinen Bund mit unseren Vätern …

Unser Herr Claudius, der göttliche Caesar und Vater des Vaterlands, regierte dreizehn Jahre zum Segen Roms und der Völker. Es war eine sanfte Zeit, verglichen mit kommenden, und ich selbst, der Schreiber dieser Geschichte, von Hoffnung auf das Leben erfüllt. Ich wuchs am Kaiserhof auf, als Sohn einer Freigelassenen aus dem Land Judäa, das von römischen Legionen erobert war wie viele Länder der Welt, aber sein eigenes Staatswesen hatte unter der Führung des Königs Herodes Agrippa. Meine Mutter – ihr Andenken zum Segen – liess mich weitgehend im Unklaren über die Umstände ihrer Gefangenschaft und das Schicksal ihres Volkes, der Neigung dieses Standes folgend, »darüber« möglichst nicht zu sprechen. Bei meiner Geburt war sie bereits freigelassen und römische Bürgerin. Ich bin daher, was sich viele Menschen im Reich erträumen: geborener civis Romanus.

Kaiser Claudius hatte Zeit seines Lebens Trost in den Büchern gefunden. Er legte Wert darauf, dass alle Kinder an seinem Hof zur Schule gingen, auch die der fremdländischen Diener und Freigelassenen. Er war selbst als Knabe von ausgezeichneten Lehrern unterwiesen worden, vor allem von dem berühmten Grammatiker Marcus Verrius Flaccus, den des Kaisers Grossvater, der grosse Augustus Octavian, mitsamt seiner Schule, mit Unterlehrern, Präzeptoren und Alumnen, in sein Haus genommen hatte, auf den Hügel Palatium, den mittleren der sieben Hügel Roms.

Dieser Hügel, ganz mit Palästen, langgestreckten Säulenhallen und lauschigen Gärten bedeckt, war zur Zeit meiner Kindkeit ein ruhiger Ort. Zwar drang von Norden, aus den hangabwärts liegenden Foren und Tempeln, der Lärm niemals endender Geschäftigkeit, erstreckte sich südwestlich im Tal Marrana die grosse Rennbahn, der Circus Maximus, von wo manchen Tag das Gebrüll der Zehntausende herüberwehte, doch oben auf dem Palatium, dem jäh sich erhebenden Kegel aus graubraunem Tuff, ging es still und gemessen zu, in tausendfach geübtem Ritus und Regelwerk. Hier, in der Vorhalle eines der vielen Paläste, sass ich jeden Morgen zu Füssen meiner Lehrer mit Schreibtafel und Griffel in der Schar der Lockenköpfigen, der Söhne von Hofbeamten, Freigelassenen und kaiserlichen Sklaven. Meine Mutter sorgte dafür, dass ich der verlorenen Heimat verbunden blieb, indem sie mir unsere Sprachen erhielt. Während ich in der Schule Latein und Griechisch lernte, sprach sie zu Hause Aramäisch mit mir und liess mich im Hebräischen von einem gelehrten Landsmann unterweisen.

Auch die kaiserlichen Prinzen, die ich manchmal von ferne sah, erhielten gründlichen Unterricht, der Kaisersohn Britannicus und der junge Nero, dessen Mutter Agrippina der Kaiser in zweiter Ehe geheiratet hatte. Einige junge Leute waren um sie, als Ansporn beim Lernen und Gesellschaft bei Tafel, darunter Julius Agrippa, der Sohn des Königs von Judäa, und der vielgerühmte Titus, der Erstgeborene des Konsularen Vespasian. Wie wir alle übten sich die Prinzen im Griechischen und Lateinischen, in Rhetorik, Grammatik, Philosophie und Poetik, in Naturkunde, Musik und historischen Studien, und verbrachten die Stunden am Nachmittag, bevor sie ins Bad gingen, mit Waffenübungen und Gymnastik. Im kaiserlichen Hippodrom, der zugleich Park und Lustort war, bildete man sie im Umgang mit Pferden aus, und wir Kinder der Hofleute, auf den umliegenden Mauern sitzend, sahen zu und bewunderten ihre Reitkünste.

Meine Mutter fand nicht viel Zeit, sich um mich zu kümmern. Sie war fast immer im Dienst, arbeitete sich langsam empor, wurde Kammerfrau der Kaiserin Agrippina, einer schwierigen, reizbaren Dame. Mein Vater war vor meiner Geburt gestorben, und da meine Mutter nicht wieder heiratete, blieb ich ohne Geschwister. Ich wäre einsam gewesen, hätte es nicht am Hof viele Kinder in meiner Lage gegeben, Kinder von Hofleuten aller Völker und Farben, kleine Griechen, Alexandriner, Syrer, Kappadokier, Gallier, Numidier. Unsere Eltern taten alles, um bald freigelassen zu werden und, war dies erreicht, eine sichere Position am Hof zu erlangen. Um diese kreiste alles Denken und Sehnen, für uns blieb nicht viel Aufmerksamkeit. Buntgemischt sassen wir morgens in der Schule, über die Wachstafeln gebeugt, vom Stock des Pädagogen bedroht, dann verlief sich die wimmelnde Schar in den weitläufigen Anlagen des Kaiserhügels, in leeren Säulenhallen und wasserplätschernden Gärten.

Wohin das Auge blickte, auf dem Palatium und überall in Rom, umgaben uns steinerne Säulen. Die Säulen waren wie ein Wald, sie standen und schwiegen in Reihen, Arkaden, zu Rondellen geordnet, ragten empor und warfen Schatten im Sonnenlicht, scharfgezeichnete, kühle Schatten, wie sie selbst kühl und geradlinig waren, in allen Farben des Marmors, allen Tönen des Travertin. Allerorten erhoben sie sich, stabil und schlank, aufstrebend, Stützen des Bestehenden, Sinnbilder des Sicheren. Da sie steinern waren, massiv und undurchdringlich, wirkte das Licht zwischen ihren überall liegenden Schatten umso durchsichtiger, stieg die Wärme dort umso heftiger auf, wie aus einem Rost über ewig brennendem Feuer. Beides ging von ihrem Anblick aus, so dass sie beides waren, steinschwer und licht, streng und schmeichelnd, Obdach und Schrecken: das Raster des Reiches, das sie trugen. Wo diese Säulen standen, wohin sie reichten, von Africa bis Armenien, Ägypten bis Gallien, Hispanien bis Judäa, bis dahin reichte Rom. Bis dahin erstreckte sich die Welt, in deren Mittelpunkt die Stadt der Sieben Hügel lag, und in ihrem Zentrum der Hügel Palatium.

Im Mittelpunkt der Welt zu leben – wer träumte nicht davon? Von den Herrlichkeiten der Stadt Rom wusste man in den entlegensten Gegenden, an den fernsten Gestaden. Wirklich sah ich als Kind viel Glanz und aufregendes Geschehen, schöne Frauen in perlenbestickten Sänften, Offiziere auf Pferden, Scharen von Männern in weisser Toga, hohe Beamte mit ihren Ornamenten, Militärparaden unter Trompetengeschmetter und Schellenklang. Doch fand auf dem Palatium, dem Zentrum all dieser Geschäftigkeit, kaum jemand Zeit, darauf achtzugeben. Viele meiner Mitschüler mussten nachmittags arbeiten, ihren Eltern helfen, Botengänge erledigen, auf kleinere Geschwister aufpassen. Die Mädchen wurden in den Gemächern gehalten und mit Hausarbeiten beschäftigt, mit Wollespinnen, Backen, Waschen. Nur die Söhne der Bessergestellten vergnügten sich mit allerlei Spielen, am liebsten solchen auf Gewinn und Verlust, mit Würfeln, Knöcheln oder Losen, bei denen es um metallene Knöpfe und gefangene Singvögel, später um Geld und Geldeswert ging.

Hier erfuhr ich zum ersten Mal, dass unser Volk besondere Gesetze hat. Denn meine Mutter, als sie mich einst mit anderen Jungen bei einem Glücksspiel traf, packte mich am Arm, schleppte mich in unsere Kammer und schalt mich heftig aus. Sie, die sonst Nachsichtige, verbot mir unter Androhung schrecklicher Folgen in dieser und der kommenden Welt, jemals wieder um Geld zu spielen. Und da ich nach ihrer Meinung das Alter erreicht hatte, mich den Studien zu widmen, gab sie mich nachmittags zu einem alten Judäer, einem früheren Schulmeister. Dieser Landsmann lebte in einem schlechten Viertel der Stadt und lief jeden Tag den weiten Weg zum Palatium, stieg mit Mühe die in Stein gehauene Treppe hinauf, die vom Forum Boarium zum Kaiserhügel führt, um mich im Hebräischen zu unterrichten und in die Bücher unseres Volkes einzuführen. Ich weiss nicht, ob er meiner Mutter auf diese Weise vergalt, dass sie seine und seiner Kinder Freilassung aus dem Sklavenstand erwirkt hatte, oder ob sie ihn für die Stunden bezahlte. Kaum je sah ich Geld in ihren Händen, wir erhielten, was wir zum Leben brauchten, vom Hofamt *a rationibus:* einfache, reichliche Kost, haltbare Kleidung, Lampenöl, Seife, im Winter Torf oder Holzkohle für das Kohlebecken. Auch der Schulbesuch am Morgen war kostenlos und der Besuch der Bäder. Ich lernte ohne grosse Mühe, unter den beständigen Ermahnungen meiner Mutter, die mir, je mehr ich wüsste, ein umso besseres Leben verhiess. Ein *togatus* sollte ich werden, ein Mann der Toga, dem Zeichen der höheren Stände und gelehrten Berufe, ein Beamter oder Klient eines grossen Herrn, ein Schreiber, Redner oder Advokat.

Der Gründer unserer Schule, der Gammatiker Marcius Verrius Flaccus, war nicht nur für seine Gelehrsamkeit berühmt, sondern auch für seine Methode. Er hatte Wettbewerbe unter den Schülern veranstaltet, um den Ehrgeiz in ihren jugendlichen Seelen anzustacheln, die lebenslange »Sucht nach Ehre«, wie diese Begierde in Rom genannt wird, *honorum cupiditas*. Besonders gelungene Aufsätze, Poeme und Übungsreden belohnte man mit Preisen, meist mit alten oder seltenen Büchern, welche Sitte seine Nachfolger beibehielten. Ausserdem wurden die preisgekrönten Texte öffentlich verlesen, sogar den Prinzen zu Gehör gebracht, und wem diese Ehre widerfuhr, um dessen Aussichten am Hof stand es gut. Meine Mutter war überglücklich, als ich im sechzehnten Lebensjahr für eine griechische Ode den ersten Preis erhielt, für ein leichtfertiges Stück, das dem jungen Nero, dem man daraus vortrug, Lachtränen entlockt haben soll. Nero war eben, nach Kaiser Claudius' überraschendem Ableben, zum Thron gelangt. Wegen seiner Minderjährigkeit regierte in Wahrheit die Kaiserin-Mutter Agrippina. Diese liess sich herab, meine Mutter nach meinen Fortschritten in den Studien zu fragen und ihr ein Angebot zu machen: sie, die Kaiserin, werde meine weitere Ausbildung bezahlen, wenn ich mich dafür verpflichtete, lebenslang im Dienst ihres Sohnes zu bleiben.

Einen solchen Gnadenerweis auszuschlagen war undenkbar. Jedenfalls für meine Mutter, der das Amt eines kaiserlichen Sekretärs oder *actuarius*, in Nähe des göttlichen Herrschers, jede andere Laufbahn aufwog. Sie war überzeugt, das Beste für mich zu tun. So lange ich denken konnte, litt sie Angst um meine Zukunft. Was, wenn sie plötzlich in die andere Welt gerufen wurde und mich allein in Rom zurückliess? Frei wäre ich, weiter nichts. Als Advokat oder Gerichtsredner würde ich es wegen Mangels an Verbindungen nicht weit bringen, einer guten Heirat war mein Stand im Wege, ich blieb der Sohn einer Freigelassenen, die noch als kaiserliche Sklavin begonnen hatte. Und obwohl meine Mutter mir damals anvertraute, dass sie mittlerweile ein Gehalt erhielt und das meiste davon für mich zurücklegte, würde sie mir nicht genug hinterlassen können, um mir das Leben eines freien Mannes zu ermöglichen.

Es gab nicht viel zu reden, ich wurde frisiert, gesalbt und in eine neue Toga gehüllt, meine Mutter brachte mich eines Nachmittags in den Palast der Kaiserin, einer mageren, grell geschminkten Frau, die mich kurz und durchdringend ansah, mit einem seltsam stechenden Blick. Von da an bildete man mich im Hofamt *a studiis* zum Schreiber aus, in mehreren Sprachen und kalligraphischen Künsten, in Geheimschrift und Tironischen Noten, wie man die Kürzel der Schnellschreiber nennt. Kundige Lehrer unterwiesen mich in griechischer und römischer Literatur, lehrten mich alle Arten Poesie, zergliederten Vermass und Metaphorik mit mir, übten mich im Vorlesen, erweckten meine Fertigkeit, selbst Verse zu setzen und Texte zu verfassen, zu allen erdenklichen Themen, in jedem *ductus* und jedem beliebigem Ton. Ich liess dafür fast alle anderen Studien beiseite, nur die hebräischen nicht, da mich eine tiefe Liebe zu dieser Sprache erfasst hatte. Auch meinen gymnastischen Übungen blieb ich treu, eine Stunde täglich, bevor ich ins Bad ging, weil das Sitzen, Lesen und Schreiben nach Ausgleich verlangte.

Meist sass ich mit Schriftrollen, Pergamenten und Wachstafeln am Tisch, ohne des Verrinnens der Zeit gewahr zu werden. Die Beschäftigung mit Schriftlichem ist mein Leben geworden, nur am *shabat* und an den Feiertagen lasse ich das Schreibrohr ruhen. Doch auch an diesen Tagen versenke ich mich in den Zauber der Schriftzeichen, folge ihrem geheimnisvollen Ruf in ein Früher und Fern-von-hier. Im sanften Schimmer aufgerollter Bücher, im geheimnisvollen Ornament der Lettern findet meine Seele Trost und Heiterkeit. Selbst in ungewissen Zeiten, sogar auf Flucht und eiliger Reise, führe ich Geschriebenes mit mir, Papyrus-Rollen, pergamentene Codices, Manuskripte. Die Mosaischen Bücher sind darunter, manches Aramäische, Griechische und Zeitgenössische, auch heute Verbotenes wie Kaiser Neros poetische Werke.

Sieben Jahre lebte ich in der näheren Umgebung dieses Kaisers, als Sekretär und Berater *a studiis.* Alles, was ich hier niederschreibe, geschah während meiner Jugend. Heute scheint mir kaum vorstellbar, dass meine ungewappneten Sinne diesem Ansturm standgehalten haben, dem Grauen und Glanz dieses Hofes, seinem abgründigen Dunkel und blendenden Licht.

Der Frevel geht nicht aus dem Staub hervor, und das Unheil entspringt nicht der Erde, doch der Mensch ist geboren, Unheil zu stiften, wie Funkenflug hoch empor …

Meine Mutter, obwohl sie als Kammerfrau der Kaiserin Agrippina im Zentrum der Intrigen lebte, versuchte Zeit ihres Lebens, sich allem Verfänglichen zu entziehen. Sie hätte viele auf diese Weise zu Fall kommen sehen, vertraute sie mir an, bei einer der seltenen Gelegenheiten, da wir über derlei sprachen. An einem Hof könne nur überleben, wer innerlich unbeteiligt sei. Keine Leidenschaften, sagte sie in beschwörendem Ton, keine Begierde, keine Eifersucht, kein Neid. Sie sei noch am Leben und ich mit ihr, weil sie über die Fähigkeit verfüge, anderen Artigkeiten zu sagen, Komplimente zu machen, in den Gesichtern von Höhergestellten zu lesen, was zu ihnen zu sagen und – wichtiger noch – zu verschweigen tunlich war, kurz über das, was man gesellschaftlichen Schliff nennt, *rerum humanorum peritus.* Doch war es in ihrem Fall weniger Folie und Falschheit, eher Einsicht in das Unvermeidliche. Wenn sie schon alle Tage mit fremden, nicht selten gefährlichen Leuten zusammensein musste, sollten diese wenigstens guter Laune sein.

Um Menschen zu gewinnen, bedürfe es kaum mehr, sagte sie, man müsse verstehen, sie für ein paar Augenblicke in höhere Sphären zu entrücken, aus den Niederungen, in denen die meisten ihr kurzes irdisches Dasein zubringen, sei es, weil sie wirklich in trübsinnigen Umständen leben, sei es, weil sie nie gelernt haben, durch Beschäftigung mit dem Spirituellen zu innerer Heiterkeit zu gelangen. Ich fand diesen Gedanken einleuchtend und sollte bald selbst von ihm Gebrauch machen, anlässlich einer Begegnung mit dem jungen Kaiser. Man hatte mich, eben volljährig, in Eile zum Ritter erhoben, auf Wunsch der Kaiserin-Mutter, die sich von mir mässigenden Einfluss auf ihren Sohn erhoffte, Ablenkung von den Tänzerinnen und Trinkkumpanen, mit denen er seine Nächte verbrachte. Am Morgen nach der Erhöhung erschien ich nach üblicher Sitte in der kaiserlichen Morgenaudienz, um dem Kaiser Roms und der Welt meinen Dank abzustatten.

Der göttliche Herrscher war schwieriger Laune wie meist um diese Tageszeit. Trübe Gedanken standen ihm auf der Stirn geschrieben, seine etwas vorstehenden Augen, glanzlos und gerötet zwischen geschwollenen Lidern, betrachteten mich mit Verdruss. Wir waren nicht allein, zwei Kammerherren des Hofamtes *a cubiculo* hielten sich im Hintergrund, helle Schatten in den von Morgendämmer erfüllten Winkeln des Gemachs, scheinbar unbeteiligt, aber lauschend und acht gebend, bereit, auf das geringste Zeichen kaiserlichen Unmuts die Audienz zu beenden. Nero schien sich nicht schlüssig zu sein, ob es lohnte, mich als Person zur Kenntnis zu nehmen. Mit rauher Stimme äusserte er ein paar Worte des Inhalts, dass meine Mutter eine fremdländische Freigelassene und als Sklavin ins kaiserliche Haus gekommen sei, weshalb meine Erhöhung in den zweiten Stand einen unerhörten Vorgang darstelle.

Er kannte meine Mutter – falls überhaupt – von flüchtiger Wahrnehmung im Gefolge der Kaiserin Agrippina, wollte auch weiter nichts von ihr wissen noch gross mit mir reden, da er von der Kaiserin-Mutter empfohlene Personen grundsätzlich als Belästigung empfand. Offenbar waren ihm Gerüchte zu Ohren gekommen, wonach es für unklar galt, wer mein Vater sei. »Du siehst deiner Mutter nicht ähnlich«, behauptete er und betrachtete mich durch den geschliffenen Beryll, der ihm als Sehhilfe diente. »Helles Haar, helle Augen … Eher selten bei einem Judäer …«

Ich setzte ihm auseinander – in vorsichtigen Worten, da es immerhin eine Art Widerspruch bedeutete –, dass nicht wenige Juden helles Haar hätten, auch helle Augen, und dass David, unser grosser König, bekanntermassen rotblond und blauäugig gewesen sei. Er hörte ungnädig zu, die verschwollenen Lider halbgeschlossen, doch der Name David liess ihn aufmerken und erweckte sein Interesse, vielleicht, weil ihm der Schauspieler Halityrus von diesem König erzählt hatte, der wie er Harfenspieler und Poet gewesen war, ein Vorgänger in der seltenen Rolle eines Künstlers auf dem Herrscherthron. Er verlor kein weiteres Wort über meine Herkunft, sondern stellte mir Fragen nach den Gesängen des verewigten Königs, wodurch die Zeit der Audienz rasch verging. Und schon wenige Tage später sandte er erneut nach mir, um sich von König

David erzählen zu lassen, von seinem Saitenspiel, seinen Frauen und unsterblichen Poemen.

Der junge Kaiser liebte Gesang und Theaterspiel mit einer leidenschaftlichen Hingabe wie andere ihre Heimat, ihre Familie, ihren häuslichen Herd. Diese Liebe war unüberwindlich, zuweilen wie ein Fieber. Geschehnisse wurden für ihn erst wirklich, wenn sie spektakulär und öffentlich waren, in ihrer Form überhöht wie auf dem Theater. Was nicht vor einem Publikum geschah, hielt er für ungeschehen, an unsichtbare Zeugen – etwa an Götter – glaubte er nicht. Nach dem frühen Tod seines Vaters und der Verbannung seiner Mutter wurde er im Haus seiner Tante Domitia aufgezogen, der Witwe des Cornelius Sulla, einer ängstlichen, absonderlichen Frau. Der Knabe Nero war bettelarm, da ihn sein Onkel, der damalige Kaiser Caligula, aller Existenzmittel beraubt hatte, er verbrachte seine Kindheit in der Gesellschaft von Ballettänzern, Haarkünstlern und anderen von seiner Tante launisch zusammengekauften Sklaven. An ihnen hing er, von ihnen lernte er, wie man sich in einer feindlichen Welt behauptet. Einige von ihnen gewann er so lieb, dass er sie später nicht nur freiliess, sondern, wie den Kitharaspieler Menekrates, den Pantomimen Paris oder den Schauspieler Halityrus, zu mächtigen Männern an seinem Hofe machte.

Nero träumte nicht wie Alexander davon, Königreiche zu erobern, sondern dass in den Gassen Roms seine Lieder nachgepfiffen würden wie die des Kitharöden Menekrates. Er liess sich von den Sklaven seiner Tante im Singen und im Spiel verschiedener Instrumente unterrichten. Sein Lehrer Seneca senkte ihm die Sucht nach Ruhm in die Seele, seinerseits ein eitler, gefallsüchtiger Mann, obwohl er in seinen Schriften Abgeklärtheit und Askese empfahl. Nero, mit seinem angeborenen Gespür für Theaterspiel, sah in Senecas Philosophentum vor allem den Schauwert, ohne ein Wort davon zu glauben. Es gab auch sonst kaum jemanden am Hof, der Seneca glaubte. Wäre er wirklich stoischer Philosoph gewesen, hätte er dann die geistige Anteilnahme erübrigt, ein Vermögen von dreihundert Millionen zusammenzuraffen? Hätte er Geld auf Wucherzinsen verliehen? Hätte er der Freund des Gardepräfekten Afranius Burrus werden können und der Vertraute der Kaiserin-Mutter Agrippina?

Wieder sehe ich, in eben trocknender Tinte, den Namen Agrippina vor mir, den Namen der Urenkelin des grossen Augustus, Schwester des Caligula, Gattin des Claudius, schliesslich, als sei all dies nicht genug, der Mutter Neros. Ich ahne, dass ich dieser aussergewöhnlichen Frau einige Zeilen widmen muss, trotz berechtigter Besorgnis, damit guten Vorsätzen untreu zu werden und diese Blätter schon zu Beginn mit Geschichten von Bluttat und Verbrechen zu füllen. Sie war damals, als sie den Kaisererben Britannicus vergiften liess und ihrem siebzehnjährigen Sohn Nero zum Thron verhalf, eine Frau um die Vierzig, beunruhigt von unaussprechlichen Erinnerungen und düsteren Vorahnungen. Sie verbarg ihr verletzliches, gehetztes Wesen hinter einer Wehr aus Schminke, Schmuck und hart knisternden, metallisch glänzenden Stoffen. Ihre Rede war hochfahrend und spottgeladen. Niemals hätte sie eine Schwäche eingestanden. Seneca wusste auch dies für sich nutzen, indem er sich den Anschein gab, er glaube tief und innig an ihre statuenhafte Festigkeit.

Woher aber sollte diese stammen? Ihr Bruder Caligula hatte mit ihr und seinen anderen Schwestern in blutschänderischer Beziehung gelebt und sich nicht einmal die Mühe gemacht, es zu verbergen. Wie Konkubinen mussten die Mädchen Tag und Nacht um ihn sein, ihm folgen, bei Tische neben ihm liegen, während er offiziell einer anderen angetraut war. Obwohl sich die Prinzessinnen einzureden versuchten, ihr Bruder sei durch seine Vergöttlichung zu solchem Verhalten berechtigt, blieb im Herzen der Agrippina, der Drusilla und Livilla lebenslang das Gefühl tiefer Demütigung und Schande. Aus Furcht vor Caligula wagte niemand in Rom ein Wort der Missbilligung. Doch bedürfen Menschen der Worte, um sich mitzuteilen? Die allgemeine Verachtung übertrug sich schweigend, in Schwingungen, unterdrückten Äusserungen, niedergeschlagenen Augen. Das Zusammenleben der kaiserlichen Geschwister am Hof war in aller Bewusstsein, viele sahen darin ein böses Omen.

Keins dieser Mädchen ist eines natürlichen Todes gestorben. Drusilla war die erste, überraschend mit dreiundzwanzig, nachdem sie zweimal verheiratet worden war, jedoch weiterhin von ihrem Bruder wie eine Nebenfrau gehalten wurde. Ihr zweiter Mann Aemilius

Lepidus behauptete, sie hätte sich aus Scham vergiftet, schliesslich war sie eine Urenkelin des grossen Augustus. Gemeinsam mit ihren Schwestern Livilla und Agrippina plante Aemilius Lepidus einen Anschlag auf das Leben des Kaisers, der wegen zu vieler Mitwisser misslang. Die Verschwörer, allesamt Söhne der ersten Familien, wurden grausam gefoltert und hingerichtet, die kaiserlichen Schwestern nach einem ganz Rom erschütternden öffentlichen Gerichtsverfahren auf eine kahle Felseninsel verbannt, von wo sie erst der nächste Herrscher, ihr Onkel Claudius, zurückholen liess. Der Prozess war einer der schändlichsten in der Geschichte Roms. Die Kindesmorde, blutschänderischen Beziehungen, Verrätereien innerhalb der julischen Familie wurden von dem rachebesessenen Caligula in aller Öffentlichkeit enthüllt, vertrauliche Briefe lang und breit vorgelesen, Gemeinheiten jeder Art vom Forum herab ausgeschrien, ein Vorgang, der zur allgemeinen Verwilderung beitrug und die julische Familie entehrte.

Dieses kaiserliche Haus war eins der unglücklichsten in der Welt: Geschwister, die einander hassten und töteten, Eltern, die vor ihrem eigenen Nachwuchs zitterten, Kinder, die in den giftigen Miasmen der Eifersucht und Verstellung aufwuchsen, umgeben von Schmeichelei und heimlichen Todeswünschen. Kein Wort, kein Blick, dem sie trauen durften, kein offenes Gespräch, keine einfache Liebesbezeigung, nur die dünne Luft der Einsamkeit in weiten Palasthallen, der schneidende Atem der Angst. In dieser Welt wuchs Nero heran, dessen Mutter verbannt und dessen Vater plötzlich gestorben war, ein phatasievolles, einsames Kind, enterbt und in Armut gestossen von seinem Onkel Caligula.

Nach Caligulas Ermordung – in einem späteren, erfolgreicheren Komplott – wurden die Schwestern Agrippina und Livilla von Claudius, dem neuen Kaiser, aus der Verbannung befreit. Die Prinzessinnen kehrten an den Hof zurück, wo Agrippina als erstes mitansehen musste, wie ihre Schwester Livilla, die Gefährtin ihrer einsamen Jahre auf der Felseninsel, auf Begehren der Kaiserin Messalina getötet wurde. Kaiser Claudius war ein grüblerisch veranlagter Mensch, der die Jahre bis zu seiner Thronbesteigung in Todesfurcht verbracht hatte, übervorsichtig, zum Stottern neigend, zuweilen vor Angst motorisch gestört und gehbehindert, seinen Frauen und Freigelassenen wehrlos ausgeliefert. Für Agrippina muss der Eindruck entstanden sein, ihr Leben sei ein niemals endender Alptraum. Kein Mensch könnte sagen, wie es ihr gelang, die Jahre bis zum Ende der Messalina zu überstehen. Zum Zeitpunkt ihrer Verbannung jungverheiratet und junge Mutter, überlebte sie ihren ersten Mann Domitius Ahenobarbus, den Vater Neros, später einen zweiten, entging den Anschlägen der Kaiserin, den Ränken des mächtigen Freigelassenen Narcissus und wurde schliesslich Claudius', ihres alten Onkels, letzte Gemahlin. Es schien ihr nicht viel auszumachen, dass er der Schuldige am Tod ihrer Schwester war. Seit ihr Bruder Caligula sie öffentlich missbraucht hatte, hielt sie Männer ohnehin für Untiere.

Es war möglich, sich diese Frau geneigt zu machen, indem man vorgab, Männer nicht zu mögen, das Geschlecht als solches, alles Maskuline schlechthin. Scherze, die in diese Richtung gingen, waren das einzige, worüber ich sie je lachen sah. Unvermittelt, fast erschreckend, legte sich ihr starres Gesicht in Falten der Heiterkeit, ihre Augen öffneten sich weit und begannen zu strahlen, ihre Lippen lösten sich voneinander und abgerissene, stossweise Laute entrangen sich ihrer Brust, wie flaches Husten oder Grollen. Sie änderte dabei ihre Haltung nicht, sass aufrecht wie immer, den Kopf hoch erhoben, und wenn das Lachen verklungen war, kehrte sie zu ihrer üblichen Redeweise zurück, zu ihren harten, stark akzentuierten Sätzen voller Ironie und kränkender Anspielungen. Sie hatte sich vorgestellt, ihren Sohn zu beherrschen und selbst Herrin des Weltreichs zu sein, dazu berechtigt durch Geburt und Vorsehung, *nativus, sanctus.* Sie tötete rasch, mit Einfallsreichtum und Präzision, meist durch die Hand ihrer gallischen Giftmischerin. Unter den von ihr Überwundenen waren erfahrene Intriganten wie der Freigelassene Narcissus, Vorsteher des Hofamtes *ab epistulis*, dem es zuvor gelungen war, die Kaiserin Messalina zu stürzen.

Je sanfter ein Mann, umso eher sah die Kaiserin darüber hinweg, dass er dem verhassten Geschlecht angehörte. Sie umgab sich mit bartlosen Jünglingen und asketischen Greisen, bei denen die Insignen des Männlichen noch nicht voll ausgeprägt oder wieder verblasst waren. Zu den Wenigen, die sie in ihrer Nähe duldete, zählten Neros Gefährten der Jahre unter Caligula – als sie selbst, auf eine ferne Felseninsel verbannt, ihrem Sohn nicht hatte beistehen können –, die jungen Freigelassenen ihrer Schwägerin Domitia. Namentlich mit Halityrus pflegte sie zu plaudern, dem Mimen und Tänzer, einem in Rom aufgewachsenen Sohn kleinasiatischer Juden. Halityrus war ein Wunder an Behendigkeit und Vitalität, ein auffallend schönes Kind, glatthäutig, glutäugig, mitreissend in seiner immerwachen Inspiration. Tante Domitia hatte ihn bei berühmten Lehrern zum Pantomimen ausbilden lassen, wodurch sein wildes Wesen gebändigt und in vollkommene Körperbeherrschung verwandelt worden war, in elegante Mimik, sprechendes Augenspiel und andere von dieser Kunstgattung gepflogene Formen der Selbstdarstellung.

Die Kaiserin-Mutter unterhielt sich gern mit ihm. Sie liess sich von ihm vortanzen und vorspielen und vertraute ihm ihrerseits ihre Beobachtungen an, die meist der Hässlichkeit und Verächtlichkeit ihrer Mitmenschen galten. Ob er schon bemerkt hätte, fragte sie ihn etwa, wie schmutzig Männer wären. »Ihre Augen funkelten« erzählte mir der Schauspieler Jahre später, »als sie das Wort aussprach: *squalidus*. Allein wie sie essen, wie sie sich das Maul vollstopfen und schlingen, wie ihre Kinnbacken malmen, dass die Knochen knacken ...« Alles, was Männer in die Hand nahmen, soll sie geäussert haben, ende in Krieg, Chaos und Trunkenheit. Sie war nie eine schöne Frau gewesen, von eher derber Statur, mit vortretendem Kinn und starkem Hals, Merkmalen, die Nero von ihr erbte, und die ihm, einem Mann, weit besser zu Gesicht standen. Zweimal hatte man sie verheiratet, das erste Mal im Alter von dreizehn Jahren, auch die dritte Ehe mit ihrem greisen Onkel Claudius war keine Liebesheirat. Jüngere Liebhaber wie der spätere Gardepräfekt Tigellinus fanden sich jederzeit, aber aus durchsichtigen Gründen. Sie hing vermutlich nur an einem Menschen in dieser Welt, an ihrem Sohn Nero. Dass sie ausgerechnet durch ihn sterben sollte, war die eigentliche Tragödie ihres Lebens.

Der Umstand, dass der Jude Halityrus das Privileg ihrer Nähe genoss, war für seine Landsleute am Kaiserhof von grosser Bedeutung.

Denn sonst war die Kaiserin-Mutter den judäischen Hofleuten abgeneigt und favorisierte offen die griechische Partei. Diese beiden Gruppierungen standen sich an Claudius' Hof gegenüber, beide in dem Bemühen, für ihre unterworfenen Länder Erleichterung zu erwirken, dabei in geheimer, zunehmend erbitterter Rivalität. Claudius, der furchtsame Onkel des schrecklichen Caligula, verdankte seine Kaiserwürde dem entschlossenen Eingreifen des judäischen Königs Herodes Agrippa, seines Jugendfreundes, der sich eben in Rom befunden und die Prätorianergarde auf des angstvoll Wartenden Seite gezogen hatte, wodurch König Herodes selbst, seine Kinder, Verwandten und Untertanen, aber auch die Juden Roms zu Einfluss am Kaiserhof gelangten. Aus dem eroberten Griechenland stammten dafür die Freigelassenen und Prokuratoren der Hofämter, Narcissus, Pallas, Polybius oder der Eunuch Posides. Diese hatten für ihren unsichtbaren Verbund, ihre durch mehrere Generationen gewachsene Struktur von Beihilfe und Protektion ein aus der Schauspielersprache stammendes Wort geprägt: *grex*, die Bande, die Truppe.

Gegen die *grex* konnten wir Juden am Hof nicht viel ausrichten. Wir waren eine Handvoll Menschen ohne einflussreiche Ämter und Titel. Kaiser Claudius liebte seine griechischen Freigelassenen, sah in ihnen Kinder der Philosophie, der Palästra, der panhellenischen Agone, niemand kam ihrem Einfluss gleich, nicht einmal König Herodes, sein alter Freund. Auch Kaiserin Agrippina favorisierte die Griechen. Erst unter Nero neigte sich die Waagschale zu unseren Gunsten, als uns unerwarteter Beistand wurde, etwa im fünften Jahr seiner Herrschaft. Neros Geliebte und spätere Gattin Poppäa Sabina nahm sich der Sache Judäas an. Sie tat es mit der selben geheimen Entschiedenheit, mit der die Kaiserin-Mutter die griechische Hofpartei unterstütze. Für beide Frauen mochte es verschiedene Gründe geben, die jeweilige Partei zu ergreifen, solche des Herzens und solche politischer Notwendigkeit, doch wäre ohnehin, angesichts der zwischen ihnen bestehenden tödlichen Eifersucht, keine andere Konstellation denkbar gewesen als diese.

Fluche dem König auch nicht in Gedanken, und dem Reichen nicht in deinem Schlafzimmer, denn die Vögel des Himmels tragen deine Stimme fort, und die Flügel haben, sagen es weiter …

Mit sechzehn verlor ich meinen Freund Asarja, Sohn von Freigelassenen wie ich, der mir bei meinen hebräischen Studien Gesellschaft leistete und auch sonst meist mit mir zusammen war. Wir hatten uns früh, wie selbstverständlich gefunden, die einzigen Jungen unseres Jahrgangs, die aus Judäa stammten, beide des Aramäischen kundig und durch ein Gefühl rätselhafter Nähe verbunden, wenn auch sonst einander wenig ähnlich. Asarja war dunkel an Haut und Haar, dafür leichteren Sinnes als ich, heiter und unbedenklich, und wie er müheloser lernte, so vergass er auch schneller, vielleicht, weil ihm weniger daran lag. Er verstand rasch, was die Lehrer wollten, und löste alle Aufgaben zu ihrer Zufriedenheit, doch vier Wochen später zuckte er die Schultern, wenn man danach fragte, und gab zu verstehen, dass er das Anhäufen von Wissen für sinnlos hielt. Da er gut ritt und geschickt im Umgang mit Waffen war, nahm ihn Julius Agrippa, der am Kaiserhof lebende judäische Prinz – Sohn des Königs Herodes, der Kaiser Claudius' Freund gewesen war – manchmal mit auf die Jagd. Mir hatte meine Mutter streng verboten, Tiere zu fangen oder aus Mutwillen zu töten, da es nach unserem Gesetz verboten sei.

Mehr und mehr zog der judäische Prinz meinen Freund Asarja in seine Umgebung, übertrug ihm Dienste und Besorgungen, ritt mit ihm aus, vertraute ihm seine kostbaren Pferde zur Pflege an. Als Julius Agrippa nach dem Tod des Kaisers Claudius von dessen Nachfolger Nero die Länder seines Vaters erhielt und nach Judäa aufbrach, nahm er Asarja mit. Ich litt sehr unter dieser Trennung, sprach tagelang kein Wort und verlor den Appetit. Mit wem sollte ich fortan reden, über meine Beobachtungen am Hof und meine Gedanken über Gott und die Welt, mit wem am Nachmittag um die Wette laufen, Bogen schiessen, ins Bad gehen? Wer würde mir beistehen in den Prügeleien und Rivalitäten, den Machtkämpfen unter uns Dienerkindern am Hof? Asarja war mir nah und vertraut, der Anblick seines dunklen Gesichts, seiner Locken so selbstverständlich wie der

Wald aus Säulen, der uns umgab. Ich hatte mit ihm gesprochen wie mit mir selbst, ihm meine Geheimnisse anvertraut, über seine Scherze gelacht. Von nun an war ich zum Schweigen verdammt oder zu belanglosem Gerede mit Fremden. Ich trauerte um ihn und begann meine Studien zu vernachlässigen, die mir sinnlos schienen, weil sie niemand mehr teilte.

Meine Mutter, in grosser Sorge, verfiel darauf, mir den verlorenen Freund als gutes Beispiel hinzustellen: er hatte es, nicht älter als ich, zu einer Stellung gebracht. Eines Tages würde ich ihn wiedersehen, behauptete sie, dann müsse ich, um von neuem seine Zuneigung zu gewinnen, selbst ein respektables Amt innehaben, folglich jetzt meinen Eifer im Lernen verdoppeln. Ich fand es zum Lachen, dass sie mir Asarja als Beispiel hinstellte, ausgerechnet ihn, der Singvögel in Schlingen gefangen hatte und den Sklavenmädchen nachgestiegen war, der seine Aufnahme in des Prinzen Gefolge ganz anderen Fähigkeiten verdankte als sie meinte ... Wir hatten in Gesellschaft junger Griechen und Syrer zu Tisch gelegen, Wein aus reihum gehenden Schalen getrunken, Lieder an den Bacchus gesungen und die Tänzerinnen geküsst, nicht nur auf Hals und Mund, auch an Stellen, von denen ich, wäre es nach meiner Mutter und meinem Lehrer gegangen, nicht einmal hätte wissen dürfen. Asarja, der sich an Ausgelassenheit vor allen anderen hervortat, war der Liebling der Mädchen und Trinkgenossen gewesen. Wenig, weit weniger als ich, hatte er sich um die Gesetze unseres Volkes gekümmert, die uns der alte Lehrer nachmittags mit zittriger Stimme aus den Schriftrollen las.

Sichtlich bestand hier ein Zusammenhang: je weniger ein Jude die alten Gesetze befolgte, umso beliebter war er bei anderen. Auch Prinz Julius Agrippa hielt sich nicht sonderlich daran, er mochte Asarja wohl gerade aus diesem Grund. Ich schwieg über das, was ich dachte, und wandte mich wieder meinen Büchern zu. Meine Mutter meinte es zweifellos gut, ich war ihre Hoffnung, ihre einzige Stütze. Etwa zwei Jahre später, als ich tatsächlich von Nero ein bescheidenes Amt erhielt, kaufte sie uns ein eigenes Haus. Sie selbst wohnte nur gelegentlich darin, da sie fast Tag und Nacht von der Kaiserin in Anspruch genommen wurde, doch sie richtete es ein, kaufte Sklaven, liess einen Garten anlegen, und betrachtete all dies mit Stolz. Einer der ersten, den sie ins Haus nahm, war Primus, mein griechischer Schreiber. Der Händler pries ihn als Grammatiker an, nach seinen Angaben war er Schullehrer in einer griechischen Hafenstadt gewesen. Über die Umstände seiner Gefangenschaft schwieg sich der Grieche aus, aber wer hätte daran weniger Anstoss genommen als meine Mutter, gleichfalls eine geborene Sklavin? Für später richte sie all dies ein, erklärte sie hoffnungsvoll, wenn sie sich aus ihrem Dienst am Hof werde zurückziehen dürfen, um in Ehren ihr Alter zu verbringen. Sie hat dieses »später« nicht mehr erlebt.

Das Haus lag auf dem Hügel Aventinus, dem Palatium gegenüber, nur durch das Tal des grossen Circus von ihm getrennt. Meine Mutter wollte die Kaiserpaläste sehen, die strahlenden Gemäuer, in denen sie zur Welt gekommen und Zeit ihres Leben gefangen war, wo sie mich geboren hatte, wo auch ich mein Leben hinbringen sollte. Dabei entzog sich Neros wirkliche Wohnung unserem Blick, er verlegte damals seinen Palast in die andere Richtung, nach Nordosten, hinüber zum Hügel Esquilinus, gegen die Gärten des Maecenas. Endlos wurde dort gebaut, Gelände bewegt, Marmor aufgehäuft, eine grandiose Anlage aus Gebäuden, Gärten und gedeckten Säulengängen, die der Kaiser zunächst *Domus transitoria* nannte, Durchgangshaus, später, als er sie nach dem Brand von Rom noch herrlicher wiederaufbauen liess, *Domus aurea*, Goldenes Haus. Die Flavier haben das Wunderwerk niederreissen lassen, unter dem Vorwand, es sei dem Volk verhasst. Doch ich erinnere mich, wie es bewundert wurde und jedermann mit Stolz erfüllte, Neros Studio und Theater, wo es Rosen von den Decken regnete, wo duftende Wasser sprangen, Tänzerinnen schwebten wie luftige Falter, Gesang von Knabenstimmen die Hallen erfüllte, die Kithara nie verstummte …

Denn schon bald nach der Thronbesteigung stellte sich heraus, dass der junge Kaiser ungewöhnliche Vorstellungen vom Regieren hatte. Morgens erledigte er rasch das unerlässliche Pensum administrativer Arbeit, hörte sich während der Frühaudienz die dringendsten Berichte an, wozu er, mit den verschwollenen Lidern blinzelnd, seinen ersten Becher gemischten Falerner genoss, den sogenannten »Morgenbecher«, und ein paar Anordnungen diktierte, meist nach den Empfehlungen der griechischen Freigelassenen, gelegentlich aber, wie um zu zeigen, dass er ein Mann eigenen Willens sei, auf überraschende Weise nach eigener Intuition. War dies geschehen, klatschte er in die Hände und rief: »Und nun wollen wir uns vernünftigen Dingen zuwenden!«, erhob sich mit Schwung, ergriff eine Lyra, liess sich Textblätter vorlegen oder Abschriften seiner neuesten Kompositionen, empfing syrische Tänzer und kilikische Sängerknaben, wurde gutgelaunt, heiter, ideenreich. Niemand hätte in ihm den schläfrigen Jüngling wiedererkannt, der er noch fünf Minuten zuvor gewesen, als er die Berichte seiner grauharigen Kanzlei-Vorsteher über sich ergehen liess. In Sekundenschnelle hatte er sich verwandelt, seine Miene sich aufgehellt, sein Auge Glanz gewonnen, er bewegte sich rasch und geschmeidig in seinem leichten, oft ungegürteten Morgengewand, ermunterte einzutreten, begrüsste lärmend, führte Tanzschritte vor, trällerte vor sich hin, verlangte nach einem Schreiber, um erste Einfälle zu notieren ... So verging der grösste Teil des Vormittags.

Poppäa Sabina, seine Geliebte und spätere Gattin, zeigte sich immer erst um diese Zeit. Sie mied die frühen Morgenstunden, wenn der Kaiser in heikler Stimmung war und es nicht verbarg. In der Morgenaudienz empfing er Personen, die er wohl oder übel empfangen musste, ausländische Gesandte, aus Provinzen zurückgekehrte Beamte, eben Erhöhte, hohe Militärs oder die kaiserlichen Freunde der ersten Vorlassung. Obwohl er sich währenddessen die Locken legen liess, die Haut salben, die Finger maniküren, noch schlaftrunken, kaum bekleidet war, herrschte Andrang in seinen Morgengemächern. Wer ihm um diese Stunde aufwarten durfte, war kein Liebling oder Zechkumpan, sondern von Bedeutung für Rom und die Welt. Der Kaiser konnte sich mürrisch und abweisend geben wie er wollte, es half ihm nicht, man umringte ihn, führte ihm Besucher zu, lächelte, hing an seinen Lippen, eine glückstrunkene Stimmung schwebte in der parfümierten Luft, ein zu Höhenflügen neigendes Bewusstsein des ausserordentlichen Augenblicks.

Die ganze Stadt nahm daran Anteil. Späher warteten vor den

Toren des Kaiserpalastes, bezahlte Kundschafter, auch die überall gegenwärtigen *ardaliones*, die Neuigkeitskrämer und Anhängsel der grossen Welt, die den höheren Sinn ihres Lebens darin sehen, den Reichen und Mächtigen auf Schritt und Tritt folgen. An solchen Schaulustigen war kein Mangel, viele Römer lebten von Renten, Zinsen und ähnlichen Einkünften, hingen als Klienten an grossen Häusern und wussten ihren Tag auch ohne Arbeit angenehm zu verbringen. Sie warteten an den Türen der Grossen, drängten sich zu ihren Gastmählern, ernährten sich notfalls aus den kostenlosen Rationen, die der Kaiser austeilen liess. Kaum jemand litt wirklichen Hunger in Rom; wonach man hungerte, waren Unterhaltung und Zeitvertreib. Schon im Morgengrauen umdrängten Neugierige die Eingänge der Paläste, standen in Gruppen auf dem marmornen Pflaster, spähten durch Gitter, liefen umher, tauschten Neuigkeiten aus. Die zur Morgenaudienz Geladenen wurden durch Zurufe oder Scherzworte begrüsst, ausländische Abordnungen kritisch beäugt, Angehörige der Kaiserfamilie in ihren Sänften umringt – nicht selten in gefährlichem Geschiebe und Gedränge, so dass die wachhabenden Prätorianer mit langen Stöcken auf die Menge einhieben –, und in Windeseile, in tausend verborgenen Kanälen durcheilte, was man gesehen und erfahren, die eben erwachende Stadt.

Poppäa Sabina zeigte sich immer erst später am Tage, auch dies ein Zeichen ihrer Klugheit. Sie verweilte lange in ihren inneren Gemächern, den Bade-, Schmink- und Garderobenräumen ihres Palastflügels, wo vertraute Dienerinnen sie allmorgendlich in vielbesprochenen, von niemandem geschauten Prozeduren zur schönsten Frau des Imperiums herrichteten. Sie vermied, dem Kaiser unter die Augen zu treten, ehe er durch ein paar Harfenläufe oder Deklamationen sein seelisches Gleichgewicht gefunden hatte. Auch sonst hielt sie sich zurück. Während sich die Kaiserin-Mutter in alle Reichsaffären mischte, ihren Sohn mit Ratschlägen verfolgte, Konsuln und Prokuratoren bei sich empfing, niemals schwieg noch ruhte und durch ihre insolente Allgegenwart den wachsenden Verdruss des jungen Herrschers hervorrief, wusste Poppäa den Zauber des Geheimnisvollen und Gleichmütigen zu wahren. Sie zeigte sich ganze Tage nicht und liess sich dreimal bitten, an einer Zeremonie, einem öffentlichen Gastmahl teilzunehmen, und wenn sie erschien, dann meist verspätet und mit einer Miene, als hätte sie, gedanklich in fernen Sphären weilend, der Sache fast vergessen. Man fabelte von ihren Studien, ihren ausgefallenen Beschäftigungen und Bekanntschaften. Viel besprochen waren ihre Beziehungen zu den Juden Roms. Gerüchte behaupteten, sie habe sich in Geheimlehren und Mysterien einweihen lassen. Die *ardaliones* wollten ihre Sänfte auf dem Weg zu jüdischen Häusern gesehen haben, auch manche Juden waren sicher, sie in einer der verhüllten und verschleierten Gestalten zu erkennen, die immer öfter auf den Damengalerien der römischen Synagogen erschienen. Und da nichts die Einbildungskraft der Menschen stärker beschäftigt als das Verschleierte und Geheimnisvolle, wird der Mutmassungen über Poppäa Sabinas Annäherung an unseren Glauben wohl nie ein Ende sein.

Oft erscheint mir ihr Bild, wenn ich von meiner Terrasse ins grünblaue Wasser der Bucht starre, besonders an heiteren, dünnluftigen Tagen. Ich sehe ihre zierliche, hellhäutige Gestalt, gehüllt in zarte Stoffe, asiatische Seide oder koischen Flor, das gescheite, grossäugige Gesicht, das berühmte leuchtende Haar, je nach Lichteinfall rötlichblond lodernd oder bernsteingelb sanft, das rätselhafte halbe Lächeln, das bezaubernde, flatternde Zusammenspiel, das dieser Frau Wesen war.

Dies soll das Gesetz des Tempels sein: auf Bergeshöhe, und das Gebiet im Umkreis sei von höchster Heiligkeit, denn dies ist das Gesetz des Tempels ...

Mit vierundzwanzig, im selben Jahr, in dem der Kaiser seine Geliebte Poppäa Sabina heiratete, wurde ich zum ersten Mal in eine Affäre des Hofes einbezogen. Diese Affäre hatte ihren Ursprung in der Provinz Judäa, genauer gesagt in Jerusalem. Die Zusammenhänge schienen zunächst einfach und klar. Julius Agrippa der Zweite, Sohn von König Herodes Agrippa dem Ersten und seinerseits König von Batanaia, Trachonitis und Gaulanitis – eben jener, der am Hof des Claudius aufgewachsen war und bei seiner Rückkehr in die Heimat meinen Freund Asarja mit sich nahm –, hatte in seiner Palastanlage in Jerusalem ein turmhohes Gebäude errichten lassen, von wo er, auf dem Speisesofa liegend, die Innenhöfe des benachbarten Tempels, des grossen Heiligtums des Einen und Einzigen Gottes überblicken konnte, das Gewimmel der Betenden und Betrachtenden, der aus allen Himmelsrichtungen eintreffenden Pilger, der Opfertiere und goldenen Schaubrote, der Priester und Leviten in weissen Gewändern mit purpunen Schärpen, ein beglückender, unterhaltsamer Ausblick. Er gab dem wenig beliebten, von Rom eingesetzten König das Gefühl der Volksverbundenheit und Lebensnähe, der Teilnahme am täglichen Geschehen des Heiligtums, über das er die weltliche Oberhoheit ausübte, da Kaiser Claudius ihm das Privileg verliehen hatte, die Hohepriester zu ernennen.

Ein solches Privileg verstiess gegen das Gesetz. Es erboste die Frommen und Gesetzestreuen, es erinnerte daran, dass die Königswürde der herodischen Familie gleichfalls ungesetzlich war, gegen die Gebote der ewigen Bücher. Herodes der Erste, des jetzigen Königs Urgrossvater, war der Sohn eines Idumäers und einer Scheichstochter aus der Wüste, somit das, was ein König über Judäa auf keinen Fall sein durfte, ein *ish nach'ri*, ein aus der Fremde Stammender, ein Nicht-Bruder und Nicht-zu-Erwählender. Nie verstummten die Mahnungen der Schriftgelehrten, das Murren des Volkes, und der König hätte vermutlich klüger daran getan, dem kaum gelittenen Zustand nicht noch prunkende, provozierende Denkmäler zu setzen. Er brachte mit seinem Bau sogar die Sadduzäer gegen sich auf, die Tempelpriester und ihren mächtigen Anhang, welche sich sonst taktisch abwägend zu seinem Königtum verhielten. In Agrippas Turm mussten sie Übermut und Willkür sehen, einen Angriff auf die Unantastbarkeit des *bet ha mikdash*, des Hauses der Heiligung, das nur einer einzigen Instanz beider Welten zum Einblick und zur Einsichtnahme verpflichtet war, dem Ewigen Gott.

Die Antwort der Priesterschaft war entschlossen: man liess die Westmauer des Tempelbezirks von innen hochmauern, um einige

Meter, soweit, dass sie des Königs unerwünschte Blicke abhielt. Doch die erhöhte Mauer hinderte zugleich die römischen Wachsoldaten, von den Dachzinnen der Westhalle das Innere der Tempelhöfe zu beobachten wie gewohnt, worüber der neue römische Prokurator, der Ritter Porcius Festus, so sehr ergrimmte, dass er das eben Gemauerte wieder einzureissen verlangte. Er begründete sein Ansinnen mit dem Massenandrang anlässlich der drei Wallfahrtsfeste Pesach, Shavuot und Sukot, welcher militärische Übersicht und Kontrolle zur Vermeidung gefährlicher Zwischenfälle erfordere. In Wahrheit standen weitreichende Erwägungen dahinter, die leicht nachvollziehen kann, wer je den Tempelbezirk mit eigenen Augen sah: die Angst des römischen Beamten vor verborgenem, womöglich konspirativem Geschehen im Schatten der Mauer.

In Jerusalem war die Angelegenheit bereits auf ungute Weise festgefahren, alle Verhandlungen zwischen den judäischen Grossen und dem römischen Prokurator gescheitert, und der etwas scheinheilige Versuch des Königs Julius Agrippa, als Vermittler aufzutreten, obwohl er in Wahrheit der Auslöser der Streitigkeit war, in einer diesen Herrscher erbitternden Form abgewiesen worden. Der Hohe Sanhedrin, die aus einundsiebzig Männern bestehende Versammlung der Ältesten, zugleich Oberster Gerichtshof aller Juden nah und fern, erklärte unter Berufung auf mehrere Stellen der heiligen Bücher, dass jedes nachträgliche Hinwegnehmen von Bestandteilen des Tempels einer Entweihung, ja Schändung des Heiligtums gleichkäme. Priester und Schriftgelehrte, Sadduzäer und Pharisäer fanden in seltener Einmütigkeit, dass man dem römischen Prokurator auf keinen Fall nachgeben dürfe, statt dessen eine Gesandtschaft nach Rom gesandt werden müsse, um den Kaiser selbst zum Schiedsrichter anzurufen.

Beschwerden gegen hohe Beamte gehören zu den Grundrechten er Völker im römischen Reich. Auch von Judäa aus war dergleichen geschehen, wiederholt sogar, gelegentlich mit Erfolg. Etwa im Falle des berüchtigten Ritters Pontius Pilatus, den der ältere Vitellius, dazumal Statthalter in Syrien, auf Drängen und Klagen der judäischen Grossen seines Amtes enthoben und der Gerichtsbarkeit überantwortet hatte. Der Ritter Pilatus wurde in Rom der Veruntreuung und Grausamkeit angeklagt, die gegen ihn vorgebrachten Anschuldigungen waren so schwer, dass er sich seiner bevorstehenden Verurteilung durch Selbstmord entzog. Auch Venditus Cumanus, der Amtsvorgänger des schrecklichen Felix, war von Kaiser Claudius für seine Räubereien und Übergriffe mit Verbannung bestraft, der ihm beigeordnete Militärtribun Celer sogar in Jerusalem öffentlich hingerichtet worden. So drückend die Willkür römischer Beamter sein mochte, es bestand Hoffnung auf ausgleichende Gerechtigkeit, wenn die judäischen Grossen von ihrem Recht Gebrauch machten, beim Kaiser in Rom zu klagen.

Zugleich war eine solche Klage mit Risiken verbunden. Die Gesandtschaft, die sie am Kaiserhof vortrug, war lange Zeit unterwegs. Reise, Aufenthalt in der Hauptstadt und Rückkehr konnten sich über Jahre hinziehen. Die Delegierten stellten ihr Schicksal den Unwägbarkeiten einer Seefahrt übers Grosse Meer anheim, den Wechselfällen von Wetter und Wind, den unbekannten Verhältnissen in der Hauptstadt der Welt. Es gab Fälle, in denen sie – durch plötzlichen Gesinnungswechsel des Herrschers, seinen Tod oder Sturz – über Nacht von geehrten Gesandten zu unerwünschten Personen wurden. Sie benötigten Beistand und Hilfe durch Landsleute in Rom. Genaue Vorbereitung war nötig, behutsames Vorgehen. Vor allem Geduld. Wer an einem Hof gelebt hat, weiss, dass dort die meiste Zeit mit Warten vergeht: tägliches Warten auf das Erscheinen des Herrschers, wochenlanges auf Vorlassung und gnädige Anhörung, oft jahrelanges auf eine Entscheidung. Dennoch entschloss sich der Hohe Sanhedrin, eine Gruppe hochrangiger Priester und Schriftgelehrter nach Rom zu entsenden, darunter betagte, dem Land unentbehrliche Männer. Porcius Festus, der römische Prokurator, nahm es notgedrungen hin. Die Angelegenheit der Tempelmauer ruhte derweilen, das heisst die Mauer blieb vorerst wie sie war, um einige Meter erhöht. Der Prokurator traf seinerseits Vorkehrungen, sandte Gegendarstellungen nach Rom, strategische Analysen und genaue Zeichnungen, dazu die Klagen des gekränkten Königs Agrippa.

Die Position dieses Königs am römischen Hof war nicht mehr annähernd so stark wie die seines Vaters Herodes Agrippa des Ersten, der Kaiser Claudius zum Thron verholfen und von da an zu dessen engsten Freunden gezählt hatte. Diesem zuliebe waren Judäa und Samaria als selbständiges Königreich wiederhergestellt und er dortselbst zum Herrscher ernannt worden, welche Regelung jedoch nicht auf seinen Sohn überging. Der Sohn musste dennoch in Betracht gezogen werden, einmal um seines Vaters am Kaiserhof geschätzten Andenkens wegen, dann, weil er als Prinz in Rom aufgewachsen war und als Günstling der verblichenen Kaiserin-Mutter Agrippina galt, weshalb die alten griechischen Freigelassenen in Neros Umgebung, die »Freunde der Mutter«, bis heute zu ihm hielten. Hierin lag zweifellos ein gewisser Widersinn: der jüdäische König wurde ausgerechnet von denen begünstigt, die sonst jeden jüdischen Einfluss – und namentlich den seines Vaters Herodes – bekämpft hatten. Dass er diesmal als Kontrahent des Jerusalemer Sanhedrins auftrat, verwirrte die Angelegenheit noch mehr. Die Affäre war nun nicht mehr nur Klage der judäischen Grossen gegen den römischen Prokurator, sondern zugleich ein innerjüdischer Streitfall zwischen Sanhedrin und Königshaus. Daher schöpften die Gegner der Abordnung Hoffung, das Anliegen der judäischen Grossen zu Fall zu bringen.

Vor allem die *grex*, die griechische Hofpartei, tat alles Erdenkliche, um judäische Petitionen am Kaiserhof scheitern zu lassen. Ihre Erbitterung war vor einigen Jahren neu geschürt worden, durch die Ablehnung einer Beschwerde der Griechen von Alexandria gegen die Juden dieser Stadt, welche angeblich – dies der wichtigste Vorwurf – durch ihr abweichendes Beispiel Sitte und Ordnung schädigten und die Kulte der Staatsgötter in Verfall brachten. Zusammenstösse waren vorgekommen, blutige Zwischenfälle vor Gotteshäusern, auf der Strasse und im Bad, die Griechen verlangten die Bestrafung der jüdischen Gemeinden. Doch Kaiser Claudius hatte die Beschwerde zurückgewiesen, sogar – über frühere Herrscher hinaus – die Rechte der Juden hervorgehoben, Rechte, welche seit den Tagen seines Ahnherrn Julius Caesar bestanden und nach dessen Tod, auf Beschluss des Senats in Erz gegossen, die Gültigkeit von römischen Gesetzen erlangt hatten. Es gab griechische Freigelassene am Kaiserhof, die diese Niederlage nicht hinnehmen wollten. Man wusste darum in Jerusalem und unternahm vorbeugende Schritte. Ein dem Hohen Sanhedrin nahestehender Schriftgelehrter sandte ein geheimes Schreiben an den Schauspieler Halityrus in Rom, der ihm aus gemeinsamen Jugendtagen bekannt war.

Halityrus war um diese Zeit nicht mehr der Junge, mit dem die Kaiserin-Mutter so gern geplaudert hatte, sondern ein berühmter Tragöde, ein im ganzen Reich bekannter Meister seines Faches. Obwohl er, wie es hiess, nicht in der Heimat, sondern in einer syrischen Stadt geboren war, galt als Gönner seiner Landsleute und Förderer ihrer Angelegenheiten in Rom. Er war einer der einflussreichsten Männer am Hof, Neros Jugendfreund seit gemeinsamen Jahren im Haus seiner früheren Herrin Domitia, der Tante des Kaisers. Zugleich, wegen seiner bannenden Darstellungskraft in den Stücken der Klassiker, ein Liebling der grossen römischen Familen. Söhne von Senatoren und Rittern gehörten zu seinen *comites*, seinen ständigen Begleitern und Bewunderern. Es hiess, sogar Poppäa Sabina, die sonst kaum einen von Neros Freunden gelten liess, schätze ihn, wie ihn zuvor schon die Kaiserin-Mutter mit ihrer seltenen Zuwendung ausgezeichnet hatte. Dass er mich, einen unbekannten jungen Beamten, seiner Bekanntschaft würdigte, war eine der grössten Überraschungen meines bisherigen Lebens.

Ich erinnere mich an jede Einzelheit meines ersten Besuchs in Halityrus Gartenhaus. Mit diesem Besuch endete mein bisheriges Leben, mein stilles Schattendasein an einem riesenhaften, allzeit beschäftigten Hof, an dem sich niemand gross um mich gekümmert hatte. Die Unterredung begann damit, dass ich auf Halityrus' Bitte den Brief des Jerusalemer Schriftgelehrten las. Ich las ihn langsam, zunächst verschlug mir soviel Ehre fast den Atem, die aramäischen Schriftzeichen flimmerten vor meinen Augen. Als sie sich beruhigten und zu den vertrauten Zeilen und Gebilden ordneten, verstand ich rasch, wie gefährlich das Schreiben war. Der vertrauliche Brief legte die Gründe dar, warum der Hohe Sanhedrin dem Ansinnen des Prokurators Porcius auf keinen Fall nachgeben könne.

Der Tempel war der Wohnsitz des Alleinigen Gottes, jede Hinwegnahme oder Beschädigung seiner Substanz bedeutete ein Angriff gegen den göttlichen Wohnherrn, seine Heiligkeit und Unberührbarkeit. All dies legte der Jerusalemer Schriftgelehrte einleuchtend dar, doch in seinem Eifer, den berühmten Schauspieler für die Sache des Tempels zu gewinnen, ging er ein wenig zu weit. So schrieb er etwa, die strittige neue Mauer sei nicht nur gegen König Agrippas unstatthafte Neugier gerichtet, sondern gleichermassen, um die Blicke der römischen Soldaten von den heiligen Handlungen im Innern der Tempelhöfe fernzuhalten, Blicke, die seit langem ein Ärgernis aller Frommen Jerusalems darstellten. »Das Haus der Heiligung«, führte er wörtlich aus, »ist keine Theaterbühne, und wird doch täglich durch profane Blicke gelästert und entweiht«.

Ich erschrak nicht wenig beim Lesen dieser Zeilen. Unter keinen Umständen durfte dieser Brief dem kaiserlichen Geheimdienst in die Hände fallen: er hätte uns Nero für immer zum Feind gemacht. Die Theaterbühne war dem Kaiser heilig, sie einen Ort der »Entweihung« und »Lästerung« genannt zu wissen, musste seinen unberechenbaren Zorn hervorrufen. Stumm schüttelte ich den Kopf unter Halityrus fragendem Blick, ein erstes Einverständnis zwischen uns, die wir in Rom aufgewachsen waren, über die Ahnungslosigkeit unserer Landsleute in der Heimat. Der Schauspieler gab durch eine Geste zu verstehen, was seiner Ansicht nach mit dem Papyros geschehen sollte, ich nickte, und ohne ein weiteres Wort flog der Brief in die glühende Kohlenpfanne, die an jenem noch kühlen Tag – es muss Ende März gewesen sein – zwischen uns in der Gartenlaube stand.

Durch einen Boten war ich am Morgen dieses Tages in Halityrus' Villa gebeten worden, einen eleganten Marmorbau auf dem Hügel Esquilinus, dem neuen Mode-Viertel Roms. Man drängte dorthin, obwohl die Grundstückspreise in die Höhe geschnellt waren, seit Nero die Kaiserhäuser vom Palatium bis zu den Gärten des Maecenas hatte erweitern lassen. Auch andere Hofleute und Freunde des Herrschers, die Freigelassenen Pallas und Epaphrodites oder der Günstling des früheren Kaisers Claudius, der Eunuch Posides, hatten sich auf dem Esquilinus Häuser bauen lassen, wo alles von frischpoliertem Marmor strahlte und man gleichsam Nachbar des Kaisers war. Mir schien solche Nachbarschaft eher unheimlich, ich hätte mein altes Haus auf dem Aventinus ihretwillen nicht hergeben wollen, kam allerdings auch nicht in die Versuchung, da ich zu arm war, um auf dem Equilinus zu leben. Lärmend und aufregend war es in den hügelwärts führenden Strassen, prachtvolle Sänften, umringt von Ausrufern und Läufern, bahnten sich ihren Weg durchs Gewimmel, trafen aufeinander und liessen den Verkehr stocken. Da jederzeit Streitigkeiten über Rang und Vorfahrt ausbrechen konnten, waren Soldaten der Stadtwache, meist zu Pferde, an kritischen Stellen postiert. Man sah sie aus der Menge aufragen, in Lederpanzer und Waffen, mit dem Helmbusch aus Rosshaar über leuchtendem Metall.

Mir war es lieber, stille Wege zu gehen, möglichst allein, in Gedanken. Wirkliche Einsamkeit war unmöglich in Rom, doch der Hügel Aventinus lag wenigstens ein paar hundert Meter vom Hauptgeschehen entfernt, in Sicht der Kaiserpaläste zwar, aber durch das breite Marranatal von ihnen getrennt und durch den über hunderte Meter sich erstreckenden Circus, südlich in Gegenden von Geschäft und Handel übergehend, westlich von den gelben Wassern des Tiber begrenzt. Vom Aventinus gelangte man ausserdem leicht und ungesehen, sozusagen im Schatten des Circus Maximus, hinüber nach trans Tiberim, in die Synagogen am anderen Ufer des Flusses, um zu beten und an den Lesungen aus den heiligen Büchern teilzunehmen.

Ich tat es nicht regelmässig, doch immer, wenn ich Verlangen danach spürte, wenn mich Sehnsucht ergriff. Dann wollte ich die hallende Stimme des Vorsängers in den weiten Gewölben hören, zwischen Landsleuten in weissen, mit Purpur verbrämten Gebetsmänteln stehen, die Kinder sehen, die dort herumliefen und lärmten, die Vielzahl spüren, die Dichte unseres Volkes, das sich sonst in Rom verlor. Halityrus und andere auf dem Esquilin wohnende jüdische Hofleute mussten sich mit der kleinen Betstube begnügen, die es in ihrem Viertel gab, oder, falls sie doch zum Gottesdienst hinüber nach trans Tiberim wollten, mit Beobachtung rechnen, vor allem durch Spitzel der griechischen Hofpartei.

Unserem Glauben galt ein gewisser Argwohn. Während Griechen und Römer die selben Tempel besuchten, den gleichen Göttern huldigten, altbekannten, in Stein, Bronze und Vasenbild überall sichtbaren Figuren, blieb der unsere unsichtbar. Eine schwebende Instanz, körperlos, fern, allgegenwärtig. Ein Gott, der seinen Anhängern das Leben noch dadurch erschwerte, dass er seine Gebote in Form eines geschriebenen Textes erliess. Wer sie begreifen wollte, musste lesen können, weshalb auch der ärmste Jude seine Kinder zur Schule schickte und zum Lernen anhielt, auf welche Weise wir Juden nach Ansicht vieler Römer einen Gutteil unserer Zeit vergeudeten. Lesen und Schreiben war das Handwerk bestimmter Berufe, Advokaten, Schreiber, Ökonomen, nicht mal jeder Senator oder Ritter war sicher darin, die meisten liessen Schriftsätze durch ihre Kanzleien erledigen und siegelten sie mit ihrem Ring. Unsere Mühe schien sich nicht einmal zu lohnen: wenig Amüsantes bot der zeitraubende Gott, wenig hatte er vom leutseligen Wesen der Götter des Olymp, die sich in Sterbliche verliebten, mit ihnen schliefen, Kinder zeugten und um solcher Affären willen einander bekriegten. Heitere Unverbindlichkeit herrschte unter dem Himmel Roms, weil der Götter so viele sind, dass man sich seine Lieblinge unter ihnen aussuchen und bevorzugt zu ihnen beten kann, weil diese Vielen, untereinander nicht selten Zerstrittenen, es so genau nicht nehmen und mit sich reden lassen. Zwar ist auch ihnen Eifersucht nicht fremd, sie fahren dazwischen mit Feuer und Donner, Eisen und Schwefel, richten Blutbäder an, lassen von Hunden zerreissen, versteinern, verflüssigen und ähnliches, aber eher aus Wut und Laune, aus cholerischem Koller, was wiederum menschlich und nachvollziehbar ist.

Der Gott der Juden behauptete dagegen, dass er der Einzige sei, er fordert geradezu: Du sollst nur mich anerkennen, keine anderen Götter neben mir. Viele fanden diese Forderung erschreckend. Wer wusste, ob damit nicht weit mehr gemeint war als die Ablehnung der blutigen Kulte von Astarte und Baal, von Kybele, Moloch, Mithras und anderen dem Feuer, dem Spektakel, dem Menschenopfer geneigten Gottheiten, ob nicht auch manches andere durch ihn in Gefahr geriet, Luperkalien, Bacchanalien, Circus, Schaukämpfe und andere vergnügliche Dinge. All diesem hatten jedenfalls einige judäische Sekten den Kampf angesagt, voran die Anhänger eines kürzlich gekreuzigten Predigers aus Galiläa, eines gewissen Jeshua aus Nazara, den sie für den gesalbten König und Erlöser hielten, den *m'shiach*, auf Griechisch Chrestos, weshalb man sie in Rom Chrestiani nannte.

Diese und andere Judäer, obwohl so vieles gegen unseren Glauben zu sprechen schien, fanden zunehmend Gehör in römischen Häusern. Sie waren in der Stadt unterwegs und sprachen vom Gesetz am Berg Sinai, von Moses, Jeshua und dem einzigen Gott. Er war ohne Frage ein Gott, auf den man sich verlassen konnte, der Treue verhiess, schon durch seine Einzahl, seine körperlose Allgegenwart, sein schriftliches Gesetz. Er hielt zu seinen Anhängern seit Millenien, er verriet sie nicht, er hatte sie einst aus der Sklaverei befreit und würde es wieder tun. Doch die Verlässlichkeit dieses Gottes war zugleich der Punkt, an dem sich die Geister schieden: Anhänger des Griechentums wähnten darin Unfreiheit, wogegen die neuen Anbeter des Ein-Gottes Freiheit darin sahen, eine Emanzipation des Geistes vom Fleisch, die in der Welt der figürlichen Götter undenkbar blieb. Man konnte die Betonung des Körperlichen auch Gefangenschaft nennen, Erdenschwere, Gebundenheit, man konnte in der Sinnlichkeit der Götter das versteckt Gewalttätige erkennen und in ihrer lustvollen Unverbindlichkeit Bedrohung. Ihre launige Willkür brachte die Menschen in die Lage von Sklaven, die von den Stimmungen ihres Herrn abhängig sind, ihre Begierden machten die Töchter und Söhne der Menschen zur Beute von Vergewaltigung und Raub. Für das Leiden und Elend der Menschen brachten sie, die ewig mit sich Beschäftigten, wenig Teilnahme auf. Letztlich war keiner dieser Götter für »das Ganze« verantwortlich, immer nur für einen Teil, stets konnte, was der eine gewährte, von einem anderen zunichte gemacht werden.

Schon unter Claudius hatte es in Rom verstohlende Hinwendung zum jüdischen Gesetz gegeben, sogar in den grossen Familien, für Hof und Kaiser beunruhigend genug, um die Häupter der Christiani und die Vorsteher der jüdischen Gemeinden vorübergehend aus der Stadt zu verbannen. Daher bestand Misstrauen gegen das Volk von Judäa und seinen rätselhaften Gott. Wo jedoch dieses Misstrauen in offene Diskriminierung überging, wurde Einhalt geboten durch die Gesetze des Imperiums. Einer der Grundsätze, auf denen der grosse Alexander die Annäherung zwischen West und Ost gegründet hatte, war die Duldung fremder Sitte, fremden Glaubens soweit möglich, mit einem Wort *tolerantia.* Dieser Weisheit war Julius Caesar gefolgt, als er seinem Freund und Bündnispartner Johannes Hyrkanos, dem Sohn der judäischen Königin Alexandra Salome, und mit ihm allen Juden im Reich, die Freiheit des Glaubens zugesichert hatte. Caesars Sohn und Nachfolger Augustus sandte Weihgeschenke an den Tempel in Jerusalem, goldene Gefässe und Geräte, zum Zeichen seines Friedens mit dem Einzigen Gott. Die meisten Kaiser hielten sich an diesen Grundsatz. Nur Augustus' Grossneffe, der von seiner eigenen Göttlichkeit erfüllte Caligula, grollte dem jüdischen Gott, weil er ihm, dem Caesar und Herrscher der Welt, den kollegialen Umgang verweigerte. Caligula liebte es, mit seinen Mitgöttern in vertrautem Gespräch zusammenzukommen, mit ihnen zu scherzen, sie zu schelten wie unter Familienangehörigen üblich – was aber konnte er mit diesem anfangen, der sich nie zeigte? »Ein leerer Raum«, soll er den Tempel in Jerusalem genannt haben, »öde und kalt, ein Hort der Verleugnung …«

Caligulas Versuch, die Leere durch Aufstellen seiner eigenen Statue mit Göttlichkeit zu erfüllen, wurde vom römischen Legaten in Antiochia, dem Konsularen Petronius, verhindert. Als sich die Juden dem Götterbild in den Weg stellten und die Strasse blokkierten, auf der die Kolossalstatue des Caligula nach Jerusalem transportiert werden sollte, liess er sie nicht niedermetzeln, wie ihm der Kaiser befohlen hatte, und riskierte damit sein eigenes Leben. Eine seltsame Scheu hinderte den Legaten Petronius, den Tempel der Juden zu entweihen, das Heiligtum, dem der grosse Augustus gehuldigt hatte. In den Augen vieler Römer war Ehrfurcht vor dem Jerusalemer Tempel ein Zeichen von Staatsklugheit und Wahrung eigener Tradition, der Tradition ihrer grossen Caesaren. Und da uns Juden das Gesetz gleichfalls Achtung vor dem Fremden und Anderen gebietet, sahen auch wir in den kaiserlichen Edikten die Gewähr, unter der Hoheit kluger und würdiger Herrscher zu leben.

Nimm Dir eine Schriftrolle und schreibe darauf in klarer Schrift:
die Beute wird entkommen, das Opfer fängt an zu verstehen ...

Der Brief aus Jerusalem, so unvorsichtig er war, setzte Halityrus und mich ins Bild, ohne dass wir gross Worte verlieren mussten.

»Übermorgen sehe ich sie«, sagte der Schauspieler und meinte ohne Frage die Kaiserin Poppäa Sabina. Als ich ehrfürchtig schwieg, fuhr er fort: »Falls sie noch nicht davon gehört haben sollte, werde ich eine Bemerkung fallen lassen, dass Besuch ins Haus steht.«

Seine Stimme war sanft, betont gleichmütig. Ich kannte Poppäa Sabina nur von weitem. Unnahbarkeit umgab sie wie ein unsichtbarer Mantel, selten öffnete sich ihr geschminkter Mund. Ihre hellgrünen Augen blickten umher mit Gletscherkälte, als wolle sie den überhitzten Hof des jungen Kaisers schon dadurch ein wenig ernüchtern. Halityrus' Nähe zu dieser Vielgefürchteten löste Beklommenheit in mir aus, doch als ich antwortete, gab ich mir alle Mühe, nichts davon merken lassen.

»Die Freunde der Mutter«, sagte ich, »werden das ihre tun.« Auch hier gab es keine Frage, wer gemeint war: die Freunde der verblichenen Kaiserin-Mutter Agrippina, die grossen Männer am Hof, die Häupter der griechischen Partei. »Wahrscheinlich werden sie die Sklaven vorschicken«, fügte ich hinzu, und Halityrus wusste, dass ich Neros griechischen Haarkünstler Thalamus meinte und seinen Mundschenk Glaukos, Griechen auch sie, die beide den Göttlichen täglich sahen.

»Der Barbier?« gab der Schauspieler zurück. »Unser Sänger weiss erst, wenn er die Frisur für seinen Auftritt sieht, wahrscheinlich erst, wenn das Konzert vorbei ist, ob er ihm fortan noch sein Ohr leiht oder ihn – wie mehrfach angedroht – auf eine einsame Insel schickt.«

Ich konnte meine Überraschung nicht verbergen. »Ein Konzert?«

»Sozusagen. Unser Sänger will seiner jungen Gemahlin zu Ehren als Kitharaspieler auftreten. Nach langer Arbeit mit berühmten Lehrern drängt es ihn, ein selbstkomponiertes Stück vorzutragen, zunächst im kleinen Kreis am Hof. Doch wer weiss, ihm wäre durchaus zuzutrauen ...«

»Öffentlich?« fragte ich.

»Im Theater des Pompeius.«

»Es wäre das erste Mal in der Geschichte Roms, dass der Kaiser und göttliche Herrscher der Welt …«

»Einmal muss es das erste Mal sein«, erwiderte Halityrus, immer noch lächelnd. »Die Mitteilung ist vertraulich. Es steht noch nicht fest, ob er sich wirklich schon vor die Römer wagt.« Eine seiner geschulten Gesten, ein Wedeln der Rechten, vom Körper weg in die grünschimmernde Luft der Gartenlaube, bedeutete mir, dass dieser Teil des Gesprächs beendet war. Er sass vor mir, hochgewachsen, schlank, mit der Körperbeherrschung des von Kindheit an zum Pantomimen Gebildeten, sein Schädel lang, schmal, ein wenig an den eines Kamels erinnernd, vielleicht wegen der kugelähnlich aufsitzenden, von schweren Lidern halbgeschlossenen Augen. Seine schmucklosen Hände lagen in gespielter Ruhe auf den mit weissem Stoff bedeckten Schenkeln. Einige Jahre älter als Nero, galt er als dessen Kumpan von Kindheit an, vor allem als sein Ratgeber, was alle Arten von öffentlichem Auftreten betraf.

»Jedenfalls«, sagte er sanft, »ist alles am Hof in grosser Aufregung, der Sänger derzeit nicht ansprechbar, und der Barbier muss zusehen, wie er seinen Kopf behält.«

»Und der Mundschenk?«

»Steht nicht mehr hoch in Gunst.«

»Und wenn sie eine direkte Ansprache versuchen, durch einen der Alten?«

»Wer sollte das tun und wann, ohne dass unsere Freundin dabei ist?«

»Über das Wann gibt es keinen Zweifel«, antwortete ich, ohne dass ich wirklich darüber nachgedacht hatte. »Es gibt nur einen Zeitpunkt für überraschendes Vorgehen. Unmittelbar nach dem Konzert.«

Der Mime sass reglos und sah mich an, durch halbgeschlossene Lider. »Sprich weiter«, sagte er.

»Wenn der Auftritt vorüber und alles gutgegangen ist, die allgemeine Ergriffenheit beglückend, der Jubel berauschend, wird der Barbier Thalamus versuchen, beim Abschminken ein Gespräch zu beginnen. Und draussen vor der Tür wartet, um bei Bedarf von ihm eingelassen zu werden, der Ritter Pallas, *vir perfectissimus*, oder Doryphorus, *procurator a libellis*, oder wenigstens der Tänzer Paris, jedenfalls ein Grieche und Günstling des Kaisers. Im Verlauf des Gesprächs werden sie ein paar Scherze über die Juden machen, über ihre Rechthaberei und Verrücktheit, wofür sich die Angelegenheit mit der Tempelmauer als Beispiel anbietet, und der Kaiser wird lachen und nicken, und die Sache ist entschieden.«

Ich hatte, da nun doch Namen fielen, ins Aramäische gewechselt. Halityrus antwortete in der selben Sprache: »Pallas – nein. Der grosse Mann macht derlei niemals selbst. Um Paris sorge dich nicht, er ist verliebt und abgelenkt. Mit meinem Kollegen Menekrates beginne ich noch im Theater – vor zahlreichen Zeugen – ein Gespräch über einige besonders gelungene Details in des Sängers eben erlebtem Auftritt, da wird er nicht anders können, als mit seinem Gefolge stehenzubleiben und seinerseits ausführlichen Lobpreis zu äussern, eine Viertelstunde mindestens.«

»Du kannst sie nicht alle aufhalten«, sagte ich.

Halityrus' gewölbte Lider senkten sich wie schläfrig über die vortretenden Augäpfel, und ich erkannte, dass dies seine Art war, Gekränktheit zu verbergen. Er gehörte zu den Menschen, denen man diese Regung nicht zutraute, so selbstsicher wirkte er auf den ersten Blick.

»Aber du hast den entscheidenden Gedanken ausgesprochen«, fügte ich ungesäumt hinzu. »Den Gedanken, dass der Sänger erst nach dem Konzert ansprechbar sein wird. Dann aber in besonders umgänglicher Stimmung. Darauf setzt der Barbier. Er wird untertänigst fragen, ob der Sänger mit seiner Frisur zufrieden war, sodann seiner Begeisterung über den kaiserlichen Auftritt in von Herzen kommenden Worten Ausdruck verleihen und bei dieser Gelegenheit einflechten, dass vor der Tür einige besonders Begeisterte ...«

Halityrus fiel mir ins Wort. »Du meinst, wir müssen Thalamus und Glaukos zuvorkommen. Verstehe ich richtig?«

»Ja. Jemand vom Fach müsste im entscheidenden Augenblick ...« Mehr sagte ich nicht. Ich war sicher, dass Halityrus zustimmen würde: nur ein einziger Jude am Hof kam dafür in Frage, stand dem Kaiser nahe genug, genoss sein Vertrauen in allen Fragen des Theaters, nämlich er.

Der Schauspieler wiegte den Kopf. »Der erste Teil deines Gedankens ist richtig. Überrumpelungstaktik. Gut. Aber falls du mich im Auge hast ... Nein. Jemand von höherem Stand muss es sein, ein Ritter zum Beispiel, so dass Barbier und Mundschenk zu verstummen haben.«

Er brach ab und lächelte mit geschlossenen Augen. Auch ich schwieg, erstaunt über diese Wendung. Eine Art jäher Schrecken erfasste mich wie einen Schwimmer, der sich zu weit aufs Meer hinausgewagt hat. Ich begann zu bereuen, dass ich in Halityrus' Haus gekommen war. Nie zuvor hatte ich mich in Angelegenheiten des Hofes gemischt, auch niemals das geringste Verlangen danach gespürt. Seit ich denken konnte, hatte mich meine Mutter – ihr Andenken zum Segen – davor gewarnt. Ihre Warnungen hatten mich durch ihre Eindringlichkeit erstaunt: unversehens weiteten sich ihre dunklen Augen und erstarrten. Sie hätte Menschen auf diese Weise ihr Leben verlieren sehen, sagte sie, sehr nahestehende Menschen, und unversehens kamen ihr die Tränen.

War mein Leben am Hof nicht gefährlich genug? Meine Arbeit bestand darin, den Kaiser in poetischen Fragen zu beraten, seine Dichtungen zu lesen und alle nachprüfbaren Angaben zu verifizieren, ehe er sich damit vor seinen Freunden hören liess. Ich haftete ihm dafür, dass seine Verse korrekt waren in Metrik, Rhythmus und Metapher, dass die angegebenen Namen, Zeiten und Orte stimmten, die *translatio* und die Bezüge auf andere literarische Werke. Der Kaiser schrieb unentwegt und reagierte unwillig auf Korrekturen. Er neigte zu langen, qualvollen Debatten über jeden meiner Vorschläge. Dennoch durfte ich ihn niemals mit Fehlerhaftem vor die Freunde treten lassen, unter denen es Kenner gab wie den früheren Prokonsul Petronius, den jungen Lucanus oder den schriftstellernden Senator Cluvius Rufus. Ich fand mein Amt riskant genug. Wenn man bedachte, in welche Nähe zum Herrscher der Welt es mich brachte, obwohl ich nichts war als der Sohn einer Freigelassenen ...

Zugleich dämmerte mir, dass sich gegen Halityrus' Vorschlag wenig vorbringen liess. Im Gegenteil: gerade weil ich kein höheres Hofamt innehatte und dem Kaiser durch eine harmlose, ausserhalb des Politischen stehende Gemeinsamkeit verbunden war, durch die Literatur, schien ich geeignet für die gefährliche Mission. Auch mein Platz in der römischen Ständeordnung empfahl mich, ich war frei geboren, nicht als Sklave wie der berühmte Schauspieler, ich trug den goldenen Ring und besass die Rechte des zweiten Standes. Selbst der Barbier und der Mundschenk hatten zu verstummen, wenn ein römischer Ritter dem Kaiser seine Aufwartung machte.

Wir schwiegen einige Augenblicke. Halityrus suchte unter den Datteln, die mit anderen Erfrischungen auf dem Tisch aus Citrusholz standen, eine besonders ebenmässige aus und hielt sie in Augenhöhe. Frühlingssonne fiel durch das Blätterdach der Laube ins schattige Innere und sprenkelte Marmorbänke, Silberschalen und Gewänder mit heiteren Flecken. Er lächelte träumerisch, ehe er die Frucht in seinem geschminkten Mund verschwinden liess. Langsam, wie mit Überwindung, begann ich von neuem zu sprechen.

»Wenn ich dich richtig verstehe ...«

»Ja, du verstehst mich richtig.«

»So wäre es vielleicht das beste, dem Sänger an diesem Abend einen seit längerem gehegten Plan zu enthüllen: ein Poem, das ihn zum Helden hat.«

Halityrus sah mich an, mit einer Miene, die ganz Entgegenkommen war.

»Ich arbeite seit längerem daran, in der Stille. Das Poem heisst *Kitharodos* oder *Kitharaspieler* und erzählt die Geschichte eines reichen Jünglings, von dem alle erwarten, dass er Feldherr oder Konsul wird, der aber mit seiner ganzen Seele der Kunst verfallen ist. Sein Talent ist gross, doch es dauert lange, bis man es erkennt. Allgemeines Übelwollen umgibt ihn, nur langsam und mühselig, durch Elend und Verachtung arbeitet er sich hoch, bis endlich, eines Tages, bei einem Wettstreit der Kitharöden ...«

Der berühmte Mime hatte aufgehört zu kauen. Er sah mich an, die geschminkten Lippen leicht geöffnet. Eine Weile schien er stumm vor Erstaunen, dann schlug er sich mit der Hand aufs Knie und sagte: *»Eccere!«* Er fügte hinzu, mit gedämpfter Stimme: »Du gehst an diesem Abend zu ihm und sagst, dir sei soeben, unter dem Eindruck seiner einzigartigen Darbietung, die Inspiration zu einem Poem gekommen. Du rezitierst vielleicht schon ein paar spontan entstandene Verse ... Du hast schon etwas geschrieben?«

»Den einen oder anderen Gesang.«

»Mach es so, dass er selbst, obschon der Held des Stückes, es vortragen kann. Er muss sofort, wenn du auf sein Drängen die eine oder andere Partie – noch etwas schüchtern, versteht sich – improvisierst, das Bild vor Augen sehen, wie er das Poem vorträgt, im Pompeius-Theater, vor Tausenden, die Kithara im Arm, emporgehoben von einer Stimmung allgemeiner Rührung, weil er selbst der arme reiche Junge ist, den es besingt ...«

»Ich wollte anregen, dass er das Stück vertont.«

»Versteht sich ...« murmelte Halityrus, mit halbgeschlossenen Augen in den blätterraschelnden Plafond der Laube blickend. Er schien der Faszination seines eben beschworenen Bildes zu erliegen. »Es wird ein unglaublicher Auftritt. Wahrscheinlich sein bisher grösster. Er wird dich mit zur kaiserlichen Tafel nehmen. Wird von niemandem sonst etwas hören wollen, alle anderen auf morgen vertrösten, nur du wirst sein Ohr haben ... Er wird dir das nie vergessen ...« Er sah mich an, Eifersucht glomm in seinem Blick. »Er wird dich erheben, in seine Nähe ziehen, zum Freund erster Vorlassung machen.«

»Gott bewahre!« sagte ich. Mein Erschrecken schien so glaubhaft, dass Halityrus' Miene einen versöhnlichen Zug annahm. Wahrscheinlich hatte er Erkundigungen über mich eingezogen und gehört, dass ich die Einsamkeit liebte, das Gedränge scheute, mich öffentlichen Aufgaben zu entziehen suchte – seit den Tagen des Horaz wurde Dichtern diese Art Absonderlichkeit nachgesehen. Ausserdem war er zu klug, mir zur Last zu legen, wofür ich nicht konnte: dass er, trotz seiner Popularität und Nähe zum Kaiser, vom gesetzlichen Standpunkt ein Mann ohne Ehrenrechte blieb. Angehörigen des ersten Standes war es verboten, ihn oder seine Kinder zu heiratеten, unter staatserhaltenden und sittenstrengen Personen bieb sein Beruf verachtet wie in früheren Zeiten. Noch der Urgrossvater des jetzigen Kaisers, der grosse Augustus, hatte den Pantomimen Hylas öffentlich auspeitschen lassen ... Halityrus betrachtete eingehend ein silbernes Körbchen mit Rosinengebäck, rührte aber keine Hand, sondern sagte leise: »Auch drüben in Jerusalem werden sie dich ehren und preisen, falls es gelingt.«

Er sprach weiter, mit veränderter Stimme: »Die Sache ist viel wichtiger als es scheint. Sie rührt an Heiliges, an die *k'dusha* des Tempels. Kein Unberufener darf die sakralen Gegenstände und Gemäuer antasten. Es ist ausserhalb aller Vorstellbarkeit, dass auf Geheiss des römischen Prokurators eine Mauer des geheiligten Bauwerks verändert wird. Eigentlich sollte Festus das wissen. Es würde Volksaufstände geben. Vielleicht Bürgerkrieg. Entweder ist er tatsächlich so dumm und gedankenlos, denn nicht selten werden Unfähige auf solche Posten berufen ...«

Seine kugelig vorstehenden Augen waren auf mich gerichtet, traurig, tiefdunkel, eine Sekunde lang, dann senkten sich langsam die Lider darüber. Ich hörte ihn sagen: »... oder er *will*, dass es Aufstand und Blutvergiessen gibt. Und folglich einen römischen Militäreinsatz. Vielleicht hat er etwas zu verbergen. Krieg ist immer das beste Mittel, Korruption zuzudecken. Du verstehst?«

»Aber König Agrippa«, erwiderte ich, »kann das nicht wollen.«

»Nein, nicht das. Es weiss, dass die Tempelmauer heilig ist. Er will etwas anderes ...« Er fragte unvermittelt: »Möchtest du heute abend mit mir speisen?«

Ich verneigte mich stumm.

»Dein Einfall ist wirklich gut«, murmelte er. »Ich werde dir die Störenfriede vom Halse halten, damit du mit ihm und dem unvermeidlichen Barbier in der Garderobe allein bist. Nach dem Auftritt werden viele zu ihm drängen, Grössere als du, die Freunde der ersten Vorlassung, Senatoren, Konsularen. Wie du mir diesen Dienst vergelten willst, überlasse ich deinem Ehrgefühl. Wir tun es um unserer Heimat willen.«

»Für das Land unserer Väter«, sagte ich leise auf Hebräisch. Wir erhoben uns und traten aus der Laube. Wie es schien, hatte niemand gelauscht, war niemand in der Nähe. Halityrus klatschte in die Hände. Am Ende eines weinbedeckten Ganges, der vom Vorplatz der Laube direkt in den Speisesaal der Villa führte, erschien sein Haushofmeister.

»Wer kommt heute Abend zu Tisch?« fragte der Schauspieler. Namen wurden genannt, darunter der eines Senators und früheren Prokonsuls von Bithynien. Doch ich hörte nicht hin. Kaum war das Gespräch zu Ende, erfasste mich so etwas wie ein Schwindelgefühl. Worauf liess ich mich ein? Es wurde von einem noch aufregenderen Gefühl verdrängt, das mir Neugier zu sein schien, Neugier auf mich selbst. Auf das, was mit mir geschehen würde. Von meinem Poem hing alles ab, von meiner Inspiriertheit, meiner Geistesgegenwart. Von den Worten, die ich fand. Von meinem Gott, der mich reden machte und den Kaiser hören, und ich zweifelte nicht einen Augenblick daran, dass er mir gewogen war und alles richten würde, wie es für uns am besten war.

Wünschet Jerusalem Frieden! Wohl ergehen möge es denen, die dich lieben. Friede sei deinen Mauern und Ruhe deinen Palästen. Um meiner Brüder und Freunde willen Frieden. Dem Haus des Herrn zuliebe, unseres Gottes, wünsche ich dein Bestes …

Der Schauspieler sandte einige Tage später einen Boten zu mir, einen jungen Mann, den er mir in einem Begleitschreiben als seinen Sekretär vorstellte. Dieser verdiene unbedingtes Vertrauen, sei ein Verwandter aus der alten Heimat, in Halityrus' Haus aufgewachsen und in alle seine Angelegenheiten eingeweiht. Ich habe nie genau erfahren, woher Halityrus stammte, manche sagten, aus Antiochia, andere aus Sidon, offenbar aus einer der grossen Gemeinden nördlich des alten Israel. Teile seiner Familie waren in Galiläa und Judäa ansässig, dann und wann führte er junge Leute in die römische Gemeinde ein, die er als Vettern oder Neffen ›von drüben‹ vorstellte. Der Sekretär war gewandt, gut ausgebildet und sprach fünf Sprachen.

Wir entschieden uns für das heimatliche Aramäisch. Ich erfuhr, dass Matitjahu – dies der Name des jungen Mannes – morgen nach dem Seehafen Puteoli abreisen sollte, wo das Schiff mit den Gesandten erwartet werde, welche zu begrüssen und einige Zeit aufzuhalten seine erste Aufgabe sei. Die Abordnung durfte erst zwei Tage vor dem Konzert in Rom eintreffen, damit der Kaiser, dem sie aus Gründen des Zeremoniells umgehend vorgestellt werden musste, sich ihrer nach seinem Auftritt noch erinnerte – so geistesabwesend sei der Göttliche dieser Tage, so schwer erreichbar für politische Fragen, ganz und gar von den Proben zu seinem Konzert in Anspruch genommen.

Ich wünschte Matitjahu Glück. Gelang seine Mission, durfte er auf Erhöhung hoffen, nicht im Hause seines Onkels, wo es nicht mehr höher ging, aber am kaiserlichen Hof. Inzwischen war ›die gemeinsame Freundin‹ eingeweiht, hatte unsere Partei ergriffen und unsere Sache zu der ihren gemacht wie schon mehrmals zuvor. In den Hauptstädten der Welt wurde viel spekuliert, warum sie es tat. Manche behaupteten, sie sei insgeheim eine Anhängerin unseres Gottes geworden, hielte den Shabat und speise in ihren inneren Gemächern nach unseren Gesetzen. In griechischen Hofkreisen wurde sie mit einem Wort bezeichnet, für das unsere Sprache keine Entsprechung kennt: sie sei eine *sebomena ton theon*, eine ›Gottesfürchtige‹. Es hiess, dass ihrer neuerdings viele seien, auch in den Häusern der Grossen. Vornehme Römerinnen entdeckten die gesundheitsfördernde Wirkung unserer Speisevorschriften, das Leib und Geist erfrischende Ruhegebot des *shabat*, die sanfte Gewalt unserer Gesänge. Vielleicht ging das Interesse der Kaiserin tiefer, vielleicht studierte sie wirklich unsere Bücher, wie manche behaupteten, doch selbst wenn, wäre es kaum das einzige Motiv ihrer Hinwendung gewesen.

Man wusste, dass sie den Prinzenlehrer Seneca hasste, den Freund und Vertrauten ihrer verblichenen Schwiegermutter Agrippina, der lange Zeit Neros Ratgeber gewesen war. Seneca pflegte abwertend über unsere Bücher zu sprechen, die er in griechischer Übersetzung studiert haben wollte, ohne jedoch, wie er sagte, aus ihnen Gewinn zu ziehen. Er nannte sie »konfus, unsystematisch und wenig unterhaltsam«. Ihr historischer Wahrheitsgehalt sei fraglich, das meiste darin Legende. Sein besonderer Hohn galt dem Schriftsteller Aristobul aus Alexandria, welcher die Denksysteme des Sokrates, des Plato und der Pythagoräer vom Gedankengut unserer Bücher inspiriert genannt hatte. Seneca dagegen hielt es für unvorstellbar, dass die Mosaischen Bücher auf »vernünftig denkende Menschen« irgendeinen Einfluss nehmen könnten. Wir seien ein Volk, das vorzeitlichen Riten anhinge und von sich aus zu nichts käme. »Sie können nicht rechnen«, soll er bei einem Gastmahl am Hof erklärt haben, »bekanntermassen sind sie schlechte Geschäftsleute. Man sehe nur, wie sie durch das Einhalten ihres *shabat* den siebenten Teil ihres Lebens vergeuden«. Der religiöse Ruhetag bedeute nicht nur einen Zeitverlust für die Freien unseres Volkes, er verleite auch alle jüdische Sklaven zum Einstellen jeder nutzbringenden Tätigkeit für ganze vierundzwanzig Stunden, wodurch sie ein Siebtel ihres Wertes einbüssten und ein beunruhigendes Element in jedem römischen Haus darstellten.

Auch andere Lehrer Neros bekundeten ihre Abneigung gegen unseren Glauben, etwa der Grieche Beryllus, ein glänzender Stilist, den der Kaiser später zum Vize-Prokurator des Hofamtes *ab epistulis* ernannte, oder der aus Alexandria stammende Grammatiker Chairemon, ein früherer Priester ägyptischer Tierkulte, der die Juden in einem Buch als »Aussätzige« und »Gottlose« geschildert hatte und den Auszug aus Ägypten als blutigen Raubzug mit Tempelschändung und allerlei Greueln. Mehr als einmal habe ich mich angesichts dieser Lehrer gefragt, warum Nero kein Judenhasser geworden ist. Mir scheint es vor allem daher zu rühren, dass er für die Theorien seiner Lehrer unempfänglich war. Er konnte Philosophen im Allgemeinen nicht leiden, machte sich schon als Junge über sie lustig, stachelte seinen Narren Vatitius an, sie zu verhöhnen, stiess später einige von ihnen – wie seine Lehrer Seneca oder Chairemon – in Ungnade von seinem Hof.

Diese Missachtung der Philosophen – die von Nero auf den Hof überging – trug nicht wenig zu Senecas Verbitterung bei, wodurch wiederum er selbst zur Zielscheibe des Spottes wurde. Seit der Kaiser mit Poppäa Sabina zusammenlebte, machte man sich am Hof immer öfter über Neros früheren Lehrer lustig. »Mein armer

Junge«, sagte die unvergleichliche Frau, Neros dicken Kopf zwischen ihre zarten Hände nehmend wie den eines Kindes, eine Behandlung, die er liebte, »mein armer Junge muss soviel Dummes und Böses hören jeden Tag ...«

Wozu der Kaiser schwermütig nickte.

»Und der alte Giftonkel hat ihm schon als Kind das Herz schwergemacht ...«

»Schwer gemacht ...«, wiederholte Nero nickend.

»Dabei ist mein Junge soviel klüger und kann soviel mehr als er. Was kann Seneca schon gross? Singen? Kithara spielen? Tanzen?« Und die Freunde des Kaisers brachen in Gelächter aus bei der Vorstellung, wie der magere und steife Seneca als Tänzer aussehen mochte.

Der Hof hatte sich sehr verändert, seit die Kaiserin-Mutter verschwunden und der Prätorianer-Präfekt Afranius Burrus überraschend gestorben war. Junge Leute gaben den Ton an, eine Atmosphäre heiterer Eleganz breitete sich aus, eine leichte, scherzhafte Stimmung. Ich begann zu ahnen, welche Schwierigkeiten Halityrus' Sekretär in Puteoli erwarteten. Er sollte die judäischen Abgesandten empfangen und über die Verhältnisse in der Hauptstadt ins Bild setzen, soweit wenigstens, dass sie sich an unsere Empfehlungen hielten, auch wenn unser Aussehen, glattrasiert, römisch gekleidet, Halityrus sogar geschminkt, ihr Misstrauen erwecken mochte. Die Gesandten waren Priester mit langen Ahnenreihen und weltferne Schriftgelehrte, die auf die Merkwürdigkeiten von Neros Hof vorbereitet werden mussten, auf die Morgenaudienz bei dem um diese Tageszeit meist übellaunigen Kaiser, seine oft unschickliche Kleidung, sein für Fremde überraschendes Betragen. Am Tag ihrer Vorstellung bei Hofe war ausserdem ein Morgenkonzert in Halityrus' Haus und ein Abendessen bei mir vorgesehen, beide Treffen würden im Beisein einiger römischer Grosser stattfinden, und diese Grossen würden Fragen nach unserem Glauben stellen, nach dem Ritual der Beschneidung, nach den Speisegesetzen, ob es wahr sei, dass Juden weder Würfel spielen noch sich zu gymnastischen Übungen nackt ausziehen durften, ob wir kein Schweinefleisch assen, weil wir dieses Tier anbeteten oder weil wir es verachteten.

Auf noch eine heikle Angelegenheit galt es die Gesandten einzustimmen. In Rom hielt sich seit längerem eine andere judäische Abordnung auf, Bürger der Stadt Caesarea, vom ehemaligen Prokurator Felix zu dieser Reise veranlasst, begleitet von einer römischen Eskorte, die auch Bewachung genannt werden konnte, mit der strikten Weisung, nicht eher zurückzukehren, als die strittige Frage vom Kaiser entschieden sei. Obgleich Felix inzwischen seines Amtes enthoben und seine Order nicht mehr bindend war, sass die Abordnung noch immer in Rom, auf rätselhafte Weise festgehalten. Man vermutete, es geschähe auf Veranlassung der jungen Kaiserin, die auf einen günstigen Augenblick wartete, den Fall zu präsentieren.

Bei dieser Abordnung ging es aus römischer Sicht um viel mehr als um die Mauer eines fremden Heiligtums, es ging um grundsätzliche Regelungen der Mitbürgerschaft und des Miteinanderlebens von Angehörigen verschiedener Völker in einer Stadt, um die sogenannte *isopoliteia*, eine die Grundlagen des Reiches betreffende Angelegenheit. Caesarea war der Sitz des römischen Prokurators, die offizielle Hauptstadt der Provinz Judäa, internationaler Hafen und Handesplatz, ein in jeder Hinsicht bedeutsamer Ort, in dem Griechen und Juden seit längerem in gespannten Beziehungen lebten. Bei dem Griechen handelte es sich zumeist um Syrer und Kleinasiaten, die im Zuge griechischen Vordringens nach Judäa eingewandert waren, vor zwei, drei Jahrhunderten, unter den seleukidischen Königen, und die dort, anders als die Juden, griechische Sitten angenommen hatten. Im Vordergrund der Auseinandersetzung standen administrative Fragen, städtische Gremien und Ämter betreffend, dahinter verbarg sich Tieferes und Älteres. Blutige Zusammenstösse waren vorgekommen. Da die Stadt am Meer der Sitz des kaiserlichen Prokurators war, sah sich auch die römische Seite zunehmend involviert.

Die Kaiserin, am Hof noch immer von ihren Gegnern, den Jugendfreunden des Kaisers umringt, hielt es offenbar für verfrüht, eine so folgenschwere Petition entscheiden zu lassen. In jüdischen Kreisen am anderen Tiberufer – wo die Gesandten im fest ummauerten Haus eines kaiserlichen Freigelassenen wohnten, komfortabel, aber doch in einer Art Gewahrsam – deutete man an, die

Augusta wünsche keine Vermischung der beiden Fälle. Zwar sei eine Begegnung der beiden Gesandtschaften empfehlenswert, zumal unter den Jerusalemer Delegierten ranghohe Priester und Schriftgelehrte erwartet wurden, die ihren Landsleuten Rat und Zuspruch erteilen könnten, doch solle dieses Treffen in trans Tiberim stattfinden, fern vom Kaiserpalast und ohne römische Hofleute, am besten im weitläufigen Park des Synagogenältesten Jacobus, eines Grosshändlers und Freigelassenen des Kaisers Claudius.

Und noch etwas musste der Gesandtschaft aus Jerusalem schonend und unter Vermeidung allzu offenherziger Worte beigebracht werden. Gerüchte in den jüdischen Gemeinden Roms wollten wissen, die Abordnung aus Caesarea hätte versucht, Klage gegen den früheren Prokurator Felix zu erheben, wegen seiner Unterschlagungen, Erpressungen und Räubereien in Judäa, unter Mitwirkung hauptstädtischer Hehler und Komplizen, angeführt von seinem Bruder Pallas, dem berühmten Freigelassenen und früheren Vorsteher des Hofamtes *a rationibus*. Ob die Klageabsicht, ein riskanter Schritt, ganz aus freiem Willen heraus entstanden war oder mit ein wenig Nachhilfe von Seiten der jungen Kaiserin, wagte niemand zu sagen. Man hoffte, von der Jerusalemer Abordnung in Erfahrung zu bringen, wie sich der Hohepriester und die judäischen Grossen zu einem solchen Vorhaben stellen würden.

Behutsam, mit halben Worten weihte mich Halityrus' Sekretär in die Hintergründe der Gesandtschaft ein. Mir schwirrte bald der Kopf von all den Namen und Einzelheiten, doch sein Gedächtnis war erstaunlich, er hatte sich seit Wochen auf die Mission vorbereitet. Er musste nicht nur über alles im Bilde, sondern auch einfallsreich und flexibel sein, schon jetzt deuteten sich unvorhergesehene Änderungen an. Die Gesandtschaft war verspätet, Ereignisse in Judäa hatten sie aufgehalten, dann ungünstige Winde auf See. Unterdessen war drüben in seinem Amtssitz der römische Prokurator Porcius Festus gestorben, wodurch sich der Fall nun plötzlich auf eine Konfrontation zwischen dem Hohen Sanhedrin und König Julius Agrippa zuspitzte.

Der Kaiser zögerte mit der Ernennung eines neuen Prokurators für die Provinz Judäa, diese unterstand so lange dem in Antiochia residierenden Statthalter von Syrien, einem früheren Konsul, von dem kaum zu erwarten war, dass er sich um die Affäre mit der Jerusalemer Tempelmauer kümmern würde. Dieser Statthalter, der traditionell einer der vornehmsten Familien Roms entstammte und dem mindestens eine römische Legion in voller, furchteinflössender Kampfstärke zu Gebote stand, war zu Antiochia mit wahrhaft weltpolitischen Fragen beschäftigt, mit Roms Beziehungen zu den Grossreichen des Ostens, zu Parthern, Armeniern und anderen ruhelosen Völkern, mit Grenzsicherungen und endlosen Kriegen. So war denn Geduld angeraten, Judäas Angelegenheiten mussten warten, und so lange die Stelle des Prokurators unbesetzt blieb, wurde der Konflikt zwischen Sanhedrin und herodischem Königshaus ausgetragen. Da jedoch der römische Prokurator üblicherweise zu dem von Rom ernannten König hielt, kam die Vakanz seines Postens einer verstohlenen Aufforderung an den Sanhedrin gleich, die gute Gelegenheit zu nutzen.

In solches Gewölk und Donnergrollen fuhr der junge Sekretär mitten hinein. Er erinnerte an einen Fischer, der sich in winzigem Boot in schweres Wetter wagt, mit viel Gottvertrauen und Jugendmut. Auch ich war in seiner Lage, auch Halityrus und wer sonst mit der Angelegenheit zu tun hatte. Wir dachten kaum an die Gefahren, die damit verbunden waren, und falls wir es einmal in einer stillen Stunde taten, verloren wir darüber kein Wort.

Elohim, du müsstest meine Torheit kennen, meine Schuld konnte dir nicht verborgen bleiben. Lass nicht an mir irre werden, die deiner harren, Herr, Gott der Heerscharen, lass nicht schamrot werden durch mich, die dich suchen, Gott Israels …

Im Gespräch in Halityrus' Gartenlaube hatte ich erklärt, dass ich mich dem Poem *Kitharaspieler* seit längerem widmete. Das war nicht ganz unwahr, ich trug diesen Einfall schon einige Zeit mir herum, doch Text gab es bisher wenig, eigentlich nur ein paar Notizen auf losem Pergament. Wenn ich zum Konzert des Kaisers zurechtkommen sollte, war es höchste Zeit, mit der Niederschrift zu beginnen. Um möglichst ungestört zu sein, beschloss ich, mich am Hof für krank auszugeben.

Ich wandte mich an den Arzt Simon, eigentlich Shimeon ben Levi, dem ich vertraute, obwohl er in der Gemeinde umstritten war. Er gehörte zu den Anhängern des Galiläers, jenes Jeshua aus Nazerat, in dem einige den Messias sahen, den gesalbten König und Erlöser, während andere ihn ablehnten, sogar für einen Betrüger hielten. Der Arzt Shimeon war Pharisäer, ein gebildeter, innerlich bewegter Mensch, der Rom für den Hort des Bösen hielt, besonders den Kaiserhof und die Kaiserin Poppäa Sabina, was ihn nicht hinderte, in der Stadt eine ausgedehnte Praxis zu betreiben. Er nannte seinen Jeshua in jüdischen Häusern *Rabbi* und brachte das Attribut *Chrestos* nur ausserhalb unserer Sphäre ins Spiel, in römischen Familien, zu denen er nach und nach Zutritt fand. Er folgte seinem Rabbi auch in medizinischen Fragen, indem er an Heilkraft durch Blick, Handauflegen und Besprechen glaubte sowie daran, dass der Zugang zu körperlicher Genesung über die Seele erfolge, vor allem über die Sprache. Von Jeshua wurden Wunderheilungen berichtet, er soll durch Zureden Tote erweckt und durch Berühren Aussätzige rein gemacht haben, und der Arzt Shimeon ben Levi versuchte ein paar Mal, mich für griechische Flugschriften zu interessieren, in denen diese Taten in aller Ausführlichkeit berichtet wurden.

Shimeon war von den jüdischen Kreisen, in denen er zu praktizieren begonnen, überall in der Stadt weiterempfohlen worden, auch an aristokratische und griechische Häuser. Man konsultierte ihn vor allem in Fällen von Erschöpfung, Migräne, Appetitlosigkeit, Schwinden der Energie oder in Fällen von allgemeinem Lebensüberdruss. Seine Heilmethoden waren ungewöhnlich, oft bestanden sie in langen Gesprächen mit dem Patienten, über die beide Seiten Stillschweigen wahrten. Von Shimeon ging etwas Beruhigendes aus, eine sanfte, ausgleichende Ausstrahlung, der auch ich mich nicht entziehen konnte. Übelwollende behaupteten, er missbrauche seine Heilerfolge, um Proselyten für die Sekte des Galiläers zu gewinnen. Genesende, eben aus lebensgefährlicher Krankheit Errettete seien besonders ansprechbar für Hochherzigkeiten, ausserdem leicht zu Opfern und Spenden zu bewegen. Die Kaiserin, welche die Sekte des Nazareners nicht mochte, betrachtete den Arzt mit unverhohlenem Argwohn.

Er verschrieb mir tägliche Spaziergänge und etwas Arbeit im Garten, ausgiebigen Schlaf, Enthaltung von Alkohol ausser am *shabat*, und empfahl mir, bis zu jenem »wichtigen Ereignis«, von dem ich etwas nebelhaft gesprochen, in Abgeschiedenheit und Stille zu leben. Da man seinen Namen am Kaiserhof besser nicht erwähnte, schickte er mir einen jungen römischen Kollegen zur Bestätigung, der zugleich das entschuldigende Papier unterschrieb, welches für mein Fernbleiben von höfischen Anlässen notwendig war. Auch der junge Römer schien im Banne des Chrestos zu stehen, trug einen Bart, obwohl das Alter der ersten Rasur längst hinter ihm lag, und benahm sich sanft und geheimnisvoll. Die Kanzlei der Kaiserin antwortete noch selbigen Tags mit einem Wachstäfelchen von drei Zeilen, darin mir gute Besserung gewünscht und nach hoffentlich in Bälde erfolgter Genesung eine Einladung zur Morgenaudienz des Kaisers angekündigt wurde, damit das göttliche Paar meine »anregende Anwesenheit« nicht allzu lange entbehren müsse.

Ich machte mich ans Werk. Dabei wusste mich vorübergehend als Schicksalsgenosse des Kaisers: auch Nero lebte in jenen Tagen ganz seiner Kunst, verzichtete auf Alkohol und hielt Diät, legte nachts Bleiplatten auf seine Brust, um die Atemmuskulatur zu stärken, und nahm Schnittlauch in Öl zu sich und anderes, wovon es hiess, dass es die Stimmbänder geschmeidig mache. Er probte täglich mit Menekrates, dem berühmten griechischen Kitharöden, der trotz seiner Jugend als vollendeter Meister dieser Kunstrichtung galt. Der Kaiser hatte ihn mit einem Palast und Landgut beschenkt und liebte ihn wie ein Kind seinen Lieblingssklaven, man sah ihn in aller Öffentlichkeit des Sängers Hand tätscheln und bei Tafel mit ihm aus dem selben Becher trinken. Trotz dieser Nähe war Menekrates für die politischen Intentionen der griechischen Partei wenig geeignet, da er es mit dem Hochmut eines Virtuosen ablehnte, über etwas anderes zu sprechen als über sein Fach, über den Klang von Kithara, Lyra und Phorminx, den Anschlag des Plectrums oder freie Responsion.

Freunde wie Menekrates gaben dem Leben des jungen Kaisers den Halt, den es brauchte, eine Atmosphäre von künstlerischer Ambition und Bemühung. Nero war launenhaft, betrank sich, verlor Hunderttausende im Würfelspiel und durchstreifte nachts mit seinen Freunden die Gassen Roms, um Vorüberkommende zu verprügeln, doch zwischendurch zeigte er Ehrgeiz und tiefere Empfindung. Hieran hatte seine Mutter ihre Hoffnungen geknüpft, Hoffnungen, denen auch ich mein Amt verdankte. Er schrieb unentwegt, fast täglich sandte er mir etwas zur Begutachtung und Überarbeitung, um es später mit Menekrates' Hilfe zu vertonen. Seine Begabung lag auf dem Gebiet des öffentlichen Vortrags, schon im Knabenalter war er als Orator aufgetreten und hatte durch die Abstufungen seiner Modulation Erstaunen erregt. Wenn seine Stimme infolge seines Lebenswandels nicht die Kräftigste war, wusste er sie dennoch, mit dem Gespür eines echten Talents, effektvoll einzusetzen.

Bis heute lese ich manchmal in Neros Poemen. Was immer gegen sie eingewandt werden mag, ungewöhnlich sind sie allemal. Etwa die *Troica*, ein dramatisches Epos, das er in jenen Nächten rezitiert haben soll, als Rom in Flammen stand. Schon dieses frühe Werk zeigt seine Vorliebe, gewohnte Vorstellungen umzustürzen. Alles in der *Troica* ist anders als in den zahllosen Dichtungen zum Thema, nicht Hektor ist Trojas Held, sondern Paris, obgleich ihn Homer, der Sänger der Ilias, als von Lastern entnervten Schwächling gezeichnet hatte. Nero, unbeeindruckt von derlei Festlegungen, behauptete schon als Junge, dass Paris kein Feigling gewesen sein könne, im Gegenteil: jemand, der einen so gefahrvollen Auftritt in der Geschichte wagte, der um leidenschaftlichen Begehrens willen Schuld auf sich nahm, sogar Verachtung und Nachrede, sei in seinen Augen bewunderungswürdig. In diesem Sinne gab er Paris, wann immer er in seinem Poem auftrat, ein bravuröses Motiv, einen hämmernden, springenden, gleichsam frohlockenden Rhythmus, den er zur besonderen Betonung mit dem Plectrum schlug.

Wie sehr hat sich seither der Geschmack verändert, wie tief ist der Künstler Nero in Vergessenheit geraten. Mich mutet dieses Vergessen ebenso gespenstisch an wie damals der Jubel. Seine früheren

Bewunderer leugnen die Hingerissenheit, mit der sie ihm lauschten, sie behaupten, ihre Begeisterung sei unter Zwang enstanden, unter den Blicken der Denunzianten und Gardesoldaten. Doch ich erinnere mich, dass sie von Herzen kam und alles Mass überstieg. Der singende Caesar war ein mythisches Ereignis, ein mit äusserster Exaltation verbundener Akt römischer Selbstfindung, eine Kommunion von Herrscher und Volk, symbolisiert in der grenzüberschreitenden Gestalt des Künstlers, die nach Neros Worten beides in einem war, »herrscherlich in ihrer Erwähltheit, volkstümlich in ihrem Drang nach Freiheit.«

Die römische Aristokratie blieb aus der Umarmung ausgeschlossen – eine der Ursachen für ihre Aversion gegen den kaiserlichen Sänger. Nero kümmerte sich zunächst nicht darum, der Beifall des Volkes kam ihm lange für fehlende Anerkennung durch die Grossen auf. Später begann er sich über seine Kritiker zu ärgern und liess sie verfolgen und hinrichten. Er tat noch anderes, was den Ruhm eines Poeten bei der Nachwelt ruiniert. Nur wenige Kenner bringen es heute über sich, an seine Verse heranzugehen als handle es sich um Literatur. So spricht etwa ein Klient der Familie Seneca, der Ritter Martialis, mit Bewunderung von der *carmina docti Neronis*, der geläufigen, am Griechischen geschulten Form von Neros Poemen. Martials eigene Verse, soweit ich sie kenne, sind geprägt von den Gehässigkeiten des griechischen Epigrammatikers Lukillios – umso überraschender diese Worte des Respekts, noch dazu im Falle des verblichenen Kaisers, den zu loben heute nicht ungefährlich ist.

In der *Troica* liess Nero seinen Helden Paris auf der Flucht antike Landschaften durchstreifen, die Beute Helena auf starken Armen mit sich tragend, heimwärts- und vorwärtsstürmend, nicht immer in Übereinstimmung mit dem geographisch wahrscheinlichsten Weg:

Wenn er der Perser Gebiet durchirrt,
dann verschwindet der Tigris
tief in gähnender Kluft:
fortrauschend unter dem Boden

taucht der verlorene Strom erst auf
wo er nimmer gesucht wird …

Ähnlich ging es mir mit Nero selbst: er entzog sich, verbarg sich in Schluchten, wurde erst wieder sichtbar, »wo er nimmer gesucht wird«, auf dem Gebiet der Dichtkunst. Ein Poem zu schreiben war meine einzige Möglichkeit, mich über ihn zu äussern, über ihn nachzudenken. Ich tat es, wie man nachdenkt im Gedicht, in der körperlos schwingenden Konsequenz des Sprachlichen, nicht in analytischer Kontemplation. Wäre ich dazu imstande gewesen? Was wusste ich über Nero, den Julier, den Herrscher? Wie die meisten am Hof erwartete ich nicht, dass er lange regieren werde. Die Zeit verging mit Auftritten, Konzerten, Skandalen, die Tage stürmten dahin in trügerischer Leichtigkeit, ballten sich wie Wolken an wildbewegten Himmeln zu Wochen, Monaten, Jahren, irgendwann wurde man gewahr, dass ein Jahrzehnt auf diese Weise verflogen war … Rätselhafte Todesfälle warfen gelegentlich ihre Schatten auf die endlose Festivität, gegen Ende nahm das Morden systematische Formen an. Fast zehn Jahre hielt ich es aus, dann ergriff ich die Flucht und verbarg mich auf dem Land.

Oft war das Benehmen des Kaisers so ungeheuerlich, dass alle Zeugen – selbst, wenn es Tausende waren – mit starr geweiteten Augen auf ihn blickten, an der Grenze zur Lähmung, zum hypnotischen Stupor, nicht mehr sicher, ob sie wachten oder träumten. Er bediente sich dieses Mediums mit leichter Hand, mit der Zeit beherrschte er es in einem Grade, dass man von einer Kreativität des Schreckens sprechen kann. Die Köpfe rollten an seinem Hof wie die Spielwürfel, vor aller Augen wurden die Reichsfinanzen geplündert, der Unterhaltungswert war ungeheuer. Viele Römer fanden an seiner Herrschaft Gefallen, manche liebten ihn abgöttisch. Zu einfach wäre es, diese Liebe damit zu erklären, dass er unentwegt Spiele und Lotterien gab, durch die Arme über Nacht zu Besitzern von Häusern, Rennpferden und Edelsklaven wurden, und dass er mit Vorliebe Niedriggeborene in seine Umgebung aufnahm, um sie vor aller Augen den Grossen des Reiches vorzuziehen. Offenkundig lag hier Tieferes vor als gekaufte Sympathie. Vor allem wusste Nero, dass seine Auftritte als Sänger und Wagenlenker das Einvernehmen vertieften, indem sie seine kaiserliche Macht auf scherzhafte Weise herabwürdigten. Er war, wie ich in meinem Poem schrieb

... ganz er selbst nur
wenn er der Lyra magische Klänge
konnte beschwören, zunächst im geheimen,
verhalten sodann den vertrautesten Freunden,
schliesslich mit ihrer Kraft sich besinnender Stimme
dem römischen Volk, das ihn jubelnd begrüsste:
kühn war, was ihm träumte, und niemals alltäglich,
kühn wie die Stadt sich auf sieben Hügeln
erhob als die Herrin der Welt ...

Verse dieser Art flossen mir leicht aus der Feder. Ich machte mir wenig Gedanken über ihre mögliche Wirkung, ahnte kaum, was Bedenken sind. Ein junger Mann von Anfang Zwanzig sieht das Leben vor sich wie zu eroberndes Land, Ahnungslosigkeit treibt ihn voran, vielleicht zu unerhörten Taten, vielleicht ins Unglück – wer will es vorher wissen? Zeile um Zeile warf ich aufs Pergament, Vers um Vers, in angenehmer Geläufigkeit. Ich schrieb in bester Absicht. Ich war mit mir eins, zufrieden mit meiner Rolle am Hof: ich hielt den Kaiser vom Trinken ab, vom nächtlichen Umherstreifen, von Ausbrüchen seiner Wut. In diesem Fall ging es sogar um mehr, um Hilfe für meine bedrängte Heimat. Wenn mich Müdigkeit übermannte, am frühen Nachmittag, legte ich mich auf ein Ruhebett mit Blick in den Garten, wo ich bei offener Tür, unter dem Gezwitscher der Vögel, besänftigt von der linden, blau flimmernden Luft, in sanften Schlummer sank.

Was wusste ich damals, woran glaubte ich? Meine Wiege stand auf dem Hügel Palatium, im Dienstbotenflügel, und der Gott, um den sich dort Tag und Nacht alles drehte, war der Imperator Caesar Augustus, erst Gaius Caligula, dann Claudius, schliesslich Nero, mit Beinamen *divinus*, »der Göttliche«. Von der Laune, dem Schlaf, der Verdauung dieses Wesens hing unser Leben ab. Meine arme

Mutter – ihr Andenken zum Segen – gab mir an Bildung, was sie konnte. Sie erzählte mir, wann immer es ihr Dienst als Kammerfrau erlaubte, Geschichten aus dem Leben unseres Volkes, vom kleinen Abraham im Chaldäerland, der träumend am Ufer des Euphrat sass und sich fragte, wer Sonne, Mond und Sterne erschaffen, von seinem Auszug in die Wüste des Südens, von seiner Gottsuche in den Hainen von Hebron, die sich in Liebe verwandelte, eine Liebe, gewaltig genug, dass er dem Allerhöchsten seinen eigenen Sohn opfern wollte, und wie dieser Gott das Opfer zurückwies, was keinem der bisherigen Götter in den Sinn gekommen war. Ich hörte auch weiterhin viel von Liebe, denn Liebe war es, was uns in unsere Besonderheit getrieben hatte, in unsere aufregenden Schicksale. Meine Mutter erzählte mir von Issaks Liebe zu Rebekka, von Jakobs Brautwerbung und seiner Liebe zu Rachel, vom Verrat seiner Söhne an Joseph und dessen Aufstieg am ägyptischen Hof, von Aufbruch und vierzigjähriger Wanderung, von Richtern und Propheten, von König David, Salomon und Uziah, vom Exil zu Babylon, von der wunderbaren Rückkehr, vom zweiten Tempel. Meist wurde sie im Erzählen unterbrochen, ihr Leben am Hof kannte keine Ruhe, doch in den Pausen blühte meine Phantasie umso üppiger. Ich sah die Helden jener Geschichten, ihre Gesichter, Gewänder und Zelte, die Palmen, Wüstenginster, Oasen, die Blumen, die dort wuchsen, die Vögel, die sie umflatterten, und weil so viel von Liebe die Rede gewesen war, liebte ich all das, ohne es zu kennen.

Schliesslich reiste ich in meiner Mutter Heimat, sah den Tempel und die Stadt Jerusalem, streifte in den freien Stunden, die mein Dienst mir liess – ich begleitete einen römischen Gesandten als Übersetzer und Geheimschreiber – durch die mit Menschen überfüllte Stadt, kam meinen Landsleuten näher, sah ihre Gesichter, Gestalten, hörte ihr schnelles, musikalisches, kehlstimmiges Reden in den Sprachen, die ich in Rom gelernt hatte, gleich in Worten und Schriftzeichen und doch in mancherlei verborgenem Sinn verschieden. Ich suchte in den Gassen der Stadt nach meinem Freund Asarja, erkundigte mich nach ihm bei Türhütern und Dienern des königlichen Palastes, aber niemand wollte genaueres von ihm wissen. Man lachte über mich: wie ich erwarten könne, in so kurzer Zeit den Geheimnissen der Stadt auf die Spur zu kommen. »Du musst länger bleiben«, hiess es, »bei uns hat die Zeit ein anderes Mass.«

Seither sehe ich Jerusalem vor Augen im Schlaf und im Wachen, die alte Königsstadt, die Wüstenfeste, die Steinerne, Strahlende, Einmalige. Hätte ich je gedacht, von Bedeutung für sie zu sein? Mein Poem sollte den Kaiser gewinnen, für die Bittschrift wegen der Tempelmauer, um deretwillen hohe Würdenträger, Priester und Schriftgelehrte von Jerusalem aufgebrochen waren. Um deretwillen auch König Agrippa der Zweite, wenngleich in gegenteiliger Absicht, Gesandte in Rom unterhielt und die griechische Hofpartei ihre Spitzel. Ich verstand damals nicht wirklich, worum es im Einzelnen ging. Es genügte, dass all dies mit dem Tempel zu tun hatte, mit dem Wunderwerk, dessen Eindruck vor meinem inneren Auge niemals verblasst war und von dem ich in diesen Tagen immer wieder träumte.

Wenn ich spät am Nachmittag erwachte, zog es mich ins Freie, in den Garten, wo ich Bäume beschnitt, grub und wässerte. Verse gingen mir durch den Kopf, seltsam ungefähr, in unaufhaltsamer Bewegung, das Poem wuchs pflanzenhaft, wie von allein, vermöge jener Art Eingebung, die ich selbst beschrieb:

Denn er weiss, wenn es Zeit ist
und göttlicher Anhauch umflort ihn,
und es klärt sich, was vorher in Nebel
und dunklem Verhaftetsein harrte:
hin auf die Blätter von selbst
legt sich Zeile um Zeile,
fügt sich, vollendet sich,
ihm zum Erstaunen: ein Wunder
geschieht, lässt geschehen,
worum er so lange gebangt …

Rasch glitt das Rohr über das Pergament, sogar das Schriftbild hatte etwas Gleitendes, Wellenartiges, wenig Stockungen und Streichungen, auch später, bei der Übertragung in eine Schriftrolle, gab es kaum Korrekturen. Auf diese Weise enteilten Wochen. Ich war vierundzwanzig Jahre alt, unverheiratet, bei bester Gesundheit. Ab und zu liess ich ein Mädchen kommen, eine Tänzerin oder Flötenspielerin. Es waren nie gleichzeitig mehrere, auch keine Kinder, für hauptstädtische Verhältnisse lebte ich dezent. Manchmal ging ich ins *bet ha knesset*, ins jüdische Versammlungshaus, um mit anderen zu beten. Manchmal segnete ich das Brot, manchmal vergass ich es. Meine Hausgenossen waren die alte Jochebed, die Dienerin meiner Mutter, die ich freigelassen hatte, und ihr Mann, der Administrator meines Hauses. Auch mein Schreiber Primus gehörte schon zur *familia* und der junge Gedalja, ein Landsmann ›von drüben‹. Der Kammerdiener war wiederum ein Grieche, den Primus zu kaufen empfohlen hatte. Nach römischen Masstäben ein einfaches Haus, meinem geringen Einkommen als Sekretär im Hofamt *a studiis* angemessen.

Die Jerusalemer Gesandtschaft traf drei Tage vor dem Konzert des Kaisers in der Hauptstadt ein. Ihre Ankunft wurde kaum beachtet, so sehr waren alle mit der bevorstehenden Aufführung beschäftigt. Ein Bote der Kaiserin erschien am Nachmittag desselben Tages und überbrachte ein launiges Brieflein nach ihrem Diktat: man hoffe, dass ich genesen sei und heute Abend in den kaiserlichen Palast kommen könne, wo der Göttliche vor wenigen Freunden eine Probe des zu Erwartenden geben wolle, einen oder zwei Gesänge nur, um seine Stimme nicht über Gebühr zu strapazieren. Bitte alltägliche Kleidung, keine Rangabzeichen, keine Begleiter.

Gedenke nicht der Sünden meiner Jugend und meiner Widerspenstigkeit, besinne dich auf deine Güte … Denn einem Mann, der Gott fürchtet, zeigt er den Weg, den er wählen soll …

So ging ich zur angegebenen Zeit, von Gedalja mit einer Laterne begleitet, den Nordhang des Aventinus hinunter, am Circus Maximus vorbei, dann, der von Lichtern erhellten Via Triumphalis folgend, hinüber zum kaiserlichen Palast. Das Seitentor, bei dem ich anlangte, war verschlossen, still und lichtarm lagen die Gebäude im Dunkel eines feuchtkalten Frühlingsabends. Wenige *ardaliones* verloren sich auf dem weiten Platz. Sie beachteten mich kaum, einen Fussänger mit nur einem Diener. Aus dem Pförtnerhaus trat der Offizier der wachhabenden Prätorianer-Kohorte, in der Toga, mit einem kaiserlichen Nomenklator, der ihm nach kurzem Hinschauen meinen Namen nannte, mit der korrekten Bezeichnung *Amicus secundae admissionis*, Freund der zweiten Vorlassung. Sie erwiesen mir die Ehrenbezeigung und hiessen mich in die erste Vorhalle eintreten. Meinen Laternenträger schickten sie in einen Warteraum, in dem schon andere sassen und Würfel spielten. Vor mir her, durch die erleuchteten Wandelgänge, schritt ein Prätorianer als Wache und Führer. Die Kaiserin hatte den Ort der Zusammenkunft in der Einladung nicht bekanntgegeben.

In den schweigenden, abendlich kühlen Hallen waren nur wenige Menschen unterwegs. Einmal sah ich, fern auf dem spiegelnden Marmor, einen mir flüchtig bekannten Beamten des Hofamtes *a libellis* – dem damals noch der Freigelassene Doryphorus vorstand – begleitet von Aktenträgern, später eine Gruppe kaiserlicher Pagen unter Leitung eines Tanz-und Gesanglehrers. Wir bewegten uns, der Prätorianer voran, in raschem Schritt durch Korridore und Säulenhallen, doch nicht in Richtung auf den Gartensee, wo das Amphitheater lag, sondern westlich, gegen die kaiserlichen Privaträume hin, wo es eine kleine Bühne für die täglichen Proben und Übungen gab. Wenn dieser verhältnismässig kleine Raum für die heutige Zusammenkunft ausreichte, war unter den Freunden des Kaisers eine enge Auswahl getroffen worden. Der Kreis der Freunde erster Vorlassung umfasste ohnehin nur Wenige, die späteren Kaiser Otho und Vitellius, die Senatoren Seneca, Lucanus, Cluvius Rufus, Clodius Eprius Marcellus, Petronius und Vestinus Atticus, die Ritter Tigellinus und Claudius Senecio, auch Vespasian, den späteren Zerstörer meiner Heimat – Männer, von denen sich der Kaiser auf die Wange küssen liess, die er ohne Anmeldung in Morgenaudienz empfing und regelmässig zu Tische lud. Doch wenn er sang, bat er meist auch Freunde der zweiten Vorlassung dazu – und deren gab es etliche –, sowie Hofbeamte und kaiserliche Freigelassene, sogar Narren, Spassmacher und Philosophen. An diesem Abend schien sich die Einladung auf wenige zu beschränken. Über diese wenigen würden schon morgen die *ardaliones* auf Foren und Plätzen, in Thermen und Tavernen die Kunde verbreiten, dass sie zu den engen Freunden des kaiserlichen Paares gehörten.

Derlei ging mir durch den Kopf, während ich dem Gardesoldaten durch die Anlagen der *domus transitoria* folgte. Ab und zu passierten wir einen Posten, je zwei hochgewachsene Prätorianer, von denen einer standbildhaft aufgereckt vor einer Säule stand, der andere sich im Hintergrund der Wandnische in Wartestellung hielt. Mein Begleiter rief jedesmal, einige Meter vor ihnen, mit halblauter Stimme das Losungswort, worauf sie uns, ohne sich zu rühren oder sonst irgendein Lebenszeichen zu geben, passieren liessen. Am Ende eines Ganges hörte ich unvermittelt gedämpftes Stimmengewirr, gewahrte eine Fülle von Licht und davor, noch im Halbdunkel, eine weitere Wache, diesmal Ritter der kaiserlichen Leibgarde, junge Männer aus alten Familien, in weisser Toga mit dem schmalen Purpurstreif, denen mich mein Begleiter mit einem Aufschlagen des Lanzenstils und kurzer Meldung übergab.

Ein lichterfüllter Raum tat sich auf, rundum aus eisgrauem Marmor, im Hintergrund ein marmornes Podium. Die Köpfe berühmter Dichter, gleichfalls aus dem eisigen Stein, augenlos, auf glatten Sockeln, umringten uns in halbrunden Nischen. Im Raum verteilt, in Gruppen zwangloser Anordnung, meist stehend, Männer in weisser Toga, deren Wollstoff leuchtete wie frischgefallener Schnee. Der erste, den mein Auge traf, war der Senator Gaius Petronius, der ehemalige Prokonsul von Bithynien. Petronius war noch jung, eine straffe Gestalt mit erhobenem Kopf, von scharfer Rasur schimmernden hageren Wangen und einer grossen, schön geschwungenen Nase. Er versuchte, den Eindruck von Energie und Willenskraft, der von ihm ausging, durch einen gelangweilten Zug um Mund und Nasenflügel zu mindern, vermutlich, um seine Neider zu täuschen, die ihn für schwächer halten sollten als er war. Dennoch war er viel besprochen, die *ardaliones* folgten ihm auf Schritt und Tritt. Sie erzählten, er verbringe seine Tage schlafend und seine Nächte mit entkräftenden Ausschweifungen, Scharen schöner Sklavinnen bevölkerten seinen Palast, seine Bäder wären aus schwarzen Marmor. Er hielt die Augen in vorgetäuschter Schläfrigkeit halb geschlossen, doch bei meinem Anblick öffnete er sie zur Gänze und deutete ein Winken mit der Rechten an, eine Aufforderung, näherzutreten.

»Guten Abend, *clarissime«*, sagte ich mit einer Verbeugung.

»Guten Abend, *egregie«*, gab er zurück. »Geht es wieder besser?«

»Danke, *clarissime*, danke der Nachfrage.«

»Ich höre, *egregie*, eure Landsleute sind eingetroffen?«

Seine Anrede setzte mich in Erstaunen, der Titel *vir egregius*, der mir als kaiserlichem Sekretär im Ritterrang zustand, den aber Höhergestellte kaum je in Anwendung brachten. Üblicherweise bedienten sich Männer von Petronius' Rang eines Nomenklators, wenn sie, falls überhaupt, das Wort an Niedriggeborene richteten. Dabei hatte ich ihn aus Zerstreutheit nur mit *clarissimus* angeredet, mit dem jedem Senator zustehenden Titel, nicht als *vir ornatissimus*, wie ihm als ehemaligem Statthalter einer Provinz gebührte. Ein Überwollender hätte es mir verargt, er jedoch ging lächelnd darüber hin. Noch mehr überraschte mich die Frage nach den »Landsleuten«. Ich antwortete vorsichtig, dabei nachträglich die Anrede korrigierend:

»Man sagt so, *ornatissime.«*

Er fragte lächelnd: »So sieht man sich morgen früh zur Audienz?«

Ich wagte einen kurzen Blick in sein Gesicht, um herauszufinden, was er wusste. Er veränderte nicht seine lächelnde Miene, rührte sich nicht, zeigte wie immer das Gebaren eines gedankenlosen Müssiggängers. Man erzählte, dass er aus Langeweile Poeme schreibe, ohne sie zu veröffentlichen. Doch in Bithynien und ganz Kleinasien erinnerte man sich gut, wie energisch und arbeitsam dieser Mann sein konnte, wie geregelt und friedvoll es in den von ihm verwalteten Landschaften zugegangen war. Halityrus hatte angedeutet, der Senator gehöre zu unseren Sympathisanten. Jeder am Hof wusste, dass er ein Gegner Senecas war. Ich zögerte dennoch mit der Antwort.

»Wenn mich der Göttliche zur Morgenaudienz befiehlt, *ornatissime*«, sagte ich, »werde ich zur Stelle sein.«

Er lächelte unverändert. Dann tat er etwas Unerwartetes. Er beugte sich leicht nach vorn, legte seine Rechte auf meine Schulter und forderte mich durch diese Geste auf, ihn zur Begrüssung auf die Wange zu küssen. Dass ein kaiserlicher Freund der ersten Vorlassung einem Freund der zweiten einen Kuss gewährte, mochte angehen, wenn auch der Freund zweiter Vorlassung *vir clarissimus* war. Doch in diesem Fall, da der eine dem anderen an Rang, Reichtum und Stellung so vieles voraus hatte, musste es Aufsehen erregen. Ich war geistesgegenwärtig genug, der Aufforderung ohne Zögern Folge zu leisten und mit den Lippen flüchtig seine glatte, gesalbte, nach orientalischen Essenzen duftende Wange zu berühren. Von Kindheit an hatte ich gelernt, das Verhalten der Grossen als etwas Gegebenes hinzunehmen, auch ihre unerwarteten Einfälle. Der ehemalige Prokonsul nutzte die Nähe unserer Köpfe, um mir zuzuraunen: *»Bono animo, amice.«*

Erst nachträglich wurde ich gewahr, dass wenige Schritte entfernt der alte Senator Seneca stand und uns beobachtete. Man sah Seneca damals selten am Hof, er hatte sich seit dem Tod seines Freundes Afranius Burrus, des Präfekten der Garde, aus der Hauptstadt zurückgezogen, und nur besondere Gelegenheiten konnten ihn veranlassen, von einem seiner Landsitze nach Rom zu kommen. Einige der jungen Günstlinge meinten, ihn verächtlich behandeln zu dürfen, doch er tat, als merke er nichts davon und zeigte der Welt die unbewegte Miene eines stoischen Philosophen. Auch von anderen Anwesenden wurde ich zur Kenntnis genommen, offenbar hatte die freundliche Behandlung durch Petronius Eindruck gemacht. Der Tänzer Paris, ein früherer Geliebter des Kaisers, grüsste mich unterwürfig, mit tückischem Glanz in den von Schminke umrandeten glashellen Augen. Es hiess, er sei in die Tochter eines Konsularen verliebt, und obgleich ihm sein Beruf und niederer Stand – er war ein Freigelassener von Neros Tante Domitia – jede Aussicht auf Heirat verboten, hoffe er dennoch, durch Opferschau griechischer Wahrsager ermutigt, und suche Fürsprache bei fast jedermann am Hof. Dafür wandte mir der Freigelassene Doryphorus, Vorsteher des Amtes *a libellis*, den Rücken zu, wohl um zu zeigen, dass Petronius' Gunstbeweis keinen Eindruck auf ihn machte. Ein Nicken gönnten mir die Freigelassenen Polyclet und Helius, zwei beleibte Männer von fast gleicher Statur, die immer bei solchen Gelegenheiten zusammenstanden und vertraulich flüsterten, weshalb man sie am Hof »die Dioskuren« nannte. Der spätere Kaiser Vitellius, schwer beleibt, um die Fünfzig, gab mir einen Klaps auf die Schulter, ehe er sich schnaufend auf eine der Bänke zwischen den Marmorbüsten setzte. Er war immer der erste, der sich niederliess. Kaum sitzend, begann er mit angestrengtem Gesichtsausdruck die Süssigkeiten zu begutachten, die kaiserliche Sklaven auf goldenen Platten herumreichten.

Der Dichter Lucanus, Senecas Neffe, ein Jüngling von Anfang Zwanzig mit schwachem Kinn, bleicher Gesichtshaut und zu rotem Mund, hochgewachsen, von nachlässiger Haltung, bekleidet mit der senatorischen Toga, trat heran, küsste Petronius und berührte mich mit seiner kalten, langfingrigen Hand an der Schulter. Ebenfalls in der Toga, mit dem schmalen Purpurstreif, der neue Befehlshaber der Garde Ofronius Tigellinus, ein glattgesichtiger, freundlicher Ritter mit ewigem Lächeln, der sich geschmeidig umwandte, als ich vorüberging, und etwas Artiges, wenngleich vollkommen Belangloses zu mir sagte. Auch der Freigelassene Pallas war eingeladen, ein vor Wohlwollen leuchtender Greis mit glänzendem Doppelkinn, geölten, nach wie vor schwarzen Ringellocken und edlen Steinen an den Fingern, durch die so lange die Gelder des Reiches geflossen waren, nun des Amtes enthoben, doch immer noch von gefürchtetem Einfluss.

Insgesamt kaum zwanzig Personen, ein für die Verhältnisse dieses Hofes winziger Kreis. Und keine Frau ausser der Kaiserin. Unter all den Männern in weisser Toga war sie der Farbtupfer, den das Auge ersehnte. Alle schienen so zu empfinden, bei ihrem Anblick öffneten sich alle Herzen, selbst die ihrer Gegner, man wusste nicht wie. Sie trug ein Kleid, blau wie Lapislazuli, aus mehreren Lagen von hauchdünnem koischen Flor, mit hunderten gelblicher Perlen bestreut wie nächtlicher Sternenhimmel, dazu einen zerbrechlichen Schmuck aus asiatischen Vogelfedern auf Gold, und erinnerte selbst an ein Vögelchen, wie sie sich leichtfüssig, in ihrem flatternden Gewand zwischen den sie umringenden steifen Männern bewegte. Dass sie sich mir zuwandte und lächelte, bewirkte ein Verstummen der Gespräche.

Alle Augen hingen an uns, als ich mich tief verneigte. Ich war wie benommen von der unerwarteten Gunst ihres Lächelns und wäre fast vor ihr ins Knie gegangen, doch jede Form fussfälliger Anbetung war von Neros Vorgänger Claudius – nachdem sie am Hof des Caligula üblich gewesen – gesetzlich verboten worden, da »derlei orientalische Sitten das Wesen der römischen Freiheit entstellen«. Die Kaiserin wartete ab, bis ich wieder aufrecht vor ihr stand, und dieses Abwarten gab den Umstehenden Zeit, mit ihrer Überraschung fertig zu werden. Die meisten kannten kaum meinen Namen. Ich war plötzlich im engsten Freundeskreis aufgetaucht, sozusagen aus dem Nichts. Man lauschte mit hochgezogenen Brauen, die »Dioskuren« mit leicht geöffneten Mündern, als die Herrin der Welt mich anredete.

»Guten Abend, *egregie«,* begann sie leise, als wären wir allein. »Wieder gesund?« Ein schalkhaftes Lächeln erschien in ihrem nur leicht geschminkten Gesicht – ich erinnere mich an etwas Grünblau und Gold über den Augen, passend zu ihrem Vogelfeder-Schmuck – und machte, dass auch die meisten Umstehenden zu lächeln begannen.

Hier wäre die übliche Antwort-Floskel »Dank den Göttern« angebracht gewesen, doch ich vermied den gegen unser Gebot verstossenden Plural, sagte zwar nicht rundheraus »Dank dem alleinigen Gott«, was eine Provokation bedeutet hätte, sondern eine Kompromissformel, die wir uns für solche Fälle zurechtgelegt hatten: »mit göttlicher Hilfe«. Dass die Kaiserin zustimmend dazu lächelte, wurde als noch stärkeres Zeichen von Wohlwollen angesehen als der Kuss des Senators Petronius. Dieser hatte sich unterdessen zu uns gesellt, als wolle er seinem Feind Seneca und der griechischen Hofpartei zu verstehen geben, dass er in allen kommenden Affären der Kaiserin zur Seite stand. Die Führer der *grex* unterhielten ein zuverlässiges Nachrichtensystem und wussten, dass die judäische Abordnung in Rom eingetroffen war. Im Handumdrehen wurde unsere kleine Gruppe – die Kaiserin, Petronius und ich – von Anhängern der griechischen Hofpartei umringt.

Die Kaiserin liess sich dadurch nicht aus der Ruhe bringen. »Das hören wir gern«, sagte sie, unverändert lächelnd. »Man hat den Ritter am Hof vermisst, nicht wahr, liebe Freunde?«

Petronius stimmte freudig zu und sah sich beifallsuchend im Kreis der Togaträger um. Daraufhin zeigte das eine oder andere Gesicht ein vages Lächeln, Tigellinus ging soweit, etwas Zustimmendes zu murmeln. »Seit langem«, fuhr die Kaiserin fort, »schätzt der Göttliche des Ritters literarische Feingefühl und ist gespannt auf seinen Eindruck von der heutigen Deklamation.« Die Erwähnung des Kaisers rief ein allgemeines Neigen von Köpfen hervor. Auch ich neigte mich tief. »Also dann morgen früh in der Audienz«, schloss sie heiter, und ihre Augen glitzerten mitreissend.

Die ihr schlaft auf elfenbeinverzierten Betten, euch auf Sofas räkelt, die ihr die Lämmer der Herde verzehrt und die gemästeten Kälber, und die ihr auf der Kithara spielt …

Sie hatte meine Einladung zur Morgenaudienz offiziell gemacht, in aller Form, mit allen Folgen, die ein Bekanntwerden dieser Neuigkeit in der Stadt auslösen würde. Tigellinus liess halblaut eine der traditionellen Glückwunschformeln hören, auch der Tänzer Paris murmelte etwas, das wie *gratulatio* klang. Die »Dioskuren«, eifrig bemühte, aber schwerblütige Männer, standen still mit erstaunten Gesichtern. Seneca tat, als hätte er nicht gehört. Der Freigelassne Doryphorus war blass geworden, seine gleichmässigen, statuenhaften Züge erstarrten.

Doryphorus … Für eines Lidschlags Dauer schien es, als ahne er sein Schicksal, seine Ohnmacht gegenüber dieser Frau, die dabei war, seine Vertrautheit mit Nero zu zerstören, ihm trotz seiner Schlüsselstellung als *procurator a libellis* täglich mehr von seiner

Macht zu entziehen. Zwischen ihm und der Kaiserin ging es um mehr als um die judäische Abordnung, es war die seit langem fällige Machtprobe, von beiden herbeigesehnt, sogar von ihm, obwohl er voraussehen musste, dass er der Verlierer sein würde. Die Kaiserin liess ihre grossen schimmernden Augen auf dem schönen Gesicht des Freigelassenen ruhen, des früheren Athleten und starken Mannes im Kreis der Zechgenossen, von dem sich der Kaiser wie ein Mädchen hatte nehmen lassen, wozu er, wie Halityrus erzählte, die Schreie einer vergewaltigten Jungfrau nachahmte, in den berühmten »griechischen Nächten«, bevor Poppäa Sabina an diesen Hof gekommen war, in einer Periode in Neros Vorleben, die ihr verhasst und verdächtig blieb und die nicht wirklich zu Ende war, solange Doryphorus lebte.

Ich erinnere mich bis heute an diesen Blick. Er gab Poppäas Entschlossenheit zu verstehen, keinen zweiten Narcissus am Hof zu dulden. Dieser Freigelassene hatte unter Kaiser Claudius ihre Vorgängerin Messalina entmachtet, und war, ein geborener Sklave, so mächtig geworden, dass selbst die Urenkelin des grossen Augustus, die Kaiserin-Mutter Agrippina, vor ihm zitterte, bis endlich eine Reise in die Bäder von Sinuessa Gelegenheit zum Zuschlagen bot. Daran dachte mancher in diesem Augenblick, mancher mochte ahnen, dass, wie die Dinge standen, entweder Doryphorus oder die junge Kaiserin nicht mehr lange unter uns sein würden, dass die Affäre mit der judäischen Abordnung und der Mauer eines tausende Meilen entfernten, den meisten am Hof herzlich gleichgültigen Bauwerks zum Auslöser tiefer Veränderungen werden konnte, dass es, anders gesagt, das klügste wäre, sich in dieser Sache neutral zu verhalten und der griechischen Hofpartei diesmal den gewohnten Beistand zu versagen.

Solche Überlegungen brachten die Gesellschaft nicht einen Augenblick zum Verstummen. Ein Hofmann weiss sein Geplauder unter allen Umständen fortzuspinnen, auch wenn er keinen Gedanken frei hat für das, was er sagt, und wie immer die junge Kaiserin den Freigelassenen Doryphorus angeblickt hatte, der Raum war erfüllt vom Summen angeregter Gespräche. Erst, als der frühere Prätor Clodius Eprius auf der Bühne erschien, der den Herold gab und den Sänger des Abends ankündigte, senkten sich die Stimmen und verstummten. Sechs kaiserliche Diener in Weiss, gestaffelt zu je dreien hinter ihm, stiessen in silberne Trompeten. Wieder öffnete sich der Vorhang, und in der fast schmerzhaften Stille, die sich über den Raum gelegt hatte, trat in eiligem Schritt der Kaiser ein, den Kitharöden Menekrates hinter sich her ziehend, gefolgt von Halityrus und einem riesigen afrikanischen Sklaven, der die kaiserliche Kithara trug.

Alle drei, der Kaiser, Menekrates und Halityrus, wirkten übernächtig und fahl, der Kaiser in beunruhigender Weise. Als er die Bühne betrat, schien er zu taumeln. Weissgekleidete Diener führten Menekrates und Halityrus zu reservierten Plätzen, auch der schwarze Sklave verschwand, und Nero stand allein vor uns, die siebenseitige Kithara an seinen Leib gepresst, unrasiert, mit wirren, offenbar seit Tagen nicht frisierten Locken. Unter seinen Augen lagen bläuliche Schatten. Die kaiserliche Kleidung bestand aus zwei übereinander getragenen wollenen Tuniken, vermutlich der in den Nachtstunden herrschenden Kälte wegen, und einer gleichfalls wollenen Damen-Stola, die er um Schultern und Hals gewickelt hatte, und von der sich der penetrante Geruch nach einem in Rom bekannten Einreibemittel – gegen Husten und Heiserkeit – bis in die hinteren Sitzreihen verbreitete. Der Mann dort vorn war ausser sich, totenbleich und hatte in den vergangenen Tagen mehrere Pfund Gewicht verloren. Mit abwesendem Blick bugsierte er die Kithara in jene Schräglage, die er zum Spielen brauchte, und schlug einen ersten Akkord.

Er war so ungewöhnlich, dass alle aufhorchten. Weitere folgten, eine niegehörte Melodie, wehklagend, ergreifend, dann setzte seine Stimme ein, leise, noch ein wenig belegt. Ich glaube, sein Geheimnis war, dass ihn diese Auftritte ängstigten. Er sehnte sie herbei, verlangte nach ihnen, stellte die Welt auf den Kopf, um öffentlich singen zu können, sein Wille zur Selbstdarstellung hatte etwas Besessenes. Doch vor jedem Auftritt stürzte er in tiefe Verzweiflung und beteuerte, wie mir Halityrus erzählte, es zum letzten Mal tun zu wollen … Nach wenigen Takten straffte er sich, hob entschlossen den Kopf, verwandelte sich aus der trüben, zusammengesunkenen Gestalt, die eben auf die Bühne geschlurft war, in einen schlanken, hochgewachsenen Jüngling, seine teigigen Wangen röteten sich, seine Augen erglänzten, und indem er sich streckte und aufrichtete, glitt die wollene Stola zurück und entblösste einen weissen Hals ohne Doppelkinn. Darin lag etwas Wunderbares: wie er seine Hässlichkeit verlor, plötzlich gutaussehend wurde, als er dort oben stand und sang.

Damals glaubte ich, ihn zu verstehen. Er setzte darauf, dass einfache, dem Volk vertraute Motive am ehesten eine Brücke zwischen Künstler und Publikum schlugen, solche aus Mythologie und Geschichte, die jedes Kind aus der Schule kannte, sagen wir Zeus und Alkmene, die Jugend des Herakles, der Raub der Helena und ähnliche für die Römer herzwärmende, Gemeinsamkeit stiftende Stoffe. Um auch seine literarisch gebildeten Freunde zufriedenzustellen, Lucanus, Petronius oder den Senator Cluvius Rufus, war er etwas über diese Ebene hinausgegangen und hatte einen zartsinnigen, doch wiederum allgemein bekannten Stoff gewählt: die erste Liebe des Hirten Daphnis. Ich lauschte seinem Gesang und beobachtete aus dem Augenwinkel das Publikum. Der Eindruck war authentisch genug, mir ein paar Verse für mein Poem einzugeben, Verse, die nötig waren, um Nero beim Vortragen den Eindruck des »Spontanen« glaubhaft zu machen:

> Wenn er singt, geschieht Wunderbares mit denen dort unten,
> und manch nüchternes Auge bedeckt sich mit schimmerndem Glanz,
> und selbst Schwätzer verstummen und Schurken erbleichen,
> und Gesichter, von Sorge zerquält, leuchten furchtlos und frei …

Der bukolischen Liebesgeschichte – offenbar nach einer alten Vorlage des Stesichorus – hatte er etwas Eigenes und Neuartiges abgewonnen, nicht ohne befremdliche Klänge, zugleich mit viel Sinn für verblüffende Wirkung. Man müsse den Zuhörer »aufstören«, hatte er einst erklärt, um ihn empfänglich zu machen für das Erlebnis seiner Sinne. Sein Auftritt dauerte keine zehn Minuten, doch als er in einem kunstvollen, *vibro* genannten Anschwellen und Schwirren der Stimme geendet hatte, waren alle im kleinen Saal wie verwandelt. Die Atmosphäre aus Argwohn, Vorsicht und spähenden Blicken war einem Gefühl von Zusammengehörigkeit gewichen, das Minuten zuvor niemand für möglich gehalten hätte.

In den langsam verklingenden Schlussakkord hinein hörte man Geräusche wie Stühlerücken und aufstampfende Ledersohlen abrupt sich erhebender Männer, und ein Beifall brach los, laut und andauernd, als wären zehn mal mehr Menschen im Raum. Wir klatschten in die Hände, bis ihre Innenflächen rot anliefen und schmerzten, wir hatten uns allesamt von unseren Sitzen erhoben, reckten die Köpfe, sahen den Kaiser an oder mit leuchtenden Augen einander, nickten uns zu und beneideten im Stillen die Beleibteren unter uns, deren Hände so gepolstert waren, dass sie beim Ineinanderschlagen ein wummerndes Geräusch erzeugten. Die Korpulenten erwiesen sich überhaupt als ausdauernder im Applaus, der leuchtende Pallas oder die eifrigen Dioskuren. Seneca schlug andeutungsweise seine steifen, feinen Hände ineinander, ohne freilich irgendein Geräusch zu erzeugen. Sein Neffe Lucanus, auf dessen Hals und Gesicht sich rote Flecke gebildet hatten, eilte als erster zum Podium, um Nero seine Begeisterung zu bekunden, für uns alle das Signal, den Sänger zu umringen.

Nero stand aufrecht vor uns wie nach einer gewonnenen Schlacht, müde, strahlend, noch glühend vom Kampf. Unverändert roch er nach dem Einreibemittel, jetzt aber wirkte der Geruch eindrucksvoll, auch dass der Kaiser schwitzte wie ein Athlet: ein gesunder Geruch, ein siegreiches Schwitzen. Lucanus neigte sich tief über die Hand seines Jugenfreundes und murmelte etwas Begeistertes. Der Kaiser lächelte. Jeder der Freunde sagte ihm ein paar Worte. Ich erklärte, dass diejenige, die sein Daphnis liebe, glücklich sein müsse wie eine Kaiserin, wofür er mich lächelnd mit dem Plectrum auf die Schulter schlug. Auch Poppäa Sabina hörte meine Bemerkung und zeigte ein kurzes Flattern der grün-goldenen Lider. Der Kaiser und sie, nach einer längeren, nicht legalisierten Beziehung, hatten erst vor kurzem geheiratet, und Neros Auftritt war die erste Liebeserklärung *coram publico* an seine junge Gattin.

Der Prätorianer, der mich hergebracht hatte, stand unvermutet vor mir und schlug seinen Lanzenschaft auf den Boden, zum Zeichen seiner Bereitschaft, mit mir aufzubrechen. Ich entsann mich, dass die Einladung der Kaiserin einen mysteriösen Nachsatz enthalten hatte: nach der Aufführung erwarte mich »eine weitere Begegnung« anderswo im Palast. Ich erschrak bei der Vorstellung, dem Prätorianer in das Labyrith der Palastanlage zu folgen, aus dem ich niemals allein herausfinden würde, doch als er losmarschierte, folgte ich ihm wie unter einem Zwang. Wieder ging es durch erleuchtete, mit Wandbildern, Mosaiken, Statuen verzierte, menschenleere Korridore und Hallen, vorbei an reglosen Wachposten in den Nischen der Kolonnaden, wieder war die im Vorbeigehen gemurmelte Parole das einzige Wort, das ich zu hören bekam, und auch diesmal trat uns irgendwann ein Offizier in den Weg, dem ich mit kurzer Meldung übergeben wurde, worauf der Prätorianer verschwand.

Der Offizier brachte mich in ein Vorzimmer, in dem mich ein Kammerherr der Kaiserin erwartete, ein eleganter junger Ritter. Dieser begrüsste mich und führte mich in einen kleinen Saal. Einige Männer sassen dort, die ich nicht kannte, und besprachen sich in einer fremden Sprache. Einer hob den schwarzbärtigen Kopf und sah mich geradewegs an, mit dunklen, wie brennenden Augen. In diesem Augenblick wusste ich, wer die Männer waren.

»*Shalom alejchem, rabotaj*«, sagte ich, mich verneigend.

»*Shalom u vracha, adoni*«, erwiderte ein Alter in Weiss, in dem ich trotz der Reisekleidung den Tempelpriester erkannte.

Der Kammerherr zeigte ein entzücktes Lächeln, das ausdrücken sollte: Ich sehe, die Herrschaften kommen allein zurecht, verbeugte sich und schlängelte sich hinaus. Ich blieb in der Mitte des Raumes stehen und wartete, was weiter geschehen würde. Beim Anblick der judäischen Landsleute fühlte ich eine Wärme des Wiedererkennens wie seit jener Reise nicht mehr, doch zugleich, lautlos und immerwach, die Vorsicht eines am Hof Aufgewachsenen. Ich spürte die Augen und Ohren, die unsichtbar um uns waren: nichts, was in diesem Palast geschah, konnte wirklich vertraulich sein. Man hörte das Geraschel harter Stoffe, als sich die jüngeren Gesandten erhoben. Der

Alte in Weiss blieb auf der kissenbelegten Marmorbank sitzen und nannte seinen Namen. Der Zusatz *ha kohen* bestätigte meine Vermutung, vor einem Priester zu stehen, der Name selbst deutete auf einen Angehörigen der höchsten Tempelaristokratie hin, einen Verwandten des Hohepriesters selbst. Ich neigte den Kopf, als dieser Name fiel. Der zweite Priester, jünger, glutäugig, mit pechschwarz schimmerndem Haar und Bart, entstammte derselben sadduzäischen Familie. Die beiden anderen Gesandten waren Schriftgelehrte, einer sogar Mitglied des Hohen Sanhedrin, zu erkennen an dem goldbestickten Überwurf, ärmellos und starre Falten werfend, den er über dem dunklen Talar trug. Es folgte die Vorstellung der beiden Sekretäre, die sich als einzige vor mir verbeugten.

Ich bat, nachdem ich mich mit meinem hebräischen Namen vorgestellt hatte, die hochgeschätzten Herren, Meister und Lehrer mich nicht länger durch ihr Stehen zu beschämen, wozu ich mit einer einladenden Handbewegung auf die kissenbelegten Bänke und Stühle wies. Ich sei ein kaiserlicher Sekretär, mit ihrer Begrüssung und Unterhaltung am Hofe beauftragt, ausserdem Gastgeber der offiziellen *cena* morgen Abend, an der Freunde des Kaisers und Vertreter römischer Familien teilnehmen würden, darunter der frühere Prokonsul von Bithynien Gaius Petronius, sowie der Theaterdirektor Hoshea ben Natan, bekannt unter dem Namen Halityrus, zu welchem ich sie morgen früh nach der Audienz zu begleiten die Ehre hätte: der berühmte Landsmann veranstalte in seinem Park auf dem Esquilinus ihnen zu Ehren ein Frühstück mit musikalischem Programm.

All dies brachte ich in passablem Aramäisch über die Lippen, obwohl ich von den gelehrten Männern ebensogut in Latein oder Griechisch verstanden worden wäre. Einer der Schriftgelehrten – nicht der im goldenen Umhang, ein anderer, jüngerer, mit hellen, von Lachfältchen umgebenden Augen – schmunzelte in seinen Bart, als ich Halityrus erwähnte, als freue er sich darauf, den vielbesprochenen Schauspieler und Freund des Kaisers, der auch in der Heimat populär war, persönlich kennenzulernen. Die Priester jedoch rührten keine Miene, weder der alte weissbärtige, noch sein jüngerer Verwandter. Beide trugen weisse Mäntel, darunter bodenlange Gewänder mit purpurfarbenen Schärpen, und weisse, nach oben konisch zulaufende Hüte.

Als Angestellter des Kaiserlichen Hofes, der hier sozusagen zu Hause sei, bat ich die verehrten Gesandten, sich mit ihren Wünschen an mich zu wenden. »Wir danken, lieber Freund«, sagte im Namen aller der humoristische Pharisäer, dem man ansah, dass er zwischen dem Segen-Sprechen gern ass und trank und auch sonst die Lehre eher als »Baum des Lebens« verstand denn als drückenden Katechismus. Wir wechselten ein paar vorsichtige Sätze über die Lage in Judäa, die nach dem Tod des römischen Prokurators Festus unwägbar geworden war. Ich erfuhr, dass die Gesandtschaft aus Gründen der Speise- und Reinheitsgebote in einem jüdischen Hause, dem des Kaiserlichen Freigelassenen Jacobus in trans Tiberim Aufenthalt genommen hatte, mit Ausnahme der heutigen Nacht, die man im kaiserlichen Palast zubringen werde, um morgen früh zur Audienz an Ort und Stelle zu sein. Ein den Speisegeboten genügendes Abendessen, jüdische Diener, kosheres Besteck und Tafeltücher habe der Freigelassene Jacobus im Einverständnis mit dem kaiserlichen Hofamt *a cubiculo* zur Aufwartung seiner Gäste in den Palast bringen lassen, ferner eine kleine Bibliothek von hebräischen Texten, damit man zur Nacht und am Morgen die vorgeschriebenen Gebete lesen und wie gewohnt ein wenig studieren könne.

Nach diesem Austausch begann das Abschiednehmen. Ich äusserte meine Hoffnung auf gute Nachtruhe und gute Träume und empfahl mich mit einem nachdrücklichen *lehitra'ot b karov*, auf baldiges Wiedersehen, ehe ich auf leisen Sohlen zum Vorhang des Empfangszimmers ging und ihn mit einer raschen Bewegung aufriss. Man sah das überrumpelte Gesicht eines Dieners, der unmittelbar dahinter gestanden und gelauscht hatte. Der heitere Pharisäer lächelte über den Zwischenfall als sei er eine Vorführung, die anderen rührten keine Miene. Der jüngere Priester sah mich aus dunklen, brennenden Augen an. Ich glaubte zu erkennen, dass er sich fremd fühlte, fremd und unbehaglich an diesem Hof.

Im Vorzimmer wartete der Kammerherr. Er habe Anweisung, erklärte er, mich in die mir zugedachten Räume zu begleiten und »alles, wirklich alles« zu meiner Zufriedenstellung einzurichten.

Ich liess mir nicht anmerken, wie sehr mich die Mitteilung überraschte. Niemals hatte ich für möglich gehalten, man werde mich über Nacht im Palast behalten, eine Ehre, die nur Gästen des Kaisers widerfuhr. Schweigend gingen wir, wieder von einem Prätorianer begleitet, durch leere Kolonnaden und verödete Hallen, passierten Mosaike, Figuren, Vasen, Wachposten. Ehe mich der Kammerherr in eine der kaiserlichen Gästewohnungen komplimentierte, schob ich dem Prätorianer ein Goldstück in die zum Abschiedsgruss erhobene riesige Hand und fingerte aus meiner unter der Toga verborgenen Tasche ein weiteres für den Kammerherrn hervor, von dem ich annahm, dass er sich nun gleichfalls verabschieden werde.

Doch der Kammerherr schien keine Eile zu haben. Er zeigte mir die Einzelheiten meines Schlafzimmers, das breite, mit Schildpatt eingelegte Bett, die weichen Kissen und bestickten babylonischen Teppiche, die Obstschale aus Murrha, die polierten Vasen aus korinthischer Bronze. Auf einem elfenbeinernen Tischlein hatte man zum Nachtessen gedeckt, Rosen und Lilien verschwenderisch auf Tafeltuch, Bett und Fussboden verstreut (um diese Jahreszeit fast unbezahlbare Blüten, vermutlich per Schiff aus Ägypten), silberne Hauben blinkten auf Schüsseln und Tiegeln, Wein stand in Karaffen und kühlenden Gefässen, die Trinkgläser waren aus Bergkristall.

»Vielen Dank«, sagte ich und reichte ihm die Rechte, in der das Geldstück lag.

Er verbeugte sich und blieb.

»Ich bitte um Anweisung wegen der Gesellschaft«, sagte er, nachdem eine kurze Stille zwischen uns gewesen war. »Wir haben ein so grosses Angebot, dass ich unmöglich wissen kann, was der Ritter bevorzugt.«

Ich runzelte die Stirn zum Zeichen, dass ich nicht verstand.

»Wir haben syrische Flötenspielerinnen, frisch eingetroffen, auch garantiert jungfräuliche. Germanische Mädchen und Knaben, blond, etwas wild, zur Zeit sehr gefragt. Nubierinnen, ein neues Kontingent Tänzer aus Trapezunt«, er senkte die Stimme, »auch zarte Kinder ...«

»Syrische Tänzerinnen?« fragte ich.

»Flötenspielerinnen. Auch Knaben. Ausgesuchte Exemplare. Der Typus ist brünett, schlank, feingliedrig ...«

»Ein Mädchen«, sagte ich. »Ungefähr zwölf Jahre alt. Keine Jungfrau. Lässt sich das machen?«

Das Mädchen kam, ich lauschte ihrem Spiel, während ich ass und trank, dann winkte ich sie zu mir heran und goss ihr einen Becher ungemischten Falerner ein, hiess sie austrinken und goss nach. Sie hatte während des Spiels ihren kindlichen Körper unter der fast durchsichtigen Tunika in Schlangenlinien bewegt, mit den geschminkten Augenlidern geklappert und geschickt das dünne Gewebe von ihrer Schulter gleiten lassen, dass die knospende Brust sichtbar wurde. Sie war bezaubernd, schlank, feingliedrig und eben erblühend, ihre Haut glatt, von verhaltenem Glanz wie schweres Gold. Offenbar hatte man ihr eingeschärft, wenig zu trinken, aber ich bestand darauf, dass sie mit mir anstossen müsse, schliesslich gehorchte sie und nahm den Becher. Wie jeder am Hof hatte ich manches über die kaiserlichen Hetären und Lustknaben gehört. Angeblich war ihre Haut mit Substanzen gesalbt, die brennendes Verlangen weckten und zugleich den Verstand einschläferten, waren sie in Gedächtniskunst unterwiesen, um hinterher jedes Wort, jedes Stöhnen, jedes Lallen der Lust repetieren zu können, vermochten sie auch den Unzugänglichsten in eine vertrauensselige Stimmung zu versetzen, in der er seine geheimsten Gedanken über Kaiser und Reich aussprach.

Das Mädchen schmiegte sich an mich, nachdem sie getrunken hatte, und schloss erwartungsvoll die Augen. Ich liebkoste ihren warmen, braunen Leib und bog dabei ihren Kopf zurück, so dass sich der Wein rasch in ihren Hals ergoss. Durch Küsse auf ihren Hals, ihre Schultern besänftigte ich ihr Misstrauen – Küsse, die angenehm waren, aber auf den Lippen eine taube Kühle zurückliessen –, und zwängte den nächsten Becher zwischen ihre rot bemalten Lippen. Ihre Augen wurden gross und glasig, ihre Bewegungen taumelig, ich nahm sie auf meine Arme und trug sie hinüber zum Bett. Dort flösste ich ihr noch ein Glas ein und streichelte ihre Locken. Sie kämpfte eine Weile gegen ihre Müdigkeit an, mit einem für ihr Alter erstaunlichen Ernst. Schliesslich fielen ihr die Augen zu, sie schlummerte ein, und ich nahm sämtliche Polster, die ich im Raum finden konnte, häufte sie in einer Ecke zu einer improvisierten Lagerstatt, murmelte ein kurzes Gebet und fiel in tiefen Schlaf.

Früh am nächsten Morgen legte ich mich zu der Kleinen aufs Bett und rüttelte sie wach. Sie fuhr auf und sah mich erschrocken an.

»Verstehst du, was ich sage?« fragte ich auf aramäisch.

Sie nickte stumm.

»Kannst du dich erinnern, was wir heute Nacht gemacht haben?«

Sie schüttelte den Kopf.

»Warum nicht? Wir haben so schön miteinander gespielt ...«

»Ja, Herr.«

»Ich hatte den Eindruck, dass es dir gefällt.«

»Ich war müde, Herr ... vom Wein ...«

»Du möchtest noch ein Gläschen trinken?«

»Nein, Herr.«

»Das ist der beste und teuerste Falerner, den man im gesamten Imperium finden kann! Zier dich nicht ... Alles runter? Und nun geh. Und schweig über das, was ich mit dir gemacht habe. All die schönen Spiele ... Wehe! Sonst werde ich sehr böse. Hast du verstanden?«

Sie stolperte mit unsicheren Schritten davon. Was ich gehofft hatte, geschah, der Kaiser und seine Freunde erfuhren umgehend von meiner Vorliebe für minderjährige Mädchen, sorgten dafür, dass sie in der ganzen Stadt bekannt wurde, Gerücht und Gerede taten das ihre, machten einen Knaben aus ihr oder eine Jungfrau, namentlich wurde des Umstands erwähnt, dass sie oder er noch Morgens im Weinrausch gewesen sei. Die Geschichte sollte Folgen für mich haben, andere als erwartet, doch an diesem Morgen blieb keine Zeit, über derlei nachzudenken. Ich liess das Kissenlager vom Fussboden verschwinden, zerwühlte das Bett, warf silbernes Geschirr im Zimmer umher, verstreute Blumen, verschüttete Wein, rief den Kammerherrn, der draussen wartete, einen anderen als gestern, und verlangte mit rauher, verkaterter Stimme nach Bedienung bei der Morgentoilette.

Zufrieden musterte der junge Kammerherr das verwüstete Zimmer. Es war fünf Uhr früh, ich erhielt ein leichtes Frühstück, wurde gewaschen, geölt, mit Duftstoffen eingerieben, in eine neue Toga aus feiner weisser Wolle gehüllt – ein Geschenk des kaiserlichen Hauses – und begab mich, von kaiserlichen *cubicularii* bis in die letzte Falte und Locke hergerichtet, zur Morgenaudienz. Sie war an Neros Hof eher spät, auf sieben Uhr, angesetzt. Wieder ging mir stumm ein Prätorianer voran.

Weit erstreckte sich das marmorne Vestibül des Durchgangshauses, hoch erhoben sich seine Gewölbe, wie aus grosser Ferne wehte ein kühler Luftzug durch die schier endlosen Säulenhallen. Nicht nur die berühmte Kolossalstatue – über dreissig Meter hoch, ein Porträt des Kaisers – fand im Atrium des Gebäudes Platz, sondern ein ganzes Museum weltberühmter Kunstwerke, herbeigeschafft aus den entferntesten Gegenden des Reiches. Der Objekte waren so viele, mannigfaltige und durch keine Idee als die des Zusammenraffens verbundene, dass man bald müde wurde, sie zu betrachten. Doch bot dieser Ort angenehme Ablenkung in den bangen Minuten vor einer Morgenaudienz, wenn sich das Atrium langsam mit Besuchern füllte, eine Atmosphäre von Aufregung und Erwartung über allem lag, man bald unterdrücktes Gehuste, bald das Geräusch eines zu Boden fallenden Gegenstands weithin hallen hörte. Ich verweilte vor einem Schautisch, auf dem Gefässe aus orientalischer Murrha aufgestellt waren, schöngeformte Schalen, Kelche, Vasen, darunter die legendäre Riesenschüssel, für die Nero eine Million Sesterzien gezahlt haben soll. Das regenbogenfarbene Geleucht der polierten Flächen und Rundungen bezauberte und nahm gefangen, auch der leichte Duft nach Myrrhe, der von ihnen ausging, denn man behandelte die Innenseiten der Gefässe mit diesem Harz.

Ein kaiserlicher Kammerherr trat an mich heran und raunte mir zu, dass die judäische Abordnung aus ihren Gemächern aufgebrochen sei. Ausländische Gesandtschaften hatten, dem Zeremoniell gemäss, Vortritt vor allen anderen zur Audienz Geladenen. Der für diese Anordnungen zuständige Beamte, der Vorsteher *a cubiculo*, bat mich durch den Mund des Höflings, gemeinsam mit meinen

Landsleuten ins Morgenkabinett einzutreten, um dem Kaiser die ersten irritierenden Augenblicke zu erleichtern.

Die Gesandtschaft nahte in einem Pulk von Prätorianern, Kammerherren und anderen Begleitern, kaum gewahrte ich die weissen Hüte der Priester in all dem Gedränge, man reihte mich irgendwo ein, gleich ging es weiter, kein Warten im Atrium, Türen öffneten sich, Vorhänge wallten beiseite wie von Zauberhand bewegt, die Begleiter blieben zurück, unvermutet waren wir im ersten der kaiserlichen Morgengemächer, und vor uns stand ein kunstvoll frisierter Hofbeamter, der *procurator a cubiculo*, zu dessen Aufgaben die Morgenaudienz des Kaisers gehörte.

Dieser Beamte hatte kein leichtes Amt. Was er fremden Besuchern am Kaiserhof zunächst erträglich machen musste, war die an sich unerträgliche Sitte der Leibesvisitation. Der furchtsame Claudius hatte sie eingeführt, Nero behielt sie auf Anraten seines Sicherheitspräfekten Afranius Burrus bei. Jeder Besucher musste sich an der Tür zu den kaiserlichen Morgengemächern von oben bis unten abtasten lassen, ob er gefährliche Gegenstände im Gewand verborgen hatte. Im Fall der judäischen Abordnung waren lange Überlegungen vorausgegangen, wie die Prozedur mit unseren Geboten zu vereinbaren wäre. Ausser Frage stand, dass nur ein Jude sie vornehmen durfte, und dass es wegen der Priester ein Priester sein musste. Man hatte zu diesem Zweck einen römischen Synagogenältesten priesterlicher Abkunft vom anderen Tiberufer herübergeholt, einen allseits geehrten, gesetzestreuen Greis mit weissem Bart, der nun, vor Erregung totenblass, mit fliegenden Händen den alten Tempelpriester abtastete, im Beisein des Vorstehers *a cubiculo* und des wachhabenden Prätorianer-Offiziers, mehr andeutungsweise als tatsächlich, dann den jüngeren Priester, die beiden Schriftgelehrten und mich. Wie ich später erfuhr, soll es Halityrus' Sekretär in Puteoli Stunden der Überredung gekostet haben, die Gesandten von der Unumgänglichkeit der Massnahme zu überzeugen.

Damit nicht genug der Verlegenheiten für den Vorsteher *a cubiculo.* Er hatte für die Eigenheiten eines Herrschers aufzukommen, der unbeweglich, mit dem Rücken zu uns vor seinem Frisiertisch hockte und sich von einem afrikanischen Sklaven den Nacken massieren liess. Der Sitzende sprach kein Wort, wandte sich nicht um, versuchte jedoch, uns im Bild des Spiegels zu erspähen. Wegen seiner Kurzsichtigkeit brauchte er einige Zeit, bis er mich unter den anderen ausgemacht hatte. »Ah, du bist es …«, sagte er. »Erst habe ich nur fremde Bärte gesehen. Wen bringst du mir da zu frühem Besuch?«

»Einen guten Morgen dir, Göttlicher«, erwiderte ich. »Wie hast du nach deiner einzigartigen Leistung gestern zu schlafen geruht?«

»Warte bis morgen«, sagte der Kaiser, einen ersten Anflug von Munterkeit in der Stimme. »Morgen wirst du mich erleben. Ich gebe dir die neueste Fassung meines Poems zu lesen, damit du dir ansehen kannst, wie ich vorgegangen bin. Es gilt, aus den alten Quellen etwas Neuartiges, gänzlich Verblüffendes herauszuholen. Nicht selten ist es harte Arbeit … Wie fandest du die Stelle, wo er einen erotischen Tagtraum hat?«

»Du hast uns alle neugierig gemacht, Göttlicher.«

»Meinst du? Habe ich euch erzittern lassen im Takt meiner Kithara?«

Ich breitete die Hände aus, als sei daran nicht zu zweifeln. »Selbst die nüchternsten Seelen waren hoch beschwingt. Es war deutlich zu sehen.«

»Ach, Freund«, sagte der Kaiser und erhob sich, »wie soll ich etwas sehen in dem entrückten Zustand, in den mich stets das Saitenspiel versetzt …« Er kam ein paar Schritte näher, gekleidet in eine golddurchwirkte Tunika mit halblangen Ärmeln, um den Hals ein wollenes Tuch, das wieder nach dem scharfen Einreibemittel roch, an den Füssen perlenbestickte Pantoffeln. Seine Miene war unverändert trübsinnig, doch ich sah, dass sich sein Blick belebt, die teigige Haut seiner Wangen gerötet hatte. Im Hintergrund nahm ein Kammerherr – auf einen Wink des Vorstehers *a cubiculo* – mit raschem Griff den schwarzen Sklaven beim Arm und schob ihn durch eine Seitentür hinaus. »Wie heisst es bei Menandros? Wenn die Saiten erklingen, bin ich verloren … Aber nun sag, was hast du getrieben die letzte Zeit? Ich war derart in meine Arbeit versunken, das ich die Freunde nicht mehr sah. Und wer sind diese Männer?«

Er stand vor uns, die Beine leicht gespreizt, den Leib vorgeschoben, die Hände auf dem Rücken, und sah mich an. Der Vorsteher *a cubiculo* sah mich gleichfalls an, ich las die Frage in seinem Blick und fühlte mich ermuntert, ihm die Entscheidung abzunehmen, ob er endlich mit der zeremoniellen Vorstellung beginnen sollte. Ich setzte einfach die Unterhaltung fort, zwanglos, wie sie begonnen hatte, und teilte dem Herrscher mit, was eigentlich der procurator hätte sagen müssen: woher die Abordnung sei und wozu in der Stadt, nannte rasch, ohne ihn allzusehr zu beanspruchen, die Namen der Gesandten, mit allen Titeln wie vorgeschrieben, aber undeutlich und obenhin.

Ich sah, dass die beiden Priester nicht mit mir zufrieden waren. Besonders der jüngere zeigte eine vor Abneigung versteinerte Miene. Er ahnte nicht, wie günstig uns die Stunde war: der Kaiser hatte gleich nach dem gestrigen Auftritt das Bett aufgesucht, nicht wie sonst bis in die frühen Morgenstunden getafelt und gezecht, und zeigte eine für die Morgenaudienz ungewohnt heitere Laune. Er musterte die Fremden ausgiebig, trat nahe an sie heran, betrachtete ihre Gewänder mit der Neugier eines kleinen Jungen. Er stellte die Frage: »Aus Judäa kommt ihr ... Ist dort nicht eben erst unser Prokurator gestorben?«

»So ist es, Göttlicher. Der Ritter Porcius Festus. Und er war«, sagte ich kurzentschlossen, alles auf eine Karte setzend, »der eigentliche Verursacher dieser Gesandtschaft. Denn er verweigerte dem Projekt der neuen Tempelmauer, um dessen kaiserliche Zustimmung die hier aufwartenden ehrwürdigen Männer ersuchen, seinen *consensus*.«

»Warum?«

»Er hat seine wohlbegründete Ansicht«, antwortete ich, »in mehreren an dich gerichteten Denkschriften dargelegt.«

In Neros Gesicht erschien bei dem Wort ›Denkschriften‹ ein Ausdruck von gelindem Erschrecken. Denkschriften waren lange, komplizierte, in Juristenlatein abgefasste Abhandlungen, und es war vorgekommen, dass seine Berater allen Ernstes von ihm erwartet hatten, dergleichen zu lesen.

»Was sagt ihr dazu?« fragte er forsch, wie um alle trüben Gedanken zu vertreiben. Zu meiner Erleichterung war es der humoristische Schriftgelehrte, der ihm antwortete, der einzige der vier, der vom Benehmen des Kaisers nicht abgestossen schien.

»Imperator«, begann der Schriftgelehrte, »es ist eine eher persönliche, vielleicht sogar peinliche Angelegenheit. Wir brauchen die Innenhöfe zum Proben unserer Zeremonien, die alt und schwierig sind und ständige Übung erfordern. Und die Soldaten konnten uns dabei zuschauen. Sie haben oben auf der Westhalle gestanden und Witze gerissen.«

Der Kaiser sah ihn aufmunternd an. Offenbar hatte auch er in dem behaglichen Schriftgelehrten den Zugänglichsten der Abordnung erkannt: die durch nichts zu erschütternde heitere Miene, der krause graue Bart, die von Lachfältchen umgebenen Augen deuteten auf einen Mann von freundlicher Sinnesart. Obwohl die Anrede ›Imperator‹ an Neros Hof für unpassend galt, störte sich der Kaiser nicht daran, sondern stand still, den Kopf ein wenig nach hinten geneigt, und lauschte. Erst als von den Witze reissenden Soldaten die Rede war, zeigte er Bewegung. Er unterbrach den Sprechenden und vergewisserte sich: »Sie machen Witze, wenn ihr probt?«

»Ja, Imperator, sie sehen zu und lachen. Es mag von da oben vielleicht belustigend wirken, wenn wir im Innenhof nach kunstvollen Bewegungen, die sie nicht verstehen ...«

»Hat denn niemand den Soldaten erklärt, was ihr da macht?«

»Das entzieht sich meiner Kenntnis, Imperator. Aber es ist für uns recht unangenehm, ihre Blicke zu spüren, wenn wir unsere ... ja, sagen wir ruhig: Tanzschritte ... Ich hoffe, dass kein falscher Eindruck entsteht. Es ist nicht irgendein Tanz, sondern ein erhabener Vorgang ...«

»Sicher. Es gibt inspirierte Augenblicke, da möchte man nicht von Unberufenen beobachtet sein.«

»So ist es, Imperator. Man kann es nicht besser ausdrücken. Und deshalb mussten wir die Mauer ein wenig erhöhen.«

»Ihr habt es bereits getan? Bevor ihr die Genehmigung unseres Prokurators eingeholt hattet?«

Eine Pause entstand

»Lieber Herr, das ist ein starkes Stück!« rief der Kaiser. »Was denkt ihr, wozu wir in eurem Land einen Prokurator unterhalten?«

»Wir wussten nicht einmal, dass seine Genehmigung nötig ist. Wir sind keine praktischen Leute, ganz unseren Studien und Zeremonien hingegeben. Wir sahen darin eine interne Massnahme, ein Provisorium, um den reibungslosen Ablauf unserer Proben zu gewährleisten.«

»Ein recht dauerhaftes Provisorium, will mir scheinen. Eine interne Massnahme mit grosser Wirkung nach aussen. Bis nach Rom ...« Der Kaiser, der während der letzten Worte von einem zum anderen gewandert war, blieb stehen und blickte dem Schriftgelehrten ins Gesicht.

Der Mann im dunklen Gewand erwiderte des Kaisers Blick, ohne Furcht, eher mit einer gewissen Trauer. »Auch das Dauerhafteste auf Erden ist täglich von neuem gefährdet und bleibt daher, von einer höheren Warte gesehen, immer provisorisch«, sagte er leise. »Und stets ist gerade das Innerste von Aussen bedroht. Wie mühsam wird es uns hienieden gemacht, der göttlichen Inspiration zu folgen, wie viele Hindernisse stellen sich dem in den Weg, der sich nicht scheut, ein Träumer zu sein.«

Der Kaiser hatte geseufzt, als das Wort ›Inspiration‹ gefallen war. Er stand vor uns, das Gesicht zu Boden gerichtet, stumm, in Nachdenken versunken. Er nickte langsam mit dem unfrisierten Kopf. »Ja, Mühsal und Leid sind den Lieblingen der Götter auferlegt«, erwiderte er, und unversehens senkte auch er die Stimme. »Aber vielleicht ist es gut so.«

Er fragte übergangslos: »Könnt ihr mir eine kurze Probe eurer Kunst geben?«

Das Schweigen, das auf diese Frage folgte, schien er selbst zu verstehen. Er fügte hinzu: »Ich weiss, dass ihr darauf nicht vorbereitet seid. Es geht mir nur um einen allgemeinen Eindruck. Ich habe noch niemals Tänze aus Judäa gesehen. Fragt euren Landsmann hier, den Ritter, er kennt mich. Ich bin vom Fach und kann aus Andeutungen erkennen, wie es auf der Bühne wirken würde.«

Der Schriftgelehrte errötete, warf dem Kaiser einen Blick zu, den dieser mit einem aufmunternden Kopfnicken erwiderte, dann machte er ein paar Schritte in die Mitte des Morgenkabinetts und blieb dort stehen, reglos, mit lauschendem Gesicht wie jemand, den eine ferne Melodie erreicht. Langsam begann er sich zu drehen, die Hände vorgestreckt als hielte er ein Räuchergefäss, sich nach den Seiten zu verneigen, auf und ab zu schreiten und anderes, was an die rituellen Bewegungen der Tempelpriester erinnerte. Nero folgte ihm aufmerksam mit den vorstehenden Augen, sein dicklippiger Mund war leicht geöffnet. Der Phärisäer hielt inne, ein wenig atemlos, und sagte entschieden: »Ungefähr so. Es sind langsame Tänze, Imperator. Dazu wird Harfe und Zymbel gespielt.«

»Ich denke, ich kann es mir vorstellen« erwiderte der Kaiser. »Ja, es könnte ganz hübsch aussehen, wenn es von Mädchen getanzt wird, besonders das mit den ausgestreckten Armen ... Was ist denn?« fuhr er den Vorsteher *a cubiculo* an, der ihm tief gebeugt, dabei flüsternd von hinten genaht war. »Wer? Immer, wenn es interessant wird, stört ihr mich!«

Er wandte sich wieder an die Abordnung. Die Hand des Pharisäers ergreifend, äusserte er seine Hoffnung auf anregenden Aufenthalt in der Hauptstadt und sprach eine Einladung zu seinem Konzert am kommenden Abend aus, »damit ihr seht, dass ich wirklich vom Fach bin«. Abschiednehmend tätschelte er mir, der ich neben dem Schriftgelehrten stand, die Wange. »Unterhalte deine Landsleute gut, *amice«* sagte er, und bei dieser Anrede – den Freunden der ersten Vorlassung vorbehalten – gefror mir das Blut in den Adern, »ich lasse euch dann wissen, wie ich die Sache entscheide ... Nein, keinen Dank. Es war mir ein Vergnügen. Und vergesst nicht, morgen Abend!« Und er sah mit einem Lächeln den hohen weissen Hüten der Priester nach, während aus einer Seitentür der Senator Gaius Petronius näherkam, dieser schätzenswerte, kluge Mann, der durch sein Drängen im Vorzimmer unserer Audienz im rechten Augenblick ein Ende bereitet hatte.

Verwirf mich nicht zur Zeit des Alters, wenn meine Kraft dahinschwindet, verlass mich nicht. Wenn meine Feinde von mir sprechen, die mir gemeinsam auflauern und sagen: Gott hat ihn verlassen …

Die Weinlese ist vorüber. Hier und da erntet man noch in den Olivenhainen, die späten, reifen, schwarzen Früchte, die nicht ihres Öls wegen ausgepresst werden, sondern in Essig, Salz oder Most eingelegt, zur Erfrischung in den dunklen Winterwochen. Ich sehe den Erntenden zu, wie sie auf die Bäume klettern und ihre Stöcke schwingen, lausche ihren Rufen in der immer noch sonnigen, herbstlich leeren Landschaft. Mehrmals war ich versucht, diese Blätter ins Feuer zu werfen. Die aus dem Jenseits Gerufenen beginnen mich zu verfolgen, mit ihren Taten und Untaten, Nöten und Verstrickungen, mit dem Jammer ihrer unerlösten Seelen.

Seit mehr als zehn Jahren lebe ich – mein Name aus der Hofrangliste gestrichen, meine Bücher aus den Bibliotheken des Reiches entfernt – in einer zuerst bestürzenden, dann segensreichen Vergessenheit. Nur wenige, die man unter Nero zu den *Amici Augusti* zählte, zu den Freunden und Begleitern des Kaisers, haben diese Jahre überlebt. Was immer meine Einsamkeit mit sich bringt – Trauer, Furcht, Zweifel an mir selbst –, sie hat ihre guten Seiten. Sie lässt mich denken und schreiben, ohne die Erwartungen einer Mitwelt in Betracht zu ziehen. Wie sonst könnte ich Neros Hof zu schildern versuchen? Das Grauen, den Zauber, den Blutrausch, den schaurigen Glanz jener Tage, die als Figuren hergerichteten mächtigen Männer, die mit Juwelen geschmückten Schönheiten, die im Marmor ihrer Paläste sich Spiegelnden, selbst nach Marmorhärte Strebenden, früh sich Überhebenden, am nächsten Tag Toten? Die Welt der Mächtigen ist eine Puppenwelt. Von ihrer Grösse berauscht, von der Devotion ihrer Umgebung verführt, versuchen sie sich über ihr Menschsein zu erheben, stärker, strahlender, perfekter als die Schöpfung zu sein, selbst Geschöpfe hervorzuzaubern, sich unsterblich zu machen …

Nach allem, was geschehen ist, fällt es mir schwerer als gedacht, mich in die Vergangenheit zurückzuversetzen, mir mein eigenes Bild als junger Mann zurückzurufen. Was dachte ich, was sahen meine blanken Augen, wo lagen die Motive meines Handelns? Kann ich sie heute nachvollziehen? Wir neigen dazu, unsere heutigen Gedanken damaligem Tun zugrunde zu legen, ein Fehler in der Erzählweise, ein *secum dissentire,* und doch nicht immer zu vermeiden. Dabei verstehen wir nicht mehr wirklich, was wir damals fühlten, unser Bild von uns selbst ist rein äusserlich. Ich war glatter, straffer, schneller, unbedenklicher als heute, mein Blick schweifte munter suchend umher, mein Haar fiel sanft gelockt in Schläfen und Stirn. An Neros Hof war Jugend der am meisten bewunderte aller Lebenszustände. Der Kaiser selbst, mit siebzehn auf den Thron gelangt, wurde nicht älter als dreissig. Heute will mir scheinen, als hätte zwischen der Lebensform, mit der er Stadt und Welt ein Dutzend Jahre lang in Atem hielt, und seinem frühen Sterben ein innerer Zusammenhang bestanden: im Sinne mutwilligen Sich-Vergeudens und Verschwendens, einer zerrenden, verhängnisvollen Ungeduld, nur rasch vorwärts zu kommen, das Leben in rauschhafter Eile zu absolvieren, mit möglichst viel Glorie und lautstarkem Genuss. Er hatte wiederholt erklärt, ihn grause bei dem Gedanken, eines Tages alt zu sein, eine Sorge, derer er enthoben werden sollte, vermutlich zu seinem Glück. Denn was für ein Alter wäre das gewesen, entkräftet, krank, ausgebrannt, von Reue erfasst, von den Schatten seiner Opfer gejagt ... Bedenken galten ihm nichts, die Ratschläge älterer Freunde schlug er in den Wind. Auch die Kaiserin-Mutter wurde dem jungen Herrscher bald lästig, ihre Hinweise, ihre verletzenden Bemerkungen, ihr auf Ältersein und Lebenserfahrung beruhendes Besserwissen. Nero mochte ältere Menschen nicht, er sah im Altern nichts als Abnutzung, Verschleiss und Verlust. Er verabscheute die sichtbaren Zeichen des gefürchteten Vorgangs, graue Haare, Bärte, sich lichtende Scheitel, weshalb zu vollem Erwachsenalter Herangereifte, die in seiner Gunst bleiben wollten, viel Zeit auf künstliche Jungerhaltung verwenden mussten, auf geschminkte Gesichter, gefärbte Locken, falsche Haarteile, Hautraffungen und Einschnürungen, was alles dem Leben am Hof – über Neros ohnehin theatralische Person hinaus – einen maskenhaften, prätentiösen Charakter verlieh. Scharen von hübschen jungen Menschen bewegten sich in einstudierten Posen zwischen dem spiegelnden Marmor, sangen, schwebten im Takt, schlugen lieblich tönende Lauten. Keine Mahlzeit verging ohne Tänzer, Akrobaten, Pantomimen. Der Kaiser übte mit Theaterkünstlern, nahm Bewegungsunterricht, schulte seine Stimme. Atemberaubende Körperbeherrschung galt als anbetungswürdige Fähigkeit, wenig dagegen Philosophie oder durch sitzendes Studium erworbene Kenntnisse. Man schätzte Dichtkunst, Oratorik oder Kunst der Rede nicht um ihrer selbst willen, vielmehr wegen ihres darstellerischen Effekts.

So kam es, dass die wenigen alten Männer an diesem Hof in ewig schwarzem Lockenhaar einhergingen und durch Anwendung kostbarer Essenzen den jugendlichen Glanz ihrer Haut zu erhalten suchten, dass man mit singenden Stimmen sprach und die Falsettlagen der bewunderten kindlichen oder durch Entmannung in ewigem Knabentum festgehaltenen Sänger nachzuahmen sich mühte, dass man sich die Augen schminkte und im Rhythmus griechischer Verse sprach. Wunschbild und Täuschung lagen in der Luft, ein Streben, den Gegebenheiten des Lebens entgegenzuarbeiten, das Alter ausser Kraft zu setzen, unerfreuliche Wirklichkeit durch triumphierend Traumhaftes zu überwinden, in dem Glauben, dass jenes Traumhafte dadurch Wirklichkeit werde, lebenstauglich und dauerhaft.

Wir sprechen von ›zarter Jugend‹, doch zart ist nicht nur Synonym für Sanftheit oder Wohlgestalt, sondern auch für Schwäche. Wir sind zu schwach in unserer Jugend, um an Innehalten oder Verzicht zu denken, zu verletzlich, um anderen gerecht zu werden, zu sehr in uns selbst befangen, um die Verhältnisse, denen wir ausgesetzt sind, zu verstehen. Heute scheint mir, dass Jugend eher Mitgefühl verdient als Bewunderung. Mit Erschrecken sehe ich mich selbst als jungen Mann, voller Erwartung, voller Neugier auf das Leben, dabei unerfahren und ahnungslos, an einem Hof, der so viele verschlang.

Wäre unser Mund voll Gesang wie das Meer, unsere Zunge voll des Jubels wie das Rauschen der Wellen, unsere Lippen voll des Lobes wie die Weite des Himmels, unsere Augen leuchtend wie Sonne und Mond, unsere Hände ausgebreitet wie Adler am Himmel, unsere Füsse rasch wie Hirsche - wir vermöchten doch nicht genug zu danken ...

Vom Kaiserpalast gingen wir, von zahlreichem Gefolge umgeben, hinüber zum Park des Halityrus auf dem Esquilin. Im Gedränge drückte ich eilig die Hand des Pharisäers, um ihm für seine Geistesgegenwart zu danken. Die anderen Mitglieder der Gesandtschaft schienen die Tanzschritte im kaiserlichen Morgengemach nicht zu billigen, besonders die beiden Priester zeigten versteinerte Mienen. Doch mir hatte der humoristische Mann einen grossen Dienst erwiesen: mit Heiterkeit würde sich der Kaiser der Szene erinnern, sehr viel leichter liesse sich nun ein Gespräch beginnen, über die Gesandtschaft, über Judäa, über die Sache des Tempels, die es zu entscheiden galt.

Der glückliche Verlauf unserer Morgenvisite schien der vor dem Palast wartenden Menge bereits bekannt. Das Verkaufen von Information galt als Geldquelle der Kammerherren und Beamten des Morgengemachs, obwohl es offiziell verboten war. Besonders der Vorsteher des Hofamts *a cubiculo* stand im Verdacht, seine Kenntnis über den Verlauf der Audienz gegen klingende Münze an Zwischenträger weiterzugeben, die im Auftrag aller möglicher Interessenten – Gerichtsparteien, Gläubiger, Heiratsvermittler – im kaiserlichen Palast an den Türen hingen. Auch zahlreiche *ardaliones* warteten trotz der frühen Stunde an Toren und Gittern. Sie waren wohlwollend und zu Scherzen aufgelegt, schienen vom heiteren Charakter der Morgenaudienz zu wissen, unter Geschrei machten sie einander auf die weissen Hüte der Priester aufmerksam, die das Gewoge der begleitenden Prätorianer, Hofbeamten und Synagogenältesten wie »zwei Pilze« überragten, und diese Beobachtung eines Spassvogels war schon am nächsten Abend der Spitzname, der die Priester im Theater durch alle Ränge schwirrend empfangen sollte: *caput buletus*, Pilzkopf.

Wir erreichten Halityrus' Garten auf dem Hügel Esquilinus, ein Stück Land, umgeben von einem rundum laufenden, nach aussen mauerartig geschlossenen Säulengang, im Innern mit den üblichen Attraktionen. Springbrunnen liessen wohlduftende Wasser in weisse Marmorbecken rauschen, um eine plätschernde Quelle waren Bronzefiguren nackter Knaben im Kreis aufgestellt, es gab einen künstlichen Hügel, dessen Plattform mit einem Mosaik edler Steine ausgelegt war, eine Grotte umrankt von Akanthus und Efeu, ein Gehege mit seltenen Vögeln, darunter Pfauen und rosenfarbene Flamingos. In mehreren Pavillons war zum Frühstück gedeckt, *kosher* nach unserem Gesetz, und auf dem künstlichen Hügel stimmten Musiker ihre Instrumente. Halityrus empfing uns mit strahlender Miene, auch er wusste bereits, wie glücklich die Audienz verlaufen war, begrüsste die Priester und Pharisäer unter Verbeugungen, die Synagogenvorsteher mit familiären Ausrufen, schliesslich mich, als *amicus*, mit Wangenkuss. Seine gute Laune war mitreissend, und als die Tabletts mit Getränken herumgereicht wurden – edlen Weinen aus Galiläa – sah ich den älteren der beiden Priester zum ersten Mal lächeln.

Ich fand meinen Platz neben dem von Kaiser Claudius freigelassenen Grosshändler Jacobus aus trans Tiberim. Einer von Halityrus' Dienern hatte mich zu diesem Tisch geführt, wohl absichtlich fern von dem der Priester, um nachträgliche Debatten über den Verlauf der Morgenaudienz unmöglich zu machen. All dies schien genau bedacht und geplant, von unserem Gastgeber und der »gemeinsamen Freundin«, deren Kammerherren ich hier und da unter den Gästen sah. Die Priester sassen mit dem Senator Petronius, dem jüngeren Vitellius und anderen römischen Grossen unter unverfänglichen Gesprächen in einem anderen Pavillon.

Der Grosshändler Jacobus, dessen Schiffe das Meer zwischen Judäa und unseren Häfen kreuzten, erwies sich als angenehmer Tischnachbar. Er war Synagogenältester, aktiv in seiner Gemeinde, ein leutseliger Endvierziger mit weitstehenden Augen und gewölbten Brauen über einer schwungvollen Nase. Er trug den Bart eines gesetzestreuen Juden, doch als Zugeständnis an römische Sitte kunstvoll in Locken gelegt und parfümiert. Wie ich gehört hatte, wurde ihm für die Versorgung der judäischen Gesandtschaft mit Speisen und Weinen aus seinen Lagerhäusern manche geschäftliche Vergünstigung eingeräumt, Erlass von Hafenzöllen, Rabatte oder Vorkaufsrechte, und es sprach für die Weitsicht dieses grosszügig planenden Mannes, dass er solche auf lange Sicht wirksame Regelungen einer sofortigen Barzahlung vorzog. Überhaupt strahlte er die Ruhe eines Menschen aus, der in weiten Dimensionen zu denken gewohnt ist. Auf diese Weise schien es ihm glänzend zu gehen, er lebte mit seiner in Rom geborenen Frau, vier Söhnen und drei Töchtern in einer Villa am anderen Tiberufer, deren Garten – schöner und pflanzenreicher als der von Halityrus, wenn auch nicht in so modischer Gegend – sich bis ans Flussufer erstreckte und in den er alljährlich am Wochenfest die Juden Roms zu einem Bankett einlud.

Er begann unser Gespräch damit, mir heimatliche Delikatessen zu empfehlen und auf meinen Teller zu legen, leitete zum heutigen Abendessen in meinem Haus über und teilte mir mit, dass seine Leute gerade jetzt dort eintreffen müssten, um mit den Vorbereitungen zu beginnen. Man rechne mit Gottes Hilfe auf schönes Wetter, daher solle das Essen in einem offenen Gartenzelt genommen werden, durch dessen hochgerollte Seitenwände man vom Aventinus in die abendliche Landschaft blicken könne, hinüber zu den erleuchteten Kaiserpalästen. Ich dankte für seine Umsicht und erklärte, aufbrechen zu wollen, um als Hausherr bei den Vorbereitungen anwesend zu sein. Er bat mich, noch zu bleiben und mich mit etwas Granatapfelkuchen und galiläischem Wein zu stärken. Indem er es vorschlug, goss er auch schon ein. Ehe er weitersprach, vergewisserte er sich, dass alle anderen Gäste in unserem Pavillon durch eigene Gespräche in Anspruch genommen waren.

»Du hast bereits jetzt«, sagte er leise auf aramäisch, »unserem Land einen unschätzbaren Dienst erwiesen. Es ist an der Zeit, dich in das Geheimnis der Abordnung einzuweihen. Sie besteht eigentlich aus zwölf Personen, aber um den Sänger nicht unnötig zu belasten, haben wir sechs von ihnen in Puteoli gelassen und nur die wichtigsten nach Rom gebracht. Dafür sind diese sechs die ranghöchsten Gesandten, die seit langem das Grosse Meer gekreuzt haben. Der ältere der beiden Priester, der sich für den Vetter des

Hohepriesters ausgibt, ist in Wahrheit der Hohepriester Ishmael ben Fabi selbst. Der zweite Priester ist sein Neffe Hilkia, der Schatzmeister des Tempels. Du siehst daran, wie hoch man in Jerusalem die Sache bewertet.«

Die Mitteilung traf mich wie ein Schlag. Ich kaute an einem Kuchenstück, trank einen Schluck Wein, versuchte, auszusehen wie jemand, der ganz mit Kauen und Schmecken beschäftigt war. Ihr habt mch hintergangen, dachte ich währenddessen, ihr behandelt mich nicht wie einen der euren. Ich begnügte ich mich mit der Frage: »Warum erfahre ich das erst jetzt?«

»Weil wir dich nicht unnötig vor der Audienz beunruhigen wollten. Denk einen Augenblick nach und du wirst mir zustimmen. Der hohe Gast« – er vermied es, das Wort Hohepriester ein weiteres Mal auszusprechen – »in einer so unberechenbaren Situation. Wir alle wissen, wie heikel die Morgenaudienzen sind. Was hätte daraus entstehen können! Du solltest möglichst unbesorgt in das schicksalhafte Treffen gehen.«

In diesem Moment setzte auf dem künstlichen Hügel die Musik ein, volkstümliche Lieder, gespielt von judäischen Instrumenten, Nablium, Cymbel und Schalmei, schliesslich sogar Trompetenstösse wie auf den Stufen der Tempelhöfe, eine gelungene Überraschung für die Gäste, für uns ein schützender Schild aus Lärm. Jacobus neigte sich zu mir und sprach dicht an meinem Ohr: »Heute nachmittag kommt ein Bote unserer Freundin zu dir. Da dein Haus von Spitzeln der *grex* überwacht wird, ist er als einer meiner Köche gekleidet, der eine Torte bringt. Man wird ihn zu dir führen, wo immer du dich befindest, und er wird diese Torte direkt vor dich hinstellen. Sie ist mit weisser Glasur überzogen und mit kandierten Mandeln und Nüssen bestreut. Du schneidest sie auf und findest darin einen Papyros, den du sofort in deiner unter der Tunika verborgenen Brieftasche verschwinden lässt. Es ist eine Abschrift der Petition wegen der Tempelmauer, die derzeit im Hofmt *a libellis* liegt, wo sie vom Schönen zurückgehalten wird. Wie du wiesst, ist es unüblich, eine Petition so hochgestellter Personen an das Hofamt *a libellis* weiterzuleiten, und dieser Umstand deutet darauf hin, dass irgendwer die offizielle kaiserliche Antwort in Form einer *epi-*

stula verhindern will. Wir müssen einen anderen Weg versuchen. Eine Petition an den Kaiser gilt auch dann als gewährt, wenn der Kaiser seinen positiven Bescheid auf dem selben Blatt handschriftlich hinzufügt. Die judäischen Sekretäre haben das Dokument so getreu imitiert, dass es niemand vom Original unterscheiden kann. Du gibst dem Sänger, wenn du morgen in seiner Garderobe bist, zu verstehen, der Schöne hätte die Annahme der Petition verweigert, weshalb du gezwungen bist, sie selbst vorzulegen. Wenn er nach den Gründen der Ablehnung fragt, antwortest du, dass der Schöne wichtige Bittschriften nur gegen Geldgeschenke annimmt, unsere Priester jedoch durch religiöse Gebote an dieser Gepflogenheit gehindert sind.«

»Das wird er nicht glauben.«

»Er wird. Man hat ihn entsprechend vorbereitet.«

»Es kann den Schönen den Kopf kosten.«

»Wäre dir lieber, dass es unsere Freundin den Kopf kostet?«

»Steht es so?«

»Junger Freund, kümmere dich nicht allzusehr um anderer Leute Köpfe. Mach alles, wie ich dir übermittelt habe. Nach deinem heutigen Erfolg ist es so gut wie sicher, dass der Kaiser für den Tempel entscheiden wird. Sorge dafür, dass er es gleich schriftlich fixiert.«

»Wie soll ich begründen, dass ich das Dokument bei mir habe, wo ich ihn doch aufsuche, um über mein Poem zu sprechen?«

»Du hast es *immer* bei dir. Bei unseren Gästen wäre es nicht mehr sicher, der Schöne stellt ihnen nach. Er fürchtet ihre Anzeige.«

»Wirkt fingiert, findest du nicht?«

»Nein. Er wird froh über diesen Vorwand sein, er misstraut ihm seit langem. Und soweit ich weiss, hat er allen Grund.«

Jacobus stand auf und ging zu einem mit Speisen besetzten Tisch hinüber, wo sich Hofleute drängten, darunter Beryllus, der griechische Vize-Prokurator des Hofamtes *ab epistulis*, der unser Gespräch beobachtet hatte. Ich sah Jacobus' leichte, fast scherzhafte Verbeugung vor diesem Beamten, der als einer der entschiedensten Judengegner am Hofe galt, sah ihn dem Griechen Süssigkeiten empfehlen und einen grossen Becher Wein vom Karmelberg eingiessen. Beryllus' Anblick erinnerte mich daran, wie gewagt unser Vorgehen war, wie schwach unsere Kräfte, wie übermächtig die Gegenpartei. Jacobus kehrte zurück, den griechischen Beamten sanft beim Arm nehmend, und komplimentierte ihn auf das Sofa neben meinem. Dabei redete er unentwegt, von Kuchen und Delikatessen, Import-Früchten und Weinen, mit der Hingabe eines Händlers, der von nichts als seinen Geschäften zu reden versteht, so, als hätte er auch mich die ganze Zeit mit solchem Geschwätz behelligt. Er spielte diese Rolle so überzeugend, dass ich für einen Augenblick an seinem Verstand zu zweifeln begann. Der griechische Beamte empfahl sich bald unter einem Vorwand, im Gesicht ein falsches, die Verachtung kaum verbergendes Lächeln. Auch Jacobus lächelte. Er sah Beryllus nach, der den Weg zu einem anderen Pavillon nahm, zu dem, darin die Priester mit einigen römischen Grossen sassen.

Als der Beamte ausser Hörweite war, sagte er auf Aramäisch: »Zu unserem Glück hält er mich für einen geldgierigen Dummkopf. Das Konzert wird im Theater des Marcellus stattfinden, nicht in dem des Pompejus, eine Änderung in letzter Minute auf des Sängers Wunsch. Du gehst morgen Nachmittag Punkt fünf zum rechten der beiden Hintereingänge, vom Tiber aus gesehen, und wartest dort, bis dich Halityrus' Barbier abholt und ins Innere des Bühnengebäudes führt. Der Barbier wird dich daran erkennen, dass du eine Kapuze trägst, die dein Gesicht überschattet. Möge der Ewige deine Schritte lenken. Vergiss nicht das besagte Dokument.«

Er hob die silberne Trinkschale hoch in die Luft, wie im Übermut. Gleich darauf erschien Halityrus, der sich als Gastgeber auf einem Rundgang durch die Pavillons befand, und wie der Schauspieler vor uns stand, verstummte die Musik. Man hörte vereinzelte Stimmen sehr laut – alle Sprechenden hatten gegen das Orchester angebrüllt –, doch am lautesten das geschulte Bühnenorgan des Mimen, der vorgab, meine Entschuldigung wegen frühen Verlassens seines Frühstücks anzunehmen, »aus Gründen, die wir alle verstehen, denn heute Abend werden wir bei dir zu Gast sein, eine schwere Prüfung für dein Junggesellenheim«. Indem er es sagte, zog er mich von meinem Sitz und schob mich einem Diener entgegen, in dem ich überrascht Gedalja erkannte, meinen Laternenträger von gestern abend, und schon wenige Augenblicke später war ich in dessen Begleitung auf dem Weg nach Hause.

Ein geheimer Garten ist meine Schwester, meine Braut, verborgene Quelle, versiegelter Brunnen, ein Granatapfelgarten voll köstlicher Früchte …

Dort fand ich alles voll unbekannter Leute, Speisen auf dem Feuer, Köche an der Arbeit, sogar Möbel überall aufgestellt, Tische und Speisesofas, Silberleuchter und Lampen. Einige Frauen, die ich nicht kannte, schalteten und walteten in meinen Räumen als wären sie dort zu Hause. Als ich sie zur Rede stellte, beriefen sie sich auf eine Jedidah, Tochter des Jacobus, deren Namen sie mit grossem Respekt aussprachen. Ich verlangte, diese Jedidah zu sehen, es gab viel Gelaufe in Hof und Garten, treppauf, treppab, bis es endlich hiess, sie käme. Ich wartete in einiger Ungeduld und legte mir in Gedanken eine Rede zurecht, um der derben, besitzergreifenden Person gebührend entgegenzutreten. Doch es erschien ein Mädchen von vielleicht sechzehn Jahren, mit hellen Augen und sanfter Stimme.

Ich begriff nicht gleich, dass sie Jedidah war. Einen Augenblick starrten wir uns gegenseitig an, ich überrascht, vielleicht immer noch mit Zeichen der Wut, die sich in mir angesammelt hatte, sie in einer gewissen Verlegenheit, mich so ungehalten zu sehen. Sie sei im Auftrag ihres Vaters hier, erklärte sie auf meine Frage, um die Diener zu beaufsichtigen und darauf zu achten, dass alles zu meiner Zufriedenheit geschähe. Viel hinge in den nächsten Stunden von meiner Geistesgegenwart ab, daher solle ich mich am besten bis zum Eintreffen des Boten, den ihr Vater mir angekündigt hätte, auf mein Ruhebett zurückziehen und träumen, in einem fern von allem Trubel gelegenen *cubiculum* mit Blick in den blühenden Garten.

Es gab einen solchen Raum in meinem Haus, es war der, in den ich mich gewöhnlich über Mittag hinlegte. Woher wusste sie davon? Ich suchte in ihrem Gesicht nach einer Antwort, verwirrte mich, vergass, wonach ich suchte. Sie nahm meine Verwirrung mit leichtem Erröten wahr, senkte die langbewimperten Lider, stockte wohl einen Augenblick, war aber nicht von ihrem Vorschlag abzubringen. Ihr Gesicht war zart, doch ihr Charakter schien von einem Eigensinn, der mich sacht alarmierte. Ehe ich mich in das Gartenzimmer zurückzog, gab sie mir einen Brief von Halityrus, gezeichnet mit seinen Siglen, geschrieben in aramäischen Lettern.

In diesem Brief äusserte Halityrus die Vermutung, dass mich der kaiserliche Sänger – vorausgesetzt, unser Gespräch in der Garderobe des Marcellus-Theaters verlaufe so erfolgreich wie er hoffe – zum Essen in seinen Palast mitnehmen werde. Ich solle mitgehen, doch auf jeden Fall verhindern, dass Nero in seiner nach gelungenem Konzert zu vermutenden überschwänglichen Laune auch die Jerusalemer Gesandtschaft in die Einladung einbeziehe. Als Grund der Ablehnung könne ich unsere Speisegebote angeben, selbst wenn dies den Kaiser zu spöttischen Bemerkungen über uns Volk veranlassen und mich in die Lage bringen werde, selbige stillschweigend hinnehmen zu müssen. Raban Gershon ben Chananja, der ältere der zur Gesandtschaft gehörenden Schriftgelehrten, hätte entschieden, dass eine solche Einladung wegen des bekannten Orgiencharakters der kaiserlichen Mahlzeiten die Abordnung gefährde und somit jüdisches Leben, zunächst das der Priester und Rabanim, die des Kaisers unberechenbaren Launen ausgesetzt wären, ferner all derer, deren Los in der Heimat vom Gelingen der Gesandtschaft abhinge. Nach neueren Auslegungen setze *pikuach nefesh*, die Bewahrung von Leben, im Notfall andere Gebote ausser Kraft, weshalb das Hinnehmen lästerlicher Bemerkungen des Kaisers weniger schwer wiege als die mögliche Gefährdung der Gesandten.

Der erwähnte Schriftgelehrte Gershon ben Chananja hatte bisher kein einziges Wort gesprochen, weder bei unserem abendlichen Treffen im kaiserlichen Palast noch während der Morgenaudienz, und die Frage lag nahe, wozu er überhaupt hier war, wozu er sich in seinem vorgerückten Alter – er schien noch älter als der Hohepriester Ishmael zu sein – die beschwerliche Fahrt übers Meer zugemutet hatte. Nun begriff ich, dass er die entscheidende Autorität in Auslegungsfragen war, um unvermutet auftretende, aus der Unvereinbarkeit zwischen römischer Sitte und unserem Gesetz enstehende Konflikte zu erwägen und rasche, den Bedingungen der Reise angemessene Entscheidung zu treffen. Bisher hatte ich mich mit den Gesetzen meines Volkes so wenig beschäftigt, dass mir die tausend denkbaren Komplikationen einer solchen Gesandtschaft nicht in den Sinn gekommen waren. Ich verbrannte Halityrus' Brief in einer Bronzeschale, die neben meinem Ruhebett stand, und während noch leichter Brandgeruch in der Frühlingsluft schwebte, übermannte mich der Schlummer.

Aus diesem weckte mich das Mädchen Jedidah durch sanfte Berührung an der Schulter. Ich empfand ein unerklärliches Glück des Wiedersehens, als ich ihre Gestalt so nahe neben mir sah, schlank, hochgewachsen, zu ahnen unter dem leichten Gewand, mit sanft schimmernder Haut, nicht wirklich brünett, auch nicht blass, ihr Haar dunkel und schwer, je nach Lichteinfall kastanienbraun, sogar rötlich schimmernd oder tiefschwarz, mit geschwungenen Brauen und dabei blauäugig, was mich besonders rührte. Schon, weil ich selbst blauäugig bin, wenn auch von dunklerem Ton. In ihren Augen war keine Schwere, sie strahlten sanft und hell, dahinter sprühte ein geheimnisvoller Eigensinn. Obwohl ich sie zum ersten Mal sah, schien sie mir nah und vertraut, und dieser Gedanke, den ich in meinem noch vom Schlaf umfangenen Inneren aussprach, kam mir nicht befremdlich vor. Im Gegenteil, ich erinnere mich, dass ich es als schmerzlich empfand, sie nicht allein zu sehen, sondern in Begleitung eines vierschrötigen Mannes, der auf vorgehaltenen Armen ein Paket trug.

Der kurze Schlummer hatte mich vergessen lassen, was meiner harrte, wer der Mann war und was er wollte. Jedidah lächelte mich an, während er vortrat, und unter diesem Lächeln besann ich mich: er war der angekündigte Bote der ›gemeinsamen Freundin‹. In seinem Paket fand ich die mit Mandeln bestreute Torte und in der Torte das Dokument, mit dem ich verfuhr wie von Jacobus verlangt.

Dann trafen die Gäste ein, einzeln, mit Begleitern, in Gruppen, in Schwärmen, darunter manche, die den breiten Purpurstreif an der Toga trugen, sogar prätorische oder konsularische Ornamente, Vertreter grosser Namen und alter Familien, jene, von denen der Dichter Vergilius schrieb, zu Recht hätten sich ihnen die Völker der Welt zu Füssen geworfen. Wenig später die Jerusalemer Gesandten, umgeben von den Ältesten der römischen Gemeinden, Schriftgelehrten und Synagogenbeamten. Auch Kammerherren der Kaiserin waren zu sehen, die überall dabeistanden, lächelten und unauffällig ihre Blicke schweifen liessen. Solche Empfänge sind für den Gastgeber eher mühsam als vergnüglich, doch an diesem Abend geschah selbst das Schwierigste wie von selbst, mein schlichter Hausstand, auf grosse Gesellschaft nicht eingerichtet, funktionierte wie ein wunderbarer *apparatus*, jede Kleinigkeit erwies sich als vorausbedacht. Musiker, deren Kommen ich nicht bemerkt hatte, bliesen in Trompeten, Harfenistinnen unterhielten uns mit heimatlichen Weisen, geschulte Sänger trugen hebräische Poeme vor, sogar Ausschnitte aus dem *shir ha shirim*, dem Lied der Lieder. Zum Nachtisch wagte der in einen goldenen Theatermantel gehüllte und maskierte Halityrus einige burleske Darbietungen, über die der humoristische Pharisäer – derselbe, der in der Audienz am Morgen so viel Entschlossenheit gezeigt hatte – in Gelächter ausbrach. Er war es auch, der den Hohepriester und den Schatzmeister Hilkia überredete, ein paar Schritte in einem Reigen mitzutanzen, wie sie bei festlichen Gelegenheiten im Tempel üblich sind, wozu ein Trompetengeschmetter ertönte, das jeden, der je in Jerusalem gewesen, an die herrlichen Töne in der frühen Morgenluft erinnerte, wenn in den Vorhöfen des Heiligtums andächtig die Pilger warten und die Wohlgerüche des ersten *Olah*-Opfers vom steinernen Altar in den Himmel steigen. Die wenigen Tanzschritte der Gesandten – beide Priester sichtlich vom Wein befeuert – wurden als Höhepunkt des Abends verstanden, danach sogleich die *majim acherim* herumgereicht, die duftenden Wasser zum Reinigen der Hände, und der alte Raban Gershon ben Chananja sang mit schwacher, manchmal ersterbender Stimme die Segen nach dem Essen.

Der Gästeliste, die Halityrus und die Kaiserin zusammengestellt hatten, durfte ich ein paar Namen hinzufügen. Der Arzt Simon, eigentlich Shimeon ben Levi, war darunter, wenngleich die Kaiserin bei seiner Erwähnung den Kopf geschüttelt haben soll. Sie hegte zunehmenden Groll gegen die Anhänger des Nazareners, die sie »Griechen im Gewand eures Glaubens« zu nennen pflegte, da die Sekte zunehmend Anhänger unter Nichtjuden fand. Halityrus behauptete, Neros frühere Geliebte Acte, ein sanftmütiges, anhängliches Mädchen aus Kleinasien, neige der christlichen Sekte zu, was Poppäa Sabinas Abneigung hinreichend erkläre. Andere vermuteten, sie möge die Christiani deshalb nicht, weil einige ihrer Prediger die Kaiserin mit abfälligen Namen bedachten, wie »Jesebel« oder »Zauberin«.

Das Abendessen täuschte einen in meinem Haus undenkbaren Hochstand der Küche vor, die Weine, Blumen, Dekorationen, silbernen Schüsseln und Essgeräte einen Reichtum, von dem ich nicht zu träumen wagte, sogar orientalische Duftstoffe, für mich unbezahlbar, brannten in bronzenen Räucherpfannen und durchbrochenen Urnen, die ich zum ersten Mal in meinen Räumen sah. Überall standen dienstbare Geister bereit, hinter den Speisesofas, auf den Wegen im Garten, schliesslich leuchtertragend beim Abschied auf der nächtlichen Strasse. Wie betäubt nahm ich die Glückwünsche senatorischer Würdenträger entgegen, in einigen Fällen Küsse, als sei ich ihresgleichen, und in manchem blasierten Gesicht erschien ein Ausdruck, als müsse man in Zukunft mit mir rechnen. Ich wusste nur allzu gut, welcher Zauber über meinem Haus gewaltet, welche sanftbewimperten Augen Zeichen gegeben, welches Lächeln die Diensteifrigen belohnt. Mir blieb nichts zu tun, als mich voller Dank über eine mädchenhafte Hand zu neigen und in einer Verwirrung des Herzens zu Bett zu gehen, die ich noch am Morgen dieses Tages nicht für möglich gehalten hatte.

Seit diesem Augenblick überraschte ich mich immer wieder dabei, dass ich an sie dachte. Mehrmals am nächsten Tag kam es vor, dass ich in meiner Beschäftigung innehielt, mitten im Laufen stillstand und mir vorzustellen versuchte, was sie jetzt gerade tat. Ich malte mir aus, wie sie träumend auf einem Ruhebett lag oder im Garten ihres Vaters am Tiberufer wandelte, ich versuchte, mich an Einzelheiten ihres Gesichts, ihres Körpers zu erinnern. Ich sah, was ich gesehen hatte unter dem weiten Gewand, dem leichten Stoff. Wie sie die Tunika raffte, als sie über die Marmorschwellen meines alten Hauses eilte, wie sich beim Lächeln ihre Brauen hoben …

In Gedanken ist sie – bei mir oder andern?
Und ihr sinnendes Auge zu Boden gerichtet
Wo die Grashalme sich ihrer Nähe erfreuen
Und ich träume davon dass sie aufsieht und meine

Sehnsucht spürt irgendwo in den Lüften
Tag und Nacht web ich um sie mein Hoffen
Meine Seele ist bei ihr und nur mein Leib noch gefangen
Wie wir alle im Diesseits und fern unsrer Liebe …

Gleich darauf schien mir all mein Träumen töricht und sinnlos. Konnte sie mich überhaupt in Erwägung ziehen? Wer war ich in ihren Augen? Ich besass kaum die Mittel, den ritterlichen Zensus aufzubringen, ein Haus zu halten, ein Ritterpferd. Trotz aller Mühen hatte mir meine Mutter nicht mehr hinterlassen können, und ich selbst, als Sekretär im Hofamt *a studiis,* gehörte einer niedrigen Gehaltsklasse an. Die Höhe meines Einkommens hatte mich bisher kaum beschäftigt, vielen Landsleuten in Rom und der Welt ging es schlechter, doch mit einem Mal wünschte ich mir, ein grosses Haus zu besitzen, Pferde und Wagen zu halten, reich zu sein. War dies die Wirkung der Liebe? Macht sie uns ehrgeizig, begehrlich? Aber auch diese Überlegungen waren töricht. In Wahrheit hatte ich keinen Anhaltspunkt dafür, ob Jedidah durch Geld zu beeindrucken war. Womöglich liebte sie bereits, war sie längst einem andern versprochen …

In solchen Gedanken verliess ich am nächsten Nachmittag mein Haus und ging den Hügel Aventinus hinunter zum Theater des Marcellus. Mein Freigelassener Gedalja war mit mir, den ich gern auf solche Wege mitnahm, weil ich mit ihm aramäisch sprechen konnte. Doch wir sprachen nicht, sondern liefen in dichtem Schweigen, jeder in seine Träume gehüllt. Um diese Tageszeit sind die schattigen Gassen hinter dem Areal des Diana- und Minerva-Tempels fast menschenleer, auch die Uferstrassen entlang der Lagerhäuser. Ich hatte in der Nacht kaum geschlafen und fühlte mich matt, mein Schritt war unsicher. Einmal musste Gedalja rasch nach meinem Arm greifen, um mich am Ausgleiten zu hindern. Wir waren fast gleichaltrig, doch unser Schattenriss, den die Nachmittagssonne tiefschwarz auf den Basalt des Strassenpflasters warf, zeigte einen jungen Diener, der einen viel älteren Herrn begleitet. Ich las in Gedaljas bartlosem Gesicht Sorge über meine schlechte Form ausgerechnet in diesem Augenblick, kurz vor der alles entscheidenden Begegnung. Jeder wusste, wie wichtig an Neros Hof das *far figura* war. So gern sich der Kaiser selbst gehen liess, so unduldsam war er mit anderen. Er musterte aufmerksam die vor ihm Stehenden, wozu er als Sehhilfe einen geschliffenen Stein vor seine Augen hielt, lächelte maliziös und verübelte eine schwache Rede …

Auf dem Forum Boarium sah ich mehr Menschen als in den Uferstrassen, darunter Gestalten in weisser Toga. Unwillkürlich nahm ich Haltung an, obwohl mich niemand erkennen konnte. Ich trug, wie von Jacobus angewiesen, einen Mantel übergeworfen und die Kapuze ins Gesicht gezogen. Wir passierten den Tempel des Hercules Olivarius, des Gottes der Ölhändler, einen kleinen Rundbau nahe der Uferpromenade, und hielten den Atem an: an dieser Stelle ergoss sich unsichtbar, doch mit wahrnehmbarem Gestank die Cloaca Maxima in den Tiber. So geht Rom dahin, dachte ich etwas sinnlos, die Stolze, Herrliche, Unersättliche, am Ende ergiesst sie sich in den Orkus, übelriechend, sprachlos und nichtig … Ich erinnere mich, dass mich dieser Gedanke entspannte. Ich spürte, wie sich ein Lächeln in meinem Gesicht ausbreitete, sah Gedalja an, teilte ihm von meinem Lächeln mit, und auch er lächelte, erleichtert, dass ich endlich erwachte. Vor uns schimmerte gelblich der Fluss im Licht der untergehenden Sonne, auch die Luft schien von gelber Glut durchwärmt, darin zwei schwere schattenwerfende Körper, links die Tiberinsel, rechts das Theater des Marcellus.

Vermutlich hatte Nero dieses Theater für seinen ersten öffentlichen Auftritt gewählt, weil es vom grossen Augustus Octavianus erbaut war, seinem Ahnherrn, dem Urgrossvater seiner Mutter und Grossonkel seines Vaters. Ausserdem lag es in einem eher schlechten Viertel, so dass er mit regem Zustrom von Seiten des dritten Standes rechnen konnte, woran ihm in Wahrheit mehr lag als an der Teilnahme der Gebildeten. Er liebte nichts so sehr wie den lautstarken Beifall der Menge, ihr Gebrüll und Getrampel am Ende seines Auftritts, von dem Rom erzitterte, dass man es noch meilenweit in der Landschaft hörte. Das Theater war von Speichern und Handelshäusern umgeben, die es hoch überragte, ein Halbrund aus drei aufeinander gestellten Arkaden mit vorgebauten Säulen aus Travertin, dorischen im untersten Geschoss, ionischen im mittleren und oben solchen in der korinthischen Ordnung, jeweils bekrönt von einer umlaufenden Attika. Dieses Halbrund schloss das Bühnenhaus, in gerader Linie, mit der schmalen, sich in ganzer Länge des Gebäudes erstreckenden Bühne. Dahinter, gegen den Tiber, lag ein verschatteter Hof, gebildet vom Bühnengebäude und zwei in Richtung Fluss vorspringenden Seitenflügeln, darin Kulissen und Kostüme aufbewahrt wurden, und einer in die Uferstrasse sich wölbenden Mauer, in die zwei bogenförmige Eingänge eingelassen waren, einer links, einer rechts: die gutbewachten, berüchtigten Hintertüren des Theaters.

An diesen Türen drängten sich nach der Vorstellung die Verehrer der Pantomimen, Kitharaspieler und Schaufechter, um auf das Erscheinen ihrer Lieblinge zu warten. Nicht selten kam es dabei zu Schlägereien zwischen den verfeindeten Parteien, so dass mehrere Kaiser strenge Verbote erlassen und besonders die Angehörigen der höheren Stände mit Strafen bedroht hatten, falls sie sich in unwürdiger Weise der Theaterleidenschaft überliessen. Nero wusste darum, er hatte zu Beginn seiner Herrschaft einige Pantomimen aus Rom ausweisen müssen, nachdem ihre Auftritte zum Anlass wilder Tumulte geworden waren, bei denen Menschen zu Tode kamen. Er entschloss sich zu diesem Schritt auf Anraten seines Sicherheitspräfekten Afranius Burrus, ihn selbst sollen solche Zwischenfälle eher belustigt haben. Mehrmals, so wurde erzählt, hätte er von einem sicheren Platz im oberen Stockwerk des Bühnenhauses dabei zugesehen und die Raufenden durch Rufe angefeuert. Doch liess er seither die Hintereingänge des Theaters vorsichtshalber von Gardesoldaten bewachen, besonders an diesem denkwürdigen Abend, da er selbst zum ersten Mal dort auftrat.

Er hatte sich schon manches Mal im kaiserlichen Palast hören lassen, auch vor grösserem Publikum, als Knabe bei den Säkularspielen oder bei offiziellen Gelegenheiten als Orator. Doch was er an diesem Abend beabsichtigte, war etwas ganz anderes. Es war etwas Neues und Niegesehenes, ohne Beispiel in der Geschichte Roms: der göttliche Caesar trat im Theater auf, nicht wie bisher als Herr der Welt, als Imperator und *filius divi*, sondern als Kitharöde mit einer eigenen Komposition, als Darsteller, als *actor*. Der Herrscher liess sich zu seinen Anbetern herab oder hob sie zu sich empor, wie man wollte, ein mythischer Pakt von noch unbekannter Wirkung. Nero hatte erst kürzlich im Kreis der Freunde erklärt, er sähe in öffentlicher Selbstdarstellung seine eigentliche Aufgabe, eher darin als in der langweiligen Tätigkeit des Regierens. »Ich muss meinen Völkern die Sehnsucht sein«, sagte er, »doch wie könnte ich das, wenn ich den ganzen Tag arbeite?« Das Verschwinden derer, die ihn auf den Thron gebracht hatten, begünstigte den Wechsel. Seine Mutter, die ihn ermahnt, gescholten, seinen politischen Ehrgeiz anzustacheln versucht hatte, war mehr als zwei Jahre tot. Der Präfekt Afranius Burrus überraschend gestorben. Seneca hatte fast allen Einfluss verloren, ein vergrämter alter Mann, den die jungen Günstlinge verspotteten. Nur widerwillig wandte ihm Nero die Wange zum Kuss. Sein Herz hatte sich Pantomimen, Sängern, Athleten zugewandt, allen, die ein Publikum zu begeistern wussten: von ihnen fühlte er sich verstanden.

Auch von Poppäa Sabina fühlte er sich verstanden, auch sie lebte *publice*. Sie war nahe der Dreissig, fünf oder sechs Jahre älter als Nero, doch ihre elfenbeinfarbene Haut blieb zart wie die eines Kindes, ihr rotblondes Haar seidig leuchtend, ihr Körper zeigte kein Zeichen von Älterwerden. Die Hauptstadt war voller Gerüchte, wie sie sich so erhielt. Von Bädern in Eselsmilch war die Rede, in sprudelnden Weinen und Lilienwasser. Hinter vorgehaltener Hand sprach man von Kräuterfrauen, Magiern und Ärzten, die auf der Suche nach den Ingredienzen ihrer Schönheitsmittel Länder und

Meere durchstreiften. Ihre Sklavinnen mussten die Tinkturen zuvor an sich ausprobieren, gelegentlich – so der Stadtklatsch – kam es dabei zu Unglücksfällen. Wie Nero trug sie kein Gewand zweimal. Durch ihr Beispiel verführte sie ihren Liebhaber zu immer neuen Steigerungen der Selbstdarstellung.

Der Kaiser hatte seine Kindheit in Armut verbracht, erst später, nachdem seine Mutter aus der Verbannung zurückgekehrt war, verfügte er über grössere Mittel und entfaltete seine Bedürfnisse in der Üppigkeit seiner kindlichen Träume. Er hüllte seinen Leib in die kostbarsten, zartesten Gewebe, auch solche, die üblicherweise Frauen vorbehalten blieben, er verschmähte weder Perlenstickerei noch Flitter. Er liebte gewagte Frisuren, Gesichtsbemalung und Lippenrot. Auf öffentliche Auftritte, selbst so alltägliche wie Senats- und Gerichtssitzungen, bereitete er sich vor wie ein Mime, unter Anleitung erfahrener Bühnenkünstler. »Ehe ich nicht zu schreiten vermag wie du«, soll er einst Halityrus anvertraut haben, »kann ich nicht ruhig schlafen«. Nur sein früher Tod hinderte ihn an der Ausführung beispielloser Projekte: er wollte noch in selbstkomponierten Balletten auftreten, sich den Römern als Schaufechter zeigen, als Seiltänzer und Akrobat. Oft habe ich mich gefragt, warum dieser seltsame Jüngling beim Volk beliebt war. Vielleicht, weil er in eben jenem Augenblick den Schauplatz betrat, als Rom, die Siegreiche, Gesegnete, nach symbolischer Verkörperung ihrer selbst verlangte, nach Überhöhung und Apotheose, weil es Augenblicke in der Geschichte gibt, da die wirkliche Welt zu verblassen scheint neben ihrer bunten, von Menschenhand nachgeahmten Illusion.

Da werden deine Augen erstaunliche Dinge sehen und dein Herz wird Wirres reden, und du wirst sein wie einer, der sich mitten auf dem Meer schlafen legt, und wie einer, der oben im Mastkorb liegt ...

Ich wartete wohl eine Viertelstunde vor der rechten der beiden Türen. Endlich schlug der Soldat den Lanzenstil auf den Boden, in der Tür erschien ein kleiner, in einen schmuddeligen Kittel gekleideter Mann mit Mausaugen und schwarzem Krauskopf, nickte mir zu und zeigte der Wache ein Wachstäfelchen, worauf man mich einliess. Der kleine Mann führte mich eine düstere Innentreppe aufwärts in den ersten Stock, klopfte irgendwo und wies in einen zugigen Raum, in dem ich Halityrus sitzen sah, an einem mit Schminktöpfen und schmierigen Lappen bedeckten Tisch. Er war kreideweiss im Gesicht und trug ein Bühnenkleid aus golddurchwirkter, fast durchsichtiger Seide.

»Friede sei mit dir«, sagte ich.

»Auch mit dir ...«, erwiderte er mit blutrot bemaltem Mund.

»Ich bin erstaunt, dich im Kostüm zu sehen. Trittst du heute auf?«

Halityrus erhob sich und näherte sich behutsam, umweht von den Stoffbahnen des hauchdünnen Gewandes. »Unser Sänger hat in letzter Minute seine Pläne geändert. Eure Morgenaudienz hat solchen Eindruck auf ihn gemacht, dass er den Gästen aus Jerusalem etwas Tänzerisches vorführen möchte. Statt *Daphnis' erste Liebe* gibt er seine Pantomime *Echo*, ein experimentelles Stück, in dem zwei Kitharöden auftreten, um das Echo auch musikalisch darzustellen. Du verstehst?«

»Und du wirkst als Kitharöde mit?« fragte ich zerstreut. Der brodelnde Lärm der ins Theater strömenden Menge begann mich abzulenken. Halityrus hatte mich in einen kleinen Alkoven geschoben, der einen verborgenen Ausguck ins Theater besass, unsichtbar hinter einer der Figuren in den Nischen des Bühnengebäudes, aber aus unserer Richtung von unbehindertem Blick. Diese Alkoven, eigentlich für Theaterleute gedacht, wurden oft von Damen gemietet, die sich in einen Pantomimen, Kitharaspieler oder Gladiator verliebt hatten und ihren Angebeteten aus der Nähe sehen wollten, nicht nur von den Frauensitzen in den höchsten Rängen des Zuschauerraums. Das uralte Gesetz, Frauen im Amphitheater auf die obersten, von der Bühne am weitesten entfernten Reihen zu beschränken, hatte auch Nero nicht zu ändern gewagt, die Regelung wurde mit den grausamen Anblicken der Gladiatorenkämpfe begründet. Es hiess, dass verliebte Damen ungeheuere Preise für den Aufenthalt in einer solchen Kammer zahlten. Meine Augen hingen wie gebannt an dem tiefen, runden, sich in der Dämmerung mit Menschen füllenden Theater.

»Ich als Kitharöde?« fragte Halityrus zurück. »Mein Lebetage habe ich so ein Ding nicht in der Hand gehalten. Nein, unser Sänger wünscht eine pantomimische Darbietung. Auch dies ist eine Neuerung. Normalerweise wird eine Pantomime vom Chor begleitet, heute abend jedoch von zwei Sängern.«

»Wer ist der zweite?«

»Menekrates.«

»Und ihr habt dieses komplizierte Stück in so kurzer Zeit einstudiert?«

»Wir arbeiten schon lange an *Echo*. Aber er hat es bisher nicht aufgeführt. Er füchtete sich davor, zusammen mit Menekrates zu spielen.«

»Gebe Gott, dass er sich gut hält.«

»Ja, Bruder«, flüsterte Halityrus. »Lass uns beten. Möge sich Menekrates nicht dazu hinreissen lassen, ihn an die Wand zu spielen. Es wäre sein sicherer Tod, aber auch für uns alles andere als glückverheissend.«

Wir schwiegen und sahen hinunter ins Theater. Es wogte von durch die Reihen Drängenden, Platz Nehmenden, einander Begrüssenden, schwirrte von Stimmen, sprudelte von Zurufen. Schmuckstücke blitzten, Haarspangen, geölte Frisuren. Die ersten Reihen – die allererste für die Senatoren, die nächsten für die Ritter – schimmerten weiss von den zu Ehren des Kaisers angelegten Galagewändern. Gelegentlich flatterte ein Gelächter über die Menge hin, ein Ruf, ein paar Takte eines Liedes. Oder das dumpfe Gebrüll eines Gardesoldaten dämpfte für ein paar Augenblicke die Stimmung. An ein, zwei Stellen wurde jemand abgeführt, ein Betrunkener oder ein Taschendieb.

»Ich muss zurück in meine Garderobe«, sagte, sich losreissend, der Mime. »Warte hier bis zum Schlussapplaus. Derselbe Mann, der dich zu mir gebracht hat, wird dich zum Ankleideraum des Sängers begleiten. Lass dich nicht von den Rittern der Leibwache erschrecken, schieb sie einfach beiseite, bis du vor dem Sänger stehst. Mögen, *b esrat ha shem*, deine Worte erleuchtet sein.«

»Gesegnet sei sein heiliger Name für immer und ewig«, erwiderte ich leise auf hebräisch. »Wann sehen wir uns?«

»Wenn alles gut geht, an der kaiserlichen Tafel.« Halityrus umarmte mich, was er noch nie getan hatte. Eine Spur Schminke blieb auf meiner Wange zurück. Hinter ihm schloss sich die Tür der Kammer.

Man sagt, das Theater des Marcellus fasse fünfzehntausend Menschen, eine ungeheure Menge, doch nur ein kleiner Teil der Bevölkerung Roms. Zehntausende drängten sich in den umliegenden Strassen, ohne Hoffnung, Zutritt zum Theater zu erlangen, um wenigstens unsichtbar dabeizusein, um den Kaiser von ferne zu hören. Menschen standen auf Dächern, Terrassen, Mauern, auf den vortretenden Säulenhallen benachbarter Gebäude, auf dem nahegelegenen Portikus der Octavia, den Gebäuden des Forum Holitorum, sogar auf den Tempeln der Tiberinsel. Die Brücken über den Fluss waren schwarz von Herandrängenden. Später hörte ich, dass es zu Abstürzen und Unglücksfällen gekommen sei, mehrfach mussten die *vigiles* eingreifen, die Stadtwache, um gefährliche Ansammlungen zu zerstreuen.

Unten im Theater hatte man inzwischen im Grossen und Ganzen Platz genommen, unter ständigem Summen und Rumoren. In der ersten Reihe fiel in all dem Weiss ein schwarzer Fleck ins Auge, die dunklen Talare der Jerusalemer Schriftgelehrten und Sekretäre. Man sah auch die Priester dort, sie trugen weiss wie die römischen Grossen, waren aber durch ihre Hüte sofort auszumachen. Das Publikum begrüsste sie mit Heiterkeit, hier und da war der neue Spitzname zu hören, *caput buletus*, Pilzkopf. Um sie drängten sich Senatoren und Ritter, bemüht, sich vor dem Volk im Gespräch mit den beliebten Fremden zu zeigen. Erst vor wenigen Jahren hatte Kaiser Claudius den judäischen Gesandtschaften ihr seit den Tagen des Johannes Hyrkanus bestehendes Recht bestätigt, bei Spielen und öffentlichen Aufführungen in der ersten Reihe zu sitzen, unter den Grossen Roms und der Welt.

Ein Trompetenstoss, schmetternd und scharf. Stille fiel auf das Auditorium wie ein schweres Tuch. Zugleich flammten langsam die Lichter der Bühne auf, unter mir erstreckte sich ein schmaler goldener Steg, während der Zuschauerraum in Dunkel versank. Die erste Kulisse des Abends war zu sehen, eine wilde Felslandschaft, aus der Quellen zu Tal rauschten und das Theater mit Wohlgerüchen erfüllten. Dann verdunkelte sich auch die Bühne. Begleitet von Fackelträgern näherte sich von links ein älterer, schwachbrüstiger Mann in der senatorischen Toga, den drei Trompetenstösse als den Herold des Abends ankündigten. Beifall kam auf, als der Freund des Kaisers Junius Gallio erkannt wurde, der frühere Prokonsul von Achaia. Er war der geborene Bruder des Seneca und des Annaeus Mela, doch von seinem Vater einem kinderlosen Freund zur Adoption überlassen worden, um einen verdienten Namen zu erhalten. Junius Gallio galt als kluger Mann, der sich zeitlebens aus allem herauszuhalten suchte, wovon er nichts verstand und was ihn nichts anging, eine, wie ich im Lauf der Jahre gefunden habe, überaus seltene Qualität. Doch an einem Hof wie dem römischen, durchzogen von den Fallstricken hunderter Intrigen und geheimer Parteinahmen, gelang es nicht einmal einem so umsichtigen Politiker wie ihm, sich niemandes Abneigung zuzuziehen.

Ausgerechnet Poppäa Sabina verfolgte ihn mit Argwohn. Zunächst vielleicht nur deshalb, weil er Senecas leiblicher Bruder war. Andere Gründe kamen hinzu, vor allem eine Geschichte, die sich während seiner Amtszeit als Prokonsul in Korinth ereignet hatte. Ein jüdischer Wanderprediger aus Tarsus namens Sha'ul, der zu den Anhängern des Nazareners gehörte, erregte dort durch staatsgefährdende Reden den Ärger der Gemeindeältesten, die sich darob beim römischen Statthalter beklagten, und dieser, Junius Gallio, wies die Klage ab. Es handle sich, beschied er, um inner-religiöse Angelegenheiten, die man unter sich klären möge. So sehr eigentlich auch diese Entscheidung für seine Klugheit sprach, so wenig gefiel sie der Kaiserin. Jener Sha'ul – oder Paulus, wie er sich neuerdings nannte – befand sich seit einiger Zeit in Rom, wohin ihn der Prokurator Porcius Festus aus Caesarea hatte überführen lassen, nachdem er auch dort der Behörde auffällig geworden war. Die Kaiserin liess ihn Tag und Nacht in seiner Herberge bewachen, noch unentschlossen, wie mit dem unruhvollen Mann zu verfahren sei. Junius Gallio jedoch, den früheren Prokonsul von Achaia, behielt sie in Erinnerung als einen Begünstiger der christlichen Sekte.

Den Römern galt Junius Gallio als Meister der Redekunst. Auch an diesem Abend war seine Einführung geistreich und einfach, ein Genuss für die Gebildeten wegen der klassischen, an den besten Vorbildern geschulten Sprache, dabei für die breiten Massen heiter und verständlich. Das aufregende Schicksal der Nymphe Echo, die Nachstellungen des bocksfüssigen Berggottes Pan, der strafende Zorn der Göttermutter Hera, schliesslich Echos unglückliche, unerfüllbare Liebe zu einem Sterblichen, dem schönen Narcissos – all dies erstand in klaren, lichtvollen Bildern vor den Zuhörern. Man vermeinte, griechische Landschaften zu sehen, die blaue Luft über Attika zu atmen, die Hirtenflöte zu hören, und jeder im Halbrund des Theaters, mochte er sonst zum Volk der Griechen stehen wie er wollte, gewann es in diesem Augenblick lieb. Unter rauschendem Applaus verliess Junius Gallio die Bühne und wurde von einem Kammerherrn zur ersten Sitzreihe geführt, wo er, schwer atmend, seinen Platz einnahm. Eine kleine Pause entstand, in der ein Orchester griechische Volksweisen spielte. Verspätet Eintreffende schoben sich unter Entschuldigungen durch die Reihen, darunter zwei rotgesichtige Senatoren, die offenbar erst jetzt von einem Amtsgeschäft kamen; abgehetzt und wie erlöst sanken sie auf ihre Sitze.

Langsam vertröpfelte die Musik. Ein letzter Triller, dann Stille. Tiefes Schweigen breitete sich im Theater aus, es schien, als sei die ganze Stadt in Tonlosigkeit versunken. Nicht einmal der nahe Tiber war zu hören. Ich kann nicht sagen, wie lange dieser Zustand währte und wann der Kaiser die Bühne betrat. Er war plötzlich da. Ich erkannte ihn kaum: aufrecht und majestätisch schritt er zur Rampe, sein Schritt schlafwandlerisch sicher, das Gesicht statuenhaft, der Blick geradeaus. Seine Augen waren weit offen und schienen die Menge zu trinken. Er trug das traditionelle Kostüm der Kitharöden, den bodenlangen goldbestickten Talar, vielleicht ein wenig reicher bestickt als üblich, mit Edelsteinen und funkelnden Fäden. Darüber einen offenen, auf dem Boden nachschleppenden Purpurmantel. Auf der Lokkenfrisur, im Nacken lang, prangte ein mit Rubinen und Saphiren geschmückter Kranz aus Gold.

Ein hühnenhafter afrikanischer Sklave trug die vergoldete siebensaitige Kithara, deren gebogene, verkröpfte Arme mit schimmerndem Elfenbein ausgelegt waren. Sie schien von solchem Gewicht, dass der Kaiser sie nicht allein in die zum Spielen nötige Position bringen konnte oder wenigstens nicht ohne unschöne, Anstrengung verratende Bewegungen, weshalb sie der Sklave, der dazu in die Knie gehen musste, emporhielt, bis der Spieler sie auf den vorgeschobenen linken Schenkel aufgesetzt und den linken Arm durch das Halteband geführt hatte. Nero nutzte den Augenblick, legte dem niedergebeugten Riesen die linke Hand auf den Kopf und hob die Rechte zum römischen Gruss.

Der Applaus war schon vorher ohrenbetäubend gewesen, nun schwoll er zu einem Getöse, zu einem Sturm der Zustimmung, dass der Kaiser willfahrte und wie gebannt in seiner Pose innehielt. Vor den Römern stand in Purpur und Gold ihr Caesar, ihr Göttersohn, die siegreiche, unwiderstehliche Symbolgestalt ihrer Macht, und ihm zu Füssen kauerte der dunkelhäutige Riese, die unterworfene, zu Diensten stehende Menschheit. Die Improvisation währte nur Sekunden, doch sie stellte unwiderruflich das Einverständnis für diesen Abend her: weshalb man hier zusammengekommen und wer man eigentlich war, der Herrscher und sein Volk, das seinerseits Herrscher war, das Herrenvolk der Welt. Ich sah, wie dieses Volk tobte und glühte, wie es Nero erwärmte, wie die einsame, von Gold, Purpur, Juwelen funkelnde Figur auf der Bühne die Strahlen zurückwarf ins riesige Rund.

Nero stand still und liess die Wärme auf sich wirken. Er hob noch einmal die Hand, diesmal gebieterisch, und dort unten verstand man und wurde still. Er war nicht mehr der Mann, den ich kannte. Alles Ungewisse, Unstete war von ihm abgefallen, alles Furchtsame, Hochfahrende und Schwache: vor uns stand ein Herrscher, ein Julier und Kaisersohn, seiner selbst sicher bis ins kleinste Fingerglied, bis in jede Schwingung der Stimme. Er sprach langsam, wie nachdenklich, die traditionelle Grussformel der Kitharöden, »Meine Herren, schenkt mir ein geneigtes Gehör«, und nochmals wollte der Beifall hochbranden, allein für dieses »meine Herren«, womit er die Römer angeredet hatte, doch er würgte ihn mit einer Geste ab.

Wieder schwieg das dunkle Rund. Langsam erloschen die Lichter der Bühne. Im Hintergrund wurde eine Gebirgslandschaft sichtbar, im ungewissen Dämmer eines frühen Morgens. Obwohl ich von hier oben der berechneten Wirkung zu einem Gutteil verlustig ging und störende Begleitumstände mitbekam wie durch Kulissen huschende Männer und brodelnde Töpfe mit einer dampfenden Flüssigkeit, die den Morgennebel darstellen sollte, war der Eindruck immer noch täuschend und einlullend, stark genug, mich einzustimmen auf die ersten Akkorde des Kitharöden. Dieser besang mit zurückgenommener Stimme eine schlaflose Nacht des Gottes Pan, der in Liebe zu einer Nymphe entbrannt war. Ihr Bild, hiess es, habe ihn verfolgt und gequält, immer wieder sei es vor seinen brennenden Augen erstanden aus Duft und Himmelslicht und habe ihm die eigene Hässlichkeit umso schmerzlicher bewusst gemacht, seine Bocksfüsse, seine Kleinheit, die Hörner auf seinem armen Kopf. Im Publikum kollerte erstes Lachen, verstohlen, dann hörbarer, schliesslich sich ausbreitend, und erst da sah ich im Dämmer der Bühne eine zweite Gestalt, nicht angeleuchtet wie Nero, aber schattenhaft sichtbar in der traumhaft dämmernden Landschaft. Es war Halityrus, gehüllt in weitfliessende, halbdurchsichtige Stoffe.

Er war es, der das Gelächter ausgelöst hatte, indem er pantomimisch den hässlichen Berggott darstellte, den der Kitharöde besang. Der berühmte Schauspieler begleitete die Deklamation des Poems durch stumme Körpersprache, Gebärdenspiel und lautlos schwebenden Tanz. Er tat es seinem kaiserlichen Freund zuliebe, obwohl er seit Jahren nicht mehr in dieser Gattung arbeitete, in der er einst begonnen und höchste Bewunderung erregt hatte. Längst war ihm der ruhmvolle Aufstieg in die höhere Sphäre der Tragödie gelungen, er betrat die Bühne nur noch auf Kothurnen, als ausgestopfte, maskierte Riesenfigur, aus deren trichterförmiger Mundöffnung die wohltönenden Verse der grossen Dichter in ein andächtig lauschendes, wenngleich halbleeres Auditorium hinabschallten. Es war das Schicksal der ernsthaften Kunstgattungen, dass ihr Publikum dahinschwand und ihre Darsteller sich mit einem Bruchteil der Popularität begnügen mussten, die Possenreissern, Pantomimen oder Schaufechtern galt. Dafür waren die Tragöden in den Häusern der Gebildeten umso höher geachtet. Ihr Verzicht löste dort solidarische Regungen aus, wurde als sinnbildhaftes Opfer verstanden, wie es zur *superbia* der Vornehmen gehört, höheren Werten zuliebe einer allzu grossen Leichtigkeit des Lebens zu entsagen.

Das Dämmerlicht war einer künstlichen Morgenröte gewichen, die Neros Verse aus des Verliebten Sicht ausführlich priesen:

… denn wer liebt, sehnt Licht herbei, um die Gaben der Götter,
ihre frühblauen Augen, ihr Lächeln von neuem zu schaun,
nie genug kann er sehen in schattigen Büschen verborgen,
wie zur Quelle sie eilt in der Freundinnen Schar,
Schönste stets der Gespielinnen, mühelos auszumachen
selbst für seine von schlaflosem Starren brennenden Augen,
immer wird er mit innerem Jubel die Göttin Eos begrüssen:
wer am Verschmachten ist, sehnt lindernde Bilder herbei …

Pan-Halityrus hatte, in pantomischer Bewegung diesen Versen folgend, alles Lächerliche abgeworfen wie eine falsche Haut. Der Ziegengott war nicht mehr hässlich, er stand aufrecht vor uns, in aller Wesen höchster Bestimmung, als Liebender und Anbeter des Schönen, wodurch er sich selbst erhöhte und damit verschönte. Das Göttliche, hatte der Philosoph Plato gesagt, ist im Liebenden, somit war auch die Schönheit im Liebenden und wurde, wer begehrte und liebte, auch seinerseits schön, wert und würdig, verehrt zu werden. In der Anbetung des Schönen gipfelte griechische Weltsicht, ihr Sehnen und Streben, ihr Ideal des Humanen: der Mensch wurde götternah in einer Vollendung, die sich im Ebenmass des Leibes verbildlichte, und die göttliche Seele darin zeigte sich in belebendem Lächeln, anmutiger Bewegung, berückender Pose, als gewinne die Seele erst im Sinnlichen ihre eigentliche Gestalt.

Halityrus, in der Welt des Griechentums erzogen, wusste mit den Stilmitteln dieser Welt umzugehen und beherrschte sie. Und doch schien es, als bliebe er darin ein Fremder. Er verbarg diese Fremdheit nicht, liess sie durchblicken, spielte mit seinem Anderssein. War dem Kaiser an dieser Wirkung gelegen? Er hätte Paris um den Gefallen bitten können, der entscheidende Jahre jünger war, von berückender Schönheit und betont erotischer Ausstrahlung. Mit Paris wäre die Vorstellung anders ausgefallen, Beklommenheit über die schamlose Gewagtheit seiner Gesten hätte das Theater elektrisiert, man hätte sehnsuchtsvolle Seufzer gehört und ringsum lüsterne Mienen gesehen. Warum hatte Nero auf so sichere Effekte verzichtet? Je länger ich seinem Gesang lauschte, umso mehr spürte ich die innere Übereinstimmung zwischen den Versen und Halityrus' verfremdender Interpretation. Das Poem *Echo* war nicht auf ein Publikum hin geschrieben, nicht auf Wirkung, sondern als Selbstverständigung des bedrängten Verfassers, aus Neros unerfülltem Verlangen heraus, aus seiner Sehnsucht nach einer rotblonden, hellhäutigen Nymphe.

Die Liebesgeschichte zwischen dem Kaiser und Poppäa Sabina hatte ganz Rom beschäftigt: die schöne Frau bereits verheiratet, zum Schein vom kaiserlichen Freund Salvius Otho aus ihres Gatten Haus entführt, während in Wahrheit Nero selbst der Ehebrecher war. Seine erste Frau Octavia stand lange im Wege, die Tochter des Claudius und der Messalina, an die man ihn als halbes Kind aus dynastischen Gründen verheiratet und die er nie gemocht hatte, schon weil sie als Tochter seines Grossonkels Claudius zugleich seine Tante zweiten Grades war. »Wer heiratet schon gern seine Tante?« soll er zu seinen Zechkumpanen gesagt haben, eine in Rom vielzitierte Bemerkung, die nicht einmal den gesamten absurden

Hintergrund dieser Ehe umriss. Denn als Tochter der Kaiserin Messalina war Octavia eine Enkelin jener Tante Domitia, in deren Haus der junge Nero aufwuchs, also auch seine Nichte zweiten Grades, und dies alles, Tante, Nichte, Stiefschwester und Ehefrau in einer Person, hätte auch ein gutwilligerer Mann als schwere Bürde empfunden.

Der Kaiser hatte erst vor kurzem gewagt, ihr den Scheidebrief zu geben, aber nicht mit dem tapferen Widerstand der Octavia gerechnet, die als echte Julierin das Feld nicht räumen wollte. Zum Zeitpunkt des Auftritts im Marcellustheater war sie bereits aus der Öffentlichkeit verschwunden, man fragte besser nicht, wohin. Mit der Zeit vergassen wir ihrer, wie wir vieles vergassen in Neros von Neuigkeiten erschüttertem Reich. Erst Jahre später erfuhr man vom Ende der Kaisertochter, in der Verbannung auf Pandataria, dem kahlen Felseneiland, als in Rom eine Tragödie *Octavia* erschien, das Werk eines anonymen Verfassers, manche sagten, aus Senecas literarischem Nachlass. Ein Unbekannter sandte mir das Stück auf das Landgut, auf dem ich mich damals verbarg. Auch von Poppäa Sabina war darin die Rede, der Verfasser sah in ihr die treibende Kraft der tödlichen Intrige. An jenem Abend ahnte kaum jemand davon, man sah in Poppäa die vom Kaiser Geliebte, die durch mächtiger Rivalen und Rivalinnen Eifersucht zu leiden hatte. Neros Poem rührte alle Herzen, kaum jemand war unter den Tausenden, der dem jungen Paar nicht Glück gewünscht hätte. Alle hofften auf den mässigenden Einfluss einer Frau, nach jahrelanger Herrschaft des Doryphorus, Paris und anderer Trinkkumpane des jungen Kaisers.

Auch die Musik des Abends lockte solches Hoffen hervor. Sie war von klassischer Strenge, silbern sirrten die Saiten der Kithara, Kaskaden klarer Klänge über das Auditorium ergiessend. Nicht minder ergreifend die Geschichte selbst und ihre hochherzige, an archaische Frühzeit erinnernde Sprache. Nero hatte verschiedene Fassungen der Echo-Sage miteinder verbunden, eine altüberlieferte, die Pans unglückliche Liebe besang und in ihrer usprünglichen Form sehr grausam war, Echo von Hirten in Stücke gerissen oder dergleichen, und eine neuere, vom Ritter Ovidius Naso in den Tagen des grossen Augustus erzählt, worin Echo von der erzürnten Göttermutter Juno bestraft wird, nachdem sie diese durch ein täuschendes Gespräch von Jupiters Seitensprung mit einer anderen Nymphe abgelenkt hat. Der Fluch der Göttermutter besteht darin, dass Echo niemals mehr einen ersten Satz sprechen, andererseits auch nicht mehr schweigen kann, dass sie zu ewigem Antworten-Müssen verdammt ist, zu zwanghaftem Wiederholen der letzten Silbe dessen, der vor ihr gesprochen. Als dies in Neros Poem zum ersten Mal in Szene trat, sah man in aufscheinender Beleuchtung den Kitharöden Menkrates unweit von Nero auf der Bühne stehen, gleichfalls im Purpurmantel, eine grosse Kithara im Arm, und ehe das römische Publikum seinem unverhofft aufgetauchten Liebling applaudieren konnte, entspann sich der Wechselgesang zwischen Juno-Nero und Echo-Menekrates:

Weil vorlaut du gewesen
Wesen!
dein Wesen sei Nie-Schweigen
eigen!
zu eigen werde dir das Herzeleid
ze-eid!
Zeit strafe dich durch tief Begehren
ehren!
ehren soll niemand dich ...

In dieser Weise weiter, ein Hin-und Herspringen der Endsilben, wozu das Publikum, als es die Sache erfasst hatte, in Zwischenbeifall ausbrach. Überhaupt war der Mittelteil der Aufführung ein Glanzstück an theatralischer Berechnung, ein dramaturgisch durchdachtes Zusammenspiel dreier Genien, die sich, jeder für sich, in ausgeprägter Individualität gefielen und dennoch in harmonischer Dreiheit ein Höheres und Ganzes bildeten. Wieder fühlte sich das römische Publikum verstanden: so wünschte sich jeder im weiten Rund des Theaters das Leben, als Abfolge tänzerisch leichter Szenen, als triumphierendes Miteinander all des Verschiedenen, das in der Hauptstadt der Welt zusammenfand. Dabei wandte sich die Handlung zum Tragischen wie in der Darstellung des Ritters Ovid:

Echo verliebt und Echo in Nöten, Echo kurz vor dem sicheren Scheitern, womit dieser Teil der Aufführung endete, und die Bühne etwas überstürzt in Dunkel versank.

Ich kannte den Text der Aufführung, hatte ihn mehrmals gelesen. Nero legte mir gern neue Fassungen von schon Bekanntem vor, ohne auf diesen Umstand hinzuweisen, offenbar er wollte sehen, ob ich die Veränderungen bemerkte. Das Ende von *Echo* musste in den allerletzten Tagen entstanden sein, es war mir unbekannt und überraschte mich wie alle. Nero folgte weder Ovidischen Version der Echo-Sage noch der altgriechischen, er gab dem Stück im dritten und letzten Teil eine verblüffende Wendung. Das Publikum schien es zu ahnen, verbrachte die kurze Pause in nervöser Erwartung, mit zerstreutem Geplauder und den üblichen Grüssen und Visiten, vor allem in den ersten Reihen – wieder sah ich dort die Jerusalemer Gesandten von Aufwartenden umlagert –, doch von hier oben war zu erkennen, dass all dies nicht die Hauptsache war wie sonst im Theater, sondern eher halbherzig und abgelenkt. Der Trompetenstoss löste sofortiges Verstummen aus, als hätte man ihn herbeigesehnt. Nochmals standen die beiden Kitharöden vor uns, und zwischen ihnen flatterte, wedelte und wehte der in luftige Tücher gehüllte Pantomime.

Der Erzählung folgend, hatte Halityrus die verschiedenen Figuren abwechselnd darzustellen, ohne andere Mittel als seinen Körper und sein geschminktes Gesicht, die zarte Nymphe, die gewichtige Göttermutter, ihren verliebten Gatten Jupiter und schliesslich den schönen Narcissos, jede Gestalt auf ihre Weise überzeugend, unverwechselbar, sofort erkennbar. Darin lag die hohe Kunst der Pantomime. Halityrus mochte für diese Gattung schon fast zu alt, ihr zudem durch langes Tragödienspiel entfremdet sein, er bestand den Abend dennoch auf unvergessliche Weise. Seine Gestaltungsmittel waren ungewöhnlich, er arbeitete mehr mit Mimik und Gesten als mit Körperschwüngen und Drehungen wie der damals massgebliche Paris, man spürte, dass er dieses Mienen-und Augenspiel selbst genoss, da er sonst hinter einer Maske verborgen und an die ehernen Regeln der Tragödie gebunden war. Wenn man will, war er ein problematischer Künstler und keine grössere Verschiedenheit denkbar als zwischen ihm und dem modischen, glatten, wie aus einem Guss wirkenden Menekrates, der neben ihm die Kithara schlug und sang. Es schien zur Konzeption des Abends zu gehören, dass die Vertreter dreier Völker auf der Bühne standen, dreier Völker, die, so verschieden sie waren, derzeit mehr als alle anderen den Geist des Imperiums bestimmten, ein Römer, ein Grieche, ein Jude, und dass ihr erfolgreiches Zusammenwirken symbolisch verstanden werden sollte – auch dies ein Kunstgriff des kaiserlichen Inszenators.

So lag Aussöhnung in der Luft, friedliches Miteinander, Liebe als völker- und menschenverbindendes Medium. Die Nymphe Echo liebte, doch nicht, wie in der Fassung des Ritters Ovid, zu ihrem Verderben. Unter hingehauchtem Geklimper und Gezupfe der höher klingenden Saiten sah man zu, wie Narcissos sie verschmähte, vor ihr floh, in Waldeseinsamkeit und wilde Landschaft, wie er sein Glück im Alleinsein fand und sich selbstverliebt im Wasser einer Quelle spiegelte. Dann, unversehens, begann sich die Melodie zu wiederholen und in sich zu verfangen, jeder Akkord von Neros Kithara wurde von Menekrates auf verfremdete, leicht verzerrte Weise wiederholt, ein quälendes, monotones Hin-und-Wider-Spiel, wozu Halityrus in immer gleichen, sich selbst liebkosenden Schlangenbewegungen vibrierte und allmählich erstarrte:

… nichts spendet der silberne Quell als ewig das gleiche
kühl glanzvolle Bild, das er längst schon erschaudernd
wie berauschenden Trank zum wievielten Male genossen,
doch verliert sich die Kraft, jeder Rausch wird zum Taumel,
und das Glück versagt sich, da niemand es teilt,
und die Sehnsucht ergreift ihn, der niemals sich sehnte,
nach der Zeugin des Wunders: Oh, Liebe? Vielleicht …

Der Selbstverliebte war vor Echos Begehren in Einsamkeit geflohen, doch um sich selbst geniessen zu können, suchte er die Verschmähte nun doch, sie, die ihn geliebt und bewundert hatte. Wer selbst nicht lieben kann, somit das Göttliche nicht in sich hat, wird es schliesslich vermissen: ohne diese Kraft ist er nicht einmal zur Selbstliebe fähig. So bedurfte auch Narcissus eines liebenden Ge-

genübers, empfand Sehnsucht nach diesem und begann, ohne es zu wollen, selbst zu lieben. Es war ein überraschender, aus innerer Ambivalenz geborener, typisch Neronischer Gedanke, gleichsam Ausdruck seiner Zeit, einer narzistischen, von Sehnsucht verzehrten, am Ende sich selbst verzehrenden, in Schutt und Asche versinkenden Epoche. Der weissgeschminkte Sänger stand vor uns mit aufgerissenen Augen, einen Augenblick war mir, als lächle er in schadenfroher Vorahnung. Das Bild wurde gleich darauf vom Beifall zerstampft, der über das Theater hereinbrach wie ein Hagelsturm.

Narcissos lief zurück und suchte Echo, warf sich ihr zu Füssen und gestand seine Liebe. Als diese letzten Zeilen gesungen wurden, war Menekrates mitsamt seiner Kithara bereits von der Bühne verschwunden – eine immer antworten müssende Echo gab es nicht mehr – und der Pantomime Halityrus endgültig erstarrt und in Dunkel versunken, nur Nero stand beleuchtet vor uns wie zu Beginn und sang die letzten Zeilen in den langsam anbrandenden Beifall hinein, Zeilen, die niemand mehr wahrnahm und die eigens dazu geschaffen schienen, ihn dort oben als Bild des Sängers festzuhalten, in Beifallsstürmen, in Ewigkeit. Der Tumult war auf ein beunruhigendes Mass angewachsen, als Nero sich endlich, wie eine unerwartet zum Leben erwachende Statue, verbeugte.

Das steinerne Theater schien zu beben. Die Tausende hatten sich erhoben und erzeugten auf jede erdenkliche Weise Lärm. Wem die Hände nicht reichten, der stampfte zusätzlich mit den lederbesohlten Füssen auf den Marmor. Manche sahen sich nach Objekten um, die mehr Lautstärke hervorrufen würden als ihr schwaches Fleisch, doch alle festen Gegenstände waren an den Eingängen des Theaters konfisziert worden. Nur die Gardesoldaten schlugen krachend ihre Lanzenschäfte auf den Steinboden. *Laudo*-Rufe kamen aus dem hallenden Rund. Ich sah würdige Männer und vornehme Damen aus Leibeskräften brüllen, mit weit offenen Mündern, mit Tränen in den Augen, laut und leidenschaftlich, und nichts und niemand hätte sie zurückhalten können.

Nero, schwer atmend, durchnässt, das goldene Gewand am Körper klebend, das Gesicht leuchtend von verlaufener Schminke, vom Schweiss, von den Tränen, die ihm über die zitternden Wangen rannen, stand taumelnd vor ihnen, ausgebrannt, beseligt. Der Applaus dauerte, die Laudo-Rufe wurden zu rhytmischen Chören, man rief ihn wieder und wieder hervor. Er erschien zwischen Menekrates und Halityrus, beide an den Händen haltend, oder allein, immer wieder, zehn Mal, ein Dutzend Mal, ich weiss nicht mehr wie oft. Halityrus' Barbier trat in meine Kammer und winkte, ich musste meinen Beobachtungsplatz verlassen und ihm ins erste Stockwerk folgen, durch den dunklen, menschenleeren Bau. Alles, was Beine hatte, war unten im Zuschauerraum oder hing an den Beobachtungsluken des Proszeniums. Immer neue Wogen von Lärm erschütterten das steinerne Gebäude.

»Diese Tür ist es«, flüsterte der kleine Mann, ehe er im Dunkel verschwand, »warte hier, Herr, bis er kommt.«

Wir hatten Mitte April mittlerweile, doch war es um diese Tageszeit kalt, ich stand, in meinen Kapuzenmantel gehüllt, mitten im Gang und lauschte. Ich wusste, was dort unten geschah. Man würde ihm goldene Kränze zu Füssen legen, eine Schar senatorischer Knaben ihn umringen, singen, mit Bändern winken oder ähnliches, auch die Munizipalen der Stadt hatten etwas vorbereitet, Geschenke, Ehrengaben und ihre effektvolle Überreichung. Patriotische Gesänge flackerten auf wie Buschfeuer und setzten den Rundbau aufs neue in Flammen der Begeisterung. Ich stand und wartete. Ich besann mich auf mein Poem, auf einzelne Passagen, die auswendig herzusagen ich gewahr sein musste, jeden Augenblick, sobald auf der Treppe Stimmen zu hören sein würden und an den Wänden die tanzenden Schatten der Fackelträger …

Als ich Gott suchte, hörte er mich und rettete mich aus meinen Ängsten … Ein Engel Gottes beschirmt, die Ihn fürchten und hilft ihnen heraus. So erfahret und seht, wie gütig der Ewige …

Und als es soweit war, trat ich ihm einfach in den Weg, als wäre es das naheliegendste auf der Welt, dass ich hier wartete, im dunklen, verödeten Bühnenhaus, als könnte es nicht anders sein. Und wirklich, er wunderte sich kein bisschen. »Ah, du bist es!« rief er, immer noch ausser Atem, doch in heiterer, gönnerhafter Stimmung. »Na, was sagen deine Gesandten?«

Ich behauptete, sie seien vor Ergriffenheit sprachlos gewesen.

»Ja, haben sie denn überhaupt verstanden? Es muss ihnen doch von der Mentalität her fremd sein, so eine ganz und gar griechische Geschichte.«

»Du hast eine Menschengeschichte daraus gemacht, Göttlicher. Jeder würde sie verstehen, jeder, der fühlt wie ein Mensch ...«

Wir hatten seine Garderobe erreicht, in der sich der Barbier Thalamus zu schaffen machte, der kaiserliche *ornator*, wie sein Titel lautete, an Neros Hof ein wichtiger Mann, zugleich Haarstilist, Kosmetiker, Salbenmischer, Spezialist für Neros nervöse Haut, eine Art inoffizieller Kammerdiener, falsch lächelnd, mit Augen voller Hass bei meinem unerwarteten Erscheinen. Der Kaiser liess sich in den Stuhl am Schminktisch sinken, schickte den Ritter der Leibwache hinaus, mit einer Handbewegung, als verscheuche er Hühner, und rief mit matter Stimme: »Glaukos!« Der Mundschenk erschien sofort. Als er mich sah, riss er die Augen auf und sandte einen hilfesuchenden Blick hinüber zu Thalamus. Nero verlangte: »Wein für mich und meinen kaiserlichen Freund.«

Während ihm Thalamus den Purpurmantel abnahm und damit ins Hinterzimmer lief, begann ich meinen Monolog. Die ersten Worte überraschten den Kaiser, der mich einige Augenblicke gross ansah, dann in den Stuhl zurücksank und verblüfft zuhörte. Ich legte in hastigen, unüberlegt hervorsprudelnden, dann wieder stockenden Worten dar, dass ich während der Aufführung die Inspiration zu einem Poem gefühlt und im Kopf daran zu arbeiten begonnen, dass dieses Poem ganz von seiner, Neros, Melodik durchdrungen, sozusagen aus Klang und Metrik seiner Dichtung emporgeblüht, von den Strahlen seiner Person durchleuchtet sei, und dass es sein Leben zum Inhalt habe.

»Aber ich bitte dich«, unterbrach er mich, wobei er leicht die Stirn runzelte, »darum so viel Lärm? Ich bekomme zu jedem Feiertag Hunderte mir gewidmeter Poeme geschickt.«

»Es ist kein Poem, Göttlicher, das dir als Kaiser huldigt. Es erzählt die Geschichte eines Kitharöden.«

»Du willst mich als Kitharöden besingen? Hm. Aber auch das hat es schon gegeben ...«

»Ich will erzählen, wie ein Jüngling aus grossem Hause gegen alle Widerstände Künstler wird. Wie das Talent in ihm alles andere besiegt. Konvention, Erziehung, Standesgrenzen. Wie man es ihm von Kindheit an auszureden versucht, ihn bestraft und davon abhalten will, aber wie er nicht anders kann, als seinem Talent zu folgen, weil sich zeigt, dass es ein starkes und grosses Talent ist. Obwohl er dafür leiden muss, Entbehrungen tragen, bittere Schmach ...«

Er warf sich im Stuhl herum und starrte mich an. »*Das* willst du auf die Bühne bringen? So, dass alle erkennen, ich bin gemeint, ich, Nero Claudius Caesar Augustus, der Kaiser und Gott?«

Er riss dem neben ihm stehenden Glaukos den grossen goldenen Pokal aus der Hand und machte eine Kopfbewegung in meine Richtung, worauf Glaukos auch mir Wein brachte, dann trank er in langen, durstigen Zügen seinen Becher leer und hielt ihn von neuem dem Mundschenk hin.

»Uuh!« sagte er. »Wusste kaum noch, wie Falerner schmeckt ... Entbehrungen, sagtest du? Leiden?«

Er nahm einen weiteren Zug. Seit Wochen des Weins entwöhnt wie er war, stieg ihm der starke Falerner rasch zu Kopf. »Leiden, Entbehrungen ... der Kaiser! Nur weil er Künstler ist. Das willst du auf die Bühne bringen? Womöglich hier im Marcellus-Theater, das mein Ahne erbaut hat, der sittenstrenge Augustus, der Kitharöden und Schauspieler öffentlich auspeitschen liess?«

»Es ist verschlüsselt«, sagte ich. »Ein Jüngling, sagen wir, aus konsularischem Haus. In Anspielungen sozusagen ...«

»Gib ein Beispiel.«

»Damit habe ich nicht gerechnet, Göttlicher. Es ist noch nicht fertig ...«

»Rede nicht! Ein paar Zeilen. Wie du dir den Grundton vorstellst ... Ungefähr.«

Ich goss hinunter, was noch in meinem Becher war, holte tief Luft und begann:

Manchmal kennt er grosse Traurigkeiten,
sie kommen wie die Wolken, wie der Wind,
er kann nicht anders: nur die Silbersaiten
erfüllen ihn mit Ruhe wie als Kind,
er kann nicht anders als nach ihnen greifen,
die Stimme heben zu den ersten Klängen,
und wenn in seinem Mund die Töne reifen,
wird stärker nur das unstillbare Drängen,
und Worte fügen sich zu ersten Zeilen,
beseelte Hände finden ihren Weg allein
und die Gedanken schon zu nächsten Bildern eilen
und so, träumt er, soll es für immer sein …

Ich fügte hinzu: »Das ist aus dem ersten Gesang. Aus seiner Jünglingszeit. Er weiss noch nicht, dass ein grosser Künstler aus ihm wird. Er fühlt nur …«

Der Kaiser unterbrach mich mit einer Geste. »Still!« sagte er mit gesenkter Stimme. »Zerrede es nicht. Ich habe verstanden … Ich fühle Musik. Du hast den Ton getroffen. Ja, das wird ankommen … Glaukos!« brüllte er plötzlich, »was soll das? Wieso sitze ich hier durstig und ungewaschen? Warum schminkt ihr mich nicht ab? Ich brauche meine Salbe für den Abend, mein Tonikum, meine Haarpackung … Was erlaubt ihr euch?«

Die Sklaven eilten herbei. Ein weiterer Schluck aus dem goldenen Becher. Ein strafender Klaps auf Thalamus' gebeugte Schulter. Thalamus entfernte mit geschickten Handbewegungen die Schminke aus Neros Untergesicht, von seinem dicken Hals und vorstehenden Kinn, den Merkmalen der julisch-agrippischen Linie, die seine Mutter so entstellt hatten, ihm aber etwas Säulenhaftes, Stabiles, Männliches gaben. Mit wenigen künstlerischen Wischern fuhr die kleine, gelenkige Hand darüber hin, gründlich, doch ohne den Kaiser durch zu viel Druck auf die Haut zu belästigen, eine Fingerfertigkeit, die ich einfach bewundern musste, auch wenn dieser Mann mich ins Schattenreich wünschte. Thalamus war von seiner Seite, der griechischen Partei, eingeweiht worden, hatte sich eine Taktik zurechtgelegt, alles bedacht und vorbereitet, Geld war ihm versprochen worden, die lebenslange Gunst der mächtigen Freigelassenen, der Pallas und Doryphorus, Helius und Polyclet ... Ich musste handeln, die Gunst des Augenblicks nutzen, ehe der Kaiser mich etwa verabschiedete und mit diesen Männern alleinblieb.

»Dein heutiger Auftritt, Göttlicher«, sagte ich, um eine ruhige Stimme bemüht, »war so über alle Massen gelungen, ausgefeilt und professionell, das ich über die späteren Gesänge meines Poems *Der Kitharaspieler* nachdenken musste – so schlage ich vor, es vorderhand zu nennen –, über die, in denen mein Held bereits auftritt, sich durchsetzt, das Publikum bezaubert. Denn er setzt sich durch, ganz von unten kommend, wie ein einfacher Kitharöde, zunächst von allen verachtet und behindert, sein Vater hat ihn enterbt, kaum hat er ein paar Freunde, an die er sich halten kann, arme Künstler wie er ...«

»Ach, du weisst nichts!«, rief Nero, den Barbier beiseite stossend, sich seitwärts aus dem Stuhl in meine Richtung beugend, bis sein bunter, grotesker, halb abgeschminkter Kopf ganz nahe bei meinem war. »Du weisst nichts! Arme Künstler? Sklaven waren sie! Meine einzigen Freunde waren Sklaven! Paris, Halityrus, Menekrates, kleine, schmutzige Sklaven ... Du siehst, wie treu ich bin, ich habe sie alle gross gemacht. Mein Onkel Caligula hatte mir alles genommen. Meine Mutter war verbannt, mein Vater tot ...« Seine Mundwinkel krümmten sich abwärts, seine Augen wurden zu schmalen feuchtschimmernden Schlitzen, er schluchzte. »Ein Waisenkind war ich! Kein Freund auf der Welt als diese kleinen Sklaven. Wir schliefen zusammen in kalten Winternächten. Meine Tante Domitia war arm und geizig, sie gab mir nicht mal eine Kohlenpfanne. Der Kaiser behandelte sie schlecht, dabei war sie eine Grossnichte des Augustus, eine echte Julierin, ach, und so eine arme Frau. Wie oft habe ich bedauert, dass sie nicht mehr unter uns ist ...«

Mir verschlug es die Sprache. Tante Domitia ... Neros Mutter hatte ein Todesurteil gegen ihre Schwägerin erwirkt, Nero selbst war im Verfahren als Zeuge gegen sie aufgetreten ... Der Kaiser verlor sich in gefährlichen Eröffnungen, unvermutet konnte er sich dessen bewusst werden und mich, den Auslöser dieser Gedanken, zu hassen beginnen. Von Thalamus kam ein lauernder Blick, ich wusste mich in Lebensgefahr. Rasch, scheinbar unbedacht, mit dem gereizten Unterton eines in seiner Inspiration gestörten Künstlers, fiel ich ihm ins Wort:

»So höre, Göttlicher! Heute abend kamen mir die entscheidenden Verse, als ich dich singen sah, so sicher, männlich gereift in deiner Kunst. Was für ein langer Weg! Stell dir vor: Er tritt zum erstenmal auf. Als Jüngling. Vor Strassenpublikum, hergelaufenem Gesindel –

Wenn er singt, geschieht Wunderbares mit denen dort unten,
und manch nüchternes Auge bedeckt sich mit schimmerndem
Glanz,
und selbst Schwätzer verstummen und Schurken erbleichen,
und Gesichter, von Sorge zerquält, leuchten furchtlos und
frei ...«

Er nickte. Sein Gesicht, jetzt ganz abgeschminkt, verriet, wie erschöpft er war. Die Schläfen, sonst von Locken bedeckt, lagen bloss und schimmerten grünlich, unter seinen geschwollenen Unterlidern waren dunkle Schatten. Thalamus betupfte ihm die Haut mit Salbe. Der Kaiser langte hinüber zum Ankleidetisch, auf dem eine jener kleinen Lauten lag, die man ihrer Form wegen Delta nennt, und befahl: »Sag noch mal das von vornhin, das mit den ›beseelten Händen‹.«

Wie gut mein Gedächtnis damals noch arbeitete, wie mühelos ich mich an jedes Wort erinnern konnte ... Ich besann mich nicht lang und zitierte:

Manchmal kennt er grosse Traurigkeiten,
sie kommen wie die Wolken, wie der Wind,
er kann nicht anders: nur die Silbersaiten
erfüllen ihn mit Ruhe wie als Kind ...

Er lauschte mit zurückgelegtem Kopf und halbgeöffnetem Mund, seine Hand lag auf den Saiten des Instruments. Starr stand der Barbier, ein Tuch in der Hand, der Mundschenk, leicht vorgebeugt –

… und Worte fügen sich zu ersten Zeilen,
beseelte Hände finden ihren Weg allein
und die Gedanken schon zu nächsten Bildern eilen
und so, träumt er, soll es für immer sein …

Er klimperte einen Akkord, einen zweiten, summte dazu:

… und Worte fügen sich zu ersten Zeilen,
beseelte Hände finden ihren Weg allein …

Jemand klopfte an die Tür. Nero probierte Griffe auf der Laute, ohne sich darum zu kümmern. Es klopfte nochmals. Der Kaiser sagte mit singender Stimme: »Geh, eile, Glaukos, verkünde dem Klopfer, wer immer er sei, ich spiele die Kithara, er aber spielt mit seinem Kopf.« Er klimperte ein paar Akkorde, summte vor sich hin. Unerwartet sprang er auf, den bedauernswerten Ornator von neuem beiseite stossend, stand breitbeinig, die Laute vor dem Leib, und verlangte: »Los, nochmal die vier letzten Zeilen.«

Ich wiederholte sie, langsam und feierlich. Er nickte mit geschlossenen Augen. Dann sang er zu einer heiteren, eingängigen Melodie:

… und Worte fügen sich zu ersten Zeilen,
beseelte Hände finden ihren Weg allein …

Und die gleiche Tonfolge noch einmal, nur wenig variiert, eine Terz höher die vorletzte Zeile, wobei seine Fingerspitzen mit leichtem Zupfen über die Saiten strichen, *spallo*, wie das griechische Wort für diese Spielart heisst, vielleicht, um die ›beseelten Hände‹ anzudeuten …

und die Gedanken schon zu nächsten Bildern eilen,

ein kurzes Tremolo bei dem Wort *eilen*, noch ein voller Griff in die Saiten, und *fortis* die letzten Worte und so, träumt er, soll es für immer sein!

Ich applaudierte. Auch die die beiden Sklaven schlugen die Hände ineinander, tapfer lächelnd, obwohl ihre Hoffnungen mit jeder Minute schwanden. »Ihr Schmeichler«, sagte Nero und liess sich wieder in den Stuhl fallen. »Das war nur ein Augenblickseinfall. Aber ihr habt recht, es ist mehr als erstaunlich, dass mir heute, nach einem so aufregenden, kräftezehrenden Auftritt überhaupt noch Einfälle kommen ... Ach, ich bin von meinen Inspirationen wie gejagt. Niemand weiss, wie schwer es ist, eine solche Begabung in sich zu tragen, Tag und Nacht, niemals ruhend. Sie werden mir Fehler in der Politik vorhalten, Unterlassungen in den Provinzen ... Aber werden sie je verstehen, was für ein Künstler ich war?«

»Deine Werke, Göttlicher, werden für dich sprechen.«

»Ah, *blandus* ... Lass uns sehen, was wir Hübsches daraus machen. Dein Entwurf ist nicht uninteressant. Es lohnt, über Vertonung nachzudenken.« Er brach ab und sass in unerwartetem Schweigen, für eine kurze Zeitspanne, eine Minute vielleicht, aber wie langsam vergeht eine Minute, wenn man auf etwas wartet. Wir standen stumm und rührten uns nicht. Seine Stimme, als er weitersprach, klang tiefernst.

»Mir geht es nicht um den feilen Ruhm des Tages«, sagte er leise. »Was wissen die Zeitgenossen? Sie sehen alles aus der engen Perspektive von Insekten ... Der wahre Künstler setzt auf die weit geöffneten Sinne der Nachwelt. Das Poem könnte etwas vermitteln. Vielleicht wird der eine oder andere meine vielschichtige Persönlichkeit dadurch besser verstehen.« Er straffte sich, seine Stimme wurde befehlend. »Ich will den ganzen Text. Morgen früh. Eigentlich sollte ich dich gleich nach Hause schicken, eine Niederschrift machen lassen, aber ich will dich lieber beim Essen dabeihaben, falls mir Ideen kommen. Man soll auch nach Menekrates schicken ... Wo ist er überhaupt? Nicht, dass er jetzt etwa schlafen geht! Glaukos, giess uns noch mal ein und dann lauf, kümmere dich darum, ich brauche ihn bei Tisch! Mir ist irgendwie ... Ach, welches Los, so nimmermüde schaffensfroh zu sein!«

Durch eine Gesichtsmaske aus Brotteig vorübergehend am Sprechen gehindert, bedeutete er mir mit einer Handbewegung, weitere Passagen aus meinem Poem zu rezitieren. Er schwieg und liess sich mit Gurkenmilch waschen, die Haare spülen, die Kopfhaut massieren, die Locken drehen. Ich sass in Schwaden wechselnder Wohlgerüche, in heissem Dampf, von ihm getrennt durch plätschernde Geräusche, sass da, ohne sein Gesicht zu sehen, und redete. Ich redete ohne Unterlass wohl eine Stunde lang, entwickelte ihm den Plan des Poems, seine schon ausgearbeiteten Stellen, die Ideen für das noch Fehlende, alles ohne Antwort von seiner Seite, ohne Reaktion, ohne irgendeinen Anhaltspunkt, wie er mein Gerede aufnahm – eine Situation, die jeder im damaligen Rom als den schrecklichsten Alptraum empfunden hätte: wie sollte ich wissen, ob er erfreut oder verärgert war, ob ich ihn überzeugte oder mich in etwas ihm Unliebsames hineinredete, um meinen Kopf redete?

In den letzten Tagen hatte ich viel gebetet, mal in der Stille, wortgetreu, mal in Stosseufzern, unter freiem Himmel, im Garten, auf der Strasse. Gewiss hatte das Beten mein Herz mit Zuversicht erfüllt. Zudem machte das Rezitieren poetischer Texte, vor allem der Psalmen unseres grossen Königs, dass meine Sprache edler, rhytmischer war als sonst. Ich redete mich in einen Zustand von Benommenheit, von *stupor*, von Nicht-mehr-Aufhören-Können, mein Gedächtnis stand mir bei und versorgte mich mit neuen Versen, und als ich endlich die Zeilen zitierte

> … wurde ganz er selbst nur
> wenn er der Lyra magische Klänge
> konnte beschwören, zunächst im geheimen,
> verhalten sodann den vertrautesten Freunden,
> schliesslich mit ihrer Kraft sich besinnender Stimme
> dem römischen Volk, das ihn jubelnd begrüsste:
> kühn war, was ihm träumte, und niemals alltäglich,
> kühn wie die Stadt sich auf sieben Hügeln
> erhob als die Herrin der Welt …

schob der Kaiser seinen Barbier von neuem beiseite, ergriff die Laute und erhob sich mit majestätischer Wucht, wenngleich noch immer im Untergewand, das Frisiertuch um den Hals, die feucht glänzenden Haare in Lockenwicklern. »Ja«, rief er aus, die Wangen bebend, das Kinn vorgeschoben, *»kühn war, was ihm träumte und niemals alltäglich* ... Du bist nicht dumm, *amice*, du hast mich gut verstaden ... *Kühn wie die Stadt sich erhebt als die Herrin der Welt* ... Ja, aus diesem Stoff bin ich gemacht. Nichts ist mir so verhasst wie das Alltägliche. Deshalb liebt mich das Volk. Du musst sofort mit dem Aufschreiben anfangen. Wo ist dein Schreiber? Thalamus, eile, renne, hol uns den Mann, sofort! Ich brauche eine Kopie.«

Hier wagte Thalamus zum ersten und einzigen Mal an diesem Abend Widerspruch. Zu vieles stand auf dem Spiel, seine Nerven gaben nach. Wenn er diesen Raum verliess und mich mit dem Kaiser alleinliess, war alles verloren, für ihn, für die griechische Hofpartei, für Doryphorus, Pallas und Felix, Helius und Polyclet ... Wer weiss, was sie ihm versprochen hatten, Geld, ein Landgut, die Freilassung ... »Göttlicher«, stiess er hervor, »die Frisur ... Ich bin mit dem Schminken noch nicht fertig ...«

Nero hob nur drohend die Hand. Thalamus, von manchem Grossen am Hof gefürchtet, einer der Wenigen, die täglich zum Kaiser Zutritt hatten, dessen Befinden ein Gegenstand ernster Teilnahme war, von den *ardaliones* allmorgendlich erkundet und in Schenken und Barbierstuben der Hauptstadt besprochen, der Vielumschmeichelte, Vielbeschenkte, der allmächtige Sklave und Herr des Ankleidezimmers, warf mir einen letzten Blick zu, totenbleich, atemlos, doch schon im Gehen.

Ich sollte Gelegenheit haben, mich dieses Blickes zu erinnern, Jahre später, als meine damaligen Widersacher obenauf und der Hof ganz in ihren Händen war. Handelte ich klug, mich so unwiderruflich ins Visier der *grex* zu begeben, einer Gruppe, die niemals vergass? Aber folgen wir, ob klug oder nicht, nicht alle unserem Gesetz, der unerklärlichen, tief in uns angelegten Bestimmung, die sich eines Tages zu erkennen gibt, früher oder später, dann jedoch mit unwiderstehlicher Macht? An diesem Abend dachte ich nicht an später. Trotz Thalamus' dräuender Blicke spürte ich nichts als Erleichterung. Mit Nero allein zu sein, hatte ich nicht zu hoffen gewagt. Es war unwahrscheinlich bis zum Unwirklichen, gegen jedes Zeremoniell und jede Sitte, es liess sich allenfalls damit erklären, dass der Kaiser ausser sich war. Die wachhabenden Ritter vor die Tür zu schicken und beide Leibsklaven auf Botengänge, sogar Thalamus, an dem der Kaiser – wie ganz Rom wusste – in solchen Augenblicken hing wie ein Kind, dessen flinke Hände und selbstgewisse Attitüde ihn vor jedem Auftritt mit dem Gefühl versorgten, genauso auszusehen, wie er auszusehen wünschte, betörend, jünglingshaft, mit rosigen Lippen im marmorblassen Gesicht, die Stirn, wie in griechischen Poemen besungen, von schwerer Lokkenfülle überschattet ... Man deckte zum Essen im kaiserlichen Palast, zum festlichen Essen zu Ehren des Sängers, und er schickte seinen *ornator* weg, um einen Schreibsklaven zu holen ...

Ich hatte mich darauf vorbereitet, mein Anliegen in Thalamus' Beisein vorzutragen, und mich gegen alle bösen Strahlen zu wappnen versucht – was hätte er schon tun können, ausser mich mit Blicken zu durchbohren? Dennoch wäre es eine unbehagliche Situation gewesen, unter diesen Augen die Bittschrift hervorzuholen, von Doryphorus' Bestechlichkeit zu sprechen, Nero gegen seinen Jugendfreund einzunehmen, womöglich eine lebensbedrohliche Situation, denn Doryphorus hätte umgehend davon erfahren, noch war er Prokurator *a libellis*, einer der Grossen am Hof, bekanntermassen jemand, dem ein Menschenleben nicht viel bedeutete.

Dieser Sorge war ich nun wie durch ein Wunder enthoben. Aber Thalamus' vorübergehendes Fernsein befreite mich nicht von dem Zeitdruck, unter dem mein Vorgehen stand. Jeden Augenblick konnte der Kaiser bereuen, seine Herrichtung für den festlichen Abend unterbrochen zu haben und seinen Ärger gegen mich und mein Poem kehren. Ferner musste ich damit rechnen, dass der Mundschenk Glaukos zurückkehrte, den er nach Menekrates ausgesandt hatte, sei es gemeinsam mit diesem, sei es allein, mit der Meldung von des Kitharöden Unpässlichkeit, Unauffindbarkeit oder einer anderen den Herrscher erzürnenden Entschuldigung. Was ich damals nicht wusste, erst Jahre später erfuhr: Glaukos war längst zurückgekehrt, mitsamt Menekrates wie befohlen, doch beide wurden vor der Tür zu Neros Garderobe aufgehalten und in ein Gespräch gezogen, und zwar von einem so ranghohen Mann, dass Glaukos nichts übrigblieb, als stumm dabeizustehen, während Menekrates, an welchen die Anrede gerichtet war, ausfürlich Antwort gab. Bei dem Anredenden handelte es sich um den früheren Prokonsul von Bithynien, Gaius Petronius, der damit zum zweiten Mal der Kaiserin zuliebe ins Geschehen eingriff.

Kaum mit Nero allein, holte ich tief Luft und schickte mich an zu sprechen. Doch der Kaiser kam mir zuvor. »Nun erzähle mir endlich etwas ausführlicher«, sagte er, »wie deine Landsleute mein Konzert fanden. Ich wollte im Beisein der Sklaven nicht danach fragen.«

»Die Gesandten«, antwortete ich, »sind tief beeindruckt. Sie hatten viel von deiner Kunst gehört, Göttlicher, man spricht darüber in den fernsten Provinzen. Doch soweit ich sehen konnte – denn unsere Tempelpriester zeigen ihre Gefühle nicht so ohne weiteres – hat der Abend ihre Erwartungen übertroffen. Sie wirkten heiter, als sie das Theater verliessen, obwohl sie es in eher düsterer Stimmung betreten hatten.«

»Was soll das heissen? Gefällt es ihnen nicht in Rom?«

»Doch, Göttlicher.«

»Was dann?«

»Man sagt, dass ihr Anliegen gescheitert ist.«

»Gescheitert? Ich habe ihren Fall doch noch gar nicht entschieden!«

Hier gab es eine Unterbrechung, nicht sosehr eine Kunstpause, vielmehr eine kurze Schwäche meinerseits, ein Schwindelgefühl, einen sekundenlangen Anfall von Atemnot. Dass der Kaiser selbst von der Gesandtschaft zu sprechen begonnen und mir qualvolle Präliminarien erspart hatte, musste ich als die zweite Fügung innerhalb weniger Minuten betrachten – Grund genug, mich in der Gewalt höherer Mächte zu fühlen, überirdische Einwirkung zu spüren, kurz gesagt, zu erschrecken. Ich hatte dennoch, um keine Zeit zu verlieren, schnell und ohne grosses Besinnen geantwortet. Jetzt aber, unmittelbar vor dem entscheidenden Satz, überwältigte mich das Bewusstsein dessen, was ich hier eigentlich tat. Einige Sekunden lang musste ich mich an der Armlehne festhalten. Dann sagte ich halblaut: »Sie konnten die Bittschrift nicht einreichen, Göttlicher. Der *procurator a libellis* hat sie nicht angenommen.«

Nero, der immer noch stand, machte einen Schritt auf mich zu und beugte sich über mich. Betäubende Düfte gingen von ihm aus, sein Untergewand raschelte. »Warum nicht?« fragte er.

»Nur gegen Geld … Aber unsere heiligen Bücher verbieten …« Ich brach ab wie beschämt.

»Weisst du, was du da sagst?«

»Was soll ich tun, Göttlicher? Du hast gefragt – was könnte ich dir antworten als die Wahrheit?«

»Und du fürchtest nicht, dass dich der *procurator a libellis* anzeigen wird? Auf *calumnia* stehen schwere Strafen.«

Ich schwieg.

»Du wärest bereit, diese Anschuldigung vor dem Richter zu wiederholen?«

»Ich kann wiederholen, was mir die Gesandten erzählt haben.«

»Haben sie dich gebeten, es mich wissen zu lassen?«

»Sie haben mich gebeten, dir die Bittschrift vorzulegen. Damit du selbst entscheidest. Sie trauen niemandem in Rom ausser dir.«

»Na, da geht es ihnen ja wie mir!« sagte Nero und lachte. »Eine amüsante Abordnung, vor allem der Dicke in der schwarzen Toga, der uns vorgetanzt hat … Schön. Wo ist die Bittschrift jetzt?«

Ich langte unter mein Gewand und zog sie hervor.

»Du hast sie bei dir?« fragte er, von neuem Misstrauen in der Stimme.

»Die Gesandten haben sie mir anvertraut. Sie selbst fühlen sich in Rom nicht mehr sicher.«

»Gib her.« Er begann, die in umständlichem Juristenlatein abgefasste Bittschrift zu lesen, seufzte, ging zum Schminktisch, kramte dort eine Weile, fand ein Schreibrohr und ein Fläschchen mit etwas, das wie braune Tusche ausah, legte die Bittschrift vor sich hin und verlangte: »Los, sag mir, was ich schreiben soll. Ehe wir noch mehr Zeit verlieren …«

»Ich verfüge, dass die betreffende Mauer bleibt, wie sie jetzt ist. Nero Claudius Caesar.«

»Das ist alles?« Er tauchte die Feder ein. »Wie seltsam Menschen sind! Wegen dieser paar Worte die weite Reise ... Ist es denn wirklich so wichtig für euch, ob die Mauer ein bisschen höher oder niedriger ist?« Er unterzeichnete weitläufig, mit grossen Schwüngen und Schnörkeln. Dann fragte er, stolz darauf, dass er so umsichtig war: »Welcher Tag ist heute?«

Ich sagte es ihm.

Er schrieb sorgfältig das Datum unter sein kaiserliches Edikt, reichte mir das Blatt über die Schulter und verlangte, schon wieder Ungeduld in der Stimme: »Und nun kein Wort mehr davon! Wir müssen zum Essen! Du kommst gleich mit mir, in meiner Sänfte.«

Er tauchte einen Pinsel in das vor ihm stehende Gefäss mit Goldstaub und betupfte sich damit vorsichtig die oberen Augenlider. Dann wies er mich an, die beinernen Lockenwickler zu entfernen, beginnend mit denen im langen gescheitelten Nackenhaar, dann die seitlich über den Schläfen, schliesslich die in der Stirn. Als alle Lokkenwickler entfernt waren, stiess er mich beiseite wie vorher seinen Friseur, sprang auf und schüttelte ein paar Mal heftig den Kopf. Danach lagen alle Locken so wie sie sollten, in Stufen geordnet, exakt nebeneinander, wie bei einem Standbild. »Was meinst du?« fragte er. »Kann ich das nicht schon ganz gut? Wozu brauche ich Thalamus? In den Hades mit dem frechen Kerl!«

Jemand klopfte an die Tür.

»Sieh an, da ist er schon«, rief der Kaiser lachend. Doch in der Tür erschien Glaukos, der Mundschenk, um die Erfüllung seines Auftrags zu melden, die Herbeiholung des Menekrates, und im selben Moment von einer ganzen Schar ins Zimmer drängender Menschen beiseitegeschoben zu werden. Glaukos war ein gutaussehender Junge, brünett, leichtgebaut, Neros früherer Liebling, durch Bestechungsgelder und Geschenke reich geworden, auch reich an Einfluss und geheimen Wirkungsmöglichkeiten, doch in diesem Augenblick galt er nichts, wurde weggedrängt von schwergewichtigen, militärischrobusten Männern in senatorischer Toga, die durch die Heftigkeit ihres Eintritts zu verstehen gaben, sie hätten lange genug draussen gewartet und Niedriggeborenen den Vortritt gelassen, sie, Befehlshaber von Armeen, Statthalter von Provinzen, Besitzer unermesslicher Vermögen, Herren grosser Häuser mit Tausenden Sklaven. Ihr lautes Gerede erfüllte den Raum, ihre ausladenden Gesten, umfangreichen Körper waren um den Kaiser, sie überboten sich in Ausrufen der Begeisterung, in gesuchten Formulierungen, an denen zu feilen sie Zeit gefunden hatten, während sie vor der Tür warten mussten, sie drängten und schoben, griffen, von Rührung übermannt, nach Neros Händen, gaben keine Ruhe, die Grossen Roms und der Welt, die Vitellius und Salvius Otho, Clodius Eprius, Julius Vestinus Atticus, Claudius Senecio, Cocceius Nerva, Flavius Scaevinus ... Auch Vespasian war unter ihnen und nahm sein Vorrecht wahr, den Kaiser zu küssen, der spätere Zerstörer meiner Heimat, Titus' starker und ausdauernder Vater.

Und Titus selbst? Ich kann mich nicht erinnern, ob er an diesem Abend dabei war. Vermutlich nicht. Vermutlich hatte er ein Militärkommando in einer unbehaglichen Gegend, in den Sümpfen Germaniens, im ewigen Regen Britanniens, wurde vom Hof ferngehalten oder hielt sich fern, ersparte Nero seinen Anblick und sich selbst den Hass des Kaisers, lebte gesund, ritt, focht, schlief in Zelten und ass derbe Soldatenkost, wurde der Liebling der Legionäre, bereitete sich vor auf seinen Auftritt in der Menschheitsgeschichte, die Belagerung Jerusalems, die Zerstörung des Heiligtums. An diesem Abend dachte kaum jemand an ihn, allenfalls die alten griechischen Freigelassenen, die von der Wahrsagung des Stirnbetasters wussten. Es waren ihrer nur noch wenige, Pallas, Felix, der Eunuch Posides, alle bereits unter sinkendem Stern: Pallas des Amtes enthoben, sein Bruder Felix in Unehren aus Judäa abberufen, Posides zurückgezogen in seinem Palast auf dem Esquilin, in dem es silberne Schwimmbecken gegeben haben soll, Ziersäulen aus grünem und rotem Marmor, und von dem die *ardaliones* fabelten, er überglänze das Kapitol.

Auch die jüngeren Freigelassenen zeigten sich, durch die Nero allmählich die alten vom claudischen Hof ersetzte, Patrobius, Phaon, Doryphorus und dessen späterer Nachfolger im Hofamt *a libellis*, Epaphroditus, in der Toga auch sie, doch ohne Purpurstreif, ohne Ornamente. Ich erinnere mich an Neros frühere und gegenwärtige Lehrer, den Grammatiker Chairemon, den Kitharöden

Terpnos und den Tänzer Paris, Männer unterschiedlicher Herkunft und unterschiedlichen Standes, die zu den Freunden der zweiten Vorlassung gezählt wurden. Die führenden Literaten und Rhetoren der römischen Gesellschaft fanden sich ein, um ihrem kaiserlichen Kollegen etwas Bewunderndes und Geistreiches zu sagen, Caesius Bassus, Petronius, Lucanus und der zeitgeschichtliche Abhandlungen verfassende Senator Cluvius Rufus, vielleicht auch der später in Ungnade gefallene Annaeus Cornutus ...

Kann man sich all dieser Männer erinnern? Verliert nicht in der Überfülle alles, selbst der ruhmreichste Name, seinen Glanz? Ich war erschöpft wie selten in meinem Leben. Alle Spannung fiel von mir ab, alles, worauf ich seit Wochen hingearbeitet und hingelebt hatte. Benommen stand ich in Licht und Lärm, fast Leib an Leib mit dem Kaiser, der mich eigensinnig am Unterarm festhielt, mit überraschend hartem Griff. Ich wusste, dass er auf Thalamus' Rückkehr wartete, der ausgesandt war, meinen Schreiber Primus zu holen, damit noch heute Nacht das Poem *Der Kitharaspieler* für ihn niedergeschrieben werden konnte. Kaum wurde er der beiden ansichtig, als er seinen Gesprächspartner, den Dichter Silius Italicus, einen reichen jungen Senator, ohne ein Wort des Abschieds stehenliess und sich zum Ausgang drängte. »Zu Tisch«, rief er, »Freunde, zu Tisch! Wir sehen uns in meinem Haus!« Auf diesen Ruf begannen die beiden baumlangen Ritter, die schweigend neben uns gestanden hatten, all die berühmten Männer wie irgendeine Menge beiseite zu schieben, die Lanzen schräg vor ihre Körper haltend, ungerührt, maschinenhaft, ohne Rücksicht auf Namen oder Rang, bis eine Gasse entstand, durch die sich Nero entschlossen zur Tür bewegte.

Er eilte durchs Treppenhaus und ich mit ihm, er hielt mich nach wie vor am Arm gepackt. Unten, an der dem Tiber zugewandten Hintertür, empfing ihn eine weitere, diesmal nach Hunderten zählende Menge. Sie verstopfte die enge Uferstrasse und den Pons Fabricus, die zur Tiberinsel führende Brücke. Seine vergoldete Sänfte stand hinter dem vorspringenden Kulissenspeicher, bewacht von Prätorianern, und die zwanzig Meter von der Hintertür bis dorthin mussten wir uns, eingekeilt zwischen Gardesoldaten, vorwärtskämpfen wie Wanderer in schwerem Sturm. Dennoch schien der Kaiser glücklich. Das Gedränge beschädigte die eben errichtete Frisur, löste den Faltenwurf seiner Gewänder, liess ihn erneut in Schweiss geraten, doch er lächelte, liess sich berühren, tätschelte Kinder, die man ihm aus der Menge entgegenhielt. Die an der Sänfte wartenden afrikanischen Sklaven hoben ihn ins Innere, taten auf sein Geheiss dasselbe mit mir und setzten sich unter Gebrüll in Bewegung, durch eine von den Gardesoldaten geschlagene Schneise. Ich erinnere mich bis heute an das Geräusch, das die langen Stöcke der Prätorianer erzeugten, wenn sie auf die Körper der Umstehenden trafen. Wir verhielten uns still im Innern des schaukelnden, stockdunklen Kastens, hörten Getümmel und Gerangel, manchmal einen Schmerzenslaut, und warteten, bis wir aus der Gefahrenzone waren.

Die Vorhänge blieben geschlossen; bis heute könnte ich nicht genau sagen, welchen Weg wir nahmen. Schnell und leichtfüssig bewegten sich die Afrikaner, fanden ihren Schritt, eine Art ruhigen Trab, das Schieben und Stossen hörte auf, die Sänfte glitt dahin in einer rhytmischen, leise schwankenden Bewegung, dem Schwimmen einer Gondel vergleichbar, und bald darauf – wahrscheinlich auf dem stadteinwärts gelegenen Forum Holitorium – verriet das Schnauben von Pferden, dass Berittene um uns waren. So ging es rasch hügelauf, begleitet vom regelmässigen Aufschlagen der Ledersohlen auf dem steinernen Pflaster, vom Hufeklappern der Pferde, von den gedämpften Geräuschen der nächtlichen Stadt.

Wenn du mit dem Herrscher zu Tische sitzt, bedenke, was dir bevorsteht. Halt deine Gier zurück mit Messerschärfe. Verlange nicht nach seinen Leckerbissen, denn sie sind verächtliche Kost …

Die kaiserliche Sänfte bot Raum für zwei gepolsterte Sessel, einen Tisch, auf dessen edelhölzerner Platte Linien und Felder für Brettspiele markiert waren, ein Gehänge für Schriftrollen, einen mit

Silber ausgeschlagenen Behälter zum Aufbewahren von zerstossenem Eis, um Wein darin zu kühlen, einen weiteren, dessen Aussenfläche kunstvoll durchbrochenes Schnitzwerk bildete, zum Mitnehmen von Früchten, Gebäck und Zuckerwerk. Die Beschläge waren von Gold, die Guckfensterchen aus Bergkristall, das Innere mit purpurblauer Seide ausgeschlagen, darauf Stickereien aus rosafarbenen und weissen Perlen. Von dieser Sänfte phantasierten die *ardaliones* in den Schenken, auf den Foren, in den öffentlichen Bädern. In Neros Imperium gab es kaum eine höhere Gunst, als ein paar Minuten in dieser Sänfte mitschaukeln zu dürfen, und nur wenige waren ihrer je teilhaftig geworden, die Kaiserin-Mutter, die Gattin Poppäa, der eine oder andere Liebling.

Umso seltsamer war es, dass mich bange Ahnung erfasste, unerklärliche Furcht. Ich war am Ziel meiner Wünsche, wusste das Dokument – mit den hingekritzelten Zeilen in brauner Tinte – sicher unter meiner Toga, in der an meinen Leib geschnallten Brieftasche. Noch viel mehr hatte ich gewonnen: die Zuneigung des Kaisers. Mein Poem *Kitharodos*, ersonnen und zu Papier gebracht, um mir Zutritt zur kaiserlichen Garderobe zu verschaffen, hatte weit mehr in Gang gesetzt als dies, hatte sich von mir abgetrennt und begonnen, ein Eigenleben zu führen. Durch Wirkungen, die es in Neros Seele auslöste und die sich später vervielfachen würden, bei den kaiserlichen Freunden, beim römischen Publikum. Es war das erste Mal in meinem Leben, dass ich mit diesem Phänomen zu tun bekam, mit dem Lebendigwerden des von mir Geschriebenen, und es erstaunte mich nicht wenig.

Unser schweigendes Durch-Rom-Gleiten, unser traumhaftes Schwanken in der Sänfte machte mich klarsichtiger als sonst. Vielleicht lag es auch an Neros Ausstrahlung. Er sass mir gegenüber, in eine purpurblaue Decke gewickelt, Kopf und Schultern verhüllt, bewegungslos, als sei er tief ins Gebet versunken oder in weit weg führende Träume. Es waren seine Träume, sie betrafen seinen Ruhm, seine Stadt und sein Reich, all dies gehörte ihm und nicht mir, und das einzige, was davon mein gewesen war, jene gedankenauslösenden Verse, hatte ich ihm eben übergeben. Wie ich fortan alles, was ich schrieb, zu übergeben hatte, dem Kaiser, dem Hof, der Stadt

Rom. Vermutlich kam mir in diesem Augenblick zu Bewusstsein, was ich fürchtete. Ich war kein richtiger Römer und würde niemals einer sein. Ich war, zumindest von meiner Mutter Seite, ein Kind des Landes Judäa, einen Nachkomme von Abraham, Isaak und Jakob, aus fremder, uralter Herkunft.

Warum hielt ich es für wichtig? Damals, vor fast zwei Jahrzehnten, hätte ich nicht genau sagen können, was ich empfand. Was man von mir erwartete, war eine Festlegung, die Festlegung auf etwas Falsches, und aus einer Scheu, die ich kaum weiter benennen könnte, fühlte ich mich ausserstande, das Erwartete zu tun. Nicht jedem ging es wie mir, viele glitten hinüber in ihre neue Rolle, in dieser für Anschmiegsame günstigen Stadt. Der Ritter Tiberius Julius Alexander war geborener Jude, Sohn des Steuereinnehmers Alexander aus Alexandria, Neffe des berühmten Philo, der die Gesandtschaft unserer Landsleute an den Hof des Caligula geleitet hatte, doch es schien ihm nichts zu bedeuten. Er wuchs am Hof des Claudius auf, wurde römischer Ritter und Offizier, übernahm Kommandos in verschiedenen Provinzen, und dass ihn eins davon nach Judäa führte – er war dort eine Zeit lang Prokurator – schien ihn kaum noch zu berühren. Einen Aufstand seiner eigenen Landsleute schlug er blutig nieder, nicht weniger grausam als es ein Grieche, Syrer oder Römer getan hätte. Und obwohl seinen Vater und Onkel diese Entwicklung schmerzte – Philo schrieb sogar ein Trakat gegen ihn – erwies sie sich als unaufhaltsam. Tiberius Alexander war ein energischer, in strategischen Kategorien denkender Mann, unempfänglich für den Zauber hebräischer Texte, ohne Bewusstsein eines Verlusts, selbst von seines Onkels schriftlicher Anklage nicht angefochten, erfolgreich unter sieben Kaisern. Die Krönung dieses Lebens war einer der dunkelsten Punkte jüdischer Geschichte: als Präfekt von Ägypten schloss sich der geborene Jude, damals Präfekt von Ägypten, Vespasian und Titus an, zog mit ihnen gen Jerusalem und half ihnen, die Stadt seiner Väter zu zerstören.

Die Figur im gegenüberliegenden Sessel begann sich zu regen. Die Purpurdecke glitt beiseite, ein helles, geschminktes, gedunsenes Gesicht wandte sich mir zu, darin dunkel glimmende Augen wie Rosinen in noch ungebackenem Teig. »Wir werden es auf die

Bühne bringen, und ich selbst werde es singen«, sagte der Kaiser. »Ich habe mich entschlossen.«

Ich murmelte etwas von unverdienter Ehre und unaussprechlichem Glück. Er langte über den Tisch und tätschelte meine Hand.

»Du bist der einzige bisher«, sagte er leise, »der versteht, wozu ich das alles mache. Nicht zu meinem Vergnügen, wie meine Neider sagen, nein, zur Glorie Roms. Deshalb liebt mich das Volk. *Kühn wie die Stadt sich auf sieben Hügeln erhebt als die Herrin der Welt* … Ja, ich bin die Verkörperung dessen, wovon das Volk träumt. Bedeutung, Selbstverwirklichung, Mittelpunkt sein – das ist es, was sich jeder Römer wünscht, auch der kleinste und schäbigste. Dazu bin ich ihr Kaiser: um es ihnen vorzuleben. Wir werden das Poem umarbeiten, manches scheint mir etwas konfus. Kein Wunder, du hast keine Bühnenerfahrung. Ich brauche rasch eine Abschrift. Tut mir leid, wenn du heute Nacht nicht so richtig mitfeiern kannst. Ich werde dich vorher auszeichnen, alle sollen wissen, dass du von nun an zu meinen Freunden zählst … Nein, nein, keinen Dank. Du hast es dir verdient. Ich bin nicht das erste Mal besungen worden, Menekrates hat hübsche Sachen gemacht aus Anlass meiner Siege im Wagenrennen, aber kein Vergleich zu dem, was bei geschickter Bearbeitung aus deinem Entwurf herauszuholen ist. Vielleicht verstehst du mich so gut, weil du aus Judäa stammst? Ihr hattet doch einen Sänger und Poeten zum König … Wie hiess er gleich? Von dem Halityrus gelegentlich gesprochen hat?«

»König David.«

»David, ja. Dieser König hätte euch gross und mächtig gemacht, weil er vor allem Volk einherzog, tanzte und die Kithara spielte, so dass jeder sich im Herzen ergriffen fühlte … Ist es so?«

»Es heisst in unseren Büchern …«

»Ja, ihr seid ein poetisches Volk. Nachher werde ich ein paar Worte sagen, *coram omnibus*, dass du ein vielversprechendes Poem über meinen heutigen Auftritt begonnen hast, *Der Kitharaspieler* – mag es vorerst bei diesem Titel bleiben – und ankündigen, deiner Erhöhung auch äusserlich Ausdruck zu verleihen. Poppäa wird es gern hören. Sie mag dich. Pass nur auf!« Er drohte mit dem dicken

Finger und lachte. »Aber dann musst du dich mit deinem Schreiber in ein Nebenzimmer zurückziehen. Tut mir leid, Arbeit geht vor. Du kannst morgen wiederkommen, übermorgen, du bist in Neros Haus immer gern gesehen.«

Er hatte Stil genug, jetzt abzubrechen und zu schweigen, obwohl er vor Plänen und Gedanken vibrierte und am liebsten ununterbrochen geredet hätte. Ich konnte ihn nur schattenhaft erkennen, aber sein rascher, oberflächlicher Atem verriet den Grad seiner Erregung. Wir näherten uns dem Palast, überquerten den erleuchteten Vorplatz, hörten Lärm, Stimmengewirr, Laudo-Rufe, ausgestossen von wartenden *ardaliones* beim Anblick des stadtbekannten Vehikels. Die Sänfte hielt, jemand öffnete den Vorhang, der Kaiser winkte. Hinter einer Kette von Prätorianern drängten sich hunderte Menschen, und als sie erkannten, dass der Kaiser nicht allein in der Sänfte sass, begannen laute Mutmassungen, wer ich sei. Namen flogen hin und her wie bunte Bälle, wurden wie beim Ballspiel zurückgeschlagen, doch keiner der Genannten passte zu meiner Gestalt. Einen Unbekannten in der Sänfte des Kaisers zu sehen, stellte einen fast unerhörten Vorfall dar, eine Herausforderung an alle Neuigkeitskrämer und Vielwisser der Stadt, und ich wusste, dass sie nicht ruhen würden, bis sie in Erfahrung gebracht hätten, um wen es sich bei mir handelte, dass sie mich von jetzt ab mit tausend Ohren und Augen begleiten würden, allzeit und überall, Tag und Nacht.

Unter Laudo-Rufen ging es durchs Tor, durch die riesige Eingangshalle, vorbei an Neros Kolossalstatue, durch Säulengänge und Gärten, immer in der Sänfte – ich glaube mich zu erinnern, dass die vom schnellen Lauf erschöpften nubischen Träger im Atrium ausgewechselt wurden – und durch ein Spalier von Hunderten auch im Innern der Palastanlage. Der Kaiser hatte zur Feier seines Auftritts die Herrlichen Roms und der Welt zur *cena magna*, zum grossen Abendessen eingeladen. Wie anders der Palast heute aussah als in jener unheimlichen Nacht vor der Morgenaudienz, illuminiert und belebt, strahlend taghell, grandios und vertrauenerweckend, als sei er das Haus der wahrheitsliebenden Sonne. Diese glatt leuchtenden Marmorwände, weiten lichtvollen Hallen, plaudernden Fontänen und duftenden Gärten konnten nur Schauplatz der angenehmsten Ereignisse sein, pompös-verspielt wie sie waren, voll scherzhafter Einfälle und neckischer Kleinodien, wie das gigantische Kinderzimmer eines lieben, etwas launenhaften Prinzen.

Nero hatte keinen Blick für diese Pracht. Er sass zurückgelehnt, den Kopf in den Nacken gelegt, so dass sein Hals breit wirkte wie der eines Athleten, die Unterlippe vorgeschoben, in tiefem Nachdenken. Über spiegelglatten Marmor eilten die Läufer, durch offene Säulenhallen, über Gartenwege, und überall war Licht, standen Kandelaber und Sklaven mit Fackeln, wurde applaudiert und Laudo! gerufen, war Feststimmung, Erwartung, Glückseligkeit. Es ging durch mehrere Speisesäle, vorbei an hunderten Tischen und Speisesofas, bis wir endlich im Rosensaal anlangten, wo zwischen parfümierten Fontänen, in deren Marmorbecken weisse Blüten schwammen, des Kaisers Tisch und Sofa stand. Hier kam die Sänfte zum Halten, der Vorhang flog auf, Nero stieg aus und lag in einem Paar weisser Mädchenarme, denen seiner Geliebten und jungen Gattin Poppäa Sabina.

»Du böser Junge, wo bleibst du so lange!« sagte sie schmollend, den Mund an seinem Ohr. Er stiess ein leises Schluchzen aus wie ein Kind an der Brust seiner Mutter. So standen sie einige Sekunden, dann umringten schon die Freunde das Paar, darunter manche, die ich eben noch in der Garderobe des Marcellus-Theaters gesehen hatte und die sich in grösster Eile bewegt haben mussten, um vor uns im Palast einzutreffen. Ich erinnere mich vor allem an jene, deren Anwesenheit bei höfischen Gelegenheiten selten war, an Vespasian, den in ferne Kommandos entsandten Konsularen, an Thrasea Paetus, den Stoiker aus alter Familie, der während einer Senatssitzung öffentlich seinen Unwillen über Neros Lebensstil bekundet hatte, oder an Senecas Bruder, den reichen Ritter Annaeus Mela, den Nero aus anderen Gründen nicht gern sah. Wieder griff der Kaiser nach meinem Arm, als fürchte er, ich könnte verlorengehen, und zog mich mit einem Ruck vor die Kaiserin.

»Der Ritter hier hat ein beachtliches Poem in Arbeit, inspiriert von meinem heutigen Auftrit ... Wirklich mal was besonderes ...«, hörte ich, in tiefer Verbeugung vor Poppäa stehend, mein Ohr in

Höhe von Neros schwer atmender Brust. Er schien verlegen. Nur selten fanden seine Günstlinge die Zustimmung der scharf urteilenden Frau. Doch die Kaiserin sagte: »Das freut mich zu hören. Habe ich nicht schon öfter angeregt, du solltest ihn zu Rate ziehen? Ein etwas sonderbarer, aber hochbegabter Mensch.«

Diese wenigen Worte bewirkten, dass Dutzende Umstehende mich anstarrten, dann in meine Richtung drängten, nach meinen Händen griffen, mich zu küssen versuchten. Während der nächsten Minuten erlebte ich eine Beliebtheit, die sich unmittelbar in der Wärme der mich umringenden Leiber niederschlug, in der Hitze erzeugenden Nähe fremder Menschen, und ich begriff, dass die Sucht nach Ruhm etwas ganz und gar Atavistisches ist, eine Sehnsucht nach Temperatur, nach dem Umringtwerden und Geliebtwerden durch die Horde. Auf meinen Wangen fühlte ich die Lippen alter Konsuln, beleibter Freigelassener, junger Lieblinge, feuchte, militärisch-rauhe oder zarte Lippen, Gesichter gingen auf wie Monde und verschwanden, Augen blickten mich an, in denen höchste Konzentration zu sehen war, das Bemühen, die von der Kaiserin wie eine Parole ausgegebene Meinung zu teilen, mich sonderbar zu finden und hochbegabt, Augen, die bisher kaum von mir Kenntnis genommen, braune, begehrlich dreinschauende oder blaue, in denen das Wasser oberflächlicher Rührung schwamm, grüne, die auffordernd glitzerten, graue, die mit einem Ausdruck kühler Anerkennung auf mir ruhten als wollten sie sagen: gut gemacht, kluger Junge. Oder Augen, die mich längst kannten, und in denen nun erstmals Eifersucht aufschien oder das probeweise Angebot einer Freundschaft. Ich fühlte mich von diesen Augen betastet, durchbohrt, geschätzt und gewogen, auf mein Material, meine Härte, mein Gewicht, meine Biegsamkeit, auf weiche Stellen, verborgene Risse, geheime Gelüste. Womöglich entstand das griechische Bild vom Menschen, das Paradigma der Statue, aus diesem Vorgang der Abschätzung: jenes flüchtige, sich ewig wandelnde, hingehauchte Wesen, jene aus Gottesliebe geborene Hinzufügung vom letzten Schöpfungstag, der Spätling, das Sorgenkind, in Hebräischen *adam-afar*, der Staub-Mensch, sollte in Stein oder Bronze zu etwas Festem und Gewichtigem werden, zu etwas Berechenbaren, zu einer statischen, im Wortsinnnn begreifbaren Grösse.

Das Starren vielfarbiger Augen, das Berühren durch Finger und Lippen, Umringen und Umdrängen währte wohl nur kurze Zeit – ich kann nicht sagen, wie lange, da ich währenddessen in einen Zustand der Erstarrung fiel. Die mich Umringenden bemühten sich, eher Figuren als Menschen zu sein, strebten Geschliffenheit an, äussere Glätte, marmornes Ebenmass, das Erfüllen eines Kanon, den sie »Schönheit« nannten, vielleicht, um ineinander Begierde zu wekken, Liebe, Leidenschaft, Sehnsucht nach Höherem, und dadurch, wie jener Philosoph gesagt hatte, einander zur Göttlichkeit zu verhelfen. Sie glaubten, dass dieser Übergang möglich war, dass Menschen durch Liebe und Anbetung zu Göttern werden, dass sie »vergöttlicht« werden konnten wie etwa die römischen Caesaren … Abrupt endete meine Versunkenheit durch Neros Griff nach meinem Arm. Der Kaiser zog mich hinter sich her, zu einer von tausend Rosen übersäten Empore zwischen duftenden Fontänen, wo für ihn und seine Angehörigen gedeckt war.

Hier vollzog ein kaiserlicher Kammerherr meine offizielle Vorstellung am Hof, das Hinübergehen vom Status eines der vielen kaiserlichen Sekretäre zum Gast der Familie, indem er mich einer der letzten Überlebenden des julisch-claudischen Hauses vorstellte, Prinzessin Antonia, der Tochter des Kaisers Claudius aus einer früheren Ehe. Nero hatte noch andere Blutsverwandte, die fünf Kinder der Aemilia Lepida oder den Enkel seiner Tante Livilla, Rubellius Plautus, doch entweder lebten sie um diese Zeit bereits auf fernen Inseln oder vermieden von sich aus, am Hof zu erscheinen. Allein Prinzessin Antonia fungierte noch als Symbol für Familie, eine von den Tragödien ihres Hauses wie ausgeblichen wirkende Dame, abweisend und menschenmüde bis zur Apathie. Ihr Gatte Faustus Cornelius Sulla, auch er von julischem Blut, war bereits verbannt oder am Verbannungsort getötet – wer rührte ohne Not an solche Fragen? Sie selbst wurde später der Teilnahme an der Pisonischen Verschwörung beschuldigt und zum Selbstmord gezwungen, womit Nero die Auslöschung seiner Verwandtschaft fast vollständig gelang. Viele Jahre dachte ich nicht an die unglückliche

Prinzessin Antonia, erst heute ersteht ihr blasses Bild vor meinen Augen, fern von Rom, in meinem Versteck am Meer. Wie einsam muss sie sich gefühlt haben, wie ohnmächtig nach dem Verschwinden ihrer Schwester Octavia, wie unerträglich muss ihr Poppäas Triumph gewesen sein …

Links unterhalb der kaiserlichen Empore war das mir zugewiesene Speisesofa, neben denen des Dichter Lucanus und seines Vaters Annaeus Mela, mit welchen ich, um denselben Tisch gruppiert, ein *triclinium* bilden sollte. Der Ritter Mela war ganz Wohlwollen und Schulterklopfen, ich konnte sicher sein, dass ich ihm vollkommen gleichgültig war, ich besass nichts, handelte mit nichts, stellte nichts in seinen Augen Brauchbares her. Sein Sohn dagegen trug sein Desinteresse deutlich zur Schau, so deutlich, dass man es schon wieder bezweifeln musste, und wie immer, wenn er sich über etwas erregte, zeigten sein Hals und sein Kinn rote Flecke. Sein berühmtes Poem *Der Bürgerkrieg* war damals noch nicht vollendet, doch erste Vorlesungen erweckten höchste Erwartungen. Er hatte in Rom bei dem Grammatiker Annaeus Cornutus, dann in Griechenland bei berühmen Dichtern studiert, sein Talent galt als aussergewöhnlich. Auf Senecas Vorschlag war er unter Neros Freunde der ersten Vorlassung aufgenommen worden. Noch als Knabe, mit dreizehn oder vierzehn, soll er seinen Erstling *Iliacon*, einen Gesang auf Hectors Tod, geschrieben haben. Mit einundzwanzig wurde er weltberühmt durch seine *Lobrede auf Nero* anlässlich der Festspiele in Rom.

Ich hatte Lucanus, einen der ständigen Begleiter des Kaisers, schon öfter gesehen. Er war ein Mann des ersten Standes, ein *vir clarissimus*, aus einer der reichsten Familien Roms. Er wusste, dass meine Mutter noch als Sklavin am Hof begonnen hatte, und es wäre ihm von niemandem verargt worden, hätte er mich einfach ignoriert. Doch unter Literaten gelten andere Gesetze. Wir hatten einer des anderen Gedichte gelesen, des anderen Geheimnis herauszufinden versucht, waren neugierig, einander zu sehen. Lucanus sprach viel an diesem Abend, schnellzüngig, geistreich, seine Rede hatte einen beständigen Unterton von *ironia*. Er machte ein paar Scherze auf Kosten seines Vaters, des Ritters Mela, harmlose Scherze, falls man nicht, sittenstreng erzogen, den Umstand für bedenklich hielt, dass überhaupt ein Sohn über seinen Vater scherzt. Der Ritter Mela galt als umstrittene Figur, da er sich bereits unter dem dritten Kaiser seiner ehrenvollen Erhöhung in den senatorischen Stand entzog, aus Geiz, wie der Stadtklatsch behauptete, um die Ausgaben zu vermeiden, die hohen Würdenträgern für öffentliche Spiele und Selbstdarstellung abverlangt wurden. Nero, immer auf der Suche nach Geldquellen für Circus, Amphitheater und andere öffentliche Unterhaltung, bezichtigte ihn staatsfeindlicher Sparsamkeit. Mir schien wahrscheinlicher, dass er die Restriktionen scheute, die Senatoren per Gesetz auferlegt waren: Angehörige des ersten Standes durften weder Handel noch Wucher treiben, manche Quelle schnellen Geldes war ihnen versagt. Selten wurde Annaeus Mela am kasiserlichen Hof empfangen, obwohl sein Sohn dort ein- und ausging. Der ewige Ritter schien darunter wenig zu leiden. Im Gegenteil, ich gewann den Eindruck, dass er Neros Palast von sich aus mied, vielleicht aus der Vorahnung, dass dieser Ort für einen Mann seines Vermögens lebensgefährlich war. Wie die Dinge lagen, konnte Anneaus Mela zu niemandem in Rom über die Gründe sprechen, die ihn zum Verzicht auf die Würden des ersten Standes bewogen, auch nicht zu seinem Sohn Lucanus.

Dieser hatte sich seines Vaters älterem Bruder zugewandt, seinem Onkel Seneca, dem er die Stellung am Hof verdankte. Allerdings war um diese Zeit – genauer gesagt, seit dem mysteriösen Tod des Sicherheitspräfekten Afranius Burrus – Senecas Position am Hof nicht mehr annähernd so sicher wie zuvor, und sein Neffe Lucanus zeigte sich zugänglicher, für neue Bekanntschaften aufgeschlossener als bisher. Er scherzte, bezauberte aus dem Gespräch heraus, seine Sentenzen kamen folgerichtig, geschliffen, scheinbar mühelos, vielleicht schrieb er auch so rasch wie er sprach, legte er seine Poeme in ähnlich inspirierter Flinkheit nieder. Er trank auch rasch, der Wein schien sich in seinem hochgewachsenen, etwas schlaffen Leib sofort zu verflüchtigen und *in spirito* überzugehen. Sein Vater Annaeus Mela, der sich mehr Wasser als Wein einschenken liess, sah es mit Sorge, ohne jedoch ein Wort zu wagen. Nach dem zweiten Becher kam es zu einem Gespräch, das mir unvergesslich ist: wir schienen einander zu verstehen, liebten die selben Bücher, lachten einer über des anderen Scherze … Solche Augenblicke währten nur kurz an Neros Hof. Wie üblich endete der Abend in Geschrei und Getöse, kein zweites Mal lag ich mit Lucanus zu Tisch.

Lucanus war damals bereits verheiratet, mit Polla Argentaria, einer jungen Dame aus bester Familie, die sich ihrerseits von Neros Hof fernhielt. Sie wusste, wie wenig dem Kaiser daran lag, die Frauen seiner Freunde und Lieblinge um sich zu sehen, es blieb ein Jungmänner-Hof, eingespielt auf *vita caelebs*, geprägt vom Geschmack der Trinkgenossen. Auch Poppäa Sabina tastete diese Gewohnheiten nicht an. Sie gab Nero in Äusserlichkeiten nach, um dafür im Geheimen umso mehr ihren Willen durchzusetzen. Die älteren Freunde mussten sehen, wie sie mit diesem Leben zurechtkamen, mit dem endlosen Gerede über Pferde und Rennfahrer, mit der knäbischen Anbetung von Kitharaspielern und Athleten, den Trinkgelagen jugendlicher Aufschneider, ihren Albernheiten und Streichen, ihren Räuschen und Tumulten.

Du kennst die Geheimnisse der Welt und das Vernachlässigte und Verhüllte all dessen, was lebt. Du öffnest alle Kammern unseres Innern und prüfst Nieren und Herz, und nichts bleibt deinen Augen verborgen …

Ich schreibe nieder, was mir in den Sinn kommt, in flüchtigen, strahlenden, aus dunklen Tiefen geborenen Bildern. Ergriffen folge ich ihnen, ohne Prüfung oder Zensur, und bin nicht selten überrascht, was nachher auf dem Pergament steht. Für ein paar Augenblicke, ehe sie trocknet und in Starrheit und Endgültigkeit gerinnt, ist die Tinte feucht und schimmernd wie etwas Lebendiges. Schreiben sollte endlos sein wie alle Schöpfung, sollte ewig offen bleiben, in immerwährender Möglichkeit. Die Schriftgelehrten, behutsamer als ich im Umgang mit des Gedankens gottgegebener Deutbarkeit, zögern überhaupt schriftlich niederzulegen, was sie Tag und Nacht in den Lehrhäusern diskutieren, sträuben sich, ein Wort in Lettern zu bannen, weil es *gemarah* sein könnte, Abschluss, Fixierung, unstatthafte Beendigung des Niemals-zu-Beendenden. Und doch – ich ahne es – werden auch sie eines Tages schriftlich niederlegen müssen, was sie lieber in wahrheitsnaher Schwebe beliessen, unter dem Druck schlechter Zeiten und drohenden Vergessens.

Bis heute erinnere ich mich der nächtlichen Reise in der vergoldeten Sänfte, einer Bewegung in Dunkel und Blindheit, da Nero die Vorhänge geschlossen hielt, einer spürbaren Vorwärtsbewegung zu einem gedachten Ziel. Wir werden ausgesetzt in dieser Welt, ein führerloses Gefährt in stürmischen Gewässern, los geht die Reise, wir wissen nicht wohin, wir treiben, schwanken, versuchen zu steuern, Hoffen und Ahnen ersetzen uns Gewissheit, Traumgesichte dienen als Anhaltspunkt … Dabei fuhren der Kaiser und ich vergleichsweise gut, kamen tatsächlich dort an, wohin wir zu gelangen hofftten, doch erwies sich dieses Ziel nicht als Sicherheit, nicht als Ufer.

Man hatte hundertfach Platz genommen und sich niedergelegt in den weiten Hallen. Das kaiserliche Abendessen begann damit, dass Knaben unsere Hände mit Schneewasser wuschen, worauf andere unter Gesängen jedem Gast eine *mitella* aufsetzten, eine seidene Kopfbinde mit herabhängenden Seidenbändern in den Farben der Rosen, die überall, als Blumengestecke auf Tischen, in riesigen Bronzevasen, in Girlanden und Gehängen um die kaiserliche Empore, an Wänden, Säulen, Türumrahmungen prangten, rosa und weiss, dotterfarben oder in sanftem Gold. Wir lagen in einer hingehauchten Welt zarter Farbtöne und betörender Düfte, auch unsererseits durch die Seidenbänder um einiges zarter und betörender: Helligkeit, Glanz, schimmernde Fläche, wohin das Auge blickte, ein Gewoge, Geflimmer, das von den gemessen laufenden, weissgekleideten Dienern eher schmeichelnd als unruhvoll bewegt wurde.

Es folgten Vorspeisen und der erste Becher Wein. Für mich der Beginn verstohlenen Sondierens und Auslassens gewisser Schüsseln, deren Inhalt nach unseren Speisegesetzen verboten war. Mein Abscheu entsprang nicht so sehr meiner strikten Gesetzestreue als den Warnungen meiner Mutter, ich solle in fremden Häusern möglichst nichts Undurchsichtiges zu mir nehmen. Solche Vorsicht wurde durch die Mode jener Tage erschwert, die Speisen um ihre natürliche Gestalt zu bringen, möglichst auch um ihren eigenen Geschmack. Nicht nur, dass Neros berühmte Köche alle Zutaten – Fleisch, Gemüse, Meerestiere, Pilze oder was immer – zu unkenntlichen Gemengen verarbeiteten, schwimmend in farbigen Sossen, Brühen, Marinaden, verquirlt und verrührt, durch heftige Gewürze aufgeheizt, es galt darüberhinaus als Krönung der Kochkunst, die Speisen irreführend auftzutischen, Geflügelfleisch in Form gebackener Fische, zu Brei zermahlenen Fisch in Form eines mit Federn geschmückten Fasans, und je spurloser die Grundsubstanz in der falschen Form aufging, um so grösser der allgemeine Beifall. Lachsalven und Zurufe erfüllten die Hallen, wenn erst nach einigem Kauen die Überraschung entdeckt wurde. Beliebt waren schockierende Füllungen, Nachtigallen in Schweinebäuchen, süsses Gebäck in gebratenen Gänsen oder scharfes Allerlei, dessen Bestandteile sich nicht mehr feststellen liessen, in Teigkrusten, Saumägen oder ausgehöhlten Gemüsen.

Beim ersten Gang liess ich die Austern, Muscheln und anderen Meeresfrüchte aus, beim nächsten alles, was nach Schwein, Wild oder verbotenen Vögeln aussah, vor allem galt es Blut zu meiden, das die römische Köche gern den Stopfmassen und Sossen beigaben, wegen des würzigen Geschmacks, wie es hiess, aber wohl auch, weil nach verbreitetem Glauben dadurch die Kraft des getöteten Wesens auf den Essenden überging. So bildeten Brot, Oliven, Käse und Früchte meine Nahrung an Neros Tafel, und ich war froh, mit Annaeus Mela und Lucanus zu Tisch zu liegen, nicht mit Übelwollenden, die Anstoss an meinem heiklen Verhältnis zur kaiserlichen Küche genommen hätten. Der Ritter Mela ass selbst wenig, und Lucanus mochte ähnliche Vorsicht von seinem Onkel Seneca kennen, der gleichfalls jede Speise verschmähte, die ihn dubios dünkte. Seneca tat es aus philosophischen Gründen und hielt sich daran mit einer Entschlossenheit, die, obwohl er Juden angeblich nicht mochte, der unserer Schriftgelehrten ähnlich war. Manches im griechischen und jüdischen

Denken berührte sich, manches war ähnlich, zuweilen scheint mir unbegreiflich, warum Menschen die zwischen ihnen bestehende Nähe leugnen und sich stattdessen in Rivalität und Eifersucht gefallen, als wären wir eigens dazu auf der Welt.

Der Austausch zwischen Lucanus und mir, ein etwas atemloses Hin und Her, liess die erste Stunde rasch vergehen. Bald kam unter den Liegenden Unruhe auf, man erhob sich, besuchte Freunde, lief umher. Keinen Augenblick verstummte die Musik, der Gesang der Knaben und Kastraten, der Klang der Rasseln und Schellen, Trommeln und Auloi. Der Kaiser, bereits leicht schwankend, ging von Tisch zu Tisch, auf die Schulter seines Mundschenks gestützt, das Gesicht gerötet, die grossen, vortretenden Augen schwimmend. Gelöste Locken und die schweissnassen Seidenbänder seiner *mitella* hingen ihm in die Stirn, auf der die Schminke zerfloss; er wirkte, als ich ihn von nahem sah, erschöpft und gereizt. Als er an unserem Tisch erschien, liess er sich auf Lucanus' Speisesofa fallen, ergriff einen goldenen Becher und hob ihn an, worauf sich der Mundschenk über seine Schulter beugte und einen Schluck kostete. Der Kaiser liess ihn kosten und schob ihn gleich darauf beiseite, wie er es im Marcellustheater mit dem Barbier Thalamus getan. Darauf legte er seinen üppigen Arm um den Hals seines Jugendfreundes Lucanus, drohte dessen Vater Annaeus Mela mit beringtem Finger und kündigte an: »Bei nächster Gelegenheit, mein lieber Mela, machen wir dich zum Konsul, ob du nun Senator bist oder nicht, und dann wollen die Römer Spiele sehen, Spiele wie noch nie!« Darüber brach er in Gelächter aus, bis er meiner gewahr wurde und innehielt. »Was denn, du sitzt noch hier? Ich denke, du bist längst bei der Arbeit ... Richtig, ich wollte ein paar Worte dazu sagen. Hilf mir aufstehn, Lucane.«

Er erhob sich schnaufend, den Arm um Lucanus' Hals, und sagte beiläufig *»Silentium.«* Auf das halblaut gesprochene Wort breitete sich in den lärmenden, von übermütigen Stimmen erfüllten Hallen Schweigen aus, nicht augenblicklich, dazu waren die Entfernungen zu gross und zu viele Menschen versammelt, aber doch mit erstaunlicher Raschheit. Das Schweigen eilte von Tisch zu Tisch, wurde durch beschwörende Blicke, Zischen oder Anstossen weitergegeben, die Musikanten zogen sich still zurück, ein paar unaufmerksame Schreihälse, die irgendwo fern krakeelten, verstummten jäh und wie ernüchtert. Der Kaiser lächelte. Dann winkte er mir mit dem Finger und zog mich neben sich.

»Liebe Freunde«, sagte er, nicht besonders laut, »Nero dankt für euer Kommen. Der Tag war lang und bedeutsam, ihr hörtet mich singen und gabt mir das Gefühl, euer Wohlgefallen erregt zu haben. Wir wollen unser Zusammensein mit einer *mitellita cena* in meinem Hause krönen, ich, der Sänger des Abends, und ihr, meine Freunde.«

Der Freigelassene Helius, ein paar Tische entfernt, begann zu applaudieren, sein Freund Polyclet, wie immer in seiner Nähe, fiel ein, und da beider Männer Hände gross und gutgepolstert waren, dröhnten schon ihre ersten Klatscher wie bergab polternde Steine, alles mit sich reissend, bis der Kaiserpalast von Applaus erbebte wie vordem das Theater. Nero lächelte und hob die Hand.

»Mit Blumen ist das Kaiserhaus zur Nacht wohl überreich geschmückt, doch Nero sieht sie nicht, er grüsst der Blüten allerschönste, die Kaiserin, und wünscht ihr Glück!«

Auf der Empore hinter uns erhob sich langsam Poppäa Sabina, mit einer Langsamkeit, die nur das seit Kindesbeinen vertraute Selbstgefühl zu geben vermag, eine Schönheit zu sein, eine geborene Königin, langsam genug, um das Fliessen der Seide ihrer goldfarbenen Robe zu einer Abfolge eindrucksvoller, jeden Skulptor begeisternder Faltenwürfe zu verzögern, die kirschgrossen Perlen an ihrem Hals in wechselnden Lichteinfällen schimmern zu lassen, überhaupt eine Reihe schöner Bilder zu bieten, die sie nichts kosteten, aber allgemein als Geschenk empfunden wurden. So zu leben war eine Kunst, vor der selbst der Neid verstummte. Bereits Poppäa Sabinas Mutter hatte als die schönste Frau ihrer Zeit gegolten und war der tödlichen Eifersucht der Kaiserin Messalina zum Opfer gefallen, eine eher träumerische Existenz, ganz ihren zahlreichen amourösen Beziehungen hingegeben, ohne die nötige Aufmerksamkeit für die Intrigen am Kaiserhof. Poppäa die Jüngere hatte die Schönheit der Mutter geerbt – wie diejenigen, die beide kannten, nicht müde wurden zu beteuern –, doch ausserdem von ihrem

Grossvater Sabinus den scharfen Verstand. Wie nachlässig sie sich immer gab, man spürte dahinter die Energie einer Tierbändigerin. Der Lärm, der sich bei ihrem Aufstehen erhob, war nicht der insgeheim herablassende Beifall, der einer Schönheit gilt, sondern die unterwürfige Huldigung an eine Herrscherin. Sie lächelte ein wenig spitzbübisch, als sei dies alles ein heiteres Spiel, warf eine Kusshand ins Publikum und tauchte unter in einem Gewoge aus Seide und Spitze.

Der Kasiser betrachtete ihr Aufstehen, Erstrahlen, Kusshand-Werfen und Wieder-Versinken mit zu dieser Zeit noch ungetrübter Glückseligkeit. Dann, mit sichtlicher Überwindung, wandte er sich nochmals den Versammelten zu und beendete seine Rede. »So seien denn zwei Männer hier erwähnt, weil Nero dankbar ist und nicht vergisst: mein lieber Freund Menekrates, der mir die zweite Stimme lieh, und unser aller Halityrus, der heut seit langer Zeit erneut den Pantomimen gab!«

Halityrus, ein paar Tische weiter, stand von seinem Sofa auf, Menekrates gleich in der Nähe, beide neigten sich tief und feierlich wie auf der Bühne. Der Beifall, deutlich schwächer als der vorige, verebbte rasch.

»Und dieser Ritter hier«, und bei diesen Worten tätschelte Nero mit dem Handrücken meine Wange, »der mir seit langem in der Stille schon zu Seite steht als *scriba* und zur *repetitio* und mich ermunterte just diese Nacht zu einem neuen Stück zu eurer Freude – er sei euch allen nun ans Herz gelegt! Wo ihr ihn fortan seht, da sind wir schwer am Dichten!«

Er hatte sich immer mehr in den rhytmischen Singsang eines Orators gesteigert, öffnete die Arme wie am Ende einer Deklamation, stellte einen Fuss vor und legte den Kopf zurück. Von neuem brach Beifall los, steigerte sich bis zur Begeisterung zugleich wurde Nero von einer Schar senatorischer Knaben umringt, Söhnen uralter, ruhmbedeckter Familien, die ihn mit Blumenkränzen umwanden und im Diskant Partien aus seinen bekanntesten Poemen anstimmten, in einstudiertem Chor, wozu er gerührt zwinkerte. Er leerte schnaufend den goldenen Pokal und warf ihn in den wimmelnden Saal, als Andenken für den, der seiner habhaft wurde.

Daraufhin strömten, von Kammerherren eingelassen, Scharen bizarr und bunt Gekleideter in die eben noch still zu Tisch liegende Menge und erfüllten sie mit Bewegung und verheissungsvollem Geschehen. Gaukler, Possenreisser, Athleten zeigten sich, Schlaginstrumente erfüllten die Hallen mit rhytmischem Lärm, hier und da wurden Kleidungsstücke abgeworfen, geölte Akrobatenleiber erglänzten, Tänzerinnen schwangen ihre nackten Schenkel. Korybanten aus Kleinasien traten auf, Wirbler oder Drehtänzer, Schwerter schwingende, ekstatische Jünglinge, deren aufreizende Posen und orgiastische Schreie als beliebte Stimmungsmacher galten. An manchen Tischen wurde weitergegessen, an anderen nur noch getrunken, zahlreiche Gäste mischten sich, die Hände zu rhythmischem Klatschen erhoben, unter die Vorführenden. Der Hofnarr Vatinius ging zwischen den Tischen umher und suchte nach Opfern für seine Scherze, ein schiefgewachsener, vielleicht auch als Kind krummgeprügelter Kerl, glatzköpfig, Sohn eines Schusters, endlos schwatzend, von gehässigen Einfällen sprudelnd. Niemand wusste, woher er kam. Der Kaiser hatte ihn eines Morgens, nach einem nächtlichen Ausflug durch Tavernen und Bordelle, ins Haus gebracht. Sein Erscheinen war das sicherste Zeichen, dass es Zeit war, den Tischgenossen *bene vale* zu sagen und sich zurückzuziehen. Schweigend wartete hinter meinem Sofa der mürrische Primus, mein griechischer Schreiber, den man instruiert hatte, wohin ich zu bringen sei.

Doch der Weg in das *tabularium*, das man uns für unsere Schreibarbeit zugewiesen, sollte mich mehr Zeit kosten als gedacht. Alle paar Meter wurde ich aufgehalten durch Anreden, Glückwünsche, Einladungen in fremde Häuser. Der Kaiser hatte mich in seiner Begrüssungsrede seinen *scriba* genannt, einen seiner vertrauten Mitarbeiter, und der Umstand, dass man mich bisher kaum kannte, erweckte den Eindruck von geheimer Macht. Beleibte Männer erhoben sich umständlich von ihren Speisesofas, um mir mit Mienen voller Biederkeit und Herzenswärme Glück zu wünschen, Damen der ersten Gesellschaft baten mich mit innigem, manchmal kokettem Lächeln in ihre bis dahin verschlossenen Häuser, junge Ritter klopften mir auf die Schulter wie einem Kinderfreund, und die Grossen des Hofes, wo ich einen von ihnen im Gedränge traf, taten vertraulich, als wüssten sie, anders als die Vielen, nur zu feierlichen Essen Geladenen, längst um meine Bedeutung. Neros frühere Geliebte, die Freigelassene Acte, ein Mädchen aus Syrien, manchmal von ihm aus zärtlicher Erinnerung zu Tisch gebeten, sah mir hoffnungsvoll aus dunklen Augen entgegen, als sei ich derjenige, von dem endlich ein guter, mässigender Einfluss auf ihren Jugendfreund ausgehen könnte ...

Auch der Narr Vatinius sprach mich an. Er verstellte mir den Weg, überschüttete mich mit einem Schwall gehässiger Komplimente, legte sein kürbisgelbes, fast nur aus Lippen und Nase bestehendes Gesicht in groteske Grimassen, ein Gesicht, das niemand je im Zustand der Ruhe und des Schweigens gesehen, und in dessen Falten und Wülsten sich ein Paar kleine, wasserhelle, durchdringend blickende Augen verbargen. Er wusste, wen er verspotten durfte und wen besser nicht, und jeder am Hof war im Herzen erleichtert, wenn sein Schandmaul ihn verschonte und sich ein anderes, wohlfeiles Opfer suchte, unter denen, die sein unheimlicher Spürsinn als demnächst in Ungnade Fallende ausgemacht hatte. Daher galt er als Gradmesser kaiserlicher Gunst, manche vermuteten, er beziehe seine Vorahnung aus vertraulichen Hinweisen des Kaisers selbst, doch mir schien, dass sich eher genaues Beobachten und intelligentes Schlussfolgern dahinter verbargen, eine besondere, ins Böse gewendete Kraft der Intuition. Auf diese Weise hatte Vatinius Vermögen und Einfluss gewonnen, war von Freunden und Klienten umringt, es hiess, dass vornehme Damen ihn trotz seines abscheulichen Äusseren – oder gerade deswegen – zum Liebhaber begehrten.

Er nahm sich die Freiheit, mich an der Toga zu fassen, wobei er meinen Arm streichelte und schräg von unten in mein Gesicht blickte. Nie war man ganz sicher, ob er wirklich so verkrümmt gewachsen war, dass er jedermann aus diesem Blickwinkel anstarren musste, oder ob er es nur markierte, um auch auf diese Weise Unbehagen zu verbreiten. Mit feuchten, speichelsprühenden Lippen wiederholte er des Kaisers Formel »der mir seit langem in der Stille schon zur Seite steht als *scriba* und zur *repetitio*«, die er sich vermöge seines phänomenalen Gedächtnisses wörtlich eingeprägt hatte, nach einmaligem Hören und in genau der Betonung, die Nero in die Worte gelegt. »Ja, in der Stille«, fuhr Vatinius scheinbar geschwätzig fort, »da wirken die Klugen. Auf dem Forum sieht man ihn selten, den Bräutigam, den Liebling hoher Damen und junger Mädchen aus trans Tiberim ...«

Einen Augenblick stand ich wie betäubt. Dann erinnerte ich mich, dass ich Vatinius gestern Nacht unter den Besuchern in meinem Haus gesehen hatte. Scharfäugig wie er war, konnte er aus seinen Beobachtungen Schlüsse gezogen haben, aus Jedidahs Anwesenheit, aus einem sich abzeichnenden Einvernehmen in Blicken, Lächeln, kurzen Worten ...

»... den hübschen Bräutigam, den Glückspilz«, schnurrte der Narr, »den Freund der Götter, wo doch anderswo«, er verzog sein Gesicht in Falten tiefer Betrübnis, »die Tränen fliessen ...« Er sagte es unter dem Gelächter der Umstehenden, die seine Verrenkungen und Fratzen erheiternd fanden, während sie mir eher grausig schienen vor dem Hintergrund so schickalsschwerer Worte. Was wusste der schreckeinflössende Gnom? Er gab mich frei und warf mir schmatzende Handküsse nach. Wer bisher noch gezweifelt hatte, ob ich ein neuer Günstling sei, konnte nun sicher sein, und vor mir tat sich eine Gasse auf, ein Spalier aus lauter Wohlwollen und Lächeln.

Endlich erreichten wir, von einem Prätorianer begleitet, das Schreibzimmer und fanden dort Pergament, Schreibrohr und Zubehör, einen Tisch mit Naschwerk, Obst und Wein, sogar einen Kammerdiener. Letzteren schickte ich unter Vorwänden weg, erst mir bequemere Schuhe von zu Hause holen, dann Buchrollen und anderes, der Gerüchte eingedenk, die über Neros Kammerdiener in der Stadt umgingen. Stille war im Gemach, der friedliche Schimmer der Öllampen unter ihren Glocken aus alexandrinischem Glas, nur von fern erreichte uns der Trubel der grossen Festsäle, wo sich die Nacht hindurch das übliche abspielen würde, das, wofür dieser Hof berühmt war, wovon die *ardaliones* auf Strassen und Foren, in Schenken und Bädern noch tagelang reden und was man in tausend Provinzstädten nachahmen würde, überall im Reich. Ich trank nicht wenig Wein in dieser Nacht – überhaupt wundere ich mich heute, wie viel ich während meiner römischen Jahre vertrug – und so, mit »angefeuchteter Zunge«, diktierte ich einige Stunden hindurch mein Poem.

Manche Teile hatte ich fertig im Kopf, andere auf eine kleine Rolle notiert, die ich unter der Toga trug, gleich neben der kostbaren Bittschrift mit der *subscriptio* des Kaisers in brauner Tinte. Wieder andere erfand ich einfach neu. Vom Wein angefeuert, las und deklamierte ich ohne grosse Besinnung. Primus war ein geübter Schnellschreiber, zwanzig Jahre älter als ich, nach eigenen Angaben Grammatik-Lehrer aus einer griechischen Hafenstadt, irgendwie in Gefangenschaft geraten, heute mein letzter Freigelassener, der mir bis in mein einsames Exil gefolgt ist. Er schrieb nicht nur fast fehlerlos nieder, was ich diktierte, sondern gab dem Text zugleich die am Hof gewünschte kalligraphische Form, so dass sich nochmaliges Abschreiben durch einen Schönschreiber erübrigte. Zum Dank für seine Hilfe in dieser Nacht liess ich ihn frei und bot ihm an, ihn zu verheiraten. Doch es erwies sich, dass er mein Haus nicht verlassen und nirgendwo hin wollte, auch nirgendwo erwartet wurde, ein scheuer, wenig umgänglicher, auf Papyri, Schriftzeichen und graphische Anordnung fixierter Mensch, dessen stilles, nach Tinte riechendes, mit Rollen und Pergamenten gefülltes Gemach stets eine Oase der Ruhe in meinem Hause gewesen ist.

Zweimal in dieser Nacht wurden wir unterbrochen. Das erste Mal vom Kaiser selbst, der in Begleitung des Kitharöden Menekrates und eines neuen Pagen eine halbe Stunde bei uns weilte und in der frisch geschriebenen Rolle las. Primus benutzte die Pause für gymnastische Übungen in einem nahegelegenen Baderaum, um ein Steif-Werden seiner Hand und Schulter abzuwenden. Der Kaiser las still, in ernster Versenkung, nachdem er lärmend, torkelnd und zerzaust eingetreten war; es schien, als ernüchtere ihn die Lektüre, die Beschäftigung mit Literatur überhaupt. Er las Menekrates einige Passagen vor und äusserte Ideen zu ihrer Vertonung, die der Kitharöde auf einem mitgebrachten Instrument mit lässigen, doch präzisen Handgriffen nachvollzog, während der neue Liebling, offenbar ein Tänzer, blond und hellhäutig, an ein Honigbrötchen erinnernd, mit den Fingern schnippte und die Hüften schwingen liess, kurz, es herrschte jene spielerisch-schöpferische, von probeweisen Akkorden, erheiternden Einfällen, animierenden Körperbewegungen erfüllte Atmosphäre, die der Kaiser so über alles liebte. Er liess sich ein Brechmittel reichen und erleichterte sich, was bei ihm immer ein Zeichen von erwachendem Interesse war. Besonders eine Stelle hatte es ihm angetan, eine erst vor einer halben Stunde von mir hingeworfene Szene, in welcher der Kitharaspieler, der junge Held des Poems, in einer Sternennacht schlaflos in seiner Kammer liegt und die Qualen unerwiderter Liebe erlebt. Die Szene war am Rande des guten Geschmacks, *ineptus*, selbst in meinem halbberauschten Zustand waren mir, während ich sie dem grinsenden Primus diktierte, Zweifel gekommen. Sie zeigte den Kitharaspieler in Liebe zur Tochter eines Konsuls entbrannt, die ihn, einen Gefallenen, ignorieren musste, und der Konflikt seines Lebens, der Verlust seiner sozialen Stellung der Kunst zuliebe, der Kampf zwischen dieser Liebe und jener, stellte sich ihm noch einmal in dramatischen Versen dar:

Ist denn sie, die ätherisch bleibt, schwebende Zephyrklänge,
solche Opfer wert, solches für immer Verzichten,
ist sie wert, dass der Blütenmund einem anderen lächelt,
jene Lippen, auf denen Unsterblichkeit perlt
wie in Tautropfen morgens sich öffnender Rose
samtweicher Blätter, der waidwunden Seele Labung,
wie verschenkt, einem anderen hingeworfen, und alles
nur diesen Klängen zuliebe, den unbeständigen, wehen,
treulosen Klängen aus ewig leidendem Herzen …

Nero trällerte diese Passage zwei-, dreimal vor sich hin, für mich Minuten voller Pein, aber anscheinend nur für mich, denn dem Singenden und seinem neuen Liebling schien die Stelle ausnehmend zu gefallen. Der Kaiser, den Kopf in den Nacken gelegt, intonierte sie unter lebhaftem Mienenspiel, die Augen rollend, die dunkel nachgezogenen Brauen auf und nieder hüpfend, und als von den »Lippen, auf denen Unsterblichkeit perlt« die Rede war, warf er dem blonden Tänzer eine Kusshand zu. Der Junge war so hellhäutig, wie nur *delicati*, Zöglinge der kaiserlichen Pagenschule sein konnten, von der Sonne ferngehalten, bei den seltenen Gelegenheiten, da sie ihre Haut gewöhnlicher Luft aussetzen mussten, mit dicken Salben geschützt. Schon als Kinder wurden sie nach dem Kanon des Polyklet ausgesucht, mit ausgesuchter Kost genährt und unterwiesen, sich in den Posen griechischer Statuen zu bewegen, geschminkt und frisiert wie lebendig gewordene Putten.

Der Kaiser, halb liegend auf einem Sofa, las in meinem Manuskript, einzelne Zeilen halblaut sprechend und paraphrasierend. Einmal schien mir, als ob Menekrates, der dazu klimperte und Griffe probierte, einen aus Bewunderung und Verachtung gemischten Blick in meine Richtung warf, als durchschaue er endlich, wie ich es zu jenem rätselhaften Einfluss auf Nero gebracht, welcher Mittel ich mich bediente, nachdem ich den Hof lange durch harmloses Betragen getäuscht, und als sei er noch unschlüssig, wie er sich dazu stellen werde. Der blonde Tänzer dagegen, den der Kaiser Pythagoras rief, signalisierte mir mit seinen frechen meergrünen Augen ein Angebot zur Kumpanei. Wirklich sollte ich eines Tages froh über seinen Beistand sein, über die Nebenwirkung meines Poems als Auslöser einer neuen Karriere am Hof, *she ejn lecha adam she ejn lo sha'a*, wie unsere Weisen sagen, Denn da ist kein Mensch in deinem Leben, der nicht seine Stunde hätte.

Wir waren, Primus und ich, kaum zu unserer Arbeit zurückgekehrt, als eintretende Palastdamen, Musikanten und in Atlas gekleidete Hündchen einen neuen Gast ankündigten, die Kaiserin. Ehe sie selbst sichtbar wurde, hörten wir ihre zwitschernde Stimme und anderes Gezwitscher, denn an goldenem Kettchen flatterte auf ihrem Handgelenk ein kleiner Vogel, mit dem sie scherzhafte Unterredung pflog. Sie war in goldschimmernde Seide gekleidet, in ein helles, weissliches Gewebe, gleissend wie sonst nur in strahlender Sonne, bei Nacht ein sinnbetörender Effekt, erhöht durch das Zusammenspiel mit ihrem rötlichblonden, leicht mit Goldstaub bepuderten Haar. Dazu trug sie Perlen an Hals, Handgelenken, Ohrläppchen und in der aufgetürmten Frisur, zahllose Perlen von mattweissem Geschimmer, deren grössere von kaum zu schätzendem Wert sein mussten, vor allem die in den Ohrgehängen, die in ihrer herabsinkenden, tropfenförmigen Schwere die Zierlichkeit des Halses raffiniert betonten. Mit ihr erschien Halityrus.

Ihre vertraute Dienerin, von der ich wusste, dass sie taub war, sandte auf einen Wink alle ausser Halityrus und mir hinaus, mit wedelnden Handbewegungen, einige Säumige durch Antippen und Schieben, bis das eben noch überfüllte *tabularium* wieder leer und geräumig war. Die taube Dienerin ging mit und wachte vor der Tür, Poppäa Sabinas besondere Vorkehrung gegen eine neugierige Welt. Unter einer tiefen Verbeugung richtete ich einige Kissen auf einer Bank zwischen Säulen, wobei mir das Herz bis zum Halse schlug, und bat die Herrin der Welt, Platz zu nehmen. Halityrus und ich blieben stehen.

»Unsere allergnädigste und huldreichste Herrscherin«, begann der Schauspieler mit gesenkter Stimme, »ist sehr zufrieden über den Ausgang deiner Unterredung im kaiserlichen *unctorium*.«

Ich verneigte mich vor der Kaiserin, die amüsiert lächelte.

Halityrus fragte: »Der Göttliche hat eigenhändig seine *subscriptio* unter das fragliche Dokument gesetzt?«

Ich nickte stumm.

»Du hast es bei dir?«

Wieder nickte ich.

»Dann obliegt dir jetzt die Ehre, es der Kaiserin zu überreichen.«

Ich brauchte einen Augenblick, um meiner Überraschung Herr zu werden. Hatte ich recht gehört? Das kostbare Dokument der Kaiserin übergeben, nicht den Gesandten aus Jerusalem, die deswegen die lange, gefahrvolle Reise auf sich genommen hatten? Ich verbarg meine Verwirrung hinter tastenden Bewegungen auf meiner Brust, als suchte ich die Brieftasche. Dabei wurde ich gewahr, dass mich die Kaiserin beobachtete. Das Lächeln war aus ihrem hellen Gesichtchen gewichen, der heitere Ausdruck aus ihren schimmernden grünen Augen, die sich ins Graue verdunkelt hatten, unter leicht gerunzelten Brauen. Indessen währte meine Verstörung keine Sekunde, schon verbeugte ich mich vor ihr und übergab ihr das Gewünschte, das Blatt mit der Signatur des Kaisers.

Gelüste nicht nach dem Tisch der Könige, denn dein Tisch ist grösser als der ihre, deine Krone grösser als ihre Krone, und dein Auftraggeber darin bewährt, dich einst für deine Mühe zu belohnen …

Sie steckte es in eine in ihrem Gewand verborgene Tasche, rasch, nebenher, dann erstrahlte von neuem ihr Lächeln, und unter leisem Klirren der goldenen, perlenbesetzten Reifen an ihrem Handgelenk schlug sie mit dem Fächer nach mir, wie spielerisch, doch gezielt, geradewegs auf meine Nase. Der zarte Schlag hatte etwas von einer Zurechtweisung, einer Warnung.

Halityrus sagte: »Unsere allergnädigste Herrscherin fordert dich auf, ihr den kleinen Gefallen zu nennen, den sie dir tun kann.«

»Die göttliche Augusta erfreut zu haben«, erwiderte ich, »ist mir Lohn genug.«

»Artig geantwortet«, fand die Kaiserin, die zum ersten Mal in dieser Unterredung den hellrot geschminkten Mund öffnete. »Aber ich meine es wie unser Freund sagt: der Ritter möge uns wissen lassen, worüber er sich freuen würde.«

Ich sah sie stumm an.

»Er ziert sich«, vermutete sie. »Also ist es eine Bitte, die ihm vermessen scheint? Er will *vir clarissimus* werden, Freund erster Vorlassung?«

Ich schüttelte den Kopf.

»Man kann verstehen«, sagte sie, »dass der erste Adel für jemanden, der nicht von Kindheit an dazu gebildet wurde, eher anstrengend als vergnüglich ist. Aber Freund erster Vorlassung kann auch ein Ritter sein.«

»Ich bin Dichter, göttliche Augusta, und liebe nichts so sehr wie meine Zurückgezogenheit.«

Das Lächeln war wieder aus ihrem Gesicht verschwunden, ein leiser Hauch von Misstrauen lag über der elfenbeinfarbenen Stirn, ihr Mund war schmal geworden, die Augen ohne Glanz. »Du erteilst dem Kaiser, der dich unter seine engsten Freunde aufnehmen will und mir, die ich dir zu verstehen gebe, dass mir daran liegt, eine Absage?«

»Ich weiss die Ehre unverdient, göttliche Augusta, doch ich fürchte, für die erste Vorlassung nicht geeignet zu sein, nicht für Hofämter und Ehrenstellen, denn ich bin träumerischen Sinnes, zerstreut, ohne praktische Fähigkeiten, ganz den magischen Lettern hingegeben, und wäre dem Kreis der hohen Freunde eher eine Last.«

»Auch Annaeus Lucanus ist Dichter, und Cluvius Rufus schreibt Bücher, und dennoch sind sie ... Nun denn. Ich sehe, dass du kühn genug bist, das Höchste zu wagen: dir die Kaiserin zu verpflichten. Ich soll vorerst in deiner Schuld bleiben, damit du späterhin, wenn du mich brauchst, einen Wunsch bei mir offen hast. Verhält es sich so?«

»Bitte, Göttliche, halte mich nicht für vermessen. Ich brauche wirklich nichts.«

Da war das Lächeln wieder, strahlend und beglückend wie durch Wolken brechende Sonne. Es schien mir wärmer als je, ihr Herz wirklich berührt, ihre Stimme tief erheitert, als sie sagte: »Man sieht, du kennst die Frauen noch nicht. Wenn aber erst einmal, und gewiss bald, eine von uns dein Herz gewonnen hat, glaube mir, so wird sie Wünsche äussern. Bis dahin hast du deine Bitte bei mir gut. Einverstanden?«

»Einverstanden«, sagte ich wie unter einem Zauberbann. Dabei spürte ich ihren Blick auf mir, einen nachdenklichen Blick, doch dahinter noch anderes, das mir den Hals trocken werden liess, ein Massnehmen und Mustern, der Blick galt meinen Händen und Armen, meinen Schultern und Schenkeln, mir schien, als würde eine Möglichkeit ins Auge gefasst, erwogen und dann belustigt verworfen, zugleich spürte ich, wie Halityrus erstarrte und den Atem anhielt. Die Kaiserin, immer noch lächelnd, erhob sich und verliess mit einem kleinen Winken das Gemach. Während sie in der Tür von ihren Kammerfrauen umringt wurde, die ihr mit erregtem Wispern von etwas Meldung machten, blieb Halityrus einen Augenblick neben mir stehen.

»Unser Freund, der Synagogenälteste Jacobus in trans Tiberim«, sagte er leise, »würde sich freuen, wenn du ihn besuchst.«

»Er hat mich noch nie eingeladen«, gab ich ebenso leise zurück.

»Viele werden dich jetzt einladen, die es bisher nicht getan haben. Gewöhne dich daran. Doch ausgerechnet er kann es nicht tun, verstehst du?«

»Nein.«

»Weil sich das in diesem Fall nicht schickt, du ahnungsloses Glückskind. Weisst du nicht, dass neuerdings alles, was du tust, denkst und fühlst, jeder Seufzer und jeder verliebte Blick, Stadtgespräch ist?«

Darauf gab es nichts zu antworten.

»Du kannst auf mich zählen«, warf er im Hinausgehen über die Schulter, »wenn du Zeugen für den Heiratsvertrag brauchst.«

Und er entfernte sich im Gefolge der Kaiserin, um die immer noch erregtes Geflüster und Gewisper war. Wir arbeiteten weiter, Primus und ich, bis der neue Tag dämmerte und der kaiserliche Palast in Stille versank. Da die abschliessenden Strophen des Poems zu denen gehörten, die ich schon fertig hatte, verbrachte ich, während Primus sie abschrieb, die letzte halbe Stunde auf einem kissenbelegten Ruhebett, den Text überdenkend, mit immer weiter wandernden Gedanken, am Rande des Schlummers. Ich schlief irgendwann wirklich ein und träumte von Jedidah: wie sie sich durch mein altes Haus bewegte, wie die Orte, an denen sie sich aufhielt, hell und von Duft erfüllt waren, und wie, sobald sie einen Raum verliess, dieser von neuem in Düsternis und Kellerluft versank. Wie ich daher immer mit ihr war, jede Trennung, auch die kürzeste vermied, wie ich beglückt die Luft atmete, die sie umgab, allein mit ihr, kein Mensch ausser uns im Haus, niemand störte unser wunderbares Wandeln, doch schwebte irgendwo etwas Unsichtbares, Unaussprechliches, wenn auch nicht zu Leugnendes, dessen Strahlen, Tentakel, Ausläufer mir zu folgen, nach mir auszulangen schienen ... Da wurde mir bewusst, dass ich erwacht war, und offenbar wirklich von einer Berührung. Die Augen aufreissend, sah ich ganz nahe, leicht über mein Ruhebett gebeugt, den neuen Präfekten der Prätorianergarde, den Ritter Ofronius Tigellinus.

Wir blickten einander schweigend an. Nachdem Tigellinus sich an meiner Überraschung geweidet hatte, wohl auch an dem Schrekken, den er in meinen Augen las – denn wann gäbe man sein Inneres sichtbarer preis als unmittelbar nach dem Erwachen? –, liess er ein freundliches Lächeln in seinem ebenmässigen Gesicht aufscheinen und zeigte eine kleine Wachstafel vor, die ihn als Beauftragten des Kaisers auswies. »Gib Tigellinus«, stand darauf in wohlbekannter, wenn auch etwas entgleister Handschrift, »was ihr fertig habt und halte dich während der nächsten Tage zur Rücksprache bereit. N.C.C.«

In Übereilung hatte ich schon ausgesprochen: der Mensch ist nichts als eine Täuschung. Wie soll ich Gott nun danken für die mir erzeigte Güte?

Als ich vom Palatium nach Hause kam, in eben erstrahlender Morgensonne, fand ich vor meiner Tür eine Anzahl Personen, die mir, einem neuen Günstling des Kaisers, ihre Aufwartung machen wollten. In ihrer Sänfte schlummernde Senatoren waren darunter, Ritter in Amtstracht, auch Minderbegüterte, die sich mir fortan als Klienten anboten, Philosophen und Dichter, die mein Haus besingen, zieren und berühmt machen wollten, dazu Bittsteller, Arme, Hilfesuchende, Witwen und Waisen. Ich hatte, die ganze Nacht hindurch mit dem Poem beschäftigt, keine Zeit gefunden, meine neue Rolle zu bedenken. Ein dem Kaiser nahestehender Mann zu sein, bedeutete Morgenaudienz zu gewähren, eine Gewohnheit der Grossen, ein anstrengendes, kostspieliges Zeremoniell. Eben hatte der vorsichtige Seneca die berühmten Morgenempfänge in seinem Haus eingestellt, da sie zuviel Einblick in seine Verhältnisse erlaubten. Ich dagegen war nicht einmal reich, hatte keine anderes Einkommen als das Gehalt eines kaiserlichen Sekretärs, verfügte weder über Empfangsräume noch Luxusgegenstände, mein Atrium war kaum möbliert, meine wenigen Diener einfach gekleidet.

Gewiss gab es einige unter den draussen Wartenden, die mir gern Rat erteilen würden, wie ich als Neros Günstling rasch zu Reichtum käme und sie gleich mit, doch lag mir daran? Mein Haus würde sich verändern, Tag und Nacht voller Menschen sein, sich mit kostbarem Hausrat, mit teuren Sklaven füllen, ein Ort von Gelagen, Lärm und Ausschweifung werden, doch die guten Geister, die sich unter seinem schlichten Dach aufgehalten, würden es fliehen und mit ihnen die Gedanken, die sie mir spendeten. Manches Geheimnis würde zutage treten, zum Beispiel, dass ich keine Schreine für Penaten aufgestellt hatte, keine Büste des Kaiser-Gottes und andere Zeichen ordnungsgemässer Anbetung, dass ich womöglich – wie Übelwollende mir nachsagen würden – die Rituale und Opfer der Staatsreligion nicht befolgte. Da ich auch die Synagoge nur unregelmässig besuchte, keiner jüdischen Gemeinde angehörte und folglich auch ihren Schutz nicht genoss, wären solche Entdeckungen nicht ungefährlich. Suchende Augen würden eine Pinakothek vermissen und die lebensfrohen Skulpturen, Mosaike und Wandbilder, die unter Nero Mode waren: nackte Nymphen auf dem Schoss trunkener Bacchanten, ekstatisch sich entblössende Tänzer, blutend am Boden liegenden Gladiatoren und Priapos-Figuren mit armlangem Phallus. Nichts von alledem gab es auf Wänden und Fussböden meiner fast leeren Empfangszimmer, nur einige rätselhafte morgenländische Landschaften.

Ich bahnte mir einen Weg durch die Wartenden, begrüsste Bekannte, fand verständnisvolle Mienen, hörte gesenkte Stimmen »Erst jetzt kommt er vom Palatium! Die ganze Nacht hat er mit dem Kaiser gearbeitet«, obwohl doch die meisten von ihnen wussten, dass Nero die Nacht hindurch getrunken und gefeiert hatte. Im Atrium empfing mich mein Freigelassener Gedalja und beglückwünschte mich zum Erfolg meines Poems. Die ganze Stadt rede von mir, ich gelte bereits als Freund erster Vorlassung, Dutzende *ardaliones* umlagerten seit dem frühen Morgen das Haus und boten erkleckliche Summen für eine Kopie des Textes.

»Sag mir lieber«, gab ich zurück, »was wir mit all den Leuten da draussen anfangen wollen.«

»Bitte sie ins Atrium, Herr. Erkläre ihnen, dass du erst morgen eine reguläre Morgenaudienz geben kannst, da du eben vom Kaiser zurückkommst. Du siehst, wir haben das Atrium ein wenig hergerichtet und alles, was hier irgendwie vorzeigenswert ist, zusammengetragen.«

Ein leiser Vorwurf schien in seiner Stimme, als missbillige er den Mangel an Gerät und Mobiliar, die Kargheit meines Lebens, die noch unter meinen Möglichkeiten lag. Bislang hatte das meine Diener nicht gestört, sie hielten es für eine harmlose Verrücktheit, sahen darin die Kehrseite der unbestreitbaren Vorzüge, die ihnen mein Haus bot: dass ich mich nicht in ihre privaten Angelegenheiten mischte und nur im Notfall strafte, bei Diebstahl etwa, was höchst selten geschah, da es in meinem Haus so gut wie nichts zu stehlen gab. Nun sah es aus, als wären diese friedlichen Zeiten vorbei. Im Haus eines kaiserlichen Günstlings würden Vertreter und Händler Einzug halten, Bestechung und Eifersucht in ihrem Gefolge, kostbare Möbel, Polster, Teppiche, bronzene Lampen, orientalische Duftstoffe würden geliefert werden, ohne Bezahlung, »zur Probe«, standesgemässes Auftreten würde man von mir verlangen, Begleiter auf der Strasse, Klienten und vorauseilende *pedisequie*, tägliche Tafel mit zahlreichen Gästen, Flötenbläserinnen, Gauklern, Parasiten …

Liess ich ein Seufzen hören? Doch wer zählt unsere Seufzer? Was wir tun und sagen, zählt. »Bitte die Wartenden ins Haus«, sagte ich zu Gedalja. Den Kammerdiener bat ich, Stühle und Bänke bereitzuhalten, Kissen unterzulegen, die Alten und Gebrechlichen zu stützen, darauf zu achten, dass die Grossen unbelästigt blieben. Kaum hatte ich diese Bitte ausgesprochen, da strömten die Besucher ins Atrium und füllten es aus. Es waren so viele, dass ich aufhörte zu staunen. Das Staunen war nun eher auf der Seite der Eintretenden: mancher, der noch nie hiergewesen, musterte mit leichtem Befremden die hinfälligen Gemäuer. Tigellinus, der Präfekt der Garde, den ich zu meiner Überraschung unter den Eintretenden sah, klopfte sogar hier und da an die Wände des Atriums, als argwöhne er, der Bau könne über uns zusammenstürzen. Erschienen war auch der Konsular Cluvius Rufus, ein kaiserlicher Freund erster Vorlassung, der sich unter klug erdachten Entschuldigungen allzugrosser Vertraulichkeit mit Nero entzog und zu den wenigen Vertrauten des Kaisers gehören sollte, die seinen

Hof überlebten. Mit Begeisterung wurde der frühere Prokonsul Petronius empfangen, ein wegen seiner Grosszügigkeit im Volk beliebter Mann. Der Kitharöde Menekrates zeigte sich, und meine Diener strahlten vor Glück, den berühmten Sänger zum Greifen nahe vor sich zu haben. Auch das müde, vom Trinken verquollene Gesicht des jungen Lucanus tauchte auf, neben dem seines Vaters Annaeus Mela.

Manchen sah ich unter den Besuchern, dem ich nicht zugetraut hätte, er würde sich in mein Haus bemühen, zu früher Morgenstunde, da sie doch allesamt selbst Audienz zu geben hatten und ihr eigenes Atrium voll wichtiger Besucher wussten. Am meisten verwunderte mich das Erscheinen eines Mannes, der bisher niemals ein Wort mit mir gesprochen oder auch nur den Blick auf mich gerichtet hatte, nicht sosehr aus Hochmut, eher aus völligem Desinteresse an meiner Existenz und jeder Art von Literatur, und der doch genug um das Leben seiner Söhne zu fürchten schien, dass er Neros neuem Günstling vorsichtshalber huldigen kam: der frühere Konsul Vespasian. Der stämmige Mann mit dem drängenden, geröteten Gesicht, dem vorspringenden Kinn und dem flachen Hinterkopf stand stumm in meinem Atrium wie er schon an vielen Orten gestanden hatte, in Africa oder Germanien, ohne Zeichen von Staunen oder Interesse, ganz der Bestimmung hingegeben, in deren Zeichen sein Leben stand, dem Erhalt seiner Söhne, besonders des Lieblings Titus.

Hinter diesen Grossen drängte sich eine bunte Menge von Unbekannten, meist aus dem dritten Stand. Ich stand im Atrium, umringt von meiner *familia*, den Mitgliedern meines Hauses, und schickte mich an, die Gäste anzureden, als mir der griechische Kammerdiener zuflüsterte, dass aus Anlass einer Erhöhung wie der meinen ein rituelles Opfer üblich sei, ein Dankopfer an die Laren. Ich solle es ankündigen, aber bis zum Tag meiner tatsächlichen Ernennung aufschieben, bis zu welchem er alles dafür nötige vorbereitet haben werde. Dankbar drückte ich seine Hand und pries den Einfall meiner Mutter – ihr Andenken zu Segen –, einige griechische Diener ins Haus zu nehmen, die sich im *mos maiorum* auskannten.

Als Kind hatte ich die wichtigsten Gepflogenheiten der römischen Götteranbetung kennengelernt, ihrer aber niemals im eigenen Hause oblegen. Solche Säumigkeit fiel an Neros Hof nicht weiter auf, der Kaiser kümmerte sich wenig um Religiöses, von allen Götterkulten hatte er einzig dem der Atargatis, auch Syrische Göttin genannt, jemals gehuldigt, war aber, als das von ihr Erhoffte ausblieb, davon abgekommen, und soll sich, wie man erzählte, gegen die früher Angebetete Unflätigkeiten erlaubt haben. Neuerdings verehrte er eine kleine Mädchenstatuette, von der es hiess, sie stelle die Venus dar, eine krude, von Grünspan entstellte Figur, die ihm ein Mann geringen Standes geschenkt hatte und die vermöge eines Zaubers imstande sein sollte, Verschwörungen abzuwenden. Er sah in ihr ein Symbol der Liebe des Volkes, das um sein Leben bangte. Und da kurz nach Erhalt dieser Liebesgabe tatsächlich eine Verschwörung aufgedeckt wurde, stellte Nero das armselige Püppchen in seinem Schlafzimmer auf und brachte ihm täglich Opfer.

Dies waren die Verhältnisse am Hof, manchem Altgläubigen ein Ärgernis, umso günstiger für jemanden wie mich, da sie nicht zu Entscheidungen zwangen. Der Kaiser, obwohl offiziell der römische Hohepriester, kam seinen rituellen Pflichten nur notdürftig nach, übertrug sie seinem Stellvertreter, dem *pontifex pro magistro*, und beschränkte sein Erscheinen auf wenige kultische Handlungen der Arvalen-Brüder, im Grunde auf das dreitägige Fest der *Dea Dia*, einer altlatinischen Erdgöttin und Segenspenderin des Ackerbaus, zu dem diese aristokratische Bruderschaft, der traditionell die Kaiser und Prinzen des julischen Hauses angehörten, in strikter Abgeschiedenheit im Mai jeden Jahres zusammenkam. Was Nero dort nach eigenen Angaben fesselte, war nicht der Glaube an die Erdgöttin, sondern ein am zweiten Festtag gesungenes und getanztes Gebet um Abwendung des Verderbens, gehalten in einem viele Jahrhunderte alten Latein, dessen poetische Kraft er rühmte und von dem er Anregungen für sein poetisches Schaffen empfangen haben wollte. Mit solchen Bekenntnissen bestimmte er den Ton am Hof. Fraglos fanden die üblichen Rituale in Tempeln und Privathäusern statt, nahmen die Grossen des Reiches ihre priesterlichen Obliegenheiten wahr wie ihre Väter und Ahnen, doch in Neros Umgebung war die Verachtung des Kultus Mode geworden, und die in meinem Atrium versammelten

Freunde des Kaisers, mit Ausnahme des Julius Vestinus Atticus, gaben sich in religiösen Fragen lax. Umso dankbarer war ich dem Kammerdiener für den Rat, ein Opfer an die Laren anzukündigen. Die Form musste gewahrt werden. Trotz seiner Gleichgültigkeit gegen die Götter bediente sich Nero religiöser Verstösse gern als Vorwand für öffentliche Anklagen.

All dies versuchte ich zu bedenken, bevor ich das erste Wort sprach. Ich erinnere mich, dass mir das Nachdenken an diesem Morgen nicht leichtfiel, nach all dem Wein, den ich getrunken, all den Versen, die ich diktiert hatte, seit zwei Tagen und Nächten fast ohne Schlaf.

»Liebe Freunde«, begann ich, »ehrwürdige Väter Senatoren, meine Herren Ritter, Quiriten! Tief ergriffen danke ich für eueren Besuch. In der Wertschätzung, die mein bescheidener Entwurf in den Augen unseres Caesar Augustus gefunden hat, sehe ich die Gnade göttlichen Wirkens, weshalb ich bei nächster Gelegenheit ein Dankopfer darbringen werde. Eben von anstrengender Nachtarbeit aus dem Palast unseres Herrschers zurückgekehrt, konnte ich eine reguläre Morgenaudienz noch nicht vorbereiten und ersuche um ein, zwei Tage Geduld. Spätestens die übermorgen sich Einfindenden werden durch offene Türen ein gastliches Haus betreten.«

An dieser Stelle gewahrte ich im Gesicht des Menekrates ein Lächeln, als durchschaue er meine Hoffnung, der Andrang der Besucher werde bis übermorgen abgeflaut sein. Befremden löste auch meine nebulöse Formulierung »göttliches Wirken« aus, mit der ich die Wendung »das Wirken der Götter« umging und damit unser Gebot einhielt, keine der Vielgötterei frönenden Worte im Mund zu führen. Ich achtete auf dergleichen, weil meine Mutter darauf geachtet hatte, doch es begann meine Lage zu erschweren. Öffentliches Wirken in Rom bedeutete das Einhalten der Sprachregelungen und Formalien, bedeuteten Teilnahme am Kultus der römischen Gottheiten, wovon nur Ausländer ausgenommen waren oder Angehörige eines als *religio licita* anerkannten fremden Glaubens. Während ich sprach, dämmerte mir, dass meine Lage kritisch war, dass ich den Rat und die Hilfe erfahrener Freunde brauchte, fürs erste jedoch ein paar Stunden Schlaf.

»Wir alle«, schloss ich daher, »fühlen uns beglückt und geehrt durch den Entschluss unseres Herrschers, ein neues Projekt zu beginnen, dessen Verwirklichung ganz Rom entgegenfiebert. Er hält uns für würdig, seine Zuschauer zu sein, sachkundige Bewunderer seines einzigartigen Talents, und das Wenige, das ich zu seinem nächsten Auftritt beizutragen die Ehre habe, soll meinerseits das Beste sein, wozu ich imstande bin. So hoffe ich unserem Caesar zu dienen, mit eurer Hilfe, durch eure Freundschaft und Bereitschaft, ihm ergeben zu sein wie ich. Nehmt für heute mit diesen kurzen Worten fürlieb und seid aufs ehrerbietigste gegrüsst.«

Ich reichte jedem der Abschiednehmenden die Hand, bemühte mich, alle Besucher richtig zu titulieren, die früheren Statthalter mit *ornatissimus*, den Präfekten Tigellinus mit *perfectissimus*, die Senatoren mit *clarissimus*, die Ritter mit *egregius*, wünschte dem Konsularen Vespasian alles Gute für seine Söhne, und zog mich nach dieser letzten Anstrengung in mein Schlafzimmer zurück. Meine Diener waren damit beschäftigt, die durch das Bankett vorgestern Abend in Unordnung gerate Küche, den von hundert Füssen zertretenen Garten und die besudelten Baderäume wiederherzurichten, sie arbeiteten, räumten und reinigten, und ich hörte erstes Murren darüber, dass ihrer zu wenige seien, um so grosse Abendeinladungen zu bestehen, eine Aufforderung an mich, neue Sklaven zu kaufen. Ich kritzelte ein paar Zeilen auf ein Wachstäfelchen und sandte Gedalja damit nach trans Tiberim, ins Haus des Freigelassenen Jacobus. Dann schlief ich viele Stunden traumlos und tief.

Als ich erwachte, war es es still. Von draussen, vom Peristyl, wehte Kühle herein, Blätterascheln, der Duft von Pflanzen und Wasser. Der Hof war voller Licht, auf Säulen, Stufen, den Steinen der Brunneneinfassung lag Nachmittagssonne. Ich genoss es, noch ein paar Minuten auf dem Ruhebett zu liegen, froh über den glücklichen Ausgang meines Abenteuers am Hof. Ich hatte mich einen Schritt vorwärts bewegt, allerdings bedeutete »vorwärts« die stillschweigende Annahme einer Richtung und eines Ziels, und die Frage konnte nicht ausbleiben, worin dieses Ziel bestand. Ich blickte aus dem dämmerigen Raum in den Hof und sah im lichtflimmermden Geviert der Tür eine Gestalt, schlank und sanft, mit eigensinnig blickenden Augen.

Dann erschien der Kammerdiener und berichtete mir, auf dem Weg ins Bad, die Neuigkeiten. Meine morgendliche Rede sei von den Grossen gnädig, von den Bittstellern hoffnungsvoll aufgenommen worden, das gestrige Konzert des Kaisers werde überall besprochen, auch seine Ankündigung, mit meiner Hilfe ein neues Poem zu inszenieren. Doch Hauptgegenstand der Gespräche sei das nächtliche Bankett in Neros Palast, vor allem ein Zwischenfall, bei dem der erzürnte Herrscher seinen Mundschenk Glaukos den wilden Tieren vorzuwerfen befohlen hatte, den Löwen, Leoparden und Bären, die er im Park der *domus transitoria* in eisernen Käfigen hielt. Glücklicherweise konnte die Kaiserin, der sich der Unglückliche zu Füssen geworfen hatte, die Anweisung ins Scherzhafte wenden. »Danke der göttlichen Augusta, du diebische Kreatur!« soll Nero gerufen und von der Vollstreckung seines Befehls abgesehen haben. In aller Munde war die Ernennung eines bisher Unbekannten zum neuen Mundschenk, eines gewissen Pythagoras, dessen Haut elfenbeinfarben und dessen Haar rötlich sei wie das Poppäas, weshalb sich ihm das kaiserliche Herz in tiefer Neigung zugewandt, sowie der spürbare Machtzuwachs des Gardepräfekten Tigellinus, der Senecas Stelle als engster Berater des Göttlichen einzunehmen sich anschicke. All dies erfuhr ich zwischen Wassergüssen, Geplätscher und dem Eintauchen ins kalte und warme Becken, dann liegend, während mein Rücken geknetet wurde, schliesslich an meinem Frisiertisch sitzend, wo mich der unentwegt Sprechende für den Abend herrichtete.

Wieder war ich dem Kammerdiener dankbar, diesmal für seine Redseligkeit. Sie erlaubte mir zu schweigen und die Wellen der Erregung verebben zu lassen. Ich war für den Abend zum Essen eingeladen. Auf meine Nachricht an Jacobus war umgehend Antwort gekommen, eine Einladung zur *cena privatissima* in sein Haus.

Meine Hände hatten leicht gezittert, als ich das Wachstäfelchen entgegennahm. Erst nach Absenden meiner eigenen Botschaft, einer Bitte um baldiges Gespräch, war mir bewusst geworden, wie mehrdeutig sie wirken musste. Wenn unsere verliebten Blicke angeblich schon Stadtgespräch waren, musste ein gesetzestreuer Mann wie Jacobus in meinem Schreiben eine Brautwerbung sehen. Mit einem Mädchen wie Jedidah Blicke zu wechseln wie ich es getan, bedeutete Heiratsabsichten, anderes war undenkbar. Dass sie diese Blicke erwidert hatte, dass sie überhaupt in mein Haus gekommen war, verstand ich als Zeichen der Ermutigung. Doch solche Zeichen konnten nicht vergessen machen, dass ich in Jacobus' Augen einen schwierigen Fall darstellte. Ich war nicht gesetzestreu aufgewachsen und bewegte mich am Hof, also in zweifelhafter Gesellschaft. Die unklare Identität meines Vaters würde Fragen aufwerfen, womöglich musste ein Gerichtshof aus Priestern und Schriftgelehrten darüber befinden, ob mich die Gemeinde als Sohn des Bundes anerkennen und an ein Mädchen aus ihrer Mitte verheiraten durfte.

Erst hier begriff ich, dass ich sie heiraten wollte. Dabei kannte ich sie kaum. Kannte sie weniger gut als manche andere. Wer könnte das erklären? War sie soviel hübscher als die Mädchen, die ich bisher gekannt hatte, flüchtig gekannt, zwar wie man Mädchen kannte, aus aller Nähe, in Liebesnächten, aber doch immer, als bliebe man zwei getrennte Körper, getrennte Wesen, für ein paar Augenblicke verbunden wie Mann und Frau sich verbanden, und dann wieder wie jeder für sich, unverändert, wie einander berührende Steine? Was war nun diesmal so anders, dass ich ans Heiraten dachte, und Heiraten hiess für immer, jeden Tag, alle Tage, unentrinnbar ... Gewiss, sie ist hübscher, sagte ich mir. Das steht ausser Frage. Du hast es sofort erkannt. Sie ist feiner. Und dann sieht sie dich auf eine Weise an, als wüsste sie, was du denkst. Als wüsste sie überhaupt manches, als hätte sie dir noch manches Überraschende mitzuteilen ...

Was die möglichen Schwierigkeiten dieser Heirat betraf – musste ein so erfahrener Mann wie Jacobus sie nicht längst erwogen haben? Musste er, am Kaiserhof aufgewachsen, nicht überhaupt wissen, wer mein Vater war? Hatte man mich nicht in seinem Beisein, bei Besuchen in der Synagoge am anderen Tiberufer, zur Lesung aus der heiligen Rolle aufgerufen, zum Aufstieg auf die erhöhte Plattform und Sprechen der Segen, wobei weder er noch sonst jemand den Vatersnamen zu beanstanden fand, den mich einst meine Mutter seligen

Angedenkens hatte wissen lassen: Ben Aruba? Viele Male hatte sie mir die Geschichte des Mannes, der mein Vater war, mitzuteilen versprochen, »eines Tages, wenn du älter bist«, und diese Gelegenheit unter vielsagenden Seufzern und Vertröstungen solange verschoben, bis sie eines Tages überraschend starb, nach einem Blutsturz und Schwächezustand im Dienst ihrer Herrin, der Kaiserin-Mutter Agrippina. Ihre Kraft reichte eben noch hin, mich zum Sprechen des Totengebets aufzufordern und mir ans Herz zu legen, auf jeden Fall ein jüdisches Mädchen zu heiraten, worauf sie, fünfundvierzig Jahre alt, zu früh in die kommende Welt einging.

Jacobus musste auch meine Mutter gekannt haben. Er war im kaiserlichen Palast als Sklave zur Welt gekommen und als Kind zusammen mit seinen Eltern von Kaiser Claudius freigelassen worden. Er trug den Namen des Kaisers, als dessen Eigentum er geboren, sowie desjenigen, der ihn freigelassen, der latinisierten Form seines hebräischen Namens voran, hiess also Tiberius Claudius Jacobus, eine Namensform, an der jeder den kaiserlichen Freigelassenen erkannte. Da er sich als gewitzt und verschwiegen erwies, hatte ihn das damalige Oberhaupt der griechischen Hofpartei, der Freigelassene Narcissus, gefördert, obwohl er eigentlich Judäer nicht mochte. Ich kann nicht sagen, wie es Jacobus gelang, Narcissus' Sturz zu überstehen und weder der Rachsucht der Kaiserin Agrippina zum Opfer zu fallen – die sonst jeden beseitigte, der als Narcissus' Günstling galt – noch den Personalveränderungen des neuen Anführers der *grex*, des Freigelassenen Pallas. Ich hatte gehört, Jacobus sei damals Kammerdiener des judäischen Prinzen Julius Agrippa gewesen, der am römischen Hofe lebte, als Tafelgenosse des Kaisersohnes Britannicus, des jungen Nero und des Knaben Titus am sogenannten »Prinzentisch«. Der judäische Prinz und heutige König – derselbe, der jetzt mit den Jerusalemer Priestern wegen der Tempelmauer in Streit geraten war – hätte Jacobus als Einzigem am römischen Hof vertraut, weil er fliessend Hebräisch und Aramäisch sprach, was Verständigung hinter dem Rücken der römischen Hofleute möglich machte.

Die gemeinsame Tafel junger Prinzen am Hof war eine Idee des Kaisers Claudius, an sich vielversprechend, doch unter den obwaltenden Umständen leider gegenteilige Wirkung erzielend: sie führte nicht zu lebenslanger Freundschaft wie erhofft, sondern zu Missgunst und tödlichem Hass. Nero zuliebe wurde der Kaisersohn Britannicus vergiftet, Titus und Nero blieben lebenslang Feinde, und König Julius Agrippa tat gern das genaue Gegenteil dessen, was sein früherer Tafelgenosse, der Kaiser in Rom, von ihm erhoffte. Er war um einige entscheidende Jahre älter als Nero und nahm ihn nie ganz ernst. Vor diesem Hintergrund gelang es Jacobus zu überleben, bis ihm der allesvermögende Pallas, Vorsteher des Hofamtes *a rationibus*, Kredit für eine Überseehandlung gab, die judäische Waren nach Rom importierte. Jacobus, bei dieser Gelegengeit in Ehren aus dem kaiserlichen Dienst entlassen, besass seither ein Monopol für die Belieferung der Juden Roms mit kosheren Erzeugnissen aus der Heimat, ein Geschäft, das ihn reich gemacht hatte, obwohl er als geborener Sklave in der römischen Ständeordnung auf niedrigster Stufe verblieb.

All dessen entsann ich mich, während mich der Kammerdiener für den Abend herrichtete, salbte, frisierte und schliesslich zur aufwendigen Prozedur des *vestum componere* schritt, des kunstvollen Übereinanderlegens, Raffens und Anordnens der meterlangen Wollbahnen zu einem eindrucksvollen Faltenwurf. Ein Mann von Welt sollte sein Haus, vor dem meist ein paar *ardaliones* warteten, im Zustand eines wandelnden Standbildes verlassen, mit starr gesalbtem Gesicht, geölten Locken und kunstvoll geordneten Kleidern. So durch Rom schreitend, war er Bestandteil der täglichen Selbstinszenierung, die diese Stadt zu ihrer Selbstachtung aufrechterhielt, *figura* im Gesamtkunstwerk lebenswichtiger Autosuggestion, Sinnbild einer Weltmacht, die sich auf den Überfluss an arbeitenden Händen gründete, auf Dutzende Sklaven in jedem respektablen Haus, die Zeit hatten, ihren Herrn mehrmals täglich umzukleiden, zu baden, herzurichten, auf der Strasse zu begleiten, Lampen vor ihm herzutragen und mit Geschrei sein Kommen anzukündigen.

Ich gestehe, dass ich mit dieser Lebensart immer Schwierigkeiten hatte, von Kindheit an. Trotz aller Mühe wollte es mir nicht gelingen, das Erscheinungsbild zu bieten, das die Römer am höchsten achteten. Zwar hüllte ich mich in weisse Wollstoffe, benutzte

Duftöle und duldete nicht, dass mein Äusseres in Unordnung war, doch meist hatte ich etwas vergessen, sass etwas an mir schief, war versehentlich irgendwo eine Schnalle geöffnet – nie erreichte ich den bewunderten Zustand der *perfectio*. In meiner Jugend war ich darüber betrübt. Heute weiss ich, dass meiner Neigung zum Unvollendeten eine innere Disposition zugrundeliegt, die älter ist als ich, älter als Rom. Und ich erinnere mich, wie mir das Fehlen solcher *perfectio* angenehm aufgefallen war, als ich zum ersten Mal durch Jerusalem spazierte, wie es mein Herz erwärmt und mich heimatlich angeweht hatte.

Bewahre die Festung! Gib acht auf die Strasse. Erspähe den Weg …

Jacobus' Haus lag am Rande des jüdischen Viertels zum Tiber hin, sein Garten erstreckte sich bis ans Ufer des Flusses, wo sich Pavillons, Säulengänge und schattige Baumgruppen im Wasser spiegelten, Dattelpalmen, Zypressen und andere Gewächse unserer Heimat, herrliches Grün, ins Schwärzliche spielend, neben dem weissen Marmor der Gebäude, schon oft im Vorüberfahren per Boot von mir bewundert. In früheren Jahren war er viel gereist, hatte unsere alte Heimat von Norden bis Süden erkundet, von Tyros bis in die Wüste Zin, obwohl seine Familie seit drei Generationen in Rom lebte und sich andere in derselben Zeit längst ihrer Herkunft entfremdet hatten. Heute reiste er nicht mehr, verwaltete seine dortigen Ölpflanzungen und Dattelhaine, Weinberge und Citrusgärten von hier aus, sandte Schiffe hin und her, und hatte damit begonnen, Tiere für die Parks der Grossen einzuführen, Strausse, Antilopen, Leoparden, weshalb er sich Kaiserlicher Hoflieferant nennen durfte. Seine Weine waren am Hof begehrt, auch seine Oliven, getrockneten Feigen, Pistazien, Granatäpfel. Mit den griechischen Freigelassenen *a rationibus*, den Nachfolgern seines einstigen Gönners Pallas, verbanden ihn weitreichende Geschäfte.

Begleitet von meinem Freigelassenen Gedalja, der die Laterne trug, ging ich der sinkenden Sonne entgegen, hügelabwärts zum Pons Probi, der Brücke am Fusse des Aventin. Die andere Tiberseite war auffallend stiller als unsere, meditativer, pflanzlicher, der städtischen Lebensform entrückt, obwohl es auch hier am Ufer Lagerhäuser gab, Laderampen und Anlegeplätze für Lastkähne. Doch hatte man diese hinter sich gelassen, wandelte sich der Eindruck allmählich ins Fremdartige und Entrückte. Man lief im abendlichen Schatten von Gartenmauern bald auf Marmorplatten, bald auf ländlich anmutenden Pfaden. Die Häuser in trans Tiberim waren niedriger als die auf der andern Tiberseite, meist mit einer Aussenmauer oder schirmenden Gewächsen umgeben, man hörte Vogellaute, das Plätschern von Brunnen und Rauschen von Baumkronen. Die Atmosphäre wirkte sorglos und der lärmenden Geschäftigkeit der Hauptstadt entzogen. Mir schien sie dennoch spannungsgeladen, belastet mit etwas, um das viele Bewohner nicht einmal wussten und das ungewiss in der Luft zu schweben schien.

Die meisten Juden Roms lebten hier, auch jene, die zu Anhängern des Predigers aus Galiläa geworden waren, jenes Jeshua aus Nazara, den der römische Befehlshaber Pontius Pilatus vor etwa drei Jahrzehnten in Jerusalem hatte hinrichten lassen. Obwohl jener Joshua nicht mehr lebte, zog er zahlreiche Menschen in seinen Bann, die in Rom Christiani genannt wurden und bei denen es sich, nach Meinung vieler Römer, um Leugner der Götter und Feinde des Friedens handelte, die Rom zerstören oder wenigstens Roms Herrschaft über das Reich brechen wollten. Da diejenigen, von denen man wusste, Juden waren, trat die Behörde mit dem Ansinnen an die jüdischen Gemeinden der Hauptstadt heran, gegen die staatsgefährlichen Eiferer vorzugehen. Dieses Verlangen fand innerhalb der Gemeinden Fürsprecher, solche, die um die Rechte der Juden besorgt waren, Gemeindeälteste, Synagogenvorsteher, Verantwortliche vor der Behörde. Noch war es eine im Verborgenen spielende Auseinandersetzung, die nur gelegentlich aufbrach, durch lärmende, leidenschaftliche Auftritte, zum Schaden des Ansehens der Juden in der Stadt.

Die römische Behörde hielt es für die Pflicht staatlich anerkannter Körperschaften, Staatsfeinde in ihren Reihen zu verfolgen.

Sie forderte es, was im Besonderen die Juden betraf, als Gegenleistung für die Rechte, die der grosse Caesar, sein Sohn und Nachfolger Augustus Octavian und kürzlich noch einmal der Caesar Claudius unserem Volk zugestanden hatten. Diese Rechte waren tiefgreifend und riefen die Eifersucht anderer unterworfener Völker hervor: die Anerkennung des jüdischen Glaubens als *religio licita*, der Erlass der üblichen Tempelsteuern in Rom, um diese Summe stattdessen nach Jerusalem zu senden, zum Unterhalt des grossen Heiligtums, seiner Priester und Leviten, die Erlaubnis, den *shabat* einzuhalten und andere Rechte, die das Befolgen unserer Gesetze ermöglichten. Sofern die Anhänger des Galiläers nicht in aller Öffentlichkeit ihre irritierenden Ansichten verbreiteten – wie es etwa jener Sha'ul oder Paulus tat, den man derzeit in Rom unter Hausarrest hielt – versuchten die meisten Gemeinden, sie zu ignorieren. Für gesetzestreue Juden stellten sie ein qualvolles Dilemma dar: geborene Landsleute und Kinder des Bundes, deren Leben nach unseren Geboten geschützt werden musste, doch in römischen Augen Fanatiker und Umstürzler, die das geltende Recht zu verfolgen gebot. Am liebsten sah man von jüdischer Seite, wenn sie in den Untergrund gingen, was jedoch nach Ansicht des neuen Sicherheitspräfekten Tigellinus den Tatbestand eher verschlimmerte. Ein Gewissenskonflikt dämmerte herauf und wurde dringender mit jedem Tag, schon durch den unerwarteten Zulauf, den die Christiani fanden …

Nur kurz beschäftigten mich diese Ahnungen, die so ganz dem Augenschein widersprachen, sichtlich war der Ort reizend und voll anmutiger Ausblicke, hier auf einen efeuumrankten alten Brunnen, dort auf ein schmiedeeisernes Gartentor, hinter dem erste Frühlingsblumen einen vom Winterregen sattgrünen Rasen sprenkelten, gelegentlich, am Ende einer zum Fluss führenden Gasse, auf das im Abendlicht golden schimmernde Wasser des Tiber. Hinter dem Hügel Janiculum ging die Sonne unter, in glühendem Schwarz standen Zypressen und Pinien vor ihrem gelbroten Schein, noch einmal genoss alles Lebende ihre beseligende Wärme, Vögel, streunende Hunde und die von Blüte zu Blüte flatternden Wesen, ehe sich die Nacht über uns senkte und mit ihr die Erinnerung an den eben vergangenen Winter. Es wurde kühl in der Gasse, ich ging in Richtung auf Jacobus' Haus und wollte eben in die zu ihm führende, von Platanen flankierte Strasse einbiegen, als etwas Überraschendes geschah.

Eine Sänfte näherte sich eilig von Norden, von der Naumachia Augusti, einem künstlichen See für Schaukämpfe zu Schiff, auf einer der hügelabwärts führenden malerischen Strassen zwischen Terassen mit Palmen und wuchernden Gärten. Ein Trupp Prätorianer ritt ihr voran, was ungewöhnlich war. Der Ritt hügelab mochte die Pferde unruhig, die Reiter unachtsam gemacht haben, ein Pferd stiess mit Gedalja, meinem Laternenträger, zusammen und warf ihn zu Boden, scheute und konnte nur mit Mühe am Ausbrechen gehindert werden. Der ganze Zug kam zum Stehen, laut klirrten die Waffen der Berittenen, schnaubten die Pferde, stiessen die Hufe auf das steinerne Pflaster, während ich mich niederbeugte, um meinem Diener aufzuhelfen.

Aus der Sänfte rief eine helle Männerstimme »Was gibt's?« Einer der Reiter, den Abzeichen nach ein Offizier, drängte sein Pferd an mich heran und verlangte in groben Worten, den Weg freizumachen. Ich starrte ihn an, worauf er andeutungsweise die Reitpeitsche hob. Da wurde ich wütend. »Was erlaubst du dir?« brüllte ich und richtete mich auf. »Siehst du nicht, dass du einen römischen Ritter vor dir hast?« Der erhitzte Offizier sah erst jetzt den Purpurstreifen an meiner Tunika, liess die Peitsche sinken und gab, als er antwortete, seiner heiseren Brüllstimme einen betont vernünftigen Ton. »Bitte gib den Weg frei, Herr« sagte er, »wir sind in Eile.«

»Nein«, antwortete ich, ohne nachzudenken, ganz von meiner Wut erfüllt, »erst will ich deinen Herrn sprechen, der in der Sänfte sitzt. Ich erwarte eine Entschuldigung.«

Der Offizier musterte mich prüfend, mit einer Spur Erstaunen, wendete sein Pferd, ritt zur Sänfte und meldete dem darin Sitzenden, was vorgefallen war. Und wie er hinüberritt, warf ich endlich einen Blick auf die Sänfte und sah, dass sie denen des Kaisers ähnelte, ja durchaus eine kaiserliche sein konnte: von auffallender Breite und Höhe, rundum vergoldet und mit Perlen verziert, aus edlen, wegen ihrer Festigkeit gerühmten Hölzern, getragen von riesigen afrikanischen Sklaven. Der Insasse zögerte nicht, liess sich zu mir hintragen, öffnete den Vorhang und entbot mir seinen Gruss.

Vor mir sass in bequemen Polstern, lächelnd wie immer, der Präfekt der Prätorianergarde und höchste Sicherheitsbeamte des Reiches, der Ritter Ofronius Tigellinus. Obwohl ich tief erschrak, ergriff mich zugleich die Komik der Situation. Wie oft hatte mich meine Mutter davor gewarnt, mich jenen Ausbrüchen der Wut hinzugeben, die ich seit meiner Kindheit kannte, immer dann, wenn sich mein Gerechtigkeitssinn empörte gegen Lüge, Heimtücke, Gemeinheit. Fast alle, die ich kannte, zuckten über derlei die Schultern, sagten, es sei nicht wert, sich darüber zu erregen, »so ist die Welt«, doch mich konnte es aufbringen bis zur Besinnungslosigkeit. Ich war im Begriff, an einer Strassenecke Krawall anzufangen, mit einem der mächtigsten Männer des Imperiums, einem Mann, von dem mir eben mein Kammerdiener erzählt hatte, er sei dabei, Senecas Platz als engster Ratgeber des Kaisers einzunehmen.

Der Ritter Tigellinus war ungewisser Herkunft, aus den Tiefen des dritten Standes. Wie man in Rom hinter vorgehaltener Hand erzählte, hatte er als Jüngling das Wohlgefallen der Prinzessin Agrippina, der Mutter Neros, sowie das ihrer Schwester Livilla erregt, war beider Liebhaber geworden und hatte einige Zeit an Caligulas Hof eine Rolle gespielt. Dass er nach dem gescheiterten Komplott seiner Freundinnen gegen ihren kaiserlichen Bruder mit Verbannung davonkam, wurde damit erklärt, dass er auch diesem nicht gleichgültig gewesen sei. Tigellinus überlebte, kehrte zurück und wurde durch eine Erbschaft – vermutlich auf Grund von Adoption – unerwartet reich. Einige Jahre widmete er sich auf seinen campanischen Besitzungen der Pferdezucht. Nachdem er der grünen Partei des Circus mehrere siegreiche Renner geliefert hatte, zog Nero ihn in seine Nähe, um mit ihm über Pferde zu plaudern, zugleich aus Neugier, einen früheren Liebhaber seiner Mutter kennenzulernen. Als er bei Tigellinus eine schier unerschöpfliche Phantasie für Ausschweifungen entdeckte, gepaart mit kühlem, berechnenden Sinn, begann er ihm zu vertrauen, erhob ihn zum Ritter, zum Präfekten der Stadtwache, schliesslich zum Präfekten der Prätorianer. Dieser Aufstieg war umso erstaunlicher, als Nero sonst niemanden an seinem Hof duldete, der jemals im Verdacht kaiserfeindlicher Umtriebe gestanden hatte.

Es hiess, Tigellinus sei ein ein aufmerksamer, höflicher, sorgfältig arbeitender Mann, dem nichts entging. Er bildete sich seine Meinung über Menschen stets selbst und niemals nach den Vorurteilen anderer. Mit Umsicht liess er Dossiers anlegen, genau beobachten, auf die Probe stellen. Er wusste, wann jemand Protektion verdiente, sogar Förderung, und wann eine Person zu verschwinden hatte, auf stille, unwiderrufliche Art. Der Ur-Urenkel des Augustus, Rubellius Plautus, fiel dieser immerwachen Voraussicht ebenso zum Opfer wie Neros Vetter Faustus Cornelius Sulla, der Gatte der Prinzessin Antonia: der Ritter hatte den Eindruck gewonnen, sie könnten, beide von julischem Blut, seinem kaiserlichen Gönner gefährlich werden. Auch Neros erste Gattin, die Kaisertochter Octavia, soll in ihrer Verbannung auf Pandatoria, dem kahlen Felseneiland, durch Tigellinus beseitigt worden sein.

Klugerweise hatte er sich gegenüber Poppäa Sabina anders verhalten, abwartend, ihren Sieg kalkulierend, vorausschauender als andere Günstlinge Neros oder auch einfach von der ungewöhnlichen Frau bezaubert. Sie dankte es ihm, indem sie seinen weiteren Aufstieg geschehen liess. Vielleicht sah er in mir ein Protektionskind der Kaiserin, die damals seine Bundesgenossin im Kampf gegen die griechischen Freigelassenen wurde. Mir war nicht entgangen, dass er mich prüfend musterte, wenn er mich irgendwo am Hofe sah, und freundlich zu lächeln begann, sobald ich seinen Blick bemerkte. Umso unsinniger war nun dieser Zusammenstoss, als sollten mit einem Schlag alle Berechnungen zunichte gemacht werden, alle Behutsamkeit, alles Bemühen. Kurz sahen wir einander an, um herauszufinden, ob der Andere Sinn für den grotesken Reiz des Zwischenfalls hatte, fanden wohl auch, auf dem Grund der Augen des Anderen, einen Funken geheimer Erheiterung, ehe ich erschrak und den Blick zu Boden wandte.

Als Tigellinus das Wort an mich richtete, sah ich ihm von Neuem ins Gesicht. Um seinen Mund lag noch immer das schwer deutbare Lächeln wie bei Beginn unserer Begegnung. Er sagte: »Verarge dem Centurio nicht seinen Diensteifer, lieber Freund. Er konnte nicht ahnen, wen er vor sich hat. Auch ich habe nicht gewusst, dass du so ausgefallenen Scherzen frönst. Sekretär des Kaisers, einer seiner Freunde, und mit einem Diener allein in der Dämmerung unterwegs. Keine Sänfte, keine Ausrufer, nichts. Bist du in geheimer Mission an diesem Ort? Gehörst du womöglich zur Sekte?«

Noch einmal spürte ich seinen gnadenlosen Blick in meine Augäpfel dringen, als fände er, eine Probe zuviel sei besser als eine zuwenig. Ich antwortete so leichthin ich konnte: »Ich bedauere das Missverständnis, *perfectissime.* Stets habe ich mich auf diese Art durch Rom bewegt und es ist mir nicht in den Sinn gekommen, dass es von nun an anders sein müsse. Sag selbst: wann sollte ich – von des Göttlichen unerwarteter Gnade eben erst beglückt – eine Sänfte gekauft haben oder Begleiter?«

»Gewiss«, erwiderte der Lächelnde. »Doch versteh auch meine Lage, *egregie.* Als Präfekt der Garde bin ich dem Kaiser für die Sicherheit seiner Freunde verantwortlich. Und deshalb erlaube mir, dir einige Gardisten mitzugeben, wohin du immer gehst in dieser Nacht, vielleicht unter Führung des selben Centurio, mit dem du fast in Streit geraten wärst. Er mag sich dadurch auch besser einprägen, wer du bist.«

Und ehe ich etwas darauf erwidern konnte, rief er mit seiner hellen Stimme »Vinicius!«, worauf der Centurio sein Pferd herandrängte und sich mit klirrenden Waffen und krachenden Lederriemen neben der Sänfte aufstellte. Die Prätorianer schienen *speculatores* zu sein, ausgewählte Elite-Soldaten, die Kurierdienste und andere geheime Aufgaben versahen, darunter auch die vom Kaiser befohlenen Hinrichtungen. Kaum jemand genoss soviel Respekt in Rom, bei ihrem Erscheinen verstummte selbst die vorlauteste Zunge. Sie trugen Rüstung, Helme, kurze Schwerter und anderes Metall am Körper, während ihre Kameraden von der kaiserlichen Palastwache in der Toga auftraten.

»Der Ritter hier«, sagte Tigellinus sanft, »ist ein *vir egregius*, ein Sekretär des göttlichen Caesar und mein lieber Freund. Hast du verstanden?«

»Jawohl, Herr!«

»Du wirst jetzt absitzen – denn es schickt sich nicht, mit einem so hohen Herrn vom Pferd herab zu sprechen – drei deiner Leute nehmen, und den Ritter begleiten, wohin er immer gehen mag. Und so lange er an diesem Ort zu weilen beliebt, wartest du dort und bringst ihn sicher wieder nach Haus.«

»Jawohl!«

Der Centurio ritt in die Mitte des kleinen Platzes, stieg vom Pferd und sprach mit seinen Soldaten. Tigellius öffnete ein wenig die Arme und gab damit zu verstehen, dass ich ihn küssen solle. Für die Gardisten, die uns unauffällig im Auge behielten, war dies der Beweis, dass ich ein Freund sein musste, ein Freund des Tigellinus und ein Freund des Kasisers. Der Präfekt winkte Abschied nehmend mit zwei Fingern seiner Linken, zog den Vorhang der Sänfte zu und liess sich davontragen, umringt von den berittenen Gardisten, gefolgt von den am Zügel geführten Pferden der Abgesessenen, in Richtung Tiberbrücke, Dunkelheit, Schweigen.

Sofort traten der Centurio und seine drei Soldaten an mich heran und stellten sich lautlos in Form eines Rhombus um mich auf, der Offizier vor mir, zwei Mann zur Seite, ein Vierter in meinem Rükken, eine mit erstaunlicher Raschheit ausgeführte Figur, in die sie auch meinen Diener einbezogen, der wortlos den kurzen, fast unhörbaren Kommandos folgte. Die Soldaten rückten mir dicht auf den Leib, deckten mich vollständig, passten sich meinem Schritt an, folgten jeder meiner Bewegungen wie ein Gliederpanzer, starr und undurchdringlich, und so, umklirrt von ihnen, eingehüllt in ihren Geruch nach Metall, Leder und Pferdestall, im Takt ihrer schweren Schuhe auf dem Strassenpflaster, näherte ich mich dem Haus des Freigelassenen Jacobus.

Dort erschrak man nicht wenig, als man, auf ein herrisches Pochen öffnend, einen Trupp Prätorianer vor der Tür stehen sah. Wie durch Geisterhand war Gedalja von der Spitze des Zuges verschwunden, statt dessen zeigte sich dort, die Hand am Schwert, schimmernd in Leibpanzer und Helm, der Centurio, und verlangte mit barscher Stimme nach dem Herrn. Der Pförtner eilte ins Innere des Hauses, während ein junger Diener, dem Aussehen nach ein Landsmann, die Gardisten mit grossen, glänzenden Augen anstarrte, sich aber nicht von der Tür wegrührte. Wir standen auf einem kleinen steinbelegten Vorplatz, in den der Portikus in schönem Schwung hineinragte, über das Dach lugten Palmen und Zypressen, unweit rauschte der Tiber. Soweit ich bei einbrechender Dunkelheit und aus beengtem Blickwinkel hinter Eisenschultern und Helmbüschen erkennen konnte, war das säulengeschmückte Portal, eingelassen in eine lange, die Gasse abwärts führende Mauer, aus Marmor vom Pentelikon erbaut, aus jenem ins Goldgelbe spielenden, herzwärmenden Stein, der bei Thukydides erwähnt wird oder bei Strabo, und während ich noch darüber nachdachte, näherte sich über den Mosaikboden des Atriums blass, aber gefasst der Hausherr.

Eine Abteilung Prätorianer vor der Tür zu sehen, besonders *speculatores*, gehörte in diesen Tagen zu den Alpträumen jedes Römers. Nicht selten brachten die klirrenden Boten eine Vorladung zu geheimer Verhandlung, einen letzten, Ungnade verheissenden Brief oder gleich den Tod. Wenn vom Kaiser oder von Tigellinus befohlen, vollstreckten sie das Urteil auf der Stelle, wie im Fall des Rubellius Plautus, des kaiserlichen Vetters, den sie am hellen Mittag bei seinen gymnastischen Übungen erschlugen. Aus Jacobus' Haus waren Lautenspiel und Gesang zu hören gewesen, die plötzlich abbrachen. »Die Prätorianer, die Prätorianer ...« hörte ich mehrere Stimmen durcheinander reden. Es war Zeit, dass ich mich zeigte und meinen Gastgeber erlöste. Ich machte einen Schritt auf Jacobus zu und reichte ihm die Hand.

Sein Gesicht leuchtete auf. Meine Rechte ergreifend, entrang sich seiner Brust ein kurzer Seufzer, dann zog er mich über die marmorne Schwelle seines Hauses und schob mich ins Atrium, wo ich die Familie versammelt fand, lauter vor Aufregung blasse, grossäugige Gesichter, dahinter Hauslehrer und Diener im Halbkreis, die bei meinem Anblick in Rufe der Erleichterung ausbrachen.

Wer weiss, was gut ist für eines Menschen Leben in den gezählten flüchtigen Tagen, die er verbringt wie ein Schatten? Wer kann einem Menschen sagen, was nach ihm sein wird unter der Sonne?

Jedidah lächelte, als sei sie, nachdem sich alle Furcht als gegenstandslos erwiesen hatte, insgeheim stolz auf meinen das Haus aufstörenden Auftritt. Ihr älterer Bruder hielt noch die Nivla in der Hand, ein heimatliches, in Rom Nablium genanntes Saiteninstrument, langhalsig, in einen Lederbalg mündend, auf dem er eben gespielt hatte. Als er mich an der Seite seines Vaters eintreten sah, schlug er ein paar Akkorde und begann ein hebräisches Lied mit der immer wiederkehrenden Schlusszeile *v ani ekrah baruch ha ba*, Und ich werde rufen: Gesegnet sei, der da kommt. Das Lied besang in scherzhafter Form alle denkbaren Zwischenfälle mit Gästen: dass sie zur ungelegenen Zeit erschienen oder wochenlang blieben, dass sie ungebetene Begleiter mitbrachten, Nachtschwärmer, Schnorrer, Betrunkene, dass sie die Vorräte des Gastgebers verzehrten, den Wein austranken und am Ende das Haus in Brand setzten, wozu die Heimgesuchten dennoch gute Miene machen und dem Eintretenden entgegenrufen sollten: *baruch ha ba*, Gesegnet sei, der da kommt.

In dieses Lied fielen nach und nach alle ein, die Eltern und jüngeren Geschwister, die Haussklaven, Pädagogen und ich, wir lachten, als von den ungebetenen Begleitern die Rede war und absolvierten in Eile, Jedidah mit niedergeschlagenen Augen, eine Strophe, die den Raub der Haustochter durch unerwünschte Freier zum Gegenstand hatte. Dabei gingen wir hinüber in den Speisesaal, einen grossen Raum mit Säulen aus farbigem Marmor und kunstvoll ausgelegten Fussböden, und umringten den Tisch, an dem der Hausherr die Segen sprach. Alle tranken Wein, auch die Kinder, in verschiedenen Graden mit Wasser gemischt, jeder hatte seinen eigenen Silberbecher mit eingraviertem Namenszug, auf dem meinen stand *baruch ha ba*, was wiederum Grund zur Heiterkeit gab. Silber, Tafeltücher, Blumenschmuck und Wohlgerüche, die bestickten Seidenkissen, die buntgewebten Kleider der Kinder – alles deutete auf jungen, klug verwalteten Reichtum. Die Speisen waren erlesen, doch ohne die in der Hauptstadt übliche Verschwendung zubereitet, manche heimatliche Delikatesse darunter, an Fleisch nur Geflügel.

Bei Tisch kamen vor allem die Kinder zu Wort, wie in Rom üblich. Ihre Übungen und Lektionen des vergangenen Tages wurden besprochen, die Pädagogen angehört, sogar der für Fechtübungen zuständige *magister batuendi*. Jacobus schien alle seine Kinder das Aramäische und Hebräische studieren zu lassen, die Heiligen Bücher und die Gebete für den Gottesdienst in der Synagoge, wozu er einen Schriftgelehrten beschäftigte, einen jungen Jerusalemer, der auf seine Einladung die weite Reise übers Meer gemacht hatte. Bei Tisch hielt dieser junge Mann, sich fortwährend den dünnen Bart streichend, eine längere *drasha*, eine gelehrte und scharfsinnige Zergliederung in hebräischer Sprache zum Torah-Abschnitt der laufenden Woche. Nachdem man die *majim acherim*, die duftenden Wasser zum Händewaschen in silbernen Schalen herumgereicht hatte, sang Alexander, der Älteste, die Segen nach dem Essen.

Ich verabschiedete mich von Jedidah, die sich nach den Segen zurückzog, und sofort sank meine Stimmung. Wie viele sie waren, während ich allein dastand und keinen Menschen hatte, der mir zur Seite stand. Tigellinus war auf mich aufmerksam geworden, womöglich hatte ich seinen Argwohn geweckt, und ich dachte daran, wie leicht er mich verschwinden lassen konnte, ohne dass auch nur Verwandte nach mir geforscht, jemand bei den Behörden nachgefragt hätte. Ich fühlte mich unbehaglich in dem grossen, fremden Haus. Jedidahs Geschwister verteilten sich über das Anwesen, die kleineren, um schlafen zu gehen, die älteren, um zu lesen, zu repetieren und zur Nacht zu beten. Die Mutter verabschiedete sich, nachdem sie mich noch einmal, wie schon mehrmals an diesem Abend, mit ihren korinthenbraunen Augen forschend angesehen. Sie war von orientalischem Typus, zur Fülle neigend, sprach wenig, sah alles und stand mit Umsicht dem grossen Hauswesen vor. Sie hatte auch daran gedacht, den Prätorianern, die im Raum des Türhüters auf meine Rückkehr warteten, Essen und Wein zu schicken.

Jacobus, als wir allein im Atrium standen, sagte: »Und nun erweise mir die Ehre, noch einen Becher mit mir zu trinken.«

Er ging mir voran, mit hallenden Schritten, durch einen dunklen Peristyl, in dessen Mitte ich einen künstlichen Teich erkannte, umgeben von hochragendem Schilf und ägyptischen Papyruspflanzen, und mittendrin einen flachen, laut plätschernden Springbrunnen. In der Bibliothek standen Sofas um einen Lesetisch. Kandelaber mit Öllichten, von kleinen Ampeln aus zartfarbenem Byssos umhüllt, verbreiteten träumerisches Licht. Ein alter Diener war eben dabei, Räucherwerk in einer Schale zu entzünden. »Jehuda ist in meinem Haus, was Elieser von Damaskus im Haus unseres Vaters Abraham war«, sagte Jacobus, »und ich vertraue ihm ebenso.« Dem Alten erklärte er, ich sei ein Freund der Familie und hätte jederzeit, Tag und Nacht, Zutritt, worauf sich dieser, nachdem er mich aus seinen dunklen, schon etwas trüben Augen angeblickt hatte, über meine Hand beugte und sie küsste. Dann zog Jacobus den schweren Vorhang zu.

»So«, sagte er, sich nach mir umwendend, »nun bist du bei uns aufgenommen. Du bist ja sozusagen ein Waisenkind. Du hast niemanden in Rom, seit deine Mutter – ihr Andenken sei gesegnet – von uns ging. Sie war eine erstaunliche Frau. Ihr ist sogar das Kunststück gelungen, dich der Kaiserin-Mutter ans Herz zu legen, die eigentlich unser Volk nicht mochte ... Oh, hier können wir offen reden«, fügte er hinzu, als er meine Miene sah. »Der Springbrunnen im Peristyl macht Lauschen unmöglich, und Eindringlinge hält uns Jehuda vom Leib. Setz dich und sag, welchen Wein du trinken möchtest.«

»Ich richte mich nach dir«, murmelte ich, um gleich darauf zu fragen: »Meine Mutter ... Du kanntest sie?«

»Wie sollte ich nicht? Wir waren damals nur eine Handvoll Landsleute am Kaiserhof. Ich sehe dich noch als kleinen Jungen im Vorhof des Dienerhauses sitzen und deine ersten Bücher lesen.«

»Und mein Vater ...« fragte ich. »Du kanntest auch ihn?«

»Ja, ich kannte auch ihn«, erwiderte Jacobus, der eine fast schwarze Flüssigkeit aus einer Glasphiole in zwei goldene Becher goss. »Da wir schon die Segen nach dem Essen gesprochen haben, segne ich den Wein noch einmal, ungemischten Roten vom Karmelberg. Ein liebenswertes Getränk«. Er fügte auf Hebräisch den

Segensspruch hinzu, ich murmelte ein Amen. Auf der im Licht der Ampeln schimmernden Tischplatte standen in Kristallschälchen ausgesuchte Leckerbissen, glasierte Pistazien, Walnüsse in geronnenem Wein, Rosinen in Zuckerkruste, filigran gesponnene Honigkuchen, getrocknete Datteln, von denen wir kosteten, mit neuem Appetit, als hätten wir nicht eben zur Nacht gegessen.

»Du kanntest ihn gut?«

Jacobus sah mich an, mit einem gelinden Erstaunen, sogar Befrenden, das mir falsch erschien: es war mehr als natürlich, dass sich ein Sohn für seinen Vater interessiert, den er nie gesehen hat.

»Lass uns ein andermal über ihn sprechen«, sagte er. Meine Enttäuschung schien sich ihm mitzuteilen, er fügte hinzu: »Für heute nur soviel, dass du der Sohn eines Landsmannes bist, der weniger gesegnet war als deine verehrte Frau Mutter. Lass uns nicht jetzt darüber sprechen. Ich wollte dir nur sagen, dass du von Geburt an Halbwaise bist, und dass darin vermutlich dein Glück an Hofe beruht.«

»Mein Glück? Das musst du mir erklären.«

»Nun, auch der Kaiser fühlt sich als Waise. Ist er darauf noch nie zu sprechen zu kommen?«

»Er hat dergleichen erwähnt, in einem Zustand grosser Erregung. Jetzt, da du es sagst, erinnere ich mich. Er behauptete, ich könnte ihn besser verstehen als andere, weil ich aus Judäa bin.«

Jacobus schüttelte den Kopf. »Er scheint sich unter Judäa ein Land der Waisenkinder vorzustellen, ... *chas ve chalila!* Aber ihr habt etwas gemeinsam, der Kaiser und du, einen Mangel an Sozialität, an Rücksicht, an Familiensinn. Ihr seid beide ohne Familie aufgewachsen. Du siehst, wie anders es in einem Haus zugeht, wo viele Kinder sind.«

»Auch ich bin mit anderen Kindern aufgewachsen.«

»Ich weiss, ihr wart ein wildes Volk. Ich bin selbst am Hof grossgeworden, aber anders als du in geordneten, gesetzestreuen Verhältnissen. Was dazu führte, dass meine Eltern, mit denen in römischen Augen sozusagen nicht viel anzufangen war, später die Freilassung erhielten als andere. So dass ich geborener Sklave bin und nicht geborener *civis Romanus* wie du. Das war es, was ich Jedidah gesagt habe, als sie das erstemal von dir sprach.«

»Sie sprach von mir?«

»Sie sah dich einen *shabat* in der Synagoge, du warst aufgerufen, die Segen zu singen und tatest es mit besonderer Ergriffenheit, wie sie fand, mit besonderer Musikalität. Wer ist dieser melancholische Junge, fragte sie. Ich sagte: Er ist kein melancholischer Junge, sondern römischer Ritter und Freund des Kaisers, was ich, dein Vater, niemals werden kann.«

»Und was erwiderte sie?«

»Sie ist zu gut erzogen, um, wenn sie sich in einen jungen Mann verliebt, gross darüber zu reden.«

»Verliebt ...« murmelte ich.

Jacobus sah mich an. »In der Stadt werden Sachen über dich erzählt, *amice*«, sagte er kopfschüttelnd, »schlimme Sachen. Offen gesagt, ich habe Jedidah gewarnt.«

»Ich weiss nicht, wovon du sprichst.«

»Man sagt, du hättest eine Vorliebe für minderjährige Mädchen und Knaben, einen Hang zur Gewalttätigkeit, zu gepfefferten Orgien ... Du hast keinen Halt durch gesetzestreue Erziehung. Warum sollst du es nicht treiben wie die anderen Freunde des Kaisers?«

»Lass dir erklären ...«

»Wozu?«

»Gebietet nicht unser Gesetz, dass jeder Mensch das Recht hat, sich zu verteidigen?«

»Wozu?« fragte Jacobus noch einmal. »Niemand klagt dich an. Du wirst Gründe haben, derlei Gerede entstehen zu lassen. Du bist einfallsreich, wenn es um die Wahrung deiner Freiheit geht. Ach, wie du darin den Leuten in unserer Heimat gleichst ... Sie verwildern, aber auf geniale Art. Die Sache mit der Petition war ein Meisterstück. Halityrus sagt, die Idee sei von dir. Du hast deiner Heimat, dem Tempel und uns allen einen unschätzbaren Dienst erwiesen.«

»Hat sie es etwa geglaubt?« fragte ich.

»Was? Dass du kein Unschuldslamm bist? Sag bloss, du bist eins?«

»Du erwartest nicht, dass ein Mann meines Alters wie ein Heiliger lebt.«

»Warum nicht?« fragte Jacobus lächelnd.

»Hättest du so einen gern zum Schwiegersohn?«

»Man könnte immerhin davon ausgehen, dass er treu ist.«

»Das ist noch die Frage. Schön, ich hatte die eine oder andere ... Aber nicht, was über mich erzählt wird. Kein Wort davon ist wahr.«

»Beenden wir dieses unsinnige Gespräch. Offenbar hat sie es nicht geglaubt. Wäre sie sonst auf den Einfall gekommen, sich dein Haus anzusehen? Allmächtiger, wie viel ist in diesen wenigen Tagen geschehen.«

»*Sie* ist auf diesen Einfall gekommen?«

»Wer sonst? Denkst du, ich würde meiner Tochter vorschlagen, in das Haus eines unverheirateten Mannes zu gehen?«

Meine Augen hingen an dem Süssigkeiten auf dem Tisch. Ich wusste, dass ich jetzt sprechen musste, aber ich fühlte mich ausserstande. Auch Jacobus wirkte unschlüssig. Ich hörte seine Stimme: »Darf ich dich etwas fragen?« Ich brachte es über mich, den Kopf zu heben und ihn anzusehen. Das Lächeln war aus seinem Gesicht verschwunden. Seine Augen blickten gross und ernst. Dann hörte ich: »Sag, wozu bist du heute abend gekommen?«

Ich konnte ihn nicht längter ansehen. Wieder spürte ich die Hitze in Wangen und Ohren, die mit dem Erröten kommt.

»So sag es doch endlich!« rief er leise. »Weisst du nicht, dass *du* es aussprechen musst?« Er schüttelte den Kopf. »Man erzählt, ihr hättet vor aller Augen an einem Brunnen verliebte Blicke gewechselt wie Jakob und Rachel, sie wäre sogar zu dir ins Schlafzimmer gekommen, ohne dass du sie gehindert hast. Und du sitzt hier und rückst nicht mit der Sprache raus ... Wenn du Absichten hast, musst Du den traditionellen Satz sprechen: Sie sei meine Frau wie ich ihr Ehemann, für immer. Weisst du nicht, wie ein *shiduch* vonstatten geht, eine Brautwerbung?«

»Aber vorher muss ich wissen, ob sie mich liebt«, sagte ich und senkte die Stimme wie vorher Jacobus. »Ich kann nicht einfach mit dir über sie verhandeln wie über einen Gegenstand.« Als Jacobus schwieg, fügte ich hinzu: »Ich habe mich erkundigt. Die Schriftgelehrten finden, dass ein Mädchen selbst fühlen muss ...«

»Also hör zu, eh das jetzt endlos so weitergeht. Ja, sie liebt dich. Ein normaler Mensch hätte es zwar längst erkannt ... Schön, du bist vielleicht nicht ganz normal im Augenblick.« Er sah mich an. »Also ohne Umschweife: soll das deine Brautwerbung sein?«

Ich nickte.

»*Masal tov*«, sagte er und reichte mir einen gefüllten Becher. Ich trank ihn in einem Zug leer. Auch er trank, ich hörte ihn seufzen. Vom Wein ermutigt, vertraute ich ihm an: »Ich habe gleich gefühlt, dass es kein Entrinnen gibt. Ich kann es nicht erklären … Verstehst du, was ich meine?«

Jacobus zuckte leicht die Schultern, als wollte er sagen: Was gäbe es da nicht zu verstehen?

»Und nun sehe ich …« begann ich von neuem. »Ich heirate euch sozusagen alle mit. Jemand, der bisher keine Familie hatte, muss das in Betracht ziehen.«

»Nun, es kommt noch schlimmer«, entgegnete Jacobus. »Du musst nicht nur in meine Familie eintreten, sondern in unsere Gemeinde, unser Volk.«

Für eine Zeitspanne, deren Länge ich nicht wahrnahm, horchte ich in mich hinein, lauschte dem Nachhall, den seine Worte auslösten: ob da irgendwo, noch so fern, Furcht mitschwang oder Abneigung.

»Du lebst wie jemand, der keinen Gott hat«, fuhr Jacobus fort. »Du schwebst umher wie ein Fähnlein Rauch. Dieser Zustand ist nur an diesem Hof denkbar, unter jedem anderen Kaiser wärst du längst zur Entscheidung gezwungen worden: richtiger Römer zu sein, Befolger des *ritus maiorum,* oder richtiger Jude, was bedeutet, in eine Gemeinde einzutreten. Es sei denn, du gehörst zu denen, die sich eine gottlose Welt vorzustellen versuchen.«

»Non operae pretium est.«

»*Verus.* Aber wenn du tatsächlich einer von uns werden willst … Weisst du auch, was es bedeutet? Du musst dein Leben ändern.«

»Was gibt es da gross zu ändern? Die Speisegesetze? Ich habe am Hof nie anderes zu mir genommen als Früchte und Brot.«

»Du hast gelebt wie ein Römer. Du hast zu Hoffnungen Anlass gegeben. Die Kaiserin möchte dich in den ersten Stand erheben. Noch hört es sich ungeheuerlich an, aber angesichts deiner Jugend hätte sie Zeit, einen so gewagten Plan zu verwirklichen. Sie hält grosse Stücke auf dich, nachdem du dich als fähig erwiesen hast, die Petition wegen der Tempelmauer durchzubringen, gegen den entschlossenen Widerstand der *grex*. Es ist der erste Triumph der Kaiserin über die Griechen. Sie hat weitere Angriffe vor, auch auf bisher Unberührbare.« Jacobus senkte von neuem die Stimme. Er schien sich nicht ganz behaglich zu fühlen, obwohl er mir erklärt hatte, seines Hauses sicher zu sein.

»Du weisst mehr als ich«, sagte ich.

»Ich werde dir nichts vorenthalten«, gab er zurück, ein wenig zu prompt. Er wird jetzt ausweichen, dachte ich, das Gespräch langsam ausklingen lassen, mit Nichtigkeiten, freundlichen Formeln. Seine Stimme wird dabei heiter und leicht sein wie alle Stimmen am Hof. Er wird sich darauf verlassen, dass ich alt genug bin, die goldene Regel zu kennen.

Doch er sprach weiter wie er begonnen hatte, leise, fast sorgenvoll. »Du sollst alles wissen«, sagte er. »Letztlich warst du es, der die Ereignisse ins Rollen gebracht hat. So jung du bist ... Die Kaiserin will mit Hilfe des Hohepriesters Ishmael – da er schon einmal hier ist – eine geheime Untersuchung gegen den Freigelassenen Felix anstrengen, den früheren Prokurator von Judäa, die auch seinen Bruder ins Verderben ziehen würde, den allmächtigen Pallas. Wahrscheinlich geht es ihr überhaupt um Pallas, den Kaisermacher, den früheren Vertrauten der Kaiserin-Mutter, in dem sie ihren gefährlichsten Gegner am Hof vermutet. Bisher liess sich wenig gegen ihn ausrichten, er ist von seinem Amt als *procurator a rationibus* nur unter der Bedingung zurückgetreten, dass er niemals Rechenschaft über gewisse Geschäfte ablegen muss, die er am vorigen Hof getätigt hat, als Freund und Vertrauter der Kaiserin-Mutter. Natürlich hat niemand Lust, daran zu rühren. Pallas' Macht ist immer noch gewaltig. Sein Bruder Felix hat sich in unserer Heimat so sehr bereichert, dass er halb Rom kaufen könnte.«

Jakobus hielt inne. Als er weiter sprach, hielt er den Blick gesenkt: »Aber nicht deshalb habe ich Mühe, die Absicht der Kaiserin gutzuheissen. Ich habe ein anderes Problem. Ich verdanke Pallas mein Geschäft. Er war es, der mir den ersten Kredit gab. In unserer Lage kommt man leicht in solche Konflikte.«

»Wie ich Pallas kenne«, sagte ich, »hat er dir den Kredit nicht gewährt, ohne seinerseits etwas von dir zu wollen. Ist es so?«

»Wie meist du das?«

»Ich meine, dass du ihm zu nichts mehr verpflichtet bist.«

Jacobus sah mich an. Für einen Augenblick schien er sich zu fragen, woher ich das Selbstvertrauen nahm, ihm Rat zu erteilen, ihm, der so viel älter und erfahrener war als ich. Was konnte ich wissen von seinen vertraulichen Geschäften mit Pallas? Aber er starrte auf den Marmorboden und sagte:

»Es ist leider, wie du vermutest. Ich habe mich damals Pallas zuliebe bei meinem Herrn, dem heutigen König Agrippa, für die Ernennung seines Bruders Felix als Prokurator in Judäa eingesetzt. Das macht die Sache, genau besehen, noch schlimmer.«

»Du hast nie behauptet, ein Prophet zu sein.«

»Das ist kein Trost. Nichts im Leben habe ich so bereut. Ich glaube nicht, dass er auf meine Fürsprache hin den Posten erhielt, ich war nichts als Kammerdiener, aber wer weiss. Es hat mich eine Menge schlaflose Nächte gekostet. Die Kaiserin tut recht daran, diese Männer zu bestrafen.«

»Denkst du, es wird ihr gelingen?«

»Ihr ist etwas zur Kenntnis gelangt, das – falls nachweisbar – Felix den Hals brechen muss. Geheime Informationen besagen, er hätte als Prokurator den damaligen Hohepriester Jonatan ben Anabus ermorden lassen. Der Hohepriester besass grossen Einfluss an Claudius' Hof und verwendete sich zunächst für Felix' Ernennung, weshalb er sich später in Judäa die Freiheit nahm, ihm wegen seiner Räubereien ins Gewissen zu reden. Daraufhin liess ihn Felix durch gedungene Mörder im Tempel erstechen.«

Ich schüttelte stumm den Kopf.

»Für eine so schwerwiegende Anschuldigung«, fuhr Jacobus fort, »braucht sogar die Kaiserin Zeugen.«

»Mord an einem Hohepriester …«, sagte ich. »Warum stellt man Felix nicht einfach vor Gericht?«

»Öffentlich? Oh, da gibt es verschiedene Gründe … Die Geschichte mit dem Hohepriester möchte niemand gern an die Öffentlichkeit bringen. Ausserdem würde ein ordentliches Gerichtsverfahren seinem Bruder Pallas Gelegenheit zu geben, auf dem Forum auszuposaunen, was er über gewisse Geschäfte der Kaiserin-Mutter weiss, etwa über die Hintergründe von Neros Thronbesteigung. Und er weiss noch viel mehr. Er ist einer der letzten lebenden Zeugen der Wahrsagung des alten Stirnbetasters. Hast du davon gehört?«

»Die Wahrsagung über Titus? Wie jeder am Hof ... Gerüchte.«

»Nun, niemand hat je anderes gehört. Aber wenn sich Gerüchte verdichten, kommen sie der Wahrheit nahe. Der Freigelassene Narcissus, damals Haupt der griechischen Partei, führte eines Tages einen kündenden Mann in die Gemächer des Britannicus, des Sohnes von Kaiser Claudius, der eben, zusammen mit seinem Gespielen Titus, bei einer Grammatik-Übung sass. Titus war nichts als der Sohn eines Generals, noch dazu eines fast mittellosen. Nach einem Blick auf die beiden Knaben erklärte der Alte, er sähe das Kaiserdiadem über dem Haupt des Titus schweben, nicht über dem des kaiserlichen Prinzen. Seit damals steht Titus bei den griechischen Freigelassenen in höchster Gunst. Der Wahrsager war einer der ihren, ein Landsmann aus Phokis, und sein Spruch für sie verbindlich wie ein Orakel. Die Weissagung soll sich unter aussergewöhnlichen Begleitumständen abgespielt haben: nach einem einzigen, beide Knaben erfassenden Blick hätte der Greis – wobei seine Augen starr und weitaufgerissen gewesen – auf Titus gezeigt, nicht auf Britannicus, den Sohn und Erben des Kaisers. Das Bemerkenswerteste sei gewesen, dass er üblicherweise erst nach Betasten der Stirn weissagte, er war ein sogenannter *metoposcopus*, nach griechischem Glauben jemand, der aus Form und Beschaffenheit des oberen Schädelknochens die Zukunft eines Menschen vorhersehen kann. Doch in diesem Fall begnügte er sich mit blossem Beschauen. In den Augen der Griechen verhält es sich daher mit Neros Herrschaft zweifelhaft. Einem anderen ist das Diadem geweissagt worden, dieser andere lebt, und eines Tages können sich die Götter besinnen und ihr Versprechen einlösen ... Pallas war unter den Zeugen des Vorfalls. Niemand am Hof möchte, dass er darüber spricht. Offenes Vorgehen scheidet also aus.«

»Gegen Pallas. Aber warum gegen Felix?«

»Aus verschiedenen Gründen. Weil er Pallas' Bruder ist. Weil schon sein Vorgänger im Amt des Prokurators, der Ritter Cumanus, in Rom vor Gericht gestellt werden musste. Du warst damals noch ein Kind …«

»Ich habe trotzdem davon gehört.«

»Dann weisst du auch, dass man ihn verurteilt hat. Zu lebenslanger Verbannung. Der ihm beigeordnete Militärtribun Celer wurde sogar auf Befehl des Kaisers hingerichtet. Daran ist in Felix' Fall nicht zu denken. Man kann nicht ständig die Prokuratoren einer Provinz, mögen sie noch so grosse Gauner sein, öffentlich vor Gericht stellen. Was für Rückschlüsse liesse das zu auf die kaiserliche Personalpolitik? Diesmal muss man die Sache im Stillen bereinigen. Auch dafür braucht die Kaiserin Zeugen, zu diesem Zweck hält sie die Stadträte aus Caesarea fest, die eigentlich in einer anderen Angelegenheit nach Rom gekommen sind. Doch wie leicht wiegen diese Provinzler verglichen mit einem Hohepriester! Ishmael ist ihre grosse Gelegenheit. Allerdings kann sie ihn nur dann hierbehalten, wenn die anderen Mitglieder der Gesandtschaft es hinnehmen, von denen einer immerhin Mitglied des Hohen Sanhedrin ist. Wie aber die Gesandten gewinnen? Dadurch, dass ihnen die Kaiserin schnellstens die Petition mit der Signatur des Kaisers übergibt. Sie besitzt das Dokument seit gestern Nacht, dank deiner vorzüglichen Arbeit. Nun weisst du auch, warum du es der Kaiserin aushändigen musstest, nicht den Gesandten selbst.«

»Nach allem was du sagst …«, begann ich und brach ab. Die Geschichte um die Tempelmauer hatte heiter begonnen – wenn ich an den tanzenden Pharisäer in der Morgenaudienz dachte oder an manche Passage des nächtlichen Gesprächs mit dem Kaiser – und mir wäre am liebsten gewesen, dass sie auch heiter zu Ende ginge. Statt dessen taten sich dunkle Hintergründe auf, Grüfte voll Spinnweb und Moder, die man nur schaudernd betrat. Mord an einem Hohepriester im Tempel … Über Felix' Amtszeit in Judaä war mir bekannt, was jedermann wusste: dass meine Landsleute ihn gehasst hatten und er dennoch ungewöhnlich lange im Amt geblieben war, gedeckt von seinem Bruder, dem allgewaltigen Pallas. Das Machtgebäude der Brüder stand auf frühgelegten Fundamenten, hatte

Jahrzehnte überdauert und mehrere Kaiser überlebt, säulenfest erhob es sich auch unter Nero, schon wegen ihrer Freundschaft zu Afranius Burrus, dem Präfekten der Garde, mit ihm durch tausend fragwürdige Geschäfte und Mitwissereien für immer verbunden. Für immer? Afranius Burrus hatte vor kurzem seine Stellung am Hof verloren und war gleich darauf gestorben, sein Sturz mochte auch Pallas und Felix einen Stoss versetzt haben ... Auf den ersten Blick war der Versuch der Kaiserin, die Verbrechen dieser Männer zu sühnen, jede Unterstützung wert. Sie hatte gute Gründe, es zu tun. Sie hatte sogar die Mittel dazu, und eins dieser Mittel war ich. Es wirkte ernüchternd, sich als Mittel zu wissen. Zu wissen, dass man in den Augen dieser Frau ein Instrument war, sonst nichts. Jacobus beobachtete mich. Ich besann mich des begonnenen Satz und brachte ihn zu Ende: »Nach allem, was du sagst, scheint der Hohepriester die Zeugenrolle nicht freiwillig übernehmen zu wollen.«

Jacobus seufzte. Vielleicht dachte er darüber nach, wie er mich einweihen könnte, offen genug, dass ich ihm niemals vorwerfen würde, er hätte mich fehlgeleitet, zugleich schonend, dass ich nicht allzu sehr erschrak.

»Da du mir als Sohn deiner verehrten Mutter am Herzen liegst, will ich nichts vor dir verbergen. Der Hohepriester Ishmael ben Fabi hatte dieses Amt schon einmal inne, in den Tagen des Prokurators Valerius Gratus unter Kaiser Tiberius. Er wurde nach kurzer Zeit abgesetzt, man sagt, auf Grund fragwürdiger Amtsführung. Niemand weiss, wie es zu seiner zweiten Ernennung in der Amtszeit des Prokurators Felix kam. Das Verhältnis zwischen Ishmael und den anderen Tempelpriestern ist gespannt. Manche behaupten, er sei nicht ganz unwissend, was die Ermordung seines Vorgängers Jonatan betrifft. Er kontrolliert das Heiligtum mit Hilfe einer bewaffneten Leibgarde, unter dem Vorwand, sich gegen Anschläge schützen zu müssen. In der heiligen Stadt herrschen beunruhigende Zustände. Es gibt zu viele, die nach der Macht greifen. Zu viele, die sich Hohepriester nennen. König Julius Agrippa ernennt und setzt ab, er ist nicht der klarste Kopf und nicht der entschlossenste, und frühere Hohepriester, zum Teil auch ihre Söhne und Brüder führen diesen Titel, beanspruchen Einfluss auf den Tempelbezirk, halten sich Leibwachen, bekämpfen einander. All dies ist traurig und gegen das Gesetz. Es ist nur eins von vielen traurigen und gesetzlosen Dingen, die sich derzeit in unserer Heimat ereignen. Und doch verlange ich gerade jetzt von dir, dich zu uns zu bekennen.«

»Mir war klar, bevor ich zu dir kam«, sagte ich, »dass Jedidah nur einen Mann heiraten würde, der nach dem Gesetz lebt.«

»Ist das dein einziger Grund?«

»Wäre es der schlechteste?«

Er ging darauf nicht ein. »Dieses Bekenntnis«, sagte er, »wird dich kosten, wovon jeder junge Mann in deinem Alter träumt: die Erhöhung zum kaiserlichen Freund erster Vorlassung, die Ehren Roms und der heutigen Welt.«

»Die Augusta kennt meine Antwort.«

Jacobus lächelte. »Halityrus war im Morgengrauen hier und hat es mir erzählt. Er sagt, die Kaiserin erkläre sich diese Antwort mit deiner Verwirrung, deinem Mangel an Besinnung in ihrer göttlichen Gegenwart.«

»Das heisst, sie nimmt mich nicht ernst. Ich sollte sie vom Gegenteil überzeugen, meinst du nicht?«

»Du solltest es dir noch einmal überlegen«, erwiderte Jacobus. »Wer bereits so hoch in der Gunst der Mächtigen gestiegen ist wie du, macht sich verdächtig, wenn er nichts fordert. Ein Unbestechlicher ist das Letzte, was korrupte Menschen um sich sehen möchten.«

»Gut, dann werde ich etwas fordern«, sagte ich. »Ohne viel Umstände, gleich morgen.«

Und als er mich erstaunt ansah, fuhr ich fort, begeistert von dem Einfall, der mir eben gekommen war: »Um einen Gefallen, den zu erfüllen ihr nicht allzu leicht fällt. Damit sie immer, wenn sie an mich denkt, das Gefühl hat, sie hätte mir meine Hilfe teuer bezahlt. Ich werde sie bitten, dich zum römischen Ritter zu erheben. Du weisst, dass ich nichts besitze, dass ich mit Mühe und Not den Besitz vorweisen kann, über den ein Ritter verfügen muss, Haus und Ritterpferd und die paar Sachen, die ich brauche. Ich kann Jedidah kein Brautgeschenk machen, kein *mohar*, wie von altersher üblich.

Doch die Kaiserin will mir eine Bitte erfüllen. Nehmt dies als mein Geschenk. Ich käme mir dann nicht mehr ganz wie euer Gnadenempfänger vor.«

Jacobus beugte sich vor, legte seinen Kopf in die Hände und schwieg. Einige Minuten lang war es so still im Raum, dass ich draussen im Peristyl den Springbrunnen hörte. Als ich fand, dass er sich seine Zustimmung zu schwer machte, sagte ich: »Sie überlegt schon lange, wie sie dich für deine Hilfe belohnen kann. Alle ihre Zeugen leben in deinen Häusern, bedient von deinen Dienern, versorgt aus deinen Speichern. Ohne meine Bitte würde sie sich vielleicht nicht ganz so weit vorwagen und es bei irgendwelchen Ornamenten belassen. Nein, die Ritterwürde soll es sein, mit Pferd, goldenem Ring und allen Rechten. Deine und Deines Hauses Erhebung in den zweiten Stand.«

Und da er immer noch unentschlossen schwieg, brachte ich endlich die *charta victrix* ins Spiel: »Bedenke, was es für deine Kinder bedeutet, vor allem für Deine Söhne.«

Er hob den Kopf und sah mich an. Sein Blick wirkte abwesend, als hätte er aus tiefer Erinnerung beschworene Bilder gesehen. Und wirklich sagte er: »Deine Mutter – ihr Andenken zum Segen – war eine kluge Frau, die das Unglück ihrer Sklaverei mit Fassung getragen hat. Dein Vorschlag ist überraschend. Ich werde die Schriftgelehrten fragen. Seit den Regelungen von Raban Shimeon ben Shetach betrachtet man ein *mohar* ohnehin nicht mehr als direkte Zahlung, eher als Verpflichtung für später, als Wechsel auf die Zukunft, schriftlich niedergelegt in der *k'tubah,* dem Heiratsdokument. Der Ehemann überschreibt der Braut einen Teil seines Vermögens im Falle von Scheidung oder vorzeitiger Trennung durch Todesfall.«

»Müssen wir über Tod und Scheidung sprechen«, fragte ich, »ehe noch Hochzeit gewesen ist?«

»Was sonst? Ohne Ehevertrag bleibt die Frau eine Konkubine. Wie der Vater für eine Mitgift zuständig ist, wird vom Bräutigam ein *shetar* erwartet. Und das von dir vorgeschlagene *shetar* könnte – dies zumindest meine Auslegung – durchaus als Sicherung der Braut verstanden werden. Durch meine Erhöhung in den zweiten Stand würde auch Jedidah erhöht, sie wäre von da an nicht mehr Tochter eines Freigelassenen, sondern Tochter eines römischen Ritters, und somit – unabhängig von deinem Rang – gesellschaftlich gesichert. Sie könnte auch in späteren Ehen Männer höherer Stände heiraten. Ich glaube, Raban Shimeon wäre zufrieden. Auch für dich ist es günstiger, die Tochter eines Ritters zu heiraten. Dein Vorschlag erscheint mir, je länger ich über ihn nachdenke, umso klüger. Statt dich für ein kostbares Brautgeschenk zu verschulden, willst du etwas geben, das du derzeit eher beschaffen kannst, und womit dennoch allen, der Braut, mir, dir und der ganzen Familie, bestens gedient ist.«

»Dann wären wir uns also einig.«

»Warte. Hast du dir überlegt, dass deine Bitte Folgen haben kann? Was, wenn sie es übel aufnimmt? Ich bin geborener Sklave. Ein Fremder. Eine solche Bitte kann sich gegen dich kehren.«

Was ich in seinem Gesicht sah, war Sorge um mich, kein Zweifel, er schien für mich zu fürchten. Ich wusste jetzt, dass Jedidah mich liebte. Anders war die Sorge im Gesicht ihres Vaters nicht zu erklären.

»Lass das meine Sache sein«, erwiderte ich und gab mir den Anschein, genau zu wissen, was ich tat. Ich hatte zwei Gläser von seinem Starken getrunken, mein Gesicht glühte siegesgewiss, aber das war nur eine oberflächliche Wärme verglichen mit der tiefen Freude, es für sie und ihre Familie zu tun.

Er sah mich an, erst unsicher, dann, je mehr meine Zuversicht auf ihn überging, mit unverhohlener Erleichterung.

»Wollen wir darauf den letzten Becher trinken«, sagte ich. »Ich muss aufbrechen und mich von meinen Aufpassern nach Hause bringen lassen. Sie berichten sonst, unsere als Familienessen deklarierte Zusammenkunft sei in Wahrheit eine geheime nächtliche Konferenz gewesen.«

Alle Schwere verschwand aus Jacobus' Gesicht. »Richtig«, erwiderte er, »du musst mir noch erzählen, wie du zu einer so furchteinflössenden Eskorte gekommen bist.« Er hantierte vorsichtig mit einer kleinen *ampulla*, verstaubt, versiegelt, ein wenig unheimlich, aus der etwas Glasklares, wunderbar Duftendes in die Becher aus

Bergkristall floss. Wir tranken davon, die Flüssigkeit ergoss sich brennend durch Mund und Schlund in mein Inneres, wo sie langsam zu verglimmen schien, zugleich breitete sich der täuschende Geschmack sonnengereifter Trauben aus, ein Geschmack wie vergeistigt und geladen mit Erinnerung. Tränen traten mir in die Augen und bildeten einen sanften Schleier, hinter dem ich Judäas Weinberge sah, die Hügel um Jerusalem, und inmitten des Geflimmers der zartgrünen Blätter, unter einem Himmel, noch klarer und blauer als der hiesige, junge Mädchen bei der Ernte. Eine von ihnen drehte sich zu mir um und lächelte.

»Noch so einen?« fragte Jacobus. Ich nahm den kleinen Becher, doch ich trank nicht gleich, betrachtete die helle Flüssigkeit, sog ihren Duft ein, freute mich auf die beseligenden Augenblicke, die sie enthielt. Derweil erzählte ich Jacobus die Geschichte meines Zusammentreffens mit dem Präfekten der Prätorianer. Ich tat es in heiteren, flüchtigen Worten. Am Schluss sprach ich die Frage aus, die mich selbst seit der Begegnung beschäftigte: was Tigellinus nach trans Tiberim geführt haben mochte, welcher Art die Geschäfte wären, denen er in diesem in mancher Hinsicht jenseitigen Stadtteil nachging.

»Eine verständliche Frage«, sagte Jacobus. »Lass uns ein andermal darüber sprechen, *filie*. Es hat mit den Christiani zu tun.«

Er verlor über die Christiani kein weiteres Wort. Auch ich vergass sie neben dem Glücksgefühl, dass er mich zum ersten Mal *filius* genannt hatte, Sohn.

»Ich glaube, du warst auf dem Weg zu uns von einem Engel begleitet«, fügte er hinzu. »Von einem, wie unser Vater Ja'akov es ausdrückt, *malach ha goel mi kol ra*, einem Engel, der vor allem Bösen schützt. Der Zusammenstoss hat dir etwas beschert, worum sich viele in Rom bemühen: Glaubwürdigkeit in Tigellinus' Augen. Tigellinus weiss, dass du über den Arzt Shimeon ben Levi Verbindungen zur Sekte hast. Du könntest zum Beispiel ihr Mann im Kreis um die Kaiserin sein. Ohnehin ist die Sympathie, die dir die Kaiserin entgegenbringt, für dich nicht ungefährlich. Heute sind Tigellinus und sie Verbündete im Kampf gegen die alten Freigelassenen, morgen können sie Feinde sein. Und der erste, der es zu spüren bekommt, wärest du. Durch höhere Fügung ist es dir gelungen, seinen Argwohn fürs erste zu zerstreuen. Tigellinus hält dich von nun an für weltfremd und politisch unbrauchbar. Ein Mann, den der Kaiser eben erst Hof, Stadt und aller Welt als einen seiner engen Freunde vorgestellt hat, erweist sich als so kindisch, in einem der meist observierten Stadtteile Roms bei anbrechender Dunkelheit herumzuspazieren, von niemandem als einem unbewaffneten Diener begleitet, und fängt dann noch, in dieser ohnehin fragwürdigen Lage, mit einem unbekannten grossen Herrn auf offener Strasse Streit an. Was sage ich, nicht nur mit diesem Herrn, sondern mit dem ihn begleitenden *speculatores*! Ganz Rom fürchtet die *speculatores*, jeder ist froh, wenn sie an seinem Haus vorüberreiten, während du wegen eines zu Boden geworfenen Dieners gegen sie ausfällig werden wolltest. Er wird dich von nun an bewachen lassen. Nicht, weil er dich für einen Mann hält, der etwas gegen den Kaiser im Schilde führt, sondern für einen, der aus Achtlosigkeit das grösste Unheil anrichten kann.«

»Das mag eine Nebenwirkung der Wache sein«, erwiderte ich. »Doch der Grund, warum er sie mir mitgab, war wohl eher, dass er wissen wollte, wohin ich heute Abend ging.«

»Da hätte ein einfacher Spitzel genügt. Nein, ich bleibe dabei, du wirst auf Dauer eine Eskorte gestellt bekommen.«

»Das wäre schrecklich. Es hiesse: Jeder meiner Schritt wird fortan dem Ritter Tigellinus bekannt sein.«

»Versuch, das beste draus zu machen. Versuch ihm die Figur vorzuführen, die er in dir sehen will.«

»Das musst du mir erklären.«

»Mach dich nicht über mich lustig, *filie*. Du weisst sehr gut, was ich meine. Du hast auch vorhin gewusst, was du tust. Du bist ein ausgezeichneter Beobachter, du hattest schon von weitem erkannt, was für eine Sänfte dir da entgegenkam. Gut, du konntest nicht wissen, ob es der Kaiser selbst, die Kaiserin oder Tigellinus war, aber wer ausser diesen dreien bedient sich einer solchen Sänfte und einer Eskorte der Elitetruppe? Wer von diesen dreien immer, du wolltest, dass er oder sie dich bei einbrechender Dunkelheit in trans Tiberim sah, unbegleitet und unbewacht. Du wolltest, dass die betreffende

Person dich fortan für halbwegs unzurechnungsfähig hält. Lass mich raten, warum. Du liebst Jedidah und möchtest sie heiraten. Du weisst, dass du durch diese Heirat reich sein wirst, nachdem du bereits ein Freund des Kaisers bist – fortan wird dich also der Neid verfolgen, der Verdacht, ein machtgieriger *homo novus* zu sein. Viele werden sich fragen, warum du ausgerechnet in diesem Augenblick in die jüdische Gemeinde eintrittst, denn sie wissen nicht, mit unseren Gesetzen unvertraut, dass es gar nicht anders geht. In ihren Augen kann es sich nur um Edelmut handeln oder um ausgeklügeltes Taktieren im Auftrag der Juden. Du möchtest natürlich, dass sie an Edelmut glauben. Dies der zweite Grund. Der dritte liegt vermutlich in deiner Voraussicht, wonach …«

»Erspare mir den dritten Grund«, unterbrach ich ihn, »da sie doch allesamt nichts als Mutmassung sind. Ich handle oft unbedacht, wie auch unser Vater Ja'akov von sich feststellen muss, dass er alle Tage gefehlt hat: *v ra'im haju j'mej sh'nej chajai.* Er verwendet dasselbe Wort *ra*, von dem er wenig später sagt – an der Stelle, die du eben zitiert hast – ein Engel habe ihn davor bewahrt. Lass uns eher an Engel glauben als an unsere Klugheit. Mein Engel heisst Jedidah. Es ist mein ständiges An-sie-Denken, das mich dieser Tage so zerstreut und unaufmerksam durch Rom stolpern lässt, mit Zwischenfällen, die sich hoffentlich für uns alle zum Guten wenden.«

Jacobus hatte schweigend zugehört. »Gut, lass uns auf deinen Engel trinken«, sagte er mit einem Lächeln. Wir hoben die Becher und tranken den letzten Schluck.

Wenn er ihn aber mit einem eisernen Gegenstand erschlagen hat,
so ist er ein Mörder, und ein Mörder soll getötet werden …

Schon am nächsten Morgen erschien er in meinem Haus auf dem Aventinus, um mir mitzuteilen, dass er mit ihr gesprochen hätte. Meine Brautwerbung sei angenommen, ich dürfe mich als Bräutigam seiner Tochter und Mitglied seines Hauses betrachten. Sein Besuch erlöste mich von der Morgenaudienz – wieder waren viele gekommen, den neuen Günstling zu sehen –, wir traten vor die Wartenden und teilten ihnen die freudige Neuigkeit mit, worauf sie sich unter Segensrufen zerstreuten. Für die Zeit bis zur Hochzeit war ich von diesen Pflichten erlöst, auch für die erste Woche nach der Hochzeit, die Woche der *sheva brachot* oder Sieben Segen, und danach würde eine Frau im Hause sein und, wie ich inständig hoffte, »alles anders werden«.

Jacobus ging durch meine kahlen Hallen und wuchernden Gärten, betrachtete sie aufmerksam, warf einen Blick in alle Räume, sogar in die Schlafzimmer der Diener, und enthielt sich jedes Kommentars. Hier und da zeigten sich Risse in den Wänden und sprangen in vielsagender Lineatur mitten durch die verblassten Malereien. Manche Zimmer waren fast leer, es mochte nichts darin stehen als ein alter Korbstuhl, in dem ich gelegentlich las. Im Atrium hatten die Wurzeln eines Bäumchens, dem ich nicht gewehrt, die Fliesen angehoben. Jacobus, als wir in meiner Bibliothek bei einem Morgenbecher sassen, fragte vorsichtig: »Du möchtest weiterhin hier wohnen?«

»Keine Frage. Ist es nicht ein schönes altes Haus?«

»Unserem Gesetz nach ist es üblich«, entgegnete er, »dass die Braut ins Haus des Bräutigams zieht, falls er eins besitzt. Von daher ist gegen deine Entscheidung nichts einzuwenden. Aber wenn du schon darauf bestehst, hier zu wohnen, gestatte mir wenigstens, für die Rekonstruktion aufzukommen. Es wäre nur ein unerheblicher Teil von Jedidahs Mitgift.«

Er begann mir die Vermögensverhältnisse seiner Tochter auseinanderzusetzen, ihre Beteiligung an Übersee-Geschäften, von denen ich nichts verstand, ihren Mitbesitz an Ländereien, die ich nie gesehen, an Häusern, die vermietet, an Schiffen, die auf dem grossen Meer unterwegs waren. Offenbar war Jacobus reicher, als ich mir hatte vorstellen können. Schon zu seinen Lebzeiten hatte er seinen Kindern Vermögensanteile zugesichert, deren Nutzung bei den Jungen mit Volljährigkeit, bei den Mädchen mit Verheiratung in Kraft trat. Auch wir, Jedidah und ich, wären berechtigt, einen bestimmten Kredit auszuschöpfen, den Jacobus für uns garantierte. Mir wurde das Recht eingeräumt, das Vermögen, das Jedidah in die Ehe brachte, für Geldgeschäfte, Anlagen oder Spekulationen einzusetzen, wobei ich Gewinne einbehalten durfte, dafür im Fall einer Scheidung verpflichtet war, ihr das Kapital ungeschmälert zurückzuerstatten. Überhaupt wurden Vorkehrungen für eine mögliche Ehescheidung oder unverhofften Witwenstand getroffen, wenngleich mir diese Phase des Gesprächs wenig behagte.

Zugleich wurde die Höhe meines *shetar* festgelegt, der Summe Geldes, die ich Jedidah wie einen Wechsel im Fall unserer Trennung durch Scheidung oder Tod überschrieb, und wenn bei einem reichen Erben umständliche Verhandlungen für diese Festlegung nötig waren, ging es in meinem Fall kurz und ohne grosses Bedenken. Ich offerierte »Alles, was ich habe« und sah darin angesichts der Geringfügigkeit meines Vermögens das mindeste, womit ich mich sehen lassen konnte. Dennoch neigte Jacobus den bärtigen Kopf, anerkennend, wie mir schien, als sei ihm die Geste mehr wert als Geld. Genannte Vereinbarungen, nachdem sie von ihm notiert und von mir durch Unterschrift bestätigt waren, sollten nun von Schreiberhand in einem aramäisch abgefassten Dokument, genannt *k'tubah*, niedergelegt werden, in kalligraphischen Zierlettern, mit farbigen Initialen, von Ornamenten, Granatapfelblüten und anderen Sinnbildern der fernen Heimat umrankt, eine aufwendige, liebevolle Arbeit, die umgehend in Auftrag gegeben werden musste. Das Schmuckblatt würde am Tag der Verlobung von mir und zwei Zeugen in aramäischen Lettern unterzeichnet und während der Hochzeit öffentlich verlesen werden, worauf ich es meiner Braut zu übergeben hatte, als Unterpfand meiner Liebe und lebenslangen Verpflichtung, während sie es sicher verwahren sollte für den Fall einer Trennung oder meines plötzlichen Todes.

In erwähntem Dokument wurde Jedidah bereits »Tochter des römischen Ritters Tiberius Claudius Jacobus« genannt, ein etwas gewagtes Vorgehen, da ich erst selbigen Morgen um Audienz bei der Kaiserin nachgesucht hatte, um meine Bitte um Jacobus' Erhöhung vorzutragen, und zu dieser Stunde noch nicht einmal ein Empfangstermin vom Hofamt der Kaiserin eingetroffen war. In meinem glückstrunkenen Zustand lagen mir derlei Bedenken fern, ich ging davon aus, das mir niemand eine Bitte abschlagen würde, auch die Kaiserin nicht. Und wirklich sollte alles in Erfüllung gehen, was ich in diesen Tagen wünschte und hoffte, alle Hindernisse sich verflüchtigen, alle Wege ebnen, wie es manchmal geschieht, wenn uns grosse innere Bewegung über unsere üblichen Zweifel und Befürchtungen erhebt.

Da ich auf Nachrichten wartete – ein paar Zeilen von Jedidah, eine Einladung der Kaiserin, Neros angekündigte Rückfragen wegen des Poems – verliess ich mein Haus nicht, arbeitete in meinem Studio, beantwortete Briefe, besprach mit meiner Amme Jochebed und ihrem Mann, dem Administrator, die bevorstehenden Veränderungen. Für Jedidahs Dienerinnen mussten Zimmer hergerichtet werden, zudem stand uns eine Umgestaltung von Küche und Keller ins Haus, auf der Jacobus beharrte. Ferner waren die griechischen Diener zu fragen, ob sie zum Einhalten der jüdischen Reinheits-Gebote bereit wären, falls nicht, würde ich den Unfreien die Freilassung anbieten und den Freigelassenen die Vermittlung einer neuen Stelle.

Mitten in dieser Besprechung erschien ein Kammerherr der Kaiserin, der eine Einladung zur Audienz übermorgen vormittag überbrachte. Dann bat ein im Atrium wartender Prätorianer um Vorlassung und übergab eine Wachstafel des Präfekten Tigellinus: tatsächlich war mir von nun an, wie Jacobus vorausgesagt hatte, auf allen Gängen durch die Stadt eine Eskorte zugeteilt, ein *ductor* und zwei Mann. Ausserdem erwarte die Firma, die des Kaisers und seiner Freunde Sänften herstellte und das besondere Vertrauen der für innere Sicherheit zuständigen Behörde genoss, meine Order.

Ein Vertreter dieser Firma hatte seit Stunden in meinem Atrium gesessen, flugs trat er ein und zückte seinen Griffel. Ich bestellte die einfachste aller im Angebot befindlichen Sänften, zweisitzig, ohne Vergoldung, mit Bezügen aus Leinen und Beschlägen aus Eisen, was alles er unbewegten Gesichts, ohne sich allzu viel Überraschung anmerken zu lassen, auf sein Wachstäfelchen notierte. Ich wollte ihn eben verabschieden, als er bemerkte: »Wir vermitteln auch den Kauf von Sänftenträgern, Herr.«

Erst da wurde mir bewusst, dass die Sänfte selbst die kleinere Ungelegenheit war, eine einmalige Ausgabe, ein Holzkasten, bei Nacht irgendwo unterzustellen, während ihre Träger ins Haus genommen und versorgt werden mussten, und dies, nachdem mir eben von meinem Administrator auseinandergesetzt worden war, dass wir schon Mühe hätten, Jedidahs Dienerinnen aufzunehmen. Ahnungsvoll fragte ich nach dem Preis.

»Es kommt drauf an, Herr«, begann der Vertreter, »ob ihr euch, mit Verlaub, von Bauerntölpeln durch Rom schleppen lassen wollt, oder, eurem Rang entsprechend, von qualifizierten Spezialkräften, wie sie unsere Firma anbietet. Wir empfehlen nubische Träger, die heute den meisten guten Häusern unentbehrlich geworden sind. Unsere Träger haben ein Mindestmass von einem Meter siebenundsiebzig, das heisst, sie sind über Gardemass. Durch besondere Ernährung und Ausbildung werden von klein auf ihre Muskeln für ideales Tragen herangebildet, so dass sie eine Gangart beherrschen, die wir *fluvius* nennen, gleitend, fliessend, annähernd stossfrei. Wir lassen sie ausserdem von erfahrenen Lehrern der Gladiatorenschule in Nahkampf und Körperdeckung unterwiesen, so dass sie – sagen wir, bei Gedränge in den Strassen oder Angriff auf die Sänfte – als Leibwache eingesetzt werden können. Besondere Ausführung als Faustkämpfer oder Fechter. Ferner gibt es schlankere Exemplare, die schneller laufen, doch weniger ausdauernd sind, und für Damensänften kleinere, die mit in den Circus genommen werden können. Ich empfehle den Besuch unserer Musterhalle, wo wir verfügbare Exemplare bei körperlichen Übungen vorführen. Besonders geschätzten Kunden senden wir Probeexemplare ins Haus …«

Ich unterbrach ihn: »Was kosten sie?«

Er nannte eine Summe, so ungeheuerlich, dass mir der Atem stockte. Mein Administrator handelte eine Weile mit ihm, sie einigten sich schliesslich auf einen Preis, der mir immer noch unbegreiflich schien, doch bei dem der Vertreter tat, als müsse er daran zugrunde gehen. Mir blieb keine Wahl, die Sänfte war unvermeidlich. Wenn man mich weiterhin zu Fuss in Roms Strassen sah, würden Übelwollende darin eine Herabwürdigung meines kaiserlichen

Freundes sehen, etwas, das dem folgenschwersten aller Delikte nahekam: *crimen maiestatis*, Beleidigung der Majestät des göttlichen Herrschers. Der Vertreter geriet in Eifer, als ich ihm sagte, dass ich bereits zwei Tage später auf den Palatium getragen werden müsse, und brachte es fertig, dass tatsächlich am übernächsten Morgen eine stattliche, nagelneue Sänfte mit zwei Trägern vor der Tür stand.

Ich erinnere mich, wie ich unter den stolzen Blicken meiner vor dem Portal versammelten Dienerschaft zum ersten Mal in den polierten Kasten stieg, in weisser Toga, neue Schuhe an den Füssen, das Haar nach der letzten Lockenmode geordnet, ein junger Höfling und Stutzer, der mir selbst, wenn ich ihm unverhofft begegnet wäre, nicht besonders gefallen hätte, der ich aber von nun an zu sein hatte, in einem Polstersessel durch Rom getragen, begleitet, bewacht, unter den Rufen des voranreitenden Prätorianers »Platz für den Freund des Kaisers!«, von den Blicken der Neuigkeitskrämer verfolgt. Trotz allen Bemühens um schlichte Ausführung war die Sänfte ein auffallendes, übergrosses Vehikel, für Kenner sofort als Fabrikat jener Firma auszumachen, die auch das Kaiserhaus belieferte, und die etwas aufgesetzt wirkende Einfachheit erwies sich eher als Missgriff, da sie meine Sänfte als einzige Nicht-Vergoldete ihrer Art mühelos identifizierbar machte. Nachdem also einmal bekannt war, wem die Sänfte gehörte, wussten Beobachter jederzeit, wohin ich mich tragen liess. Später, in den Tagen beginnender Gefahr, machte ich mir diesen Umstand zunutze, indem ich die leere Sänfte irgendwohin schickte und mich selbst, zu Fuss und vermummt, an den Ort begab, den ich geheimhalten wollte.

Was gab es noch zu lernen in jenem unvergesslichen Frühjahr? Jemand, der sich in einer Sänfte wie der beschriebenen dem kaiserlichen Palast näherte, wurde anders behandelt als ein Fussgänger. Wenn ihn noch dazu Prätorianer begleiteten, öffneten sich sonst verschlossene Tore, sprangen Wachen zur Seite, ging es weich und gleitend immer weiter, durch Vorhalle und Säulenreihe, über Stufe und Stein, den Hügel Palatium hinauf, zum Mittelpunkt der Welt. Dass ich bereits in den kaiserlichen Palastanlagen war, merkte ich hinter meinen zugezogenen Vorhängen erst an der nach Roms Strassenlärm fast bestürzenden Stille.

Rom war eine in immerwährender Öffentlichkeit lebende Stadt, mit allzeit belebten Strassen und Plätzen. Der grösste Teil geselligen Umgangs spielte sich *choram publico* ab, man traf sich auf den Foren, bei Gericht und Geschäft, im Theater, im Circus, in Bädern und Gärten, in Berufsverbänden und Priesterkollegien, in Tempeln und bei Prozessionen, bei Militärparaden, Beerdigungen oder einfach im Menschengeschiebe, das an jedem denkbaren Ort, aus jedem denkbaren Anlass heraus entstand. Dagegen kannte privater Besuch und Empfang eigentlich nur zwei Formen: abendliches Gastmahl und Morgenvisite. Selbstverständlich gab die Kaiserin keine eigenen Abendessen, nur gemeinsame mit ihrem kaiserlichen Gatten, und keine öffentlichen Morgenempfänge. Wen sie vertraulich treffen wollte, bestellte sie ohne viel Aufhebens in ihren Palastflügel auf den Palatium, meist am späten Vormittag. Sie wusste, dass Nero nichts so verübelte wie Einmischung in seine Obliegenheiten und dass er sich nicht zuletzt aus diesem Grund seiner Mutter entledigt hatte (die auch die einzige Dame in Rom gewesen war, die gegen alle Sitte Morgenaudienzen gab). Poppäa Sabina wählte eine Stunde am späten Vormittag, zu der sie ihn beschäftigt wusste, beim Üben mit Instrumenten, beim Wagenrennen, beim Ballettunterricht. Um diese Stunde wimmelte der Palast von Hofleuten und Mitarbeitern der Kanzleien, und der Kaiser hatte in der Regel die erste Phase beseligten Angetrunkenseins erreicht, »die Stunde der leuchtenden Augen«, wie Halityrus sie einst nannte. Um diese Stunde fielen Besucher auf dem Palatium nicht auf, die Kaiserin konnte selbst problematische Personen bei sich empfangen, geheime Berichterstatter, Liebhaber, ausländische Gesandte, die dem Protokoll nach nichts in ihren Gemächern zu suchen hatten.

Bis heute erinnere ich mich an diese Audienz, die meine einzige blieb. In der Vorhalle des Palastflügels der Kaiserin, an den Türen zu ihren Gemächern herrschte eine verhuschte Geschäftigkeit, ein verstohlenes Hin und Her, eine Verständigung durch Blicke, Einander-Zulächeln, und die auf Vorlassung Wartenden taten, als wären sie zufällig vorbeigekommen oder auf dem Weg woandershin. Alles war genau geregelt, Kammerherren und vertraute Dienerinnen empfingen die Eintreffenden mit gesenkter Stimme, führten sie an verstreut liegende Orte wie Gartenpavillons oder von Säulen umstandene Rondelle, wodurch man den Eindruck einer Menschenansammlung vermied. Auch ich wurde nach dem Aussteigen aus der Sänfte – die gleich darauf mitsamt Prätorianern verschwand – von einem Kammerherrn in ein leeres Gartenzimmer geführt. Zu meiner Überraschung glaubte ich im Vorbeigehen in einer halbrunden Nische vier dunkel gekleidete bärtige Männer sitzen zu sehen, die mich an die Jerusalemer Schriftgelehrten und Sekretäre erinnerten.

Schon nach wenigen Minuten kehrte der Kammerherr zurück und führte mich ins Morgenzimmer der Kaiserin. Sie sass dort umrahmt von weissem Marmor, beschienen von schräg einfallendem Licht, ganz in Himmelblau, das rotblonde, leicht mit Goldstaub gepuderte Haar leuchtend, an Hals und Handgelenken blass opalisierende Steine, die ihrer hellen Haut einen warmen Schimmer verliehen. Bei ihr war die taube Kammerfrau, mit einer Handarbeit beschäftigt, sowie eine Zwergin, die ich noch nie und nirgendwo gesehen hatte. In vergoldeten Käfigen zwitscherten Vögelchen von paradiesischer Buntheit, einige beschopft, mit metallisch schimmerndem Gefieder, und auf Seidenkissen und golddurchwirkten attalischen Teppichen sassen die asthmatisch kläffenden Hündchen. Als ich eintrat, war die Kaiserin damit beschäftigt, einem von ihnen eine Schleife zu binden.

Sie sah nicht auf, begrüsste mich nicht, statt ihrer sprach die Zwergin. »Wir grüssen den Ritter«, sagte dieses erstaunliche Wesen, darauf folgte mein korrekter Name und Titel ohne Zuhilfename von Schriftlichem, »und bitten ihn, sich kurz zu fassen. Seine Botschaft vorgestern kündigte ein Anliegen an, möge er dieses nun ungesäumt vortragen.«

»Der göttlichen Augusta meinen untertänigsten Gruss«, erwiderte ich. »Ich bitte zunächst Ankündigung von meiner Verlobung machen zu dürfen, mit Jedidah, der Tochter des kaiserlichen Freigelassenen Tiberius Claudius Jacobus aus trans Tiberim.«

»Wir wissen bereits von diesem freudigen Ereignis«, erklärte die Zwergin, »und wünschen dem jungen Paar zur Hochzeit Glück und Segen. Die göttliche Augusta erwägt, so es ihr Zeitplan erlaubt, sich auf der Hochzeitsfeier zu zeigen. Der Ritter lasse uns baldmöglich den genauen Zeitpunkt wissen. Hat die Bitte, auf deren Äusserung wir immer noch warten, mit der Hochzeit zu tun?«

Hier warf die Zwergin einen hurtigen Blick zur Kaiserin hinüber, und dieses Blickwerfen war bei dem winzigen, gedrungenen, fast halslosen Wesen mit soviel Bewegung verbunden, mit soviel Gerutsche, Geräusch und Geraschel, dass die Kaiserin unwillkürlich aufsah, die Frage in den Augen der Zwergin las und ihr zunickte. Die Zwergin heftete ihre dunklen Augen wieder auf mich und fügte hinzu: »Die göttliche Augusta würde die Erfüllung dieser Bitte dem jungen Paar gern zum Hochzeitsgeschenk machen.«

Ohne weitere Umstände trug ich nun mein Anliegen vor. Ich fasste es kurz und machte nicht viel Worte, da ich spürte, dass die Kaiserin in Eile war, keine innere Teilnahme zeigen wollte, irgendwohin musste, wo ihre gesammelte Aufmerksamkeit, ihre unberührte Schönheit, ihr ganzer Morgenzauber nötig waren, vermutlich also zum Kaiser, und dass meine Bitte umso eher gewährt würde, je kürzer ich sie zu fassen wusste. Was ich erbat – die Erhebung meines künftigen Schwiegervaters in den zweiten Stand – musste Überraschung auslösen, doch ich tat, als sei ich mir dessen nicht bewusst. Abwechselnd blickte ich beide Frauen an, die herrliche und die hässliche, ahnend, dass diese Zwergin mehr war als nur eine Nomenklatorin oder Sekretärin, vermutlich eine Ratgeberin, Wahrsagerin, Zauberin, womöglich, allem Augenschein zuwider, eine Freundin.

Als ich geendet hatte, sprach plötzlich die Kaiserin selbst. »Es ist nicht üblich, einen unfrei Geborenen zum Ritter zu machen. Es sei denn, er erwirbt sich ein aussergewöhnliches, ich möchte fast sagen, historisches Verdienst um den Kaiser und das Reich.«

Ihre Stimme hatte einen gereizten Unterton. Mein Anliegen musste sie unliebsam daran erinnern, dass eine der wenigen Persönlichkeiten Roms, die im Laufe ihres Lebens vom Sklaven zum Ritter aufgestiegen waren, der Freigelassene Pallas war, der Führer der *grex*, der Unbezwingliche, der Dorn in ihrem Auge, den zu entfernen sie immer noch kein Mittel gefunden. So sah es danach aus, als sollte ich jetzt besser aufstehen, mich empfehlen und gehen. Sie hatte mir zu verstehen gegeben, dass sich Jacobus, entgegen meiner Ansicht, bisher kein Verdienst um Rom erworben hatte, das eine Erhöhung rechtfertigte.

»Der Freigelassene Jacobus«, sagte ich mit leiser Stimme, »hat in den letzten Jahren eine einzigartige Sammlung orientalischer Musikinstrumente zusammengetragen, vor allem solcher des Saitenspiels. Er tat dies in der Absicht, sie dem göttlichen Caesar Augustus zu verehren, damit die *collectio* zum Grundstock eines besonderen Museums im kaiserlichen Palast würde.«

Die Kaiserin warf mir einen kurzen, prüfenden Blick zu, auf der Suche nach Bestätigung, ob sie richtig gehört hatte. In ihrem Gesicht stand für die Kürze eines Wimpernschlags ihre abgrundtiefe Empörung über diesen zweiten Versuch. Nicht genug, dass ich gewagt hatte, an meinem Anliegen festzuhalten, ich tat es mit Nachdruck. Besagte Sammlung dem Kaiser vorzuenthalten wäre kaum möglich, und Nero war zuzutrauen, dass er selbst die Erhebung des Spenders in den Ritterstand vorschlug. Nur ungern liess sich diese Frau zu etwas nötigen, erst recht von einem Mann. In ihren ins Graue sich verdunkelnden Augen stand geschrieben: Du unverschämter Kerl, habe ich nicht eben laut und deutlich Nein gesagt? Indessen brach sich ihr Lächeln Bahn, erhellten sich ihre Augen, dann ihre elfenbeinfarbene Haut, der himmelblauen Stoff des Gewandes, die Kissen, die Sessel, der ganzen Raum. Dies sehend, begann sich auch die Zwergin zu erhellen, ihr grosses Gesicht zerfiel in ein Netzwerk von Runzeln und Falten, in dem glücklich die dunklen Augen glommen.

Die Kaiserin sagte: »Eine solche Sammlung ist ein Geschenk von bleibendem Wert und ehrender Anerkennung durch den Göttlichen gewiss. In diesem Sinn einstweilen Lebewohl, auf Wiedersehen bei eurer Hochzeit, zu der ich kommen werde, schon um das Mädchen zu kennenzulenen, das ihrem Liebhaber so viel Entschlossenheit einzugeben vermag. Und da der Ritter nun einmal hier ist, mag er uns gleichfalls einen kleinen Gefallen tun. Eine Winzigkeit.« Und an die Zwergin gewandt: »Meine Callida erklärt ihm, worum es sich handelt. Denn ich muss gehen.«

Und sie erhob sich und verliess in Gesellschaft der tauben Kammerfrau den Raum, immer noch lächelnd, umweht von Wohlgerüchen. Die Zwergin und ich waren aufgestanden, hatten uns tief verneigt, und gewannen von Neuem unsere Sitze. Die Zwergin tat es mit Mühe, behindert durch Kurzgliedrigkeit und festes Eingewickeltsein in ein Hofgewand mit aufgesetzten Juwelen, Schleifen und Stoffblumen, *Callida*, die Kluge, die Listige, wie Poppäa sie genannt hatte. Während sie unter Gezappel und Ächzen den Stuhl erkletterte, sann ich der Frage nach, welche Rolle diese bemerkenswerte Frau im Leben der Kaiserin spielen mochte. Callida unterbrach meine Gedanken, indem sie mich ansah, mit den dicken Lidern zwinkerte und seufzte. Ich lächelte zurück.

»Unsere Schöne«, sagte sie, »immer in Eile. Der Kaiser ruft ständig nach ihr. Sie ist sein Ein und Alles.«

Ich wagte die Bemerkung: »Was man nur allzu gut nachfühlen kann.«

»Nicht wahr? Ich weiss in dir, junger Ritter, einen ihrer treuen Freunde. Sie hält zu Recht grosse Stücke auf dich. Zugegeben, deine heutige Bitte war etwas gewagt, die Kaiserin hätte lieber dich erhöht als einen anderen, aber da dieser andere immerhin dein künftiger Schwiegervater ist und auch uns nicht unbekannt, hat ihr gutes Herz über alle Bedenken gesiegt. Sie mag an dir, dass du so ganz du selbst bist und auf äusseren Glanz verzichtest. Wie willst du es denn nun halten in Zukunft? Wirst du nach dem Gesetz eurer Väter leben wie das Haus des Jacobus oder nach römischer Sitte?«

Sie liess den Blick ihrer dunklen Augen auf mir ruhen, als gehöre der Ausdruck meiner Miene mit zur Antwort. In den letzten Tagen hatte ich meinen Bart wachsen lassen, lockiger Flaum bedeckte Wangen und Kinn und veränderte den Ausdruck meines Gesichts, eine längliche Strenge war an Stelle der unverbindlichen Glätte meiner Züge getreten, und schon daran musste die Zwergin die Antwort erkennen.

»Edle Dame«, sagte ich zu ihr, eine Anrede, über die sie vor Freude errötete, »ich folge auch hier meinem Herzen, mag es unklug erscheinen und meiner Laufbahn zum Schaden.«

Die Zwergin schüttelte den Kopf mit einem Anflug von Konsternation, als wollte sie sagen: Haltet ihr uns, die Kaiserin und mich für so niedrige Menschen, dass wir euch unser Wohlwollen entziehen, nur weil ihr aus Liebe handelt? Sie verlor über diese Angelegenheit kein weiteres Wort. »Nun, junger Ritter«, fuhr sie fort, »das trifft sich gut. Da du inzwischen deinem Volk näher gekommen bist, wirst du gewiss den richtigen Ton finden, um mit den Männern da draussen zu reden.« Und als ich sie verblüfft ansah: »Es sind die Schriftgelehrten aus Jerusalem und ihre Sekretäre«, und wieder folgten die Namen korrekt und ohne Zuhilfenahme einer schriftlichen Gedächtnisstütze, allenfalls in etwas drolliger Aussprache. Sie teilte mir mit, was ich bereits von Jacobus gehört hatte: dass die Abordnung ohne den Hohepriester Ishmael ben Fabi und seinen Neffen, den Schatzmeister des Tempels Hilkia, zurückreisen müsse, aus Gründen, die sie mir im Auftrag der Kaiserin darlegen werde, die aber besser ich, in der vertrauten Muttersprache, den Abgesandten vermitteln solle. Die Muttersprache schien mir ein Vorwand, da die Gesandten Griechisch und Latein verstanden, eher ging es wohl darum, dass aus Gründen der Glaubwürdigkeit ein Landsmann den Willen der Kaiserin zum Ausdruck bringen sollte, ihren Eingriff in die Rechte des Tempels und des judäischen Königs.

»Auch ich werde dann gehen«, kündigte die Zwergin an, »und dich mit deinen Landsleuten allein lassen. Ich nehme an Audienzen nur ausnahmsweise teil, wie ich mich überhaupt nur selten zeige. Die göttliche Augusta möchte nicht, dass die Freunde des Kaisers ihre Spässe mit mir treiben. Und, nicht wahr, junger Ritter, du wirst nicht gross herumerzählen, dass du mir heute begegnet bist, du wirst mir diesen kleinen Gefallen tun, wie ich dich bei der Kaiserin stets in guter Erinnerung halten werde. Sie hat mich heute gegen ihre Gewohnheit gezeigt, damit ich dich von Angesicht sehen und mir eine Meinung bilden kann.«

Dazu lächelte sie wieder, wodurch sich ihr grosses, von Falten zerissenes Gesicht auf kaum vorstellbare Weise verschönte. Ein kindlich-treuherziger Ausdruck zeigte sich auf den aufgeworfenen Lippen, die dicken Augenlider zwinkerten. Ich murmelte ein Dankeswort: dass ich die Güte der edlen Dame zu schätzen wisse, sich meinetwegen zur Audienz zu bemühen.

»Ich habe eine angenehme Bekanntschaft gemacht«, erwiderte die Zwergin. »Da wir uns vermutlich nicht wiedersehen werden, junger Ritter, nimm schon jetzt meine Glückwünsche zur Hochzeit entgegen. Deine Braut soll sehr liebreizend sein, hörte ich, ausserdem reich, aber durch eure Hände wird das viele Geld sicher guten Zwecken zugeführt. Denkt immer daran, dass es Arme, Kranke und Unglückliche gibt.« Sie nickte ernsthaft mit dem grossen Kopf. »Und nun höre. Die draussen wartenden Gesandten haben sich heute bei der Kaiserin angesagt, um Aufklärung über den Verbleib des Hohepriesters Ishmael und des Schatzmeisters Hilkia zu erbitten, die seit einiger Zeit in einem besonderen Haus wohnen und sich nicht mehr öffentlich zeigen. Dieses Haus gehört deinem künftigen Schwiegervater, der unserer Herrin stets treu zu Diensten gewesen ist und dessen Erhebung in den zweiten Stand nicht lange auf sich warten lassen wird.«

Sie beugte sich in meine Richtung, dass ihr Hofgewand in Unordnung geriet und ihr Kopf rot anlief, und flüsterte mit den dicken Lippen: »Ich werde es ihr erklären. Gerade weil er gesetzestreu lebt! Dadurch wird er denen, die zur Sekte des Chrestos abfallen wollen, als gutes Beispiel hingestellt!« Und sie nickte mir zu, wie um zu sagen: Lass mich nur machen.

Ich verneigte mich stumm, da mir ihr Flüstern angezeigt hatte, dass dieser Teil des Gesprächs ausserhalb des von der Kaiserin Befohlenen lag. Callida sass noch immer in vorgebeugter Haltung, die winzigen Fäustchen auf die Schenkel gestützt, ihr Kopf zitterte. »Gerade ich weiss sehr wohl«, raunte sie, »wie einem in eurer Lage zumute ist. Aussenseiter, Gezeichnete, der Laune des Pöbels ausgesetzt. Ich habe als Sklavin am Kaiserhof gelebt, unter den Narren und Possenreissern, erst die junge Kaiserin erkannte meinen wirklichen Wert ...«

Ich ergriff ihre Rechte und deutete einen Handkuss an. Sie wich geziert zurück, nahm ihre ursprüngliche Haltung ein, hüstelte und zwinkerte, zog endlich ein zusammengerolltes Pergament aus einem neben ihr stehenden Behälter für Schriftrollen, öffnete es, warf zur Kontrolle einen kurzen Blick darauf und gab es mir.

»Lies das«, sagte sie, »es ist ein von mir aufgesetztes Memorandum über die Hintergründe der in Frage stehenden Angelegenheit.«

Das aufgerollte Pergament auf den Knien, las ich still und aufmerksam. Ich erfuhr, dass Hohepriester Ishmael ben Fabi, ohnehin König Julius Agrippa dem Zweiten ein zunehmendes Ärgernis, durch seine Reise nach Rom in ernsthafte Gefahr geraten sei. Der König misstraue ihm und bedauere seine Ernennung, die er nicht ganz aus freiem Willen vorgenommen hätte. Hier stutzte ich. War dies blosse Vermutung oder verbarg sich dahinter eine tiefere, wenngleich nicht näher bezeichnete Einsicht? Wenn nicht der König, wer dann hatte Ishmaels Ernennung gewollt? Der römische Prokurator? Und welcher? Nur Felix käme in Frage, da sein Nachfolger Festus schon bald wegen der Tempelmauer mit Hohepriester Ishmael in Streit geraten war, was bei einem von ihm protegierten Mann unwahrscheinlich schien.

Die Zwergin beobachtete mich gespannt. Sie sah mich in ihrem Memorandum lesen, vielleicht mit mehr Teilnahme als erwartet. In der Tat verblüffte mich das von ihr Niedergelegte nicht wenig. Obwohl sie niemals in Judäa gewesen war, hatte sie aus Geheimberichten, offiziellen Meldungen der Prokuratur und Militär-Rapporten ein wahrscheinliches Bild der Ereignisse gewonnen und glaubhaft niedergelegt. Das von ihr entworfene *rerum conditio* war überaus wahrscheinlich: König Agrippa verärgert über fremde Einflussnahme auf die allein ihm zustehende Ernennung des Hohepriesters – ein ihm bereits unter Kaiser Claudius verliehenes Privileg -, die Abberufung des Prokurators Felix als Möglichkeit, Ishmaels Ernennung rückgängig zu machen, der Streit um die Tempelmauer und die daraufhin beginnenden Spannungen zwischen dem Hohepriester und Felix' Nachfolger, dem neuen Prokurator Festus. Nach Callidas Darstellung konnte der Eindruck entstehen, als hätte der König den Streit um die Tempelmauer absichtlich provoziert, um Ishmael und Festus zu entzweien. Jedenfalls kam dem König die ausbrechende Fehde in Wahrheit gelegen, auch die Entscheidung des Hohen Sanhedrin, eine Gesandtschaft unter Ishmaels Leitung nach Rom zu schicken, trotz seiner lebhaften Proteste und klagenden Briefe. Ich erinnerte mich an Halityrus' halblaut gesprochenen Satz »Er will etwas anderes ...«, der gegen Ende unseres ersten Gesprächs gefallen war. Meinte er das? Der unliebsame Hohepriester würde Tempelbezirk und Jerusalem verlassen, wodurch der König Gelegenheit fände, eine Mehrheit im Sanhedrin auf seine Seite zu ziehen und sich dieses höchsten Gremiums für die Ernennung eines genehmeren Nachfolgers zu versichern.

Falls dem so war, hatten wir, die Kaiserin und die judäische Partei am Hof, des Königs Pläne in gewisser Weise durchkreuzt. Wir hatten dafür gesorgt, dass die Bittschrift in unüblicher Schnelligkeit bewilligt worden war und der Hohepriester früher als erwartet die Rückreise antreten konnte. Unterdessen waren am Kaiserhof geheime Berichte aus Jerusalem eingegangen, wonach König Agrippa in Sanhedrin und Priesterschaft Mehrheiten für seine Absicht gewonnen und einen neuen Kandidaten für das Hohepriesteramt aufgestellt hatte, den Sohn des früheren Hohepriesters Shimeon, einen Sadduzäer aus alter Familie, Josef mit Beinamen Kabi (was im Aramäischen – schwer übersetzbar – etwa soviel bedeutet wie ›der einem runden Topf Ähnelnde‹), einen phlegmatischen, beleibten Mann, der mit Priestern, Hof und Sanhedrin gleichermassen auf gutem Fusse stand. Der Hohe Sanhedrin hatte ihn bereits zu seinem Präsidenten gewählt, zum *nasi*, welches Amt traditionell der amtierende Hohepriester inehatte, und damit signalisiert, dass Ishmael fortan entbehrlich sei.

Warum die höchste und gesetzgebende Körperschaft sich in diesem Fall gegen ihre sonstige Gewohnheit auf des ungeliebten Königs Seite geschlagen, warum auch die Priesterschaft dem Hohepriester Ishmael ihren Beistand entzogen, ja, ob dieser Beistand jemals bestanden hatte – dies waren Fragen, die Callida in ihrem Memorandum nicht zu beantworten versuchte. Sie beschränkte sich darauf, den entscheidenden Tatbestand herauszustellen: dass Ishmaels Rückkehr nach Jersusalem derzeit unerwünscht war, sogar für den inneren Frieden der Provinz gefährlich schien. Was das Memorandum gleichfalls unerwähnt liess, war der zweite Strang dieser überaus verworrenen Geschichte: die in Rom wartende Abordnung aus Caesarea. Bisher waren die Bemühungen der Kaiserin, mit Hilfe der Gesandten gegen den früheren Prokurator Felix und seinen Bruder Pallas vorzugehen, nicht vom Fleck gekommen. Felix stand im Verdacht, den Meuchelmord an einem amtierenden Hohepriester befohlen zu haben, doch fehlte es bislang an Zeugen für das unerhörte Verbrechen. Offenbar hatte die Zwergin beideTatbestände in Verbindung gebracht, ihren inneren Zusammenhang erkannt und zwei drängende Probleme auf einmal gelöst. Ich hob den Kopf und sah sie an. Sie erwiderte meinen Blick, in ihrem Gesicht war ein Ausdruck von kindlichem Stolz.

»Mein Kompliment«, sagte ich und rollte das Pergament zusammen. »Aber was kann ich in dieser Sache tun?«

Empfindlich wie sie war, spürte Callida meinen Vorbehalt, hörte ihn in meiner Stimme, erkannte ihn an meiner Art, ihr das Pergament zurückzugeben. Noch einmal beugte sie sich vor, bis mir ihr dunkles, von Falten und Furchen zerklüftetes Gesicht ganz nahe war, starrte mich an und erklärte mit entwaffnender Einfachheit: »Aber der böse Mann muss bestraft werden!«

Ich spürte ein inwendiges Erzittern, den unaufhaltsamen Reiz zu lachen, und senkte den Kopf, um die Regung zu verbergen. Gewiss, sie hatte recht. Doch wie aberwitzig war die Vorstellung, dass sie auch Erfolg haben könnte. Diese winzige Person, von deren Existenz Pallas und Felix nicht einmal ahnten, wollte darangehen, die beiden mächtigsten Freigelassenen des Imperiums zu Fall zu bringen, diese an drei Höfen siegreichen, alles überdauernden Kolosse, deren jeder mehrere hundert Millionen Sesterzien besass, die Liebhaber – Felix sogar Ehegatte – königlicher Frauen gewesen waren, deren Wort genügt hatte, die Köpfe von Senatoren rollen zu lassen ... War dergleichen denkbar? War diese winzige Frau die Kraft, an der die Monolithen zuschanden gehen sollten?

Zu meinem Erstaunen musste ich mir eingestehen, dass ich es für möglich hielt. Und indem ich es für möglich hielt, fand ich meine Fassung wieder. Von Callida ging eine Zuversicht aus, die meine eigenen Hoffnungen auf Felix' und Pallas' Entmachtung aufleben liess. Dennoch blieb ein Vorbehalt. »Eure Gründe sind zwingend«, sagte ich halblaut. »Nur wäre, was ihr im Auge habt, wiederum ein Verbrechen, nämlich Freiheitsberaubung.«

»Wir retten Ishmael damit wahrscheinlich das Leben«, erwiderte sie. »Was denkst du denn, Ritter, was ihn drüben erwartet?«

Auch dieser Gedanke leuchtete ein. Den heimkehrenden Hohepriester erwartete, bei der im Memorandum beschriebenen Lage der

Dinge, kein angenehmes Schicksal. Callidas Nachforschungen war nicht entgangen, was mir schon Jacobus angedeutet hatte: dass Ishmael älter sein musste als er sich den Anschein gab, da er schon einmal, zur Zeit des Prokurators Valerius Gratus für einige unruhige Wochen diese Stelle innegehabt – und die Amtszeit besagten Prokurators lag etwa fünfunddreissig Jahre zurück. Der Hohepriester, obwohl er sich durch kunstvolle Herrichtung, tägliche Übungen, ausgewählte Kost und orientalische Schönheitsmittel gut zu halten wusste, musste ein Alter erreicht haben, welches einem zu erwartenden Konflikt mit König, Priesterschaft und Sanhedrin nicht mehr viel entgegenzusetzen hatte.

Die Zwergin beobachtete mich. Mit unseren Gesetzen vertraut, wie sie war, vermutete sie bei einem Juden einen fast unüberwindlichen Widerwillen gegen das Ansinnen, einen Hohepriester zu etwas zu zwingen. Trotz meines Schweigens meinte sie nicht, mich gewonnen zu haben. Sie liess mich mit gesenkter Stimme ein Weiteres wissen: »Er will es selbst.«

»Wie soll ich das glauben?«

»Du meinst«, fragte sie, »er hätte es euch mitteilen müssen? Aber wie? Mit wem von euch sollte ein so hochgestellter Mann sprechen? Du bist Freund des Kaisers, aber zu jung für solche Eröffnungen. Dein Schwiegervater ist ein reicher Mann, aber von Stand nichts als Freigelassener. Der von uns allen geschätzte Halityrus ist Schauspieler, auch sein Neffe Matitjahu von niedriger Geburt. Sag selbst, ist einer unter euch, den ein Hohepriester vertraulicher Unterredung würdigen dürfte?«

»Wem dann hat er es anvertraut?«

»Der Kaiserin.«

»Der Kaiserin?«

»Ich kann nichts weiter dazu sagen«, erklärte die Zwergin mit spürbarer Ungeduld, »das Gespräch fand nicht in meinem Beisein statt. Die Kaiserin liess mich hinterher wissen, der Hohepriester hielte es für angeraten, noch etwas in Rom zu bleiben. Und das ist es, was sie dich den draussen wartenden Schriftgelehrten zu übermitteln bittet.«

Das war nun vollends entwaffnend. Die Kaiserin bat mich um

etwas, die Herrin Roms und der Welt, die erklärte Freundin unseres Volkes – was konnte ich anderes tun, als ihr beglückt zu willfahren? Eine Weigerung wäre nicht nur gegen alle Ritterlichkeit gewesen, sondern sinnlos und schädlich. Wozu, da doch das Hierbleiben des Hohepriesters ohnehin beschlossene Sache war, das Verhältnis zwischen Poppäa Sabina und den Juden Roms gefährden, den einzigen Rückhalt, auf den wir hoffen konnten? Flüchtig streifte mich der Gedanke an die Tragweite der Entscheidung. Niemand war da, den ich um Rat bitten konnte, kein Aufschub möglich, die Gesandten warteten schon vor der Tür. Ich fragte mich, ob ich dem Wort der Kaiserin trauen durfte, und nahm mit Erstaunen wahr, dass ich tief im Herzen dazu neigte, es nicht zu tun. Sollte ich meinem Misstrauen nachgeben und den Schriftgelehrten, wenn ich mit ihnen allein war, meine Zweifel mitteilen? Um die Lauscher zu täuschen, hätte ich in hebräischen Lettern auf ein Blatt Papyros schreiben und dieses hinterher zerkauen können … Ich schüttelte unwillkürlich den Kopf. Der Hohepriester bliebe trotzdem in Rom, ich aber hätte die Gunst der Kaiserin verwirkt. Ich seufzte und gab zu verstehen, dass mein Widerstand erschöpft war.

»So höre«, wisperte die Zwergin. »Ich werde nun gehen und dich mit deinen Landsleuten allein lassen …« Mein Zögern mochte ihren Zeitplan verschoben haben, mir war klar, dass sie eine überaus beschäftigte Frau sein musste. Schon das Lesen all der geheimen Berichte, Briefe, Depeschen, zu dem die Kaiserin selbst nicht kam und das sie offenbar ihr überliess, forderte täglich Stunden.

»Ich werde euch alleinlassen«, wiederholte sie. »Du erklärst ihnen, was du eben gehört und gelesen hast. Besonders der Aspekt, dass wir besagte Person vor einem traurigen Schicksal bewahren, wird sie überzeugen. In eurer Philosophie gilt, soviel ich weiss, Lebensrettung als eine der höchsten Tugenden.«

»Das ist wahr, edle Dame. Dagegen lässt sich nichts sagen.«

»Du wirst es nicht bedauern, *egregie*«, raunte sie. Dann rutschte sie von ihrem Stuhl und stand vor mir in ihren Schleifen, Rüschen und Stoffblumen, klein wie ein fünfjähriges Kind. Und auch ich stand auf, um mich tief vor ihr zu neigen.

So eile doch, Herr unser Gott, damit in den Städten Jehudas und den Strassen Jerusalems die Stimme der Freude zu hören sei und des Jubels, die Stimme des Bräutigams und der Braut, der Freudenschreie Klang aus Hochzeitsbaldachinen und der Gesang von Jünglingen beim Feiern. Gesegnet seist du, der du den Bräutigam beglückst mit der Braut …

Jedidah und ich begegneten uns, bis die Anzeige unserer Hochzeit in Roms Tagesanzeiger, der *acta diurna*, erschien, noch mehrmals im Beisein ihrer Eltern und Geschwister. Die *acta diurna*, ein absichtsvoll nüchternes, in steifem Schreiberlatein gehaltenes offiziöses Organ, wurde von einem am Hof beschäftigten *procurator ab actis urbis* herausgegeben, dessen Tätigkeit darin bestand, aus der Fülle der eintreffenden Neuigkeiten diejenigen auszuwählen, die zur Förderung einer zuversichtlichen, staatserhaltenden Stimmung geeignet waren. Wir warteten mit der Veröffentlichung im Anzeiger bis zu Jacobus' Erhebung in den Ritterstand, wodurch wir beide Ereignisse in einer Mitteilung bekanntgeben und meine Braut von Anfang an als »Tochter des römischen Ritters Tiberius Claudius Jacobus« in die Gesellschaft einführen konnten.

Am selben Tag fand in Jacobus' Haus die Verlobung statt, im Beisein weniger, meist jüdischer Gäste, nachdem Jacobus und die Synagogenältesten durch Blick in die Gemeinderegister die Frage meiner Zugehörigkeit zum jüdischen Volk geklärt hatten. Unserer Ehe stand nichts mehr im Wege, mein *shetar* war anerkannt, die *tena'im* schriftlich festgelegt, und wir versammelten uns eines Abends im Peristyl von Jacobus' Haus, wo ein betagter Synagogenvorsteher die vorgeschriebenen Segen sprach, darunter die »Anheiligung« oder *kidushin*, welche die Braut in den Status der für den Tempel geheiligten *hekdeshim* erhob: unberührbar fortan, verboten jedem Mann, mit Ausnahme des ihr angelobten. Jedidah und ich tranken zum ersten Mal Wein aus dem selben Becher, ich streifte ihr den Verlobungsring über den rechten Zeigefinger und sagte dazu das *Harej at mikudeshet li*, Hiermit seist du mir angeheiligt, durch diesen Ring …

Wir standen nahe beieinander, ich fühlte durch Schleier und weite Obergewänder, wie erregt sie war. Unsere Körper empfanden die

Nähe, als gäbe es keine trennenden Hüllen, und als wir uns die Hände reichten, zitterten wir beide. Wir verschütteten sogar von dem Wein, den wir zusammen tranken. Mehr geschah nicht zwischen uns an diesem Tag. Obwohl die Zeremonie im rechtlichen Sinn bereits unserer Verheiratetsein bedeutete, blieb die Braut bis zum Tag der eigentlichen Hochzeit in ihres Vaters Haus.

Die kleine Feier, wie auch Jacobus' Erhöhung in den Ritterstand, folgte wenige Tage nach meinem Gespräch mit den Schriftgelehrten im Morgenzimmer der Kaiserin. Dieses Gespräch war weniger mühsam gewesen, als ich gedacht hatte, fast widerstandslos hatten die gelehrten Männer ihrer Rückkehr nach Jerusalem zugestimmt, auch ohne Hohepriester Ishmael ben Fabi und seinen Neffen Hilkia. Am Kaiserhof eingetroffene Informationen aus zuverlässiger Quelle, führte ich aus, hätten eine bevorstehende, von König Julius Agrippa gewünschte, vom Sanhedrin anerkannte Ernennung des Josef mit Beinamen Kabi zum neuen Hohepriester gemeldet, wodurch, falls Ishmael jetzt zurückkehre, ein Konflikt entstehen könne, der die ohnehin angespannte Situation über Gebühr zu belasten drohe. Der Hohepriester, wie er gegenüber der Kaiserin erklärt hatte, hielte es für ratsam, vorerst in Rom zu bleiben.

Zwar zeigte der alte Raban Gershon ben Chananja eine dräuende Falte zwischen den buschigen, schlohweissen Brauen und verfiel in ungewisses Schweigen, doch sein jüngerer, humoristischer Kollege ergriff statt seiner das Wort. Er erinnerte zunächst an einen ähnlichen Fall, den des Hohepriesters Jonatas, welcher in den Tagen, da Petronius kaiserlicher Legat in Syrien gewesen, das hohe Amt zurückgewiesen habe, nachdem er es bereits zuvor einmal bekleidet, mit der denkwürdigen Begründung, er wäre beim ersten Mal »reineren Herzens« gewesen. Ohnehin, sagte der Schriftgelehrte, seien er und seine Mitreisenden in der Angelegenheit der Tempelmauer nach Rom entsandt worden und mit dieser und keiner anderen Wahrnehmung betraut. Ein Einspruch gegen den Entschluss des Hohepriesters liege nicht im Bereich ihrer Befugnisse, wie denn überhaupt der gesalbte Mann seine Entscheidungen einzig seinem Schöpfer offenzulegen habe und niemandem sonst.

Nachdem dies erklärt war, begannen die Schriftgelehrten aufzubrechen. Sie waren aus glaubwürdigem Mund von Ishmaels Wunsch unterrichtet worden, vorerst in Rom zu bleiben, worauf nichts zu tun blieb, als sich zu verabschieden und mit des ewigen Gottes Hilfe in die Heimat abzusegeln. Bei dieser Gelegenheit dankte der humoristische Pharisäer im Namen der Abordnung für meine Hilfe. Man wisse, welche Rolle ich bei der Beschaffung der kaiserlichen *subscriptio* gespielt, wieviel ich riskiert, aber auch welchen wunderbaren Lohn ich empfangen, und wenn es für ihn und die anderen Gesandten etwas zu bedauern gäbe, so allenfalls, dass sie aus Zeitgründen nicht an meiner Hochzeit teilnehmen könnten. Auch die drei anderen Männer murmelten Glückwünsche, und der alte Raban Gershon ben Chananja fügte in wenigen würdevollen Worten hinzu, dass ich damit rechnen dürfe, bei dem im Jerusalemer Tempel abzuhaltenden Dankgebet für den glücklichen Verlauf der Abordnung namentlich erwähnt zu werden, eine Ankündigung, die mir die Röte in die Wangen trieb. In diesem Augenblick wurden wir von einem Kammerherrn der Kaiserin unterbrochen, der den Präfekten der Garde, den Ritter Ofronius Tigellinus ankündigte.

Bei der Nennung dieses Namens, daran erinnere ich mich, stürzte ich aus meinem Glücksgefühl übergangslos ins Schattenreich der Furcht. Was hatte Tigellinus in unserer Unterredung zu suchen und was, ausser Misshelligkeiten, konnte er bringen? Mir wurde bewusst, dass es mir ging wie vielen in Rom: bei blosser Nennung seines Namens überkam mich Unbehagen. Freundlich lächelnd trat er ein, geräuschlos, in schlichter Toga mit schmalem Purpurstreif, in einer Toga, wie ich sie trug und tausende Ritter in Rom, unter einer leichten Verbeugung vor den Schriftgelehrten und einem kameradschaftlichen Kopfnicken in meine Richtung. Er stand mitten im Raum und sagte mit seiner hellen Stimme:

»Meine Herren, welche Ehre, euch noch einmal zu sehen, bevor ihr Rom und italischen Boden verlasst. Eure Reise war von Erfolg gekrönt. Unser göttlicher Herrscher, der Caesar Nero Claudius Augustus, hat eurem Anliegen seine Zustimmung erteilt und dies mit eigener Hand kundgetan. Darf ich euch nun im Auftrag des

Augustus das Dokument überreichen in der Hoffnung, ihr möget mitsammen wohlbehalten in der Heimat eintreffen?«

Er machte zwei kurze Schritte in Richtung des alten Gershon ben Chananja, der den Papyros entgegennahm, aufrollte, kurz daraufblickte und dem neben ihm sitzenden humoristischen Pharisäer hinhielt. Von ferne sah ich noch einmal, zum letzten Mal, Neros Gekritzel in brauner Tinte unter der Bittschrift. Obwohl kein Wort gesprochen wurde, nicht mal ein Seufzer zu hören war, spürte ich die Erleichterung der dunkelgekleideten Männer. Sie wussten längst, wie der Kaiser entschieden hatte, doch zum ersten Mal sahen sie mit eigenen Augen das Dokument, um dessentwillen sie die mühsame Reise gewagt hatten. Taktvoll wartete Tigellinus einige Minuten ab, um den Gesandten Zeit zu geben, die kaiserliche *subscriptio* zu lesen.

Dann fuhr er mit gesenkter Stimme fort. Da dies der letzte Besuch der hohen Abordnung im kaiserlichen Hause sei, wolle er die Gelegenheit nutzen, einige technische Fragen der Rückreise zu erörtern. Er liess wissen, dass den hohen Herren eine Abteilung Prätorianer zugeteilt sei, zu Land von Rom bis zum Hafen in Puteoli, sodann zu Schiff bis Caesarea, und dass sie ferner ein Dreiruderer der römischen Kriegsmarine auf See begleiten solle, um für ihre sichere Heimkehr einzustehen. Den Schriftgelehrten, trotz höflicher Mienen, war anzusehen, dass sie diese Einzelheiten wenig interessierten, alles war ihnen recht, wenn sie nur schnell wieder nach Hause kamen. Sie sehnten sich danach, in ihr geregeltes Leben zurückzukehren, in die beglückende Stille der Bibliotheken, die geistvollen Debatten der Lernhäuser und Erörterungen des Sanhedrin, des hohen Gerichtshofes, wo sie im Kreis anderer gelehrter Männer die ältesten Bücher zitieren, Auslegungen suchen und behutsam-gemessen die Worte wägen würden, auf das die *shechina* sie erleuchte, die göttliche Einwohnung, und zu Urteilen bewegte, bedeutend in ihrer Weisheit, bindend für ihre Landsleute in Jerusalem, Judäa und der Welt.

Warum aber – die Frage musste wenigstens in Gedanken gestellt werden – trieb Tigellinus solchen Aufwand um ihre Rückreise? Was verbarg sich hinter diesen Anordnungen, wer stand in Wahrheit dahinter? Die aus dem Hintergrund agierende Person wollte unter allen Umständen sichergehen, dass die vom Kaiser entschiedene Petition nach Jerusalem gelangte. Das hätte jedoch auch per Brief geschehen können, als offizieller Schriftsatz mit kaiserlichem Kurier. Genau besehen, hätte bei der Bittschrift so hochgestellter Personen, wie sie hier im Spiel waren, die Antwort in Form einer kaiserlichen Epistel erfolgen müssen. In gewissem Sinne gehörte die Entscheidung sogar in die Kategorie der *epistula principae*, da sie einem römischen Prokurator das Recht absprach, in Angelegenheiten des Jerusalemer Tempels einzugreifen.

Allerdings gab es derzeit keinen Prokurator in Judäa, nachdem Festus gestorben und das Amt seit längerem unbesetzt war. Der klare Verlierer dieser Streitsache war König Julius Agrippa der Zweite – ihm also wollte die hinter Tigellinus verborgene Person unbedingt die Schmach antun, dass der für ihn ehrenrührige Bescheid in Jerusalem bekannt gemacht würde. Wem am römischen Hof konnte daran gelegen sein? Der Kaiser war denkbar, da er den König nicht mochte – ein Gedanke, den ich wegen Neros Desinteresse an den Angelegenheiten in Judäa gleich wieder verwarf. Man sagte, dass auch Poppäa Sabina dem König nicht gewogen sei, weil ihn einst, als jungen Prizen, die Kaiserin-Mutter und die griechische Partei gefördert hatten. Die damalige Verurteilung des grausamen römischen Prokurators von Judäa, des Ritters Cumanus, soll dem Prinzen zuliebe durchgesetzt worden sein, durch Intervention der Kaiserin-Mutter bei dem wie immer unentschlossenen Claudius, bei welcher Gelegenheit die sonst mit den griechischen Hofleuten verbündete Agrippina wohl zum ersten und einzigen Mal in ihrem Leben für Judäa Partei ergriffen hatte.

Es gab noch weitergehende Gerüchte. Etwa dieses: Prinz Agrippa verdankte der Kaiserin-Mutter auch die Königswürde von Chalcis und die zugleich damit verliehene Oberaufsicht über den Jerusalemer Tempel mitsamt dem Privileg, die Hohepriester zu ernennen, später die Königtümer von Trachonitis, Ituraia und Batanaia, die Höhen des Golan und andere Ländereien jenseits des See Genesaret, und all dies aus dem einzigen für Römer plausiblen Grund: weil zwischen dem damals zweiundzwanzigjährigen judäischen Prinzen und der dreizehn Jahre älteren Kaiserin – zu dieser Zeit Ehefrau des kränklichen, auf die Sechzig zugehenden Claudius – ein Liebesverhältnis bestanden hätte. So misstrauisch ich sonst, eingedenk Agrippinas Männerfeindlichkeit, gegen derlei Gerüchte war, schien dieses einigermassen glaubhaft. Wenn sich die Urenkelin des Augustus überhaupt freiwillig mit Männern eingelassen hatte, dann mit sehr viel jüngeren. Und auch Tigellinus' Eifersucht gegen den judäischen König wäre dann einleuchtend, da er einstmals – gleichfalls um etliches jünger – der Geliebte der Kaiserin-Mutter gewesen war und viele Männer eine frühere Geliebte lebenslang mit Besitzeraugen betrachten.

Jahre später habe ich an diese phantastisch scheinenden Vermutungen denken müssen, als ich von der Annäherung des Königs Julius Agrippa an die Flavier hörte, an Vespasian und Titus, deren Kampf um den Kaiserthron er als einer der ersten unterstützte, deren Gefolgsmann er wurde, sogar in ihrem Krieg gegen Jerusalem, seine eigene Stadt. Entstand die Anhänglichkeit an die Flavier aus altem Hass gegen Nero, Poppäa Sabina und Tigellinus? Eine Anhänglichkeit, die bei seiner Schwester Berenike so weit ging, dass sie sich dem Prinzen Titus hingab, ihm nach Rom folgte und allen Ernstes hoffte, seine Gemahlin zu werden, was sich nur wegen der Abneigung der Römer gegen eine Fremde auf dem Kaiserthron zerschlug. Viele der zwanzig Jahre später, beim Fall Jerusalems, für alle Welt sichtbaren Konfigurationen wurden in diesen Tagen skizziert: ein paar spielerische Linien im Sand, ein paar ungefähr ausgelegte Steine, aus denen Belagerungstürme und Festungen werden sollten, Feuer und Brautbetten, weltbewegende Leidenschaften, völkerverzehrender Hass.

Hatte ich Ahnungen? Kann man Ahnung nennen, was blitzhaft aufscheint, um gleich wieder zu versinken, als gestaltloses Bild, als nichtgedachter Gedanke? Was immer es war, es bewirkte nichts, nahm keinen Einfluss auf damalige Ereignisse, hinterliess allenfalls die Spur einer Erinnerung, der ich heute, zwanzig Jahre später, zum ersten Mal in Ruhe nachgehen kann. Stille umgibt mich, umringt von Schatten sitze ich in einem fremden, gemieteten Haus, die einzigen Aufregungen meines heutigen Lebens sind die Wellen und Wolkenspiele, die ich von meiner Terrasse aus sehen kann. Ist endlich der Tag gekommen, den Fragen auf den Grund zu gehen, für die ich niemals Zeit fand und in denen sich, wie ich heute weiss, die Vorgeschichte von Jerusalems Untergang verbirgt? Lässt sich diesen Fragen überhaupt »auf den Grund gehen«? Es soll Höhlen im Felsen geben, die immer tiefer werden, je tiefer man steigt, Rätsel, die sich immer mehr verwirren, je mehr man meint, sie zu lösen ...

Indessen stand Tigellinus schlank, militärisch sonnengebräunt, in weisser Toga vor uns im Morgengemach der Kaiserin und dozierte mit leiser Stimme. Die Schriftgelehrten betrachteten seine sicherheitstechnischen Hinweise als Zeichen zum Aufbruch. Sie erhoben sich, sobald er geendigt hatte, und ich mit ihnen. Gemeinsam verliessen wir das Morgenzimmer der Kaiserin – in dem Tigellinus, wie mir in Erinnerung ist, allein zurückblieb – und nahmen draussen in der Vorhalle Abschied voneinander, in einiger Bewegung, sogar Ergriffenheit, weil wir, wie es oft bei solchen Gelegenheiten geschieht, unvermutet des Umstands gewahr wurden, dass wir uns vermutlich nie wiedersehen würden. Als wir auf dem hellen Marmor beeinanderstanden, in jähem Schweigen, vielleicht mit einer Ausstrahlung von Verlegenheit, näherte sich raschen Fusses ein Kammerherr der Kaiserin. Er hatte die fremden Gesandten beobachtet und stehen und zu Boden blicken sehen. Mit einem Lächeln, gut ausgewogen zwischen Besorgtheit und Ermunterung, wies er den alten Raban Gershon ben Chananja auf eine Bank zwischen Säulen und offerierte ein erfrischendes Getränk.

Ehe die Gesandten ablehnen konnten, kam mir ein überraschender Einfall. Ich wandte mich an den humoristischen Pharisäer und fragte leise: »Kann ich dich, hochgeschätzter Herr, Meister und Lehrer, einen Augenblick sprechen?«

Wir standen in einem von Säulen gebildeten, lichtüberfluteten Tetrastoon, unter offenem Himmel, umringt von Wänden aus polierten Marmor, der das Licht, das ihn traf, vielfach zurückwarf, weisslich und gleissend, und die Haut, die Glieder und Gesichter derer, die in diesem Lichtgeviert standen, gleichfalls gleissen machte, in einem fast unglaubhaft hellen Schein. Das Gesicht des Pharisäers wirkte wie von plötzlicher Erleuchtung übergossen. Er wechselte einen Blick mit dem alten Raban Gershon, der gleichfalls zu strahlen schien. Dieser nickte dem Kammerherrn zu und liess sich von ihm zur Bank begleiten, gefolgt von den Sekretären. Der humoristische Pharisäer wandte sich an mich und erwiderte: »Jeder Dienst, den ich dir erweisen kann, *egregie*, ist nur ein Abglanz dessen, was dir gebührt.«

Ich wies mit der Hand in den Garten. Wir liefen einige Minuten auf einem Kiesweg, wortlos, in Blütenduft und Vogelzwitschern, bis ich den Pharisäer sanft beim Arm nahm und seitlich in ein Gebüsch zog. Dahinter lag ein stiller schattiger Ort, ein kiesbestreutes Rondell, oberhalb des kaiserlichen Hippodroms, beschirmt durch immergrüne Gewächse. Ich kannte diesen Ort seit meinen Kindertagen. Er war vom Weg aus nicht zu sehen, auch von der Reitbahn nur für den auszumachem, der um ihn wusste. Zur Sicherheit warf ich einen Blick hinter die steinernde Bank, ehe ich den Schriftgelehrten bat, sich niederzulassen. Dann sagte ich mit gesenkter Stimme: »Ich brauche deinen Rat, mein Meister und Lehrer.«

Er nickte gemessen, das Gesicht im Schatten der Büsche.

»Ich möchte nach dem Gesetz leben«, fuhr ich fort. »Richtig, so wie ihr. Aber ich bin ein Hofmann, ein *palatinus,* dem Willen eines launenhaften Herrschers untertan.«

Er warf mir einen prüfenden Blick zu, mit einer Spur Misstrauen. Meine Augen hatten sich an das Schummerlicht gewöhnt, und ich sah, als er sprach, dass er sich in Acht nahm und mit einer Vorsicht sprach, als drohe ihm Gefahr.

»Ich freue mich über deine Frage«, sagte er. »Das wichtigste ist, dass Du lebst. Wir sollen leben als Gottesvolk, und das Volk als Ganzes lebt, wenn der Einzelne lebt. Wir sollen uns nicht opfern für das Ganze, sondern dafür leben. Das macht uns so verschieden von den Assyrern, Babyloniern, Medern, Persern, von denen, die wir ›die Völker‹ nennen.«

»Ihr heisst mich tun und lassen«, fragte ich, »was der Kaiser will?«

Ich vermute, dass in meiner Stimme Entäuschung mitschwang und seinen Argwohn, es könnte sich um eine Provokation handeln, besänftigte. Ich sah, als er weitersprach, mitten hinein in sein Gesicht, in das Netzwerk von Falten und Runzeln in der sonnenverbrannten, wie gegerbten Haut. Was muss das da drüben für eine Sonne sein, dachte ich, wie muss sie strahlen und sengen, wenn selbst er, ein Mann der Bücherhallen und gedeckten Räume, so verbrannt davon war …

Er sprach mit leiser Stimme: »Du sollst unseren Gott nicht verraten, das Heilige nicht entweihen. Du sollst ihre Götter nicht anbeten, das musst du ihnen verweigern, und koste es das Leben. Du musst Nein sagen können wie Chananja, Mishael und Asarja am Hof Nebuchadnasars. Auch wenn dir der Kaiser zu morden befiehlt, musst du Nein sagen und notfalls dein Leben riskieren. Auch andere Greuel sollst du nicht begehen wie bei den Völkern üblich, nicht Unzucht mit Kindern treiben, mit verheirateten Frauen … Ich denke, du verstehst.«

»Aber sonst? Wenn mir befohlen wird, am *shabat* zu schreiben oder andere verbotene Arbeit zu tun?«

»Du sollst alles aufbieten an innerem Widerstand, an Selbstvertrauen, Witz und Verschlagenheit, um es nicht tun zu müssen. Aber wenn nun wirklich dein Leben daranhängt … Unser Gott liebt uns. Er ist keiner der Feuergötter und steinernen Götzen, die ihre Anbeter verschlingen. Du dienst ihm am besten, indem du für ihn lebst. Du dienst unserem Volk durch deinen Dienst am Hof. Du bist nicht der erste in dieser Lage. Josef lebte am Hofe Pharaos, Daniel bei den Babyloniern, Nehemia war Mundschenk des persischen Grosskönigs. Sogar Königin Ester, obwohl sie ein schutzloses Waisenkind war, fand ihren Weg an einem fremden Hof. Falls dich der Kaiser nötigt, falls er dir bei Androhung seiner lebensgefährlichen Ungnade befiehlt, am *shabat* ein paar Zeilen zu schreiben – es wird dir, gesegnet sei der Name, vergeben werden.«

»Wo soll man die Grenze ziehen?« fragte ich. »Man gewöhnt sich so leicht daran.«

Er stand auf, warf einen Blick über die efeubewachsene Brüstung, hinunter auf den fast leeren, sonnigen Hippodrom. Er wandte sich um und wieder lag sein Gesicht im Schatten.

»Es wird dich vielleicht wundern, was ich dir empfehle«, sagte er, »aber ich weiss nichts besseres. Entscheide nicht allein. Höre auf deine Frau. Wie unser Gott einst Vater Abraham gebot: *Shema b kolah*, Höre auf ihre Stimme. Sie scheint mir klug und inspiriert. Gut, sie ist noch sehr jung, fast ein Kind ... Doch ich glaube nicht, dass Königin Ester viel älter war. Und dann: *Al tistakel ba kankan.* Es gibt junge Schläuche, die alten Wein enthalten. Nur Mut, *egregie*, nur Mut ...«

Der Ewige regiert, es juble die Erde, es freue sich alles Verstreute. Dunst und Nebel sind rings um ihn, Gerechtigkeit und Gesetz stützen seinen Thron. Feuer zieht vor ihm her und verzehrt seine Gegner ...

Meine Sänfte war zur Stelle, ich stieg ein und wurde davongetragen, fiel zurück in den Lärm des römischen Vormittags, passierte das in die Strasse ragende Halbrund des Circus-Portals, hinter dem sich die Rennbahn in ihrer marmornen Einfassung erstreckte, schier endlos, fast bis zum Forum Boarium, zum Fluss. Das Riesengebilde öffnete sich zu beiden Seiten als flache, langgezogene, das Auge betäubende Flucht marmorner Kolonnaden, die mit den gegenüberliegenden Häusern am Fuss des Aventinus eine enge, schattige, im Wortsinn obskure Gasse bildeten. Licht fiel nur am späten Nachmittag, während einer kurzen Stunde, in diese summende, allzeit geschäftige Welt von Wettbüros, Prostituierten und Geldverleihern, in der sich undurchsichtige Leute umhertrieben, Händler, Zuhälter und Spitzel, dazu Neugierige und Glücksucher, bewaffnete junge Ritter oder verschleierte Damen in ihren Tragestühlen. Als ich dort langsam in der Sänfte vorüberglitt, trafen mich das Sprachengewirr, das Gesumme, Gelärme, die Gerüche exotischer Speisen, das Starren aus geschminkten Augen wie eine geheime Wahrheit des Lebens. Diese Gasse war Rom, Gewimmel, Zusammentreffen, Gier, Erfüllung und irgendwann – wer wusste, wann? – das Sich-Verlieren. Dieser Stadt mit offenen Augen folgen, ihre tausend Gleichzeitigkeiten aufnehmen, sich ihr mit allen Sinnen hingeben hiess

Vergessen. Auch ich begann zu vergessen und die Einzelheiten der Audienz aus dem Sinn zu verlieren, das Gespräch mit der Zwergin, das Erschrecken vor Tigellinus, den Rat des Schriftgelehrten, ich dachte auch in den kommenden Tagen nicht mehr daran, als die Mitteilung von Jacobus' Erhöhung in den Ritterstand eintraf, als wir den Tag der Hochzeit festlegten und letzte Vorbereitungen in Angriff nahmen.

Zur Freude meiner Diener liess Jacobus Luxusgegenstände ins Haus bringen, Silbergerät, babylonische Teppiche, Polster, kostbare Lampen. Als ich Hausleute und Lieferanten angewiesen fand, meinen Widerstand zu ignorieren, gab ich ihn auf und zog mich mit meinem Schreiber ins Gartenhaus zurück. Küche und Keller wurden in kosheren Zustand versetzt, unter Anwendung grosser Mengen kochenden Wassers, durch Einbau neuer Schränke zur Trennung milchiger und fleischiger Speisen, durch Eintauchen aller Küchengeräte in eine *mikveh*. Man versah Treppen und Terrassen mit Geländern, auch dies ein Gebot unserer Bücher. Da Jedidah ihre Lieblingstiere mitbrachte, Stachelschweine, Wüstenvögel, sogar eine ägyptische Katze, richtete man im Garten Käfige und Gehege ein.

Ich sah Jedidah nicht oft in diesen Tagen, meist war sie umringt von ihren Dienerinnern, Mädchen ihres Alters, deren Liebste und Vertrauteste sie mit ins Haus bringen würde. Die Mädchen waren züchtig gekleidet und arbeiteten mit hurtigen Fingern, sangen oder plauderten dabei, doch ihre Augen waren überall, ich spürte die Beunruhigung unter meinen unverheirateten Dienern, in meinem bisher fast frauenlosen Haus. Auch sonst lag Spannung in der Luft, Erwartung, die Ahnung aufregender Ereignisse. Jacobus bemühte sich, den Eindruck zu zerstreuen, dass ihn die bevorstehende Heirat seiner ältesten Tochter, seine Ernennung zum römischen Ritter, die Erhöhung seiner Söhne und die anderen Veränderungen dieser Tage allzu stark beeindruckten. Er war mit praktischen Dingen beschäftigt, lief mit Handwerkern durch das Haus, liess Möbel umherrücken, gab Anordnungen. Doch manchmal sah ich ihn vor sich hinstarren, erstaunt, bewegt, vielleicht auch einfach beglückt über seinen unerwarteten Aufstieg an Neros Hof.

Die Übergabe der Sammlung von Musikinstrumenten an den kaiserlichen Sänger, womit ich die Kaiserin zur Zustimmung seiner Erhöhung bewogen, wurde als Gabe anlässlich unserer Hochzeit deklariert. Ich hatte richtig vermutet, dass Jacobus das Opfer nicht allzusehr schmerzte. Es schien ihm sogar recht zu sein, die kaiserliche Gunst auf irgendeine Weise zu vergelten und den Römern seine Grosszügigkeit vorzuführen. Die Sammlung war nicht nur kostbar, sie war auch mit grossem Sachverstand zusammengetragen und zeugte von Jacobus' Weltläufigkeit und Verbindungen. Sie wurde dem Kaiser anlässlich einer Morgenaudienz in den Empfangsräumen des Palastes übergeben.

Wir fanden Nero umringt von Statuetten, die ihm soeben von einer Abordnung des Berufsverbands der Bildhauer überbracht worden waren. Die Bildwerke zeigten ihn in Bronze, Marmor, Elfenbein oder vergoldetem Silber, allesamt als Kitharaspieler. Mehrere Meister der Innung arbeiteten an Entwürfen zu Grossbronzen, und die hier aufgestellten Figuren waren Modelle oder daraus hervorgegangene, in Material und Machart hochstilisierte Einzelstücke, gedacht als Schmuck für den kaiserlichen Palast. Sie wurden dem Kaiser zur Entscheidung präsentiert, welche Darstellungen seiner selbst er als Monumentalplastik verwirklicht sehen wollte, als Muster für die im gesamten Imperium zu verteilenden Kopien, oder welche ihm nicht behagten und daher der Vernichtung anheimzugeben waren.

In allen Entwürfen war der Versuch zu erkennen, den körperlichen Verfall des jungen Herrschers zu verbergen, seinen vom Trinken aufgeschwemmten Leib, die hängenden Brüste, das Doppelkinn, die schlaffer werdenden Arme und Beine, doch möglichst unter Beibehalt des physiognomischen Typs, einer gewissen Ähnlichkeit und Wahrscheinlichkeit, die Nero das Gefühl offener Täuschung ersparte und ihm die Möglichkeit des Wiedererkennens liess. Vor uns stand also in zahlreichen Varianten ein kraftvoller Jüngling mit breiter Brust und säulenähnlichem Hals, mit üppigen Hüften, die jedoch durch stabile, schwellend gerundete Beine optisch ausgeglichen wurden, und einem in geschwungener Linie vortretenden Hintern, wohlproportioniert, wenn auch drall und prall, schimmernd und glattpoliert, all dies gekrönt von einem schwärmerischem Gesicht und inspiriert aufgerissenen, übergrossen Augen.

Diese Augen gehörten noch zum Wahrhaftigsten an jenen Bildwerken, denn in der Tat waren die des Kaisers gross, weitstehend und vorgewölbt, wenngleich durch stark geschwollene Oberlider und Tränensäcke bedrängt und in ihrer Ausstrahlung gemindert. Auch die vollen, gerundeten Lippen, in deren Winkeln nicht selten ein geistvolles, spöttisches Lächeln spielte, die lange, gleich unterhalb der Wurzel geknickte Quiritennase, das markante Kinn gaben wenig Grund zu vertuschendem Eingreifen. Die Züge der julischen Linie traten hier am deutlichsten hervor, zeigten in Augen- und Mundpartie sogar eine Ähnlichkeit mit dem von ganz Rom geliebten Antlitz des grossen Augustus. Dass die Locken, die dieses Antlitz in Überfülle umrankten, umloderten und romantisch verjüngten, in jedem der plastischen Entwürfe aufs feinste ausgearbeitet waren, versteht sich von selbst. Nero war in verschiedenen Posen mit Saiteninstrumenten dargestellt, mal eine übergrosse Kithara auf den vorgestemmten linken Schenkel stützend, mal eine kleine Delta zärtlich im Arm oder eine sackartige Nivla schräg vor der Brust, meist mit zurückgelegtem Hals ins Weite schauend, als warte er lauschend auf die Eingebung eines ersten Akkords.

Gerade in den Morgenstunden neigte der Kaiser, wenn er sein vom nächtlichen Trinken verquollenes Gesicht zum ersten Mal im Spiegel sah, zu wehmütigen Gedanken über irdische Vergänglichkeit und das anstrengende Dasein eines Weltenherrschers. Er heiterte sich erst auf, wenn unter den Künstlerhänden seines griechischen Ornators Thalamus die früheren Züge wieder hervortraten, eine tägliche Prozedur, auf der die ausserordentliche Macht dieses Sklaven beruhte. Da ihm nun hier in Stein und Bronze sein Ich gleich dutzendfach in der aus Jünglingstagen bekannten, ersehnten Form entgegentrat, durch die Dauerhaftigkeit und Festigkeit des Materials glaubwürdiger und beständiger wirkend als der morgendliche Zufallseindruck in der seitenverkehrt reflektierenden Scheibe, fanden wir den Kaiser in angeregter, hoffnungsvoller Stimmung, im stummen Zwiegespräch mit all den Bildern seiner selbst, schon halbwegs überzeugt, dass sie ihm eher gerecht würden als der Spiegel, den er sich in einer Art von verkatertem Trotz allmorgendlich zumutete. Er schlenderte, die Arme in die Hüften gestützt, wodurch er ihr schwellendes Fleisch zugleich ein wenig zusammenpresste, den Bauch eingezogen, das Kinn emporgereckt, zwischen den Standbildern umher und suchte Anhaltspunkte.

Unser Erscheinen schien ihn zu stören, er absolvierte Jacobus' Vorstellung in unhöflicher Kürze und wandte sich wieder den Figuren zu. Nur weil Jacobus von den Musikunstrumenten zu sprechen begann, wandte er sich nochmals zu uns um, und als diese genau im richtigen Augenblick auf blumengeschmückten Tragen von judäischen Knaben ins Gemach gebracht wurden, riss er eine alte, edel geschwungene Lyra an sich und griff probeweise in ihre Saiten. Das Instrument, aus dem Nachlass einer ausgestorbenen priesterlichen Familie, hatte einen wunderbaren Klang. Der Kaiser lauschte, stand einen Augenblick reglos, dann nahm die Pose einer der vor ihm stehenden Statuen ein und begann zu singen. Die Figur, an die er sich hielt, schien dem berühmten Apollon Kitharodos nachempfunden, einem jahrhundertealten griechischen Bildwerk, das in zahllosen Kopien über das Imperium verbreitet war: ein Jüngling von weichen, fast fraulichen Zügen, himmelwärts blikkenden Augen und süss-verträumtem Mund, in gestaltverhüllender Kleidung, in Talar, bodenlangem Mantel und das Gesicht überschattendem Lorbeerkranz, nur das vorgestellte linke Bein, gegen dessen üppigen Schenkel die Kithara gestemmt war, vom Knie an entblösst. Diese Statue hatte der Kaiser im Auge, unwillkürlich imitierte er ihre Haltung, warf Blicke zu ihr hinüber und zeigte sich von ihrer hermaphroditischen, verschleiert-vielsagenden Ausstrahlung so ergriffen, dass er in höchster Tonlage, im Falsett, zu singen begann. Ich zuckte leicht zusammen, als ich hörte, dass es sich um Zeilen aus meinem Poem *Der Kitharaspieler* handelte, um jene, die ich nach reichlichem Weingenuss im kaiserlichen *tabularium*, einer Augenblickslaune folgend, meinem Schreiber Primus diktiert hatte, und an denen des Kaisers Herz besonders zu hängen schien:

Ist denn sie, die ätherisch bleibt, schwebende Zephyrklänge,
solche Opfer wert, solches für immer Verzichten,
ist sie wert, dass der Blütenmund einem anderen lächelt,
jene Lippen, auf denen Unsterblichkeit perlt
wie in Tautropfen morgens sich öffnender Rose
samtweicher Blätter, der waidwunden Seele Labung,
wie verschenkt, einem anderen hingeworfen, und alles
nur diesen Klängen zuliebe, den unbeständigen, wehen,
treulosen Klängen aus ewig leidendem Herzen …

Die Melodie war nicht improvisiert, zu sicher kamen die Akkorde. Offenbar trug der Kaiser aus seiner fertigen Vertonung vor, um uns zu überraschen. Alle im Raum klatschten in die Hände. Der Sänger griff nach einem anderen Instrument, zupfte probeweise, legte den Kopf in den Nacken und begann von neuem, in anderer Tonlage, anderem Rhytmus, diesmal eine spätere Stelle, in der sich die unglückliche Liebe des Helden bereits zum Guten gewendet hat:

Eine ist's, die am Ende den stolzesten Sänger,
der Kithara Vermählten, dennoch bezwingt,
süsse Saitenklänge ihr Liebesgeflüster,
hingebreitete Lyra ihr sanft gebogener Leib,
und die Hände, beseelt nun von anderem Sinnen,
gehen Wege, bezaubert von dem, was sie fühlen,
und entringt sich der Kehle ein neues Lied …

Der Kaiser warf mir beim Singen einen schelmischen Blick zu, von anderer Seite traf mich das forschende Auge meines Schwiegervaters, und ich erinnere mich bis heute, wie ich litt. Es war eine Sache, derlei in beschwingtem Zustand einem Schreiber zu diktieren, und eine andere, es vor Zeugen hören zu müssen, demnächst öffentlich, im Angesicht tausender Römer. Was würde Nero aus meiner Vorlage machen? Eines der in Rom beliebten Bühnenereignisse, laut und schrill wie eine Posse? Er betrachtete Texte grundsätzlich unter dem Gesichtspunkt ihrer spektakulären Verwertbarkeit, als Mittel, namenlose Massen in einen Zustand rauschhafter Zustimmung zu versetzen. Derweil galt es, des Kaisers schelmisches Lächeln mit einem ebensolchen zu erwidern, Begeisterung zu zeigen über seinen Vortrag und seine Art der Vertonung. Er freute sich an den Instrumenten, probierte weitere, hob die Stimme, warf sich in Pose, geriet ausser sich. Er kündigte an, zu meiner Hochzeit zu kommen, fügte dann vorsichtshalber ein »vielleicht« hinzu, doch selbst die Ankündigung einer vagen Möglichkeit sollte, von Lauschern an die draussen wartenden *ardaliones* verkauft und in tausend Kanälen die Stadt durcheilend, am Hochzeitstag einen Ansturm der römischen Gesellschaft auf mein Haus auslösen.

»Darf ich fragen«, erkundigte sich nachher Jacobus mit halber Stimme in der Sänfte, die uns hinüber nach trans Tiberim trug, »ob die vom göttlichen Caesar vorgetragenen Partien ...«

»Frag mich nicht«, gab ich zurück.

Er nickte mehrmals hintereinander mit gerunzelter Stirn und fuhr fort: »Ich wünsche dir eine nachsichtige Nachwelt. Der Allmächtige weiss alles, sieht alles, wägt und vergibt. Er weiss, in welcher Situation du dieses Poem geschrieben hat. Nun verstehe ich, warum unsere Weisen fordern *hevu metunim ba din*, Seid vorsichtig beim Richten.«

Ich schwieg.

»Sei nicht verstimmt«, sagte Jacobus. »Und was Jedidah betrifft, fürchte nichts. Sie liebt dich, sie wird deine Lage verstehen. Ich wünsche dir, dass du endlich dazu kommst, Poeme zu schreiben, die deiner würdig sind. Ein solches Talent, allmächtiger Gott, wie könnte es unserem Volk zur Ehre gereichen ... Ich fühle Gewissensbisse, dass wir dich in diese Lage gebracht haben. Betrachte Jedidahs Mitgift als Sicherheit, um fortan in Ruhe zu arbeiten, deiner Inspiration zu folgen, dich vom Hof fernzuhalten ... Es ist schwer, ich weiss«, fügte er seufzend hinzu, »es ist fast unmöglich ... Wir alle zappeln in diesem Netz.«

Unsere Seele, wie ein Vögelchen, ist den Netzen des Vogelfängers entgangen, die Schlinge zerriss, und wir entkamen …

Den letzten Abend vor der Hochzeit verbrachte ich mit Halityrus und seinem Sekretär, demselben, der in Puteoli die Vorgespräche mit den Gesandten geführt hatte. Beide sollten am nächsten Morgen meine Trauzeugen sein, mir zur Seite stehen, mich zum Hochzeitsbaldachin führen und nochmals, diesmal öffentlich und auf prunkvoll gestaltetem Schmuckblatt, die Vereinbarungen zur Sicherung der Braut unterschreiben. In der Regel waren die Trauzeugen die engsten Freunde des Bräutigams, und es war üblich, dass dieser den Abend vor der Hochzeit mit ihnen verbrachte, seinen letzten Abend als Junggeselle.

Der Sekretär hiess Matitjahu und war noch sehr jung, kaum zwanzig. Nach dem glücklichen Ausgang der Gesandtschaft hatte ihn die Kaiserin am Hof unterzubringen gewusst, im Amt für die kaiserliche Korrespondenz, genannt *ab epistulis,* ausgerechnet in der griechischen Abteilung, der ein unbeugsamer Judengegner vorstand, Neros früherer Lehrer, der Grieche Beryllus. Ich hielt es eher für eine Strafe, unter einem solchen Vorgesetzten arbeiten zu müssen und äusserte mich in diesem Sinn, doch Matitjahu lachte. Er schien mehr zu wissen, als er uns verriet, vor allem über seine eigentlichen Aufgaben in dieser wichtigen, bisher ganz von der griechischen Hofpartei beherrschten, dem Einfluss Poppäa Sabinas unzugänglichen Kanzlei. Seinen hebräischen Namen hatte er, der grösseren Einfachheit zuliebe, gegen einen griechischen eingetauscht, nannte sich also neuerdings Mathaios statt Matitjahu, war glattrasiert und trug die am Hof übliche Toga.

Er hatte bewiesen, dass er ein intelligenter, gewandter junger Mann war, zum Hofdienst geeignet, zum Geheimnisträger und diskreten Vertreter komplizierter, in ständiger Wandlung begriffener Interessen. Ich konnte mir vorstellen, dass er sich mit Poppäa Sabinas geheimer Ratgeberin, der Zwergin Callida, bestens verstand, und wollte schon nach ihr fragen, als mir – eben noch rechtzeitig – das der Zwergin gegebene Versprechen einfiel, über unsere Begegnung zu schweigen. Die Fast-Indiskretion machte mir erneut bewusst, wie sehr ich zum Übertreten solcher unsichtbaren, im Hofleben entscheidenden Grenzlinien neigte, und dies nicht einmal, weil ich solche Grenzen nicht anerkannte, sondern aus einem einfachen, kaum je zu beseitigenden Grund: aus Vergesslichkeit.

Die Marmorböden der kaiserlichen Paläste waren glatt wie Eis, und für jemanden wie mich, der zur Zerstreutheit neigte, lebensgefährlich. Ohnehin ging an diesem Hof das Sterben um, frühes, geheimes Sterben. Personen wechselten rasch, ohne Aufhebens, aus der Vertikalen in die Horizontale, gingen gestern noch frohgemut umher, Besitzer von Vermögen, Träger von Ornamenten, und lagen morgen auf hochgetürmtem Scheiterhaufen, einbalsamiert, zwischen Dufturnen und Trauerchören. Erst vor einigen Tagen war das Leichenbegängnis des Prokurators *a libellis*, des kaiserlichen Freigelassenen Doryphorus, mit grossem Prunk begangen worden, des Mannes, den wir unter uns ›der Schöne‹ genannt hatten und der einige Jahre lang Neros Freund und einer der mächtigsten Männer des Imperiums gewesen war. Seine Marmorbüsten zierten Strassen und Plätze, sogar Häuser der höchsten Gesellschaft. Doryphoros, nicht älter als Mitte Zwanzig, war offiziell an einer Krankheit gestorben, doch nicht jeder glaubte daran, Gerüchte gingen um, denen zufolge er im Geheimen beiseitigt worden war. Auch sei sein Riesenvermögen, bis auf einige Legate, testamentarisch dem Kaiser zugefallen. Die *ardaliones* flüsterten in den Badestuben und Tavernen, dass sein Geld ohnehin dem Kaiser gehörte, der ihn mit Geschenken und Liebesgaben überschüttet hatte. Sie erinnerten an eine Geschichte, die sich zu Lebzeiten der Kaiserin-Mutter zugetragen haben soll: der junge Kaiser, damals in Doryphorus verliebt, wies diesem an einem einzigen Tag zehn Millionen Sesterzien zur Schenkung an, und befahl, als seine Mutter ihm Vorhaltungen machte und, um ihn zur Vernunft zu bringen, die ganze ungeheure Menge Goldmünzen auf den Fussboden des Palastes schütten liess, die Summe noch zu verdoppeln, mit der damals vielzitierten Begründung, er hätte nicht gedacht, dass zehn Millionen ein so unansehnliches Häuflein Goldes sei.

Solange Doryphorus in Amt und Würden gewesen war, hatte niemand in Rom diese Geschichte zu erzählen gewagt. Ich sah den

Freigelassenen vor mir und empfand eine Aufwallung von Mitgefühl, als ich mir sein junges Gesicht, das ich so oft hatte lachen sehen, mit von Gift verzerrten Zügen und glasigen Augen vorstellte oder blutüberströmt, nachdem ein Schwertstreich den Kopf vom Rumpf getrennt hatte. Es war undenkbar, darüber ein Wort zu verlieren. Doryphorus war tot, und wenn er auf Wunsch der Kaisers getötet worden war, so lag seinem Tod höherer Wille zugrunde wie bei Blitzschlag oder Sturz von den Klippen. Er seinerseits hatte nie gezögert, Rivalen aus dem Weg zu räumen. An diesem Gedanken hielt ich mich fest, die entscheidende Minute lang, bis ich das grausige Bild nicht mehr vor Augen sah und die Heiterkeit in mein Herz zurückfand, die an diesem Abend angemessen war.

Matitjahu schien mich für so unerschütterlich zu halten, wie mein Gesicht vorgab. Er pries meine Umsicht, lobte meine Rolle in der Affäre um die Tempelmauer, nannte mich *astutus*, *versutus* und ähnlich, erklärte sogar, er und alle Beteiligten schuldeten mir ewigen Dank, da mein Auftritt den für unsere Seite »siegreichen« Ausgang der Sache entschieden hätte. Derlei Schmeicheleien brachte er ohne Verlegenheit über seine geschwungenen, ein wenig aufgeworfenen Lippen, deren untere eine Neigung zeigte, in unbeobachteten Augenblicken – solchen des Nachdenkens oder längeren Schweigens – leicht herabzuhängen, was ihm einen überraschenden Ausdruck von Weltferne gab, von plötzlichem Stutzen und Sich-Verwundern. Mir war bei seinem Anblick, als gäbe es hinter seinem glatten, selbstgewissen Kindergesicht noch ein zweites, uraltes, von tiefer Erfahrung gezeichnetes, und als täte er gut daran, es vor seiner Mitwelt zu verbergen.

Jacobus hatte diesen Abend angeregt, um uns zusammenzubringen, unsere durch die Tempelmauer entstandene Gemeinsamkeit zu festigen, am besten Freundschaft daraus werden zu lassen. Er fand, wir wären zu wenige in Rom, um uns Regungen wie Eifersucht und Antipathie leisten zu können. Wir waren nur eine Handvoll an einem von Römern und Griechen beherrschten Hof, kein Prokurator, kein Präfekt unter uns, kein Senator, Konsul oder Prätor. Der Macht, den Rechten, der Menge unserer Gegner hatten wir nichts entgegenzusetzen als Geistesgegenwart und Zusammenhalt. Doch seiner Anregung hätte es kaum bedurft, ohnehin waren wir einander in diesen Tagen nahe, freuten uns einer über des anderen Dasein, meinten, einander lange und gut zu kennen, aus einem unbestimmten »Früher« her, auch wenn es nach allen Regeln der Vernunft unmöglich war.

Unseren ersten Becher tranken wir auf die Jerusalemer Gesandten, die mittlerweile in Puteoli an Bord ihres Schiffes gegangen und in See gestochen waren. Wir gedachten der vergangenen Wochen, riefen uns gegenseitig heitere Augenblicke ins Gedächtnis, etwa die Minuten, in denen Hohepriester Ishmael und sein Neffe, der Schatzmeister des Tempels, zwei überaus würdevolle Männer, ein paar Schritte in einem Reigen mitgetanzt hatten. Allmählich wechselten wir ins Aramäische, in die Sprache unserer fernen Heimat, obwohl wir in einer nach allen Seiten offenen Laube sassen, im Peristyl meines Hauses, einem Ort, der heimliches Lauschen unmöglich machte. Ich hatte den umlaufenden Säulengang mit Fackeln beleuchten lassen, so dass sich niemand ungesehen anschleichen konnte und wir dort, wo wir sassen, kein Licht brauchten. Halbdunkel umgab uns, das Zirpen von Zikaden, das Rascheln der duftenden Oleanderbüsche, über uns war der bestirnte Nachthimmel, zu dem wir hin wieder von unseren Speisesofas aufblickten. Wir assen Speisen der Heimat und tranken judäischen Wein.

Matitjahu, über seine Berufung in den Hofdienst von Freude erfüllt, vergass die kühle, wortwägende Attitüde des *palatinus* und erzählte weitschweifig, wie er nach Puteoli gereist und dort den Jerusalemer Gesandten begegnet war, wie er allein zwölf hochrangigen Persönlichkeiten gegenübergestanden – darunter einem Hohepriester und einem Mitglied des Hohen Sanhedrin – und sich unter ihnen behauptet hatte, wie er jeden Abend nach einem übergeschäftigen Tag todmüde gewesen sei und durch unerwartete Zwischenfälle mehrmals am Rande des Nicht-ein-noch-aus-Wissens. Sein Onkel Halityrus, der ihn vor zehn Jahren nach Rom geholt und in seinem Haus aufgezogen hatte, lauschte mit einem Lächeln. Auch zwischen diesen beiden Männern war Grund zur Eifersucht denkbar, der junge Verwandte war freigeboren und konnte römischer Ritter werden, weder der Schauspielerstand noch sonst ein

Makel hinderte ihn daran, sich günstig zu verheiraten. Doch auch in ihrem Fall war es klüger, die Eifersucht nicht überhand nehmen zu lassen und einander zu helfen: eine gute Partie würde wiederum von Halityrus abhängen, davon, wieviel er dem Neffen hinterliess oder schon zu Lebzeiten überschrieb, wodurch er seinerseits, obwohl in der Fremde geboren und als Sklave nach Rom gekommen, mit einer römischen Familie, wahrscheinlich von Stand, in vorteilhafte Verbindung treten konnte.

In der Hafenstadt Puteoli hatte Matitjahu in seines Onkels Villa gewohnt und täglich mit den Gesandten verhandelt. Die Villa war als Ort verschwiegener Zusammenkünfte bekannt, man wusste von ihr bis Jerusalem, schon vordem hatten sich dort Abgesandte aus Judäa mit römischen Grossen zu Gesprächen getroffen. Sie lag an den Hang geschmiegt, hinter einem Wäldchen aus Zypressen, und hatte an der Gartenseite eine in den Berg getriebene *caverna*, eine Höhle oder Grotte, wie gemacht für vertrauliche Unterredungen. Dort, im flackernden Licht an der Felswand befestigter Fackeln, war Matitjahu zum ersten Mal den Gesandten gegenübergetreten und hatte sich über ihr für römische Verhältnisse gravitätisches Aussehen gewundert, an das er sich zwar dunkel aus Kindertagen erinnerte, das er jedoch nun mit römischen Augen sah: die Schriftgelehrten dunkel gewandet, das Mitglied des Sanhedrin überdies mit einem aus starrem Goldstoff gewobenen ärmellosen Überwurf, die Priester in Weiss wie die Grossen Roms, doch in bodenlangen Rökken, bärtig und mit hohen Kopfbedeckungen, die sie in der Hauptstadt, wo man barhaupt ging, zum Gegenstand allgemeinen Erstaunens machen mussten.

»Darin zeigt sich«, unterbrach ihn an dieser Stelle Halityrus, »die Starrköpfigkeit unserer Leute von drüben. Was macht es schon aus, sich etwas modischer zu kleiden, wenn man an den römischen Hof reist? Ist man deswegen gleich ein *mitjaven*, ein Griechenfreund, wie die Pharisäer behaupten?«

Matitjahu wagte eine Geste des Widerspruchs. Halityrus übersah sie, noch nicht daran gewöhnt, in seinem Neffen einen Hofbeamten und Erwachsenen zu sehen.

»Sie begreifen nicht«, fuhr er fort, »dass ein kleines Volk wie wir nichts so nötig hat wie gute Beziehungen zu den Nachbarn, zu den Völkern des Imperiums, zu den Grossen Roms, zum kaiserlichen Hof. Wollen wir allein gegen den Rest der Welt ankämpfen? Die Pharisäer gehen umher und wiegeln unsere Leute gegen Rom auf. Ich bestreite nicht, dass die römischen Prokuratoren grosse Räuber sind und dass in Judäa manches im Argen liegt. Aber Rom ist die Welt. Der pharisäische Glaubenseifer wird die Sache nur verschlimmern.«

»Aber es war ein Pharisäer«, sagte ich, »der in der Morgenaudienz die richtigen Worte gefunden hat, um den Sänger in heitere, verbindliche Laune zu versetzen.«

Halityrus lächelte. Er entblösste weisse Zähne und legte sein gebräuntes, auf Wangen und Lippen durch Tupfer von Schminke gehöhtes Antlitz in ebenmässige Falten. Sein langer schmaler, aus alten Gewissheiten geformter Schädel, an einen Kamelkopf erinnernd mit den kugelig vortretenden, weit auseinanderstehenden Augen, den geschwungenen Kieferknochen und vorgewölbten Lippen, lehnte bequem in den seidenen Kissen, seine langfingrigen, schmucklosen Hände hingen herab. Er trug keine Ringe an den Fingern, niemals. Vielleicht, weil ihm als Angehörigen des dritten Standes das Tragen goldener nicht gestattet war und er sich nicht die Blösse geben wollte, mit solchen aus anderen Metallen fürlieb zu nehmen, mit grossen Steinen vielleicht und in wertvoller Ausführung, aber doch sichtlich keinen goldenen. Zudem hätten Ringe die eleganten Linien seiner Hände unterbrochen und scheinbar verkürzt, berühmter, vielbesprochener Hände, von denen es hiess, dass immer wieder schwärmerische Damen sie zu küssen versuchten. Er war überhaupt lang und elegant, der länglichen Dehnung seines Kopfes entsprach die Länge seiner Arme und Beine, mit deren Hilfe er weite Räume ausfüllen konnte, durch verblüffende Schritte, wedelnde Gesten, erstaunliche Sprünge.

»Ausser dir war niemand dabei«, sagte er, »und du bist bekanntermassen eine poetische Natur ... Nein, lass mich ausreden. Selbst wenn es einer der Pharisäer war, der den Kaiser für unser Anliegen eingenommen hat, bildet er eine seltene Ausnahme. Oft neigen die Schriftgelehrten zu Prinzipienreiterei und Schroffheit, zu einer unnötigen Abgrenzung, sogar Abschreckung von Aussenstehenden. Es ist nicht sosehr, wie neulich ein Freund des Kaisers sagte, ›das verstockte Festhalten an ihrem Wüstengott‹. Es ist das Fehlen jeglicher Verbindlichkeit und Gesprächskultur, dessen, was wir *humanus* nennen.«

Matitjahu warf ein: »Hast du den Eindruck, dass man sich in Rom dafür besonders interessiert?«

»Man interessiert sich zunehmend für unseren Glauben, bei der Kaiserin angefangen, in manchem vornehmen Haus. Doch das unduldsame Wesen der Schriftgelehrten verhindert die Annäherung suchender Seelen. Sie erreichen damit nur, dass die Suchenden ihre Aufmerksamkeit dem Nazarener zuwenden.«

»Das hört sich an«, sagte ich, »als ob du die Sekte fürchtest.«

»Kann man die eigenen Leute fürchten?« fragte Halityrus. »Zugegeben, sie machen ein paar Schwierigkeiten. Sie sind eifrig im Bekehren von Heiden. Doch die Rechte, die uns der grosse Julius Caesar zugestanden hat, sind von römischer Seite an die Bedingung geknüpft, dass wir nicht Angehörige anderer Völker ihrem eigenen Glauben abspenstig machen. Von jeher empfehlen unsere Bücher, die Völker lieber bei ihren Göttern zu lassen, so wenig wir diese auch bei uns selbst dulden mögen. *Ki kol ha amim jachlu ish b'shem elohav, va anachnu nelech b'shem adonaj elohejnu*, sagt der Prophet Micha, Ein jedes Volk wandle für sich im Namen seines Gottes, wie wir im Namen unseres Gottes, des Herrn.«

»Aptus«, sagte Matitjahu leise. »Wer hätte gedacht, dass du so gut in unseren Büchern bewandert bist?«

»Wofür hältst du mich?« fragte der Schauspieler, ohne auf den scherzhaften Ton einzugehen. »Sei vorsichtig, Neffe. Einen Juden zu verdächtigen, er lebe nicht nach unserem Gesetz, ist heutzutage nicht ungefährlich. Die Kaiserin versteht in dieser Frage keinen Spass. Auch der neue Präfekt der Prätorianer nicht. Nach römischem Gesetz gelten wir Juden als anerkannte Religionsgemeinschaft, nicht aber Sekten, sie sich von uns abspalten und aufrührerische Reden halten, gegen Kaiser, Hof und Staatsreligion. Die Lage ist nicht mehr leicht zu durchschauen. Wer ist Jude? Eine einfache Frage, sollte man denken … Seit den Tagen des grossen Caesar haben wir verbriefte Rechtshoheit in allen Angelegenheiten, die sich unter uns zutragen. Solange wir von einem Anhänger des Galiläers sagen ›Er ist einer von uns‹, kann sich der Betreffende sicher fühlen.«

Ich wollte wissen: »Und wenn nicht?«

»Aus Menschlichkeit und da wir durch unsere Gebote verpflichtet sind, jüdisches Leben zu schützen, versuchen wir alles nur Erdenkliche für diese Leute zu tun.« Halityrus klappte seine runden Lider über die glänzenden Augenäpfel und hielt sie während der nächsten Sätze geschlossen.

»Unsere Gemeinden sind eher langmütig. Nimm diesen Sha'ul oder Paulus aus Tarsus, einen Schriftgelehrten vom Stamme Benjamin. Er ist mittlerweile im ganzen Imperium bekannt, ein Seelenfänger und Propagandist, der von Gemeinde zu Gemeinde reist und in den Synagogen Reden hält. Bereits zweimal wurde er von der Behörde festgenommen, das erste Mal in Korinth, das zweitemal in Jerusalem. Er ist so eifrig im Proselytenmachen, dass er nicht mal mehr die Beschneidung für nötig hält. Er findet, jemanden kurz ins Wasser zu tauchen – eine angedeutete *mikveh* – genüge, ihn in ein Kind des Bundes zu verwandeln. Darüber geriet er mit dem Anführer der Christiani in Jerusalem in Streit, einem gewissen Ja'akov, dem leiblichen Bruder ihres Chrestos, wodurch sich die Sekte spaltete. Wo immer Paulus auftaucht, entsteht Unruhe und Aufruhr. Man hat ihn in Caesarea dem Prokurator Festus vorgeführt, doch er da er das römische Bürgerrecht besitzt, somit das Privileg, beim Kaiser zu appellieren, wurde er nach Rom überstellt. Der Ritter lässt ihn in seiner Herberge bewachen, man weiss nicht recht, ob zu seiner Festsetzung oder zu seinem Schutz, denn er hat zahllose Feinde, die ihn hassen, zumal unter den Anhängern des Nazareners von der anderen Fraktion. Er darf studieren und Besucher empfangen, sogar Briefe an seine Anhänger überall im Imperium senden. Ihr seht, wie vorsichtig man seitens der römischen Behörde mit einem solchen Mann verfährt, solange er erklärtermassen Jude ist.«

»Du meinst, das ist der einzige Grund?« fragte ich.

Matitjahu hob den Kopf und sah mich an.

»Was sonst?« fragte Halityrus, auch er mit wachen Augen.

Mir lag auf der Zunge zu sagen, was ich über jenen Sha'ul oder Paulus dachte: dass ihm Unerklärliches anhaftete, Ungereimtes, zur Vorsicht Mahnendes. Immer wieder auffällig geworden, mehrmals angeklagt und inhaftiert, lebte er unter Bewachung in trans Tiberim, unterhielt Korrespondenz, empfing Besucher. Konnte er nicht einfach ein Lockvogel sein, um Suchende in Tigellinus' Netz zu ziehen?

Halityrus' Miene verriet, dass ihm Zweife kamen, ob er recht daran getan hatte, über so verfängliche Dinge zu sprechen, aus heiterer Stimmung heraus, am Vorabend einer Hochzeit. Unbehagen hatte ihn gesprächig werden lassen, nachträglich schien ihm bewusst zu werden, wie gefährlich solche Eröffnungen waren. Ich sah ihn für einige Augenblicke die von Kindesbeinen geübte Körperbeherrschung verlieren, seine Rechte flog in einer nervösen, gereizten Bewegung in die Luft über seinem kunstvoll frisierten Kopf, das Gewand raschelte, die schweren goldenen Armreifen rutschten und klirrten. Sowenig er Ringe liebte, so gern trug er Schmuck an Unter- und Oberarmen.

»Der Fall ist unklar«, sagte er. Es schien, als sei sein Unbehagen grösser als alle Vorsicht, als bedrücke ihn das allgemeine Schweigen über eine Situation, die er für bedrohlich hielt. »Der Fall ist unklar. Auch aus Sicht der Schriftgelehrten. Bisher tun die Gemeindevorstände, als wüssten sie nicht von Paulus, eine Haltung, die sich auf Dauer nicht aufrecht erhalten lässt. Früher oder später wird uns der Ritter zu einer Entscheidung zwingen. Einige Schriftgelehrte sagen, Paulus hätte den Bann verdient. Er sei längst, wegen seiner zahlreichen Übertretungen, was in der Schrift *karet* genannt wird, abgetrennt und verworfen. Andere finden, dass man ihn weiterhin wie einen der unseren behandeln muss, da er nun mal, was immer er predige, Jude ist. Diese sagen, wir dürften unter keinen Umständen andere Juden wegen abweichender Meinungen der römischen Strafverfolgung anheimgeben. Finge man einmal damit an, sei kein Ende abzusehen, jeder könne jeden, der nicht seiner Meinung sei, in Verdacht bringen, und der Zusammenhalt der Gemeinden sei für immer zerstört.«

»Ich fürchte, das ist wahr«, sagte ich.

»Ja«, erwiderte Halityrus, »auch ich neige zu dieser Ansicht.« Er langte mit seiner Rechten über den Tisch, wieder mit klirrenden Reifen, ergriff eine in Weingelee eingelegte Walnuss und schob sie sich in den Mund. Wir waren beim Nachtisch, als dieses Gespräch aufkam. Er goss einen winzigen Schluck Wein hinterher und sah sich unter den Obsttörtchen um, die auf einer weissglasierten Fusschale in allen Farben leuchteten.

»Es gibt vielleicht noch einen anderen Grund«, fuhr er fort, ohne eins der Törtchen zu nehmen. »Seit einer der Hohepriester drüben den Kopf des Paulus gefordert hat, fühlt sich sowohl König Agrippa als auch mancher Pharisäer aufgerufen, ihn zu beschützen. Für den König ist es eine Machtfrage, für die Pharisäer eine Prinzipienfrage. Nicht nur, weil Paulus selbst Pharisäer ist. Paulus predigt die Auferstehung des Chrestos gemäss der pharisäischen Lehre einer *t'chiat ha metim,* einer Lebendigwerdung der Toten, welche die Sadduzäer leugnen. Er zielt genau auf jenen Riss, der Schriftgelehrte und Sadduzäer seit langem entzweit. Ach, glaube mir, das alles ist unerfreulich ...« Er liess die rechte Hand auf seinen Schenkel fallen, und wenn diese vorher, in grosser Geste über seinem Kopf schwebend, an einen Vogel mit ausgebreiteten Schwingen erinnert hatte, sah sie nun aus wie einer, der krank und flügellahm irgendwo Zuflucht sucht. Ich langte über den Tisch und goss ihm den Becher voll.

»Jedenfalls laufen der Sekte die Menschen nur so zu«, sagte er nach einigen Augenblicken des Schweigens. »Vor allem Griechen und Kleinasiaten. Auch Römer, auch solche der höheren Stände. Der Imperator Claudius bestätigte uns vor einigen Jahren in einem Edikt nochmals die Privilegien, die uns der grosse Julius Caesar und sein Sohn Augustus zugestanden haben. Er gab in diesem Erlass, einem Schreiben an die Griechen der Stadt Alexandria, die sich über die dortigen Juden beschwerten, unseren Leuten in allen Punkten recht. Mehr noch: auf Bitten seines Freundes, des Königs Herodes Agrippa, dehnte er diese Rechte auf alle Juden des Imperiums aus. Doch zugleich hielt er eine Warnung für angebracht: ›Den Juden befehle ich, nicht durch ständiges Eifern zu versuchen, noch grössere Privilegien bewilligt zu bekommen‹. Doch eben das tun die Christiani: sie eifern.«

»Du siehst Gefahr, dass man alle Juden dafür bestrafen wird?«

»Des göttlichen Claudius' Schreiben an die Alexandriner schliesst mit einem rätselhaften Satz. Der Kaiser droht uns im Falle, dass wir das ›Eifern‹ nicht lassen, mit strafrechtlicher Verfolgung, als ›Leute, die eine Seuche einschleppen, die sich über die ganze Welt zu verbreiten droht‹. Und das, nachdem er eben unsere Rechte bestätigt, sogar ausgedehnt hat! Was ist es, das bei aller Toleranz seinen herrscherlichen Unmut erregt? Unschwer zu erraten: das Seelenfischen unter den Mitbürgern. Inzwischen gibt es römische, griechische und andere Konvertiten zu unserem Glauben. Sie werden von ihren Landsleuten verachtet, sie gelten ihnen nicht als Juden, sondern als Römer oder Griechen, die ihre eigenen Götter leugnen. Man empfindet es als Verrat an Rom, wenn ein Römer den *mos maiorum* preisgibt, das Gesetz seiner Ahnen. Eine Atmosphäre von Übelwollen umgibt sie, schnell findet sich ein Denunziant. Das mindeste, wessen man sie beschuldigt, ist *superstitio externa,* wie im Fall der Gattin des Konsularen Plautius, der ehrwürdigen Pomponia Graecina, die nur deshalb unbestraft blieb, weil ihr Mann der siegreiche Befehlshaber des Britannischen Feldzuges war. Gefährlicher ist der Vorwurf, dass Proselyten, indem sie nicht mehr an die Götter des Imperiums glauben, auch die Göttlichkeit des Kaisers leugnen. Dafür kennt das römische Gesetz nur ein Wort: *crimen maiestatis.*«

Eine Weile herrschte Schweigen. Eine Anklage wegen *crimen maiestatis* bedeutete fast unweigerlich den Tod. Der junge Matajahu hob als erster den Kopf und sprach: »Aber ein Jude, solange er Jude ist, bleibt von solchen Anklagen unbehelligt.«

»Deine Zuversicht in Ehren«, sagte ich, »aber worauft gründet sie sich?«

»Sie gründet sich auf mein Wissen, wie wichtig den Römern unser Heiligtum ist. Niemand wird unsere Rechte antasten, solange unsere Priester im Jerusalemer Tempel täglich zweimal für das Wohlergehen des römischen Kaisers opfern, jeweils zwei Lämmer und einen Stier, morgens und nachmittags, worin die Römer die Anerkennung seiner Göttlichkeit sehen. Solange der Tempel steht«, fügte er hinzu, in einem scherzhaften Ton, der mir unvergesslich ist, »solange der Tempel steht, sind wir sicher.«

Ich gestand ein, von diesem Opfer zum ersten Mal zu hören. Verletzte es nicht das Gebot, niemanden ausser den Alleinigen Gott anzubeten?

»Warum?«, fragte Matitjahu mit einem Schulterzucken. »Ein Opfer für Gesundheit und Wohlergehen eines Menschen ist nichts als ein Akt der Menschlichkeit. Unser Vater Ja'akov segnete Pharao, wie unsere Bücher überliefern – warum sollen wir nicht Caesar segnen? Auch für die persischen Könige haben unsere Priester Opfer gebracht, wie das Buch Esra berichtet. Unser Tempel ist im Bewusstsein vieler Völker das zentrale Heiligtum, das bedeutendste nächst ihrem eigenen, und solange dort für den römischen Caesar geopfert wird, sehen auch sie ihn als Herrn der Welt. Den Römern ist das tägliche Opfer in Jerusalem so wichtig, dass sie selbst für seine Unkosten aufkommen. Hunderte Tiere, ausgesuchte und makellose, wie unser Gesetz fordert, edles Holz und Durftstoffe, Feinmehl und Wein ... Zweimal täglich! Es ist, als wollten sie den Völkern sagen: Seht, die Juden, die keine Götterbilder dulden und nichts und niemanden für anbetungswürdig halten als ihren alten Wüstengott, opfern für unseren Kaiser, also muss er göttergleich und unbesiegbar sein. Auch für uns ist der Nutzen gross: Jerusalem reguliert stellvertretend für alle Juden der Welt die Huldigung an den Caesar. Unsere Synagogen gemahnen an das Tempelopfer, wenn sie Sprüche wie *Deo Aeterno pro salute Augusti* an den Wänden anbringen, was in Wahrheit den Ewigen Gott als Herrn der Welt darstellt und den Kaiser-Gott als einen von ihm Abhängigen. Doch die Römer sind zufrieden, Jerusalem ist das leuchtende Vorbild für alle Völker, der Tempel der Ort, an dem der Reichsfrieden symbolisch vollzogen wird. Wir können froh sein, wenn man nichts weiter von uns will. Erinnert euch, dass Caligula versucht hat, uns zur Aufstellung seiner Standbilder im Tempel zu zwingen, und wäre nicht, *baruch ha shem*, der rühmenswerte Petronius in jenen Tagen kaiserlicher Legat in Syrien gewesen, ein Mann, so tief durchdrungen von den römischen Tugenden, dass er sein Leben riskierte, um das Heiligtum zu schützen … Darum ist der Tempel politisch so wichtig: für die Römer als Leitbild der Völker, für uns Juden als Garantie. Doch gilt die Garantie nur für Juden im römischen Sinn. Proselyten, wie sie Paulus um sich schart, sind in römischen Augen keine Angehörigen unseres Volkes, sondern Verräter ihrer Götter.«

»Juden im römischen Sinn …«, wiederholte ich. »Seit wann entscheiden die Römer, wer Jude ist?«

»Sie tun es einfach. Es ist ihr Imperium.«

»Aber wie wollen sie bei einem Konvertiten in Erfahrung bringen, ob er der Sekte folgt oder dem geduldeten Wandel unserer Gemeinden?«

Matitjahu schwieg. Auch Halityrus zeigte wenig Lust zu antworten. »Du solltest Acht geben«, sagte er, ohne mich anzusehen, »wem du solche Fragen stellst. Bei mir kannst du es tun, ich werde dir sogar antworten. Aber sonst sieh dich vor. Unsere Gemeindeältesten werden dich nicht nur keiner Antwort würdigen, sondern für einen Spitzel halten.«

Ich hob meinen Becher und trank. Nachdem ich ihn abgesetzt hatte, in lastendem Schweigen, sah ich den Schauspieler an und fragte: »Hast du nicht eben angekündigt, auf meine Frage zu antworten?«

»Die Antwort ist, dass es zwischen diesen Proselyten und jenen, zwischen solchen, die zur christlichen Sekte gehen, und solchen, die in eine anerkannte Gemeinde eintreten, offiziell keinen Unterschied gibt. Niemand, ausser einer winzigen Zahl von Eingeweihten, könnte sagen, ob Pomponia Graecina eine von uns ist oder eine Anhängerin des Nazareners. Nach aussen ist sie nichts von beiden, sie wurde von der Anklage der *superstitio externa* freigesprochen. Sollte sie eine Anhängerin des Chrestos sein und ihr an ihrem Leben liegen, wird sie darüber schweigen. Sollte sie eine von uns sein, könnte sie die Gebote jüdischen Lebens ohnehin nur zu Hause befolgen, in ihren inneren Gemächern – wo sonst in Rom würde sie reine Speisen serviert bekommen oder den Shabat geheiligt finden? Sie kann ihre Freundinnen nicht mehr besuchen, die Gattinnen von Senatoren und Freunden des Kaisers, nicht einmal ihre Töchter oder Schwestern, sie muss fortan zu Hause bleiben und sich eine gut eingekapselte jüdische Enklave schaffen – und genau das war, soweit ich mich erinnere, der Vorwand der Anzeige gegen sie: dass sie seit Jahren ihr Haus nicht verlässt.«

»Was gab sie selbst als Grund dafür an?« fragte ich.

»Pomponia Graecina«, antwortete Halityrus, »trauert seit zwanzig Jahren um ihre Freundin Julia, die Tochter des Prinzen Drusus und der Livilla, die unter Claudius auf Betreiben der bösen Messalina ermordet wurde. Deshalb verlässt sie ihr Haus nicht mehr. Etwas anderes wirst du von niemandem in dieser Welt zu hören bekommen.«

»Sie verlässt es nicht mal an den grossen Feiertagen, um in die Synagoge zu gehen?«

»Hast du noch nicht bemerkt, dass sich in den Synagogen Roms zu fast jedem Gottesdienst verschleierte und vermummte Gestalten einfinden, besonders auf der Damengalerie?«

»Also Geheimreligion. Heimliche Juden. Verstehe ich richtig?«

»Wenn dem so ist, sind die Christiani schuld«, warf Matajahu ein, seine Stimme klang scharf. »Sie sind es, die das allgemeine Misstrauen auf uns lenken, den Argwohn der Römer, sogar der kaiserlichen Behörde.«

»Und das hiesse«, fügte ich hinzu, »wir werden allmählich in die Lage gebracht, dass wir uns gegen die Sekte stellen müssen, um nicht unsererseits als Herd staatsfeindlicher Umtriebe zu gelten. Verhält es sich so?«

Halityrus liess Zeit vergehen, deutete durch eine Handbewegung an, ich sollte ihm einen der Äpfel aus der Silberschale geben, nahm diesen zwischen drei seiner langen Finger, betrachtete ihn, schnitt schliesslich ein Stück von ihm ab und ass es langsam, unter nachdenklichem Kauen.

»Wie immer es sich verhält,« sagte er dann, »es ist ungeschickt von den Pharisäern, ihre anti-römischen Gefühle offen zu zeigen. Schon unter Tiberius wurden mehrere Tausend Judäer aus Rom deportiert, Anhänger des Nazareners. Auch unter Claudius galt die Verfolgung den Christiani, doch wurden zugleich die römischen Gemeindevorsteher verbannt, da es den griechischen Freigelassenen gelungen war, dem Kaiser einzureden, sie wären die Verantwortlichen für das Übel. Zum Glück durchschaut unsere Augusta die Sachlage besser.«

»Dafür besteht bei ihr die Gefahr, dass sie uns gegen die Christiani ausspielen wird.«

»Niemals«, sagte Halityrus. »Ich für meinen Teil werde niemals zustimmen, Landsleute preiszugeben, nur weil sie anderer Meinung sind. Es ist eine unser Wesen betreffende Grundsatzfrage.«

»Mah echpat lah?« fragte ich leise auf hebräisch, was kümmert das die Kaiserin?

Nicht Halityrus antwortete, sondern Matitjahu. »Sie wird zu uns halten«, sagte er, wobei er vorsichtshalber im Hebräischen blieb. Er wartete, ehe er weitersprach, vielleicht wollte er dem Onkel Gelegenheit zu einer Erwiderung geben. Doch Halityrus schwieg.

»Sie wird zu uns halten«, wiederholte Matitjahu. »sie ist eine wahre Freundin. Wie du richtig beobachtet hast, will sie die Widersprüche zwischen den anerkannten Gemeinden und den Anhängern des Nazereners nutzen. So leid es mir tut, Onkel, aber es wird uns nichts anderes übrigbleiben, als das hinzunehmen. Ein gewisser Ritter arbeitet bereits Pläne aus, wie man der Sekte das Handwerk legen kann. Er sieht in den Christiani ein konspiratives Netzwerk, eine reichsumspannende Verschwörung gegen den inneren Frieden. Die Kaiserin stimmt mit ihm überein, auch sie hält die Sekte für einen Geheimbund von Feinden des Reiches. Die Liste der Anschuldigungen ist gross, *crimen maiestatis* wäre nur einer der denkbaren Anklagepunkte. Kein vernünftiger Mensch, sei er Jude oder nicht, möchte in soetwas hineingezogen werden.«

Wir schwiegen alle drei. »Konspiratives Netzwerk« war ein bedrückendes Wort. Im Grunde meinte es unsere über das Imperium verstreuten Gemeinden, welche den Anhängern der Sekte als Basis dienten. Wie leicht konnte der Verdacht des Konspirativen auf die Gemeinden selbst fallen, auf uns alle, auf jeden Juden im Reich. Halityrus blieb stumm. Er sah aus, als hätte er das Interesse an unserem Gespräch verloren.

»Umsomehr«, fuhr Matitjahu fort, »als die meisten römischen Juden kaum von jenem Nazarener wissen. Die Gemeinden Roms werden sich an das von den Schriftgelehrten empfohlene Verhaltensmuster für das Leben im Ausland halten: *dina d'malchuta dina*, Einhaltung der Gesetze des jeweiligen Landes. Zu sehr ist dieser

Mann ein Kind unserer unruhigen Heimat, wo dieser Tage falsche Propheten und Wanderprediger umherziehen und mit ihnen viel unglückliches, entwurzeltes Volk.«

»Du irrst«, erwiderte Halityrus. »Es gibt auch in Rom immer mehr Juden, die sich für seine Lehre interessieren«

»Und wenn«, sagte Matitjahu. »Was findest du an diesen Leuten? Verüble mir nicht, wenn ich als der Jüngere mich erkühne, dir Rat zu erteilen. Frage dich einmal selbst in einer ruhigen Stunde, ob es nicht vielleicht deine Liebe zum Pathetischen und Öffentlichen ist – wie dein Beruf sie eben mit sich bringt. Sie sind von einem Eifer, der selbst den Tod nicht scheut. Was wollen sie? Die Lehre verkünden? Die *torah* ist kein Bekenntnis, das man verkündet, sondern ein Gesetz, das man lebt. Wer Jude sein will und es nicht von Geburt an ist, muss sich beschneiden lassen und das Gesetz befolgen. Wer aber nicht nach dem Gesetz leben will, sondern wie die Völker, muss andere Wege der Einwirkung finden als diesen Kollisionskurs mit dem Imperium.«

»Es geht um die Frage«, sagte Halityrus, und er hielt die Augen geschlossen, »ob wir den Völkern von unserer Lehre abgeben wollen, ob wir sie teilhaben lassen an dem grossen Glück, das uns zuteil geworden ist. Wie sagt der Ewige Gott zu unserem Vater Ja'akov? *P're v rivé goj u kahal gojim jehije mimejcha*, Sei fruchtbar und breite dich aus, ein Volk und eine ganze Gemeinde von Völkern soll aus dir werden.«

»Sollen sie umhergehen und künden«, gab Matitjahu zurück, »wenn ihnen soviel an Öffentlichkeit liegt. Nur das Zetteln gegen das Imperium sollen sie lassen. Es wird uns allen Unheil bringen.«

Halityrus schien mit sich uneins, ob er darauf etwas erwidern sollte, er schwieg einige Zeit, mit einem so betont gleichgültigen Gesicht, dass ich im Stillen sicher war, er werde es nicht aushalten und sprechen.

»Ich will nur sagen«, begann er schliesslich, »dass jene, die unter die Völker gehen, vielleicht auf ihre Weise etwas Gottgewolltes tun und mit uns geheimnisvoll verbunden bleiben, wie das Wort *kahal* in jenem Satz andeutet, auch wenn sie, streng genommen, unser Gesetz verlassen. *Kahal gojim* heisst nicht irendwie Menge von Völkern, sondern Gemeinschaft. In einer Gemeinschaft gibt es geheimnisvolle Zusammenhänge, Beziehungen, Strukturen, selbst wenn sie sich unserer Wahrnehmung entziehen. Auch wer sich nach aussen orientiert, bleibt einer von uns. Die erste Niederschrift der Sibyllinischen Prophezeiungen stammt von einem alexandrinischen Juden. Orientalischer Herkunft war auch Zenon, der Begründer der stoischen Philosophenschule, sogar seine griechischen Biographen erwähnen, dass sein Vater aus Sidon oder Ako kam. Solche Vorgänge bleiben in Dunkel gehüllt, vielleicht, damit wir nicht stolz und übermütig werden. Auch im Falle des Jeshua aus Nazara ist weltweite Wirkung vorstellbar. Vielleicht ist er, wie Raban Gamliel als Möglichkeit eingeräumt haben soll, auf seine Weise gesegnet.«

»Für diesen Fall wage ich die Voraussage«, sagte Matitjahu, »dass die Völker versuchen werden, ihn uns wegzunehmen.«

Wir lachten darüber. Es schien absurd. »Was immer er gelehrt hat, er ist und bleibt Jude«, sagte ich.

»Man wird es leugen. Wie man bei allem Grossen immer zu vergessen versucht, das es von uns kommt. Dafür werden wir, sozusagen zum Ausgleich, aller Übel der Welt beschuldigt.«

Halityrus schüttelte den Kopf. »Was klagst du? Nur ein Kurzsichtiger würde es ungerecht nennen. Was hätten wir davon, wenn alle begriffen, dass wir der Impuls sind, die beseelende Kraft, immer, wenn es irgendwo aufwärts geht, wir in unseren zahllosen Verkleidungen ...«

»Verkleidungen ...« wiederholte Matitjahu. »Du hältst das Leben für Theaterspiel?«

»Für ein Trauerspiel.«

»Selbst wenn es so wäre, verstehe ich dich nicht. Gerade die Christiani sind es, die sich nicht daran halten. Sie lehnen jede Verkleidung ab, jede Dezenz und Zurückhaltung. Was ist ihr Kennzeichen, der Grund dafür, dass wir ständig an sie denken müssen? Ihre falsch verstandene Offenheit, ihr lautes Hervortreten mit etwas, das Geheimnis ist und bleiben soll. Dir scheint es zu gefallen, weil du selbst ganz anders lebst. Ich beginne zu ahnen, was die Christiani sind: eine *compensatio*.«

Matitjahu brach ab, erhitzt. Halityrus schwieg. Was hiess das:

Weil du selbst ganz anders lebst? Zu oft in diesem Gespräch hatte der Neffe seine Schwäche berührt, seine fragwürdige Stellung als Schauspieler.

»Du hast einen gescheiten Jungen herangezogen«, sagte ich möglichst heiter zu Halityrus, »einen Gewinn für unsere Sache am Hof. Er liebt unser Volk und geht geradewegs auf sein Ziel los, bewegt, anteilnehmend, *adir v chasak.*»

Halityrus, bis in die Nasenflügel erblasst, brauchte ungewöhnlich lange, um sich auf meinen leichten Ton einzustellen. »Bewegt und anteilnehmend? Das wäre das mindeste, was sich über ihn sagen lässt. Gut. Soll er sich lieber hier bei uns austoben, die wir ihm seine unbedachten Worte nicht verübeln.«

Nun war es an Matitjahu, verdutzt zu schweigen. Seine geschwungene Unterlippe hing leicht herab. In seinen dunklen Augen, die eben noch fest, knopfartig konsistent und bestimmt geradeaus geblickt hatten, flackerte etwas wie Bestürzung. Ehe er antworten und neue Verwirrung stiften konnte, wandte ich mich an ihn.

»Aus allem, was du sagst, spricht tiefe Teilnahme. Nicht nur die des Neffen gegenüber seinem Onkel und Wohltäter, auch die eines Juden gegenüber einem anderen Juden, den er für gefährdet hält. Vielleicht weisst du, als Beamter eines wichtigen Hofamtes, besser als wir um die Gefahr, in der sich die Anhänger des Galiläers befinden. Wie es aussieht, bedroht die Sekte unsere Einheit und löst innerjüdische Streitigkeiten aus. Andererseits besteht die Stärke unseres Volkes darin, dass wir so extrem verschieden sind, immer von neuem inspiriert, in unruhevoller Bewegung, man kann es auch unberechenbar nennen oder schwer zu durchschauen. Vielleicht sind wir gerade darum das Volk das Gesetzes, weil wir selbst das Gesetz am nötigsten brauchen. Wir geben uns vor unseren Gegnern viele Blössen, im Äusserlichen zumindest, denn Judenfeinde treffen selten den Kern. Cicero nannte uns *nati servituti*, zur Sklaverei Geborene, während uns Seneca für die geheimen Machthaber hält, *victi victoribus leges deterunt*. Zwischen solchen Extremen schwanken die Meinungen gelehrter Römer. Wie mag es erst den anderen gehen, den Ungebildeten? Der Nazarener versuchte, das schwer Durchschaubare zu vereinfachen. Was er verkündet, ist jüdische

Lehre, aber Unwissenden begreiflich gemacht, in Gleichnisse gefasst, stark formalisiert. Die vom Griechentum bestimmte Welt liebt die *formula*, das Alles-Erklären-Können. Die Christiani wollen das Geheimnis unseres Volkes, von dem sich viele Menschen angezogen fühlen, in einfache Worte fassen, in beim ersten Hören verständliche Sprüche. Uns mag es befremden. Doch wer kann wissen, wozu es gut ist? Vielleicht verfolgt unser Schöpfer mit den Christiani eine verborgene Absicht? ›Meine Gedanken sind nicht eure Gedanken, meine Wege nicht eure Wege.‹«

»Sie meinen unseren Gott«, sagte Halityrus, »sie versuchen, sich ihm zu nähern und seine Liebe zu gewinnen. Wir haben kein Recht, anderen die Fähigkeit zum Verstehen abzusprechen. Ich sagte vorhin, dass ich es für einen Fehler halte, das mit anderen Völkern Unvereinbare in unserer Lehre zu betonen, den ungeheuren Anspruch, den wir selbst kaum erfüllen können, den viele von uns sichtlich nicht erfüllen. Die Pharisäer wollen unserer gegenwärtige Schwäche durch Striktheit begegnen. In den Prophetenbüchern wird angekündigt, dass wir unsere Überzeugungskraft in den Augen der Völker verlieren, von ihnen verachtet, angegriffen, schliesslich unterjocht werden, sobald wir unser Gesetz nicht mehr erfüllen. Drüben in der Heimat herrschen Korruption und Gewalt. Wie uns die Geschichte mit der Tempelmauer von neuem vor Augen führt, sind König, Sanhedrin und Hohepriester einander feind, Sadduzäer und Pharisäer gespalten, der König vom Volk verachtet. In dieser Situation neigen die Schriftgelehrten dazu, den Anspruch eher zu verschärfen als zu erleichtern. Ist das klug? Die Christiani unterlaufen ihn einfach. Sie bieten als Ausweg etwas Einfaches und Tröstliches, einen sogenannten neuen Bund. Nicht zu leugnen, dass sie missionieren. Die meisten Judenfeinde meinen die Christiani. Trotzdem: sie gehören zu uns. Wir dürfen niemals zulassen, dass sie verfolgt werden.«

Matitjahu schüttelte den Kopf. Mehrmals, so heftig, dass seine Locken flogen. Er sah uns nicht an, als er sagte: »Wir können sie nicht schützen. Sie selbst sind es, die sich abtrennen, absichtlich. Sie wollen nicht zu uns gehören, nicht als erwähltes Volk im Stillen wirken, sie sind berauscht von ihrer menschheitsbeglückenden

Mission. Sie sind nicht mehr ansprechbar – rede einer mit Trunkenen! Sie werden uns alle in Gefahr bringen. Sie werden durch ihre Propaganda, durch ihr ruheloses Zerstörungswerk Hass auslösen, und dieser Hass wird uns treffen, uns und jeden Juden auf der Welt.«

»Hass wird uns treffen, wenn wir sie preisgeben«, erwiderte Halityrus. »Man wird uns beschuldigen, ein Volk von Verrätern zu sein.«

»Verräter sind wir, wenn wir unser Gesetz verraten«, sagte Matitjahu.

»Was meinst du damit? Toten Buchstabensinn?«

»Was für ein Nonsens. Die Torah ist der Baum des Lebens. Jeder ihrer Buchstaben lebt!«

Beide holten Luft, als wollten sie zu längeren Reden ansetzen. »Brüder, haltet ein«, rief ich, erschrocken über ihren Ton. »Wir haben unsere Meinungen ausgetauscht – wie gut, dass es hier geschah, ohne unliebsame Zeugen. Wir sind jung, gesund und mit allem Nötigen versehen. Morgen soll meine Hochzeit sein. Lasst uns diesen Abend geniessen, in Vorfreude auf den morgigen Tag.«

Bei diesen Worten goss ich Wein in die Becher. Diesmal wechselte Halityrus mühelos den Ton. Er liess sich in die seidenen Kissen sinken und sagte zu seinem Neffen: »Hör ihn dir an, den Ritter des Schreibgriffels, den *eques letteratus*, der stets das passende Wort parat hat, bei uns, am Hof, beim Kaiser … Was meinst du, wird es ihm auch bei der kleinen Jedidah gelingen?«

»Kommt es in dieser Sache auf Worte an?« fragte Matitjahu.

Halityus blickte hinauf zum Nachthimmel. »Viel mehr als du denkst.«

Sprich zu den Kindern Israels und sage ihnen, sie sollen sich an ihrer Kleider Ecken Schaufäden machen, sie und alle ihre Nachkommen, und in diese Ecken einen himmelblauen Faden einweben …

Am Tag meiner Hochzeit war ich früh auf den Beinen. Draussen am Impluvium wusch ich mir Brust und Gesicht mit nachtkaltem Wasser, unter einem Himmel, an dem noch der Mond stand. Ein römischer Morgen zog herauf, strahlend und blau. Wir versammelten uns gegen sechs im Atrium, Halityrus, Matitjahu, meine Diener und Freigelassenen, zehn oder mehr Männer in weissen Gebetsmänteln, in die purpurblaue Streifen eingewoben waren.

Das Tragen purpurgefärbter Gewebe hatte in diesen Tagen einen delikaten Nebeneffekt, da kürzlich der Kaiser den kostbaren Farbstoff, die Absonderung gewisser Schnecken, öffentlich zu verkaufen verboten, alle in Rom befindlichen Vorräte an sich gebracht und monopolisiert hatte. Offiziell begründete das Hofamt *a rationibus* die Massnahme mit dem Umsichgreifen des Kleiderluxus, weshalb zur Sicherung künftiger Versorgung das Anlegen von Purpur allen Privatpersonen untersagt und wie in früheren Zeiten rituellen Anlässen vorbehalten bleiben müsse, den amtierenden Beamten beim Vorsitz der Spiele, Triumphatoren beim Triumph, ausländischen Königen beim Besuch in Rom, sowie – als einziger Ausnahme – der kaiserlichen Familie zum alltäglichen Gebrauch. Ausser der Kaiserin war Frauen das Tragen von Purpur fortan gänzlich verboten, freien Knaben nur noch als zarter Gewebefaden in der *toga praetexta* erlaubt und Senatoren und Rittern als Streifen an der Tunika, je nach Rang breit oder schmal. Die Begründung wirkte plausibel, da bei der bekannten Neigung der Römer zu unmässigem Verbrauch immer wieder ganze Tierarten vom Aussterben bedroht waren, sobald diese, ihre Körperbestandteile oder Absonderungen zu irgendeinem Behuf in Mode kamen, mithin auch die Purpurschnecke bedroht sein mochte, falls die freigiebige Verwendung ihres Farbstoffs für Damenkleider, Sofakissen und Tafeltücher in der beobachteten Weise weiter um sich griff.

Doch Halityrus hatte mir anvertraut, dass sich Nero zu dieser Massregel während eines Konzerts entschlossen hatte, als er einige in Purpur gewandete Damen im Publikum leuchten sah und so den Effekt seines eigenen purpurnen Kitharödenmantels auf der Bühne gemindert fand. Nach dem daraufhin vom Amt *a rationibus* erlassenen Verbot des freien Handels mit Purpur soll der kaiserliche Geheimdienst ein käufliches Subjekt zum Feilbieten der inkriminierten Farbe auf einem Schwarzmarkt am Tiberufer angestiftet und dadurch den Vorwand geschaffen haben, sämtliche noch in Rom befindliche Bestände zu beschlagnahmen. Eine kaiserliche Ausgabestelle teilte seither Senatoren und Rittern die zum Verbrämen ihrer Togen nötige Menge purpurgefärbter Wolle zu oder verlieh aus gegebenem Anlass Amts- und Festgewänder an Beamte, Priester und Kitharöden. Zugleich behielt sich das Amt vor, den Farbton der zugeteilten Wolle zu regulieren, das heisst durch Verwenden verschiedener Schneckenarten, Verdünnen, Eindampfen, Beifügen von Honig, Heidelbeersaft oder anderen Ingredienzen alle denkbaren Abstufungen zwischen Blau und Rot zu erzeugen, im besonderen Fall – für den alleinigen Gebrauch der Kaiserfamilie – durch zweimaliges Färben ein einzigartiges Violett von seidigem, weithin strahlenden Glanz. Ein kaiserlicher Beamter stand den streng bewachten Werkstätten vor, deren Rezepturen wie Staatsgeheimnisse gehütet wurden.

Die vier Zipfel unseres Gebetsschals müssen nach dem Gesetz himmelblaue Fäden aufweisen, *ha kanaf p'til t'chelet*, wie geschrieben steht, eine Stelle, die wir uns täglich zweimal im Gebet *Sh'ma Israel* in Erinnerung rufen, und dieses Blau wird aus den Absonderungen derselben Schnecken erzeugt, die auch die verschiedenen Töne von Purpur liefern. Da uns wie allen Römern der Besitz von Purpurstoff verboten war, bestand Gefahr für die Erfüllung des Gebots der Schaufäden. Jacobus umging das Dilemma, indem er gefärbte Gebetsschals aus Judäa einführte, wo jene Schneckenarten üppig gedeihen. Freilich bedurfte auch die Einfuhr von Gewändern mit Purpuranteil einer Genehmigung des Hofamtes *a rationibus*, welche nach eingehender Prüfung erteilt wurde, »da es sich«, wie der Bescheid lautete, »bei dem fraglichen Kleidungsstück um ein ausschliesslich bei religiösen Kulthandlungen in Gebrauch stehendes handelt«.

Die Erlaubnis festigte Jacobus' Position unter den römischen Juden und wurde insgeheim als Sieg berachtet. Sie verführte zu scherzhaften Übertreibungen. Man ging dazu über, den Purpuranteil der Gebetsmäntel zu vergrössern, aus dem »Eingewobenen« in den vier Schaufäden umbordernde Säume und durchgängige Streifen werden zu lassen, die in die Breite wuchsen, zu dekorativen Flächen, zur Grundlage gestickter Muster und Bilder. Es war, als hätte die Juden Roms das spielerische und riskante Verlangen erfasst, die kaiserliche Genehmigung auf ihre Belastbarkeit zu testen. Kein Wort wurde darüber verloren, doch bei den Morgengottesdiensten in trans Tiberim entfaltete man eine nie gesehene Pracht an Purpurblau, prangte in teuren, von judäischen Künstlern gestalteten Stücken mit enormen Partien der sonst reglementierten Farben, einige sogar doppelt gefärbt, in genau jenem Ton, der ausschliesslich den Gewändern der kaiserlichen Familie vorbehalten war.

Auch Halityrus erschien zum Morgengebet in einem langen Gebetsmantel, dessen himmelblauer Anteil kaum geringer als der weisse war, zudem durch Inschriften und Ornamente verziert, eingestickt mit Gold und Silberfaden, wodurch das Purpurblau umso leuchtender ins Auge sprang. Wir versammelten uns im Atrium, um die Morgensegen zu beten. Ich zwang mich zur Ruhe, versuchte mich ganz dem Text zuzuwenden, doch meine Gedanken hatten eine Neigung abzuirren, durch Rom zu fliegen, den Tiber zu überqueren, hinüber in ein Haus in trans Tiberim, wo ich ein junges Mädchen sah, im weissen Kleid, verschleiert und geschmückt, umringt von Freundinnen, die aufgeregt auf sie einredeten, während sie schwieg und sich nach Einsamkeit sehnte, nach Alleinsein mit mir ... In diesen Minuten fanden sich in besagtem Haus Hunderte Menschen ein, um die Braut zu begrüssen und ins Haus des Bräutigams zu begleiten, über die Tiberbrücke, die Uferstrasse und den Hügel Aventinus hinauf, und da es Hunderte waren und der Bräutigam zu den Freunden des Kaisers zählte, hatte der Präfekt der Stadtwache entlang des Weges Soldaten der Stadtwache aufmarschieren lassen, *vigiles* wie bei öffentlichen Anlässen. Aus einem Dienerzimmer im Obergeschoss konnten wir, über die Dächer anderer Häuser hinweg, ein Stück der Brücke Pons Probi sehen, über die sich die Menschenmenge auf uns zu bewegte, lärmend, mit ausgelassenen, tänzerischen Bewegungen, unter Flöten-, Schalmeien und Cymbelklang, und es verschlug uns den Atem, als wir sie in allen Tönen von Blau, Violett und Rot prangen sahen, im Licht der Morgensonne, auf Strassen und Tiberbrücke: ein Strom von Purpur.

Halityrus, neben mir am offenen Fenster, schwieg. Um seine vorgewölbten Lippen lag ein schwer deutbares Lächeln. Mit glänzenden Augen starrte Matitjahu auf das phantastische Bild. Immer noch wogte ein Strom von Purpur über die Brücke, hunderte Männer und Jungen hatten nach dem Morgengebet ihre Gebetsmäntel anbehalten, da diese bei der Hochzeitszeremonie ohnehin zu tragen wären, liefen in ihnen durch Rom, zeigten öffentlich, was sie sonst nur im Innern der Synagogen und Häuser entfalteten, einen ungeheuerlichen, stolzen, provozierenden Reichtum an Purpur. Von hinten, von den Dienern, hörte ich leises Lachen.

»Vorsicht mit Purpurblau«, sagte Halityrus. »Es ist die Farbe der *kidushah*, der Heiligung. Deshalb ist der Vorhang des Tempels aus diesem Blau: weil es das Blau des Himmels ist und das Blau des Meeres, die beide ihre Farbe verlieren in dem Augenblick, da man sie mit Händen greift. Vorsicht. Auch die *kidushah* ist ungreifbar, obwohl wir nach ihr streben, ungreifbar, unerreichbar, nichts, womit wir prunken sollten …«

Die purpurleuchtende Menge erklomm unter Musik und Gesängen den Hügel, schob sich durch die zu meinem Haus führende Strasse, ergoss sich ins Atrium und die anliegenden Räume. Mein Haus war zu klein, alle aufzunehmen, es gab Gedränge an den Türen und in der Gasse. Gleichzeitig erschienen von der anderen Seite, aus Richtung Palatium und Esquilin, Sänften und Tragsessel, Togaträger mit Gefolge, sogar einer der Konsuln mit seinen Liktoren, Gruppen von Senatoren und Rittern, die Freunde des Kaisers, alle in Weiss, gleichfalls mit Streifen von Purpur – je nach Rang schmal oder breit – im Stoff der Gewänder. Auch auf dieser Seite säumte Militär die Strassen, um eine Gasse freizuhalten. Kammerherren der Kaiserin waren hier und da in der Menge zu sehen und wiesen den Gästen die Richtung.

In meinem Haus herrschte ein Gedränge, das mich taumeln machte. Ich wurde ergriffen, umarmt, herumgeführt, man präsentierte mich Gestalten in weisser Toga, ich fühlte mich durch ein Spalier redender und lachender Menschen geschoben und sah nebelhaft, in einiger Ferne, eine verhüllte Gestalt. Zwischen dieser Gestalt und mir drängten sich laute, aufgeregte Menschen, die Luft im Atrium flimmerte und flirrte, und ich verstand zum ersten Mal, wie jene Geschichte zu erklären war, von der unsere Bücher erzählen: dass man Jakob, dem Sohn Isaaks, bei seiner ersten Hochzeit die falsche Frau untergeschoben hatte, dass er, ohne dessen gewahr zu werden, statt Rachel ihre Schwester Leah heiratete – würde ich selbst in diesem Trubel eine Täuschung bemerkt haben? Im Atrium war der Hochzeitsbaldachin aufgespannt; über vergoldeten Stangen, gehalten von Synagogenvorstehern und Gemeindeältesten – darunter Jacobus in der ritterlichen Toga – flatterte im Morgenwind ein Gebetsschal aus weisser und purpurblauer Seide. Halityrus und Matitjahu, beide von Purpur leuchtend, kunstvoll frisiert, in Duftwolken gehüllt, schoben mich unter das luftige Gebilde, das an unsere frühen Zeiten erinnern soll, da wir in Zelten durch die Wüste zogen. Von der anderen Seite führte Jacobus die weissgekleidete Gestalt herbei, vor einer Kulisse weinender Frauengesichter. Die Verschleierte stellte sich neben mich, unsere Hände berührten sich, ich ergriff ihre Rechte und hielt sie fest, sei es, dass ich ihr Halt geben wollte, sei es, dass ich selbst welchen suchte. Bis heute erinnere ich mich an die Kühle ihrer Haut.

An dieser Stelle entstand eine Pause in den Abläufen, die sich sonst durch fast betäubende Reibungslosigkeit auszeichneten. Das eben noch von Menschstimmen summende Haus wurde still. Ich hörte die alten Bäume im Peristyl rauschen und den Springbrunnen plätschern. Die Stille lastete schwer, alle Gesichter waren ernst und zusammengenommen. Man wartete schweigend, ich weiss nicht, wie lange. Dann war aus Richtung Haustür eine zwitschernde Stimme zu hören, leichtes, silbriges Gerede, ein luftiges Gewand ganz aus Purpur wehte herein, ein rotblondes, phantastisch frisiertes Köpfchen, und die Herrscherin Roms und der Welt, die göttliche Augusta Poppäa Sabina näherte sich meiner Braut, berührte leicht, mit den Spitzen ihrer hellen zarten Finger, Jedidahs mädchenhafte Schultern und küsste sie auf die verschleierte Stirn.

Da brach der Lärm wie aufgestautes Wasser von neuem los und füllte Haus und Hallen. Man war ergriffen, erschüttert, reinweg von Sinnen angesichts dieser Geste kaiserlicher Herablassung gegenüber einem Mädchen aus Judäa, einer Fremden und Niedrig-Geborenen. Man sah in diesem hingehauchten Kuss einen Beweis für die zahlreich in Rom umlaufenden Gerüchte, wonach die Kaiserin unsere Freundin, womöglich insgeheim eine von uns geworden sei. Auch unter den römischen Gästen mochte es nicht wenige geben, die sie für ihr gewagtes Bekenntnis bewunderten. Sie erwies sich ihres kaiserlichen Gatten würdig, der nichts so sehr liebte, wie genau das zu tun, was nach allgemeiner Ansicht für unmöglich galt. Manchem, der Neros Zuneigung zu dieser Frau bisher nicht hatte ermessen können, mochte jetzt dämmern, wie innig sie sein musste, wie tief das Einverständnis zwischen dem Sänger und seiner Geliebten, und mancher römische Grosse, der ihr bisher opponiert hatte, mochte sich fragen, ob er klug daran tat.

Am tiefsten ergriffen zeigte sich mein Schwiegervater. Tränen rannen in seinen Bart, er hielt sich an der goldenen Stange fest und blickte starr ins Weite. Auch sein Sohn Alexander, aufrecht und hochgewachsen hinter ihm, hatte feuchte Augen. Ich sah Tränen auf den Wangen zahlreicher Damen, selbst aristokratischer, unserer Familie nur von ferne bekannter, und bei den blumengeschmückten Mädchen, die Jedidah zum Baldachin begleitet hatten. Am heftigsten aber weinte Jacobus, der geborene Sklave, dessen Familie in Ketten aus Judäa nach Rom gekommen war, der seine Jugend in niederen Diensten am Hof, seine Mannesjahre mit harter Arbeit verbracht hatte, und nun die Kaiserin und Herrin der Welt auf der Hochzeit seiner Tochter sah. Er beruhigte sich schwer. Noch während von einem Schriftgelehrten mit betont kühler Stimme die ersten Segen gesprochen wurden, hörte man sein unterdrücktes Schluchzen.

Später wurde erzählt, die Kaiserin sei mit einem Gefolge von hundert Personen vor meinem Haus aufgezogen, durch abgesperrte Strassen vom Hügel Palatium kommend, in einer perlenbesetzten

Sänfte, gefolgt von Kammerherren auf weissen Maultieren mit goldenen Hufeisen, die mit purpurfarbenen Bändern an den Beinen der Tiere befestigt waren. Ich habe es nicht gesehen und kann weiter nichts dazu sagen, doch am nächsten Tag sprach man in Barbierstuben, Buden und Bädern von nichts anderem als von den goldenen Hufeisen der kaiserlichen Maultiere, und die Purpur-Parade der Juden aus trans Tiberim geriet darüber beinahe in Vergessenheit. Doch nur beinahe. Die Kühnheit des Auftritts wurde bemerkt und besprochen. In senatorischen Kreisen nannte man die Hochzeit noch Jahre später ›die Purpurhochzeit‹, und manches Auge verdunkelte sich, wenn dieses Wort fiel. Auch die Kaiserin bemerkte die Demonstration. Ihr eigenes Gewand aus doppelt gefärbtem Purpur überstrahlte zwar noch den farbenprächtigsten Gebetsmantel, dennoch runzelte sie die Stirn und bemerkte leichthin: »Ich wusste gar nicht, dass ihr soviele von den kostbaren Schnecken drüben in Judäa habt. Passt nur auf, dass unser Prokurator nicht auf Gedanken kommt …« Darauf lachte sie glockenhell und verliess unter Winken und Lächeln das Haus, nicht ohne meiner Braut zuvor einen grossen Topas als kaiserliches Gesckenk an den Finger zu stecken.

Von Halityrus, dem berühmten Mimen und Freund des Kaisers, wurde sodann der Heiratsvertrag verlesen, die *k'tubah*, die sich unter der Hand eines Schönschreibers in ein prangendes Musterblatt zeitgenössischer Kunstschrift und Ornamentik verwandelt hatte, mit Palmengruppen, Wasserspielen, der stilisierten Kulisse Jerusalems mit dem goldgekrönten Tempel und in blauen Lüften schwebenden geflügelten Wesen, die schirmend ihre Hände über die irdische Feste Gottes hielten. Anschliessend unterzeichneten der Schauspieler, der junge Matitjahu und ich in sorgsam gesetzten aramäischen Lettern auf einem freien Platz unten rechts. Jacobus, alter Sitte gemäss, sprach als Vater der Braut den ersten der sieben Segen, und als der siebte und letzte, von hundertfachem Amen bestätigt, im Atrium des Hauses verhallt war, nahm ich die weisse Gestalt in die Arme, hob sie empor und trug sie durch eine Gasse lärmend Zurückweichender über die Schwelle ins Innere des Hauses. Hinter uns schlossen Diener sorgfältig den schweren Vorhang, meine

Amme führte uns in ein rückwärtiges Gemach, segnete uns und zog sich zurück.

Wir wussten, Jedidah und ich, dass man uns hier nur wenige Minuten, höchstens eine Viertelstunde allein lassen würde, in einer zeremoniellen Abgeschiedenheit und Einschliessung, genannt *j'chud*, gedacht zur Besinnung, zum Atemholen, zum Einander-in-die-Augen-Blicken, und wir legten uns für diese kurze Zeit auf das weisse, mit Rosen bestreute Bett, beide in unseren Festkleidern, und hielten einander bei den Händen. Nun war es ihre Hand, die glühte, und meine, von der Kühle ausging. Wir sprachen kein Wort, rührten uns nicht, lagen still in den frischen, duftenden Kissen, langsam ging die erregte Wärme ihrer Hand in meine Haut, mein Fleisch, auf mein Ich über, und umgekehrt die Kühle der meinen auf sie, wir verloren das Zeitgefühl, still atmend und reglos lagen wir nebeneinander und vergassen, die Hand des anderen als etwas Fremdes zu empfinden. Man lärmte im Vorraum, Stimmen näherten sich durch den Gang zum Atrium, liessen sich aufmunternd, fordernd vernehmen, wir seufzten und erhoben uns gleichzeitig. Jetzt erst sahen wir einander in die Augen.

»Ich wünsche mir«, sagte sie, »möglichst oft eine solche *j'chud* mit dir. Jeden Tag. Für mein ganzes Leben.«

Der Vorhang ging auf, das gerührte, tränennasse Gesicht meiner Amme Jochebed erschien, sie winkte, zwinkerte, raunte »Kommt, Kinder, man will euch gratulieren, ganz Rom ist erschienen, so viele grosse Namen ... Ach, was würde deine selige Mutter sagen, du bist ihr Einziger ...« und zog sich unter Schluchzen wieder zurück.

»Soviel *j'chud* wie nur möglich«, sagte ich zu Jedidah, »darauf kannst du dich verlassen.« Und ich beugte mich über das Bett und küsste sie auf ihren heissen Mund.

Feiere die Woche mit ihr bis zum Ende ... Und so tat Jakob, er feierte die ganze Woche mit ihr ...

Es war weit über Mitternacht hinaus, vielleicht zwei oder drei Uhr morgens, als ich endlich die letzten Gäste zur Tür brachte und in einer Stille, die mir süss und beglückend schien, zum Brautgemach ging. Ich fand es leer. Jedidah hatte sich, nachdem sie alle Dienerinnen schlafen geschickt, allein ins Bad zurückgezogen. Ich steckte neue Lichter auf, betrachtete das weisse, mit Blumen bestreute Bett, die Früchte im silbernen Korb, die auf einem Tischlein in der Nähe standen, nebst einer Karaffe Wein. Mir war nicht nach Früchten, nicht nach Wein, nach etwas anderem stand mein Sinn, nach etwas, dessen ich fast entwöhnt war: seit ich Jedidah begegnet war, hatte ich keine andere angesehen, geschweige denn berührt. Mir war, als hätte ich die Fähigkeit verloren, dergleichen zu tun. Das Zimmer duftete nach Blumen, Zimt und Myrrhe. Ich stand mit dem Rücken zum Eingang, als mich ein leiser Luftzug berührte und frösteln machte bis ins Mark. Der Vorhang rauschte, fast unhörbar öffnete sich die Tür, schloss sich wieder, eine Hand schob umsichtig den Riegel vor.

Ich wandte mich um. Jedidah kam auf mich zu, mit einem sanften Schwung, als ginge sie auf Kothurnen, doch ich sah, dass sie barfuss war und nichts am Leibe trug als eine Tunika, weiss oder meerschaumfarben, aus dünnem Flor. Sie stand vor mir, ich fasste sie sanft bei den Wangen und begann sie zu küssen, auf Augen und Stirn, Nasenflügel und Mund, und während ich mich damit aufhielt, hörte ich Stoff rascheln, fühlte Bewegungen, begriff, dass sie mit dem Entkleiden begann, aber dass sie nicht sich auszog, sondern mich. Sie entwirrte mich aus meiner Toga, mit leichten, unbemühten Griffen, als hätte sie derlei schon oft getan, sie schob, während die Stoffbahnen fielen und um mich den Marmorboden deckten, ihre Hände leicht unter mein Hemd, meinen Chiton, von unten, an der Vorderseite meiner Schenkel, schob sie sanft aufwärts, legte sie auf meine Hüften und zog mich zu sich heran, und ich weiss nicht mehr, was dann geschah, ich war verloren, ohne Besinnung, atemlos, in einem nie erlebten Entzücken, das an Schmerz grenzte, das tatsächlich schmerzte, immer wieder, nur in den Augenblicken der Erlösung nicht, die zu selten waren, für die es immer neue Anfänge brauchte. Wir zählten nicht, wie oft wir es taten. Erst nach dem zweiten oder dritten Mal zogen wir uns die Hemden vom Leib, rissen sie herunter, lagen Haut an Haut, und begannen von neuem.

Wir sprachen zunächst nicht viel. Sie verbot mir irgendwann, sie zu beissen, sagte sanft in mein Ohr: »Hör auf damit. Wie soll ich morgen aussehen …« Ich erinnere mich an einen etwas atemlosen Scherz von mir, der einem Armreifen galt, den sie abzunehmen vergessen hatte und mit dem sie mich mehrmals stiess, an empfindlichen Stellen, ich sagte etwas wie: »Warum haben wir nicht gleich Rüstungen angelegt …«, worauf sie erwiderte »Du Ärmster!« und den Reifen über ihre Hand zog, mit einer Bewegung, die mir unvergesslich ist: ihre Hand wurde unvorstellbar schmal, schien nur noch halb so breit wie in geöffnetem Zustand, die Mittelhandknochen legten sich zum Halbrund zusammen, das alles währte nur Sekunden, dann war die Hand wieder wie sie vorher war, leicht, flach und zugreifend … Das war schon gegen Ende unserer ersten Hitze, als wir uns etwas beruhigt hatten und langsamer zu Werke gingen, als wir einander Komplimente machten und wieder Geschmack an Worten fanden, wenn auch diese Worte entflammende Wirkung haben konnten, nicht anders als Bewegungen, Hände und Küsse, und rasch in Stöhnen und Schweigen übergingen. Wenn sie Schmerz empfunden hatte – und das musste sie wohl oder übel, allem Wissen und Augenschein nach –, bekam ich nicht viel davon mit, und auch sie behauptete später, er sei »irgendwie in anderen Regungen untergegangen«.

Es fällt mir schwer, mich an einen regelrechten Dialog oder ein Gespräch zu erinnern, wir waren zu beschäftigt, wir hatten zu wenig Zeit. Auch das war schon, wie es immer sein sollte, all die Jahre, die folgten: zu wenig Zeit und zu vieles, das immerfort zu tun war.

»Deine Hände«, sagte ich irgendwann, »scheinen mich längst zu kennen.«

»Was sonst?« erwiderte sie. »Ich habe es schon hundertmal getan, im Traum, noch ehe du davon wusstest. Ich kenne deinen Körper auswendig ... Ich kenne ihn seit dem Augenblick, da ich dich zum ersten Mal sah. Im Versammlungshaus, du warst aufgerufen die Segen zu sprechen ... Ich kenne die Form deiner Glieder, die Länge deiner Beine, die Breite deiner Schultern, die Glätte deiner Haut. Mir gefällt alles an dir. Ich wusste sofort, dass du es sein sollst, kein anderer.«

»Wie konntest du meine Haut sehen, wo ich immer bekleidet bin, besonders, wenn ich öffentlich die Segen lese?«

»Da genügt ein einziger Blick. Du kannst anhaben, was du willst.«

»Auch ich habe dich in Gedanken ausgezogen«, sagte ich, »hundertmal ... Aber ich weiss nicht, ob ich es so offen gesagt hätte. Das ist es, was mich an dir erstaunt. Übrigens soll man im Versammlungshaus seine Gedanken den höheren und heiligen Dingen zuwenden.«

»Ist es das etwa nicht? Ist das, was wir machen, nicht das Höchste und Heiligste in dieser Welt?«

»Es fällt mir schwer, dir zu widersprechen.«

»Dann lass es. Widersprich mir möglichst nicht, du wirst sehen, das ist für dich am besten.«

Es klang, als ob sie es ernst meinte. Ich sah sie an, ihr Gesicht war sanft, ein leises Lächeln lag um ihren Mund, der sehr blühend aussah und leicht geschwollen vom Küssen, ihre Augen waren hinter den Lidern verborgen, als wolle sie zu verstehen geben, dass sie es nicht nötig hatte, mich mit Blicken zu behexen oder auf mich aufzupassen: sie wusste, ich würde tun, was sie wollte, heute Nacht, morgen, übermorgen, lange noch, vielleicht, so lange wir lebten. Der Schwung ihrer Lider wurde von dem der Brauen wiederholt, die sich sanft rundeten wie Vogelschwingen, so dass es stets aussah, als hätte sie die Brauen leicht emporgezogen und blicke mit einem gewissen Erstaunen in die Welt.

»Möchtest du schlafen?« fragte ich.

»Noch lange nicht. Du?«

»Etwas essen?«

»Nur, wenn du isst.«

»Später ...« murmelte ich und küsste ihre im Morgendämmer

glänzende Schulter, dabei spürte ich ihre Hand über meine Wirbelsäule streichen, langsam und kundig, von den Schultern abwärts, mit leisem Druck auf mein erhitztes Fleisch. Und wir taten, was wir nicht lassen konnten, bis wir am Morgen in einen tiefen, kurzen Schlummer fielen, aus dem uns lautes Pochen am Türrahmen weckte.

Sieben Tage dauerte die Hochzeit, und wir waren froh, dass man von uns, dem Brautpaar, eher symbolische als wirkliche Anwesenheit erwartete, kurzes Erscheinen zu Beginn der festlichen Mahlzeiten und gegen Ende, wenn – wenigstens einmal am Tag – erneut die Sieben Segen gesungen wurden. Die zeremoniell geregelten Essen dauerten oft stundenlang und wurden, obwohl offiziell uns zu Ehren, für römische Freunde und auswärtige Gäste gegeben, für Besucher aus Ostia, Puteoli, Pompeji, Tarent, aus Apulien, Sicilien, Calabrien, wo immer sich Landsleute niedergelassen hatten und mit meinem Schwiegervater in Beziehung getreten waren. Wir sahen, wenn wir zu Beginn der Mahlzeit unsere Sitze einnahmen, in unbekannte Gesichter, gelegentlich in bekannte, da auch Halityrus, Matitjahu und andere Freunde des Hauses zur Gesellschaft und Unterhaltung der von fern Angereisten ehrenschuldigst erschienen oder sich der eine oder andere römische Grosse im Verlauf der Woche nochmals mit uns zu speisen herbeiliess, der frühere Prokonsul Petronius, der Ritter Annaeus Mela oder Angehörige des mit der Kaiserfamilie verwandten Hauses Plautius, das mit den Gemeinden in trans Tiberim auf mancherlei Weise geschäftlich verbunden war.

Dann gab es diese und jene *cena* zu unseren Ehren in jüdischen Häusern der Hauptstadt, in dem meines Schwiegervaters, denen seiner in Rom ansässigen Verwandten, bei Synagogenältesten und Gemeindevorständen. Mehrmals wurden Jedidah und ich in der Sänfte irgendwohin getragen, wo wir zu Häupten einer blumenbestreuten Tafel sassen, lobpreisende Reden und scharfsinnige hebräische Erörterungen, heimatliche Lieder und Scherzreden hörten, an Bechern mit verdünntem Wein nippten, von silbernen Tellern ein paar Bissen nahmen und nach Rezitation der Sieben Segen, die den Höhepunkt jeder Mahlzeit darstellten, sofort wieder nach Hause aufbrachen. Besonders der eilige Aufbruch war Anlass zu scherzhaften, anzüglichen Bemerkungen, unser rascher Rückzug sogar im eigenen Haus: immer fand sich eine Stimme, die auf unsere Eile hinwies, auf unsere kaum verhohlene Sehnsucht nach Einsamkeit, »wo es Süsseres zu kosten gibt als alle Tafelfreuden«, »wo noch ein Paar himmlischer Granatäpfel auf den Bräutigam warten« und dergleichen mehr, jedesmal fanden diese Rufe laute Zustimmung, lösten Lachsalven aus und klangen uns in den Ohren, wenn wir aufatmend für diesmal die Geselligkeit verliessen.

Jedidah erzählte mir, dass sie seit ihrer Kindheit am liebsten mit sich, einem Buch oder einer Arbeit alleingewesen sei und ihr lautstarke Gesellschaft als Belästigung, die üblichen Unterhaltungen als verlorene Zeit erschienen wären. Mir hätte sie, bei jener ersten Begegnung in der Synagoge, sofort angesehen, dass es mir ebenso ging, dass ich ein die Stille liebender, nachdenklicher Mensch sei, und seit diesem Tag hätte sie alles im Rahmen der Schicklichkeit Mögliche getan, um anderen Mädchen zuvorzukommen. Ihr Problem sei gewesen, auf sich aufmerksam zu machen, mich von ihrem Vorhandensein wissen zu lassen, da ich im Haus ihres Vaters nicht verkehrte und überhaupt, wie sie durch unter der Hand eingezogene Erkundigungen erfuhr, nirgendwo hinging als gelegentlich an den Hof. Sie hätte ihren Bruder Alexander bewogen, bei seinen Freunden, den Söhnen römischer Häuser, nach mir zu fragen, und nur gehört, dass man kaum etwas über mich wisse, ausser, dass ich arm sei, aber auf einem besonderen Gebiet des Kaisers Gunst geniesse. Alexander hätte mich auf ihr Drängen bei seinem Vater Jacobus in Vorschlag gebracht, als nach Eintreffen vertraulicher Botschaft aus Jerusalem ein judäischer Höfling gesucht wurde, der in der Affäre um die Tempelmauer Verbindung zum Kaiser aufnehmen könnte. Und da sich ihr Vater – für sie überraschend – über meine Existenz und Umstände bestens im Bilde gezeigt, hätte sie ihm schliesslich ihre Neigung zu mir gestanden, worauf sich mit des einen und einzigen Gottes Hilfe alles genauso entwickelte, wie von ihr erträumt.

Die Geschichte, die ich darauf zu erwidern wusste, war kürzer und umfasste im Wesentlichen einen Abend, einen Tag und eine

Nacht. Nach Ablauf dieser Frist hatte ich bereits einen Boten zu ihrem Vater gesandt. Ich erzählte ihr, wie ich mich in sie verliebt hatte und wie mir diese Verliebtheit erst Anderes zu sein schien, sanftes Erschrecken, Bewunderung für ihre Anmut, ihr siegreiches Lächeln, mit dem sie mein vernachlässigtes Haus ihrem Zauber unterworfen, und wie ich nach ihrem Weggehen alles verödet gefunden, Haus, Halle, Garten wie tot und mich selbst wie verwaist.

»Du bist ja auch eine Waise«, sagte sie, »und eine mittellose dazu.«

»Spielt das irgendeine Rolle?«

»Deine Armut hat mich besonders gerührt, sie passte wenig zu dem vielbesprochenen jungen Hofmann, dem manches Mädchenauge folgte, wenn er in der Synagoge zum Lesen der Segen gerufen wurde. Armut und Ansehen sind eine unwiderstehliche Mischung. Und dann dachte ich, dass du kein Feigling sein kannst, wenn du dich in so lebensgefährlichen Kreisen bewegst, obwohl du für römische Verhältnisse nichts im Rücken hast. Sogar mein Bruder Alexander nennt dich *vehementer* oder, wenn er Hebräisch spricht, mit einem Modewort aus seinen Kreisen, das dem Lateinischen entlehnt ist, *maximi.«*

»Von einem solchen Wort habe ich nie gehört.«

»Mach dir nichts draus. Dazu müsstest du leben wie er. Reitpferde, Circus, Würfel spielen. Du gefällst mir besser, wie du bist.«

Dennoch schien sie ihren älteren Bruder zu bewundern. Er war beizeiten in die Geschäfte des Hauses eingeweiht worden, verhandelte selbständig und führte Korrespondenz in vier Sprachen. Sie gestand mir zugleich ihre Hoffnung, ich möge mich nicht von ihm beeinflussen lassen, da er zum Kummer ihrer Eltern von den Gesetzen der Väter abkomme, das Torah-Studium vernachlässige und ein *mitjaven* zu werden drohe, ein Modenarr und Griechenfreund. Er sei das ganze Gegenteil seiner Brüder, der Zwillinge, welche, zwei Jahre jünger als sie, dreimal täglich beteten, miteinander nur aramäisch sprachen und jede Kumpanei mit jungen Römern ablehnten, ihrer auch nicht bedurften, da sie von klein auf zusammengesteckt und aneinander genug hätten. Von diesen beiden, Efraim und Menashe, wäre Widerspruch gegen ihre Heirat mit einem kaiserlichen Sekretär erhoben worden, doch nach einem Gespräch, das Vater Jacobus im Stillen mit ihnen geführt und über dessen Inhalt Jedidah nichts erfahren hatte, verstummt. Auch Frau Leah, die Mutter, soll sich besorgt gezeigt haben, nachdem sie »gewisse Einzelheiten« meines Privatlebens erfahren hatte, schwerwiegend genug, ihrer Tochter Unglück zu fürchten und schlechten Einfluss auf ihre Söhne. Doch auch sie liess sich von Jacobus unter vier Augen umstimmen, obgleich ihr Misstrauen nie ganz verschwand.

Erst in der zweiten Woche unserer Ehe fand ich Gelegenheit, Jedidah von der Entstehung jener Gerüchte zu erzählen. Eines Morgens, noch im Bett, schilderte ich ihr die Situation. Die überraschende Einladung, im kaiserlichen Palast zu übernachten, das abgerichtete Kind, die Gefahr, sich durch Weigerung des Kaisers Argwohn zuzuziehen. Sie schüttelte den Kopf über meinen Einfall, äusserte Mitgefühl mit der kleinen Syrerin. Es sei ungesund für die Ärmste gewesen, soviel Wein zu trinken und unbedacht von mir, sie dazu zu zwingen. »Eine Frau hätte das nicht getan«, sagte sie.

»Eine Frau wäre nicht in diese Lage gekommen.«

»Eine Frau kommt noch in ganz andere Lagen, glaube mir … Noch dazu an diesem Hof.« Um diese Zeit wusste ich schon, dass sie den Kaiser nicht mochte, auch die Kaiserin nicht und das gesamte kaiserliche Haus. Ihre Augen verdunkelten sich, wenn ich von Nero oder Poppäa sprach, zwischen ihren Brauen bildete sich eine Falte. Sie begleitete mich niemals auf den Hügel Palatium. Den Topas der Kaiserin trug sie nur, wenn römische Damen anwesend waren oder Hofleute, die um ihn wussten.

Die Weisheit hat ihr Haus gebaut, ihre sieben Säulen behauen, sie hat ihr Festmahl bereitet, ihren Wein angemischt und den Tisch gerichtet …

Sieben Kinder hatte Jacobus, in ihnen sah er den Segen seines Lebens. Obwohl er selbst als Sohn von Kammersklaven am Kaiserhof nur wenig Unterricht genossen und schon als Halbwüchsiger schwer gearbeitet hatte, betrachtete er sein Haus als eine Schule, wie geschrieben steht: *v chol banaich limodej adonaj,* Alle deine Kinder seien Schüler des Ewigen. Die Lehrer waren die bestbezahlten Mitglieder seiner *familia.* Mancher Diener und Freigelassene wurde mit dem Hause alt und betrachtete Jacobus und die Seinen als die ihm nächsten Menschen in der Welt. Judäischen Landsleuten, die er als Unfreie erworben, gab er die in unseren Büchern gebotenen Rechte wieder und liess sie nicht länger als sieben Jahre dafür arbeiten. Man erzählte, dass ihn der Hebräisch-Lehrer, ein in Sklaverei geratener Pharisäer, hunderttausend Sesterzien gekostet haben soll, und doch zahlte er ihm nach seiner Freilassung ein Gehalt, ohne, wie anderswo üblich, seine Anschaffungskosten davon abzuziehen. Der Lehrer gab sein Bestes, unterwies die Kinder in den Methoden modernen jüdischen Denkens, in Kommentar, Auslegung, Streitgespräch und ausschmückender Legende, erzählte ihnen vom Tempel, von den Wallfahrtsfesten, vom Leben in Judäa. Die Lehrer assen mit der Familie, auch an Wochentagen fanden sich bis zu zwanzig Personen um den Tisch zusammen, und die wechselnd in mehreren Sprachen geführte Unterhaltung verstummte keinen Augenblick.

Jedidah sprach gern über ihre Geschwister und Eltern, die Lehrer und Diener, über das ganze Haus. Die Grenzen ihres Ich-Gefühls waren weniger eng als bei anderen Menschen, sie bezog, wen sie liebte, in ihre Welt mit ein, betrachtete ihn fortan als Teil ihres Ich. In der ersten Zeit fühlte ich Eifersucht auf ihre Geschwister, vor allem auf Alexander, von dem sie oft sprach. Der ältere Bruder wusste besser als die Jüngeren, wie reich sein Elternhaus inzwischen war. Dieses Wissen hatte Einfluss auf seinen Lebensstil, er verkehrte mit jungen Rittern und verspielte in ihrer Gesellschaft Summen, die den Vater beunruhigten, obgleich Jacobus die Bekanntschaften seines Ältesten schmeichelten. Seine Neigung zum Lebensstil der römischen Grossen war dennoch etwas, worüber sich die Eltern sorgten. Auch, dass Alexander nicht selten die Nächte auf Gastmählern, die Tage im Circus oder Amphitheater verbrachte, zwischen nackten Tänzerinnen oder mit Blick die blutigen Körper der Gladiatoren, stiess auf wenig Wohlwollen in einem strenggläubigen Haus. Immer öfter sah sich der Erstgeborene von seinen jüngeren Brüdern, den Zwillingen, kritisiert und belehrt.

Die Zwillinge hiessen Efraim und Menashe, sie hatten die dunkle Haut und die schwarze Lockenpracht der Mutter (von der mir Jedidah erzählte – ich selbst habe Frau Leah nie anders als bedeckten Hauptes gesehen), auch ihren Ernst und ihre Strenge, und verbrachten die Tage mit Studien und militärischen Übungen, da sie heimlich planten, bei nächster Gelegenheit hinüber nach Judäa zu gehen, um »gegen die römischen Unterdrücker« zu kämpfen. Alexander gab vor, die Zwillinge nicht ernst zu nehmen, selbst dann nicht, wenn er ihre Angriffe parierte. In diesen Streitigkeiten ging es weniger um Geld – ohnehin zog Jacobus seinem Ältesten die Spielverluste auf Sesterz und As von seinem Erbteil ab –, als um die Übertretung des Glücksspiels an sich. Die Zwillinge konnten furchteinflössend wirken, stämmig, dunkel, immer gemeinsam und gleicher Meinung, wenn sie ihrem Bruder Vorhaltungen machten, die dieser spöttisch abwehrte, höhergewachsen als sie, eleganter, wortgewandter, aber ohne die glühende Eindringlichkeit, die von dem merkwürdigen Bruderpaar ausging. Seine Scherze und Wortspiele verfingen nicht, die Zwillinge hatten für derlei nur einen stummen Blick, in dem uralte, durch nichts zu lindernde Empörung stand.

Jedidah versuchte zu vermitteln und gab beiden Seiten auf ihre Weise recht. Gewiss, es war nicht schön, die Nacht hindurch zu zechen, zu spielen und im Morgengrauen berauscht nach Hause zu kommen, aber wie sollte Alexander sonst mit jungen Römern befreundet sein? Wäre er wie die Zwillinge, hätte er keines Ritters Freundschaft je gewonnen, folglich auch nicht die Verbindungen, um deretwillen man ihn in der Gemeinde schätzte. Efraim und Menashe lebten sittenstrenger, verletzten aber ihrerseits die Empfehlungen der Schriftgelehrten, indem sie sich verständnislos gegenüber menschlichen Schwächen zeigten: *hevu metunim ba din*, hiess es, Seid vorsichtig beim Richten. Beide Seiten hatten ihr Gutes und ihr Gefährliches. Weil sie zwischen dem älteren und den jüngeren Brüdern geboren war, erfuhr Jedidah früh von der Streitsucht der Männer, von ihrem Hang zu Konfrontation und Prinzipienreiterei, und davon, wie wichtig in dieser Welt die Frauen sind.

Auf die Zwillinge folgte wieder ein Mädchen, die dreizehnjährige Deborah, eine verträumte Honigblonde mit grünen Augen. Ihre Heldin war die Prophetin, deren Namen sie trug, überhaupt identifizierte sie sich gern mit heroischen Frauen. Der erste Text, den sie auswendig lernte, war ihrer Namensgeberin Gesang nach dem Sieg über die Streitmacht Sisajas, des Feldherrn der Kanaaniter, ein Gesang, den sie später in Töne setzte und zur Begleitung von Schlaginstrumenten, gespielt von den Zwillingen, auf Familienfeiern vortrug. Sie bewunderte die Zwillinge, an deren Unterricht sie teilnahm, obwohl sie nicht leicht lernte, Schriftliches bald vergass und auf Buchstabenwissen nicht allzu viel Wert legte. Ihr genügte, wenn sie vom Gefühl her überzeugt war – was brauchte es dann Zitate und Argumente? Sie sprach wenig, sass meist stumm dabei und sah alle mit grünen Augen an. Doch wenn sie das Wort ergriff, erstaunte sie durch die Treffsicherheit ihres Urteils, so dass nicht selten ihre Ansicht zu einem Thema, obwohl als letzte geäussert, im Familienkreis den Ausschlag gab.

Nach ihr kam Shoshanah, zwei Jahre jünger, mollig, mit rabenschwarzem Haar und dunklem Blick, die von allen Geschwistern den Zwillingen am ähnlichsten sah. Doch ihr Wesen war das Gegenteil, lachlustig, heiter, offenherzig bis zur Leichtfertigkeit, und ihr Liebling hiess Alexander, dessen Partei sie ergriff, ohne sich gross zu kümmern, worum es in der Sache ging. Die Zwillinge verdrehten die Augen und zerpflückten Shoshanas von Herzen kommende, einfältige Äusserungen, und doch sagte sie, was sie zu sagen hatte, manchmal unter Tränen, da sie ebenso leicht zum Weinen zu bringen war wie zum Lachen. Von ihren Schwestern liebte sie Jedidah am meisten, verbunden mit ihr durch gemeinsame Neigung zum Mitgefühl, zur Wohltätigkeit, zur Pflanzen- und Tierliebe. Jederzeit waren ein paar kranke Tiere in ihrer Obhut, aus dem Nest gefallene Vögel, räudige Hunde oder lahme Esel. Sie verkaufte selbstgefertigte Agraffen und Haarspangen an Damen der Gesellschaft und liess vom Erlös für die Tiere hölzerne Häuschen bauen. Auch Pflanzen, die sie irgendwo fand, halb vertrocknet oder von herzlosen Menschen ausgerissen, gab sie eine Heimat. Jedes Geschöpf, das bedrängt oder verlassen war, konnte mit ihrer Teilnahme rechnen. Es hatte genügt zu erwähnen, dass ich eine Waise sei, um sie zur entschiedenen Fürsprecherin meiner Aufnahme in die Familie zu machen.

Der Jüngste des Hauses, der achtjährige Josephus, war nach allgemeiner Ansicht von Eltern, Lehrern und Dienern das Ebenbild des Erstgeborenen, der ihn, von solcher Nochmaligkeit seltsam berührt, von allen Geschwistern am meisten liebte. Der Kleine nahm die Aufmerksamkeiten des Ältesten gern hin, zeigte aber seinerseits eine Vorliebe für seine Schwester Deborah. Man sah die beiden oft im Gespräch durch die Gärten spazieren, wobei der Jüngere sprach und die Ältere lauschte. Die Lehrer erstaunte er durch wohlgesetzte Rede und folgerichtige Darlegung, zugleich durch sein Geschick im Umgang mit Reittieren. Oft sah ich ihn auf den Eseln seiner Schwester Shoshana durch den Park zockeln, auch dabei noch redend, in eindringlichem Selbstgespräch. Der Pharisäer aus Jerusalem vermutete einen zukünftigten Rav in ihm, einen wandernden Schriftausleger und Prediger. Alexander sah ihn als Kaufmann, der mit Karavanen über Land ziehen und weitentfernten Völkern seine Waren verkaufen würde. Für die Zwillinge stand fest, dass Josephus das Zeug zu einem Volksführer und Strategen hatte. Spät wie immer äusserte sich Deborah. Sie nannte einen Zukunftsberuf, der alle erstaunte: er werde dereinst ein Poet und Sänger werden, der unseres Volkes Ruhm verbreite. Und obwohl ich damit vorauseile, sei erwähnt, dass sie Recht behalten sollte wie meist.

Die Zahl Sieben ist von geheimnisvoller Bedeutung und Wiederkehr, und sieben gesunde, wohlgeratene Kinder darf man, wenn man auch nur ein wenig an die geheime Wahrheit der Zahlen glaubt, als Zeichen verstehen. Sieben Tage hatte die Schöpfungswoche, der Zyklus des Lebens, und die meisten Völker sind uns in dieser Siebenzahl gefolgt. Vater Abraham traf sich zum Friedensschwur mit König Abimelech an einer Wasserstelle, die Beer Sheva heisst, Brunnen der Sieben, da er dort dem Nachbarfürsten sieben Lämmer schenkte. Daraus entstand das Wort für Schwur und Erfüllung *sh'vua*, vom selben Stamm wie das Siebenwort *sheva* und von gleichem Sinn: ein Schwur muss erfüllt werden wie sich die Siebenzahl erfüllt, wie sich die Woche im siebten Tag rundet und der Zyklus der Jahre im Ruhejahr. Sieben Gebote empfingen Noah und seine Söhne, als sich die Wasser um die Arche verlaufen hatten. Sieben Jahre diente Jakob um Leah, sieben nochmals um Rachel. Sieben Tage assen unsere Vorfahren das Brot der Bedrängnis, als sie aus Ägypten flohen, trockene Fladen von ungesäuertem Teig, sieben Wochen später empfingen sie das Gesetz am feuerspeienden Berg. Sieben mal sieben Tage zählen wir, bis das Frühjahrsgetreide zur Ernte reift und die ersten Garben zum Tempel gebracht werden. Unter Sternen beschirmt uns sieben Nächte die Laubhütte. Alle sieben Jahre lassen wir Felder und Gärten ruhen, auf dass sich Erde und Bäume erholen, und die Früchte dieses Jahres gehören dem, der vorüberkommt. Sieben Arten beschert uns das verheissene Land, Weizen und Gerste, Granatapfel, Feige, Wein, Olive und Dattel. In der Siebenzahl finden wir alles in Einem, das Strenge und Weiche, Herbe, Süsse, Einfache und Diffizile, siebenfache Mühe, siebenfachen Segen, und solcher Siebenfalt verglich Jacobus seine Kinder.

Sieben, sagte Jedidah, erweise sich als Zahl, die das Einswerden notwendig in sich birgt, wie denn erst Einheit Erfüllung und Vollendung gewähre, Sättigung und Frieden, beschlossen im Wortstamm *shin-bet-ajn*, im Wort *sheva*, sieben. So verschieden Jacobus' Kinder waren, sie fühlten sich einem Ganzen, einer Einheit zugehörig, die im entscheidenden Augenblick schwerer wog als alle Verschiedenheit. Dieses Eine gab auch Jedidah nicht her, als sie heiratete und zu mir zog. Fast täglich kam eins ihrer Geschwister sie besuchen, und ich brauchte einige Zeit, mich daran zu gewöhnen. Ich selbst war allein aufgewachsen, ohne Gedanken an Vielheit und Einheit, in leeren Säulenhallen, auf dem Hügel Palatium. Am Hofe Neros fand sich kaum irgendwo Gemeinsamkeit: vom Kaiser ausgehend, konzentrisch sich ausbreitend, triumphierte überall das Ich.

Die ersten Wochen nach der Hochzeit vergingen wie im Fluge. Mir war, als hätte Jedidah hätte immer an meiner Seite gelebt. Vieles notierte ich auf Pergament in diesen Tagen, das Beisammensein mit ihr öffnete mir Herz und Sinne. Von Nero hörte ich nichts, wurde nicht in den Palast gerufen, vergass fast, dass es Hof und Kaiser gab.

Rühme dich nicht des morgigen Tages, denn du weisst nicht, was ein Tag alles bringen kann …

Als ich ihn wirklich zu vergessen begann, erschien eines Morgens der Pförtner und meldete einen Offizier der Prätorianer. Wir sassen eben beim zweiten Frühstück. Diese Mahlzeit hatte mir früher nichts bedeutet, ein Becher Wein, ein paar Früchte im Stehen, doch Jedidah machte daraus eine Stunde des Innehaltens und Austauschens, eine Insel im Strom des Tages. Früh am Morgen wurden wir einer aus des anderen Armen gerissen und getrennt, sie, um im *cubiculum* Anordnungen für den Tag zu erteilen, den Haushalt zu regeln, ihre Dienerinnen anzuweisen, ich zum Gebet im Kreis der Hausgenossen, zum Morgenempfang im Atrium, zur Arbeit des Vormittags. Erst beim Frühstück am hellen Vormittag sahen wir uns wieder, eine Stunde, die rasch verging: wir erzählten einander, was wir gehört und gesehen, tauschten Küsse und zärtliche Worte unter dem Blätterdach im Peristyl, in der hölzernen Laube, in der ich mit Halityrus und Matitjahu meinen letzten Abend als Junggeselle verbracht und wo der Schauspieler die unvergessliche Frage gestellt hatte, ob es mir gelingen werde, die kleine Jedidah zu gewinnen.

Als der Diener an diesem Morgen durch den schattigen Wandelgang nahte, wussten wir, dass der Tag anders verlaufen würde als gedacht. Sein Gesicht zeigte den Widerschein einer eben empfangenen Anweisung, die nur vom Hof oder vom Kaiser selbst ausgehen konnte. Wir seufzten, küssten uns zum Abschied und standen auf. Ein weisser Ritter erschien, Sohn einer der grossen Familien, aus denen Nero seine Leib- und Ehrenwache rekrutierte, und brachte mir ein Wachstäfelchen mit einigen gekritzelten Zeilen.

Minuten später sass ich in meiner Sänfte und schaukelte hangabwärts in Richtung Palatium. Ich passierte die Eingänge zu den ewig verschatteten Gassen zu beiden Seiten der Kolonnaden des Circus, sah dahinter die alten Kaiserpaläste sich türmen wie marmorne Riffe, weiss und gletscherkalt, vielstöckige Gebilde aus Vordächern, Säulengängen, schräg aufwärts führenden Rampen, wurde aber nicht dorthin getragen, sondern weiter, geradeaus, an flachen Verwaltungsgebäuden vorbei, zu der gen Esquilinus sich erhebenden *domus transitora*, Neros Durchgangshaus. Ein Ausrufer lief voran, mit Brüllstimme den »Freund des Kaisers« ankündigend, an meiner Seite hielt sich der Ritter zu Pferd, vor und hinter mir die nubischen Träger, schweigend, schwer atmend. Um mich die Eskorte der Stadtwache, das Schnauben der Tiere, Klirren der Waffen, und verborgen in diesem eilenden, alles beiseite schiebenden Keil ich selbst in gepolsterter Schachtel. Ich sah mich plötzlich von aussen, eine überraschende, neue Fähigkeit, sah die Sänfte, die Begleiter, hörte das Gebrüll des Vorreiters. Was immer ich dort drinnen denken mochte – und es waren eher sanfte Gedanken, an Jedidah, unser unterbrochenes Beisammensein, ihren letzten Blick – nach aussen wirkte ich roh und hartschalig, ein unempfindliches, von Metallschuppen schimmerndes Schlangenwesen, eins von der Rasse, die nicht fragt und nicht zögert, keine Bedenken kennt, keine andere Regung unter ihrem Panzer als Sorge um sich selbst.

Vor dem Tor zum Durchgangshaus verstärkte sich das Gebrüll vom »Freund des Kaisers«, ich hörte Getrampel und Scharren von Sohlen, wütende Stimmen, als müssten Gruppen von *ardaliones* durchbrochen, die Sänfte Umringende zurückgedrängt werden, dann war Stille um mich, das jähe Schweigen der Vorhallen und leeren Mosaikböden, der inneren Bezirke der Macht. Ich dachte an Jedidah, an den Blick, mit dem sie mir nachgeschaut hatte, als ich ging. Das Besondere an ihr war ihre Furchtlosigkeit. Sie fürchtete den Kaiser nicht, seine Schergen und Boten, sie hatte sich auch an diesem Morgen, beim unvermuteten Erscheinen des weissen Ritters, nicht erschrocken gezeigt.

Ihre Furchtlosigkeit kam nicht von daher, dass es ihr an Phantasie mangelte. Im Gegenteil, sie hielt Neros Hof für lebensgefährlich und wurde nicht müde, mich vor ihm zu warnen. Durch ihren Bruder Alexander erfuhr sie einiges von dem, was in den Häusern der Grossen über den Kaiser geredet wurde. Neuerdings hiess es, er kröne seine Ausschweifungen mit Bluttaten, lasse töten, mitten aus dem Vergnügen heraus, und ergötze sich daran. Jedidah wusste von einem seiner sinnlosesten Verbrechen, von der Ermordung des jungen Aulus Plautius, den er verdächtigt hatte, ein Liebling seiner Mutter, der Kaiserin Agrippina, zu sein, und den er unter irgendeinem Vorwand enthaupten liess. Er soll ihn noch unmittelbar davor geküsst und als Mädchen missbraucht, dann dem Abschlagen des Kopfes durch das Henkerschwert zugesehen und gerufen haben: »Nun mag meine Mutter kommen und meinen Nachfolger umarmen!«, in der Unterwelt nämlich, wohin er die Agrippina unlängst vorausgesandt. Dieser Art waren die Scherze, die er bei solchen Gelegenheiten zum Besten gab, in dem Glauben, sie würden ihn unsterblich machen.

Die Familie Plautius hatte den Mord schweigend hingenommen, auch die *mater familias*, die vielgeprüfte, in strenger Abgeschiedenheit lebende Pomponia Graecina, Gattin des Konsuls und Siegers im britannischen Feldzug. Sie selbst war der *superstitio externa* bezichtigt worden, des fremden Aberglaubens, und nur mit Mühe öffentlicher Anklage entgangen, weshalb manche sagten, sie habe sich im Geheimen, unter dem Druck ihrer Erlebnisse, zu unserem Glauben bekehrt. Ob dem so war oder nicht – die berühmte Frau hatte Jedidahs Mutter in ihrem Haus empfangen und mit ihr vertrauliche Unterredung geführt, was umso auffallender war, als auch Frau Leah kaum je ihr Haus verliess. Jedidah hatte mir die blutige Geschichte vor allem deshalb erzählt, um das Misstrauen ihrer Mutter gegen mich als »Freund des Kaisers« zu erklären, die forschenden Blicke, mit denen mich Jacobus' würdige Gattin auch nach der Hochzeit bedachte. Ihr, die einer frommen Familie entstammte, blieb Neros Hof ein Schreckensort und ein dort willkommener Jude nicht geheuer. Mit besonderem Abscheu hätte sie erfüllt, wie Nero mit seiner ersten Gattin Octavia verfahren war, die er über Nacht aus Rom verschwinden und auf der Felseninsel Pandataria töten liess.

Obwohl Jedidah von alledem wusste, zeigte sie weniger Furcht vor dem Kaiser als alle, die ich kannte. Sie spürte nicht die geringste Neigung, Nero für einen Gott zu halten, für den Caesar Divinus et Filius Divi, den »Caesar, Gott, von einem Gotte abstammend«, welche Formel, ringsum bei jeder Gelegenheit wiederholt, selbst die, die nicht daran glaubten, mit Ehrfurcht erfüllte. Überhaupt erstaunte mich Jedidah durch ihre Gleichgültigkeit gegenüber Titeln, Rängen und Institutionen. In ihren Augen handelte es sich um flüchtige, vorübergehende Verabredungen, die mit denen, die sie erfunden hatten, dahinschwinden würden. Waren sie wert, in Furcht vor ihnen zu leben, die kurze Zeit, die uns hienieden bemessen war?

Dabei wäre es falsch gewesen, Jedidah weltabgewandt zu nennen. Sie hing an dieser Welt, ihr Wissen um eine höhere, mächtigere Intelligenz als jede menschliche gab ihr innere Ruhe, inneren Frieden genug, die flüchtige Gunst der Stunde wahrzunehmen. Ihre Kleider wurden zu Haus gewebt, sie verzierte sie mit glitzernden Säumen, Stickereien und Blumen. Sie liebte Schmuck und hatte eine Schwäche für schöne Gegenstände, die sie in reizender Unordnung um sich streute, goldeingelegte Kämme, gläserne Haarnadeln, perlmutterne Döschen, Spangen aus Jade. Oder jenes Salbgefäss aus Bergkristall, das ich nie genug bewundern konnte: in einem einzigen Stück hatte der Steinschneider das Kännchen samt zierlichen Henkeln aus dem kristallklaren Quarz gegraben und auf wunderbare Weise innen ausgehöhlt, so dass Sonnenlicht durch seine zarten Wände schimmerte. Nie zuvor war mir ein so unwahrscheinliches Gebilde unter die Augen gekommen. Das Haus war voller Duftstoffe, Farben, neuer Gedanken und Gespräche, über die nachzusinnen mich in glückliche Stimmung versetzte. Viel Seltsames, Unbekanntes brachte Jedidah in mein Leben, nur Schildpatt mochte sie nicht, Pelzwerk, Elfenbein, alles, wofür man Tiere tötete …

Ruckartig hielt die Sänfte, zu meiner Überrschung unter freiem Himmel. Im Aussteigen umfing mich Vogelzwitschern und Blütenduft. Mein Fuss trat auf den von der Vormittagssonne erwärmten Kies eines Gartenwegs, an dessen Ende, inmitten eines von duftenden Pflanzen umgebenen Rondells, ein Baldachin errichtet war. Unter diesem sass der Kaiser. Mit langsamer Bewegung führte seine Hand den Beryll zum Auge, ich wusste mich mit Hilfe des geschliffenen Steins erkannt und gemustert. Die Hand sank wieder in den Schoss, in dem eine Schriftrolle lag. Auch der leichtgebaute bronzene Gartentisch trug Papyri und Pergamente, in einer Schale aus buntem Achatglas lagen Griffel und Schreibrohre. Anscheinend war Nero – bis auf den unvermeidlichen Ritter der Leibwache – allein.

Ich trat behutsam in den Schatten des Sonnendachs, wo warmgelber Dämmer die Konturen verschwimmen liess. Auch der Kaiser flimmerte goldig, die Luft schien lauter Wohlwollen. Vor dem Tisch beugte ich mich tief und begann, zeremonielle Begrüssungsworte aneinanderzureihen, wir hatten uns lange nicht gesehen. Der Kaiser unterbrach mich mit heiterer Stimme: »*Salutatio*, mein Lieber. Nimm den Stuhl da. Wie gehts? Immer noch verliebt?«

Er sah besser aus als letztens, schlanker, das Gesicht gebräunt, das Haar ein wenig geblichen, offenbar war er am Meer gewesen und hatte gebadet, und der goldene Ton seiner Haut glich die dunklen Schatten unter den Augen aus, liess die Lippen weniger prall erscheinen, das Doppelkinn weniger schwer. Seine sonst geschwollenen Oberlider hatten sich auf fast normales Mass zusammengezogen, die Pickel am Mund waren verschwunden. Ich hatte ihn seit Jahren nicht so wohl gesehen.

»Danke, Göttlicher, es geht mir gut. Ich geniesse die Freuden der Ehe.«

»Ja, ich hörte, dass sie ein hübsches Ding sei ... Möchtest du trinken? Nimm dir, da hinten in der Karaffe ist Eisgetränk. Wein gibt es nicht mehr um diese Tageszeit, die Augusta hat mich überzeugt, dass er unbekömmlich ist für meine Stimme. Und auch sonst ...«, er senkte die Stimme, »im Bett, verstehst du? Man hat mehr davon, wenn man nüchtern ist ...« Er machte eine Kopfbewegung in Richtung des Ritters und zwinkerte. Dieser stand starr wie ein Standbild. Der Blick, mit dem Nero ihn bedachte, verhiess trotzdem nichts Gutes.

»Komm mal her«, sagte der Kaiser leise. Der Ritter hielt seine Rolle durch und tat, als sei er taub.

Nero bedeutete mir durch eine Geste – leichtes Auflegen der manikürten Fingerspitzen auf seine Kehle – dass er sein kostbares

Organ schonen müsse und ich den Befehl mit lauter Stimme wiederholen solle.

»Ritter, höre«, sagte ich laut, denn weiteres Zögern konnte dem Angesprochenen verhängnisvoll werden, »der Göttliche wünscht dich zu sprechen.«

Der Ritter machte ein paar Schritte aus dem Hintergrund des Rondells und stellte sich vor uns auf. Er war sehr jung und sehr gross, unerfahren mit Kaiser und Hof, durch Protektion, seinen Namen, seine Körpergrösse oder was immer zum Dienst in Neros Ehrenwache empfohlen worden, und während der Kaiser ihn schweigend durch seinen Beryll anstarrte, bewegte er schluckend den Adamsapfel. Er hatte Angst.

»Sag ihm«, wisperte der Kaiser, immer noch die Fingerspitzen am Hals, »dass er uns eingiessen soll ... Ich habe Pythagoras weggeschickt ... Mir von dem Honigwasser, nein, bei den Göttern, kein Eis! Dieses Opfer muss ich meiner Stimme bringen.«

Er sah zu, wie der Ritter mit Karaffe und Bechern hantierte, ungeschickt, geräuschvoll, mit zitternden Händen. Fast wäre die Karaffe seinen Fingern entglitten, einige Tropfen benetzten den Tisch und die kaiserliche Toga. Der Kaiser sagte mit kaum hörbarer Stimme: »Eine neue Karaffe. Der Kammerherr weiss ... Und sage dem Präfekten, ich erwarte ihn.«

Der Ritter sah mich an, in seinem Gesicht war ein Ausdruck von Panik. Gewiss hatte man ihm bei Strafe verboten, vor der festgelegten Stunde seinen Posten zu verlassen, und die kaiserliche Laune brachte ihn in die Lage, dem Befehl des Sicherheitspräfekten zuwider handeln zu müssen. Obwohl ich es nicht genau wusste, stellte ich mir Tigellinus als Vorgesetzten nicht angenehm vor, besonders in einem solchen Fall, wo offener Bruch seines Befehls vorlag. Und wie um alles noch schlimmer zu machen, verlangte Nero, dass der Bedauernswerte den Präfekten auch gleich hersandte, offenbar doch, um sich über ihn zu beschweren. In den blanken, weit geöffneten Augen des Ritters las ich Unverständnis und Entsetzen. Er begriff nicht, was er falsch gemacht haben könnte, wofür er bestraft wurde, was jetzt zu tun war, und der einzige Halt in seiner von einer Sekunde zur anderen aus den Fugen geratenen Welt war mein Gesicht. Er starrte mich an, auf seinen Schläfen perlten Schweisströpfchen. Ich schloss kurz die Lider, um anzudeuten, dass ich seine Lage verstand und nach Möglichkeit zu erleichtern gedachte, ehe ich entschieden nickte: geh, führe den Befehl des Kaisers aus.

»Er gefällt mir nicht«, sagte Nero mit normaler Stimme, als uns der Ritter verlassen hatte. »Ich weiss nicht, was mir Tigellinus neuerdings für Leute schickt. Wollte hier ein wenig im Euripides lesen. Ist doch ein Menschenrecht ... Ich wurde das Gefühl nicht los, er starrt mich an.«

Ich sagte besänftigend: »Er schien etwas einfältig zu sein.«

»Ja, das weiss man nie«, gab der Kaiser zurück. »Manche spielen die Einfältigen und in Wirklichkeit trachten sie mir nach dem Leben. Ich muss stets damit rechnen. Du ahnst nicht, wie hart das ist.«

»Darf man erfahren«, fragte ich, »welches Stück des Tragöden diesmal den Vorzug genoss, deine Aufmerksamkeit auf sich zu lenken?«

»Man darf«, erwiderte er gnädig. »Ich las in den *Troerinnen*. Du weisst, ich werde so sehr gedrängt von meinen Ideen, dass mir, obwohl ich eigentlich mit der Aufführung des *Kitharaspielers* beschäftigt bin ... Gedulde dich!«, rief er lachend, als er den wissbegierigen Gesichtsausdruck sah, den ich aufgesetzt hatte. »Deswegen habe ich dich rufen lassen. Es gibt da noch etwas zu besprechen, einige Feinheiten ... Erinnere mich daran, damit ich es nicht vergesse. Ich bin neuerdings ...« Er hob den Kristallbecher und schluckte das gelbliche Getränk, in dem zarte grüne Blätter schwammen. Immer noch den Becher in der Hand, fuhr er fort: »Eben las ich die ergreifende Stelle, da die alte Hekuba dem Menelaos in einem letzten verzweifelten Versuch seine Helena auszureden versucht, nach dem Fall der Stadt, umgeben von Feuer, man muss sich das vorstellen. Helena hat den Tod verdient, sie war es schliesslich, die all das verschuldet hat, den jahrelangen Krieg, den Tod so vieler Helden. Doch was tut Menelaos? Er verliebt sich von neuem in sie! Er spürt schon wieder Begierde, obwohl er sich dessen noch nicht bewusst ist – eben hat er sie zum Tode verurteilt, auf allgemeines Drängen, ›die Ehebrecherin verfällt dem Tode‹, da überkommt ihn, wie sie vor ihm steht, schon wieder Verlangen nach ihr … Nach allem, was gewesen ist, nach allem, was dieses Weib ihm angetan hat …« Er schüttelte den Kopf und trank aus seinem Becher. »Ich darf mich nicht so erregen, Poppäa sagt, ich soll in aller Götter Namen meine Stimme schonen. Was für ein Dichter! Wie gut er die Menschen kennt … Und die alte Hekuba sieht in Menelaos' Auge schon wieder den Funken glimmen, die herrliche, zerstörerische Glut der Sinne, die Lust auf dieses blonde Weib … Warte, sie sagt …« Er griff nach der knisternden Rolle und hob sie dicht vor seine Augen. »Sie sagt … hier …

Du willst sie töten, das ist recht von dir.
Nur Menelaos, hüte dich, du darfst
sie nicht mehr ansehn, sonst nimmt dich ihr Reiz
gefangen. Sie verstört der Menschen Blicke,
zerstört die Städte, trägt die Feuersbrunst
in jedes Herz, so mächtig ist ihr Zauber.
Ich kenne sie, auch du, es kennt sie jeder,
der einmal dieses Zaubers Macht erfuhr …

Wie gross ist das gefühlt … Und wie geschickt gesteigert: verstört, zerstört, Feuersbrunst …« Er schmeckte den Worten nach, bewegte die Lippen. »Wie du wohl weisst«, fuhr er fort, »tue ich niemals etwas umsonst. Auch das scheinbar zufällige Wiederentdecken dieser Stelle hat seinen geheimen Sinn im nieversiegenden Spiel und Widerspiel meiner Inspiration. Wie ich es so las, spürte ich, dass so etwas im *Kitharaspieler* noch fehlt. Etwas, woraus die leidenschaftliche Kraft unseres Helden, sein wahres Ich fühlbar wird … Vielleicht ahnst du, was ich meinen könnte?«

Während Neros Monolog hatte ich Zeit zu raschen Erwägungen gefunden, darüber, welche innere Regung ihn so aufgestachelt, in solche Begeisterung versetzt, so beredt gemacht hatte, warum er, allen guten Vorsätzen zum Trotz, in jene exaltierte Stimmung geraten war, von der er wusste, dass sie ihm schadete, ihn entstellte, der Lächerlichkeit preisgab. Deshalb hatte er den bedauernswerten Ritter weggeschickt, wie vorher den Mundschenk Pythagoras – und beide konnten sich glücklich schätzen. Es war nicht ungefährlich, Zeuge solcher Anwandlungen zu sein. Ich wusste, dass er jetzt verletzlich war und den geringsten Misston niemals verzeihen würde. Es galt, der Erregung, die ihn beim Lesen von Euripides' Text ergriffen hatte, Rechnung zu tragen, seiner Begeisterung über die Geilheit des alten Königs, seiner Freude an selbstzerstörerischen Regungen. Er war überzeugt, dass Liebe und Selbstverachtung derselben Wurzel entsprangen, dass wahre Liebe für den Liebenden katastrophal sein müsse, und in Menelaos' Schwäche fand er sie bestätigt. Früh hatte ihn sein Lehrer Seneca mit Euripides' Stücken vertraut gemacht, in der Hoffnung auf moralische Läuterung. Ich fühlte Widerwillen zu sprechen, schluckte ihn hinunter und sagte:

»Etwas Grosses wie dieses ... Ich glaube zu ahnen, was du meinst, Göttlicher. Zwar soll deutlich werden, dass er ein Künstler ist, sensitiv, zartfühlend, manchmal von seinen Eingebungen geschwächt, aber dass er in der Tiefe fühlt wie ein Mann, glutvoll und gewaltig. Und dass er dadurch in Gefahr geraten könnte. Denn die am tiefsten fühlen, sind am meisten gefährdet.«

Der letzte Satz war mir unvermutet eingefallen, ich hängte ihn an, zögernd, etwas undeutlich, und wartete klopfenden Herzens, wie er wirken mochte. Der Kaser starrte mit glänzenden Augen und leicht vorgeschobener Oberlippe, als schmolle er. Die schmollende Oberlippe war eine Eigentümlichkeit der julischen Familie, schon beim grossen Augustus hatte sie sich gezeigt und – glaubte man seinen Standbildern – anmutig und gewinnend gewirkt, erst recht bei seinem früh verstorbenem Lieblingsneffen Marcellus, demselben, nach dem das Theater benannt war, Neros Blutsverwandten in väterlicher Linie, denn die Domitii Ahenobarbi, was man oft vergass, waren direkte Nachkommen von Augustus' Schwester Octavia. Die Lippenbildung gab Nero etwas Mutwilliges und Schelmisches, das schon manchen irregeführt haben mochte. Nach ungewissen Sekunden kam das erlösende Nicken. Er bezog den Satz auf sich, wiederholte ihn sogar mit leiser Stimme.

Seine Stimme war an jenem Tag ungewohnt volltönend und eindrucksvoll. Es fehlte der heisere, gesprungene Unterton, das Atemlose, Gehetzte, Brüchige, das jeder am Hof von schlechten Tagen kannte. Offenbar hatte er unter Poppäas Einfluss in letzter Zeit wenig getrunken, vernünftig gelebt, stimmfördernde Mittel zu sich genommen, etwa das Honiggetränk, an dem er immer wieder nippte. Er wirkte ausgeschlafen und vielversprechend, sein Fleisch, sonst schlaff, porös, zu Pickeln, Flechten und Reizungen neigend, hatte sich gestrafft. Ich erkannte mit einem Mal, dass der Kaiser, der gern den Heiklen und Angegriffenen gab, in Wahrheit kerngesund war. Die starke Natur der väterlichen Ahenobarbischen Linie schien die feste Grundlage seiner Konstitution zu sein. Folgte er Poppäas Ratschlägen, konnte er uralt werden.

»Die am tiefsten fühlen, am meisten gefährdet … Mitunter, *amice*, gelingt dir ein schöner Satz. Ja, etwas in der Art. Dem *Kitharaspieler* fehlt es vielleicht an dieser Dimension. Man müsste, wenngleich wohl erst gegen Ende, ein paar Strophen einfügen, die ihn etwas stärker, wie soll ich sagen …« Er hielt inne. Sein eben noch schwärmerisch strahlender Blick schien zu erlöschen, sein vor Wohlbefinden glänzendes Gesicht die Farbe zu verlieren. Er brachte hervor, erblasst, mit veränderter Stimme: »Jetzt weiss ich, warum ich ihn nicht mochte.«

Ich schwieg.

»Er erinnert mich an Titus.«

»Wer?« fragte ich nun doch, da er weiteres Schweigen als kränkend empfinden konnte.

»Der Ritter. Ich habe Tigellinus hundertmal gesagt, er soll auf die Gesichter der Leute achten, die er mir zumutet. Ja, du hast Recht, ich bin gefährdet! Seit meiner Kindheit, seit ich denken kann, immer hat mir irgendwer nach dem Leben getrachtet. Das kannst du nicht nachfühlen, niemand kann es. Kein Sterblicher weiss, wie dem römischen Kaiser zumute ist. Es gibt niemanden meinesgleichen in der Welt. Ich bin einsam wie Zeus.«

»Du bist von guten Freunden umgeben, Göttlicher«, sagte ich leise, denn das musste jetzt gesagt werden.

»Ich bin zu absoluter Individualität verdammt …« Nero hielt inne, bezaubert von seinem Gedanken. »Individualität … Hat noch niemand darüber nachgedacht, welches Verhängnis Individualität sein kann? Wir preisen sie als Ideal, wir opfern alles für sie, und am Ende sitzt man allein da, eine Beute des eigenen Grauens, den Erynnien preisgegeben ... Die Freunde, sagst du ... Gewiss. Aber auch sie sind verschieden. Du bist vielleicht einer der wenigen, denen ich trauen kann. Obwohl man nie weiss. Menschen sind plötzlichem Sinneswandel unterworfen. Wenn du beispielsweise nach oben geheiratet hättest, sagen wir, in ein konsularisches Haus, und nicht dieses kleine judäische Mädchen ... Nun erschrick nicht gleich. Es geht nicht um dich.«

Er wandte den Kopf zur Seite und kramte auf dem Tisch zwischen raschelnden Pergamenten und metallenen Schreibgriffeln, bis er das Wachstäfelchen gefunden hatte, das er suchte. Sein Haar war kürzer geschnitten als sonst, und zum ersten Mal sah ich, was für auffallend kleine Ohren er hatte. Sie waren ein wenig abstehend wie die seiner julischen Vorfahren, auch die des Augustus, aber von anderer Form: runde, zart gerötete Mauseohren mit leicht gerollten Rändern ... Ich zwang mich, den Blick von ihnen abzuwenden und an etwas anderes zu denken. Versonnen malte er einige Buchstaben mit dem bronzenen Griffel auf das Wachstäfelchen. Sie schienen nur ein einziges Wort zu bilden. Schreibgerät und Wachstafel weiterhin in der Hand, wollte er wissen: »Nun, was ist dir eingefallen?«

Er sah, dass er mich überrumpelt hatte, und sein Mund verzog sich zu einem zufriedenen Lächeln. Ich murmelte etwas Hinhaltendes, dass ich dabei sei, mir Gedanken zu machen oder dergleichen, in Wahrheit verstand ich nicht einmal wirklich, was er wollte. Erwartete er jetzt auf der Stelle jene Verse von mir, die dem Stück die zusätzliche ›Dimension‹ geben würden? Der Held verliebte sich am Ende des Poems, wurde wiedergeliebt und fand den tragischen Zwiespalt seines Lebens gelöst, er besang den Körper der Geliebten in fragwürdigen Metaphern – was brauchte es noch? Ich hatte es nur unter Aufbietung aller Unbedenklichkeit niederschreiben können, nach einigen Bechern Wein, in Eile, gegen Morgen ... Mir wurde bewusst, dass wir allein waren, der Kaiser und ich, abgesehen von ein paar Pfauen, die in der Sonne herumspazierten, mit schleppenden Schwänzen und lasurblauen Hälsen, ahnungslos, unbedroht, glücklich. Sie kümmerten sich nicht um uns, schienen uns nicht wichtiger zu finden als die Pflanzen und Säulen, den Marmor und den Kies. Etwas Entscheidendes war geschehen, im Verborgenen, während wir einander nicht gesehen hatten, eine innere Entfernung und Entfremdung – ging sie von ihm aus oder von mir?

»Ich dachte«, sagte er, bereits ein wenig grollend, mit nicht mehr annähernd so ruhiger Stimme wie zu Beginn unserer Begegnung, »ich dachte doch, ich hätte mich vernehmlich geäussert. Früher hast du meine massvollen Anliegen zu erfüllen für nötig befunden ... Ich erwarte keine Schmeicheleien. Du sollst kein zweiter Krinagoras werden, abgesehen davon, dass dein Talent dazu nicht reicht. Aber behutsam erspüren, was ich meinen könnte, dir die Mühe machen, meine Äusserungen auf ihren vielschichtigen Gehalt zu ergründen, mir assistierend zur Seite stehen und gegebenenfalls mit anregenden Zitaten der Alten beispringen, falls ich – was wahrlich selten geschieht – ein dramatisches Problem nicht gleich zu lösen vermag ... Ja, ein solches Problem überhaupt erkennen ...« Er schüttelte den Kopf. »Bestand nicht darin deine Aufgabe? Empfängst du nicht dafür dein Gehalt? Grenzt es nicht an Pflichtvergessenheit, wenn du hier vor mir sitzt und meine Zeit vergeudest ...«

Sein Stimme war zu schwungloser Gedrücktheit herabgesunken, mit ersten Untönen von Klage und Schmerz. Am Ende des Kiesweges, dort, wo er im Schatten grossblättriger Pflanzen in einen marmornen Säulengang mündete, erschien ein Mann in weisser Toga mit schmalem Purpurstreif, gefolgt von einem kaiserlichen Kammerherrn. Ohne genau hinzusehen, wusste ich, wer der Mann in der Rittertoga war, noch nie im Leben hatte ich bei seinem Auftauchen solche Erleichterung verspürt, solche Hoffnung, er möchte nur rasch nahen, mich aus dieser alptraumhaften Lage befreien. Der Mann näherte sich wirklich eilenden Fusses, dabei unhörbar, und stand schlank und aufrecht vor uns, gesammelt, dienstbereit, lächelnd wie stets.

»Ah, Tigellinus«, murmelte der Kaiser. Er sah seinen Sicherheitspräfekten nicht an, richtete statt dessen den Blick auf die Wachstafel in seiner Hand. Und als Tigellinus mit seiner zeremoniellen Ehrenbezeigung fertig war, starrte er immer noch darauf, schwieg, runzelte die Brauen. Der Kämmerling, der in Tigellinus Fahrwasser zu unserem Tisch geglitten war, deutete dieses Schweigen als Aufforderung, mit dem Einschenken von Honigwasser aus einem grossen goldgeäderten Glaskrug zu Ende zu kommen und wieder zu verschwinden. Er war kaum im Schatten der grossblättrigen Pflanzen untergetaucht, als Nero sich an Tigellinus wandte: »Nun, was sagst du selbst?«

Tigellinus warf einen Blick auf mich, doch der Kaiser sah ihn herausfordernd an, als wolle er fragen: Willst du mir etwa vorschreiben, in wessen Beisein ich sprechen darf? Der kluge Ritter verstand und antwortete mit gesenkter Stimme: »Es würde mich zutiefst betrüben, Göttlicher, wenn ich etwa ...«

Nero liess sich in seinen vergoldeten Stuhl zurückfallen, öffete ein wenig den Mund und gab ein Geräusch von sich, einen gequälten, gehauchten Kehllaut, der klang wie »Uch ...«

»... deine Missbilligung hervorgerufen haben sollte, indem ich einen noch unerfahrenen Mann zu deiner heutigen Ehrenwache eingeteilt habe. Sein Name schien ihn für deine göttliche Umgebung zu empfehlen. Er ist ein Verwandter deines kaiserlichen Freundes Clodius Eprius.«

Nero sah ihn an. »Ja, bin ich denn heute unter Begriffsstutzigen?« fragte er. »Erst dieser dösige *homo litteratus*, dem die Ehe nicht bekommt, der es fertigbringt, halb schlafend zum Dienst zu erscheinen, und jetzt ein *praefectus praetorio*, der nicht begreift, was ich meine ...«

Meine Erleichterung war unbeschreiblich. Nur mit Mühe unterdrückte ich einen Seufzer, ein Lächeln. Neros Ausbruch war meine Rettung, die Worte »dösig« und »halb schlafend« erreichten mich wie Harfenklang. Niemals hätte mir Tigellinus meine Anwesenheit während dieser Minuten verziehen, wäre nicht auch über mich kaiserliche Schelte hereingebrochen, noch schwerere als über ihn. Er hätte einen unbemakelten Zeugen für immer gehasst und unter irgendeiner Anschuldigung aus der Welt zu schaffen gewusst ...

»Wer ist schon Clodius Eprius?« fauchte der Kaiser, den Kopf zwischen die Schultern gezogen. »Er kann froh sein, wenn ich ihn in mein Haus lasse, niedrig geboren wie er ist! Ich habe zu viel Gesindel in den senatorischen Stand erhoben, daher die Frechheit unter den *clarissimi* ... Solcher Nonsens wird mir geantwortet, wenn ich mich zu Recht über Saumseligkeit im Dienst beklage! Über Unaufmerksamkeit, über unzumutbare, meinen Gedankenflug lähmende Gesichter! Hast du keine Augen im Kopf? Ist dir entgangen, dass er aussieht wie Titus?«

Aus dem Augenwinkel nahm ich war, wie gut sich Tigellinus hielt. Der Name Titus traf ihn überraschend. Er zeigte Erschrecken, schien zu erblassen, brachte, ohne zu zögern, hervor: »Das ist natürlich unverzeihlich.«

»Finde ich auch«, murrte Nero, halbwegs besänftigt, da Tigellinus so überzeugend seine Reue zu zeigen wusste. Der Kaiser hielt nach wie vor den Schreibgriffel in der Hand, ein goldschimmerndes Stilett aus polierter Bronze, vorn gespitzt wie eine Nadel, wohl fünfzehn Zentimeter lang. Sein Grossonkel Claudius hatte die Prätorianer angewiesen, jeden Schreiber, der den Palast betrat, abtasten zu lassen, ob er etwa ein solches Instrument bei sich trüge, nur Sekretären ihm gut bekannter Personen wurde das Mitführen von Schreibgeräten erlaubt. Bei dieser Regelung war es unter Nero geblieben, weder Afranius Burrus noch Tigellinus hatten gewagt, sie aufzuheben. Auch mich hatte man vorhin untersucht, als ich ich die Sänfte verliess, und ich hatte es kaum mehr wahrgenommen, so selbstverständlich war die Prozedur. Wir schwiegen. Plötzlich packte Nero den bronzenen Griffel wie einen Dolch und stiess ihn mit voller Wucht in sein Schreibtäfelchen, durch die Wachsschicht bis ins splitternde Holz. Ich warf einen Blick auf das einzige Wort, das dort stand, las TITVS und wandte mich erschrocken ab.

»Wo ist er überhaupt?« fragte der Kaiser.

Tigellinus antwortete, der Sohn des Kaiserlichen Freundes Flavius Vespasianus diene zur Zeit, der üblichen senatorischen Laufbahn gemäss, als Militärtribun bei der sounsovielten Legion in Britannien oder Germanien.

»Wer ist sein Befehlshaber?«

Der Präfekt nannte einen bekannten Namen.

»Na, der wird auf ihn aufpassen. Munterer Bursche, der junge Flavier. Schon als Junge gern ins Hurenhaus ... Und grosser Liebhaber der *delicati* ...« Er gab dem Präfekten einen langen Blick, in dem geschrieben stand: Lässt sich da gar nichts machen?

Dieser wagte nun nochmals einen Wink mit den Augen, der mir galt. Der Kaiser blickte zu mir herüber und fand mich in eine Schriftrolle vertieft, die ich mir, als das Gespräch diese Wendung nahm, kurzentschlossen vom Tisch gegriffen hatte. Ich las darin mit einem Gesichtsausdruck, fast blöde vor Geistesabwesenheit, meine Lippen waren geöffnet, mein Kinn auf die Brust gesunken. Nero zuckte andeutungsweise die Schultern. »Wann kommt er zurück?« fragte er leise.

»Wenn es Zeit wird für die Quästur. Er ist erst dreiundzwanzig.«

»Schön«, sagte der Kaiser. Aber was er wohl wirklich meinte, war: Behalt ihn im Auge und warte auf einen passenden Moment. Dann fügte er rasch hinzu, mit gesenkter Stimme, kaum hörbar: »Du weisst von der Wahrsagung?«

»Ja.«

»Woher?«

Tigellinus, der die Falle witterte: »Von meinem Amtsvorgänger Afranius Burrus, Göttlicher.«

Nero nickte. Der ehemalige Prätorianerpräfekt Afranius Burrus lebte nicht mehr, aber er mochte Zeit gefunden haben, seinen Untergebenen Tigellinus, damals Präfekt der Wache, über die der Prophezeiung des Stirnbetasters ins Bild zu setzen. Dass Afranius davon gewusst hatte, konnte nicht Wunder nehmen: es gehörte zu seinen Obliegenheiten, alles Wissenswerte über die Vorsteher der grossen Hofämter in Erfahrung zu bringen. Der Kaiser fragte: »Wer mag noch davon wissen?«

Tigellinus erwiderte: »Pallas.«

Auch diese Antwort war geschickt. Natürlich wusste Pallas davon, er war unter den Augenzeugen des Vorfalls gewesen. Und da Pallas inzwischen in Ungnade gefallen war, mochte sich ein Teil des kaiserlichen Grolls in Gedanken an diesen Mann entladen.

»Pallas«, wiederholte Nero mit leisem Schnaufen. »Wer noch?«

»Posides.«

»Ach, der lebt noch?«

»Geistig umnachtet.«

»Wo?«

»In seinem Palast auf dem Esquilin.«

»Ich hatte ihn ganz vergessen. Er hat damals in Baiae wunderbare Thermen gestiftet … Er muss wahnsinnig reich sein.«

»Ich werde mich darum kümmern.«

Der Kaiser nickte, indem er das Kinn ein, zwei Mal in das weiche Hautpolster seines Halses tauchte. Er fügte leise hinzu: »Sollte sich herausstellen, dass noch jemand … Mach sofort Meldung.«

»Selbstverständlich.« Tigellinus liess einige Augenblicke verstreichen, ehe er von neuem zu sprechen begann. »Göttlicher«, erklärte er, »ich kann nicht umhin zu bemerken, dass ich mir grosse Sorgen mache, dich hier unbewacht und allein …«

»Aber ich bin nicht allein«, entgegnete heiter der Kaiser.

»Die Vorzüge des Ritters stehen ausser Zweifel«, sagte Tigellinus, ebenfalls einen belustigten Unterton wagend, »aber ich bin nicht sicher, ob er sich als Leibwächter eignet. Bei einer früheren Begegnung schien er mir eher selbst einer Leibwache zu bedürfen, weshalb er – als ein für den göttlichen Cäsar wichtiger Mitarbeiter – seither niemals ohne Prätorianer unterwegs ist.«

»Ja, du bist sehr umsichtig. Was für eine Begegnung übrigens?«

»Ich fand ihn zufällig in einer dunklen Strasse auf der Erde kniend, nur von einem unbewaffneten Laternenträger begleitet. Noch dazu in einem nicht ganz ungefährlichen Stadtbezirk.«

»Sieh mal an«, sagte Nero, »der junge Ehemann … He, wir reden über dich«, rief er in meine Richtung. »Was höre ich da? Nachts in anrüchigen Stadtvierteln? Betrunken? Womöglich in der Subura? Das war doch hoffentlich vor deiner Hochzeit?«

Wie löste ich meine Augen von der Rolle, an der sie erwachend gehangen hatten. Während der vergangenen Minuten war all mein Bemühen dahingegangen, nichts auf der Welt so faszinierend zu finden wie diese griechischen Lettern, diese zufällig gegriffenen Zeilen aus einem Hymnus des Bion von Smyrna auf den toten Adonis. Eine Ausstrahlung völliger Hingabe, Versenkung, Geistesabwesenheit musste von mir ausgehen, um die beiden argwöhnischsten Männer des Reiches glauben zu machen, ich verstünde nicht, worüber sie sprachen. Meine Augen saugten sich an den Schriftzeichen fest, an den schwelgerisch-pathetischen Anrufungen und Klagen, liessen sich fesseln vom Jammer des Dichters, dem, in einem Wechselspiel der Stimmen, die Eroten antworteten:

Ich klag um Adonis, tot ist der schöne Adonis!
Tot der schöne Adonis, klagen dazu die Eroten …

Die Hexameter über den »jäh vom Hauer des Ebers Dahingerafften« liessen meine Gedanken wandern und abirren, in ein Intervall jenseits dessen, was neben mir gesprochen wurde, aber auch ausserhalb des endlos auf dem Pergament sich entrollenden Hymnus, so dass ich einerseits selbstvergessen genug wirkte, um Nero zu unbedenklichem Weiterreden zu ermutigen – denn zum Mich-Entfernen war es zu spät und erging keine Weisung –, andererseits wahrnahm, ob mir Gefahr drohte. Meine Wahrnehmungen mischten sich sonderbar mit den schweifenden Gedanken und Reflexionen, die der Klagegesang des Bion von Smyrna in mir auslöste: Gedanken darüber, dass dieser etwa zur selben Zeit gelebt hatte wie die neu-attischen Meister, die nach einer Periode bombastischer Geschmacklosigkeit die Rückkehr zu getragener Ruhe und nüchternem Stil einleiteten, eine geradlinige Erzählweise im Gedicht, eine Besinnung auf klassische Formen in Pantomime und Tanz, und ich erinnere mich bis heute, wie mir unvermutet Halityrus einfiel und sein kürzlich erlebter Auftritt im Marcellus-Theater. Seine Darstellung der Nymphe Echo, unter Vermeidung jeglicher Exaltation und obszönen Entgleisung, war ein neu-attischer Auftritt wie er im Buche steht. Ich begriff, dass Halityrus auf seine Weise den Kaiser zu zügeln versuchte, ich bedachte, wie schwer auch seine Lage an diesem Hof sein musste, als Neros Berater in Fragen öffentlichen Auftretens, wie oft er ähnlich peinvolle Situationen zu gewärtigen hatte, in Gefahr geriet, in die Fallstricke bedrückender Gedanken. All das gab mir Mut. Ich hatte begonnen, vor mich hin zu murmeln, als repetierte ich Verse, und als Nero seinen Scherz mit der Subura machte, blinzelte ich wie aufgeschreckt und fragte: »Ich, Göttlicher? In der Subura?«

Darüber brach der Kaiser in Gelächter aus, und auch Tigellinus lachte, obwohl er es besser wusste. Geistesabwesend, wie ich nach dem wirren Herumlesen in der Schriftrolle war, verstand ich nicht gleich Tigellinus' Absichten: er war mir keineswegs in der Subura, im Dirnenviertel begegnet, sondern in trans Tiberim, und ein einziges Wort von ihm hätte Neros Irrtum aufklären können. Weshalb hatte er von der mir zugeteilten Leibwache erzählt, warum überhaupt den Kaiser in dem Eindruck bestärkt, ich sei ein weltfremder, vor mich hindämmernder, ausserhalb meines Fachgebiets begriffsstutziger Mensch? Weshalb auch immer, es half mir über schwere Minuten. Des Kaisers seelisches Gewölk zerstreute sich, schwand dahin wie von warmen Winden verweht, machte Raum für sonnige Heiterkeit. Er vergass seine Angst vor Titus, ergriff dankbar die Gelegenheit, auf meine Kosten zu scherzen, etwa nochmals Tigellinus' Frage nachzugehen, ob ich »im Notfall als Leibwächter geeignet« sei, ob ich ihn und mich zu verteidigen wüsste, wenn wir beide in diesem Garten einem Angriff ausgesetzt wären und sonst keine Hilfe zur Hand.

»Was würdest du machen?« fragte er, gespannt wie ein spielendes Kind.

»Ich würde das erstbeste Ding hier nehmen«, sagte ich und griff in die Schale aus Achatglas, wo mehrere bronzene Schreibgriffel umherrollten, gespitzt und geschärft, lang wie Dolche, gewichtiger und härter als gewöhnliche Messerklingen. Das war ein wenig gewagt, da es ihn an seinen unbedachten, verräterischen Stoss gegen das Wort TITVS auf der Wachstafel erinnern mochte, andererseits bewies diese arglose Antwort, wie wenig ich anscheinend von alledem mitbekommen. Und auch er wollte den Vorfall bereits vergessen haben. Leutselig zwinkerte er Tigellinus zu, der dazu lächelte, als fände er die Vorstellung, wie ich mit einem Schreibgriffel auf bewaffnete Kaisermörder losging, überaus erheiternd.

Der Präfekt kam nun nochmals zur Sache, diesmal mit Erfolg. Ein neuer Leibwächter wurde gnädig akzeptiert, unter Ermahnungen, besser auf das Gesicht des Mannes zu achten und welche Wirkungen es auf des Sängers empfindsames Gemüt haben könnte, dann sah sich der Präfekt in Ehren entlassen. Er beugte sich zum

Kaiser nieder, um von seinem Vorrecht als Freund Erster Vorlassung Gebrauch zu machen, mit gespitzten Lippen die göttliche Wange zu streifen, richtete sich wieder auf und glitt zwei Schritte rückwärts. Statt nun aber ungesäumt das kaiserliche Sonnenzelt zu verlassen, blieb er stehen und breitete, bei in Hüftnähe verweilenden, angewinkelten Ellenbogen, die Unterarme aus, langsam, mit geöffneten Handflächen, eine unmissverständliche Geste. Ich stand auf, ging auf ihn zu und legte meine Fingerspitzen leicht auf seine Oberarme. Er lächelte. Ich neigte meinen Kopf dem seinen entgegen und näherte meine Lippen seiner glattrasierten, duftenden Wange, um den Mann zu küssen, der eben den Kaiser geküsst.

Tigellinus hatte mir diesen Abschiedsgruss bereits nach unserem schicksalhaften Zusammenstoss in *trans Tiberim* gewährt und, mehr noch, heute an diese Begegnung erinnert. Er hatte den Kaiser davon wissen lassen und durch die Art, in der er es getan, dem ewig Todesängstlichen kundgegeben, dass er, sein immerwacher Sicherheitsexperte, mir vertrauensvoll gewogen war. Als ich mich in seine Richtung neigte, sahen wir einander nochmals, wie neulich in trans Tiberim, in die Augen. Und noch einmal schien es, als könnten wir einer in des anderen Augen lesen. Zumindest las ich in seinen, dass er mir wohlwollte, auch meinem Schwiegervater, meiner Familie, meinen Freunden Halityrus und Matitjahu, dass wir ihm aus irgendeinem Grund wertvoll waren, wertvoll genug, uns zu schützen. Mit unserer Hilfe hatte er Doryphorus entmachtet, den früheren Liebling des Kaisers, den Schönen, Gnadenlosen, und noch andere an diesem Hof galt es zu stürzen, immer wieder, ohne Ende …

Der Kaiser beobachtete uns mit einem Lächeln. Er liess seinen Blick auf uns ruhen wie ein Brettspieler, der seine elfenbeinernen Spielmarken betrachtet, ihre Muster, ihr flüchtiges Figurenbilden und Umherrutschen auf dem Spielfeld, ihr Einander-Beistehen, Einander-Schlagen, all dies nur, solange er will, da er jeden Augenblick das Brett umwerfen, die Steine verstreuen und neue einsetzen kann. Und noch etwas war in diesem Blick zu finden, eine verborgene Regung, eine Spur Sehnsucht vielleicht, die Kindersehnsucht, mit der er, der verstossene Junge im Haus seiner Tante Domitia, die zu beiderseitigem Vorteil geschlossenen Bündnisse der kleinen fremdländischen Sklaven beobachtet hatte, der Menekrates, Paris, Halityrus, der Tänzer, Sänger und Kitharaspieler, der geborenen Griechen, Juden, Kleinasiaten, die sich einer fremden, bedrohlichen Welt ausgesetzt sahen und mit gottgegebenem Instinkt erspürten, wie man in ihr überlebte. Nero, der hilflose, von seinem Onkel Caligula ausgeplünderte Prinz, dessen Vater tot, dessen Mutter auf eine ferne Insel verbannt war, hatte eine tiefe Zuneigung zu ihnen gefasst, zu ihren verschmitzten Gesichtern, ihren flinken, humoristischen Schlichen. Er liebte sie mehr als alle Senatoren, alle Hochgeborenen Roms, er traute ihnen mehr, weil sie wie er das Leben kannten, gefroren und gehungert hatten, sich in kalten Regennächten um ein lauwarmes Kohlebecken gedrängt und dennoch stets einen Ausweg gewusst, für sich und für ihn mit. So ruhte sein Blick mit einer gewissen Teilnahme auf uns, den Söhnen von Freigelassenen, Fremden, Niederen, die sich am Hof zu halten wussten und nun seine kaiserlichen Freunde waren, ehe er dem abgehenden Gardepräfekten zuwinkte, dann mit der selben Hand mir zu sitzen gebot.

»Zurück zur Arbeit«, sagte er mit einem Anflug von Bedeutsamkeit. Ich vernahm das vertraute Knistern und Schlattern von sich rasch auf der Rolle bewegendem Papyros. Er suchte etwas. Die Sonne stand hoch inzwischen, ihre Strahlen fielen fast senkrecht auf das flache Stoffdach, unter dem wir in gelblichem Dämmer verweilten. Mit gedämpftem Waffengeklirr schob sich ein neuer Leibwächter in den Hintergrund des Rondells, wieder ein junger Ritter, diesmal orientalischer Abstammung, aus einer erst kürzlich erhöhten Familie, mit olivfarbenem, magerem Windhundgesicht und kurzgeschorenem pechschwarzem Haar. Ich musste inwendig darüber lächeln, wie Tigellinus durch die Wahl eines Fremden zu verhindern suchte, dass der neue Wächter den Kaiser an jemanden aus Roms ersten Familien erinnern konnte. Das Imperium war reich an Menschen aller Hautfarben, Erfahrungen, Talente, rasch liessen sich Lücken schliessen, mit einem noch Passenderen, genau dafür Geeigneten, schwer wurde es hier dem Einzelnen, an seine gottgewollte Einmaligkeit zu glauben.

»Mir schwebt etwas vor …«, begann der Kaiser. Er sagte es in einem Ton, als hätte es in unserem Gespräch über die fehlende Dimension des Kitharaspielers niemals eine Unterbrechung gegeben. »Mir schwebt etwas vor, das seine Liebesfähigkeit, seine beseelende Kraft in wenigen Versen zum Ausdruck bringt, etwas durchschlagend Metaphorisches, alle Aufmerksamkeit Bannendes. Man soll ihn nicht, nur weil er Künstler ist, für schwach halten. Nein, er liebt und begehrt, entzückt und berückt …«

Wieder redete er sich in Begeisterung, begann rhytmisch zu sprechen, mit singender Stimme. Ich musste an Jedidah denken, die einmal gesagt hatte, dass in seiner Wiedergabe selbst das Erhabenste albern wirke, dass unfreiwillige Komik sein Zeichen sei, ein fast tragisch zu nennendes Talent zu verfehlter Wirkung. Meine Antwort war gewesen, dass Hunderttausende anders empfanden, dass sie ihn anbeteten und nichts Lächerliches in seinem Auftritt sahen, im Gegenteil, dass sie sich von dem, was wir abgeschmackt nannten, erhoben und begeistert fühlten. Unter diesen Hunderttausenden waren Gebildete und Hochgeborene, die man nicht einfach als besinnungslose Menge abtun konnte. Jedidah hatte den Kopf geschüttelt, nie hatte sie ihn singen oder deklamieren hören, nie sein Publikum dabei beobachtet, ihn überhaupt nur zwei-, dreimal, und auch da nur von ferne, erblickt. Und obwohl das gegen die Berechtigung ihres Urteils sprach, gegen jede Betrachtung *ad rem accomodatus*, hatte sie Zweifel in mein Herz gesenkt. Wie ging das zu? Warum folgte ich Jedidahs Empfinden? Weil ich sie liebte? Hatte Liebe die Kraft, Überzeugungen zu ändern? War sie ein Rauschtrank, der den Sinn verwirrte, die Welt mit neuen Augen sehen liess? Wie hiess es in jenem Lied, aus dem Jedidah und ich so oft in den letzten Wochen zitiert hatten? *Jishakejni mi n'shikot pihu* … Und ich hatte es kaum gedacht, da improvisierte ich schon, leise und suchend, in Neros Muttersprache: *Osculetur me osculo oris sui, quia meliora sunt uberta tua vino …*

Der Kaiser horchte auf. »Was ist das?«

»Die Übersetzung eines alten Liedes, das in meiner Heimat die Verliebten singen, die Brautleute und Jungvermählten.«

»Hübsch«, sagte er. *»Osculetor me osculo oris sui* … Aber das gilt ganz klar einem ›ihm‹, nicht einer ›sie‹! Er küsste mich mit dem Kuss seines Mundes … *Eccere!* Wir lassen seine Geliebte sprechen! Lassen sie ihn und seine Vorzüge preisen, seine Vorzüge als Liebhaber … Wir wechseln die Stimme: *sie* ist es, die spricht, natürlich, warum habe ich bloss so lange für diesen einfachen Gedanken gebraucht!«

»Weil es ein genialer Gedanke ist, Göttlicher.«

»Meinst du?«

»Ja. Es wirkt überzeugender, wenn sie ihn besingt. Lobpreis durch die Geliebte ist des Liebhabers Quelle der Kraft und Inspiration.«

Er nickte. »Schön, mag es ein genialer Einfall sein. Wozu das leugnen? Mir war schon den ganzen Morgen, als reife etwas Besonderes in meinem Kopf …« Er tippte mit den rosigen Fingerspitzen gegen seine Schläfe. »Für den Pantomimen wird es nun schwerer, er muss eine weitere Figur tanzen. Vielleicht Auloi im Hintergrund? Der Aulos schwebt mir immer als weibliches Instrument vor, ich weiss nicht warum.«

Ich gab zu bedenken, ob er nicht, um die Partie harmonisch in den Gesamtverlauf der Aufführung einzubetten, besser Saiteninstrumente spielen lassen wolle, solche, die traditionell von Frauen bevorzugt würden wie die Pektis oder Magadis. Aber er wies diesen Vorschlag zurück, überraschend brüsk. »Nein, keine Magadis auf der Bühne. Was Bukolisches scheint mir für diesen Text das Geeignetere. Wie geht das Lied weiter?«

Den Vorschlag hatte ich gemacht, um meine Anteilnahme an der Inszenierung zu zeigen, immer noch seine Drohung im Ohr, ich täte nicht genug für mein Gehalt, und mir war gleichgültig, ob er die Anregung aufgriff oder nicht. Wie fast zu erwarten, schlug er sie in den Wind, schon deshalb, weil er kein weiteres Saiteninstrument auf der Bühne wünschte, das seiner Kithara Konkurrenz machen konnte. Zu jenem Doppelspiel mit Menekrates im Marcellustheater hatte er sich aus einer damaligen Unsicherheit heraus entschlossen, aus einer verständlichen Furcht, seine Kräfte würden nicht dazu ausreichen, allein einen grossen Theaterabend zu bestreiten. Inzwischen wusste er, dass er dazu fähig war. Und obwohl dies den wahren Grund seiner Ablehnung bildete, hatte er zugleich im künstlerischen Sinne recht.

Denn es zeigte sich wieder, wie erstaunlich sein Sprachgefühl ausgeprägt war: er vermochte in den paar Zeilen meiner improvisierten Übertragung den Charakter des Originals zu erkennen. Es stimmte, das *shir ha shirim* war ein ländliches Lied, Landleute traten darin auf, die Bewohner der Granapfelgärten um Jerusalem, Schäfer, Obstpflücker, Weinbauern. Ich versuchte in Latein wiederzugeben, was ich durch hundertmaliges Lesen auswendig wusste, den vielumstrittenen hebräischen Text, den manche Schriftgelehrte als poetische Parabel auf Israels Verhältnis zum alleinigen Gott ansahen und daher zu den Heiligen Büchern zählten, während andere ihn gänzlich ablehnten. Der Text war sinnenfroh, die Schönheit der Landeskinder wurde schwärmerisch besungen, die Schönheit des Landes selbst, der sanften Hügel und schattigen Haine, der flinken Gazellen und prangenden Früchte. Allerdings erschien kein einziger der Namen Gottes in diesem Text, weshalb strenger Buchstabensinn sich gegen seine Aufnahme in die heilige Textsammlung wehrte: er atme griechischen Einfluss, machten einige Schriftgelehrte geltend, das Liebesverhältnis zweier Unverheirateter werde besungen, manche Stellen könne man indezent nennen.

Indessen hatten die Einwohner Judäas längst entschieden, indem sie dieses Lied, dessen Ursprung unbekannt und Gegenstand wunderbarer Legenden war, zu einem ihrer meistgesungenen werden liessen. Man wusste, dass es uralt sein musste, König Salomo trat als handelnde Figur darin auf, man kannte es seit Kindesbeinen, und wenn es irgendwo auf einer ländlichen Hochzeit von wechselnden Stimmen gesungen wurde, erinnerten sich die Eltern von Braut und Bräutigam, die Grosseltern und noch die älteste Muhme, wie es schon auf ihrer Hochzeit gesungen worden war. Ich suchte lateinische Worte für das Hebräisch des Textes, in das aramäische Wendungen eingestreut waren; vorsichtig, behutsam setzte ich die fremd klingenden Vokabeln, da der Kaiser im Lateinischen sehr empfindlich war. Zweifelnd sprach ich die Worte vor mich hin, als stelle ich sie gleichsam zur Diskussion:

Osculetur me osculo oris sui
quia meliora sunt ubera tua vino
fraglantia unguentis optimis
oleum effusium nomen tuum …

Nero lächelte mit geschlossenen Augen, wodurch sein ausgeruhtes, goldhäutiges Gesicht an einen Mond erinnerte. Leise begann er einzelne Worte mitzusummen, das sicherste Zeichen seiner Zustimmung. Eine gebieterische Handbewegung – gebieterisch auf spielerische, fast fröhliche Weise – befahl mir zu schweigen. Er sass noch einige Augenblicke in der Gartenstille, mit nickendem dicken Kopf, die Hände in Hüfthöhe in sanft zuckenden, zupfenden Bewegungen, und summte vor sich hin.

»Ich habe die Anregung aufgenommen«, erklärte er dann, die grossen leuchtenden Augen aufschlagend. »Ein feiner Text. Ihr seid wirklich ein poetisches Volk. Vielleicht ein bisschen verklemmt. Wenn ich es mit ähnlichen Dichtungen im Griechischen vergleiche, mit *Daphnis und Chloe* zum Beispiel, nun, da wird einfach beschrieben, wie die beiden hübschen Kinder miteinander schlafen, einfach und anschaulich, und der Leser freut sich daran. Bei euch ist immer gleich Höheres im Spiel, Wehmut und Rätselhaftes. Ich bedauere zum ersten Mal, dass ich eure Sprache nicht verstehe. Ihr drückt euch wohl viel in Metaphern aus? In alten, erinnerungsträchtigen Bildern? Und so redet das Volk? Seltsam, meine Prokuratoren haben solche Mühe, die Provinz ruhig zu halten, sie klagen fortwährend über eure Wildheit, und nun ein so zartsinniger Text … Wie ist das überhaupt mit euch? Mein Lehrer Seneca pflegte euch *insanus* zu nennen. Ihr würdet freiwillig den siebenten Teil eures Lebens opfern … Ist das wahr?«

»Wir begehen einen Tag in der Woche«, antwortete ich, den Blick gesenkt, »indem wir ruhen, geschehen lassen, die Welt lassen, wie sie ist. Wir ehren die Heiligkeit der Schöpfung durch feierliches Zelebrieren der Stille, Göttlicher. Dieser Tag, genannt *shabat,* markiert den Wochenwechsel, Anfang und Ende, Erfüllung und Neubeginn. Er macht, dass die Tage nicht mehr als glattes, scheinbar unendliches Band vor und hinter uns liegen, sondern geordnet zu je sechs gewöhnlichen und einem, der deutlich hervorgehoben ist.«

»Verstehe«, sagte der Kaiser. »Er setzt den Akzent. Wie die rhytmischen Betonungszeichen in einem Poem.«

»Das ist wunderbar gesagt«, erwiderte ich.

»Nun, es will mir eher klug erscheinen, ein solches Zeichen des Besonderen und Höheren zu setzen, noch dazu in regelmässiger Wiederkehr. Darin liegt zweifellos eine metaphorische Wahrheit. Was die Philosophen reden, ist mit Vorsicht zu geniessen, das war immer mein Gefühl ... Vielleicht sollte ich mal zu euch rüberfahren? Man sagt, euer Tempel sei ein Weltwunder ... Doch eins nach dem anderen. Zuerst unser Poem. *In hac causa vertitur*. Ich schreibe das, was du mir vorbereitet hast, nochmal ganz neu. Deine Fassung ist nicht bühnenwirksam, wir müssen etliches auf besseren Effekt herausarbeiten. Auch Halityrus ist dieser Meinung ... Bei allen Göttern, wer ist das schon wieder!«

Aus dem Schatten der grossblättrigen Pflanzen trat von neuem jemand in weisser Toga, diesmal ohne jeden Purpurstreif. Nero hob den Beryll. Hinter uns hörten wir Lederknarren und leises Klirren, der asiatische Ritter schien sich zu bewegen, alarmiert durch das Erscheinen dieses Menschen. Der sich Nähernde war der Freigelassene Patrobius, ein aufsteigender Stern an Neros Himmel, ein ehemaliger Athlet, dem kürzlich ums Leben gekommenen Doryphorus ähnlich, dunkel, von starkem Haarwuchs und drängender Männlichkeit, und wieder fand ich mich bei dem Gedanken, dass an diesem Hof der Einzelne umgehend ersetzt und seine Beliebigkeit betont wurde, durch zur Schau gestellten Überreichtum an verfügbaren Exemplaren, durch müheloses Erneuern defekter oder verbrauchter Glieder der unentwegt laufenden Riesenmaschine. Des Kaisers Murren über die Störung ging in Fragen über, als er des Freigelassenen ansichtig wurde: »Ah, du bist es ... Ich hatte eigentlich angeordnet, dass niemand, wirklich niemand ... Nun sag, was gibt es?«

»Du hattest befohlen, Göttlicher, dir sofort zu melden, wenn die griechischen Athleten eintreffen.«

»Ah! Sind sie da?«

»Sie üben in der Palästra. Berühmte Ringer sind darunter und der Schnellläufer Menelaos. Der *procurator a cubiculo* erwägt, am Rand der Sandbahn ein kleines Zwischenmahl zu servieren, und während du zu Tisch liegst, siehst du ihren Übungen zu.«

»Was gibt es da zu erwägen! Genug geistige Arbeit für heute. Kennt ihr euch eigentlich? Patrobius ist ein berühmter Sieger im Faustkampf, wert, von einem neuen Pindar besungen zu werden. Sieh dir seine Arme an, er kann einem Ochsen den Hals brechen ... Und dies ist einer der angenehmeren Menschen an meinem Hof, mein *homo poeticus,* gescheit, fleissig, wenn auch etwas schläfrig. Jung verheiratet, hahaha ... Vielleicht solltest du mal wieder richtig ausschlafen? Ein paar Nächte das eheliche Schlafzimmer meiden?«

Er stand auf, trat nahe an mich heran und kniff mich mit zwei Fingern ins Ohr. Dann hängte er sich an Patrobius' Arm und spazierte mit ihm über den Gartenweg davon, gefolgt von seinem Schatten, dem asiatischen Ritter.

Denn eines jeden Wege liegen offen vor dem Herrn, und er bereitet einem jeden den Pfad ...

Nach meiner Heirat verging der Rest des Jahres rasch, allzu rasch, wie glückliche Zeiten immer. Sanft und stetig tändelten die Tage dahin, anschmiegsam wie lauer Wind. Im Auftrag des Kaisers war ich mit Übersetzungsarbeiten beschäftigt, die viel Nachdenken und Ruhe erforderten. Auch verbrachten wir möglichst viele Stunden zu zweit. Daher neigten wir dazu, was von aussen an uns herangetragen wurde, schnell wieder zu vergessen.

So erfuhren wir eines Tages, dass ein neuer Prokurator nach Judäa entsandt worden sei, ein gewisser Lucceius Albinus, ein Ritter wie sein Vorgänger Porcius Festus, aber da wir ihn nicht kannten, dachten wir nicht länger über ihn nach. Die Ernennung kam alles andere als überraschend. Es war längst überfällig, die seit

Festus' Tod bestehende Vakanz des Postens zu beenden, eher musste nachträglich verwundern, dass der Posten so lange unbesetzt geblieben war. Genau besehen, drängte sich der Gedanke auf, dass seine Nicht-Besetzung über derart lange Zeit in jemandes Absicht gelegen hatte. Auf Einzelheiten kann ich mich nicht besinnen, nicht mal auf das Datum. Meine Erinnerung versorgt mich mit farbenreichen Bildern: der Vormittag, an dem die Nachricht von Albinus' Ernennung eintraf, war frühlingshaft warm, Jedidah und ich sassen im Peristyl beim zweiten Frühstück und der hellblaue Hibiskus stand in voller Blüte. Doch blüht dieser Busch über Wochen und Monate, kann schönes Wetter in Rom von April bis November dauern und vergingen damals die Tage so angenehm gleichförmig, dass diese Einzelheiten nicht helfen, sich auf Tag und Stunde zu besinnen.

Am fünfzehnten Juli, soviel ist gewiss, fanden die Ritterspiele statt wie in jedem Jahr. Ihr Herannahen machte, dass ich öfter ausritt und mich an einigen ritterlichen Übungen beteiligte, die ich sonst vernachlässigte. Wie jeder Ritter besass ich ein Pferd, ein gutmütiges, geduldiges Tier, das von August bis Juni mit gutem Futter in einer gemieteten Remise stand und sich mit Ausritten durch die Stallburschen begnügte. Seit meiner Hochzeit lebte es in den Stallungen meines Schwiegervaters und wurde von Alexander und den Zwillingen in Bewegung gehalten, eher mir zuliebe, denn Jacobus' Söhne besassen elegantere, schnellere Reittiere als diesen alten Apfelschimmel. Da er aber das erste Ritterpferd der Familie war, hielt die Familie ihn in Ehren, und ich selbst hätte kein anderes Pferd der Welt diesem mir vertrauten vorgezogen, auf dem ich alljährlich, prächtig aufgezäumt, mit bunt durchflochtener Mähne und schimmerndem Brustgehänge, am Festzug der römischen Ritter teilnahm.

Von seinen Ursprüngen her war dieser Paradezug, genannt *transvectio equitum*, eine öffentliche Musterung von Reitern und Pferden, zu der diese wie jene in bester Form und in strahlendem Schmuck erschienen. Alles Metall an Mann und Ross war geputzt, die Pferde schimmerten frisch gestriegelt, Mähnen und Schwänze waren frisiert und mit farbigen Bändern durchwunden, das Zaumzeug mit Silber, bei Söhnen reicher Häuser sogar mit edlen Steinen besetzt. Die jungen Reiter – der Zug war auf ritterliche Jugend beschränkt, auf die Angehörigen dieses Standes bis zum fünfunddreissigsten Jahr – präsentierten sich Kaiser, Senat und Volk wie von altersher in Turmen gegliedert zur allgemeinen *probatio*, zur Prüfung und Billigung. Man ritt in militärischer Ordnung durch die Innenstadt, vom Tempel des Mars auf dem Forum bis zur Porta Capena hinter dem Circus, auf gewundenem Weg und in grossem Gedränge, vorbei am Tempel des Castor und Pollux, den Kapitolhügel hinauf zum Tempel des Jupiter, wo feierliche Opferhandlungen durch die Priesterschaft vorgenommen wurden, dann in Sichtweite des Marcellus-Theaters durch das Tal Velabrum, am Forum Boarium entlang, schliesslich durch die weite, von den Bauten des Circus bedeckte Niederung zwischen den Hügeln Aventinus und Palatium. Ganz Rom war auf den Beinen, um den Zug zu sehen, den traditionell die kaiserlichen Prinzen anführten, gefolgt von den Söhnen der senatorischen Häuser. Mehrere tausend Ritter nahmen teil, viele von ausserhalb, weshalb die *transvectio* mehr war als nur der Umzug selbst: ein alljährliches Treffen der über Rom und Reich verstreuten Beamten im Ritterrang, darunter hoher Würdenträger wie des Statthalters von Ägypten, der Präfekten der Garde, der Prokuratoren der kaiserlichen Ämter und Kommandeure der Flotten, der Vorsteher der kaiserlichen Post und Wasserleitungen, der öffentlichen Bauten, des Münz- und Bankwesens, der Provinzverwaltungen und Gerichte. Obwohl nur jüngere Ritter am Umzug teilnahmen, versammelten sich auch die älteren in der Innenstadt, namentlich auf dem Forum und dem kapitolinischen Hügel, um ihre Söhne zu begleiten und der weltweit triumphierenden Stärke ihres Reiches zu gedenken, das dieser Offiziers- und Beamten-Orden seit Jahrhunderten verkörperte und zusammenhielt.

Ich sah den Kaiser an jenem Tag nur von fern. Er liebte den Umzug und führte ihn immer noch an wie einst als kaiserlicher Prinz. Seit seiner Kindheit hatte Nero eine Schwäche für Pferde, die ins Leidenschaftliche ging und die ihm auch sein Lehrer Seneca nicht hatte ausreden können. Neben dem Kaiser ritt Tigellinus, zwar jenseits der fünfunddreissig und für die *transvectio* eigentlich zu alt, aber als Präfekt der Prätorianer einer der ranghöchsten Ritter des Reiches, zudem einer der berühmtesten Pferdezüchter und -kenner Italiens, und wie Nero niemals ein Schauspiel angesehen hätte, ohne Halityrus, Menekrates oder einen anderen Theaterkenner bei sich zu haben, so wollte er an diesem Tag Tigellinus' Urteil über die Pferde nicht missen, die aus allen Teilen der Welt nach Rom gesandt worden waren. Man sah hirpinische, sizilische und spanische Züchtungen, Reittiere aus Thessalien, Ätolien, Akarnanien und die schnellen Renner afrikanischer Landschaften, maurische und cyrenaische. Tigellinus selbst besass Gestüte in Apulien und Calabrien, und es war fast unheimlich, dass er trotz seiner Allgegenwart in Rom, seiner nimmermüden Tätigkeit als Sicherheitspräfekt die Zeit fand, sich um die Rennställe zu kümmern. Seine Lieferungen siegreicher Pferde an den römischen Circus hatten einst dazu geführt, dass Nero ihn in seine Nähe zog. Immer wieder traten in der Rennbahn von seinen Gütern stammende Pferde auf, darunter erst kürzlich ein *centenarius*, ein Hengst, der bereits hundert Rennen gewonnen hatte. Schon um Tigellinus' und des Kaisers Aufmerksamkeit zu erregen, nutzten die grossen Häuser Roms die Gelegenheit, ihre in allen Reitkünsten bewanderten Söhne auf den schönsten Pferden eigener Züchtung vorzuführen.

An meiner Seite ritt mein Schwager Alexander, der als Sohn eines Ritters nun gleichfalls dem zweiten Stand angehörte. Er trug den Purpurüberwurf, den die Ritter bei festlicher Gelegenheit anlegen, und dieses auffallende Stück kleidete ihn, als sei er dazu geboren, es zu tragen. Noch auffallender als der Reiter war sein Pferd. Wenn ich überhaupt von Tigellinus und dem Kaiser in der Menge tausender Kavalleristen bemerkt wurde, verdankte ich es Alexanders sandfarbenem arabischen Hengst. Vater Jacobus, der unter den Togaträgern auf dem Forum stand, hatte probeweise einige dieser Tiere eingeführt, die damals in Rom noch fast unbekannt waren. Von ihrer Schnelligkeit wurde Wunderbares berichtet, doch machte sie ihre Wildheit bislang für Circusrennen und Dressur ungeeignet. Die Augen des Pferdekenners Tigellinus glitzerten begehrlich, als Alexander auf dem halbwilden, böse schnaubenden Wüstentier an ihm vorüberritt, dann sah er mich an seiner Seite und lächelte. Er wandte sich an den Kaiser und sagte ein paar Worte, dieser hob den geschliffenen Beryll, erkannte uns und winkte wohlwollend mit der rosigen Hand. Es war die einzige Gelegenheit während etlicher Monate, dass ich Nero von Angesicht sah.

Neben Alexander ritt ich den Umzug bis zum Ende, vom Forum bis zur Porta Capena, wo die Turmen sich auflösten, aber die Ritter noch stundenlang beisammenblieben, um im Circus dem versammelten Volk ihre Reiterkünste vorzuführen. Wir schwiegen zumeist, wie es die Würde der Gelegenheit forderte, manchmal sah ich Alexander von der Seite an und erkannte, dass er glücklich war. Er genoss es, in der *transvectio* mitzureiten, immer wieder hob er die Hand, um Freunde zu grüssen, Söhne von Rittern und Senatoren, die ihn nun endlich auch hier sahen, nicht nur im Circus oder in der Palästra. Wir sprachen nicht darüber, und doch ich glaubte zu spüren, was ihn bewegte. Äusserlich gesehen bestand zwischen uns und ›richtigen Römern‹ kein Unterschied. Wir sahen nicht fremd aus, nicht ausländisch, zumal wirklich exotische Gestalten im Zug mitritten, Söhne von Ägyptern oder Galliern, die inzwischen Zutritt zum Ritterstand gefunden hatten. Die Vorstellung, zu sein wie alle, hatte etwas Verlockendes. Warum nahmen wir nicht einfach hin, dass wir Römer waren? Wozu das Beharren auf etwas, das wenig Vorteil verhiess, eher Bürde war, mühsam aufrecht zu erhalten, ein Bund aus weit zurückliegenden Zeiten, geschlossen an einem wüstenfernen Ort?

Auch ich fühlte mich in der Hauptstadt zu Hause und traf Bekannte an diesem blauen römischen Morgen. Der Dichter Lucanus hielt sich in der Nähe des Kaisers auf einem edlen spanischen Hengst von den dortigen Gütern der Familie Seneca, und es war rührend zu sehen, wie ungeübt er zu Pferde sass. Anders der neben ihm reitende Salvius Otho, ein Lebemann aus alter etrurischer Familie, einer von Neros engsten Freunden und Trinkgenossen, aufgeputzt, weithin leuchtend, einem Reiterstandbild ähnlich, wie die anderen Nachkommen der grossen Häuser, adelsstolze junge Männer, deren Gesichtszüge man von den öffentlichen Standbildern ihrer Ahnen kannte und nun, betroffen von der Ähnlichkeit, in

Fleisch und Blut vor sich sah. Hohe Beamte zeigten sich, bekannte Figuren von Forum, Senat und Tribunal. Aus fernem Militärdienst angereist war der General Tiberius Julius Alexander, der gebürtige alexandrinische Jude, Sohn des Alabarchen Alexander und Neffe des Philosophen Philo, der längst vollzogen hatte, womit mein Schwager zu liebäugeln schien: das Abwerfen der Bürde, die Verwandlung in einen Römer, den Übertritt in eine Welt der Stärke, Sicherheit und Vernunft.

Und wirklich, wie sehr konnte man sich in dieser Stadt zu Hause fühlen, wie tief mit ihr vertraut werden, ihr vertrauen. Sie erstreckte sich, ein Sinnbild irdischer Haltbarkeit und Menschenklugheit, in Marmor, Kalkstein, Granit über sieben Hügel, ein Gewoge festgefügter Mauern, Säulenhallen, Arkaden und Rundbauten, hier und da überragt von den Schrägen hochstehender Tempel, von krönenden Attiken, sich wölbenden Kuppeln. Gewichtige Gebilde schoben sich die Hänge empor und sanken mit ihnen zu Tal, in ihrem Inneren Treppen und gepflasterte Promenaden, Terrassen, Wandelgänge und Gärten. Stufenweise stieg Stein gen Himmel, glitt abwärts und eröffnete neue Ausblicke auf Staffeln marmorner Fassaden. All das schien niemals zu enden und immer in sich selbst zurückzuführen, ging eins ins andere über, schloss sich aneinander, gab einander Stütze und Halt. Tausende Standbilder überschwärmten die Stadt, ein verstreutes, allgegenwärtiges Heer, in Portiken, Kolonnaden, gerundete Nischen oder freistehend auf hohen Podesten, nicht selten die Gebäude überragend, scheinbar dem Himmel zugehörig in ihren kunstvoll wehenden Gewändern. Bronze und vergoldetes Silber warfen dem Auge Lichtreflexe entgegen, metallene Arme, Beine und Schultern leuchteten wie geölte Menschenhaut. Bunte Reliefs entfalteten sich in verblüffender Vielgestalt aus dem Mauerwerk, aus Architraven, Giebeln und Triumphbögen. Durch all das Aufgetürmte, Ausgebreitete, zur Schau Gestellte liefen die Zickzacklinien der Äquadukte, die von fernen Orten, aus selbst im Sommer verschneiten Gebirgen kühles Wasser herbeiführten für die Paläste, Thermen und Wasserspiele der allzeit rauschenden Stadt. Ein Gefühl der Unendlichkeit erfasste die Sinne. Man wusste, dass dies steinerne Geschiebe und Getürme irgendwo ein Ende nahm, aber befand man sich mittendrin, schien es ein geschlossener Kosmos zu sein, weltscheibenrund, unentrinnbar.

Ich war in dieser Stadt geboren, dennoch blieben mir manche Quartiere unvertraut, einige hatte ich nie betreten. Unendlich schien das Leben der Stadt, die Stärke des Steins, die Kraft der darin Wohnenden. In diesen warmen Mauern war man geborgen. Viele verbrachten den Tag auf der Strasse, sassen schwatzend um Springbrunnen, spielten Würfel auf Marmortreppen, ergingen sich in Säulenhallen. Man handelte, verkaufte, schrie aus, man tat sich keinen Zwang an, man war Römer und hier zu Hause. Man traf sich auf Foren, in schattigen Parks, in den gewaltigen Hallen der Thermen, in denen jedem Bürger der Stadt zu baden freistand, war er Bettler oder Kaiser. Man wohnte öffentlichen Verhandlungen bei, den Opfern der Priester an rauchenden Altären, den blutigen Spielen und Possen der Komödianten. Man lag auf den Wiesen am Tiber, tafelte nachts unter freiem Himmel, besang die Geliebte zum Klang der Kithara. Man konnte sich dieser Stadt hingeben, in ihren Bann geraten, sein Leben in ihr verbringen. Viele, die hier geboren waren, verliessen sie nie. Von ihrem Bürgerrecht träumten die Söhne aller Völker. Wer es besass, gehörte zu den Gesegneten, den Siegern.

Daher schien es manchmal, als sei Judäa fern, sogar irreal. Im Herbst dieses Jahres erreichten uns erste Meldungen über den neuen Prokurator, den Ritter Albinus. Die Berichterstatter waren sich einig, dass er noch räuberischer vorging als sein Vorgänger Festus. Offenbar hatte sich die Situation in Judäa insgesamt zum Schlechteren verändert. Der neue Hohepriester Josef mit Beinamen Kabi war von König Agrippa des Amtes enthoben, statt seiner der jüngere Ananus eingesetzt worden, Sohn des älteren Ananus, der Jahrzehnte zuvor, zur Zeit von König Agrippas Vater, zu allgemeiner Zufriedenheit dieses Amt innegehabt hatte. Leider erwies sich der jüngere als jähzorniger und selbstherrlicher Charakter. Den römischen Prokurator Albinus empfingen klagende Abordnungen der pharisäischen Partei, die den neuen Hohepriester der Grausamkeit ziehen. Unter anderem verübelte man ihm die Verfolgung des in

Jerusalem wirkenden Führers der Christiani, der sich – anders als der von Rom aus operierende Paulus und sein Gefolge – nach wie vor zu unseren Gesetzen bekannte, vor allem zur Beschneidung männlicher Proselyten, welche Frage zum Streitpunkt innerhalb der Sekte geworden war. Dieser Mann hiess Ja'akov und war der leibliche Bruder jenes Jeshua, den sie Chrestos nannten. Von Hause aus Pharisäer wie sein von der Sekte verehrter Bruder, galt ihm in dem Augenblick, da ihn ein saduzzäischer Hohepriester verfolgte, die Solidarität vieler Schriftgelehrter, auch solcher, die sonst nichts mit der Lehre des Nazareners im Sinn hatten. Von neuem entzündete sich, wie mir Halityrus auseinandersetzte, am Fall der christlichen Sekte die Rivalität zwischen Sadduzäern und Pharisäern in der überhitzten Stadt.

Halityrus kam mich in diesem Sommer und Herbst einige Male besuchen, um mit mir über die Lage in der Heimat zu sprechen. Doch den grössten Teil der Zeit war er abwesend, mit dem Kaiser am Meer, in Antium, Baiae, Caieta oder in seiner eigenen Villa in Puteoli, derselben, in der sein Neffe Matitjahu die judäische Abordnung wegen der Tempelmauer empfangen hatte. Die Abordnung, obwohl erst vor wenigen Monaten abgereist, war fast schon wieder vergessen, so sehr bestürmten uns Neuigkeiten aus der Provinz. Die bis zu Albinus' Ernennung bestehende Vakanz im Amt des Prokurators hatte keine Beruhigung der Lage bewirkt. Matitjahu und die jüdischen Hofleute, auch Tigellinus und die Kaiserin, empfingen aus Judäa Berichte, die sich meist, wegen der Schnelligkeit der Ereignisse, bereits bei ihrem Eintreffen in Rom als veraltet und irrreführend erwiesen. Auch Jacobus erhielt Nachrichten von seinen Besitzungen, zunehmend erschreckende und alarmierende. Das Umherstreifen bewaffneter Banden, das Plündern, Brandschatzen, Morden schien alltäglich geworden zu sein. Die von Rom unterhaltenen syrischen Hilfstruppen taten nichts zur Aufrechterhaltung der Ordung, sondern unternahmen ihrerseits Raubzüge gegen wehrlose judäische Dörfer.

Die Kaiserin legte die allgemeine Rechtlosigkeit dem früheren Prokurator Felix zur Last, der die Provinz Judäa durch Korruption und Misswirtschaft ruiniert hätte. Eine Untersuchung wurde eingeleitet, ein Ermittlungsverfahren ohne öffentlichen Prozess, wie neuerdings in dringenden Fällen üblich. Tigellinus hatte diese Methode eingeführt, im Geheimen zunächst, doch es zeigte sich, dass kaum jemand in Rom daran Anstoss nahm. Die meisten Römer zogen es vor, von derlei nicht zu wissen und unbehelligt im Theater oder im Circus zu sitzen. Auch der Senat hielt sich zurück, die Eingeweihten schwiegen. Urteile wurden allenfalls gerüchteweise bekannt. Offiziell starben die Verurteilten eines natürlichen Todes, von ihren Angehörigen prunkvoll bestattet, unter Anteilnahme der Grossen und des Hofes, als wären sie im Zenit ihres Ruhmes dahingegangen.

Zugleich gab es am Hof Bemühungen, auch den neuen Prokurator Albinus aus Judäa abzuberufen, da er dem Amt nicht gewachsen sei, und die Verwaltung der unruhigen Provinz dem Legaten von Syrien zu überlassen, der dem Prokurator im Range übergeordnet war. Die Zwergin Callida hatte diesen Vorschlag unterbreitet, doch opponierte die griechische Hofpartei, die dadurch einen einträglichen Posten zu verlieren drohte, der nach alter Gewohnheit an einen der ihren fiel. Der Prokurator von Judäa wurde mit zweihunderttausend Sesterzien jährlich besoldet und konnte sich, wie etliche Vorgänger im Amt bewiesen hatten, in unbekanntem Mass durch Unterschlagung und Diebstahl bereichern. Mehr und mehr entwickelte sich seine Residenz Caesarea zum Zentrum des Handels mit dem Osten und die syrische Einwohnerschaft der Stadt, obwohl weniger wohlhabend als die jüdische, zum Rückhalt der griechischen Beamten, welche Zölle erhoben, den Warenstrom aufhielten oder förderten, die Lieferungen aus dem Orient manipulierten und durch sie die Preise der Luxusgüter in Rom. Die Kaiserin, beraten von der Zwergin Callida, sah in Ceasarea einen Herd der das Reich schädigenden Korruptionswirtschaft und hielt es für angeraten, die Stadt dem Einfluss der griechischen Hofpartei zu entziehen.

Die Zwergin gehörte zu den wenigen, die determinierte Ansichten zur Lage in Judäa vertraten. Sonst wagte kaum noch jemand zu sagen, was für die heimgesuchte Provinz gut war oder nicht. Wir alle fanden uns kaum noch im Wirrwarr der eintreffenden Nachrichten zurecht, deren es zu viele gab, zu widersprüchliche, zu ungeheuerliche, um einen Überblick zu behalten. Hatte nun Hohepriester Ananus den Führer der christlichen Sekte in Jerusalem, den erwähnten Pharisäer Ja'akov, den Bruder dessen, den sie Chrestos nannten, steinigen lassen oder nur auf dieses Strafmass angeklagt? Hatte der Hohe Sanhedrin ein Urteil gesprochen – ein Urteil, das dann immer noch der Bestätigung durch die Besatzungsbehörde bedurfte – oder war es an den Rivalitäten zwischen Schriftgelehrten und Sadduzäern gescheitert? Hatten die Erstgenannten den römischen Prokurator Albinus gegen den Hohepriester Ananus zum Eingreifen bewegt? Hatte tatsächlich, wie ein anderer Gewährsmann mitzuteilen wusste, König Julius Agrippa den Hohepriester wegen dieser Affäre nach nur dreimonatiger Amtszeit wieder abgesetzt und den Priester Jeshua oder Jesus, Sohn des Damnaeus, einen in Rom so gut wie unbekannten Mann, zu seinem Nachfolger ernannt?

Zur allgemeinen Verwirrung trug gleichfalls bei, dass sich auch der ehemalige Hohepriester Ananias, Sohn des Nebedaeus, in Jerusalem umhertrieb, dort bewaffnete Mannschaft unterhielt und, wie es hiess, die Leviten und Priester ihrer Getreidevorräte beraubte, welche aus den an das Heiligtum zu entrichtenden Zehnten stammten. Die mit dem Tempeldienst betraute Priesterschaft war daher schlichtweg vom Hunger bedroht und der reibungslose Betrieb des Heiligtums – an dem Rom aus verschiedenen Gründen lag – zum ersten Mal seit der Seleukidenzeit ernsthaft gefährdet. Wie ein anderer Bericht übermittelte, raubten auch die Söldner des neuen Hohepriesters Jeshua, Sohn des Damnaeus, doch schien dieser inzwischen gleichfalls seines Amtes enthoben und durch einen gewissen Jeshua ben Gamliel ersetzt, der wiederum in Rom so gut wie unbekannt war. Zudem hätten zwei Vettern des Königs, die Prinzen Kostobar und Saulus, Bewaffnete in ihren Dienst genommen und das Umland Jerusalems zu plündern begonnen, woran angeblich der römische Prokurator Albinus durch Annahme eines Schweigegeldes beteiligt sei. Vielbesprochen war eine terroristische Gruppe, die Sikarier genannt wurde, wohl nach dem hebräischen Wort *sikaron*, Erinnerung, eine vermutlich aus sehnsuchtsvoller

Rückbesinnung entstandene Partei, die gewalttätige Methoden anwandte. Die Sikarier, hiess es, hätten den Schreiber des Tempelvorstehers Eleazar entführt, um dadurch die Herausgabe gefangener Genossen aus römischer Haft zu erzwingen. Als wenig später tatsächlich einige der Angeklagten entlassen wurden, schlossen die Berater der Kaiserin in Rom, dass Prokurator Albinus bestochen oder erpresst worden sei, was ihren Absichten, den Beamten abzuberufen, neue Nahrung gab.

Diese Nachrichten wirkten umso bedrückender, als sich meine persönlichen Angelegenheiten in diesen Tagen glücklich entwikkelten wie nie zuvor. Im Spätsommer stand fest, dass Jedidah guter Hoffnung war. Jacobus' Familie zeigte sich rührend besorgt: tägliche Besuche, Sendungen von Liebesgaben, von besonderen Leckereien, auf die Jedidah, nach einer vorangegangen Periode überraschender Aversionen, ebenso überraschenden Appetit verspürte. Der Arzt, der ihr Vertrauen besass und sie mehrmals wöchentlich besuchte, war Shimeon ben Levi, von dem es hiess, dass er zu den Anhängern des Nazareners gehörte, der stille, bärtige Pharisäer, dessen Patientenschaft in der Stadt stetig zunahm, in einflussreichen jüdischen Häusern ebenso wie in römischen und griechischen. Es war nicht von der Hand zu weisen, dass er missionierte. Doch wusste er, wo es sich empfahl, vom »Chrestos« zu sprechen und wo besser nicht. Den Juden war er ein angenehmer Gesprächspartner durch seine pharisäische Bildung, den Römern unterhaltsam durch Erzählungen von seines Meisters Wundertaten. Selbst der schwer zu beeindruckende Konsular Petronius hätte sich, wie Halityrus behauptete, von den Heilerfolgen des judäischen Predigers berichten lassen, von den Berührungen, Beschwörungen, Bekehrungen, die den Lebensweg dieses merkwürdigen Mannes säumten, der nun dreissig Jahre tot war und nicht aufhörte, zahlreiche Anhängerschaft zu begeistern.

Auch die Schwangerschaft der Kaiserin Poppäa Sabina wurde um diese Zeit bekannt, im Spätsommer, mit zu erwartender Niederkunft zu Beginn kommenden Jahres. Der Kaiser und sie hielten sich viel in Antium auf, in der Villa am Meer, in der Nero selbst zur Welt gekommen war und wo auch Poppäa mit ihrem kaiserlichen

Kind niederkommen sollte, da Eingeweideschau und Orakel bereits der verblichenen Kaiserin-Mutter Agrippina, die ihrerseits in einer germanischen Kolonie geboren worden war, eine Niederkunft in Rom als unglückliches Vorzeichen geweissagt hatten. Angeblich müsse jeder in Rom geborene Nachkomme des julischen Hauses eines unnatürlichen Todes sterben, eine weitgehend wahre, aber auch wieder unsinnige Prophezeiung insofern, als zwar tatsächlich fast alle in Rom geborenen Julier eines unnatürlichen Todes starben, jedoch auch die meisten nicht dort geborenen, darunter die in Germanien zur Welt gekommene Agrippina selbst. Nero umgab sich mit Auguren für den Fall, dass sich Zeichen ereigneten. Der schon erwähnten Venus-Puppe wurde täglich geopfert, sogar die vernachlässigten römischen Tempeldienste wiederaufgenommen. In Neros Gesellschaft war Tigellinus, der dem Kaiser nicht von der Seite wich und es dennoch einzurichten wusste, dass sein Sicherheitsapparat in Rom weiterarbeitete, als sei der lächelnde Ritter selbst in der Stadt.

Der Kaiser wurde in Rom sehr vermisst – jedenfalls versicherte man sich dessen gegenseitig bei jeder Gelegenheit –, doch ging das gesellschaftliche Leben auch in seiner Abwesenheit den üblichen, seit Jahrhunderten geregelten Gang. Man empfing und besuchte, gab Abendessen, machte Morgenvisiten. Ich könnte in meinen Notizen von damals nachsehen, bei wem wir eingeladen waren und wer bei uns, hinderte mich nicht eine gewisse Eile – immer mit meiner Auffindung durch Titus' Geheimdienst rechnend – am Suchen und Blättern in alten Pergamenten. Auch ohne Nachhilfe erinnere ich mich, dass eines Tages zu auffallend früher Stunde der damalige Konsul Clodius Marcellus Eprius in meinem Haus erschien, ein breitbrüstiger, stimmgewaltiger Mann von jovialen Manieren. Auf seinem säulenfesten Hals sass ein bronzefarbenes, in Militärkommandos verbranntes Gesicht, zwischen dessen ledrigen Lidern helle Äuglein umherhuschten. Er wurde sofort, vor allen anderen, in mein Morgenzimmer gebeten. Der Aufmarsch der ihn begleitenden Liktoren mit ihren Rutenbündeln hatte in den umliegenden Strassen für Aufsehen gesorgt, trotz der frühen Stunde folgte ihm ein Schwarm von *ardaliones*.

Ich erinnere mich nicht mehr genau, vermute aber, dass der Besuch nicht lange nach jener Szene stattfand, die ich im kaiserlichen Palast miterlebt hatte: Neros Ausbruch von Argwohn gegen einen jungen Ritter der Leibwache, der ihn an Titus erinnert hatte. Der unglückliche Ritter war, wie ich erfuhr, des Konsuls Neffe. Die Familie hatte ihn umgehend, schon am Tag nach dem Vorfall, auf eins ihrer Landgüter geschickt, von wo aus sich der junge Mann um ein Militärkommando bewerben sollte, in Germanien, an der parthischen Grenze, wo immer, wenn es nur möglichst fern der Hauptstadt war.

Clodius Eprius, der Onkel, zählte zu den best gehassten Männern Roms. Zu Beginn von Neros Prinzipat war er öffentlich angeklagt worden, wegen seiner Unterschlagungen, Erpressungen und Räubereien als Legat einer bedauernswerten Provinz, doch hatte er sich aus dieser und anderen Schlingen zu befreien vermocht, woran seine Schlagfertigkeit in juristischen Wortgefechten ebenso Anteil hatte wie sein ganz Rom überziehendes Netz guter Bekanntschaften und Verbindungen. Sein neues ehrenvolles Amt – er war nach dem Tod eines Konsuls für die Interimszeit bis zur nächsten Wahl als sogenannter *consul suffectus* eingesetzt – löschte weitgehend die Erinnerung an frühere Schande aus, mehr noch, Clodius Eprius wandelte sich vom ehemaligen Angeklagten zu einem von Neros beliebtesten Anklägern.

Er war ein Geschöpf der neronischen Zeit, von einer rein äusserlichen Heiterkeit und augenzwinkernden Aufgeräumtheit, dabei von gnadenloser Schärfe des Blicks, vor allem, was die Schwächen anderer betraf. Ich fühlte die Augen des Konsuls mein Gesicht und meinen Körper absuchen, als wollten sie durch meine Haut dringen und das Darunter ergründen, fühlte meine Hand, meinen Oberarm, sogar meine Knie von seiner Rechten ergriffen, gedrückt und auf ihre Haltbarkeit geprüft, sass meinerseits reglos, von seinem treuherzigen Gerede verwirrt, von den Wohlgerüchen benebelt, die seiner purpurverbrämten Amtstracht entströmten. Er sprach mit tiefer, von Kommandogebrüll aufgerauhter Stimme, ab und zu in ein heiseres Lachen ausbrechend, dabei war, was er sagte, in keiner Weise lustig. Ich erfuhr, dass Tigellinus zu seinen engen Freunden gehörte und seinerseits alles Nötige versucht hatte, des Neffen Missgeschick am Hof vergessen zu machen. Bedrängt von der tastenden Hand und den allgegenwärtigen Augen, versuchte ich herauszufinden, was dieser Mann wollte. Soviel war gewiss, dass Tigellinus sich an jede Einzelheit der Szene unter Neros Sonnendach erinnerte und im Gedächtnis bewahrte, was ich mitwissend vom Kaiserhof mitnahm, welche Einblicke ich gewonnen und wodurch ich fortan gefährlich werden konnte.

Ich weiss nicht mehr, ob ich die Nachricht vom Tod des Eunuchen Posides, des reichen Freigelassenen am Hof des Claudius, vor oder nach diesem überraschenden Besuch erhielt, ferner die vom fast gleichzeitigen Ableben des einst allmächtigen Pallas, *vir perfectissimus*, Träger der *ornamenta praetoria*, Finanzminister dreier Kaiser. Es waren Nachrichten, die Stadt und Welt nicht allzusehr erschütterten, da die Verstorbenen nicht mehr jung und der öffentlichen Aufmerksamkeit seit längerem entrückt waren. Ich könnte gleichfalls nicht mit Sicherheit sagen, ob der in die selbe Zeit fallende Tod des früheren Prokurators von Judäa, des schrecklichen Marcus Antonius Felix, überhaupt durch öffentliches Bekanntwerden zu mir drang oder nur gerüchteweise. Die Gerüchte galten vor allem den hinterlassenen Vermögen der Verstorbenen – allein das Pallas'sche wurde auf vierhundert Millionen Sesterzien geschätzt – Vermögen, die per beglaubigtem Testament dem Kaiser zufielen.

Wann und wie immer ich vom Ableben dieser Männer erfahren haben mag, ich empfand nicht, wie man meinen könnte, Erleichterung. Eher beschlich mich das Gefühl neuer Gefahr. Ich erinnerte mich gut, wie der Kaiser diese Namen in meinem Beisein erwähnt und Tigellinus angekündigt hatte, er werde sich »darum kümmern«. Der Schrecken, der von diesen Männern zu Lebzeiten ausgegangen war, wurde durch ihr lautloses Aus-der-Welt-Gehen in den Schatten gestellt, durch das stille Wirken des Ritters Tigellinus hinter den Kulissen von Neros fröhlichem Hof.

Daher teilte ich dem Konsul Clodius Eprius in vorsichtigen Wendungen mit, was zu hören er gekommen war: dass ich alles getan hätte und ferner zu tun gedächte, um den bedauerlichen Zwischenfall mit seinem Neffen vergessen zu machen. Jedem von uns, sagte ich, könne eine Karaffe mit Eisgetränk aus der Hand gleiten, so dass die kaiserliche Toga davon bespritzt werde, doch der Göttliche sei gnädig, zumal er sonst nichts gegen den angenehmen jungen Mann einzuwenden hätte, jedenfalls soweit ich wüsste. Von Herzen wünschte ich dem Neffen für die weitere Laufbahn Glück, unter dem Patronat so treuer Gönner und Freunde wie des Präfekten Tigellinus. Dies war nun meine Botschaft an Tigellinus: dass ich verstanden hatte, wozu er den lachenden Konsul in mein Haus gesandt.

Dieser entfernte sich unter lärmenden Freundschaftsbekundungen, die den auf der Strasse wimmelnden Schaulustigen und Neuigkeitshändlern Stoff für diesen Morgen gaben und gewiss noch selbigen Tags dem Sicherheitspräfekten zugetragen wurden: man sah uns Arm in Arm aus der Haustür treten, sodann diesen höchsten Beamten die Wange in meine Richtung wenden, auf dass ich sie küssen möge, und schliesslich Abschied nehmen, unter Beteuerungen gegenseitiger Wertschätzung. Ich wusste, dass der Grund seines Besuchs nur ein Vorwand war. Der Konsul und sein Neffe bedurften meines Beistands keineswegs, es wäre Grössenwahn und Verkennung der wahren Verhältnisse gewesen, hätte ich diese Finte geglaubt. Ein Unsichtbarer, weit Mächtigerer hatte mich auf die Probe stellen wollen, ob ich von der mir zugefallenen Intimkenntnis Gebrauch machte, ob ich so vermessen war, auf grosse Männer versuchsweise Einfluss zu nehmen und mich ins Intrigenspiel der höheren Hofkreise zu mischen. Vielleicht entschied sich an diesem Morgen mein Schicksal. Ich blieb vor meiner Haustür stehen und sah dem Konsul nach, der sich im schaukelnden Tragestuhl, umgeben von Liktoren mit Rutenbündeln, langsam durch die abschüssige Strasse entfernte. Auf meinem Gesicht lag das warme läuternde Licht, das an klaren Herbsttagen über Rom liegt, wenn sich die Stadt weich modelliert über die sieben Hügel breitet: lichte Gebilde entstehen im warmen Mattgold eines sanften Mittags, Marmor weiss ausgeschnitten, ein schon etwas müdes Grün, Sonnenflecken und Schlagschatten, scharf getrennt.

Der Himmel ist mein Thron und die Erde ein Schemel für meine Füsse. Was ist das für ein Haus, das ihr mir bauen könntet, und wo wäre die Stätte, an der ich mich niederlasse?

Forteilend in meiner Erzählung vergesse ich Tag und Stunde, Jahreszeit, Stimmung, Wetter und Wind, sitze in schwere Wolle gewickelt am Kohlebecken und schreibe mit klammen Fingern. Der Winter hat sich verausgabt, er geht in wilde, heulende Stürme über, in denen sich sein baldiges Ende ankündigt. Das Meer draussen, hinter den verschlossenen und verrammelten Türen zur Terrasse, gibt sich düster und wutbewegt, schäumend und brüllend. In tausend Anläufen, in scheinbarer Vergeblichkeit rennt es gegen den Fels. Wir leben, Primus und ich, im Schein der Öllampen, verbrauchen viel Holz im Kamin, beide mit Schreibarbeiten beschäftigt, ich mit dieser Niederschrift, er mit dem Sichten und Ordnen meiner durch Flucht und langes Umherziehen in Unordnung geratenen Papiere.

Irgendwann liess sich mein Vorhaben nicht länger verbergen. Das Manuskript ist schwer geworden, auch schwer zu verstecken. Auffallend oft hatte ich Fragen an Primus jene Jahre betreffend, bat um Bestätigung bestimmter Angaben, rief ihn zu nachhelfender Erinnerung auf. Wie es seine Art ist, verlor er nicht viel Worte, begann eines Tages mit dem Ordnen meiner Pergamente, meiner Briefe, Notizen und verstreuten Poeme, holte sie aus verdrückten Paketen und Leinwandhüllen ans Licht und bemerkte: »Du wirst ja, wie es aussieht, Herr, nicht so bald dazu kommen. Und vielleicht brauchst du das eine oder andere für deine *commentarii.*«

Mehr Sorge machen mir die Nachbarn, die Zufallsnachbarn im Städtchen am Meer. Mein Leben hinter verschlossenen Türen hat ihr Interesse geweckt, Einladungen und unangemeldete Besuche sind vorgekommen, unerwartete Vorstösse in meine Einsamkeit. Ein am Ort lebender Steuereinnehmer im Ritterrang sprach einige Male vor, erkundigte sich nach meiner Gesundheit und erbot seine Hilfe beim Kauf eines Hauses, da es die Ortsansässigen befremde, dass ich immer noch zur Miete wohne. Offenbar wollen sie mich, einen Ritter aus der Hauptstadt mit der Ausstrahlung früherer *di-*

gnitas, als Einwohner gewinnen. Obwohl ich so gut wie nichts besitze, ist es mir nicht gelungen, den Eindruck von Armut zu erwecken. Da ich in Gelddingen gedankenlos bin, hält man mich für reich. Ich gebe Bettlern, wandernden Philosophen und Vagabunden, die sich an meiner Tür einfinden, und gerade diese Schicht hat ihr Nachrichtensystem und nimmt Einfluss auf die öffentliche Meinung.

Und noch etwas liess sich nicht länger verbergen: dass ich ein *iudaeus* bin. An einem so kleinen Ort konnte nicht unbemerkt bleiben, dass ich am *shabat* bestimmte Tätigkeiten verweigere und nichts vom sonst Üblichen tue. Auch bei den hiesigen Gottesdiensten wurde ich vermisst, zumal mein Diener Primus häufig an ihnen teilnimmt, an Prozessionen, Anrufungen und Opfern, sogar für lokale Gottheiten wie die hierorts verehrte Feronia. Wo ist dein Patron, wurde er immer wieder gefragt, bis sich alles Entschuldigen mit Krankheit, Abwesenheit und dringender Arbeit erschöpft hatte, bis irgendjemand geradewegs fragte, ob ich einer »von denen« sei, einer von der Sekte? Die flavischen Kaiser machen bisher keine Anstalten, die Christiani zu verfolgen, doch in der Bevölkerung sind sie unbeliebt wie zu Neros Tagen. Man erzählt, dass sie Häuser in Brand setzen, Kinder schlachten und Brunnen verderben. Viel Gesprächsstoff bieten ihre Liebesmähler, bei denen sie, wie es heisst, ihre Gattinen tauschen und gemeinschaftlich Jungfrauen schänden. Der Argwohn gegen sie ist hellwach. Verdächtige Wanderprediger werden aufgegriffen, halbtot geprügelt und der Behörde übergeben, und obwohl vom jetzigen Kaiser nicht ausdrücklich dazu angehalten, statuiert diese gelegentlich ein Exempel.

Vor einigen Tagen wurde ich Zeuge eines solchen Vorfalls, mitten in der ländlichen Ruhe unseres Städtchens am Meer. Ein Philosoph in zerrissener Tunika, mit filzigem Bart und schäbigem Ranzen wurde von zusammengelaufenen Dörflern beschuldigt, die Anbetung einer hiesigen Gottheit gelästert und seine Zuhörer zur *superstitio externa*, zu staatsfeindlichem Aberglauben, verführt zu haben. Die ersten Steine flogen schon, als ein vorüberkommender Beamter Mitleid mit dem Alten fühlte und sich für seine

Harmlosigkeit verbürgte. Damit gab sich die Menge nicht zufrieden. Der Bedauernswerte wurde vor den Magistrat geschleppt, wo man herausfand, dass er kein Anhänger der Sekte, nur ein etwas unvorsichtiger Epikuräer war, aus der Schule des Philodemus, die zwar die Existenz der Götter nicht bestreitet, aber den Sinn ihrer Anbetung durch uns, da die Gottheit dessen nicht bedürfe. In dieser Weise hatte er sich gegenüber einigen Bauernfrauen geäussert, die am Altar einer Fruchtbarkeitsgöttin keimende Knollen und junge Sprosse in die Erde eingruben: es sei sinnlos, was sie täten, die Götter schauten ins Herz und würdigten uns nach Verdienst. Trotzdem verlangte das vor dem Tribunal zusammengeströmte Landvolk die Bestrafung des Alten und lärmte und drohte solange, bis er in Ketten gelegt und zur Entscheidung seines Falles nach Rom gesandt wurde.

Primus, als er gestern vom Einkaufen auf dem Markt zurückkehrte, vertiefte meine Befürchtungen. Der Sohn des Steuereinnehmers sei in die Hauptstadt gereist, berichtete er, um dort Geschäftliches zu erledigen, Verwandte zu besuchen und anderes, wohl auch, wie an den Marktständen schmunzelnd hinzugefügt wurde, »sich mal wieder richtig auszutoben«. Die Vergnügungen Roms geniessen in unserem Städtchen am Meer einen fabulösen Ruf. Ich versuchte mich mit dem Gedanken zu beschwichtigen, der junge Mann wolle die Subura besuchen, das Dirnenviertel, oder den Circus im Marranatal. Doch es gelang mir nicht. Seit mein Judesein im Ort bekannt geworden ist, spüre ich, dass meine Zeit verrinnt wie Sand im Stundenglas. Es genügt, dass er ein paar Nachforschungen anstellt. Wieviele Judäer im Ritterrang gibt es? Ein findiger Kopf wird in Bälde ermitteln, um wen es sich bei mir handelt.

Zu anderen Stunden sage ich mir, dass meine Furcht vor dem kaiserlichen Geheimdienst letztlich Torheit ist, eine Anwandlung von Kleinmut. Weiss nicht jeder, der auch nur einiges miterlebt hat, dass nichts genauso kommt wie wir es erhoffen oder fürchten, weder Glück noch Unglück? Anderes mag geschehen als wir für möglich hielten, andere Wege werden wir gehen, andere Taten vollbringen, in einem anderen Land sterben als gedacht … Ist nicht ohnehin seit dem Fall des Tempels, der Zerstörung Jerusalems, alles Mass in der

Welt verschoben? Hat man sich eine so schreckliche Zeit jemals vorzustellen gewagt, und leben wir nicht dennoch weiter? Und auch der Tempel lebt weiter: in schriftlicher Form, in den ewigen Zeichen, ein Tempel aus Lettern. Wir sind nicht verlassen, sage ich mir täglich neu, wir haben die Bücher, unsere schlanken, heiligen, beweglichen Schriftrollen, leicht genug, um sie noch zum fernsten Ort dieser Welt mitzunehmen. Unser Geist ist uns geblieben, unsere Fähigkeit zu lernen und neu zu beginnen. Was immer uns auferlegt ist, Schmach, Leiden, Heimatlosigkeit, in allem liegt ein geheimer Sinn.

Indem die Furcht von mir weicht, kehren gewisse Freuden zurück. Manchmal spiele ich auf meiner alten Nivla, ohne daran zu denken, ob mich das Spiel verrät. Auch wenn die Ortsansässigen erfahren, wer ich bin oder war, werden sie sich, wie ich sie kenne, nicht allzusehr darum kümmern. Sie werden es den Häschern des Kaisers überlassen, mir nachzustellen oder nicht. Die Nachbarn lassen mich leben, spazierengehen, auf der Nivla spielen. Sie dringen nicht mehr in mich, von Rom zu erzählen, da sie ahnen, dass ich zu vieles gesehen habe, worüber sich nicht sprechen lässt. Freundlich, von fern, werde ich gegrüsst. Mit Teilnahme erkundigt man sich auf dem Markt nach unserem Ergehen. Ab und zu bäckt eine Nachbarin einen Kuchen für mich, manchmal fragen mich kleine Mädchen nach der Kaiserin, wie sie aussah, ob es stimmt, dass sie goldene Kleider trug, Perlen und funkelnde Steine, obwohl sie damit preisgeben, dass in ihren Elternhäusern über mich geredet wird. Es ist klar, dass Poppäa Sabina gemeint ist und keine andere: weder Vespasian noch Titus boten dem Volk eine Kaiserin, fade und frauenlos ist seit zehn Jahren der Thron. Dankbar lobe ich das Backwerk und beschreibe Poppäas Gewänder, vielleicht nehme ich einen Stock zu Hilfe und zeichne, von aufmerksamen Kindern umringt, ihre Gestalt in den hellen Sand.

Denn voller Ränke zeigt sich dies Geschlecht, bei diesen Kindern waltet keine Treue. Sie reizten mich durch einen Ungott und kränkten mich mit ihren Nichtigkeiten. So straf ich sie durch ein unmenschlich Volk …

Die vom Kaiser geforderten Übersetzungsrarbeiten schritten voran, mit Jedidahs Hilfe. Wir hatten beide Spass daran und lachten viel, es gab manchen heiteren Streitfall bei unserem Versuch, das *shir ha shirim*, das Hohelied der zarten Metaphern, Düfte, Träume, des Hoffens, Sehnens und Begehrens in das vergleichsweise steife Latein zu übertragen, noch dazu in singbaren Versen, vorzutragen zu einer von Nero komponierten Musik. War diese Morgenarbeit vorüber, ging ich meist noch ein paar Stunden ins Uffizium meines Schwiegervaters und half ihm bei der Korrespondenz, die auf Grund der Unruhe und Konfusion in Judäa immer unübersichtlicher und schwieriger wurde.

In Judäa war die Auflösung so weit fortgeschritten, dass Jakobus Vorkehrungen zum Schutz seiner Besitzungen treffen musste. In einigen Fällen war es zu spät. Pflanzungen waren niedergebrannt, Lagerhäuser geplündert, Mitarbeiter ermordet worden, und aus Sicht der Opfer erwies es sich als gleichgültig, zu wessen Gefolgschaft die Plünderer gehört hatten, ob es sich um sogenannte Sikarier oder sogenannte Zeloten handelte, um unbekannte, wie Windhosen aus dem Sand der Wüste herangewehte Räuberbanden oder marodierende römische Hilfstruppen. Die letzteren waren meist Syrer und anderer umliegender Völker Söhne in römischen Diensten. Was sich an regulären römischen Legionen im Orient befand, wurde vom kaiserlichen Legaten in Antiochia befehligt, einem früheren römischen Konsul, während der Prokurator von Judäa, ein Verwaltungsbeamter im Ritterrang, sich nur auf die Einheiten stützen konnte, die er an Ort und Stelle aushob. Da wir Juden durch kaiserliches Edikt vom römischen Militärdienst befreit waren, rekrutierten sich die Hilfstruppen meist aus der judenfeindlichen Bevölkerung griechisch dominierter Städte wie Samaria oder Caesarea. Darin lag zweifellos ein verwaltungstechnischer Fehler, eine Ursache ständiger Unruhen und Zwischenfälle. Die syrischen Söldner überfielen unter schützender römischer Hülle judäische Siedlungen, wodurch die Bevölkerung in Hass auf die römische Uniform entbrannte, wenngleich ihre Träger gar keine Römer waren. Der Vorschlag der Zwergin Callida, die Provinz Judäa direkt dem kaiserlichen Legaten von Syrien zu unterstellen, zielte vornehmlich auf diesen Punkt: die ihm zu Gebote stehenden Truppen wären reguläre römische Legionen, nicht die als Hilfstruppen ausgehobenen Söhne feindlicher Nachbarn.

Callida, deren Ansichten wie immer auf gründlichem Aktenstudium beruhten, zitierte ein Memorandum aus den Tagen Herodes Agrippas des Ersten, des Vaters des heutigen Königs, der vor zwanzig Jahren seinem Freund Kaiser Claudius ebendieses Projekt unterbreitet hatte: in Judäa römische Truppen einzusetzen, die Provinz dem Legaten von Syrien zu unterstellen und den Posten des Prokurators in Caesarea abzuschaffen, nachdem er sich als Hort ständigen Missbrauchs erwiesen hatte. Unter Claudius waren diese Anträge, wie die Zwergin herausfand, im Instanzenweg der griechisch dominierten Hofämter hängengeblieben, die ganze Angelegenheit aufgehalten und mit den Jahren vergessen worden, dem Kaiser entweder niemals zur Entscheidung vorgelegt oder von den zuständigen Freigelassenen von vornherein mit negativen, abschlägigen Gutachten versehen worden, schon dem Prokurator Felix zuliebe und seinem damals allgewaltigen Bruder Pallas, Vorsteher des Hofamtes *a rationibus*, denen Judäa ein endlos sprudelnder Quell der Bereicherung gewesen war. Erst nach Verschwinden dieser beiden Männer konnte die Zwergin, durch einen Zufallsfund ermuntert, in den kaiserlichen Kanzleien nach Dokumenten suchen lassen. Da diese zumeist in aramäischer Sprache abgefasst waren, betraute sie den jungen Matitjahu mit ihrem Studium.

Matitjahu brachte die Dokumente zu mir. Er war überlastet, zudem ungeübt im Lesen aramäischer Kanzleiakten, vermochte auch einige in Schnellschrift gehaltene lateinische Pergamente, mit stenographischen Notizen kaiserlicher Beamter, nicht zu entziffern. Er schmuggelte all dies in mein von Spitzeln der *grex* überwachtes Haus auf dem Aventinus, teils in seiner Sänfte, teils unter den Leibpanzern der ihn begleitenden Prätorianer. Die Beteiligung der Prätorianer deutete auf das Mitwissen ihres Präfekten Tigellinus, auch auf das der Kaiserin, und die Eile des Überbringens auf den alarmierenden Grad von Dringlichkeit, den die judäische Angelegenheit inzwischen erreicht hatte. Ich bearbeitete das Vorliegende ungesäumt, unter Wahrung der gebotenen Vorsichtsmassregeln, ohne jemanden von meinern Mitarbeitern einzuweihen, des Nachts in dem unserem Schlafzimmer zunächst gelegenen Ankleideraum, während Jedidah hinter der offenen Tür in unserem Bett schlummerte.

Der Anblick ihres Gesichts war mir Trost in diesen Nächten, in denen ich die Verhältnisse der römischen Provinz Judäa studierte, die Missbräuche der Prokuratoren, die zahlreichen Rechtsbeugungen, Übergriffe, Plünderungen, in den glaubhaften Schilderungen und vernünftigen Ratschlägen der Jerusalemer königlichen Kanzleibeamten, zwanzig Jahre zurückliegend oder mehr, möglicherweise beizeiten unterbreitet, um das Verhängnis abzuwenden. König Herodes Agrippa der Erste war berühmt für die vorbildliche Aktenführung seiner Hofämter, für ihr Bemühen um schriftliche Niederlegung und Archivierung. Seine Beamten hatten die Lage in Judäa scharfsinnig analysiert und die Auswirkungen der Misswirtschaft zutreffend vorausgesagt, qualvoll wahr in den Augen eines Nachgeborenen, der nun Zeuge ihres Eintreffens wurde. Die kaiserliche Verwaltung in Rom hatte diese Anregungen weder bedacht noch befolgt, alle Warnungen in den Wind geschlagen und die Denkschriften in ihren Archiven verschwinden lassen.

War es inzwischen zu spät, sie in die Tat umzusetzen? Der Gedanke flog mich an, beim Studium im nächtlichen Kabinett, vor allem in den kühlen Morgenstunden, wenn mich Müdigkeit überkam, manchmal Trostlosigkeit. Ich behielt meine Zweifel für mich, da mich niemand um meine Ansicht gebeten hatte. Zudem bestand Gefahr, sich in den Augen der Zwergin Callida zu blamieren. Die vom Leben hart geprüfte Frau liess solche Bedenken nicht gelten. Sie gehörte nicht zu denen, die etwas erst gar nicht versuchen, weil es zu spät dafür sei oder zu früh oder sonst ungelegen, womit furchtsame Menschen gern ihr Nichttun entschuldigen. Mit der selben unerschrockenen Tatkraft, mit der sie ihre Rolle in den Untersuchungen gegen Pallas und Felix gespielt hatte – und offensichtlich, wie der plötzliche Tod der beiden einst mächtigen Männer bewies, mit Erfolg –, bemühte sie sich nun um eine Wende in der judäischen Angelegenheit. Zunächst ging es um die Auffindung der in den römischen Hofämtern verschwundenen Denkschriften des Königs Herodes Agrippa. Waren diese gefunden und analysiert, sollte ein summarisches, die Lage erhellendes Memorandums stehen, das Nero nahelegte, den bereits seinem Vorgänger Claudius unterbreiteten, lange versäumten Schritt zu unternehmen: wenn schon nicht die Abschaffung der unnützen Prokuratur von Judäa, so wenigstens das Auswechseln der syrischen und kleinasiatischen Hilfstruppen durch zuverlässige römische Legionen.

Noch ungeklärt war die Frage, wer mit diesem Memorandum an den Kaiser herantreten sollte. Denn Nero zeigte gerade damals wenig Interesse an politischen Angelegenheiten. Sein Denken kreiste um den *Kitharaspieler*, dessen Aufführung für den kommenden Winter geplant war, seine Tage vergingen mit Gesangsproben, Entwürfen für Kostüme und Kulissen und Bewegungsübungen bei Halityrus und Paris. An Neros Hof gab es nur noch Wenige, die sich um die sogenannten Sachfragen sorgten, die meisten waren auf andere Weise beansprucht. Wagenrennen und artistische Kunststücke fesselten Herrscher, Hof und Senat tagelang an den Circus, eben war das Springen über Vierergespanne in Mode gekommen und ein aus Africa eingeführtes Reiterspiel, bei welchem in rasendem Galopp die Pferde gewechselt wurden. In der Arena fanden Gladiatorenspiele statt, Pantomimen wurden aufgeführt, Atellanen und Possen mit Gesang, Wettbewerbe der Kitharöden und Oratoren. Für Judäa blieb wenig Aufmerksamkeit. Schon die Erwähnung dieser Provinz löste bei den Verantwortlichen jenen kaum verhohlenen Ärger aus, den mit heiteren Dingen beschäftigte Menschen zeigen, wenn man unversehens mit einem Problem an sie herantritt.

Auch der Ritter Tigellinus, Präfekt der Prätorianer und Herr des kaiserlichen Sicherheitsapparats, war mit anderen Fragen beschäftigt. Die Tätigkeit der christlichen Sekte forderte seine Aufmerksamkeit. Nach Tigellinus' Ansicht bedurften die Christiani ständiger Überwachung. Es gelang, einige ihrer geheimen Zusammenkünfte aufzuspüren. Etliche Beteiligte wurden unter der Anschuldigung *crimen maiestatis* verhaftet und peinlichen Verhören unterworfen, wobei man Fälle von unglaublicher Tapferkeit zu berichten wusste, andererseits auch einen Hang zu gegenseitiger Denunziation, da sich rivalisierende Gruppen die Vorherrschaft streitig machten. Der unter Hausarrest stehende Sha'ul aus Tarsus unterhielt nicht nur lebhaften Briefwechsel in alle Gegenden des Imperiums, er empfing auch zahlreiche Pilger und Besucher, zu denen er predigte und denen er in seiner Behausung Obdach bot. Dienende Männer umgaben ihn, finster blickende Jünglinge, darunter Griechen und Römer ebenso wie Judäer. Er nahm Geschenke aus vornehmen, sogar aristokratischen Häusern, und die todesverächtliche Offenheit, mit der all dies unter den Augen der kaiserlichen Sicherheitsbehörde geschah, liess ein grundsätzlich anderes Verhältnis zum Leben erkennen als das von unseren Schriftgelehrten empfohlene.

Die Schriftgelehrten machten gerade damals das Bewahren von Menschenleben zum Gegenstand ihrer Erörterungen. Sie erachteten es als schwere Sünde, dem jüdischen Volk Leben zu entziehen, sei es auch nur ein einziges und nur das eigene. *Bituach nefesh*, das Sichern von Leben, setze notfalls andere Gebote ausser Kraft, erklärten die gelehrten Männer, sie taten es nicht zuletzt in Hinblick auf die vielen religiösen Schwärmer in Judäa, die um ihrer Ideale willen sich selbst und andere opferten. Das Streiten für hohe Ideale erwachse nicht immer aus hoher Gesinnung, betonten die Schriftgelehrten, oft sei es nur Vorwand, um Hof und Familie zu verlassen, Weinberg und anvertraute Landschaft, und ein paar wilde Monde beritten umherzuschweifen, zu plündern und zu feiern. Bewaffnete Banden machten drüben im Judäa die Landschaft unsicher, Mengen aufgeregten Volks drängten sich, in Erwartung weltbewegender Ereignisse, in Jerusalem oder anderen Orten. Prediger verkündeten, die gewohnte Welt werde aus den Fugen brechen, Nie-Gesehenes sich ereignen, der gesalbte Erlöser erscheinen … Auf solchem Boden gedieh, unter anderen ähnlichen Bewegungen, das Bekennertum der Anhänger des Jeshua aus Nazara.

Der römischen Behörde fiel es schwer bis zur Wahrnehmsstörung, diese Mentalität zu verstehen. Was verbarg sich hinter dem

Eifer, der Opferwilligkeit der unruhvollen Sekte? Überhitzte Vaterlandsliebe, entstanden aus den endlosen Kränkungen der römischen Besatzung? Aber wie man in den jüdischen Gemeinden erfuhr, folgten dem Nazarener gerade solche Juden, denen ihr Land und Volk nicht mehr viel bedeuteten, die den Gedanken der Gotteserwähltheit zugunsten einer fast bedenkenlosen Aufnahme von *gerim* und *arelim*, Heiden und Unbeschnittenen, aufgegeben hatten. Sollte die trostreiche Lehre vom Sinai das Vorrecht des Gottesvolkes bleiben oder den verlorene Seelen zugute kommen, den Verfolgten, Unfreien, Trostsuchenden aller Völker? Auf diese richteten die Prediger des Chrestos ihr Augenmerk. Sie predigten vor Armen und Unfreien, denen sonst niemand Aufmerksamkeit schenkte. Die Riesenmaschine Rom nährte sich von vieler Geschöpfe Mühsal, frass Menschen, zerpulverte Leiber, verbrauchte, zerstörte, stiess aus. Ohne zu suchen, fanden die umherziehenden Apostel eine begeisterte, zu allem bereite Gefolgschaft unter denen, die in dieser Welt nichts mehr zu verlieren hatten.

Hier lag, was die Sekte und ihr unheimliches Wachstum betraf, die eigentliche Wahrnehmungsschwäche der römischen Behörde. Ein Eingeständnis, dass solche Menschen in grosser Zahl existierten, vertrug sich schwer mit dem Selbstgefühl eines Römers der höheren Stände. Die Frage, wie ein Sklave, ein Unfreier fühlte, wurde als *absurdus* empfunden. Vielleicht fragte man sich derlei im Stillen, doch nie öffentlich, hatte solches Fragen auch nicht gelernt und vorgeführt bekommen, fand es schlechterdings nicht sinnvoll, wie es auch nicht sinnvoll war, nach den Gefühlen von Marmorblöcken oder Lasttieren zu fragen. Selbst wenn ein Sklave ein Mensch war, wie der hochherzige Seneca geschrieben hatte, so jedenfalls keiner, dessen Empfindungen und Meinungen man in Betracht ziehen musste. Wer genau hinsah, erkannte hier einen Riss im Monolithen, einen Schwachpunkt im allgemeinen Denkgebäude. Denn jedermann konnte zum Unfreien werden, auch jeder Vornehme und Bürger Roms, wenn ihm etwa das Unglück widerfuhr, Räubern in die Hände zu fallen oder auf einer Seefahrt Schiffbruch zu erleiden. Selbst den grossen Julius Caesar hatten einst Seeräuber gefangen gehalten, schon mancher Reisende höheren Standes war verschwunden oder nur gegen Lösegeld den Seinen zurückerstattet worden. Unter Landleuten bestand die Sitte, Kinder auszusetzen oder zu verkaufen, wodurch gleichfalls immer wieder Freigeborene zu Sklaven wurden. Auch sich selbst konnte man als käufliche Ware feilbieten und dadurch seines freien Standes entschlagen – kannte nicht jeder die Lesebuch-Geschichte vom verarmten Jüngling, der sich an die Gladiatorenschule verkauft, um das Begräbnis des Vaters zu bezahlen?

Wenn es wahr ist, dass jede Gesellschaft ihre fundamentalen Fehlstellen hat, in der Tiefe angelegt wie Sprünge im Gestein, war dies die folgenschwerste der römischen: die Unterschiede zwischen Herren und Dienern, Landbesitzern und Leibeigenen, Freien und Fronenden gingen zu tief, trennten schicksalhaft, schufen Willkür und Entrechtung. Der Verlust der Freiheit – oft nur das Werk eines launenhaften Augenblicks – konnte zu einem lebenslangem Verhängnis werden. Der Grosshandel mit Sklaven war üblich geworden, die Entvölkerung ganzer Landstriche, das Verschleppen ihrer Bewohner, das Verschiffen, Verhandeln, Verkaufen der lebenden Ware zu Tausenden, ihr Einkerkern in *ergastuli*, in Arbeitshäusern und Sklavenställen. Allmählich hatte sich die Vorstellung von zweierlei Menschsein eingebürgert, geschieden einzig durch das *fatum* Freiheit. Wer tiefer nachdachte, spürte das Willkürliche, Unbegründbare dieser Scheidung, und wer es spürte, wurde für die Reden der Christiani empfänglich. Diese predigten die einfachen Grundlehren unserer Bücher: dass jeder Mensch ein Geschöpf Gottes sei, daher kostbar und wert der Liebe, dass wir alle vor Gott gleich wären, dass unser Gott das rituelle Schlachten von Menschen verboten hätte, indem er Abraham daran hinderte, seinen Sohn auf dem Altar zu opfern, weshalb, im tieferen Verständnis dieses Verbots, auch Gladiatorenkampf und andere kultische Tötung als Frevel gelten müsse. Jedem Juden war, was die christlichen Redner verkündeten, von klein auf vertraut. In Rom erwies sich die Wirkung als ungeheuer.

Tigellinus glaubte, dass man die christliche Sekte zerschlagen und aus der Welt schaffen könne wie andere Bedrohungen des Reiches. Er soll geäussert haben, dass grundsätzlich jedes Problem lösbar sei, es komme nur darauf an, »den Schlüssel zu finden«. Gewissenhafter Arbeiter, der er war, liess er bespitzeln, Material sammeln und Anklageschriften vorbereiten wie in jedem Fall, wo der Verdacht einer Verschwörung gegen Kaiser und Reich bestand. Die Christiani waren nicht die einzige Gefahr. Mit ähnlicher Aufmerksamkeit verfolgte er andere Entwicklungen, etwa kaiserfeindliche Tendenzen in Kreisen des senatorischen Adels. Still arbeitete er vor sich hin in diesem Herbst und Winter, war auf den Beinen, wenn andere schliefen, blieb nüchtern, wenn sich die Freunde des Kaisers berauschten. Er war hellwach, als der Hofnarr Vatinius eines Nachts seinen berühmten Witz machte »Ich hasse dich, Caesar ...«, seine Wahrnehmungskräfte hatten sich in Sekundenschnelle zu höchster Konzentration gesammelt, ehe in der folgenden Totenstille der zweite Teil des Satzes fiel: »...weil du senatorischen Standes bist.« In Neros Gelächter und dem begeisterten Lärm, der folgte, hatte er die Gesichter der anwesenden Senatoren eins nach dem anderen ins Auge gefasst und sich ihren Ausdruck eingeprägt, rasch, klaren Kopfes, ungetrübt von den Geistern des Weins oder von Blutleere nach zu reichlichem Essen. Er liess sich nicht von falschem Grinsen täuschen oder von zustimmendem Gebrüll, notierte zielsicher, worauf es ankam: von Hassgeflacker unstete Blicke, schwertgeübte Hände, die sich kurz zusammenballten, die roten Flecke am Hals des Dichters Lucanus. Der Kaiser forderte die alten Familien heraus, aus spielerischem Mutwillen, aus Lust an der Provokation. Man nahm es als Scherz, doch Tigellinus liess sich nicht täuschen. Was er sah, stimmte ihn besorgt und wies ihn – in Verbindung mit den Berichten seiner Spitzel und Zuträger – auf ein neues Problem hin, dem sofort nachzugehen war.

Auch die Kaiserin nahm in diesen Wochen weniger Anteil als sonst an den Staatsgeschäften. Sie war guter Hoffnung und mied Aufregungen. Ihr nahestehende Hofbeamte, darunter Matitjahu, kamen überein, mit weiteren Vorschlägen in der judäischen Frage bis nach der Niederkunft zu warten, wenn Poppäa Sabinas Aufnahmefähigkeit für dergleichen wiederhergestellt, zudem ihre Position am Hof als Mutter eines kaiserlichen Kindes gefestigt sein würde. Mit solchen Hoffnungen vertröstete man auch die wartenden judäischen Abgesandten aus Caesarea in der Angelegenheit des dortigen Bürgerrechts, die in einem von Jacobus' Häusern in trans Tiberum lebten, wohlbehütet und ummauert, inzwischen, wenn mir recht ist, das zweite Jahr. Sie hatten ihre Rolle in den verschwiegenen Untersuchungen gegen Felix und Pallas zur Zufriedenheit der Kaiserin und des Sicherheitspräfekten gespielt, ohne dass man sie deswegen, wie versprochen, nach Hause zurückreisen liess. Auch von einer Heimreise des früheren Hohepriesters Ishmael oder seines Neffen, des Schatzmeisters Hilkija, hörten wir nichts. Die Festgehaltenen schienen sich in der Hauptstadt der Welt nicht zu langweilen, am wenigsten die Bürger aus Caesarea, die bald Gesellschaft fanden und allerlei Kurzweil trieben – jedenfalls erwähnte Jacobus Schäden an dem von ihnen bewohnten Haus, die von ihrem ausgelassenem Treiben herrührten. Er war es auch, der die zu Hause wartenden Gattinnen und erwachsenen Kinder der Gesandten über deren verzögerte Rückkehr ins Bild setzte, in der Hoffnung auf mässigenden Einfluss. Stattdessen machten sich etliche dieser Verwandten ihrerseits auf den Weg nach Rom und vergrösserten das lebenslustige Kontingent »derer aus Caesarea«, wie man sie in den Synagogen der Hauptstadt seufzend nannte.

Zuweilen vertraute mir Jacobus seine Sorgen an. Er sprach von der zunehmenden Rechtsunsicherheit in Judäa, von säumigen Zahlungen, nicht erstatteten Aussenständen, verschleppten Lieferungen, sei es infolge allgemeiner Verrohung der Geschäftspraktiken, sei es, weil seine Partner in den Wirren verlorengingen oder, ohne in jedem Fall ihre Verpflichtungen abzuwickeln, aus dem Lande flohen. Langwierige Korrespondenzen, nervtötend, oft ins Nichts führend, entspannen sich mit Gewährsleuten und Advokaten in Alexandria, Antiochia und Babylon, auf Kreta und Cypern, in Phönizien, sogar auf der Insel Jotaba, um Schuldner aufzuspüren und zur Zahlung zu veranlassen. In Judäa liessen wir Mitarbeiter suchen, die verschollen waren, und Karawanen, die den Hafen nicht erreicht hatten. Meist ohne Erfolg, da alledem aus der Ferne der Nachdruck fehlte. »Jemand von uns müsste sofort hinfahren«, sagte Jacobus, doch ich sah ihm an, dass er nicht wirklich an diese Möglichkeit glaubte. Ich half, wo ich konnte, schrieb griechische und aramäische Briefe, studierte Repliken, wandte all meinen Scharfsinn auf, um aus bruchstückhaften Informationen Ereignisse zu rekostruieren und Vorschläge zum Schutz des Vermögens herzuleiten.

Jacobus war durch seine italischen Besitzungen gesichert; die Verluste, die er in Judäa hinzunehmen hatte, machten ihn nicht arm. Verluste waren es dennoch, schwere Verluste, sowohl an Geld, Waren, Besitz, als auch, was ihn am meisten traf, an Mitarbeitern und Partnern. Einmal sah ich ihn in Tränen, als ihm vom Tod eines Verwalters berichtet wurde, von seiner Ermordung durch irgendeine plündernde Bande, in grausigen Einzelheiten, die auch mir das Blut gefrieren liessen. Wir beteten viel in diesen Tagen. Zu festen Stunden fanden sich die Männer des Hauses dazu im Atrium ein, während es den Frauen überlassen blieb, Gott anzurufen, wann und wo sie wollten. Manche lernten es erst jetzt, auf die überraschend beiläufige Weise, wie man etwas lernt in dem Augenblick, da man dessen bedarf.

Die Kinder Israels mögen den Shabat hüten, den Shabat feiern in ihren Geschlechtern als ewigen Bund. Zwischen mir und den Kindern Israels ist er ein Zeichen für ewig …

Auch ich begann damals täglich die Segen zu sprechen. Jeden Morgen, im Silbergrau der kaum erschöpften Nacht, hüllte ich mich in meinen Gebetsmantel, in seine weissen Flügel mit den Schaufäden und himmelfarbenen Streifen. Am shabat behielt ich den Gebetsschal um, unbesorgt, wie die meisten Juden in Rom, nach der Kaiserin offen bezeigter Duldsamkeit. Wir gingen zu Fuss hinüber nach trans Tiberim, durch noch schlafende Gassen, begleitet von den den jüdischen Dienern und den unvermeidlichen Prätorianern, die schwangere Jedidah an meinem Arm, langsam zum Haus meines Schwiegervaters, wo wir die Familie versammelt fanden, gleichfalls in Festgewändern, von Dienern umringt. Der Zug verliess das

Haus, angeführt von den beiden Schriftgelehrten, und traf bald mit ähnlichen zusammen, bis die Strasse von Weiss und Purpur schimmerte und von Stimmen schwirrte. Uns alle bedrückten die Ereignisse in Judäa, trotzdem lachten die Kinder, tauschten die Frauen Neuigkeiten aus, begrüssten sich die jungen Leute mit Rufen von einer Strassenseite zur anderen. Wir fühlten uns zu Hause in Rom, ohne viel darüber nachzudenken. Auch wir Männer wechselten ein paar Worte, doch wir mieden politische Themen. Über allem stand der Shabat-Frieden, das Gebot, wonach keine Sorge, kein Streit den Tag unserer Ruhe stören solle.

Wochentags gingen die Gespräche oft genug in Meinungsverschiedenheiten über, in hitzige Debatten und Zusammenstösse. Radikale Gruppen, die sich den Vorständen widersetzten, beunruhigten das Gemeindeleben. In den Synagogen beteten finster blickende junge Männer mit wilden Mähnen – denn manche schnitten sich das Haar nicht mehr, als sei Krieg – neben ihren kummervoll seufzenden Vätern. Die Mütter in den Damenreihen vertrauten derweil einander ihre Sorgen an, tauschten Ratschläge aus, wie fastende Halbwüchsige zum Essen zu bewegen, beleidigte Gatten zu beruhigen wären, wie man all die sinnlose männliche Wut besänftigen könne, die sich ihrer Söhne, Ehemänner und Väter bemächtigt hatte. Gerüchte von Verhaftungen zuckten auf wie Blitze. Christlicher Umtriebe Verdächtige verschwanden bei Nacht, wobei die Gemeindevorstände in manchem Fall durch Intervention bei Vertrauten der Kaiserin oder des Sicherheitspräfekten ihre Freilassung erreichten. Es hiess dann, man hätte sie »irrtümlich« oder »zu ihrer eigenen Sicherheit« in die Prätorianer-Kaserne gebracht. Ich erinnere mich an einen Shabat, da ein junger Mann zur Torah-Lesung aufgerufen wurde, dessen Gesicht von Blutergüssen entstellt war. Hausmauern in trans Tiberim fand man morgens mit zelotischen Losungen beschmiert, so eindeutig anti-römischen Inhalts, das die Gemeinden sie in aller Eile, auf eigene Kosten überstreichen liessen.

Auch im Haus meines Schwiegervaters gab es Spannungen. Nur mit Mühe konnten die Zwillinge daran gehindert werden, sich heimlich nach Judäa einzuschiffen, als sie erfuhren, dass in Puteoli eins der Schiffe ihres Vaters zum Absegeln bereit lag. Ein weitgediehener Plan zu Flucht und Abreise wurde im letzten Moment von einem Diener dem entsetzten Vater anvertraut. Unsere Weisen sagen, nichts sei gefährlicher als der Zorn eines Langmütigen. Jacobus verlor die Beherrschung, drohte mit Verstossung, rief mit Donnerstimme durchs Haus »Ihr Dummköpfe! Als ob da drüben nicht schon genug Verrückte herumlaufen ...« Doch schien der Zwischenfall ausgerechnet auf Alexander Eindruck zu machen, der seine jüngeren Brüder von nun an mit einem gewissen Respekt behandelte, als hätte es dieses Beweises bedurft, um an die Echtheit ihrer Gefühle zu glauben. Jakobus sprach Wochen lang nicht mit den Zwillingen und diese nicht mit ihm, endlich gelang es den Frauen der Familie, eine Aussöhnung herbei zu führen.

Umso wichtiger wurde der Frieden am Shabat. Der Gesang in der Synagoge war inniger als je, unsere Ergriffenheit tiefer, die Aufnahmebereitschaft für die – meist zu Frieden und Mässigung aufrufenden – Reden der Schriftgelehrten grösser. Man kam zusammen in dem Wunsch, einander zu sehen, sich des Vorhandenseins der anderen zu versichern, zu erfahren, wie sie mit den schweren Zeiten fertig wurden. Beim anschliessenden *kidush* in der grossen Säulenhalle, dem Segen über Wein, abgehalten für Besucher, Arme und kleine Jungen, für all jene, die kein Haus in Rom hatten oder zu jung waren, um selbst die Segen zu sprechen, bildeten sich bereits wieder Gruppen, hoben sich die Stimmen von neuem. Dem Shabat zuliebe hielt man an sich. Viele wollten am Nachmittag wiederkehren und das *minchah*-Gebet sprechen, daher verbot es sich, morgens im Streit auseinanderzugehen. Geschäftsleute, Advokaten und Grundbesitzer tauschten vorsichtig, unter Vermeidung von Zahlen oder anderen den *shabat* entheiligenden Worten, ihre Eindrücke vom Verlauf der Woche aus, vor allem die Angelegenheiten in Judäa betreffend. Hofleute und Beamte wurden umringt und um Rat gebeten. Der Schauspieler Halityrus war von Ratsuchenden umlagert, von Müttern und Frauen Verfolgter, da er in dem Ruf stand, für sie einzutreten, selbst wenn sie als Anhänger des Nazareners galten. Andere wandten sich an seinen Neffen Matitjahu, der durch seinen Posten im Amt *ab epistulis* eine der Schlüsselfiguren am Hof geworden war.

Matitjahu wirkte ermüdet von all den Angelegenheiten, mit denen man ihn betraute. Er war eingeweiht in die Nachforschungen der Zwergin Callida nach den von König Herodes Agrippa dem Ersten eingereichten Denkschriften für eine Verwaltungsreform in Judäa, ausserdem hatte ihn die Kaiserin mit der schwebenden Angelegenheit der Abordnung aus Caesarea beauftragt, denn immer noch harrte die Frage der dortigen Regelung des Zusammenlebens, der *isopoliteia*, grundsätzlicher Entscheidung durch den Kaiser. Die juristischen Hintergründe waren kompliziert, Nicht-Eingeweihte vermochten das Gewirr der Ansprüche kaum noch zu durchschauen. Beide Streitparteien – die griechische wie die jüdische – behaupteten, aus älterer Zeit Rechte auf die dominierende Rolle in der Verwaltung der Stadt zu haben. Der strategisch bedeutsame Ort hatte sich unter den seleukidischen Herrschern mit Syrern, Phöniziern und Griechen bevölkert, war vor anderthalb Jahrhunderten vom jüdischen König Alexander Jannai zurückerobert, dann an die Römer verloren worden, worauf ihn Kaiser Augustus, früherer Rechte eingedenk, Herodes dem Ersten übergab, dem von Rom ernannten König der Juden. Dieser liess die durch Kriege heruntergekommene Ansiedlung als internationale Hafenstadt neu erstehen und gab ihr zu Ehren des Caesar Augustus, seines Freundes und Gönners auf dem Kaiserthron, den Namen Caesarea. Damit hätte eigentlich, ein Jahrhundert zuvor, der Status der Stadt geklärt sein können. Doch zeigte sich, dass sie, obwohl Verwaltungsobjekt judäischer Könige, zunehmend hellenistisch geworden war, voller Statuen und Göttertempel, berühmt für ihr Amphitheater, ihr Gymnasion und andere Wahrzeichen griechisch-römischer Kultur, und dass trotz jüdischer Rechtstitel der griechische Einfluss überhandnahm, eine Tendenz, die paradoxerweise von den dort lebenden Juden begünstigt wurde, welche sich, der Mode folgend, von ihrer bisherigen Lebensform gelöst und ganz dem Griechentum angepasst hatten.

Matitjahu verbrachte viel Zeit mit dem Studium von Urkunden und Akten, traf sich mit den Abgesandten, konsultierte Juristen und Experten des Völkerrechts, des *ius gentium*, und sondierte behutsam am Hof. Bekanntermassen begünstigte sein Vorgesetzter Beryllus, der Vize-Prokurator des Hofamtes *ab epistulis*, die griechisch-syrische Streitpartei, die gleichfalls Abgesandte in Rom unterhielt. Der Fall der Hafenstadt nahm, je länger die kaiserlichen Entscheidung auf sich warten liess, die Konturen einer reichswichtigen Affäre an. Das Verhältnis zwischen Griechen und Juden im gesamten Imperium, die Stellung der Juden in zahlreichen anderen Städten, ihre Rechte in Judäa – all dies schien vom Ausgang der Streitsache Caesarea abzuhängen. Matitjahus Gesicht zeigte von Schlafmangel geschwollene Lider und blaue Schatten darunter, seine Unterlippe eine Neigung zu melancholischem Herabhängen, als sei er irgendwo, tief im Inneren, verwundert darüber, womit sich seine Mitmenschen beschäftigten und folglich auch er. Seine braunen Augen hatten einiges von ihrer knopfblanken Frische eingebüsst, und wie mir Halityrus erzählte, bedurfte der junge Beamte neuerdings geschliffener Steine, um die Unmengen von Akten zu lesen, die man ihm zur Kenntnisnahme antrug.

Um Matitjahu zu treffen, ihren Vertrauensmann am Kaiserhof, nahmen die Gesandten aus Caesarea an den Shabat-Gottesdiensten in unserer Synagoge teil. Der Status dieser Männer in Rom war nicht ganz klar, sie verbrachten ihre Tage und Nächte in der weiträumigen, von einem Park umgebenen Villa in trans Tiberim, durften nicht unbewacht ausgehen, wohl überhaupt nicht ohne des Präfekten Tigellinus Genehmigung das Grundstück verlassen, empfingen aber gern Gäste, luden mehrmals pro Woche zum Abendessen ein, zu Theaterspiel, Tanz und mondäner Unterhaltung, und wann immer ich dort vorüberkam – das Haus lag an meinem Weg vom Hügel Aventinus zum Haus meines Schwiegervaters –, ertönte hinter den hohen Mauern Musik. Sie waren wohlhabend, aus den einflussreichen Familien von Caesarea, und besassen, wie bei Handelsleuten üblich, Geschäftsfreunde und Verwandte allerorten, auch unter den Juden Roms. Streitigkeiten mit den Griechen von Caesarea hatten sie in die Hauptstadt geführt, und angesichts dessen fand ich es erstaunlich, wie griechisch sie selbst auftraten, wie wenig jüdisch ihr eigener Lebensstil war.

Durch sie wurde Matitjahu, von dem sie den Erfolg ihres Anliegens am Hof abhängig wussten, in reiche Handelshäuser in Rom eingeführt, und nicht lange darauf heiratete er ein Mädchen aus diesen Kreisen. Dass er durch die Heirat in verwandtschaftliche Beziehung zu dem einen oder anderen Gesandten aus Caesarea trat, schien niemand am Hof zu beanstanden, auch nicht seine griechischen Kontrahenten im Amt *ab epistulis*. Im Gegenteil, die reiche Heirat hob sein Ansehen bei den kaiserlichen Freigelassenen. Matitjahu, der sich in allen Amtsgeschäften seines griechischen Namens Mathaios bediente, besass die seltene Fähigkeit, selbst zu seinen Gegenspielern gute Beziehungen zu unterhalten. Trotz seines Eintretens für die Gesandtschaft aus Caesarea zog er sich kaum jemandes Feindschaft zu, da er die Angelegenheit diskret und ohne spürbare Leidenschaft verfocht, geschäftsmässig, in einem auch von seinen Gegnern respektierten Stil. Seine Stimme war leise, sein Lächeln gleichbleibend. Wenig ähnelte er dem jungen Mann, der sich einst wegen der Sekte des Nazareners mit seinem Onkel Halityrus angelegt hatte. Umringt von solchen, die Bitten und Fragen an ihn hatten, stand er sicher, wohlbeschuht, mit einer gewissen Anmut auf dem blanken Marmorboden des Gotteshauses.

Wir begegneten uns nach dem Gebet im Gedränge der Säulenhalle, standen eine Weile auf dem vielfarbigen Mosaik beisammen und bildeten mit anderen Männern flüchtige Gruppen in Begrüssung und Gespräch. Matitjahu behandelte mich sanft, mit einer gewissen grossäugigen Scheu, wie man sie gegenüber einem Amulett oder magischen Glücksbringer an den Tag legt: er sah in meinem Poem *Kitharaspieler* und dem glücklichen Ausgang der Tempelmauer-Affäre den Beginn seines Aufstiegs am Hof. Wir verabschiedeten uns vor dem Portal der Synagoge, das weniger prunkvoll gehalten war als das innere Gebäude, auf der vormittäglich belebten Gasse. Auf Anraten der Synagogenvorstände vermieden wir es, lange vor dem Gotteshaus stehenzubleiben. Halityrus genoss grosse Popularität, manchmal entstand ein Menschenauflauf, eine Ansammlung von Strassenjungen, die schreiend den berühmten Tragöden umringten. Neuerdings begannen wir solche Ansammlungen zu fürchten, da sie ins Aggressive übergehen konnten, in Angriffe auf Landsleute, besonders solche, die verdächtigt wurden, Christiani zu sein.

Daher zerstreuten wir uns und gingen in verschiedene Richtung auseinander, um uns dann oft die ganze Woche nicht zu sehen. Wir ahnten, dass unsere Überbürdung mit Geschäften, die Eile, in der sich unsere Begegnungen abspielten, die Hast und Konfusion, die in unser Leben eindrangen, bereits Zeichen der Auflösung waren, doch wir wussten keinen Weg, ihnen zu wehren. Meist traf sich die ganze Familie nach dem Gottesdienst in meines Schwiegervaters Haus, um gemeinsam zu essen. Langsam bewegten wir uns durch die Gassen des Viertels, die unvermeidlichen Prätorianer voran, von Passanten beobachtet, was uns unwillkürlich eine gewisse Steifheit auferlegte, eine früher unbekannte Scheu in Umgang und Gespräch. Auch bei Tisch ging es förmlicher zu, immer mehr Menschen sassen an der langen, blumenbestreuten Tafel, die von Silber, Kristall und Murrha erglänzte, und an der nicht mehr wie früher lebhaft gesprochen wurde, sondern die Worte wägend, mit halber Stimme. Jacobus, seit er Ritter war und eine prominente Figur unter den Juden Roms, hatte meist Gäste zum Essen, solche, die diese Einladung als Ehre betrachteten und daher befangen auftraten, oder solche, denen wiederum er besondere Behutsamkeit im Umgang angedeihen liess.

All das nahm unserem familiären Beisammensein die frühere Heiterkeit und Offenheit, wandelte unmerklich den Stil des Hauses, veränderte auch uns. Wie üblich, fielen mir die Veränderungen eher bei den anderen auf als bei mir. Ich sah Jacobus, deutlich älter geworden, gewichtig und würdevoll, Alexander mit einem unübersehbaren Zug von Eitelkeit im Gesicht, die Zwillinge mit ersten Anzeichen von Enttäuschung und Abwendung. Spürbar umgab unser Beisammensein eine geheime Traurigkeit, über die zu sprechen unmöglich war, weil es für so schwebend Atmosphärisches kaum Worte gibt, weil wir vermutlich in Streit geraten wären über die Benennung des unheimlichen Vorgangs, erst recht über seine Ursachen, die jeder woanders sah. Unwiderbringlich ging etwas dahin, wir hätten kaum sagen können, was, aber dieses Dahingehen machte, dass uns beklommen zu Mute war. Wenn wir später am Tag nach Hause gingen, drückte ich Jedidah an mich und küsste sie durch ihre Schleier auf Wange und Haar, voller Sorge um unser ungeborenes Kind.

Und das menschliche Herz soll von ihm genommen und ein tierisches Herz soll ihm gegeben werden, und sieben Zeiten sollen über ihn hingehen …

Bald zu Beginn des folgenden Jahres, dem Jahr der Konsuln Memmius Regulus und Verginius Rufus, genas die Kaiserin eines gesunden Kindes, einer kleinen Augusta. Wie vom kaiserlichen Paar gewünscht, kam das Töchterchen in Antium zur Welt, der unweit von Rom gelegenen Kolonie am thyrrenischen Meer mit den bekannten Sandstränden und Palmenhainen. Hier besass die kaiserliche Familie Villen, schon Neros Onkel Caligula war in einer von diesen geboren worden – er liebte den Ort zeitlebens und beabsichtigte sogar, den Regierungssitz von Rom dorthin zu verlegen – und später Nero selbst. Senat und Hof eilten nach Antium, um die junge Familie zu feiern. Hunderte Grosse nebst nach Tausenden zählendem Anhang machten sich auf den Weg, zu Pferd, per Sänfte oder im Reisewagen, und auch von mir, als kaiserlichem Freund, wurde erwartet, mich dort zu zeigen.

Es nicht zu tun, wäre Wahnwitz gewesen. Die Unglücklichen, denen der Kaiser den Empfang verweigerte, galten als demnächst in Ungnade Gefallene, etwa der Senator Thrasea Paetus, einer der wenigen Kritiker von Neros Lebensstil. Der überraschende Tod des Freigelassenen Doryphorus, des Eunuchen Posides oder der Brüder Pallas und Felix hatte jedem in Rom von neuem ins Gedächtnis gerufen, dass heute Mächtige morgen Gefallene sein konnten, und seither war es unerlässlich, sich immer von neuem als in des Herrschers Gnade zu erweisen. Ich fuhr nicht gern nach Antium, meine eigene Frau kurz vor der Niederkunft wissend, und benutzte das schnellste verfügbare Verkehrsmittel, den von vier Pferden gezogenen Reisewagen meines Schwiegervaters, in dem ich nachts auf gutgehaltenen Reichsstrassen rasch vorankam.

Ich traf den Kaiser von zahlreichem Gefolge umringt. Dutzende Senatoren waren um ihn wie Schwärme grosser weisser Vögel, und wenn er sich von der Tafel erhob, um die Wöchnerin in ihren Räumen zu besuchen, ging es wie Flügelrauschen durch den Saal, weil so viele Togaträger mit ihm aufstanden und die weiten Zipfel ihrer

Gewänder um sich schlugen. Für mich hatte er nur einen Augenblick Zeit, nahm mich aber persönlich zur Kenntnis, was nicht jedem in diesen hochgemuten Tagen widerfuhr. Wir wechselten keine drei Sätze, ich fand sein Auge fiebrig glänzend, seine Stimme schrill, er sprach von einem Jahrhundertereignis, das ihn künstlerisch inspiriere wie keines zuvor, und kündigte die baldige Aufführung des *Kitharaspielers* an. Er verabschiedete mich mit einem erregt ausgerufenen »Halte dich bereit!«, das viel bemerkt wurde und dessen Kunde noch vor mir selbst in Rom eintraf und in meiner nächsten Morgenaudienz eine Flut von Besuchern auslöste.

Umgehend fuhr ich zurück, froh über die schnellen Pferde meines Schwiegervaters. Und hatte gut daran getan, denn Jedidah kam schon am folgenden Tag nieder. Eine judäische Hebamme war bei ihr und der Arzt Shimeon ben Levi, dessen zuversichtliche Ausstrahlung ihr wohltat. Jedidah hatte bis zum Ende der Schwangerschaft fast unbeeinträchtigt gewirkt und schien auch nach der Niederkunft weniger geschwächt als ich gefürchtet hatte. Wir waren gerührt über die blauen Augen unseres Töchterchens, eine Farbe, die sich auch später nicht verlor. Doch wurde es eher Jedidahs Blau als meins, ein Hellblau mit leichtem Hang, sich ins Grau-Silberne zu verdunkeln, je nach Lichteinfall oder Laune, wie das Halsgefieder wilder Tauben, während meine Iris die schwere, oft bei Rotblonden anzutreffende Farbe von Kornblumen hat. Wir nannten die Kleine Miriam nach meiner seligen Mutter.

Die kommenden Wochen waren ausgefüllt von unserer Teilnahme an den Lebensäusserungen des wunderbaren Geschöpfchens. Wir fanden an diesem unbegreiflichen Wesen alles zum Menschsein Nötige, Fingerchen mit Nägeln, ein rosiges Zünglein, wohlgeformte Öhrchen, spielzeughaft, puppenzart, wie hingehaucht und dabei lebenstüchtig. Es erfüllte uns mit Ahnung von der unermesslichen Grösse des Schöpfers, wenn wir die kaum nachvollziehbare Feinheit all dieser Bildungen betrachteten, zumal der unsichtbaren im Inneren des Kindes, und dass sie samt und sonders – Gesundheit und ausreichende Ernährung vorausgesetzt – zu der bei Erwachsenen üblichen Grösse gedeihen würden, von selbst, auf eine unseren Sinneswahrnehmungen sich entziehende Weise.

Und obschon dieses Wachstum mikrokosmisch vonstatten ging und uns immer wieder in der Täuschung wiegte, das dauernd beobachtete Wesen sei, wie es sei, standen wir doch, in unregelmässigen Abständen, vor verblüffenden, ins Auge springenden Veränderungen. Die Proportion des Gesichtchens hatte sich scheinbar über Nacht gewandelt, so dass plötzlich der Ausdruck ein neuer und anderer war, Ohren oder Nase zeigten sich spürbar grösser, die Haare gewachsen oder später erste Zähnchen, ganz zu schweigen von den unsere Herzen tief berührenden Fortschritten des Wunderwesens im Uns-Erkennen und Sich-uns-Zuwenden, im Blicken, Lächeln und Hervorbringen versuchsweise uns anredender Laute.

Zudem war Frühling. Das erste Jahr unserer Ehe hatte sich gerundet, ehe es uns recht bewusst geworden, und wäre nicht unsere kleine Tochter gewesen, hätten wir es womöglich nicht geglaubt. In meinem Garten war alles am Grünen und Blühen, sich Öffnen, Duftverströmen und Hervorschiessen aus winterlich verschlossener Hülle. Starre Zweige belaubten sich unverhofft, lang verborgene Pflanzen zeigten von neuem die vergessene Pracht ihrer Blüten. Stundenlang sassen wir mit unserem Töchterchen in der Laube im Peristyl oder lustwandelten, von den jungen Tanten und Onkeln umgeben, in Jacobus' Park am Tiberufer. Und hier, auf dem zum Flusse sich erstreckenden Rasen, stand eines Tages ein weisser Ritter vor mir, ein Bote des Kaisers, und überreichte mir ein Wachstäfelchen, das der Idylle ein jähes Ende bereitete. »Erwarte dich morgen«, stand dort in der bekannten fahrigen Handschrift, »letzte Proben zum *Kitharaspieler*. Vorher gut ausschlafen! N.C.C.«

Seufzend zeigte ich Jedidah, was ich erhalten, und wurde getröstet, einige Minuten jedenfalls, denn die Aufmerksamkeit der jungen Mutter galt gleich wieder unserem Kind. Ich überlas das Täfelchen mehrmals. Das »Vorher gut ausschlafen« liess auf scherzhafte Stimmung schliessen, auf heiteres Erinnern unserer letzten Begegnung. Nicht jedem war solche Gnade vergönnt, andere empfingen in diesen Tagen – und gleichfalls für sie überraschend – Botschaften ganz anderen Inhalts. Wir hatten uns Hoffnungen gemacht, eine Weile von der kaiserlichen Aufmerksamkeit verschont zu bleiben, mehrmals hatte ich Jedidah ein wenig wunschträumerisch auseinandergesetzt, dass die angespannte politische Situation den Herrscher noch einige Zeit beanspruchen werde. Besonders die Lage an der parthischen und armenischen Front gab meinen Hoffnungen Auftrieb, wo der Feldherr Domitius Corbulo ausserordentliche Vollmacht erhalten hatte, ein sogenanntes *imperium maius* über den gesamten vorderen Orient, was auf ernste Entwicklungen schliessen liess. Tatsächlich musste der Kaiser selbst in die armenische Affäre eingreifen, vor allem, um innerrömische Streitigkeiten zu schlichten, Rivalitäten zwischen seinem Feldherrn Corbulo und dem kaiserlichen Legaten in Antiochia, Ummidius Quadratus. Wenn aber die hierin bezeigte Anteilnahme auch deutlich über Neros übliches Mass hinausging, konnte ihn die politische Lage nicht lange von der selbstgefühlten Berufung seines Daseins abhalten, und so kehrte er, kaum dass die armenische Kampagne unter dem Kommando des Domitius Corbulo Erfolg verheissende Gestalt annahm, erleichtert zu seinen Wasserorgeln, Lyren und Lauten zurück, zu seinen Ballettstunden bei Paris und zur Inszenierung des *Kitharaspielers*.

Diese betreffend, erhielt ich selbigen Tags, kurz vor Einbruch der Nacht, ein Handschreiben meines Freundes Halityrus. Der Schauspieler sandte seinen neuen Sekretär, Matitjahus Nachfolger, als Überbringer, was besondere Vertraulichkeit der Mitteilung bedeutete, zugleich die Aufforderung, das Schreiben sofort nach Lektüre zu vernichten. Mit klopfendem Herzen las ich die unerfreuliche Wahrheit über das demnächst zur Aufführung gelangende Poem. Wie immer hätte der Sänger, schrieb Halityrus, etwas Neuartiges aus dem ihm vorliegenden, in diesem Fall von mir verfassten Text »herausfiltriert«, ich solle mich innerlich darauf gefasst machen und nicht das leiseste Zeichen von Überraschung oder verletzter Autoreneitelkeit zeigen, im Gegenteil bewundernde Ausrufe hören lassen und Versicherungen, wie sehr das Gehörte meine Erwartungen übertreffe. Er, Halityrus, werde anwesend sein, aber keine Gelegenheit finden, mich zu begrüssen. Der Sänger erweise sich, da ich der Urheber des zur Aufführung gelangenden Poems sei, als besonders empfindlich, was jede, auch nur andeutungsweise Huldigung an mich beträfe; am liebsten hätte er mich gar nicht zur Probe, nicht einmal zur Aufführung eingeladen, wüsste er nicht, dass darin ein Zeichen von Schuldgefühlen gesehen werden könnte. Ich lass diese Botschaft kein zweites Mal, sondern hielt sie ungesäumt in die blakende Flamme, Halityrus von Herzen dafür dankbar.

Früh am nächsten Morgen küsste ich Jedidah und mein Töchterchen und stieg in die Sänfte. Neros Botschaft hatte keine Zeitangabe enthalten, ich musste mich also von seinem Aufstehen an bereithalten, da er es fertigbrachte, gleich nach der Morgenaudienz, sogar mitten aus dieser heraus, mit Theaterproben zu beginnen. Gesetzt, er hatte keine allzu wichtigen Morgenbesucher, konnte er diese in Minutenschnelle abfertigen und ins Ampthitheater eilen – wehe mir, wenn ich dann nicht zur Stelle war. Ein Prätorianer brachte mich ins Atrium des Durchgangshauses, wo ich mich unter den auf die Morgenaudienz Wartenden wiederfand. Wie mir ein Kammerherr mitteilte, flüsternd und mit gerunzelter Stirn, war die gesamte Audienz durch eine Gruppe Militärs aufgehalten worden, welche unvorhergesehen, unter Führung eines Tribunen aus senatorischem Haus, erst diese Nacht vom armenischen Kriegsschauplatz eingetroffen war und vor allen anderen Vorlassung beim Kaiser erhalten hatte.

Wirklich fand ich Atrium und Wandelhallen voll wartender Menschen, darunter hohe Würdenträger, die auf Marmorbänken, in unbequemen Sitzhaltungen, den Kopf an die nächste Wand oder Säule gelehnt, den versäumten Morgenschlummer nachzuholen versuchten. An einem Hof wird der grösste Teil der Zeit mit Warten verbracht, und wer mit Geduld und heiterer Miene dazu imstande ist, wer möglicherweise sonst nichts zu tun hat, wen es nirgendwo hindrängt und wer sonst nichts will, dem ergeht es wohl. Der ehemalige Konsul Clodius Eprius schlenderte umher, ein breites Lächeln im Gesicht, damit jeder sah, wie glücklich er sei, auf den göttlichen Herrscher warten zu dürfen und koste es ihn den ganzen Tag, den morgigen dazu und alle Zeit seines Lebens. Er war der erste, der mich anredete, jovial, wortreich, in Wohlgerüche gehüllt, meine

Rechte schraubstockartig umklammernd, um mir in aller Ausführlichkeit von seinem Neffen zu erzählen. Dieser war vor wenigen Wochen an die armenische Front abgereist, wo er ein Kommando als *tribunatus laticlavius* erhalten hatte, als Offizier zur besonderen Verwendung des Feldherrn Corbulo selbst. Während ich Worte herzlicher Gratulation murmelte, sah ich Tigellinus in nächster Nähe vorübergehen, und das wohlwollende kleine Winken, mit dem dieser mich bedachte – mich oder uns, denn Clodius Eprius war sein Freund –, wurde allgemein bemerkt und löste eine Reihe weiterer Ansprachen aus, so dass ich nicht mehr dazu kam, mich zu setzen.

Eben stand ich mit Cluvius Rufus im Gespräch, dem schriftstellernden Senator und Freund erster Vorlassung, der mir von den Fortschritten seiner Geschichte der Theaterkunst erzählte, als die schweren, goldgewirkten Vorhänge, die zu den Morgengemächern des Kaisers führten, von unsichtbarer Hand auseinandergerissen wurden, worauf ein Schwarm von Kammerherren und Hofleuten aus der Öffnung stob, gefolgt vom Kaiser und einer Gruppe militärisch aussehender, solide auftretender Männer. Unter Schulterklopfen, klirrenden Geräuschen, hochgerissenen Armen und brüllend hervorgestossenen Worten nahm man Abschied, der Kaiser neigte dem Tribunen die Wange zum Kuss, und schnellen, doch festen Schrittes entfernten sich die Offiziere über den spiegelnden Marmor, mit Mienen, als würden sie sich draussen auf Pferderücken schwingen und unverzüglich, ohne Frau, Kinder oder Eltern gesehen zu haben, an die Front zurückreiten. Dem war nicht so, eine solche Abordnung bedeutete Urlaub in Rom, tagelanges Verweilen in den Palästen der Familien, wo es Empfänge, Abendessen und die Freuden der Heimat zu geniessen gab, und dennoch überliessen wir uns gern der Täuschung, die der entschlossene Abgang der Männer ausgelöst hatte.

Der Kaiser stand breitbeinig, ihnen nachwinkend, mitten im Atrium und zeigte eine Miene, als wollte er sagen: Seht, was für tapfere Soldaten ich habe, alles steht bestens. So waren es denn gute Nachrichten, die der Militärtribun überbracht, und Wellen der Erleichterung verbreiteten sich durch die weiten Hallen. Mancher, der ein Anliegen hatte, begann zu hoffen. Der Kaiser, sichtlich guter Laune, schien sich auf etwas besinnen zu wollen, er stand, eine Hand am Kopf, zerstreut und unschlüssig. Offenbar war er bisher von seiner Morgentoilette abgehalten worden, er wirkte zerzaust und plieräugig, seine Gesichtshaut entbehrte der Frische, und das Kleidungsstück, das er trug, eine unordentlich geraffte Tunika aus goldschimmernder Seide, bestickt mit kleinen Sternen und Monden, konnte durchaus ein Nachthemd sein. Für die Dauer einer Sekunde sah es aus, als erwäge er, ob er sich vielleicht waschen und herrichten lassen solle, doch dann siegte die Neugier auf den bevorstehenden Tag, seine verschwollenen Augen irrten suchend über die Gesichter, glitten mit kränkender Beiläufigkeit über die meisten von ihnen und entdeckten irgendwo im Gedränge denjenigen, den er zu sehen verlangte. Ein Wink, man trat auseinander, um dem Erwählten Platz zu machen, eine grosse, schlanke Gestalt in weisser Toga glitt in einigen weitausholenden Schritten nach vorn, und wie sie die Freiheit des offenen Marmorbodens gewann, erkannte ich, dass es Halityrus war. Kaum stand dieser neben ihm, hörte ich meinen Namen rufen, und beeilte mich, aus der Gruppe, die mich den kurzsichtigen Augen verborgen, herauszutreten.

»Liebe Freunde«, rief der Kaiser, nachdem er Halityrus und mich bei den Unterarmen erfasst hatte, in Höhe unserer Pulse, beiläufig, doch besitzergreifend, »liebe Freunde, verzeiht eurem von tausend Angelegenheiten belagerten Caesar, wenn er die Audienz für heute beenden muss. Ihr habt gesehen, wer eben bei mir war, grosse Nachrichten wurden uns überbracht, in Asien erheben sich siegreich die adlergeschmückten römischen Standarten! Gehet durch die Stadt und verkündet allen, was ihr gehört. Und entschuldigt mich, denn meiner harrt dringende Arbeit.«

Und er lief einfach los, ohne auf seine Begleiter zu warten, den Ritter der Leibwache und den *procurator a cubiculo,* lief los in seinen perlenbestickten, hochhackigen Pantoffeln, etwas unsicher und bei manchem Schritt schlitternd, aber unaufhaltsam und mitreissend. Halityrus und ich waren durch eine stumme Handbewegung aufgefordert worden, zu folgen. In seiner eiligen, zusammenhanglosen Art stellte mir der Kaiser zwei, drei Fragen zur Betonung und

Metrik gewisser Endzeilen, forderte mich auf, klassische Beispiele zu zitieren, summte sie nach. Dabei verringerte er sein Tempo nicht, eilte vorwärts, zwang auch uns zu eiligem Schritt. Wir liefen durch endlose Kolonnaden, vor uns ein riesenhafter Prätorianer, der sich irgendwo aus einer Wandnische gelöst hatte, als er den Kaiser so unbewacht vorbeilaufen sah. Doch wir bewegten uns nicht, wie zu erwarten gewesen, in nördlicher Richtung, wo das Amphitheater lag, sondern südwestlich, durch die Säulengänge am äussersten Rand der Palastanlage.

Minutenlang meinte ich, der Kaiser müsse sich in seinem Ungestüm verlaufen haben, bis mir ein kaum merkliches, wissendes Lächeln in Halityrus' Gesicht verriet, dass dieser im Bilde war, wohin es ging. Als der Schauspieler meinen fragenden Blick bemerkte, klappte er seine Lider über den kugelig vorstehenden Augen mehrmals rasch auf und zu, wie ein Mensch, der eine unstatthafte Regung verbergen will, in diesem Fall vermutlich Belustigung. Der korpulente Mann vor uns bewegte sich in grosser Geschwindigkeit auf seinen unsicheren Schuhen, mit unter der dünnen Tunika sichtbar auf- und abwogendem Hinterteil, steifem Rücken und zitterndem Nacken, an dem das Halstuch verrutscht war, seine Arme hielt er in Höhe der Hüften angewinkelt. Wir sahen weiter hinten, gegen Ende der Kolonnade wiederum Prätorianer stehen, breitbeinig, die Lanzen fest auf den Boden gestemmt, in Zutritt versperrender Haltung wie vor den verbotenen Zonen des Palastes, den inneren Gemächern der Kaiserin oder Neros Schlafgemach. Auf den rauhstimmigen Ruf ihres vor uns herlaufenden Kameraden sprangen sie, eben noch rechtzeitig, zur Seite, um dem auf sie zu eilenden schweren Mann die Bahn freizugeben.

Dieser schwenkte kurz darauf seitlich ab, zwischen zwei Säulen, die auf den ersten Blick wie alle aussahen, sich dann aber als gekennzeichnet erwiesen, durch eine Urne, aus der Rauch aufstieg und in dünnen Schwaden in den Säulengang wehte. Zurufe empfingen den Kaiser aus einem höhlenartigen düsteren Raum, dessen aus groben Felsbrocken gehauener Eingang sich hinter den Säulen verbarg, und der sich nach Süden, wo man eigentlich die Grenzmauer der Palastanlage vermutete, in ein ungewisses Abwärts und Halbdunkel öffnete. Stufen führten in ein nur von Fackeln beleuchtetes Gewölbe, in dem mehrere vermummte Personen auf den Kaiser zu warten schienen. Kaum eingetreten, wurde ihm etwas übergeworfen, das ihn in derselben Weise umhüllte wie die Wartenden, doch geschah die Vermummung, soviel ich sehen konnte, nicht wirklicher Unkenntlichmachung wegen, eher in Erfüllung eines rituellen Gebots, und je mehr sich meine Augen an das fackelflackernde Halblicht gewöhnten, umso erstaunter erkannte ich hier und da, an unverwechselbaren Einzelheiten, unter den Kapuzen vertraute Züge. Da war die gebogene Nase des Gaius Petronius unter willensstark sich spannender Braue oder das feiste Kinn des jüngeren Vitellius, das kantige Untergesicht des Salvius Otho und der tiefrote Mund des Dichters Lucanus. Gebückte Männer brachten dem Kaiser eine Kopfbedeckung im persischen Stil, kuppelförmig ragend und gerundet, die er sich, von hilfreichen Händen assistiert, aufsetzte, wobei seine vom Fackellicht beschienenen Züge einen Ausdruck von Ergriffenheit und Wichtigkeit annahmen. Ein paar Nachzügler trafen atemlos ein und polterten die grob behauene Treppe hinab, wurden aber vom Zischen der Versammelten zur Ruhe gemahnt. Ich erkannte die Senatoren Clodius Eprius und Cluvius Rufus, die ich eben noch, auf ihre Audienz wartend, im Vestibül des Palastes gesehen hatte, und die sich nun gleichfalls Überwürfe um die Schultern legen liessen, von Dienern, die mit stumm-wissenden Mienen hier unten walteten. Auch der verzweifelt keuchende Vorsteher des Hofamtes *a cubiculo* und der diensthabende Ritter der Leibwache trafen ein, vom Kaiser mit einem unguten Seitenblick bedacht, aber durch ihren Dienst zu ständiger, auch unwillkommener Nähe verpflichtet. Und während von drinnen, aus dem tieferliegenden Gewölbe, das rhytmische Rasseln asiatischer Lärminstrumente zu hören war, das düstere Tüdelü tiefgestimmter Blasrohre und das dumpfe Bum-Bum-Bum eines gegen Metall schlagenden weichen Klöppels, während die Freunde den Kaiser in einstudierter, zeremonieller Anordnung umringten und der Zug der Mantelträger die Stufen abwärts zu schreiten begann, nicht ohne banges Räuspern hier und da oder nervös über den Stoff streichende Hände, geleitete ein Diener die nicht zum Eintritt Aufgeforderten,

Halityrus, mich und den Beamten *a cubiculo*, zu einer in die Wand des Vorraums eingelassenen steinernen Sitzbank, während der Ritter der Leibwache, die Hand am Schwertgehänge, nahe der flakkernden Öffnung breitbeinig Aufstellung nahm.

Es dauerte eine Weile, bis alle Mantelträger im unteren Gewölbe verschwunden waren, in der rotleuchtenden, halbrunden Tür, die an ein Herdloch denken liess, an den glühenden Ofen, den die persischen Könige unterhielten, in dauerndem Duftbrand, als heiligen Rauchspender, doch gleichermassen, um lebendige Menschen hineinzuwerfen, wie uns die Geschichte Chananjas, Mishaels und Asarjas übermittelt – oder, in ihren persischen Namen, Shadachs, Mejshachs und Aved Negos –, der berühmten Jünglinge im Feuerofen. *Aton nora jakid'ta* hiess das hitzesprühende, menschenlüsterne Monstrum im aramäischen Urtext, »Ofen fürchterlich flammend«, und wie in dieser jahrhundertealten Überlieferung lärmerzeugende Instrumente eine Rolle spielen, zur Untermalung des Feuers auf anderen Wahrnehmungsebenen, tönten auch hier aus dem feurig leuchtenden Loch *karna, mashrokita, kaitros* und andere, in welcher Reihenfolge sie im aramäischen Manuskript aufgeführt sind.

Auf diese Weise schweiften meine Gedanken ab, ich überliess mich, stimuliert vom erregenden Prasseln und Rasseln, Flöten und Flackern, unterhaltsamen Träumereien, die bei mir nicht selten ins sprachlich Spekulative führen. *Kaitros* war das Wort, dem ich nachhing, eine persische Form des heute gebräuchlichen Wortes Kithara. Diese nochmalige Verbindung zwischen dem dort unten in Feuer und Rauch sich Vollziehenden und dem Dasein des römischen Herrschers Nero Claudius Caesar berührte mich tief. Sie gemahnte an die ungeheuren, alles ergreifenden Einflüsse der östlichen Kulturwelt, an den geheimen »Sieg der unterworfenen Völker«, vor dem um römische Sitte Besorgte immer wieder warnten, die Emanationen griechischer und noch fernerer Landschaften, die sich hinter dem legendären, das klassische Attika nach Osten abgrenzenden Höhenzug Kithairon ins schier Unendliche erstreckten – und war nicht das Wort Kithairon vom selben Stamm wie Kithara? –, wobei »nach Osten« hiess: nach Syrien, nach dem alten Meder- und Perserreich, jedoch auch nach Süden, nach Phönizien, Judäa, Ägypten und weiter in nur teilweise unterworfene, offene, in Wüste übergehende Länder.

Dieses »nach Osten« hatte in römischen Ohren niemals den Klang von Beunruhigung und Gefahr verloren, eben erst war ein von dort entsandter Militärtribun beim Kaiser gewesen und hatte vom neuesten der niemals endenden Kriege berichtet. Doch zugleich hatte sich um den Born der Besorgnisse mancher verklärende Schleier gelegt, der Osten, so wild er sein mochte, galt als romantisch und modisch, *insolitus, novus, elegans*. Um einander Reichtum vorzuführen, prunkten vornehme Römer mit orientalischen Luxuswaren, chinesischer Seide und ägyptischem Byssus, räucherten Haus und Hallen mit östlichen Wohlgerüchen, für die sie Unsummen zu zahlen bereit waren: ein Pfund Malabthron – von der Halbinsel Malakka über Syrien eingeführt – konnte bis vierhundert Denare kosten, Zimtsaft oder Nardenöl noch mehr. Balsam aus Judäa war fast unerschwinglich. Die Preise für Perlen gingen ins Wahnsinnige. Man fand es *delicatus*, sich für östliches Geglitzer und Geschimmer, für Düfte und Köstlichkeiten zu ruinieren. »Fasanen aus dem fernen Kolchis sind gefragt, das afrikanische Geflügel schmeckt uns besser«, zitierte einst der Senator Petronius bei einem Essen am Kaiserhof – einen Vers, von dem ich bis heute nicht sagen könnte, woher er stammt (doch Petronius' Kenntnis entlegener literarischer Quellen war sprichwörtlich), und dessen spöttischen Unterton niemand bemerken wollte: einhellige Zustimmung schlug dem Sprecher entgegen wie selten. Vergebens warnten patriotisch Empfindende vor dem ungeheuren Goldabfluss in den Orient, der über kurz oder lang das römische Münzwesen entwerten, das Wirtschaftssystem unterhöhlen, die militärischen Eroberungen des Reiches auf schleichend-rachsüchtige Weise dahinraffen werde …

»Was machen sie da unten?« fragte ich den gleichfalls vor sich hin träumenden Halityrus auf der Steinbank neben mir.

Halityrus klappte mit den Augendeckeln, worauf der träumerische Ausdruck aus seinem Gesicht verschwand. Dann fragte er seinerseits, jedoch vorsichtshalber auf hebräisch: »Findest du nicht auch, dass es im Hofamt *a cubiculo* zu viele Schwachköpfe gibt?«

Der Prokurator des Amtes, von dem die Rede war, sass unweit auf der selben Bank, ohne irgendeine Reaktion zu zeigen. Halityrus beobachtete ihn scharf. Er hatte auch den lateinischen Hoftitel ins Hebräische übertragen, recht poetisch übrigens, indem er ihn »Hüter des Schlafgemachs« nannte. Als er sich auf diese Weise vergewissert hatte, dass der Beamte unsere Sprache nicht verstand, fügte er hinzu: »Sie huldigen dem Stiertöter.«

»Dem goldenen Kalb?« fragte ich.

Halityrus lächelte. »Etwas in dieser Art.«

Meine Frage hatte geklungen, als sei sie nichts als ein Scherz, um uns in dieser düsteren Höhle aufzuheitern. Doch war sie nicht beziehungslos. Ich ahnte, dass Halityrus von Mithras sprach, dem persischen Licht- und Beschützergott, der zugleich als Gott der Rinder und der Weiden galt. Er stammte aus Landschaften noch östlicher als Persien, aus dem Lande Hodu hinter dem Indus, das nicht einmal der grosse Alexander zu gewinnen vermocht hatte und das auch unsere Bücher als äusserst abgelegene, hinter schlammigen Wassern und dunstigen Höhenzügen nebelhaft verborgene Gegend erwähnten. Mithras, Gott der Klarheit und Besieger der Finsternis, Bewahrer der Verträge, Drachentöter und Schirmherr der Unrecht vergeltenden Männerbünde, hatte sich im Laufe der Jahrhunderte mit persischen Göttern vermischt, später mit griechischen, etwa dem Sonnengott Helios, der gleich ihm grosse Rinderherden besitzen sollte, schliesslich sogar mit römischen wie dem Sol invictus, der die Quadriga am sonnigen Himmel der Sieger lenkte, und war dieserart unwiderstehlich gen Westen gewandert, vom fernen Hodu herüber nach Persien, Kleinasien, über die griechischen Inseln, durch italische Lande und endlich nach Rom, in die Hauptstadt der Welt. Einem Altgläubigen wie Seneca bereitete dieses Vordringen Sorge, weil es einen das Imperium schwächenden Einfluss bedeutete. Dennoch war sein Schüler Nero ein glühender Mithras-Verehrer geworden, ein Eingeweihter in die Mysterien der asiatischen Gottheit.

All dies berichtete mir Halityrus, während wir wartend in der dämmerlichtigen Höhle sassen. Mithras sei, einem der zahllosen ihn begleitenden Mythen zufolge, in einer Berggrotte geboren worden, weshalb man sich bemüht habe, das kaiserliche Mithräum in diesem

Stil einzurichten. Selbstredend vermied er jedes lateinische oder griechische Wort, nannte Helios den »glühenden Rosselenker« oder Sol den »Fahrer im Viergespann«, treffend gewählte Metaphern, ähnlich treffend wie die Gesten, deren er sich als Schauspieler auf dem Theater bediente und für die er im ganzen Reich verehrt wurde. Er liess mich wissen, dass die hier Versammelten eigentlich die Sodales Augustales waren, das hochadelige Priesterkollegium zur Apotheose des Augustus, dem traditionell die Kaiser und Kaisersöhne des julischen Hauses angehörten, ihre Freunde und ausgewählte Grosse der ältesten Familien, welche allesamt der Mode Rechnung getragen und den Gegenstand der Anbetung vorübergehend gewechselt hatten. Auch diesen lateinischen Namen umschrieb er, indem er die Augustalen »die mit der Versorgung des Efeus Betrauten« nannte, worin eine ihrer rituellen Aufgaben bestand. So unterhielten wir uns, während aus der feurigen Öffnung griechische Rufe tönten, zuerst von einer Einzelstimme, dann dumpf von den dort Versammelten wiederholt, wozu das Rasseln des Sistrums zu hören war, das Gedudel tiefgestimmter Bläser, das dumpfe Bum-Bum-Bum des weichen Schlegels auf Metall.

»Höre, du Weitschauender, immer Wachender, Tausendäugiger ...«, klang es rhytmisch rufend herauf, dazu wurde geklopft und getrommelt, ein anschwellendes, ohrenbetäubendes »Uuuh!« war zu hören, worauf Schweigen folgte und minutenlang nichts zu hören war als das Flackern des Feuers. Die Rasseln und Flöten begannen von neuem, wir meinten, das Geräusch im Takt aufschlagender Schuhsohlen zu vernehmen, schneller und schneller, als würde dort unten getanzt.

»Du mit dem starken Arm! Vergelter des Unrechts! Hüter des Lichts!« rief eine Stimme, und leidenschaftlich fielen die anderen ein: »Duuu ... Duuu mit dem starken Arm ...«

»Früher muss es bei ihren eigenen Kulten ähnlich lebhaft zugegangen sein«, sagte Halityrus, »nach allem, was ich von unserem Sänger über die Rituale der Arvalienbrüder hörte. Doch es scheint, als hätten sie es zu sehr reguliert, zu sehr zu etwas Pragmatischem werden lassen. Heute wirkt es wie ein ein kontrollierter Mechanismus. Wenn man etwas von den Göttern will, eine gute Ernte,

Glück für die Reise oder einen erfolgreichen Krieg, erinnert man sich ihrer und opfert.«

»Man sagt so«, erwiderte ich. »Dennoch ist mein Eindruck, dass die einfachen Leute nach wie vor daran glauben.«

»Ja, das Volk glaubt noch an die Götter. Lassen wir uns nicht davon irreführen, dass es am Hof zur Formalität geworden ist. Der Caesar ist zugleich der höchste Priester des Reiches, auch das geschieht mechanisch, selbst wenn es ihm wenig oder nichts mehr bedeutet. Unser Sänger zum Beispiel wechselt die Götter wie die Tunika. Als Hohepriester der Staatsreligion lässt er nach aussen das Nötige tun. Aber wenn ihm, wie jetzt, die Gesundheit der kleinen Augusta am Herzen liegt, wendet er sich lieber an den persischen Stiertöter.«

»Verrückt«, murmelte ich. »Dabei führen sie dort Krieg ...«

»Noch verrückter: er verfolgt die Sekte des Nazareners unter dem Vorwurf ausländischen Aberglaubens. Und er selbst? Vernimmst du die Stille? Weisst du, was sie jetzt dort unten machen? Sie schlachten einen Stier über einem Eisenrost, und darunter sitzt unser Sänger in einem Blutregen und wird so gegen die dunklen Mächte gefeit.«

Ich schwieg. Tatsächlich war mir gewesen, als hätte ich von unten gedämpftes Gebrüll gehört, das Gebrüll eines Tieres in Todesnot. In Halityrus' Stimme, als er vom Kaiser sprach, war ein Unterton, der mich beunruhigte. Der Schauspieler stand Nero seit Kindesbeinen nahe, hatte mit ihm die schweren Jahre der Ungnade unter Caligula geteilt, die Armut im Haus von Neros Tante Domitia, dann Aufstieg, Ruhm und Glück. Nie hatte ich ihn feindlicher Regungen gegenüber seinem Kinderfreund für fähig gehalten, nie kritischerer Töne als leiser Ironie. Ich war überzeugt, dass er und Nero einander liebten. In kalter Verachtung schien mir jetzt sein Blick auf die feuergelbe Tür gerichtet. Sein Gesicht, im tanzenden Licht der Fackeln, war leicht verzerrt.

»Sei vorsichtig, Bruder«, sagte ich.

»Sei vorsichtig ...« wiederholte er leise. »Eure Vorsicht ist nichts als Feigheit. Sie fangen an, unsere Leute umzubringen. Sie stimmen sich aufs grosse Morden ein. Blutsäufer sind sie ...«

»Die Sekte wird verfolgt«, gab ich ebenso leise zurück. »Was können wir tun? Sie haben gegen römische Gesetze verstossen.«

»Das lässt sich jedem nachsagen. Auch dir und mir.«

»Du meinst, es ist nicht der wahre Grund?«

»Nein. Er hasst die Christiani, weil sie das, was in unseren Büchern steht, nach Rom tragen wollen.«

»Dann gilt der Hass in Wahrheit uns.«

»Sie machen keinen Unterschied«, sagte Halityrus. »Es wird uns alle treffen, wenn wir zulassen, dass eine Gruppe von Menschen, nur weil der Mehrheit etwas an ihnen nicht passt, zur Opferung freigegeben wird.«

Der Prokurator *a cubiculo* neben uns auf der Bank, so wenig er von unserer Sprache verstand, schöpfte dennoch allmählich Verdacht. Zu deutlich teilte sich Halityrus' Empörung in seiner Stimme mit, in seinen Blicken und Schwingungen. Ein Gesicht wandte sich uns zu, in dem aufkommender Argwohn zu lesen war, ein glattes, enthaartes Höflingsgesicht, prüfende graue Augen unter einer sorgfältigen Frisur.

»Verdammte Weiber!« rief Halityrus, in Lateinische wechselnd, und sah den Beamten an. »Verdammtes, verräterisches Weiberpack ...«

Da erschien ein Lächeln in den nichtssagenden Zügen, ein zustimmendes Grinsen, und selbst der Ritter neben der rotleuchtenden Tür, die Rechte am Schwert, äusserte sein Mitgefühl in einem schnaufenden Laut.

Und der König wird tun, was er wollte, er wird sich erheben und verherrlichen über jeden Gott, und gegen den Gott der Götter wird er Unziemliches reden ...

Später am Vormittag, nachdem der Kaiser sich doch noch hatte waschen und frisieren lassen – er war blutbesudelt und beschmutzt aus jenem Gewölbe hervorgegangen –, versammelten wir uns im

Amphitheater des Durchgangshauses, einem nicht allzu kleinen Rundbau inmitten der kaiserlichen Parks und Gärten, die anmutig, in terrassierter Steigung den Esquilinus hügelan stiegen. Halityrus hielt sich betont fern von mir, wofür er mir die Gründe gestern Abend per Brief mitgeteilt hatte, auch sonst sprach mich niemand an. Der *procurator a cubiculo* war unterwegs abhanden gekommen und wurde nicht mehr benötigt, sein Tagewerk für heute war getan: allmorgendlich musste er um den Kaiser sein, bis die gebotenen Prozeduren absolviert waren, vor allem das Waschen und Ankleiden, das Nero gern vergass, worauf aber neuerdings die Kaiserin Wert legte. Einem Familienvater, so hatte sie ihrem Gatten erklärt, stünde es schlecht zu Gesicht, den halben Tag in Pantoffeln und ungegürteter Tunika herumzulaufen, unfrisiert und noch den Nachtschlaf in den Augen – was für ein Vorbild sei dies für die kleine Augusta? Solcherart nahm Poppäa Sabina Einfluss in diesen Tagen, unter Berufung auf »die kleine Göttin«, für die Nero in seinem Glück zu allem bereit war.

Im Amphitheater der *domus transitoria* fand ich grosse Zurichtungen im Gange, Bühnenarbeiter turnten auf hohen Gestellen und erfüllten die Luft mit Gehämmer, Seile wurden gespannt, quietschend schoben sich, noch probeweise, bemalte Holzwände zu Kulissen zusammen und glitten wieder auseinander, aus der Versenkung erschien ein Springbrunnen, der kurz in Gang gesetzt wurde und duftendes Wasser versprühte. Eine Menschenmenge fand sich ein, doch nur wenige nahmen in den ansteigenden Sitzreihen Platz, die Freunde der Ersten Vorlassung, dazu der Tänzer Paris und die Kitharöden Terpnus und Menekrates mit ihren jeweiligen Verehrern, jungen Leuten der höheren Stände, die einander eifersüchtig musterten, während die gefeierten Künstler taten, als gewahrten sie einer den anderen nicht. Unter den kaiserlichen Freunden senatorischen Standes, die sich, wie es die Sitte fordert, in der ersten Reihe niederliessen, sass auch Vespasian, den ich schon am Morgen in einem der vermummten Männer in Neros Mithräum zu erkennen gemeint hatte, und neben ihm sein späterer Todfeind, der jüngere Vitellius, eben aus Africa zurück, wo er sich, anders als der sparsame und kluge Flavier, in der üblichen Weise bereichert hatte. In ihrer Nähe sah ich den berüchtigten Ankläger Aquilius Regulus, dessen gnadenlos-logische Beredsamkeit manchen Grossen den Kopf kosten sollte. Dagegen war der nächst ihm sitzende Silius Nerullinius der Sohn eines früheren Prokonsuls von Asien, welcher wegen Unterschlagung, Erpressung und anderer Anschuldigungen *per repetundis* verurteilt worden war. Sein Ankläger hatte allerdings Seneca geheissen, und dies mochte der Grund sein, warum Nero die Söhne dieses Verbannten neuerdings in seine Nähe zog. Der Freigelassene Epaphroditus, ein gelehrter Grieche, Nachfolger des schönen Doryphorus im Hofamt *a libellis*, liess sich zwei Sitzreihen hinter mir nieder, eine vorsichtige Sympathiebekundung. Von ferne sandte mir der Ritter Tigellinus einen lächelnden Blick. An seiner Seite war Neros Mundschenk Pythagoras, der, Tigellinus' Kopfwendung folgend, zu mir herüberblickte und ein Augenzwinkern riskierte. Schliesslich erschien sogar Seneca, von einem seiner Güter angereist. Man tauschte knappe Grüsse, über grössere Entfernungen, verstreut, von Kühle angeweht, im Halbrund des fast leeren Theaters.

Doch die meisten Versammelten blieben neben der Bühne stehen, Gruppen geschminkter, weissgekleideter Männer und Knaben, und ich begriff in bangem Erstaunen, dass Neros Inszenierung diesmal als Werk für Kitharaspieler und Chor konzipiert war. Partien des Textes würden von einem Chor gesungen werden, den Männer und Knaben senatorischen Standes bildeten. Eine solche Auszeichnung musste unweigerlich den Hass der kaiserlichen Freunde auf mich lenken, fraglos hatten sie Verwandte unter denen, die auf der Bühne meine Verse singen würden, die Verse eines Judäers, dessen Mutter mancher Ältere noch als Sklavin am Kaiserhof gesehen hatte. Und diesmal wusste man mich, anders als bisher, angreifbar, vom Kaiser verlassen und preisgegeben, da ich seinem eigenen Ruhm in die Quere zu kommen drohte.

Es war nicht leicht, in dieser Situation allein zu sein, niemanden zur Seite zu haben, sich angestarrt zu wissen, ohne sich durch Gespräche mit Nachbarn den Anschein von Gleichgültigkeit geben zu können. Ich war unschlüssig, welche Haltung ich einnehmen sollte, von der dünnen Luft nahender Ungnade umgeben, in diesem fast leeren Zuschauerraum, der unversehens zum Pranger wurde. Sollte ich in vorgeblicher Geistesabwesenheit, die Hände zwischen den Knien, trübsinnig vor mich hinstarren? Oder zurückgelehnt sitzen und die Augen über den blauen Himmel schweifen lassen? Übrigens konnte man den Himmel, soweit ich mich erinnere, nicht einmal sehen, der Kaiser hatte über das Oval des Theaters ein Sonnendach spannen lassen, vom Bühnenhaus bis zu den polierten Bronzestangen, die oberhalb der Sitzreihen im Halbrund aufgepflanzt waren wie Marterpfähle … Oder kühn und ungerührt die Blicke erwidern, die erbarmungslos durchs Halbrund schossen? In jeder dieser Haltungen, sei es Trübsinn oder Gleichmut, würden übelwollende Beobachter etwas finden, das sich als Verachtung des Augenblicks deuten liess, als Geringschätzung des kaiserlichen Sängers. Ich begann Psalmen herzusagen, die Elegien eines Bedrängten, die unser grosser König so zahlreich hinterlassen, aus gefahrvollem Leben, aus leidgeprüfter Seele heraus. *Ba mre'im al t'kaneh*, flüsterte ich, im Takt mich wiegend, vom Rhythmus des hebräischen Textes ergriffen und besänftigt, Sei niemals eifersüchtig auf die Bösen, beneide die Übeltäter nicht … Später erzählte mir Halityrus, mein Flüstern und Memorieren hätte den Eindruck erweckt, ich versenke mich noch einmal in den Text des Poems, hätte daran erinnert, das ich des Kaisers Vertauter in Fragen der Dichtkunst war, worauf sich die feindselige Stimmung zerstreute. Ein Missverständnis, wie ich ihm erklärte, doch eins von der Art, die uns hilfreich sind …

Endlich der Trompetenstoss. Allgemeines Sich-Erheben, Applaus. Der Herold trat auf, diesmal der Freigelassene Patrobius. Der frühere Athlet trug flatternde Seide, einen leichten Chiton, wie ihn etwa ein griechischer Ephebe nach einem in der Palästra verbrachten Nachmittag anlegte, nachdem er sich geduscht und gesalbt und für das Gastmahl am Abend hergerichtet hatte, darüber eine Chlaina in schreienden Farben. Das betont Hellenische, zugleich Populäre seiner Aufmachung liess ahnen, dass Neros Inszenierung im klassischen Stil gehalten war. Patrobius sprach den offenbar auswendig gelernten Text seiner Einführung fehlerfrei und mit grossem Pathos, und wann immer er den Namen des Kaisers nannte, steigerte sich seine markige Stimme zu offenem Gebrüll. Die lautstarke Hervorhebung des Namens war neu, und neu schien auch die Sitte zu sein, sich jedesmal dabei zu erheben, wozu die »Dioskuren« den Auftakt gaben, die Freigelassenen Helius und Polyclet. Sobald der Name fiel, schnellten sie wie ein Mann von ihren Sitzen empor und brachen in Salve- und Laudo-Rufe aus. Ferner gewahrte ich eine Gruppe volkstümlich aussehender Burschen, breitbrüstig und von grosser Stimmkraft, die in abgehacktem Rhytmus Sprechchöre riefen, wozu sie krachend und im Takt die Hände ineinanderschlugen und mit den Ledersohlen stampften. Ähnlichen Lärm veranstaltete eine Gesellschaft junger Ritter auf dem gegenüberliegenden Flügel. Es zeigte sich, dass ob auch im Zuschauerraum etwas geprobt wurde und dass es ratsam war, sich daran zu beteiligen. So ging es einige Minuten, bis in nachschleppendem Purpurmantel, einen juwelengeschmückten Kranz auf dem Lockenhaupt, der Sänger erschien.

Er war von dem neuerdings üblichen wohligen Aussehen, gestärkt durch Seebäder und ärztlich überwachte Kost, zudem erfüllt von seinem neuen Glück, der Vater einer Göttin zu sein. Hinter ihm schwärmte der Chor aus und gruppierte sich halbkreisförmig, fünfzig Knaben edler Häuser, sorgfältig frisiert und geschminkt, angeführt von einem berühmten Halbwüchsigen aus dem Hause Otho, dem uralten etruskischen Geschlecht, das unter Augustus in den senatorischen Stand erhoben worden und seither ein Quell von Konsuln, Priestern und höchsten Beamten war. Kaum schlug der Kaiser – der Beifall vor der Aufführung nicht mochte und das dünne Getöse aus dem spärlich besetzten Auditorium abgewinkt hatte – wie probeweise den ersten Akkord, als der Chor aufhorchend erstarrte, in langsam schwankende Bewegung geriet und wie schlafwandlerisch zu tanzen begann. Nero, das schwere Instrument auf den linken Schenkel gestützt, mit der Rechten das Plektrum führend, sang mit hoher, noch zurückgenommener Stimme ein träumerisches Lied:

Einst als Knabe in Rom
an den Bänken des Tiber

wenn im Abendlicht rot
der Janiculum glüht ...

Halboffenen Mundes lauschten die über das Halbrund verstreuten Togaträger. Der jüngere Vitellius und der Konsular Vespasian waren in Stille versunken, nicht anders als die »Dioskuren«, selbst die volkstümlichen Beifallklatscher sassen wie gebannt in ihren hochgelegenen Sitzreihen. Dieses Lied stammte nicht von mir, aber ich erkannte nach wenigen Worten, wo Nero mit sicherem Gefühl fündig geworden war. Aus dem Tanz heraus antwortete der Chor:

Oh du schimmerndes Rom
veilchenumkränztes,
hochbesungenes du,
Siebenzahl deiner ewigen Hügel
übermenschlich göttliche Stadt ...

Es war ein Zitat aus Pindars berühmtem Hymnus auf Athen, um einige Worte abgewandelt, doch von den literarisch Gebildeten im Publikum mühelos erkannt. Auf diese zwei Strophen folgte, in leicht variiertem Rhytmus, die Epode, der Abgesang. Der Aufbau des einführenden Teils bot sich auf einen Blick dar: ein in Triaden gegliedertes Reigenlied aus der Zeit der panhellenischen Agone. Daher die Anspielung auf Pindar, den Meister des Epinikion, zu ahnen bereits im Auftreten des Herolds im Ephebenkostüm, bestätigt durch das Zitat im ersten der dreistrophigen Lieder, gesungen von einem Knabenchor im kreisenden Tanz, wodurch sich der Zuschauer, sanft und taktweise begleitet, in die Welt griechischen Sängertums zurückversetzt sah. Der Einfall war gewinnend in seiner klassischen Einfachheit. Er führte in verklärte Kindertage zurück und bediente sich der offenen Technik aneinander gereihter Dithyramben, welche die grossen Sänger des Ephebentums zur Vollendung getrieben hatten. Zudem gab er der Ich-Form, in der das Poem gehalten war, den sicheren Hintergrund literarischer Tradition: auch die Gesänge der Pindar, Bakchylides und Simonides waren im Ton persönlich gehalten und nicht selten von den Meistern selbst vorgetragen worden. Nero erwies sich als Bühnenkünstler von sicherem Gespür, ich fühlte nicht wenig Stolz auf den Erfolg meiner jahrelangen Beratung. In dieser Aufwallung stand ich auf und begann, noch in die verklingende Epode hinein, zu applaudieren.

Der Kaiser blickte auf, überrascht. Er hatte noch nicht mit Beifall gerechnet und zu diesem Zeitpunkt auch noch keinen gewollt. Obwohl sich nach mir auch alle anderen erhoben hatten, sandte er einen zielsicheren Blick in mein Gesicht, als hätte er die ganze Zeit über gewusst, wo ich zu finden sei. Als er mich in die Hände klatschen sah, mit einem Ausdruck befriedigten Kennertums, einer über alles hinwegsehenden Begeisterung für seinen gelungenen Kunstgriff, begann er zu grinsen wie ein kleiner Junge, der die Anerkennung seiner Spielkameraden einheimst, seiner *grex*, seiner Bande, die er insgeheim immer im Auge hat, bei allem, was er tut. Er sah sich erkannt und verstanden, und seine erste Regung war ein Aufblitzen kindlicher Freude. Wir haben einen solchen Blick nie wieder gewechselt.

Alles Folgende wickelte sich ab, wie nach diesem Auftakt zu erwarten. Die probeweise Aufführung des *Kitharaspielers* vor den Freunden des Kaisers, den Sodales Augustales, den höchsten Hofbeamten, Führern der Ritterschaft und anderem ausgewählten Publikum war ein grandioser Erfolg. Nero hatte einige Höhepunkte hinzugefügt, von denen ich nicht wusste, nicht sosehr Veränderungen im Text, sondern szenische Einfälle von unvergesslicher Wirkung. So erlaubte er sich, mit dem Fuss nach einer Götterfigur zu treten, die im Atrium des auf der Bühne angedeuteten Hauses stand und an die sich der Held des Stückes vergebens um Erfüllung einer Bitte gewandt hatte, eine rasche Bewegung, die das Auditorium traf wie ein Peitschenschlag. Ich sah vor Entsetzen aufgerissene Augen, der kaiserliche Freund Julius Vestinus Atticus, ein göttergläubiger Mann, zuckte sogar zusammen. Insgesamt mochten etwa zweihundert Menschen anwesend sein, so dass die Reihen des für dreitausend Besucher gebauten Hoftheaters dünn besetzt wirkten. Dennoch waren die wichtigtsten Personen des neronischen Imperiums versammelt, um zu hören, zu schauen und auf die weitere Bekanntmachung des Poems in Stadt und Welt hinzuwirken.

Vermutlich war die geringe Zahl der Zuschauer ein Einfall des Kaisers, der ein anderes Konzept der Verbreitung erprobte als neulich im Marcellustheater, wo er vor Tausenden gesungen hatte. Diesmal liess eine erlesene Elite, eine *electa manus*, Zeuge seines Auftritts sein, und baute darauf, dass sie, schon um alle Welt von ihrem Privileg wissen zu lassen, ihr Erlebnis weltweit kundtun würde, als Medium von Gerücht und Legende, als Erreger von Neugier und Nachfrage. Und wirklich, die Geladenen taten in den nächsten Tagen, was in ihren Kräften stand, in persönlichen Gesprächen und Briefen, so dass man bis in die entferntesten Gegenden des Reiches von Neros Auftritt erfuhr. Ihre besondere Überzeugungskraft erhielt diese Strategie dadurch, dass der Konsular Gaius Petronius anwesend war, der vielen in Rom als *arbiter elegantiarium* galt, als unbestechlicher Kenner in Fragen von Stil und Geschmack, oder der Senator Thrasea Paetus, von dem man wusste, dass er Neros Lebensstil missbilligte. Beide äusserten sich kritisch, Petronius, indem der, im Ganzen zustimmend, einige Einzelheiten in Neros Inszenierung für »an der Grenze des guten Geschmacks« erklärte, Thrasea durch wuchtige Kritik und skandalträchtige Gegnerschaft. Auch einige Philosophen hatte der Kaiser eingeladen, darunter den berühmten Kyniker Demetrius, dessen Aussprüche in der Hauptstadt umgingen, und der, wie zu erwarten, die »bedenkliche moralische Tendenz des Stückes« überaus werbewirksam bekanntmachen half.

Doch die meisten Anwesenden zeigten sich begeistert von Neros Inszenierung, einige waren gegen Ende kaum noch auf ihren Sitzen zu halten. Spektakulär, unter Mitwirkung beider Chöre (auf den Knabenchor folgte später einer von erwachsenen Männern, wieder aus ersten Häusern) hatte der Kaiser die entscheidenen Stellen des Poems in Szene gesetzt, etwa die apotheotische Strophe

… wurde ganz er selbst nur
wenn er der Lyra magische Klänge
konnte beschwören, zunächst im geheimen,

verhalten sodann den vertrautesten Freunden,
schliesslich mit ihrer Kraft sich besinnender Stimme
dem römischen Volk, das ihn jubelnd begrüsste:
kühn war, was ihm träumte, und niemals alltäglich,
kühn wie die Stadt sich auf sieben Hügeln
erhob als die Herrin der Welt …

Die Zuschauer konnten sich hier nur schwer beruhigen. Die meisten waren aufgestanden, etliche brüllten und trampelten mit rotangelaufenen Gesichtern. Viel Eindruck machten auch gewisse elegische Gesänge, die der Kitharöde allein vortrug, einsam auf leerer Bühne, nachdem sich die Chöre verräterisch zurückgezogen hatten, mit abgewandten Gesichtern, wie es die meisten Menschen im wirklichen Leben tun, wenn jemand ins Unglück gerät. Als der auf der Bühne Alleingelassene sang

Wieviele Nächte lag ich wach und weh
in meinen jungen Jahren schon
und lauschte meinem Herzschlag grabestief …

sah ich manche goldberingte Hand den Togazipfel an die Augen führen. Wenn jedoch, vom neuerlichen Aufschwung des Solisten herbeigelockt, der Chor zurückkehrte und in einem *epiparodos* genannten, mitreissenden Aufmarsch von neuem die Bühne gewann, hob sich auch im Publikum manche Brust in hochfliegender Hoffnung. Nach langem Hin und Her liess Nero das Stück in eine clamoröse Szene münden, die den Kitharaspieler triumphierend vor beifälligem, symmetrisch ausgeschwärmten Chorus zeigte, und der Chorführer stellte diesmal den Vater des Helden dar, den alten Konsularen, der seinem Sohn verzieh, mehr noch, ihm die Führung des Hauses antrug, das Familienvermögen und den Sitz im Senat. Diese Szene stammte nicht von mir, ich hätte etwas so Unglaubwürdiges dem Publikum nicht zuzumuten gewagt. Nero wagte es. Er wusste längst, dass Skrupel im Theater fehl am Platze sind.

Die begeisterte Unterwerfung, die auf der Bühne vorgeführt wurde, pflanzte sich fort auf das Auditorium im Halbrund des

Theaters. Wozu diese zweihundert Menschen an zustimmendem Lärm fähig waren, das leisteten sie, mit aufgerissenen Mündern, stehend, atemlos, in Schweiss ausbrechend. Noch einmal spürte ich, wenn auch nur kurz, Neros Blick über mein Gesicht gleiten. Es schien ein anerkennender Blick zu sein, zufrieden, weil ich keine Eifersucht zeigte und mich, allen sichtbar, am Applaus beteiligte, weil ich mich als problemlos erwies und ihm vorerst die Mühe ersparte, mich aus der Welt zu schaffen.

Denn wenn der eine fällt, hilft ihm sein Freund. Aber wenn, der da fällt, allein ist, richtet ihn niemand auf. Auch wenn zwei beieinander liegen, wird es warm, doch wie könnte einer allein sich wärmen?

Alles, was damals geschah, liess sich leichter ertragen, weil ich Jedidah hatte und unser Kind. Ein Blick auf mein Töchterchen genügte, und der Kaiser und sein Hof versanken. Was konnte man besseres mit diesen Männern tun als sie, sobald man ihnen entronnen war, möglichst rasch zu vergessen? Die besseren von ihnen, etwa Petronius, gaben vor, von ihren Ausschweifungen ermüdet und ungefährlich zu sein, um nicht unnötig den tödlichen Eifer ihrer Neider in Gang zu setzen, das Räderwerk von Scheelsucht und Intrige, das alles an diesem Hof mit seinem beständigen Misston erfüllte. Petronius zeigte die Miene eines pflichtbewussten Hedonismus, wenn er mit Fingerkuppen, taub vor Langeweile und Zuviel, Bronzevasen oder Mädchenhüften betastete und mit flauen Lippen Kennerisches darüber äusserte. Und er war noch der Angenehmste. Man musste Vitellius beim Schlingen, Lucanus beim Trinken, Tigellinus beim Beobachten der Tafelgenossen gesehen haben, Julius Vestinus Atticus bei seinen heimlichen Stossgebeten hinter Neros Rücken, wenn die Götter gelästert wurden und er meinte, für seinen Teil Abbitte tun zu sollen, oder Salvius Otho, sobald sich in seiner Nähe eine spiegelnde Fläche bot.

Die Luft war erfüllt von Gier und Gemeinheit, wo diese Männer ihre schweren, täglich von Sklaven liebkosten, geölten Glieder auf die Kissen der Speisesofas niederliessen, ihre manikürten, mit Ringen geschmückten Finger nach toten Wachteln und Nachtigallen ausstreckten und mit fettigen Mündern Unflätigkeiten von sich gaben, um den Herrscher Roms und der Welt zu erheitern. Der Mosaikboden unter ihnen bedeckte sich mit Knochen, ausgespieenen Obstkernen, Brotresten, Weinlachen, später mit Erbrochenem, gegen Morgen waren ihre kostbaren Gewänder besudelt, ihre zu falscher Jugendlichkeit aufgeschminkten Gesichter verschmiert, und ihre vom Trinken geröteten Augen hatten einen Ausdruck von unersättlicher Grausamkeit. Sie betasteten die Tänzerinnen und aufwartenden Knaben, küssten aufstossend das Fleisch der Sklavenkinder, bekannten einander mit müdem Grinsen die tausendmal gehörten Geheimnisse ihrer Geilheit.

Wie betäubt sass ich hinterher in der Sänfte und schwankte durch die morgendlich lärmende Stadt. Oft ging ich erst zum Morgengebet in eine der Synagogen am Weg, um zwischen Familienvätern, die eben aus erquickendem Schlummer zur Wahrheit des Tages gefunden, die Segen zu sprechen, als sei ich einer von ihnen. Aber ich hatte die Nacht zu Tische gelegen und die obszönen Reden der Kinäden gehört, hatte Drehtänzer umherspringen sehen und blutige Auftritte erlebt, Schwertkämpfe von Zwergen oder Ringkämpfe wilder Weiber, die zuvor mit berauschenden Dämpfen in Raserei versetzt worden waren. Gelegentlich trug man einen Leichnam hinaus, ohne dass es viel Aufmerksamkeit erregte. Es stank nach Blut und Gebratenem, nach Schweiss und schwerem Räucherwerk. Keinen Augenblick verstummte das Geflöte der Auloi, das Rasseln des Sistrums, der Singsang der Kastraten. Der Kaiser blickte in all dem Trubel gelangweilt umher. Er heiterte sich erst auf, wenn unter den Versen, die ich ihm in Abständen auf Wachstäfelchen zu seinem Tisch hinüber sandte, ein paar Worte waren, zu denen ihm ein Akkord einfiel. Solche Textstellen parat zu haben, passend zum Thema des Gesprächs, war meine Aufgabe. Dann konnte man ihn lächeln sehen, zur Lyra greifen, und in rasch sich ausbreitender Stille singen hören, sehnsuchtsvoll, mit schwerer Zunge.

Manchmal war mir, als ob ich nicht der einzige sei, der sich im Kreis der kaiserlichen Freunde unwohl fühlte. Es kam vor, dass ich einen Blick auffing, ein nachdenkliches Starren, vorübergehendes Sich-Verfinstern, von jemandem, der nicht betrunken war wie die anderen, von Halityrus oder Cluvius Rufus, dem schreibenden Senator und Freund erster Vorlassung. Einige Male sogar – daran erinnere ich mich gut – von der Kaiserin. Einen solchen Blick zu bemerken oder gar zu erwidern war gefährlich. Man gab dadurch preis, dass man ähnlich fühlte, schlimmer noch, dass man der Mitwisser unstatthafter Regungen war. Ich konnte es dennoch nicht lassen, ab und zu – meist über grosse Entfernungen – ins Gesicht der Kaiserin zu spähen. Sie lächelte wie immer, ihre Haut blieb von unangefochten alabasterner Blässe, aber manchmal sah ich, ehe sie in gespieltem Gleichmut die Lider schloss, Abscheu in ihrem Blick. Sie schien über alles Erstaunen hinaus, liess geschehen, zeigte kein Mitgefühl, griff nicht mehr begütigend ein. Lange war es her, dass sie den Mundschenk Glaukos davor bewahrt hatte, den wilden Tieren vorgeworfen zu werden. Inzwischen – so meinte ich in ihrem Blick zu lesen – hielt sie alle am Hof für wert, ein solches Ende zu finden.

Das Morgengebet gab mir so etwas wie Halt und Neubeginn, aus dem heraus sich die verwischten Gedanken klären, die blutigen Bilder verflüchtigen konnten. Ein Rückzug aus meinem Amt war undenkbar, der Kaiser gestattete niemandem, den Hof von sich aus zu verlassen. Man hatte geduldig zu warten, bis man in Ungnade fiel. Dabei wurde ich um diese Stellung beneidet, sogar von Kollegen im Hofamt *a studiis,* die es eigentlich besser wissen mussten. Nicht selten hörte ich meinen lateinischen Namen und hinzugefügt, in eisiger Eifersucht: »der kaiserliche Freund«. Ich wusste, dass ich nichts tun konnte, um meine Lage zu ändern, auf nichts hoffen konnte als auf göttlichen Beistand. Während ich die Achtzehn Segen sprach, fand ich meine Fassung wieder und auf dem Weg nach Hause ein wenig Zuversicht für den neuen Tag. Erst, wenn ich in Jedidahs Augen blickte und darin mich selber sah, winzig, doch unversehert, hatte ich das Gefühl, zu erwachen.

Heute, in meiner Einsamkeit, ist mir, als schliefe ich Tag und Nacht. Ab und zu erwache ich, wenn ein Brief von Jedidah eintrifft, selten genug, der Boten sind wenige, die Zeiten unsicher. Titus' zweites Regierungsjahr beginnt sich zu runden. Metallisch leuchtende Maientage ziehen vorüber, weit offen sind die Türen zur Terrasse. Immer wieder lege ich das Schreibrohr zur Seite, gehe hinaus und atme die liebliche Luft. Die jungen Leute des Ortes beginnen zu baden, mit Pferden ins Wasser zu reiten, am Strand Ball zu spielen. Frauen treffen sich an dem aus steinernen Quadern gebildeten Geviert, wo sich ein kalter Bergbach ins Meer ergiesst und sie seit Jahrhunderten ihre Kleider und Bettlaken spülen; anschliessend steigen sie, die Schüssel mit der gewrungenen Wäsche auf dem Kopf, langsam die Felsenstiege hinauf. Manchmal singen sie. Manchmal stehe ich nachts am Geländer und blicke, liebkost von Lilienduft und Zikadenschlag, hinab ins Ungefähr. Schräg über der Bucht liegt der grünliche, in säbelförmige Scheiben geschnittene Schein des Mondes. Plätschern. Ferner Gesang. Nächtlicher Stallgeruch, Hundegekläff, Stimmen.

Stimmen? Römische Stimmen, Feuer am Strand, eine am Meer speisende Gesellschaft. Zwei Damen waten, die Gewänder gerafft, im flachen Wasser. Ist es soweit, dass ich erschrecke, wenn ich Römern begegne? Hat die Angst von mir Besitz ergriffen, die Angst des Einsamen, sich Erinnernden? Was ist es, das uns schreckt? Die Grausamkeit der Anderen, der wir uns ausgeliefert sehen, schwach und wehrlos wie wir sind? Unsere eigene Grausamkeit, die dadurch erweckt wird? Auch wir waren einst Römer und fuhren zum Baden ans Meer, zu Halityrus nach Puteoli, zu Freunden nach Baiae, um ein paar Tage fern der Stadt zu sein ... Die linde Frühlingsluft erfüllt mich mit Unruhe. Hoffnung sucht mich heim, die stille Resignation des Winters weicht trügerischen Träumen. Auch in meinem Leben gab es eine glückliche Zeit, in der ich mich von Gott und Menschen geliebt fühlte. Wer einmal eine solche Zeit erlebt hat, glaubt, sie müsse wiederkehren. Auch wenn nichts in der Welt dafür spricht, kein Zeichen, kein Augenschein.

Und Getränke trug man auf in goldenen Gefässen, von denen keins wie das andere war, und königlichen Wein im Überfluss, nach königlicher Art. Getrunken wurde wie es Brauch war, und niemand wurde genötigt ...

Die kleine Augusta, Neros Glück, war noch nicht vier Monate alt, als sie plötzlich erkrankte und trotz aller eilends hinzugezogenen Ärzte binnen weniger Tage starb. Während dieser Tage hielt Rom den Atem an. Der Palatium war verstummt, Forum und Kapitolinischer Hügel schwarz vom Rauch der Opferfeuer. Neros Trauer äusserte sich so masslos wie zuvor seine Freude. Tagelang sah man ihn weinen, die Augen seidenrot, die Lider geschwollen, er verlor an Gewicht und begann wieder zu trinken. Die Senatssitzung, in der die Formalitäten für das Leichenbegängnis der kleinen Augusta festgelegt wurden und die Prozeduren ihrer Vergöttlichung, unterbrach er mehrmals durch lautes Schluchzen. Man überbot sich in Trauerbekundungen, das Gedränge anlässlich der Bestattung war so gross, dass mehrere Menschen zu Tode getreten wurden und die Prätorianer Mühe hatten, die Ordnung aufrechtzuerhalten. Zugleich fehlte es im Verborgenen nicht an Stimmen, die Poppäa Sabinas Vorleben ins Gedächtnis riefen, das eine Strafe der Götter heraufbeschworen hätte: ihres Ehebruchs wurde gedacht, des Verschwindens der Kaiserin Octavia, des Mordes an der Kaiserin-Mutter und anderer Todesfälle. Poppäa liess sich wochenlang nicht sehen, reiste ans Meer und verbrachte dort den Sommer und Herbst.

Der Kaiser besuchte sie einige Male, wandte sich aber schliesslich wieder dem Theater zu, vor allem der Inszenierung des *Kitharaspielers*, dessen Uraufführung einstweilen verschoben worden war. Er mied den Hügel Palatium, überhaupt die Innenstadt, und verbrachte den Sommer in den Parkanlagen jenseits des Tiber, die einst seiner Mutter gehört hatten und unter dem Namen »Gärten der Agrippina« bekannt waren. Dort liess er auch, in erträglicher Luft und nahe dem Fluss, sein Stück aufführen, mehrmals, wie ich hörte. Ich hatte mich, Neros eifersüchtige Blicke fürchtend, mit Krankheit entschuldigt. Die genannten Gärten, am Nordhang des Janiculum gelegen und über eine Pons Neronianus genannte Brücke zu erreichen, besassen einen eigenen Circus und ein Amphitheater. Hierhin verlagerte sich der Hof mitsamt den trotz der Sommerhitze in Rom verbliebenen Freunden der ersten Vorlassung. Der Schauspieler Halityrus hatte von seinem Haus in trans Tiberim nur einen kurzen Weg zum Kaiser; beinahe täglich trug ihn seine Sänfte durch die schattigen Täler am Westhang des Janiculum hinüber zu Neros Sommerquartier. »Der Sänger«, so schrieb mir Halityrus in aramäisch abgefassten, sofort nach der Lektüre zu vernichtenden Briefen, verbringe seine Tage bei Pferderennen im Circus oder mit musikalischen Übungen, seine Abende mit den griechischen Trinkgenossen und seine Nächte mit dem jungen Pythagoras, den er zärtlich Sabinus nenne, da dieser, hellhäutig, grünäugig und von rotblondem Lockenhaar, der fernen Kaiserin überaus ähnlich sei.

Denn Poppäa Sabina rührte sich nicht von ihrem Trauersitz am Meer. Halityrus sprach dort gelegentlich vor, wenn er auf dem Weg nach Puteoli war, und überbrachte Grüsse und rührende Billette des Kaisers. Die kluge Frau wusste, dass sie viel von ihrem Einfluss auf Nero verloren hatte, und dass der einzige Weg, diesen Einfluss zurückzugewinnen, in sprödem Sich-Entziehen lag. Nur dadurch, wenn überhaupt, konnte des Kaisers Begierde zu einem Grad anwachsen, dass er wieder zu ihren Füssen lag. Vorerst tröstete sich Nero mit den Vergnügungen seiner Jugend, mit griechischen Nächten, öffentlichen Banketten, gymnastischen Übungen. Er gewann die Liebe des Volkes durch freigiebige Gastmähler für jedermann, abgehalten in den Gärten der Agrippina, wo Tausende mit ihm zu Tische lagen und den Übungen der Athleten zusahen. Der Freigelassene Patrobius liess immer neue Ringkämpfer, Diskuswerfer und Läufer kommen, dazu Schiffsladungen Sand vom Nil, um den Vorführungen den richtigen Untergrund zu geben, das mattschimmernde Gelb sonnenwarmen Urbodens. Nero sprach gern davon, um wievieles älter und götternäher die Kulturen im Nil- und Euphrates-Delta waren und wie jung, verglichen mit diesen, die Hauptstadt der Welt. Überhaupt gab er Unbehagen an Rom zu erkennen, Zweifel an der Gefühlstiefe und Sensibilität der hauptstädtischen Bevölkerung, spürbare Anzeichen von Verdruss im Kreis seiner Begleiter.

Im Herbst war die Zahl der Städte, die den Kaiser in ihre Theater einluden, um dort sein berühmtes Poem *Der Kitharaspieler* aufzuführen, auf eine Zahl angewachsen, die eine Rundreise nahelegte, womöglich hinüber nach Hellas, nach Achaia und noch weiter östlich. Die in Neros Amphitheater Geladenen hatten in ihren Stadthäusern und Sommervillen, vor römischen Freunden und auswärtigen Besuchern, in zahlreichen Briefen in alle Gegenden des Reiches von dem überwältigenden Ereignis geschwärmt. Die geschmäcklerischen Einwände des Petronius, die vehemente Ablehnung des Thrasea Paetus, die moralischen Bedenken der Philosophen, vor allem das Geflüster über den Fusstritt gegen eine Götterfigur hatten die Neugier auf das Stück im ganzen Reich aufgeheizt. Im Winter stand fest, dass der Hof reisen werde, mehrere Tausend Menschen, Pferde, Wagen, Maschinen, begleitet von zwei Kohorten der Garde, hinüber nach Griechenland.

Schon lange träumte Nero von dieser Fahrt, die er sich als Akt der Versöhnung dachte, als Liebeserklärung an das Volk des Theaters und der Palästra, der Chorgesänge und Jünglingsspiele, der Lyra und des Diskus, das zugleich ein unterworfenes Volk war, in einem von den Römern grausam und gründlich geführten Krieg. Lange hatte es gedauert, bis man die griechischen Stämme niedergerungen hatte, und die Provinzen, in die man das Land seither unterteilte, wurden nicht weniger räuberisch verwaltet als die in Africa oder Asien. Neros Onkel Caligula hatte die griechischen Tempel plündern und alles darin Wertvolle, auch die den Griechen heiligen Götterstatuen, nach Rom schaffen lassen. Die Familien der griechischen Freigelassenen waren als Sklaven nach Rom gekommen und Fremde wie wir. Das Wort ›Fremder‹ hat im Hebräischen einen mahnenden Klang, zahlreiche Stellen in unseren Büchern gebieten menschlichen Umgang, barmherzige Behandlung des Nicht-im-Land-Geborenen, und in diesem Sinne erzogen, empfindet ein Jude auch dort Skrupel gegenüber Fremden, wo er selbst ein Fremder ist.

Wir waren rivalisierende Parteien am Hof, zuzeiten offene Feinde, dennoch sorgte der tägliche Umgang für ein gewisses gegenseitiges Verstehen. Halityrus wusste selbst in Zeiten direkten

Aufeinanderprallens von judäischen und griechischen Interessen die Zusammenarbeit mit Menekrates, Paris und anderen griechischen Theaterleuten aufrechtzuerhalten. Jacobus achtete darauf, dass seine Beziehungen zu griechischen Handelshäusern unter politischen Konflikten möglichst wenig litten. Ein Meister auf diesem Gebiet war Matitjahu, der im griechisch dominierten Hofamt *ab epistulis* freundschaftliche Beziehungen zu seinen Kollegen unterhielt, sogar die Achtung des als judenfeindlich bekannten Vize-Prokurators Beryllus erwarb. Zeichen von Sympathie hatte uns auch der Freigelassene Pallas bezeigt, was ihn allerdings nicht hinderte, gemeinsam mit seinem Bruder, dem Prokurator Felix, unsere Heimat auszuplündern. Der für seine Gelehrsamkeit bekannte Freigelassene Epaphroditus, neuerdings Vorsteher des Hofamtes *a libellis*, beschäftigte sich angeblich mit unserem Schrifttum. Zu den judenfreundlichen Griechen zählte auch Neros Mundschenk Pythagoras, eine zunehmend wichtige Gestalt am Hof.

Während erste Planungen für die Griechenland-Reise im Hofamt *a cubiculo* in Angriff genommen wurden, erschien eine Abordnung der Stadt Neapolis, geführt von den Magistraten, um den Kaiser zum Besuch ihrer Stadt und zur dortigen Aufführung des *Kitharaspielers* und anderer Stücke zu bewegen. Nero zeigte sich tief gerührt. Neapolis war eine griechische Gründung, eine der alten Kolonien der damals eroberungslustigen Inselvölker auf latinischem Boden, bis heute hellenistisch gesinnt, und dort zuerst aufzutreten und die Rundreise zu beginnen, nannte der Kaiser die denkbar beste Einstimmung auf die Aufführungen in Griechenland selbst. Er fasste den Entschluss gleich während der Morgenaudienz, in welcher die Abgesandten aus Neapolis empfangen wurden, im Beisein des Epaphroditus, Beryllus und Phoebus, des Kitharöden Menekrates und anderer griechischer Hofleute. Auch Halityrus war anwesend, der mir noch am selben Tag davon Mitteilung machte.

Ich verbrachte eine schlaflose Nacht über der Frage, ob ich gut daran täte, an der Gastspielreise teilzunehmen oder nicht. Halityrus hatte mich wissen lassen, dass der Kaiser zur Wahrung des äusseren Scheins meinen Namen auf die Liste der Reise-Begleiter setzen werde, da nun einmal bekannt sei, dass die Anregung zum

Kitharaspieler von mir stammte. Ein schwer lösbares Problem, vielleicht ein Dilemma. Fuhr ich mit nach Neapolis, hatte Nero mich stets als ärgerliche Erinnerung vor Augen, eine lebensgefährliche Situation. Blieb ich in Rom, verlor ich in der Wertskala der Freunde des Kaisers und des Hofes an Bedeutung, galt als halbwegs in Ungnade gefallen und ermutigte jene, die etwas gegen mich, meine Familie oder mein Volk im Sinn hatten, zu rachsüchtigen Angriffen. In dieser Lage kam mir ein Einfall, der auf den ersten Blick ungewöhnlich schien.

Ich trug mich einige Zeit damit, war mehrmals drauf und dran, Jedidah um Rat zu fragen, dann vergass ich es, hielt es offenbar für unnötig, da der erste Schritt dessen, was ich vorhatte, unverbindlich, ja folgenlos schien. Zwar war in Rom nicht unbekannt geblieben, dass der *Kitharaspieler* auf meine Urheberschaft zurückging, doch in Wahrheit hatte nur ein winziger Kreis von Menschen das Werden des Poems miterlebt, wussten nur diese wenigen, wie weit es sich dabei um mein geistiges Eigentum handelte. Zeugen meines Gesprächs mit Nero im Ankleidezimmer des Marcellus-Theaters waren die kaiserlichen Kammersklaven Glaukos und Thalamus, wobei ersterer, der damalige Mundschenk, in Ungnade gefallen und stillschweigend aus Rom verbannt worden war, während Thalamus, der Salber und Barbier, neuerdings durch einen von Poppäa Sabina eingeführten Ägypter in den Schatten gestellt wurde, einen Magier und Kräuter-Experten, der – wie Halityrus wusste – den Kaiser binnen kurzem von seiner Gesichtsakne kuriert hatte und in höchster Gunst stand. Zeugen meiner zweiten vertraulichen Begegnung mit Nero, diesmal im *tabularium* des kaiserlichen Palastes, waren mein Schreiber Primus, der Kitharöde Menekrates und der neue Mundschenk Pythagoras gewesen, ausserdem der Überbringer des fertiggestellten Manuskripts an den Kaiser, der Gardepräfekt Tigellinus. Niemand ausser den Genannten wusste, dass ich Nero nicht nur – wie dieser öffentlich einräumte – zu dem Poem den Einfall gegeben, sondern ein Manuskript geschrieben hatte, das den grössten Teil des Aufführungstextes enthielt. Der von mir gesuchte Ratgeber musste eine dieser Personen sein, sonst würde er meine Besorgnis nicht verstehen. Er musste zweitens ein

Mensch sein, der mir wohlwollte und niemals gegen mich missbrauchte, was ich ihm notgedrungen preisgab. Schliesslich musste es jemand sein, der dem Kaiser durch alltäglichen Umgang nahe war.

All dies zusammen, fand ich nach einigem Nachdenken, traf am ehesten auf Pythagoras zu, den jungen griechischen Mundschenk. Er wusste, wie sehr mir Nero verpflichtet war, schien mir gewogen und sah den Kaiser täglich. Durch Halityrus – der mich wie ein wirklicher Freund über alles an Hof Wichtige auf dem Laufenden hielt – wusste ich, dass Neros neuer Liebling nicht, wie ich geglaubt hatte, ein Zögling der kaiserlichen Pagenschule am Fuss des Hügels Palatium war, sondern eine Kreatur des Ritters Tigellinus. Dieser hatte Pythagoras auf einem seiner Güter zum Lustknaben ausbilden lassen, um ihn bei Bedarf am Hof einzusetzen. Tigellinus hielt eine ganze Reihe abgerichteter Kinder in Bereitschaft, auch Krüppel und Gnomen, Akrobaten und Narren. Kinder waren überall im Reich erhältlich, arme Leuten pflegten missgebildeten Nachwuchs auszusetzen oder wohlgeratenen zu verkaufen. Pythagoras, irgendwo in Griechenland erworben, stellte den bisher grössten Erfolg des Tigellinus dar: durch ihn nahm der Präfekt Einfluss auf den Kaiser, konnte sogar gegen die Kaiserin arbeiten, die die Gefahr offenbar unterschätzt hatte. Ich bat Halityrus, der Pythagoras Schauspiel-Unterricht erteilte, mir eine Möglichkeit zu geben, den kaiserlichen Liebling zu treffen. Mir war klar, dass eine solche Gelegenheit nicht leicht zu finden wäre, ohne Frage war der Jüngling Tag und Nacht bewacht. In der Tat sollten mehr als zwei Wochen vergehen, bis ich Antwort erhielt, ein paar in Wachs gekritzelte Zeilen des Mimen, zu später Stunde überbracht von seinem Sekretär: ich möge mich morgen Nachmittag um eine bestimmte Zeit in Halityrus' Haus in trans Tiberim einfinden.

Im privaten Theater des Schauspielers traf ich Halityrus und Pythagoras in Gesellschaft eines kaiserlichen Kammerherrn bei Bewegungs-Übungen auf Kothurnen, in ausgestopftem Bühnenkostüm, Schleppmantel und Maske. Es war eine verdriessliche, schweisstreibende Übung, doch von entscheidender Bedeutung, um als Tragöde in ernsthaften Aufführungen mitwirken zu können. Der Lieblingssklave des Kaisers mühte sich redlich, offenbar hatte er für die Zeit, da seine Rolle am Hof zu Ende gespielt sein würde, eine Laufbahn als Schauspieler ins Auge gefasst und wollte die Gunst der Stunde nutzen, bei einem berühmten *cothurnatus* wie Halityrus zu lernen. Ich sah eine Weile zu, bis der Schauspieler unter einem Vorwand die Probe unterbrach. Wieder war ich fasziniert von Halityrus' Körperbeherrschung: wie er auf hohen Schuhen, in hinderlicher Gewandung über die Bühne eilte, sogar rückwärts und laut deklamierend, wie er gestikulierte, dass die Luft zu zischen schien, und von alledem, als er die Maske abnahm, nicht einmal besonders ausser Atem war. Anders Pythagoras, dessen Haar über dem roten Gesicht schweissnass an der Stirn klebte. Darunter blitzten verwegen die grünen Augen.

Der Kammerherr wurde fortgeschickt, ein Stärkungsmittel zu holen, nach dem der Jüngling verlangte. Der Tag war ungewiss, verhangen und grau, ein Tag, der vielleicht noch dem dahingehenden Winter gehörte, vielleicht schon dem Frühjahr. Mattes Licht lag auf Holz und Stein, auf herumliegenden Masken und Stoffen, lähmende Leblosigkeit hatte alle Dinge ergriffen, Poliertes leuchtete nicht, selbst die Schatten wirkten verwischt. Ich fühlte, dass ich des Todes war, wenn ich mit nach Griechenland ging. Mit leiser Stimme legte ich Neros Liebling meine Nöte dar, vor allem die Furcht, durch meinen täglichen Anblick auf der Reise dem Kaiser unerfreulich zu werden, bei ihm womöglich den Eindruck entstehen zu lassen, ich wolle ständig an meinen Anteil an seinem Poem erinnern. An dieser Stelle zeigte der junge Grieche ein Lächeln. Die Formulierung »mein Anteil an seinem Poem« belustigte ihn, da sie vorgab, Nero sei der Autor des *Kitharaspielers*, zugleich jedoch ihm, Pythagoras, der um die Wahrheit wusste, Verständigung auf der Basis dieses Mitwissens anbot. Ich glaube, er begriff auf der Stelle, worum es mir ging: dass er herausfinden sollte, wie Tigellinus über die Angelegenheit dachte. Wie Matitjahu schien mich auch Pythagoras für seinen Glücksbringer zu halten, für einen Menschen von seinen Lebensweg segnender Wirkung, da es Verse meines Stückes gewesen, bei denen der Kaiser ihm eine erste Kusshand zugeworfen. Doch dass ich seiner Fürsprache sicher sein konnte, wusste ich erst nach einem überraschenden Zwischenfall, mit dem unsere Begegnung endete.

Offenbar hatte Pythagoras vor unserem Treffen mit Halityrus abgesprochen, dass der Schauspieler den von seiner Besorgung zurückkehrenden kaiserlichen Kammerherrn am Eingang des Haustheaters eine Weile festhalten solle, damit wir drinnen in Ruhe unser Gespräch führen könnten. Als der Kammerherr sich nun endlich mit dem Stärkungsmittel bei Pythagoras einfand, machte ihm dieser in dem leeren, hallenden Theater eine dramatische Szene. Er beschuldigte ihn schreiend der Vernachlässigung, der mangelnden Sorge um sein Wohl, vor allem der Verletzung des kaiserlichen Befehls, ihn, Pythagoras, nicht eine Sekunde aus den Augen zu lassen. Er stampfte mit den Füssen und ballte die Fäuste, drohte und keifte, gebärdete sich ganz wie ein verzogener, launenhafter Liebling. Der Kammerherr, zu Tode erschrocken, beteuerte eins ums andere Mal, dass er nur kurz auf seinem ansonsten im Eilschritt zurückgelegten Weg innegehalten, um sich von Halityrus einige die Einnahme des Mittels betreffende Hinweise geben zu lassen, dass er seine Säumigkeit bereue, dass dergleichen nie wieder vorkommen solle, er ging soweit, die Hand des tobenden Knaben zu küssen, vor ihm niederzusinken und um Schonung zu bitten, um seiner Frau und Kinder willen. Pythagoras zeterte und zierte sich noch ein wenig, liess sich endlich erweichen, wies auf mich und sagte zu dem immer noch Knieenden: »Danke den Göttern, wenn der Ritter deine Pflichtvergessenheit für sich behält und niemals dem Kaiser gegenüber erwähnt.«

»Ich werde schweigen«, erwiderte ich mit ernster Stimme. In der Tat war ich nicht wenig erschüttert angesichts der Kaltblütigkeit, mit der dieser Sechzehnjährige seine Schliche gebrauchte, mit der er soeben den Spiess umgedreht und einen erfahrenen kaiserlichen Kammerherrn in Schrecken und Schuldgefühle gestürzt hatte, worüber dieser nicht mehr wahrnahm oder wenigstens nicht mehr zu äussern wagte, dass es in Wahrheit Pythagoras gewesen, der den Kaiser hintergangen hatte, indem er mit mir ein vertrauliches Gespräch ohne Bewachung geführt. Ich wusste von diesem Augenblick an, dass Pythagoras gute Aussichten hatte, sich an Neros Hof zu behaupten, zunächst aber, dass er einen Weg finden würde, mir zu helfen.

»Ja, schweigen ...«, sagte der junge Grieche beim Abschied, »Unsere Philosophen schätzen diese Tugend höher als jede andere. Wie ist es bei euch?«

»Ebenso«, erwiderte ich. »Kluge Menschen finden überall auf der Welt ungefähr das gleiche heraus.«

Wenige Tage später erhielt ich eine Einladung zum Abendessen im Palast des Präfekten der Prätorianer, des Ritters Tigellinus. Ich legte den Opalring an, das Hochzeitsgeschenk des Kaisers, da ich damit rechnete, Nero im Haus seines Freundes zu treffen. Der weisse Marmorpalast, den sich der Ritter erst kürzlich hatte erbauen lassen – nahe der *domus transitoria* auf dem Südhang des Esquilinus – erstrahlte weithin wie erleuchtetes Eis. Prätorianer in Rüstung und Waffen umringten ihn, dazu Hunderte erwartungsvoller *ardaliones*, die den Kaiser zu sehen hofften. Wirklich befand sich unter den Sänften und Tragestühlen, die sich aus verschiedenen Richtungen näherten, auch das allbekannte goldene Vehikel. Langsam, von Zurufen umbrandet, bahnte es sich seinen Weg durch einen duftenden, künstlichen Urwald. Tigellinus hegte eine besondere Vorliebe für exotische Gewächse, die zu Tausenden auf dem Vorplatz seines Hauses, im Atrium, in den Innenhöfen und Speisesälen aufgestellt waren, blühende Lianen und Schlingpflanzen aus schwülen Waldgebieten jenseits des Indus, Palmen und Papyros aus dem Delta des Nil, Granatapfelbäume meiner Heimat, fingerblättriger Akanthus und immergrüne Zedern vom Libanon. Er stellte diesen Reichtum gerade jetzt zur Schau, zum Ausklang des Winters, in der, was Grün betrifft, ärmsten Zeit des Jahres. Eben standen die Granatapfelbäume in meinem Garten blattlos und kahl, und soweit ich mich erinnere, auch die im Park meines Schwiegervaters, doch die in polierten Bronzekübeln aufgestellten Exemplare des Tigellinus' zeigten sich in schmuckem Grün, gesprenkelt von ersten roten Blüten. Der Palast war geheizt, das Wasser in den Fontänen laulich erwärmt. Goldgelb schimmerte der Marmorboden von tausenden Safranblüten, ausgestreut wegen ihres Duftes.

Zu meiner Überraschung wurde ich von Tigellinus' Hofmeister unweit von Neros *triclinum* placiert, obwohl fast alle kaiserlichen Freunde der Ersten Vorlassung anwesend waren, zudem die Prokuratoren der wichtigsten Hofämter. Diese letzteren, Epaphroditus, Phaon oder Dionysos Alexandreus, hatte allesamt Nero ernannt und gross gemacht und durch sie die alten Beamten ersetzt, die vom Hof des Claudius übrig gewesen waren. Beim Anblick der vielen neuen Gesichter dämmerte mir, dass die Todesfälle, die sich in der Umgebung des Kaisers ereigneten, nicht nur mit der Geldbeschaffung des Amtes *a rationibus* zu tun hatten, sondern ein systematisches Austauschen darstellten, einen Vorgang von tieferem, wenngleich damals schwer erkennbaren Sinn. Nero musste die Hofämter mit seinen Kreaturen besetzen, wenn er grosszügig und von lästigen Mahnern ungestört seine Projekte verwirklichen wollte.

Er hatte deren viele und weitreichende. Ihm schwebte eine neue Art Herrschaft vor, getragen vom Augenblickswillen lautstark sich äussernder Massen, ein Regieren möglichst ohne Senat, ohne störende Eliten und Experten. Seit jeher nahmen Sachfragen an diesem Hof wenig Raum ein, der Kaiser verachtete alles Sachliche und Praktische als seiner nicht würdig. Zu der von ihm erträumten Art von Herrschaft gehörte eine immerwährend gehobene Stimmung, zu dieser die Begeisterung des Volkes, die stets von neuem entfacht werden musste, durch Spiele, Theater, öffentliche Bankette, durch hochherziges, grausames, sonstwie spektakuläres Geschehen. Man tut Nero unrecht, wenn man seine Liebe zum Theater für eine kindische Manie hält. Sie war eins der wichtigsten Instrumente seiner Regierung. Vergebens sagten einige vaterländisch gesinnte Senatoren den Zusammenbruch der Reichsfinanzen voraus, eine Schwächung des Staates und Aufstände in den Provinzen. Der Kaiser war ihrer Reden überdrüssig, sie erinnerten ihn an die lästigen Ermahnungen seiner Mutter. Sein Gesichtsausdruck hatte sich erändert, ein verstocktes, malvolentes Lächeln war in den Winkeln seines fleischigen Mundes erstarrt, seine Augen blickten kurzsichtig und unwillig, mit wahrer Wonne begünstigte er Männer niederen Standes, um die Hochgeborenen unter seinen Freunden zu kränken. Er sah in mir, dem Sohn einer judäischen Freigelassenen, eine Figur zur Demonstration seines Mutwillens. Umringt von Trägern alter und ehrwürdiger Namen, zeigte er sich ostentativ erfreut über mein Kommen und bot mir, als sei ich ein Grosser, die Wange zum Kuss.

Er trug noch immer Trauer um die kleine Augusta. Ein rötlicher Stoppelbart bedeckte den unteren Teil seines blassen, gedunsenen Gesichts. Auf den ersten Blick war zu sehen, dass er wieder trank. Mit matter Stimme erkundigte er sich nach meinem Ergehen. Als ich antwortete, wir befänden uns wohl, hörte ich ihn fragen, halblaut, mit einem leise vorwurfsvollen Unterton: »Und dein Töchterchen lebt?«

Mir war, als würde ich langsam, vom Hals bis zum Herzen, mit Eis gefüllt. Der kunstvoll frisierte und geschminkte Pythagoras, neben Nero liegend, schloss kurz die Augen und grinste, seine Art, Mitgefühl auszudrücken. Auch Tigellinus, der Gastgeber, begrüsste mich mit besonderer Freundlichkeit. Ich sah den Ritter bei dieser Gelegenheit zum ersten Mal ohne Toga, in einer silbernen, sinnigerweise mit weissen *fasces* bestickten Tunika, und mein und manches Auge verfing sich für Sekunden in dem grausigen Muster der vielen kleinen Beile und Rutenbündel, und ausgerechnet an seinem Leib ... Es war die Art Scherze, die der Kaiser liebte. Überhaupt ging es, trotz Neros Trauergewand, lustig zu an diesem Abend, jedenfalls soweit ich davon berichten kann.

Denn es geschah etwas, worüber ich nur schwer Auskunft zu geben vermag, da ich dabei von beeinträchtigter Wahrnehmung war. Ich entsinne mich, dass ich auf meinem Speisesofa die erste Schale Wein zum Mund führte und trank, einen kunstvoll gravierten Kantharos, wie ihn nicht jeder erhalten hatte, nur die dem Kaiser zunächst Liegenden. Gedankenlos setzte ich ihn an die Lippen und schluckte das übertrieben süss schmeckende Getränk. Meine nächste Erinnerung war qualvolles Erwachen in einem abgedunkelten Raum, Jedidah sass bei mir und hielt meine Hand. Schwach presste ich ihre Finger, um mich zu vergewissern, ob ich noch am Leben war.

Es hiess, ich sei plötzlich, ohne ersichtlichen Grund, vom Speisesofa zur Erde gefallen, die Toga mit Wein bespritzt wie mit Blut, bleichen Kopfes, starr, unansprechbar. Mein Freigelassener Gedalja, herbeigeholt aus dem beim *vestibulum* gelegenen Warteraum der Diener, fand mich bereits in den Händen eines Arztes, der zu Tigellinus' Palast gehörte. Auf dessen Anraten wurde ich, da keine unmittelbare Lebensgefahr bestand, in mein Haus getragen, worauf die fröhliche *cena* ihren Fortgang nahm. Gedalja war in grosser Verlegenheit, mir den Zustand zu beschreiben, in dem er mich gefunden hatte: ich sei steif, kalt und wie gelähmt gewesen, Schaum hätte auf meinen Lippen gestanden und kalter Schweiss auf meiner ins Grünliche verfärbten Stirn. Ich lag still und liess mir, da meine Lippen immer noch taub waren und meine Zunge zum Sprechen zu ungelenk, den Rest der Nacht von einem Schriftgelehrten Gebete vorlesen. Am Morgen empfing ich den Arzt Shimeon ben Levi, auf dessen Hinzuziehen Jedidah bestand, und lauschte seiner sanften Rede.

Ob der Arzt von gewisser Seite einen Wink erhalten hatte oder tatsächlich, wie Jedidah meinte, besonders einfühlsame Sinne besass – ich werde es in dieser Welt nicht erfahren. Er redete mir jeden Gedanken an Vergiftung aus, bestand darauf, dass ich einen Schwächezustand erlitten hätte, auf Grund von Überarbeitung während der letzten Wochen, verstärkt vermutlich durch eine unmittelbar vorangegangene seelische Erschütterung. Ich erinnerte mich an Neros kurz vor dem Zwischenfall gemurmelte Frage: »Und dein Töchterchen lebt?« Ruhe und Zurückgezogenheit seien für meine Genesung am wichtigsten, daher solle ich alles unerspriessliche Nachdenken über den Zwischenfall lassen. Shimeon war dafür bekannt, dass Gespräche im Mittelpunkt seiner Heilmethode standen, man nannte seine Methode »Wortkur« oder *logotherapie*, es hiess, dass sie selbst verdüsterte Kranke aus ihrer Trostlosigkeit erlöst hätte. Zum ersten Mal erlebte ich an mir selbst den Erfolg dieser Behandlung. Shimeons sanftes Zureden gab mir den Lebenswillen wieder, liess mich die Todesangst, die mich seit jenem Zwischenfall umklammert hielt, abstreifen und allmählich vergessen.

Am nächsten Tag erhielt ich ein Wachstäfelchen von Tigellinus, überbracht von einem Prätorianer-Offizier, darauf mir in dringenden, besorgten Worten zur Schonung geraten und herzliche Genesungswünsche des Kaisers und seiner Freunde übermittelt wurden. Meine Krankheit sei weithin im Gespräch, wie mir Besucher erzählten, als Zeichen meiner Erschöpfung durch zuviel Arbeit, unter den *ardaliones* gingen Gerüchte um, ich sei »nervenkrank«. Shimeon verordnete mir Bettruhe. An meinem Bett sass Jedidah und las mir hebräische Verse vor, während unser Töchterchen neben uns in seiner Wiege schlummerte. Meine Geliebte war sehr erschrocken. Mehrmals redete sie mir ins Gewissen, weil ich mich solcher Gefahr ausgesetzt, mich an so unberechenbare, gefährliche Leute wie Tigellinus und Pythagoras um Hilfe gewandt hatte. Sie nahm mir das Versprechen ab, dergleichen nie wieder zu tun.

Sie hätte einen besseren Ausweg für mich gefunden, behauptete sie, auch wenn ich offenbar sosehr von römischem Denken durchdrungen sei, dass ich nur Männer für fähig hielt, die kindischen Schliche des Hofes zu durchschauen. Ich hatte, ans Bett gefesselt, ausreichend Zeit, über ihren Vorwurf nachzudenken. Noch tagelang fühlte ich mich elend, am Rand einer tödlichen Schwäche. Herrliches Wetter fiel ein, laue Winde, von Süden kommend. Zwei Tage später reisten Nero und der Hof nach Neapolis.

Gedenke nicht der Sünden meiner Jugend und meiner Widerspenstigkeit, besinne dich auf deine Güte ... Denn einem Mann, der Gott fürchtet, zeigt er den Weg, den er wählen soll ...

So kann ich nichts von dieser Reise berichten, von den grandiosen Ereignissen in Neapolis, den Gesängen, Triumphen und Lorbeerkränzen, den Gefühlsexplosionen und Beifallsstürmen, unter denen eines Tages tatsächlich das Theater zusammenbrach, zum Glück, nachdem Kaiser und Publikum es eben verlassen hatten. Offenbar hatten sich die Aufwallungen der Tausende, ihre Schwingungen, Erhitzungen und Bewegungen dem Material des Bauwerks mitgeteilt, das davon seinerseits ins Beben geriet und in Stücke barst. Doch ehe es zu diesen Höhepunkten kam, die in den Geschichtsbüchern ihren Niederschlag finden, besuchte Nero auf dem Weg nach Neapel die Kaiserin in ihrer Villa am Meer.

Hier, in Antium oder einer anderen kaiserlichen Kolonie, kam es zur Versöhnung, zu einem neuen Honigmond und früherer Vertrautheit. Dabei fiel auf, dass Pythagoras nach wie vor an des Kaisers Seite blieb. Offenbar wusste der unerschrockene junge Grieche auch mit Poppäa ein *conventum* zu finden. Von da an war viel Hin und Her zwischen dem kaiserlichen Quartier in Neapolis, den wechselnden Aufenthaltsorten Poppäa Sabinas und der Villa des Schauspielers Halityrus im nahegelegenen Puteoli. Ich weiss nicht zu sagen, wer genau wohin reiste und wann, bekannt ist lediglich, dass Poppäa sich in Neapel zeigte, aber auch der Kaiser in ihrer Gesellschaft badend an den Stränden von Baiae und Caiaeta, und dass andererseits Halityrus bei der Kaiserin gesehen wurde und diese in des Schauspielers Villa zu Putoeli. Man reiste auf den dortigen Reichsstrassen, an der volskischen und kampanischen Küste, bequem und rasch.

Es scheint, als liessen sich ein paar Worte über das Verhältnis zwischen der schönen Kaiserin und Halityrus nicht länger hinausschieben. Gerüchte umgaben die beiden seit längerem, eher vorsichtige Gerüchte, da die Kaiserin fraglos jeden Zuträger, den man ihr namhaft gemacht, für immer zum Schweigen gebracht hätte. Beide waren viel begehrt und viel besprochen. Der unverheiratete Schauspieler war der Schwarm der römischen Damen, und auch die Kaiserin hätte sich, wäre sie nicht Neros Gattin gewesen, vor Verehrern nicht retten können. Halityrus redete mich mit *amicus* an und betonte bei jeder Gelegenheit, mein Freund zu sein, doch die Geheimnisse seines Lebens blieben mir verborgen, teils, weil er sie verschleierte, teils, weil ich meinerseits von jedem forschenden Zunahe-Treten Abstand nahm. Bis heute weiss ich nicht, wann und wo genau er geboren wurde und auf welche Weise er nach Rom kam, ins Haus von Neros Tante Domitia. Über all dies kursierten verschiedene Versionen. Er war ein berühmter Mann, dennoch blieben die Konturen seiner Gestalt ein wenig ungefähr, hinter wechselnden Gewändern und Masken verborgen, im wirklichen Leben nicht anders auf der Bühne.

Bekannt geworden – wenn auch mit den üblichen Ungereimtheiten und Widersprüchen – ist folgende Geschichte. In Halityrus' Villa in Puteoli erschien eines Tages, von der jüdischen Gemeinde des Ortes an ihn verwiesen, ein junger Tempelpriester aus

Jerusalem, ein gewisser Josef ben Matitjahu aus alter sadduzäischer Familie. Er gab an, auf dem Meer zwischen Judäa und Italien Schiffbruch erlitten zu haben und stundenlang im Wasser geschwommen zu sein, bis er von einem vorüberkommenden cyrenäischen Segler aufgefischt wurde. Das Schiff sei auf dem Weg nach Puteoli gewesen, wo ihn seine Retter an Land setzten. Die Geschichte klang so unwahrscheinlich, dass ich sie lange nicht glaubte, eigentlich erst, als erwähnter Josef schriftstellerisch hervortrat und seine Existenz unbestreitbar war. Er nennt sich heute Josephus, ist inzwischen Freund zweiter Vorlassung der flavischen Kaiser, römischer Ritter und Empfänger eines Ehrengehalts. Von Vespasian und Titus dazu angeregt, verfasste er er eine *historia* des römischen Feldzugs in Judäa, die im ganzen Reich verbreitet ist. Auch mir wurde, als ich noch auf dem Landgut lebte, ein Exemplar der aramäischen Fassung des Buches zugeschickt, anonym, vielleicht von der selben unbekannten Person, von der ich auch eine Abschrift der geheimnisvollen Tragödie *Octavia* erhielt.

Der Priester Josef oder Josephus war, als man ihn aus dem Meer rettete, nach eigenen Angaben in einer Mission unterwegs, zur Begleitung oder Verteidigung einiger Tempelpriester aus Jerusalem, die der Prokurator Felix verhaftet und zum Verhör an den Kaiserhof nach Rom gesandt haben soll. Diese Mitteilung klang insofern verwirrend, als Felix schon lange seines Amtes enthoben, in geheimer Verhandlung angeklagt und verschwunden war, und um diese Zeit bereits der Nachfolger seines Nachfolgers, der Prokurator Albinus, die Provinz Judäa verwaltete. Demnach hätten die Jerusalemer Priester mehrere Jahre ohne Urteil im Gefängnis gesessen, ehe man sie dem Kaiser überstellte. War dergleichen denkbar? Konnten Priester des von Rom anerkannten Heiligtums in den Kerkern des Prokurators verschwinden, ohne dass jemand nach ihnen fragte? Was für Verhältnisse mussten in Judäa herrschen, wennn derlei möglich war ... Die Priester wurden von Kaiserin Poppäa Sabina, die sich dieser Tage in Puteoli aufhielt und den jungen Josephus in Halitys' Villa kennenlernte, augenblicklich auf freien Fuss gesetzt, worauf sie sich, wie man leicht verstehen kann, ungesäumt auf den Heimweg machten. Noch ein Jahr zuvor hätte die Kaiserin sie vermutlich in Rom festgehalten wie den Hohepriester Ishmael und seinen Neffen Hilkia, doch bedurfte sie solcher Zeugen nicht mehr, da der Fall Felix und Pallas abgeschlossen war.

Aus Josephus' Geschichte geht hervor, dass Poppäa Sabina in Halityrus' Villa zu Gast war, ohne ihren kaiserlichen Gatten. Wer um Neros ausgeprägte Eifersucht weiss – jedem gegenüber, an dessen Liebe, Freundschaft, auch nur Bekanntschaft ihm lag, besonders natürlich der Frau gegenüber, an der er trotz aller Eskapaden in tiefer Liebe hing – muss davon ausgehen, dass er nichts von diesen Besuchen ahnte. Poppäa Sabina war trostbedürftig, einsam, im Ungewissen darüber, ob sie ihren Einfluss auf den Kaiser je wiederherstellen könne. Auch alte Ängste vor der griechischen Hofpartei mochten sie heimsuchen oder noch ältere. Als Kind hatte sie miterlebt, wie ihre Mutter, eine vielgeliebte, träumerische, ein wenig achtlose Frau, von der eifersüchtigen Kaiserin Messalina in den Tod getrieben worden war. Ein kleiner Kreis scharte sich um Poppäa Sabina, nicht unbedingt Personen von Rang, eher solche, denen ihr banges Herz sich zugeneigt hatte.

Zu diesem Zirkel gehörte ausser Halityrus auch eine gewisse Kleopatra, Tochter eines aus Ägypten stammenden Ritters, die grosse Kenntnisse in der Kräuterkunde besass, im Mischen von Salben und Anwenden hilfreicher Tonika und Sedativa, in magischen Riten und den Mysterien der Seelenbeschwörung. Halityrus beschrieb sie mir als amüsante, mit hoher, girrender Stimme redende, zierliche Frau, mandeläugig, mit seltsam frisiertem Vogelkopf und flatternden Bewegungen, die auf manche Männer einen unwiderstehlichen Zauber ausübte, während andere sie mieden. Ich selbst habe sie nie gesehen. Sie kleidete sich, wie es hiess, bizarr und auffallend, war eine versierte Kosmetikerin und überredete Poppäa Sabina zu einer neuen Haartracht, die Nero entzückt haben soll: vom Hinterkopf nach vorn sich bauschende, Wangen und Stirn umrahmende Löckchen, den hervorquellenden Blüten eines Blumenkorbes ähnelnd, darin Poppäas Gesichtchen wie die grösste und bunteste der Blüten eingefasst war. Diese Frisur erregte bei Poppäas Besuch in Neapolis enormes Aufsehen, worauf die Kaiserin ihrer neuen Freundin zunehmend Vertrauen schenkte.

Unterdessen war in Rom, von der am Meer lebenden Kaiserin fast vergessen, die Zwergin Callida mit ihren Untersuchungen über die Rolle der römischen Prokuratoren der Provinz Judäa zum Abschluss gekommen. Die Kaiserin hatte die gelehrte Zwergin nicht mit auf die Reise genommen, so dass diese in den Hofarchiven nach Akten suchen und ein Bild der Verhältnisse gewinnen konnte. Callida löste die Aufgabe vorbildlich wie jede und krönte sie mit einem Memorandum, das sich auf meine Übersetzung der Jerusalemer Denkschriften aus den Tagen des Königs Herodes Agrippa des Ersten stützte. Herodes Agrippa hatte dem furchtsamen Claudius zum Thron verholfen und blieb lebenslang in des Kaisers Gunst, doch auch er vermochte wenig oder nichts gegen die griechischen Freigelassenen am Kaiserhof, denen am Beibehalten der Prokuratorstelle in Judäa lag. Einige Jahre später, unter Nero, nach dem Ableben des Prokurators Festus im Amt, war es zu einem längerem Aufschub bei der Neubesetzung der Stelle gekommen, und mit dieser Vakanz, die sich fast zwei Jahre hinzog – in welcher Zeit die Provinz vom kaiserlichen Legaten in Syrien mitverwaltet wurde – hatten die, denen daran lag, überzeugend bewiesen, dass der umstrittene Posten eines Prokurators von Judäa im Grunde überflüssig war.

Gestützt auf solche Gewissheiten vermittelte Callidas Bericht von diesem Amt ein negatives Bild, sowohl seine Inhaber seit Pontius Pilatus im Einzelnen betreffend, als auch die Institution der Prokuratur als solche. Ihre Darstellung wurde gerade in diesen Tagen durch einen Augenzeugen glaubwürdig unterstützt: durch den aus dem Meer gefischten Priester Josef oder Josephus. Die Kaiserin selbst war es, die ihn befragte, so sehr lag ihr an Klarheit über die Lage in Judäa. Der junge Priester, in Halityrus' Villa zu Tisch gebeten, fand sich dort überraschend mit der Herrin der Welt konfrontiert, die ihm, durch Callidas Memorandum vorbereitet, gezielte und sachkundige Fragen stellte. Für einen Fremden, der die Verhältnisse am römischen Hof nicht kannte, war dies keine ungefährliche Situation. Doch Josephus schien zu spüren, was Poppäa Sabina von ihm erhoffte: plausible Gründe, um den Prokurator Albinus des Amtes entheben zu können. Er lieferte ihr diese, wie mir

Halityrus schrieb, nicht *expressis verbis* – immerhin war Albinus der höchste römische Beamte in Judäa –, sondern in geschickten Wendungen des Gesprächs. So pries er zunächst die guten Absichten des Prokurators, dem es anfänglich um Beruhigung der Lage und Wiederherstellung der Gesetzlichkeit gegangen sei, liess sich dann aber durch Nachfragen die Äusserung entlocken, es sei dem früheren Hohepriester Ananias gelungen, Albinus zu bestechen, so dass des Ersteren bewaffnete Leibwache den Leviten und Tempelpriestern das ihnen zustehende Korn stehlen könne, ohne dass der römische Beamte dagegen einschreite. Trotz vorsichtig gesetzter Worte gab er der Kaiserin Einblick in die erschreckenden Zustände der Provinz. Zum Dank dafür bekam er sein eigenes Anliegen gewährt, die Freilassung der inhaftierten Tempelpriester. Auch Geschenke soll er von Poppäa Sabina erhalten und bei seiner Rückkehr in Jerusalem vorgewiesen haben.

Woher soviel Gunst? Halityrus zuliebe? In diesem Frühjahr, im Jahr nach dem Tod der kleinen Augusta, in den Tagen von Poppäa Sabinas Schwäche und Angreifbarkeit, fiel die verhängnisvolle Entscheidung, die mit einem Schlag das Schicksal des Landes Judäa besiegelte. Meine Schwierigkeit beim Erzählen ist, dass ich, als das Entscheidende geschah, nicht anwesend war. Ich kann nicht einmal sagen, wo genau es sich abspielte. Zahlreich waren die Landsitze der kaiserlichen Familie und ihrer Freunde, an herrlichen Stränden und lauschigen Buchten gelegen, auf ins Meer ragenden Landzungen und grünenden Hügeln, und alle wollten wenigstens eine Nacht bewohnt, ein Abendessen lang genossen sein. Bootspartien bei Fakkelschein fanden statt, romantische Feuer am Meer, ländliche Feste auf den steilen Hängen über Tarracina. Nero, die Kaiserin und ihre Begleiter hatten die bewegliche Lebensart entdeckt, fuhren in sechsspännigen Reisewagen die sonnigen Küstenstrassen entlang. Nach aussen bildeten die Konzerte in Neapel, das Baden in Antium, die Vorbereitungen zur Reise nach Griechenland das Geschehen. Irgendwo, irgendwann in diesen Tagen unterzeichnete der Kaiser das für Judäa verhängnisvolle Dokument.

Gleichfalls bin ich im Unklaren darüber, auf welche Weise sich die neue Freundin der Kaiserin, die schillernde Kleopatra, Kenntnis von der Denkschrift der Zwergin Callida zu verschaffen wusste, vor allem von den darin enthaltenen Empfehlungen Judäa betreffend, deren erste darin bestand, den Prokurator Albinus seines Amtes zu entheben. Ich halte es für unwahrscheinlich, dass Kleopatra bei der Vorlesung des Memorandums anwesend war; die Kaiserin pflegte ihre kluge Zwergin möglichst nicht zu zeigen. Eine Frau wie Kleopatra wird andere Mittel und Wege gefunden haben, sich ins Bild zu setzen. Vielleicht gelang es ihr, irgendwo heimlich zu lauschen, vielleicht wusste sie einen der kaiserlichen Kammerherren zu bezaubern. Kräuterkundig wie sie war, hätte sie auch vor zeitweiliger Betäubung und Vergiftung nicht haltgemacht. Auf welchem Wege immer: sie wusste sich Kenntnis von Callidas Memorandum zu verschaffen und beizeiten ihr Vorgehen danach zu richten.

Kleopatra war mit einem römischen Ritter verheiratet, einem aus der Hafenstadt Klazomenai gebürtigen Lydier, der in Rom irgendein höheres Amt innehatte, eine repräsentative Stelle, mehr oder weniger überflüssig, zu nichts anderem nütze als zur standesgemässen Versorgung solcher Existenzen. Dieser Mann, attraktiv, wohlduftend, nach der letzten Mode gekleidet, wusste sich zu bewegen, den Damen Komplimente zu machen und höhergestellten Personen nicht unnötig in die Quere zu kommen. Halityrus nannte ihn »das Männchen«. Er schien eher Anhängsel der schillernden Frau als selbst von Bedeutung. Kleopatra war klug genug, ihn der Kaiserin so spät wie möglich vorzustellen. Die Kaiserin, wie man am Hofe wusste, ertrug geistlose Menschen nicht und konnte heftig reagieren. Nach aussen hin hiess es, dass dringende Arbeit den Ritter Florus in Rom festhielte und daran hinderte, jene Frühsommerwochen mit seiner Gattin am Meer zu verbringen.

Um diese Zeit muss das Verhältnis der Kaiserin zu Halityrus eine Nähe erreicht haben, die Heimlichkeiten notwendig werden liess, diskrete Verabredungen und Botschaften, Überbringer und Mitwisser. Der Kaiser war anderweit beschäftigt, Neapolis fesselte ihn länger als vorgesehen. Die Beifallsbekundungen der Einwohner, ihre südlich-sinnenheisse Feststimmung wirkten auf ihn wie ein balsamisches Bad. Es traf sich, dass zahlreiche Griechen aus Alexandria in der Stadt waren, bekanntermassen spasshafte Leute, die Nero, wo immer er sich zeigte, mit Zurufen, rhythmischen Chören und Rundtänzen empfingen, und da der Schiffsverkehr zwischen Neapolis und Alexandria gut eingerichtet war, liess der Kaiser noch einige Tausend von ihnen auf Kosten der Reichskasse übers Meer holen. Auch die umliegende Landbevölkerung strömte nach Neapolis, jung und alt und wer gerade bei der Arbeit entbehrlich war. Gruppen dörflicher Jugend wurden von den kaiserlichen Freunden als Beifallrufer eingeübt und reichlich entlohnt, die Anführer angeblich mit vierhunderttausend Sesterzen, was dem gesetzlich geforderten Vermögen eines Ritters entspricht.

Eine niegesehene Begeisterung schien die Stadt Neapolis zu beseligen, eine wahre Neromanie, die sich noch steigerte, als der Kaiser dazu überging, die versammelten Menschenmassen zu Gastmählern einzuladen. Er trat fast täglich im Theater auf, nicht nur als Kitharöde, auch als Schauspieler in Tragödien, die er mit Halityrus einstudiert hatte, in Stücken wie »Kanake in Kindesnöten«, »Orest als Muttermörder« oder »Der rasende Herkules«. Halityrus musste bei Gelegenheit gemeinsam mit ihm spielen, auch zu Proben und Übungen zur Verfügung stehen, konnte sich aber zwischendurch in seine im nahen Puteoli gelegene Villa zurückziehen, wo er in aller Stille empfing, wen er wollte.

Der Kaiser führte auch den *Kitharaspieler* mehrmals auf, und jedesmal umtosten ihn Beifallsstürme. Die Verse, die ihn schon beim ersten Hören begeistert hatten und in denen vom ›römischen Volk, das ihn jubelnd begrüsste‹, die Rede war – wobei er in Neapolis das Wort ›römisch‹ wegliess –, wurden in seiner Vertonung zum Hymnus, zum Erkennungslied des Bundes zwischen dem kaiserlichen Sänger und seinem Publikum. Die Zeilen

…kühn war, was ihm träumte,
und niemals alltäglich,
kühn wie die Stadt sich auf sieben Hügeln
erhob als die Herrin der Welt …

sangen die Zuschauer laut mit, stehend, unter rhythmischem

Klatschen und Trampeln, wovon, wie erzählt wurde, die Stadt erbebte. Ich erwähnte bereits, dass Neapolis' Ampthitheater diesen Erschütterungen auf Dauer nicht standhielt und eines Tages in sich zusammenstürzte.

Halityrus berichtete mir in vertraulichen Briefen von den Ereignissen am Golf. Er schrieb von Neros beispiellosen Triumphen, von dem Taumel, der Stadt und umliegende Landschaft erfasst hatte, von den Banketten, auf denen der Kaiser sein Publikum speiste, von ganzen Schiffsladungen Wein, die bei den Gelagen ausgeschenkt wurden. Über Wochen war Neapolis eine von Musik und Festtrubel erfüllte Stadt, in der allnächtlich, dem Beispiel des Kaisers folgend, tausende Männer zum Klang der Saiteninstrumente liebestrunkene Lieder sangen, Landmädchen beim Schein der Fackeln Reigen tanzten und Paare aller Stände zueinander fanden. Was immer damals zwischen der Kaiserin und Halityrus geschehen sein mag, es sollte sich als ebenso launenhaft erweisen wie alles, was in diesen Wochen geschah. Auf die Annäherung zwischen der göttlichen Augusta und dem geborenen Sklaven folgte eine entsprechende Periode der Abkühlung, ein nachträgliches Erschrecken und Einander-Meiden, ein Zurückziehen des Entgegenkommens und Vertrauens, und diese Tage nutzte die Freundin der Kaiserin, die bunte Kleopatra, für ihre Dispositionen.

Vermutlich hatte sie sich vorher mit Vertrauensleuten der griechischen Hofpartei ins Einvernehmen gesetzt, mit Dionysus Alexandreus oder Beryllus, die das Amt *ab epistulis* leiteten und voller Sorge an die immer noch unentschiedene Petition der Bürger von Caesarea dachten. Mit dieser Petition hatte es die Bewandtnis, dass wir ihrer immer wieder vergassen, einmal wegen der endlosen Dauer ihrer Bearbeitung, zum anderen wegen ihres für Nicht-Juristen schwer fassbaren Inhalts. Es ging um die Regelung der *isopoliteia*, der Mitbürgerschaft, des öffentlichen Miteinanders in einer Vielvölkerstadt, um bestimmte Vorschriften in der Stadtverwaltung, der Wahlprozedur, der zu besetzenden Ämter. Man neigte dazu, die Sache leichter zu nehmen als sie verdiente, es schien sich um Verwaltungsfragen zu handeln, um Formalien. In Wahrheit verbarg sich dahinter die Frage, ob der griechischen Partei die unumschränkte

Herrschaft über die Stadt Caesarea eingeräumt wurde, über die offizielle Hauptstadt der Provinz Judäa, den Hafen und Umschlagplatz der in Rom begehrten asiatischen Luxuswaren. Alle beteiligten Parteien wussten, wie wichtig die Hafenstadt indessen geworden war, spätestens seit den umfassenden Erweiterungen durch den judäischen König Herodes. Eine Abschaffung des dort residierenden römischen Prokurators, wie sie der Zwergin Callida vorschwebte – und bislang auch der Kaiserin und Tigellinus sinnvoll schien –, würde Caesarea wahrscheinlich zu einer jüdisch dominierten Stadt werden lassen. Auch sonst hatte die griechische Hofpartei Gründe, das Memorandum der Zwergin zu fürchten: die militärische Kontrolle über das Gebiet fiele nach Callidas Plan dem Statthalter von Syrien zu, einem Senator und Römer, und den ihm zu Gebote stehenden Truppen, regulären römischen Legionen, und wäre damit dem Einfluss der *grex* für immer entzogen.

Callidas Memorandum wurde von der Kaiserin, Tigellinus und anderen Gegnern der griechischen Partei mit Interesse und Zustimmung angehört, mit sehnsüchtigen Gedanken, wie nützlich es wäre, die Vorschläge zu verwirklichen. Doch als die Frage stand, wer es dem Kaiser vortragen sollte, fand sich niemand dazu bereit. Es bestand kaum Zweifel, dass dieser Vorschlag auf der Stelle kaiserlichen Unmut hervorrufen würde, gegen den Adel gerichtete Tiraden, womöglich einen Tobsuchtsanfall. Des Kaisers Hass gegen den Senat war auf ein erschreckendes Mass angewachsen. Er soll sich damals mit Projekten getragen haben, die führenden Mitglieder dieser Körperschaft einfach aus der Welt zu schaffen, wie mir der designierte Konsul Plautius Lateranus eines Nachts in meinem Gartenhaus anvertraute, ein meinen Schwiegereltern nahestehender Mann, den Nero bald darauf umbringen liess. Selbst wenn man so aberwitzige Absichten beim ersten Hören wenig glaubhaft fand, traute doch jeder Eingeweihte dem Kaiser zu, dass er sie gesprächsweise geäussert hatte, schon in der Hoffnung, dadurch Verwirrung und Unruhe zu stiften, womöglich einige Senatoren zu unbedachten Handlungen zu provozieren.

Jedenfalls wollte es niemand auf sich nehmen, dem Kaiser einen Plan vorzulegen, der auf den Machtzuwachs eines römischen Senators hinauslief. Realistischer schien die kleinere Version von Callidas Hilfsprogramm für Judäa, der nämliche Vorschlag, für den seinerzeit König Herodes Agrippa seinen Freund Kaiser Claudius zu erwärmen versucht hatte: die syrischen Hilfstruppen, deren Raubzüge gegen die Bevölkerung die Lage beständig verschlimmerten, durch reguläre römische Soldaten auszuwechseln. Die Legionäre hielten römische Militärdisziplin, es war unüblich, jedenfalls viel seltener als bei ausländischen Hilfstruppen, dass sie plünderten und raubten. Vielleicht wäre dieser Teil des Planes, der bei genauem Hinsehen der entscheidende war, zu verwirklichen gewesen, hätte nicht der Machtzuwachs des Domitius Corbulo, der auf dem Posten des Statthalters von Syrien ungewöhnlichen Einfluss erlangt hatte, den Kaiser tief und nachhaltig beunruhigt. Corbulo, der Feldherr des Armenischen Krieges, war von Nero mit ausserordentlichen Vollmachten versehen worden, mit einem sogenannten *imperium maius*, wozu neben dem Oberbefehl über das gegen die Parther aufgestellte Heer auch die Statthalterschaft über Syrien gehörte. Nun versuchte der Kaiser dieser furchteinflössenden Konzentration von militärischer und ziviler Befehlsgewalt so rasch wie möglich ein Ende zu bereiten. Ein Aufstand zu mächtig gewordener Truppenführer mit ihren Legionen war sein Horror, mehrmals hatten ihn Orakel davor gewarnt.

Dies der Stand der Dinge, den Kleopatra bei einigem Geschick in Erfahrung gebracht haben konnte. Redselige Leute fanden sich in Rom jederzeit, die wenigsten taten sich Zwang an, erst im Jahr darauf, angesichts der Massenverhaftungen unter Senatoren, sollten viele begreifen, wie leichtsinnig sie gewesen waren. Schon damals schwollen die geheimen Akten, die Tigellinus über die grossen Familien anlegen liess. Die mir nächtlicherweise von Plautius Lateranus' eröffnete, beim ersten Hören ungeheuerlich klingende Vorahnung sollte sich bewahrheiten: Nero machte sich daran, den Senat auszuschalten, indem er seine einzelnen Mitglieder umbringen liess. Plautius Lateranus war ein Vetter jenes Aulus Plautius, bei dessen Enthauptung der Kaiser zugesehen und den unvergessenen Scherz gemacht hatte, nun könne die ermordete Kaiserin-Mutter Agrippina kommen »und meinen Nachfolger umarmen«, wobei man einander unter der Hand auf die Vieldeutigkeit des Wortes »Nachfolger« hinwies, war doch der junge Aulus verdächtigt worden, Agrippinas Liebhaber zu sein ... Das Haus Plautius stand der Familie meines Schwiegervaters nahe und der judäischen Partei am Hof. Auch Shimeon ben Levi, der Arzt, verkehrte dort und sprach mit sanfter Stimme über die Lehre des Nazareners, den er »der Rabbi« nannte. Wir ahnten damals nicht, dass Plautius Lateranus einer der Anführer der sogenannten Pisonischen Verschwörung war, einer Konspiration senatorischer Familien gegen den Kaiser. Doch Tigellinus war längst darüber im Bilde. In seinen Akten fand sich, wie ich im Jahr darauf anlässlich eines Verhörs in der Prätorianerkaserne erfahren sollte, eine »geheime Information« über Plautius' nächtlichen Besuch in meinem Gartenhaus.

Zahlreich waren die Informationen, die Tigellinus erhielt, aus allen Ständen und Kreisen der Gesellschaft. Er beschäftigte ein Heer professioneller Spitzel und Anzeiger, die ihm oder seinen Offizieren regelmässig berichteten. Auch manche, die rasch etwas Geld brauchten, einen Nebenbuhler aus der Welt schaffen oder einen lästigen Ehepartner beseitigen wollten, liessen ihm dafür Wissenswertes zukommen. Oder Unglückliche, die er durch Verhör und Folter zum Reden brachte, oder solche, die er mit Verfehlungen erpresste, die ihm wiederum durch Anzeigen Anderer zur Kenntnis gelangt waren. Vielleicht hatte er etwas über die Freundin der Kaiserin, die schillernde Kleopatra, in Erfahrung gebracht, über ihre schwarzkünstlerischen Fähigkeiten und Anrufungen Verstorbener, die ihr jederzeit eine Anklage wegen *superstitio externa* eintragen konnten. Eine Frau wie Kleopatra unterhält ein weites Netz nützlicher Bekanntschaften, was mit dem Risoko verbunden ist, vielen Leute Einblick in das eigene Dasein zu geben. Sie war, wie mir Halityrus schrieb, von einer fast unheimlichen Beweglichkeit und Behendigkeit. Obwohl sie sich am reisenden Hof der Kaiserin aufhielt, der damals in den Küstenstädten und Badeorten unterwegs war, fand sie Gelegenheit zu vertraulichen Begegnungen in Rom.

Vielleicht war sie es, die Tigellinus den Hinweis gab, vom Judäa-Projekt der Zwergin Callida Abstand zu nehmen, nachdem sie aus griechischen Hofkreisen erfahren hatte, dass die *grex* ein Gegen-

Memorandum vorbereitete, dessen Vorschläge dem Kaiser eher zusagen würden. Um mich auf das zu beschränken, was ich mit Sicherheit weiss: in diesen Tagen wurden dem Sicherheitspräfekten, dem lächelnden Ritter Tigellinus, die Beziehungen zwischen Halityrus und der Kaiserin bekannt. Wer konnte ihm diese Information zugespielt haben? Nur eine Person, die ein erhebliches Eigeninteresse hatte, würde das Risiko eines solchen Vertrauensbruchs eingehen. Die meisten Freundinnen, Kammerfrauen und Dienerinnen Poppäa Sabinas wollten nichts als das Wohl ihrer Herrin, das zugleich das ihre war. Die schillernde Ägypterin gehörte erst seit kurzem zu diesem Kreis, niemand kannte sie wirklich.

Der Ritter besass nun erstmals ein Druckmittel gegen Poppäa. Nero fühlte sich zwar seinerseits nicht zu ehelicher Treue verpflichtet, nahm es aber sehr übel, wenn ihm Hörner aufgesetzt wurden. *Cornutus*, der Gehörnte, heisst das Wort, das kein Mann gern hört, am wenigsten der Grossneffe und Nachfolger des Kaisers Claudius, den seinerzeit seine Gattin Messalina mit einem ganzen Geweih versehen und zum Gespött gemacht hatte, eine bleibende Schmach für das julisch-claudische Geschlecht.

Ich vermute, dass Tigellinus nicht daran dachte, den Kaiser ins Bild zu setzen. Die Enthüllung hätte Halityrus den Kopf gekostet und wäre auch für Tigellinus, den Überbringer, eine höchst unerfreuliche halbe Stunde geworden: bittere Vorwürfe und allerhöchste Verstimmung hätten ihn getroffen, womöglich dauernde Ungnade. Eher wird Tigellinus den Entschluss gefasst haben, die Information zu unterdrücken und die Zuträgerin bei Gelegenheit aus Rom zu entfernen. Ihm war nicht daran gelegen, Halityrus Schaden zuzufügen, solange die wenigen judäischen Hofleute sein einziges Gegengewicht gegen die machtvolle griechische Partei bildeten. Er sah auch keinen Sinn darin, Neros Ehe mit Poppäa Sabina zu zerstören. Für ihn war es günstiger, wenn die stolze und schöne Frau ein wenig gedemütigt wurde, indem sie sich den Kaiser mit einem Lustknaben teilen musste, und dennoch Herrscherin blieb. Im selben Jahr wie er zur Macht aufgestiegen, blieb sie seine Verbündete in allen wichtigen Konstellationen am Hof, im Kampf gegen den Senat und die griechische Hofpartei.

Eines jedoch erreichte Kleopatra mit ihrer Denunziation: dass Tigellinus sie fortan ernst nahm. Das hiess, dass er darüber nachdachte, wie er sie – und sei es um einen hohen Preis – aus dem Umkreis der Kaiserin, am besten ganz aus Rom entfernen könnte. Vorerst war der amüsanten Frau nicht beizukommen, sie stand der Kaiserin in schwerer Stunde bei, wurde ihre Vertraute in Herzensfragen, etwa der, wie Poppäa Sabina ihre Faszination auf den um einige Jahre jüngeren Kaiser wiedererlangen, sich durch Schönheitsmittel erhalten, durch Zauberkraft verjüngen könnte. Zwar waren Salben kochende, in magischen Künsten bewanderte, mit dem Überirdischen vertraute Frauen offiziell in Rom verachtet, doch in Wahrheit spielten sie in den Palästen der Grossen eine wichtige Rolle, als Ratgeberinnen und Hellseherinnen, *oculis acribus et acutis praeditus*, in allen Frauensachen, den guten wie den bösen. Es galt als eines Mannes unwürdig, von derlei zu wissen, überhaupt die inoffiziellen Räume im Frauenflügel des Hauses zu betreten, was nicht heisst, dass nicht auch Männer zu schwarzkünstlerischen Mitteln Zuflucht nahmen. Verbreitet waren Liebestränke, aphrodisische Mixturen aus Kräutern, Pilzen und tierischen Absonderungen, mit deren Hilfe man zögerlich Liebende beiderlei Geschlechts in ungeahnte Glut zu versetzen und zugleich für Verlockungen durch Nebenbuhler unempfänglich zu machen hoffte.

Es ist wenig wahrscheinlich, dass die in diesen Dingen versierte Kleopatra sich ihre Kenntnis von der Annäherung zwischen der Kaiserin und dem Schauspieler auf heimlichem Weg verschaffen musste. Sie wird von Anfang an eingeweiht, zu Rate gezogen, der liebesbedürftigen, enttäuschten Poppäa mit all ihren Künsten zur Seite gewesen sein. Zugleich liegt die Vermutung nahe, dass die kundige Ägypterin sanften Druck auf die Kaiserin auszuüben begann. Sie wagte jetzt, ihren Gatten, den Ritter Florus, aus Rom kommen zu lassen und der Herrscherin vorzustellen. Sicher geschah es beiläufig, bei einer Segelpartie an der Küste, einem Ausflug in die Berge oder anderer halb scherzhafter Gelegenheit. Der lydische Ritter erwies sich als Kavalier, beschützte die Damen, bot seinen Arm als Stütze. Auch sass er gut zu Pferd und hatte in seiner Jugend – in der Hafenstadt Klazomenai an der Hermos-Bucht – Segeln und Schwimmen gelernt.

Dann schickte ihn seine Frau wieder nach Rom in sein Amt, damit er nicht weiter störte und zugleich in der von Kaiser, Kaiserin und ihren Freunden verlassenen Hauptstadt die Entwicklungen im Auge behielt.

Denn in Rom besorgten dieser Tage kaiserliche Freigelassene wie Helius, Polyclet oder Patrobius die laufenden Geschäfte, wie immer, wenn der Herrscher abwesend war. Der hauptstädtische Riesenbetrieb arbeitete weiter vor sich hin, eine schwer zu erschütternde Maschinerie, verwaltend, kontrollierend, Steuern einziehend, Militärs und Beamte besoldend, Arme und Bedürftige speisend, pünktlich in Erfüllung der religiösen Kulthandlungen und der seit altersher festgelegten Feste. Der Präfekt Tigellinus – auch er von erstaunlicher Beweglichkeit – fuhr manchmal in raschen Nachtfahrten in die Stadt, liess sich von reitenden Kurieren auf dem Laufenden halten und trug Ausgewähltes dem Kaiser vor. Wahrscheinlich traf er, nachdem ihm das Memorandum der Zwergin Callida bekannt geworden war, erste Anstalten, es in die Tat umzusetzen: negative Stimmungsberichte, Beschwerden und andere den Kaiser beeinflussende Information über das Wirken des Prokurators Albinus, dessen Amtsenthebung der erste Schritt von Callidas Plan zur Verbesserung der Lage in Judäa sein sollte.

Während diese Bemühungen eben anliefen, erfuhr Tigellinus von den Absichten der griechischen Hofpartei, dem Kaiser ein Gegen-Memorandum vorzulegen, das jetzt, nachdem Nero wegen der Truppenkonzentration im syrischen Raum unter Domitius Corbulo in Angst geraten war, weit mehr Aussicht auf Erfolg zu haben versprach als das von Callida. Der siegreiche Feldherr Corbulo war nach Kappadokien versetzt und die Auflösung der in seiner Hand vereinten Macht als Statthalter von Syrien eingeleitet worden, während Callidas Vorschlag – im genauen Gegensatz dazu – auf einen weiteren Machtzuwachs dieses Postens hinauslief. Nach Syrien hatte der Kaiser bereits einen neuen Legaten entsandt, einen ungefährlichen, trägen Mann, den Konsularen Cestius Gallus. Als Callida ihr Memorandum der Kaiserin vortrug und ab und zu einen Blick in das unbewegte Gesicht ihrer Herrin wagte, begriff sie die Ungunst der Stunde. Poppäa Sabina hörte sich das Memorandum an, doch ihr war klar, dass es sich nicht mehr umsetzen liess. Dass es dem Kaiser am besten gar nicht mehr unterbreitet werden durfte. Wie die Dinge standen, musste die mit soviel Mühe ausgearbeitete Denkschrift zur Erleichterung der Lage in Judäa in aller Eile zurückgezogen werden.

Dies ganz und gar zu tun, war es jedoch zu spät. Der Kaiser hatte von Tigellinus ersten Bericht über Albinus' Amtsmissbräuche erhalten, wahrscheinlich noch in Neapolis. In seiner üblichen Eile, in Gedanken bei seinem nächsten Konzert oder Auftritt und übrigens in dem Glauben, Gutes für die Provinz Judäa zu tun, hatte er Albinus' sofortige Entlassung verfügt sowie die schnellstmögliche Neubesetzung des Postens mit einem Geeigneteren, wofür man ihm umgehend Vorschläge unterbreiten sollte. Hier kam unser Vorgehen für immer zum Stehen. Die weiteren Schritte von Callidas Projekt zur Verbesserung der Lage in Judäa wurden nicht mehr vorgetragen, das Memorandum niemals dem Kaiser vorgelegt. Alles, was am Ende von unseren jahrelangen Bemühungen übrigblieb, war die Entlassung des Ritters Albinus aus dem Amt des Prokurators von Judäa. Sie schadete ihm nicht weiter, er erhielt bald darauf eine andere Provinz, wo er in der bekannten Weise zu administrieren fortfuhr, räuberisch und gnadenlos.

Ist denn mein Leben nicht kurz? So lass ab von mir, ziehe dich zurück, dass ich ein wenig erheitert werde, ehe ich hingehe – und kehre nicht zurück – ins Land der Finsternis und des Dunkels …

Das Letzte ist schnell erzählt. Der Prokurator Albinus wurde abgesetzt, die Frage des Nachfolgers dringlich. Kleopatra, die schillernde Freundin der Kaiserin, wusste einzurichten, dass der Name ihres Gatten, des Ritters Florus, als Kandidat für die vakante Stelle ins Gespräch kam. Der Name tauchte auf, wurde mehrmals genannt und fand Fürsprecher. Unter diesen war Tigellinus, was zunächst überraschte. Doch die Entsendung des Paares in die Provinz Judäa war ein sicherer Weg, die unruhige Frau aus der Umgebung der Kaiserin zu entfernen. Gegen Florus sprach nicht mehr als gegen andere. Er besass keinerlei Fähigkeiten für dieses Amt, aber welche Fähigkeit hatte schliesslich Felix besessen, ausser, der Bruder des mächtigen Pallas zu sein? Auch die griechische Hofpartei unterstützte Florus, aus ihrer Sicht empfahl ihn vor allem der Umstand, dass er Grieche war und den Posten erneut für die *grex* in Beschlag nahm.

Der Prokurator von Judäa gehörte zur zweiten Gehaltsklasse kaiserlicher Ämter, zu den sogenannten *ducenarii*, was bedeutete, dass er mit zweihunderttausend Sesterzien jährlich besoldet wurde. Sollte dieses Einkommen Kleopatra nicht verlockend genug gewesen sein, so waren es die Nebeneinkünfte, die der Posten bot. Verlockend war auch, dass die Gattin eines römischen Provinzverwalters den Status einer Königin innehatte. In Rom sprach man viel darüber, wie solche Damen in den Provinzen auftraten: sie wohnten auf erhöhter Tribüne den Paraden der Truppen bei, umgaben sich mit einer berittenen Leibwache und empfingen die Geschenke der einheimischen Grossen. Bereits vor Jahrzehnten hatte ein gewisser Severus im Senat den Antrag gestellt, kein römischer Provinzverwalter solle seine Frau in sein Herrschaftsgebiet mitnehmen dürfen, wobei er sich auf skandalöse Beispiele berief wie Cornelia, Gattin eines kaiserlichen Legaten von Pannonien, die für ihre Erpressungen und Räubereien in Rom vor Gericht gestellt werden musste, oder Plancina, Gemahlin eines vormaligen Statthalters von Syrien, die mit der Kavallerie durchs Land gestreift und »Herrin des Feldlagers« genannt worden war. Wie Harpyien mit eisernen Klauen, so scherzte der Volksmund, fielen solche Frauen über die beklagenswerten Provinzen her und besudelten die Ehre Roms. Übrigens hatte der Antrag des Senators Severus, die Missbräuche der Gattinnen zu unterbinden, unter den gesetzgebenden Vätern keine Mehrheit gefunden.

Halityrus, der als einer der ersten von der in Erwägung gezogenen Ernennung des Ritters Gessius Florus erfuhr, sah die Gefahr, die Kleopatra für unsere Heimat bedeutete. Auf Grund seiner zum Schlechteren gewandelten Beziehung zur Kaiserin konnte er nicht selbst bei ihr vorstellig werden, um Vorbehalte gegen die Ernennung vorzutragen. Statt dessen schrieb er seinem Neffen Matitjahu und bat ihn, so schnell wie möglich in der Angelegeheit zur Kaiserin zu reisen, da er selbst, als des Kaisers Berater für öffentliches Auftreten, zur Zeit am Golf von Neapolis unabkömmlich sei. Matitjahu geriet in Verlegenheit. Er konnte sich nicht aus dem Hofamt *ab epistulis* entfernen, ohne seinen Vorsteher um Genehmigung zu bitten, und dieser war ausgerechnet der Grieche Beryllus, ein entschiedener Befürworter von Florus' Ernennung. Matitjahus Reise an den Aufenthaltsort der Kaiserin würde Beryllus' Verdacht erregen und die griechische Hofpartei in Bewegung setzen, zu irgendeiner Gegenaktion, wobei alles mögliche denkbar schien, selbst ein Überfall auf den Reisenden.

In seiner Not wandte sich Matitjahu an mich und erschien eines Abends, nach angebrochener Dunkelheit, in meinem Haus. Halityrus' Brief wirke verzweifelt, erfuhr ich von ihm, offenbar bahne sich dort, in den Badeorten am Meer, etwas für Judäa Verhängnisvolles an. Wir kannten die Einzelheiten nicht, hatten den Namen Florus kaum je gehört, doch zögerten wir keinen Augenblick zu handeln. Um Halityrus' Bitte nachzukommen und sofort zur Kaiserin zu fahren, brauchte Matitjahu einen Reiseauftrag von möglichst hoher Stelle. In diesen Tagen stand ich in Verbindung mit Plautius Lateranus, der als Konsul für das kommende Jahr designiert war, in Erwartung der höchsten curulischen Macht. Noch konnte niemand ahnen, dass er sein Konsulat nicht mehr antreten würde, da Nero ihn vorher umbringen liess. Als Neffe der trauernden Pomponia Graecina, von der es hiess, sie hätte im Geheimen unseren Glauben angenommen, war er für Bitten unserer Familie erreichbar. Schon am nächsten Tag machte ich mich auf den Weg in seine Morgenaudienz. Dabei sah ich mich zum ersten Mal veranlasst, den Trick mit der Sänfte anzuwenden: während ich diese in die Landschaft bei Ostia schickte, um die Spitzel der griechischen Hofpartei irrezuführen, begab ich mich selbst zu Fuss, vermummt und von nur meinem Schreiber Primus begleitet, in Plautius' berühmten Palast auf dem Lateran.

Es war dies, vom Hügel Aventinus aus, ein ziemlich weiter Weg.

Wir verliessen das Haus vor Sonnenaufgang, noch schien nur der Mond, die auf dem Vorplatz postierten Spitzel waren um diese Stunde schläfrig und unaufmerksam. Gehüllt in Kapuzenmäntel stahlen wir uns aus der Gartentür und eilten hügelabwärts. Meinem Freigelassenen Gedalja hatte ich den Aufbruch der Sänfte anvertraut: er solle gegen sechs Uhr Morgens, unter Vorgabe, ich sässe hinter geschlossenen Vorhängen im Innern des Kastens (in Wahrheit sass dort, um die Träger durch sein Gewicht zu täuschen, ein zuverlässiger Diener), den ganzen Zug mitsamt Prätorianern, Vorreitern und Läufern in Bewegung setzen, in Richtung Via Ostiensis, sodann diese Landstrasse ein Stück nach Süden, an einer bestimmten Stelle auf einem Feldweg nach Westen, bis zu einem leerstehenden, verfallenen Gehöft, das ich ihm genau beschrieb. In dessen Innenhof, neben einem dort wachsenden alten Ölbaum, sollte das Gefolge die Sänfte absetzen, als hätte ich mit jemandem eine geheime Verabredung. Auf ein vorher verabredetes Signal, einen Pfiff oder dergleichen, möge man nach einer halben Stunde die Sänfte wieder abholen und in die Stadt zurücktragen. Die Ruine kannte ich von Ausritten mit meinem Schwager Alexander, das Gelände, in dem sie lag, gehörte meinem Schwiegervater, der dort seine Schafherden weiden liess.

Unterdessen lief ich selbst, von Primus mit der Laterne gefolgt, durch die Gasse an den Kolonnaden des Circus Maximus. Wir bogen links in eine der Strassen, die unterhalb des Aquädukts hügelaufwärts führen, über den Hügel Caelius, an den Aussenmauern des Claudius-Tempels entlang, durch die Porta Querquetulana, über die Wiesen aufwärts zum Lateran. Die Stadt lag hinter uns, still, in bleiernen Farben, als atme sie den Fieberhauch, für den diese Landschaft seit frühesten Tagen berüchtigt war. Ein paar arme Leute begegneten uns, zu Fuss wie wir, stadtwärts durch das sogenannte ›Eselstor‹ kommend, Bauern mit Ochsenkarren, Schäfer, deren Füsse gegen Disteln und Dornen mit Ziegenfell umwickelt waren, derbe Frauen, Amphoren schleppend, Kinder mit Obstkiepen. Nichts erinnerte um diese Stunde, in diesen halb ländlichen Regionen an die glänzende Stadt der Sehnsüchte und Gesänge. Vor Plautius' Palast standen ein paar Sänften. Der Türhüter des Senators, ein vierschrötiger Kerl, wollte nicht gleich glauben, dass ich sei, der zu sein ich vorgab, erst als ich ihm den goldenen Ritterring unter die Nase hielt, liess er uns ein.

Im fast lichtlosen, riesigen Atrium warteten einige Gestalten, grau überhaucht vom Morgendämmer, verloren und winzig am Fuss hoher Säulen aus matt glänzendem, farbig geäderten Marmor. Der Hausherr, als ihm sein *cubicularius* meldete, dass ich unter den Wartenden sei, bat mich rasch in sein Morgengemach. Wir setzten uns in einem Alkoven auf eine marmorne Bank. Obwohl er alle hinausgesandt hatte, sprach ich nahe seinem Ohr, mit Blick auf die mit einem Teppich verhängte Tür. Er antwortete ebenso. Was wir besprachen, war die Zukunft des Landes Judäa, das auch für ihn mehr zu sein schien als irgendeine römische Provinz. Ich erinnere mich an seine betrübte Miene, als ich ihm die Neuigkeiten mitteilte. Trafen die Gerüchte zu, wonach ausser Pomponia Graecina auch andere Angehörige des Hauses Plautius den Weg zum Einzigen Gott gefunden hatten? Ich hätte den designierten Konsul nicht geradezu danach fragen können, allenfalls Andeutungen wären möglich gewesen, doch auch dazu kam es nie, wir waren in Eile an diesem Morgen und sahen uns in dieser Welt nicht wieder.

Plautius lauschte meiner geflüsterten Rede. Man spürt am Zuhören eines Menschen, wie er das Gesagte aufnimmt, nur selten ist die Antwort wirklich überraschend. Er müsse ohnehin dem Kaiser in Neapolis seine Aufwartung machen und sich eins seiner Konzerte anhören, sagte Plautius, und die Art, in der er es sagte, verhehlte nicht, dass er Neros überdrüssig war. Er wolle darum ersuchen, dass ihn Matitjahu auf der Reise begleiten dürfe, damit er sich von ihm in einigen Fragen, sagen wir: seine galiläischen Besitzungen betreffend, Rat holen könne.

Ich nickte dazu, der Einfall schien mir gut. Plautius sprach weiter, leise, ohne mich anzusehen. Er müsse sich an den Vize-Prokurator Beryllus wenden, der uns bekanntlich nicht gewogen sei, doch ihm, dem designierten Konsul, könne dieser die Bitte nicht abschlagen. Plautius war ein hochgewachsener, militärisch straffer Mann in den Vierzigern, in seiner Jugend ein Liebhaber der Kaiserin Messalina, nach deren Ermordung man ihn aus dem Senat gestossen, doch alsbald wieder aufgenommen hatte, adelsstolz von Geburt, durch wechselhafte Schicksale frei von Furcht. Er stand auf und begleitete mich zur Tür. Unterwegs, mitten in der marmorverkleideten Halle, hörte ich den leise gesprochenen Satz: »Möge euch der Herr beistehen.«

Es sitzen die Ältesten nicht mehr im Tor und die Jünglinge nicht mehr beim Saitenspiel. Alle Freude unseres Herzens hat ein Ende, unser Gleichmass hat sich in Klage verkehrt. Die Krone ist von unserem Haupte gefallen, wehe uns, wir haben gefehlt …

Ich erinnere mich, wie mich der Diener mitten in der Nacht weckte, wie ich aufstand, hinunter ging und Matitjahu im Atrium sitzen sah, staubig und steif vom stundenlangen Fahren im Reisewagen. Als ich mich näherte, hob er den Kopf und sah mir entgegen, mit einem Lächeln, das zuversichtlich wirken sollte und nichts anderes verriet als Erschöpfung. Wir gingen ins Peristyl und liessen im Säulengang Fackeln aufstecken. Der Diener brachte Mischkrug und Becher, Früchte, Zuckerwerk und was er sonst im schlafenden Haus hatte auftreiben können. Wir sprachen die Segen und tranken einen Schluck Wein. Ich sandte den Diener hinaus, damit er im Atrium wache.

Matitjahu wartete reglos, mit geschlossenen Augen, und lauschte den sich entfernenden Schritten. Als Stille war, öffnete er die Lider und sah mich an, geradewegs, als wolle er auf einen Blick herausfinden, ob ich seinen Nachrichten gewachsen sei. Die Kaiserin, begann er ohne jede Vorrede, scheine gewusst zu haben, was ihn zu ihr führte. Sie hätte ihn, den sie als ihren Schützling betrachte, nicht lange warten lassen. Der Empfang sei gnädig gewesen, man könne sagen, freundlich, doch hätte er den Eindruck gewonnen, dass sie mit den Juden am Hof unzufrieden wäre, nicht offen, da sie unserer noch bedürfe, doch spürbar für jemanden, der an dieser Stelle empfindlich sei. »Ihr Juden«, hätte sie erklärt, »macht aus allem ein

Problem. Könnt ihr die Dinge nicht einmal ihren Gang gehen lassen und hinnehmen wie sie sind? Was ist gegen diesen Mann zu sagen? Er ist vielleicht nicht perfekt, aber er gibt sich alle Mühe.«

In diesem »ihr Juden« sah er eine nachdrücklichere Ablehnung als mit der Meinungsverschiedenheit über Florus zu begründen war. Mehr müsse vorgefallen sein als nur dies, er hätte die ganze Zeit der Rückreise, allein im Reisewagen, darüber nachgedacht. Wir sassen in der Laube im Peristyl, der Platz war sicher, das hölzerne Gebilde stand zwischen blühenden Büschen, und da im viele Meter entfernten, rundum schirmenden Säulengang Fackeln brannten, war heimliche Annährung im Dunkel verwehrt. Hier hatte ich Plautius Lateranus zugehört, als er von des Kaisers Mordabsichten gegen die grossen Familien sprach, und hier hatte ich mit Matitjahu und Halityrus zu Tisch gelegen, in meiner letzten Nacht als Junggeselle. Unvergessen war dieser Abend zu dritt, ein weiterer seiner Art hatte sich nicht ergeben. Der Schauspieler zeigte sich kaum noch in der Stadt, hielt sich meist an der campanischen Küste auf, zwischen Antium, Baiae und Neapolis.

»Hast du Halityrus gesehen?« fragte ich.

»Er lässt dich grüssen.«

»Er ist bei der Kaiserin?«

Matitjahu schüttelte den Kopf.

»Foedus ruptum?«

»Sie erwähnt seinen Namen nicht mehr. Ich bin anschliessend zu ihm nach Puteoli gefahren. Er sprach ausführlich von den Konzerten des Kaisers, von der Begeisterung der Menge, von Neros Fähigkeit zur Improvisation, doch über die Kaiserin verlor er kein Wort. Für ihre Kühle gegenüber der judäischen Hofpartei nannte er andere Gründe. Er könne verstehen, wenn sich Römer, die bisher mit uns sympathisiert hätten, nun von uns abwandten. Unser Volk schlage einen Weg ein, dem viele nicht mehr folgen könnten. Auch er hätte zunehmend Mühe.«

»Klingt konfus«, sagte ich.

»Konfus? Was er meint, ist nur allzu klar.«

Als ich ihn verständnislos ansah, fügte er hinzu: »Er will uns verlassen.«

»Verlassen?«

»Indem er zur Sekte des Chrestos übergeht.«

»Unsinn. Ein Jude kann gehen, wohin er will, er bleibt trotzdem ein Jude.«

»Ein Jude«, erwiderte Matitjahu, »der sich den Ansichten des Sha'ul aus Tarsus anschliesst, ist ein Aufkündiger des Bundes.« Darauf schwieg er. Mir war, als zitterten seine Lippen. Er hob den Kopf und fuhr fort: »Sha'ul oder Paulus, wie ich ihn besser nennen sollte, denn er ist längst zum Heiden geworden durch alles, was er sagt und tut, Paulus predigt, dass die Beschneidung nicht mehr notwendig sei, dass an die Stelle des alten Bundes ein neuer trete, dass jene, die von Israel ›übriggeblieben sind‹ – womit er sich und die Anhänger des Nazareners meint – ein neues Israel verkörperten, welches unseren Platz als erwähltes Gottesvolk einnehmen werde. Er und andere Christiani begründen derlei mit Sätzen aus der Schrift, die sie ungenau zitieren. Ihre Schriften sind im Sinne weitestmöglicher Verbreitung in Griechisch abgefasst, und beim Wechsel aus der einen in die andere Sprache erlauben sie sich kleine, aber entscheidende Veränderungen.«

»Gib ein Beispiel.«

»Sie fügen Worte hinzu, die nicht im Text stehen. Sie reissen einzelne Zitate aus ihrem Zusammenhang. Sie behaupten, der Nazarener wäre der in Jeshaja tet hej Angekündigte, wo es heisst *ki jeled julad lanu, ben nitan lanu, va tehi ha misra al shichmo*, Denn ein Kind ist uns geboren, ein Sohn ist uns gegeben, und die Herrschaft ist auf seinen Schultern – eine Stelle, die sich im hebräischen Kontext eindeutig auf König Chiskiah bezieht, Sohn des Achas, einen der gerechten Herrscher in unserer Geschichte. Oder nimm Jeshaja mem gimel, wo es wörtlich heisst *Kol koreh ba midbar panu derech adonaj*, Eine Stimme in der Wüste sagt: Bereitet Gott einen Weg. Sie sprechen unter ausdrücklicher Berufung auf diese Stelle von einem ›Prediger in der Wüste‹, sogar von einem ›Boten‹. Von einem Prediger ist im hebräischen Text keine Rede, überhaupt von keinem Menschen – *kol* heisst es dort, Stimme. Ebenso berufen sie sich auf den Propheten Micha hej alef, doch auch diese Stelle sagt weiter nichts, als dass in Bet-lechem ein Nachkomme König Davids geboren werden soll, der die vom Propheten Shmuel angekündigte Königsherrschaft antritt.«

»Er ist aus Bet-lechem?«

»Aus Nazara. Von dort ist seine Familie, dort wuchs er auf. Sie sagen jedoch, er sei in Bet-lechem geboren, auf einer Reise.«

»War er wirklich ein Nachkomme Davids?«

»Und wenn? Von König David müsste es heute, nach der Zahl seiner Frauen, Zehntausende Nachkommen geben.«

»Aber es muss doch etwas Besonderes um ihn gewesen sein«, sagte ich, »wenn sein Umherwandern, Reden und Tun heute noch, drei Jahrzehnte nach seinem Tod, so viele Menschen in seinen Bann zieht.«

»Wer bestreitet das? Keine Frage, dass er über besondere Kräfte verfügte. Über Heilkräfte, über eine Ausstrahlung von Güte und Zuversicht, die selten ist. Noch dazu in solchen Zeiten. Man berichtet zahlreiche Wunderheilungen von ihm. All dies zu seinen Gunsten in Rechnung gestellt, gibt es dennoch keine Zeichen dafür, dass er der *m'shiach* war.«

»Hat er selbst sich für den Messias gehalten?«

»Er soll auf einer weissen Eselin nach Jerusalem hinauf geritten sein, als sei er der gesalbte Erlöser und König. Man weiss nicht genau, in welcher Absicht. Auf jeden Fall erwies sich der Auftritt als unklug, die römische Behörde musste darin Politisches sehen. Aufwiegelung des Volkes, Angriff auf die Göttlichkeit des Caesar. Etwas, das mit dem Gesetz *crimen maiestatis* zu ahnden ist. Besonders verhängnisvoll war das Gerede seiner Anhänger, er sei der ›Sohn Gottes‹. Den Römern ist ihr verblichener Kaiser ein Gott, folglich sein Sohn und Nachfolger der *Filius Divi*, der ›Gottessohn‹, und wenn einer kommt und lässt sich so nennen, gilt er als Umstürzler und Leugner der Götter. Auch die Sadduzäer sind gegen ihn eingetreten, sie sehen in solchen Wanderpredigern eine Gefahr für ihre Lehren. Man müsste in den Archiven nachsehen, vielleicht findet sich ein Protokoll seines Verhörs durch den damaligen Befehlshaber in Judäa, den Ritter Pontius Pilatus. Oder Pilatus' Aussagen, als er später selbst in Rom vor Gericht stand. Ich bin allerdings nicht sicher, ob der Nazarener damals schon wichtig genug war, um im Prozess gegen Pilatus eine Rolle zu spielen. Der Kult um seine Person begann erst nach seinem Tod.«

»Dennoch frage ich: Was an alledem wäre aus unserer Sicht ungesetzlich? Das Land ist voll von messianischer Erwartung. Viele Schriftgelehrte reden davon, dass die *acharit ha jamim* angebrochen sind.«

»Dass sie ihn für den *m'shiach* halten«, antwortete Matitjahu, »ist noch das Wenigste. Aber was fangen wir mit dem Gerede an, er sei der Sohn Gottes?«

»*Quod percipi non potest.*«

»Ja, man könnte es ein Missverständnis nennen. Ich habe mich ausführlich mit der Sekte beschäftigt, als ich an den Memoranden für den Kaiser arbeitete. Ich wollte herausfinden, ob Tigellinus' Politik, sie als Umstürzler zu verfolgen, gerechtfertigt ist. Es gibt Schriftliches inzwischen, griechisch geschriebene Berichte über sein Leben und Sterben, die unter ihnen kursieren und von denen der kaiserliche Geheimdienst das eine oder andere Exemplar an sich bringen konnte. Auch von den Briefen, die Paulus in alle Gegenden des Imperiums schickt, ist mancher der Behörde bekannt. Doch diese Briefe und Berichte lassen vieles im Dunkel. Was den ›Gottessohn‹ betrifft: Sicher hat er den Ewigen Gott seinen Vater genannt wie wir es in unseren Gebeten tun, *avinu she ba shama'im, avinu malkejnu* ... Es gibt viele Gottesnamen, in denen das Wort ›Vater‹ vorkommt. Die Christiani haben sie zu leichterem Gebrauch ins Griechische, sogar ins Lateinische übertragen: *pater noster qui es in caelis*. Vielleicht hat er auch gesagt: Ich bin dein Sohn. Wir alle sind Gottes Söhne, Söhne seines Bundes. Eine Metapher, ein Sprachbild. Die Heiden nehmen es wörtlich. Sie glauben, er meinte es in dem Sinn, dass er Gottes leiblicher Sohn sei. Sie sind nicht, wie wir, seit Jahrhunderten an eine Schriftsprache gewöhnt, an eine Sprache literarischer Bildungen.«

»Die Heiden ...«, wiederholte ich. »Wen meinst du damit? Es gibt Dutzende, wenn nicht Hunderte Götterkulte im Reich, so verschieden, wie man nur denken kann, in allen Zungen und Arten der Anbetung.«

»Dennoch gleichen sich alle diese Götter, so verschieden sie sein mögen, darin, dass sie figürlich bleiben. Die Verständigung zwischen ihnen und ihren Anbetern vollzieht sich auf Sinnesebene, *sensibus subiectus*, sogar *corporis voluptas*. Wie nähert sich Zeus seinen Erwählten? Als Mann, als Beischläfer. Eine schlichte Vorstellung des Göttlichen. Unser Gott tritt uns nicht leiblich gegenüber, er erlaubt uns nicht mal ein Bild von sich. Wir nehmen an, dass sein Wesen unendlich und grenzenlos ist, über alles uns Vorstellbare hinaus, so dass unsere beschränkten Sinne es nur unzureichend wahrzunehmen vermögen. Er gibt Zeichen seines Daseins, er spricht zu uns, nimmt Anteil an uns. Er sandte uns sogar einen geschriebenen Text, den wir ihm zu Ehren, doch zu unserem eigenen Wohl, befolgen sollen. Übrigens ist es schon falsch – falsch im Sinne einer durch nichts begründeten Festlegung –, wenn ich ihn ›er‹ nenne. Wie er kein Alter, keine Zeit, keinen Ort hat, so auch kein Geschlecht. Wir haben auch weibliche Namen für ihn wie *shechinah* oder *gevurah*, ohne dass er deshalb weiblich wäre, sowenig wie er männlich ist. In Gott ist alles aufgehoben, was uns hier unten gegensätzlich scheint, alles vereint, was wir unvereinbar nennen. Um uns etwas so schwer Begreiflichiches näherzubringen, hat er uns Gesetze gegeben und aufschreiben lassen, da er weiss, wie vergesslich wir sind. In diesem Geschenk beruht unsere Einzigartigkeit, unser Medium der Verständigung mit dem Göttlichen, das sich dem Verständnis der Heidenvölker entzieht. Ihre Götter sind Abbilder ihrer selbst, menschenähnliche Wesen mit Zeugungsorganen, profanen Gelüsten, irdischen Kindern. In Sinne solcher Bilder wurde, was der Galiläer verkündete, missverstanden und falsch ausgelegt.«

»Du meinst, sie hielten ihn für ein Mischwesen? Wie die Griechen den Epaphos oder die Dioskuren?«

Matitjahu breitete die Hände aus, zu einer Geste der Ratlosigkeit. »Mir scheint, sie wissen es selbst nicht. Überhaupt gibt es unter ihnen viel Uneinigkeit und Verwirrung. Es beginnt damit, dass sie sich nicht darüber klar werden können, wer als einer der ihren gilt. Ob ein Heide, der bei ihnen eintritt, beschnitten werden muss oder ob es genügt, ihn in eine *mikveh* einzutauchen. In dieser Frage stehen sich die Anhänger des Paulus und die des Ja'akov in Jerusalem, der als der leibliche Bruder des Chrestos gilt, unversöhnlich gegenüber. Ich sehe tiefere Zerwürfnisse voraus in dem Masse, wie sie an Zahl und Bedeutung zunehmen werden. Es gibt eine Reihe offener Fragen, ihren Chrestos betreffend. Etwa, ob er als ›Gottessohn‹ mehr war als ein gewöhnlicher Mensch, ob er aus menschlichem Soff bestand oder aus göttlichem – was ja hiesse, dass Gott stofflich ist –, ob er in der *olam ha ba* wieder ins Göttliche eingeht, ob er dann mit Gott eins ist oder neben Gott als zweites göttliches Wesen besteht. Da einige unter ihnen darauf beharren, dass Gott eigentlich reiner Geist sei, unendlich, allumfassend, was mit einer Vater-Sohn-Dualität schwer vereinbar wäre, deutet sich noch ein drittes Konzept ihres Gottes an, die Verkörperung dessen, was wir *shechinah* nennen, ein allem Irdischen entrückter *spiritus sanctus.* Es sind also drei verschiedene Wesen, von denen sie sprechen. Ich halte ihren Glauben für eine verstohlene Rückkehr zur Vielgötterei. Daher der Erfolg bei den Völkern. Jeshua kann alles mögliche sein, ein neuer Prophet, der Erlöser-König, der Sohn Gottes, sogar Gott selbst. Manche sagen auch, er sei der wahre Hohepriester.«

»Das klingt noch unbegreiflicher als alles andere«, sagte ich. »Wie kann er, wenn er vom Haus Davids war, dass heisst vom Stamm Judah, zugleich ein Priester sein, also vom Stamm Levi?«

»Manche sprechen davon, dass mehrere Gesalbte auftreten werden, auch einer aus priesterlichem Geblüt. Paulus im Besonderen, wenn ich ihn recht verstand, sieht im Messias die Wiedergeburt Malchi-Zedeks, des Priester-Königs von Shalem, der einst unseren Vater Abraham segnete.«

»Malchi-Zedek war kein Levit.«

»Mit derlei kannst du Paulus nicht beirren. Er sagt, man könne Malchi-Zedek als unsterbliche Institution verstehen, wie es in einem der Psalmen heisst: *Ata chohen le olam, al divarti, malki-zedek*, Du bleibst mein Priester ewiglich, auf mein Wort, Malki-Zedek. Zwar heisse, wie er wohl wisse, dieses *malki-zedek* wörtlich nichts anderes als ›mein gerechter König‹, zumal der Psalm eine Anrede des Ewigen – gepriesen sei sein Name – an König David darstellt, liesse sich aber ebenso als Eigenname Malki-Zedek lesen, vermöge dessen der im Psalm Angeredete, damit sein Haus und seine Nachkommen, als Wiederverkörperung des frühen Priester-Königs zu verstehen wären, eines nicht zu unserem Volk Gehörenden, vermutlich Unbeschnittenen. Letzteres scheint mir, wie ich Paulus kenne, der geheime Sinn dieser Auslegung.«

Matitjahu fiel in Schweigen und seufzte. Meine Wissbegier kostete uns Zeit, verzögerte unseren Austausch über das Naheliegende. Doch wie so oft, war mir das Naheliegende gleichgültig. Die Frage der Göttlichkeit des Chrestos begann mich zu fesseln. Ob man nun daran glaubte oder nicht, es war ein interessantes logisches Problem. Niemand sprach gern über die Christiani, fast jeder, den ich kannte, wich aus, wenn ihr Name fiel. Ich wollte den günstigen Augenblick nutzen: Matitjahu hatte ihre Schriften studiert und schien wirklich etwas über sie zu wissen.

»Manche Schriftgelehrte«, sagte ich leise, ohne ihn anzusehen, »erlauben sich weit gewagtere Auslegungen. Wichtiger scheint mir und unbegreiflicher: Wie können sie ihn für den Gesalbten halten und zugleich für ein Wesen überirdischen Ursprungs? Die Schriftgelehrten sagen, der Messias sei ein Mensch. Darin sind sich alle Schulen einig.«

»Er soll alles zugleich sein, Priester, Prophet und König, sterblich und ewig, Mensch und Gott in einem.«

»Das wäre griechisch gedacht. Der menschenähnliche Gott oder, *vice versa*, der gottähnliche Mensch.«

»Nenn es griechisch, syrisch, persisch, wie du willst. Von mir aus nenn es allgemein menschlich. Es läuft letztlich immer auf eine Figuration des Allerhöchsten hinaus, auf ein Verbildlichen, Begreiflich-Machen des ewig Unbegreiflichen. Sie wollen den Einzigen Gott, aber er soll sich menschlicher Vorstellbarkeit nicht mehr entziehen, er soll sichtbar, wahrnehmbar, körperlich sein. Er soll menschlich sein, ein Wesen nach unserer Vorstellung. Sie halten in Wahrheit uns Menschen für das Mass aller Dinge. Sind aber wir Menschen das Mass aller Dinge, hat Gott dann nicht ohnehin seine Bedeutung verloren? Kann er nicht von seinem Sohn entthront werden wie Kronos von Zeus? Wen beten sie an? Gott oder ihn, den sie seinen Sohn nennen? Sie werden es bald selbst nicht mehr unterscheiden können. In meinen Augen ist die Idee vom Gottessohn der Beginn der Abschaffung Gottes.«

»Wir alle«, entgegnete ich, »ob wir Gesetzestreue sind oder Abtrünnige, sind Menschen. Unser Menschenverstand ist dem Wort nicht immer gewachsen. Unter Donner und Feuer ist es auf uns gekommen, vom rauchverhüllten Felsensitz, vom brennenden Berg, und nur ein Einzelner durfte hinaufgehen, die Stimme hören, das Gehörte in steinerne Tafeln schreiben. Ein Einzelner nur. Weil allen anderen Verderben gedroht hätte, Schrecken, Verwirrung und Tod – auch dies durch das Wort.«

Matitjahu schüttelte den Kopf. »Das Wort kann niemandem mehr Verwirrung bringen, denn es steht geschrieben. Für alle Zeit. Wenn wir uns daran halten, werden wir leben.«

»Aber wie, wenn wir nicht verstehen?«

»Die Schriftgelehrten legen es aus. Sie werden niemals damit zu Ende kommen, aber unserem Verständnis wird es helfen. Selbst wenn wir im Zweifelsfall sagen müssen: es ist wie es ist.«

»Aber nichts anderes tut der Galiläer! Er legt aus. Er sucht nach Gleichnissen, um das Unbegreifliche zu erklären.«

»Er ist tot«, sagte Matitjahu, »und niemand weiss genau, was er gesagt hat. Seine Anhänger legen nun ihrerseits aus, sie tun es in fremden Sprachen, sie zitieren nach dem Hörensagen, sie nehmen sich manche Freiheit ... Ich habe mit Paulus gesprochen. Das Haus ist leicht zu erkennen, der Prätorianer vor der Tür schliesst jeden Zweifel aus. Er scheint jeden zu empfangen, sogar Besucher, die ihr Gesicht in der Kapuze bergen. Ich habe ihn mit einigen seiner Auslegungen konfrontiert, fragwürdigen, ungenauen Auslegungen, von denen die Rede geht. Er erklärte mir, dass er als Schüler des Lernhauses von Raban Gamliel selbstverständlich mit der Forderung ›So textgetreu wie möglich‹ vertraut sei, sie billige und zu beherzigen suche. Nur gäbe es Situationen, da sich Texttreue und Vermittelbarkeit nicht leicht vereinbaren liessen, und in diesen Fällen entscheide er sich für die ›menschennahe Lösung‹.«

»Warum nicht? Er meint, dass man den Text beim Auslegen vereinfachen muss, damit ihn möglichst viele verstehen.«

Wieder schüttelte Matitjahu den Kopf, diesmal mit einer Heftigkeit, dass seine ondulierten Locken in Unordnung gerieten und ihm wirr in Stirn und Schläfen fielen. Er begann sich zu ereifern, vermutlich gegen seinen Willen, doch dieser Eifer verjüngte ihn, brachte ihn mir näher. Er sah wieder aus wie am Vorabend meiner Hochzeit, als er fast noch ein Kind gewesen war.

»Was bliebe dann«, fragte er, »wenn jeder das Wort vereinfacht, wie er es braucht? Und da du schon – obwohl es nicht zulässig ist – die Bedürfnisse von Menschen höher bewertest als das Gebot Gottes, kann ich mit dem gleichen Recht die Bedürfnisse jener Menschen verteidigen, denen zuliebe man das Wort erhalten muss. Weil das Wort zu ihnen spricht, wie es ist, gerade in seiner unauslotbaren Tiefe. Menschen sind verschieden. Gewiss sind derer, denen zuliebe man den Text vereinfachen müsste, mehr als derer, die ihn in seiner gottgegebenen Dichte vertragen. Wir haben uns für Gott entschieden, für sein Wort in ungeminderter Intensität. Sie aber ... Wer weiss, was aus ihnen wird? Und was bei so grosszügigem Umgang mit dem Wort in ein paar Jahrhunderten noch davon übrig sein wird. Viele werden sie sein, aber wieviel göttlichen Geist werden sie noch haben?«

»Ist es nicht das Schicksal der Quelle«, gab ich zurück, »dass sie irgendwo im halb Verborgenen, in höheren Regionen, ihr ewiges Dasein führt, den meisten unbekannt, die weiter talwärts leben, wo ihr Gewässer zum breiten Strom anschwillt?«

»Jedenfalls«, erwiderte er zögernd, »ist es schön und poetisch gesagt.«

Wir lachten beide.

»Was ist Paulus für ein Mensch?« wollte ich wissen.

»Nicht unsympathisch. Begeisterter Blick. Hakennase, Glatze, eingefallene Wangen. Er meint es so, wie er sagt. Sein Motiv ist Empörung über die Zustände in Judäa. Er sagt, es nütze nichts, beschnitten zu sein, wenn man das Gesetz nicht hält. Aber absurd ist, was er daraus schliesst: Ein Unbeschnittener, der das Gesetz hält, sei höher zu schätzen als ein Beschnittener, der es nicht hält. Ein Unbeschnittener hält das Gesetz *a priori* nicht: er verletzt es bereits dadurch, dass er nicht beschnitten ist.«

»Ja, es macht keinen Sinn«, sagte ich nach kurzem Nachdenken, »Was hat er gegen die Beschneidung?«

»Sie ist nicht populär. Den Griechen gilt sie als Verunstaltung. Sie treiben viel Kult um dieses Organ, malen es auf Trinkschalen, besingen es in Poemen. Gerade wieder ist so ein phallischer Dichter in Mode, am Hof spricht man von ihm, ein Lydier, du müsstest ihn kennen …«

Ich sann Paulus' Trugschluss nach oder was immer es war, vermutlich der unvermeidliche Wahrheitsverlust einem *motus* zuliebe, einem eingängigen Wort, einem bildhaften Ausdruck. Derlei lag im Wesen der Worte verborgen: sie luden dazu ein, sie ein wenig zu erhöhen, ins rechte Licht zu rücken, man war begeistert von ihrer Wirkung und merkte kaum, wie sie darüber an Wahrheit verloren … Ein phallischer Dichter? Ein Lydier? Der Kitharöde Menekrates hatte kürzlich im Beisein des Kaisers einen griechischen Epigrammatiker gepriesen, einen gewissen Straton aus Sardes und einen seiner Verse zitiert: Dreierlei Stellungen gibt es unter den Schwänzen der Jungen …

»Wie auch immer«, fuhr Matitjahu fort, »ein Proselyt, der sich gesetzestreu beschneiden lässt, ist gezeichnet. Er kann nicht mehr in die Thermen gehen, in die Palästra oder wo immer sich römische Männer voreinander ausziehen. Bei Sklaven ergeben sich vielleicht sogar juristische Folgen. Der Eigentümer könnte behaupten, durch den Eingriff sei der Sachwert gemindert. Grinse nicht. Auch für manche Juden scheint es ein Problem zu sein. Es soll Leute geben, die sich chirurgischen Operationen unterziehen, um das Fehlende wieder anzufügen. Für einen Römer der höheren Stände wäre es vermutlich das gesellschaftliche Aus. Die meisten Menschen hängen an ihrer Herkunft, ihrer Rangklasse, ihren Freunden. Du weisst, was einem Römer die Familie bedeutet. Der Wechsel in *mos* und *modus* ist drastisch. Nimm die Tante deines Freundes Plautius Lateranus: seit Jahrzehnten verlässt sie ihr Haus nicht mehr. Um die Reinheitsgebote zu halten, kann sie nicht mal mehr bei ihren eigenen Verwandten essen. Das ist nicht nach jedermanns Geschmack.«

Ich zuckte die Schultern. »Muss immer alles nach jedermanns Geschmack sein? Sich Gott zuwenden, sich von der eigenen Herkunft und Erziehung lösen, in gewisser Weise von seinem früheren Ich … Proselyten müssen besondere Menschen sein.«

»Nun, Paulus ist nicht dieser Meinung. Er will Proselyten in grosser Zahl. Jeder Trostbedürftige soll übertreten können, möglichst schnell, möglichst schmerzlos. Und wie es aussieht, kommen sie in Scharen. Ich vermute, sie werden bald mehr sein als wir Gesetzestreuen. Ich denke, es geht ihnen eher um die Zahl als um das Wort. Man könnte die Christen auch Zahlengläubige nennen, eine besondere Spezies Pythagoräer. Womit ich nichts gegen die Zahl als *institutio ratio* sagen will. Es kommt drauf an, ob man an grosse Zahlen glaubt oder an kleine.«

»Was die Zahl der Götter betrifft«, sagte ich, »haben wir uns für die kleinste entschieden, die denkbar ist.«

»Man könnte behaupten, diese Zahl, die Eins, sei die einzige, die keine ist.«

»Die Chiffre unseres Denkens ist der Buchstabe, nicht die Zahl.«

Matitjahu wiegte den Kopf, als gäbe es hierzu manches zu sagen. Auch mich bestürmten Gedanken in zungenfertiger Form, als hätten sie im Verborgenen bereitgelegen: dass sich das Unendliche nirgendwo so gut situieren könne wie in der Einheit und Einzahl, dass jeder andere Versuch, die *complexio* der Schöpfung wiederzugeben, zwangsläufig in Kategorien menschlicher Vorstellung führen müsse, ins Numerische, Kleinliche, in Kategorien, in unzulässige Beschränkung, nicht weit und nicht frei genug für das Göttliche …

Doch Matitjahu sagte, indem er kurz die Augen schloss: »Ich muss dir noch etwas berichten. Etwas, das mir folgenschwerer scheint als alles andere. Auf dem Rückweg, in der Nähe von Tarracina, mitten auf der Via Appia, wurde mein Reisewagen von Prätorianern angehalten. Trotz Vorweisens amtlicher Reisedokumente wurde ich in die nächste Herberge eskortiert, wo mich jemand erwartete. Was denkst du, wer?«

»Kein allzu schweres Rätsel«, erwiderte ich, unfroh über die Wendung, die das Gespräch nahm. »Prätorianer haben dich angehalten – wer könnte es ihnen befohlen haben, wenn nicht ihr Präfekt?«

»Bedenke, was es bedeutet!«, rief Matitjahu leise, indem er sich vorbeugte und mit der flachen Hand auf die Tischkante schlug. »Tigellinus persönlich unterzog sich der Mühe, mir an der Via Appia aufzulauern! Er wusste alles über meine Reise, wann ich bei der Kaiserin gewesen, wann bei Halityrus, wohin ich jetzt fuhr. Er hat mir Fragen gestellt, unbehagliche Fragen, vor allem nach Plautius Lateranus. Du solltest ihm bei Gelegenheit zu verstehen geben, dass auch einen designierten Konsul das Gesetz *crimen maiestatis* treffen kann ... Tigellinus hat mich gewarnt. Er erklärte, er meine es gut mit uns, daher rate er uns dringend, jeden weiteren Widerstand gegen Florus' Ernennung zu unterlassen. Dem Kaiser liege an diesem Prokurator.«

»Dem Kaiser?«

»Was sonst sollte er sagen? Dass ihm selbst an Florus liegt und es damit genauso beschlossene Sache ist? Er fällt uns in den Arm. So war es schon bei der Geschichte mit der Tempelmauer. Du hast mich damals gefragt, warum das Hofamt *ab epistulis* kein offizielles Antwortschreiben aufgesetzt hat, wie es angemessen war bei so hochrangigen Antragstellern. Eigentlich hätte man die Zurechtweisung des Prokurators Festus als *epistula principae* abfassen müssen, als künftig zu beachtende Richtlinie für dieses Amt. Doch ein solches Schreiben wurde weder verfasst noch abgesandt. Statt dessen Prätorianer zu Pferde, sogar ein Dreiruderer, um die Jerusalemer Gesandten mit der *subscrptio* des Kaisers sicher nach Hause zu bringen. Erinnerst du dich? Du hast damals vermutet, die Kaiserin wolle König Agrippa diese Schmach antun. In Wahrheit war es Tigellinus. Er wollte verhindern, dass die kaiserliche Entscheidung in Form einer *epistula* auf dem Amtsweg zugestellt wurde und damit offizielles, für die römische Verwaltung verbindliches Gepräge erhielt. Der Grund liegt auf der Hand: um das Amt des Prokurators von Judäa nicht zu schwächen. Tigellinus war schon damals der Ansicht – und hat inzwischen auch den Kaiser davon überzeugt –, dass der umstrittene Posten notwendig ist, um dem weiteren Machtzuwachs des Statthalters von Syrien zu vorzubeugen.«

»Hast du die Frau gesehen?« fragte ich.

Matitjahu sah mich verwundert an. »Die Ägypterin? Du meinst, sie ist von Bedeutung?« Er dachte einen Augenblick nach. »Gewiss, sie ist eine Jesebel, eine Giftmischerin« – er verwendete das alte hebräische Wort *m'chashefa*, ein zischendes, in der Betonung auf-und abspringenes, bedrohlich klingendes Wort – »ja, ich habe sie gesehen. Klein, bunt, ewiges Gezwitscher, man könnte trunken davon werden ... Du meinst, dass sie dahintersteckt? Dass sie diejenige ist, die reisen will?« Er dachte wieder nach, mit zusammengezogenen Brauen. »Nein«, sagte er dann. »Sie allein hätte es nicht bewirkt. Ich denke, Tigellinus ist das *momentum facere*. Er hat entschieden. Durch ihn der Kaiser. Der neue Prokurator von Judäa heisst Gessius Florus.«

Im Grunde war es ein Name, der angenehm klang. Florus: blühend, glänzend, auch hell oder blond. Ich hätte den Namen am liebsten vor mich hingesprochen, um den Klang zu prüfen. Es kann sein, dass ich einige Augenblicke unaufmerksam war und einige Sätze Matitjahus verpasste. Ich hörte ihn sagen: »Mein Gespräch mit dem Ritter verlief unerfreulich. Er droht uns mit seiner Wunderwaffe.«

»Da bin ich gespannt«, sagte ich, in Gedanken immer noch bei Florus. Wie mochte er sein, der gesichtslose Mann? Konnte er, mit diesem netten, nichtssagenden Namen, Entwicklungen auslösen, die uns zum Verhängnis wurden?

»Die Waffe heisst Paulus«, antwortete Matitjahu.

»Paulus?«

»Er versammelt Juden aus unseren Gemeinden um sich, über die Tigellinus Buch führt. Nach seinen Angaben sind es hunderte Namen allein in Rom. Nicht jeder ein überzeugter Anhänger des Nazareners, aber in irgendeiner Weise der Sekte verbunden, dessenthalben von den eigenen Sklaven denunziert, von Verwandten oder Freunden. Bei Verdacht auf Majestätsverbrechen wird zur Befragung ohne grosse Umstände die Folter angewandt. Es wäre letztlich unsere Schuld, wenn Brüder des Bundes auf diese Weise ...« In seinem Gesicht erschien ein Ausdruck kindlicher Empörung. »Und unsere Ältesten können sich nicht entschliessen, ihn auszustossen!«

»Wer will das auf sich nehmen?«

»Auf sich nehmen? Was wäre gross dabei?«

Ich sagte leise: »Es hiesse ihn preisgeben. Ihn der Verfolgung durch die römische Behörde aussetzen.«

»Und die Bedauernswerten, die er anlockt? Paulus weiss, dass sich jeder, der ihn besucht, in Lebensgefahr begibt. Auch der, den sie Chrestos nennen, war ein Lebensmüder. Sie nennen es *martyria*, eine besondere Art von Blutzeugenschaft. Sie wollen zeigen, dass sie bereit sind, für Gott zu sterben. Ich sage nicht, dass es mir ganz unverständlich ist. Aber wo liegt der Sinn? Was bleibt von Gottes Volk übrig, wenn wir einfach aus dieser Welt gehen? Wir sollen leben! So steht es in der Torah! Ich bin jung, ich will Kinder haben …«

Er griff in eine Schale mit getrockneten Früchten, syrischen Pflaumen, Datteln, Korinthen, und stopfte sich eine Handvoll davon in den Mund. Er war geradewegs von der Reichsstrasse zu mir gekommen und musste durstig und hungrig sein. Nochmals bot ich an, die Köchin zu wecken, doch er schüttelte stumm den Kopf. Er trank einen grossen Schluck Wein, nahm noch eine Handvoll Früchte. Ich goss klares Wasser in eine Silberschale und hielt sie ihm hin.

»Leben …« sagte er kauend, die Finger in der Schale hin- und herschwenkend. »Ich möchte leben und ich möchte, dass unser Volk lebt. Ich liebe mein Volk.« Er murmelte einen Segen. Dann hob er den Kopf und sah mich an. »Paulus sagt, er fühle keinen Unterschied zwischen Landsleuten und Fremden. Tut mir leid, ich kann das nicht nachvollziehen. Mein Mitgefühl erstreckt sich zuerst auf mein eigenes Volk. Ist das nicht verständlich?«

»Gewiss.«

»Bleib dabei. Denn sie leugnen es. Sie verlassen uns. Ich sagte dir, dass ich in ihren Schriften gelesen habe, in denen sie von seinen Wundertaten und von seinem Sterben erzählen. Anders als wir, sehen sie in seiner *martyria* ein Ereignis, das sie moralisch hebt und legitimiert. Wozu? Zunächst dazu, uns, die wir nicht an ihn glauben, die Schuld an seinem Tod zu geben. Sie behaupten, er wäre auf Betreiben der Juden hingerichtet worden. Der Ritter Pontius Pilatus hätte kurz vor der Hinrichtung dem Sanhedrin die Möglichkeit gegeben, den Nazarener zu begnadigen. Einem der drei an diesem Tag zur Hinrichtung Bestimmten hätte der Hohe Gerichtshof, dem Brauch gemäss, das Leben schenken dürfen, zu Ehren des Pesach-Festes. Doch der Sanhedrin liess die Gnade nicht dem Nazarener, sondern einem anderen angedeihen, einem Aufrührer und Mörder – diesen schonte man, den Jeshua aber liess man sterben.«

»Was für eine Amnestie zu Ehren des Pesach-Festes?« fragte ich. »Hast du je davon gehört?«

»Sowenig wie du«, erwiderte Matitjahu. »Ich bezweifle die ganze Geschichte. Sie scheint mir später hinzugefügt. Obwohl es ohne Frage Landsleute gab, die seinen Tod wünschten. Sadduzäer, Tempelpriester, das eine oder andere Mitglied des Hohen Sanhedrin ... Er liessen sich genug Gründe denken. Er provozierte die Wortgetreuen durch seine Reden, die Römer durch das öffentliche Ärgernis seiner Auftritte. Auch soll Untreue von Seiten eines seiner Jünger vorliegen, der ihn der Behörde anzeigte. Andere schreiben, er selbst hätte die Anzeige veranlasst, um die Behörde, die ihn zu ignorieren versuchte, zum Handeln zu zwingen. Noch andere sagen, er hätte die Anzeige veranlasst, weil er sterben wollte, am Kreuz sterben, um ein Zeichen zu setzen ...« Matitjahu starrte auf die Tischplatte, auf Obstteller, bronzene Messerchen, Trinkschalen, seine Augen glommen. »Aber das ist nicht das Entscheidende. Die ausschlaggebende Frage ist, in wessen Rechtshoheit es lag, ihn zu verurteilen. Das war und ist in der römischen Provinz Judäa einzig der vom Kaiser eingesetzte Prokurator. *Er* verurteilte den Nazarener, niemand sonst. Und nachdem er ihn einmal verurteilt hatte, konnte ihn in Judäa niemand mehr begnadigen, auch der Sanhdrin nicht.«

Wir schwiegen. Eine Amnestie aussprechen, bei Verbrechen gegen das Gesetz *crimen maiestatis*, konnte im römischen Reich nur eine Instanz: der Kaiser. Aus irgendeinem Grund, den ich nicht verstand, sollte die Schuld am Tod des Nazareners seinen eigenen Landsleuten angelastet werden, nicht den Römern. Aber auch wenn ich nicht verstand, verhielt es sich so. Das Blut des Nazareners sollte auf uns kommen.

»Aber wie konnte der Ritter Pilatus einen Mann zur Amnestie freigeben, der wegen *crimen maiestatis* angeklagt war?« fragte ich leise. »Es geschah unter Tiberius, dem in dieser Hinsicht heikelsten aller Caesaren.«

»Frag mich nicht, Bruder. Es steht so in ihrer Flugschrift. Was sollen sie sonst schreiben? Dass die Römer seinen Tod zu verantworten haben? Das würde man ihnen als Aufwiegelung und Agitation auslegen, und sie haben schon genug Anklagepunkte gegen sich. Vielleicht träumen die Weitsichtigeren unter ihnen davon, eines Tages ihren Frieden mit dem Imperium zu machen ... Und viele Pharisäer, auch solche, die nicht an Jeshua glauben, hören es ganz gern, weil es sich gegen die Priester richtet, gegen die Sadduzäer. Sie übersehen dabei, dass es sich gegen uns alle richtet. Dass dieser Vorwurf die Legende unserer Schuld in die Welt setzt. Die Legende unserer Minderwertigkeit.«

»Minderwertigkeit? Verglichen mit wem?«

»Gegenüber unserem eigenen Anspruch. Sie werden uns das Recht absprechen, uns fürderhin Gottes Volk zu nennen. Dann weitere Rechte, politische, solche der *isopoliteia.* Schliesslich wird ihnen auch das nicht mehr reichen, sie werden unser Lebensrecht in Frage stellen, unser schieres Recht zu existieren.«

»Seit wann entscheiden Menschen, ob Gottes Volk existiert?«

»Du sagst also selbst«, schloss Matitjahu, »dass Paulus und seine Anhänger dem Willen Gottes zuwiderhandeln und sich damit des Rechts begeben, zu uns zu gehören. Schon dadurch, dass sie das Gottesvolk für obsolet erklären. Auch sonst verstossen sie zunehmend gegen die Gesetze der Torah. Aus Sicht des Gesetzes ist nicht mal ihre Todesbereitschaft respektabel. Ein Jude, der leichtfertig sein Leben hingibt, zerstört jüdisches Leben. Was sagt die Schrift? *Asher ja'aseh otam ha adam va chaj bahem*, Denn ein Mensch, der meine Gesetze hält, soll durch sie leben. Unsere Gemeinden können nicht anders, als sich im Augenblick wirklicher Gefahr für das Leben zu entscheiden, das heisst, sich von Paulus zu trennen.«

»Aber wie?« fragte ich. »Kein Mensch kann ihm das Recht absprechen, Jude zu sein.«

»Wir können ihm einige *sichujot* absprechen, Rechte und Privilegien eines Mitglieds der Gemeinde. Zuerst die *sichut torah*, das Recht, die Torah-Lesung zu hören und selbst Torah zu lehren. Damit wären Tigellinus und die Kaiserin bereits zufrieden, da es Paulus die Legitimation als Prediger entzieht. Denn er, der die Gemeinde spaltet und

Heiden aus nah und fern zu einem Neu-Israel versammelt, zu einem Gegen-Israel, das uns überflüssig machen soll, bezieht seine Autorität einzig aus dem Umstand, jüdischer Schriftgelehrter zu sein. Er ist zu sterben bereit, es kümmert ihn nicht, wie sehr er uns schadet. Wir müssen mit ihm tun, was im Buch Esra steht: *v hu jebadel mi k'hal ha golah,* Er sei von der Gemeinde geschieden. Wir haben keine andere Wahl. Tun wir Tigellinus nicht endlich den Gefallen, wird er die Christiani gegen uns einsetzen. Er hat es uns angedroht. ›Sie werden eure Gemeinden zerstören, jedes Haus, jede Familie, überall werden sie spaltend eindringen, Frauen gegen ihre Männer, Söhne gegen ihre Väter und Sklaven gegen ihre Herren einnehmen …‹«

»Mir scheint, dass er sie überschätzt.«

»Und wenn. Können wir in unserer Lage ein Risiko eingehen? Judäa ist ein Brandherd. Wir brauchen starke Gemeinden im Ausland. Die Schriftgelehrten rufen zur Gemeinsamkeit auf, zum Zusammenhalt, zur Vertiefung des Studiums. Auf uns alle kommt Schweres zu, ob wir hier leben oder drüben. Florus' Ernennung konnten wir nicht verhindern. Auch um die Petition der Bürger von Caesarea steht es nicht gut. Der Kaiser neigt dem Memorandum der Griechen zu. Das Hauptargument von unserer Seite, König Herodes und seine vom Caesar Augustus verliehene Hoheit über die Stadt, hat nicht viel Überzeugungskraft, da Herodes von den meisten Schriftgelehrten nicht als Jude anerkannt wird. Wie könnt ihr euch, argumentieren die Griechen, auf einen König berufen, den ihr selbst einen Fremden nennt? Was noch schwerer wiegt: Nero mag Herodes' Erben nicht, Agrippa den Zweiten. Er sieht keinen Grund, dem König einen Gefallen zu tun. Wir haben derzeit niemanden, der Zugang zu ihm findet. Nicht immer gelingen Wunder wie im Fall der Tempelmauer.«

»Das hiesse«, sagte ich, »wir haben uns etwas vorgemacht. Wir haben einen Sieg gefeiert, der keiner war.«

»Wir sind eine Handvoll Leute an einem fremden Hof. Damals hatten wir Freunde, aber alles in dieser Welt ist flüchtig.«

»Flüchtig … Ich erinnere mich, dass du die Kaiserin eine wahre Freundin genannt hast.«

»Die Kaiserin war an der Bestrafung des Prokurators Felix interessiert. Doch der neue Prokurator ist ihr Günstling. Ein Günstling, der sich gegen sie wendet und als Mann der griechischen Partei erweist. Die Kaiserin hat sich durch Florus' Ernennung selbst geschadet. Möge die Verstimmung zwischen ihr und Halityrus vorübergehen.«

»Du meinst, es besteht Hoffnung?«

»Hoffnung besteht immer«, antwortete Matitjahu und versuchte ein Lächeln. Er hielt es nicht lange und senkte den Kopf. »Es geht immer irgendwie weiter, nach Siegen wie Niederlagen. Wie die Debatten der Schriftgelehrten im Lernhaus: auch dort gibt es keinen Sieg und kein Ende, nur ewige Fortsetzung, ewige Hoffnung auf Wahrheit ... Ach, wir sollten nicht siegen wollen. Wir sollten uns damit begnügen, zu sein. Ist das nicht genug? Wir sind das ewige Volk, *am olam*. Das ist unser Sieg.«

Er starrte eine Weile vor sich hin, wobei sein Gesicht einen Ausdruck tiefer Verwunderung annahm und seine Unterlippe leicht herabhing. Er hob den Kopf, wie erwachend, und wechselte das Thema: »Während wir hier sitzen und reden, nähert sich der göttliche Sänger. Du wusstest es nicht? Was bist du für ein sonderbarer Patron, Freund des Kaisers, sein Odenschreiber, und weisst nicht, dass er wiederkommt?«

»Die meisten Menschen haben Schwierigkeiten, das ihnen Unerfreuliche zur Kenntnis zu nehmen.«

»Du musst wissen, wie weit du gehen kannst. Bedenke, dass seine Ungnade, einmal erweckt, uns alle treffen wird. Vergiss das nie, bei allem was du tust und sagst.«

»Ich bin länger am Hof als du.«

»Gerade deshalb. Müdigkeit, Verlust an Hinnahmebereitschaft ... Pass auf dich auf. Er wird einige Zeit in Rom bleiben. Seine Reise nach Griechenland hat sich fürs erste zerschlagen, niemand weiss, warum. Vielleicht war es der Schreck wegen des eingestürzten Amphitheaters oder andere ungünstige Auspizien. Er nähert sich der Hauptstadt mit tausend Wagen, zwei Kohorten der Prätorianer und den Freunden der ersten Vorlassung, die ihrerseits von grossem Gefolge umgeben sind. Eine Menschenmenge, die ganze

Landstriche kahlfrisst. Derzeit suchen sie Beneventum heim, wo der Narr Vatinius seinem göttlichen Gönner zu Ehren Spiele gibt. Er soll eigen sein und vor jedem Kampf die Schärfe der Waffen prüfen, damit beim kleinsten Treffer das Blut aufspritzt. Unser Sänger liebt es, sich bei solchen Gelegenheiten mit einem Gesang hören zu lassen, inspiriert vom Geschlachte in der Arena, mitten unter den Sterbenden im Sand. Etwa mit deinem *Kühn wie die Stadt sich auf sieben Hügeln* ... Was ist dir, Freund?«

Mir war schrecklich zumute wie immer, wenn ich diese Zeilen hörte. Das Lied begann mich zu verfolgen, Tag und Nacht, im Traum und im Wachen, gesungen vom Kaiser, zur Begleitung schrill verstimmter Sambyken. Matitjahu, da ich nicht antwortete, sprach weiter, leise, mit glänzendem Blick.

»Unterwegs, zwischen Konzerten und Festspielen, findet der Sänger Zeit, die wichtigsten Reichsgeschäfte zu entscheiden. Tigellinus, sein guter Geist, erinnert ihn. Etwa daran, seinen Verwandten Torquatus Silanus aus der Welt zu schaffen, den Ur-Urenkel des Augustus. Die Zahl der Opfer wächst, die grossen Häuser sind in Trauer, die Scheiterhaufen rauchen. Tag für Tag erklingt die Totenglocke, niemand hört sie mehr. Kaum, dass der Sänger mit dem Kopf nicken muss. So, nebenher, wurde auch Florus' Ernennung perfekt gemacht und das Schicksal unserer Heimat besiegelt.«

Er bedeckte das Gesicht mit den Händen und schwieg. Auch sonst war alles still, das Haus, der Hügel, die Stadt. Es musste früher Morgen sein, die einzige Tageszeit, da Rom verstummte. Matitjahu, durch seine Reise aus dem Rhythmus von Wachen und Ruhen geworfen, schien todmüde und doch fern von jedem Schlaf.

»Wir müssen sie warnen«, murmelte er, den Kopf hebend. »Wir müssen Kurier nach Jerusalem schicken, damit der Hohe Sanhedrin weiss ... Es ist schrecklich, alles vorauszusehen und nichts tun zu können.«

»Was wissen wir?« widersprach ich. »Oft ist uns Hilfe geworden. Sogar Wunder.«

»Es wird Krieg geben«, sagte Matitjahu, »Krieg und grosses Sterben. Im Grunde kann ich die verstehen, die lieber vorher gehen wollen, die es nicht mitansehen wollen ...« Er fasste den Stoff seines

Kleides über der Brust, den weissen, vom Staub der Reichsstrasse bepuderten Wollstoff seiner Tunika, ergriff ihn mit beiden Händen und riss ihn mit einer heftigen Bewegung entzwei.

Siehe, er fährt dahin wie Wolken, wie Sturmwind sind seine Streitwagen, seine Rosse flinker als Adler. Wehe uns, wir sind verloren! Reinige dein Herz um deiner Bosheit, Jerusalem, um deiner Errettung willen …

Auf dem Wagen seines Ahnen, des grossen Caesar Augustus, fuhr er die via Triumphalis hinunter, von zehn schneeweissen Hengsten gezogen, strahlend, wonnetrunken, gehüllt in Purpur und Gold. Langsam schob sich der klingelnde, stampfende Zug durch die Innenstadt, eine *pompa* mit hunderten Reitern, Sänften, silbern aufgezäumten Pferden, vergoldeten Schauwagen, auf denen Lorbeerkränze, Lyren und Prunkgeschenke aufgehäuft waren, bewacht von Prätorianern in polierten Rüstungen, von numidischen Reitern in safrangelber Seide, rotgegürget, goldene Ringe in den Ohren, von Standarten und Lanzen umringt, umbraust von Trompetengeschmetter und Schellenklang. Er stand aufrecht in all dem Lärm, sein Gesicht war unbewegt, einzelne Partien traten wie aufgeblasen hervor, das doppelte Kinn, die Wangen, die zu Seiten der Mundwinkel hängenden Hautwülste, zwischen denen der schwellende Mund, durch Schminke gehöht, in unendlicher Bedrängtheit und Verachtung hervorstarrte. Der sonst von einem Tuch geschützte Hals, an dem sich hinten, bis zu den Nackenwirbeln, dunkelblondes Gelock herabliess, zeigte sich heute in säulenhafter, selbstgewisser Nacktheit, weisslich und fett. Er lächelte nicht, regte keine Miene. Seine hellen, von geschwollenen Oberlidern belasteten Sehorgane glitten kurzsichtig, in menschenmüdem Nichtsehen über die Gesichter, die ihm am Strassenrand, auf Terrassen und Dachfirsten ihr Willkommen entgegenbrüllten.

Auch ich war unter den Tausenden, nach ernsthafter Ermahnung durch meinen Schwiegervater: niemals dürfe ich vergessen, dass ich zu den *Amici Augusti* gehöre, ein Privileg, das durch Bekennen zu rechtfertigen sei. Den Spitzeln des Tigellinus werde nicht entgehen, wer zum Jubeln erschienen war und wer nicht. Lange stand ich unter den Schreienden – auf dem Forum, am Ende seines Wegs, wo sich die Vornehmen versammelt hatten, senatorische Jugend, Ritter, Beamte –, lange, wie betäubt von trüben Gedanken, nachdem er längst vorüber war, auch die Freunde zu Pferd und in Tragsesseln, die Fahrzeuge mit den Purpurkissen, Prunkgefässen, Teppichen, mit den Porphyrvasen, Betten und Tischen aus Citrusholz, bis nichts mehr folgte als die letzten Gefährte, auf denen die kaiserlichen Zwerge und Monster hockten, stumm, zusammengedrängt, mit Augen ins Publikum starrend, in denen ich Todesangst las. Unter ihnen waren Berühmtheiten wie der Vielfresser Arpocras, ein Ägypter, dem Nero zur Unterhaltung seiner Gäste lebende Hühner und Heuballen vorzuwerfen pflegte, oder die spitzköpfige Gallierin Lacrima, eine wilde Possenreisserin, die einst bei einem Gastmahl am Hof eine andere Verkrüppelte totgebissen hatte. Beim Anblick dieser Bedauernswerten, der Riesinnen und Hermaphroditen, der in bunte Narrenkleider gehüllten Gnomen und Verkrümmten, denen das Volk rohe Scherzworte und Spitznamen zurief, erwachte ich aus meiner Benommenheit. All dies war Rom, seit Kindertagen vertraut. An diesem Tag bedrückte es mich, als sei ich ein zartbesaiteter Fremder.

Der öffentliche Anzeiger, die *acta diurna,* kündigte an, der Kaiser werde Rom binnen kurzem wieder verlassen, Richtung Achaia oder auch, wie es gerüchteweise hiess, Alexandria – aus Begeisterung für das von dort nach Neapolis angereiste temperamentvolle Publikum. Eine Reihe Festlichkeiten und Empfänge sei bis dahin zu erwarten, offizielle der städtischen Körperschaften wie private in den Palästen der Freunde. Schon am ersten Tag, am Ende des erwähnten Einzugs im zehnspännigen Triumphwagen, war der Senat seinem *primus inter pares* aus der Kurie entgegengekommen, unter Verbeugungen und Laudo-Rufen. Ferner hiess es, der Göttliche wolle die für eine Periode längerer Abwesenheit nötigen Verfügungen treffen, Opferhandlungen an den Altären der Hauptstadt vornehmen und Rat bei seinen Mit-Göttern einholen. Dabei ereignete sich, wenige Tage später, im Tempel der Vesta etwas Unvorhergesehenes, eine Ohnmachtsanwandlung des erschöpften Sängers, ein Zusammenbruch oder ähnliches, so dass nicht nur Stadt und Welt aufs tiefste bestürzt waren, sondern der Kaiser sich anschliessend von seinen Freunden überreden liess, alle Reisepläne bis auf weiteres zu verschieben.

Ende Mai mochte es sein, bei frischen Morgenwinden und saphirblauem Himmel. Wir verbrachten, Jedidah und ich, ein idyllisches Frühjahr in Stille und Nähe, in täglicher Freude an unserem Kind. Wir spazierten in Jacobus' Park am Tiberufer, badeten, trafen meine Schwägerinnen und Schwäger. Manchmal ritt ich mit Alexander aus, die Via Portuensis hinunter, in Richtung Meer. Wir beteiligten uns an den Lektionen der Schriftgelehrten und lauschten den Streitgesprächen, die sich zwischen ihnen und den Zwillingen entspannen, endlos, mit immer neuen Entladungen von Erkenntnis und Witz. Der kleine Josephus, Jedidahs jüngster Bruder, erzählte uns, auf einem Esel reitend, seine Träume. Auch er hatte den Messias über Judäa gesehen wie so viele. Wir besichtigten die Gehege am Fluss, in denen meine Schwägerin Shulamit verletzte Tiere pflegte, von denen mir ein blindes Stachelschwein, eine vom Himmel gefallene Lachmöve und ein dreibeiniger Hund in Erinnerung sind.

Für mich war die Idylle getrübt. Ich wusste um an das Damokles-Schwert, das über uns hing: die Laune, die Inspiration des göttlichen Herrschers. Einst hatte mich sein Vertrauen mit Stolz erfüllt, der Stolz war Pflichtgefühl gewichen, das Pflichtgefühl müder Erfüllung, diese schliesslich der Furcht. Gerade dieser Tage erteilte mir der Kaiser einen neuen Auftrag. Er hatte die Absicht, einen epinikischen Chorgesang *Minos und Miletos* aufzuführen, die Geschichte der Leidenschaft des kretischen Urkönigs für den dunkellockigen, von Wölfen genährten Göttersohn, der sich seinem Werben entzog und den Prinzen Sarpedon bevorzugte, seinerseits Sohn eines Unsterblichen, des Vatergottes Zeus selbst, schliesslich auch diesen verschmähte und die Kayanee heiratete, die Tochter des Flussgottes Maiandros. Das vorbereitende Studium der griechischen Mythen, ihrer blutigen Kulte und wirren Leidenschaften, beschäftigte mich manche Woche. Ich studierte die Stoffe mit der gebotenen Gründlichkeit, mit wachsendem Erstaunen. Es waren Göttergeschichten, doch im Grunde schienen diese Gottheiten nichts anderes als übermächtige Menschen. Sie lebten, liebten, hassten wie Sterbliche, überliessen sich ihren Launen, ihren Leidenschaften, ihrer Wut, bis hin zu einer bei Göttern schwer vorstellbaren Nichtigkeit.

Sie zeugten mit Sterblichen Söhne und Töchter, zwischenweltliche Wesen, und provozierten das Verlangen der Irdischen, es ihnen gleich zu tun, ihnen gleich zu sein. Die Anbetung der Mischwesen verriet, wie innig die Menschen von einem Beilager mit den Göttern träumten, von Gottwerdung, eigener Göttlichkeit. Womöglich würde eines Tages wahr, wovon sie träumten, würde eines Tages die Erde von Menschen bevölkert sein, denen besondere Stärke, besondere Fähigkeiten zugefallen waren, die folglich meinten, es gäbe für sie keine Ferne, keinen Abgrund mehr, keinen Unterschied zwischen Erde und Himmel, nichts Unerreichbares, nichts Heiliges, die meinten, sie vermöchten alles, nichts sei ihnen unmöglich, nichts verwehrt. Nicht ein einzelner Nero, Millionen seiner Art. Neronische Massen, berauscht, mutwillig, vom Wahntraum ihrer eigenen Allmacht verführt …

Wenn es aber das war, wovon sie träumten, wozu dann noch Götter? Wozu Götter, wenn diese Götter herabstiegen, sich von Menschen bezaubern, verführen, beschämen liessen, ihnen gleich wurden und jede Grenze zwischen Diesseits und Jenseits verschwamm? Wozu Götter, wenn ihrer so viele waren, dass niemand ihre Zahl kannte, ihrer immer mehr wurden, Laren, Penaten, Genien von Landschaften Städten, Zünften, Centurien, von Brunnen, Häusern, Märkten und Bädern, wenn sich den römischen Gottheiten noch die der Provinzen zugesellten, syrische, kleinasiatische, persische, wenn schliesslich jeder seine eigenen Götter hatte, beliebige, unverbindliche Götter, zahllos, bedeutungslos. Man sagt, es seien ihrer Tausende am römischen Götterhimmel, eine Welt von Reichtum und Vielgestalt, zerstreuend, unterhaltsam und indifferent. Ich begann zu verstehen, warum so viele Römer an ihnen irre wurden. Warum sich so viele von ihnen auf die Suche nach einem Unbestechlichen machten, nach einem einzigen, wahrhaft göttlichen Gott.

Man tat gut daran, solche Regungen vor Nero zu verbergen. Er glaubte zwar selbst nicht an die Götter, führte sie aber ständig im Mund, wie sie überall gegenwärtig waren, als Statuen in den Strassen, Figuren auf dem Theater, als Gegenstand blutiger Geschichten und schlüpfriger Scherze. Wir sahen uns selten in diesem Frühjahr, er sandte mir seine Manuskripte durch Boten ins Haus, meist sass ich allein über den düsteren Versen von *Minos und Miletos*. Ich sass still, meinen Blick auf endlose Zeilen griechicher Lettern geheftet, und begann mich zu fragen, warum ich es tat. Warum ich es, obwohl es immer weniger sinnvoll schien, nicht einfach liess. Warum es so schwerfiel, etwas zu lassen. Warum Mittun, selbst bei sinnlosen, ja schädlichen Unternehmungen für achtbarer gilt als Sich-Entziehen. Ich hatte der Kaiserin-Mutter versprechen müssen, bei ihrem Sohn zu bleiben, doch die Kaiserin-Mutter lebte nicht mehr und ihr Sohn war ihr Mörder und jedes Versprechen hinfällig an diesem Hof …

Insgeheim schrieb ich, wann immer mir Neros Aufträge Zeit dazu liessen, an meinem Poem *Die Schatten Babylons.* Es war von selbst entstanden, aus schwerem Herzen, aus zunehmender Furcht an einem Hof, der täglich gefährlicher wurde. Aus dem Lebensgefühl eines der Vielen, die in Rom kein Zuhause fanden. Eines von vielen in der Fremde Geborenen, die »das Land« nur noch vom Hörensagen kannten, die sich verloren und einsam fühlten und oft nicht mehr wussten, warum. Maches beunruhigte diese Versprengten, das Ahnen alter Wahrheiten, ein Vorleben, tief zurückreichend in die Geheimnisse unserer Vorväter: Regungen, die sich allmählich vom Gegenstand gelöst hatten, als unerklärliches Sehnen weiterbestanden, lange noch, solange letztes Gedenken im Blut war, als Melancholie, Einsamkeit, abstrakte Trauer, als ›Anderssein‹, an dem man einander erkannte …

Es war mein erster Versuch in hebräischer Sprache. Wenn ich in Jacobus' Garten daraus las, gab es lange Debatten mit Jedidah und ihren Geschwistern. Die Zwillinge sahen im unermüdlichen Studium der Bücher die Gewähr für unser Überleben. Alexander äusserte die

Hoffnung, dass uns Weltläufigkeit erhalten werde: stets hätten wir ›im Zentrum der Ereignisse‹ gestanden, in Austausch mit den Nachbarn, mit Ägyptern und Babyloniern, Ammonitern, Hititern, Phöniziern. Zwar verführe uns diese Offenheit zur *assimulatio*, zur Anpassung an die Völker, doch hätte uns eine angeborene Abneigung gegen Profanität bisher stets vor dem Schlimmsten bewahrt. Der alte Schriftgelehrte in Jacobus' Dienst widersprach: nicht so sehr aus Abwehr, vielmehr aus Liebe zu Gott müssten wir neue Wege finden. Und neue Worte: die Lehre erläuternde, bekräftigende Worte, und nicht mehr nur gesprochene.

Vielleicht lösen Verse Bewegung aus, wenn sie unter Spannung geschrieben werden, in einem ambivalenten Zugleich der Empfindung. Während ich einer verblassenden Erinnerung folgte, einer Ahnung, einem Hauch, beschäftigten mich Neros gewalttätige Stoffe. Noch im Schlaf sah ich den ruhelosen König Minos, der den Göttersohn Miletos mit seiner Begierde verfolgte, während sich seine Gemahlin Pasiphae von einem Stier begatten liess und den Minotaurus gebar, einen Mann mit dem Kopf eines Rindes. Dem Minotaurus wurden Kinder geopfert, erst die Töchter des Hyakinthos, dann, obwohl sich diese Gabe als nutzlos erwies, jedes Jahr sieben Mädchen und sieben Knaben, abgeblich bis heute, im Geheimen, auch wenn es die Behörde nicht gern sah. So zog sich Minos' blutige Spur über Inseln und Meere, mordend, Städte erobernd, bis zu seinem Ende: der sizilianische König Kokalos, des Eindringlings leid, überredete seine Töchter, ihn ins Bad zu führen, geschmückt, unter Gesängen, und ihn dort zu verbrühen.

Ich konnte Neros Begeisterung für diese Stoffe nicht folgen. Sie schienen mir kindisch wie Marionettentheater. Ich studierte sie mit Grausen, zugleich mit erlernter Anhänglichkeit, wie beim Abstieg in dunkle, lange verlassene Schächte:

Eben geborenes Auge
Erblickt die Welt als steinerne Höhle
Sieht in der Tiefe die rauchverschatteten
Niemals erloschenen Brände
In die man die Erstgeborenen stiess

Seit Ewigkeit
Bekränzt und ausgewählt die Schönsten stets
Hört ihren Schrei und Hitze schlägt
Herauf in unstillbarer Gier
Vom immer warmen Wahn
Der frühen Götter …

Jedidahs Geschwister fanden, ich machte mir zuviel Mühe. Ich solle den Kaiser Kaiser sein lassen, seine Gesänge wie sie waren, und mich mit ganzem Herzen unserer Sphäre zuwenden. Gerade weil ich mit dem Griechentum vertraut sei, mit der Welt der Vielgötter und Figuren, erklärte Efraim, der Zwilling, könne ich das Einmalige und Einzige unseres Gottes besser verstehen als mancher, der in unseren Glauben hineingeboren war. Und da ich es besser verstehen könne, vermöchte ich es auch eindrucksvoller zu preisen. »Süsses Kribbeln« wollte Deborah gespürt haben, als ich zum ersten Mal aus den *Schatten Babylons* las. Jedidah sang Stellen des Poems, in denen von der Kindheit in Babylon die Rede ist, zu selbsterfundenen Melodien unserem Töchterchen vor:

Abends spiegeln die Palmen
sich ratlos im goldenen Wasser,
schwankend wie ihre Wipfel im Wind
war unser suchendes Herz,
Ferne und Fremdsein
und leises Entgleiten:
blank Blick der Kinderzeit,
Gott stumm und wüstenweit,
Sehnsucht womit unsre Mütter
vergebens uns stillten …

Um die letzten Zeilen gab es eine lange Diskussion, eines Nachmittags im Garten. Es ging hauptsächlich darum, ob ich richtig daran getan hätte, den Zustand *Sehnsucht* mit dem Wort *vergebens* in Verbindung zu bringen. Sehnsucht könne niemals vergebens sein, fand Jedidah, da sie unseren Handlungen zugrunde liege, als ewiges Moment des Beginnens. Aus Sehnsucht hätte Gott den Menschen geschaffen, um einen Freund, einen Ihm-Ähnlichen hier unten zu haben, und obwohl der Mensch die in ihn gesetzte Hoffnung kaum je erfülle, hielte der Ewige, gepriesen sei sein Name, weiter an ihm fest. Sie sah mich an und sagte nichts weiter, ich wusste ohne Worte, was sie meinte: von Sehnsucht hatte auch sie sich leiten lassen, als sie an jenem Tag in mein Haus gekommen war, obwohl sie fast nichts über mich wusste.

Die Zwillinge widersprachen. Göttliche und menschliche Sehnsucht sei zweierlei und das Sehnen des Menschen etwas Unerfülltes, Nichtgenügendes, unter Umständen den Willen Paralysierendes, auch wenn dieser Zustand als Zeichen höheren Gefühlslebens angesehen und in Poemen und Liedern besungen werde. Sich-Sehnen verführe dazu, es als Ersatz echten Handelns hinzunehmen, ja diesem vorzuziehen, weil es Möglichkeit bliebe, verheissungsvolles Versprechen, und nicht geprüft werde in des Lebens eiserner Kur. Um ein Beispiel zu nennen: es genüge nicht, sich am fernen Ort – sagen wir in Rom – nach der Heimat zu sehnen, man müsse wirklich dort leben, um zum siegreichen Bestehen des Volkes Israel beizutragen. Auch dieser Rede wurde widersprochen. Alexander erinnerte daran, dass unser Volk zu allen Zeiten in Bewegung und an vielen Orten zugleich gewesen wäre. Er fügte einen Satz hinzu, der mir unvergesslich ist: Die Juden in der Heimat würden eines Tages darüber froh sein, dass sie überall Landsleute hätten, in Rom, Alexandria, Antiochia, in aller Welt. So ging es hin und her, noch lange waren die Anwesenden, während die Dämmerung sank und Kühle vom Fluss herüberwehte, in ein vielstimmiges, bewegtes, gelegentlich laut werdendes Gespräch vertieft.

Im Haus meines Schwiegervaters herrschte damals eine Unruhe, die Menschen mit mehr Lebenserfahrung als uns hätte aufmerken lassen. Fast täglich empfing Jacobus Besucher, Geschäftsfreunde, Abgesandte italischer Gemeinden, die ihn wegen der kritischen Lage konsultieren kamen, oder Verwandte aus Judaä wie den unvergessenen Vetter Aminadav, einen Weingutsbesitzer, von dem sich herausstellte, dass er gekommen war, um zu bleiben. Aminadav hatte sein Geld beizeiten an alexandrinische und römische Banken transferiert und nutzte die Reise zu seinem Verwandten Jacobus in Rom, um die Ankunft seiner grossen Familie vorzubereiten, seiner zahlreichen Söhne und Töchter, Neffen und Nichten, die ihrerseits Kinder hatten und vielköpfige Dienerschaft. Leute wie er tauchten auf in wachsender Zahl, erste Flüchtlinge, wenn man wollte, die sich und das ihre dem Chaos in Judäa zu entziehen suchten, nachdem sie bereits Verluste erlitten hatten, an Hab und Gut, sogar an Menschleben.

Vetter Aminadav, ein behäbiger, von Wind und Sonne gegerbter Mann mit dattelbraunen Augen, erzählte uns, wie es zuzugehen pflegte. Ein Pulk von Reitern nahte in einer Staubwolke, man sah sie von weitem und versuchte in Eile, die Frauen zu verstecken, die Wertsachen und heiligen Schriftrollen. In manchen Fällen konnte man verhandeln und mit einem Tribut oder Schutzgeld davonkommen, in weniger günstigen zündeten sie Haus und Hof an und trieben die Herden fort, oft auch die Mädchen und Frauen. Wer diese Leute wären, fragten wir, ohne ihm ganz zu glauben. Bewaffnete, antwortete achselzuckend der Vetter, im Augenblick ihres Auftauchens sei ziemlich gleichgültig, wer genau. Als römische Soldaten gekleidete Syrer der Hilfstruppen, junge Leute vom Land, die irgendein Grosser in Sold genommen, oder einfach Banditen. Wie sich die Dinge halt entwickelten, wenn es bergab ginge und Sitte und Ordnung verfielen. Eine Rückkehr zur nomadischen Lebensweise, aber nicht zum frommen Zeltleben unserer Stammväter, sondern zum Räuberwesen der Verworfenen, der Kinder Jabals, der Kinder Kains. Man bestellte die Felder nicht mehr, erntete nicht mehr in den Weinbergen, die Olivenhaine verwilderten, ganze Landstriche verkamen. Gefährlich waren Weg und Steg, eine Reise nur noch möglich, wenn man seinerseits Bewaffnete um sich scharte – womit aber diese füttern im verarmten Land, ohne seinerseits zu marodieren? Auch Aminadav hatte sich nur mit einem Trupp angeheuerter Söldner auf den Weg in die Hafenstadt Caesarea gewagt, wo das Stehlen und Geldabpressen weitergegangen sei, durch griechische Beamte, deren Siegel man für die Reisepapiere brauchte, durch Zöllner und Seeleute. Wie verlässlich, gesetzlich geregelt und sicher sei dagegen Italien, wie zivil und kultiviert …

Aminadav und seine bald nachfolgenden Söhne, Schwiegersöhne und Neffen, ihre Frauen, Kinder und Diener beteten still und ergeben mit uns in der Synagoge und erzählten hinterher, beim *kidush* in der Wandelhalle, mit gesenkter Stimme von ihren Abenteuern. Durch sie und andere Emigranten kam ein neuer Ton in den Gemeinden auf, ein sanftes Lobpreisen hiesiger Geborgenheit – *in tuto esse*, in Sicherheit sein, war die Formel, eigentlich eine Liebeserklärung, ein Bekenntnis. Voller Sehnsucht sprachen die Neuankömmlinge vom römischen Bürgerrecht und priesen uns glücklich, die wir es besassen. Falls sie in Rom Arbeit fanden oder in andere Beziehung zu ihrer neuen Umwelt traten, vertauschten sie meist »der Einfachheit halber« ihre hebräischen Namen gegen lateinische oder griechische, wie sich etwa Aminadav, als er in Rom einen Weinhandel aufschlug, fortan Ammianus nannte.

Diesen Ankömmlingen stand einige Abwendung gegenüber, ein verstohlenes, doch spürbares Übergehen zur Sekte des Nazareners, ohne dass in jedem Fall ein äusserlich sichtbarer Bruch vollzogen wurde. Insbesondere *kana'im*, jugendliche Eiferer, hiesige Anhänger der zelotischen, romfeindlichen Partei, wandten sich der Lehre des Wanderpredigers zu, oder Glücklose, die in unwürdiger Existenz in Rom ihr Dasein fristeten, arme Freigelassene, Almosenempfänger, wandernde Händler. Sie fanden bei Paulus und seinen Jüngern, was sie in den etablierten jüdischen Gemeinden vermissten: fundamentale Kritik am *status quo*, spirituelle Entschlossenheit, das Eingeständnis einer Endzeit. Unsere Zeitgenossen, erklärte der Apostel, seien geldgierig, prahlerisch, hochmütig, undankbar, gottlos, lieblos, verleumderisch, zuchtlos, dem Guten feind, unbedacht, aufgeblasen ... Atemlos lauschte sein Publikum, im gemeinsamen Gefühl, dass dies die schreckliche Wahrheit sei. »Sie lieben die Wollust mehr als Gott«, rief der eifernde Mann, und jeder dachte an Kaiser und Hof, an die Grossen Roms und die Vielen im Reich, die ihren Lebensstil nachzuahmen suchten.

Seine Ablehnung der römischen Lebensart war von einer Radikalität, die sein Publikum nicht selten entsetzte. Zugleich wusste der Apostel zu beruhigen, zu ermutigen: man wagte sich nicht allein so weit vor, sondern war Teil einer weltweiten, immer noch wachsenden Bewegung. Er tat seinen Zuhörern kund, dass es Gleichgesinnte in allen Teilen des Imperiums gäbe, in Galiläa, Judäa, Syrien, Asien, Phönizien, Kilikien, Galatien, in Korinth, Thessaloniki und Rom. Überall dort war er gewesen und besass er treue Freunde, mit denen er in Schriftwechsel stand. Vielfarbig, international, wie eine bunte Illumination seiner Weltläufigkeit, war auch die Schar der Anhänger, die ihn umgab und die er zärtlich seine »Mitgefangenen« nannte. Sie hiessen Lukas, Jeshua, Epaphras und anders, jüngere, häufig wechselnde Gefährten, von denen der eine oder andere zuweilen im Auftrag des Meisters zu einer Seereise aufbrach oder auf andere Weise plötzlich aus dem überwachten Quartier verschwand – denn all dies Hin und Her spielte sich keineswegs im Verborgenen ab, sondern unter den wachsamen Augen des Ritters Tigellinus.

Traditionelle Schriftgelehrte widersprachen Paulus. Sie warnten vor seinen Träumen von weltweiter Wirksamkeit, riefen zur Besinnung auf das Eigene auf, erinnerten an das Konzept vom einzigen und erwählten Volk, vom *am segulah*, dem Schatz und Besitztum Gottes. Sie zitierten die Mahnungen der göttlichen Bücher, sich nicht mit den heidnischen Völkern gleichzumachen, nicht mit ihnen zu mischen, sondern zu bleiben, wozu unser Gott uns ausersehen habe: sein *bachor*, sein erstgeborener Sohn. Paulus und Anhänger erwiderten, dass die heilige Eigentümlichkeit und Erwähltheit, von der die Bücher wussten, von uns gewichen sei. War nicht das Volk der Torah dem Lebensstil des Imperiums verfallen wie alle, liebte man nicht auch in Judäa »die Wollust mehr als Gott«? Einst, in wüstenferner Vorzeit, war das Gesetz einem Volk ausgehändigt worden, das sich der göttliche Geber als *goj kadosh* und *mamlechet kohanim* vorgestellt hatte, als heiliges Reich von Priestern in seinem Geiste. Was war davon geblieben? Die Priester brachen das Gotteswort, nahmen Geschenke, betranken sich am Opferwein. Der König stammte von Idumäern ab, dem Gesetz zum Hohn, an seinem Hof herrschten Blutschande und heidnische Kulte. Der Tempelbezirk war zum Marktplatz herabgesunken, man schacherte und hurte dort mehr als man betete. Wer hielt sich noch an das Gesetz, ausser den heiligen Männern, die in die Wüste flohen?

Was dieser Tage in Judäa geschah, so erklärten die Anhänger des Nazareners, sei mehr als einmal in unseren Büchern beschworen worden. Der Einzige Gott erweise sich als unendlich in jeder Dimension, in seiner Gnade, Geduld und Güte ebenso wie in seinem gerechten Zorn. Die Bücher sparten auch das düstere Ende nicht aus, hielten es fest in schriftgetreuer Unerbittlichkeit: den Fall des stolzen Jerusalem, die Verwüstung des Landes, die Zerstreuung der Kinder Israels unter die Völker. Schon vordem hatte sich all dies ereignet, bei der Eroberung des Landes durch Assyrer und Babylonier, man erinnerte sich – wie sich Juden an alles erinnern – der schrecklichen Heimsuchungen. Und standen nicht alle Zeichen so, dass es demnächst wieder geschehen würde und sehr bald? Warum, wenn es schon so stand, nicht das beste daraus machen? Warum nicht, über die Welt verteilt, weiter wirken, als Saatkorn des Neuen auf neuem Boden, indem man, was noch übrig war und den Fall überstanden hatte – Unvollständiges notfalls, vom Sturz Beeinträchtigtes, seiner einstigen Form Beraubtes – unter die Völker trug? Hatte nicht unser grosser König, der Stammvater des erwarteten Erlösers, in einem seiner Psalme gesungen: *sipru va gojim et k'vodo*, Kündet den Völkern von Seiner Glorie? Künden, Austeilen, freigiebiges Weitergeben des lang Gehüteten war eine Möglichkeit des Überlebens. War sogar mehr: ein Weg zu neuer Erfüllung, ein neuer Bund.

Andere Schriftgelehrte traten vehement gegen solche Ansichten auf. Nach ihrer Meinung bedeutete, was die Prediger der Christiani vorschlugen, Selbstaufgabe und Absorption unter den Völkern, somit das baldige Ende Israels. Unser Gesetz überlebe notfalls auch ohne Jerusalem, ohne Tempel, sogar ohne Land, erklärten sie, und nicht in beeinträchtigter Form, sondern in aller Klarheit und Konsistenz, da es Gotteswerk sei, folglich von göttlicher Kraft des Überlebens. Und mit dem Gesetz überlebe auch das Volk. Es käme darauf an, das Gesetz zu hegen, zu schützen, einzuzäunen. Es gelte, die Lehre in ihrer unendlichen Tiefe zu ergründen und zu verstehen, auf dass sie uns in schweren Zeiten mit neuer Einsicht leite, nicht, sie um grösserer Popularität willen zu verflachen. Je inniger wir das Gesetz befolgten, umso stärker mache es uns, ob wir nun viele seien oder wenige.

Solche Ansichten hatten die Zustimmung der Flüchtlinge aus Judäa. Wer wie Vetter Aminadav auf gerettetem Boot in den Hafen trieb, suchte dort Schutz, nicht neue Erschütterung. Ihr Hoffen war auf Bewahrung gerichtet, auf Weiterbestehen, auf ruhigen Handel und Wandel. Seit jeher wären wir ein nach innen gewandtes, geistbetontes Volk gewesen, erklärte Aminadav, und für ein solches Volk sei es besser, zur jeweiligen Regierung zu halten: »Was wir brauchen, sind geordnete Zustände.« Er berief sich auf gelehrte Männer wie den Vorsteher der Tempelpriester Chanina, der im überhitzten, von Parteikämpfen zerrissenen Jerusalem festgestellt hatte, die Menschen würden, wenn ihnen der Respekt vor der Obrigkeit abhandenkam, einander lebendigen Leibes verschlingen.

Es machte Eindruck, dass die Flüchtlinge zu den Schriftgelehrten hielten, durch Besuch ihrer Lehrveranstaltungen, durch Beifall und Geldsammlungen, und je bewahrender und besonnener sich ein Lehrer zeigte, umso sicherer sein Stand unter den Juden Roms. Mit Stolz besann man sich der Eigenständigkeiten in Ritus, Gesang und Textversion, die sich in den römischen Gemeinden ausgeprägt hatten und die beizubehalten zu einer Sache von Ehre und Bedeutung wurde. Man legte umso mehr Wert darauf, je weniger die Christiani auf solche Formfragen gaben. Man stritt nicht mehr, zu tief klaffte inzwischen der Riss. Man wandte sich ab, nahm nicht mehr genau wahr, wer und wie viele zum Nazarener übergingen, der eigene Sohn vielleicht, heimlich, ohne es dem Vater anzuvertrauen. Was half es noch, darüber zu reden? Wenn von der Sekte gesprochen wurde, dann meist in bekümmertem Ton: jemand war unter der Anschuldigung *crimen maiestatis* verhaftet worden und seine Familie bat die Gemeindevorsteher um Hilfe, ein anderer ganz und gar verschwunden, spurlos aus Stadt und Vaterhaus.

Sie sind vom Weine verwirrt und torkeln im Rauschtrank einher. Sie taumeln beim Weissagen, wanken beim Rechtsprechen. Denn alle Tische sind voll von Gespei, besudelt ist jeglicher Ort …

Der Ritter Tigellinus, Präfekt der Garde und höchster Beamter für die Sicherheit des Reiches, hielt sich in diesen Tagen meist in der Nähe des Kaisers auf, besorgt um gewisse Entwicklungen am Hof. Die Sekte, hiess es, nutze seine nachlassende Aufmerksamkeit und breite sich im Geheimen in der Hauptstadt aus, Gerüchte wussten von Zusammenkünften Hunderter, von staatsgefährdenden Reden und den in Rom vielbesprochenen Liebesmählern an verborgenem Ort. Wie alarmierend die Hinweise immer sein mochten, Tigellinus musste es Mitarbeitern überlassen, ihnen nachzugehen. Er selbst, wie die meisten Freunde des Kaisers, lebte mehr im Theater als zu Hause, lauschte Gesängen statt Berichten, eilte mit dem göttlichen Sänger von Höhepunkt zu Höhepunkt. Seine Sorge galt vor allem den senatorischen Familien. Einige Grosse hatten Neros Vertrauen gewonnen und sich in seiner Nähe eingenistet. Sie suchten Tigellinus aus der Position des ersten Ratgebers zu verdrängen. Der Ritter hatte bei allen Vorzügen ein *mancus*: er verstand nichts von Literatur.

Und Literatur war das wichtigste Thema in jenen Tagen, vor allem die Werke des Kaisers. In Neapolis hatte Nero die entscheidende Gewissheit erlangt, in sich selbst den grössten Sänger und Poeten der Epoche zu sehen. Die Triumphe der Reise hatten ihn von letzten Zweifeln befreit, seine eigene Grösse betreffend, seine Rolle in der Literaturgeschichte, seine Berufung zum Dichter des Zeitalters. Entsprechend euphorisch verging dieses Frühjahr. Der Kaiser und seine Freunde tafelten in Amphitheatern und Rennbahnen, ihre Paläste schienen zu klein, um so viel Begeisterung und spontan aufspringenden Gesang zu fassen. Mitten aus dem Mahl, aus dem Tafelgespräch heraus pflegte der Kaiser zur Kithara zu greifen und zu singen. Seine exaltierte Verfassung zeitigte unentwegt Tonfolgen, die nach Entäusserung drängten und in die blaue Luft über Rom entschweben wollten

wie Vögel, die des Käfigs müde
gewartet lang genug in bangem Dämmer,
unwiderstehlich nun in hellem Drange
die Freiheit singen …

So beschrieb er in einem seiner Lieder, was in ihm vorging. Er durchlebte, wie er erklärte, einen Prozess der Selbstbefreiung, des Abwerfens hinderlicher Beschränkungen durch Moral und überlieferte Lebensform. Seine Bewunderer nannten sein Hiersein eine göttliche Sendung. Die einzigartige Verbindung von Kreativität und Herrscherwürde, die er verkörpere, leite ein neues Zeitalter ein. Da der Sänger-Kaiser das Vorbild aller Römer sei, dürfe man in Bälde einen neuen Menschentyp erwarten, einen Menschen schöpferischer Offenheit, ein die irdischen Fesseln sprengendes, den Genien und Göttern sich näherndes, mit einem Wort gottnahes Wesen. Das Reich, das solche Menschen beherberge, werde ein niegesehenes sein, ein Reich des Glückes, der Heiterkeit, des ewigen Gesanges. Thesen wie diese wurden von den kaiserlichen Freunden bei den öffentlichen Mahlzeiten erörtert. Die Persönlichkeit des Herrschers war Gegenstand von Poemen und Oden, die in stundenlangem Wettstreit vorgetragen wurden, wobei der Kaiser sich nicht scheute, daran teilzunehmen, sich selbst als »Er« oder »der Göttliche« besingend. Sogar einige Philosophen, obwohl der Kaiser sie nicht mochte, beteiligten sich am allgemeinen Diskurs. Gelehrte Schriften erschienen, scharfsinnige Abhandlungen über das zum Höchsten gesteigerte *ego* als eigentliche Erfüllung des menschlichen Seins.

Währenddessen liess der Kaiser gebratenes Fleisch, Obst, Backwerk und Wein an die Zuschauer austeilen, dazu Lose, auf die man Häuser und Felder, Sklaven und Esel gewinnen konnte, und belebte die allgemeine Begeisterung, die Teilnahme der Tausende. Jubelchöre, oft mehrstimmig, erschollen aus dem weiten Rund, sobald sich der bekränzte Sänger erhob und seine Improvisationen vortrug. Um ihn lagen die engsten Freunde, deren Urteil in Fragen von Kunst und Geschmack ihm unerlässlich war, der Konsular Petronius, der Schauspieler Halityrus, der Dichter Lucanus oder der schriftstellernde Senator Cluvius Rufus, der seine Geschichte der

Theaterkunst, wie er bekannte, unter dem Eindruck von Neros einzigartiger Künstlerpersönlichkeit umschreiben musste. Auch mich lud der Sänger manchmal dazu, als Stichwortgeber in literarischen Debatten. Einen Platz in seiner Nähe konnte ferner mündliche Gewandtheit sichern, die Fähigkeit zu schneller, herzergreifender Rede aus dem Stehgreif, worin sich etwa der lärmende Konsular Clodius Eprius Marcellus auszeichnete, derselbe, der eines Morgens überraschend in meinem Haus erschienen war.

Tigellinus wurde es schwer, seinen Platz an der Seite des Kaisers zu behaupten. Von jeher war das, womit er Nero zu fesseln vermochte, weniger für die Öffentlichkeit geeignet, eher im Zwielicht angesiedelt gewesen, auf dem Gebiet besonderer Ausschweifungen. Doch auch diese forderten Gedankenarbeit. Der Kaiser zeigte sich anspruchsvoll und des einmal Genossenen schnell überdrüssig. Ständige Steigerung war vonnöten. Erst im Wechselspiel von Erschöpfung und erneuter Aufstachelung der Genussfähigkeit begannen die wahren Verzückungen. Sobald allgemein anerkannt und von vielen nachgeahmt, verlor das Lasterhafte seinen Reiz. Um Nero neue Dimensionen der Beglückung zu bieten, musste es sich dem bisher Undenkbaren nähern, dem Verbotenen, dem Geheiligten. Das galt besonders seit der Rückkehr aus Neapolis, wo Nero, wie er sagte, »das tägliche Erleben des Niedagewesenen« als die ihm angemessene Daseinsform entdeckt hatte, als *vitae cultus augustus*.

Eines Tages erhielt ich eine Einladung von Tigellinus' Privatkanzlei, in Zierschrift und zweierlei Tinte: sie kündigte ein Bankett zur Begrüssung des Kaisers an, zur Feier seiner gesunden Rückkehr und seiner Triumphe, beides mit Hilfe der Götter. Eine Opferhandlung werde dem Essen vorangehen, an einem eigens dafür errichteten Altar. Als Ort war ein künstlicher See im Norden der Stadt angegeben, nahe den Sommergründen Neros, den Gärten der Agrippina. Es war undenkbar, diese Einladung auszuschlagen, eine solche Kränkung hätte Tigellinus niemals verziehen. Ich machte mich in meiner Sänfte auf den Weg wie alle, die der Präfekt mit einer Einladung beehrt hatte. Schon auf der Brücke zur anderen Tiberseite gab es Stauungen von Sänften und Tragestühlen, die *vigiles* mussten die Uferstrassen sperren. Die Grossen des Reiches fanden sich zahlreich ein, mit Damen und Töchtern, deren Aussteigen und Sich-Präsentieren von den herbeigeströmten *ardaliones* bewundert wurde. Es war ein Wettbewerb von Haargebäuden und Gewandungen, kosmetischen Künsten, blitzenden Steinen und aufgesetzten Zähnen. Im Vorgefühl ausserordentlicher Ereignisse bestiegen die Geladenen ein riesiges, taghell erleuchtetes Floss, um darauf unter Musik und Tanz das Nachtessen einzunehmen.

Tigellinus' Möglichkeiten waren grandios. Nie zuvor hatte ich eine solche Menge unbekleideter schöner Sklaven gesehen, nackter Mädchen und Jünglinge aller Haut- und Haarfarben, in Booten und Barken auf dem Wasser des künstlichen Sees und an den Ufern, singend, die Laute schlagend und flötend, tanzend oder akrobatische Figuren stellend. In den grossen Häusern war es Mode geworden, Menschen zu sammeln, meist unter dem Gesichtspunkt körperlicher Perfektion (wobei es Exzentriker gab wie Epaphroditus, den neuen Vorsteher des Hofamtes *a libellis*, der seine Edelsklaven nach Gelehrsamkeit und Geistesschärfe auswählte), und Tigellinus hatte in allen Gegenden der Welt kostbare Exemplare zusammengekauft, um seine Paläste mit ihnen zu schmücken und Versuche mit ihnen anzustellen, Kreuzungen und Rassemischungen wie er sie aus der Pferdezucht kannte. Man wies einander auf besonders aufregende Schöpfungen hin, auf Brünette mit Goldhaar, feminine Knaben, athletisch gebaute Mädchen oder Hellhäutige mit der Physiognomie von Mohren.

Dazu prangte das langsam über den See treibende Floss von Pflanzen aus den entlegensten Landschaften der Welt, von blütenschweren Urwaldgewächsen aus dem Lande Hodu, sanft säuselnden Palmgräsern aus Numidien, blaublühendem Nymphea- und Wasserliliengeschling aus ägyptischen Flussarmen, Lotos-Bäumen aus Griechenland mit ihren kirschgrossen, wonnig schmeckenden Früchten, judäischen Granatapfelbäumen, leuchtendrot bestirnt, und auf den Zweigen hüpften, von goldenen Fäden gehalten, paradiesische Vögel und lärmten. Ich erinnere mich dieses Abends vor allem wegen meiner Schwierigkeiten, etwas Bestimmtes wahrzunehmen. Mein Auge ermüdete, ehe es noch fähig war, alles Sehenswerte zu erfassen, mein Ohr ertaubte von Gedudel und Geschrill, vom niemals endenden Gesang der Kastraten. Auch die Tafelgenüsse versagten sich mir, in ihrer sossenschweren, buntgefärbten Überfülle. Erlesene Weine flossen in Strömen, doch in Tigellinus' Gesellschaft war es klüger, sich an die Wasserflasche zu halten. Von fern, über die Absperrung der Prätorianer sehnsüchtig beäugt, mochte all dies märchenhaft wirken, und noch tagelang klangen die Foren, Strassen und Stadien der Stadt von den begeisterten Erzählungen der *ardaliones*.

Tigellinus wusste wie jeder am Hof, dass Neros Ohnmachtsanfall im Tempel der Göttin Vesta, am Vorabend der geplanten Reise nach Alexandria, zu einem Augenblick körperlicher Nähe mit der jungen Vesta-Priesterin Rubria geführt hatte, zu einer Nähe, wie sie eigentlich durch uralte Gesetze ausgeschlossen war, kaum je herbeiführbar, allenfalls durch höhere Fügung. Das Gesetz gebot den Priesterinnen der Vesta mindestens dreissig Jahre Keuschheit und Männerferne, bereits als Kinder erwählte sie der römische Hohepriester, der *pontifex maximus*, aus dem Kreis der in Frage kommenden Familien und liess sie in strenger Abgeschiedenheit aufwachsen. Die Vestalischen Jungfrauen sollten männlicher Personen nur anlässlich heiliger Handlungen in ihrem Tempel ansichtig werden, allenfalls noch bei staatswichtigen Anlässen. Der Verlust ihrer Jungfräulichkeit wurde traditionell durch Lebendigbegraben oder Sturz vom tarpejanischen Felsen bestraft. Doch der Zusammenbruch des Kaisers, sein plötzliches Hinsinken während der Opfer-Zeremonie, hatte die junge Vestalin Rubria in die Lage gebracht, den Kopf des Besinnunglosen, während man ihm zwecks Wiederbelebung Wasser einflösste, mit den Händen zu halten (manche sagten sogar, in ihrem Schoss), was in diesem Fall legitimierbar schien, da es sich bei dem Ohnmächtigen selbst um ein göttliches Wesen handelte, um den Filius Divi Caesar Augustus. Dieser fand, die Augen aufschlagend, Gefallen an der jungen Priesterin. Und Tigellinus, dem nie lange unbekannt blieb, was im Herzen seines kaiserlichen Freundes keimte, erkannte die Gelegenheit, sich ihm von neuem liebwert zu machen.

Eigentlich gab es keine Frau im Reich, die sich dem Verlangen des göttlichen Herrschers hätte entziehen können, seiner einzigartigen Umarmung, der sensationellen Beiwohnung durch einen Überirdischen. Doch eine Vestalin war ihrerseits einer Göttin geweiht und sohin keine gewöhnliche Frau. Sie unterlag einem unumstösslichen Gelübde, so alt und unumstösslich wie Rom selbst, und durfte keinem Mann, und sei er selbst göttlich, Gelegenheit zu einem Zusammensein geben. Wie konnte – und wo – der Gottessohn dennoch die junge Priesterin sehen? Tigellinus hatte sein Fest auf dem Wasser als Mahlzeit anlässlich einer religiösen Handlung deklariert, und die Vestalin Rubria, auf einem Sofa nahe dem Kaiser, nahm daran teil, nicht gänzlich gegen das Gesetz, aber beispielloser Weise. Einige Freunde des Kaisers schienen über das Täuschungsmanöver bestürzt, der Dichter Lucanus etwa, von seinem Onkel Seneca in Respekt gegenüber der vaterländischen Tradition erzogen: bleicher als sonst war seine Haut, rote Flecke bildeten sich an seinem Kinn und Hals. Noch entsetzter wirkte der Freund des Kaisers Julius Vestinus Atticus, einer der wenigen Männer an Neros Hof, die unbeirrbar den Göttern anhingen, er hielt die Augen gesenkt, um das Unsägliche nicht sehen zu müssen, und seine Hände zitterten, wenn er öfter als sonst nach dem Goldbecher griff. Geschickter verbarg der Konsular Petronius seine Irritation, doch wer ihn kannte, bemerkte das Beben seiner Nasenflügel, das umschattete Starren seiner klugen grauen Augen, wohl nicht so sehr der *blasphemia* wegen, eher, weil er Tigellinus' Absicht durchschaute und ihre Folgen ahnte.

Nach ein oder zwei Stunden des üblichen Tafelns und Plauderns, des Umherfahrens unter Musik und Gesang, legte das Floss am Ufer an, wo Pavillons, Prunkzelte und künstliche Grotten die Bezechten zu weiteren Vergnügungen einluden. Man ging an Land, singend, bekränzt, unter Scherzen und Gelächter. Damen der Gesellschaft machten die Wirtinnen, alle Arten von Mädchen und Knaben boten sich an, Tänzerinnen, Gladiatoren, Gnomen, Hermaphroditen – als guter Gastgeber hatte Tigellinus alle Geschmacksrichtungen bedacht. Die Lichter wurden plötzlich gelöscht, überall, auf dem Floss, auf Booten und Nachen, an den Ufern, in den umliegenden Gebäuden und Gärten, hörte man das Zischen der in Wasser getauchten Fackeln. Und in dem Chaos, das über See und Ufer hereinbrach, in Dunkelheit, orgiastischem Geschrei und wildem Taumel, fand der Kaiser Gelegenheit, seine Beute, die geheiligte Jungfrau der Göttin Vesta, in irgendein Gebüsch zu schleppen.

Es war einer der Augenblicke, wie ich sie seit meiner Kindheit kannte: dass ich unvermutet, mitten in der Bewegung, erschrak und erstarrte, als sei ich gegen eine unsichtbare Wand geprallt. Dieses Gefühl war übermächtig, ein Erschrecken, so tief, das nichts dagegen ankam, keine Vernunft, kein Gut-Zureden. Vielleicht rührte es von jenem Nachmittag her, als mich meine Mutter, mitten aus dem Glücksspiel mit anderen Dienerkindern heraus, in unser Zimmer geschleppt und ausgescholten hatte. Ich war entsetzt gewesen über ihren nie gesehenen, unbegreiflichen Zorn. Die sonst Sanfte, Nachsichtige geriet ausser sich, brach in Tränen aus, zitterte. Sie wirkte verzweifelt, als sie die schrecklichen Dinge aussprach, die einen Glücksspieler treffen mussten: Verworfenheit, Einsamkeit, ewige Furcht. »Es gibt ein Nein, ein heiliges Nein«, hatte sie geschrien, »wir Menschen sind zu schwach, um ohne das zu leben ...«

Davon war geblieben, dass mich, anders als andere, mitten im lustigsten Trubel Ernüchterung erfassen konnte. Die unversehens ins erhitzte Gemüt dringende kalte Gewissheit eines Frevels. Trotz einiger Becher Wein war mir nicht entgangen, was hier geschah: für den Verlust ihrer Jungfräulichkeit würde die junge Priesterin mit dem Leben bezahlen, man würde sie in Erde ersticken oder vom Todesfelsen stossen, wie es das Gesetz der Vestalinnen forderte, wenn nicht unter diesem Kaiser, dann unter seinem Nachfolger, und alle Anwesenden wussten darum. Üblicherweise wurde auch der Schänder einer Vestalin bestraft, man peitschte ihn auf dem Comitium zu Tode. Doch diesen würde man nicht anrühren: er galt als göttlich. Er durfte sich ungestraft über die Gesetze der Menschen hinwegsetzen, durfte rauben, vergewaltigen, töten – das war es, was man in Rom unter einem Gott verstand.

Und noch ein gesellschaftliches Ereignis beschäftigte uns in diesen Tagen, Neros Hochzeit mit seinem Mundschenk Pythagoras. Ich erlebte mit, wie der Kaiser unter dem Heiratsbaldachin stand, als Braut gekleidet, mit Perlen geschmückt, auf dem Kopf das in Rom übliche feuerfarbene Hochzeitstuch. Er spielte die Rolle der

Jungfrau in grosser Lebensnähe, zierte sich, errötete, schlug schamhaft die Augen nieder und liess sich anschliessend von dem keuchenden Jüngling ins Schlafgemach tragen, von wo wir geladenen Gäste, mit versteinert heiteren Mienen im Vorzimmer wartend, die schrillen Schreie einer entjungferten Braut vernahmen. Der Kaiser krönte das Fest später am Abend durch einen Gesang zur Kithara, *Die Hochzeit der Pasiphae*, zu dem ich ihm das Manuskript vorbereitet hatte.

Viele in in der Stadt hofften auf günstige Zeichen, damit sich der Kaiser und seine Freunde ermutigt fühlten, die Reise nach Griechenland anzutreten. Doch Nero liess die Tage verrinnen, tafelte endlos, verschob, versäumte. Die Tischgespräche zeitigten täglich neue Projekte, von denen Hof und Stadt ergriffen wurden. Einige Tage lang war man von der Idee beherrscht, Rom dem Kaiser zu Ehren in Neropolis umzubennen. Jemand hatte diesen Vorschlag geäussert, der Kaiser scheinbar überrascht die Augen aufgerissen und sich fragend im Kreis umgesehen, worauf alles in Heil- und Laudo-Rufe ausbrach und der Senat eine Kommission ernannte, um Schritte zur Umsetzung in die Wege zu leiten. Ein neues Projekt kam dazwischen und wurde mit Leidenschaft diskutiert, »ein zweiter Alexanderzug«, eine Triumphreise von Rom in den Osten bis nach Jerusalem, wo der Kaiser den Tempel besuchen und eine Hekatombe weisser Stiere opfern wollte. Dann wieder erwog man – und debattierte darüber mit philosophischem Ernst –, ob es nicht besser sei, ewig hierzubleiben, da Rom »die Stadt der Liebe« war, wie Nero verkündete, nachdem er bei launigem Herumkritzeln auf seiner Wachstafel das Pallindrom ROMA – AMOR entdeckt hatte.

In der zweiten Juniwoche brach der Kaiser endlich auf, wenn auch nur nach Antium ans Meer. Wieder folgten ihm hunderte Wagen und tausende Begleiter. Ich hatte um Befreiung vom Mitreisen ersucht, um in der Abgeschiedenheit meines Studios die Vorbereitungen zum Chorgesang *Minos und Miletos* weiterzuführen, an dem Nero besonders lag, und dem Gesuch war stattgegeben worden. Dennoch wurde mir nicht leichter ums Herz. Der Kaiser und seine Freunde hatten die Stadt verlassen, aber wir Zurückgebliebenen spürten in jenen stickigen, von einem nordafrikanischen

Wüstenwind erhitzten Tagen und Nächten das Herannahen verhängnisvoller Ereignisse.

In einer dieser Nächte hatte ich einen schrecklichen Traum. Ich träumte, Jedidah und ich badeten gemeinsam im Fluss und stiegen langsam vom hölzernen Badesteg in ein lauwarmes, schmeichelndes Gewässer, das allenfalls durch seine Undurchsichtigkeit befremdete. Der hölzerne Steg glich dem am Ufer unseres Parks in trans Tiberim. Doch alles Vertraute verschwand, sobald wir im Wasser waren. Es zeigte sich, dass der Fluss, grau und endlos, mit überwältigendem Drängen dahinfloss, in einer mitreissenden, heimtückischen Strömung, die mich ergriff und in Richtung des offenen Meeres trieb. Ich rief Jedidah zu, sie solle zum Steg zurückschwimmen, aber sie verstand mich nicht, ich wollte schreien, aus Leibeskräften schreien, aber es war unmöglich wegen der Strömung, die meine Kräfte fesselte und mir den Atem nahm. Ich trieb ab, entfernte mich von ihr, ohne ihr sagen zu können, was zu sagen war: dass wir zusammenbleiben, einander beistehen, gemeinsam einen Weg zurück finden mussten ... Grau dehnte sich das unbarmherzige Wasser, grau, endlos, undurchsichtig, und ich begriff, ehe ich erwachte, dass es kein Zurück mehr gab.

Sprechet Recht nach dem Gesetz alle Morgen und rettet den Bedrängten aus des Frevlers Hand, auf dass nicht mein Grimm ausfahre wie Flammen und brenne, ohne dass jemand löschen kann ...

In der Nacht vom achtzehnten zum neunzehnten Juli brach in Rom Feuer aus, im Tal zwischen den Hügeln Palatium und Aventinus, dort, wo sich der grosse Circus erstreckt. Schon den dritten Tag hatte ein heisser Wüstenwind über der Stadt gelegen, der alles Hölzerne, Leinene, Lederne knochentrocken werden liess, auch Bäume und Büsche, Gras und Gewächs. Rasch leckten die Flammenzungen hügelaufwärts, ergriffen das Paedagogium, die Bibliotheken, das

Haus des Augustus und den danebenliegenden Apollo-Tempel, die südlichen Säulenhallen von Neros *domus transitoria*. Als ich die Bibliotheksgebäude in Flammen sah, lichterloh brennen wie alles dort, dachte ich einen Augenblick an die zu Asche zerfallenden Dokumente und Buchrollen, darunter die Erstschriften meiner Werke. Indessen liess das Feuer kaum Zeit für Gedanken. Funkenflug setzte ein, Flammen loderten an vielen Orten zugleich, frassen Gebälk und First, liessen Marmor bersten, Gewölbe einstürzen, überzogen den Himmel mit betäubendem, den Verstand verdunkelnden Qualm.

Ein Diener hatte mich mitten in der Nacht geweckt. Schlaftrunken stand ich auf dem Dach meines Hauses, verstört von den unglaubhaften Anblicken, dem Prasseln und Krachen, den schrecklichen Geräuschen der Einstürze, dem Geschrei der Unglücklichen, die drüben auf dem Palatinischen Hügel durch das Flammenmeer irrten. Die Schnelligkeit, mit der sich das Feuer ausbreitete, grenzte ans Wunderbare. Kaum hatte es den Palatium erreicht, tobte es schon in den Säulenhallen der *domus tiberiana*, erfüllte das Tal Velabrum, züngelte von dort den Kapitolinischen Hügel hinauf, umschlang Statuen, schlug gegen Fassaden, näherte sich dem Marcellus-Theater, wehte hinüber zum Forum Holitorium. Der Verstand weigerte sich zu glauben, was die Sinne wahrnahmen. Dabei war nur allzu deutlich – im Licht des fast vollen Mondes – jede schreckliche Einzelheit zu erkennen.

Die Stadt brannte nicht zum ersten Mal. Sie neigte zu Bränden, übervölkert und eng bebaut wie sie war, die Häuser mit hölzernen Pergolen in Strassen und Plätze sich vorschiebend, die ärmeren Viertel fast unpassierbar durch allerlei Bretterbuden, Hütten, Verkaufsstände. Mein eigenes Quartier, der Aventinus, hatte vor rund zwanzig Jahren in Flammen gestanden, und das Haus, in dem ich wohnte, obwohl als solches unversehrt, zeigte noch Spuren von Russ an den Fundamenten der Aussenmauer. Zehn Jahre davor war es der Caelius gewesen, der westlich vom Palatium liegende Hügel. Schon seit den Tagen des grossen Augustus gab es eine Feuerwache, die *vigiles*, siebentausend Mann stark, zum Teil beritten, die Roms Neigung zu leichter Entflammbarkeit wehrte. Aber der Brand dieser Nacht, soviel war auf den ersten Blick zu sehen, ging über alles Bekannte hinaus. Die Flammen rasten mit geräuschvoller, gieriger Leidenschaft, sie schienen wahrhaft wutentbrannt, der Gedanke an eine vom Himmel gesandte Strafe lag nahe. Die Feuerwache und die verzweifelten Bemühungen der Einwohner richteten wenig aus. Nach kurzer Beobachtung vom Dach meines Hauses war mir klar, dass sehr bald auch der Aventinus brennen würde, mein Viertel und mein eigenen Haus.

Ich weckte Jedidah und unser Kind und setzte sie in die Sänfte, die ich, umringt von bewaffneter Dienerschaft und unter dem Kommando meines Freigelassenen Gedalja, in Richtung Tiberbrücke Pons Probi losschickte. Wenn überhaupt irgendwo, waren sie im Haus meines Schwiegervaters sicher, auf der anderen Seite des Flusses, unmittelbar am Wasser. In Eile nahmen wir Abschied. Ich versprach, nachzukommen, sobald ich die Tiere freigelassen und die wichtigsten Wertgegenstände eingepackt hätte. Viel war es nicht, was ich mitnehmen konnte, die Flammen stürmten schneller hügelan als gedacht. Die Trennung von meinem Haus fiel mir schwer. Noch einmal ging ich durch die hallenden Räume, rührte mit der Hand an Säulen und Wände, liess meine Augen durch die vertrauten Ecken und Winkel schweifen. Ich dachte an meine Mutter, die ein Leben lang für dieses Haus gespart hatte. Als erste Feuerzungen den Säulengang erreichten, der den Peristyl umschloss, den Ort meiner Frühstücksgespräche mit Jedidah, riss ich mich los. Zuerst nahm ich den Offizier meiner Wache beiseite und gab ihm einen kostbaren Ring, einen goldgefassten Saphir, den mir ein Geschäftsfreund meines Schwiegervaters zur Hochzeit geschenkt hatte. Ich bat ihn, von ihrer Truppe abgesprengte Gardesoldaten oder *vigiles*, denen wir unterwegs in den Strassen begegnen würden, unter sein Kommando zu nehmen und ins Haus meines Schwiegervaters zu führen.

Scharen von Fliehenden drängten sich in den verstopften Strassen, tiberwärts zumeist, umdrängten Karren mit Hausrat und schwer bepackte Pferde, schleppten Verletzte auf Tragen oder Damen und Greise in Sänften. Überall war das Plündern verlassener Häuser im Gange. Gruppen Betrunkener, vom Chaos Berauschter kehrten unter Gejohle das Innerste nach aussen, rafften Schmuck, Ziergerät, goldene Gefässe, zerschlugen, was sie nicht mitnehmen konnten, tranken alten Falerner aus reihum gehenden Amphoren. Sie fielen über die Fliehenden her, beraubten sie, bemächtigten sich schutzloser Mädchen und Frauen, schleppten sie in leere Häuser, alles unter dem Gezisch und Geprassel der Feuerlohen, unter blutrotem Himmel, über den rauchschwarze Wolken wehten. Der Offizier, seinen neuen Ring am Finger, das blanke Schwert in der Hand, brach uns Bahn im Getümmel. Einige Male trafen wir Gardisten und Stadtwachen, einzeln und in kleinen Trupps, für sich zu schwach, um den Kampf gegen die Plünderer aufzunehmen, weshalb sie sich uns anschlossen. Im Morgengrauen erreichten wir Jacobus' Haus auf der anderen Seite des Flusses.

Die Ankunft inmitten Bewaffneter erinnerte an meinen ersten Besuch unter diesem Dach, doch die Umstände machten, dass die Prätorianer diesmal statt Schrecken Erleichterung auslösten. Die Villa, zwar nach den Landseiten ummauert, lag zum Wasser hin bloss. Zudem waren Haus und Hallen voller Menschen. Verwandte und Freunde hatten sich vor der Feuersnot hierher geflüchtet, mitsamt Frauen, Kindern und Dienerschaft. Einigen war es gelungen, Familienschmuck, Wertpapiere oder Münzgeld zu retten, so dass Jacobus' Anwesen – ohnehin als das »Haus eines reichen Juden« bekannt – für räuberische Unternehmungen ein lohnendes Ziel abgab. Ungesäumt versammelten wir alle waffenfähigen Männer im Atrium. Es waren ihrer fast siebzig, darunter einige zwanzig Gardesoldaten und *vigiles* der Stadt- und Feuerwache, die nichts dagegen hatten, in einem mit allem Nötigen versehenen Haus fürs erste Obdach zu finden. Wir teilten Wachen ein und verabredeten eine Parole. Die Prätorianer unterwiesen Unerfahrene im Gebrauch der Waffen. Mit Gottes Hilfe überstanden wir die ersten Tage.

Es gab einige Versuche plündernder Banden, in das Anwesen einzudringen, sei es von Land- oder Wasserseite, die wir mit Gottes Hilfe zurückschlugen. Die Angreifer hatten nicht mit Widerstand gerechnet und scheuten ernsthaftes Kämpfen, fanden sie doch ringsum verlassene, zu gefahrlosem Übergriff einladende Häuser genug. Die Prätorianer nahmen sogar bei einem Gefecht am Hauptportal einige Räuber gefangen, entwaffneten sie und sperrten sie in einen Keller, was ihnen Jacobus jedoch für die Zukunft verwies, da wir die Häftlinge miternähren mussten. Als der Offizier vorschlug, sich der Gefangenen zu entledigen, indem er sich mit der flachen Hand quer über die Kehle fuhr, wies Jacobus auch dies entsetzt zurück. Das Hauswesen lief unter der Leitung meiner Schwiegermutter in geregelten Bahnen mit gemeinsamen Mahlzeiten und Segenssprüchen, wobei Speisen und Getränke zugeteilt wurden, unter Bevorzugung der Kinder, Schwangeren und Kranken. Jacobus entlohnte die Prätorianer und *vigiles,* als stünden sie in regulärem Dienst, wofür sie mit Gehorsam dankten, sowohl gegen den Hausherrn als auch gegen den Offizier, der ihnen den Wein zumass – meist tranken sie Essigwasser, welches Getränk auch ich bei dieser Gelegenheit schätzen lernte – und ihnen jeden näheren Umgang mit den im Anwesen versammelten Frauen und Mädchen verbot. Die Nahrungsmittel unterlagen strenger Kontrolle durch die Schriftgelehrten. Alles im Haus verwendete Wasser, selbst das zum Geschirrspülen und Reinigen der Zimmer, wurde zuvor in grossen Kesseln abgekocht.

Währenddessen ereignete sich Unbeschreibliches in der Hauptstadt der Welt. Die Insassen der Gladiatorenschule brachen aus, unter ihnen Mörder und Gewohnheitsverbrecher. Sklaven nutzten die allgemeine Verwirrung, entliefen ihren Herren und folgten den Banden. Ein entschlossener Mann konnte in diesen Tagen durch Plündern reich werden, da die unermesslichen Reichtümer der Kaiserpaläste, der Tempel und senatorischen Häuser offen lagen. Meist jedoch überliessen sich die Umherstreifenden Trunk und Hurerei, feierten wilde Feste in den Ruinen und gingen, ihrerseits Opfer von Verrat und Überfall, der geraubten Schätze rasch wieder verlustig. Stets von neuem flackerten Kämpfe auf, zwischen verschiedenen Diebesbanden, zwischen diesen und versprengten Abteilungen der Prätorianer oder dort, wo die Räuber auf den Widerstand eines Flüchtlingszuges stiessen, den ein unerschrockener, militärisch erfahrener Mann durch die Trümmerwüste führte.

Der Bevölkerung von trans Tiberim gelang es, ein Übergreifen des Feuers auf ihre Seite des Flusses zu verhindern. Die trüben Fluten des Tiber bildeten eine natürliche Barriere, und die Brücken, über die sich Tag und Nacht ein Strom von Flüchtlingen bewegte, wurden streng bewacht und bei Bedarf mit Wasser besprengt, teils von Soldaten der Feuerwache, teils von einem Not- und Meldedienst, den die jüdischen Gemeinden einrichteten. Ich sah an einem Brückenausgang eine der berühmten städtischen Feuerwehrspritzen, einen gewaltigen, von dem Ingenieur Ktesibios ersonnenen *apparatus*, welcher vermöge eines von vier Männern betätigten Schwengels Flusswasser anzusaugen und unter Druck in die Flammen zu sprühen vermochte.

Nachdem wir uns einmal in Jacobus' Anwesen eingerichtet hatten – wobei die warme Witterung das Unterbringen von Flüchtlingen in Peristyl und Park erleichterte – verbrachten wir relativ ruhige Tage. Dennoch war die Erregung der Versammelten gross. Viele hatten Haus und Eigentum verloren, vor ihren eigenen Augen in Rauch aufgehen sehen, manche vermissten Angehörige oder wussten bereits um ihren Tod. Schon in der Brandnacht, nachdem sich der erste Schrecken gelegt hatte, hörte ich Vermutungen über die Ursache des Unglücks. Das Wort *incendium*, Brandstiftung, ging um, löste aber zunächst Beklommenheit aus, Scheu, schweigendes Darüberhingehen. Wer rechnet gern mit dieser Möglichkeit, die von allen denkbaren die Erschreckendste ist? Auch ich hielt mich an die Argumente, die dagegen sprachen. Die Nacht vor dieser war Vollmond gewesen, Vollmond im Juli, kaum Nacht zu nennen schon wegen ihrer Kürze, und in den wenigen Stunden zwischen spät verdämmerndem Tag und früher Morgenröte stand in ungeschmälerter Leuchtkraft die runde Mondscheibe am Himmel, liess ihr weissliches Licht in jeden Winkel dringen und gab jedes Geheimnis preis.

Wer hätte, bei der überdeutlichen Erkennbarkeit aller Vorgänge, ausgerechnet in einer solchen Nacht die Stadt in Brand gesetzt? In Nächten wie dieser war Rom bis in den frühen Morgen voller Nachtschwärmer, Verliebter, spät Tafelnder, erfüllt von Musik und Gelächter. Auf Uferwiesen, in Gärten und Parks lagen Singende, Feiernde, Bezechte, und nicht selten um offene Feuer. Wie leicht geriet eins davon ausser Kontrolle und entflammte ein nahestehendes Gebäude. Oder der Brand konnte irgendwo anders seinen

Anfang genommen haben, sagen wir: in den Kolonnaden des Circus, in der Dämmerwelt der Wett- und Wechselstuben, der Bordelle und Menschenhändler, wo Tag und Nacht obskure Geschäftigkeit herrschte.

Doch manche gaben sich mit solchen Erklärungen nicht zufrieden. Nach ihrem Gefühl musste Einzigartiges geschehen sein, sei es im Ruchlosen oder im Höheren, und zugleich mit dem Feuer entzündeten sich tausend Gerüchte von Brandstiftung und Heimsuchung durch die Götter. Vor allem die Göttin Vesta, Herrin des ewigen Herdfeuers, musste erzürnt sein, nachdem eine ihrer Priesterinnen geschändet worden war, noch dazu vom Kaiser und *pontifex maximus*, was jeder in Rom zu wissen schien. Andere wollten Gestalten gesehen haben, die pechgetränkte Fackeln in Gebäude der Innenstadt geschleudert hatten, trotz des Vollmonds, unbesorgt um mögliche Entdeckung. Das Gerücht kam auf, niemand wusste woher, der Kaiser selbst hätte die Stadt in Brand setzen lassen. Der göttliche Name wurde nicht offen ausgesprochen, überhaupt eine gewisse Vorsicht geübt, sogar unter diesen Umständen noch, aber durch ihre Einkleidung in ominöse Andeutungen und Anekdoten wirkte die Nachrede umso glaubhafter. Nero selbst hatte derlei Gerede provoziert. Er hielt es für klug, wie ich ihn einst sagen hörte, »die Einbildungskraft des Volkes jederzeit mit der Person des Kaisers und Gottes zu beschäftigen, zwecks Erhöhung, Entrückung und heiligem Erschrecken«.

Zudem war ihm für das Geflacker der Flammen, das Getanze der Schatten bekanntermassen eine Schwäche eigen, wie sich zuletzt in seiner Neigung für den Stiertöter Mithras gezeigt hatte, den persischen Feuer-und Sonnengott. Er war auch darin Sohn dieser Stadt. Das Verhältnis der Römer zum Feuer war von Alters her mystisch geprägt, durch ihre Götterkulte, durch das Einäschern der Verstorbenen auf Scheiterhaufen, worin das In-Rauch-Aufgehen alles Irdischen als Vorstufe höheren Seins, als *transfero* zwischen dem Festen und Luftigen sinnbildhafte Darstellung fand, durch die alt-überlieferten Strafen der Quiriten wie »Entzug des Feuers und Wassers« oder gar »Lebendig Verbrennen«. Roms Strassen und Plätze waren voller Tempel und offener Altäre, an denen geopfert und dem Feuer übergeben wurde. Schwaden von Duftstoffen erfüllten jedes Haus, in dem man sich Räucherwerk leisten konnte, das Aufsteigen qualmender Aromen galt als Zeichen für Festlichkeit und Erhöhung. In dieser rauchliebenden Stadt fielen die Mythen des Ostens auf fruchtbaren Boden: Feuer als Medium der Reinigung und Läuterung, der Verjüngung und Wiedergeburt. Das Flammenbad als Akt der Erneuerung, als periodisch wiederkehrendes Ereignis einer zyklischen Ewigkeit, wie sie der Göttervogel Phoenix durch sein Auferstehen aus der Asche symbolisch verkörperte.

Begünstigt wurden die Gerüchte von einer Brandlegung dadurch, dass der Kaiser, der Hof und viele Grosse kurz vor der Katastrophe die Stadt verlassen hatten. Mit dem Feuer umherwehende Hechelzungen wussten zu berichten, der Herrscher hätte in letzter Zeit wiederholt Überdruss am Zustand seiner Residenz geäussert, die Innenstadt schmutzig und ungeordnet, ihre hölzernen Gebäude *deformis*, sogar *foedus* genannt und mit träumerischem Unterton von einem »radikalen Neubeginn« gesprochen, von einem »grossen Aufräumen« mit strikter Strassenlegung und zentral geplanter Bebauung. Andere vermuteten, er habe ein geschichtsträchtiges Ereignis herbeigesehnt, einen Akt der Katharsis im Sinne der Aristotelischen »Erleichterung von Überflüssigem«. Die Stadt als Brandaltar und Weiheort, als Ort einer Klärung bis auf den Grund. Erst dieser Tage, hiess es, hätte er draussen in Antium aus Aischylos' Drama *Der befreite Prometheus* rezitiert und sich an den Versen vom Sturz in den Tartaros berauscht:

> Schon wird zur Tat, was uns gedroht ward,
> es erbebt die Erde,
> der Donner brüllt dumpf hallend empor,
> und es zuckt und zischt der geschlängelte Blitz
> sein Flammengeschoss, aufwirbelnd den Staub,
> Windstösse, Taumel,
> rast allseits Sturm, ineinander gestürzt,
> mit des Aufruhrs Wut, mit Orkanes Geheul …

Man erinnerte sich auch seiner Vorliebe für eine gewisse *fabula togata* des Afranius, ein Lustspiel betitelt *Die Feuersbrunst,* das er vor Jahren anlässlich der Neronischen Festspiele inszeniert und in dessen letztem Akt er die Schauspieler aufgefordert hatte, das brennende Gebäude auf der Bühne zu plündern, welches Geschehen er mit glänzenden Augen aus seiner Loge beobachtet haben soll. Mich erstaunte die Entschiedenheit, mit der Nero zum Brandstifter erklärt wurde, von denselben Leuten, die ihn vor kurzem bei seiner Rückkehr aus Neapolis umjubelt hatten. Tigellinus' Spitzelsystem arbeitete selbst in der brennenden Stadt zuverlässig genug, um den Ritter über den Stimmungsumschwung ins Bild zu setzen. Wie die meisten Freunde erster Vorlassung weilte er mit dem Kaiser in Antium am Meer. Doch die Boten, die der zweite Prätorianer-Präfekt Faenius Rufus nach ihm aussandte, trafen ihn bereits auf dem Weg in die Stadt.

Tigellinus soll sich vermummt und zu Pferde, begleitet von berittenen *speculatores*, unter den Flüchtenden und Plündernden bewegt haben, und was er sah und hörte, stimmte ihn bedenklich genug, Nero ungesäumt eine Eildepesche zu schicken, worin er ihm nahelegte, sich in der Stadt zu zeigen, ansonsten werde diese – so angeblich seine Worte – nicht mehr lange die seine sein. Der Kaiser erschrak, riss sich von Antium, seinen Lyren und Tanzstunden los, bewegte sich in raschen Märschen, per Reisewagen, heimwärts. Er habe sich in die Gärten des Mäcenas bringen lassen, die den nordöstlichen Abschluss seiner niedergebrannten Palast- und Parkanlage *domus transitoria* bildeten, und von dort, auf einem noch unversehrten Turm stehend, hügelabwärts über das rauchende Trümmerfeld geblickt. Gerüchte gaben ihm eine Kithara in die Hand. Man zitierte mit bitterem Hohn seine eitlen und törichten Worte. Er soll sein eigenes Epos über den Untergang Trojas, die *Troica*, intoniert haben, vor allem die letzten Strophen, welche die brennende Stadt besingen.

Solche Neuigkeiten erreichten uns, die wir uns nach wie vor in Jacobus' Haus verschanzt hielten, durch gelegentlich eintreffende Flüchtlinge von der anderen Tiberseite. Die Zustände in den vom Feuer heimgesuchten Vierteln wurden als grauenhaft geschildert.

Die Hauptstädter waren an öffentliches Sterben, an den Anblick von Leichen gewöhnt, doch handelte es sich um Fremde oder Sklaven, man sah sie entrückt im Sand der Arena, gefallene Kämpfer, zum Sterben Ausersehene, Verurteilte, und ihre Leichen wurden weggeräumt, ehe sie verwesten. Diesmal war die Stadt voller Kadaver in verschiedenen Graden der Auflösung, und es waren Römer, Freie, vielleicht Hochgeborene, konnten Verwandte und Freunde sein. Überall müsse man über sie steigen, erzählte Vetter Aminadav, über die entstellten, geblähten, zerrissenen Körper Erstickter, Zertretener, Erschlagener. Wilde Hunde und Raben täten sich an ihnen gütlich, weithin höre man höre ihr Heulen, ihr Krächzen, über der Trümmerlandschaft hinge süsslicher Verwesungsgeruch.

Aminadav schien katastrophale Situationen zu kennen, er bedachte manches, was uns nicht in den Sinn gekommen wäre. Aus Geschäftsgründen wohnte er auf der anderen Seite des Flusses, nahe dem Lebensmittelmarkt im Tal Velabrum, und war mit Frau, Töchtern, Söhnen und zahlreichem Anhang in Jacobus' Haus geflüchtet. Er pries sich glücklich, dass niemand aus seiner Familie zu den Opfern gehörte und ihm auch sonst wenig Schaden entstanden war. Der allmächtige Gott hätte ihm eingegeben, das Haus, in dem er lebte, mitsamt seinen dort lagernden Weinvorräten hoch zu versichern. Allerdings müsse man befürchten, dass die Versicherungen versuchen würden, sich ihrer Zahlungspflicht zu entziehen. Es gäbe Menschen, die das allgemeine Unglück als willkommenen Vorwand nähmen, sich zu bereichern. Derlei Besorgnisse vertraute er jedermann an und trug so zur allgemeinen Ängstlichkeit bei. Dafür verhielt er sich bei anderer Gelegenheit – etwa, als eine Bande von Plünderern nachts über eine Mauer in den Park eindrang – überraschend kaltblütig, focht wie ein Junger und streckte vor meinen Augen einen Räuber nieder.

Nach etwa einer Woche gewannen die Prätorianer in den verwüsteten Regionen auf der anderen Tiberseite die Oberhand. Sie hatten sich, unter dem Befehl des zweiten Präfekten Faenius Rufus, in ihre ausserhalb der Stadtmauer liegende Kaserne zurückgezogen und dort gesammelt. Seit Caligula gab es ihrer zwölf Kohorten zu je tausend Mann, deren drei mit dem Kaiser in Antium waren, darunter die gefürchtete Elitetruppe, die *speculatores*. Diese kehrten nun in Eilmärschen zurück. Hinzu kamen die sieben Kohorten der Stadtwache. Alles in allem rund zwanzigtausend Mann, gut ausgebildet und bewaffnet, ausreichend, das Bandenwesen niederzuschlagen und ein vorübergehendes Militärregiment zu errichten. In den ersten Tagen gaben die Präfekten Tigellinus und Faenius Rufus ihren Soldaten Befehl, keine Gefangenen zu machen, schon angesichts des Mangels an Gebäuden, sie aufzunehmen. Wen die Gardisten beim Plündern oder Tempelschänden ertappten, hieben sie auf der Stelle nieder. Wenig später änderten sie ihr Vorgehen, nahmen entlaufene Sklaven, Gladiatoren und andere Verdächtige in grosser Zahl fest und sammelten sie auf dem *Campus cohortium praetorium* hinter der Porta Collina, um sie zu Aufräumarbeiten einzusetzen, zunächst, die Leichen zum Marsfeld zu schaffen und auf riesigen Scheiterhaufen zu verbrennen.

Dabei soll es durch plötzlichen Wechsel des Windes zu neuerlichem Aufflackern der Brände gekommen sein. Wir sahen von Jacobus' hochgelegener Dachterrasse in den ersten Augusttagen erneut Flammen und Rauch aus Richtung Norden, und erneut schienen Viertel der Stadt vom Feuer erfasst. Doch der Rückschlag währte nur kurz, schon einige Tage später brachte man in den wenigen unversehrten Tempeln Sühneopfer dar. Priesterliche Prozessionen bewegten sich singend durch freigeräumte Schneisen in der Trümmerwüste, gefolgt von Tausenden in dunkler Trauerkleidung. Die Priesterschaften der zerstörten Kultstätten, darunter die Vestalischen Jungfrauen, vollzogen an rauchgeschwärzter Brandstätte Bittgottesdienste für gnädiges Gelingen eines Neuaufbaus, denen der Kaiser und seine Freunde beiwohnten. Überhaupt sah man allerorten Betende und Opfernde, die Altäre waren das erste, was von neuem in Betrieb genommen wurde. Die Stadt schien ihren Göttern ergeben wie in jenen verflossenen Tagen, da der Historiker Polybius die Römer »die frömmsten aller Menschen« genannt hatte.

Nero zeigte sich hier und da in der grauen Trümmerlandschaft, um Brot und Hilfsgüter auszuteilen oder kurze Ansprachen zu halten, und die farbenfrohe Pracht seines Gefolges, die schimmernden Rüstungen der Prätorianer, die orangefarbenen Tuniken seiner numidischen Reiter wirkten ermutigend auf die Römer. Auf Anraten kluger Ratgeber hatte er dem Volk seine Gärten und Grundstücke öffnen und dort Zelte für die Obdachlosen aufstellen lassen. Er gewann das allgemeine Wohlwollen rasch zurück, versprach Spiele und Lotterien, verkündete, er werde die Stadt schöner als je zuvor aufbauen lassen, wobei er nicht nur die Wiederherstellung aller Tempel und öffentlichen Gebäude auf Staatskosten in Aussicht stellte, sondern auch Entschädigung für alle privaten Verluste.

Sofort begann eine niegekannte Bautätigkeit unter Anleitung kaiserlicher Architekten. Erstaunlich schnell war ein neuer Stadtplan zur Hand, mit geraden Strassen, übersichtlichen Stadtvierteln und steinernen Gebäuden anstelle der hölzernen, und mit der Auflage für jeden Hausbesitzer, sein Haus mit einer Mauer zu umgeben und zur Strasse hin eine flache Säulenhalle vorzubauen – letzteres auf Kosten der Reichskasse –, um von dort aus Brände bekämpfen zu können. Auch das System der städtischen Wasserleitungen liess der Kaiser bei dieser Gelegenheit verbessern. Die Lastkähne, in denen das Brotgetreide den Tiber aufwärts in die Stadt getreidelt wurde, füllte man auf ihrem Rückweg mit Schutt und Trümmern, um damit die fieberträchtigen Sümpfe in der Flussmündung trockenzulegen. Ungeheurer Aufbauwille erfasste die eben noch verzagte Bevölkerung. Es sah aus, als verwandle sich die Katastrophe in einen glänzenden Sieg für Nero und seinen Hof.

Ist das nicht das grosse Babel, das ich erbaut habe mit meiner Hände Kraft, zu meiner Herrlichkeit Ehren? Noch war das Wort in des Königs Mund, da fiel eine Stimme vom Himmel: Dir, König Nebuchadnasar, ist hiermit gesagt, Du wirst dein Reich verlieren …

Mitte August hatte sich die Lage soweit beruhigt, dass sich Unbewaffnete wieder auf die andere Seite des Flusses wagten und die in Jacobus' Haus Versammelten allmählich aufbrachen. Die Gardisten machten sich auf den Weg in die *Castra praetoria* hinter dem

Hügel Viminalis, nicht ohne sich von Jacobus schriftliches Zeugnis über ihren Beistand auszubitten, um einer Anklage wegen Entfernung von der Truppe vorzubeugen. Vetter Aminadav verfügte sich wieder ins Tal Velabrum, wo neue luftige Gebäude für den Lebensmittelmarkt errichtet wurden, und übernahm zugleich als Jacobus' Bevollmächtigter den Wiederaufbau der zerstörten Speicher und Kontore am Tiberufer. Man kehrte bereitwillig in eine Normalität zurück, von der zweifelhaft war, ob sie überhaupt noch bestand, ob sie nicht, genau besehen, eine Täuschung war.

Niemand fragte danach. Man war froh, am Leben zu sein, die Seinen am Leben zu wissen, womöglich im eigenen Haus. Wer es so glücklich getroffen hatte, schwieg und gab sich zufrieden. Die Fragen nach der Ursache des Feuers verstummten. Der Wiederaufbau gab vielen Arbeit und Brot, die kaiserlichen Hofämter verteilten Aufträge und Genehmigungen, die eben Heimgesuchten sahen die Möglichkeit zu neuem Aufschwung. Auch Jacobus wurde angesprochen, es ging um die Beschaffung von Pflanzen und seltenen Tieren aus Kleinasien und Afrika für die Gärten in Neros neuem Palast. Der Kaiser, von den weit sich hinziehenden Trümmerflächen inspiriert, plante etwas Niegesehenes, eine Anlage mit künstlichen Landschaften, Seen, Wäldern, Tierparks, umrahmt von kilometerlangen Säulenhallen.

Die Schäden meines Schwiegervaters erwiesen sich diesmal als schwer. Er hatte schon seit einiger Zeit Verluste hinnehmen müssen, seine judäischen Warenhäuser waren geplündert, seine Zitrusplantagen verwüstet, Partner und Vertrauensleute umgebracht worden. Nun verlor er beim Brand von Rom fast alle hiesigen Lagerbestände. Er war nicht mehr in der Lage, Aufträge zurückzuweisen, daher übernahm er die Bestellungen des Hofamtes *a rationibus* ohne gross zu fragen. Ausserdem stand ein Begehren des göttlichen Caesar dahinter, ein Nein lag somit ausserhalb jeder Denkbarkeit. Die mit dem Neubau von Neros Palast beauftragten Architekten, die Ritter Celer und Severus, kamen persönlich in Jacobus' Haus, um ihm des Kaisers Vorstellungen vom Pflanzen- und Tierbestand der neuen Palastanlage zu erläutern.

Jacobus bat mich, an der Begegnung teilzunehmen, da meine Erfahrung »des Kaisers heimliche Wünsche zu erkennen« von grosser Hilfe sein könne. Die Architekten erschienen in Begleitung von Gardesoldaten und Mitarbeitern, die Zeichnungen und Pergamente trugen, sogar ein tischgrosses Modell der geplanten Anlage, welcher Nero den Namen *Domus aurea*, Goldenes Haus, zu geben beabsichtigte. Es war ein gigantisches, unausführbar scheinendes Unternehmen, genau das, was der Kaiser liebte. Unter anderem plante er mitten in der Stadt Wälder und Anpflanzungen seltener Bäume und Gewächse, welche den natürlichen Reichtum des Imperiums symbolisch darstellen sollten, bekannter Spender von Duftessenzen, Gewürzen und Farbstoffen, darunter solcher, von denen man nicht wusste, ob sie im Klima Roms gedeihen würden wie Cassia-Bäume aus dem fernen Hodu mit ihrer zimthaltigen Rinde, Ingwergras, Narde oder Weihrauch. Sogar den Balsambaum verlangte er für seine Gärten, die Skepsis der zuständigen Berater in den Wind schlagend. Vielleicht war ich mitverantwortlich für diese Idee, da ich ihm einst von den Balsam-Pflanzungen gesprochen hatte, die König Salomo nahe der Stadt Jericho sein eigen genannt, Pflanzungen, die in des Kaisers Augen unwiderstehlichen Reiz dadurch gewannen, als ihre Sämlinge von der Königin von Shaba – einer Nero faszinierenden Frau, über die er ein Poem zu schreiben gedachte – dem jüdischen Herrscher als Geschenk aus dem Südland Marib mitgebracht worden waren. Auch Granatapfel und Safran sollten in den Parks des Goldenen Hauses ihre Blüten treiben, ihrer Schönheit wegen und weil ihre Früchte oder Blätter berühmte Farbstoffe lieferten, kostbare, königliche Töne von Gelb, sowie Duftstoffe, Würzwein und süssen Most, ferner Pistazienbäume, wie sie schon Kaiser Tiberius aus dem Osten nach Rom verpflanzt hatte, Dattelpalmen, Zedern, schliesslich Terebinten, jene in unseren Büchern erwähnten Bäume, in deren Schatten einst Abraham zu Hebron unserem Gott geopfert hatte und deren segenspendendes Harz und eisenhartes Holz die Römer liebten.

Es war beglückend, sich alle diese Gewächse in der verödeten Stadt vorzustellen. Ihr Anblick, ihr Duften, Blühen und Blätterrascheln würde der heimgesuchten Römer Kummer lindern, ihren Lebensmut in der Brandstätte neu beleben, ihnen die Dimension ihres

Reiches trostreich vor Augen führen. Daher regte sich kaum Widerspruch gegen des Kaisers Pläne, mochten sie auch – wie Phaon, der neue Vorsteher des Amtes *a rationibus* zu bedenken gab – mit ruinösen Kosten verbunden sein. Geld hatte in Neros Denken niemals eine Rolle gespielt, es war da oder nicht, als Knabe hatte er Mangel kennengelernt, später, gleichfalls ohne eigenes Zutun, den grössten Überfluss, nie wäre er auf den Gedanken gekommen, dass man es klug verwalten, sparen oder mehren könne: Geld war zu nichts anderem auf der Welt, als von dem, der nach dem Willen der Götter genug davon hatte, mit vollen Händen ausgegeben zu werden. Der Prokurator *a rationibus* erntete nur einen wütenden Seitenblick für die Erwähnung des bedenklichen Zustands der Reichskassen, der Kaiser würdigte ihn keiner Entgegnung. Er fügte in der selben Sitzung der Liste ihm wünschenswerter Gewächse noch Myrrhenbäume hinzu, geschätzt wegen ihres duftenden Harzes – weshalb vornehme Damen in Duftbeutel eingenähte Myrrhenzweige unter ihren Gewändern tragen –, aber heikel zu ziehen und zu halten.

Auch zu diesem Projekt mochte ich ihn absichtslos ermutigt haben, heisst es doch im *shir ha shirim*, dem Lied der Lieder, *z'rur ha mor dodi li bejn shadaj jalin*, Ein Büschel Myrrhe ist mir mein Geliebter, das zwischen meinen Brüsten hanget, welchen Vers sich der Kaiser ausführlich auf seine metaphorische Bedeutung hatte erklären lassen. Wir waren damals, ich weiss nicht mehr wie, auf die Bedeutung von Duftessenzen, Ölen und Räucherwerk im Liebesleben unserer Vorväter zu sprechen gekommen, und ich hatte aus dem Buch *mishlej* zitiert: *nafti mishkavi mor ahalim v kinamon*, Ich habe meinen Divan mit Myrrhe, Aloe und Zimt besprengt … Alle diese Pflanzen verlangte nun der Kaiser für seine neuen Gärten, auch Galbanum, im Aramäischen *chelbana*, Storax-Bäume, in unseren alten Büchern *nataf*, und die Cistus-Rose, aus der das berühmte Ladanum gewonnen wird, hebräisch *lot* oder *lotem*, sämtlich Gewächse, von denen er gehört hatte, dass ihre Harze, Säfte, Wurzelextrakte oder sonstigen Absonderungen beim Herstellen heiliger Duftstoffe Verwendung fanden. Seine grösste Sorge schien zu sein, es könne irgendwo im Reich eine seltene Hervorbringung der Pflanzenwelt geben, die seiner Kenntnis entgangen war.

In so gesuchtem Buschwerk und Gehölz mussten entsprechende Tiere ihren Aufenthalt haben, weshalb der Kaiser Kamele, Gazellen und Siebenschläfer zu importieren befahl, Straussenvögel und Stachelschweine, sogar Leoparden und Steppenwölfe. Das Hofamt *a rationibus* wandte sich an Jacobus, dessen Verbindungen weitreichend und dessen Kredit selbst an abgelegenen Orten Asiens und Afrikas gross genug war, um einen Auftrag wie diesen erfolgreich auszuführen. Wir beratschlagten, nachdem uns die Ritter Celer und Severus verlassen, mehrere Stunden lang, ob wir annehmen sollten oder nicht. Die Schriftgelehrten wurden hinzugezogen, da die grosse Zahl der bestellten Leoparden und Straussen den Eindruck aufkommen liess, Nero beabsichtige weniger, sie im Goldenen Haus zu halten, als bei den angekündigten Spielen in der Arena schlachten zu lassen. Jacobus hatte sich stets geweigert, Lieferungen für Tierhetzen auszuführen, die das in unseren Büchern ausgesprochene Verbot der Grausamkeit gegen unsere Mitgeschöpfe verletzten.

Allerdings redeten ihm die Schriftgelehrten diesmal seine Bedenken aus. Die Absicht des Tötens, fanden sie, sei nicht offen erklärt, und es ginge zu weit, die verborgenen Intentionen des kaiserlichen Hofamtes auszuforschen. Finge man einmal mit solchen Spekulationen an, erweise sich bald kein Auftrag mehr als annehmbar, dadurch aber würde, zumal in diesen ungewissen Tagen, unser und unserer Kinder Überleben gefährdet. Ich erinnere mich, dass ich ihrer Auslegung mit gemischten Gefühlen lauschte. Es schien, dass die Schriftgelehrten gesonnen waren, das Überleben unseres Volkes vor alle anderen Erwägungen zu setzen und eine neuartige Duldsamkeit walten zu lassen, selbst dort, wo früher Prinzipientreue geherrscht hätte, unerbittliches Festhalten am Buchstaben der Schrift. Diese Bereitschaft zur Auslegung mochte an sich eine angenehme Vorstellung sein, doch liess sich nicht bestreiten, dass der Vorrang des Überlebensgedankens, der ihr zugrundelag, zugleich ein Anzeichen für schlechte, bedrohliche Zeiten war.

Wir mussten, bei der ungeheuren Fülle der Bestellungen, eine Reihe überseeischer und hiesiger Partner mit ins Geschäft nehmen, darunter auch Vetter Aminadav, seine Söhne und Neffen. Da Jedidah und ich durch den Brand obdachlos waren und mit unserem Haushalt auf Jacobus' Grundstück lebten, erbot ich meine Hilfe für die anfallende Korrespondenz. Wir trafen keine Anstalten, unser Haus auf dem Aventinus – dessen trübselige Brandstätte Jedidah nicht einmal besuchen wollte – von neuem aufzubauen. Jedidah fühlte sich sicherer jenseits des Flusses, in dem mit Mauern umgebenen Anwesen ihres Vaters, sie schien die Stadt auf der anderen Tiberseite, den Hügel Palatium, die Foren und Plätze, alles, was sehnsuchtsvoll Rom genannt wurde, seit dem Brand als bedrohlich zu empfinden.

Die Erfüllung des kaiserlichen Auftrags stellte uns vor eine Reihe ernsthafter Schwierigkeiten. Die erste bestand darin, in der gebotenen Eile – denn der Kaiser drängte wie ein launisches Kind – in Afrika, Ägypten, Judäa, Syrien und ähnlich fernen Landschaften die raren Gewächse und Lebewesen aufzuspüren, zudem in der ausgezeichneten Qualität, die Nero wünschte. Vertraglich hatte das Hofamt *a rationibus* für den Tag der Unterzeichnung eine Vorauszahlung zugesichert, damit Jacobus Spezialkommandos auf die Reise schicken und mit dem Nötigen ausstatten konnte. Es galt, in Steppen, Gebirgen oder Wüsten, oft an kaum zugänglichen Orten, kapriziöse Pflanzen zu suchen und lichtscheue Tiere zu fangen. Der Myrrhenbaum etwa wächst in Höhen zwischen fünfhundert und zweitausend Metern in einigen Bergzügen einer am Rand der Welt gelegenen Gegend, die in unseren Büchern das Land *Kush* genannt wird, von den Griechen und Römern *Aithiopia*, und um geeignete Exemplare zu finden, musste eine Expedition in die unsicheren Gebiete wilder Wüstenstämme entsandt werden, begleitet von Truppen der in Ägypten stationierten Legion. Die Stachelnarde, bekannt für den aus ihrem Wurzelstock gewonnenen Würzstoff, von lateinischen Dichtern vielbesungen, war in Persien zu Hause, in schwer erreichbaren, unklaren Grenzgebieten nach dem Lande Hodu. Bei anderen Objekten, vor allem bei wilden Tieren, bestand das Problem im Transport, zu welchem Behuf besondere Schiffe gebaut werden mussten. Über solche Schwierigkeiten verloren wir wenig Worte, da Jacobus' Handelshaus seit langem auf ausgefallene kaiserliche Aufträge spezialisiert war.

Schwerer liessen sich die Unwägbarkeiten hinnehmen, die mit unserer eigenen Heimat zu tun hatten. Naheliegend wäre gewesen, die Stadt Caesarea zum Ausgangspunkt unseres Beginnens zu machen, zum Ort des überseeischen Kontors und Liegeplatz der Schiffe. Doch gerade diese Gegebenheit, die so selbstverständlich schien, erwies sich als fraglich. Von in Rom eintreffenden Flüchtlingen erfuhren wir, dass der neue Prokurator Gessius Florus, der Gatte der schillernden Kleopatra, unsere schlimmsten Befürchtungen bestätigte und noch räuberischer vorging als sein Vorgänger Albinus. Während dieser wenigstens zu Beginn seiner Amtszeit versucht hatte, die Ordnung wiederherzustellen und das Bandenwesen zu bekämpfen, zeigte sich Florus vom ersten Tage an entschlossen, das Chaos für sich zu nutzen. Er nahm Geschenke nicht nur entgegen, sondern forderte sie. Seinen Favoriten sandte er Truppen zu Hilfe, offizielle römische *auxiliae*, während er widerspenstig Zahlende dem Gesetz überlieferte oder verschwinden liess, so dass nur noch seine Getreuen übrigblieben und schliesslich er selbst es war, der die Raubzüge plante und dirigierte. Von Caesarea aus, seiner offiziellen Residenz, kontrollierte Florus, verborgen hinter Strohmännern, den Versand der geraubten Güter, ihr Verschiffen in überseeische Hafenstädte, wo er sie weiterverkaufen und auf Märkten feilbieten liess. Ihm beizukommen schien vorerst unmöglich. Eine planende, umsichtige Intelligenz waltete hinter seinen Aktionen, fraglos die seiner Gattin Kleopatra.

Allein, was nützte es, das zu wissen? Unser Einspruch am Hof galt wenig, das zunehmende Chaos in Judäa sprach gegen uns. Sanhedrin, König und Hohepriester bekämpften einander, mancher Grosse war in Florus' Netzwerk von Raub und Erpressung eingewoben, und wer sich nicht dazu bereitfand, verliess das Land und suchte sein Heil in der Flucht. Nicht nur der Prokurator Florus sorgte in seinen *libelli* dafür, dass der Kaiser und die Hofämter in Rom eine immer schlechtere Meinung von unserem Volk gewannen, auch der neue kaiserliche Legat von Syrien, der träge Konsular Cestius Gallus, sandte aus seiner Residenz Antiochia, ob aus eigenem Antrieb oder unter naheliegendem Einfluss, Berichte mit anti-jüdischer Tendenz.

Zugleich sprangen in Rom von neuem judenfeindliche Stimmungen auf, vor allem gegen die Anhänger des Nazareners. Die Juden der offiziellen Gemeinden hatten sich an die Bedingung gehalten, die an das Privileg der *religio licita* geknüpft war: unseren abweichenden Glauben niemals in offenen Widerspruch zum Wesen und Wandel des Imperiums zu stellen und unter den Völkern keine Unruhe zu stiften. Doch die Anhänger der Sekte lehnten solche Zurückhaltung ab. In den Büchern stünde, dass wir uns offen zu unserem Gott bekennen und den Völkern seine Glorie verkünden sollten. Sie zeigten ihr Anderssein offen, blieben den Vergnügungen der Römer fern, verschmähten Schaukämpfe und Circus, die sinnenfrohen Volksfeste zu Ehren der römischen Götter, und verbargen nicht, dass sie den allgemeinen Lebensstil missbilligten.

Die öffentliche Meinung antwortete darauf, indem sie ihnen nachredete, was immer sich Schlechtes über Menschen sagen liess. Man sprach von ödipeischen Verbindungen und thyestischen Mahlzeiten, von Blutschande, Brandstiftung, Konspiration, man nannte die Christiani Barbaren und Niedrigfühlende, *rudis, incultus, indoctus*. Diese Verblendeten, hiess es, verstünden nichts von Literatur und Theater, von Körperschönheit, Gesang und Tanz, verschmähten in roher Sinnenstumpfheit alle Anmut, alle Glanzlichter des Lebens. Für solche Urteile schien das öffentliche Bild der christlichen Prediger zu sprechen, ihr Auftreten in verschlissenem Reisemantel, mit ärmlichem Ranzen und struppigem Bart, vor allem aber der in Römeraugen herabwürdigende Umstand, dass unter den Neuaufnahmen der Sekte zunehmend Sklaven waren, Mittellose, Vagabunden und andere Verachtete.

Tigellinus wusste die allgemeine Antipathie gegen die Sekte zu nutzen. Im Zuge einer energischen Widerherstellung der Ordnung, die nach dem grossen Feuer plausibel schien, wandte die Behörde »vorbeugende Massnahmen« an. Darunter war das präventive In-Haft-Nehmen aller, die sich in irgendeiner Weise der Unruhestiftung verdächtig machten. Hunderte Mitglieder der Sekte verschwanden auf diese Weise, wie man in den Synagogen mit gesenkter Stimme erzählte. Die römische Bevölkerung billigte das Vorgehen, nicht wenige unterstützten es durch Anzeige missliebiger Personen. Viele Juden lebten in Furcht, da sie Freunde oder Verwandte unter den Verhafteten hatten und gewärtigen mussten, dass einem der Unglücklichen im peinlichen Verhör ihr Name entfuhr, was wiederum einen Verhaftungsgrund abgab. Nur wenige fanden den Mut, sich für die Bedauernswerten einzusetzen, die man in den Folterhöhlen des Tigellinus wusste, in den verschwiegenen, ungern erwähnten Gefilden, die fast niemanden, der einmal dorthin gelangt war, wieder entliessen. Halityrus und einige Einflussreiche verwendeten sich – mit wenig Erfolg, wie es hiess – bei der Kaiserin für ihre Befreiung.

In dieser Situation war es klüger, alle denkbaren Verbindungen zum Hof zu nutzen – noch ein Grund für Jacobus, den Auftrag für das Goldene Haus anzunehmen. Kaum dass seine neue Vertrauensstellung bekannt war, bedrängte man ihn auch schon mit Bitten, nach einzelnen Verhafteten zu forschen. Auch Jedidah wollte wissen, was aus einigen ihrer Bekannten geworden sei, vor allem aus dem Arzt Shimeon ben Levi, der kürzlich verschwunden war. In seltenen Fällen gelang es, einen schon Untergegangenen in die Oberwelt zurückzuholen. Jacobus verfügte über die Kühnheit, solche Anliegen vorzutragen: gewisse Personen, erklärte er gegenüber den kaiserlichen Architekten, seien in den Tagen nach der Feuersbrunst irrtümlich festgenommen worden und sässen nun nutzlos, in Erwartung ihrer unausbleiblichen Freisprechung, in irgendeinem Gefängnis, während er sie zur Ausführung des ihm angetragenen Auftrags dringend benötigte. Ich erinnere mich an die versteinerten Mienen der Ritter Celer und Severus, an ihr kaltes Schweigen, ihren eiligen Abschied. Allein, keine Woche nach dieser Sitzung erschien in meiner Morgenaudienz der Arzt Shimeon, dessen Namen ich im entscheidenden Augenblick ins Spiel gebracht, bleich, mit Todesergebenheit in den dunklen Augen, um uns zu danken. Die Umstände unserer Begegnung erlaubten mir nicht, ihn über seine Schicksale in Tigellinus' Kellern zu befragen. Er musste Rom noch selbigen Tags verlassen und sich an einen fernen Ort verfügen.

Mit den Verhaftungen der Christiani mehrten sich die Gerüchte, dass sie die Unbekannten gewesen seien, die man in der fraglichen

Nacht in Roms Innenstadt beobachtet haben wollte, wie sie pechgetränkte Fackeln in öffentliche Gebäude warfen. Solche Volksmeinungen galten als *spontaneus* und *subitus*, der Herrscher berief sich darauf wie auf ungeschriebenes Gesetz. Mir schien die Schuld der Christiani so unwahrscheinlich wie eine Brandstiftung überhaupt: kein Mensch würde Feuer in einer Nacht gelegt haben, in der Rom im weissen Licht eines sommerlichen Vollmonds lag, man hätte es denn ebenso am hellem Mittag tun können. Ob solche Einwände überzeugen oder nicht, hängt von der allgemeinen Stimmung ab, und diese wandte sich täglich mehr gegen die Sekte. Der wütende Hass gegen sie schien zum wiedererwachenden Selbstgefühl der aus Trümmern und Asche auferstehenden Stadt zu gehören. Die neuen Bauwerke, deren glatter, unversehrter Marmor strahlend in den blauen Herbsthimmel schnitt, das flotte Gehämmer und Geklopfe allerorten, der geschäftliche Aufschwung der Vielen, die am Wiederaufbau verdienten, all dies nährte den Groll gegen die Wenigen, die in der Katastrophe ein himmlisches Zeichen sehen wollten.

Die aus dem Inferno wiedergeborene Hauptstadt wurde für Kaiser, Hof und Volk zum Schauplatz einer niemals endenden Festivität. Zunächst bot das Bauen selbst, das Grundsteinlegen, Besichtigen von Baustellen, Einweihen von Neubauten, Ausschmücken mit Plastiken, Mosaiken, Wandgemälden, das Anlegen neuer Gärten, Springbrunnen und Wasserspiele willkommenen Anlass für Festbankette, hochgestimmte Reden und der Selbstliebe schmeichelnde Auftritte. Obwohl Rom noch lange Baustelle bleiben würde, erfüllt von Lärm, Staub und einem vorher ungekannten Lastwagen-Verkehr, zeichnete sich schon nach wenigen Monaten ab, wieviel schöner die neue Stadt zu werden versprach als die frühere. Mit stolzen Mienen bewegten sich die gestern Abgebrannten durch all das Neue, Strahlende, Niegesehene. Man baute zügig, mit sichtbarem Erfolg, unter Einsatz grosser Mengen ausländischer Arbeitskräfte, die zu diesem Zweck aus allen Teilen des Imperiums herbeigeschafft wurden.

Mit mir geschah damals etwas Erstaunliches. Wie die Stadt nach dem Feuer in neuer gebieterischer Pracht aus der Asche emporwuchs, verlor ich das Interesse an ihr. Es war nicht mehr die Stadt meiner Kindheit und Jugend, diese war mit dem Brand dahingegangen, und zum ersten Mal kam mir der Gedanke, dass Rom nach höherem Ratschluss nicht die Stadt meiner Zukunft, meines Alters und Todes sein sollte. Ich fühlte geradezu körperlich, wie ich mich auf stille, unheimliche Art von ihr löste. Mein Herz schlug nicht höher im Angesicht der neuen Bauwerke, mein Blick glitt gleichgültig über die gleissenden Fassaden. Vielleicht hatte wiederum Jedidahs geheimnisvoller Einfluss auf meine Abwendung Anteil: auch sie glaubte nicht an das neue Rom, nahm kaum Anteil an den Veränderungen, war nur noch selten bereit, Haus und Park ihres Vaters zu verlassen.

Stets ist mein Leben in Gefahr, aber dein Gesetz vergesse ich nicht …

Immer wieder unterbreche ich diese Aufzeichnungen, suche in alten Papieren, notiere Namen, die mir unversehens einfallen, rechne nach. Es ist gegen meine Schreiberehre, Unstimmigkeiten im Text zu wissen, unrichtige Angaben über Zeiten, Orte, Ereignisse. Liegt aber wirklich so viel daran? Wird man je imstande sein, die Ereignisse von Neros letzten Jahren in ihrer exakten Reihenfolge zu rekonstruieren? Die Akten der Hofämter sind verbrannt oder in den Wirren verloren gegangen, es gibt kaum Überlebende von seinem Hof und unter diesen kaum solche, die sich erinnern wollen.

Neros Hof befand sich im Zustand immerwährenden *tumultus.* Er glich einem Amphitheater, worin ohne Unterbrechung, in schwirrendem Wechsel Atellane, Mimus, Tragödie, Singspiel und Posse zugleich aufgeführt werden, bis auch aufmerksame Zuschauer die einzelnen Geschichten und Gestalten nicht mehr wahrnehmen können, nur noch die Sensation ständiger Veränderung und Überraschung. »Ein normaler Tag«, pflegte Nero zu sagen, »ist ein verlorener Tag«. Aus diesem Grund verbannte er nüchterne, arbeitsame Leute aus seiner Umgebung und aus den Hofverwaltungen und fügte – wie einige mutige Senatoren erklärten – den soliden Strukturen, die sein

Vorgänger Claudius hinterlassen hatte, irreparablen Schaden zu. Wollte man jemandem am Hofe schaden, musste man ihn nur als tüchtig, anständig oder bieder hinstellen: Nero würde ihn fortan *homo molestus* oder *homo pessimus* nennen und für einen geheimen Feind des Kaisers und seiner Freunde halten.

Aber selbst im Chaotischen war der Kaiser unberechenbar, auch hier duldete er keine Regel. So gab es inmitten allgemeiner Verwirrung behütete Bezirke, auf die pedantische Aufmerksamkeit verwendet wurde. Dazu gehörte alles Literarische. Meine Umsicht im Schriftlichen rührt vermutlich daher, dass mich zur Zeit meiner Hofämter jede Nachlässigkeit den Kopf kosten konnte. Des Kaisers launischer Blick ruhte auf meinen Texten, die kleinste Ungenauigkeit übel aufnehmend, oder die suchenden Augen des Ritters Tigellinus und seiner Delatoren, denen es um Verstösse gegen das Gesetz *crimen maiestatis* ging. Selbst wenn, was ihren Anstoss erregte, nicht zwangsläufig zu öffentlicher oder geheimer Anklage führte, wurde es in den Akten vermerkt, die der Ritter über jeden einigermassen wichtigen Mann von Stadt und Hof anlegen liess. Diese Akten waren um uns, sie warteten schweigend und mehrten sich, bis der Tag kommen würde, an dem man sie öffnete. Bisher war es nicht geschehen. Der Kaiser zögerte mit Anklagen gegen Künstler und Literaten, die zu strafen er eine merkwürdige Scheu an den Tag legte. Er begnügte sich damit, den Philosophen Isidorus, der ihn auf offener Strasse geschmäht hatte, auspeitschen zu lassen und aus Italien auszuweisen. Auch den Komödianten Darus traf keine härtere Strafe, obwohl er in einer Posse die Zeile »Lebe wohl Vater, lebe wohl Mutter« mit den Gebärden eines Trinkenden und einer Schwimmenden begleitet hatte, darauf anspielend, dass Neros kaiserlicher Vater Claudius durch Gift, seine Mutter Agrippina durch ein in Stücke fallendes Schiff zu Tode gekommen war und dass man Nero für den Urheber beider Ereignisse hielt. Sogar den Senator Thrasea Paetus, der seine Abneigung gegen des Sängers Lebenswandel unverblümt kundtat und sarkastische Bemerkungen über sein Kitharaspiel machte, liess der Kaiser erst Jahre später – und auch dann nur unter einem zerstreuenden Vorwand – vor Gericht stellen.

Unerachtet solcher Skrupel wurden alle Veröffentlichungen in der zuständigen Behörde minutiös untersucht. Gelegentlich entstanden daraus Anklagen und Prozesse. Selbst wenn nichts geschah, konnte der Verfasser nicht aufatmen. Ob der Kaiser strafte und wann, war wiederum völlig unberechenbar, und wie er den einen für eine Kleinigkeit sofort büssen liess, konnte er einen anderen trotz schwerwiegenden Delikts vorerst verschonen, um Jahre später, von Tigellinus, Clodius Eprius oder einem anderen Stichwortgeber des Todes daran erinnert, unvermutet auf die Sache zurückzukommen.

Das Schreiben an diesen *commentarii* stellt mich auch sonst vor Konflikte. Unser Gesetz verbietet das Beschwören der Toten. Wir sollen ihnen nicht zu nahe treten, ihren Frieden nicht verletzen, nicht zu sehr in ihre Geheimnisse dringen. Zwischen uns und den Dahingegangenen steht ihr Beschützer, der Engel Duma, der keinem Lebenden erlaubt, die Gefilde des Schweigens zu beunruhigen. König Sha'ul musste sterben, weil er zur Zauberin von Ejn-Dor ging und den Geist des Propheten in seiner Ruhe störte. Doch auch wenn wir an uns halten, kommt es zu Übergängen zwischen den Sphären: sie selbst, die Jenseitigen, wollen die Grenze verwischen. Sie sind um mich, umschweben mich, äussern lautlos ihr Begehren. Sie wünschen Erwähnung, präsentieren ihre verblassten Gestalten in einer zum Beschreiben verlockenden Wahrhaftigkeit. Ihre im Niederschreiben erlebte Anwesenheit ist tröstlich, sie scheint ein Triumph über das, was unsere Seele am meisten fürchtet: das Vergessen. Zugleich ist jede Nähe zu ihnen gefährlich. Mehr als einmal habe ich den Sog ihrer erhabenen Gleichgültigkeit gegen das Hier und Heute verlockend gespürt. Komm zu uns! höre ich sie raunen, hier ist Würde, Ruhe und Verstehen … Wie schon mehrmals, musste ich ein paar Tage Pause einlegen, Tage des Innehaltens und der Kontemplation. Und als ich, solcherart gestärkt, eigentlich hätte weiterschreiben können, begann eine Reihe ritueller Gedenk- und Ruhetage, denn es ist Monat Nissan, Frühlings- und Jahresbeginn, die Festzeit meines Volkes.

Auch in meiner Einsamkeit beachte ich die gebotenen Feiertage und begehe sie in der Stille. Was bleibt uns, nachdem der Tempel gefallen ist, als dass wir, jeder für sich, die Überlieferung zu hüten versuchen wie die kleinen Flämmchen, die unsere Vorfahren in Feuerflaschen mit sich führten, wenn sie durch die Wüste ritten? Kurz vor dem Pesach-Fest erreichte mich ein Brief meiner Frau, die auf dem Landgut ihres Vaters in Calabrien lebt, während ich mich in diesem Küstenstädtchen verberge, von niemandem begleitet als von meinem Schreiber Primus, aus Gründen der Sicherheit, aus Furcht vor kaiserlichen Spitzeln. Die Trennung von Jedidah währt das zweite Jahr. Besonders, wenn ein Brief von ihr eintrifft, brauche ich all mein Gottvertrauen, um nicht in Schwermut zu versinken. Ich ass mein Pesach-Mahl allein an festlicher Tafel in meinem zuvor von allem Brotgetreide gesäuberten Haus. Studierte anderntags und wieder sieben Tage später die diesem Anlass gewidmeten Abschnitte der Torah. Zählte vom Sechzehnten des Monats Nissan sieben Wochen lang den Omer, das Reifen der Getreidegarben, zugleich die sieben Wochen bis zum Empfang der Lehre auf dem feuerspeienden Berg. Beging, nach der von den Schriftgelehrten festgelegten zeitlichen Regelung, am Sechsten des Monats Sivan das Wochenfest Shavuot, wiederum allein, in sehnsuchtsvoller Erinnerung an die prächtigen Empfänge, die mein Schwiegervater jedes Jahr am Wochenfest für die Juden Roms veranstaltet hatte.

Hunderte Menschen sehe ich, wenn ich zurückblicke, beim letzten Empfang in Jacobus' Park am Tiberufer, dem letzten von mir erlebten, wenige Wochen vor dem Brand der Stadt. Neben den Vorstehern der sieben Gemeinden, den Synagogenältesten, den Beamten mit ihren Familien, zeigten sich jene verschleierten Damen, von denen es hiess, dass sie insgeheim unseren Glauben angenommen hätten, oder Handelsleute, Ritter, sogar Söhne senatorischer Häuser, die mit unserem Land und Volk in geschäftliche Beziehung getreten waren. Auch die judäischen Hofleute erschienen mit ihren geschmückten Gattinnen. Ich sehe sie, wenn ich die Augen schliesse, auf dem Rasen stehen, ein farbenfrohes, glänzendes Bild. Und deutlicher als alle sehe ich Jedidah, schlank, in Weiss, das dunkle Haar in einem zarten Schleiertuch, mit leuchtend blauen Augen und beständigem Lächeln. Wir alle waren glücklich an diesem Frühlingstag, der uns vor Augen führte, wie zahlreich wir mittlerweile in der Hauptstadt waren und wie viele neue Familien es gab, junge römische oder eingewanderte, mit ihren im Park spielenden Kindern.

Shavuot, wörtlich »die Wochen«, das Fest der Erstfrüchte, *jom ha bikurim*, ist ein Doppelfest, ein Fest von Vollendung und Neubeginn, wie beides in der Zahl Sieben begründet liegt. Denn sieben Wochen zählen wir von Pesach bis zu diesem Tag, und das Wort selbst, *shavua*, die Woche, ist nichts anderes als eine Ableitung des alten Stammes *shin-bet-ajn* für Siebenzahl und Erfüllung. Indem an diesem Tag die erste Periode des Jahres mit dem Ernten der Frühjahrsfrüchte beschlossen wird, deutet das Wort *bikurim* oder Erstlinge bereits auf neuen Beginn: eine zweite, die sommerliche Reifezeit, an deren Ende nochmals ein Ernte- und Wallfahrtsfest stehen wird. Zu Shavuot waren Jacobus' Gärten am Tiber mit Früchten und Blütendolden geschmückt, mit Getreidegarben, Feigen, Weinreben, den traditionell um diese Jahreszeit dem Tempel dargebrachten Symbolen frühlingshaften Wachsens und Werdens. Dem Brauche nach bietet man milchige Speisen an und verzichtet auf Fleisch, so dass die festlichen Tafeln von Weiss- und Goldtönen schimmerten, von Rahm und Käse, Korinthenbroten, Kuchen und seltenen Fischen, bunt gesprenkelt von den Farben der Früchte in silbernen Körbchen, und auch wir in Weiss gekleidet waren, Jacobus, seine Familie und sein ganzes Haus.

Solche Bilder trösten mich heute in meiner Einsamkeit. Wie arm wären wir Menschen ohne die Gabe der Erinnerung, wie flüchtig, zerbrechlich ist alles, was wir tun. Nahm mein Schwiegervater seine Shavuot-Empfänge nach Ablauf des Trauerjahrs wieder auf? Ich war nach Jedidahs Verschwinden nur noch kurze Zeit in Rom, später vergass ich danach zu fragen. Das nächste Frühjahr sah mich auf der Flucht, ich hielt mich auf dem Gut in Campanien verborgen, ahnte wohl schon, dass meine Zeit in Rom zu Ende war.

Alles Wortemachen ist so mühsam, dass niemand damit zu Ende kommt, niemals sieht sich das Auge satt, nie hat das Ohr genug gehört …

Mein Freigelassener Primus ist fast zwanzig Jahre älter als ich, von mürrischer Gemütsart, wenig mitteilsam, nach eigenem Zeugnis aus Achaia gebürtig und auf eine Weise, über die er beharrlich schweigt, in Unfreiheit geraten. Er ist versiert in der Bereitung farbiger Tuschen, in der richtigen Handhabung von Papyros und Pergament. Nie würde er mich mit schlammiger oder angetrockneter Tinte sitzen lassen, wie es in anderen Häusern vorkommt, stets sind meine Binsenstengel gereinigt, meine Schreibgriffel poliert, habe ich sauberen Bimsstein zur Hand und frischen Schwamm, um sofort, wann immer sich die schwankenden Bilder der Erinnerung nahen, mit dem Niederschreiben zu beginnen. Primus' Bildung macht glaubhaft, dass er einst Grammatiker war – die einzige Angabe über sein Vorleben, die ich von ihm in Erfahrung bringen konnte. Sonst weiss ich wenig über ihn, nicht mal seinen Namen. Denn Primus heisst nicht Primus, es ist ein Scherz- oder Spitzname, ein *ioculare*, wie man ihn Dienern gibt, die nicht preisgeben wollen, wie man sie früher rief.

Er war der erste Sklave, den meine Mutter – ihr Andenken zum Segen – für unser Haus kaufte. Sie tat es aus Sorge um mein berufliches Fortkommen: keine Zofe, keine Köchin, ein griechischer Schreiber. Er kam als Diener ins Haus, wurde mein Lehrer, später von mir freigelassen, gemäss Zwölf-Tafel-Gesetz, in öffentlicher Zeremonie, die mit Überreichung der Filzkappe endete, dem Symbol der Bürgerfreiheit. Doch da Primus keine Neigung spürte, diese Freiheit einzulösen, eine Familie zu gründen und ein eigenes Haus, blieb er als Mitarbeiter bei seinem früheren Herrn. Niemals in all den Jahren hat er mich bestohlen oder sonst mein Vertrauen missbraucht. Umso tiefer musste mich verstören, was ich vor wenigen Tagen entdeckte.

Überraschend, zu morgendlicher Stunde, klopfte es an die äussere Tür. Da Primus in unserem beschränkten Hauswesen auch das Amt des Türhüters versieht, kümmerte ich mich nicht weiter darum, sondern tauchte meinen Binsenstegel von neuem in die Tuscheschale, um die Zeile, die ich eben begonnen, zu Ende zu führen. Das Klopfen wiederholte sich, wurde lauter und fordernder, ein fremdes Klopfen, keins der Zeichen, die wir mit den Boten vom Gut verabredet haben. Ich stand auf und ging öffnen. Draussen stand, im hellen Morgenlicht, das mir verwirrend in die Augen stach, ein örtlicher Fischhändler mit einem Korb, der im Dialekt der hiesigen Eingeborenen auf mich einzureden begann. Kaum verstand ich, wovon die Rede war, bat den Mann zu warten und ging zu dem im Hintergrund des Hauses gelegenen Raum, in dem Primus wohnt. Lange war es her, dass ich sein Zimmer zuletzt gesehen, nichts hatte sich seither verändert: ein hölzerner Tisch, Papyrusrollen, Schreibrohre, Griffel, Weinkrug und Becher, im Hintergrund die Truhe mit gewölbtem Deckel und das im Alkoven verborgene Bett. Das Fenster zum Meer stand offen, seine Läden bewegten sich knarrend im Morgenwind. Primus war nicht im Raum. Ich wollte auf der Schwelle umkehren und gehen, als mein Blick auf ein Stück Pergament fiel, das der Luftzug vom Tisch geweht hatte, geradewegs vor meine Füsse.

Es war mit griechischen Lettern beschrieben, von Primus' Hand. Der Satz, auf den mein Auge fiel, kam mir so vertraut vor, dass ich mich niederbeugte und das Blatt aufhob. Was ich las, liess meine Knie weich werden, langsam sank ich auf den faltbaren Stuhl vor Primus' Tisch. Ich sass, schwer atmend, und starrte auf das Blatt. In diesem Moment erschien Primus, stutzte, erkannte gleich darauf, was ich in der Hand hielt und errötete. Doch er schwieg wie stets. Abwartend stand er in der Tür und zeigte eine störrische Miene. Ich sah ihn an und sagte mühsam: »Erkläre mir gefälligst …«

Er zuckte die Schultern. »Was gibt es da zu erklären, Herr? Du siehst doch, dass es eine Abschrift deiner *commentarii* ist.«

»Wie kommst du dazu, hinter meinem Rücken … Nie im Leben bin ich so hintergangen worden.«

»Was sonst sollte ich tun?« fragte er. »Du hältst diese Arbeit seit Jahr und Tag vor mir geheim, stehst in aller Frühe auf und versteckst, was du geschrieben hast. Sag selbst, was blieb mir übrig?«

Die Frage war entwaffnend. Primus setzte die Unumgänglichkeit seines Tuns stillschweigend voraus, hielt es für seine Pflicht, diesen Text – wenn nötig, auch ohne mein Wissen – abzuschreiben. Geschah es in hilfreicher oder verräterischer Absicht? Danach konnte ich nicht fragen. Etwas anderes war es, wonach ich mich wie nebenher erkundigte: »Wie weit bist du?«

»So weit es geht, Herr. Ich muss den Augenblick abpassen, ehe du die Notizen vom Pergament in die Schriftrolle überträgst. Ich schreibe möglichst schnell, damit du es nicht merkst.«

Er war zum Geschwindschreiber ausgebildet, zum *actuarius*, besonders das Griechische schrieb er mit verblüffender Raschheit und Fingerfertigkeit. Die Schriftzeichen schienen zu fliegen, von leichter Hand hingetupft, dabei präzise, gut lesbar, fehlerlos. Durch diese Fähigkeit hatte er mich gewonnen, deshalb hatte ich sein schroffes Wesen, seine düsteren Stimmungen, seine Schulmeisterei über Jahre geduldig ertragen. Er empfand nun offenbar doch so etwas wie Mitgefühl, denn er fügte mit ungewohnt milder Stimme hinzu: »Sag selbst, Herr, was blieb mir übrig? Jeden Tag können sie vor der Tür stehen. Dein Versteck ist so dilettantisch, dass sie es leicht finden werden.«

»Dilettantisch? Um das Manuskript zu entdecken, müsste man das ganze Haus durchsuchen.«

»Damit solltest du besser rechnen, Herr.« Er schüttelte den Kopf. »Sie vernichten es auf der Stelle oder lassen es in ihrem Geheimarchiv verschwinden, so dass gleichfalls nichts davon bleibt. Man weiss doch, wie oft die kaiserlichen Archive brennen …«

»Hast du ein besseres Versteck?«

»Ich bringe meine Blätter an einen Ort, den nur ich kenne. Ausser Haus. Weiter oben in den Bergen.«

Primus hatte mich oft überrascht. Letzthin dadurch, dass er unsere Küchenabfälle zu einer bestimmten Stelle unten am Hafen brachte, um die streunenden Hunde des Städtchens zu füttern, sogar die Marktleute zu diesem Zweck um Knochen und Eingeweide bat, was alle im Ort eher gewusst hatten als ich. Er hielt die Welt für so schlecht, dass man die guten Regungen seines Herzens vor ihr verbergen musste. Noch nie hatte ich ein Wort der Rechtfertigung von ihm gehört. Er tat, was nach seiner Ansicht zu tun war, tat es und Schluss, und falls die anderen damit Schwierigkeiten hatten, ihn nicht verstanden oder nicht mit ihm zufrieden waren – was ging es ihn an? Und da er alles erklärende und rechtfertigende Gerede unterliess, entfiel bereits ein Gutteil dessen, was andere Menschen gesprächsweise von sich geben. Seine Diktion war der klassische Hauptsatz, kurz und schroff. Kaum je hatte ich ihn soviel reden hören wie an diesem Morgen. Ich fragte ihn, nach monatelangem einsamen Schreiben begierig auf ein Wort: »Nachdem du nun so weit im Manuskript vorangekommen bist ... Wie findest du es?«

»Du weisst, Herr«, sagte er, »dass ich mit deinem Griechisch immer meine Schwierigkeiten hatte. Mir ist dein Stil zu blumig, zu wenig klar. Auch schreibst du zuviel über dich und deine Empfindungen. Aber es lohnt nicht, darüber zu sprechen.«

»Es lohnt nicht?« fragte ich.

»Du bist halt Hebräer, Herr. Ein Hebräer schreibt anderes Griechisch als ein Grieche oder Römer.« Er zuckte die Schultern als wollte er sagen: Was gibt es da gross zu fragen?

Von klein auf war mir das Griechische vertraut, ich hatte es auf dem Palatium bei ausgezeichneten Lehrern studiert, bei besseren vielleicht als er. Mehrere Sekunden vergingen in Schweigen. Ich erkannte mit Erstaunen, dass ich gekränkt war. Um es Primus nicht merken zu lassen, fragte ich: »Ein Grieche oder Römer, meinst du, hätte die Geschichte anders erzählt?«

»Es steht mir nicht an, Herr, dir Empfehlungen zu geben. Es ist eine Frage dessen, was wir *systema* nennen. Bei uns achtet man sehr darauf. Du erzählst eher nach Gutdünken, will mir scheinen, nach Gefühl, ohne systematische Gliederung, ohne vorher zurechtgelegten Plan. Aber das ist wohl mehr eine Angelegenheit des Denkens als des Schreibens. Die Völker denken verschieden. Auch wenn wir nun beide römische Bürger sind«, und ein grimmiges Lächeln war unter seinem Bart zu vermuten, »ich bleibe Grieche, Herr, und du Hebräer.«

»Es ging mir darum«, sagte ich, »das Komplexe des Lebens darzustellen, das Ineinander-Verwoben-Sein der Sphären, die rätselvolle, doch spürbare Einheit, zu der sich alles fügt. Deshalb schreibe ich vom Hof und von mir, vom Einzelnen und vom Ganzen, vom Gestern und Morgen in einem Fluss. Auch in unserem Leben durchdringt sich alles, ohne dass wir in jedem Fall das *systema* erkennen.«

»Wie du meinst, Herr«,erwiderte Primus. Weder nickte er noch zuckte er mit den Schultern. Er weigerte sich, ein weiteres Wort zu sprechen. Nochmals vergingen einige Sekunden in Schweigen. Ich erhob mich aus Primus' Stuhl und wandte mich zur Tür.

»Ein paar Kleinigkeiten«, hörte ich da unvermutet Primus' Stimme in meinem Rücken, »wären vielleicht zu bedenken. Ich notiere sie nebenher, beim Abschreiben ...« Er war von einer Redseligkeit, die mir unwirklich vorkam. Ich stand neben dem faltbaren Stuhl und sah ihn an.

»Du schreibst hier zum Beispiel von dieser Terror-Gruppe bei euch drüben, *sikarier* genannt, und leitest ihren Namen vom hebräischen Wort für Erinnerung ab, *sikaron*. Ich kenne dieses Wort nicht, aber ich würde doch eher denken, *sikarier* kommt ganz einfach vom lateinischen *sica*, der Dolch. Oder *sicarius*, Meuchelmörder. Das scheint mir doch naheliegender bei solchen Leuten. Hier, auf diesem Blatt stehen mehrere solche Stellen.«

Ich nahm das Pergament und neigte dankend den Kopf. Nein, Primus täuschte mich nicht länger, sein Murren war versteckte Zustimmung, war seine Art, Sympathie zu bezeigen, eine reichlich verquere Art, wie ich fand, aber umso beglückender, wenn man bedachte, wie schwer er jeden Beifall seinem versperrten Herzen entrang. Ich begriff, dass seine Kritik ein gutes Zeichen war, ging hinüber in mein Zimmer, schob Briefe, Gedichte, Rechnungen beiseite, alles womit ich mich in den letzten Tagen beschäftigt hatte, dieser Aufzeichnungen müde, sogar überdrüssig, und wandte mich ihnen von neuem zu.

Denn die Ägypter sind Mensch und nicht Gott, und ihre Kriegsrosse Fleisch und nicht Geist, und der Herr wird seine Hand ausstrecken, so dass der Helfer strauchelt, und der auf Hilfe hoffte, fällt …

Wir lebten zurückgezogen in Jacobus' Haus, so zurückgezogen man in Rom leben konnte, in einer Stadt, die vom Lärm eines niegesehenen Neuaufbaus erschüttert wurde, von den Anwandlungen ihres launischen Herrschers, vom Rumor der Zirkusrennen, Theaterspiele, Verhaftungen, Gerüchte und geheimen Prozesse. All dies geschah zugleich, in wildem Durcheinander, rollte wie Brandung über Stadt und Bewohner hin, überschlug sich, explodierte, ebbte ab, um sich von neuem aufzubauen. So ging es monatelang, man wunderte sich, woher die Menschen so viel Bereitschaft zum Sensationellen, soviel Geduld für das Grausige nahmen. Es gab Tage, an denen die *ardaliones* schreiend über die Foren liefen und die Wahrheit jeder Stunde schon mit der nächsten zunichte wurde, und andere, an denen trügerische Ruhe über den sieben Hügeln lag und die Stadt wie erschöpft innehielt.

Gegen Ende des Brandjahres begannen die Festnahmen in den Kreisen der Grossen. Ich erinnere mich, dass unser Freund Plautius Lateranus unter den ersten Verhafteten war, der Neffe der trauernden Pomponia Graecina. Im Morgengrauen wurde der designierte Konsul aus seinem Palast auf dem Lateran geholt, der Verschwörung gegen den Kaiser angeklagt, abgeurteilt und hingerichtet. Seine Besitzungen konfiszierte das Hofamt *a rationibus*. Andere endeten auf stillere Art, wurden nach geheimer Verhandlung beseitigt oder veranlasst, sich im Bad die Adern zu öffnen. Fehlte jemand im Kreis um den Kaiser, war es besser, nicht nach ihm zu fragen. So verschwanden die Senatoren Flavius Scaevinus und Afranius Quintianus, der zweite Gardepräfekt Faenius Rufus, die unglückliche Prinzessin Antonia, der Konsular Antistius Vetus, der kaiserliche Freund erster Vorlassung Claudius Senecio, auch Neros früherer Lehrer Seneca mitsamt seinem Neffen, dem Dichter Lucanus. Sogar der Hofnarr Vatinius war eines Tages nicht mehr zu sehen, und alle taten, als hätten sie nie von ihm gehört. Ich schreibe die Namen nieder, wie sie mir in den Sinn kommen, ohne Priorität, ohne Reihenfolge, was den Zeitpunkt der Verhaftungen betrifft, die sich meist im Verborgenen abspielten.

Angeblich waren zwei weitverzweigte Verschwörungen aufgeckt worden, dazu zahlreiche Fälle von Majestätsverbrechen. Anführer des Widerstands soll der Konsular Calpurnius Piso gewesen sein, ein Liebling der römischen Gesellschaft, ein begabter Poet und Kitharaspieler, weshalb ihm seit längerem Neros Eifersucht galt. In manchen Fällen klang die Anklage wenig wahrscheinlich. War man im Fall des Lucanus und Seneca noch halbwegs geneigt, sie eines Komplotts gegen den Kaiser für fähig zu halten – vor allem der junge Lucanus hatte seine Enttäuschung über den früher Geliebten offen in die Welt hinausgeschrien –, so ahnte man doch, dass Junius Gallio und Annaeus Mela, Senecas Brüder, wenig damit zu tun hatten. Junius Gallio, dem früheren Prokonsul, der als Statthalter von Achaia den Prediger Paulus freigesprochen hatte, liess sich kaum anderes zur Last legen als zu grosser Reichtum. Auch Annaeus Mela, der ewige Ritter, besass zu viele Millionen, um am Hof des hoffnungslos verschuldeten Kaisers lange leben zu können. Sogar der kluge Gaius Petronius musste sterben, von grossem Reichtum auch er, der Freund der Kaiserin und frühere Prokonsul von Bithynien, wodurch die Juden Roms einen weiteren Gönner verloren.

Von diesen Todesfällen ging mir der des Dichters Lucanus besonders nahe. Sein letztes Werk, das Poem *Der Bürgerkrieg*, hatte den Kaiser im höchsten Masse verärgert. Von dem Übelwollen abgesehen, das Nero jedem erfolgreichen Werk der Dichtkunst entgegenbrachte, als dessen Verfasser er sich nicht ausgeben konnte, kränkte ihn besonders eine Szene im sechsten Gesang, in der Lucanus ein Totenorakel beschrieb, den Versuch eines gewissen Sextus, »unwürdigen Sohnes des grossen Pompeius«, die Geister Verstorbener anzurufen. Dergleichen war Sitte bei einigen östlichen Völkern, während es uns Juden als Todsünde gilt. Auch in Rom ist beschwörerischer Umgang mit den Schatten verpönt, überhaupt jede Annäherung Lebender an die Unterwelt. Nekromanten gelten als Betrüger, die sich auf widrige Weise Einblick in die Mysterien der Welt verschaffen wollen. »Dem Elenden«, schrieb Lucanus, »waren die Himmelsgötter nicht wissend genug.« Um diese Zeit hatte sich aber auch Nero dem Totenzauber ergeben, hielt sich Magier, Besessene und Blutkünderinnen und verargte es dem früheren Freund, dass er in seinem Poem darauf anspielte. Noch dazu in eben jenen Tagen, da man die Anhänger des Nazareners »fremden Aberglaubens« beschuldigte und erbarmungslos verfolgte.

Sie wurden in grosser Zahl verhaftet und in ausgesuchten Martern zu Tode gebracht. Oft geschah es auf spektakuläre Weise, in eigens dafür erdachten Maskeraden und Spielen. Man fuhr die Todgeweihten auf Eselskarren durch die Strassen, als Höllenhunde oder Harpyien kostümiert, bei welcher Gelegenheit sie der Pöbel mit Unrat bewarf, verhöhnte und schlug. Man beleuchtete abends die Gärten des Kaisers mit ihren brennenden Leibern, wozu man sie in pechgetränktes Sackleinen nähte, die *tunica molesta*, wie ein römischer Witzbold das Totenkleid nannte, »das lästige Hemd«. Andere liess man in der Arena von wilden Tieren zerfleischen, liess sie als Vögel, Sagengestalten, geflügelte Genien von Gerüsten schweben – wobei das Theater von vieltausendfachem Gelächter erdröhnte, wenn sie sich, mit den gefiederten Schwingen flatternd, vergebens in der Luft zu halten suchten – oder wie Gladiatoren kämpfen, von Wächtern mit glühenden Piken aufeinandergejagt. In den Naumachien des Augustus starben sie in Seegefechten, wobei man die Schiffe in Brand setzte, die gespenstisch flackernd auf dem nächtlich dunklen Wasser trieben, oder durch kunstreiche Mechanismen in Teile fallen liess, so dass ihre Mannschaft noch einige Zeit in dem künstlichen See umherschwamm, in dem man zuvor Krokodile und Seeschlangen ausgesetzt hatte. Unerschöpflich war der Erfindungsreichtum der zuständigen Hofbeamten, unersättlich das römische Publikum, sich daran zu ergötzen.

Die jüdischen Gemeinden schwiegen nach aussen, unter der Hand bemühte man sich um die Rettung derer, die noch zu retten waren. Halityrus sprach immer wieder bei Hofe vor, obwohl sein eigenes Ansehen dadurch Schaden nahm. Nicht wenige Juden trauerten um Familienangehörige, oft beweinten Eltern ihre Kinder. Denn es waren vor allem junge Leute, die es zur christlichen Sekte zog, die sich offen und unbedenklich zu dem von ihnen Angebeteten bekannten und dafür in den Spielen sterben mussten. In den Synagogen sah man zahlreiche Männer das Totengebet für ihre Söhne sprechen. Niemand wusste, wieviele ums Leben kamen. Die Verhaftungen erfolgten bei Nacht, wer gross darüber sprach, riskierte seinerseits ins Visier der Untersuchungen zu geraten.

Ich pries mich glücklich, dass mir die Teilnahme an den Schauspielen erlassen war. Die Freistellung bedurfte entsprechender Anträge beim Hofamt *a cubiculo*, deren Bewilligung ich dem Ritter Tigellinus verdankte. Er erinnerte Nero daran, dass meine Vorarbeiten für die kaiserlichen Auftritte bei den Festspielen des kommenden Jahres, den sogenannten Neronia, von grösster Wichtigkeit waren, und der Kaiser selbst mich mit Aufträgen überhäuft hatte. Ich wusste glaubhaft zu machen, dass ich nicht einmal Zeit fände, den Neubau meines abgebrannten Hauses auf dem Hügel Aventinus in Angriff zu nehmen, und da weder Nero noch Tigellinus noch sonst jemand am Hof sich den freiwilligen Verzicht auf ein eigenes Haus vorstellen konnte, sah man in dem Umstand, dass ich immer noch mit Jedidah, meinem Töchterchen und den Dienern bei Jacobus logierte, einen Beweis meiner Überbürdung mit Arbeit.

Die Schauplätze der Kampfspiele, Seegefechte und Tierhatzen lagen auf unserer Tiberseite, die Naumachia des Augustus am Fusse des Hügels Janiculum, die Gärten der Agrippina, in denen Nero nach dem Brand vorübergehend residierte, etwas nördlich davon, so dass wir in Jacobus' Haus an windstillen Abenden hören konnten, was sich dort abspielte. Wir waren nicht taub gegen die schrille Musik, das Gebrüll und Gelächter, die Todesschreie der von wilden Tieren Zerrissenen, vom Schwert Getroffenen, lebendig Verbrennenden. Manchmal, wenn der Wind Schwaden süsslichen Brandgeruchs zu uns herüberwehte, ergriff mich Panik. Ich fragte mich, wie ich es anstellen könnte, meine Frau und mein Kind in Sicherheit zu bringen. Als Beamter eines Hofamtes konnte ich Rom nicht einfach verlassen. Selbst wenn ich entsprechende Anträge stellte, würden sie meine Vorgesetzten zurückweisen. Der Kaiser nahm es sehr übel, wenn man sich seiner Gunst zu entziehen suchte.

Sollte ich Jedidah und das Kind insgeheim auf eins von Jacobus' Gütern schicken? Wären sie dort, ohne mich, sicher?

Der Stadtklatsch wartete mit Einzelheiten auf, die wir lieber nicht erfahren hätten, aber unter den obwaltenden Umständen ruhigen Gesichts anhören mussten. Blutige Szenen wurden nacherzählt, manche konnten nicht genug davon reden. So war bei einem der Todesfeste ein Christenknabe, gekleidet als geflügelter Ikarus, unmittelbar vor der kaiserlichen Loge vom Himmel gestürzt und hatte Neros Gewand über und über mit Blut bespritzt, welchen Zwischenfall der Kaiser zu einer Demonstration seiner Gleichgültigkeit und Verachtung benutzte, indem er bis zum Ende des Schauspiels in der blutigen Toga sitzen blieb, im Angesicht des Volkes und der Welt. Er schien die Christiani wirklich zu hassen, vor allem seit die Komplotte des römischen Adels aufgedeckt und seine Angst vor Verschwörungen allbeherrschend geworden war. Tigellinus war es ein leichtes, gegen jeden, den er aus der Welt haben wollte, unter der Anschuldigung geheimer Gruppenbildung ein schweres Urteil zu erwirken, lebenslange Verbannung zumindest, sogar im Fall des Grammatikers Annaeus Cornutus oder des Stoikers Musonius Rufus, die nichts getan hatten, als sich mit ihren Schülern zu treffen. So wusste der lächelnde Ritter auch die Anhänger des Nazareners dem Kaiser verdächtig zu machen, weshalb bald niemand mehr, nicht einmal Halityrus, offen für sie einzutreten wagte.

Der berühmte Mime begann sich damals zurückzuziehen, vom Theater, von uns, seinen Freunden, aus der Öffentlichkeit überhaupt. Er büsste seine *comites* ein, die zahlreichen Begleiter, Söhne vornehmer Häuser, die ihm früher bei jedem öffentlichem Erscheinen gefolgt waren. Jeder am Hof wusste, dass die Kaiserin seinen Namen nicht mehr erwähnte. Auch dadurch, dass viele seiner Verehrer Opfer der Verfolgungen wurden, verlor er an Einfluss. Neue Lieblinge eroberten die Herzen der Römer, neue Tänzer, Kitharaspieler, Tragöden, Pantomimen. Halityrus hatte die Dreissig überschritten, alle Arten von Ruhm, kaiserlichen Ehren und Gnadengeschenken erfahren, die Gunst römischer Damen genossen, er wirkte bei unseren letzten Begegnungen müde und lustlos, auf unvergessliche Weise still und in sich gekehrt. Er trat nicht mehr auf und erlaubte sich Nachlässigkeiten. Er vergass zu gegebenem Anlass am Hof zu erscheinen, verschwand wochenlang aus Rom und wehrte den Gerüchten nicht, wonach er ein Anhänger des Chrestos geworden sei.

Eines Tages war er nicht mehr zu finden, ein von uns ausgesandter Diener brachte die Nachricht, sein Haus in trans Tiberim sei verschlossen und verschalt. Die Gartenvilla auf dem Esquilinus war bereits vom grossen Feuer verzehrt worden, ihr Gelände hatte Nero dem Goldenen Haus einverleibt. Der junge Matitjahu hatte seines Onkels Nachlässigkeit – oder was immer es war – ein paar mal vergessen machen können, durch rasch beigebrachte Entschuldigungen oder ähnliches, aber eines Tages reagierte der Kaiser heftig auf die blosse Nennung des Namens, und von da an hiess es schweigen, auch für den treuesten Neffen und wagemutigsten Hofmann. Mich entsetzte, wie ein nahestehender Mensch einfach aufhörte zu sein, wie er ungreifbar wurde, sich in Nichts auflöste, ohne dass deswegen die Welt sichtlich Schaden litt. Und wie rasch sich die Lücke füllte, auf stille, pflanzliche Art, als seien wir Menschen tatsächlich Gewächs oder Gras, wie unser grosser König in einem seiner Psalmen singt. Es hatte mit Halityrus' lautlosem Verschwinden etwas qualvolles auf sich, schlimmer, als wäre uns sein Tod bekannt geworden, da wir jeder für sich und voreinander die Hoffnung aufrechterhielten, der Schauspieler wäre am Leben, eine Annahme, die täglich mehr an Wahrscheinlichkeit verlor und doch niemals aufhören würde, uns zu beschäftigen.

So kam in jenen Tagen alle Gewissheit abhanden, alle Verlässlichkeit, alle Ruhe, als sei mit dem grossen Feuer die Welt in Stücke geborsten. Sie war es gewiss vorher schon, aber erst dieses Ereignis liess das lang Empfundene zu Tage treten, eben darum, weil es ein Feuer war, des Menschen ältestes Symbol für Opfer und Heimsuchung, Klärung und Neubeginn. Wenn solches Zu-Tage-Treten sein Gutes haben mochte, im Sinne beginnender Erkenntnis, hielt die befreiende Wirkung nicht lange an, rasch wurde sie von einem Übermass an Schrecken absorbiert, und wo vorher unheimliches Schweigen gelastet hatte, herrschte nun ebenso lähmendes Entsetzen. Das Schlimmste, was Menschen geschehen kann, geschah: wir begannen uns vor dem Morgen zu fürchten. Alle Ereignisse schienen sinn- und zusammenhanglos, Verhaftungen, geheime Morde und Selbstmorde, die Todesspiele der Christiani und Wagenrennen bei Fackelschein, die Trinkgelage des Kaisers, seine Konzerte, die Trauer in den Häusern der Opfer, der Rausch der neuen Günstlinge, die Gerüchte vom drohenden Staatsbankrott – alles verwirrte sich zu einem rasenden Riesenspektakel, lärmend, sinnlos, bergab scheppernd wie ein durchgehendes Gespann.

Ich ging damals selten an den Hof, mit dringender Arbeit entschuldigt, mit Vorbereitungen für die neronischen Festspiele. Nur einige enge Freunde wussten, dass ich mir mit den Jahren einen Stab von Mitarbeitern aufgebaut hatte, die den grössten Teil der Materialstudien und Übersetzungen erledigten. Für Nero und den Hof sollte der Eindruck entstehen, als arbeitete ich Tag und Nacht an den ungeheuren Textmassen, die der Kaiser verschlang. Täglich sang er irgendwo ein neues Lied, deklamierte er einen Hymnus oder trat in einer Tragödie auf, angeblich von seiner nimmermüden Inspiration erzeugt, in Wahrheit aus meiner Werkstatt, wobei auch ich nur der Ausarbeiter und Glattschleifer war, nachdem meine Mitarbeiter die vorbereitende Arbeit geleistet hatten. Keiner dieser Mitarbeiter wollte namentlich genannt werden, alle hatten sich zu dieser Arbeit nur unter der Bedingung bereiterklärt, dass ich gegenüber dem Kaiser allein die Haftung übernahm.

Auf diese Weise erweckte ich den Eindruck einer phantastischen Vielschreiberei und war entschuldigt und suspendiert. Dem Kaiser möglichst selten unter die Augen zu treten, war zweifellos das Klügste, was ich tun konnte. Aber nicht nur dieses Wissen hielt mich zu Hause fest, sondern ein heute, in meiner Einsamkeit, kaum noch vorstellbares Glück. Wir verbrachten die letzten römischen Monate in einer Nähe und Harmonie, die mich noch immer stärkt. Später habe ich mich manche Stunde damit beschäftigt, mir jedes Wort meiner Geliebten ins Gedächtnis zu rufen, jeden ihrer Blicke, jede Regung ihrer Seele. Sie hatte für Kaiser und Hof stets Ablehnung gezeigt, für Neros Person und das schrille, lebensgefährliche Geschehen, das er auslöste. Auch was das Feuer betraf, war sie ganz sicher und liess sich von meinen Einwänden nicht einen Augenblick beirren: ohne Frage hatte der Kaiser den Brand legen lassen, aus seiner läppischen, unersättlichen Ichsucht heraus, um neu bauen zu können, um des Spektakels willen, um uns alle, ihren Mann, ihren Vater und ihre Brüder, mit seiner monströsen Person zu beschäftigen.

Dabei nahm sie an allem Anteil, half mir mehr als einmal aus misslicher Situation, ersann Entschuldigungen für mein Fernbleiben von Orgien und Belustigungen, dachte sich Zwischenfälle aus, oft mit einem gewissen Witz. Am liebsten dann, wenn dem Kaiser Schaden aus meinem Nichterscheinen entstand, wenn er ein neues Lied nicht singen oder einen Monolog nicht deklamieren konnte, weil weder ich noch das Manuskript beizeiten zur Stelle waren, nachdem unterwegs vor zahlreichen Zeugen das Tragholz der Sänfte gebrochen oder etwas ähnlich Halbwahrscheinliches geschehen war. Solche Scherze änderten nichts an unserer Lage, doch halfen sie manchmal, mit dem Abscheu fertig zu werden, mit dem Druck auf der Brust, der uns zu ersticken drohte. Jedidah glaubte an göttliche Gerechtigkeit, an *gamla* und *anasha*, das Prinzip Strafe und Belohnung. Lange könne es mit diesem Hof, diesem Reich nicht mehr gehen, sagte sie, Unvorhergesehens werde geschehen, Schreckliches, zugleich Erlösendes. So gesehen, war dem Katastrophischen bereits das Hoffnungsvolle beigemischt, lag schon das Zwielicht eines aufziehenden Gewitters über uns, das unter Krachen und Blitzen die schwülen Lüfte entladen würde.

Man konnte manches Ereignis, manche Entwicklung dieser Tage als Anzeichen kommender Klärung verstehen. Auch das Schicksal der Kaiserin Poppäa Sabina liess sich so deuten, falls man, was der verführerischen Frau geschah, mit einem von persönlicher Teilnahme ungetrübten Blick zur Kenntnis nahm. Ich gestehe, dass ich dazu nicht imstande war. Über Jahre hatten wir Hofleute uns daran gewöhnt, alle Hoffnungen, alles Erfreuliche mit der jungen Kaiserin zu verbinden, sie schien das Licht des Kaiserpalastes, das Rom erstrahlen liess. Jedidah sah es anders, wohl auch ihre Mutter, ihre Schwestern und Freundinnen. In ihren Augen war Poppäa eine kalte, herzlose Person, als Geschlechtsgenossin unbegreiflich, bar aller fraulichen und mütterlichen Gefühle. Ich dachte öfter darüber nach, dass diese Einschätzung zwar klar und präzise, aber zugleich auch ungenau war. Sie traf zu und auch wieder nicht. Gewiss zeigte die Kaiserin kaum Regungen wie Mütterlichkeit oder Erbarmen. Und doch sollte der Tod eines Kindes das Ereignis werden, das ihre scheinbar unerschütterliche Fassade zum Einsturz brachte.

Poppäa Sabina hatte manchem ihrer Bewunderer seit jeher zu denken gegeben, weil sie wenig Teilnahme an menschlichen Schicksalen erkennen liess, an Krankheit, Leiden und tragischem Tod. Allgemein war es in Rom nicht üblich, Mitgefühl mit Fremden oder Niedriggeborenen zu empfinden, und wo derlei Regungen in milderen Herzen angelegt waren, verloren sich bald durch die alltägliche Grausamkeit der Arena, die man von klein auf mit Anstand hinzunehmen lernte. Schon vor Zeiten hatte der Redner Cicero erklärt, warum die Gladiatorenspiele jungen Römern eine lehrreiche Schule wären: man lerne dort, wie man kämpft und anständig stirbt. Dennoch war nicht jeder im Zuschauerraum freudig bei der Sache. Namentlich die Damen – ohnehin per Gesetz auf die höchstgelegenen Sitzreihen des Theaters verwiesen – pflegten ihr Gesicht in der Stola zu bergen oder sich abzuwenden, wenn sich unten im sandbestreuten Rund etwas besonders Abscheuliches abspielte. Manche Zweikämpfe endeten mit dem langsamen Verbluten und Verenden des Unterlegenen, der in einer Art Rausch zu kämpfen fortfuhr, was in Rom für ehrenvoll galt, wobei ihm das Blut über die zerhauenen Glieder rann und er sich nur noch knieend oder kriechend bewegen konnte, was die Tausende in atemlosem Schweigen, manche vorgebeugt, leise stöhnend, in aller Ausführlichkeit ansahen. Vielleicht hob der Verblutende die Hand zum Zeichen, dass er um Gnade bat, dann konnte geschehen, dass aus schwer ersichtlichen Gründen, aus Wut über seine Schwäche, aus Lust, einem Menschen den Tod zu geben, alles im Rund den Daumen nach unten hielt, in losbrechendem Gebrüll, alt und jung, hoch und niedrig, Senator und Fäkalienträger, Vestalische Jungfrau, Strassenhure und Kaiserin, in einer Einmütigkeit, die alle berauschte, bis der Sieger, erschöpft auch er, gleichfalls blutend, die Waffe, die er in Händen hielt, Schwert, Dreizack, Lanze, was immer, mit verzweifelter Wucht ein letztes Mal in den knieenden, liegenden Körper stiess.

Auch Schaukämpfe mit Tieren endeten oft in Blutbädern, wobei sich Tier- und Menschenblut mischten, oder Gefechte mit Kampfmaschinen, Kriegselefanten und syrischen Sichelwagen, bei denen es Menschen buchstäblich in Stücke riss, aus ihren Leibern die Därme quollen und abgehauene Glieder durch die Luft flogen, all dies von Gebrüll, Todesgeschrei und dem Gestank nach Blut und Kot begleitet. Man sah es Damen nach, wenn sie sich abwandten oder fernblieben. Sogar manche Männer fanden Vorwände, es sich nicht öfter als nötig zuzumuten. Ich war in meiner Jugend ein paar Mal bei Schaukämpfen gewesen, zusammen mit Freunden, die mich verachtet hätten, wäre auch nur ein Wort des Abscheus über meine Lippen gekommen. Später entdeckte ich, dass mehr Mut dazu gehört, Nein zu sagen, wo alle Ja sagen, dass die Widerstandskraft, sich dem Sog der Menge zu widersetzen, jeden Vorwurf der Furchtsamkeit Lügen straft. Ich zeigte mich kurz zur Eröffnung der Festspiele, um dem Kaiser die Ehre zu erweisen, und verliess dann meist mit einer Entschuldigung das Theater.

Da alle Welt über die Spiele sprach, erfuhr ich trotzdem, was geschah. Auch, dass die Kaiserin fast immer in ihrer Loge sass und dem grausigen Geschehen folgte, in einer Loge nahe am Rund der Arena, welches Privileg von allen Frauen des Reiches nur ihr, der Augusta, und den Vestalischen Jungfrauen zustand, dass sie nicht einmal die Vorhänge zuziehen liess, wie es einige ihrer Vorgängerinnen getan hatten oder auch – zum Verdruss vieler Römer – der empfindliche Kaiser Tiberius, dass sie nicht las, Besuch empfing oder zu anderen Ablenkungen Zuflucht nahm, sondern immer schauend dabeisass, mit weitoffenen Augen, ihr allbekanntes, ein wenig spitzbübisches Lächeln um die hellrot geschminkten Lippen, gelegentlich mit dem Kaiser ein heiteres Wort wechselnd, sogar essend und trinkend. Die meisten sahen darin ein Zeichen ihrer rühmenswerten Haltung, andere – wenige – eher etwas Bedenkliches. Auch bei der Verfolgung politischer Gegner, der *christiani* oder der Verschwörer gegen Nero, zeigte sie eine Gleichgültigkeit, die manchen erschreckte. Gerüchte behaupteten, sie nehme an den Verhören teil, sogar solchen mit Folter, besuche die Kerker, sitze verschleiert in geheimen Verhandlungen. Mancher soll auf ihren besonderen Wunsch angeklagt worden sein, etwa der frühere Prokonsul von Achaia, Junius Gallio, Senecas Bruder, den sie für einen heimlichen Begünstiger der christlichen Sekte hielt. Auch ihr erster Ehemann, der Ritter Rufrius Crispinus, war unter den Opfern. Als Beteiligter an einer der Adelsverschwörungen wurde er nach Sardinien verbannt, wo er bald ums Leben kam. Poppäa Sabina schien auch davon kaum berührt, wohnte weiter den Spielen bei, folgte mit ihren grossen grünen Augen dem tausenfachen Sterben im Sand der Arena.

Der Tod ihres früheren Gatten hatte jedoch zur Folge, dass ihr Sohn aus dieser ersten Ehe, der gleichfalls Rufrius Crispinus hiess, aus der Obhut des Vaters, in der er bisher gelebt, in die ihre überging, folglich im kaiserlichen Palast wohnte, unter den Augen Neros. Zu spät erkannte die sonst so umsichtige Frau, dass dies ein Fehler war. Der Kaiser hatte zu jenem Zeitpunkt die meisten seiner Blutsverwandten beseitigt, besonders die männlichen, und sah in Poppäas dreizehnjährigen Sohn einen möglichen Anwärter auf den Thron. Er mochte sich erinnern, wie weiland seine Mutter Agrippina den Weg für ihn selbst freigemacht hatte, indem sie ihren Gatten, Kaiser Claudius, vergiften liess. Als Poppäa einen der scheelen Blicke auffing, mit denen Nero den jungen Rufrius bedachte, schickte sie ihren Sohn in Eile in eine Villa an der Küste, unter Aufsicht ihr treu ergebener Diener. Tigellinus, im Auftrag des Kaisers, fand Mittel und Wege, den Knaben auch dort zu beseitigen. Er ertrank beim Spielen, hiess es, eine stürmische Woge trug ihn hinaus ins Meer.

Um diese Zeit war die Kaiserin von neuem schwanger. Allgemein wurde bemerkt, dass Nero diesmal weniger Anteil daran nahm. Vielleicht, weil es nicht zum ersten Mal geschah und ihn ein Vorgang nur dann fesselte, wenn er den Reiz des Neuen besass. Vielleicht auch, weil ihn die Neronia, die nach ihm benannten Festspiele, Tag und Nacht beschäftigten. Wochenlang beherrschten sie alles Denken in Rom, fesselten alle Leidenschaften, entfalteten an mehreren Schauplätzen zugleich ihr sinnverwirrendes Geschehen, im neuerbauten Circus Maximus, in den Theatern des Pompeius, Balbus und Marcellus, in der Festhalle Saepta Julia, in den Gärten der

Agrippina und des Maecenas. Alles, was der Römer Herzen höher schlagen liess, war aufgeboten: Wagenrennen, Reiterspiele, Pantomimen, öffentliche Deklamationen sowie – unter Neros Beteiligung – das Preissingen der Kitharöden. Es lohnt kaum zu erwähnen, dass Nero aus dem Preissingen als Sieger hervorging, mit einem von meinen Mitarbeitern vorbereiteten, von mir in geschmeidige Verse gesetzten, von ihm durch grelle Glanzlichter zum populären Erfolg gesteigerten Gesang über das Schicksal der Niobe, die ihre Kinder verlor, weil sie den Göttern höhnte, und dennoch, zumindest in Neros Version, in diesem tödlichen Trotz die eigentliche Grösse ihres Lebens sah. Der Kaiser siegte auch im Wagenrennen, lenkte unter dem Jubel zehntausender Zuschauer das Gespann der grünen Partei ins Ziel, aus welchem Anlass der Kitharöde Menekrates Hymnen im Stile Pindars dichtete. Der Höhepunkte war kein Ende, immer waren sie mit Banketten und Umtrunk verbunden, oft kehrte der Kaiser erst gegen Morgen heim, mit Kränzen behangen, erregt und bezecht.

Im Palast wartete seine schwangere Gemahlin. Ich vermute, dass ihre Schwangerschaft weniger leicht verlief als die früheren, und dass der Mord an jenem Knaben, der immerhin ihr Sohn war – wenn auch von einem verlassenen Mann –, ihr mehr zusetzte als sonst Geschehnisse der äusseren Welt. Poppäa Sabina beherrschte die hohe Kunst, kein Ereignis sosehr ihr Gemüt ergreifen zu lassen, dass ihrer Erscheinung, ihrem Gleichmut, ihrer öffentlich bezeigten *constantia* Schaden erwuchs. Ohne Frage versuchte sie auch diesmal alle ihr zu Gebote stehenden Mittel zur Seelenbeschwichtigung und Wahrung des in ihrem Zustand notwendigen ruhigen Schlafs. Allein der Umstand, dass sie in diesen frühen Morgenstunden, als Nero nach Hause kam, wach und auf den Beinen war, zeigt, wie wenig es ihr gelang.

Sie war ärgerlicher Stimmung, gereizt, zu spitzen Worten geneigt. Auch das hatte es früher bei ihr nicht gegeben. Nie wäre sie etwa, wie einst die Kaiserin-Mutter Agrippina, scharfzüngig oder verletzend geworden. Überhaupt hatte sie viele Worte vermieden und meist, was es zu sagen gab, durch den Mund ihrer Mitarbeiter und Freigelassenen mitteilen lassen. Lächelnd hatte sie dabeigesessen, wenn andere sich erregten. Nero liebte und bewunderte sie dafür, zumal er selbst fast immer exaltiert oder weinselig war und sichtlich dem Ideal der *moderatio animi*, der Selbstbeherrschung, wenig entsprach.

Indessen verlor sie in dieser Nacht, da ihr Gatte betrunken und bekränzt nach Hause kam, laut singend, schwatzend, die schlummernden Hallen mit Lärm erfüllend, zum ersten Mal ihre Geduld. Es gab einen lautstarken Auftritt mit bösen, beleidigenden Worten, noch dazu im Beisein von Zeugen, denn sicher hatte der Kaiser einen seiner Lieblinge im Arm, schon der notwendigen Stütze wegen, war der eine oder andere Freigelassene, Zechgenosse oder Künstlerfreund mit ihm, ein angeheitertes, redseliges, nun beschämt verstummendes Gefolge. Der Zusammenstoss nahm dramatische Formen an, angeblich kam es zu Tätlichkeiten, zu einer Ohrfeige seitens der gereizten Frau und zu Fusstritten des trunkenen Gatten. Was auch immer sich in jenen frühen Morgenstunden im kaiserlichen Palast abgespielt haben mag, die Kaiserin erlitt davon einen Schwächezustand, musste zu Bett gebracht werden und kam nicht wieder auf.

Ihr Sterben zog sich über viele Stunden hin, während welcher der Kaiser unrasiert, schuchzend, Speise und Trank verweigernd, in ihren Vorzimmern sass, gelegentlich, sofern sie ihn vorliess, an ihrem Bett, und sie mit grossen, angstgeweiteten Augen anstarrte. Es hiess, er hätte der Sterbenden jede Bitte erfüllt, auch die, einen Schriftgelehrten aus trans Tiberim in ihr Schlafgemach kommen zu lassen, einen berühmten, welterfahrenen Mann, der mit der Scheidenden ein langes Gespräch über den Vorgang der *t'shuva*, der reuevollen Umkehr, geführt haben soll, über die Barmherzigkeit des alleinigen Gottes und unser Hinübergehen in die kommende Welt. Anschliessend habe die Kaiserin ihrem untröstlichen Gatten verziehen und sei sanft entschlafen. Gerüchten zufolge hatte sie bereits in der ersten Nacht viel Blut verloren, auch die Leibesfrucht, die sie trug und die vielleicht der sehnlichst erwartete Sohn und Erbe des julischen Hauses war.

Nero trauerte masslos und ausschweifend. Einige Tage schien er selbst in Lebensgefahr, so heruntergekommen, schattenhaft, kaum bei Sinnen wirkte er, so ganz seiner Lebenskräfte beraubt, die offenbar weitgehend von dieser Frau ausgegangen waren. In dunkle Gewänder gehüllt, mit Erde und Asche künstlich beschmutzt, das Haar offen und unfrisiert, rötliche Bartstoppeln auf der bleichen, wie gläsern schimmernden Haut, so sass er im Senat, als die Formalien der *consecratio* beschlossen wurden, die Erhebung der Verblichenen unter die Staatsgötter, und war dennoch geistesgegenwärtig genug, das Verhalten der einzelnen Väter in seiner schweren Stunde zu beobachten. Man sagt, der Senator Thrasea Paetus, nachdem er Neros Lebenswandel manches Mal missbilligt und über seinen Gesang gespottet hatte, verspielte damals seinen Kopf, als er durch Fernbleiben vom Leichenbegängnis der Göttin Poppäa das kaiserliche Herz ein letztes Mal kränkte. Auch sonst gab es Personen von Stand, die nur formell Bedauern über den Tod der Kaiserin bezeigten, vor allem in den Häusern von kürzlich Hingerichteten. Nero liess in seinem Schlafzimmer einen Schrein für die neue Göttin aufstellen und verstiess ihr zuliebe die Venus-Puppe. Zehntausende nahmen an Poppäa Sabinas Totenfeier teil, lang war der Zug ihrer Freigelassenen, Beamten und Diener. Die Hingegangene thronte auf goldenem Tragestuhl hoch über der Menge, mit Duftstoffen gefüllt und einbalsamiert, von zwölf Senatoren in die blaue Morgenluft emporgehoben, zum letzten Mal sahen Stadt und Welt den sanften Schimmer des bernsteinfarbenen Haars, die milchige Haut, das sanfte Fliessen des blütenzarten Gewandes.

Im Trauerzug gingen auch die Abgesandten der sieben jüdischen Gemeinden Roms, in zerrissenen Kleidern, wehklagend, in banger Vorahnung des Kommenden. Wir hatten Poppäa Sabina am Kaiserhof aufsteigen und siegen sehen, waren das eine oder andere Mal mit ihr zusammengetroffen und fast ausnahmslos der Ausstrahlung von Zuversicht und Hoffnung erlegen, die sie um sich zu verbreiten wusste. Nun sank vielen das Herz. Mein Schwiegervater fürchtete das neuerliche Überhandnehmen der griechischen Hofpartei. Matitjahu machte Andeutungen über schwindende Aussichten, die Petition der Juden von Caesarea betreffend. Andere sprachen von einer Rückkehr der syrischen Freigelassenen Acte, der ehemaligen Geliebten des Kaisers, die angeblich der Sekte des Nazareners nahestand. Sogar Jedidah vergoss Tränen, als sie vom Tod der Kaiserin erfuhr. Ich hatte die Neuigkeit eher obenhin erwähnt, ihrer oft bekundeten Antipathie gegen die Verstorbene eingedenk, nachdem am frühen Morgen ein Wachstäfelchen von Matitjahu eingetroffen war. Zu meiner Überraschung sah ich die geliebten blauen Augen sich langsam mit Tränen füllen, die dunklen Brauen sich schmerzvoll zusammenziehen, hörte Schluchzen und Worte schwesterlichen Mitgefühls. Verstehe einer die Frauen! Stumm sass ich dabei und versuchte zu begreifen, was geschehen war.

Der Tod der Kaiserin leitete Veränderungen ein, am Hof, in der Stadt, im Reich. Man spürte Umbruch, Ungewissheit allerorten, der Tod ging um und anderes Scheiden, man kam auseinander und sah sich nie wieder. Auch Nero, meinen kaiserlichen Gönner und Auftraggeber, traf ich auf Poppäas Trauerfeier zum letzten Mal. Er wirkte selbst leichenhaft, seiner Sinne kaum mächtig, wankend und einer Ohnmacht nahe, und als er gegen Ende die seinen Kopf verhüllende Stoffbahn der schwarzen Toga aufschlug, erkannte ich, dass er betrunken war. Um ihn scharten sich die Lieblinge und Trinkgenossen, darunter Bekannte wie der frühere Faustkämpfer Patrobius oder der Freigelassene Helius, ein Überlebender von Claudius' Hof und Mitwisser dunkler Vorgänge, seit er in Neros Auftrag den palatinischen Priester Junius Silanus ermordet hatte, einen Ur-Urenkel des Augustus und Agnaten am Thron. Auch neue Gesichter waren zu sehen, etwa der Nachfolger des kürzlich hingerichteten Faenius Rufus im Amt des zweiten Präfekten der Garde, ein gewisser Nymphidius, von dem man sagte, er habe sich, Sohn einer Sklavin und eines Gladiators, durch Hurerei mit fast jedermann am Hof für des Kaisers nähere Umgebung empfohlen, oder der junge Sporus, dessen hellhäutiges Knabengesicht und rötliches Haar den Kaiser so sehr bezauberten, dass er ihn bald darauf entmannen liess und öffentlich heiratete, bei welcher Gelegenheit er ihm den Namen Sabinus gab. Dies war seine Art, das Andenken der Kaiserin zu ehren, unvergleichlich wie alles, was er tat.

Wer eine tapfere Frau gefunden, wertvoller als Perlen: ihres Mannes Herz darf sich auf sie verlassen, an Schätzen wird es ihm nicht mangeln …

Damals erreichte der Künstler Nero den Gipfel seines Ruhmes. Er erhielt Einladungen von Theatern aus aller Welt, Jubel umbrauste ihn, wo immer er sich zeigte. Meiner Dienste bedurfte er nur noch selten, und falls er einmal eine Frage an mich hatte, schickte er seinen Freund Cluvius Rufus, den Kenner griechischer Dichtkunst, gelegentlich auch – um auf meine Kosten ein wenig zu scherzen – einen seiner Freigelassenen, Helius oder Nymphidius, berüchtigte Todesboten beide. Wurde ich gelegentlich zu Festlichkeiten an Hof befohlen, so lag der mir zugewiesene Tisch fern vom *triclinium* des Kaisers, meist in einem anderen Saal, und ich sah Nero nur bei seinem üblichen Rundgang zu Beginn der Mahlzeit, umringt und verdeckt von seinen neuen Freunden.

Jedidah und ich waren über diese Ungnade eher froh. Immer hatten wir uns ein zurückgezogenes Leben gewünscht, wie es in dem Wort *j'chud* verborgen liegt, seit wir einander kannten, seit dem Tag unserer Hochzeit. In unserer Sprache meint *j'chud* nicht nur das Alleinsein von Mann und Frau, es meint auch Annäherung an höchste, unerreichbare Wahrheit, Gewahrwerden der Harmonie und inneren Einheit eines unseren Blicken verborgenen Weltganzen, in dem das Wesen des Einzigen Gottes beruht. Als sei Einsamkeit vonnöten, dieses Ganze zu spüren, oder – umgekehrt – als nähere sich der Einzige Gott mit Vorliebe den Zurückgezogenen, Hingegebenen, mit allen Sinnen Spürenden und Lernenden, in der sanftbeglückenden, nicht zufällig in ein weibliches Wort gekleideten Form der göttlichen Einwohnung, der *shechinah*. Ein Mann sei niemals ohne Frau, eine Frau nicht ohne Mann, sagen die Schriftgelehrten, erst in ihrem Miteinander zeigt sich der göttliche Geist.

Unsere Zimmer in Jacobus' Haus gingen auf eine Terasse nach Osten, zum Tiber hin, auf der wir die Morgenstunden verbrachten, namentlich die Stunde des zweiten Frühstücks. Wir fühlten uns dort ungestört wie früher im Peristyl unseres niedergebrannten Hauses. Stundenlang waren das Zwitschern der Vögel, das Rauschen des

Tiber, der Ruf eines Bootsmannes auf vorüberkommendem Kahn alles Geräusch, das wir vernahmen. Unter unseren Augen wuchs unser Kind heran und sprach erste Worte. Die Grosseltern zeigten sich oft, auch Freunde und Geschwister, und erfreuten sich der Atmosphäre, die Jedidah unserem Hausstand zu geben wusste. Sie fand Zeit zu lesen und zu studieren, unser Kind zu unterrichten, mit ihren Dienerinnen Wolle zu spinnen, Gewänder und Schmuckstücke zu gestalten. Sie verliess das Anwesen ihres Vaters nur, um Notleidende und Kranke zu besuchen, Witwen und Waisen, deren es damals viele gab.

Was sie tat, schien naheliegend, von Instinkt geleitet, doch ich weiss, dass sie viel nachdachte und oft im Zweifel war. Heute, in meiner Einsamkeit verbringe ich manche Stunde damit, mir Einzelheiten unserer Gespräche ins Gedächtnis zu rufen. Wir unterhielten uns unter vier Augen stets besser als im Beisein Dritter. Sie offenbarte, wenn wir allein waren, eine Schärfe des Verstandes, die sie aus Vorsicht vor anderen verbarg. Kluge Frauen waren in Roms Gesellschaft nicht beliebt, vor allem am Hofe Neros nicht, selbst Poppäa Sabina hatte, um Einfluss nehmen zu können, ihre Gedanken durch Männer vortragen lassen, durch ihre Freigelassenen und vertrauten Mitarbeiter, durch Matitjahu zum Beispiel, den sie eigens dazu im Hofamt *ab epistulis* unterbrachte. Nach Poppäas Tod dienten Frauen am Hof nur noch dem Spass, und wenn sie den Mund öffneten, dann allenfalls, um zu singen, Flöte zu blasen oder zu küssen.

Obwohl Jedidah niemals an den Hof ging, kannte sie die wichtigsten Gestalten dieser im Grunde kleinen Welt, sei es aus eigener Beobachtung, sei es aus meiner Beschreibung. Sie hatte Kaiser und Kaiserin, Tigellinus und Helius, Paris und Nymphidius, Clodius Eprius, Cluvius Rufus und manchen anderen irgendwann zu Gesicht bekommen, und das genügte ihr für erstaunlich treffende Einschätzungen. Für meine Begriffe ging sie oft von etwas willkürlichen Gesichtspunkten aus, abseits dessen, was Männer *logos* oder *ratio* nennen, kümmerte sich wenig um Rang und Titel, Vermögen oder sonstigen Status, bemerkte dafür Einzelheiten, die mir nicht aufgefallen wären. Mein Bild von einer Person ist nicht immer frei von ins

Auge fallendem Schein, doch Jedidahs Blick entkleidete sie alles hinderlichen Beiwerks, sah sie sozusagen nackt und bloss, als Entwurf ihres Schöpfers, als die zugrundeliegende Idee. Oft behauptete sie zu wissen, wie jene Person als Kind gewesen sei, wehleidig oder tapfer, habgierig, gutherzig, offen oder heimlich, und antwortete auf meine Frage nach ihrem Eindruck von einer allseits respektierten öffentlichen Figur mit erstaunlichen Sätzen wie diesem: »Ich könnte mir vorstellen, dass er ein Kind war, das anderen die Spielsachen wegnahm.«

Und wenn ich erwiderte, dass der Betreffende Triumphator in einem Feldzug, Konsul oder hochgeschätzter Schriftsteller sei, somit ausreichend Grund vorliege, ihn nach seinen Taten als Erwachsener zu beurteilen, erklärte sie mit einem Schulterzucken: »Die Taten von Erwachsenen entstehen in Kinderköpfen« und liess sich nicht von ihrer Meinung abbringen.

Sie war stets mit eigenen Angelegenheiten beschäftigt, weshalb sie niemandes Bemühungen zu ihrer Unterhaltung in Anspruch nahm, was etwas Besonderes in Rom war, wo sich die meisten Damen von Stand mit Verehrern, Schönrednern und Musikanten umgeben. Sie verbreitete Klarheit und Besinnung, und wer in verwirrtem Zustand bei ihr eingetreten war, beruhigte sich rasch in ihrer Gegenwart. Auch ihre Abneigung konnte beständig sein. Es gab Menschen, denen sie sich mit einer Entschiedenheit entzog, die etwas Kränkendes hatte. Sie schmeichelte niemandem, es sei denn Trostbedürftigen, vom Schicksal Geschlagenen. An Arme teilte sie freigiebig aus, was manche über Gebühr ausnutzten, so dass gelegentlich ihr Vater oder ich auf den Plan treten mussten. Für Geld interessierte sie sich nicht. Wie sie selbst sagte, hatte sie »keinen Sinn dafür«, verwechselte Zahlen und verlegte Papiere. Dennoch half sie vielen durch klugen Rat und bewahrte ihre Nächsten und Freunde mehr als einmal vor Schaden.

Auch mir half sie mehrmals aus Situationen heraus, die hoffnungslos schienen. So etwa eines Tages, als der Ritter Tigellinus, Präfekt der Prätorianer, im Zuge der Ermittlungen gegen den designierten Konsul Plautius Lateranus, nach mir sandte. Der Offizier, der die Vorladung überbrachte, hatte Befehl, mich umgehend in die Gardekaserne zu begleiten, erlaubte jedoch, dass ich mich in meinem Ankleidezimmer herrichtete, da er mich in Sandalen und einer mit Tinte bespritzten Tunika angetroffen hatte und – Ritter, der er war – meine Abneigung verstand, in diesem Aufzug vor die Untersuchungsbehörde zu treten. Während ich mit Jedidahs Hilfe die Toga anlegte, lauschte ich ihrem Rat, wie ich mich während des Verhörs verhalten solle. Sie war damals einundzwanzig Jahre alt, doch keinem Menschen hätte ich mehr vertraut als ihr.

»Tigellinus kommt aus dem Schatten«, sagte sie leise, den Mund nahe meinem Ohr, während sie die Falten meines Gewandes ordnete. »Schon als Kind hat er alle Schlechtigkeit der Welt kennengelernt. Er misstraut jedem, mehr noch, er hält jeden für einen Lügner. Einen solchen Menschen kannst du nur durch eins entwaffnen: durch Offenheit.« Ich solle nicht nur gestehen, dass der designierte Konsul zu längerem Gedankenaustausch bei mir gewesen sei – was Tigellinus ohnehin zu wissen schien –, sondern möglichst wortreiche, verwirrende Angaben über den Gegenstand unserer Gespräche machen, Angaben, die durch ihre Konfusion entlastende Wirkung für den armen Plautius hätten. Ich solle den Eindruck grösster Aussagebereitschaft erwecken, doch wirken wie jemand, der Literatur und Leben, Phantasie und Realität nicht auseinanderhalten kann. Sie wolle währenddessen beten, dass mir die rechten, sinnlos scheinenden Worte eingegeben würden.

Ich hielt mich an ihren Rat. Mein Verhör in der Prätorianerkaserne dauerte mehrere Stunden, ich sprach in aller Offenheit und Ausführlichkeit, verlor mich in Einzelheiten, schweifte ab in literarische Betrachtungen, machte mich anheischig, Verse vorzutragen – was mir verwehrt wurde –, bestritt keineswegs die durch Spitzelberichte aktenkundigen Angaben, im Gegenteil, stimmte dankbar zu, als sei mir, was die Verhörenden lauernd ins Gespräch warfen, als Gedächtnisstütze überaus willkommen. Meine Aussagen kreisten um die Behauptung, der designierte Konsul hätte mich aufgesucht, um sich Nachhilfe in griechischer Poetik erteilen zu lassen. Als Tigellinus ironisch fragte, wozu ein so wichtiger Mann derlei Kenntnisse nötig gehabt haben sollte, erklärte ich: »Um die Werke des göttlichen Cäsar zu verstehen.« Der designierte Konsul, fügte ich hinzu, geradewegs in die gnadenlosen Augen des Präfekten blickend, hätte sich mit der Absicht getragen, zum Kaiser nach Neapolis zu pilgern, jedoch gefürchtet, nicht kenntnisreich genug zu sein für einen tiefen, wahrhaftigen Genuss seines künstlerischen Vortrags.

Ich wusste, dass ich damit an Tigellinus' schwache Stelle rührte, da es ihm auf diesem Gebiet selbst an Bildung mangelte und er sich nicht selten im Kreis der kaiserlichen Freunde zurückgesetzt sah.

»Schön«, sagte er höflich. Er wusste auch ohne das bestätigende Kopfnicken seines Beisitzers, dass Plautius tatsächlich kurz darauf nach Neapolis gereist war, zusammen mit Matitjahu, welcher unterwegs vom Weg abkam, um einer anderen Mission nachzugehen. »Schön ... Aber muss ein designierter Konsul unbedingt alle Einzelheiten des göttlichen Vortrags verstehen?«

»Wenn er die Persönlichkeit des göttlichen Caesar verstehen möchte ...«

»Du meinst, die göttliche Persönlichkeit offenbare sich ausgerechnet auf diesem Gebiet?«

»So meint der göttliche Caesar selbst«, erwiderte ich, das ausbrechende Schweigen riskierend. Im Grunde war, was ich gesagt hatte, ungeheuerlich. Ich setzte den *actor* vor den *dominus*, den Darsteller vor den Herrscher, erklärte den Kaiser zu einer Verabredung und Inszenierung, beraubte ihn seiner Göttlichkeit, seiner unbezweifelbaren, übermenschlichen Determiniertheit. Doch der Klang meiner Stimme verriet Tigellinus, dass ich Bekenntnisse im Ohr hatte, um die er nicht wusste und die ihm nie offenbart worden wären, etwa die sehnsüchtigen Sätze, die dem tieferregten Sänger in jener Nacht im Marcellus-Theater entschlüpft waren, als ich ihm zum ersten Mal aus dem Poem *Kitharaspieler* vortrug: es ginge ihm nicht um den »feilen Ruhm des Tages«, er setzte auf die »weit geöffneten Sinne der Nachwelt«, vielleicht werde diese mit Hife meines Poems seine »vielschichtige Persönlichkeit« besser verstehen.

Tigellinus verfiel in Schweigen. Er musste sich zuweilen gefragt haben, warum der Kaiser mich, den Sohn einer judäischen Freigelassenen, vertraulicher Gespräche unter vier Augen würdigte, Gespräche, auf die ich mich jetzt berief und an deren göttlicher Wahrheit zu zweifeln für niemanden ratsam war, nicht einmal für ihn.

Sein steinkaltes Gesicht war von Zweifel überhaucht, von einer träumerischen, die festgefügten Züge verklärenden Verlorenheit an fernliegende, ihn selbst verblüffende Möglichkeiten. Wie alle am Hof sann er darüber nach, wie der Undurchschaubare zu verstehen, sein Verhalten vorauszuahnen wäre, und wie jeder wäre er bereit gewesen, alles nur Erdenkliche zu tun, um zu diesem Wissen zu gelangen. Warum sollte nicht jemand – sagen wir Plautius Lateranus – auf die Idee gekommen sein, sich meiner Kenntnisse zu bedienen, um den rätselhaften Sänger zu ergründen? Und warum sollte nicht irgendwann auch er, Tigellinus, von meinen Einblicken in die kaiserliche Seele Gebrauch machen – vorausgesetzt, dass ich dann noch am Leben war?

In diesen Sekunden fällte der Präfekt sein Urteil. Er hatte zu entscheiden, ob das vorangegangene Gespräch eine einmalige Befragung bleiben oder als *accusatio mota* ein neues Verfahren einleiten würde, ein Verfahren gegen mich. Ich dachte währenddessen an Jedidah, an die Zärtlichkeit, mit der sie mich zum Abschied unter den Augen der Gardesoldaten geküsst, an die Zuversicht, die sie ausgestrahlt hatte. Es war ein Kuss gewesen, wie man ihn im Schlafzimmer tauscht, nicht im Beisein Dritter, lang anhaltend, leidenschaftlich, unter Seufzern. Die Soldaten hatten grinsend dabeigestanden, hinterher hatten sie mich mit Augen angeblickt, in denen die schmeichelhafte Frage stand: Was hast du an dir, dass deine junge hübsche Frau so hinter dir her ist? Dieser Kuss hatte mich bezaubert, abgelenkt oder was immer, so dass Tigellinus, als er gegen Ende des Verhörs nochmals aufmerksam in mein Gesicht blickte, nicht darin fand, was er zu sehen gewohnt war, Reue, Renitenz oder sonst eine verdächtige Regung, sondern den etwas schlaffen Ausdruck eines Menschen, der sich angenehmen Träumereien hingibt. Ich dachte an sie, stellte mir vor, wie ich nach Hause kam, was wir tun würden, nachdem dieser Kuss vorangegangen war …

Und wirklich muss ich unaufmerksam gewesen sein, denn mir entging an diesem Morgen eine wesentliche Einzelheit. Mir entging, dass in all den Stunden des Verhörs etwas Entscheidendes nicht zur Sprache kam, eine Kleinigkeit, die Tigellinus nicht zu wissen schien oder nicht zu wissen vorgab: mein Besuch in Plautius Lateranus' Palast zu früher Morgenstunde, als ich den designierten Konsul gebeten hatte, uns im Kampf gegen die Ernennung des Prokurators Florus beizustehen, in unserem letzten verzweifelten Versuch, das Verhängnis von Judäa abzuwenden. Dabei wäre dieser Besuch Grund genug gewesen, die Beziehung zwischen Plautius und mir verschwörerisch zu nennen und gründlicher Untersuchung durch die kaiserliche Sicherheitsbehörde wert.

Hörbar entliess Tigellinus seine Atemluft, vielleicht war es ein unterdrücktes Seufzen. Er beendete die Vernehmung mit Worten gelinden Bedauerns. Als Präfekt der Prätorianer müsse er allen möglichen Hinweisen nachgehen, selbst solchen, die nach seinem eigenen Gefühl unbegründet seien. Er entschuldigte sich für den Zeitverlust, der mir entstanden, er wisse mich beschäftigt mit besonderen Angelegenheiten des göttlichen Caesar, und bei diesem letzten Satz war mir, als schwinge in seiner Stimme ein melancholischer Unterton mit. Wir haben über diese Geschichte gelacht, Jedidah und ich, doch es war ein Lachen, das nicht mehr vorhielt, das ahnungsvoll abbrach, worauf ich sie in meine Arme nahm, so zärtlich und trostspendend ich konnte. Wir spürten Gefahr. Wie so oft, sollte das Verhängnis von einer anderen Seite nahen, als wir dachten.

Und will die Bewohner dieser Stadt schlagen, Menschen wie Tiere, dass sie sterben sollen durch eine grosse Pest …

Als im Herbst dieses Jahres Krankheiten rätselhafter, unheimlicher Art aufkamen, sprach man ungern darüber, erwähnte notgedrungen diesen oder jenen Fall, der sich in Familie und Bekanntenkreis zugetragen, vermied jedoch allgemeine Feststellungen und wechselte rasch den Gegenstand. Die Neigung, ein Thema nach kurzer Erwähnung fallenzulassen, war bezeichnend für die letzten Jahre von Neros Herrschaft: als sei es nicht mehr ratsam, irgendeiner Sache auf den Grund zu gehen.

Zunächst wurden die Erkrankungen nur von der anderen Tiberseite berichtet, aus den vom Feuer heimgesuchten Stadtbezirken, wo noch Wochen später Unrat und Leichen ihre verderblichen Ausdünstungen in die warme Herbstluft entliessen. Mühsam bahnten sich die Räumkommandos ihren Weg, manchmal brachte der Einsturz einer Ruine neue Schrecken, neuen Tod. Insgesamt war die Stimmung von Weihefeiern, Neueröffnungen, begeisternden Ereignissen bestimmt, weshalb das Gesamtbild trübende Zwischenfälle nicht über Gebühr beachtet wurden.

Unter der Hand sprach man von Epidemien. Sie gingen verstohlen im Volke um, zuweilen offen ausbrechend, durch dramatische Häufung kurzzeitig Erregung auslösend, dann wieder der allgemeinen Aufmerksamkeit durch schleichendes Wesen sich entziehend, überall zugleich, zunehmend Gewohnheit werdend, wie das griechische Wort *epi-demios* solche Art unheimliches Wandern und Wirken, solches Mitten-unter-Uns und Im-Volke-Sein anschaulich beschreibt. Ihre Wahrnehmung war erschwert durch die desinformierende Taktik des kaiserlichen Gesundheitsamtes, vor allem durch das Schweigen des öffentlichen Anzeigers. Auch Ärzte und Angehörige von Befallenen machten widersprüchliche Angaben. Man sprach von *pestilentia* wie von *dysenteria*, nannte den Zustand mancher Kranker *hydropicus*, wassersüchtig, anderer dagegen *tabeo*, verschmachtend, gelegentlich war von Schwären, Ekzemen, entstellenden Beulen die Rede, in anderen Fällen von gastrischen Krämpfen, in wieder anderen von verzehrendem Fieber, Wahnsinn und Delirium.

Offensichtlich gab es verschiedene Krankheitsverläufe, verschiedene Dauer des Leidens, auch der Ausgang war ungewiss, doch in vielen Fällen tödlich. Die Opfer sahen sich hinterrücks überfallen, aus heiterem Himmel, durch Ansteckung, ohne jede Möglichkeit, sich zu wehren. Eine solche Situation schienen viele Römer als beschämend zu empfinden. In ihren Augen war es ein Menschenrecht, sich gegen einen Feind zu verteidigen, ihm mit der Waffe in der Hand entgegenzutreten. Eine Zeit lang versuchten sie, die Epidemie nicht zur Kenntnis zu nehmen. Selbst als sie es endlich taten, wurden die von der Seuche Dahingerafften ungern erwähnt, lieber sprach man über die seltenen Fälle von Genesung und erging sich in Vermutungen, wodurch der Betreffende dem Übel entronnen sei. Man empfahl Opfer an den Altären der Götter, Amulette, magische Riten, Gebinde von Kräutern, das Auflegen von Eselsmist und Schlangenabsud, das Ausräuchern des Hauses, das Besprengen der Fussböden mit Blut oder Zerreissen lebendiger Tiere am Krankenbett. Auch verbotene Praktiken sollten Rettung bewirkt haben, Totenzauber, östliche Kulte, sogar – wie man in Küchen und Hinterzimmern flüsterte – Menschenopfer, besonders solche von Kindern.

Überhaupt war, in Nachfolge früheren Schweigens, nun des Raunens und Wisperns, der Zuträgerei und Gerüchte kein Ende. Es schien, als breite sich mit der eigentlichen Epidemie noch eine zweite aus, eine unsichtbare, seelische. Die Neuigkeiten waren bedrückend, nicht selten grauenhaft, so dass, wer sie in aller Ausführlichkeit anhörte, schon dadurch seine Gesundheit gefährdete. Es gab Personen, die ganz darin aufgingen, Gerede und Horror von einem Ende der Stadt zum anderen zu tragen, nicht nur Angehörige niederer Stände, auch Damen von Adel und aus Angst schwatzhaft gewordene Männer. Manche litt es nicht mehr in ihren Häusern, sie mussten sich Bewegung verschaffen, ihr Mitwissen in der Stadt herumtragen, obwohl sie sich dadurch den giftigen Dünsten der Trümmerstätten aussetzten und die Ansteckungsgefahr erhöhten. Ich sah Gebildete, die unter der Tunika Leibchen aus Hyänenfell trugen oder Amulette aus den Zähnen verendeter Tiere, während andere mit ersterbender Stimme vom Besuch bei Astrologen und Opferschauern berichteten, vom Wahrsagen aus Schädelknochen, vergossenen Flüssigkeiten, Feuer, Käse und dem in Sieben Zurückgelassenen. An den Götteraltären erkundeten Auguren die Innereien der Opfertiere, trieben Leberbeschau, deuteten den Vogelflug oder das Umherlaufen und -flattern freigelassener Hühner. All dies geschah mit grosser Hingabe, nicht selten brachen Streitigkeiten darüber aus, wie ein Zeichen zu deuten sei.

Ein weiteres Problem entstand durch die Ärzte. Die Preise für Heilmittel blieben stabil, da Nero, dem Rat kluger Freunde folgend, die Bestände der kaiserlichen Medizin-Arsenale freigegeben hatte, welche eben, wie in jedem Sommer, durch die aus allen Gegenden des Reiches eintreffenden Sendungen frisch aufgefüllt worden waren. So mangelte es in der Hauptstadt nicht an Heilstoffen und Arzeneien. Diese Massnahme stellte das einzige Eingeständnis von Seiten des Hofes dar, dass man von den Epidemien Kenntnis genommen, sonst taten der Kaiser und seine Freunde, die Hofämter und städtischen Behörden, als würden sie der Vorgänge nicht gewahr. Leider nützte die Hilfsaktion wenig. Trotz wohlfeiler Medikamente stiegen die Preise für Behandlung und ärztliche Konsultation, so dass sie vielen unerschwinglich wurden. In den ärmeren Vierteln der Stadt, in Trümmerquartieren und Notunterkünften, starben, wie uns Matitjahu anvertraute, »die Menschen wie die Fliegen«, an manchen Tagen zu Hunderten. Die Ärzte begründeten ihre übertriebenen Forderungen mit dem tödlichen Risiko, das ein Besuch am Krankenlager bedeutete: auch sie wüssten nicht in jedem Fall, wie die Ansteckung erfolgte oder zu vermeiden war, und sähen sich davon bedroht wie jedermann.

Überhaupt begann Angst den gesellschaftlichen Konsens ausser Kraft zu setzen. Man liess sich jede Handreichung teuer bezahlen, floh die Kranken statt ihnen beizustehen, verliess infizierte Häuser in Panik, die Sterbenden hilflos darin zurücklassend, und wieder, wie schon während des grossen Feuers, war die Stadt vom Phänomen entlaufener Sklaven beunruhigt. Diebstahl und Plünderung wurden erneut berichtet, auch Fälle von Leichenfledderei und Mord an Siechen und Sterbenden, um sich ihrer Hinterlassenschaft zu bemächtigen. Zugleich nahm die Vergnügungssucht selbst für Roms Verhältnisse auffallende Ausmasse an. Man betrank sich schon am Morgen und tat es ohne Scheu, seit einige Ärzte erklärt hatten, Wein sei als Heilmittel gegen die rätselhaften Leiden zu empfehlen. Berauschte lagen auf den Wiesen am Tiber, in den Gärten des Sallust, in den hügeligen Auen vor der Castra Peregrina und grölten Lieder zum Klang der Sambyken. Trunkene Mädchen tanzten Reigen zwischen Ruinen, umringt von Männern und Jünglingen, die sich um sie prügelten. Man verjubelte Erbschaften und vergeudete Vermögen in nächtlichen Gastmählern mit der Begründung, dass der anbrechende Tag der letzte sein könne. Die Ärzte verhielten sich nicht schändlicher als jedermann, nur dass man von ihnen, ob zu Recht oder Unrecht, eine höhere Moral erwartet hatte, im Sinne jenes Schwurs bei den Göttern der Heilkunde, der vor Jahrhunderten von einem Griechen namens Hippokrates für seine Berufskollegen in Worte gesetzt worden war.

An unserem Haus ging das Übel lange vorüber, wie es insgesamt auf der östlichen Tiberseite, in den Gartenbezirken von trans Tiberim, weniger Opfer forderte als drüben in den enger besiedelten Quartieren. Wir benutzten nur abgekochtes Wasser, assen ausschliesslich judäische Waren, nichts Leichtverderbliches, vor allem kein Fleisch. Dennoch erkrankte Efraim, einer der Zwillinge. Sein Krankenlager zog sich lange hin, jeder im Haus nahm Anteil an seinem Schicksal, wer nur konnte, besuchte den in Vor-sich-hin-Dämmernden in seinem abgedunkelten Raum und betete mit ihm für seine Genesung. Man las ihm vor, sass umschichtig an seinem Bett, die Morgen- und Nachmittagsgebete, *shacharit* und *minchah*, wurden in sein Zimmer verlegt, was bedeutete, dass dort jedesmal zehn Männer anwesend waren, um das vorgeschriebene *quorum* zu erfüllen. Seine Mutter war fast immer bei ihm, auch seine Geschwister. Blumen umgaben sein Lager, stets war sein Zimmer von Wohlgerüchen erfüllt, sein Laken frisch und rein. Sein Zwilling Menashe schlief auf einem Teppich neben dem Krankenbett und wachte Tag und Nacht an seiner Seite.

Jacobus, Alexander und ich besuchten ihn seltener als die Frauen, unsererseits mit der Verteidigung des Hauses gegen eine neue Plage beschäftigt. Sie bestand darin, dass es überall in der Stadt zu Rechtshändeln und Konkursen kam, zu Klagen und Prozessen um Erbschaften, Schadenersatz und andere Titel. Schon seit Monaten wurden, als Nachwirkung der Feuersbrunst, die Behörden mit Anzeigen und Forderungen überrannt. Der Grundstücksmarkt war vorübergegend zusammengebrochen, Renten und Pachtzahlungen wegen Verschwindes der Rechtsträger eingestellt worden, Versicherungen und Banken hatten sich zahlungsunfähig erklärt. Besitzurkunden, Schuldverschreibungen und andere Wertpapiere waren vom Feuer vernichtet oder von solchen, die sich Vorteil davon versprachen, beiseite geschafft, wodurch gesicherte Ansprüche angefochten und zugleich neue, nicht selten unsinnige, erhoben wurden. Auch die Akten schon vordem anhängiger Rechtsfälle erwiesen sich als unauffindbar, so dass Prozesse, die bereits beendet waren oder kurz vor dem sicherem Abschluss gestanden hatten, von neuem als ungewiss galten.

Mit fortschreitender Unsicherheit des Rechts und der gewohnten Regeln brach eine Teuerung aus. Die Preise für Brotgetreide stiegen, erst verstohlen, dann heftig, obwohl – wie die kaiserliche Behörde versicherte – reichlich davon vorhanden war, und mit ihnen bald alle anderen, für Öl, Brennstoffe, sogar für Gemüse. Die Bessergestellten verbargen voreinander, dass sie der Teuerung gewahr wurden, vorgebend, es mache ihnen nichts aus, man sprach lange nicht darüber, zahlte schweigend die steigenden Preise der Händler. Doch das Volk erhob Geschrei auf den Märkten, es kam zu Zwischenfällen, die neue Klagen und Gerichtsverfahren nach sich zogen.

Der Kaiser war um diese Zeit nicht mehr imstande, zu Gericht zu sitzen, und überliess alle Arbeit den Magistraten. Die Prätoren beriefen in Eile neue Richter aus dem Ritterstand, dem diese Pflicht traditionell oblag. Durch die Eile der Berufungen mehrten sich Fälle, bei denen von Ämterkauf und Bestechung die Rede war, woraus neue Anklagen erwuchsen und neue Verwirrung. Fast jeder, den ich damals kannte, war in juristische Auseinandersetzungen verwickelt. Selbst solche, die ihrerseits Ruhe hielten, fanden sich von Klage und böswilliger Nachstellung belästigt, da Händelsucher und Delatoren die Stadt unsicher machten. Mancher, der sein Vermögen mit Gottes Hilfe durch Feuer und Plünderung gerettet hatte, sah sich nun in Gefahr, es an Anwälte zu verlieren. Auch mein Schwiegervater beschäftigte deren mehrere, ohne dass seine Angelegenheiten dadurch klarer geworden wären. Ich half ihm nach Kräften, mit der Flut zeitraubenden, oft sinnlosen Schriftverkehrs fertig zu werden.

Mitten in solchen Beschäftigungen, eines Morgens im *tabularium* beim Sichten der eingegangenen Post, überfielen mich jähe Schmerzen in Leib und Seiten. Der Anfall zwang mich, die Arbeit liegenzulassen, mich in mein Zimmer zu schleppen und hinzulegen, unter den Augen meiner erschrockenen Frau. Sie handelte rasch, rief den

Arzt des Hauses, einen erfahrenen Landsmann, liess mir den Magen spülen, die verordneten Tränke verabreichen, das Zimmer verdunkeln. Kaum nahm ich wahr, was geschah. Der menschliche Körper, fand Raban Hilel, der berühmte Schriftgelehrte, sei einem Zelt vergleichbar, frei und selbsttragend wölbe sich der Thorax über die weichen und verletzlichen Organe des Inneren. Dagegen soll Shamai, Hilels Gegenspieler, gelehrt haben, unser Leib sei eher wie *gush*, wie Erdscholle, Klumpen und Masse, und was wir ihm abnötigten an Erhabenheit, Gewandtheit und Schönheit, sei nicht Körperwerk, sondern Leistung der göttlichen Seele. Lange fand ich Shamais Metapher weniger zutreffend als die des gütigen Hilel, erst jene Tage belehrten mich über ihre Wahrheit. Ich wurde selbst zu *gush*, zu Klumpen, Masse, der Erde nahe, dumpf und stumm, kaum kurzer Stossgebete fähig, gemurmelt mit blutleeren Lippen.

Man wickelte mich in heisse Tücher, da mit dem Verlust an Flüssigkeit eine Durchkältung der Haut einsetzte, ein Fühlloswerden und Erbleichen der Glieder, und unterzog mich anderen Behandlungen, die ich nur bruchstückhaft wahrnahm, wie sich überhaupt die äussere Welt in Bruchstücke verwandelte, in abgerissene Geräusche, Berührungen, Schatten. Das Gefühl für Reihenfolge und Anordnung kam mir abhanden, das Wahrnehmen von Tageszeit, Vorher, Nachher, ein alles erdrückendes Jetzt löschte das Zeitgefühl aus. In Augenblicken der Erleichterung, wenn die Schmerzen von mir abliessen und mein Auge sich klärte, sah ich Jedidah an meinem Bett sitzen. Sie hielt meine Rechte und versuchte sie in ihren schmalen Händen zu wärmen, ich sah Tränen in ihren Augen und hätte selbst gern geweint, und eines Tages war sie verschwunden, ich hörte ihre Stimme nicht mehr, sah ihr Gesicht nicht, der Stuhl neben meinem Bett war leer.

Es muss in jenen Stunden gewesen sein, als meine Seele danach drängte, sich aus meinem Leib davonzumachen, als ich von dem Gedanken erfüllt war, ich sei besser anderswo aufgehoben, leichter, heller, von unnötiger Schwere befreit, und ich würde, einmal dort angelangt, nachträglich nicht mehr verstehen, warum ich so sehr an meinem jetzigen Zustand gehangen hatte. Dieser schmerzende, unbrauchbare Leib, unfähig, sich zu erheben, die einfachsten Dienste zu leisten, zu fliehen ... Schon war mir, als sähe ich ihn von ausserhalb, von oben, ich selbst schien zu schweben, während der arme Körper dort unten in seinen Laken lag und langsam verging. Ein Flügelschlag nur, ein leichtes Abheben, ein Abwerfen der Last, und ich wäre ihn los ...

Aber Jedidah hatte ihn geliebt, umarmt und liebkost, hatte mich und ihn als Eins angesehen. Wenn ich mich jetzt aufmachte, würde ich sie nicht mehr sehen, nicht mehr berühren können, wäre fern von ihr, lange Zeit, vielleicht für immer, denn niemand hat uns versprochen, dass es uns dort in die selben Gefilde verschlägt. Als ich den Stuhl leer fand, entschloss ich mich zu warten, ein wenig noch, ein paar Stunden, bis sie käme und ich ihre Augen sehen, ihre Stimme hören, ihre Hand fühlen, die Sache mit ihr besprechen könnte wie alles, was in meinem Leben wichtig war.

Was verborgen ist, gehört dem Ewigen. Was aber offenbart wurde, ist uns und unseren Kindern auferlegt für immer: zu tun, was die Worte dieser Lehre gebieten ...

Das Erwachen war anders als sonst, beglückend, doch rasch vom Bewusstsein der eigenen Schwäche eingeholt, vom Gefühl des Gefangenseins in Mattigkeit und Schwere. Ich lag flach, jede Bewegung kostete Mühe. Nie zuvor hatte ich die Freiheit meiner Seele so deutlich gefühlt, all dessen, was ich in Gedanken »Ich« zu nennen gewohnt war. Dieses Ich war wach und leicht, so leicht, dass es Augenblicke gegeben hatte, in denen es mir ausserhalb des Körpers schien. Doch nun, zurückgekehrt, wollte es sehen, hören, sich rühren. Erstaunt erfuhr es die Schwäche der Glieder, das neuerliche Zurücksinken in Nichtgeschehen und Schlaf.

Ich träumte. Jedidah sass an meinem Bett, stumm und reglos, sie tat nichts als mich ansehen, und als ich mit grosser Anstrengung mein Gesicht in ihre Richtung wandte, stand sie auf. Es gelang mir, die Arme zu heben und nach ihr auszustrecken, doch sie schüttelte sanft den Kopf, berührte mit den Fingerspitzen ihren Mund und schwenkte sie abschiednehmend in meine Richtung. Ihre Augen waren weitgeöffnet und forschend auf mich gerichtet, als wolle sie sich meinen Anblick einprägen. Sie war verschwunden, unvermittelt, ohne dass ich sie zur Tür oder sonst irgendwo hingehen sah, war einfach fort, der Stuhl an meinem Bett von neuem leer.

Es sass aber dort, als ich die Augen aufschlug, ihre Mutter. Auch sie schwieg. Überhaupt war das Haus von nie erlebter Stille, ohne Geschäftigkeit, ohne Stimmen. Ich bewegte die Hand. Meine Schwiegermutter hob einen Becher aus hellem Kristall, der neben ihr auf dem Tischchen stand, kam zu mir, als sie mein Kopfnicken sah, und gab mir zu trinken. Ich schluckte den stark verdünnten, mit Honig und Essig versetzten Wein und fragte: »Wo …«

»Das Haus ist in Trauer«, sagte die dunkelgekleidete Frau. Tränen lösten sich aus ihren Augen, rannen über ihre geschwollenen Lider die Wangen hinab, in den bis zum Kinn geschlossenen Kragen. Sie blieb still sitzen, eine dunkle Gestalt vor heller Wand, nichts von ihr war sichtbar als Gesicht und Hände, sie schienen das einzig Lebendige an ihr zu sein. Sie sah mich an, aus korinthenfarbenen Augen, unter hochgeschwungenen Brauen, in stummer Aufforderung, ihr weitere Fragen zu ersparen und zu verstehen.

»Ich glaube es nicht«, flüsterte ich.

Sie tat, als hätte sie nicht gehört. Ich fand, was sie schweigend zu verstehen gab, unvorstellbar. Zugleich überkam mich das Gefühl der Verlassenheit wie eine erdrückende Wahrheit. Vom Brustbein ausgehend, begann mein liegender Körper zu schmerzen, bis alles an ihm wehtat und leise zu beben schien, auch Zunge und Lippen beim Sprechen. Irgendwo war ein Rest Hoffnung, der mein Herz flattern liess wie einen gefangenen Vogel.

»Ist Efraim …«

»Auch Efraim ist gegangen.«

Ich wandte mühsam den Kopf in ihre Richtung. Hatte ich richtig gehört, hatte sie das *auch* betont? Sie sass still, ihre Augen lagen gross, über dunklen Schatten, in der Blässe ihres Gesichts. Sie nickte langsam, als wolle sie bestätigen, was ich mich weigerte zu verstehen.

Ich weiss nicht mehr, wie lange ich brauchte, das nächste Wort zu sprechen. »Und Miriam, mein Kind?«

Die Frau im Stuhl schloss langsam die Lider. Tränen rannen darunter hervor, doch sie schwieg.

»Dann will ich nicht mehr leben«, sagte ich.

Sie öffnete weit die schwimmenden Augen und sah mich an. Es war ein seltsamer Blick, nicht so sehr Trauer schien darin zu liegen als Furcht. Wir waren uns nie wirklich nahe gewesen, stets hatte ich ihr Misstrauen gespürt, die Sorge um ihr Kind, das sie mir, einem Freund des Kaisers, anvertraut hatte, anvertraut ohne Vertrauen, weil es es so Sitte war, weil ihr Mann es wollte und Jedidah selbst. Sie beugte sich ein wenig vor und raunte:

»Sei ein Mann. Denke daran, dass sie immer bei dir ist und alles sieht. Sie wird dir zur Seite stehen. Die Zeiten sind schrecklich, wir wissen nicht, was kommt. Dem, der auf Gott vertraut, geschehen Wunder.«

Aber nicht mir, dachte ich. Für mich gibt es keine Wunder mehr. Ich werde alles tun, um bald bei ihr zu sein. Zugleich fühlte ich, dass ich es noch immer nicht glaubte und nie glauben würde. Von neuem überkam mich Schmerz, dass mir die Luft wegblieb. Die Frau im Stuhl beugte sich vor, bis ihr nach sanften Essenzen duftender, mit einer dunklen Stola bedeckter Kopf dem meinen nahe war. Langsam legte sie legte ihre feine, leere Hand, von der sie alle Ringe und Reifen entfernt hatte, auf meinen Unterarm.

»Versprich mir«, raunte sie, »dass du nichts Dummes tun und unser Haus nicht noch mehr betrüben wirst. Versprich mir, dass du dich halten wirst wie ein Sohn des Bundes. Wie ein Nachkomme unserer Väter Abraham, Jizchak und Ja'akov. Bedenke, welche Prüfungen ihnen auferlegt waren. Du bist unser Ältester, wir lieben dich. Jacobus und ich sehen in dir die Stütze unseres Alters, meine Töchter und Söhne ihren älteren Bruder. Sie lieben dich wie ihren Bruder Efraim, der so jung dahingehen musste.«

Sie schluchzte, verbarg ihr Gesicht in der Stola und weinte. Ich lag in meinen Laken und versuchte, regelmässig zu atmen, trotz des schmerzenden Brustbeins, der Qual, die es meinen ausgemergelten Körper kostete, Luft einzulassen, zu atmen.

»Du weisst, wie sehr sie uns liebt«, hörte ich. »Bleibe bei uns, ihr zuliebe. Wer kann wissen, was uns allen bevorsteht. Versprich es, im Namen des alleinigen Gottes.«

Ihre Hand legte sich sanft auf meine Rechte, die ich langsam um ihre eigene Achse drehte, bis meine Finger greifen und schwach die Frauenhand drücken konnten.

»Versprich es«, wiederholte sie.

»Ich verspreche es«, sagte ich.

Sie liessen mich nicht einen Augenblick allein. Immer sass jemand an meinem Bett, las mir vor, versuchte mich für Brettspiele zu interessieren, durch Leckerbissen meinen Appetit zu wecken. Ich stand auf, sobald es meine Kräfte zuliessen, machte erste Schritte durchs Haus, spazierte im winterlichen Park, ass, was man mir vorsetzte, trank heissen, gewürzten Wein. Ich vegetierte dahin wie jene seltsamen Pflanzen, die es in der Wüste geben soll, scheinbar wurzellos, ausgedörrt, ungreifbar wegen ihrer Dornen, vor dem Wind herkollernd, sich mal hier, mal dort für kurze Zeit anklammernd und dennoch, auf eine keinem Sterblichen erklärbare Weise, am Leben oder wenigstens nicht tot. Unablässig arbeiten die Gedanken, ungebeten, unentrinnbar. Ich warf mir vor, die Stadt nicht rechtzeitig verlassen zu haben, trotz Feuer, Pest und deutlicher Zeichen, beschuldigte mich der Trägheit, der Selbstsucht. Ich hätte an Jedidah und das Kind denken müssen, statt auf meinem Posten zu bleiben und auf bessere Zeiten zu warten, bis ich das Wertvollste verloren hatte, das es in meinem Leben gab. Aber wie hätte ich Rom verlassen können, fragte ich mich zu anderen Stunden, an den *permissus* des Kaisers gebunden, solange er lebte? Wäre es klüger gewesen, sie ohne mich aufs Land zu schicken, mich freiwillig von ihnen zu trennen? Wie sollte eine junge Frau mit Kind allein auf dem Land leben, von niemandem beschützt, keinen Mann hinter sich, kein Haus? Man nennt solche Fragen sinnlos, sie bringen das Verlorene nicht zurück und machen nicht klüger, und doch sind sie nicht zum Verstummen zu bringen.

Erste Besucher wurden zu mir gelassen, mein Freund Matitjahu, Kollegen aus dem Amt *a studiis* und andere Personen vom Hof. Der Senator Cluvius Rufus, von Nero mehr und mehr als Berater in literarischen Fragen konsultiert, sprach eines Morgens vor, um mich über des Kaisers geplante Gastspiel-Reise nach Achaia zu unterrichten und die hierzu notwendigen Vorarbeiten. Nicht nur, dass Dutzende literarische Texte aller Art binnen kurzem verfasst und vertont werden mussten, es sollten zudem noch besondere, das verwöhnte griechische Publikum verblüffende Stücke sein, naheliegenderweise solche, die der griechischen Götter- und Mythenwelt entstammten. Dabei wurde es immer schwerer, etwas Aussergewöhnliches, lange nicht Aufgeführtes zu finden: der Kaiser selbst hatte durch sein nimmermüdes Wirken eine *inflatio* herbeigeführt und fast alle denkbaren Effekte verbraucht. Selbst grausame Stücke verfehlten, wie der Senator erklärte, neuerdings ihre gewohnte Wirkung.

Um der Abstumpfung entgegenzuwirken, plane der Kaiser gigantische Inszenierungen, Mega-Ereignisse mit tausenden Mitwirkenden, mehreren Chören, Orchestern und Heerscharen von Kleindarstellern, so dass die Zahl der Beteiligten höher als die der Zuschauer zu werden versprach, zumindest als der in den Sitzreihen der Amphitheater Platz Findenden, denn selbstverständlich durfte man, wie Cluvius Rufus mit leisem Lächeln erklärte, mit einem die Kapazität aller Baulichkeiten sprengenden Zustrom von Seiten der beglückten griechischen Bevölkerung rechnen. Der Kaiser hätte mehrfach sein Bedauern geäussert, dass es technisch unmöglich wäre, seine Inszenierungen auch fernen Zuschauermengen zur Kenntnis zu bringen, und dadurch den Erfindungsgeist von Ingenieuren und Mathematikern angeregt. Ein griechischer *inventor* sei mit einem Projekt, durch ein System spiegelnder Flächen – in Abständen in dazu extra in die Landschaft geschlagenen Schneisen aufgestellt – Bühnenereignisse über grosse Entfernungen zu ›übertragen‹, bis in Audienz beim Kaiser vorgedrungen, wo allerdings einige hinzugezogene Experten den Plan für unausführbar erklärt hätten. Ich lachte über diese Geschichte, ich glaube, es war das erste Mal seit Wochen.

Der Senator war einer der angenehmeren Freunde der Kaisers, ein die Worte wägender Opportunist, der niemanden denunzierte. Er wusste auch sein Beileid auf feine Weise zum Ausdruck zu bringen und übermittelte mir zugleich die Äusserung des Kaisers bei Bekanntwerden meiner Verluste: gewiss wäre es für mich ein kaum zu verwindender Schlag, da meine Frau »ein hübsches Ding« gewesen sei und ich, wie jeder wüsste, vor Verliebtheit geradezu den Narren gegeben hätte.

»Der Göttliche verweilte einige Minuten bei diesem Thema«, sagte der Konsular und sah mir dabei – entgegen seiner sonstigen Gewohnheit – in die Augen, »es ist allgemein bekannt, dass er grossen Anteil an euch nahm. Wie sich ganz Rom erinnert, beehrte die Göttin Poppäa eure Hochzeit, die man damals ›die Purpurhochzeit‹ nannte, mit ihrer göttlichen Anwesenheit.«

Die Vergangenheitsform der Verben hob er im Rhytmus des Sprechens hervor, vermutlich, um das Nicht-mehr-Bestehen der kaiserlichen Teilnahme und meinen zum Schlechteren veränderten Status am Hof zu betonen. Auch die Erinnerung an die ›Purpurhochzeit‹ war im Sinn einer Warnung gemeint: am Hof warteten alte Feinde auf ihre Gelegenheit. Ich glaubte Cluvius Rufus, dass er es gut mit mir meinte. Niemand kannte des Kaisers literarischen Geschmack so gut wie ich, und für ihn, den Verantwortlichen für die Griechenland-Reise, hätte mein vorzeitiges Verschwinden aus Rom – oder ganz aus dieser Welt – einen wirklichen Verlust bedeutet.

Auf dieser Basis arbeiteten wir einige Wochen zusammen. Der frühere Konsul sandte mir des Kaisers Manuskripte zum Redigieren, bat um Neufassungen von solchen, die Nero verworfen hatte, gab in kurzen, vorsichtig verfassten Handschreiben die Wünsche des göttlichen Inszenators bekannt. Ich war zu betrübt, um mich für die geplanten Aufführungen zu interessieren. Meist träumte ich von Jedidah und quälte mich damit herum, ihren Tod zwar nicht wirklich zu glauben, andererseits zuehmende Zweifel zu spüren, dass sie noch lebte. Neros Stoffe liessen mich kalt, Göttergezänk, Eifersuchts- und Liebeshändel, kriegerische Verwicklungen, theatralische Metamorphosen. Einem Menschen, der schwer an einer Bürde trägt, trauert oder sonst hilfsbedürftig ist, bieten diese Götter wenig Trost. Ihre Teilnahme ist kurz, ihre Liebe zu den Menschen ganz auf das Sinnliche gerichtet: sie begehren, verfolgen, verführen, sättigen ihre göttliche Gier und entschweben … Ich weiss nicht mehr, was ich schrieb. Hat man einmal auf einem Gebiet eine gewisse Könnerschaft erreicht, gerät selbst das gleichgültig Gearbeitete immer noch annehmbar, und so sass ich, von Jacobus, seiner Frau und dem ganzen Haus liebevoll umhegt, neben dem Kohlebecken und bearbeitete die Manuskripte des grossen Sängers.

Jacobus besuchte mich ab und zu in meinem Zimmer und bat um Rat in Fragen seiner geschäftlichen Korrespondenz. Die sich abzeichnende Zahlungsunfähigkeit der kaiserlichen Hofämter brachte ihn in ernsthafte Schwierigkeiten. Aus fernen Landen lieferte man die bestellten Pflanzen und Tiere für das Goldene Haus, doch die Beamten *a rationibus* beglichen die Rechnungen nicht mehr, verzögerten, liessen sich verleugnen. Er kam wohl auch, um nach dem Rechten zu sehen, ob ich auf mich achtete, genug ass und nicht zu viel Wein trank, ob ich es warm genug hatte und ausreichend schlief. Frau Leah, meine Schwiegermutter, sah ich regelmässig bei Tisch, wo sie Menashe, den überlebenden Zwilling, und mich, den verwitweten Schwiegersohn, mit besonderer Aufmerksamkeit umgab. Sie liess uns die grössten Stücke, die saftigsten Früchte, die süssesten Kuchen vorlegen, möglichst jeden Gang zweimal, und bis heute erinnere ich mich an den oft auf mir ruhenden Blick ihrer korinthenfarbenen Augen, der Trauer verriet, aber auch etwas anderes, schwer zu Benennendes, fast Schuldbewusstes, als wisse sie etwas, das ihr zu schaffen machte und das sie um keinen Preis aussprechen durfte. Auch Jacobus wirkte kummervoll und seufzte viel. Nicht nur der Verlust seiner Kinder griff ihn an, auch sonst gab es viel zu sorgen.

Gelegentlich kam er »auf einen Augenblick« in mein im Obergeschoss des Hauses liegendes Studio, setzte sich auf die Truhe, in der ich die Schriftrollen verwahrte, und sprach über die Angelegenheiten Judäas, die wir – so verfahren und unserem Einfluss entzogen sie waren – nie ganz aus den Augen verloren. Der neue römische Prokurator Florus, Gatte der unheilvollen Kleopatra, plünderte und raubte schamloser als alle seine Vorgänger. Er beleidigte die judäischen Grossen, sogar König Julius Agrippa und seine Schwester Berenike, brach alle bestehenden Verträge und liess jede Unmutsäusserung des Volkes blutig niederschlagen. Er wusste durch Vertrauensleute in Rom, dass sich Nero, nachdem die Kaiserin tot und die Personalfragen in Caesarea füs erste geregelt waren, von den Angelegenheiten unseres Landes abgewandt hatte. Matitjahu berichtete, dass der Kaiser ungnädig reagiere, wenn auch nur der Name der Provinz Judäa fiel. »Sie sollen zusehen, dass sie Frieden halten«, hätte er ausgerufen, als jemand die dortigen Übelstände erwähnte, »sie sollen uns nicht dauernd Probleme machen – meinen sie, der Mittelpunkt der Welt zu sein?« Das Fehlen der Kaiserin, des Petronius, des Plautius Lateranus und anderer Freunde machte sich unheilvoll bemerkbar, vor allem das Verschwinden des Schauspielers Halityrus, dessen Namen der Kaiser niemals erwähnte.

Das Nicht-Erwähnen des früheren Favoriten war so auffällig, dass es erheblich zur Verschlechterung unserer Lage beitrug. Der Hof war voller Mutmassungen zu unseren Ungunsten. Waren Nero nachträglich Gerüchte zu Ohren gekommen, die Halityrus und der verstorbenen Kaiserin galten? Nahm er dem Jugendfreund übel, dass er verschwunden, vielleicht aus Rom geflohen war? Über letzteres sann ich öfter nach. Ich traute Halityrus zu, dass er sich irgendwo versteckt hielt. Vielleicht war er nach »drüben« gegangen, hielt sich unter den heiligen Einsiedlern am Salzmeer verborgen, war selbst einer von ihnen geworden? Gehörte zur Sekte des Nazareners, irgendwo im Reich, im Untergrund?

Man behielt solche Vermutungen am besten für sich. Der Kaiser schien es als todeswürdiges Vergehen zu betrachten, wenn sich jemand seiner Gnade entzog und seinen Hof verliess, er gedachte der wenigen, die es gewagt hatten, mit anhaltendem Groll. Er befahl, die Standbilder, Tafeln, Büsten solcher Personen in Stücke zu schlagen oder einzuschmelzen. Von Halityrus, über Jahre eines der beliebtesten Modelle der Bildhauer-Innung, soll nicht ein einziges plastisches Abbild erhalten sein. So ging es jedem, den der Kaiser einen »Undankbaren« nannte. Tigellinus, Clodius Eprius und andere Delatoren fanden ein offenes Ohr, und eines Tages, aus heiterem Himmel, wurde Anklage erhoben und der Betreffende, falls man seiner habhaft wurde, unter irgendeiner Anschuldigung vor Gericht gestellt.

Auch die Unfähigkeit des Legaten von Syrien, Cestius Gallus, den Nero an Stelle des siegreichen Feldherrn Corbulo auf diesen Posten berufen hatte, wirkte sich auf die Lage in Judäa verhängnisvoll aus. Der für seine Bequemlichkeit bekannte Beamte verschleppte die Beschwerden der judäischen Grossen und ergriff, falls überhaupt, die Partei des räuberischen Prokurators Florus. Auch er fühlte sich durch des Kaisers Schweigen ermutigt, in Judäa Verbrechen und Willkür geschehen zu lassen. Nero schien – hierin wie in vielem anderen – seine Haltung gegenüber der früheren ins Gegenteil verkehrt zu haben. Vielleicht lag es auch an der Frau, die neuerdings in seinem Leben eine Rolle spielte, an der verführerischen Witwe des Freundes erster Vorlassung Julius Vestinus Atticus, den der Kaiser kürzlich hatte beseitigen lassen, einer gewissen Statilia Messalina. Es hiess, der göttliche Herrscher erwäge mit ihr, die bereits mehrfach verheiratet gewesen, eine neue Ehe, seine dritte, ihre fünfte. Sie war die Tochter eines am Hof des Claudius einflussreichen Konsularen und, wie weiland ihr Vater, von Herzen der griechischen Hofpartei zugeneigt.

Jacobus sprach über die Flüchtlinge, die aus Judäa kamen, von Haus und Hof vertrieben, Opfer des Bandenunwesens, der Räubereien, des täglichen Terrors. Sie wandten sich hilfesuchend an die grossen Gemeinden in Antiochia, Alexandria, Seleukia, Tarsus, Puteoli, Rom, an ihre dort ansässigen Brüder. Man wisse noch nicht so recht mit der Lage umzugehen, sagte Jacobus, es seien unerwartet viele Flüchtlinge neuerdings. Er fand, dass in den Gemeinden Geld gesammelt und für wohltätige Zwecke beiseite gelegt werden müsse, mehr als bisher. Auf keinen Fall dürfe man die Bedauernswerten dem Elend überlassen. Es sei ein Gebot der Barmherzigkeit, zugleich der Selbsterhaltung. Je schlechter es den Flüchtlingen ginge, umso geringer achte man uns, die jüdischen Gemeinden. Je geringer man uns achte, umso eher würde man unsere verbrieften Rechte in Frage stellen. Ich hörte zu, wie üblich in einer durch Trübsinn geminderten Aufmerksamkeit. Was Jacobus berichtete, war wenig geeignet, mich aufzuheitern. Bis bei irgendeiner Erörterung das Wort Puteoli in meine Schläfrigkeit fiel, mich aus meiner Gleichgültigkeit riss und eine Lavine von Ahnungen auslöste.

Der Name dieses Ortes war in Zusammenhang mit der dortigen Gemeinde gefallen, doch für mich bedeutete Puteoli anderes: Puteoli hiess Halityrus' Villa, hiess Poppäa Sabina, Neros Reise nach Neapolis, erster Ruhm, ein Sommer höchsten Glücks ... Meine Person musste den Kaiser an all das erinnern, an ein früheres Leben, das er zu vergessen suchte, an den Schauspieler-Freund, der ihn verlassen, an die Frau, die er getötet hatte. Ich erinnerte ihn überdies an seine ersten Versuche als Sänger und Poet, an die Unterweisung und Hilfe, deren er bedürftig gewesen. Ruhmsüchtige Menschen sind undankbar, sie nehmen, plündern und lassen verschwinden ... Ich begriff endlich, dass ich in Lebensgefahr schwebte. Wahrscheinlich sollte es während seiner Reise nach Griechenland geschehen. Die griechischen Freigelassenen würden es von sich aus tun, selbst wenn der Sänger keine ausdrückliche Weisung hinterliess. Helius und Polyclet, die »Dioskuren«, regierten während seiner Abwesenheit, Männer, die sich noch gut an die Affäre mit der Tempelmauer erinnerten und an die Rolle, die ich darin gespielt hatte. Bis dahin wäre ich im Besitz von Geldsummen, die es doppelt lohnend machten. Cluvius Rufus hatte mir Zahlungen für die Bearbeitung der kaiserlichen Manuskripte angekündigt, Summen, wie sie Nero für solche Zwecke vergab, Hunderttausende Sesterzien. Das Geld erhielt der Senator, der mir meinen Anteil davon mitteilte, mehrmals hatte er diesbezüglich um Diskretion gebeten: offenbar wusste Nero nicht einmal, dass statt Cluvius ich es war, der seine Poeme für die Griechenland-Fahrt einrichtete.

Diese Gelder würde das Hofamt *a rationibus* einziehen, falls ich unter Anklage gestellt wurde oder anderswie verschwand. Der Kaiser pflegte sich seine Gnadengeschenke auf diese Weise zurückzuholen. Während Jacobus über das Elend der Flüchtlinge sprach, sass ich stumm am Tisch und überlegte. Mein erster Gedanke war, dass ich vermeiden musste, in den Besitz des Geldes zu kommen. Mir kam der Einfall, Cluvius Rufus statt direkter Zahlung um Wechsel zu bitten, ausgestellt auf Banken in der Provinz, in kleinen Städten, wo es jüdische Gemeinden gab, auf die Namen von Vertrauensleuten, welche die Summen einlösen und weiterleiten würden, zur Versorgung bedürftiger Landsleute aus Judäa. Morgen wollte ich dem Senator meine Bitte mitteilen – auch er würde einige Tage brauchen, um seine Verfügungen zu treffen, vermutlich musste er die Wechsel zunächst aus eigenen Guthaben decken –, dann sollte mein Freigelassner Gedalja auf Reisen gehen, mit Jacobus' schnellsten Pferden, in die jüdischen Gemeinden Italiens, nach Puteoli, Capua, Fundi, Tarent, weiter bis in den Norden, nach Ravenna und Brixia, und hinunter nach Sicilien, nach Messina, nach Agrigent …

Die Aussicht, etwas so Sinnvolles tun zu können, fuhr wie ein Wärmestoss durch meinen Körper, liess mich aufrecht sitzen, mit fester Stimme sprechen, sogar Scherze machen, worüber Jacobus nicht wenig erstaunte. Er blieb länger als sonst, lächelte einige Male, verabschiedete sich mit einer innigen Umarmung. Ich sah ihm nach, wie er Treppe hinunterstieg, vorsichtig auf den glatten Stufen, ein alternder Mann, der Kühle wegen in ein weisses Pallium gehüllt, den goldenen Ring an der Linken, und erkannte an der Spannung seines Rückens, dass er wusste, wie gefährdet auch er und seine Söhne waren, sein Haus und alle, die daran hingen.

Kaum verklangen seine Schritte in der Säulenhalle, als ich Gedalja rief und ihn bat, eine Liste der jüdischen Gemeinden Italiens aufzustellen, mit Angaben über Flüchtlinge von »drüben«. Manches Mal hatte ich darüber nachgedacht, was zu tun wäre, falls mich unvermutet die Ungnade des Kaisers traf. Dass mir solche Zeiten bevorstanden, Zeiten der Verfolgung, der Lebensgefahr, nahm ich als gegeben hin, ich hatte es so und nicht anders seit Kindertagen gesehen. Und vielleicht sollte es sein, in meinem Fall und im Allgemeinen, vielleicht soll jedes Wesen wenigstens einmal im Leben Bedrohung überstehen, eine Pflanze Trockenheit, ein Tier Hunger, ein Mensch Einsamkeit, Trauer, Verachtung, ein jedes Wesen um seiner selbst willen, um sich seiner in der Stille gewiss zu werden.

Bis zur Abreise des Kaisers nach Griechenland musste ich Wege finden, aus Rom zu schaffen, was ich besass. Ich verpackte Jedidahs Schmuck und Kleinodien, die anzusehen ich wochenlang nicht hatte über mich bringen können, verbarg sie in Schriftrollen und Tuschebehältern, liess die Schriftftrollen in Leinwandhüllen nähen. Bis in die Nächte sass ich über Neros Gesängen, und meine Zeitnot war der Arbeit eher dienlich: sie bewahrte mich vor einer diesen Stücken unangemessenen Gewissenhaftigkeit. Gedaljah brachte die Liste der Gemeinden, wir kamen überein, dass er zuerst nach Ostia fahren sollte, von dort nach Puteoli, von Puteoli nach Neapolis, Beneventum, Capua, von dort weiter nach Süden … Cluvius Rufus erwies sich als entgegenkommend, als ich um Wechsel auf auswärtige Banken bat. Er fragte nicht, diktierte seinem Sekretär einige Anweisungen. Durch Niedergeschlagen der Augen deutete er an, für wie zutreffend er meine Befürchtungen hielt. Ich glaube, er verstand, warum ich das Geld nicht selbst haben wollte, sondern ausserhalb Roms, an fernen, schwer auffindbaren Orten.

Irgendwann in diesen geschäftigen Tagen wurde mir ein Bote von Jacobus' Landgut in Campanien gemeldet, zu meiner nicht geringen Überraschung. Ich hatte das Gut nie besucht, mich überhaupt für Jacobus' landwirtschaftliche Unternehmungen nur höflichkeitshalber interessiert. Es war am frühen Morgen, ich sass fröstelnd in meinem Studio und fühlte mich elend, nachdem ich die Nacht hindurch an einem Poem des Kaisers gearbeitet hatte. Mein Freigelassener Primus führte den Boten ins Zimmer, ich hob den Kopf und sah ihn an. Der Raum lag im Dämmer, das Kohlebecken glomm. Der Bote war jung, einfach gekleidet, und etwas an ihm, vielleicht sein Akzent, liess mich vermuten, dass er ein Landsmann war. Er hätte ein Geschenk für mich, sagte er.

»Ein Geschenk? Vielen Dank. Von wem?«

»Es ist eine Torte, Herr, wie du schon einmal eine erhalten hast«, sagte der Bote langsam und deutlich, ohne auf meine Frage einzugehen. Er sprach konzentriert, als gälte es jedes Wort, so dass ich den Eindruck gewann, er repetiere einen auswendig gelernten Text. »Du sollst es mit ihr genauso machen wie mit der Torte damals. Erinnere dich, Herr.«

Und hinaus war er, unter einer raschen Verbeugung, ich hörte das Geklapper seiner Sohlen auf der Treppe. Was er zurückgelassen hatte, ein kleines, feingearbeitetes Spankörbchen mit Deckel, stand zwischen den Schriftrollen auf dem Tisch. Ich rief Primus.

»Kanntest du den Mann, der eben hier war?«

»Er ist seit zwei Tagen im Haus, Herr, mit anderen Dienern vom Landgut deines Schwiegervaters bei Cales.«

»Er wohnt im Haus? Warum ist er dann so schnell verschwunden?«

»Sie fahren eben ab. Zurück auf das Gut.«

»Das heisst, er hat mir sein Geschenk im allerletzten Augenblick übergeben ... Du meinst, ich kann ihm trauen?«

»Wie allen Dienern des Hauses, Herr.«

Und er liess mich allein. Einige Minuten konnte ich mich nicht entschliessen, das Körbchen zu öffnen. War der Kaiser zur Methode seiner Mutter zurückgekehrt, sich unliebsamer Personen durch Gift zu entledigen? Sie soll es an den unwahrscheinlichsten Orten placiert haben, nicht nur unter die Speisen gemischt, auch sonst überall, womit eines Menschen Zunge, Nase, Lippen in Berührung kamen ... Ich zog das Körbchen heran und öffnete es. Ihm entströmte ein vertauter Duft, der mich tief irritierte. Ein Gegenstand befand sich darin, vom Absender in weisses Leinen geschlagen, etwas Leichtes, Zerbrechliches: zartes Gebäck. Mit heller Glasur überzogen, mit kandierten Mandeln und Nüssen bestreut. Ich erinnerte mich. Die Bittschrift wegen der Tempelmauer. Du findest darin eine Torte ... Du schneidest sie auf und findest einen Papyros ... In Jedidahs Beisein hatte ich die erste Torte empfangen, an dem unvergesslichen Tag, als ich sie zum ersten Mal sah.

Meine Hand zitterte. Ich nahm das kleine Messer, mit dem ich meine Schreibrohre zurechtschneide, ein scharfgeschliffenes, wenn auch zum Zerteilen von Kuchenteig wenig geeignetes Instrument, beugte mich über das Körbchen und schnitt das glasierte Backwerk, oben beginnend, mitten durch. Bald spürte ich weichen Widerstand, griff mit der Hand hinein und ertastete Pergament. Zog es heraus. Rollte es auseinander. Mein Herzschlag setzte aus. Die Schriftzeichen flimmerten vor meinen Augen, verwirrten sich zu dunklem Geflacker auf hellem Grund. Einige Zeit war ich ausserstande zu lesen. Doch eines sah ich gleich: es war Jedidahs Schrift.

»Du sollst wissen«, entzifferte ich, »dass wir leben.« Meine Augen folgten den aramäischen Schriftzeichen, ohne dass ich begriff. »Wir mussten sichergehen und schweigen. Man sagt mir, du seiest gesund. Wir haben genug gelitten. Sprich mit Alexander.

Überlegt gemeinsam, was zu tun ist. Ich sehne mich danach, dich zu umarmen.«

Ich las diesen Text ein zweites, ein drittes Mal, bis ich meinte, ihn zu verstehen. Langsam sank ich vornüber auf den Tisch, das Pergament in der Faust. Primus stand plötzlich neben mir und hielt mir einen tönernen Becher an die Lippen. Es war sein eigener Wein, ein geharztes, stark mit Würzstoffen versetztes Getränk seiner griechischen Heimat, das er für sein Schreibergehalt auf dem Markt erstand und allein in seinem Zimmer zu trinken pflegte, wehmütigen Gedanken nachhängend, an Winterabenden. Ich nahm einen Schluck, setzte ich mich aufrecht und lächelte ihn an.

»Es war zu still hier …«, sagte Primus und warf einen misstrauischen Blick auf die Torte.

»Darf ich dir ein Stück anbieten«, fragte ich, »als Gegengabe für den Wein?«

»Danke, Herr, warum nicht.«

Wir nahmen beide gleichzeitig von dem mandelbestreuten Kuchen, und während Primus zögerte, biss ich herzhaft hinein. Ich ass mit der Linken, mit der Rechten umschloss ich das Pergament. Primus goss Wein nach, er hatte gleich den Krug mitgebracht. Ich konnte mich nicht darauf besinnen, wie jene erste Torte geschmeckt noch ob ich überhaupt von ihr gekostet hatte, aber diese war köstlich, das Köstlichste, was ich je im Leben zu mir genommen, sie verlieh mir neue Kräfte wie der Aschekuchen, den der Prophet Elijahu in der Wüste ass. Wir tranken den Wein dazu, den ganzen Krug, ich ging gleich darauf zu Bett. Das Pergament in der Brieftasche, die ich mir auf die Brust geschnallt hatte, schlief ich tief und traumlos bis in den hellen Mittag.

Sieh das Einzige, das ich gefunden: Gott schuf die Menschen geraden Sinnes, sie aber versuchen sich in vielen Schlichen …

Sie lebte, also würde auch ich leben, und da wir lebten, würden wir denken und Wege finden, uns zu sehen … Gleich begannen die Tage der Mutlosigkeit meiner Erinnerung zu entfallen, als hätte ich den Geschmack der Lebensmüdigkeit nie im Halse gehabt, nie den Druck der Verlassenheit in der Brust. Ich pfiff vor mich hin, als ich am Nachmittag die Treppe hinunterstieg, in die Räume im Erdgeschoss, in denen Jacobus und Alexander, die Häupter des Handelshauses, ihre Kanzleien hatten. Der Garten, hinter dämmergrauen Säulen, lag winterlich still. Kühle wehte durch die Hallen, gebeugt sassen die Schreiber über ihren Pulten. Neben dem mit Wachstafeln bedeckten Tisch meines Schwagers stand ein Kohlebecken aus leuchtendem Metall.

»Was verschafft mir die Ehre, dich in meinem *officium* zu sehen …« begann Alexander. Es folgte ein Kompliment über mein unerwartet gutes Aussehen. Mir schien, er spürte, dass etwas Überraschendes geschehen war, dass ich meinen Lebensmut wiederhatte. Seine helle Stirn war vor Anspannung gerunzelt, seine dunklen Augen – die Augen seines Vaters Jacobus – suchten in meinem Gesicht nach Aufschlüssen.

»Lass uns keine Zeit verlieren«, sagte ich. »Ich weiss, dass sie lebt. Sie will, dass ich mit dir rede, nicht mit Vater.«

»Alleiniger Gott … Wie hat sie es dich wissen lassen?«

»Durch einen Brief.«

»Wie unvorsichtig.«

»Der Brief war so versteckt, dass nur ich – und niemand sonst auf der Welt – ihn finden konnte.«

Alexander seufzte als wollte er sagen: Ihr Kindsköpfe, Tigellinus findet jeden Brief. Über seinen Augen lag ein Schleier aus Unwillen.

»Sparen wir uns die Erklärungen«, sagte ich. »Lass uns das Nächstliegende besprechen, wir haben beide keine Zeit.«

»Nein, Bruder«, entgegnete Alexander. »So wollen wir nicht auseinandergehen.« Er seufzte wieder. »Du willst jetzt zu Jedidah und deinem Kind. Das ist mehr als verständlich, und niemand wird …«

»Also zur Sache. Du weisst so gut wie ich, dass ich in Gefahr bin und ihr alle mit mir. Wir müssen überlegen, wie ich aus der Stadt komme. Es dürfte schwierig sein, um nicht zu sagen unmöglich, einen offiziellen Reiseauftrag für mich zu beschaffen.«

Alexander nickte langsam, schüttelte gleich darauf den Kopf und versicherte, dass er dennoch erklären müsse. Er sprach von den Wochen der Epidemie, des schleichenden Todes, der allgemeinen Verwirrung. Ich wäre, von der fliegenden Krankheit infiziert, lange bewusstlos und unansprechbar gewesen, man hätte mich keine Sekunde allein gelassen, alle verfügbaren Ärzte hinzugezogen und täglich an meinem Krankenlager gebetet. Währenddessen sei Efraim gestorben, auf eine Weise, die jeden im Haus ... Er schloss die Augen und bedeckte sie mit einem Zipfel seines Palliums. Der Todesfall, fuhr er fort, hätte die Furcht der Familie vertieft, die Erregbarkeit, das Gefühl für Gefahr. In meinen Delirien und Fieberreden sei immer wieder der Name des Kaisers gefallen, auch einzelne seiner Äusserungen, vor allem eine Frage, die mir der Herrscher offenbar Jahre zuvor, kurz nach dem Tod der kleinen Augusta, gestellt hätte: Und dein Töchterchen lebt?

Ich sass starr. Richtig, so hatte er gesagt. Unnachahmlich im Ton, schwebend zwischen Frage und Klage. Er lag schwer auf dem Sofa, neben sich den jungen Pythogaros, noch immer trug er Trauer um die kleine Augusta. Rötliche Stoppeln bedeckten seine blassen, wie gläsern schimmernden Wangen, aus verschwollenen Lidern traf mich der Blick eines Gekränkten. Und mir war gewesen, als erstarre mein Körper zu Eis, als verliessen mich alle Kräfte. Wenig später war ich vom Speisesofa zur Erde gefallen, unter dem Geschepper des vergoldeten Kantharos, die Toga mit Wein bespritzt wie mit Blut ...

»Die Frage«, sagte Alexander, »klang in deiner Wiedergabe wie eine Drohung, wie die rachsüchtige Verheissung, solcher Bevorzugung bei nächster Gelegenheit ein Ende zu machen. Immer wieder kamst du darauf zurück, vor allem in der vierten Woche deines Krankenlagers, als dich die Ärzte aufgegeben hatten. Wir hörten die Bitte heraus, den Auftrag eines Sterbenden. Verzweifelt begannen wir alle, Jedidah, Vater, Mutter und ich nachzudenken, wie wir das Kind beschützen könnten.«

»Verstehe«, sagte ich mit tauben Lippen.

»Ich weiss nicht, ob du wirklich verstehst. Ob du du dir vorstellen kannst, wie gross unsere Verzweiflung war. Wir geniessen kaum noch Protektion am Hof, ein Übergriff gegen uns bringt niemanden mehr in Bewegung. Auf unserer Tiberseite sind weniger Menschen an der Seuche gestorben als drüben auf dem Aventinus, Viminalis und den anderen Hügeln, vielleicht, weil unsere Reinheitsgebote einen gewissen Schutz gegen epidemische Ausbreitung bieten. Viele Römer sehen es anders, sie vermuten Zauberei. Die Stimmung in der Stadt ist uns nicht günstig. Wir dachten angestrengt nach. Hielten Rücksprache mit den Schriftgelehrten. In diesen Tagen starb ein kleines Mädchen im Waisenhaus der Gemeinde, jemand kam auf die Idee, sie unter Miriams Namen zu Grabe zu tragen, woraus sich alles weitere wie von selbst ergab. Auch Jedidah wurde für tot erklärt, eine Beerdigung abgehalten, sie selbst als Dienerin in meinem Gefolge untergebracht, als ich das nächste Mal nach Puteoli fuhr, auch das Kind. In Sinuessa trennten wir uns, sie reiste auf der Via Appia nach Cales weiter, von dort auf unser Gut. Auf Anfrage römischer Bekannter und des Hofes wurde mitgeteilt, du lägest im Sterben, während deine Frau und Tochter bereits im Familiengrab in der Via Portuensis beigesetzt seien.«

»Dann machen wir es mit mir genau so«, sagte ich und sah ihn an. Er erwiderte den Blick, seine Sorgenmiene zerfiel, er lächelte, strahlte, so gross war seine Erleichterung. Was hatte er gefüchtet? Bittere Worte? Sie waren davon ausgegangen, dass ich sterben würde wie Efraim und viele andere in diesen Tagen. Gewiss war es nicht angenehm, das jetzt zu erfahren. Aber konnte ich es ihnen verargen? Konnte ich ihnen übelnehmen, dass sie an die Überlebenden gedacht, sich nicht dem Jammer überlassen hatten, dass ihre Gedanken von mir abgekommen und ganz auf die Frage gerichtet waren, wie sie Jedidah und mein Kind aus der Stadt schaffen könnten?

Dennoch blieb eine Frage, und während ich noch überlegte, ob ich sie stellen sollte und damit das Einvernehmen zerstören, das sich eben wie von selbst ergeben hatte, oder sie unterdrücken und unausgesprochen mit mir nehmen, als Hort schwelenden Misstrauens, keimenden Zweifels, ewiger Unruhe, kamen mir schon die Worte über die Lippen. »Eines nur ... Warum habt ihr mich nicht, als ich dann wider Erwarten gesund wurde, ins Bild gesetzt? Warum habt ihr sie und mich noch wochenlang gequält?«

»Was hätten wir tun sollen?« fragte Alexander. »Kein Mensch weiss, wozu der Kaiser fähig ist. Du bist nicht der Vorsichtigste.«

Ich war im Begriff, etwas Heftiges zu erwidern. Als ich ihn ansah, scheute er meinen Blick. Wozu jetzt wütende Worte, dachte ich, da sie es längst bereuen? Und ausserdem: War er ganz im Unrecht? Hatte ich nicht eben selbst bewiesen, dass ich lieber aussprach als verschwieg? »Finde schnell eine Lösung«, sagte ich im Aufstehen. »Stell dir vor, ich sässe auf dem Kohlebecken hier und es läge an dir, mich durch einen beherzten Griff aus dieser Lage zu befreien.«

»Nun, so schlimm wird es nicht sein ...«, erwiderte er.

»Denk daran: du rettest ein Leben. Was sage ich, zwei, drei, niemand weiss, wieviele ...«

»Du wirst uns fehlen«, sagte er. »Besonders deine Scherze.«

»Ich mache niemals Scherze«, antwortete ich. Wir umarmten einander. Es war, als ob wir erst in diesem Augenblick begriffen, dass wir Abschied nahmen. Das Entscheidende im Leben vollzieht sich geschwind und lautlos wie ein Riss im Stein. Seit dem grossen Feuer lebte ich in diesem Haus, sah Alexander, seine Eltern und Geschwister täglich, hatte mich an sie gewöhnt, und schon war all dies zu Ende, war meines Bleibens hier nicht länger, war es mehr als ungewiss, ob ich je zurückkehren würde.

Alexander brauchte zwei Tage, um sich vom Hofamt *a rationibus* die Dokumente für eine Reise nach Puteoli ausfertigen zu lassen, wo ein Schiff des Hauses lag und Verhandlungen mit dem Hafenzoll und anderes sein persönliches Erscheinen erforderten. Je wichtiger ein Römer dem Herrscher war, umso glaubhaftere Gründe musste er angeben, wenn er Hof und Hauptstadt – und sei es für kurze Zeit – verlassen wollte. Senatoren benötigten sogar des Kaisers handschriftlichen *permissus*. Nur arme Leute liess man ungehindert ein und aus, Bauern, Händler, Sklaven auf Botengängen. Endlich, am dritten Tag frühmorgens, verliessen wir Rom.

Die letzten zwei Tage und Nächte verbrachte ich im Bett, wie ich mit Alexander verabredet hatte. Man schickte Ärzte zu mir, die mich *enervatus* nannten, entkräftet, oder *tabe confectus*, am Verschmachten, welcher Eindruck teils auf meine Magerkeit nach langem Krankenlager zurückzuführen war, teils auf das Bleiweiss, das ich auf meine Gesichtshaut aufgetragen hatte, verstärkt durch blaue Schatten unter Augen und Wangenknochen. Die Ärzte waren sich nicht einig, ob mich ein Rückfall des eben überstandenen Übels niederwarf oder eine neue Krankheit, die an sich nicht tödlich sein musste, aber in meinem geschwächten Zustand und bei deutlich verringertem Lebenswillen tragischen Ausgang nehmen konnte. Sie stimmten jedoch überein, dass wenig Hoffnung bestand. Ich fühlte mich wirklich elend in diesen Tagen, schon weil ich das Spiel mit Tod und Sterben, zu dem wir uns entschlossen hatten, am Rande des Frevelhaften fand. Wieder versammelten sich die Männer des Hauses um mein Bett, um die täglichen Gebete zu sprechen, und ich hoffte im Stillen, dass uns die Maskerade nicht zum Argen ausschlagen möchte. So empfing ich, liegend und von neuem von den Ärzten aufgegeben, am letzten Abend den Senator und Freund des Kaisers Cluvius Rufus.

Er stellte keine Fragen, verhielt sich dezent und ehrerbietig, wie bei einem Besuch am Krankenlager üblich. Im Beisein seiner Begleiter – es hatte deren mehrere mitgebracht, als ginge es ihm darum, möglichst viele Zeugen dabei zu haben – trug er jene gespielte Zuversicht zur Schau, die gegenüber einem Todkranken an den Tag zu legen Sitte ist, auch dann, wenn dieser seinem Schicksal gefasst entgegensieht, sogar darüber sprechen möchte, und wir ihn mit unserer gut gemeinten Verstellung eher behindern als trösten. Im Sinne solcher *commoditas* gab Cluvius Rufus in betonter Munterkeit vor, er sähe mich demnächst wieder umhergehen und die Gelder, die er mir schulde, in Gastmählern zur Feier meiner Genesung verjubeln, mit ihm gemeinsam, der sich jetzt schon darauf freue, noch manchen Becher an meiner Tafel zu leeren. All dies klang absurd, da sogar die Falschheit falsch war, nicht mal eine von Herzen kommende Verstellung, sondern eine vorgebliche: er glaubte vermutlich keinen Augenblick an meine Krankheit. Das Zimmer war der Wohlgerüche wegen mit Schwaden von Räucherwerk erfüllt, was allen Konturen, auch den Mienen der Besucher, die Klarheit nahm.

Wie nebenher fragte der Senator einen an der Tür stehenden Diener, ob nach Ansicht der Ärzte Ansteckungsgefahr bestünde, und als dieser die vorsichtige Antwort gab, man wisse es nicht genau, begannen Cluvius' Begleiter und Klienten aufzubrechen, unter Entschuldigungen, in einer gewissen Eile. Jedem fiel ein überzeugener Grund ein: wichtige Verabredungen, deren man sich unvermutet besann, Rücksicht auf die Ruhebedürftigkeit des Kranken oder das plötzliche Bedürfnis, den *locus sordidus* aufzusuchen. Cluvius Rufus blieb allein zurück und beeindruckte alle durch die Treue, mit der er am Lager seines todkranken Freundes ausharrte, unerachtet möglicher Gefahr für sich selbst. Der letzte, der aufbrach, war Cluvius' Sekretär, der zuvor einer Schatulle mehrere Wechsel des Senators entnahm, im Gegenwert von einigen hunderttausend Sesterzien, die ich später in der Nacht in den Saum eines der Hemden einnähte, die ich von nun an statt der ritterlichen Tunika tragen würde. Dann blieben Cluvius Rufus und ich zu einem letzten Gespräch allein.

Cluvius rechnete mir vor, wie es zu jenen Summen kam, wie hoch mein Anteil an den ihm ausgezahlten Honoraren war. Nie zuvor hatte ich soviel verdient. Es berührte mich merkwürdig, dass ich ausgerechnet jetzt, da ich ein gut gestellter Mann zu werden begann, die Hauptstadt verlassen sollte, mein Amt, meine erfolgreiche Laufbahn. Als ich später allein an der Lampe sass und mit ungeübten Fingern, doch grösstmöglicher Sorgfalt die Pergamente in meinen Hemdsaum nähte, wurde mir klar, dass diese Wechsel ihren Wert nur darum behielten, weil ich selbst auf sie verzichtete. Bliebe ich in Rom und wollte von ihnen profitieren, wären sie ein leeres Versprechen, eine Falle. Der Kaiser war dazu übergegangen, sich solche Gnadengeschenke zurückholen, indem er die, denen er sie hatte zukommen lassen, wegen *crimen maiestatis* vor Gericht stellte. Ich verpflichtete mich, dem Senator auch künftig zur Seite zu stehen, wann immer er Texte für Nero zu bearbeiten hätte; er sollte diese, wie die zur Bezahlung bestimmten Wechsel, durch Boten in ein Handelshaus in Sinuessa schicken, das einem alten Freigelassenen meines Schwiegervaters gehörte. Damit ging ich so weit, Cluvius Rufus die Himmelsrichtung meiner Flucht wissen zu lassen. Wo genau ich mich aufhalten wollte, enthielt ich ihm wie allen anderen vor.

Als er gegangen war, schritt ich zum letzten meiner römischen Geschäfte, zu einem eher traurigen, wie ich fand: ich schor mir

Haar und Bart. Langsam fielen die rötlichen Locken, nochmals fuhr ich mit dem geschliffenen Messer über Stoppeln und Schatten und verwandelte mich in einen glattrasierten, blassen Bedienten im dreissigsten Lebensjahr. Früh rief man mich zum Morgengebet ins Atrium und bat mich als Vorbeter ans Pult. Dann begleitete uns Jacobus durch schlafende Strassen zur Via Appia, wo die Wagen warteten. Als wir in Sichtweite der Porta und der römischen Wache gerieten, änderten wir die Anordnung; von nun an war ich ein Höriger, der hinter seinem Herrn zu gehen hatte. Alexander setzte sich allein in die herrschaftliche Karosse, ich folgte im Planwagen mit den Dienern und meinem Schreiber Primus, der mich, wohin auch immer, begleiten sollte. Er hatte erklärt, ihm sei gleichgültig, wo er lebte, da es ohnehin nicht die griechische Heimat sein könne.

Das graue Dämmerlicht des Wintermorgens erleichterte unser Scheiden. Rom war nichts als eine dunkle Anhäufung von Stein, und in dem Augenblick, da die schweigende, schummerige Masse hinter uns versank, hörten wir auf, an sie zu denken. Schnurgerade führt die Via Appia nach Südosten, bis Tarracina, wo sie einen Haken nach Westen schlägt, über Fundi und Formiae, sodann ein kurzes Stück der Küstenlinie folgt, um schliesslich die Hügel landeinwärts zu erklimmen, in steten Schleifen, ohne Übereilung, und höher in die Berge, bis hinüber nach Apulien, nach Calabrien …

Doch vorerst fährt man immer geradeaus, so dass der Kutscher im Halbschlaf auf dem Bock sitzen kann, wenigstens dann, wenn er einen bewaffneten Vorreiter hat. Meine Prätorianerwache gab es schon lange nicht mehr, seit Monaten hatte ich das Haus nicht verlassen, so dass der Präfekt Tigellinus einen seiner Spitzel, unter die *ardaliones* vor dem Hause gemischt, zur Beobachtung meines Wandels ausreichend fand. Dieser Spitzel mochte in der letzten Nacht den Besuch des Senators Cluvius Rufus beobachtet und von einem seiner Begleiter die Neuigkeit erfahren haben, dass ich im Sterben lag. Tigellinus konnte diese Nachricht nicht wirklich überraschen, man wusste im Hofamt *a studiis* von meiner Krankheit. Als wir die Stadt verliessen, schien uns niemand zu folgen, kein Schatten in immer gleich bleibendem Abstand, Reiter oder Wagen, die auszumachen mein Auge mittlerweile gelernt hatte. Eine Eskorte war dennoch um uns, einige von Jacobus' Freigelassenen zu Pferd und unter Waffen. Am selben Tag fand in Rom, auf dem jüdischen Friedhof in der Via portuensis, meine Beerdigung statt, unter zahlreicher Beteiligung von Angehörigen und Gemeindemitgliedern, sogar, wie ich später erfuhr, einiger Personen des Hofes.

Die Reichsstrassen galten unter Nero als sicherer denn unter seinen Vorgängern, doch manche Gegenden blieben unheimlich. Die Strassenräuber waren ein chronisches Übel, mehrere Kaiser hatten vergebens versucht, Italien von ihnen zu befreien. Immer wieder entzogen sich die Räuber der Verfolgung in schwer zugängliche Landschaften, tauchten unter, nahmen die Gestalt harmloser Landleute an. Tigellinus hatte einigen Erfolg mit drakonischen Massnahmen, er liess gefangene Banditen im Amphitheater in ausgeklügelten Martern zu Tode quälen, theatralisch kostümiert und geschminkt, in allegorischen Darstellungen, welche zu inszenieren nicht selten der Kaiser übernahm und worin er viel Einfallsreichtum bewies: der Flammentod des Herkules auf dem Berge Oeta, die Entmannung des Jünglings Attis, das In-Stücke-Gerissen-Werden des Jägers Aktaion durch seine eigenen Hunde. Man sagte, die Räuber fürchteten weniger den Tod als die öffentliche Entblössung und Zur-Schau-Stellung ihres Sterbens, worin sie, die sich für Männer von Ehre hielten, eine unsägliche Schmach erblickten. Aber selbst diese grausamen Hinrichtungen zeigten kaum Wirkung, die Räuber glichen sich selbst aussäenden Pflanzen, die je zahlreicher nachwachsen, je hartnäckiger man sie zu beseitigen versucht. Immer wieder kamen Überfälle vor, gingen Reisende verloren, unverändert galten die Pontinischen Sümpfe, durch welche die Via Appia führte, als unsicher. Wer dort unbewaffnet hineinfuhr, zumal des Nachts, konnte am nächsten Morgen eine der blassen Leichen sein, die man gelegentlich im Schilfrohr fand.

Man reiste daher nach Möglichkeit bei Tageslicht und umgab sich mit einer Schar von Bewaffneten. Wer solche nicht hatte, wartete am Eingang der Sümpfe, an einem Rastplatz namens *Tres Tabernae*, Die drei Tavernen, bis noch andere Reisegesellschaften eingetroffen waren, und er mit diesen vereint, in grosser Menge, die Weiterfahrt südwärts wagen konnte. Wir trauten uns zu, allein aufzubrechen und in einer einzigen raschen Bewegung die gefürchtete Landschaft zu durchqueren. Da wir nur Männer waren, schliefen wir in den Wagen, in Felle gewickelt, während andere wachten. Wenn wir frühmorgens, noch im Dunklen, losfuhren, umgaben uns Reiter mit Fackeln. Dreimal täglich hielten wir am Strassenrand und sprachen die Gebete. Alexander, ein versierter Reisender, führte zu Hause zubereitete Wegzehrung mit, um unsere Reinheitsgebote einhalten und den Herbergen fernbleiben zu können. Mit einigen Bauern hatte er Vereinbarungen getroffen, sie verkauften ihm Wasser, Feuer und Heu für die Pferde. Seine Diener wussten, was sie zu tun hatten, rasch kam unser Zug voran. Die Pontinischen Sümpfe lagen hinter uns, ohne dass ich ihrer recht gewahr geworden, Wälder von Rohr, fahl und verloren, inmitten die befestigte Stadt und Militärgarnison, genannt Forum Appi, von der aus die kaiserlichen Truppen ihre Aktionen gegen die Räuber unternahmen.

Nach der ersten Rast ergab es sich, dass ich zu Alexander in die Karosse stieg und mit ihm statt mit den Dienern weiterfuhr. Es war die letzte Gelegenheit für ein Gespräch, ehe wir uns in Sinuessa trennten, wo Primus und ich in einem Bauernwagen Richtung Capua in die Hügel abbiegen würden, während der Schwager und sein Gefolge die Küstenstrasse weiter südwärts fuhren. Ich war erregt vom Fahren unter freiem Himmel, nachdem ich monatelang das Haus nicht verlassen und nur feste Mauern um mich gesehen hatte, ich wusste mich auf dem Weg zu Jedidah und meinem Kind, fühlte mich verwirrt nach nächtelangem Sitzen über Neros Poemen, gesuchten, schwierigen, blutig-sentimentalen Stoffen, deren vorerst letzter, ein Klagegesang des Königs Priamos, gerichtet an den Mörder seines Sohnes, mich bis zur Abreise beschäftigt hatte. Der alte König erniedrigte sich vor dem ungerührten Plejaden, küsste seine Knie, gestand ihm, dass er ihn verehre und liebe. Es war ein abstossendes, in den Wonnen der Selbsterniedrigung schwelgendes Stück, nur der Gedanke an die baldige Abreise hatte meine gute Laune aufrechterhalten können. Doch nun schien es, als schwinge die Beredsamkeit, die ich im Schreiben entwickelt, immer noch in meinem Inneren, so dass ich nicht schweigen und gleichmütig in die Landschaft schauen konnte, sondern Alexander in einem langen Monolog auseinandersetzte, wie ich die Lage sah, meine, seine, unser aller.

Alexander hörte schweigend zu. Mehrmals seufzte er, einige Male schüttelte er den Kopf. Ich riet ihm, auf Jacobus einzuwirken, alles Geld aus der Stadt zu schaffen wie ich es getan, bot meine Hilfe an, die fraglichen Summen unterzubringen, sei es als Wechsel auf andere Namen, sei es als Kredite an jüdische Gemeinden oder Investitionen in landwirtschaftliche Betriebe, in denen man bedürftige Flüchtlinge aus der Heimat ihren Lebensunterhalt verdienen lassen könnte, vielleicht auch in handwerkliche Unternehmen zum selben Zweck, wobei ich eingestand, wenig davon zu verstehen – doch jede dieser Möglichkeiten sei besser, sagte ich, als auf vollen Geldsäcken in Rom zu sitzen, bis sich das Hofamt *a rationibus* der Sache annähme, die Eigentümer umbringen liesse und die Gelder im Auftrag des Kaisers einkassierte, eines Kaisers, dem ohnehin nichts mehr helfen könne, kein Geld und keiner seiner Götzen ... Kutscher und Beisitzer auf dem Bock waren altgediente Freigelassene in Jacobus' Haus, dennoch senkte ich meine vom Strassenstaub heisere Stimme zu einem Flüstern, als ich über so verfängliche, lebensgefährliche Dinge sprach.

Alexander antwortete, auch er mit gesenkter Stimme. Er bewundere meine Entschlossenheit und billige meine Absichten, nur sei all dies nicht so einfach, wie ich mir vorstellte.

»Vielleicht ist es ohnehin Zeit, dich einzuweihen«, sagte er. »Sprich auch mit Jedidah darüber, es betrifft eure Anteile. Die Geschäftslage unseres Hauses ist schwieriger als ihr denkt. Wir hatten erhebliche Verluste. Durch den grossen Brand, durch einige Prozesse in Rom, durch die Wirren in Judäa. Dann steckt ein Teil unseres Geldes in Unternehmungen, die mit Neros Goldenen Haus verbunden sind und von denen sich zeigt, dass sie nicht so bald zu einem befriedigenden Ende kommen werden, dass vor allem an Bezahlung kaum zu denken ist ... Gut, wir haben Reserven. Wir werden davon noch nicht wirklich arm. Aber wir werden nicht mehr das reiche Handelshaus sein, das wir lange gewesen sind, wir müssen verkaufen und verkleinern, um das Bestehende zu retten. Unser Haus wird einiges von seiner gesellschaftlichen Geltung einbüssen. Ich weiss, dass Jedidah und du die letzten in der Familie sind, sich darüber zu betrüben. Aber an überschüssige Mittel in dem Sinne, wie du hoffst – im Sinne, dass wir in neue Unternehmen investieren, womöglich anderen Kredit gewähren können –, ist vorerst nicht zu denken. Ich vermute, du könntest derzeit mehr Bargeld flüssig machen als dein reicher Schwiegervater. Lass uns beten, Bruder, dass der Wahnsinn bald ein Ende hat, dass es nicht zum Schlimmsten kommt, dass unser Haus und wir alle die nächsten Jahre überstehen.«

»Ich hoffe das beste für euch«, sagte ich. »Möge euch die Weisheit nicht verlassen in dieser mörderischen Stadt. Ist wenigstens – wenn es schon so steht – das Hofamt *a rationibus* über eure schwierige Lage im Bilde?«

»Du kannst sicher sein«, erwiderte Alexander, »dass wir gegenüber so langjährigen, geschätzten Partnern wie den kaiserlichen Hofämtern unsere Schwierigkeiten niemals beschönigen.«

»Sie haben also nach euren Offenlegungen einen eher traurigen Eindruck von der geschäftlichen Lage.«

»Sie wissen recht gut, wieviel wir allein beim Bau des Goldenen Hauses eingebüsst haben. Jeder ausser Nero hat dabei verloren.«

»Es sind vielleicht noch ein paar Sicherheiten da, von denen das Hofamt *a rationibus* nicht weiss?«

»Vielleicht. In fernen Ländern.«

»Und hierzulande?«

»Kann sein. In ein paar Hafenstädten. Bei Banken hier und dort. Bei diesem und jenem Freund.«

»Man könnte zur Not darauf zurückgreifen?«

»Es ist schwer, solche Sicherheiten zu realisieren, schon wegen der Reisebeschränkungen, denen wir unterliegen.«

»Sie betreffen dich und Vater als römische Ritter. Ein Diener kann sich ungehindert bewegen.«

»Ich glaube nicht, dass du jetzt reisen solltest«, sagte Alexander, und obwohl ich im Dämmerlicht sein Gesicht nicht erkennen konnte, meinte ich ihn lächeln zu sehen. »Du musst erstmal untertauchen, in einem abgelegenen Feldhüterhäuschen, in den Weinbergen, irgendwo draussen, wo nicht allzu viele Leute sind. Wer hätte gedacht, dass du so abenteuerlustig bist? Jedidah wird dich eine Weile bei sich behalten wollen ... Wenigstens, solange der Sänger ... Aber das wird wohl nicht mehr allzu lange sein.«

»Er erfreut sich bester Gesundheit.«

»Solange du ihm dauernd neue Lieder schreibst ...«

»Das ist vorbei.« Ich seufzte. »Wenigstens das. Da nehme ich lieber in Kauf, ohne Namen zu leben.«

»Vielleicht wird es eine interessante Erfahrung«, sagte Alexander. »Ohne Namen leben ist fast wie unsichtbar sein. Du lernst die Menschen neu kennen. Auch dich selbst ... Danke für Dein Angebot. Ich denke, dass wir irgendwann darauf zurückkommen.«

Wir verbrachten die Nacht in Sinuessa am Meer, im Haus des Freigelassenen Elias, eines Landsmannes und ehemaligen Verwalters von Jacobus. Elias unterhielt eine Taubenpost mit dem Gut unserer Familie in den Bergen, hierhin sollten Briefe und Manuskripte aus der Stadt gesandt und – nach einer Benachrichtigung durch geflügelte Boten – von einem Diener abgeholt werden. Der Freigelassene war ein verschwiegener Mann mit guten Verbindungen zu den römischen Familien, die in Sinuessa Landhäuser besassen und die Thermalbäder besuchten. Noch oft sollte ich in seinem Haus übernachten. Am Morgen lieh er uns einen Bauernwagen, der Primus und mich in die Hügel trug.

Es gibt Gold und Unmengen von Perlen, aber Lippen, die Verständiges reden, sind ein teures Kleinod ...

Es regnete an diesem Tag, grau und freudlos lagen die Weinberge. Um Mittag passierten wir das Städtchen Cales und verliessen gleich darauf die Strasse, dann ging es hügelwärts auf gewundenem Pfad. Aus dem Wagen des Freigelassenen wechselten wir in einen Eselkarren, auf dessen Bock derselbe Diener sass, der mir die Torte von Jedidah gebracht hatte. Ich freute mich über das bekannte Gesicht, sein Mit-uns-Sein schien mir ein gutes Zeichen. Auch er lächelte, als er mich sah. Gesprochen wurde fast nichts. Ich schaute hinaus in den Regen, auf die endlos sich hinziehenden, hügelauf, hügelab führenden Reihen der Rebstöcke, die vor Nässe troffen. Kein Mensch war zu sehen, einmal begegneten wir einem anderen Eselskarren, dessen Führer unter der feuchten Plane hervor ein paar Worte mit unsererem wechselte. Als wir den Hof erreichten, war es längst dunkel. Kalt und stumm lagen die spärlich beleuchteten Gebäude.

Wir waren durch ein Tor gefahren, das sich auf den Ruf des Kutschers geöffnet hatte – ein Wall aus Feldsteinen umgab das Anwesen –, und rumpelten auf einer gepflasterten Auffahrt in einen Innenhof, in dem ein grosser Ölbaum stand. Eine Tür, erhöht, hinter steinerner Treppe, darüber ein Windlicht, das seinen flackernden Schein auf die nassglänzende Mauer warf. Die Tür flog auf, eine Gestalt im weissen Umhang zeigte sich, bewegte sich, war schon bei mir. Ich schloss sie in die Arme. Wir standen einige Zeit in der wässrigen Luft, durch die Fetzen von Sprühregen wehten. Den Mund in ihrem Haar, betastete ich ihren Rücken, ihre Hüften. Sie schien heil und gesund. Sie atmete heftig, sie schluchzte. Wir sahen einander in die feuchten Gesichter.

In der Küche des Hauses brannten grosse Holzkloben in einem offenen Feuerloch, wir blieben davor stehen, umschlungen. Sie machte sich los, um am Herd zu hantieren, brachte irdene Becher mit heissem Wein, Brot, Früchte, Käse und anderes, wir liessen uns am Feuer nieder und tranken uns zu. Später gingen wir auf Zehenspitzen in die anliegende Kammer, in der unser Töchterchen schlief, in Gesellschaft einer judäischen Kinderfrau. Die Landluft schien der kleinen Miriam zu bekommen, sie blühte rosenwangig im Schlummer. Jedidah galt als Dienerin mit vaterlosem Kind, doch wussten viele auf dem Gut, wer sie wirklich war. Sie führte das Herrenhaus wie eine Wirtschafterin, spann und wob mit den Mägden, buk Brot, arbeitete im Garten. Sie lerne viel dabei, sagte sie später, als wir in ihrer Kammer lagen, es sei ein sinnvolles Dasein, eingebunden in den Rhytmus der Jahreszeiten, der Saaten und Ernten, sie freue sich auf ihre erste Weinkelter im Herbst. Kein Sterblicher könne wissen, wie lange dieser Zustand dauern werde, sie hätte am

Landleben Gefallen gefunden, manchmal frage sie sich, wozu sie in die Stadt zurückkehren solle. Als junges Mädchen hätte sie Rom für das Leben selbst gehalten, für den Mittelpunkt aller Gedanken, aller Bedeutung. Heute wisse sie, wie wenig es damit auf sich hätte. Ich nickte. Was sie sagte, schien mir vernünftig und klug.

Wir erzählten einander vieles im Verlauf der Nacht, vor allem erfuhr ich die Geschichte ihrer Flucht aus Rom. Zerrissenen Herzens wäre sie an jenem Morgen aufgebrochen, nachdem die Ärzte versichert hätten, ich sei bereits tot, auch wenn ich noch zu atmen schien, so sei es meist bei Tod im Koma. Zum Fliehen sei mehr als ein Grund gewesen, über die Bedrohung für unser Kind hinaus, zuletzt vor allem durch eine verrückte Geschichte, eine Liebesgeschichte, wenn man wollte, die sie selbst in Gefahr brachte. Bei einem Krankenbesuch in unserem Haus hätte sich der junge Secundus, Sohn des Prokonsuls Plautius Silvanus Aelianus, leidenschaftlich in sie verliebt, obwohl sie ihm nach Efraims eben erfolgtem Ableben in düsterer Trauerkleidung, rotäugig, unfrisiert, sogar mit Asche bestreut unter die Augen gekommen wäre, alles andere als anziehend für ihr Gefühl, aber Secundus sei ein extravaganter Mensch und offenbar hätte ihn gerade das bezaubert, was alle Welt für abstossend hielt.

»Stell dir vor«, flüsterte sie, neben mir liegend, an meinen abgemagerten Leib geschmiegt, »stell dir vor, wie verrückt, wie erniedrigend. Obwohl das ganze Haus um Efraim trauerte, der eben gestorben war, und sich alle um dich grämten, der du gleichfalls nach menschlichem Dafürhalten im Sterben lagst, fing er an, um mich zu werben! Er sang Liebeslieder unter meinem Fenster, schickte Geschenke und Blumen in ein Trauerhaus … Du kennst ihn, er ist ein überspannter, schwieriger Junge, kaum volljährig, ewig in Spielschulden, und wenn irgendwas an ihm bemerkenswert war, dann seine Bewunderung für deine Gedichte. Vater wagte nicht, ihm das Haus zu verbieten, so kam er immer wieder und sass an deinem Bett. Er rezitierte endlos aus dem *Kitharaspieler*, kaum, dass man ihn daran hindern konnte, laut zu singen. Irgendwann lauerte er mir im Treppenhaus auf, umarmte mich, schob mich in eine Wandnische, drückte mir Küsse auf Hals und Wangen. ›Kleine Dichterwitwe‹, rief er, ›ich weiss, wie du leidest, du wirst keinen finden, der deinen Verlust nachfühlen kann wie ich …‹«

»Wie dumm«, sagte ich, »dass ich nicht bei Bewusstsein war und dir beistehen konnte wie es sich für einen Mann gehört.«

»Ich half mir selbst«, erwiderte Jedidah, »indem ich laut zu schreien begann. Er machte sich davon und zeigte sich einige Tage nicht. Dafür erschien sein Vater, der frühere Konsul und kaiserliche Legat in Moesien, der *vir ornatissimus* und Sieger über die wilden Sarmaten, und führte mit Vater ein langes Gespräch. Du weisst, dass Vater eine Schwäche für solche Leute hat, er wuchs als Sklavenkind auf, es steht uns nicht an, darüber zu spotten. Er brauchte einige Zeit, um zu begreifen, was der grosse Mann meinte. Als es schliesslich verstanden hatte, komplimentierte er seinen Gast hinaus und kam anschliessend zu mir, in einem Zustand, in dem ich ihn noch nie gesehen hatte. Er war bleich und zitterte, sprach in abgerissenen Sätzen, immer wieder von Ausrufen der Selbstbezichtigung und Klage unterbrochen. Der Konsular hatte verlangt, ich solle seines Sohnes Geliebte werden, jetzt sofort, ohne Umstände, da der Junge so schrecklich leide, nicht mehr schlafen könne, seine gesunde Gesichtsfarbe eingebüsst hätte, er verlangte es allen Ernstes, als poche er auf sein gutes Recht, als sei es selbstverständlich, dass mein armer Vater, der nichts als Freigelassener ist, ihm, dem Spross einer uralten, ruhmbedeckten Familie, dem Nachkommen von Konsuln und Senatoren, dem Freund des Kaisers und Helden der Schlacht von Chersones, diesen kleinen Gefallen tut. Von mir ganz zu schweigen, die ich in seinen Augen wahrscheinlich ein Nichts bin, irgendeine Unerfreulichkeit, deretwegen sein geliebter Sohn den Kopf verlor.«

»Halt ein«, brachte ich hervor, »lass mich eine Frage stellen. Alexander hat mir erklärt, warum sie dich und Miriam aus Rom geschafft haben. Warum hat er davon nichts erwähnt?«

»Sie schämen sich«, sagte Jedidah.

»Was auch wieder sinnlos ist«, gab ich nach einiger Zeit zurück.

»Die Geschichte hat ihnen immerhin die Augen geöffnet«, fuhr sie fort, »was solche Leute in Wahrheit von ihnen halten. Ich glaube, Vater ist bis heute nicht darüber hinweg. Die Plautius gelten als eins der judenfreundlichen Häuser, sie haben auf keinem seiner Shavuot-Empfänge gefehlt. Vater regelt die Angelegenheiten ihrer galiläischen Güter, Alexander reitet mit ihren Söhnen spazieren, spielt mit ihnen Würfel ... Sie haben mir klargemacht, dass ich sofort fliehen muss. Bevor wir aufbrachen, sass ich an deinem Bett und hielt deine kalte Hand. Du lagst vor mir, schweigend, gabst kein Lebenszeichen. Ich habe dich gebeten, zurückzukehren und mich zu rächen. Als Dämon, Schutzengel, was immer. Am liebsten natürlich als Mensch.«

»Gut«, sagte ich, »lass uns überlegen, wie wir ihnen einen Denkzettel verpassen, der ganzen Familie, besonders dem Knaben Secundus, der mir zum Munde redete und meine Verse pries, und meine Frau belästigt, kaum dass ich mich nicht wehren kann ...«

»Lass gut sein, Liebster.« Jedidah schmiegte ihren Kopf an meinen Hals. »Du brauchst diesen Teil meiner Bitte nicht zu erfüllen. Mir genügt, dass du zurückgekehrt bist.«

Wir schliefen nicht in dieser Nacht, lagen bis zum Morgen beieinander unter Felldecken in ihrem schmalen Bett. In der ersten Dämmerung brachen wir auf in die Weinberge. Jedidah hatte alles vorbereitet, ein kleines Haus, so weit wie möglich vom Gutshof entfernt, mit Blick über die Hügel, ein Wächter hatte darin gewohnt. Niemand ausser uns sollte hier leben, auch Primus blieb im Herrenhaus zurück, einmal die Woche würde er zu mir reiten und Aufträge und Diktate entgegennehmen. In dringenden Fällen war Taubenpost verabredet. Ich musste den Eselkarren selbst kutschieren, unerfahren im Umgang mit dem langsamen, störrischen Tier, was viel Grund zur Heiterkeit gab. Gegen Mittag sahen wir das aus groben Steinen gemauerte Haus, aus dessen Dach Rauch aufstieg. Ein Diener war vorausgefahren, um zu heizen und zu kochen, er übergab uns den Schlüssel und ritt zum Gutshof zurück. Es regnete nicht mehr, die Luft war so klar, dass meine Augen schmerzten.

Hundegebell empfing uns, als wir den gewundenen Pfad hügelan fuhren. Später am Tag brachten Leute vom Hof ein paar Hühner, Schafe und Ziegen, auch eine Kuh für die Milch. Jedidah zeigte sich geschickt im Umgang mit Tieren, wusste sie zu füttern, zu tränken, hatte sogar gelernt, die Kuh zu melken. Es war abzuwarten, wie man am Kaiserhof die Nachricht von meinem Tod aufnahm, ob trotz aller Vorsicht die Wahrheit durchsickerte, ob man nach mir suchen und Spitzel aussenden würde. Nach drei Monaten wollten wir entscheiden, ob wir ins Gutshaus zurückkehrten. Jedidah hatte dort alles stehen und liegen lassen, ihre Werkstatt zum Weben, Nähen und Färben von Brautausstattungen für mittellose Mädchen. Auch ihr war klar geworden, dass wir helfen mussten. Wir hatten schon in der Nacht darüber gesprochen: wie wir beide, jeder für sich, auf diesen Gedanken gekommen waren und kurz darauf erfuhren, dass der Andere lebte. Ein aus der Stadt zurückkehrender Diener hatte ihr von meiner Genesung berichtet. Es waren noch einige Wochen vergangen, bis sich Gelegenheit bot, mir den Brief in der Torte zu schicken.

Sie buk mir die Torte bald wieder, am ersten *shabat* nach unserer Ankunft. Dieser erste Ruhetag tröstete uns für viele Entbehrungen und einsame Abende, wir sassen einander im Licht der Kerzen gegenüber, sprachen die Segen, assen und tranken nach Herzenslust. Am Morgen las ich Jedidah und meinem Kind den Wochenabschnitt aus der Torah vor, sprach laut für sie die Gebete. Während der Woche blieb wenig Zeit zum Lesen und Studieren, wir arbeiteten in Ställen und Gärten, ich legte Gemüsebeete an, grub, pflanzte, wässerte, säte, meine Hände verloren ihre Glätte und Helle, wurden schwer, rissig und dunkel, abends schmerzten meine Knochen, und wenn ich gelegentlich einen Griffel zur Hand nahm, um einen Gedanken zu notieren, einen der kühnen, weitfliegenden Gedanken, wie sie unter freiem Himmel entstehen, in einem bewegten, gut durchbluteten Körper, staunte ich über die krakeligen Schriftzeichen auf meiner Wachstafel.

Einige Wochen lang hatte ich das Bedürfnis verspürt, den Römern die Wahrheit über Nero und seinen Hof zu enthüllen. Ich tat es in kurzen Epigrammen, die ich mit den Manuskripten, die mir Cluvius Rufus zur Bearbeitung aus Rom sandte, zurück in die Stadt schmuggeln liess. Da ich ohne Schreiber war und mich nicht durch meine Handschrift verraten wollte, schnitt ich die lateinischen Lettern in die Scheiben geeigneter Gemüse, grosser Rüben, Rettiche oder was eben zur Hand war, und stempelte diese auf Palimpseste, von denen ich vorher sorgfältig die frühere Beschriftung entfernt hatte. Meine Epigramme mussten kurz bleiben, schon wegen ihrer mühsamen Herstellung. Sie waren auf Wortspielen aufgebaut wie die der klassischen Zeit, auf Vergleichen zwischen früherer Grösse und heutigem Niedergang, sie schienen die eines echten Römers zu sein. Alexander erzählte mir später von Inschriften gegen den Kaiser an römischen Mauern, die ihnen ähnelten: *Spannt die Kithara der unsere, den hörnernen Bogen der Parther* ... Hatte Cluvius Rufus, der kaiserliche Freund, sie im Geheimen verbreitet?

Ich kam vom Epigramme-Schreiben bald wieder ab, indem sich meine Bitterkeit in der Landluft verflüchtigte, in Jedidahs und meines Töchterchens Gegenwart, bei der täglichen Beschäftigung mit Tieren und Pflanzen. Der Hund wurde zutraulich und folgte mir auf meinen Gängen durch die Weinberge, die Kuh kalbte, wozu ein *veterenarius* vom Gutshof geholt wurde, Pflanzen gingen an oder nicht, erstes Grün zeigte sich in laublosem Gehölz, der Winter wich einem herben Vorfrühling. Der Esel wurde nachts von einem unbekannten Tier ins Bein gebissen, ein Raubvogel stahl junge Hühner, der Frühlingssturm entwurzelte einen Baum – dies die Aufregungen, die uns in Atem hielten und Nero und seinen Hof vergessen machten. Ich begann mich zu fragen, ob ein Schreiber überhaupt an die »grosse Welt« denken, ein allgemeines Lebensgefühl ausdrücken, Stellung zu den Fragen der Zeit nehmen muss. Genügte es nicht, die unvergängliche Sensation festzuhalten, die das Blühen des Granatapfels in sich birgt? Oder das Vorüberwehen von Wolken an einem windigen Tag im März:

Von wo wird dir Trost
Gegen Ahnen Wissen
Blasse Cumuli
Sanft und schattenschwer
Meer und Inseln zu
Treiben sie und schweigen
Wo die Kindheit war
Tief im Säulenwald

Wo verdeckt der Weg
Doch am Ende klar
Wolken leicht geballt
Jahr um Jahr ...

Und wen trifft es heut
Sich erheben fliegen
Blasse Cumuli
Leicht und lichterloh
Brennen Land und Tal
Wir der Erde nah
Wollen siegen ...
Aber Siege sind
Nur ein Schrei im Wind
Losgelöst und bloss
Wolken schwerelos
Ewig ziehen ...

Der Vorfrühling ging in strahlende Tage über. Aus Rom erreichte uns die Nachricht von einer neuen Kaiserhochzeit, mit Statillia Messalina, der schönen Witwe des kaiserlichen Freundes Julius Vestinus Atticus, des letzten göttergläubigen Mannes an Neros Hof, der mitten im seinem Konsulat ums Leben gekommen war. Der Kaiser brach nach Griechenland auf, nach Achaia, zu der seit langem geplanten Konzertreise. Die noch lebenden Freunde fuhren mit, Tigellinus, der Senator Cluvius Rufus, sogar der unbeliebte Konsular Vespasian. Ich erhielt keine Schriftrollen mehr zugesandt, der Sänger war mit Texten wohlversehen, wochen- und monatelang konnte er deklamieren, singen, Oden vortragen. Durch reitenden Boten hatte Cluvius Rufus einen letzten Wechsel übersandt, den ich Jedidah gab für ihre wohltätigen Werke.

Denn es wird nie an Dürftigen im Lande fehlen, deswegen gebiete ich dir: Öffne deine Hand deinem Bruder, dem Armen und Bedürftigen in deinem Lande. Wenn ein Hebräer oder wenn eine Hebräerin, wenn dein Bruder dir verkauft wird, so soll er dir sechs Jahre dienen, im siebenten Jahre aber sollst du ihn in die Freiheit entlassen. Und wenn du ihn in die Freiheit entlässt, sollst du ihn nicht mit leeren Händen entlassen, sondern beschenke ihn mit Schafen und mit den Gaben deiner Tenne und Kelter, von dem, womit der Ewige, dein Gott, dich gesegnet hat. Denke daran, dass du ein Sklave gewesen bist im Lande Ägypten, und der Ewige, dein Gott dich befreit hat …

Sie hatte ihr Projekt ganz ohne Geldmittel angefangen, indem sie einfach mit den Mägden des väterlichen Gutes zu spinnen, zu weben und Gewänder zu nähen begann, Tücher und Kissen herzustellen, Decken und Vorhänge, so dass eine Aussteuer zusammenkam, die den Haushalt junger Paare mit allem Nötigen versah. Da wir nun Geld hatten und die jüdischen Gemeinden über junge Männer ohne Beschäftigung klagten, im nahegelegenen Capua, in Puteoli oder Neapolis, eröffneten wir auf Jacobus' Gut eine Fabrikation von Möbeln und einfachen Werkzeugen, zunächst für den Eigenbedarf des Gutes, für Truhen, Bänke und Rohrstühle, dann Rechen, Beile, Rebmesser und ähnliches. Manchmal besuchte ich die Werkstätten, die in verschiedenen Höfen und Vorwerken des Gutes ihr Unterkommen fande, ständig wuchsen, allmählich in gewagtere Unternehmungen übergingen, in Töpfereien, Kesselschmieden, Ziegeleien. Mehrere Baumschulen entstanden, neue Obstgärten mit begehrten Früchten; erstmals wurden die syrische Pflaume und der Pfirsich angepflanzt. Jacobus und Alexander zeigten Interesse und investierten grössere Summen in die Pflanzungen, während das Handelshaus in Rom täglich tiefer in Schulden geriet.

Jedidah brachte immer neue Flüchtlinge auf das Gut, gab Starthilfe, ermutigte, beschaffte Wohnraum. In den Gemeinden der Umgebung sprach sich herum, dass der Betrieb Fortschritte machte. Arbeitslose Kupfer- und Goldschmiede, Sandalenmacher, Glasbläser fanden sich ein, überall wurde gebaut, das Material – Ziegel, Bauholz, Fliesen – stammte zum grössten Teil aus eigenen Werkstätten. Der Freigelassene Elias in Sinuessa, einige Handelshäuser in Capua, Neapolis oder Jacobus' Niederlassung in Puteoli begannen mit den Erzeugnissen des Gutes zu handeln. Auch in den Weinbergen wurde viel gearbeitet, Gruppen junger Leute aus Judäa legten neue Terrassen an. Früher hatte sich das Gut kaum selbst getragen, in diesem Jahr warf es erstmals Mal Gewinn ab. Daraufhin wurde auch das zweite Landgut, bei Venusia, an der Grenze nach Apulien, mit Flüchtlingen aus Judäa besiedelt.

Viele dieser Flüchtlinge galten gegenüber der römischen Behörde als Unfreie, waren von Sklavenhändlern oder auf Märkten gekauft, wurden aber nach unserem Gesetz dadurch nicht Eigentum des Käufers, sondern Tagelöhner: ein Hebräer soll einen anderen nicht wie einen Sklaven besitzen, er darf den Unfreien, seinen Schuldner, nur gegen Lohn für sich arbeiten lassen. In regelmässigen Abständen, spätestens alle sieben Jahre, wird das Verhältnis gelöst, der Gekaufte erhält nach unserem Gesetz seine Freiheit wieder, wenn auch nicht unbedingt nach dem römischen. Wenn etwa die Freilassung als Scheinverkauf an unseren Gott erfolgt, wie es nicht selten geschieht, besitzt der Vorgang im römischen Recht keine Gültigkeit. Auf diese Art wurde gegenüber der Behörde die Zahl der judäischen Einwanderer verschleiert und den Freigelassenen, von denen die meisten arme Leute blieben, die unerfreulichen Seite der Freiheit, das Entrichten von Steuern und Abgaben, erspart.

Manchmal kam ein junges Paar zu Jedidah, um sich zu bedanken, anlässlich des Pesach- oder Wochen-Festes, und erste Gaben aus der eigenen Wirtschaft zu bringen, einen Sack Nüsse, einen Korb mit Eiern, in Holzspäne gebettete Erstlingsfrüchte. Jedidah liess sich berichten, wie es den jungen Leuten ging, sie, die selbst kaum älter war, aber Vertrauen erweckte, ermutigend wirkte, das Bedürfnis auslöste, ihr Eröffnungen des Herzens zu machen. Manchmal war ich darüber besorgt. Zu viele näherten sich ihr, suchten ihre Gesellschaft, fast täglich kamen Besucher in unsere abgelegene Hütte. Ich wollte mich den Unbekannten nicht zeigen, hielt mich im Hintergrund, arbeitete still in Weinberg und Garten. Manche schienen zu ahnen, wer ich war, doch sie gaben vor, mich für einen Landarbeiter zu halten oder nicht zu bemerken, dass es mich gab.

In Rom regierten derweil die Freigelassenen Helius und Polyclet, die Dioskuren, und der Prätorianer-Präfekt Nymphidius. Der nach Griechenland abgesegelte Kaiser hatte ihnen weitgehende Vollmachten hinterlassen. Eine neue Welle von Verhaftungen und Anklagen traf die grossen Familien, verbunden mit dem Eintreiben der Legate und Erbschaften, vielleicht auf Neros Weisung, da der Bau des Goldenen Hauses und die Reise nach Griechenland unvorstellbare Summen verschlangen. Auch Ritter und schlichte Quiriten wurden vor Gericht gestellt, wenn das Hofamt *a rationibus* herausgefunden hatte, dass sie viel Geld besassen, Landgüter, die Gewinn abwarfen, Kunstwerke, kostbare Sklaven oder edle Pferde. Unsere florierenden Werkstätten mussten verborgen bleiben, auch die Zahl der judäischen Flüchtlinge und die Guthaben des Handelshauses. Jacobus hatte seinen Besitz beizeiten über den Mittelmeerraum verteilt, in Rom galt das Unternehmen als gefährdet. Deshalb rührte man die Familie nicht an: der Kaiser fürchtete um seine neue Palastanlage, deren Ausstattung mit Pflanzen und Tieren Jacobus übernommen hatte.

All dies waren nur schwache Gewissheiten, denen ein Stimmungswechsel des Sängers jeden Tag ein Ende bereiten konnte. Eine anonyme Anzeige, enthüllend, dass ich am Leben war und mich auf dem Gut versteckt hielt – um ein gut denkbares Beispiel zu nennen –, mochte einen Wutanfall auslösen, der allen im Haus den Tod brachte. In dieser Lage wäre es das Klügste gewesen, keine Fremden zu empfangen, doch das Gegenteil geschah, die Zahl der Besucher nahm weiter zu. Auch vom Gutshof wurde täglich in dieser oder jener Angelegenheit gesandt, der junge Diener, der mir die Torte gebracht hatte, war ständig für Jedidah unterwegs. Eine Magd musste ins Haus genommen werden, was viel Kopfzerbrechen bereitete, da diese Person, wenn sie auch nur geschwätzig war, die ganze Familie ins Unglück stürzen konnte. Über solchen Fragen verbrachten wir schlaflose Nächte. Jeder Zwischenfall beunruhigte mich, in jedem Besucher sah ich den möglichen Spitzel. Ich brauchte die Arbeit an freier Luft zur Beruhigung, mischte mich unter die

Arbeiter, kam nur noch nachts zum Schlafen nach Hause. Die Magd, ein Mädchen aus Judäa, selbst illegal auf unserem Gut, da sie insgeheim auf einem Schiff eingeschmuggelt war und für die römische Behörde nicht existierte, betrachtete mich mit Scheu. Ich war ein Fremder, namenlos, grob gekleidet, kaum ein Wort sprechend, der nachts in ihrer Herrin Zimmer schlief und das Kind liebkoste, als wäre es seins.

Zu der Zeit zogen die Kriegsleute Nebukadnezars, des Königs von Babel, hinauf nach Jerusalem, und die Stadt ward belagert. Und Nebukadnezar, der König von Babel, kam zur Stadt hinauf, als seine Krieger sie belagerten …

Aus Achaia erreichten uns Nachrichten von beispiellosen Erfolgen. Es hiess, die kaiserlichen Aufführungen verblüfften selbst das verwöhnte griechische Publikum, seit den Tagen des Bakchilydes sei das Theater nicht mehr von solcher Begeisterung erfüllt gewesen. Verschiedene Gerüchte, die Auftritte Neros betreffend, kamen mir im Frühjahr zu Ohren: Ovationen, die alles bisher Erlebte in in den Schatten stellten, Pilgerzüge zu den Orten, an denen der Kaiser spielte oder die Kithara schlug, Volksversammlungen, auf denen dem Sänger gehuldigt wurde, Reigentänze Tausender zu seinen Ehren, Berge von Siegerkränzen, olympische Wettkämpfe. Ein Brief des Senators Cluvius Rufus, mit eigner Hand geschrieben, da er ihn offenbar keinem Schreiber anvertrauen wollte, alsdann mit Kurier übers Jonische Meer nach Puteoli gesandt, an den Freigelassenen Elias in Sinuessa weitergeleitet und nach Eintreffen seiner Brieftaube von Jedidahs verlässlichem Diener aus der Stadt geholt, erreichte mich im Sommer. Als ich ihn in Händen hielt, hatte der Krieg in Judäa eben begonnen.

So trafen uns diese beiden Neuigkeiten zur gleichen Zeit, Neros niegesehene Triumphe und das Unglück unseres Landes. In Judäa war der offene Aufstand gegen Rom ausgebrochen, in einer der

Städte, in denen Syrer und Juden zusammenlebten, vor dem Hintergrund lange schwelender Erbitterung, in Caesarea am Meer, der umstrittenen Residenz. Der römische Prokurator Gessius Florus schaltete dort, mitsamt seiner Gattin Kleopatra, und widmete sich seinen schattenhaften Geschäften. Irgendwann in diesen Tagen – ich lebte im Versteck und kann nicht genau sagen, wann – muss die kaiserliche Entscheidung gefallen sein, die Regelung der *isopoliteia*, des Stadtrechts, des Zusammenlebens von Juden und Syrern, für deren Auslegung zu Gunsten der Juden mein Freund Matitjahu und die Gesandten am Kaiserhof seit Jahren gekämpft hatten. Trotz aller Mühen am Hof war der Bescheid für die Juden ungünstig: der Kaiser hatte den Syrern und Griechen die entscheidenden Vorrechte in der Stadt am Meer zugesprochen und wegen des schroffen Tons seiner *epistula* das Selbstgefühl beider Parteien aus der Bahn geworfen. Die Syrer reagierten mit kränkendem Übermut, mit lautstarken Demonstrationen ihrer neuen Macht, während die Juden, von ihren alten Rechten überzeugt, in eine gleichfalls gefährliche Verzweiflung fielen.

Es kam zu Zwischenfällen, zu gewalttätigen Zusammenstössen. Sie waren nichts Neues in Caesarea, die Stadt lebte seit längerem am Rand einesBürgerkriegs. Doch wurde die Lage durch die Politik des Prokurators Florus verschlimmert, der den Bürgerkrieg nicht, wie seines Amtes gewesen wäre, zu verhindern suchte, sondern im Gegenteil zu entfachen. Krieg war das sicherste Mittel, einer Untersuchung zu entgehen, nachdem anhaltende Klagen der judäischen Grossen, der Prinzessin Berenike, später auch ihres Bruders, des Königs Julius Agrippa, den kaiserlichen Legaten in Syrien, den Konsularen Cestius Gallus, endlich zum Eingreifen bewogen hatten. Florus wurde von den Jerusalemer Grossen beschuldigt, siebzehn Talente Gold aus dem Tempelschatz in Jerusalem entwendet zu haben, unter dem Vorwand, der Kaiser benötige auf seiner Griechenlandreise Geld – eine Tat, die selbst den trägen Cestius Gallus aufschrecken liess und in Bewegung setzte. Der Kaiser, so gleichgültig er sich in religiösen Fragen gab, konnte aus *pietas* gegenüber dem Ahnvater seines Geschlechts, dem grossen Augustus Octavian, die Schändung eines Heiligtums verübeln, das von diesem mit Weihegeschenken bedacht worden war, goldenen übrigens, so dass sich nicht einmal ausschliessen schliess, dass sie sich nicht jetzt unter dem Raubgut befanden. Er konnte in Florus' dreistem Übergriff eine Verletzung des Gesetzes *crimen maiestatis* sehen, deren Verfolgung niemanden verschonte, auch nicht einen kaiserlichen Prokurator.

Diese Möglichkeit, so wurde erzählt, hätte die judäische Prinzessin Berenike angemahnt, in einem Schreiben, das sie dem Konsularen Cestius Callus nach Antiochia schickte, worauf der bisher Untätige einen Tribunen entsandte, an Ort und Stelle die Lage zu prüfen. Der Tribun kam mit für die Juden günstigem Bericht zurück: er hätte das Volk insgesamt kaisertreu und freundlich gesinnt gefunden, nur äusserst aufgebracht gegen den räuberischen Prokurator Florus, über den in der Tat von allen Gesprächspartnern, von Hohepriestern, königlichen Prinzen und anderen Grossen Jerusalems, das denkbar Schändlichste zu hören sei. Eben wollte sich – mit einer bei seinem Phlegma erstaunlichen Promptheit – der Legat Cestius Gallus zu einem Schritt gegen Florus aufraffen, zur Beschwerde beim Kaiser, womöglich zur Anklage *per repetundis* in Rom, als ein Eilbote die verhängnisvolle Nachricht überbrachte, dass man im Tempel zu Jerusalem auf Betreiben radikaler junger Priester das traditionelle Opfer für den römischen Kaiser eingestellt hätte, das Symbol des Reichsfriedens, das Vorbild aller unterworfenen Völker.

Das war offene Rebellion. Es war mehr. Es war die Aufkündigung des Bundes zwischen dem Volk der Juden und den römischen Caesaren, eines Bundes aus Klugheit und gutem Willen, einst aus dem Beistand des Ethnarchen Johannes Hyrkanus, Sohnes der Königin Alexandra Salome, für den bedrängten Julius Caesar entstanden, von diesem mit kaiserlicher *granditas* vergolten, mit Rechten und Freiheiten für Hyrkanus, sein Volk und sein Haus, mit Steuererlassen, Gleichstellung in den Städten, Anerkennung des jüdischen Glaubens als *religio licita*, Duldung des *shabat*, Befreiung vom römischen Wehrdienst, gnädigen Erleichterungen in den Augen der Welt, vom römischen Senat bestätigt, von den Erben des grossen Caesar erneut bekräftigt, zum Segen der Juden, zum Segen des Reiches. Nicht alle Caesaren hatten sich daran gehalten, auch waren, wenn man genau hinsah, die von ihnen eingesetzten Prokuratoren fast durchweg eine Plage für Judäa gewesen, war der Titularkönig aus herodischem Hause mitsamt seinem Privileg, die Hohepriester zu ernennen, eine unerträgliche Herausforderung an jüdisches Rechtsgefühl, hatte das Unwesen der syrischen Hilfstruppen für böses Blut in der gepeinigten Provinz gesorgt … Einhundertundfünfzehn Jahre hatte dennoch der Bund bestanden, seit der Schlacht bei Pharsalos, im Verständnis der Völker garantierte er den Frieden im Osten. Er stand für die Annäherung zwischen Orient und Okzident, für den von Roms Caesaren verwirklichten Traum des grossen Alexander. Eine Gruppe junger Tempelpriester, angeführt von einem gewissen Eleazar, machte ihn an einem einzigen Morgen zunichte, indem sie das Opfer für die Gesundheit des römischen Kaisers einstellte, das tägliche Ritual, in dem das Bündnis den Segen des jüdischen Gottes fand.

Anderer Bericht als geplant ging nun vom Legaten Cestius Gallus an den Kaiser in Griechenland, allerdings wurde darin auch des Prokurators Florus tadelnd Erwähnung getan, unter Verwendung dessen, was der zurückgekehrte Tribun in Jerusalem erfahren hatte – eine erste Andeutung von Wahrheit, vor allem eine Vorsichtsmassnahme des Legaten Cestius, um den kaiserlichen Zorn von sich selbst abzulenken. Denn auch er erwies sich als unfähig, der Lage Herr zu werden: eine von ihm geführte Militäraktion gegen den ausbrechenden Aufruhr endete in einem Fiasko, mit Mühe und Not entkam Cestius Gallus in syrische Gefilde, unter Verlust tausender Legionäre, sogar hoher Truppenführer. Er sandte nochmals an Nero, um Florus als wahren Schuldigen auch an diesem Debakel anzuklagen, und gab seinem Boten den Prinzen Saulus bei, einen Vetter des judäischen Königs, dazu andere aus Jerusalem geflüchtete hohe Personen, um nun endlich dem Kaiser all die Anschuldigungen gegen den verbrecherischen Prokurator zur Kenntnis zu bringen, die er selbst als Legat in Antiochia jahrelang unterdrückt und verschwiegen hatte.

Nero soll die Sache zunächst leicht genommen haben. Er empfing den Prinzen Saulus, erzählte ihm von seinen Aufführungen, lud ihn zum nächsten Konzert oder Theaterstück ein, sprach nebenher von den Vorkommnissen in Judäa, nannte sie einen *lapsus* der zuständigen Beamten, des Florus und des Cestius Gallus, die mit derlei nicht umzugehen zu wüssten. Vermutlich hatte der syrische Legat nicht allzu genau über seine Niederlage berichtet, über die Erbitterung der jüdischen Kämpfer, den überall ausbrechenden Hass auf Rom, so dass der Kaiser sich mit höhnischen Worten begnügte und in der Konzertreise durch Griechenland fortfuhr. Erst als ihm der Ritter Tigellinus genaueren Bericht erstattete, gestützt auf die von seinen Geheimagenten eingehenden Informationen, änderte er seine Meinung und begann ersthaft über Schritte nachzudenken, wie der Frieden im Osten wiederherzustellen sei.

Eingeweihte wussten, dass es dazu längst zu spät war. Aber gibt es in der Politik ein »zu spät«? Geschieht nicht fast immer, was längst hätte geschehen müssen, mit solcher Verzögerung, dass es einem »zu spät« gleichkommt und dass, liesse man sich davon abschrecken, am Ende überhaupt nichts getan würde? Der Kaiser war, was Judäa betraf, schon seit geraumer Zeit nicht mehr im Bilde, obwohl man ihm die nötigen Informationen hatte zukommen lassen, wiederholt, beizeiten, seit Jahr und Tag. Ich erinnere mich, wie ernsthaft Matitjahu, die Zwergin Callida und andere Beamte an ihren Memoranden gefeilt und des Herrschers Aufmerksamkeit dafür zu gewinnen versucht hatten. Nero hatte den Analysen und Mahnungen nie lange gelauscht, meist waren Neuigkeiten dazwischengekommen, solche, die ihm nähergingen, Berichte aus Amphitheater und Circus, von Schaukämpfen und Wagenrennen, wie überhaupt kaum noch etwas seine Aufmerksamkeit länger zu fesseln vermochte: zu vieles, behauptete er, werde ihm täglich zur Kenntnis gebracht, zu viel Information stürme jederzeit auf ihn ein, als dass er einer einzelnen Sache sein Augenmerk zuwenden könne. Damals begannen die Weiterblickenden in Neros Umgebung an ein Später und Nachher zu denken, an eine post-neronische Zeit. Mancher kaiserliche Freund traf Vorkehrungen und verpflichtete sich wichtige Häuser der Aristokratie, indem er unbemerkt eingriff, Anklagen verzögerte, diesen oder jenen *clarissimus* vor der Verfolgung rettete. Tigellinus zum Beispiel machte sich auf diese Art Freunde für später.

Immerhin traf der Kaiser einige Entscheidungen. Er beschloss, Florus und Cestius Gallus durch fähigere Männer zu ersetzen. Der Konsular Flavius Vespasianus kam ins Gespräch, der ungeliebte kaiserliche Freund. Er befand sich in Neros Nähe, mit ihm auf Konzertreise, mitten in Griechenland, niemand konnte erklären, warum. Vielleicht sah der Kaiser den Flavier lieber bei sich als ohne Aufsicht in Rom, immer der griechischen Wahrsagung eingedenk, die einst das Kaiserdiadem über dem lockigen Haupt des Titus gesehen haben wollte. Der frühere Tempelpriester Josephus behauptet in seiner Darstellung des judäischen Krieges, Nero hätte zeitlebens eine heimliche Hochachtung für Vespasian gefühlt, »war er doch der Mann, der, im Kriegsdienst aufgewachsen und ergraut, schon vor längerer Zeit das von den Germanen bedrohte Abendland den Römern von neuem gesichert hatte«. Sogar die Söhne, Titus und sein jüngerer Bruder Domitian, sollen Nero für den General eingenommen haben, »ihre jugendliche Kraft, deren sich die Klugheit des Vaters gleichsam als einer Hand bedienen konnte«. Josephus, als Hofschreiber der Flavier, durfte schwerlich eine andere Erklärung wagen. Auf den ersten Blick scheint sie unsinnig: zu bekannt war Neros Aversion gegen die flavische Familie, sein Hass auf Titus. Doch bei genauerem Hinsehen eignet ihr eine gewisse Wahrscheinlichkeit. Besorgte kaiserliche Freunde, Tigellinus oder Cluvius Rufus, mögen in der Stunde der Not an Vespasians Qualitäten als Heerführer erinnert und ihn dem Kaiser als Legaten für die aufständische Provinz ans Herz gelegt haben.

Andere sahen, ganz im Gegensatz dazu, in Vespsians Entsendung eher ein Zeichen der Ungnade. Die ohnehin bestehende Antipathie des Kaisers hätte sich anlässlich eines Zwischenfalls auf der griechischen Reise vertieft. Eines Abends während einer improvisierten Gesangsstunde, soll Vespasian, für künstlerische Darbietungen seit jeher wenig empfänglich und in Schläfrigkeit sinkend, sobald im Besonderen Neros Stimme ertönte – als ginge von des Sängers mattem, leicht belegten Organ ein hypnotischer Zauber auf ihn aus – vor aller Augen eingeschlafen sein, unmissverständlich, mit auf die Brust gesunkenem Kopf, unter leisem, doch in der Stille des Auditoriums weithin hörbarem Schnarchen. Nero, der auch bei grösster Bewegung sein Publikum im Auge behielt, brach mitten im Vers ab, seine Rechte glitt, die Saiten streifend, ein letztes Mal über das Instrument, er stampfte, indem er sich nahe vor den Schlafenden stellte, mit dem Fuss im hochgesohlten Schuh, dann rauschte er hinaus, die Kithara im Arm, und überliess den Erwachenden dem Gelächter des versammelten Hofes. Auch dieser Geschichte eignete eine gewisse Wahrscheinlichkeit. Mehr als einmal hatte man den Konsularen Vespasian bei Neros Gesang am Rande des Schlummers gesehen, eine Schwäche, die der Kaiser mehr verübelte als jede andere.

Welcher Grund auch immer der ausschlaggebende war, der Kaiser übertrug Vespasian kurz darauf das Militärkommando in Judäa. Den jungen Titus sandte er gleich mit, als Befehlshaber einer Legion, er wünschte dem Sohn kein besseres Schicksal als dem Vater. Er wollte den jungen Flavier möglichst fern von Rom wissen, ihn möglichst nie wiedersehen. Titus wurde nach Alexandria abkommandiert, um die fünfte und sechste Legion zu holen, mitsamt dem Ritter Tiberius Julius Alexander, dem geborenen Juden und Neffen des Philosophen Philo, der mit den Flaviern zog, um Jerusalem zu zerstören, die Stadt seiner Vorfahren und seines Volkes. Tiberius Alexander und Titus kannten sich aus gemeinsamen Kindertagen in Rom, wo man den Sohn des Bundes als römischen Ritter aufgezogen hatte. Sein Vater, der Alabarch Alexander, war trotz seiner Dienste für das römische Kaiserhaus ein frommer Mann gewesen, hatte dem Tempel in Jerusalem das goldene und silberne Zierwerk für die neun grossen Tore gestiftet und sich dadurch in der heiligen Stadt zu verewigen gehofft. Man sprach überall von diesen Toren, von den herrlichen Reliefbildern aus unserer Geschichte, ausgeführt als flache Treibarbeit in Gold und Silber, um das Verbot dreidimensionaler Bilder nicht zu verletzen, man sprach von ihrem Wert, von der üppigen Verwendung der edlen Metalle und der einzigartigen künstlerischen Ausführung. Auch ich hatte die wunderbaren Türen gesehen und ihren Anblick niemals vergessen.

Indessen trommelte Vespasian in Antiochia sechzigtausend Soldaten zusammen, zum Teil Legionen von weither, mitsamt Belagerungsmaschinen, Wurfgeschossen und ausländischer Reiterei. Der judäische König Agrippa schloss sich ihm mit seinen Truppen an, um seine aufrüherischen Landsleute zu bekämpfen. Irgendwann ging das Truppensammeln und Aufmarschieren in kriegerisches Vordringen über, in Belagerung und Eroberung von Festen und Städten, die sich in der Hand der Aufständischen befanden und nun, im eisernen Griff der römischen Legionen, zu Todesfallen wurden, darin man langsam verhungerte und verdurstete, vor deren Toren man bei verzweifelten Ausfällen im Sand der Wüste verblutete. Oder auf andere elende Weise zu Tode kam, wie die Einwohner von Jafo, die sich auf ihre Schiffe flüchteten und im Sturm vor der eigenen Küste zerschellten. All dies währte den Herbst und Winter, wir erfuhren durch Flüchtlinge davon, hörten es mit Schaudern und wandten uns haltsuchend dem Unseren zu, den Ernten der Jahreszeit, Korn und Oliven, Obst und Wein.

Eine nach der anderen wurden die rebellischen Städte Galiläas genommen, dann die von Judäa, ihre Verteidiger niedergemacht oder versklavt. Auch die Juden töteten mit niegesehener Erbitterung. Einzelne Nachrichten erreichten uns, Briefe von Korrespondenten des Handeshauses. Man erfuhr vom Tod des trägen Legaten Cestius Gallus in Antiochia, unter ungeklärten Umstanden. Man hörte, dass der Prokurator Florus auf offener Strasse von wütendem Volk erschlagen worden sei, mitsamt seiner Gattin Kleopatra. Dafür metzelten die Bewohner der Stadt Damaskus alle dort lebenden Juden nieder. Auch in Caesarea spielte sich derlei ab, unter den Augen der römischen Beamten. In Jerusalem wurde der Tempelbezirk von *kana'im* besetzt, religiösen Eiferern, die ein Schrekkensregiment über die Stadt verhängten. Die Neuigkeiten klangen hoffnungslos, allein sie anzuhören verursachte Pein.

Nero beendete unterdessen seinen Siegeszug durch Griechenland, umjubelt wie nie ein Künstler zuvor. Ein ganzer Wagenzug war nötig, um die Kränze, Pokale, Palmen und Ehrengeschenke nach Rom zu befördern, die ihm die begeisterten Hellenen zuerkannt hatten, für seine Konzerte, oratorischen Auftritte, Gesänge, schauspielerischen Leistungen, sogar für seine Triumphe im Wagenrennen. Er kehrte voller Pläne in die Hauptstadt zurück. Die

Reise hatte ihn nicht nur beglückt und befriedigt, sondern zu neuen Darbietungen angeregt, auch auf Gebieten, die ihm bisher unvertraut waren. Er nahm neue Lehrer in Dienst, berühmte Griechen, die sich seiner Ausbildung in bisher unerprobten Künsten widmeten. Der Senator Cluvius Rufus schrieb mir, nun wieder aus Rom, offenbar bemüht, den Kontakt nicht abreissen zu lassen, gerade jetzt nicht, da der Kaiser von Ideen »vibriere« und täglich nach neuen Manuskripten verlangen könne. Doch dazu kam es nicht mehr. Nero soll nach der Rückkehr eine gewisse Ermüdung gezeigt haben, was öffentliches Reden, Singen, Deklamieren betraf, eine zunehmende Mattigkeit der Stimme, nachdem er in Griechenland, wie erzählt wurde, alle dortigen Weinsorten gekostet und zahlreiche Liebesverhältnisse begonnen hatte.

Indem er sich von den stimmbetonten Kunstarten abwandte, entdeckte er nun, wie Cluvius Rufus schrieb, Ballettübungen, das Flöten- und Dudelsack-Spiel sowie Improvisationen auf der Wasserorgel, die zu seiner letzten grossen Leidenschaft werden sollte. Diese Konstruktion, genannt *hydraulis*, war eben zu technischer Vollkommenheit gediehen, ihre saugenden, glucksenden Geräusche, ihre atmosphärischen, ozeanischen Klänge, die neben dem Dröhnen und Tönen der Orgelpfeifen gut hörbar blieben wie eine Anmahnung unterweltlichen Geschehens, versetzten das Publikum in einen Sphärenrausch, dem nichts Bisheriges zu vergleichen war. Auch übte er sich täglich im Ringkampf, da er bald in der Arena aufzutreten gedachte. Er gliche in seinem Gesange dem Apoll, deklamierte der Kitharöde Menekrates zu Neros Ehren, im Wagenlenken dem Sonnengott, an der Wasserorgel dem Neptunus, und werde all dies durch die Taten des Herkules krönen.

Solche Neuigkeiten überstrahlten das traurige Geschehen in Galiläa und Judäa, tauchten den Untergang unserer Heimat in grellbuntes Licht. Die Nachrichten von dort, wie die von Neros Treiben in Rom, klangen unwahrscheinlich, als handle es sich um Ausgeburten des Traums. Rom wurde uns zunehmend zur Phatasmagorie, als wären wir nicht dort geboren worden, hätten nicht immer dort gelebt. Der Kaiser ging uns voran in dieser Wahrnehmungstrübung, schien selbst nicht mehr auseinanderhalten zu können, was geschah und was er träumte. Er verbrachte die Tage in ständiger Öffentlichkeit, versammelte Chöre um sich, tafelte *in publico.* Er erklärte seinen Begleitern, er lebe mit Freuden wie ein einfacher Mann, mitten im Volk, jedermann zugänglich. »Ich bin kein persischer Despot«, soll er ausgerufen haben, als ihm die um seine Sicherheit besorgten Freunde zu etwas mehr Privatheit rieten, »ich will nicht vom Leben abgeschieden sein, verborgen hinter dicken Mauern. Wie ein Künstler will ich leben, offenen Herzens, geschützt und getragen von der Liebe meiner Römer.«

Nimm dir eine Schriftrolle und schreibe auf ihr nieder jedes Wort, das ich zu dir sprach: über Israel, über Judaä und über alle Völker …

Damals begann ich Aufzeichnungen zu machen, um die bedenkenswerten Neuigkeiten von den unsinnigen zu trennen, die glaubwürdigen von denen, die der Wahnsinn dieser Tage spriessen liess wie die betäubende Blüten giftiger Gewächse. Ich schrieb in Schnell- und Kurzschrift, in den verabredeten Strichen, Haken, Punkten, wie sie, knapp und summarisch *notae* genannt, beim Protokollieren von Sitzungen üblich sind, auf Reisen oder beim Aufnehmen eiliger Befehle im Feldlager. Als junger Mann hatte ich diese Schriftart erlernt, auch Übung darin gewonnen, sie zu lesen, und konnte nun froh darüber sein, da ich mein stilles Studio eingebüsst hatte und nur noch selten, an ungeeigneten Orten zum Schreiben kam.

Jedidah wurde im Frühjahr schwanger. Wir sahen darin ein Zeichen der Hoffnung, just in den Tagen von Neros Ende. Mit Verspätung erreichte uns die Nachricht von der Erhebung der Truppenführer in den Provinzen, erst des Julius Vindex in Gallien, dann des Sulpicius Galba in Spanien, welch letzterer, da er von seiner Mutter Seite her mit der Kaiserin Livia verwandt war, der Gattin des grossen Augustus, sich selbst für einen natürlichen Anwärter auf den Kaiserthron hielt. Tigellinus und die Prätorianer gingen zu ihm über, womit Neros Schicksal besiegelt war. Galba wurde, nachdem er dem letzten julischen Kaiser den Gehorsam gekündigt und sich bei dieser Gelegenheit zum »Legaten aller Römer, des Senates und des Volkes« erklärt hatte – ein romantischer, an republikanische Freiheit gemahnender Auftritt – vom Senat zum Imperator ausgerufen.

Die Nachricht vom Aufstand des Junius Vindex soll Nero zunächst nicht weiter beunruhigt haben, er unterbrach nicht einmal sein Spiel auf der Wasserorgel. Es koste ihn nur eine Ansprache an die Soldaten, rief er den Freunden über die Schulter zu, um die Legionen umzustimmen. Als er jedoch an einem der nächsten Tage vom Abfall des Galba und der übrigen Truppen erfuhr, schmetterte er seinen Kristallbecher auf den Marmorboden des Goldenen Hauses, zertrampelte die Scherben und zerriss die Depeschen. Er gab Befehl, in Ostia die Flotte bereitzumachen, damit er absegeln könne, um auf einer griechischen Insel sein Leben zu beschliessen, »an fernen Gestaden, unter denen, die meiner würdig sind«. Andere sagen, das Ziel seiner Reise sei Alexandria gewesen, der lebenslustigen Bürger dieser Stadt eingedenk, die ihn einst in Neapolis gefeiert hatten. Diese Pläne scheiterten daran, dass sich kein Offizier der Garde bereitfand, ihn mit seinen Truppen aus der Stadt zu begleiten. Der letzte Tag in Rom soll mit ähnlichen Einfällen hingegangen sein, in schwindender Gesellschaft, von den Wachen, sogar den Dienern verlassen, wobei jeder aus dem verödeten Goldenen Haus wegschleppte, was sich nur tragen liess. Mitten in der Nacht, als der Rausch des abendlichen Weins verflogen war, erwachte der Kaiser in seinem leeren Palast. Er irrte eine Weile durch die Hallen und Gärten, ziellos, von Entsetzen ergriffen. Das Goldene Haus in seinen Riesendimensionen, menschenleer, ohne Wachen, Diener, Freunde, muss ein spukhafter Ort gewesen sein. Wessen Geister sah er dort, als er zum letzen Mal durch die Kolonnaden schwankte? Gegen Morgen floh er in abenteuerlicher Verkleidung aus der Stadt, begleitet vom jungen Sporus und einigen griechischen Freigelassenen.

Er soll sich irgendwo auf dem Land, in einer Gartenlaube seines Freigelassenen Phaon, vor den Gardesoldaten versteckt haben, die der Senat aussandte, ihn zu suchen. Als seine Begleiter ihm rieten, sich einer schimpflichen Behandlung durch ehrenvollen Freitod zu entziehen, setzte er sich unter Klagereden einen Dolch an den Hals, konnte sich jedoch nicht entschliessen, zuzustossen. Einer der Freigelassenen, erzählte man, hätte ihm die Hand führen müssen. Zuvor soll der Kaiser mehrmals unter Tränen die Gleichgültigkeit seiner Mitwelt beklagt haben, die sich nicht daran störte, dass mit ihm ein einzigartiger, unersetzlicher Künstler zu Grunde gehe: *qualis artifex pereo*. Dieses Wort kannte bald jeder im Land, einst hörte ich es einen kleinen Jungen ausrufen, als er eine tote Grille fand. Die Augen des Sterbenden, so erzählte man, wären schaurig aus den Höhlen gequollen, da ihm das Blut in die Lungen strömte und ihn erstickte. Tagelang wollte niemand den Leichnam beerdigen, bis sich die Freigelassene Acte seiner annahm, die sanfte Syrerin, die seine Jugendgeliebte gewesen war und bis zum Schluss voller Hoffnung, er werde sich zum Guten besinnen.

Die Berichte von seinem Tod brachten mich nicht dazu, mein *incognitus* aufzugeben. Ich hatte mich an die schützende Namenlosigkeit gewöhnt, sie tat meinen sonstigen Eigenschaften keinen Abbruch, wie Jedidah fand, auf deren Meinung es ankam. Sie trage das Kind eines Landarbeiters ebenso gern unter dem Herzen, erklärte sie, wie das eines kaiserlichen Sekretärs. Die Besucher wurden nicht weniger, ich hielt mich tagsüber von meiner Familie fern. Frühmorgens ging ich aus dem Haus und arbeitete in den Weinbergen. Für die Stunden der Ruhe baute ich eine Laubhütte, wie ich sie mir vorstellte nach der Beschreibung in unseren Büchern, liess mir Tisch und Feldbett hineinstellen, mittags brachte die Magd Brot und Früchte, nicht selten kam unser Töchterchen, um den Nachmittag bei mir zu verbringen. Ich erzählte ihr die Geschichten, die mich als Kind gefesselt hatten, vom kleinen Abraham im Chaldäerland, der träumend am Ufer des Euphrat sass und sich fragte, wer Sonne, Mond und Sterne geschaffen, von seinem Auszug in die Wüste des Südens, von seiner Gottsuche in den Hainen von Hebron … Ich sah, wenn wir zusammen nach Hause gingen, zum abendlichen Himmel auf, an dem sich erste Sterne zeigten, die selben, die einst Abraham zu unruhvollen Fragen veranlasst hatten: wer lässt all dies kreisen und singen, lässt die Sterne erglühen, erlöschen, bestimmt unser Schicksal? Meine Existenzform war am Rande des Unwirklichen, und das machte es leichter, die täglichen Nachrichten zu verkraften.

Wie wir erfuhren, fand Rom nach Neros Flucht und Ende keineswegs zur Ruhe. Galba, der neue Kaiser, kam im August in die Hauptstadt und versuchte, sie unter seine Kontrolle zu bringen. Ich verbarg mich einige Wochen in der Laubhütte, von der niemand wusste als Jedidah, Miriam und die Magd. Eines Nachts kam mein Schwager Alexander vom Gut herüber, staubbedeckt nach eiligem Ritt, um mich zu warnen. Er habe von Matitjahu erfahren, dass man in Rom nach mir fahnde.

»Ich gelte als tot«, sagte ich, und legte all meine Hoffnung in dieses Wort. »Nur Cluvius Rufus weiss, dass ich am Leben bin. Sollte ausgerechnet er ...«

Alexander, trotz der Wärme der Sommernacht in einen Umhang mit Kapuze gehüllt, sprach zu Cluvius' Gunsten. »Ich denke, er hat nichts damit zu tun. Er hat Rom längst vor Eintreffen des neuen Kaisers verlassen, um als Legat nach Hispanien zu gehen. Es gab andere Leute, die deinen Tod nicht glauben. Man untersucht gewisse Vorgänge am früheren Hof. Bei dieser Gelegenheit erwähnte Tigellinus deinen Namen.«

»Tigellinus! Du willst doch nicht sagen, er hätte Neros Sturz überlebt?«

»Er hat Fürsprecher am neuen Hof, zum Beispiel den Konsul Vinius Rufinus, dessen Tochter er unter Nero vor der Hinrichtung rettete. Vinius Rufinus ist der engste Vertraute des neuen Kaisers. Tigellinus steht zu Recht in dem Ruf, ein umsichtiger Mann zu sein.«

Als weniger klug erwies sich Nymphidius, der zweite Präfekt der Prätorianer, der in den wirren Wochen nach Neros Tod versuchte, sich selbst zum Kaiser auszurufen – er behauptete, ein unehelicher Sohn des Caligula zu sein, somit auch er von julischem Blut – und dafür mit dem Kopf büsste. Hingerichtet wurden auch Helius und Polyclet, die Dioskuren, und andere Günstlinge Neros, selbst Tänzer und Tragöden, der Kitharöde Menekrates oder der Schaufechter Spiculus, obwohl sie niemals das geringste Interesse an Politik gezeigt hatten. Ich blieb in der Hütte in den Weinbergen versteckt, bis zum Laubhüttenfest, das ich in Einsamkeit, doch dem Gesetz gemäss verbrachte: unter einem Blätterdach, durch welches der Sternenhimmel schimmerte. Ab November schlief ich auf Jedidahs Bitte im Haus und hoffte auf ruhigere Zeiten.

Kaiser Galba kam schon im Winter zu Fall, durch Salvius Otho, einen von Neros engsten Freunden. Wenn unter Galba alle die hingerichtet worden waren, die Nero die Treue hielten, so traf es nun jene, die ihn verraten hatten. Der neue Kaiser liess sofort ein Verfahren gegen Tigellinus eröffnen. Der lächelnde Ritter, nach einigen Verhören, zog es vor, sich selbst den Tod zu geben, indem er sich im Bad die Adern öffnete, ein Ende, das er selbst so vielen seiner Opfer bereitet hatte. Kaiser Otho hielt sich bis April, dann näherte sich ein anderer Freund Neros der geplagten Hauptstadt, der jüngere Vitellius, den die Truppen in Germanien zum Kaiser ausgerufen hatten. Salvius Otho, ein Edelmann aus alter etrurischer Famile, empfand solches Entsetzen vor einem drohenden Bürgerkrieg, dass er sich das Leben nahm.

Jedidah brachte im Februar einen gesunden Knaben zur Welt, den wir Efraim nannten, zur Erinnerung an ihren verstorbenen Bruder, den Zwilling. Der kleine Efraim war dunkel wie dieser, sah ihm auch sonst ähnlich, erwies sich aber als sanftmütiges, vorsichtiges Kind. Manchmal denke ich, dass die Furcht, die Jedidah während der Schwangerschaft ausstand – um mich, ihren Vater und ihr ganzes Haus – sich dem Kind schon vor seiner Geburt mitgeteilt hatte: so fern von aller Gewalt und Tätlichkeit ist sein Sinn, friedvollen Beschäftigungen zugewandt, heiteren Spielen, auffallend früh dem Studium der Bücher. Die sieben Monate, in denen Vitellius in Rom regierte, waren für mich und die Meinen ohne Gefahr, ich lebte offen mit Jedidah und den Kindern im Gutshaus, wo Jedidah niedergekommen war, empfing dort Besucher und verbarg nicht länger, wer ich war. Cluvius Rufus, einer der wenigen überlebenden Freunde Neros, kehrte nach Rom zurück und wurde unter die Tafelgenossen des Kaisers Vitellius aufgenommen. Er sandte mir einen Brief über den Freigelassenen Elias in Sinuessa, darin er mich zur Rückkehr an den Hof aufforderte: alles sei wie einst, man gedenke in Wehmut der Tage des früheren Kaisers und lausche unter Tränen den alten Gesängen, darunter auch meinem unsterblichen *Kitharaspieler*.

Nach Rom zurückzukehren war keine wirkliche Versuchung. Erstens glaubte ich Cluvius Rufus nicht: eine Rückkehr in die Vergangenheit ist ein Trugbild der Sehnsucht, nichts wird wieder, wie es einst war, und wenn es den Anschein hat, ist umso grössere Vorsicht geboten. Ausserdem hatte ich mittlerweile Freude am Landleben gefunden, an der Stille, die es gewährte, an der guten Luft und gesunden Arbeit. Den Ausschlag gab Jedidahs Schwäche, die es mir unmöglich machte, das Gut zu verlassen. Sie zeigte sich nach der zweiten Niederkunft weitaus erschöpfter als nach der ersten, blass, mager, zur Kränklichkeit neigend. Vielleicht hätte ich mich sonst zu einem Besuch in der Hauptstadt verlocken lassen, zumal mein Schwiegervater zu verstehen gab, dass er meine Hilfe brauchte. Er bemühte sich am neuen Hof um Entschädigung für seine Verluste beim Bau des Goldenen Hauses, bisher ohne Erfolg, da das Hofamt *a rationibus* zahlungsunfähig war. Eben war ein Schiff mit Leoparden, Löwen, Straussenvögeln und anderen Tieren im Hafen von Ostia eingetroffen – sogar ein Hippopotamus aus Nubien befand sich darunter, in einem riesigen Becken voll Süsswasser –, alle unter grossen Mühen und Kosten in fernen Landschaften eingefangen, über Berge und Meere bewegt und für das Goldene Haus bestimmt, dieses aber lag verödet, ohne Diener, ohne Herrn, niemand war da, die seltenen Wesen zu versorgen, und Jacobus musste die kaiserlichen Beamten fast auf Knien bitten, die kostbare Fracht an Land zu lassen.

All dies mochte unerfreulich sein, doch war es nichts verglichen mit den Nachrichten aus Judäa. Die Flüchtlinge berichteten von haarsträubenden Greueln. Sowohl die Römer und ihre Hilfstruppen als auch die aufständischen Juden kämpften mit einer selten erlebten Wut und Grausamkeit. Vespasian hatte Jerusalem mit seinen Legionen umzingelt wie einst König Nebukadnezar mit den Heeren Babylons, jedoch von der Erstürmung der Stadt abgesehen, um die Entwicklungen in Rom abzuwarten. Seine Truppen wollten ihn auf der Stelle zum Herrscher ausrufen, da er die derzeit grösste Heeresmacht unter seinem Kommando vereinigte. Der Flavier war zu klug, sich zu übereilen, er zog es vor, in Caesarea abzuwarten, bis endlich der Präfekt von Ägypten, der geborene Jude Tiberius Julius Alexander, den Ausschlag gab, indem er Vespasian im Juli zum Imperator proklamierte und die ägyptischen Legionen den Eid auf ihn schwören liess. Es ist schrecklich zu sagen, aber wahr: er hob damit den Zerstörer Judäas auf den Thron, und er tat es in Übereinstimmung mit den einflussreichen jüdischen Gemeinden in Alexandria, die den Belagerer Jerusalems zum Kaiser wünschten, in der Hoffnung, dies möge sich günstig auf ihre eigene Lage auswirken.

Auch der judäische König Julius Agrippa erkannte den Flavier ohne Zögern an. Andere Truppenführer folgten, zuerst der neue Legat von Syrien, der Konsular Licinius Muceianus, dann – nachdem Vespasian die ägyptischen Getreidelieferungen nach Rom gesperrt hatte – auch die meisten im Westen, darunter der Führer der pannonischen Legionen Antonius Primus, der mit seinen Truppen nach Italien eindrang und offenen Bürgerkrieg auslöste. Die Truppen des Kaisers Vitellius wurden allmählich niedergerungen, römische Legionen kämpften gegeneinander, bei der Erstürmung der Stadt Cremona – durch italische Soldaten, vielleicht sogar solche aus der selben Landschaft – kam es zu den gleichen Scheusslichkeiten, Vergewaltigungen und Plünderungen, die sonst den eroberten Festungen fremder Völker galten.

Was würde Jerusalem geschehen, dem Juwel Gottes, der gefallenen Königin, wenn ihre Verteidiger ermatteten? Was gab es schon jetzt innerhalb ihrer Mauern an Elend und Schrecken, Trauer und Gram? Seit Monaten war die Stadt belagert, der Hunger musste tödlich sein. Die Flüchtlinge berichteten vom Hass und Wahnsinn der Eiferer, die Jerusalem in ihre Gewalt gebracht hatten. Nachts lag ich wach und fragte mich, wie man sich verhielt, wenn man in derart schrecklichen Zeiten zu leben gezwungen war, und nicht nur zu leben, auch für andere zu sorgen hatte, ihnen Mut zu geben, Kraft für den kommenden Tag? Mein Schreibrohr stockt bei dem Wort »zu leben gezwungen«, doch schliesslich verhält es sich so und nicht anders: wir leben nicht aus eigenem Willen, kommen ohne unser Zutun auf diese Welt, und da sind wir nun und müssen sehen … Was stand uns bevor, den Juden in Italien und anderswo, wenn Jerusalem fiel? Schon zeigte sich übetrall offener Judenhass, bei Syrern, Griechen, Alexandrinern, sogar bei den Römern, die ihn lange als ihrer nicht würdig verschmäht hatten. Leicht konnte sich unsere vergleichsweise erträgliche Lage zum Bösen wenden, konnte das Morden, Rauben, Verfolgen auf Italien übergreifen. Ich erinnerte mich an Matitjahus Bemerkung in unserem nächtlichen Gespräch in der Gartenlaube: er verstünde jeden, der es vorzog, vorher zu sterben … Er selbst wäre der letzte gewesen, es zu tun. Unser Gott hat uns den Tod von eigener Hand verboten, unser Blut betrachtet er als das Seine, und wie wir ungefragt zur Welt kommen, wann und wo es unserem Schöpfer beliebt, so sollen wir auch gehen.

Die Legionen des Antonius Primus drangen in die Hauptstadt ein. Kaiser Vitellius, aus einem Versteck auf dem Kaiserhügel hervorgeholt, wurde vom Volk auf offener Strasse in Stücke gerissen, seine Überreste an einem Fleischerhaken in den Tiber geschleift. Auch ihn hatte ich umhergehen sehen und lachen, mit Nero zu Tische liegen, der Kithara lauschen und trinken, sein Gesicht war rotfleckig vom Wein, sein Leib gedunsen vom Schwelgen. Im Dezember wurde der abwesende Konsular Vespasian zum Augustus ausgerufen, von einem durch Neros Verfolgungen und inneren Hader gelichteten Senat, alle in Rom waren des Mordens satt, des Mordens untereinander zumindest, denn in Judäa war kein Ende abzusehen. Auch zum »Vater des Vaterlandes« ernannte man den Sechzigjährigen, dem dieser Titel besser zu Gesicht stand als Nero und den kurzlebigen Kaisern des Drei-Kaiser-Jahres, zugleich zum Konsul *in absentia*, um sich des Flaviers nur ja zu versichern. Er setzte sich von Alexandria aus allmählich in Bewegung, ohne Eile und übermässigen Eifer, über Rhodos und die agäischen Inseln, über Thessalien, von dort nach Italien, er traf erst im Sommer in der Hauptstadt ein, während sein Sohn Titus weiterhin Jerusalem belagerte, unterstützt vom General Tiberius Alexander und dessen ägyptischen Truppen. Fünf Legionen zog man um die unglückliche Stadt zusammen, dazu Hilfskontigente, Syrer, Kilikier und kleinasaiatische Reiterei, sogar wilde Araber aus der Wüste. Und indem sich Vespasian der Hauptstadt näherte, kehrten wir in das Haus in den Weinbergen zurück, Jedidah, die Kinder und ich, begleitet von der einzigen Magd. Wieder begann das Verstecken, das Leben ohne Namen und Stand.

Es erwies sich als unnötig. Der flavische Kaiser hegte keinen Groll gegen die Juden Roms. Er liess sie leben wie zuvor, liess Matitjahu seinen Posten im Hofamt *ab epistulis* und Jacobus den Titel eines Hoflieferanten, wie er den Juden Tiberius Alexander zum kaiserlichen Freund erster Vorlassung erhob und König Julius Agrippa mit Erweiterung seines Gebietes nach Norden belohnte: beide für ihre Treue gegenüber dem Zerstörer Judäas. Vespasian betrachtete den Feldzug gegen Jerusalem als militärische Strafaktion gegen die Aufständischen, ohne deswegen unser Volk im Ganzen oder im Einzelnen zu hassen – derlei Regungen waren ihm, glaube ich, zeitlebens fern. Er könne schwerlich Hass gegen die Juden fühlen, hiess es in Rom hinter vorgehaltener Hand, da er ihnen, genau besehen, den Thron verdankte. Zunächst dem Krieg gegen die aufständische Provinz, der ihn in den Besitz gewaltiger, für das Schicksal des Reiches entscheidender Truppenmassen gebracht hatte. Dann der Unterstützung der alexandrinischen Gemeinden, im Besonderen des Ritters Tiberius Julius Alexander. Ferner dem Beistand des Königs Agrippa und seiner Verwandten und Vettern, von denen einige in Rom ihren Aufenthalt nahmen und sich den Vergnügungen reicher Lebemänner überliessen, als sei nichts geschehen, als läge nicht drüben die Stadt Jerusalem in Staub und Schande, belagert von römischen Legionen, erfüllt vom Jammer der Hungernden und Sterbenden.

Mit Vespasian, seinem Hofstaat und seinen Truppen kamen judäische Sklaven nach Rom, Kriegsgefangene und Bewohner eroberter Orte, ausgemergelte, heruntergekommene Gestalten, und wieder galt es, so viele wie möglich zu kaufen. Durch unser Gesetz ist uns geboten, einen anderen Juden, der in den Besitz eines Fremden gerät, ungesäumt auszulösen: *acharej nimkar ge'ulah lo.* In den jüdischen Gemeinden Roms sammelte man Geld und rief dazu auf, solche Sklaven zu erwerben, wodurch nach jüdischem Gesetz zugleich ihre Freilassung erfolgte, wenngleich sie in vielen Fällen – schon der notwendigen Verschleierung wegen – nach römischen Recht weiterhin als Sklaven galten. Zur Ehre der Juden von Alexandria sei festgehalten, dass auch sie, unerachtet ihrer Unterstützung für Vespasian und Titus, zahllose Flüchtlinge bei sich aufnahmen und Unfreie befreiten. Dergleichen geschah in Antiochia, Seleukia, Sardis, Korinth, in Cyrenaica, auf der Insel Cypern, auf Kreta und Melos, in Ephesos, Tarsos, Smyrna, Phokäa, in Meschag in Kappadokien, Apamea in Phrygien, in Loadicea, Adramytium und Pergamon, in Susa am persischen Golf, in Thessaloniki, Athen und Philippi, in Panticapäum am nördlichen Pontus Euxinius, in Boreum in Africa, in Volobulis im äussersten Westen Mauretaniens, sogar in Spanien und Gallien, überall dort, wo Juden lebten, das heisst: überall. Wie gross auch immer die Gegensätze in Friedenszeiten gewesen sein mochten zwischen den verstreuten Gemeinden und dem Lande Judäa, jetzt hielt man zusammen, den Flüchtlingen zuliebe. Unser geschlagenes Volk verteilte sich über das Römische Reich, von Meer zu Meer, von Ost nach West, Nord nach Süd, landauf, landab, und mit ihm unsere Schriftrollen und unser Gesetz, unser uraltes Wissen, unser Wille zum Überleben.

Die Schriftgelehrten priesen das Gesetz. Manche Völker, die Rom unterworfen hatte, waren in der Sklaverei untergegangen, waren regelrecht verschwunden, da die Entronnenen sich nicht um das Los der Gefangenen kümmerten, da der Bruder dem Bruder im Elend nicht beistand, nicht vorgesorgt war für den Fall der Katastrophe. Uns war geboten, was wir zu tun hatten, Wort für Wort. Wir hatten unsere gefangenen Brüder freizukaufen, koste es, was es wolle, wir hatten dafür zu sorgen, dass unser Volk in Freiheit blieb und nicht verkam. Ich will nicht behaupten, dass es jedermann behagte und dass jeder gern sein Geld für diesen Zweck hergab. Doch es geschah. Viele Gemeinden, von den Schriftgelehrten dazu gedrängt, taten, was in ihren Kräften stand.

Die wahre Herausforderung brachte das folgende Frühjahr, als Titus, nachdem er Jerusalem erobert hatte, sich mit den Legionen und der Beute nach Italien einzuschiffen begann. Tausende und Abertausende judäischer Gefangener überschwemmten die Sklavenmärkte der Welt, von Mesopotamien bis Africa, von Ägypten bis Gallien, allerorten wurden sie angeboten, so zahlreich, dass ihr Preis sank und man sie familienweise feilhielt, dass man selbst gesuchte Handwerker, Schreiber und des Rechnens Kundige, sogar Advokaten und Verwalter zu geringen Preisen verkaufte. Wohl dem, der bald einen Käufer fand, einen jüdischen am besten oder einen *homo humanus*, der seine Sklaven wie Menschen behandelte. Denn die Schwerverkäuflichen endeten in den Amphitheatern, in Tierhetzen, Gladiatorenspielen und grandiosen Massenszenen, welche die Eroberung der Festungen Galiläas und Judäas, vor allem der heiligen Stadt Jerusalem in theatralischer Buntheit vorführten und an deren Ende die Beteiligten samt und sonders den blutigen Sand der Arena bedeckten. Man jagte Zögernde mit glühenden Piken aufeinander und zwang sie, ihre Freunde und Brüder zu töten, man liess bärtige Greise, aus Lernhäusern hervorgeholt, wie Gladiatoren fechten und erheiterte sich an ihrem Ungeschick im Handhaben der Schwerter, man warf Frauen den wilden Tieren vor, sogar Kinder. Andere wurden in die Bergwerke Siziliens deportiert, wieder andere endeten als Rudersklaven. Der jüdischen Gefangenen waren so viele, dass uns bald das Geld ausging. Auch liess sich nicht vermeiden, dass Kaiser Vespasian erkannte, wie sehr uns am Freikaufen der Gefangenen lag. Er erhöhte ihre Preise, verlangte auch für die Leichen unerhörte Summen, wenn wir sie unseren Geboten gemäss bestatten wollten. Vierzig Milliarden Sesterzien Schulden hatte Nero hinterlassen, das Reich war bankrott, der neue Kaiser sah seine Pflicht darin, Roms Zahlungsfähigkeit auf dem schnellsten Weg wiederherzustellen.

Ich weiss, was du den Israeliten antun wirst: du wirst ihre festen Städte in Feuer verbrennen und ihre jungen Männer mit dem Schwert erschlagen und ihre Kinder in Stücke reissen und ihre schwangeren Frauen aufschlitzen …

Zehn Jahre lang herrschte der Imperator Flavius Vespasianus über Rom und die Welt, und alle diese Jahre konnte ich mich frei und ungehindert bewegen, die Tunika mit dem Pupur tragen und den goldenen Ring, konnte durch Italien reisen und die jüdischen Gemeinden besuchen, Geld sammeln, Gefangene freikaufen oder bereits Freigelassenen Arbeit besorgen, ein jüdisches Haus, das sie aufnahm, eine Gemeinde, die sie schützte. Die Gemeindeoberen fanden, ich sei der geeignete Mann, um mit Sklavenhändlern, alten Offizieren und Grundbesitzern zu verhandeln, ein römischer Ritter, ausgestattet mit dem *fundus* eines Menschen, der am Hof gelebt und mit dem Kaiser zu Tisch gelegen hat. Ich konnte es auch deswegen tun, weil ich Zeit dazu hatte, ohne Stellung war, ohne Hoffnung auf neuerliche Verwendung.

Zu den Merkwürdigkeiten dieser Jahre gehört der Umstand, dass ich niemals, auf keiner meiner Reisen, aufgefordert wurde, mich auszuweisen. Dabei hätte es hundert Gelegenheiten gegeben, wenn uns etwa Soldaten auf einer Reichsstrasse anhielten oder Torwachen nach dem Grund unseres Besuchs in ihrer Stadt inquirierten, doch stets genügten die sichtbaren Zeichen des Ritterstandes, der mich begleitende griechische Schreiber, ein prüfender Blick in unsere Gesichter, um uns unbehelligt ziehen zu lassen. Ich bin ausserstande, diese Erfahrung zu erklären. Wir reisten in einer Mission, die Menschen aus Unfreiheit und Leiden erlöste, offenbar war unser Vorhaben von guten Wünschen begleitet, vom Segen unseres Gottes. Zugleich vom Wohlwollen Kaiser Vespasians, der an den Freikäufen verdiente, wenn es sich bei den Befreiten um Staatssklaven handelte, aber auch, wenn Privatleute nach dem Verkauf eine Steuer zu entrichten hatten, die den gähnenden Rachen der Reichskasse füllen half. Und obwohl ich Wechsel und Schuldverschreibungen, oft sogar Münzgeld mit mir führte, wurden wir kein einziges Mal von Räubern überfallen, dem Ewigen Gott zum Dank.

Im Allgemeinen vermied ich Geld als Zahlungsmittel, aus allen möglichen Gründen. Geld ist beliebt bei Räubern und Dieben, bei allen, die mit Papieren nichts anfangen können. Von Kindheit an war ich selten mit Münzen in Berührung gekommen, sah kaum je welche in den Händen meiner Mutter, auch am Hof spielten sie nur eine geringe Rolle. Die Hofleute wurden in Gutscheinen bezahlt, auf die man beim Hofamt *a rationibus* alles Nötige erhielt, Brotgetreide, Wein, Öl, Kleiderstoff, eine gewisse Summe wurde der kaiserlichen Bank angewiesen und stand in Form kaiserlichen Münzgeldes zur Verfügung, doch fand ich wenig Gelegenheit, es auszugeben. Selbst ein Mann wie Jacobus hatte selten Bargeld in der Hand. Später kam meine besondere Abneigung gegen die unter Vespasian geprägten Münzen hinzu: vorn das Bild des Kaisers und Triumphators, auf der Rückseite ein Gefesselter oder eine weinend unter Palmen sitzende Frauengestalt, allegorisch unser niedergeworfenes Land darstellend, dazu triumphierende Inschriften wie *Iudaea capta, Iudaea devicta.* Kein Sieg wurde mit mehr Begeisterung gefeiert, kein Triumphzug durch Rom war pompöser, nicht nur der Kaiser, auch S.P.Q.R., *Senatus et Populus que Romanus*, liessen aus diesem Anlass Münzen prägen.

Wir übten auch sonst Vorsicht, meine Begleiter und ich, vor allem Primus zeigte sicheres Gespür für günstige Zeiten und gangbare Wege. Fast immer folgte ich seinem Rat, wenn es Entscheidungen zu treffen galt: ob es besser sei, irgendwo über Nacht zu bleiben oder ob man die Weiterfahrt auch im Dunkel riskieren könne, ob ein Gasthaus sicher oder eine getarnte Räuberhöhle war, ob man in einem Dorf einkehren oder es besser umfahren solle. Ich weiss bis heute nicht genau, wie er sich seine Informationen beschaffte, doch er zeigte sich, wohin es uns immer verschlug, erstaunlich rasch über die Gegend und ihre Bewohner im Bilde. Oft sah ich ihn mit Landleuten, Kleinstädtern, Fuhrknechten im Gespräch, die ihm mit Respekt begegneten, obwohl er mürrisch, abweisend und wenig mitteilsam war und das Latein eines Schulmeisters sprach. Sonst war er schweigsam, selbst aufregende Zwischenfälle wie Radbrüche, gestürzte Pferde, Zusammenstösse mit anderen Wagen – was alles uns irgendwann auf diesen Reisen zustiess – konnten ihn nicht zum Reden bringen. Auch, wie er über Judäas Untergang dachte, erfuhr ich nie; manchmal hatte ich den Eindruck, er betrachte unser Verhängnis als angemessen, weil es auch seinem Volk nicht erspart geblieben war.

Er blieb bei seiner Gewohnheit, mich mit *domine* anzureden wie ein Höriger seinen Herrn, obwohl er längst ein freier Mann war und gegen Lohn in meinem Dienst, nicht einmal von mir bezahlt, sondern von Jacobus, der ihn auf einem Schreiberposten seines römischen *officiums* führte. Primus tat, als sei ich immer noch Herr eines Hauses und *homo honestus* wie einst in Rom, obwohl mein Haus vor Jahr und Tag abgebrannt und der Kaiser, dem ich gedient hatte, tot und verachtet war. Vor Dritten nannte er mich stets »der Herr«, was auf Beamte und Wachsoldaten guten Eindruck machte, den eines vertrauenswürdigen Hauses nach alter Sitte. Diese Gewohnheit übertrug sich auf den Kutscher oder wer sonst noch mit uns reiste. In den jüdischen Gemeinden trat ich unter meinem hebräischen Namen auf, der lateinische kam allmählich ausser Gebrauch. Auch meine Werke verschwanden, wurden aus den öffentlichen Bibliotheken entfernt oder von Privatleuten, die sie besassen, vernichtet: jede Erinnerung an Nero war den Flaviern verhasst, man tat einige Zeit, als hätte der letzte julische Kaiser nicht existiert. Später ging man dazu über, seinen Prinzipat als dunkle Schreckenszeit darzustellen, in den offiziellen Geschichtswerken und Schulbüchern der Kinder, und wenn dies auch der Wahrheit nahe kam, zumindest in den letzten Jahren von Neros Herrschaft, so fehlte in all den Darstellungen doch etwas Wesentliches, woran sich niemand mehr zu erinnern schien: die Bereitschaft der Vielen, ein solches Regime zu dulden.

Der Freigelassene Gedalja reiste uns voran. Mit der Zeit kannte er alle unsere Gemeinden in Italien, selbst kleine und abgelegene. Man ermittelte dort für ihn, fand heraus, wo und in welcher Lage sich Sklaven befanden, in Privathäusern, auf Landgütern, im öffentlichen Dienst, und welche Aussichten bestanden, ihre Umstände zu verbessern. Mit diesen Kenntnissen kehrte er zu uns zurück oder hinterliess uns schriftlichen Bericht in zuverlässigen Häusern. Zahlreich waren die Gastfreunde, kaum eine Stadt in Italien, in der uns nicht irgendwer aufgenommen hätte. Gedalja gab uns Namen, Wegbeschreibungen, verlässliche Anschriften. Bei den Besitzern der Sklaven handelte es sich um alle Arten von Menschen, beginnend mit Veteranen des Krieges, die in ihrem schlichten Haushalt eine jüdische Magd hielten, bis zu Gutsbesitzern und Grossproduzenten, die Hunderte in *ergastuli* eingekerkert hatten, in sogenannten »Sklavenställen«, darin die Unglücklichen in Ketten geschmiedet ihre Nächte verbrachten, um am Tage unter der Peitsche des Aufsehers in Feldern, Ölhainen, Weinbergen, Bergwerken, in Steinbrüchen und Fabriken zu arbeiten. Mit den Grossen liess sich leichter verhandeln, da ihnen die Person des Sklaven gleichgültig war, sie den Einzelnen oft nicht einmal kannten, dafür bedeutete der Besuch auf ihren Gütern jedesmal eine Qual, auch wenn wir einigen Gefangenen dadurch die Freiheit bringen konnten.

Ich versuchte, mich bedrückenden Gedanken zu entziehen, mich durch Geschäftigkeit in Bewegung zu halten, ganz den Tagesfragen zuzuwenden, der Stadt, in der wir uns eben befanden, den Sklavenhaltern, mit denen es zu verhandeln galt. Manchmal aber ergriff mich das Elend der Gefangenen mit solcher Macht, dass es schmerzte und ich die Lust am Leben verlor. Zum Glück rollte der Wagen einfach weiter, wir kamen irgendwo an, wo mich das Abendgebet erwartete, in einer Synagoge, einem ländlichen Lernhaus, somit Grund bestand, gerade zu stehen, das Rückrat durchzudrücken, die achtzehn Segen zu sprechen, Wort für Wort, und hinterher mit den Gemeindeältesten zu Tisch zu gehen und die Angelegenheiten des nächsten Tages zu erörtern. Oft sah ich Jedidah wochenlang nicht, manchmal Monate. Sie lebte mit den Kindern auf dem Gut, wohlversehen und geschützt, ich musste mich nicht um sie sorgen. Aber sie fehlte mir, ihre Unerschrockenheit, ihr Anblick. Sie war ein Kind unseres Volkes, ein schönes, behütetes, ihre Haltung war aufrecht, ihr Blick selbstgewiss und sicher, ihr Herz voller Mitgefühl – wie tröstete allein ihr Sein und Wesen, wie beruhigte es mein aufgebrachtes Herz zu wissen, dass es sie gab … Ich sah viele judäische Mädchen in Elend und Schande, von Krankheit entstellt, von Angst verstört, zerbrochen nach Erlebnissen, die über Menschenkraft gingen.

Stets waren wir in Geldnöten, fast immer gaben wir mehr aus, als wir bei uns hatten. Meist fand sich im letzten Moment, wenn das Geschäft schon getätigt war, ein krankes Kind, eine Schwangere, ein alter Schriftgelehrter von grosser Weisheit und gebrechlichem Körper, die zurückzulassen wir nicht über uns brachten. Wir liehen bei Gemeinden, Banken, Geschäftsfreunden, bei jedem, der uns Kredit einräumte, ich ging in den Synagogen mit einem Teller herum und manchmal, wenn man mich darum bat, sang ich Stücke aus meinen Poemen zur Kithara. Auch Primus trug in Gasthöfen griechische Gesänge vor, wofür man ihm kleine Münze in die neben ihm liegende Filzkappe warf, die Kopfbedeckung des Freigelassenen, die an sein eigenes früheres Sklavenlos erinnerte. Wir hatten uns beide nie zuvor öffentlich hören lassen, weder er noch ich, aber, wie Primus treffend feststellte, »Not lehrt singen«. Derlei minderte meine Schulden nicht wirklich, es kostete Jacobus und die anderen Häuser, die hinter uns standen, manche Mühe, meine wachsenden Verbindlichkeiten zu erfüllen. Dennoch bekam ich kaum jemals Vorwürfe zu hören. Alexander sagte einst im Scherz, als er aufs Gut kam, um meine Rechnungen durchzugehen: »Wer hätte gedacht, dass ausgerechnet du das Zeug zu einem solchen Verschwender und Schuldenmacher hast ...« Aber wir lachten nicht darüber, sondern dachten an die Vielen, denen wir nicht hatten helfen können.

Zwischen den Reisen blieb ich ein paar Tage bei Jedidah. Selbst diese Tage waren nicht frei von Verhandlungen und Kalkulationen, von Berichten an Jacobus oder seinen oft enttäuschenden Briefen, in denen er mich von den Geldsammlungen in Rom in Kenntnis setzte, die fast immer weniger erbrachten, als wir in Anbetracht der dringlichen Fälle hofften. Das Gut bei Venusia wurde verkauft – unter der Bedingung, dass der Käufer, ein Geschäftsfreund aus Capua, die judäischen Siedler übernahm –, dann zwei von Jacobus' Schiffen. Jedidah liess ihren Schmuck versteigern wie es auch andere jüdische Frauen taten. Alexander verlobte sich mit der Tochter eines Geschäftsfreundes, der einen Teil der Mitgift als Sicherheit für Freikäufe hinterlegte, wodurch das junge Paar um einiges bescheidener leben musste als Alexander sich je hatte vorstellen können: sie bezogen nicht mal ein eigenes Haus, blieben in Jacobus' Villa am Tiberufer, und die Hochszeitsfeier fiel nicht nur einfach aus, sondern wurde auch zur Geldsammlung für meine nächste Reise benutzt.

Die Freigekauften versuchten, ihren neuen Herren Gewinn zu bringen. Sie arbeiteten eine Zeitlang ohne Lohn, bis sie dem Geldgeber – besonders, wenn er selbst nicht wohlhabend war – die Kaufsumme oder wenigstens den grösseren Teil zurückerstattet hatten.

Um diese Regelungen, die gleichfalls unser Gesetz festlegt, kümmerten sich die Gemeinden. Sie sorgten dafür, dass sich niemand durch Wohltätigkeit ruinierte, dass die Erfüllung der Gebote nicht zu neuen Fällen von Bedürftigkeit führte. Sie verwehrten es Vätern und Müttern, durch Spenden oder Legate, die über ihre Verhältnisse gingen, ihre eigen Kinder mittellos zu hinterlassen, worüber es zu Meinungsverschieden unter den Schriftgelehrten kam, vor allem mit den Anhängern des Nazareners, die solche Opferbereitschaft erlaubten und priesen. Ich hörte von den Diskussionen, konnte ihnen aber nicht viel Aufmerksamkeit widmen. In der kurzen Zeit, die ich bei Jedidah und den Kindern auf dem Gut verbrachte, erhielt ich schon wieder Briefe, die mir Einzelheiten meiner nächsten Reise mitteilten.

Jedidah lebte auf dem Gutshof in improvisierten Verhältnissen – die meisten Räume waren an Flüchtlinge abgetreten – und widmete sich weiterhin dem Ausstatten und Verheiraten armer Mädchen. Es wurde zunehmend schwerer, die Mädchen unterzubringen, da es, wie immer nach Kriegen, zu wenig heiratsfähige Männer gab. Viele Frauen waren vergewaltigt worden oder hatten römischen Soldaten als Konkubine gedient, weshalb junge Männer aus gesetzestreuer Familie sie oft nicht mehr heiraten wollten, worüber gleichfalls endlose Debatten unter den Schriftgelehrten ausbrachen. Jedidah wurde viel Grauenhaftes erzählt wie ich viel Schreckliches zu sehen bekam, und so sehr wir stets den Gedankenaustausch geliebt hatten, über alles, was uns zustiess und mitgeteilt wurde, so wenig Sinn sahen wir darin, uns ewig die gleichen traurigen Geschichten zu erzählen. Oft verstummten wir mitten im Gespräch, fassten einander bei den Händen und schwiegen. Die wenigen Tage, allenfalls Wochen, die uns für unser Beisammensein vergönnt war, sprachen wir möglichst über Angenehmes, über die Kinder, über Angelegenheiten des Gutes, über Gefahren und Mühen, die wir erfolgreich bestanden hatten.

Das Arbeiten auf dem Gut, zwischen stillen Pflanzen, umsummt von Bienen, umflattert von Faltern, löste meine während der Reise erstarrten Gedanken, die dem Elend der Sklaven und Heimatlosen galten. Auf dem Gut wurde ich wieder wie früher, nach ein paar

Tagen begann ich inwendig Sätze und Verse zu hören, die ich abends mit schwerer Hand in Wachstäfelchen notierte, pastorale Verse, sehnsuchtsvolle Idyllen. Ich schrieb eine Abhandlung über den Granatapfel als Symbol der Dreiheit, auf der die Welt ruht, eine andere über die Poetik der Psalmen. Jedidahs und der Kinder Nähe gab mir meinen Frieden wieder, meinen Glauben an die göttliche Seele des Menschen. Dann brach ich zu meiner nächsten Reise auf, nach Norden oder Süden, in die Berge, entlang der Küsten, und versuchte mein Herz mit Gleichmut zu wappnen gegen das, was ich unterwegs hörte und sah.

Trotz aller Mühen lebten viele Flüchtlinge aus Judäa im Elend, nicht nur Sklaven, auch Freigelassene, die zu alt, zu schwach oder sonst ausserstande waren, sich anders zu ernähren als durch Bettelei. Jüdische Almosenempfänger, Hausierer, Vagabunden wurden ein vertrautes Bild in Italiens Städten. Sie sassen in den Vorhöfen und Wandelhallen der Synagogen, auf Foren, Treppen und öffentlichen Plätzen, manche bauten sich ärmliche Bretterbuden oder fanden irgendein Gewölbe, in dem sie ihren Kram zum Feilbieten ausbreiten konnten. Krüppel waren darunter und Irrsinnige, stillende Mütter, verwahrloste Kinder. Fast in jeder Stadt hielt die Gemeinde freien Mittagstisch, beherbergte die Obdachlosen, behandelte die Kranken, verschenkte gebrauchte Kleider, Brennmaterial, im Sommer Brunnenwasser. Dennoch gab es Umherirrende, Trödler, Gaukler und Musikanten, Ruhelose und Empörte. Manche erklärten, da ihnen ohnehin kein fremder Ort je Zuhause sein werde, könnten sie gleich ohne Haus leben. Etliche waren verwirrten Geistes nach allem, was sie erlebt hatten, lebensmüde, nur durch das Verbot des Freitodes davon abgehalten, ihren Frauen, Kindern, Eltern oder Geschwistern, die sie im Krieg verloren hatten, in die kommende Welt zu folgen. Andere wanderten rastlos umher, auf der Suche nach Gleichgesinnten. Anhänger des Nazareners waren darunter, Sikarier und andere aufrührerisch Gestimmte, die das Wohlergehen Roms nicht schlafen liess, das sorglose Weiterleben der Gedankenlosen, nachdem der unsagbare Frevel geschehen und der Tempel in Jerusalem von römischen Soldaten in Schutt und Asche gelegt worden war.

Der Fall des Tempels war im allgemeinen Bewusstein, ein gravierendes Ereignis, das sich nicht so einfach verwinden liess wie andere Taten der römischen Legionen zuvor. Viele Juden sahen darin den Beginn der *jamim acheronim*, der letzten Tage, die dem Kommen des Messias vorangehen sollten, manche Römer zumindest das Ende der bestehenden Weltordnung, des Friedens mit dem Osten, der inneren Stabilität des Reiches. Nicht wenige nannten, was mit Jerusalem geschehen war, in aller Offenheit einen Schönheitsfehler der militärischen Operation Judäa. Gerade den Traditionsbewussten schien die Zerstörung eines Heiligtums bedenklich, dem der grosse Augustus und die meisten Caesaren geopfert hatten. Hatte man sie, die inzwischen Götter waren, durch diesen Roheitsakt gekränkt? Und wie würde der Gott des Tempels selbst, der erzürnte Gott der Juden, auf den Frevel antworten? Was stand Rom bevor, nachdem es diese Wesenheit gegen sich aufgebracht hatte, diesen Unsichtbaren, Unberührbaren, alles Überdauernden? Zeit spielte für ihn keine Rolle, hiess es, Tausend Jahre seien ihm wie ein Tag, was auch bedeuten mochte, dass er langsam und gründlich zu Werke ging mit seiner Rache. Hatte das unaufhaltsame, unheimliche Sich-Ausbreiten der Sekte damit zu tun?

Doch solche Regungen verloren sich, gingen unter im grossen, alles fortreissenden Strom des Alltäglichen. Spätestens, als Vespasian und Titus in Rom Triumph feierten, eine lärmende *lustratio* mit Gesang und Trompetenschall, der Kaiser voran, mit dem Eroberer-Sohn den Triumphwagen teilend, nach ihm die siegreichen Truppen, eine Legion nach der anderen, mit ihren Feldzeichen und Standarten, dann die Beute, die Gefangenen ... Der Anblick ihrer Heldensöhne trieb den Römern Tränen der Begeisterung in die Augen. Sie bewunderten die Beutestücke aus dem zerstörten Tempel, den grossen siebenarmige Leuchter, den goldene Tisch für die Schaubrote, die silbernen Trompeten der Leviten. Sie sahen die gefangenen Juden in Ketten, von denen Titus überall die Grössten und Schönsten ausgesucht und für diesen Tag aufgehoben hatte, zum Abschlachten in der Arena.

Und der Ewige wird dich unter alle Völker von einem Ende der Erde bis zum anderen zerstreuen, und du wirst dort fremden Göttern dienen aus Holz und Stein, die du nie gekannt, weder du noch deine Väter. Und bei diesen Völkern wirst du keine Ruhe finden, da wird kein Ruhepunkt sein für deinen Fuss …

Im vierten Jahr des Kaisers Vespasian wurde Jedidah von neuem schwanger. Ich hatte, eben von einer Reise zurückgekehrt, die freudige Neuigkeit von ihr erfahren und beschlossen, bei ihr zu bleiben. Mein Söhnchen Efraim war in dem Alter, dass ich erste Texte mit ihm lesen konnte, und Miriam, unsere Tochter, lernte auf meiner Nivla das Spiel der Saiteninstrumente. Doch traf in eben diesen Tagen eine Botschaft meines Freigelassenen Gedalja ein, der in Ravenna, einer am adriatischen Meer gelegenen Stadt mit Flottenhafen, die jüdische Gemeinde besucht und eine Liste von Adressen erhalten hatte, darunter auch die eines ehemaligen Centurio der Legion Apollinaris, der im *ergastulum* seines Gutes judäische Sklaven hielt. Die Legion Apollinaris war von Titus geführt worden und hatte den judäischen Feldzug seit Anbeginn mitgefochten, ihre Veteranen waren bekannt für ihren Groll auf unser Volk. Man wisse von durchreisenden Händlern, schrieb der Gewährsmann, dass es auf dem Landgut des Centurio ungewöhnlich viele Todesfälle gäbe. Die Angelegenheit wurde noch dringlicher, weil unter den Gefangenen einige Tempelpriester waren.

Die Entfernung zwischen unserem Gut und Ravenna, eine Reise fast durch ganz Italien, legte nahe, diesmal einen anderen Unterhändler zu schicken, einen, der in der Nähe lebte. Ich setzte auf eine solche Lösung. Doch das wenige Tage später eintreffende Schreiben eines Synagogenältesten aus Ariminum zerstreute diese Hoffnung. Man habe Versuche unternommen, mit dem Centurio ins Gespräch zu kommen, erfuhr ich, sei jedoch beschieden worden, dass er grundsätzlich niemals mit Leuten niederen Standes verhandle, das heisst mit solchen, die nicht mindestens römischer Ritter seien wie er. Der einzige Jude im Ritterrang, den um diesen Dienst zu bitten man derzeit für sinnvoll halte, sei ich. Man wisse von meinen Reisen zum Freikauf von Sklaven und bitte mich, auch diesmal nach den Geboten des barmherzigen Gottes zu handeln. Ich sass einige Zeit über den Briefen. Als ich mich gefasst hatte, ging ich hinüber zu meiner schwangeren Frau und sagte ihr, was es zu sagen gab.

Jedidahs Antworten sind meist eindeutig, Zustimmung, Ablehnung, ein klares Ja oder Nein, es sei denn, man lässt ihr die Möglichkeit des Schweigens. Hier musste gesprochen werden, und in solchen Fällen belastet sie ihr Gegenüber nicht mit Unentschlossenheit, Zögern und Zagen, mit Worten, die den Entschluss nur erschweren. Sie starrte einige Minuten auf den Brief, mit Augen, die sich verdunkelt, unter Brauen, die sich zusammengezogen hatten. Es war früher Herbst, warmes Licht fiel durch die Terrassentür, sie sass still in einem Korbstuhl und dachte nach. Wenn ich jetzt fuhr, würde ich den Winter über auf Reisen sein, in Sturm und Nässe und anderem Ungemach, von Zwischenfällen bedroht, in gefährlichen Landschaften. Wie die beiliegende Karte zeigte, war Ravenna ganz von Wasser umringt, auf einer schmalen Landzunge zwischen Sümpfen und offener See. Fraglos lag auch das Gut des Centurio in einer feuchten, morastigen Gegend.

»Hast du dich entschieden?« fragte sie.

»Ich denke, ich sollte bei dir bleiben. Gerade jetzt.«

Jedidah stand auf, schon etwas schwerfällig in ihrem gesegneten Zustand, sie trat vor mich hin und sah mir ins Gesicht. Wir standen manchmal so, jeder den Blick in des anderen Augen versenkt, wie man als Kind in Brunnen geschaut hat, in der Hoffnung, herauszufinden, was sie in rätselhafter Tiefe bergen. Jedidahs Augen waren blau und klar wie immer, ohne den Schatten einer Unsicherheit, obwohl sie erschöpft wirkte, angegriffen von der Schwangerschaft. Sie umarmte mich und blieb eine Weile so stehen, den Kopf an meiner Schulter.

»Aus dem Schreiben geht hervor«, sagte sie, »dass diese Männer in Lebensgefahr sind und nur dein Kommen sie retten kann.«

»So klar liest du das heraus?«

»Du nicht?«

»Wie man Geschriebenes aufnimmt, kann von der Tageszeit abhängen, vom Wetter, vom Gesundheitszustand, vom Grad der Verliebtheit ...«

»Diese Reise ist anstrengend und lästig«, sagte sie. »Auch für mich wird es eine harte, öde Zeit. Zugleich frage ich mich: Wie würdest du dich fühlen in dem Wissen, dass sie dort oben in den Sümpfen sterben?«

Ich drückte sie an mich und schaukelte sie wie ein Kind. »Wie klug du bist. Du weisst, welche anhängliche Kraft das Gewissen hat. Trotzdem. Diesmal bin ich mir nicht sicher. Du brauchst mich. Es gibt vernünftige Gründe für mein Hierbleiben.«

»Aber das Gewissen ist keine vernünftige Einrichtung. Es liegt nicht in unserer Hand.«

Sie wechselte den Gegenstand. »Du musst diesmal mehr Leute mitnehmen, nicht nur Primus, auch Jüngere, Bewaffnete. Du bist römischer Ritter. Du brauchst einen anständigen Wagen, neue Kleider. Weisst du, wo du schlafen wirst?«

»Dem Brief liegt eine Karte bei. Eingezeichnet sind die jüdischen Gemeinden am Weg, und wo es keine gibt, zuverlässige Herbergen.«

»Neue Schuhe, neues Pallium ...« murmelte Jedidah, die sich auf einem Stück Pergament Notizen machte. »Du musst es gut haben unterwegs und du musst auf diesen Kerl Eindruck machen. Das ist ein *tipesh*, ein *ravravan* ...«

Die erste Besonderheit der Reise bestand darin, dass ich Rom berührte, den Ort, den ich sonst auf meinen Fahrten mied. Diesmal liess es sich nicht umgehen, die Via Flaminia, die grosse Reichsstrasse zum adriatischen Meer, ist nur über Rom zu erreichen. Wir umfuhren die Stadt, machten einen Bogen auf dem westlichen Tiberufer, was uns Zeit kostete, aber sicherer schien als die Stadttore zu passieren. Die Nähe Roms war unbehaglich, doch machte sie möglich, Jacobus zu treffen, den ich seit Jahren nicht gesehen hatte. Er kam ein paar Meilen vor die Tore und brachte mir, worum Jedidah per Eilkurier gebeten hatte, ausser Geld und Wertpapieren auch Proviant, Wolldecken und Felle, sogar Teppiche und Kissen, schliesslich eine seiner Karossen, in die ich umsteigen sollte, um bequemer zu reisen.

Jacobus hatte einen grossen Teil seiner Jugend auf Strassen und Gewässern verbracht, von seinen Geschäften umhergetrieben und heimatlos wie es das Schicksal der Händler ist. Von daher legte er Wert auf die Ausstattung seiner Fahrzeuge und Schiffe, obwohl er selbst kaum noch die Stadt verliess. Der Reisewagen, den er mir für die Fahrt nach Norden lieh, war geräumig, seine Innenwände glänzten von heller Seidenbespannung, ein Tisch zum Schreiben war eingebaut und Wandgehänge, die alles mögliche aufnehmen konnten, Getränke, Duftstoffe, Würfelbecher oder was sonst zu vermehrter Bequemlichkeit nötig ist. Durch ein paar Handgriffe liessen sich die gepolsterten Sitze in Sofas verwandeln, so dass man sich – gute Strassen vorausgesetzt – schlafend, ruhend oder essend seinem Ziel nähern konnte. So fuhr ich gen Norden, von Jacobus' guten Wünschen begleitet, in seinem Gefährt, von mehreren Wagen gefolgt, in denen seine Diener sassen, umringt von bewaffneten Reitern.

Der Reisewagen war eine Überraschung, ein Zeichen von Jacobus' Fürsorge für ein Familienmitglied. Aber der Wagen verriet zugleich, wie sehr Jacobus und den anderen römischen Gemeindeältesten am Gelingen dieser Reise lag. Man bangte um die Priester, die sich im Besitz des Centurio befanden. Denn jüdische Priester, *kohanim*, Abkömmlinge von Aharon und seinen Söhnen, waren rar geworden in Italiens Gemeinden, wohl auch sonst in der Welt. Der Eroberer Titus hatte alle, deren er in Jerusalem habhaft werden konnte, töten lassen, niemand wusste zu sagen, wieviele. Es war eine der sinnlosesten Taten dieses Krieges. Alle Männer priesterlichen Blutes, vom kleinsten Knaben bis zum schlohweissen Greis, waren ans Kreuz geschlagen worden, und wenn für die Zerstörung des Tempels selbst noch diese oder jene Entschuldigung umging, liess sich hierzu nichts weiter sagen, als dass der Befehlshaber des Gemetzels ein Unmensch war, ein Verworfener, ein *rasha*. So nannten ihn seither die Schriftgelehrten: *Titus ha rasha*, der Böse.

Bevor wir uns trennten, sprachen wir zusammen das Nachmittagsgebet, Jacobus', die judäischen Diener und ich, gen Jerusalem gewandt, und liessen es in ein paar Minuten Schweigen ausklingen. Ich machte mir bewusst, dass der Mann, zu dem ich fuhr, ein Centurio aus der Legion des Unmenschen war, einer seiner Unterführer, womöglich an der Massenschlächterei beteiligt. Wie kam es, dass er lebende Priester nach Italien gebracht hatte und in seinem »Sklavenstall« hielt? Sie waren am entscheidenden Tag ausser Dienst gewesen, fern von Jerusalem, auf der Flucht, in anderen Städten oder ländlichen Einsiedeleien, waren irgendwie in die Hände römischer Soldaten gefallen, von diesen verkauft worden und auf die Sklavenmärkte gelangt.

Noch war das Wetter angenehm, die Weinernte überall im Gange. In den Marktflecken, durch die wir fuhren, wurde gesungen und getanzt. Höher hinauf ging es, in herbstlich bunte Gefilde, in schluchtenreiche Wälder, in die Berge Umbriens. Nach Möglichkeit schliefen wir in jüdischen Häusern, in Spoletium, Nuceria oder anderen Flecken, und wo es diese nicht gab, in den Wagen, die wir zu einer Rotunde zusammenschoben, in deren Mitte ein Feuer brannte. Nachts hörten wir in den Tälern die Wölfe heulen. Als es kühl und regnerisch wurde, übernachteten wir in Herbergen am Strassenrand, und wieder verliess ich mich auf Primus' Gespür. Ich war oft geistesabwesend in diesen Tagen, *in contemplatio*. Auf der Reise durch Umbrien reifte der Plan zu dieser Niederschrift. Zunächst waren es Notizen, Protokolle, Bilder aus dem Gedächtnis, niedergelegt im schaukelnden Wagen, in Gasthöfen, an rohgezimmerten Tischen, beim Schein russender Öllampen, zwischen abweisenden Wänden und zufälligen Nachbarn. Wenig gibt es über diese Herbergen zu sagen, jeder kennt ihre von abgestandenem Weindunst geschwängerte, von den Reden durchreisender Pferdehändler erfüllte Luft. Man hat es vergleichsweise gut getroffen, wenn nicht ein Mutterschwein mit Ferkeln in der Gaststube sitzt, wenn die Wirtin auf sich hält, sogar jung und hübsch ist, nicht eine weinselige alte Vettel, die zu später Stunde, zum Klang von Sambyke und Tympanon, trunkene Tänze aufführt. Kaum nahm ich wahr, was um mich geschah. Immer leben wir zwei Leben zugleich, eins in Gedanken, ein anderes für die Welt, von jedem dieser Leben können wir uns abwenden, wenn wir wollen, und dem anderen zuneigen.

Die Via Flaminia endet in Ariminum, einer Stadt am Meer, Flottenhafen und Garnison. Von da an ging es gen Ravenna auf schmalem Landstreifen weiter, rechterhand die offenen See, linkerhand die endlosen Sümpfe, für die jene Gegend berüchtigt ist. Die Sümpfe trockneten allmählich aus, man hatte schon unter Kaiser Claudius begonnen, Ariminum wie Ravenna mit einer Mauer zu umgeben, was bislang wegen der Unerreichbarkeit beider Städte unnötig gewesen war. Inzwischen konnte man sich auf befestigten Wegen durch die Moorlandschaft bewegen, sogar auf Inseln festen Landes Häuser bauen. Veteranen siedelten sich in der Gegend an, ehemalige Offiziere, die von ihrem Ruhegeld den billigen Boden kauften und landwirtschaftliche Unternehmungen begannen. Sie betrieben vor allem den Abbau von Torf, wie mich die Ältesten der Synagoge von Ariminum wissen liessen, ein mühsames Geschäft. Auch Ziegelbrennereien gäbe es, da die Schwemmerde, welche vom Padus, dem grossen Strom, und zahlreichen kleineren Flüssen aus Nordwesten herangeführt werde, aus den Landschaften Aemilia und Liguria und noch weiter nördlich, Lehm und anderes enthalte, was zum Ziegelmachen notwendig sei. So waren es also Torfstiche, Lehmgruben und Brennöfen, in denen die Sklaven dieser Gegend arbeiteten, darunter auch die, um deretwillen ich gekommen war.

Ariminum, soweit ich es sah – ich fuhr in fallender Abenddämmerung ein und verliess die Stadt im Morgengrauen – war ein von Militärs und Marineleuten beherrschter Ort, Hauptstadt einer Verwaltungsregion, Wohnstatt zahlreicher Beamter. Das Leben hier galt als langweilig und reglementiert, was den ansässigen Juden ein Gefühl von Sicherheit gab. Mit dem Hafen hatten sich zahlreiche Überseehandlungen und Reedereien, Import-Export-Geschäfte, Geldwechsler und dergleichen in der Stadt etabliert, dazu der Amüsierbetrieb, den das buntgemischte Volk der See- und Schauerleute überall auf der Welt einzurichten weiss, mit dem üblichen Lärm und nächtlichen Trubel, Bordellstrassen und Spelunken, auch dies in militärischer Ordnung, unter Aufsicht der Munizipien. Drei Reichsstrassen trafen in Ariminum zusammen, deren eine, die Via Pompilia, uns am nächsten Morgen gen Ravenna trug. Wir kamen nicht bis dort, sondern bogen irgendwo von der Reichsstrasse ab, mitten hinein in die endlosen Moore, auf schnurgeraden, erst kürzlich aufgeschotterten Wegen. Es gab Knüppeldämme zu bestehen, schmale Deiche zwischen wässrigen Wiesen, schwanke Brücken über die zahllosen Gräben. Jacobus' Reisewagen erwies sich trotz seiner luxuriösen Ausstattung und verspielten Aufmachung als solides Gefährt, gut gefedert, sogar für eine solche Gegend geeignet. Jedidah hatte ihren Vater für mich um diese Bequemlichkeit gebeten, vorsorglich, vorausschauend. Mehrmals dachte ich darüber nach, von seltsamen Ahnungen angeweht.

Der Abgesandte der Gemeinde von Ariminum, ein Mann aus priesterlichem Geschlecht, schien gleichfalls von Ahnungen ergriffen. Er war mir als Führer mitgegeben worden, da er den Centurio kannte und wusste, wie man – in der weit sich hinziehenden, fremden Augen überall gleich scheinenden Sumpflandschaft – zu dessen Herrenhaus fand. »Man kann nicht fliehen«, murmelte der Alte, als ich die monotone Flachheit des Landes erwähnte. »Es ist ausgeschlossen, von hier lebend zu entkommen. Und wer es bei Nacht versuchte, würde bald ein Opfer der Sumpflöcher, die es zahlreich zwischen den trockenen Flecken gibt, oder der grausigen Wesen, Tiere und Dämonen, die diese Ebenen durchstreifen …« Ich mied von da an das Thema Landschaft, bedauerte den alten Priester, der hier leben musste, in einer Gegend, die ihm so zuwider war, und spürte einen Schauder bei der Vorstellung, wie sich erst die Gefangenen fühlen mochten, wenn schon er, ein reicher Überseehändler aus der Stadt, solches Unbehagen empfand. Zunächst schien dieser Landsmann keine grosse Hilfe, stumm sass er neben mir im schaukelnden Wagen, in sich gekehrt, mit verstörtem Blick in die Weite starrend, als erwarte er dort jederzeit, auch im hellen Tageslicht, die Dämonen, von denen er gesprochen.

Mich selbst plagten Vorahnungen schon seit der Abfahrt in der Campagna, kaum dass die winkende Jedidah meinen Augen entschwunden war. Böse Erinnerungen und Alpträume suchten mich heim, wobei ich letztere auf die Atmosphäre der Herbergen schob, in denen wir der herbstlichen Kühle wegen übernachtet hatten. Spinnen und Salamander im Bett, verdächtiges Rascheln in Zimmerecken oder grunzende Schweine im Hof sind keine Wohlbehagen schaffenden Umstände. Auch sonst stand manches auf der Reise einer heiteren Stimmung entgegen, die dunklen Wälder Umbriens, in denen erste Herbststürme heulten und die Bäume knarren liessen, die schroffen Schluchten zu Seiten der Strasse, schliesslich Primus' wie immer mürrische Miene. Wir erreichten in dichter werdendem Schweigen das Gut des Centurio, welches sich durch nichts von der umgebenden Moorlandschaft unterschied, ausser dass uns irgendwo ein Wachposten den Schotterweg versperrte, nach unserem Begehr fragte und anschliessend die barsche Mitteilung machte: wir befänden uns von nun an auf dem Grund und Boden seines Herrn und hätten uns daher ungesäumt, ohne unnötige Aufhaltung oder unbefugtes Einblicknehmen in die Angelegenheiten des Gutes, zum Herrenhaus zu begeben.

Dieses erhob sich neu, ausladend und hässlich auf einem Hügel, zu dem unser Weg geradewegs hinführte. Man sah kein Lebenszeichen, weder am Haus noch irgendwo im endlosen Morast, hörte kein Geräusch, keinen Vogellaut, nicht mal das Zirpen einer Grille. Unser Schweigen wurde lastender, das Gesicht des alten Priesters aus Ariminum zeigte einen Ausdruck von mühsam zurückgedrängtem Entsetzen. Wir fuhren zusammen wie ertappte Schuljungen, als wir den Ruf einer Männerstimme vernahmen: »Nicht säumen, nicht träumen!«, einen mit Ingrimm hervorgestossenen Ruf, dem ein Geräusch wie Peitschenknall folgte. Kurz darauf zeigte sich ein bulliger Mensch in militärischer Kleidung, nicht weit vom Weg auf einer Erhöhung stehend, der sich kurz zu uns umwandte, sogar schirmend die Hand über die Augen legte, um besser sehen zu können, dann jedoch zu seiner Beschäftigung zurückkehrte, die offenbar im Stehen und Zusehen bestand. In einem Graben zu seinen Füssen sahen wir menschliche Rücken und Köpfe, nackte Rükken, unbedeckte Köpfe, schutzlos der Sonne preisgegeben, und hörten das Klirren von Ketten. Neben dem Mann, ohne sich um uns zu kümmern, sassen zwei zottige Hunde.

Das Haus auf dem Hügel war solide gebaut und von missfarbenem Anstrich, in einer Wetterfarbe, ganz nach praktischen Erwägungen, schmucklos bis auf einen schmalen Portikus an der Eingangstür. Wir fuhren vor auf knirschendem Kies, bis alle Wagen in einem Halbkreis zum Stehen kamen und nichts mehr zu hören war als Hundegekläff. Dieses Geräusch hatte uns empfangen, als wir in die Allee zum Herrenhaus einbogen und sich gesteigert je näher wir kamen, ein an den Nerven zerrendes, böses Kläffen, dazwischen

Winseln und Heulen. Mehrere grosse Köter rissen an ihren Ketten, hechelnd und zähnefletschend. Einige Zeit verging, bis sich jemand zeigte. Die Tür, die aus dem Portikus ins Innere des Hauses führte, öffnete sich einen Spalt, eine Stimme rief den Hunden etwas zu, ein kurzes Kommando, worauf Ruhe eintrat. Dann zeigten sich zwei Männer auf der Vortreppe, deren einer im Schatten blieb, während der andere vortrat, in aller Seelenruhe unsere Wagen und Pferde musterte, die Kutscher auf den Böcken, die Vorreiter in Helm und Waffen, all dies gründlich betrachtete, mit verengten, taxierenden Augen, und kein Wort sprach.

Er trug die Tunika mit dem schmalen Purpurstreifen und sah aus, als sei im Begriff, uns ohne ein Wort unter seine Sklaven einzureihen, unsere Pferde in seine Ställe zu schaffen, unsere Wagen in seine Remisen, und ich hielt es für besser, ein Missverständnis zu vermeiden. Ich setzte den Fuss im neuen Schuh aufs Trittbrett des Wagens, raffte den Mantel, so dass er auch bei mir den Purpurstreifen sah, ergriff mit der Hand, an der ein goldener Ring leuchtete, den Wagenrand. Die Augen des Mannes verharrten auf der Hand, auf dem Ring mit dem dem grossen Opal. Der Ring war ein Geschenk des verstorbenen Kaisers und der Opal, wie Kenner behaupteten, von kaum zu schätzendem Wert, ebenso die goldene Fassung von der Hand des damaligen Hofjuweliers, eines Griechen von der Insel Rhodos. Jedidah hatte mir geraten, den Ring zu tragen, um den Centurio zu beeindrucken, obwohl darin ein Risiko lag: der Mann mochte erkennen, dass es sich um das Gnadengeschenk eines Grossen handelte, eines Herrschers womöglich, und darüber zu spekulieren beginnen, welches. Es war riskant, sich als Günstling Neros zu erkennen zu geben und überhaupt besser für mich, meine Identität im Dunkeln zu lassen.

Indem ich dem alten Priester aus dem Wagen half, entzog ich die Hand dem Blickfeld des Mannes auf der Treppe, und mit ihr den Ring und den Opal. Einen Augenblick lang geschah nichts, dann ging der Mann langsam auf den Priester zu, mit wuchtigen Schritten über Marmorstufen und Kies, wobei er zu reden begann: »Ah, Solomon ... Das Bauholz letztens hat nicht viel getaugt. Beim nächsten Mal such mir anständige Ware ... Vergiss es nicht ...«

Er sprach mit heiserer, überraschend hoher Stimme, als Sänger musste er *vox media* sein, eine Stimmlage, die Nero sehr geschätzt hatte: deswegen hing er so innig an seinem Freund Salvius Otho, dem späteren Kaiser im Drei-Kaiser-Jahr, und erkor meist ihn, wenn er bei Tisch ein Lied singen wollte, zur zweiten Stimme. Neuerdings dachte ich wieder öfter an diese Jahre, sie erschienen mir heiter verglichen mit meinem heutigen Dasein, ein Eindruck, der vermutlich auf Täuschung beruhte. Meist verhält es sich so, dass die vergangen Tage nicht besser als die heutigen waren, und was sie uns nachträglich verklärt, in schönem Licht erscheinen lässt, ist der Umstand, dass sie glücklich vorüber sind. Ich hörte die Stimme des alten Solomon, seine Grussformeln und Erklärungen über das Holz, dessen Beschaffenheit die anderen Kunden gerühmt hätten. Er hielt mit einem gewissen Trotz an dieser Behauptung fest und trat dem Hausherrn beherzt entgegen, obwohl bei genauerem Hinsehen zu erkennen war, dass er seine Schroffheit fürchtete. »Und das ist der Ritter aus Rom«, sagte er schliesslich, »der gekommen ist, dir ein Angebot zu machen.«

Der Centurio drehte das Kinn in meine Richtung, hob es ein wenig, so dass ich ihm geradewegs in die Nasenlöcher blicken konnte, und schenkte mir einen Blick aus misstrauisch verengten Augen. Aber er nahm keinen Anstoss daran, dass mein Name ungenannt blieb, hielt auch den seinen zurück, offenbar zufrieden mit diesem Stand der Dinge. Er nickte zur Bekräftigung und wandte sich wieder an den Priester: »Er kennt den Preis?«

»Er ist im Besitz der betreffenden Sicherheiten uns gegenüber, die Zahlung erfolgt dann durch uns.«

Der Ritter machte eine knappe Geste mit der Rechten, eine Aufforderung ihm zu folgen. Im Gehen sagte er: »Ich sehe mir die Sicherheiten genau an. Euch Brüdern in Ariminum traue ich nicht. Ihr versucht mir statt Geld wieder euren Kram anzudrehen. Diesmal will ich richtige Bürgschaften sehen …«

Er stiefelte los, ohne nach links oder rechts zu blicken, und der zweite Mann, der bislang im Schatten des Portikus geblieben war, lief die Stufen hinab und eilte ihm nach. Ich gab Primus ein Zeichen mitzukommen, ehe ich mich anschloss, auch Solomon folgte, so liefen wir durch das warme Mittagsicht des Herbsttages, über sauber geharkte Wege, im zitternden Schatten junger Bäumchen, die in gerader Reihe entlang des Weges gepflanzt waren. Ein paar Baulichkeiten kamen in Sicht, flache Kästen mit schmalen Luken direkt unter dem Dach, in der gleichen Wetterfarbe gestrichen wie das Herrenhaus, auch mit den gleichen neuen Dachziegeln gedeckt, die Eingänge an den niedrigen Schmalseiten. Davor standen Wachposten wie jene, die wir unterwegs gesehen hatten, auch sie in einer Art Lederkoller oder Uniform, mit grossen Hunden an Ketten.

Wir liefen eine Weile bis dort, über die sauberen Wege, im Blickfeld der Wachen. Die Häuser, die in ihrer Form Pferdeställen ähnelten, waren in militärischer Ordnung in die Landschaft gesetzt, weit genug vom Herrenhaus, um nicht ständig durch ihren Anblick an ihr Vorhandensein zu erinnern, doch nahe genug, dass ein Läufer in Minutenschnelle hin- und hereilen konnte. Wir erreichten die erste Tür, der Herr wurde von der Wache militärisch gegrüsst. Er lief weiter, uns mit einem Wink bedeutend, dass wir folgen sollten. Erst vor dem dritten Gebäude hielten wir an. Ein tobender Hund musste besänftigt werden, Gestank schlug uns aus der offenen Tür entgegen. Ein Hin und Her von Stimmen, kurze Meldungen, ein Mann in Rüstung führte uns rasch durch das Innere des flachen Hauses.

Es war leer. Wir liefen an Strohsäcken entlang, die dicht gedrängt den Boden deckten, schmutzig und zerlegen. Von den Wänden hingen Eisenketten herab, mit Schliessen für Hände und Füsse, nicht überall, aber häufig genug, um glaubhaft zu machen, dass es hier immer noch Menschen gab, die sich zutrauten, zu fliehen. Offenbar reinigte man das Gebäude, indem man Wasser über den gekachelten Flur schüttete, Moorwasser, das in zwei Rinnsalen zu Seiten des Mittelganges zusammenlief, zähflüssig, übelriechend, von grünlicher Farbe. Die schmalen Luken, die sich am oberen Rand der Wände hinzogen, mochten an manchen Tagen einen Luftzug erzeugen, eine Ventilation des elenden, stickigen Raumes, doch an diesem fast windstillen, warmen Herbstnachmittag spürte man nichts davon, in brütender Hitze lag der flache Steinkasten, still bis auf das nervtötende Summen grosser Schmeissfliegen. Leise gurgelnd floss irgendwo Wasser ab. Auf einem der Strohsäcke, an denen wir vorüberliefen, hatte ich eine menschliche Gestalt gesehen, auf die Seite gerollt, reglos, eine alte Filzdecke über dem Kopf. Der Wächter meldete, dass der Mann krank sei und man nicht wisse, wann er wieder arbeiten könne.

Wenige Meter weiter gab es plötzlich Halt, ich stiess mit meinem Vordermann zusammen, dem schattenhaften Begleiter des Centurio. Der Schattenmann schlüpfte zur Seite, ich sah mich drei Gestalten gegenüber, zwei stehenden, einer auf dem Strohsack hokkenden, alle verlumpt, mit verfilzten Bärten, ausgemergelt und sonnenverbrannt. Der Hausherr sagte mit seiner hohen, heiseren Stimme: »Bitte, eure Leute.«

Die drei sahen mich stumm an. Der Sitzende war weissharig und schien sehr alt, die beiden anderen deutlich jünger, wahrscheinlich nicht älter als ich. Es war schwer zu sagen. Ihre Haare und Bärte zeigten graue Strähnen, ihre Gesichter Krähenfüsse und welke Haut. Ihre Muskeln waren dünn und hart, die Sehnen traten wie Stricke hervor.

»Frieden sei mit euch, meine Herren«, sagte ich auf Hebräisch.

Keiner der drei antwortete.

»Warum schweigt ihr? Versteht ihr die heilige Sprache nicht?«

»Was willst du?« fragte einer der jüngeren mit rauher Stimme. Seine Lippen waren rissig von der Sonne, er bleckte die Zähne wie ein hungriges, zu allem entschlossenes Wesen.

»Das ist der Ritter, der euch kaufen will«, erklärte der Priester Solomon. Er wandte sich an den Hausherrn. »Den dreien wurde doch gesagt, wozu wir gekommen sind?«

»Sie erwarten euch sehnsüchtig! Was denkt ihr, warum sie nicht mit den anderen in den Torfgruben sind?«

»Warum seid ihr so schlecht ernährt?«, fragte ich. »Gibt euch der Unmensch nichts zu essen?«

»Das meiste, was er uns gibt, ist nicht *kosher*.«

»Heisst das, ihr zieht es vor zu verhungern? Die Schriftgelehrten sagen, dass Lebensrettung im Notfall vor den anderen Geboten steht, dass wir leben sollen, nicht zu Grunde gehen …«

»Diese Männer sind keine Pharisäer«, erklärte der Priester Solomon. »Auch keine einfachen Israeliten wie du, sondern Tempelpriester und Sadduzzäer aus altem Geblüt. Falls es die sind, die wir suchen …«

Er schob sich an mir vorbei und begann den Priestern Fragen zu stellen, nach ihren Namen, Familien, Verwandtschaftsverhältnissen, die sie beantworteten, erst überrascht – der Fragende war ein Kenner der priesterlichen Genealogie –, dann widerwilliger, bis schliesslich einer beiden Stehenden sagte: »Was soll das? Wir wissen nicht, wer du bist.«

Der Priester Solomon begann, ihnen seine Verhältnisse auseinanderzusetzen, woraus eine längere Debatte enststand, ein Hin und Her von Namen, Fragen und Gegenfragen, schliesslich geschah das fast Unvermeidliche: dass sich eine entfernte Verwandtschaft zwischen Solomon und einem der Gefangenen andeutete. Doch meine Augen folgten dem Centurio, der mit seinem Begleiter und der Wache den Mittelgang zurückgegangen war, bis zu dem Strohsack mit der verkrümmt liegenden Gestalt. Der Begleiter des Centurio näherte sich ihr, offenbar auf Geheiss seines Herrn, mit sichtlichem Widerwillen, wie man sich etwa dem Kadaver eines verendeten Tieres nähert. Er trat leicht mit dem Fuss nach dem Liegenden. Die Filzdecke rutschte zur Seite, ein dunkler, geschorener Schädel zeigte sich. Ich sah das Gesicht, es war abgemagert und von der Sonne verbrannt, der Liegende zog sich, als er der fremden Menschen ansichtig wurde, mit einer müden Bewegung die Decke über den Kopf. Mich erfasste das unbegreifliche Gefühl, diesen Mann zu kennen.

Der Begleiter des Centurio beugte sich über ihn und riss mit einem Ruck die Decke beiseite. Der Liegende rührte sich nicht. Er lag wehrlos auf dem schmutzigen Strohsack, man sah die Bewegung der Rippen im Atmen, und darüber, von den Schulterblättern bis zu dem schmutzigen Tuch, das er um die Hüften trug, tiefe blutige Striemen, dicht beieinander, einige verschorft, andere immer noch, zwischen klaffenden Rändern, das rote Fleisch entblössend. Ich zuckte zusammen wie unter einem scharfen Schmerz. Seit ich zuletzt bei den Spielen gewesen war, hatte ich so etwas nicht gesehen.

Auch der Centurio schien nicht einverstanden mit dem, was er sah. »Wieviele?« fragte er.

»Fünfzig.«

»Wofür?«

»Er wiegelt die Leute auf.«

»Der?«

»Geht nachts herum und redet in ihrem Kauderwelsch. Vom Erlöser. Es wird nicht mehr lange dauern, sagt er, und das Imperium muss untergehen.«

»Wie lange liegt er schon?«

»Den dritten Tag.«

»Wie oft habe ich euch gesagt, dass ihr nicht so übertreiben sollt. Fünfzig ist zu viel. Manche stehen danach nicht wieder auf ...« Er warf mir einen gereizten Blick zu, als er mich herankommen sah. Der Kauf der Priester schien perfekt, er wollte ihn nicht gefährden. Er war ein leicht erregbarer Mensch, dem rasch das Blut ins Gesicht schoss, doch in langem Militärdienst hatte er gelernt, sich zu beherrschen, hielt auch jetzt an sich und tat, als mache ihm mein Dabeisein nichts aus.

»Wer kommt mir für den Schaden auf? Ihr könnt mir nicht einfach die Leute totschlagen! Der Krieg ist vorbei! Merkt euch das! Ich werde es euch vom Lohn abziehen. Einmal müsst ihr begreifen. Stirbt der Mann, ziehe ich euch die Kaufsumme vom Lohn ab.«

Er drehte sich um und wollte gehen. Wollte hinaus und die Szene vergessen, die schlechte Luft, das Stöhnen des Verletzten, auf dessen Rücken sich die Fliegen sammelten. Als er sah, dass ich mich nicht rührte, zuckte er die Schultern und lief los. Ich starrte den Liegenden an, unter dem sich verstärkenden Eindruck, ihn zu kennen. In meinem Rücken wurden die Priester hinausgeführt, ich hörte schwaches Stöhnen, das Klirren der Ketten.

Wie ich gefallen bin, so werde ich wieder aufstehn. Wenn ich auch im Dunkeln sitze, der Herr ist mein Licht ...

Der Mann öffnete die Augen, sie waren dunkel, von fiebrigem Glanz. Er sah mich an, lange, forschend, mir schien, als ob auch er Erkennen zeigte. Doch stärker als alles war seine Müdigkeit. Er liess die Lider über die Augäpfel fallen und lag still. Der Priester Solomon kehrte zurück, seine Sohlen klapperten auf den Fliesen, hinter ihm hielt sich der Schattenmann.

»Alles ist geregelt«, hörte ich Solomon sagen, »wir können fahren.«

»Der Mann ist krank«, antwortete ich auf Aramäisch. »Wir können ihn nicht einfach liegenlassen.«

»Der Hausherr gibt seine Ungeduld zu verstehen«, entgegnete der Priester in derselben Sprache.

Ich erwiderte über die Schulter, ohne nachzudenken: »Seine Ungeduld? Er soll froh sein, wenn wir ihm nicht das Haus anzünden.«

»Also bist du es wirklich«, hörte ich da den Liegenden sagen und schrak zusammen unter dem unerwarteten Klang seiner Stimme.

»Allmächtiger ...« murmelte ich.

»Dein Aramäisch« sagte der Liegende. »Du sprichst es immer noch wie in den Unterrichtsstunden, damals auf dem Palatium.«

»Ich glaube es nicht.«

»Glaube es ruhig. Die Welt steht Kopf.«

»Wie kommst du hierher? Warst du im Krieg?«

»Wo sonst?«

»Kannst du aufstehen? Zur Tür gehen?«

»Das hier ist schlimmer als der Krieg«, sagte er, die Augen wieder geschlossen. »Ich dachte, es ist das Delirium ... Deine Stimme ... Man wird wieder Kind, bevor man stirbt. Wusstest du das?« Er griste mit zerrissenen Lippen und zeigte Zähne, zu weiss und zu gross für den kahlgeschorenen, geschundenen Kopf. »Diese Art Aramäisch habe ich nur an einem Ort der Welt gehört, auf dem Kaiserhügel in Rom.«

Ich hörte die tonlose Stimme des Priesters Solomon: »Wenn er ein Landsmann ist, wie es scheint ...«

»Hilf mir«, sagte ich. »Wir nehmen ihn mit.« Solomon war überrascht, kam aber näher und griff zu. Wir brachten den Liegenden auf die Beine und stützten ihn zur Tür. Ich war nun sicher, dass es Asarja war, die Grösse stimmte, die Farbe der Augen, der Ton der Haut. Wer ausser Asarja wusste von den Aramäisch-Stunden auf dem Palatium? Er war leicht und torkelte wie eine Puppe. Der Gestank, der von ihm ausging, verlor sich ein wenig, als wir im Freien standen. Das Sonnenlicht blendete, schattenhaft sah ich die drei Priester, immer noch mit Ketten an den Fussgelenken, neben ihnen Primus mit grimmigem Gesicht. Weiter hinten, im Halbkreis vor dem Herrenhaus, unsere Wagen. Ich begann mit der freien Hand zu winken und zu rufen.

»Hierher!« rief ich, »Ein Wagen ... Schnell!«

»Hoppla!«, sagte der Centurio und bewegte sich drohend auf uns zu. »Seid ihr verrückt? Der Mann gehört euch nicht!«

»Sag mir, was du haben willst«, stiess ich hervor, ungeduldig in Richtung der Wagen starrend, wo sich langsam, nach einigem Hin und Her unter den Kutschern und Reitern, eins der Fahrzeuge in Bewegung setzte.

»Für den?«, rief der Centurio. »Was willst du mit dem?«

Aber der Schattenmann stand schon neben ihm und flüsterte ihm ins Ohr. Reglos, mit leicht herabhängendem Unterkiefer, lauschte der Centurio. Unter Geklapper näherten sich Pferde und Wagen, unter eisenbeschlagenen Rädern knirschte der Kies.

»Ein Jugendfreund?« fragte der Centurio. »Wir verstehen euer aramäisches Gebrabbel ganz gut, waren schliesslich lange genug in der Gegend ...«

»Sag, wieviel du willst.«

»Für den Gefährten deiner Jugend, mit dem du die Schulbank gedrückt hast ...« Er schüttelte den Kopf. »Das ist eine Geschichte ... Wie von einem Dichter erfunden ...«

Der Wagen war heran, die schnaubenden Pferde, die Männer auf dem Bock, alles hielt mit einem Ruck und war still.

»Aber was, wenn ich ihn nicht rausrücke? Ich brauche dein Geld nicht, musst du wissen. Ich hatte nicht vor, den Mann zu verkaufen.«

»Sag den Preis.«

»Der Jugendfreund, mit der Götter Hilfe lebendig entkommen ...« deklamierte der Hausherr. Er schüttelte wieder den Kopf. »Von mir gekauft für gutes Geld, in Tiberias auf dem Sklavenmarkt, ein besonderes Exemplar ... Hiess es nicht, er sei königlicher Vorreiter gewesen?«

Er wandte sich an den Schattenhaften, der schräg hinter ihm stand, sich ihm zuneigte und etwas flüsterte.

»Jäger? Gut. Königlicher Jäger. Das macht ihn noch wertvoller. Euch ist das Jagen von eurem Gott verboten, nicht wahr? Ein Jude, der jagen kann, das ist selten ... Gern würde ich ihn behalten. Es gibt viel Wild in unserer Gegend, ich hätte ihn gern für mich auf die Jagd geschickt.«

»Sag den Preis«, wiederholte ich. »Ich zahle, was du willst.«

»Oho, grosse Worte ... Was ich will? Auch den Ring da?« Der Centurio wies mit der Hand auf den Opal des Kaisers. Er fragte wie nebenher, dann fiel er in Schweigen.

Ich zog den Ring vom Finger und streckte ihn dem Centurio entgegen. Dabei sagte ich zu den Dienern: »Schnell jetzt, nehmt diesen Mann und bettet ihn weich. Er ist krank. Gebt ihm meine Wolldecken.«

Der Centurio hatte rasch zugegriffen, er trat zurück, umschloss den Ring mit der Faust, im Gesicht ein ungläubiges Staunen. Während die Diener vom Bock kletterten, Asarja nahmen, ihn mit meiner und des Priesters Hilfe vorsichtig in den Wagen hoben und dort zwischen Gepäckstücken niederlegten, konnte sich der Centurio nicht enthalten, die Faust zu öffnen und auf den Ring zu starren, mit grossen Augen, sprachlos, stumm. Plötzlich umwölkte sich seine Stirn, er sagte mit seiner hohen, atemlosen Stimme: »Der Stein ist zu gross ... Schwindel ... Er ist nicht echt ...«

»Was verstehst du davon?« fragte der Priester Solomon.

»Er kann nur eine Fälschung sein.«

»Dann gib ihn zurück.«

Der Hausherr hatte schon wieder die Faust geschlossen. Er fragte kurzatmig, es klang wie Stöhnen: »Wer bürgt mir dafür, dass er echt ist?«

»Jeder bürgt dir dafür«, sagte der Priester. »Dass dieser Stein echt ist, sieht ein Blinder.«

»Was mag er wert sein, Solomon?«

»Du kannst alle deine Schulden damit bezahlen, das ist sicher.«

»Alle meine Schulden ... Du bezeugst das Geschäft? Du bist ein Ehrenmann, Solomon ... Wir machen es schriftlich. Der Ritter steht zu seinem Wort, nicht wahr, er ist römischer Ritter, das war nicht bloss ein Scherz …« Er besann sich und brüllte seinen Wächtern zu: »Was steht ihr und starrt? Seht ihr nicht, dass wir Gäste haben? Lauft ins Haus, sagt der Herrin Bescheid, dass wir essen wollen, essen und trinken!«

»Wir haben keine Zeit«, sagte ich, an den Priester gewandt. »Mein Freund braucht dringend einen Arzt.«

»Ach was, er hält schon noch ein Stündchen aus … Nichts da, ich will nichts hören. Ein gutes Geschäft will begossen sein. Das beste, was Küche und Keller hergibt. Ich lasse euch nicht hungrig ziehen. Denk nicht, dass wir hier auf dem Land nicht wissen, was sich gehört …«

Unter solchem Gerede zog uns der Centurio zu seinem Haus, ergriff Solomons Arm, schnappte sich einen Zipfel meines Palliums. Ich hätte vorgezogen, das Haus dieses Mannes nicht zu betreten, hätte lieber nicht allzu viel von ihm gewusst. Wir erreichten die Stufen zum Portikus, der Centurio eilte uns voran. Seine hohe Stimme erfüllte das Atrium: »Frau, Frau … Bist du bereit zum Empfang der Gäste?«

Mir kam ein Einfall, ich ging hinüber zu den Wagen. Der Priester Solomon folgte mir. Als ich stehenblieb, hielt auch er.

»Erlaube mir eine Frage, *egregie*. Bist du sicher, dass du das tun willst?«

»Was meinst du?«

»Ihm jetzt in aller Form und im Beisein von Zeugen diesen Ring überlassen?«

»Was sonst?«

»Du kannst Nein sagen.«

»Und Asarja?«

»Du hättest ihm Geld bieten können. Einen vernünftigen Preis.«

»Was ist ein vernünftiger Preis?«

»Barmherziger Gott«, sagte der Priester. »Hättest du mich das machen lassen. Ich weiss natürlich nicht, was dir dieser Mann bedeutet …«

»Wir sind im Schatten der Säulen aufgewachsen …«, begann ich, dann wurde mir bewusst, dass der Priester nicht verstand. »Er ist einer von uns«, sagte ich, und er nickte stumm. Ich rief den Dienern zu, sie sollten Asarja in die Karosse betten, in Jacobus' komfortablen Wagen, vor den unsere besten Pferde gespannt waren, so schnell sie konnten nach Ariminum fahren, einen jüdischen Arzt rufen, den Kranken behandeln lassen und im Versammlungshaus auf mich warten. Meine Augen folgten dem Wagen, der im sinkenden Licht davonfuhr, durch die tellerflache, morastige Landschaft.

Als ich mich umwandte, sah ich den Hausherrn auf der Vortreppe stehen, er selbst trug das Tablett mit den Bechern und forderte zum Nähertreten auf, zum Willkommenstrunk, zum Besuch unter seinem schlichten Dach. Er drängte uns in sein Atrium, wo seine Frau auf uns wartete, eine blond gefärbte Mittdreissigerin mit roten Händen und herben Falten um den Mund vom Sorgen und Sich-Plagen, von ihren Kindern umringt, fünfen, wenn ich in der Eile richtig zählte, das Jüngste noch ein Krabbelkind, ein Mädchen mit drolligem, wie bei einem Püppchen hochfrisiertem Schopf. Die Kinder waren freundlich und arglos, und was ich gefürchtet hatte, geschah: ich nahm Anteil am Schicksal der Familie, sah, dass ihr Leben harte Mühe war, ich begann zu vergessen, was ich über den Mann gedacht hatte, über die unmenschlichen Zustände in seinem *ergastulum*. Wir tranken den Willkommensbecher, der Hausherr redete. Es sei unmenschlich schwer, hier oben Torf abzubauen. Man brauche Jahre, um Gewinn zu machen, müsse Tag und Nacht arbeiten, Kredite aufnehmen …

Ich bedauerte, dass Jedidah nicht bei mir war. Sie hätte die richtigen Worte gefunden, mit diesen Leuten umzugehen gewusst. Der Hausherr erzählte weitschweifig. Von der Lage des Gutes, von den Schwierigkeiten, es zu bewirtschaften, vom Torfabbau, von den Betrügereien der Zwischenhändler und drückenden Steuern. Er gab sich Mühe, uns zu unterhalten, nötigte uns, ein *triclinum* zu bilden, obwohl es nicht die richtige Tageszeit war, zu spät für ein Frühmahl, zu früh für eine Hauptmahlzeit. Er tischte auf, was seine Felder, Gärten, Teiche hergaben, mit unseren Geboten soweit bekannt, dass er kein Fleisch auftrug. Wir hielten die Mahlzeit kurz, eine halbe Stunde, doch selbst in dieser kurzen Zeit wollte uns der Gastgeber vorführen, dass sein Haus auf dem neuesten Stand war. Er klatschte in die Hände, worauf eine Gruppe von Tänzerinnen und Musikantinnen erschien, verkleidete Küchenmädchen und Gärtnerinnen, aufgeputzt, leicht geschürzt, mit den Instrumenten nur notdürftig vertraut. Es war die Art ländlicher Unterhaltung, über die man sich in Rom lustig machte, in Possen und Atellanen. Ich erinnerte mich, wie der Narr Vatinius tanzende Dorfmädchen imitiert hatte, zur Erheiterung Neros und des Hofes. Nur eine sang wohltönend, bewegte den schlanken Leib im Takt, eine Dunkle, Grossäugige, die eine Tochter unseres Landes sein konnte. Indem ich es dachte, war mein Frieden dahin. Ich trank meinen Becher leer und setzte ihn auf den Tisch.

»Gefällt sie dir?« fragte der Hausherr, der meinem Blick gefolgt war.

Ich gab keine Antwort.

»Das ist meine Jalda. In Damaskus habe ich sie gekauft. Hunderte sassen dort auf dem Markt, hunderte nackte Judenmädchen. Man ging zwischen ihnen umher, sah sie genau an, suchte sich die passende aus ...«

Der Hausherr winkte die Liebliche zu sich heran.

»Sie muss aus gutem Hause sein, sie singt und tanzt wunderbar und sagt mir ihren wahren Namen nicht. Ich weiss sehr wohl, dass Jalda in eurer Sprache nichts weiter heisst als ›Mädchen‹. Verratet meiner Frau nichts davon«, fuhr er fort, mit gesenkter Stimme, »wir kosen gern miteinander, nicht wahr, meine Süsse?« Er schob den dicken Kopf in ihre Richtung und küsste die seidig glänzende Haut ihrer Hüfte, mit verzückt vorgeschobenen Lippen. Seine Linke, an der schon mein Ring steckte, wanderte über ihren Körper aufwärts zur Brust, unter dem dünnen, halbdurchsichtigen Chiton, so dass der Priester Solomon die Augen niederschlug, sie dann weit öffnete und mich vorwurfsvoll ansah. Ich war im Begriff, vom Sofa aufzustehen, meinen Becher umzuwerfen oder sonst etwas Heftiges zu tun.

In diesem Augenblick sagte der Centurio: »Ich schenke sie dir.«

Ich musste mir Bewegung machen, ich sprang auf. Die Musik brach ab, mit einem schrillen Ton verstummte die Flöte.

»Wir bezahlen für sie«, sagte ich.

»Ich schenke sie dir«, wiederholte der Centurio mit dem Eigensinn eines Mannes, der vom Wein berauscht ist oder von seiner Idee begeistert – wer kann das auseinanderhalten? »Ich schenke sie dir, weil du dein Volk liebst. Auch ich liebe mein Volk ...« Er warf den Kopf in den Nacken und starrte mich an, mit Augen, die langsam feucht wurden.

»Wir Römer wissen, was Grossherzigkeit ist«, sagte er. »Nimm das Mädchen. Für den Ring.«

Ich sah hinüber zu Solomon, dem Priester. Sein blasses, längliches Gesicht zeigte ein mattes Lächeln. Der Centurio schlug dem Mädchen Jalda mit der flachen Hand auf den Hintern, als wolle er ihr, ehe er sie freigab, ein unsichtbares Brandzeichen aufdrücken. Dann sagte er: »Und nun geh zu deinem neuen Herrn, dem Ritter aus Rom. Er ist ein Landsmann. Ein Beschnittener. Er wird dir angenehmer sein als ich.«

»Wir müssen nun gehen«, erklärte der Priester Solomon, Abscheu in der Stimme, und indem er es sagte, stand er auf. Der Centurio versuchte uns aufzuhalten, lud uns zum Nachtmahl, versprach Unterhaltung, stand, den Becher in der Hand, und redete. Endlich huschte ein junger Mann in tintenbefleckter Tunika in den Raum, aus einer westlichen Tür, die gelb im Licht der untergehenden Sonne leuchtete, seine Hand hielt Pergamentblätter, die er dem Priester hinstreckte. Dieser studierte das Geschriebene stehend, die Brauen gerunzelt, eine Hand im Bart. Ein Schreibrohr wurde ihm gereicht, der Priester ergriff es und unterschrieb.

Es war ein regelrechter Vertrag über den Verkauf der Sklaven, Geschlecht, Alter, Name, wann und wo erworben – die Angaben für das Mädchen waren nachträglich und in Eile zwischen das schon Geschriebene gekritzelt –, bezahlt bei Übernahme der oben aufgeführten Haussklaven mit einem Opalring, ungefähre Beschreibung anbei, ein Vertrag, der Wert auf die Feststellung legte, dass erwähnter Ring frei von Ansprüchen Dritter sei, und in diesem Sinne mich, den Käufer der Sklaven und erwähnten Ring als Zahlungsmittel in Anschlag Bringenden, für nachträglich erhobene Forderungen allein haftbar machte. In dem Dokument fungierte der Priester Solomon als mein Bevollmächtigter, ich selbst hiess nur »der

Käufer«. Weitere Paragraphen regelten die Anerkennung erwähnten Ringes als Pfand und Sicherheit für bisherige und künftige Anleihen bei Solomon und anderen Mitgliedern der jüdischen Gemeinde von Ariminum.

Kopien des Vertrages gingen an mich und die Gläubiger in Ariminum, deren wichtigster offenbar der Priester Solomon war, weshalb der Ring womöglich ihm gehörte, dann jedenfalls, wenn der Centurio seinen Verpflichtungen nicht nachkam. Diese Wendung der Dinge überraschte mich am meisten. Der Centurio konnte aufatmen, da ihm für den Ring neuer Kredit eingeräumt würde, dessen er dringend bedürftig schien. Auch die Juden in Ariminum konnten froh sein, da sie ihren Schuldner von nun an im Besitz einer Sicherheit wussten, die leichter zu realisieren war als das, was er ihnen bisher verpfändet hatte, morastige Wiesen, Torfland oder halbverhungerte Sklaven. Auf der anderen Seite wurde Asarja das Leben zurückgegeben und dem Mädchen Jalda die Freiheit. Vor wenigen Stunden hatte niemand von uns diese Möglichkeiten geahnt. Nun schien es, als sei von allen denkbaren Ausgängen meines Besuchs auf dem Gut dieser der einzig vernünftige.

Der Centurio bestand darauf, uns zum Abschied zu küssen. Er hatte Tränen in den Augen, vom Wein, vor Rührung, wer konnte es wissen. Er stand winkend vor seinem Haus, man hätte meinen können, es fiele ihm schwer, sich von uns zu trennen. Die Wagen fuhren an, wieder ging es auf schnurgeraden Schotterwegen durch das morastige Land. Wir mussten, Solomon und ich, mit einem der Packwagen fürliebnehmen, wo wir uns auf Paketen und Ballen einrichteten. Kaum sassen wir einigermassen sicher, als mich der Priester ansah und mit seinem halben Lächeln fragte: »Hast du noch mehr solche Ringe?«

»Das war der letzte.«

»Ein besonderes Stück. Nie sah ich einen solchen Stein. Ich will keineswegs indiskret sein und fragen, woher du ihn hast …«

»Von einem Toten«, sagte ich.

Er wartete ein wenig, doch als nichts weiter folgte, fuhr er fort: »Jedenfalls hat der Ring Wunder bewirkt. Der Mann ist verschuldet, sein Gut wirft wenig ab. Ich gebe zu, dass es hart ist hier draussen. Auch die anderen Veteranen haben es schwer. Das Land bekommen sie billig, aber Land ist nicht alles. Sie bauen Häuser, haben Frauen und Kinder, doch der Torf dieser Gegend ist jung, er taugt nicht für Briketts, man verkauft ihn in Ballen zu geringem Preis … Dabei ist er ein Rohling und Leuteschinder und hat soviel Glück kaum verdient. Aber was wissen wir? Unser aller Dank. Es war grossherzig und wird dir vergolten werden.«

»*Baruch ha shem*«, erwiderte ich. »Nicht der Ring war das Wunder, sondern die Begegnung mit Asarja. Wenn etwas so Unwahrscheinliches geschieht, lohnt es dann noch zu rechnen? Man gibt, was man hat. Unser Schöpfer die Wunder, wir wenigstens einen Ring.«

»Gut gesagt, *egregie*. Doch kommt es bei einem römischen Ritter nicht sosehr auf eine goldene Zunge an als auf den goldenen Ring. Erlaube mir dafür zu sorgen, dass du wieder abfährst wie du gekommen bist: als vollständiger Ritter, das heisst mit Ring. Er wird bescheiden ausfallen verglichen mit dem, den du gabst, ohne Opal und Filigran, aber er soll als Zeichen unserer Bruderliebe mit dir sein, wohin du immer gehst, und soll dich auf all deinen Wegen beschützen, nicht schlechter als der mit dem kostbaren Stein.«

Ich verneigte mich im Sitzen, im schaukelnden Wagen. »Jeder Ring wird mir recht sein, der mit so frommen Wünschen verbunden ist. Wenn es auch nicht nötig ist, ihn mir zu schenken.«

»Kein Wort mehr.«

»Zumal ich noch einige Tage eure Gastfreundschaft beanspruchen muss, euer Brot für meine Männer, euer Heu für meine Pferde, bis Asarja reisefähig ist.«

»Solange du willst.«

»Aber da übermorgen *shabat* ist, wäre es ohnehin das klügste, bis nächste Woche zu bleiben.«

»Wir werden dir alle Ehren erweisen«, murmelte der Priester. Worauf wir eine Weile schweigend fuhren. Draussen wurde es dunkel, mit der Dunkelheit kühl und feucht. Es war die Jahreszeit, da man während des Tages noch immer träumen mag, dass der Sommer nie ein Ende nimmt, wären die Abende nicht, die jähe Kälte bei Einfall der Dämmerung. Wir legten uns Wolldecken über die Beine. Der Priester sagte:

»Es tut wohl, in solchen Tagen einem Menschen zu begegnen, der sich nicht entmutigen lässt. Was du wirklich getan hast, ist mehr wert als der Ring. Du hast mir Hoffnung gegeben, mir, einem alten Mann, einem Priester ohne Tempel, einem Juden ohne Land.«

»Vielleicht ist es eine Zeit der Wunder?« fragte ich. »Mir schwante vor einigen Stunden noch nicht, dass ich Asarja treffen würde. Ich hatte auch nicht vor, dem Centurio den Ring zu geben. Er warf mir ein Wort hin, ich erwiderte darauf, eher unbedacht. Ich hatte in diesem Augenblick keinen einzigen klaren Gedanken im Kopf. Es ist geschehen. Je länger ich darüber nachdenke, umso weniger kann ich es erklären.«

»Ich schätze die Antwort eines Mannes, der den Allmächtigen fürchtet«, erwiderte Solomon. »Dennoch: was du sagst, kann nicht alles sein. Wir fragen uns oft, was es auf sich hat mit uns, worin der Segen des Allerhöchsten besteht, der uns zuteil geworden ist, worin er sich nun eigentlich zeigt, in jedem von uns, in uns als Volk. Jeder von uns stellt sich diese Frage. Besonders heute, nachdem wir den Tempel verloren haben, die heilige Stadt, unser Land. Vielleicht ist die schwere Zeit, die vor uns liegt, eine Zeit der Prüfung, ob wir des Segens würdig sind. Was ist so besonders an uns? Nun wird es sich zeigen.«

Ich versuchte es mir im Wagen bequem zu machen, vor uns lag eine stundenlange Fahrt durch düsteres, nebeldurchwehtes Land. Wenn es die Dämonen gab, von denen Solomon am Morgen gesprochen hatte: jetzt musste die Stunde sein, da sie aufstanden und wandelten.

In diesen Tagen werde ich meinen Geist ausgiessen. Und Wunder zeigen am Himmel und auf Erden, Blut und Feuer und Säulen von Rauch. Die Sonne soll in Dukelheit verwandelt werden, und der Mond in Blut, vor dem Tag des Herrn, dem grossen, dem schrecklichen ...

Die Gemeinde in Ariminum war kleiner und unbedeutender als die in Ravenna, doch sie besass ein schönes Versammlungshaus, *bet ha knesset* oder *bet ha am*, in griechischer Übersetzung *synagoge*, mit Mosaikböden, Reliefs und Säulen aus farbig geädertem Marmor. Hiesige Künstler hatten das Gebäude gestaltet, die Säulengänge, den Innenhof, die Bethalle, die Bibliothek und das Lernhaus, die Räume der Gemeindeverwaltung, die Zimmer für übernachtende Gäste, mit mehr Geschmack und Hingabe, als in dieser kleinen Gemeinde zu erwarten war. Erst kürzlich hatte man die Synagoge neu hergerichtet, ich sah mir alles an, von einem jungen Schriftgelehrten geduldig herumgeführt.

Seit dem Fall des Tempels begann man mancherorts, wie zum Trost, die Versammlungshäuser zu schmücken, mit symbolischen Bildern, Verzierungen und flachen Reliefs. Immer mehr Schriftgelehrte fanden, dass die Eiferer in Judäa und Galiläa übertrieben hatten, wenn sie alles zum Auge Sprechende aus dem Leben unseres Volkes verbannen wollten. Auch drüben hatte sich nicht jeder daran gehalten, man wusste von den Wandbildern in den Wohnhäusern der Tempelpriester, von den Mosaiken, mit denen mancher judäische Grosse seinen Palast ausgelegt hatte. Tief war die Sehnsucht nach erinnernden Zeichen, erst recht jetzt, da Jerusalem und das Heiligtum in Trümmern lagen und die meisten Juden nicht mehr darauf hoffen konnten, die Orte ihrer Träume je mit eigenen Augen zu sehen.

In den Fussböden fand ich ein Gemisch aus römischen und heimatlichen Motiven. Mäander, Rosetten und andere aus dem Alltag bekannten Schmuckleisten umgaben siebenarmige Leuchter und piktographische Darstellungen des *bet ha mikdash*, des Tempels in Jerusalem, der auf diese Weise weiterhin bestand, obwohl er in seiner eigentlichen Gestalt aufgehört hatte zu existieren. Auch die

Zeichen der zwölf Stämme, Löwen, Wüstenzelte, Bäume, Getreidegarben, Stadttore, Schiffe, waren zu sehen, oder florale Ornamente wie Palmkronen, Granatäpfel, Ölkrüge, Weinreben, die Symbole des Landes, seines Reichtums und ewigen Lebens. Die Malereien an den Wänden, in den bunten, satten Farben südlicher Erde, beschränkten sich, was das Figürliche betraf, auf sinnbildhafte Vereinfachung. Sie galten dramatischen Ereignissen unserer Bücher, zeigten etwa Vater Abraham, wie er, heidnischer Sitte gemäss, seinen Sohn am Altar opfern wollte, aber von einer aus Wolken hervorkommenden, stilisierten Hand daran gehindert wurde, oder Joseph, von seinen Brüdern an die Midianiter verkauft, Miriam, die Prophetin, die Trommel schlagend am Ufer des Schilfmeers, oder König Shlomo den Weisen, Gesegneten, auf goldenem Thron zu Gericht sitzend, zu Jerushalajim, seiner Stadt.

Diese Bilder waren in schwingenden Pinselstrichen auf den noch feuchten Verputz der Wände geworfen, unter sorgsamer Vermeidung all dessen, »was im Himmel droben oder in der Erde drunten oder im Wasser unter der Erde ist«, wie unser Gesetz verlangt: ein striktes Verbot der über- und unterirdischen Sphäre, aller unsichtbaren Wesen, alles menschlicher Wahrnehmung sich Entziehenden, das jeder jüdische Künstler zu beachten gehalten ist, während ihm sonst, neueren Auslegungen zufolge, manches zur Darstellung zu Gebote steht, der Reichtum der Geschöpfe, der Blumen und Früchte, Tiere und Menschen, zur Ehre dessen, der sie schuf. Undenkbar bleibt jedes dreidimensionale Bild, alles, was sich in dem Wort *pesel* verbirgt, ausdrücklich war es benannt und verboten: Bildsäule, Standbild, Skulptur. Dagegen war flache Reliefarbeit seit jeher üblich gewesen, sogar im Tempelbezirk in Jerusalem, und auch in Ariminium gab es Reliefs in Marmor und Einkerbungen in den Kapitellen der Säulen, das Muster des siebenarmigen Tempelleuchters oder die Symbole des *Sukot*-Festes, *lulav*, *etrog*, die Blätter von Myrte und Weide.

Einen ganzen Morgen verweilte ich in den stillen Hallen, von meinem Erklärer begleitet. Einige Darstellungen hätte ich ohne ihn nicht entschlüsseln können, da sie widergaben, was die Schriftgelehrten erzählen, als Gleichnis, Deutung, ausschmückende Anekdote, als Geschichte und Fabel von der Art, die überliefert und verbürgt, aber bisher nicht aufgeschrieben war, allenfalls in Form einzelner Rollen im Tempel-Archiv zur Sicherung des Wortlauts, doch nicht als allgemeiner Lesestoff. Das mündlich Überlieferte gewann mehr und mehr Bedeutung, seit es den Tempel nicht mehr gab, das »grosse heilige Haus«. Zur Unterscheidung von diesem nannte das Volk die Versammlungshäuser *mikdash ma'at*, kleines Heiligtum, denn heilig waren auch sie, Orte des Studiums, der Anbetung, Zusammenkunft und Erläuterung. Und wie im grossen Tempel die Priester ihren altüberlieferten, in den Büchern beschriebenen Pflichten oblegen und Teilhaber am Hochheiligen gewesen waren, so würden von nun an in den tausend kleinen Heiligtümern die Schriftgelehrten die führende Rolle spielen, als Lehrer und Deuter, Hüter des Geschriebenen, Wahrer des Gesetzes, Tröster der Seelen, wie viele Zeichen verhiessen, auch das Aufkommen solcher Bilder.

Die Priesterschaft blieb dennoch von Bedeutung: auch künftig war es an den Nachkommen Aharons und seiner Söhne, das Volk zu segnen wie seit frühesten Tagen, vor dem wandernden Stiftszelt oder im Vorhof des Tempels. Ihr Segen bestand aus fünfzehn hebräischen Worten, die langsam und feierlich, Silbe für Silbe, gesungen wurden, von allen anwesenden *kohanim*, den Männern priesterlichen Geblüts, welche hierzu auf die Plattform vor dem Torah-Schrein traten, die Köpfe verhüllt und die gespreizten Hände, deren Daumen und Zeigefinger sich in Kopfhöhe berührten, gegen die lauschenden Beter gestreckt, die gleichfalls ihre Köpfe im Gebetsschal bargen oder wenigstens die Augen abwandten aus Ehrfurcht vor dem göttlichen Wort. Als dies in Ariminum am *shabat* geschah, waren unter denen, die sich auf den Stufen vor dem heiligen Schrein aufstellten, um zu segnen und zu singen, auch die drei Sklaven des Centurio, ausgemergelt, gelbgesichtig und schwach. Grosse Ergriffenheit herrschte bei diesem Segensspruch, lautlos standen Männer und Knaben in den Hallen, etwas abseits Frauen und Mädchen in den schattigen Seitenflügeln, sogar der Lärm der Kinder war verstummt. Zahlreich war die Menge der Betenden, auswärtige Gäste hatten sich eingefunden, aus Ravenna, Pisaurum und anderen Gemeinden, um die ins Leben zurückgeholten Priester zu sehen.

Einer der jüngeren Priester wurde als erster zur Torah-Lesung gerufen, langsam erstieg er das Podium und begann den Text zu deklamieren, mit halber Stimme, doch sicher in Wort und Zeichen, als hätte er es gestern zum letzten Mal getan. Er wurde umringt als er fertig war, man küsste den Saum seines Mantels, pries und segnete ihn, ich sah würdige Gemeindemitglieder, beleibte, erdverbundene Männer, in Tränen der Rührung. Dann sang der Priester für alle Befreiten die feierliche Danksagung, den Psalm unseres vielgeprüften Königs:

Es sprechen die, die Gott erlöste,
die er erlöst aus des Bedrängers Hand.
Die er zusammenführte aus den Ländern,
aus Ost und West und Nord und Süd.
Die irregingen in der Wüste,
die in der Öde ihren Weg nicht fanden,
zu jenem Ort, an dem sie wohnen können.
Die Hungrigen und Durstigen,
die, deren *Seele* sich verzehrte.
Und die zu Gott gerufen voller Angst,
und er befreite sie aus ihrer Not
und führt sie auf gradem Weg,
damit sie hingelangten zur bewohnten Stätte:
die sollen Gottes Liebe preisen
und seine Wunder, die er Menschen tut …

Auch die anderen Priester wurden nach vorn gerufen, dann einige Männer, die Geld für den Freikauf gespendet hatten, schliesslich Asarja, dessen Rücken unter der Tunika mit Kompressen und Verbänden bedeckt war. Der Arzt hatte entsetzt den Kopf geschüttelt, als ihm die zerfetzte Haut, das zerrissene Fleisch unter die Augen kamen. »Ein Wunder«, sagte er, »dass er nicht verblutet ist. Allmächtiger, woher kommt dieser Hass?« Als letzter wurde ich gerufen. Ich hörte meinen hebräischen Namen, seinen Nachhall im stillen Gewölbe, mein Blick verschleierte sich, verschwommen sah ich das Podium und berührte die Griffe der Schriftrolle.

Während ich die Segen sprach, heftete ich den Blick auf meinen neuen Ring am Mittelfinger der Linken. Er schimmerte im Halbdunkel, schmal, schmucklos, von blassem Gold, die Arbeit eines hiesigen Goldschmieds, der zu mir gekommen war auf Geheiss der Gemeindeoberen, um ihn mir anzupassen. Verglichen mit dem früheren war der Ring leicht, so leicht, dass ich ihn kaum am Finger spürte. Ich empfand diese Leichtigkeit wie ein Versprechen, als gäbe sie mir die Freiheit, mich zu bewegen, zu entfernen, an Orte, von denen ich bisher nur geträumt.

Hände flogen mir entgegen, als ich zu meinem Sitz zurückkehrte, man wünschte mir Kraft und Gottes Segen. Mich überkam auch wirklich, kaum dass die Angelegenheiten in Ariminum geregelt waren, die Ungeduld eines Menschen, der an einem fremden Ort das Seine getan hat und nach Hause will. Man behandelte mich wie einen lieben Gast, am Ort ansässige Beamte und Ritter luden mich in ihre Häuser ein. Mein Ring – der mit dem schimmernden Stein – hatte offenbar das gespannte Verhältnis der Gemeinde zu ihren Schuldnern, den Gutsbesitzern der Umgebung, fürs erste entspannt, der Centurio nannte mich überall seinen Freund. Doch ich wollte so schnell wie möglich reisen. Einen reitenden Boten an Jacobus hatte ich gleich nach vollzogenem Kauf abgesandt, mit kurzem Bericht über den Verlauf meiner Reise, bis hin zu der Ankündigung, dass ich zwei weitere Freigelassene mitbrachte und ihm, Jacobus, anheimstellte, sie bei sich in Rom zu behalten. Auch um einen Boten auf das Gut zu Jedidah hatte ich gebeten, um ihr meine – mit Gottes Hilfe – baldige Heimkehr anzukündigen.

Asarja, befragt, wo er hinwolle, erklärte sich für Rom. Ich hatte ihm anvertraut, dass ich ein Mitarbeiter Kaiser Neros gewesen sei, worauf er mich angeschaut und leise durch die Zähnen gepfiffen hatte. Offenbar begriff er sofort, dass ich in schwieriger Lage war. Er danke mir für die Möglichkeit freier Entscheidung, die meinen ihm erwiesenen Grossmut kröne. Ob der Ring, den ich dem Centurio gegeben hatte, ein Geschenk des Kaisers sei? Was immer er für mich tun könne, wolle er tun. Sollte er jemals wieder zu Vermögen kommen, gehöre es mir ebenso wie ihm. Vorerst sei Rom für ihn der bessere Ort, zumal das Haus des Jacobus, an dessen Namen er sich erinnerte: Jacobus, der Diener des Prinzen Julius Agrippa am römischen Hof, hätte schon damals als Muster an Verlässlichkeit gegolten. Es sei in diesen Tagen bekannt und vielbesprochen gewesen, dass Julius Agrippa, nachdem er zum König über Batanaia, Trachonitis und Gaulanitis ernannt worden war, seinen Diener Jacobus mit sich nehmen wollte, während sich dieser, eben von Kaiser Claudius freigelassen, für Rom entschied. Er, Asarja, könne die Entscheidung im Nachhinein nur weise nennen. König Julius Agrippa führe ein unstetes Wanderleben, gefiele sich in griechischen Titeln wie *Philokaisar* oder *Philoromaios*, Freund des Kaisers, Freund der Römer, sein Hof wandere zwischen Jerusalem, Tiberias, Gadara und anderen Orten hin und her, wo überall der Erbe des Herodes Paläste und Schlösser besass, auch im Ausland, selbst in Rom, wo er Sitz und Stimme im Senat innehatte. Nirgends jedoch hielte er sich lange auf, stets die Ablehnung der Schriftgelehrten fürchtend und das Murren des Volkes über sein falsches Königtum.

Des ruhelosen Königs Lieblingsstadt sei Caesarea Philippi, die Namensschwester von Caesarea am Meer, welchselbige er, um Nero zu schmeicheln, in Neronia umbenannt und durchweg im griechischen Stil eingerichtet hatte. An seinem Hof herrschten Zustände, die zu beschreiben sich jüdische Lippen scheuten. Er, Asarja, wollte gesehen haben, dass Ratgeber und hohe Beamte des Königs, obwohl sie Juden waren, den Göttern der Griechen und Syrer opferten, und unter ihnen, wenngleich vermummt, der König selbst. Man hätte lebendige Tiere in Stücke gerissen und Becher voller Blut zum Trinken herumgereicht. So unbeständig sei Julius Agrippa, dass er Frauen und Freunde wechsle, wie es ihn ankomme. Seine Schwestern Drusilla, Mariamne und Berenike trieben es noch ärger: sie nahmen sich Männer aus Machtgier und Berechnung, schliefen mit Heiden, verkauften sich an die Peiniger ihrer Heimat. Prinzessin Drusilla hatte sogar den verhassten Prokurator Felix geehelicht, die Geissel des Landes, nur weil er damals reich und mächtig gewesen sei, ihres königlichen Ranges ebenso vergessend wie ihres Glaubens, und lebe bis heute in Italien mit einem Sohn von Felix, den sie Agrippa genannt habe, ihrem Bruder, dem König, zu Ehren. Die andere Schwester, Prinzessin Berenike, soll zu diesem, nachdem sie gleichfalls mehrere Ehen hinter sich gebracht, in blutschänderischen Beziehungen gestanden haben – was Wunder, wenn sie es nun mit dem Prinzen Titus trieb, dem Zerstörer unseres Landes. Sie alle hätte er, Asarja, von Angesicht gesehen, noch heute erbebe er bei dem Gedanken an ihre Niedrigkeit. Gewiss sei der Krieg von Fanatikern begonnen worden, aber woraus war ihr Fanatismus enstanden? Aus dem schändlichen Treiben der Grossen. Aus ihrer Korruption, ihrem Verrat am eigenen Volk. Solcherart erzählte mir der Wiedergefundene von seinen Jahren am Hof des herodischen Königs, bei Besuchen an seinem Krankenlager in Ariminum, später während unserer Fahrt durch Umbrien nach Rom.

Asarja war offenbar aus des Königs Dienst desertiert. Er verriet mir nur zögernd, wann und aus welcher Veranlassung, weil jedes Entlaufen aus dem Dienst, der Gründe unerachtet, für schändlich galt. Erst als ich ihn wissen liess, dass ich gleichfalls meinem Herrn, dem Kaiser, davongelaufen war, wurde er offenherziger. Er liess mich wissen, dass er den Krieg nicht auf der Seite des Königs Julius Agrippa und der Römer mitgemacht, sondern sich einer aufständischen Freischar angeschlossen hatte, wenn auch eher notgedrungen. Er wäre in einem der Schlösser des Königs zurückgelassen worden, mit dem Auftrag, es für seinen abwesenden Herrn zu bewachen, als eines Tages Berittene auftauchten, Kamelreiter aus der Wüste, um zu rauben und zu brandschatzen. Da die Angreifer in grosser Überzahl gewesen seien, hätte er ihnen die Tore der Festung geöffnet und die Besitztümer des Königs preisgegeben. »Er hatte genug von allem«, sagte Asarja mit einem Schulterzucken, »mehr als für einen Menschen gut ist«. Dafür wurde ihm und seinen Leuten das Leben geschenkt, zumal sie gute Reiter und Fechter waren. Man musste irgendwo dazugehören in solchen Tagen. Für einen Einzelnen gab es keine Hoffnung.

»Aber dass ich noch lebte, als du mich trafst«, sagte er, »verdanke ich nicht meiner Voraussicht – in solchen Zeiten kommt einem der Glaube an die eigene Klugheit abhanden. Unser Leben ist in Gottes Hand. Die Räuber, denen wir uns angeschlossen hatten, gerieten unterwegs in Streit. Eines Nachts, nachdem sie getrunken hatten, fielen sie übereinander her. Ich machte mich aus dem Staub, zu

Fuss, ohne einen Schluck Wasser, irgendwo in der judäischen Wüste. Mit Gottes Hilfe fand ich am nächsten Tag ein Weingut, auf dem gearbeitet wurde, der Eigentümer nahm mich in Dienst. Als die Römer kamen, war ich waffenlos bis auf ein Rebmesser am Gürtel. So wurde ich gefangengenommen und nicht auf der Stelle getötet wie jeder, der Waffen trug. Und welche Gnade, heil zu sein an Haupt und Gliedern und gut verkäuflich auf dem Markt. Wir standen in der Sonne auf dem Gerüst, nackt, rundum sichtbar, die Käufer betasteten uns, liessen sich die Zunge zeigen, steckten uns ihre Finger in den Mund und sonst wohin ... Und man liess das alles gern mit sich geschehen, um nur rasch verkauft zu werden, um dem Händler kein Ärgernis zu sein. Wie viele sah ich, die sie ins Amphitheater schleppten, im Dutzend, zu Schleuderpreisen, weil der Händler sie endlich loswerden wollte, weil sie nicht weggingen auf Grund eines Schadens. Überlege, wieviele Menschen verletzt werden in einem solchen Krieg und mühsam genesen und überleben, doch ganz umsonst. Man hetzte die Krüppel in besonderen Schaukämpfen aufeinander, es war ein grosser Spass in den Marktflecken, Einarmige fechten zu sehen oder solche, die sich auf Krücken in die Arena schleppten, da dröhnte das Theater von Gelächter, da lachten sie Tränen, die Römer und Syrer, hohoho!, schriehen sie, gib ihm, Einbein, drauf zu, Lahmer, geh los auf den Einarmigen, schlag ihm den andern Arm auch noch ab ...«

Sein Gesicht verzerrte sich, die Adern an seinem Hals traten hervor. Um ihn vom Thema abzubringen, fragte ich nach Frau und Kindern. Dabei wusste ich nicht einmal, ob er Frau und Kinder hatte. Ich wusste eigentlich überhaupt nichts von ihm, ausser, wie er als Junge gewesen und dass er mit sechzehn voller Bewunderung dem neuernannten König nach Gaulanitis, Trachonitis und Batanaia gefolgt war. Hätte er sich nicht an unsere gemeinsamen Aramäisch-Stunden auf dem Palatium erinnert, von denen niemand wissen konnte als er, wäre ich nicht sicher gewesen, ob er wirklich Asarja war. Ich hatte einen glatthäutigen Jüngling in Erinnerung, behende, geschmeidig, stolz auf seinen Witz, seine Gewandtheit, sprühend von Scherzen und Einfällen. Nun sass ein ausgemergelter Mann vor mir, mit Narben und verwitterter Haut.

Am ehesten erkannte ich ihn an seinen Augen wieder, wenn sie im Erzählen aufblitzten, verächtlich, belustigt oder in seltener Begeisterung.

Ja, er besass Frau und Kinder, aber er wusste nicht, was aus ihnen geworden war. Er hatte sie in Tiberias zurückgelassen, ehe er zu seinem letzten Dienst im Auftrag des Königs aufbrach, und deshalb bestünde Hoffnung, dass sie lebten. Mir wäre gewiss zu Ohren gekommen, dass die Stadt Tiberias von den Römern geschont worden sei, auf Bitten des Königs Julius Agrippa, wofür er diesem, so wenig er ihn sonst achte, von Herzen dankbar sei. Er tröste sich mit dem Gedanken, seine Frau werde von Verwandten versorgt, die sie zahlreich in Galiläa und Judäa besass, sie stammte aus guter Familie und war von Hause wohlhabend, wenngleich er nicht wüsste, was von ihrem Besitz noch existierte. Er hätte so viele Villen in Trümmern, so viele Felder verödet, in Frucht und Blütenpracht stehende Gärten niedergehauen gesehen, dass er an irdische Herrlichkeit nicht mehr glauben könne. Der Reiche sei vor dem Schwert ebenso schwaches Fleisch wie der Arme, ein Palast brenne nieder wie eine Hütte. Er gab denen Recht, die in Erfolg und Erdenglück nichts als Täuschung sahen, die geradezu sagten, dass der Besitz an irdischen Gütern nichtig sei.

»Willst du nach deiner Familie suchen«, fragte ich, »jetzt, wo du frei bist?«

»Nach römischem Recht bin ich nicht frei. Du hast mich gekauft, also gehöre ich Dir.«

»Ich kann dich, wann immer du willst, in aller Form freilassen. Eine Formalität bei der römischen Behörde.«

Er schien zu zögern. »Ich bin drüben nicht ganz unbekannt«, sagte er. »Auch die Familie meiner Frau und viele meiner Freunde. Ich weiss nicht, wie die Verhältnisse sind.«

»Du würdest deine Familie lieber herkommen lassen?«

Er sah mich nicht an, als er weitersprach. »Falls sie noch leben … Aber wie das herausfinden? Wir haben keine Möglichkeit, es in Erfahrung zu bringen. Das schlimmste ist die Rechtlosigkeit. Uns trifft sie besonders. Der Kaiser verfolgt uns nicht weiter, das ist wahr, aber er hat uns aller Rechte beraubt.«

Er brach ab. Wir führten das Gespräch auf dem Weg durch die umbrischen Berge. Da sich unser Aufenthalt in Ariminum in die Länge gezogen hatte, war es später im Jahr als erwartet, Spätherbst mittlerweile, feucht und stürmisch, in den Nächten empfindlich kalt. Asarja übernahm freiwillig die Nachtwachen am Feuer, sass dort, in Felle gewickelt, in einem Faltstuhl, in Gedanken oder lesend, meist in den Mosaischen Büchern, die ich in einer handlichen Rolle mitführte. Er schien die Kälte und den Wind nicht zu spüren, wie er offenbar auch die Nacht nicht fürchtete. Ich überraschte mich eines Tages dabei, dass ich nach seinem Schatten suchte, als wolle ich mich vergewissern, dass er ein Mensch und auf die uns bekannte Weise am Leben war. Wenn ich mich zu ihm setzte, kam es zu langen Gesprächen wie in jungen Jahren. Oder wenn wir eine Strecke zusammen im selben Fahrzeug fuhren, in einem der Packwagen zumeist. Jacobus' seidene Karosse hatte ich dem Mädchen Jalda überlassen, die während der Reise erkrankte und und deren heftiges Fieber uns zwang, in Spoletium nochmals eine Woche Station zu machen.

Und nahe Spoletium war es, auf hochgelegener Strasse, über dem Fluss Clitumnus, der dort in schluchtenreicher, zerklüfteter Gegend entspringt, dass mich Asarjas Nähe unheimlich anwehte. Ein Mensch, den man nach langer Trennung wiedertrifft, hat immer etwas Unheimliches. Vielleicht war es nur das. Vielleicht war es das »wir«, das er öfter im Munde führte – ohne sich dessen bewusst zu sein, wie mir schien –, und von dem ich nicht sicher war, wen es meinte. Ich frage, im Lärm des fahrenden Wagens: »Der Centurio sagte, du seist der Jäger des Königs gewesen? Ist das wahr?«

Asarja lachte. »Du denkst, ich hätte Tiere getötet in nicht koscherer Weise, und womöglich ihr Fleisch gegessen, unreines Fleisch? Nichts davon. Jäger, *zajad*, war mein Titel. Du weisst, dass *zejdah* nicht nur die Jagdbeute ist, auch der Proviant. Ich war also des Königs Proviantmeister. Ein guter Posten an Agrippas Hof, der ständig reiste. Meine Leute haben Schnepfen in Fallen gefangen und gesetzestreu getötet oder gefischt im See Genesaret. Das alles musste jederzeit vorrätig sein in den Eiskellern der königlichen Schlösser und auf Reisen. Bist du beruhigt?«

»Ich dachte schon, du seist ein Eiferer geworden, weil du ein blutiges Leben zu bereuen hast.«

Er lachte wieder. »Ein Eiferer?«

»Es kommen jetzt solche Leute von drüben. Sie wollen uns bessern. Sie sagen, wir erfüllen die Gebote nur dem Worte nach, während sie wüssten, wie sie wirklich gemeint sind. Bei euch müssen Männer umhergezogen sein, die eine Erneuerung oder dergleichen gepredigt haben.«

»Das ist richtig«, bestätigte Asarja. »Heilige Männer sind aufgetreten, Prediger, Wundertäter. Die meisten waren Schwindler. Sie haben viel Volk versammelt und in die Wüste oder in die Berge geführt, wo sich Wunder ereignen sollten. Stattdessen sandte der römische Prokurator eine Abteilung Reiterei hinterher und liess die armen Narren niederhauen. Diese Männer waren, was unsere Bücher Zauberer nennen, falsche Wahrsager. Nur einer war nicht so. Er war gütig und sanft.«

Ich fasste mir ein Herz und fragte geradezu: »Du glaubst an ihn?«

»Ich glaube an das, was er sagt. Ich habe ihn nicht gesehen.«

»Er war längst tot, als du nach Judäa kamst.«

»Nicht tot. Nicht mehr in dieser Welt. Er ist auferstanden. Ich spüre, dass er noch lebt.«

»Du spürst es?«

»Sein Geist ist in der Luft, der Geist der Liebe und Versöhnung. Mitten in dieser düsteren, grausamen Welt.«

»Was du beschreibst, ist die *shechinah*, das Glücksgefühl, weil der Geist Gottes unter uns ist.«

»Also spürst du es auch. Man könnte sonst nicht leben in dieser Welt.«

»Aber um die *shechinah* zu spüren«, wollte ich wissen, »wozu braucht ihr da den Jeshua?«

»Vielleicht ist er die Verkörperung der *shechinah*. Vielleicht ist es so, dass in Jeshua das bisher Gestaltlose Gestalt annimmt. Nirgendwo steht geschrieben, dass die *shechinah* nicht in einem Menschen Aufenthalt nehmen kann. Noch dazu, wo sie ihr Haus, ihren Tempel verloren hat.«

Ich spürte, wie ich die Schultern hob, ohne es zu wollen. Was an alledem wäre neu? Niemand bestritt, dass die *shechinah* in einem Menschen Aufenthalt nehmen konnte – doch deshalb blieb der Betreffende immer noch ein Mensch. Dann fügte ich hinzu, um ihn die kränkende Bewegung vergessen zu machen: »Zumindest muss man es erstaunlich nennen, dass immer noch von ihm die Rede ist. Was mag es sein, das so viele Menschen dahin bringt, an ihn zu glauben?«

»Alles. Sein ganzes Wesen. Alles, was er getan und gesagt hat.«

»Aber du sagst selbst, dass du nicht dabei warst. Woher weisst du, dass er kein Schwindler war wie die anderen?«

»Seine Prophezeiungen sind eingetroffen.«

»Welche?«

»Er hat den Fall des Tempels vorausgesagt. Er soll wörtlich gesagt haben: Seht ihr das Wunderwerk? Menschen haben es errichtet. Nicht ein Stein davon wird auf dem anderen bleiben.«

»Das macht ihn mir nicht lieber«, sagte ich.

»Er meinte es nicht im Sinne eines Fluchs oder einer bösen Verheissung. Er meinte es als Trost. Er wollte uns wissen lassen: auch ohne Tempel werdet ihr leben. Der Tempel ist Stein und irdisches Treiben, Rummel, Räucherwerk und laute Musik, wir aber sind Gottes Volk. Auch den Krieg hat er vorhergesehen und wieder ohne Bitterkeit: ihr sollt nicht erschrecken. Zwar wird all dies geschehen, aber es ist nicht das Ende. Denn es geht weiter, wir leben und wahren das Gesetz, und mit dem Gesetz das Gottesvolk. Meine Lage war hoffnungslos, doch ich glaubte an ihn und mir wurde Rettung. Du kannst nicht ausgerechnet von mir erwarten, dass ich ihn leugne.«

»Wer spricht von Leugnen? Es ehrt dich, wenn du an ihn denkst. Er war ein Jude, der gelitten hat. Aber du glaubst an seine göttlichen Kräfte. Ich nicht. Nur ein Einziger hat solche Kräfte ...«

»Muss das ein Widerspruch sein?« fragte Asarja. Er hielt den Kopf gesenkt, so dass ich seinen geschorenen Schädel vor mir sah, mit dem nachwachsenden dunklen Haar und den sich abzeichnenden hellen Narben. »Er hat unser Elend gesehen und ist herabgestiegen. Er ist *ha makom*, der Allgegenwärtige, der Überall-Zugleich. Er kann jede Gestalt annehmen. Auch die eines jungen Juden aus Nazara.«

Er schien an ihn zu glauben. Zwar verstand ich nicht, warum, verstand nicht, warum es ein Mensch sein musste, ein junger Jude aus Nazara, warum ihm Gott allein nicht reichte ... Das verstand Gott allein. Darum kein Streit. Asarja lebt, ist einer von uns, seine Frau und Kinder leben, Jacobus wird einen Weg wissen, sie zu holen.

»Jacobus wird dir helfen, deine Familie zu finden«, sagte ich.

Er antwortete mit einer Geste, beide Hände in Höhe des Gesichts emporgehalten, leicht geöffnet, lässig, nebenher, eine Bewegung, wie ich sie von ihm aus Kindertagen kannte. Vielleicht wollte er sagen: wir sind in Gottes Hand. Wir sahen uns an und lachten wie wir als Kinder gelacht hatten, ohne wirklich zu wissen, worüber.

Er fragte unerwartet, und ich erinnerte mich, dass er schon immer zu Gedankensprüngen geneigt hatte: »Ist er reich?«

»Er war es«, sagte ich. »Er hat viel verloren.«

»Durch dich?«

Wir lachten wieder. »Durch mich erst in letzter Zeit. Vorher durch den Kaiser. Durch Feuer und Krieg.«

Er erwiderte nichts darauf. Dann erkundigte er sich: »Unser König hat Neros Gesänge oft vortragen lassen, ich müsste einiges kennen, was du für ihn geschrieben hast. Sag mir ein paar Titel.«

»Kennst du den *Kitharaspieler*?«

Er sah mich an, mit halboffenem Mund. »Was soll das heissen ... Der *Kitharspieler* ist von dir?«

»Fast alles, ja. Der Kaiser hat zwei oder drei Lieder hinzugefügt, patriotische Gesänge.«

»Aber die berühmten Lieder, die jeder kennt ... Zum Beispiel *Manches wage ich bei Nacht* ...Das ist von dir?«

»Du kennst es?« fragte ich. Meine Stimme war nicht ganz fest dabei. Es traf mich ins Herz, dass man in Judäa meine Lieder kannte.

»Jeder kannte es«, warf Asarja hin, als wundere er sich über meine Frage. »An unserem Hof war einige Wochen nur vom *Kitharaspieler* die Rede. Manche Lieder wurden an jeder Strassenecke gesungen. Du müsstest eigentlich ein berühmter Mann sein ... Ich fange an zu verstehen. Nero hat dich um deinen Ruhm betrogen. Er hat ihn dir abgekauft …«

Ich schüttelte den Kopf. »Die Vertonung ist von ihm. Erst durch seine Melodien sind die Lieder entstanden, die man auf der Strasse nachpfeifen kann. Und dann war, was ich schrieb, für ihn geschrieben, für seine Freunde, für die Römer. Für mich selbst, für uns hätte ich was ganz anderes gemacht. Verstehst du, was ich meine?«

»Wenn ich länger darüber nachdenke«, sagte Asarja, »könnte ich es verstehen, zur Not … Obwohl es Haarspalterei ist. Geschrieben ist geschrieben. Ob nun für ihn oder für uns.« Er sang leise vor sich hin, im schaukelnden Wagen, in einer Melodie, die vom Kaiser stammte und die ich fast vergessen hatte:

Manches wage ich bei Nacht
kühner als am Tage,
wenn ich um den Schlaf gebracht,
still mein Herz befrage,
wenn ein Antlitz, das der Tag
mir von fern gezeigt,
sich in Morpheus' Traumgemach
über mich geneigt …

Er brach ab und schwieg eine Weile. »Es wird dich vielleicht wundern«, sagte er, »wenn ich dir verrate, dass dieses Lied besonders bei denen beliebt ist, die den Nazarener verehren.«

»Sie denken, das ›Antlitz‹ meint ihn?«

»Die meisten Menschen wollen ein Bild vor Augen haben. Das Bild dessen, den sie lieben. Kann jemand, der sich nicht zeigt, erwarten, dass man ihn liebt?«

»Ein Mensch nicht. Aber Gott.«

»Auch Gott muss Zeichen setzen. Der Nazarener ist ein Zeichen. Ein Symbol dafür, dass wir Gottes Kinder sind.«

Wir bewegen uns im Kreis, dachte ich. Wieder hätte ich nur eines erwidern können: diese Zeichen müssen nicht sichtbar sein. Heute ist mir, als hätten alle Gespräche mit Asarja im Fahren stattgefunden. Sie waren ohne Ende, ohne Ergebnis, aus der Bewegung heraus, in Bewegung sich verlierend, vom Rhytmus des Fahrens bestimmt. Wie wir alle Zeit fuhren, wie das Stossen der Räder, das Schwanken des Wagens in unser Blut einging, zum Rhytmus unserer Worte wurde ... Tag für Tag. Irgendwo hielten wir und sprachen die achtzehn Segen wie jeden Abend. Wir fuhren wieder. Wir richteten uns auf Packen und Ballen zum Schlafen ein. Asarja sagte:

»Da haben wir nun das Achtzehn-Segen-Gebet zusammen gesprochen, das *Alejnu l'shabeach* und alles andere, ein Dutzend Männer oder wieviel wir sind, und das reicht aus. Was ist Gebet? Dass ich mich meiner selbst vergewissere. Dass ich mich innerlich ausrichte und kläre. Wir brauchen keine Priester mehr. Keine *institutio*. Wir sind in der Situation, neu zu beginnen, aus uns selbst heraus. Wir brauchen auch den Tempel nicht mehr. Der Tempel sind wir selbst. Vielleicht ist es ein grosses Glück.«

»Du führst frevelhafte Reden ...«, erwiderte ich schläfrig.

»Der Tempel hatte seine schrecklichen Seiten. Das Opfern, das tägliche Töten der Tiere. Immer noch besser als Menschen, keine Frage. Trotzdem troff unser Heiligtum von Blut. Es war ein Schlachthaus. Ohne die Wohlgerüche des ewig brennenden *olah*-Opfers hätte der heilige Ort nach Kadavern gestunken. Und was war das erst für eine Luft in den Höfen, überall das warme, rauchende Blut, das Geschrei der Händler, die süsslichen Duftschwaden. Huren sassen draussen in den Kolonnaden, man betrank sich am Opferwein. Die Priester nahmen Geschenke an, sie taten nicht, was in den Büchern steht. *V dam parim u kvasim ve atudim lo chafazti*, sagt Gott durch den Mund des Propheten, Das Blut der Stiere, der Lämmer und Böcke begehre ich nicht ... Ich war immer ein Anhänger der Synagoge. Sie ist der erste Altar ohne Opfer. Ohne Blut. Sie bedeutet eine Revolution.« Ich sah, wie sich sein Schatten vom rollenden Lager aufrichtete. »Mit der Synagoge hat ein neues Zeitalter begonnen. Das Zeitalter der Menschlichkeit.«

»Sind alle Christiani Anhänger der Synagoge?«

»Was sonst?«

Bis heute höre ich seine Stimme, eindringlich im Rollen des Wagens, im Heulen des Windes, der die Plane beutelte. Ich begann wirklich einzuschlafen, unweigerlich, indem sich meine Gedanken verwirrten und traumwandelten. Ich fand mich in einer Synagoge wieder, grösser und prächtiger als alle, die ich je gesehen, sie war voller Menschen, die beteten und sangen, vorn, am Altar, standen Priester, gekleidet in Purpur, und einer von ihnen, mit hohem Hut, auf goldenem Stuhl über die anderen erhoben, schien der Hohepriester zu sein. Er hob segnend die Hände, Weihrauch umschwebte ihn, Gesang von Männer- und Knabenstimmen. Sie beteten den Nazarener an, sangen zum Klang der Kithara und Wasserorgel wie an Neros Hof. Standbilder des Nazareners waren aufgestellt, eine Jünglingsfigur, nackt bis auf ein Lendentuch, in Bronze und poliertem Stein, überall standen die Bildwerke, auch dies wie am Kaiserhof …

»Es ist wichtig, dass man immer und unter allen Umständen ein paar Stunden schläft«, hörte ich Asarja sagen. »Sonst wird man verrückt. In der Gefangenschaft habe ich Leute daran sterben sehen, dass sie nicht schlafen konnten. Wir haben den ganzen Tag geschuftet, wenig Wasser, schlechtes Essen. Und die tausend kleinen Qualen, gerissene Fingernägel, Dornen im Fuss, Beschwernisse der Verdauung. Manche brachten es trotzdem fertig, sich die halbe Nacht mit Menschheitsfragen herumzuquälen. Wozu? Können wir die Toten wieder lebendig machen? Jerusalem von neuem errichten? Unsere Seele ist im Körper gefangen wie wir in dieser Welt. Ein paar Stunden nur ist sie frei. Die paar gnädigen Stunden des Schlafes. Ein Vorgeschmack, eine Erinnerung …«

Geh du deines Wegs, hinweg aus deinem Land, von den Deinen,
aus deines Vaters Haus, in das Land, das ich dir zeigen werde …

Wir trennten uns in der Nähe Roms, an einem kalten Morgen, als die Luft dick und wässrig war und die Stadt fast unsichtbar, ein dunkler Block im Gebräu. Alexander, der uns einige Meilen aus der Stadt entgegenkam, trug einen Kapuzenmantel aus dickem Stoff.

Seine Diener entfachten ein Feuer und bewirteten uns mit heissem Würzwein und Kuchen. Wir liessen uns auf Gepäckstücken nieder, sprachen die Segen und frühstückten. Alexander überbrachte Grüsse von Jacobus und der Familie. Der Vater, erklärte er, erinnere sich gut an Asarja, den er oft als kleinen Jungen am Hof gesehen hätte. An den Alten wäre es, die Jungen im Auge zu haben.

Später, im Weiterfahren, wieder allein mit dem schweigsamen Primus, dachte ich über diesen Spruch nach. Er war bezeichnend für Jacobus. Nichts und niemand am Hof war seiner Aufmerksamkeit entgangen, vor allem kein Landsmann. Auch mich hatte er immer im Auge behalten, ohne dass ich dessen gewahr geworden war. Seine Bewegungsform war das Vorwärts, sein Blick galt dem Morgen, schon bei Eintreffen meiner Nachricht aus Ariminum hatte er gewusst, wozu er Asarja brauchte. Eins seiner ungelösten Probleme waren die wilden Tiere, die immer noch, auf die vor Jahren ausgesandten Bestellungen, in den römischen Seehäfen eintrafen, Leoparden, Straussen, Gazellen, wilde Wüstenwesen, mühsam eingefangen und über die Meere befördert, für Neros Goldenes Haus bestimmt, das dieser Tage auf Vespasians Befehl abgerissen und dem Erdboden gleichgemacht wurde. Nur eine Trümmerwüste sei dort zu sehen, berichtete Alexander, nichts wollten die Flavier lassen von Neros Herrlichkeit, neue Bauten zu ihrem Ruhm sollten die Fläche bedecken, darunter ein Amphitheater von niegesehener Grösse.

Jacobus weigerte sich, die Tiere für Spiele in der Arena herzugeben, bei denen sie auf grausame Weise ums Leben kamen. Die Abeigung Vespasians gegen Tierhatzen und Schaukämpfe kam ihm zupass: der Kaiser pflegte zu sagen, er sei ein alter Soldat und hätte Tote genug gesehen. Zudem sei das Beschaffen und Umbringen wilder Tiere Verschwendung von Reichsgeldern und der derzeitigen Lage nicht angemessen. Jacobus hielt die Tiere auf Bauernhöfen in der Nähe Roms, für die seltenen Gelegenheiten, wenn sich ein römischer Grosser – irgendwo auf dem Land, des Kaisers Augen möglichst entzogen – den Luxus eines *pardes* leistete, eines Vergnügungsparks oder Paradiesgartens nach dem Vorbild orientalischer Herrscher, in dem exotische Tiere nicht fehlen durften.

Alexander, während wir frühstückten, stellte Asarja Fragen. Ob er über Erfahrung im Umgang mit bestimmten Tieren verfüge, ob er sie zu zähmen, zu pflegen, zu züchten wisse, ob er schon auf Kamelen geritten sei, auf Elefanten und arabischen Wüstenpferden. Ausser Elefanten kannte Asarja die erwähnten Tiere aus langjährigem Umgang, sogar Krokodile und Straussenvögel, als Hofjäger des Königs Agrippa hatte er sie lebend gefangen und für die königlichen Lustgärten gezähmt. Jacobus war der Gedanke gekommen, seine Tiere zu dressieren und auf diese Weise in den Augen der Römer wertvoll zu machen, wodurch sie gegen das Schlachten in der Arena geschützt und überdies gut verkäuflich wären. Diese Art Unterhaltung duldete Kaiser Vespasian, auch das Volk hatte Gefallen daran gefunden. Alte Leute erinnerten sich, dass man schon unter Tiberius, der die blutigen Spiele verabscheut hatte, gezähmte Tiere im Theater zu zeigen pflegte, in scherzhaften Vorführungen. Unter Caligula und Nero war man von so harmlosen Vergnügungen abgekommen und hatte sich ganz dem Morden hingegeben. Asarja hörte zu, schweigend, die geschwungenen Brauen emporgezogen, so dass seine verbrannte Stirn Falten warf und die Augen weit offen standen, die tiefdunkle Iris umgeben von Weiss. »Warum nicht?«, sagte er. »Wir haben schon alles Mögliche gemacht.« Alexander forderte ihn auf, mit ihm eine Rundfahrt durch Jacobus' Tiergehege zu machen. Auf der Stelle. Die Sache dränge. Beide standen auf, das Frühstück war beendet. Stumm, von dem schnellen Abschied überrumpelt, umarmte ich den wiederverlorenen Freund.

Auch das Mädchen Jalda übergab ich Alexander, der sie in Gesellschaft einer Dienerin nach trans Tiberim schickte. Die schöne Tänzerin erwies sich als schwierig, fast unansprechbar. Während der Reise hatten sie Unpässlichkeiten heimgesucht, kataleptische Zwischenfälle und Geistesabwesenheiten, sie sprach nicht und schien wie in Gram eingesponnen. Jede Aufmerksamkeit von Männerseite versetzte sie in Schrecken. Wann immer ich mit einem Scherz versucht hatte, ihre Miene aufzuheitern, war ein Blick von so unbeugsamer Ablehnung aus ihren dunklen Augen geschossen, dass ich sie sich selbst überlassen hatte und nun ohne grosses Bedauern von dannen fahren sah. Beim Abschied beugte sie sich unvermutet über meine Hand und küsste sie mit kalten Lippen. Stumm sahen wir ihr nach, Primus und ich, wie sie in Jacobus' Reisewagen stieg und sich Richtung Rom entfernte.

Wieder umgingen wir die Stadt im Süden, liessen uns ausserhalb der Mauern über den Fluss setzen, was uns, vier Wagen und ein Dutzend Reiter, den Rest des Tages kostete, und fuhren in sinkender Dämmmerung die Via Appia meerwärts, in Richtung Tarracina, Sinuessa, Capua. Wir fanden Nachtlager in Aricia, bei einem Freund meines Schwagers Alexander, der mich wie einen geschätzten, aber ihm unbekannten Gast behandelte, jedoch beim Nachtessen, scheinbar aufs Gratewohl, Lieder aus dem *Kitharaspieler* vortrug, wozu er sich auf einer judäischen Nivla begleitete. Er war betont gesetzestreu und ohne Verständnis für die Anhänger des Nazareners, nannte aber gleichfalls *Manches wage ich bei Nacht* sein Lieblingslied wie kürzlich Asarja. Ich sann darüber nach, während wir den Wein der Gegend tranken und dem Gastgeber lauschten. Als ich die Verse schrieb, hatte ich weder an die Christiani gedacht noch an die Gesetzestreuen. Und nun fanden sich Liebhaber des Stückes in beiden Lagern. Wem gehörte das Geschriebene wirklich? Wer verlieh ein paar Worten den Zauber, der Menschen glauben liess, das Lied sei für sie geschrieben, bringe genau das zum Ausdruck, was sie fühlten?

Am Morgen lud mich der Gastgeber ein, mit ihm und anderen Männern des Ortes in der Synagoge zu beten. Auch dieses Versammlungshaus zeigte sich mit Mosaiken, Ornamenten, Reliefs geschmückt, mit Ziersäulen aus farbigem Marmor und einem Torah-Schrein, dessen Umrisse dem Portal des Jerusalemer Tempels nachempfunden waren. In einem der heiter ausgemalten Räume hatte man zum Frühstück gedeckt, es kam zu einem Gespräch über Flüchtlinge »von drüben«, deren Vielzahl und bittere Armut die Gemeinde belastete. Der Vorplatz der Synagoge, die Säulengänge und Höfe waren voller Bettler, Strassenhändler, Musikanten. Ich liess alles Münzgeld dort, notierte Namen, versprach, mich nach Arbeitsmöglichkeiten umzusehen. Man tue was man könne, erklärte der Gemeindevorsitzende, ein rundlicher Mann, dem man das einstmals sorglose Leben ansah, man mühe sich wahrlich um diese Unglücklichen, es sei für eine kleine Gemeinde fast zu viel. Zunächst war der *census judaicus* zu zahlen, die Judensteuer, die Kaiser Vespasian eingeführt hatte, in seinem Gefolge weitere Abgaben, von findigen Beamte ersonnen, die sich hervortun wollten, in Rom wie in den lokalen Behörden, da unter dem sparsamsten aller Kaiser ein regelrechter Wettbewerb ausgebrochen war, neue Methoden der Geldeintreibung zu erfinden. Selbst Strassenbettelei wurde mit einer Steuer belegt, tückischerweise mit einer, welche die Gemeinde für die Betreffenden zu entrichten hatte. Der flavische Kaiser schien entschlossen, das Reich so schnell wie möglich von Neros Schuldenlast zu befreien, am liebsten noch zu Lebzeiten, als könne er seinem Sohn und Nachfolger, dem Prinzen Titus, in diesem Punkt nicht ganz trauen.

Die Juden hier und andernorts hätten sich damit trösten können, dass die Geldgier des Kaisers jedermann traf, jeden Stand, jede Innung, jedes Haus, dass allenthalben im Reich neue Steuern und Gebühren erhoben wurden. Doch manchte meinten zu spüren, dass es um mehr ging. Die Behörden hatten das frühere Wohlwollen eingebüsst, sagte jemand, oder wenigstens ihre frühere Gleichgültigkeit. Tieferes verbarg sich dahinter, ein Phänomen, neuartig, schwer zu benennen, etwas wie allgemeine Verabredung, Stigmatisierung, ein Ausgesondert- und Verachtetsein. Im römischen Imperium gab es die üblichen Rivalitäten und Reibereien zwischen Völkern, es war kein Geheimnis, dass Griechen und Juden auf gespanntem Fusse standen, auch Griechen und Ägypter, Syrer und Kleinasiaten. Von derlei lebten Posse und Atellane, man lachte darüber im Theater. Doch niemals bisher hatte es allgemeines Frontmachen gegen ein einzelnes Volk, eine Landschaft, eine Religion gegeben – wie auch, da ihrer im Reich so viele und verschiedene waren.

Allenfalls den Christiani galt Argwohn, ein Argwohn, der zunehmed auch andere Juden traf, nun erst recht, da wir ohne Land waren, ohne Rückhalt. Auch darüber sprachen wir in Arincia beim Frühstück, vage und tastend wurden Beobachtungen und Vermutungen geäussert, mit gesenkter Stimme, in dem Bemühen, nicht zuviel Bitterkeit durchklingen zu lassen. Man riet sich gegenseitig zu

Geduld und Besinnung, erinnerte daran, dass unterworfene Völker oft die Verachtung der Mitwelt zu spüren bekamen. Die Griechen etwa, deren Landschaften römische Beamte bis heute gnadenlos ausplünderten, deren Landeskinder man auf den Sklavenmärkten des Reiches zu Tausenden herumschob, deren Tempel noch kürzlich Kaiser Caligula heimgesucht und ihrer Figuren und Kleinodien beraubt hatte, fast zweihundert Jahre nach der Unterwerfung des Landes.

Das Frühstück zog sich hin, in Ungeduld fuhr ich ab. Meine Kraft reichte eben noch hin für einen freundlichen Abschied. Kaum im Wagen, fiel ich in düsteres Schweigen. Ich empfand es als Strafe, so selten zu Hause zu sein, bei meiner Geliebten, die ich kaum noch sah, bei den Kindern, die in Gefahr waren, vaterlos aufzuwachsen. Unser nächster Halt waren die »Drei Tavernen« am Eingang der Pontinischen Sümpfe, wo wir am späten Nachmittag anlangten. Sie waren voller Menschen, doch fand sich von all den Versammelten, um hölzerne Tische Sitzenden und Trinkenden, niemand bereit, mit uns im Dämmer des Winterabends durch die Schilflandschaft zu fahren. Auch ich trank Wein, wurde aber nicht froh. Greuliches Wetter kam hinzu, ein jammernder Wind, der um die Häuser fuhr, die Palisaden erbeben liess und Efeu und Wein vom Mauerwerk riss. Alles Zeug am Leibe war schlaff und klamm, feucht und faltenlos hingen die Stoffbahnen der Kleider. Der Kälte wegen übernachtete ich in einer der Herbergen, in einer düsteren Dachkammer, durch deren Luken der Wind pfiff, vom Singen der Zechenden wachgehalten.

Sehnsucht nach Jedidah ergriff mich, Sehnsucht nach einem Lächeln, einem Wort. Sie ging über in Schwermut, als fiele eine schwere Tür ins Schloss, gegen die ich mich lange gestemmt hatte, als schlüge sie krachend in ihre Öffnung im Gemäuer und verdunkle den Raum, in den sie mich einschloss, für jetzt, für immer. Und als ginge jeder Versuch, sie wieder zu öffnen und Licht ins Dunkel zu lassen, über meine Kraft. Ich erinnerte mich an den Satz, dass Schwermut der Preis für die Begeisterung sei. Die Schriftgelehrten warnten vor beiden, betrachteten beider Überschwang als unbekömmlich, rieten zum Studium, um sich in ausgeglichener Stimmung zu halten.

Im Dunkel der Dachkammer – Primus hatte sie von seinen letzten Münzen bezahlt – betete ich um Schlaf. Der Gesang der Trinkenden in der Gaststube schwoll an und ab, wurde übermütig und unheilvoll, begleitete mich hinüber in dunkle Gefilde. Ich dachte an Asarja und was ihm geschehen war. All sein Erinnern, sein Erzählen galt dem Krieg. In der engen Kammer, beim Klappern der Läden, besann ich mich dessen, was er gesprochen hatte, auf dem Krankenbett, im rollenden Wagen, mit seltsam unbeteiligter Stimme, als bewege es ihn nicht mehr.

Er hätte Wälder von Gekreuzigten gesehen, erzählte er, um die Städte und Orte herum, welche die Römer erobert hatten, jedesmal von Neuem, Hunderte, Tausende Kreuze, an denen Menschen in der Sonnenglut hingen und starben. Man hackte dazu ganze Wälder nieder, das Klingen der Äxte erfüllte den Platz, der Geruch nach frischem Holz. Man brachte die Gefangenen herbei, gefesselt, schweigend, durch Durst und Hunger geschwächt, erdrückt von ihrer Hoffnungslosigkeit, verunstaltet von den Peitschenschlägen der gereizten Soldaten. Sie wurden gezwungen, selbst hinaufzusteigen, auf einen dazu angebrachten Querbalken, einen kleinen Tritt, der man erst, wenn sie hingen, entfernte.

Man kannte verschiedene Arten der Kreuzigung. Je nachdem, ob man Eile hatte, ob die Zahl der zu Tötenden gross war, ob man die Kreuze mehrmals verwenden wollte. Am raschesten ging es voran, wenn man nicht nagelte, sondern band und streckte, womöglich die Beine des Hängenden mit einem Gewicht beschwerte, so dass er den Brustkorb nicht mehr heben konnte: in diesem Fall dauerte das Sterben, ein langsames Ersticken, nur Minuten. Man hatte das Kreuz für den nächsten Mann frei, und konnte in zügiger Folge töten, grössere Menschenmengen binnen weniger Stunden. Hatte man mehr Zeit, schlug man lange Nägel zwischen die Knochen des Unterarms, Elle und Speiche, so dass in weitem Strahl das Blut hervorschoss und nicht selten die römischen Soldaten bespritzte, sodann zwei Nägel durch die Füsse, durchs Fersenbein, und so liess man sie hängen, fliegenbedeckt, in der Sonnenhitze, bis sie verendeten. Noch länger dauerte es, wenn man die Füsse auf dem Tritt stehen liess. Wie lange konnte sich das hinziehen, sagte Asarja, bei gesunden jungen Männern ... Manche erstickten oder starben an Herzversagen, andere bluteten langsam aus. Sie hingen viele Stunden, den Tag über und die Nacht. Das Fleisch enzündete sich, die Wunden wurden bei jedem Zucken und Herabsinken aufs Neue aufgerissen. Die Geier kreisten droben, aus den Schluchten stieg das Geheul der Schakale. Weithin stank der Richtplatz nach Blut und Urin. Man könne das Fürchten lernen beim Anblick von so viel Blut, könne bis tief ins Herz davor erzittern, selbst er, der manchem Tier den Garaus gemacht. Viele Kreuze hätte er gesehen, rings um die von Vespasian und Titus eroberten Städte, Kreuze mit noch Lebenden, er hätte Schreien und Weinen von Sterbenden gehört, unvorstellbare Klagelaute, Wimmern, Stöhnen, Röcheln, Rufe nach der Mutter, Fieberphantasien, irrsinniges Gestammel. Viele beteten, wenn sie dort hingen. Manche sagten Psalmen auf im Sterben und Ausbluten, wie jener getan hatte, vier Jahrzehnte zurück mittlerweile, der Mann aus Nazara, an den er glaubte.

Denn das wüsste ich vielleicht nicht, sagte Asarja, dass jener gebetet und Psalmen gesungen habe bis zuletzt. Er sei, anders als viele, bei klarem Bewusstsein gestorben. Zeugen hätten ihn den berühmten Klagegesang von der *ajalet ha shachar*, der »im Morgengrauen erlegten Hirschkuh« singen hören, eines der traurigsten Stücke unseres Königs, das mit dem Ruf beginnt *eli, eli, lama asavtani*, Mein Gott, warum hast du mich verlassen ... Er ging uns voran, erklärte Asarja, er wurde zum Vorgänger aller Gekreuzigten, zum Symbol für unser gekreuzigtes Volk. Ich sah die Kreuze vor mir, wie Asarja sie beschrieben hatte, sah sie hell erleuchtet im Licht der Morgensonne, Tausende Kreuze, Reihen und Wälder von Kreuzen, an jedem ein Mensch an eisernen Nägeln, ins frische Holz geschlagen, mit Wunden, die nicht mehr heilen würden, mit erschlafften Muskeln und erdwärts reissendem Fleisch, mit zerschundener, schorfiger, schweissnasser Haut, mit brechenden Augen im hängendem Kopf, um den Fliegen und Bremsen summten, und jeder von ihnen fühlte sich von Gott verlassen, jeder von ihnen fragte, solange er fragen konnte: Warum?

Daher fand ich keinen Schlaf in dieser Nacht. Die Frage störte mich auf und ergriff all mein Denken. Die Frage des Nazareners:

lama, wozu? Wozu dieses Sterben, wozu sollte es gut sein, dieses Massensterben in der Sonnenglut, an Kreuzen im nackten Licht? Wozu dann das Leben? Was bist du für ein Gott, dass du uns dermassen quälst? Warum verlässt du uns, wenn du uns erst in die Welt setzt – bist du nicht, nachdem du uns als Menschen geschaffen hast, verpflichtet, uns wie Menschen zu halten, wie Menschen sterben zu lassen? Sag den Grund, der du alles weisst, für diese Grausamkeit. Unser Volk hat gefehlt, doch nicht schlimmer als andere. Es hat dein nicht geachtet, das Gesetz geschmäht, doch niemand achtet deiner in diesen Tagen, auch die anderen nicht – und uns strafst du dafür … Warum? Ich schlief auch in der nächsten Nacht nicht, hing diesen Gedanken nach, bis meine Augen gerötet und trübe waren, bis ich kaum noch sprechen konnte vor Gram und Nichtverstehen.

Am übernächsten Abend traf ich bei Jedidah ein. Unterwegs war mein Schweigen nicht weiter aufgefallen, auch Primus sprach nicht, die Diener und Fuhrleute, auch sie schienen von Schwermut erfasst, schienen sich die Frage zu stellen: Wozu? Wir fuhren durch das Tor, das sich auf den Ruf des Kutschers geöffnet hatte, durch den steinernen Wall, der das Anwesen umschloss, rumpelten auf der gepflasterten Auffahrt in den Innenhof, hielten unter dem alten Ölbaum. Müdigkeit überwältigte mich, ich hätte aus dem Wagen fallen und in die Erde sinken mögen. Dann sah ich die Tür über steinerner Treppe. Darüber ein Windlicht. Dahinter die fliesenbelegte, beleuchtete Halle. Jedidah, behutsamen Schrittes in ihrem gesegneten Zustand, kam mir langsam entgegen. Wir sassen uns am Tisch gegenüber, vor dem flackernden Feuerloch, ich sang die Segen, brach das Brot. Mit jedem Atemzug lebte ich auf. Sie war die Antwort, das Wozu. Der Sinn, die Gewissheit, die Ruhe. Weder hätte sie je Krieg begonnen noch Kreuze errichtet. Ihre Wangen schimmerten sanft, ihre Augen leuchteten ungebrochen.

Ich weiss nicht mehr, was wir sprachen. Ich war so müde, dass ich meinte sterben zu müssen, ich sagte es ihr und sie sah mich erschrocken an. »Iss«, sagte sie »trink einen Becher warmen Wein«. Und wirklich, mein Appetit kehrte zurück, kaum dass ich in ihrer Nähe war. Sie wusste, wozu. Sie dachte an die Kinder, an das Weiter. Das Weiterleben ist der Sinn, dachte ich, der einzige. Die Frauen wissen es besser als wir. Irgendwann an diesem Abend fragte sie, mit einem überraschten Blick auf meine Linke: »Wo ist dein Ring?«

»Warte, ich will dir alles erzählen ...«, begann ich.

Sie sah mich an und lachte. »Du hast ihn verpfändet?«

»Schlimmer. Er ist für immer dahin.« Und ich erzählte ihr von Asarjas wunderbarem Auftauchen, vom Handel mit dem Centurio, von der überraschenden Lösung des Problems. Ich sah an ihren Augen, dass sie billigte, was ich getan hatte. Sie hatte manchmal über den Ring gescherzt, wenn sie ihn unter den Schmucksachen in ihrer Schatulle fand: er sei das letzte Zeichen meiner früheren *granditas*, ich solle ihn hüten und zum Andenken aufheben, sonst glaubte ich womöglich eines Tages selbst nicht mehr, dass ich einst kaiserlicher Freund gewesen sei. Sie ergriff meine Rechte und streichelte sie, wie wenn man ein Kind über den Verlust eines Spielzeugs tröstet.

»Nun kann ich dir wenigstens verraten«, sagte sie, »dass auch ich meinen Topas verpfändet habe. Vor einigen Monaten schon. Wir mussten mit dem Bau neuer Häuser beginnen.«

»Den Ring der Kaiserin?«

»Ich habe ihn nie getragen.«

»Aber wir können nicht alles, was wir haben, weggeben. Wir müssen an die Kinder denken.«

»Wir sorgen dafür, dass sie haben, was sie brauchen. Hier jedenfalls. Es ist nicht halb so teuer wie in der Stadt.«

»Was heisst: hier?«

»Wir müssen ohnehin darüber sprechen«, sagte Jedidah sanft. »Ich will nicht mehr nach Rom zurück. Um keinen Preis der Welt. Ich möchte auf dem Land bleiben.«

»Hier auf dem Gut?«

»Irgendwo. Wo es eben geht.«

»Hier wird es nicht immer gehen. Man sucht nach mir.«

»Es ist letzlich gleichgültig. Sei es in Campanien, Apulien oder in einem anderen Land.«

»In einem anderen Land ...« wiederholte ich. »Das soll klingen, als sei nichts weiter dabei. Du denkst an ein bestimmtes?«

»Du nicht?«

»Wir alle denken daran. Nur, dass man dort nicht leben kann.«

»Woher weisst du das?«

»Es ist ein Traum. Und wie Träume sind: greift man nach ihnen, lösen sie sich auf.«

»Wenn du sonst nichts vorzubringen hast …«

»Es soll nicht sein.«

»In den Büchern steht anderes.«

»Die Katastrophe wird auch in den Büchern vorausgesagt.«

»Aber nirgendwo steht, dass wir dort nicht leben können.«

»Nicht jetzt. Es ist schrecklich heruntergekommen.«

»Kann es schrecklicher heruntergekommen sein als Rom?«

»Es ist nicht mehr unser Land. Es wurde von den Römern besetzt.«

»Oh, auch diese Gegend ist von den Römern besetzt.«

Ich ging auf den Scherz nicht ein. »Wovon willst du dort leben? Wir haben Kinder.«

»Rede dich nicht mit den Kindern heraus. Es soll vernünftig klingen, dabei hast du nur Angst.«

»Wovor sollte ich Angst haben … Vor etwas, das unerreichbar ist?«

»Das sagen die Ängstlichen immer.«

»Bist du sicher, dass du es willst?«

Jedidah seufzte. »Nein, nicht wirklich. Es sind so Ideen. Schwangere Frauen sind bekannt für ihre Launen.«

Wir sassen und schwiegen. Hinter uns flackerte das Feuer. Die Magd erschien, um mitzuteilen, dass die Wasserzuber kochten.

»Richtig«, sagte Jedidah. »Ich habe heizen lassen. Nimm ein Bad und hülle dich wenigstens in Wohlgerüche von drüben. Jemand, dem wir helfen konnten, hat uns ein paar Ampullen mitgebracht. Auch Seife vom Salzmeer, von herrlichem Grün, halbdurchsichtig, Eukalyptusduft. Und vergiss für heute all das Schreckliche, das dir begegnet ist.«

Ich küsste ihre Hand, die blass und angestrengt wirkte, und unter deren Haut sich die blauen Äderchen abzeichneten. Dann stand ich auf, langsam und müde. Am liebsten wäre ich, meinen Kopf auf ihrer Hand, sofort in Schlaf gesunken. Als ich stand, fragte ich, unvermittelt wie es mir eingefallen war: »Wie steht dein Vater zu den Christiani?«

»Zu den Christiani?« Sie sah mich aufmerksam an. »Dein Freund Asarja ist einer von ihnen?«

»Er führt solche Reden.«

»Alle Juden führen Reden. Du findest selten einen wirklich Schweigsamen unter uns. Wozu hat uns der Schöpfer mit der Gabe beglückt, die Dinge beim Namen zu nennen?«

»Die Christiani sind ein besonderer Fall. Sie lassen nicht locker.«

»Im Haus sind zwei Schriftgelehrte und andere gelehrte Männer. Auch mein Bruder Menashe, der sich seit dem Tod seines Zwillings ausschliesslich den Studien widmet. Sie werden ihm, was immer er redet, die Antwort nicht schuldig bleiben.«

Ich musste lächeln, als ich mir die Debatten vorstellte, endlos, immer von neuem beginnend, mit stets sich erneuernder Leidenschaft. Welches Alter Asarja, Jacobus, Menashe, die Schriftgelehrten auch erreichen mochten, sie würden doch niemals ein Ende erleben, ein Ende der Gespräche, der ewig zu fragenden Fragen. Ob jener Jeshua der Messias war – woher sollten wir es wissen vor dem letzten Tag? Wir Menschen neigen dazu, den falschen Propheten zu glauben, den falschen Erlösern – würden wir den Messias, wenn er käme, überhaupt erkennen?

Ist denn Israel ein Sklave? Ein im Haus geborener Junge? Warum sollte er jedermanns Beute sein?

Efraim, mein sanftes Söhnchen, begann damals zu lesen. Buchstaben um Buchstaben, Wort um Wort berührte sein Finger, langsam die auf den Papyros getuschten Zeilen entlangwandernd, vom Auge gefolgt, dann vom Mund, der die Laute nachzubilden versuchte, deren Zeichen sein Gesicht mit Staunen aufgenommen hatte. War auf diese Weise ein Satz gelesen, hielt er inne, und ich fragte ihn: »Verstehst du es?« Und falls er darauf den Kopf schüttelte und mich erwartungsvoll ansah, begann der schönste Teil des gemeinsamen Lesens: dass ich ihm erklärte, was da geschrieben stand.

Unglaublich, unendlich, was ein Buchstabe enthält. Wieviel sich in ein paar schwarzen Linien verbirgt. Kahl stehen sie vor unseren Augen wie die Zweige des winterlichen Granatapfelbaums, dürre Haken und Krakel, steif, nüchtern auf dem blassen, faserigen Stoff. Und doch prangen sie in Farben, entströmen ihnen Düfte, strahlen sie Wärme aus, lassen das Herz höher schlagen. Oder hüllen es in Ruhe, wiegen es in Sicherheit, stürzten es in Trauer, erzeugen Lärm wie Donnergrollen oder beredte Stille wie Abendwind. Lange Geschichten erzählte ich meinem Söhnchen zu jedem einzelnen Satz. Gibt es etwas auf der Welt, das mehr Geheimnisse birgt als das Dickicht der Schrift? Wer ahnt am Beginn eines Satzes, wie er enden wird, was er in sich trägt, Freude, Schrecken, Lachen oder Empörung? Etwas Erstaunliches jedenfalls. Etwas, das Regungen auslöst, die man nicht von sich kannte. Selbst ein kluger Junge wie Efraim brauchte einen Augenblick, ehe er nickte und die Augen zu mir aufschlug, zum Zeichen, dass er verstanden hatte.

Meine Tochter Miriam, inzwischen fast ein junges Mädchen, verband ihre Kenntnis der Schrift mit dem Spiel der Saiteninstrumente. Sie wurde darin von einem Flüchtling aus Judäa unterwiesen, einem Kenner alter Lieder, der die Poeme der *moshelim* studiert hatte, der Dichter-Sänger vergangener Zeit. Viele dieser Gesänge waren verloren, weil man in ihren Tagen versäumt hatte, sie aufzuschreiben, weshalb der kundige Mann, von Beruf Instrumentenbauer, ein entschiedener Befürworter schriftlicher Aufzeichnung geworden war. Nicht nur, dass er selbst unentwegt Sprüche, Gedichte, Parabeln und anderes notierte, er forderte von den Schriftgelehrten, endlich mit dem grossen Aufschreiben zu beginnen, damit nicht die Schätze ihres Wissens dem Vergessen anheimfielen wie jene frühen Gesänge. Er baute altertümliche Instrumente, wie man sie früher gekannt hatte, als Israel in Zelten durch die Wüste gezogen und auf der Suche nach seinem Land gewesen war, hölzerne Rahmen nach überliefertem Muster, überzog sie mit Tierhäuten, bespannte sie mit Stutenhaar und sass manche Stunde stimmend und probend, bis ihr schwirrender, sirrender

Klang an das Wehen des Windes durch grosse Weite erinnerte. Er lehrte Miriam Lieder wie dieses:

Zieht gen Cheshbon! Baut es auf,
Gründet wieder Sichons Stadt,
Feuer ging von Cheshbon aus,
Flammen sprühte Sichons Burg,
Die verzehrten Ar in Moab
Und die Baale hoch in Arnon ...
Weh dir, Moab, tief gesunken
Bist ins Nichts du, Volk von Kemash,
Seine Söhne liess Er fliehen
Zu Gefangenen die Töcher
Machte Er im fremden Land ...

Wir sassen still, wenn wir unser Kind solche Weisen singen hörten, ferne, kaum noch erinnerte Gesänge aus der Zeit von Israels Landnahme, und dachten daran, dass es heute unsere Töchter waren, die als Gefangene bei fremden Völkern lebten. Wehmütig sirrten die Saiten des altertümlichen Instruments, Trauer war um uns, wurde Teil unseres Wesens, Begleiterin jeder Regung, jeder Heiterkeit. Niemals würden wir darüber hinwegkommen, niemals vergessen, was uns geschehen war. Immer würden wir, bei allem, was wir taten, im Alltag, in fernen Ländern, sogar im Glanz, bei allen Siegen, die uns vielleicht eines fernen Tages beschieden wären, einen Zweifel fühlen, ein tiefes Wissen um unsere Fehlbarkeit. Und dieses Wissen um unsere Verletzlichkeit, unser Menschsein, unser Angewiesensein auf Gnade und Barmherzigkeit, würde uns hoffentlich klüger und vorsichtiger machen, ahnungsvoller, empfindsamer, als wir bisher waren ...

Gegen Ende des Winters kam Jedidah zum dritten Mal nieder. Wieder war es ein Junge, doch er war blauäugig, von hellerer Haut und ungeduldigerem Charakter als sein Bruder Efraim. Wir nannten ihn Aruba nach meinem verstorbenen Vater. Zur Beschneidungsfeier reisten viele Gäste an, einige von weit her, sogar Abgesandte der Gemeinde von Ariminum, darunter der Priester Solomon.

Auch Jacobus machte sich aus Rom auf den Weg, obgleich ohne Frau und Töchter, da das freudige Ereignis in den Winter fiel, wenn die Pontinischen Sümpfe eine besonders gefahrvolle Gegend sind. Er sass allein in seinem seidenen Wagen, seine Söhne zogen es vor, ihn zu Pferd zu begleiten, gerüstet und bewaffnet.

Ich hatte Jacobus einige Zeit nicht gesehen, er schien mir verändert, ergraut, von Sorge gezeichnet. Alexander sprach von Zahlungsschwierigkeiten des Hauses, doch diese Mitteilung löste kaum Erstaunen aus. Alle hatten damit zu kämpfen, alle, die wir kannten, vermutlich alle Juden im Reich – lohnte es, gross darüber zu reden? Jedidah interessierte sich ohnehin nicht dafür. Solange wir zu leben hatten – und wie sollten wir nicht, inmitten von Weinbergen, Ölhainen, Obstgärten –, weigerte sie sich, an derlei zu denken. »Wir haben mit Gottes Hilfe die herrlichsten Früchte, weisses Brot und Milch von der eigenen Kuh, wir weben unsere Kleider und Vorhänge selbst, sogar Rohrstühle werden bei uns hergestellt, wir haben Öl für die Lampen und Wein zum *shabat* – was um alles in der Welt zerbrecht ihr euch den Kopf über Zahlen?« Ihr Vater streichelte ihre Wange und stieg wieder in seinen Wagen. Die Ältesten in Capua hatten ihn gebeten, ihre Gemeinde zu besuchen, man erwartete ihn zu Vertragsabschlüssen in Tarracina. »Wie gern wäre ich noch geblieben«, sagte er im Abfahren, einen sehnsüchtigen Blick auf die Weinberge werfend, auf die Menschen und Häuser, Pferde und Hühner, auf das Gut, das so viele aufnahm und beherbergte, nur ihn nicht, dem es gehörte.

Das Leben auf dem Gut war geregelt und sicher. Es begann früh am Morgen mit einem gemeinsamen Gebet. Manche Männer standen schon vor Morgengrauen auf, um allein oder mit anderen ein Kapitel zu lesen und zu disputieren. »Wenn wir nur halb so viel Geld hätten wie Gelehrsamkeit …«, sagte Alexander, der hin und wieder vorbeischaute und die Bücher einsah. Dabei wurde viel Nützliches hergestellt, die Flüchtlinge waren geschickte Handwerker. Unter ihnen waren Zimmerleute, Waffenschmiede, Steinschneider, Garbspinnerinnen, Weberinnen und Färber. Eine Gruppe Frauen, angeführt von einer Greisin in altertümlichem Kopfputz, knüpfte Teppiche nach schwer durchschaubaren Mustern, wie sie unsere wandernden Vorfahren in ihren Zelten ausgelegt hatten, als Schlafmatte und Schutz gegen Wüstenwind, haltbar und leicht, farbenfroh, weich und nach einem Sandsturm mit wenigen Handgriffen, durch kurzes Klopfen und Schütteln, zu säubern. Sogar Glaskünstler gab es, die sich auf die Herstellung von Diatretglas verstanden, von unendlich zarten, durchbrochenen Gespinsten aus dem zerbrechlichen Stoff, mit hoch über dem Glasmantel ausgeschliffenen Mustern, die auf den Märkten gute Preise erzielten. Schmuck wurde hergestellt, schlicht an Steinen und Metallen, doch gut verkäuflich wegen seiner kunsvollen Verarbeitung. Geschätzt war ein Spezialist für Gewürzmischungen, der aus Pulvern und Kräutern, die er nach komplizierten Berechnungen auf metallenen Waagen mass, Wohlgerüche zu komponieren verstand, zum Lösen in Ölen und Wasser, zum Aufbewahren in silbernen Dosen, zum Verbrennen in Urnen und Räucherschalen. Der Freigelassene Elias sandte Bestellungen, auch Händler aus Puteoli, Capua, Beneventum, Neapolis. Die kaiserliche Behörde beobachtete diese Bewegungen mit Argusaugen. In Sinuessa liess sich ein neuer Steuerbeamter nieder, neben denen, die es ohnehin schon gab, um im Auftrag des Kaisers nach dem Rechten zu sehen.

Auch das Handelshaus meines Schwiegervaters stand unter Beobachtung, wie uns Alexander anvertraute. Besuche von Inspektoren wurden üblich, in den Lagerhäusern am Tiber, in den Uffizien, sogar auf den Bauernhöfen rings um Rom, um die sich früher niemand gekümmert hatte, auf denen jedoch jetzt die dressierten Tiere untergebracht waren, ihrerseits ein neues Geschäft. Es war Asarjas Werk, überraschend gewinnbringend, zum Glück für Jacobus' Haus. Der ehemalige Hofjäger des Königs Agrippa hatte erfahrene Tierbändiger angeheuert, Perser, die nicht vor dem Löwen erschraken, Ägypter, die das Krokodil zu zähmen wussten, Männer aus Hodu, von klein auf an den Umgang mit Elefanten gewöhnt. In geduldiger Dressur wurden den Tieren erstaunliche Kunststücke beigebracht, von denen wir gerüchteweise hörten. Besonders die Elefanten waren überall bekannt, man erzählte von ihren sensationellen Auftritten in Capua, wo eines der grössten Amphitheater des Reiches stand, später auch in Rom vor dem Kaiser. Die Vorführung begann damit, dass die Dickhäuter beim Erscheinen des Herrschers ins Knie gingen, den Kopf neigten und mit den Rüsseln trompeteten, was alle auf der Stelle gewonnen hatte, Vespasian ebenso wie das Volk. Man verschmerzte das Fehlen blutiger Spiele, wenn man dafür so Unverhofftes geboten bekam: vier Elefanten, die einen fünften auf einer Sänfte hereintrugen, mit Federn und Flitterkleid als schöne Dame aufgeputzt, dann gemeinsam zu Tische lagen, tanzten und dazu die Zymbel schlugen. Auch andere Tiere erregten Begeisterung, langmähnige Löwen, auf denen possierliche Äffchen turnten oder sogar – von den Ausrufern als Sensation des Tages angekündigt – behende numidische Knaben. Oder Straussenvögel, die auf Kommando um die Wette liefen und deren Sieger sich einen Kranz um den dünnen Schlangenhals hängen liess. Schliesslich ein fünf Meter langes Krokodil, in dessen aufgesperrten Rachen ein Aegypter bis zu den Schultern hineinkroch, worauf das Reptil seine mit scharfen Zähnen bewehrten Kiefern zusammenklappte, doch soweit nur, dass der Dompteur, unter dem ohrenbetäubenden Jubel der Tausende, nach kurzer Zeit seinen unversehrten Kopf wieder daraus hervorholen konnte.

Das waren Ereignisse, von denen die *ardaliones* sprachen und an die man noch tagelang dachte. Auch in den kaiserlichen Kanzleien vergass man ihrer nicht, das Ergebnis war eine neue Steuer, die den finaziellen Gewinn, den Jacobus aus den dressierten Tieren zog, beschränkte, besser gesagt, die dem Hofamt *a rationibus* einen erheblichen Anteil daran sicherte. So ging es dazumal mit jedem Profit, mit jedem halbwegs guten Geschäft. Man erzählte, dass Vespasian das Anzeigewesen wieder eingeführt hätte, welches noch aus der Zeit des Caligula in unrühmlicher Erinnerung war, ein System von Spitzeln und Informanten in ganz Italien und allen grossen Städten des Reiches, jedoch nicht, um Verstösse gegen das Gesetz *crimen maiestatis* zu ahnden – hier sagte man dem flavischen Kaiser eine fast befremdliche Duldsamkeit nach –, sondern um Geschäfte aufzuspüren, die sich noch weitgehender besteuern liessen, Personen zu entdecken, die einer nichtgemeldeten Tätigkeit nachgingen, Geld zu finden, das beiseite gebracht worden war. Auch Geschriebenes wurde wieder überwacht, wenngleich es diesmal nicht die Manuskripte der Literaten waren, sondern die Rechnungsbücher der Ökonomen.

Der Kaiser dachte nicht daran, die Juden zu behindern. Er förderte sie, ermutigte sie zu neuen Geschäften, nötigte sie sogar dazu, indem er beständig ihren Verdienst beschnitt, und erlegte ihnen anschliessend Kontributionen auf, die ihn zum Mitverdienenden machten. Was liess sich dagegen sagen? Jacobus fand gute Worte für den Imperator, vernünftige Gründe für seinen Herrschaftsstil. Konnte man, nach allem Vorhergangenen, über einen Kaiser klagen, der dem Reich die Ordnung wiedergab? Ging Vespasian nicht selbst mit gutem Beispiel voran? Die Grossen seines Hofes trugen von mehrfachem Waschen vergraute Gewänder, die Damen schlichten Bernsteinschmuck. Er verbot Wohlgerüche in seinem Palast, einen Hofbeamten, der sich parfümiert zur Morgenaudienz eingefunden hatte, entliess er aus seinem Amt. Er schaffte hunderte Höflingsstellen und unnütze Posten ab, sogar die Palastwache und die seit Claudius bestehende Sitte der Leibesvisitation. »Wer sollte mich umbringen und wozu?«, erklärte er dem Präfekten der Garde, »ich habe selber nichts, und jeder weiss es.« Doch den Armen in Rom gewährte er die kostenlosen Getreideausteilungen, die unter Nero aufgehört hatten, er liess Recht sprechen, wie es das römische Gesetz verlangt, und konnte sich ohne Leibwächter auf Strassen und Foren zeigen. Äusserlichkeiten bedeuteten ihm nichts, Titel und curulische Ehrenstellen verlieh er gegen bares Geld. Die Beamten wurden überwacht, ihre Abrechnungen geprüft, kaiserliche Revisoren reisten durchs Land, auf der Suche nach überflüssigen Institutionen. So brachte er hoch, was darniederlag, führte die ruinierten Länder zu neuer Blüte, übernahm einen Trümmerhaufen und hinterliess ein sicheres Reich.

Unter den Einrichtungen, die Vespasian aus Gründen mangelnder Effizienz aufgab, war auch eine, um deren Abschaffung wir einst gekämpft hatten bis zur Verzweiflung, und die nun von selbst verschwand: die berüchtigten Hilfstruppen des Prokurators von Judäa. Man löste sie auf, schickte die Syrer, Kappadokier und anderen Söldner, die das Land jahrzehntelang durch ihre Räubereien beunruhigt hatten, dorthin zurück, woher sie kamen. Sie erwiesen sich als überflüssig, da die Provinz Judäa »befriedet« war und römische Truppen in Caesarea, Sebaste und anderen Städten lagen – ganz so, wie König Herodes Agrippa der Erste es seinerzeit Kaiser Claudius vorgeschlagen hatte und später die Zwergin Callida in ihrem Memorandum an Nero.

Ich brauchte Tage, um über die Nachricht hinwegzukommen. Wie geht es zu in dieser Welt, wie soll man Sinn finden in den Handlungen der Menschen? Erst ein Krieg brachte die kaiserliche Verwaltung dazu, den seit Jahrzehnten fälligen Schritt zu tun, ein Krieg, der Hunderttausende das Leben kostete, die Stadt Jerusalem in Schutt und Asche legte, das Heiligtum unseres Gottes zu Fall brachte, ein Krieg, zu dem es vielleicht niemals gekommen wäre, hätte man die syrischen Hilfstruppen beizeiten abgeschafft.

Des Königs Herz ist in der Hand des Herrn wie die Wasserläufe:
Er lenkt es, wohin er es will …

Prinz Titus, der Erstgeborene und Thronfolger, arbeitete all diese Jahre still im Schatten seines Vaters. Er half bei den Verwaltungsreformen und grundlegenden Eingriffen, die Vespasian unternahm, um Rom zu sanieren. Er repräsentierte bei öffentlichen Gelegenheiten, zeigte sich im Feldherrenmantel, trug den Titel *imperator*, amtierte als Präfekt der Prätorianer. Man sah dennoch, dass er dem Vater nicht wirklich ähnlich war, in manchem anderen Sinnes als dieser. Im Reich Vespasians war die Kithara verstummt und jeder leichtfertige Ton aus dem öffentlichen Leben verschwunden. Glücksspiel um hohe Summen, Untreue und Unterschleife, Unzucht mit Kindern, Verstösse gegen Kultus und *mos maiorum* – der Kaiser hatte seine Augen überall, war schnell mit Anklagen bei der Hand und liess die Anklagen ebenso schnell, gegen entsprechende Zahlungen, wieder fallen. Auf diese Weise wusste er dafür zu sorgen, dass sich mancher Wüstling ruinierte, jedoch nicht, indem er sein Vermögen verschwendete, sondern weil ihn, ehe es dazu kam, kaiserliche Bussgelder in den Bankrott trieben.

Man war allgemein einverstanden, da es die Grossen traf und solche, die offensichtlich zuviel des Guten hatten. Man lobte Vespasians Gerechtigkeitssinn, seine volkstümlichen Manieren. Die Türen seines Palastes standen jedermann offen, er duldete Scherze über seine göttliche Person. Die kaiserlichen Ämter galten als solide, die Behörden als zuverlässig. Man nahm hin, dass sich des Kaisers Selbstdarstellung an der Grenze zum Dürftigen hielt, dass er sich in einer abgetragenen Toga und derben Schuhen zeigte, dass seine Sänfte nicht vergoldet war und seine Morgengemächer spärlich möbliert. Er brachte Männer aus den Provinzen in die Hauptstadt, Männer nach seinem Geschmack, bisher Namenlose, Tüchtige, im Dienst Bewährte. Die *ardaliones* und Neuigkeitskrämer hatten unter seiner Herrschaft wenig zu tun, wenig gab es zu sehen im flavischen Rom, wenig auszuspähen und zu bereden. Spartanisch ging es zu wie im Feldlager, überall wurde Ordnung geschaffen und aufgeräumt.

All dies mochte angesichts der leeren Kassen vorbildlich sein, doch war es wenig erhebend. Wer hätte je die Herzen seiner Mitmenschen durch Sparsamkeit gewonnen? Mit Wehmut gedachte mancher der julischen Kaiser, vor allem des letzten, des zum Staatsfeind erklärten Nero. In meinem Schlupfort am Meer erklärten mir biedere Männer – zu solchen Bekenntnissen ermutigt, seit Gerüchte über meine Vergangenheit durchgesickert waren – der verachtete Kaiser hätte »auch manches Gute getan«. Seine Untaten gerieten in Vergessenhheit, umso sehnsüchtiger erinnerte man sich der Schönheit seiner Begleiterinnen, der Theaterstücke, Gastmähler und Spiele, mit denen er Rom beschäftigt und Tausenden Müssiggängern Unterhaltung geboten hatte. Man vermisste den *odor* von Übermut, der so berückend über den sieben Hügeln geschwebt und selbst die Armen und Sorgenbeladenen an dem Gefühl hatte teilhaben lassen, zu den Herrlichen dieser Welt zu gehören. Man entbehrte Musik und Tanz, Spektakel und Aufregung und sehnte sich nach den blutigen Zweikämpfen in der sandbestreuten Arena.

Vom Prinzen Titus war bekannt, dass er in seiner Jugend eine Schwäche für das leichte Leben gezeigt hatte, für Kitharaspiel, griechische Tänzer, nächtliche Gelage und aufregende Frauen. Im

Volksmund wurde er »der zweite Nero« genannt, mit einem eher hoffnungsvollen Unterton. Man erinnerte sich, dass er Hetären und Lustknaben ins Militärlager mitgebracht hatte, zur Verlegenheit seiner Vorgesetzten, alter Kameraden seines Vaters, doch zur Erheiterung Neros, des damaligen Kaisers. Jetzt, als Thronfolger und Mitregent seines Vaters, war er ebenso pünktlich in seiner Pflichterfüllung wie freizügig in seinem Privatleben. Als Kaiser Vespasian plötzlich starb, lag eine gewisse Spannung über Rom und der Welt. Sie galt nicht der Frage, wer sein Nachfolger würde, daran bestand kein Zweifel. Aber ungewiss war, wer sich in diesem Nachfolger verbarg: der im Feldlager erzogene Sohn des Vaters oder der junge Draufgänger und Nachtschwärmer von einst.

Vespasian starb so rasch, dass uns die Nachricht von seinem Tod eher erreichte als die von seiner Erkrankung. Ich kann mich nicht erinnern, woran genau er gestorben sein soll, die Mitteilungen waren ungefähr, er galt für gesund bis auf seine Gicht und Verdauungsprobleme in Folge der unregelmässigen Ernährung auf seinen vielen Feldzügen. Bevor uns noch die Berichte von Titus' Thronbesteigung erreichten, hatte ich mich in die Weinberge zurückgezogen, diesmal allein, da Jedidah mit den Kindern nicht mehr so einfach den Ort wechseln konnte. Es war der Beginn einer Periode von Trennungen, erst kurzen, dann immer längeren, beginnend mit mehrtätigen Abwesenheiten, die noch von tröstlichen Besuchen im Gutshaus unterbrochen wurden, bis zu dauerndem Fernsein an abgelegenen Orten. Vorerst erweckten Wetter und Jahreszeit – Ende Juni mit sanften, sternklaren Nächten – den Eindruck des Improvisierten. Als es Herbst wurde und das Laubhütten-Fest vorüberging, stand die Frage, wo ich den Winter verbringen sollte. Alexander kam aus der Stadt und berichtete, dass Titus sich als guter Sohn seines Vaters erweise und das Werk zur Rettung des Reiches fortführe: Nero blieb verachtet und zum Staatsfeind erklärt, sein Prinzipat und sein Hof standen für Machtmissbrauch, Entartung und *mores corrupti*, wurden solcherart sprichwörtlich, gingen so – vielleicht für immer – in die Annalen und Schulbücher ein.

Die jüdischen Gemeinden erhofften von Titus eine Verbesserung der Lage. Von seinem Vater Vespasian waren sie auf gnadenlose Weise ausgepresst worden, wie andere verachtete, unterlegene Völker auch, obwohl äusserlich der Status der *religio licita* erhalten blieb. Man erwartete von Titus – ich weiss nicht, auf Grund welcher Anzeichen – eine weniger harte Hand, was das Eintreiben von Steuern und neu erfundenen Kontributionen betraf. Vor allem erwartete man die Ankunft der judäischen Prinzessin Berenike, der Schwester des Königs Julius Agrippa, die als Titus' Geliebte galt, manchen sogar als seine zukünftige Frau. Jedidah blieb misstrauisch gegen solche Spekulationen, sie sagte es ihrem Bruder Alexander auf den Kopf zu, denn auch er war von den Träumereien ergriffen wie fast jedermann. In den Gemeinden gab man sich hochfliegenden Hoffnungen hin, und wenn auch bei Lichte besehen wenig Grund dazu bestand, so genoss man wenigstens den Zustand Hoffnung als solchen. Prinzessin Berenike kam wirklich in die Hauptstadt und zeigte sich, zur grossen Freude der römischen Juden, mehrmals an der Seite des jungen Kaisers.

Der Hof und die Grossen empfingen die judäische Königstochter wie eine der ihren. Ihre Familie besass grossen Einfluss in Rom, ihr Vater war einer der engsten Freunde des Kaisers Claudius gewesen, ihr Bruder, König Julius Agrippa, hatte lebenslangen Sitz und Stimme im römischen Senat. Aber das Volk begann zu murren. Die Römer der niederen Stände waren unter Vespasian nicht zu Worte gekommen, der alte General setzte ihren Gehorsam voraus, fragte nicht gross, wusste ohnehin, dass sein Sparsamkeitsregime nicht populär sein konnte. Doch so wenig der Vater sich hatte davon leiten lassen, dem Volk zu Gefallen zu sein, so sehr bemühte sich darum der Sohn. Titus war der Liebling der Römer, hatte ihnen seit Knabentagen als Ausbund an Begabung, Schönheit und Tugend gegolten, als Musterbild eines jungen Aristokraten, als strahlender Held und Sieger des Feldzugs gegen Jerusalem. Selten wurde eine Thronbesteigung mit mehr Jubel begrüsst, selten ein Herrscher, ehe er noch einen einzigen Tag regiert hatte, mehr geliebt. Wir hörten nur Gutes über ihn, von jedem, der uns besuchen kam, war er Jude, Römer oder Grieche. Man pries Titus' Wohltätigkeit und Würde, die gewinnende Art seines Umgangs, seine Gnade gegen Bittsteller, seinen spürbaren Willen, den

Hof von Favoriten freizuhalten. Den Besuch der Pantomimen vermeide er, um nicht seiner alten Schwäche für Tänzer und Eunuchen zu erliegen. Geschenke nehme er grundsätzlich nicht an. Seine Gastmähler galten als Muster der Mässigkeit, man unterhielt sich dort, wie es hiess, mit Dichtkunst und edlen Gesängen, ohne der Schwelgerei und Trunksucht zu verfallen. Die Kithara war wieder zu hören, doch der Sänger Diodorus – hochgeschätzt wie seinerzeit Neros Günstling Menekrates – hatte deshalb noch lange keinen Einfluss auf die Regierung. Bei allem Bemühen um eleganten Stil herrsche Ordnung auf dem Kaiserhügel, die Prokuratoren walteten ihres Amtes, die Hofämter arbeiteten zuverlässig. Bei den kaiserlichen Freunden handle es sich um treffliche Männer wie den Schriftsteller Plinius oder den Rhetor Vivius Crispus. Der neue Kaiser war so beliebt, dass er unbewacht in den öffentlichen Thermen baden konnte, unter Römern aller Stände, im selben Wasserbecken.

Es traf ihn daher schwer, als die Römer gegen seine judäische Besucherin zu murren begannen, gegen Julia Berenike, die Prinzessin aus dem herodischen Haus, die Frau, an der tatsächlich sein Herz zu hängen schien. In der Stadt gingen Gerüchte um, der Kaiser wolle die Fremde heiraten, die Jüdin, die Angehörige des unterworfenen Volkes. Man nahm Titus diese Unbesonnenheit nicht wirklich übel. Ihr nachzugeben, hätte dem jungen Prinzen zu Gesicht gestanden, heissblütig, Soldat und Römer, der er war. Es schmückte einen jungen Edelmann, um einer Frau willen Torheiten zu begehen, sich notfalls für sie zugrunde zu richten. Aber nun war er Kaiser, Herr des Weltreichs, die Hoffnung Roms. Man gab ihm Zeichen. Man nutzte öffentliche Begegnungen zwischen Imperator und Volk, wie von jeher üblich, zur Verständigung unter Männern und Quiriten, über alle Standesgrenzen hinweg. Im *circus maximus* erhob sich der Kyniker Diogenes, ein in der Stadt bekannter Philosoph, und schmähte das Paar in seiner Loge. Er wurde laut und beredsam, schrie, von der Menge gedeckt, dem Kaiser ins Gesicht, was alle dachten. Titus musste es im Beisein der Prinzessin dulden und anhören, er musste es noch dazu in würdiger Haltung tun, um den Römern das Gefühl zu geben, sie hätten sein Ohr. Er musste sich mit geringer Bestrafung des Schreiers begnügen, konnte nicht härter gegen ihn vorgehen als seinerzeit Nero gegen den Kyniker Isidorus, der ihn auf ähnliche Weise blossgestellt hatte: mit Auspeitschung und Ausweisung aus Rom.

Wer aber Rom gleichfalls verliess, war Prinzessin Berenike. Sie sei freiwillig in die Heimat gereist, beteuerte mein Schwager Alexander, nicht etwa vom Kaiser verstossen. Allein, wo lag hier der Unterschied? Titus hatte sich entschieden: für sein Volk, für seine Stadt. Die Hoffnungen der Gemeinden schwanden dahin wie Frühjahrsgras in der Wüste. Der Kaiser zeigte üble Laune, äusserte Ansichten von ungewohnter Rücksichtslosigkeit. Einem kynischen Philosophen hatte er sich beugen müssen, einem *kynikós*, was auf griechisch so viel wie »der Hündische« heisst, da diese Männer, wie jeder wusste, elend wie Hunde lebten und es freiwillig taten, um höherer Werte willen, die sie unerschrocken verkündeten, gegen jedermann, an jedem Ort. Es war ihre Art, in Rom aufzutreten, auf das öffentliche Leben Einfluss zu nehmen, inzwischen etwas wie Gewohnheitsrecht. Man konnte den Vorfall symbolisch nehmen. Kaiser Titus tat es auf seine Weise: ein *kynikós* hatte ihn beleidigen dürfen – wie sollte dann ihm, dem Herrn der Welt verwehrt sein, zu sagen, was er dachte? Es war um diese Zeit, dass Jedidah mich bat, nicht mehr zu reisen, keine Fahrten zum Freikauf jüdischer Gefangener zu unternehmen, nicht unter diesem Kaiser, der so grausam und ängstlich zugleich sei.

Ein Brief von Matitjahu erreichte uns durch Boten, ungefähr zur selben Zeit. Der Brief war lang und von ihm selbst geschrieben, in aramäischen Schriftzeichen, der Bote ritt bis zur meiner Laubhütte in die Weinberge hinauf, um ihn zu überbringen. Er war ein Landsmann, bartlos, auf römische Weise gekleidet, doch er sprach das heimatliche Idiom. Als erstes sandte er Jedidahs vertrauten Diener, der ihn an meinen entlegenen Ort geführt hatte, zum Gutshof zurück, trotz meiner Versicherungen, dass dieser, gleichfalls ein Landsmann, verlässlich sei. Ich solle den Brief sofort nach dem Lesen verbrennen, erfuhr ich, dies die Bitte des Absenders. Er hätte Order zu warten, bis ich alles gelesen, er solle mit eigenen Augen sehen, dass der Brief vernichtet werde. Er solle ferner meine Rückantwort – ein

Wort nur – seinem Herrn überbringen, schriftlich oder mündlich, wie es mir beliebe.

Ich brachte dem Boten Brunnenwasser und Wein – er trank nur das Wasser – und zog mich zum Lesen in die Laubhütte zurück. Matitjahu schrieb, dass kürzlich am Hof über mich gesprochen worden sei, im Kreis der kaiserlichen Freunde, sogar von Kaiser Titus selbst. Man hätte Nero erwähnt und einige in seiner Ära entstandene literarische Werke. *Der Kitharaspieler* wurde genannt und von Titus, der ihn gut zu kennen schien, in schroffen Worten als »geschmacklos« abgetan. Man wisse inzwischen, so hätte er hinzugefügt, dass nicht Nero der Verfasser des Poems gewesen sei, sondern ein judäischer Sekretär im Hofamt *a studiis.* Der Betreffende sei später aus Rom verschwunden, unbekannt, wohin. Zweifellos hätte sein Poem, der damals allbekannte *Kitharaspieler*, mehr für Nero getan als die Arbeit vieler Hofleute zusammen. So würdelos das Machwerk sei, so geschickt hätte es den damals in Rom herrschenden Ton getroffen und den Kaiser in verklärendes Licht zu setzen gewusst. Dieser habe des Stückes Wirkung wohl erkannt und daher ungeheuren Aufwand bei seiner Inszenierung getrieben. Man denke: Angehörige höchster Häuser hätten den Chor gebildet, um das Werk eines judäischen Schreibers aufzuführen. Inzwischen sei das *opus* auf Befehl des Gottes Vespasian aus den öffentlichen Bibliotheken des Reiches entfernt und alle noch vorhandenen Kopien vernichtet worden.

Hier nun hätte der Präfekt der Prätorianer die Frage an den Imperator gerichtet, wie es möglich sei, dass ein solcher Mann einfach verschwinden könne, in einem Reich wie dem unseren, welches der Vater des Kaisers, der Gott Vespasian, so geordnet und gesichert hinterlassen. Der Freigelassene Jacobus behaupte, sein Schwiegersohn sei tot, hätte Kaiser Titus geantwortet. Und hinzugefügt: Die Angabe wäre von anderen Personen bestätigt worden, darunter von dem kürzlich verstorbenen Senator Cluvius Rufus, auch er ein Literat, gleichfalls einer, er an Neros Hof gewirkt hatte, wenn auch mit weniger *efficientia* als jener Hebräer. Das Gespräch sei zu anderen Themen übergegangen, doch der Gewährsmann, dem er, Matitjahu, die vertrauliche Mitteilung verdanke, wollte gesehen haben, wie der Präfekt der Garde sich eine Notiz auf einem Wachstäfelchen machte und dieses in seinen Gürtel schob.

Der Brief endete mit der Empfehlung, mich bis auf weiteres »an einem neutralen Ort« verborgen zu halten. Mit dem Besuch kaiserlicher Spitzel sei in Bälde zu rechnen, hier wie in allen Häusern, Anwesen und Gütern der Familie. Ich solle den Boten wissen lassen, ob ich mit ihm, Matitjahu, übereinstimme, das heisst, ob ich binnen vierundzwanzig Stunden das Gut verlassen werde. Nur in diesem Fall könnten er und andere, die mich kannten, ohne Gefahr für ihr eigenes Leben auf Befragen angeben, ich sei tot. Er wünsche mir den Beistand des Ewigen Gottes und verbleibe bis zu unserem nächsten Wiedersehen als mein treuer Freund.

Besser, Schutz zu suchen bei Gott, als sich auf Menschen zu verlassen. Besser, Schutz zu suchen bei Gott als zu vertrauen auf Fürsten …

Jedidah erschrak über den Brief wie ich. Sie verlor ein paar Tränen, fasste sich und erklärte, es werde nicht lange dauern, ausserdem würden wir Wege finden, uns zu sehen. Wir sagten den Kindern vorerst nichts, Jedidah wollte sie mit dem Wort »Reise« trösten. Auch sonst erfuhr niemand auf dem Gut von meiner Flucht. Ich war eines Morgens nicht mehr da, ohne dass ein Wort darüber verloren wurde, wie ich all die Zeit, ein Dutzend Jahre, hier gelebt hatte, ohne offiziell zu existieren. Nur Primus begleitete mich. Ihm mache es nichts aus, erklärte er, er sei es nicht anders gewohnt.

Von meinen Reisen kannte ich zahlreiche Häuser, die uns vorübergehend aufnehmen würden. Es kam darauf an, nirgendwo lange zu bleiben, so dass Diener und Nachbarn der Gastgeber keinen Argwohn schöpften. Zu unserem Glück war Argwohn keine ausgeprägte Regung der Einwohner Campaniens, Apuliens, Lucaniens, der hirpinischen Berge, der Ebenen Latiums oder wohin wir uns damals wandten. Gefährlich waren die Spitzel, die im Auftrag kaiserlicher Ämter in grösseren Ortschaften sassen und ihrerseits in der Gegend herumfuhren. Was sie betraf, vertraute ich auf Primus, den sein Misstrauen nie verliess und dessen Methoden rascher Aufklärung sich bewährt hatten. Wir schliefen in Gästehäusern ländlicher Gemeinden, bei Geschäftspartnern meines Schwiegervaters, manchmal sogar in den gemieteten Wagen, die wir häufig wechselten oder in Landhäusern am Meer und in den Bergen, die nur sommers bewohnt wurden. Es galt, sich zwischen den einzelnen Orten möglichst rasch zu bewegen, im Zickzack, auf unwahrscheinlichen Wegen, so dass man uns niemals lange in ein und derselben Gegend sah. Zu Beginn benutzte ich Verkleidungen, trug die Tunika eines Dieners, die Filzkappe eines Freigelassenen, doch bald zeigte sich, dass solche Vorsicht unnötig war.

Vielleicht war es gut, dass ich mich im ersten Schrecken über Matitjahus Brief, ohne langes Zaudern, auf den Weg gemacht hatte. Schon die folgenden Wochen brachten Ereignisse, die den Kaiser stark beanspruchten, ihn den *Kitharaspieler* und mich vergessen liessen, und vermutlich hätte uns, wäre ich dann immer noch auf dem Gut gewesen, dieses Wissen in Sorglosigkeit gewiegt und darüber hinweggetäuscht, dass der kaiserliche Sicherheitsapparat vor sich hin arbeitete, zuverlässig, unbeirrt, auch dann noch, wenn rings die Welt in Scherben ging. Der feuerspeiende Berg Vesivius brach aus, glühende Lava ergoss sich über seine zum Meer abfallenden Hänge. In wenigen Tagen, Ende August, wurden die Städte Pompeji und Herculaneum mit heisser Asche zugedeckt, alles Lebende darin erstickt, alles Menschenwerk zerstört. Pompeji hatte sich eben von seiner letzten Heimsuchung erholt, von einem Erdbeben unter Nero, und war mit grossem Aufwand wieder aufgebaut worden. Die Gegend war von Panik erfüllt. Wohin wir kamen, hörten wir von der Wut des Vulkanausbruchs, vom Feuer am Himmel, von der Schwärze der Welt am hellichten Tag.

So waren in diesen Wochen viele Flüchtinge unterwegs, Unglückliche, die durch die Katastrophe ihr Haus und ihre Existenzmittel verloren hatten, Tote zu beklagen hatten oder auf der Suche nach vermissten Angehörige waren. Primus und ich fielen nicht weiter auf. Tausende fuhren in Wagen herum, suchten Obdach bei

Freunden und Verwandten oder nächtigten unter freiem Himmel. Eine gewisse Leichtfertigkeit kam im September, Oktober über mich, begünstigt durch warmes Wetter und lockende Träume. Fast wäre ich nach Hause gefahren. Doch als die Sehnsucht am grössten war, fand ich auf der Durchfahrt in Sinuessa, im Haus des Freigelassenen Elias, einen Brief von Jedidah, dieser Tage per Taubenpost eingetroffen. Tatsächlich hätten sich, erfuhr ich aus iher kurzen aramäischen Nachricht, Besucher im Herrenhaus eingefunden, »Geschäftsleute aus Neapolis«, die sich erkundigten, wem das Landgut gehöre, wer es verwalte, ob die Weinernte zum Verkauf stünde, das Öl, das Obst oder anderes, und hätte sie nicht nach meiner Abfahrt nochmals allen Dienern eingeschärft, dass es mich nicht gäbe, auch sie nur eine Dienerin sei und der offizielle Verwalter des Gutes ein Freigelassener ihres Vaters, wäre vielleicht das ganze Gebäude eingestürzt. Der Ewige Gott war uns gnädig, niemandem entschlüpfte ein falsches Wort, und die Beauftragen von Titus' Geheimdienst fanden auf dem Gut die nämlichen Verhältnisse vor, die ihnen Jacobus, Matitjahu, Alexander und andere Befragte in Rom beschrieben hatten.

Der Ausbruch des Vesuvius wäre angesichts eines eben zum Thron gekommenen Kaisers böses Omen genug gewesen, um das Volk zu erschrecken. Überall entlang der Küste waren die Menschen in Erregung, sprachen von Heimsuchung und vom Zorn der Götter, in Cumae, Neapolis, Oplonto, Sarno, auch in jenem Städtchen am Meer, in dem wir uns für den Winter niederliessen. Es blieb nicht bei dieser einen Katastrophe, weitere folgten, Titus' kurze Riegierungszeit sollte ganz unter diesem Zeichen stehen. Man erinnerte einander an Neros letzte Jahre, fand, selbst im Katastrophischen verblüffe die Parallelität zwischen beiden Herrschern. Denn auch unter Titus brannte Rom, wüteten anschliessend Epidemien, noch heimtückischer als die unter Nero, rasende *lues* und *pestilentia*, rasch um sich greifende Plagen, die an einzelnden Tagen bis zu zehntausend Menschen dahingerafft haben sollen. Der neue Brand zerstörte viele Gebäude, die man eben wiederhergestellt hatte, darunter den Tempel des Jupiter Capitolinus, der seit dem Krieg anstelle des Jerusalemer Heiligtums die Steuern der jüdischen Gemeinden einzog.

Die grossen Amphitheater brannten nieder, die Theater des Balbus und Pompeius, in denen man die Gefangenen aus Judäa in blutigen Schaukämpfen geopfert hatte, dazu Amtsgebäude wie die Saepta und das Diribitorium. Wieder glich die Innenstadt einem Trümmerfeld. Die italischen Landleute sprachen von *maleficium*, bösem Fluch.

Kaiser Titus tat alles Erdenkliche, um den Geschädigten beizustehen. Man sprach überall davon, dass er die Schätze der kaiserlichen Villen veräussere, die Statuen, Kleinodien, Juwelen, Silbergeräte, Möbel, um den Erlös zum Wiederaufbau der in Schutt und Asche gesunkenen römischen Tempel zu spenden. Sein Opferwille ging so weit, die eben erst, unter seinem Vater, wiedergewonnene Zahlungsfähigkeit des kaiserlichen Hauses von neuem zu gefährden. Er besuchte die Obdachlosen, liess auf eigene Kosten die Toten bestatten, die Kranken versorgen und die Waisenkinder aufziehen. Unter dieser Überbürdung, so erzählte man, litte seine Gesundheit. Der einst durch nichts zu erschütternde kernfeste Mann, gestählt in Kriegen und ritterlichen Übungen, sehe kränklich und leidend aus, litte an Schlaflosigkeit und werde von rätselhaften Anfällen heimgesucht, von ohnmachtartigen Zuständen, Schwindel und quälendem Kopfschmerz. Als er in Campanien weilte, um die Unglücksstätten des Vulkanausbruchs zu besuchen und in diesem Moment die Nachricht vom Brand in Rom eintraf, soll er sich dem Sysiphos verglichen haben, dessen Qual und Mühsal nie ein Ende nehmen. Täglich fürchte er neue Schreckensbotschaft, sein früher selbstsicheres Lächeln sei traurig und bitter, seine einst glatte Miene grüblerisch und fahl geworden. Er sah das Reich, das ihm sein Vater hinterlassen hatte, durch unerklärliche Donnerschläge gefährdet. Ihm galt allgemeine Teilnahme und Liebe, doch man empfand eher Mitleid mit ihm als die Bewunderung gegenüber einem Herrscher.

Düstere Tage folgten, mit Herbststürmen und bösem Wetter, mit besorgten, bedrückten Gesichtern, wohin wir immer kamen. Wir fuhren, Primus und ich, unsere Tagesstrecken kreuz und quer durch die Landschaft, übernachteten, fuhren wieder, suchten das nächste Haus, das man uns empfohlen hatte. Manchmal betete ich mit den Männern einer Landgemeinde oder in der Synagoge einer kleinen

Stadt, manchmal allein, irgendwo unterwegs. Ich sagte die achtzehn Segen dreimal täglich, am Wegrand stehend, während Primus wartete, und zeigte meinerseits Geduld, wenn er halten wollte, an dörflichen Heiligtümern, Altären im Strassenstaub, grob gemauerten Tempeln für Reisende. Der Freigelassene Elias hatte mir nochmals Aufträge zum Freikauf von Sklaven übermittelt, auf Landgütern zwischen Capua und Beneventum, wir wagten noch einige dieser Fahrten. Auf der letzten beschlich mich ein ungutes Gefühl, beobachtet zu werden, von da an hielt ich mich zurück. Mein Schwiegervater lasse Grüsse bestellen, hörte ich in Sinuessa, mein Schwager Alexander sei kürzlich durchgereist. Auch ein Brief von Jedidah lag jedesmal in Elias' Haus. Ich konnte mir einreden, dass ich nicht wirklich einsam und das Gefühl des Alleinseins ein rein körperliches sei. Es wurde kalt, November ging ins Land, der Monat des römischen Kalenders, den ich am wenigsten mag. Wir bewegten uns ein Stück nach Norden, auf der Küstenstrasse nach Tarracina. Manchmal scheint es genug, dass man einfach weiterlebt, wo man eben ist, in den Umständen, die einem gegeben sind, dass man sich in ihnen hält und Zeit hinter sich bringt wie die weidenden Schafe, die ich aus dem Wagenfenster sah, langsam ihres Weges ziehend, kaum je den Blick hebend, in Schweigen.

Der kleine Ort stand für sich, auf felsigem Vorgebirge, Wind und Wetter ausgesetzt und der Gnade des offenen Himmels. In Richtung Baiae verloren sich ein paar Sommerhäuser und Villen. Die Via Flacca lag nahebei, ein paar Hundert Meter land- und hügelwärts. Wir hatten in der Nähe die Nacht verbracht, in einem leerstehenden Haus in den Bergen. Als wir von dort am nächsten Morgen die gewundene Küstenstrasse abwärts fuhren, bot sich ein so reizendes Bild, dass ich den Wagen halten liess, um zu schauen. Es war ein Novembertag, wie sie in dieser Gegend nicht selten sind: ein Wiedererwärmen wie zweiter Frühling, nach schweren Herbststürmen neues Grün. Terrassen mit Obstgärten, Ölbäumen, Weidegrund, die Luft von Vogelgezwitscher erfüllt. Gemächlich glitt das gesegnete Land zum Meer hinab. Heller Sand leuchtete dort unten, gesprenkelt von den Leibern flacher buntbemalter Boote. Auf der Spitze einer ins blaue Wasser ragenden Landzunge lag weiss und kompakt das Städtchen, hier und da stieg Rauch in die reine Morgenluft. Seit Wochen hatten wir uns durch Lucanien, Campanien, Apulien bewegt und keine drei Nächte im selben Haus verbracht. Der herannahende Winter legte feste Unterkunft nahe. Auch Primus fand nichts an der Gegend auszusetzen. Er nannte es unwahrscheinlich, dass man an so abgelegenem Ort von mir gehört oder eins meiner Bücher gelesen hätte.

An diesem Morgen, daran erinnere ich mich, empfand ich es wie körperlichen Schmerz, kein Zuhause zu haben. Ich war müde, wollte mich zurückziehen und schlafen, an einen Ort, den niemand mir streitig machen, von dem mich niemand vertreiben konnte. Meine Furcht vor Verfolgern war grösser denn je, und als ich darüber nachdachte, wurde mir klar, dass diese Furcht, wie alles, was ich fühlte und dachte, mit dem Untergang des Tempels in Zusammenhang stand. Die Welt ohne Tempel war eine andere als zuvor. Nicht nur wegen der Erschütterung, die von seinem Sturz ausging, in Wellen über das gesamte Imperium. Die Welt war ärmer ohne ihn, aber auch um eine Erfahrung reicher. Der Tempel war ein Gebilde aus Marmor, Ebenholz, Gold, von der Schrift gefordert als des Allmächtigen Sitz und Behausung unter seinem Volk, doch wenn der göttliche Geist dieses Bauwerk flieht, was war es dann noch als aufgehäufter Stein? Und mir schien, dass es besser sei, diesen bisher vom Gemäuer des Tempels gehaltenen Geist, zumindest das, was davon zu unserer Kenntnis gelangt war, ehe er sich über die Welt verbreitete und verströmte, schriftlich zu fixieren. So gut wir eben konnten. Erneut erfasste mich die Ahnung, wie wichtig der Vorgang des Aufschreibens war, wie sehr von nun an das Schriftliche mit dem Menschlichen verbunden, ja geradezu dessen Bedingung wäre …

Ich trug die Rittertoga an diesem Tag, das wärmste Kleidungsstück, das ich besass. Der Morgen war kalt, blau und glasklar, von einer Klarheit, in der die Welt frisch, wie eben geschaffen aussieht, beglückend selbst für einen von Trauer getrübten Blick. Während ich auf dem Forum des Städtchens herumspazierte, in aufkommender Vormittagswärme, wurde ich von den Einheimischen beobachtet, auf jene offene, dabei gleichgültige Art, die unter solchen

Umständen noch die beste ist. Du bist ein Fremder, las ich in ihren Augen, tu, was du zu tun hast, wir haben unsere Sinne beisammen und erkennen, wer Arges im Schilde führt. Unterdessen zog Primus in Kaufläden, Tavernen und Handwerksbuden seine Erkundigungen ein, geradewegs eintretend, unverblümt Fragen stellend, die Filzkappe auf dem grauen Kopf, das Zeichen seiner Freiheit, dennoch überall seinen »Herrn« erwähnend, mit dem er unterwegs auf Reisen sei. Ich sah ihn im Gespräch mit netzeflickenden Fischern, redseligen Eseltreibern und jenen Alten, die in solchen Städtchen auf den Vorplätzen sitzen, die verarbeiteten Hände auf klobigen Knien, das Gesicht dem Himmel zugewandt, zufrieden blinzelnd wie Kater in der Sonne.

Der Ort, erfuhr ich von Primus, beherberge ein Leuchtfeuer und sei Sitz eines Steuereinnehmers, wie es unter den flavischen Kaisern kaum irgendwo zu umgehen war. Aus alter Zeit hätten die Einwohner griechischen Einschlag, Seefahrerfamilien mit einem Schuss Piratenblut, zur Landseite ins Bäuerlich-Latinische übergehend. Nur wenige Familien von Stand: die munizipalen Beamten, der Besitzer der Ölmühle, einige Gutsherren der Umgebung. Viele Häuser in der Stadt stünden leer, vor allem in den Gassen zum Meer, einer der Alten hätte sich erboten, noch heute ein passendes Domizil für den Ritter zu finden. Man scheine anzunehmen, wir kämen aus Pompeji, Herculaneum oder einer anderen von der Lava verwüsteten Stadt. Oder aus Rom, vom Feuer vertrieben, es interessiere niemanden allzusehr. Ich wusste, dass an einem solchen Ort auf Dauer nichts verborgen bleibt, auch nicht, dass ich jemand bin, der sich verbergen muss. Aber wenn irgendwer damit umgehen konnte, dann die Nachkommen von Seeräubern, die wissen, wie wechselhaft unser Schicksal ist, wie schnell grosse Herren über Nacht zu Sklaven und gestern Gutgestellte zu Flüchtlingen werden.

Die Zimmer, die ich am selben Tag mietete, waren eher Gewölbe zu nennen, von schwer durchschaubarem Grundriss, mit unebenen Wänden, Einbuchtungen und geheimnisvollen Alkoven. Die Mauern erwiesen sich von enormer Dicke, so dass die Türen in höhlenartigen, immer verschatteten Vertiefungen lagen. An einigen

Stellen ragte nacktes Felsgestein in den Raum. Ein Ort, der meiner Gemütsverfassung entgegenkam, in aller Stille ein wenig phantastisch, von Meer und Wind belagert, der geeignete Hintergrund für meine Erinnerungen. Denn ich hatte mich dazu entschlossen, die Zeit der Stille, die mein Gott mir an diesem Ort vergönnen würde, zum Schreiben zu nutzen, zum Niederschreiben der Geschichte um die Tempelmauer. Wer ausser mir hatte die Geschichte von Anfang bis Ende miterlebt? Wer war noch am Leben, der um sie wusste? Das unablässige Sterben in diesem Sommer und Herbst, die Heimsuchungen, das Unglück von Titus' Reich mahnten zur Eile. Ich stand am Nachmittag auf der Terrasse zum Meer und liess den Blick über Hügel und felsige Buchten wandern, über das Auf und Ab der Hänge und schroffen Klippen. Wir sind das Volk des Erinnerns und Niederschreibens, Gottes Schreibervolk auf dieser vergesslichen Erde. Die Einwohner hatten Primus erzählt, man könne an heiteren Tagen die Insel Pandataria sehen, den kahlen Felsen im Meer, auf dem Neros erste Frau, die Kasisertochter Octavia, ums Leben kam.

Tief schlief ich in dieser Nacht in den asymmetrischen Gewölben, traumreich und schwer. Ich war früh auf den Beinen, spähte hinaus in die Bucht, die in samtigem Halbdunkel lag, von den Lichtern der Fischerboote gesprenkelt. Es galt, sich in der Beliebigkeit einzurichten, in luftigen Räumen, verblichenen Gefilden. Was ich erzählen wollte, musste ich in Trümmern zusammensuchen, in den schroffen, wetterleuchtenden Landschaften, aus denen gewesenes Leben besteht. In den frühen Morgenstunden fing ich an, in den Stunden, da der Tag noch ungeboren, die Welt noch entrückt ist. Die Fischer des Ortes hatten mich darauf gebracht: zur Dämmerstunde wagen sie sich hinaus aufs Wasser, dem Tag ein wenig Zeit abzutrotzen und dem Meer ihre Beute.

... dass Er dieses grosse Unglück über uns hat kommen lassen, denn unter dem Himmel ist derartiges noch nie geschehen wie in Jerusalem ...

In Abständen empfing ich Nachricht von Jedidah. Die Briefe waren ohne Anrede, ohne Liebesworte, ohne verräterische Einzelheiten, falls doch einmal einer dem Geheimdienst in die Hände fiel. Ich durfte nicht antworten, aus dem gleichen Grund. Gelegenheit, einen Brief zu senden, ergab sich meist überraschend, so dass sich Jedidahs Nachrichten, in Eile niedergelegt, auf wenige Sätze beschränkten. Die Kinder waren mit Gottes Hilfe gesund. Auch Eltern, Geschwister, Nichten und Neffen. Ihrem ältesten Bruder wurde das dritte Kind geboren, ihrer jüngeren Schwester das zweite. Das Gut gedieh, mit wechselnden Bewohnern. Manche fanden Arbeit in entfernten Gemeinden, wo man jemanden ihres Zeichens suchte, wieder andere zogen einfach los, weil Italien ein lockendes Land ist, besonders im Frühjahr, wenn die Zitronen blühen. Sie gingen einfach los, machten sich auf nach Capua, Rom, Neapolis, wo sie auf Marmorstufen die wehmütigen Lieder der Heimat sangen, zum Klang einer selbstgebauten Nivla, bis sie das Geld für die Weiterfahrt beisammen hatten oder ein unverhofftes Glück ihnen winkte ... Die Magd wurde nach Capua verheiratet, Jedidahs junger Diener nach Benevent. Dafür waren neue Leute um sie, die ich nicht kannte. Die Weinernte des Jahres verspreche gut zu werden. Nach wie vor erschienen gelegentlich Unbekannte auf dem Gut, die neugierige Fragen stellten. Das hiess: ich konnte nicht zu ihr kommen. Sie spielte mit diesem Gedanken wie ich.

Manchmal besuchten mich Landsleute, wenn sie in der Nähe zu tun hatten oder auf der Via Flacca vorüberfuhren, jedoch nur solche, die Jedidah kannte und für vertrauenswürdig hielt. Die Lage der Juden, erfuhr ich von den Durchreisenden, hätte sich unter Titus nicht gebessert. Der durch die Katastrophen entstandene Geldmangel führe zu ähnlichen Zwangsauflagen und Steuern wie in Vespasians Regierungszeit. Auch aus dem Land Judäa, so abgebrannt es war, presse man heraus, was nur ginge. Unter den Freunden des Kaisers gäbe es den einen oder anderen Juden wie den Ritter Tiberius Alexander oder den Priester Josephus, doch handelte es sich um Männer, die sich von unserem Glauben abgewandt hatten und nur gelegentlich, aus Anwandlungen von schlechtem Gewissen, für ihre Landsleute eintraten. Die meisten kaiserlichen Freunde seien Judenhasser, Titus' Kriegskameraden aus dem Feldzug in Judäa. Man lästere unser Volk, wenn man beim Kaiser zu Tische liege, erzähle »Judenwitze« und lasse judäische Tänzerinnen kommen, denen man befehle, sich nackt auszuziehen, weil man wisse, dass es unser Gesetz verbietet. Es gab jüdische Freudenmädchen am Kaiserhof, darunter eine gewisse Abigail, die auf ihre Weise manches für ihre Landsleute erreicht haben soll. Auch eine Harfenspielerin wurde als grossherzig gerühmt, die stadtbekannte Geliebte eines Senators. Doch die kaiserlichen Beamten betrugen sich roher als je zuvor, grenzenlos war ihre Willkür beim Geldeintreiben, gelegentlich gebrauchten sie Gewalt. In mehreren Städten hätte man Gemeindeälteste in Haft genommen, um rückständige Steuern einzutreiben. Der Kaiser sei für unsere Sorgen nicht ansprechbar, Beschwerden erreichten ihn nicht. Ich solle besser bleiben, wo ich sei.

Viele Male habe ich am Geländer der Terrasse gestanden und den Wechsel der Wellenlinien und Wolkenberge beobachtet, der Schatten und Lichtspiele im klaren Wasser, der Gebilde des Himmels, der Sonnenuntergänge in Violett und Schwefelgelb. Morgens begrüsste mich sanftes Licht hinter den Hügeln. Sein rosiger Schein liess die Welt von neuem pulsieren und atmen, Gewächs und Fels, Strand, Häuser, Boote, den springenden Fisch, die in der Luft schwebende Möve. Noch stand im Westen der Mond und warf einen schwachen kalkweissen Streifen auf das grünblaue Wasser der Bucht. Immer, wenn ein neuer Morgen dämmerte, von Osten, von Jerusalem, sagte ich meinem Schöpfer Dank, dass meine nächtlich schweifende Seele in meinen Leib zurückgekehrt war, dass meine Augen sich öffneten, mein Blut sich regte, dass ich aufstehen, wandeln, denken konnte.

Manchen Morgen im Erwachen war mir, als füge sich das Zerbrochene wieder zusammen. Als sei mein früheres Leben nicht zu Ende, ginge weiter wie geträumt, bestünden folglich die Menschen und Dinge, die als vorhanden zu denken mir selbstverständlich war, mit mir, durch mich fort: als sei überhaupt alles Ende, alle Trennung in dieser Welt nur gedacht. Dann sah ich den Tempel, wo er gestanden hatte, schimmernd und himmelwärts ragend, im Areal seiner marmorbelegten Höfe und Kolonnaden, hörte die silbernen Trompeten der Leviten, die mehrstimmigen Gesänge, den weithin hallenden Priestersegen, das Prasseln des Feuers auf dem Altar. Der Rauch des morgendlichen *Olah*-Opfers stieg zum blauen Himmel auf, im Hintergrund, halb verdeckt von den weissen Hallen, erhob sich König Herodes' Palast. Menschen aller Völker drängten sich in den Säulenhallen, schweigend, erwartungsvoll.

Still verstrichen Wochen und Monate. Vom Gut kamen Öl, Wein, getrocknete Früchte und andere Lebensmittel, gelegentlich eine Geldsendung von Asarja aus Rom, der in Abständen in Sinuessa, im Haus des Freigelassenen Elias, anfragen liess, wie es mir ginge. Ich bezahlte die Miete und schickte alles andere an Jedidah. Manchmal war meine Sehnsucht nach ihr und den Kindern so gross, dass ich den Beschluss fasste, auf das Gut zurückzukehren. Mehrmals war ich drauf und dran, ein Pferd zu bestellen, im Morgengrauen aufzusitzen und loszureiten. Die Via Appia bis zum Flüsschen Volturnus, dort auf die Via Latina, diese hügelan bis Cales, von dort in die Berge … Vielleicht hätte ich es getan, mich über alle Vorsicht hinweggesetzt, mich und die Meinen in Gefahr gebracht, wäre der Ort am Meer nicht so bezaubernd gewesen. Und wäre ich nicht dieser Niederschrift verfallen, die sich als viel langwieriger erwies als gedacht.

Und denen, die übrigbleiben, will ich Feigheit ins Herz senken in den Ländern ihrer Feinde, das Rascheln eines verwehten Blattes wird sie jagen, sie werden fliehen, wie man vor dem Schwerte flieht, und fallen, selbst wenn niemand sie verfolgt …

Eines Morgens hörte ich lautes Gerede an der äusseren Tür, die Primus auf ein hastiges Klopfen geöffnet hatte, erregte Stimmen, durch

Zischen zum Leisersprechen ermahnt, doch immer wieder ins Laute ausbrechend, so dass ich einzelne Worte verstand, vor allem die mehrmals wiederkehrende Wendung »der Ritter aus Rom«. Primus, als er von der Tür zurückkehrte, war blasser als sonst, doch karg mit Worten wie immer. Seit längerem, erfuhr ich, hätte er einige junge Leute im Ort dafür bezahlt, dass sie uns die Ankunft des Boten vom Kaiserhof, mit dem wir jeden Tag rechnen mussten, beizeiten meldeten. »Beizeiten« meine: ehe uns der unerwünschte Besucher im Gewirr der Gassen und Treppen ausfindig machen und überraschen könne, früh genug, um Manuskripte, Papiere und jede Spur literarischer Arbeit aus dem Haus verschwinden zu lassen.

In diesem Sinne begann Primus zu handeln, indem er Tuscheschalen, Federn, Griffel, Binsenstengel vom Tisch klaubte, jeden Fetzen Pergament, jede Faser Papyros an sich nahm, alles in einen verpichten Tragebehälter für Schriftrollen verstaute und schliesslich die Reinschrift des Manuskripts von mir erbat, die gewichtige Rolle, an der ich mich festgehalten hatte.

Ich gab sie ihm widerstrebend. »Woher willst du wissen«, fragte ich, »dass der Ankömmling ein Bote des Kaisers ist?«

»Wer sonst sollte mit einer Abteilung Prätorianer unterwegs sein?« erwiderte Primus, indes er packte. Als er fertig war, wandte er sich um, bleich, mit einer Spur Wut im Gesicht. »Ich bringe jetzt diese Dinge in Sicherheit, Herr. Und du solltest dich vielleicht ein wenig zurechtmachen, wo wir so hohen Besuch erwarten ...« Sein Mund verzog sich zu einem Grinsen, das alles Mögliche bedeuten konnte. Es mochte Verachtung gegen die Häscher des Kaisers sein oder Befriedigung, weil er sie überlistet hatte. Vielleicht war es der Kummer eines Verehrers der Götter über ihre anhängliche Ungnade. Während ich mir noch darüber klar zu werden versuchte, war er mitsamt Tasche und Manuskript aus dem Haus.

Ich nahm eine neue Toga aus der Truhe, zog neue Schuhe aus Safianleder an, legte die Gewandfalten zurecht, so gut es ohne fremde Hilfe ging. Ich tat all dies mit möglichst ruhigen Bewegungen, doch meine Hände flogen und meine Aufmerksamkeit war geteilt. Bald hörte ich Menschen in der abschüssigen Gasse, auf den Stufen aus glattgetretenem Stein, laut widerhallend von den Tritten der Ledersohlen. Klirren von Metall. Angeregte Stimmen. Das zu meiner Verhaftung ausgesandte Kommando schien guter Dinge zu sein. Irrte ich mich oder war Primus' seltenes, ein wenig blechernes Lachen zu hören? Ich stand und lauschte. Nichts galt höher in der Hauptstadt der Welt, als Schicksalsschläge in gefasster Haltung entgegenzunehmen. Viele Male hatte ich den Augenblick geträumt. Die Gardesoldaten, ihr Geruch nach Eisen und Leder. Militärisch knappe Grussworte. Das Verlesen des Haftbefehls …

Wie immer schrammte die äussere Tür auf der steinernen Schwelle. Eine Stimme gebot den Klirrenden, draussen zu bleiben und vor der Tür zu wachen. Schritte näherten sich durch die kleine Eingangshalle, Klopfen an meiner Tür, dann, ohne die Antwort abzuwarten, Primus im matten Licht des Gewölbes. Nach ihm ein Mann in weisser Toga mit schmalem Purpurstreif, ein würdiger Mann mit grauem Bart und Silberhaar, ein Mann, den ich jederzeit und unter allen Umständen erkannt hätte, den ich auch jetzt sofort erkannte, obwohl er in den letzten Jahren an Gewicht verloren hatte, an *pompa*, an Selbstgewissheit im Auftreten. Der Mann kam langsam, ein wenig schwankend auf mich zu. Es war Jacobus, mein Schwiegervater.

Wir umarmten einander. Traten zurück, standen eine Weile wortlos und blickten einer in des anderen Gesicht. Primus brachte Stühle herbei, schob den ersten Jacobus unter, den anderen mir. Er selbst blieb neben uns stehen und wischte sich die Augen. Ich räusperte mich und sagte mit einer Stimme, die gefasst klingen sollte, aber tonlos aus bedrängter Kehle kam: »Willkommen, Vater. Wie lange haben wir uns nicht gesehen.«

»Viel zu lange. Du hast graue Schläfen unterdessen. Aber du bist gesund, wie mir Primus versichert.«

»*Baruch ha shem*. Und du?«

Sein Blick war unverwandt auf mein Gesicht gerichtet, ich sah seine dunklen Augen feucht werden. Zugleich – wie um davon abzulenken – langte er in seine Toga und zog einen Brief hervor. Die Art des Papyros verriet auf den ersten Blick, von wem er kam, ehe mich noch das vertraute Signal von Jedidahs Duftstoffen erreichte, und wie immer, wenn ich ihre Briefe öffnete, zitterte meine Hand.

Da waren ihre aramäischen Schriftzeichen, der reizende Schörkel ihrer Unterschrift. Ich solle ihrem Vater verzeihen, las ich, er sei zu dieser Fahrt genötigt worden. Er werde es mir nicht sagen, dazu sei er zu stolz. Im Übrigen wäre ein Fremder kein besserer Bote gewesen, im Gegenteil: Jacobus könne mich vorbereiten auf das, was mir bevorstünde. Sie hätte das Gut verlassen und sei mit den Kindern auf dem Weg nach Rom, wo sie mich sehnsüchtig erwarte. Was immer meiner harre, sie wolle mit mir gehen.

Ich hatte den Brief auf der Terrasse gelesen, Jacobus den Rücken zukehrend, und blieb noch einige Zeit so stehen, den Blick auf die Berge geheftet, auf das türkisblaue Wasser der Bucht. Als ich mich umwandte, sah ich Jacobus auf seinem Stuhl, den Blick zu Boden gesenkt.

»Du bist der Bote des Kaisers?« fragte ich.

Jacobus antwortete nicht. Ich sagte leise: »Welche Infamie, ausgerechnet dich zu schicken. Die Leute haben recht: er ist nicht besser als Nero ...«

»Und du, mein Lieber, vorschnell mir deinem Wort. Ich hatte gehofft, du wärst inzwischen erwachsen geworden.«

»Er will mich unter Anklage stellen?«

»Er klagt niemanden an. Er ist der mildeste Herrscher seit langem.«

»Was will er dann?«

»Setz dich hin. Wir haben Zeit, die Sache zu besprechen.« Er wartete ab, bis ich eine bequeme Haltung gefunden hatte, eine Anordnung für die vielen Meter Stoff, in die ich mich zu Ehren meiner Verhaftung gehüllt hatte. Dann hörte ich ihn fragen: »Hast du je von einem gewissen Terentius Maximus gehört?«

Ich schüttelte den Kopf.

»Terentius Maximus ist ein Kitharaspieler. Man weiss nicht genau, was für ein Landsmann. Er tritt im Osten auf, vor Syrern, Griechen, Juden. Die Leute laufen ihm zu Tausenden hinterher. Er wurde berühmt durch ein Lied: *Kühn wie die Stadt sich auf sieben Hügeln erhebt als die Herrin der Welt* ... Kennst du wenigstens dieses Lied?«

Mein Blick suchte Primus, der an der Tür zur Terrasse stand. Der Grieche sah mich an, seine mürrische, bärtige Miene schien mir der verlässlichste Anblick der Welt. Wir brauchten, nach all den Jahren fast schweigenden Zusammenlebens, kaum noch Worte, uns zu verständigen. Er ging hinaus und kehrte mit Weinkrug und Bechern zurück. Langsam, kaum hörbar sprach ich den Segen, hörte Jacobus' Amen, trank einen langen durstigen Zug.

Der starke rote Landwein gab mir meine Geistesgegenwart wieder. Ich sass still und wartete. Von draussen, vom Meer, fiel ein langer Streifen Licht über den Fliesenboden, auf die geschlossene Kuppe von Jacobus' Schuh, den Saum seiner Toga aus tarentinischer Wolle. Auf seinem Knie lag die Hand mit dem goldenen Ring.

»Erwähnter Terentius Maximus«, fuhr er fort, und auch seine Stimme schien ruhiger vom Wein, »ist asiatischer Herkunft, manche sagen, aus Antiochia, andere sogar, aus Babylonien, und seine Ähnlichkeit mit Nero soll verblüffend sein. Er ähnelt dem früheren Kaiser zum Verwechseln, sowohl im Aussehen als auch in der Stimme.«

»In der Stimme?« fragte ich. »Wie könnte je ein zweiter Sterblicher eine solche Stimme haben?«

»Personen, die dem früheren Kaiser nahestanden«, erwiderte Jacobus, indem er mir einen kurzen, prüfenden Blick zuwarf, »haben bestätigt, dass dieser Mann tatsächlich der sein könnte, für den er sich ausgibt, nämlich Nero selbst.«

»Soll das heissen, Nero lebt?«

»Wer kann es wissen?«

»Wie sollte das möglich sein? Selbst hier, an diesem abgelegen Ort, habe ich hundert Geschichten über seinen Tod gehört. Die Befehlshaber der Legionen empörten sich, wie er immer gefürchtet hatte. Der Senat erklärte ihn zum Staatsfeind. Er floh aus der Stadt und gab sich selbst den Tod, im Beisein des Epaphroditos und des jungen Sporus.«

»So glaubte man. Doch gerade du müsstest wissen … Auch dich hielt man für tot, und doch wurdest du plötzlich entdeckt.«

Mein Herz erschrak bei dem Wort ›entdeckt‹. Jacobus war auf Befehl des Kaisers hier, erst jetzt wurde mir bewusst, dass mich jemand angezeigt hatte, jemand aus der Nähe, vielleicht jemand, den ich kannte.

»War es jemand von hier?« fragte ich.

»Es gab vorher schon Hinweise.« erwiderte Jacobus. »Du bist viel herumgefahren, zum Segen deiner Brüder. Wieviele Juden im Ritterrang gibt es noch? Dem alten Kaiser lag nicht daran, dich festzusetzen. Man schickte einen Steuerbeamten hinterher, wenn irgendwo dein Auftauchen gemeldet wurde, das Hofamt konnte dann sicher sein, dass jemand am Verkauf von Sklaven Geld verdient hatte. Zugleich gab es Zeugen, die behaupteten, du seist tot. Unter Galba war kurze Zeit nach dir gefahndet worden, er pflegte mit Neros Günstlingen kurzen Prozess zu machen. Auch damals fand sich ein einflussreicher Mann, der unter Eid aussagte, er hätte an deinem Begräbnis teilgenommen. Er sagte sogar die Wahrheit. Ich erinnere mich, dass er zu unser aller Überraschung auf der Trauerfeier war.«

»Sag mir, wer. Man hört nicht alle Tage von der eigenen Beerdigung.«

»Clodius Eprius Marcellus. Der frühere Konsul. Ein Mann, den du gefürchtet hast wie jeder in Rom. Vielen brachte er den Tod, doch dir rettete er das Leben. Unbegreiflich sind die Wege des Ewigen.«

»Erschreckend sind sie. Was mag ihn bewogen haben?«

»Das haben wir uns auch gefragt. Dann erinnerten wir uns, dass du einst seinem Neffen, einem Ritter aus Neros Leibwache, in misslicher Lage beigestanden hast. Selbst der herzloseste Römer hat Familiensinn. Dieser Neffe ist ein Freund des jetzigen Kaisers, mit dem er gemeinsam in Militärkommandos war. Zuletzt in Judäa.«

Wir schwiegen. Das Wort war gefallen. Judäa. Die Wunde, der Schmerz. Jacobus ging darüber hin.

»Du darfst dir Rom unter dem jetzigen Kaiser nicht judenfeindlicher vorstellen als früher«, sagte er sanft. »Er hat Judäa militärisch unterworfen, aber deswegen ist er kein Judenhasser.« Eine längere Erklärung folgte: dass man auch heute als Jude in Rom leben könne, dass unter den Freunden des Kaisers Juden seien, dass es keinen Grund gäbe, die strahlende Stadt am Tiber zu meiden.

»Was will er von mir?« fragte ich.

»Er will dir Texte vorlegen. Lieder des Kitharöden Terentius

Maximus. Du sollst ihm sagen, ob sie der frühere Kaiser geschrieben haben könnte. Terentius hat sich an den Hof des Perserkönigs Artabanos geflüchtet und ihn glauben gemacht, er sei Nero. Er wäre damals aus Rom geflohen und hätte sich irgendwo versteckt. Die Perser, wie du dich erinnern wirst, haben von Neros Feldzug in Armenien profitiert, aus manchem Grund sähen sie lieber ihn auf dem Thron als Titus. Der Kitharaspieler hat grossen Zulauf in Kleinasien. Er hält Hof in Palmyra. Allmählich verbreitet sich die Nachricht unter den Völkern im Osten, dass Nero lebt. Die Feinde Roms hoffen, durch ihn Provinzen zum Abfall zu bewegen, das Imperium zu spalten und das flavische Haus zu stürzen. Der Kaiser ist nun doch beunruhigt.«

»Was habe ich damit zu tun?«

»Terentius singt viele von den Poemen, die du für den Kaiser geschrieben hast. Das Volk gerät ausser sich, wenn es die alten Lieder hört. Man wundert sich am Hof, woher der hergelaufene Mensch das alles so genau weiss. Selbst Neros Art, das Plectrum zu führen, soll er täuschend nachzuahmen verstehen. Der Kaiser vermutet, dass ihn jemand von den früheren Freunden instruiert haben müsse. Als dann der Geheimdienst von deiner Auffindung berichtete ...«

»Der Kaiser verdächtigt mich, mit diesem Mann in Verbindung zu stehen?«

»Nein. Er ist kein Narr.« Jacobus senkte die Stimme wie in alten Zeiten. »Er hat verstanden, dass du mit der Sache nichts zu tun hast. Er ist gnädiger als alle seine Vorgänger. Er hat die Prozesse wegen *crimen maiestatis* abgeschafft. Sogar die Sekte lässt er in Ruhe. Man wird dich vernehmen, eher *pro forma*. Du kannst die Behörde leicht überzeugen, dass du unter Nero in Ungnade warst. Du kannst glaubhaft machen, dass du mit Plautius Lateranus in Verbindung standest und mit anderen Grossen des Widerstands.«

»Du mutest mir zu, mich vor Titus zu rechtfertigen?«

»Wir beten, dass du uns erhalten bleibst. Du bist einer der wenigen Juden mit Erfahrung am Hof. Ein *homo litteratus*, ein *palatinus*. Du bist der Mann, der die Petition wegen der Tempelmauer durchgesetzt hast.«

»Ist Jedidah der einzige vernünftige Mensch, den ich kenne? Sie weiss, dass Rom nicht mehr unser Zuhause ist.«

»Dem mag wohl sein …« erwiderte Jacobus vorsichtig, als rede er mit einem Kranken. Dann setzte er hinzu: »Wir haben kein Zuhause mehr. Unser Zuhause ist die Welt. Und wenn es schon so ist, soll es wenigstens das Zentrum der Welt sein, die Hauptstadt, der Hof.«

Er sass leicht vornübergebeugt, die Unterarme auf den Schenkeln ruhend, eine geschlossene, statisch ausgewogene Figur. Diese Figur war von der Toga umhüllt, von einem Falten werfenden, starr glänzenden Gewebe, unverrückbar, dauerhaft, opak. Der vor mir Sitzende war römischer Ritter, Untertan des Imperators Titus Flavius Vespasianus, ein gut eingefügter Baustein im Gebäude des Imperiums. Ich sah, dass auch Jacobus in den Stürmen der letzten Jahre seine Wahrheit gefunden hatte, und dass es kaum möglich war, sie zu erschüttern.

»Was würdest du tun«, fragte ich, »wenn ich mich weigere, der freundlichen Einladung des Kaisers zu folgen?«

»Du hast eine heiratsfähige Tochter, einen Sohn, der bald die Männertoga anlegen wird. Einen weiteren Sohn, der zur Schule geht.« Jacobus richtete sich auf und bedachte mich mit einem vorwurfsvollen Blick. »Willst du nicht wie ein guter Vater an sie denken?«

»Ich denke an sie Tag und Nacht.«

»Deine Mutter hat es nicht damit bewenden lassen. Sie hat sich am Hof zu halten gewusst und dir eine Stellung verschafft.«

»Was stellst du dir vor? Dass ich den Zerstörer des Tempels lobpreise, wie es der elende Josephus tut?«

»Josephus ist ein geachteter …«

»Er wurde vom Hohen Sanhedrin mit Bann belegt.«

»Der Sanhedrin existiert nicht mehr.«

»Umso schlimmer«, sagte ich. »*Cherem*, der schwere Bann, gilt so lange, bis ihn ein Sanhedrin widerruft. Und da niemand weiss, wann es wieder einen Sanhedrin geben wird …«

»Die Leidenschaften schlugen hoch in den Wogen des Krieges«, gab Jacobus zurück. »Und Josephus ist ein Mann, der ans Überleben denkt. Es sind weitaus schlechtere Bücher über den Krieg geschrieben worden. Eine Zeitlang war es regelrecht Mode. Militärpersonen, ehemalige Legaten, selbst Unbeteiligte wie dein Freund Cluvius Rufus. Sogar der verblichene Kaiser Vespasian hat in seinen ›Denkwürdigkeiten‹ versucht, seine Ansichten über unser Volk …« Er hielt inne und seufzte schwer. »Du hast keine Ahnung, wie dieser Krieg die Römer erbittert hat. Sie empfanden es als Schande, dass sie mit der Provinz nicht fertig wurden. Sie verstehen bis heute nicht, woher all der Widerstand kam. Selten wurde soviel unsinniges Zeug zusammenspekuliert. Auch über uns Juden in Rom, die wir gar nicht dafür konnten. Wir sind dem Ritter Josephus dankbar für seine vergleichsweise ausgewogene Darstellung. Es musste endlich von unserer Seite …«

»Von unserer Seite? Josephus ist zu den Römern übergelaufen.«

»Man kann römischer Bürger jüdischen Glaubens sein«, erklärte Jacobus, »Römer und Jude zugleich. Sohn des Imperiums und Sohn des Bundes in einem. Seit Jahrhunderten leben Juden in Italien und Griechenland, in Persien, Babylonien, Ägypten, Syrien, ohne dass sie deshalb aufgehört hätten, zum alleinigen Gott zu beten, ihre Söhne zu beschneiden und den Shabat zu heiligen. Von mir aus nenne es *galut* und Zerstreuung, nenne es Strafe, Verlust der Heimat und des Heiligtums, nenne es, wie du willst. Nirgendwo in den Heiligen Büchern steht, dass wir deswegen weniger jüdisch sind.«

»Das werden wir sehen. Wenn du glaubst, ihr könntet überall leben, am besten dort, wo Geld und Einfluss ist, am Hof des Tempelschänders …«

»Allmächtiger, was redest du!«, rief Jacobus, dessen Gesicht rot angelaufen war. »Was heisst ›Tempelschänder‹? Ehe Titus den Tempel schänden konnte, haben unsere eigenen Leute ihn geschändet! ›Denn Gottes Stadt warst du nicht mehr‹, schreibt Josephus, ›und konntest es nicht mehr sein, seit du zum Grab deiner eigenen Kinder geworden, seit der Tempel zum Tummelplatz des Bruderkriegs herabgesunken war …‹ Für die Davongekommen sind wir die Rettung. Durch uns hat Israel überlebt, nicht durch die selbsternannten Gerechten in Jerusalem. Wenn ich dir sage, dass er von allen Kaisern der umgänglichste ist …«

»Er kann es sich leisten. Von euch hat er nichts mehr zu fürchten.«

Jacobus beugte sich vor, noch immer rot im Gesicht. »Und du? Sitzt du gut in deinem Versteck am Meer? Zeige, dass du ein Judäer bist! Ein Sohn des Bundes und ein Mann! Geh hin und stelle dich dem Kaiser! Geh! Um deiner Landsleute willen, um deiner Frau und Kinder willen …«

Da schickte Pharao hin und liess Josef rufen; man holte ihn eilends aus seinem Gewahrsam, und er liess sich scheren, wechselte seine Kleider und kam vor den Pharao. Da sprach Pharao zu Joseph: Ich hatte einen Traum und niemand kann ihn deuten …

Rasch hatte sich die Kunde von der Ankunft des römischen Ritters im Ort herumgesprochen. Jacobus' Reisezug aus Karossen und Trosswagen erregte Aufsehen im Städtchen am Meer. Umso mehr, als Pferde und Wagen am Eingang des Labyrinths aus Treppen und Gassen zurückgelassen werden mussten, und der Gesandte den Weg zu meinem im Gewirr verborgenen Haus zu Fuss zurücklegte, wobei er aus Fenstern und Luken, von Terrassen, Treppenvorsprüngen, Galerien erspäht und beobachtet wurde, und sich die Kunde von seinem Hiersein in Windeseile, auf Wegen, die kein Aussenstehender nachvollziehen könnte, durch den Wabenbau der Häuser verbreitete.

Neugierige versammelten sich vor meiner Tür, zunächst Kinder, um die Prätorianer zu bestaunen, ihre Waffen und Helme, ihre Kraft, ihre ruhige Gelassenheit, mit der sie den Ansturm heiter hinnahmen und die kleinen Jungen der Nachbarschaft ihre Schwerter aus der Scheide ziehen und ihre von wogendem Rosshaar überbuschten Helme aufprobieren liessen, und nachdem dies, unter Kindergeschrei und Soldatengelächter eine Weile so gegangen war, stellten sich auch Erwachsene ein, Kinderfrauen und Mütter, unbeschäftigte junge Männer, vorüberkommende Handwerker und

Haussklaven mit Körben. Am frühen Nachmittag, als Jacobus und ich das *Minchah*-Gebet sprechen wollten und nach den jüdischen Dienern sandten, die ausserhalb der Mauer bei den Wagen geblieben waren, meldete Primus, die Tür zur Gasse sei belagert, die Gasse von Menschen verstopft. Unter den Wartenden befänden sich zwei städtische Beamte im Auftrag des Magistrats, der schon erwähnte Steuereinnehmer im Ritterrang und andere Bürger gehobener Stände, die dem kaiserlichen Gesandten die Aufwartung machen und mir, ihrem Nachbarn, einen Gruss entbieten wollten.

Jacobus, aus Rom an Öffentlichkeit gewöhnt, empfing die Beamten und nahm die vom Magistrat des Städtchens übermittelten Willkommensgrüsse entgegen, die bei solcher Gelegenheit üblichen Beteuerungen, dem kaiserlichen Boten, den ihr Ort zu beherbergen die unverhoffte Ehre habe, alle denkbaren Annehmlichkeiten in ihren Mauern zu bieten. Die Magistralen, zwei blasse, mir flüchtig vom Sehen bekannte Männer, fanden sich zum ersten Mal in meinen Räumen, beklommen musterten sie die kahlen Wände, das spärliche Gerät. Jacobus dankte mit hauptstädtischer Geläufigkeit, nahm einige der offerierten Dienste in Anspruch, die Beköstigung der Prätorianer durch die Gemeinde, das Unterstellen der Pferde in örtlichen Ställen, und versprach, vor seiner Weiterreise dem Magistrat einen Besuch abzustatten.

Ferner galt es, die vor der Tür Versammelten einer kurzen Anrede zu würdigen, wie es Sitte und Herkommen fordern: der Gesandte des göttlichen Herrschers freue sich, mit ihnen und ihrem Städtchen Bekanntschaft zu machen, alles in preiswürdigem Zustand zu finden und die Kunde davon an den Hof und in die Hauptstadt zu tragen. Obwohl es sich um *formulae* handelte, wie sie jeder Gesandte an jedem Ort so oder ähnlich vorgetragen hätte, sah ich in den Gesichtern der Umstehenden Begeisterung. Bei dieser Gelegenheit stellte mir Jacobus auch den Offizier der Prätorianer vor, unter Komplimenten, als sei er nicht zu meiner Verhaftung, sondern zu meiner ehrenvollen Eskortierung mitgesandt. Einigen der hier Versammelten schien bekannt zu sein, dass ich demnächst dem Kaiser und Gott gegenüberstehen und von ihm höchstselbiger Anrede für wert befunden würde, und ihre Gesichter nahmen das hingebungsvolle Leuchten an, das ich von Zuschauern im Theater kannte. »Der Göttliche!« rief plötzlich eine Frau mit schriller Stimme. »Er wird den Göttlichen sehen ...«

Jacobus schob mich ins Haus und schloss die Tür. Die jüdischen Diener fanden sich ein, wir versammelten uns zum Nachmittagsgebet. An dem nach Osten, gen Jerusalem gerichteten Klapptisch begann der Schriftgelehrte den Psalm zu singen, die Verse des grossen Königs, in schlaflosen Nächten gedichtet zum Lobpreis des Höchsten: »Den Willen derer, die ihn fürchten, erfüllt er, ihr Flehen erhört er, ihnen hilft er ...« Still standen wir, manche im Takt sich wiegend, und sprachen leise das Achtzehn-Segen-Gebet, um es anschliessend in des Vorbeters volltönender Wiederholung zu hören. Dieser sang deutlich jedes Wort, geläufig, geruhsam, mit geübter Stimme: den Segen für die Väter und den für die Grösse Gottes, für die Heiligkeit des Namens, für Einsicht und Einkehr, für Verzeihung und Erlösung, für Gesundheit und Heilung, für die Rückkehr der Verstreuten und die Wiederherstellung der Gerechtigkeit, für den Wiederaufbau Jerusalems und die kommende Herrschaft von König Davids Haus ... Dreimal täglich ist all dies zu sagen, schon die kleinen Jungen wissen es Wort für Wort: Rückkehr, Wiederaufbau, immer neues Beginnen. Unser Volk vergisst nicht, dachte ich. Wer nicht vergisst, verliert nicht. Die Völker suchen nach dem Rätsel unseres Überlebens, vermuten Mysterien, Zauberei. Doch es gibt nichts Heimliches in unserem Dasein: unser Geheimnis heisst Erinnerung, dreimal täglich sprechen wir es aus, laut und deutlich, vor Gott und der Welt.

Jacobus wartete nach dem Gebet, dass die anderen gingen, er zeigte eine gewisse Ungeduld, wie jemand, der unter Zeitdruck eine Reihe wichtiger Punkte abhandeln muss. Wir setzten uns an den Tisch, mit Blick auf das Meer.

»Vielleicht habe ich bisher nicht klar genug zum Ausdruck gebracht«, sagte er, »wo das Problem liegt. Es geht nur vordergründig um Terentius, den Kitharaspieler, der sich in Syrien als wiederauferstandener Nero feiern lässt. Man hat dem Kaiser eingeredet, es handle sich um eine jüdische Verschwörung, um die Rache unseres Gottes wegen des zerstörten Heiligtums.« Er senkte die

Stimme. »Es ist seine Obsession. Seine Spitzel umschleichen unsere Gemeinden in Kleinasien, Syrien, Judäa auf der Suche nach Beteiligten. Gut, dass du Zeugen dafür hast, seit zwei Jahren in diesem Nest zu sitzen. Eine geheime Reise zum Ort des Geschehens ist ausgeschlossen, somit auch deine Teilnahme an einem Komplott. Dein Denunziant, ohne es zu ahnen, gab dein Alibi gleich mit zu Protokoll.«

»Woher wisst ihr das alles?«

Jacobus lächelte. »Wir haben keinen Tempel mehr und keine Heimat, aber unsere Verbindungen sind uns geblieben.«

»Das ist tröstlich ...« murmelte ich. Mir war, als hülle mich eine uralte Wahrheit in ihren wärmenden Mantel. Im Gefühl unserer Erstmaligkeit kommen wir auf diese Welt, glauben sie zu entdecken, allmählich wird uns bewusst, dass wir schon hier waren, dass wir all dies schon kennen ... Es war noch hell, ein kühler Wind wehte vom Meer und verriet den nahen Abend.

»Der Kaiser ist krank«, sagte Jacobus leise. »Niemand weiss, was in ihm vorgeht. Man sagt, er hat es im Kopf.«

»Verrückt?«

»Nein, etwas anderes. Müdigkeit, Kopfschmerz, Schwindel. Es heisst, er sei in Tränen ausgebrochen, unvermutet, während der Schaukämpfe. Sie haben dieses riesige Amphitheater eingeweiht, mitten in Rom, wo das Atrium des Goldenen Hauses war ... Der Kaiser hat weinend in der Loge gesessen. Es muss die Römer entsetzt haben. Etwa so, als wenn unser Hohepriester im Tempel in Ohnmacht fiele ...« Er stutzte, selbst erstaunt über diesen Vergleich. Wir dachten vermutlich beide das gleiche: Es gibt keinen Tempel mehr, keinen Hohepriester, wie schwer ist es, sich daran zu gewöhnen.

»Von uns war niemand dort«, fuhr er fort. »Sie haben Tausende von unseren Leuten kämpfen lassen. Gegeneinander, in Gruppen, einzeln, gegen wilde Tiere, in Gefechten mit Reitern, mit Kampfwagen. Es kostet ein Vermögen, hinterher die Leichen zu kaufen.«

Wir schwiegen. Ich hoffte, er werde nicht weitersprechen. Doch er sprach weiter, vorgebeugt, den Blick zu Boden.

»Er ist ein volksfreundlicher Kaiser, und das Volk liebt blutige Massenszenen. Schlachten mit Reiterei und Sichelwagen, Belagerungen, brennende Palisaden. Am Ende stirbt alles, was in der Arena ist. Und sie liegen durcheinander, wenn sie hinausgekarrt werden, durch das Tor der Todesgöttin, Haufen von Leichen auf den hölzernen Wagen. Die meisten sind so zugerichtet, dass sich die Probe mit dem glühenden Eisen erübrigt.«

Er las in meinem Gesicht, das ich nicht verstand.

»Ich sehe, du bist nicht im Bilde ... Maskierte Männer warten in der Leichenkammer, in der Maske des Merkur oder des Fährmannes Charon, von dem die Römer glauben, dass er die Toten in den Hades übersetzt. Vermummte, die mit glühenden Eisen gegen die Körper stossen, um sicherzugehen, dass sie tot sind. Wer noch zuckt, dem schneiden sie die Kehle durch. So liegen dann alle durcheinander, die Unsrigen und die Anderen, und wir müssen unsere Toten herausklauben aus den grossen blutigen Haufen. Dazu haben wir eine besondere Bruderschaft gegründet ...«

»Eine Bruderschaft?«

»Freiwillige. Fromme Männer, die nicht schlafen können, wenn irgendwo ein Jude unbestattet bleibt. Sie sehen sich die Leichen an, jede einzelne. Es gibt Gott sei Dank ein untrügliches Zeichen, ob jemand Jude ist oder nicht.«

»Und dann?«

»Dann folgen noch einige bürokratische Hindernisse, Listen und Protokolle der Übergabe, Quittungen für die erstattete Geldsumme, die Flavier sind ordentliche Leute. Dann warten wir die Dunkelheit ab und fahren sie hinüber auf die andere Tiberseite, zu unseren Begräbnisplätzen, in der Via Portuensis oder wo grad Platz ist. Oft kennen wir ihre Namen nicht, wissen nichts über sie, als dass sie Landsleute sind. Bei jedem Einzelnen machen wir uns Vorwürfe, dass wir zu spät kamen. Dass wir es nicht geschafft haben, ihn vorher freizukaufen. Meist wussten wir nichts von ihnen. Sie sitzen irgendwo auf dem Land in Sklavenställen und werden erst in der Nacht vor den Spielen in die Stadt gebracht.«

»Und der Kaiser lässt nicht mit sich reden?«

»Wir finden keinen Zugang zu ihm. Niemand von uns. Er ist, was die Spiele betrifft, Nero ähnlicher als seinem Vater. Der Alte riskierte den Unmut des Volkes, indem er keine Gladiatorenkämpfe gab. Er war ansprechbar, was unsere Gefangenen betraf, wir konnten soviele kaufen, wie wir Geld auftrieben. Sein Sohn hat das grosse Amphitheater einweihen lassen, einen Riesenbau, grösser als der in Capua. Er brauchte Tausende für diese Spiele, Zehntausende. Mehr als ihre Leichen haben wir nicht zu sehen bekommen. Wir müssen weitermachen, um des Gesetzes willen. Und das Gesetz muss bewahrt werden, um der Menschen willen. Was ist der Mensch ohne Gesetz?«

»Ich wusste nicht, dass ihr es so schwer habt.«

»Nicht schwerer als du«, sagte Jacobus. »Du lebst wie ein Vagabund, ohne Haus, fern von Frau und Kindern ... Lass uns einander beistehen, so gut es geht. Ich bringe dich auf sein Landgut in den Sabiner Bergen, in der Nähe der Quellen von Acquae Cutiliae. Unterwegs werde ich dich in die Einzelheiten einweihen, soweit ich sie kenne. Es ist der alte Familiensitz der Flavier, ein Bauerngehöft, schon seinem Vater Vespasian so wert und teuer, dass er sich zum Sterben dorthin zurückzog.«

Ich betrachtete den Fussboden, dessen helle Fliesen sich im Abendlicht mit einem goldenen Schimmer überzogen. Als er das Wort »Sterben« aussprach, sah ich ihn an. Er fing meinen Blick auf, als hätte er ihn erwartet.

»Stadt und Hof sind voller Gerüchte«, sagte er leise, so leise, dass ich ihn kaum hörte. »Der Kaiser neigt zur Schwermut, seit er Königin Berenike nach Judäa zurückschicken musste. Wir hatten viel von ihr erhofft. Deshalb ist es so bedeutsam, dass er dich zu sehen verlangt.«

Wieder schwiegen wir. Jacobus, unzufrieden mit dem geringen Eindruck seiner Worte, setzte hinzu: »Für uns alle hängt viel davon ab, wie er dich aufnehmen wird.«

Er goss Wein aus einem Schlauch in kleine Silberbecher. Er tat es langsam und umständlich, als wolle er mir Zeit lassen, seine Mitteilung zu verstehen: dass ich noch einmal am Thron für meine Landsleute eintreten sollte, wieder in einer Angelegenheit, die mit Gesang, Kitharaspiel und Kaiser Nero zu tun hatte, diesmal jedoch, anders als damals, in bedrängter Lage, nicht freiwillig, wie in einem heiteren Spiel, sondern vorgeführt wie ein Gefangener. Ich nahm den Becher und betrachtete das eingravierte Muster, eine Weintraube mit Blättern, eins der alten Zeichen des Landes Judäa.

»Du wirst dich vielleicht an diesen Wein erinnern«, hörte ich Jacobus sagen, »den wir schon einmal zusammen tranken, am Abend deiner Brautwerbung um Jedidah. Es ist ungemischter Roter vom Karmelberg, *jain sh'char*, ein herzwärmendes Getränk. Gesegnet seist du, Herr, unser Gott, König der Welt, der du die Frucht des Weinstocks erschaffen.«

Ich sagte Amen und trank den Becher leer, langsam, die Augen geschlossen. Als ich sie öffnete, sah ich Jacobus seinen Becher umstülpen, zum Zeichen, dass er leer war wie meiner.

»Erinnerst du dich?« fragte er. »Du hast mir an diesem Abend den Ritterring als Brautgeschenk angeboten, im Tausch gegen deine eigene Erhöhung, auf die du zu verzichten bereit warst. Ob man Sohn des Bundes sein will oder nicht – manches mag dabei zu erwägen sein. Doch letztlich entscheidet etwas Unwägbares, eine Regung des Herzens, nennen wir sie Liebe. Du hast, was du hattest, mit uns geteilt. Du hättest *clarissimus* werden können, die Kaiserin wollte es, so gross war ihre Freude über Doryphorus' Sturz. Du hast etwas von dir hergegeben für deine Brüder, dein Volk, deinen Gott. Das ist der Sinn der *brit*. Dazu opfern wir symbolisch ein Stück von unserem Fleisch.«

Das Zimmer versank in Dämmer. Nichts rührte sich. Dunkel standen die Becher auf dem Tisch.

»Noch etwas«, sagte Jacobus. »Man wird dich dort vielleicht nach deinem Vater fragen. Wir wissen nicht genau, was ihm geschehen ist.«

Ich schrak auf. Wann immer ich ihn auf meinen Vater angesprochen hatte, war er ausgewichen.

»Was ihm geschehen ist ...« wiederholte ich. »Was immer es war, sprich es endlich aus.«

»Er starb einigermassen sinnlos für mein Gefühl. Er war ein Mensch, der sich zu leicht ... Aber wozu das jetzt. Wozu heute noch darüber reden, dass er mein Jugendfreund war, aber nicht blieb. Er war jung, er fand es bei uns nicht interessant genug, es zog ihn hinaus zu glänzenden Erlebnissen. Immer wird es solche geben, die uns verlassen. Und von den Kindern der Abtrünnigen werden einige zurückkehren, so dass immer viel Bewegung sein wird, hinein und hinaus, wie an den Toren des Tempels. Du hast von der Verschwörung der Prinzessinnen gegen ihren kaiserlichen Bruder Caligula gehört. Dein Vater scheint unter den Eingeweihten gewesen zu sein. Die Sache ging schief, wie du weisst. Als Agrippina, die spätere Kaiserin, aus der Verbannung zurückkehrte, nahm sie deine Mutter und dich unter ihre Fittiche.«

»Er wurde umgebracht?«

»Er wurde in geheimer Mission irgendwo hingesandt, von wo er nicht zurückkehrte. Man fand seinen Leichnam in einem Gebüsch an der Via Appia. Mehr erfuhren wir nicht, deshalb haben wir nicht gross darüber gesprochen. Es gab übrigens noch einen anderen jungen Mann am Hof des Caligula, den die Prinzessinnen als Werkzeug gegen ihren Bruder einsetzten, einen Fremden wie deinen Vater. Du ahnst, von wem die Rede ist?«

»Von dir.«

»Nein. Ich war religiös erzogen, daher nicht zu gebrauchen. Ich spreche von Tigellinus. Der Ritter hat dir gegenüber eine Nachsicht gezeigt, die sich viele nicht erklären konnten. Wer wusste schon, dass er deinen Vater gekannt hatte? Auch für ihn war es klüger, nicht darüber zu sprechen. Wäre seine Nähe zu den Verschwörern bekannt geworden, hätte es ihn Neros Gunst gekostet. Doch du musst damit rechnen, dass Tigellinus Hinweise hinterlassen hat. In den Akten. Wenn der richtige Mann kommt, und sei es Jahre später …«

Mit lautem Scharren schob ich den Stuhl zurück und ging ins Freie. In der offenen Terrassentür holte ich tief Luft. Wie immer wich alle Beklommenheit beim Anblick der kleinen Bucht, der abendlich blauen Hügel.

»Drei Sterne«, sagte ich mit möglichst ruhiger Stimme zu Jacobus. »Gib mir noch einen Schluck Wein … Ist es nicht Zeit für das Abendgebet?«

Er stand neben mir auf der Terrasse und stützte sich mit beiden Unterarmen auf die steinerne Brüstung wie ich. Sie war noch warm vom Tag und schien die Haut zu liebkosen. Der polierte Marmor strahlte Ruhe aus, Beständigkeit, er schien zu sagen: Wozu endlos weiterziehen – mach es wie ich und bleib. Das Meer lag still, von feinem Wellengekräusel überhaucht, hinter den Hügeln im Nordwesten der Bucht – Hügeln, die ich nie hatte betrachten können, ohne daran zu denken, dass hinter ihnen die Strasse nach Rom lag – glomm ein Streifen verblassendes Rot. Ungezählte Male hatte ich so den Tag sich neigen, die Sonne zwischen die Hügel sinken sehen. Die Landleute hielten die Hügel für einen magischen Ort, es hiess, die Zauberin Circe hätte dort gelebt und Männer ins Verderben gelockt. Viele Hiesige waren griechischer Herkunft, Nachkommen der Seefahrer, die einst an dieser stillen Küste gelandet waren, in ihren flachen, buntbemalten Schiffen.

»Dieses Meer war mir Heimat«, hörte ich Jacobus sagen. »Als ich jung war, jünger als du. Ich segelte oft hin und her, kaufte drüben Ware ein, brachte sie nach Rom. Ich geriet in Seenot und schwere Stürme, davon will ich nicht reden, man tut gut daran, das Schreckliche, das einem zustösst, zu vergessen. Sonst findet man keine Freude. Ich fragte mich damals oft, wo mein Zuhause wäre – hier oder drüben? Das Meer war ein *intermissio*, eine Zwischenwelt, ein Ort des Nicht-Entscheiden-Müssens. Nächte auf Deck, Erwachen unter dem unendlichen Blau, ein Gefühl von Weite, Losgelöstsein ...«

Meine Augen gingen über das Wasser, bis dorthin, wo es sich mit dem Licht des verblassenden Himmels mischte, zu einem ungewissen Abschluss, von dem man wusste, das er keiner war. Man dachte sich die Welt als Scheibe, die irgendwo in den Himmel überging, aber noch lange nicht dort, wo der Augenschein entstand. Viel weiter ging das Meer, immer von neuem stand man Morgens auf und sah nichts anderes als dieses gedachte Ende, bis eines Tages Land erschien, helle Sanddünen, ein am Meer entlangführender Aquädukt, ein Leuchtturm, die Mauern von Caesarea.

»Eines Tages gehe ich ein in dieses Blau wie wir alle«, hörte ich Jacobus' Stimme, »Es ist im Grunde eine kurze Zeit hier unten ...« Er starrte auf das Meer. Wir schwiegen. Es tat gut, noch einmal hier zu stehen, wo ich so oft gestanden hatte, in Gedanken, in Erwartung dessen, was kommen mochte. Primus gesellte sich zu uns und warf seinerseits einen Blick auf die Bucht, einen ungerührten, mürrischen Blick.

»Alles ist geregelt«, sagte er. »Alles bezahlt und übergeben. Wir können fahren, Herr.«

Wir gingen die dämmerigen Stufen der Gasse hinauf, durch die gewundenen Schneisen im Stein, unter Bögen hindurch, die hier und da als Stütze zwischen die Gebäude gesetzt waren und von denen Blattwerk herabhing, Ranken und Kletterpflanzen, leise im Wind sich wiegend, manche blühend. Wir kreuzten Treppenabsätze und kleine Plätze, auf denen Brunnen zu sehen waren, bewachsen mit moosigem Grün, senkrechte Schächte in weissgetünchter Ummauerung, die tief hinab reichten in die verborgenen Wasseradern unter dem Felsgestein. Die unterirdischen Bäche waren das Geheimnis des Ortes. Leise von den Bergen herabrinnend, ergoss sich ihr eiskaltes, herb-süsses Wasser an dieser Stelle ins Meer. Deshalb hatten die griechischen Seefahrer, als sie vor Jahrhunderten gelandet waren, hier ihre Ansiedlung errichtet. Viel Auf und Ab war seither über den Ort hingegangen, Überfälle, Belagerungen, die Einverleibung ins wachsende Reich der Römer, viel Ländliches im Wechsel der Jahreszeiten, Weinlesen, Märkte, Ernten und Dankfeste, das im Zyklus des Lebens gegründete Dasein der Glücklichen.

Wir statteten der örtlichen Verwaltung den versprochenen Besuch ab, Jacobus dankte für die Beköstigung der Prätorianer, das Füttern und Tränken der Pferde – eine Geste der Höflichkeit, da den Beamten nichts anderes übriggebelieben war –, und nahm gute Wünsche für die Reise entgegen. Der Magistrat nutzte die Gelegenheit, Jaobus ein Schreiben nach Rom mitzugeben, eine Angelegenheit von Strassenbau und Wegerecht, eine Meinungsverschiedenheit mit der übergeordneten Behörde. Auch ich verabschiedete mich. Man hatte mich freundlich behandelt an diesem Ort, ich wünschte seinen Einwohnern Frieden. Mit einbrechender Dunkelheit fuhren wir ab, um die Sommerhitze zu meiden und das tagsüber herrschende Gedränge auf der Via Flacca. Von dieser Strasse, oberhalb in den Hügeln, sah ich meine Fluchtburg ein letztes Mal. Sie lag schattenhaft vor mondlichtfahlem Meer, sie schien mir den Rücken zuzukehren, als fühle sie sich nicht zuständig für alles Weitere.

Ich, die Weisheit, wohne nahe bei der Vorsicht; und die Kenntnis findet guten Rat …

Am nächsten Abend hielten wir vor einem Gasthof. Ich hatte im Wagen geschlummert, kam zu mir und glaubte ein Traumbild zu sehen, Jedidah auf Treppenstufen, neben der Lampe. Ohne richtig wach zu sein, lag ich in ihren Armen. Wir traten in die Herberge, ein schmales, hochragendes Haus in einer hügelwärts strebenden Gasse, das ich oft im Vorüberfahren gesehen hatte. Das Innere weissgetüncht, von Öllampen erhellt, mit Schlafkammern entlang einer hölzernen Galerie. In der Wirtsstube sassen ein paar Einheimische beim Würfelspiel. Sie sahen nicht auf. Der Wirt verbeugte sich von ferne und wandte sich ab. Jedidahs Begleiterin blieb auf der Galerie und bewachte die Tür, als wir ins Zimmer gingen.

Wir fielen aufs Bett und hielten einander fest, als wollten wir in Haut, Fleisch und Knochen fühlen, dass wir noch existierten. Es schien, als hätten wir vergessen, dass Liebe Spass und Vergnügen sein kann, nicht nur Bangen, Sehnsucht, Angst um einander. Langsam löste sich die Spannung, lockerten sich unsere Glieder, berührten wir uns wie früher, erkannten einander wieder. Es dauerte, bis wir zu sprechen begannen. Dann redeten wir ohne Unterlass, ohne Besinnung, aus vollem Herzen, wie oft in Stunden unverhofften Wiedersehens. Wir lagen auf dem Bett, schnell und abgerissen fielen die Sätze, zwischendurch küssten wir uns, betrachteten einer des anderen Gesicht. Sie war blasser als früher und hatte ein paar Falten um Augen und Mund. Ihre Hände schienen mir sanfter und härter zugleich. Wir wussten, dass uns nicht viel Zeit blieb. Ich war nicht auf dem Weg zu ihr, sondern zum Kaiser, und selbst wenn Jedidah, wie sie allen Ernstes ankündigte, mit mir gehen wollte, soweit man sie liess, stand uns mit Sicherheit eine neue Trennung bevor.

»Fast hätte ich das Wichtigste vergessen«, sagte ich, als wir einen Augenblick schwiegen. Unter den wirr herumliegenden Wollbahnen meiner Toga zog ich die Schriftrolle hervor, die Reinschrift meiner Aufzeichnungen.

»Oh, was ist das?«

»Meine *commentarii*. Erinnerungen an die Jahre in Rom. An dich und mich und alles.«

»An dich und mich ...«, wiederholte sie. »Eins steht fest: damals hatten wir mehr Zeit füreinander.«

Sie nahm die Rolle, wog sie kurz in den Händen und legte sie in ihren rechten Arm wie ein Kind. Sie strich mit der Linken sanft über die Umhüllung aus Tuch, eine zärtliche, besitzergreifende Geste. »Das Buch Ester ist leichter«, stellte sie fest.

»Er erzählt auch nicht die ganze Geschichte.«

»Was soll das heissen?«

»Er erzählt die Geschichte, die sich am Hof zugetragen hat, aber er spricht nicht von sich. Hinter dem Text verbirgt sich ein Schreiber, ein Mensch, doch wir wissen nicht, wer. Wissen nichts über seine Familie, seine Freunde, wie er lebte, damals in Susa am persischen Hof. Und das ist schade, finde ich.«

Sie nickte. »Ja, man möchte mehr über diese Tage wissen. Über den König und Ester, über ihre Liebesgeschichte. Denn sie liebte ihn, da bin ich sicher, er tat ihr leid, sie wusste, dass er ihre Hilfe brauchte. Bei Frauen ist das schwer auseinanderzuhalten, Mitleid und Liebe ... Von derlei handelt dein Buch?«

»Lies selbst. Es gehört dir.«

Sie sah die Schriftrolle an, als könne sie mit den Augen die Umhüllung durchdringen. »Die Jahre in Rom ...«, wiederholte sie. »Nie wieder hatten wir so viel Zeit füreinander.«

»Ja, seither war nicht viel Ruhe.«

»Auf unserer Hochzeit haben wir uns vorgenommen: so viel *j'chud* wie nur möglich. Erinnerst du dich?«

»Und du meinst, dazu müssen wir in Rom sein?«

»Im Gegenteil, möglichst weit weg.«

Ich schüttelte den Kopf. »Das ist Frauenlogik.«

»Ich habe Rom geliebt«, erwiderte sie. »Nur kam anderes dazwischen, eine unstillbare Sehnsucht nach dem Früher und Woher. Nach den tieferen Gründen unseres Lebens. Nach der Antwort auf Fragen, die jenseits des Meeres liegen, jenseits der Zeit.«

»Also sprichst du wieder von drüben. Du nennst es Früher und Jenseits, aber ich weiss, was du meinst.«

»Und?«

»Es ist gegen alle Vernunft. Viele Juden wären glücklich, wenn sie hätten, was wir haben: ein Haus in der Hauptstadt, das römische Bürgerrecht. Dein Vater sagt, ich könne mir Hoffnung auf einen Posten machen.«

»Nicht jedes Leben folgt den Regeln der Vernunft. Deins verläuft nach anderen Gesetzen, das müsstest du inzwischen mitbekommen haben. Aber selbst wenn wir *rationi conveniens* vorgehen, spricht vieles dafür, sich von Rom fernzuhalten. Der jetzige Kaiser ist nicht weiter gefährlich. Vom Prinzen Domitian, seinem Bruder und Nachfolger heisst es, er hasse die Christiani.«

»Was hat das mit uns zu tun?«

»Wer die Christiani hasst, kann auch uns nicht lieben.«

»Er muss uns nicht gleich lieben. Es reicht, wenn er uns in Ruhe lässt.«

»Du bist kurzsichtig. Was soll aus den Kindern werden? Römer? Nachdem die Römer den Tempel zerstört haben? Wie willst du deinen Söhnen erklären, dass sie Römer sind?«

»Du tust so, als hätte ich zu bestimmen, wohin wir gehen. Du zwingst mich zu sagen, was niemand gern sagt: ich bin kein freier Mann.«

»Du wirst es sein.«

»In der kommenden Welt.«

»Nein, in dieser. Bald.«

Ich starrte sie an. Sie schien überzeugt von dem, was sie sagte. »Mit Gottes Hilfe«, murmelte ich, erstaunt über ihr ernstes Gesicht.

»Es liegt an dir, ob du es willst«, erklärte sie. »Es wird einen Augenblick in eurem Gespräch geben, da du es in der Hand hast, du ganz allein, ob er uns gehen lässt. Dann denke an mich und sei auf der Hut. Sei klug und ergreife die Gelegenheit.«

Als sie meinen ungläubigen Blick sah, lachte sie. »Du wirst sehen«, sagte sie, »ich habe Recht.«

»Du scheinst das wirklich zu glauben.«

»Sicher. Ich habe Recht wie immer.«

Wie bist du vom Himmel gefallen, Morgenstern, Sohn der dämmernden Frühe, wie wurdest du zu Boden geworfen, der du alle Völker niederschlugst …

Der Dunst eines heissen Tages zog langsam herauf und legte sich fahl und farblos über alles Atmende, machte die Blätter der immergrünen Büsche blass, nahm dem Marmor seinen Glanz. Wer konnte, war am Meer oder in den Bergen. Aber zahlreiches Volk drängte sich, wie jeden Tag, aus dem umliegenden Land in die Stadt, um ein paar As zu verdienen, und mit ihm Ziegen und Rinder, blökende Schafe, Wagen voller Gemüse, Früchte, Blumen. An der Porta Capena herrschte Gedränge, doch wusste man von unserem Kommen – der Centurio hatte einen Meldereiter vorausgesandt – und hielt uns nicht unnötig auf. Gedalja und einige Diener blieben mit den Wagen zurück, um sie ausserhalb der Stadtmauer zur Porta Collina zu führen, von wo wir am Nachmittag in die Berge aufbrechen sollten. Nur wenige Stunden hatte uns der Centurio zugestanden, in Eile bewegten wir uns gegen den Tiber, durch das Tal zwischen den Kaiserpalästen und dem Hügel Aventinus, entlang der dämmergrauen Kolonnaden des Circus Maximus, unterhalb der Tag und Nacht erleuchteten Marmormassen, die sich glatt, kantig, eisblockstarr den Hügel Palatium hinaufschieben.

Meine Augen wanderten über Mauern, Säulen und Standbilder der erwachenden Stadt. Sie zeigte überall Male der Heimsuchung. Trümmer, grosse Brocken Marmor, geborstener Stein, russgeschwärzte Wände vom letzten Feuer, dem grossen Brand in Titus' zweitem Regierungsjahr. Der Kapitolinische Hügel war eine riesige Baustelle, der neue Jupiter-Tempel ein Rohbau ohne Dach, mit in den Himmel starrenden Säulen. Trotz der frühen Stunde wehte Stampfen, Hämmern und Kommandgebrüll von dort herüber. Tag und Nacht wurde gearbeitet, man hatte die unerschöpflichen Reserven des Imperiums in Bewegung gesetzt, an Menschenkraft und Ingeniosität, an tausenden Sklaven zu jeder denkbaren Stunde, an präziser Baukunst und steter Belieferung. Und doch offenbarte das ameisenhafte Treiben eine Verletztlichkeit, wie wenn Fleisch und Knochen eines unverwundbar geglaubten Giganten sichtbar wurden und damit das Geheimnis seiner Sterblichkeit. Mit ein wenig Phantasie sah man den Hochsitz der Herrscher verödet, waidwund und aufgerissen, seines Marmormantels entkleidet, ausgeblutet und leer, wie so viele Paläste und Tempel in aller Welt, die niederzureissen von hier aus befohlen worden war. Zwei Feuer hatten die Hauptstadt in Trümmer gelegt, Säulen und Gewölbe einstürzen lassen, Mauern bersten, das Metall der Statuen schmelzen. Rasch wurde das Zerstörte erneuert, zu rasch. Nur wenige dachten an das dritte Feuer, weit von hier, überm grossen Meer, im Osten des Reiches, das Feuer, dessen Rauch über das Imperium wehte, es einhüllte, durchdrang, von Grund auf veränderte …

Das Gesicht verflog. Je länger ich mich durch die Stadt bewegte, umso stärker ergriff mich der Eindruck ihres Bestehens und Beharrens. Rom würde dem Zerfall widerstehen oder trotz Zerfalls überdauern. Einbrüche, Verwandlungen, kaum vorstellbar, würden die Stadt erschüttern und jung erhalten. Dunkle Zeiten mochten kommen, Tage des Waffenlärms und der schrecklichen Stille. Es gab viele Arten von Unsterblichkeit, viele Arten von Ruhm, auch den im Büssergewand. Wir überquerten das Forum Boarium, hörten die Rufe der Händler im Tal Velabrum, sahen die Lagerhäuser am Tiber, wo halbnackte Sklaven bauchige Barken entluden und die Kranichhälse der Kräne sich kreischend in ihren Lagern drehten. Umtost von Morgenlärm erreichten wir die Brücke Pons Aemilius, überquerten gen Osten den gelblichen Fluss und tauchten in die stille Welt von trans Tiberim.

Dort, auf der anderen Tiberseite, umfing uns das Schweigen des Jüdischen Viertels. Es umfing uns auf ähnliche Weise wie zuvor der morgendliche Lärm der Stadt, als plötzlicher Überfall von Erinnerung. Lange war die gartenhafte Ruhe des Viertels ungestört gewesen, beunruhigt allenfalls von Auseinandersetzungen im Stillen, im Inneren der Gemeinden, um gewisse Lehren und Prediger, um einen ruhelosen Mann aus Tarsus. Bis das Geschrei und Gelächter von Norden, aus den Gärten der Agrippina, den Naumachien des Augustus, alles verwandelt hatte. Die vom Himmel Stürzenden, von wilden Tieren Zerrissenen, als lebende Fackeln Verbrennenden … Die meisten waren Landsleute gewesen, Kinder des Bundes, wem immer sie folgten, an wen sie glaubten. Wie hatte sich seither unsere Lage zum Schlechten gewandelt, überall im Reich, auch hier in der Stadt, wenngleich Häuser und Synagogen unverändert standen und trans Tiberim immer noch ein grosser Garten schien. Da war das Portal aus Marmor vom Pentelikon und Jacobus' weitläufiges Haus. Menschen drängten sich auf dem Vorplatz, Verwandte und *familia*, allen voran meine Schwiegermutter, bedeckten Hauptes, in weite Stoffe gehüllt, scheinbar kaum gealtert. Meine Kinder waren da, auch mein Jüngster, und seine spürbare Scheu, als ich ihn hochhob und umarmte, traf mich ins Herz.

Lange standen wir im Atrium und beteten. Der heimgekehrte Hausherr am Vorbeterpult, umringt von Männern in Gebetsmänteln, die Frauen etwas entfernt, im Dämmer der Säulenhalle. Jacobus sang Psalmen, die offene Schriftrolle vor sich, damit er nicht vom Text abweiche, doch er hielt die Augen geschlossen. Wir sprachen das *Shma Israel*, die achtzehn Segen, das *Alejnu*. Man hatte im Garten zum Frühstück gedeckt, ich sah Freunde wieder, auch Söhne römischer Häuser, die »auf einen Sprung vorbeigekommen« waren, zwischen zwei Amtshandlungen, während draussen ihre Sänften warteten. Unter ihnen war Secundus, der Sohn des verstorbenen Konsuls Plautius Silvanus Aelianus, derselbe, der sich an meinem Krankenbett in Jedidah verliebt und sie aus der Stadt vertrieben hatte. Er trug die Toga mit dem breiten Purpurstreif und die hohen Schuhe eines Senators, war gesalbt und in Wohlgerüche gehüllt, und die joviale Art, in der er mit Jacobus und Alexander verkehrte, auch mich begrüsste wie ehedem, zeigte, dass er sein Verhältnis zu unserem Haus für unverändert hielt.

Auch Asarja sah ich wieder, meinen Kinderfreund. Er war mager, aber sichtlich erholt, Haar und Bart trug er in kunstvoll gelegten Locken. Rom bekäme ihm bestens, erklärte er, trotz der hohen Steuern verdiene er gut an den dressierten Tieren und anderen Geschäften. Ich hatte von Jacobus gehört, dass er rasch ein geachteter Mann geworden sei, wegen seiner weltmännischen Manieren und Lebensklugheit, und weil er es bald wieder zu einigem Vermögen gebracht hatte. Er stand neben mir, sprach mit leiser Stimme und bot mir Geld an. Es gäbe nichts an einem Hof, das sich nicht durch Geld regeln liesse. So sei es unter Nero und König Agrippa gewesen, so unter dem »Alten«, genauso werde es unter Titus sein. Er liess sich nicht beirren, auch dann nicht, als ich mich weigerte, einen Sack Münzgeld mit auf die Reise zu nehmen. Er werde die Summe in Bereitschaft halten, erklärte er, und dem Hofamt *a rationibus* eine Andeutung machen. Für alle Fälle. Falls man mich unter Anklage stelle und ich dieses wirksamsten aller Verteidigungsmittel bedürfe.

Zur Porta Collina gab uns eine ansehnliche Menge das Geleit, darunter junge Leute aus den Gemeinden, Begeisterte und Eiferer, die mich, den lange Totgeglaubten, für einen »Auferstandenen« hielten. Der Tag war heiss und dunstig, den Sänftenträgern lief der Schweiss über Hals und Rücken. Wir bewegten uns über die Pons Fabricius, am Marcellus-Theater, unterhalb des kapitolinischen Hügels zum Quirinal, noch einmal warf sich die Stadt mit ihrer ganzen Wucht auf mich, mit der Macht der Erinnerung, an alles zugleich, an tausenderlei, an jeden Stein und jedes Büschel Gras, an glückliche Ereignisse und düstere, endlich auch an jenen Tag, an dem mich der Ritter Tigellinus zum Verhör in die Prätorianerkaserne befohlen hatte. Denn auf diese bewegten wir uns zu. Der Campus der Prätorianer, ein gern gemiedener Ort, begann unmittelbar an der Porta Collina.

Matitjahu sass bei mir in der Sänfte, pausenlos redend, um mir möglichst viel Kenntnis über den neuen Hof mit auf den Weg zu geben. Er arbeitete nach wie vor im Hofamt *ab epistulis*. Wie eine Ladung Kies prasselten die Namen von Grossen und Günstlingen auf mich nieder, Namen, die ich zum grössten Teil gleich wieder vergass. Es waren andere Leute als zu meiner Zeit, solche, vor denen sich Nero gefürchtet und die er nicht am Hof geduldet hatte, Soldaten, Tüchtige und Männer aus den Provinzen. Matitjahu erzählte vom Schicksal der Petition um das Stadtrecht in Caesarea: wie sie nach jahrelangen Mühen gescheitert war, ein Triumph der griechischen Hofpartei, der Freigelassenen Helius und Polyclet, seines Vorgesetzten Beryllus im Hofamt *ab epistulis* und anderer, die damit Rache zu nehmen wussten für unsere Siege zu Lebzeiten der Kaiserin. Er deutete an, dass der kaiserliche Erlass mit grossen Geldsummen erkauft worden war, darunter mit Geldern, die der Prokurator Florus aus seinen Räubereien in Judäa gezogen und höhnischerweise zu diesem Zweck zur Verfügung gestellt hatte. Denn Florus und seine Gattin Kleopatra wären die eigentlichen Nutzniesser unserer Niederlage gewesen: wie ein Königspaar hätten sie in Caesarea residiert, schlimmere Schreckensherrschaft über Judäa verbreitend als alle Vorgänger.

»Sie sind tot ...« murmelte ich. Florus und Kleopatra sollen, wie man erzählte, von wütendem Volk auf der Strasse erschlagen worden sein wie Hunde. Auch Helius und Polyclet waren tot, Menekrates, die Kaiserin, der Kaiser ... Wer von denen, die in meiner Jugend Schicksal gespielt hatten, war noch am Leben? Möglichst weit weg von Rom, hatte sie gesagt. Auch ich wollte nicht mehr zurück in die lebensgefährliche Stadt. Wohin dann? Das würde sich finden, war vorerst nicht wichtig. Das Entscheidende war die Gewissheit, dass wir nicht zurück wollten ...

Als ich an der Wegkreuzung aus der Sänfte stieg, gab es nochmals Aufenthalt, Umarmungen, Segenssprüche. Glückbringende Amulette, von Unbekannten um meinen Hals gehängt, Berührungen, da nach verbreitetem Glauben von einem »Auferstandenen« besondere Kräfte ausgehen sollten. Es galt, Primus Lebewohl zu sagen, der in Jacobus' Haus blieb, wo man Arbeit für ihn hatte, Brot und Wein bis ans Lebensende, eine weissgetünchte Kammer im Obergeschoss. Er war mürrisch wie immer, doch er machte mir ein unerwartetes Abschiedsgeschenk: ein Notizbuch, ein Gebinde aus Palimpsesten, wie man einst beschriebene Pergamente nennt, von denen nachträglich, aus welchem Grund immer, das Geschriebene entfernt wurde. Es waren, wie er sagte, die Blätter der Rohschrift meiner *commentarii*. Falls ich unterwegs Notizen machen wolle. Er hatte sie gesammelt, geglättet, zu einem Kodex geheftet, ohne mein Wissen, ohne ein Wort.

Ich wandte mich der Reichsstrasse zu, betrat ihr Pflaster aus sonnenheissem Basalt. Jacobus' Wagen stand bereit und ein ausgeruhtes Gespann. Der Centurio mit seinen Reitern war zur Stelle, hell blitzten die Helme, das vertraute Klirren der Waffen erreichte mein Ohr. Unter all diesen Menschen spürte ich – ohne dass ich sagen könnte, wie – Jedidahs Anwesenheit. Ich hatte sie nirgendwo unter den Abschiednehmenden sehen können. Der Reisewagen an der Spitze des Zuges, mit zugezogenen Vorhängen und reglos wartenden Pferden ... Wirklich, als ich näherkam, hörbar auf dem Basalt, öffnete sich der Vorhang ein wenig, eine Hand winkte, und schon sass ich neben ihr und hörte von ihren Entschlüssen. Sie hatte den Bemühungen der Familie widerstanden, sie in Rom zurückzuhalten, und wollte mit mir gehen, soweit der Kaiser sie liess.

Ihre Mutter, in deren Obhut unsere Kinder blieben, machte ihr Vorhaltungen bis zuletzt. »Seht zu, dass ihr mir nicht Waisen zurücklasst«, rief Frau Leah am Wagenfenster, zwischen ihren schweren Lidern standen Tränen. In ihrem Blick fand ich das alte Misstrauen gegen mich, den Eindringling, der eines Abends in ihr Haus gekommen war, ihr Kind entführt und in die Strudel seines unberechenbaren Lebens gerissen hatte. Doch ihr Misstrauen war gemindert durch Mitleid. Ausserdem wusste sie, dass Jedidah ihre Entschlüsse auch ohne mich fasste, dass niemand gegen ihren Eigensinn ankam. Schwer war meine Schwiegermutter vom Fenster wegzubekommen, lange noch stand sie im Staub der Via Aurelia und sah uns nach.

»Damals habe ich auf sie gehört«, sagte Jedidah, als wir fuhren, »und mich im falschen Augenblick von dir getrennt. Sie haben mir eingeredet, du seist tot. Dabei warst du nur ein Totgesagter. Wie unser ganzes Volk. Diesmal werde ich bei dir bleiben.«

»Deine Mutter fürchtet, dass du die Kinder nicht wiedersehen wirst.«

Sie griff nach meiner Hand. »Unsinn. Weder die Kinder noch ich sind in Gefahr, sondern du.«

»Woher nimmst du die Sicherheit?«

»Er weiss nicht mal, dass wir existieren. Falls er je von mir gehört hat, hält er mich für tot. Ausserdem: was nützt es mir, in Sicherheit zu sein, wenn du in Gefahr bist?«

Wir fuhren in Richtung Sabinerland. Das Rollen der Räder auf dem Stein, das Schnauben der Pferde vor dem zugezogenen Fenster. Die Via Appia, um diese Tageszeit voller Fahrzeuge, gab der Eskorte Mühe auf, mehr als einmal hörten wir das Gebrüll des Vorreiters. Wir sassen still nebeneinander und erwarteten den Abend. Mit dem kühlen Wind, der vom Gebirge herüberwehte, leerte sich allmählich die Strasse. Rascher bewegte sich unser Zug durch die Dämmerung, die einbrechende Nacht.

Hinter Eretum, schon mit Sicht auf die Berge, ein paar Stunden Schlaf in einer Herberge, elegant und gediegen, als verpflichte die Nähe der kaiserlichen Sommervilla die ganze Landschaft, auf sich zu halten. Auch unter Nero hatte die allzeit erwartete Durchreise des Hofes zauberhafte Wirkung auf Strassen, Gasthöfe und am Weg liegende Orte getan, nur war damals der Süden die bevorzugte Richtung gewesen, die Küstenstrecke Rom-Neapolis. Wir dagegen fuhren gen Nordosten, auf gewundener Strasse bergauf. Je näher wir Reate kamen, umso mehr schien die Gegend vom allgemeinen Aufschwung ergriffen: die Stadt selbst prangte im Schmuck neuer administrativer Gebäude, zeigte sich leuchtend, lärmend und selbstgewiss, als sei das alte Landgut der Flavier, unsichtbar irgendwo in den dämmernden Bergen, ein magischer Quell von Kraft und Verheissung.

In Reate fuhr man uns zur örtlichen Garnison, und dort, mitten im gepflasterten Innenhof, erwartete uns hoch zu Ross ein Offizier der Garde im Ritterrang. Er nahm die Meldung des Centurio ungnädig blinzelnd entgegen, selbst kaum dem Knabenalter entwachsen, hölzern vor Hochmut wie junge Leute oft, wenn man ihnen zum ersten Mal ein Amt überträgt. Er verhehlte nicht, dass er uns früher erwartet hatte, dass er mit dem Centurio und der Eskorte – die er ohne ein Wort des Dankes nach Rom zurückschickte – unzufrieden war. Jacobus nahm er nicht zur Kenntnis, mich musterte er mit einem Blick, dessen kindliche, fast brutale Neugier mich frösteln machte. Es war Abend geworden, von den Bergen, die sich hinter den Zinnen der Festung im Halbdunkel ausbreiteten, wehte ein kühler Wind. Zu meiner Überraschung erfuhr ich, dass ich sofort weiterreisen sollte, allein, ohne auch nur mit den Meinen zur Nacht essen zu dürfen. Da Strassen und Wege weiter oben in den Bergen für Wagen schwer passierbar waren, müsse ich von nun an reiten. Ich machte geltend, dass meine Frau mitkommen wolle. Der Ritter schüttelte stumm den Kopf, besann sich dann seiner guten Erziehung und fügte fast freundlich hinzu: »Bestell der Dame, dass ich soviel Treue zu schätzen weiss, dass aber strikter Befehl vorliegt, dich allein vorzuführen.«

Jacobus, der bei den Packwagen gewesen war und diesem Augenblick mit einem Bündel zurückkehrte, sah mich im Gespräch mit dem Ritter, hörte den höflichen Ton. Sofort belebte Hoffnung seinen Blick, wie er immer und überall bereit war, auf das kleinste Anzeichen hin zu hoffen. Du wirst es machen, las ich in seinen Augen, du wirst die richtigen Worte finden und mit des barmherzigen Gottes Hilfe des Kaisers Vertrauen gewinnen. Das Bündel erwies sich als lederne Satteltasche und enthielt Proviant und einen Schlauch Wein. Man brachte das Pferd, einen alten Schecken.

»Ich möchte mich von meiner Frau verabschieden«, sagte ich.

Der Ritter gab durch eine Geste zu verstehen, dass er keine Einwände hätte, und bedeutete durch Kopfnicken einem Gardisten, mich zu begleiten. Wir überquerten den gepflasterten Innenhof unter den Blicken der Wachsoldaten auf Türmen und Mauern, unsere Schritte hallten zwischen den Wänden aus graugelbem Stein. Die Wagen standen nahe dem Eingangstor, das sich hinter ihnen geschlossen hatte, standen wie gebannt, mit angeschirrten Pferden und auf dem Bock sitzenden Kutschern. Alles schwieg. Die Augen der judäischen Diener und Fuhrknechte waren auf mich gerichtet. Ich trat an den Wagen heran, öffnete den Vorhang und sah Jedidah ins Gesicht.

Ich hatte vermutet, sie werde nun doch furchtsam sein, sich über unsere Trennung betrüben, womöglich Tränen vergiessen. Doch ihre Miene war unverändert. Sie sass still auf ihrem gepolsterten Sitz und las in einer Schriftrolle. Mit Erschrecken sah ich, dass es meine *commentarii* waren.

»Kind, wie unvorsichtig«, sagte ich auf hebräisch, »kaum dreht man dir den Rücken ... Unter all den Soldaten ...«

»Keine Angst, sie verschwindet gleich wieder. Wenn ich darin lese, ist mir, als hörte ich deine Stimme.«

»Der Kaiser hat Weisung erteilt ...« begann ich.

»Ich dachte mir schon, dass er mich nicht dabeihaben will. Wir werden hier in Reate auf dich warten.«

»Und ich werde so schnell wie möglich zurücksein. Schon, um dich aus diesen Mauern zu erlösen.«

Sie lächelte. »Die Festung ist mir lieber als eine unsichere Herberge. Du wirst bald zurückkehren. Als freier Mann.«

»Wenn du es sagst ... *B esrat ha shem.«*

Ich küsste sie, streichelte ihren Kopf, hielt sie lange fest, bis der Gardist mit dem Lanzenstiel auf das Pflaster klopfte, einmal, zweimal, bis er mich von hinten an der Tunika packte. Erst da liess ich sie los und ging. Die Diener neigten die Köpfe und murmelten »Frieden«. Wieder überquerte ich den Platz, gefolgt vom Hall meiner Schritte. Drüben warteten die Prätorianer zu Pferde, auch der Ritter war aufgesessen und sah mir mit Ungeduld entgegen. Er wies wortlos auf den Schecken, hinter dessen Sattel ich ein grosses Bündel aufgeschnallt fand: Jacobus' Provianttasche.

»Danke, Vater«, sagte ich. »Du bist wirklich der umsichtigste Mensch, den ich kenne.«

»Wir beten für dich«, flüsterte Jacobus. Mit Hilfe eines Reitknechts schwang ich mich auf das Pferd. Der Ritter nickte. In seinem Gesicht fand ich, unter einer Folie aus Wichtigkeit und Verachtung, die Neugier eines kleinen Jungen.

Ich atme inmitten von Löwen. Die Menschen sind rasender Tod, ihre Zähne Spiesse, ihre Zungen scharfe Schwerter ... Ein Netz haben sie für meine Schritte ausgelegt, meine Seele ist bedrängt ...

Doch er sprach nicht mit mir. Auch sonst fiel kein Wort. Der Weg führte in die Hügel, durch Obstgärten, terrassierte Pflanzungen, Olivenhaine, musterhaft gehalten und gepflegt, mit sauberen Häusern und Ställen. Eine lange Dämmerung liess uns zügig vorankommen, der Weg war mit hellem Schotter bestreut und gut zu sehen. Neben mir hielt sich der Ritter, der mich manchmal aus den Augenwinkeln beobachtete. Lange noch leuchtete der helle Weg, ohnehin wurde es in dieser Nacht, August und fast voller Mond, nicht wirklich dunkel. Mehrmals passierten wir Wachstationen, auch später, als sich die Landschaft ins Wilde veränderte, der Weg in die Berge steiler und schmaler wurde.

Vor einem dieser Wachhäuser sassen wir ab, irgendwann nach Mitternacht, und übergaben den Soldaten unsere Pferde. Ein Offizier, eilig aus dem steinernen Gebäude hervorstürzend, machte dem Ritter Meldung, erwähnte auch, dass ein Nachtessen bereitet sei. Auf die höflichkeitshalber an mich gerichtete Frage, ob ich daran teilnehmen wolle, schüttelte ich den Kopf. Ich hatte mich an das Schweigen gewöhnt. Man führte mich in einen Raum, in dem ein hölzernes Bett stand, ein Tisch und ein Stuhl. Das einzige Fenster, eine Scharte im Mauerwerk, war vergittert. Ein Gardist trug meinen Proviantsack herein, ohne dass ich darum gebeten hatte. Nachdem dies geschehen, verliess mich der Ritter mit einem stummen Gruss, wobei er durch eine leichte Verbeugung seine Zufriedenheit zum Ausdruck brachte, dass ich ihm soweit keine Schwierigkeiten bereitet hatte. Ich hörte ihn draussen der Wache einschärfen, mich keinen Augenblick allein zu lassen und alles Verdächtige sofort zu melden.

Ich packte die Tasche aus, schnitt Brot und Käse, goss Wein aus dem Schlauch in einen Silberbecher, schälte einen Apfel. Ich sprach die Segen. Der Prätorianer draussen schien sich zu bewegen, als er meine Stimme vernahm, ich hörte Klirren von Eisen und Knarren von Lederriemen. Als nichts weiter geschah, beruhigte er sich und wurde still. Ich ass und trank in Gedanken an Jacobus, an seine Umsicht und Vorsorge. Zu meinem Erstaunen enthielt die Tasche genau das, was ich mir selbst für eine Reise eingepackt hätte, eine bestimmte Art Ziegenkäse, helles Brot, getrocknete Feigen, eine besondere Sorte schwarze Oliven. Woher wusste Jacobus so genau, was ich gern ass und trank? Sogar meine Vorliebe für Dattelkuchen war ihm bekannt … Ich begann über ihn nachzusinnen, über seinen Charakter, über das letzte Gespräch, das wir geführt hatten, in der Nacht unserer Abfahrt aus dem Städtchen am Meer. Ich schob Teller und Becher beiseite und holte das neue Notizbuch unter dem Pallium hervor. Tinte und Schreibzeug trug ich am Gürtel. Es war beglückend, ein wenig Tusche in Wasser anzumischen und die erste Zeile auf das Pergament zu setzen.

Einmal wurde ich unterbrochen, als der Ritter draussen den Wachposten kontrollierte und sich nach mir erkundigte. »Was macht der Jud?« fragte er.

»Er ist still, Herr!« rief der Gardist, der dazu Haltung annahm, denn wieder hörte ich Klirren und Knarren.

»Oh ... Hoffentlich ist ihm nichts passiert!«

Ich hatte das Notizbuch vom Tisch verschwinden lassen, ehe sie mit dem Aufschliessen und Öffnen der Tür fertig waren, sass vor ihnen, essend und trinkend, der Offizier nickte mir zu und schloss die Tür.

»Alles Verdächtige melden!« hörte ich ihn draussen sagen. »Auch verdächtige Stille. Hast du verstanden?«

Ich schrieb meine Erinnerungen an das Gespräch mit Jacobus nieder, wie es mir unversehens in den Sinn kam, in aller Deutlichkeit, Wort für Wort. Es hatte der Frage gegolten, ob der Hass auf die Juden von Seiten bestimmter Menschen und Völker ein unsterbliches Phänomen und sozusagen unvermeidlich sei oder ob es Möglichkeiten gäbe, durch Umsicht und Wohlverhalten die Feindschaft abzuwenden. Ich hatte die Stelle aus den Mosaischen Büchern zitiert »Denn ich habe euch von den Völkern geschieden, auf das ihr mir gehört«, wonach die Distinktion unseres Volkes gottgewollt war, folglich auch die ihr geltenden Regungen Aussenstehender, sei es Zuneigung und Annäherungsbedürfnis, sei es Aversion und Hass. Manchen sei der Gedanke unerträglich, sagte ich, dass es »Besonderes« oder »Anderes« überhaupt geben solle, und von diesen könne ein Volk, dem Besonderheit auferlegt sei, kaum Wohlwollen erwarten. Dem stimmte Jacobus insoweit zu, als auch er das menschliche Verhältnis zum »Besonderen« oder »Anderen« für die Grundlage des Problems hielt. Mit dem Wort »anders«, im Hebräischen *shoneh,* hätte schon der Judenhasser Haman im Buch Ester versucht, den Perserkönig Xerxes gegen unser Volk einzunehmen: *v datejhem shonot v et datej-ha melech ejnam osim,* Ihre Gesetze sind andere, und daher werden sie des Königs Gesetze nicht befolgen. Von seiner logischen Struktur sei der Satz eine Konklusion, jedoch eine falsche. Denn keineswegs folge aus der Prämisse, wonach wir »andere Gesetze« hätten, dass wir die Gesetze des Königs nicht befolgen könnten. Vielmehr läge hier unsere Möglichkeit, den Judenhass zu widerlegen: indem wir bewiesen, dass wir zu beidem imstande seien, unser eigenes Gesetz zu halten und zugleich das des irdischen Reiches, in dem wir lebten.

Diesem vernünftigen Vorschlag hatte ich nur ein Unbehagen entgegenzusetzen, einen die Hoffnung umflorenden Zweifel: dass selbst diese erstaunliche Leistung – unsere Gesetze zu halten und zugleich die des jeweiligen Landes – keineswegs allgemeine Beliebtheit hervorrufen würde, da, grundsätzlich gesprochen, der Versuch, durch Leistung eine Aversion zu besänftigen, auf Irrtum beruhe. Seit wann, so mein Einwand, überzeuge man feindliche Gemüter durch Beweise eigenen Vermögens und Könnens, durch Zurschaustellen neuer Besonderheit? Der Neid, der dem Judenhass als menschliche Grundkonstante zugrundelag, wurde dadurch nicht besänftigt, im Gegenteil, er erhielt neue Nahrung, und als je fähiger wir uns erwiesen, umso grösser möglicherweise der Hass. Wenn irgendetwas Respekt und Duldung feindlich gesinnter Menschen zu erwecken imstande wäre, dann Festigkeit von unserer Seite, Treue zu uns selbst und unserem Gesetz. Das artistische Kunststück, der Hochseilakt eines Sowohl-als-Auch, werde in dem Augenblick in sich zusammenstürzen, wo wir Juden, der Besänftigung unserer Feinde zuliebe, unser eigenes Wesen verrieten.

Über meinem Versuch, das lange, komplizierte Gespräch niederzuschreiben, wurde ich müde, so dass ich Federn und Tuschegefäss in der Gürteltasche verstaute, den Codex in den faltenreichen Stoffbahnen verschwinden liess und mich angekleidet auf das hölzerne Bett legte. Ich fiel sofort in tiefen Schlaf. Mir träumte, ich sei in einer riesigen Höhle, wo ein steinerner Götze von kolossaler Grösse auf mich niederblickte, mit übergrossen Menschenaugen, eine sitzende Figur in marmorner Toga, auch sonst starr, unbeweglich, vor allem stumm. Kein Laut kam von der riesenhaften Gestalt, sie rührte sich nicht und strahlte keine Wärme aus, nur ihre Augen verrieten, dass sie lebte. Diese Augen waren das Schrecklichste, das ich je gesehen: Augen, die etwas sagen wollten, die versuchten, die Schweigen des steinern verschlossenen Mundes vermöge der Eindringlichkeit ihres Blickes zu durchbrechen, die das einzige Fenster einer in das Innere der Figur gesperrten Seele waren. Doch so sehr ich versuchte, die Botschaft der sprechenden Augen zu enträtseln, so wenig war ich imstande, etwas anderes in ihrem Blick zu lesen als unendliche Drangsal und Trauer.

Jemand berührte mich an der Schulter. Der Ritter stand neben meinem Lager, ein Licht in der Hand. Es schien noch Nacht zu sein, doch als wir hinaustraten, zeigte sich über den Bergen das erste Morgenrot. Rasch und wortlos wurde aufgesessen und losgeritten, nur zwei Pferde fanden nebeneinander Platz auf dem sich windenden Pfad. Manchmal löste sich unter den Hufen ein Stein und rollte zu Tal. Neben mir hielt sich der Ritter, der mich mit ungeschmälerter Neugier beobachtete. Immer öfter liess er seine hellen, vom Helm überschatteten Augen über meine Gestalt und Miene wandern, als warte er auf etwas. Hoffte er, ich würde sprechen, Fragen stellen, um etwas bitten?

Wir ritten durch rauhen Wald mit dichtem Unterholz und jähen, von Grün überwucherten Schluchten. Der Weg stach deutlich ab von all dem Wildwuchs zu beiden Seiten, ein gewundenes Band, weiss bestreut und befestigt, an manchen Stellen, wo er etwa Wasserläufe kreuzte oder am Rand eines Steilhanges verlief, mit hölzernen Geländern versehen. Die Wildnis begann sich zu lichten, indem wir die Hügelkuppen erklommen, neue Hügel zeigten sich, höher als diese, in massive Berge übergehend. Doch zunächst ging es sanft bergab, eröffnete sich eine im Windschatten der ersten Hügelkette liegende Landschaft, gelinde zu Tal gleitend, weitgehend frei, ohne wilden Bewuchs.

Hier lag auf welligem Grund das Gut der Flavier. Von unserem erhöhten Weg waren die langgestreckten, schützenden Mauern zu erkennen, grossräumig das Areal umfassend, mit Türmen dann und wann, und andere Baulichkeiten, allesamt neu und bestens instand gehalten, Wachhäuser, Remisen und kleinfenstrige Kästen, die wie Kasernen aussahen. Inmitten dieser hangab gestreuten, mit neuen hellrosa Schindeln gedeckten Häuser gewahrte ich eine Ansammlung von alten und dunklen Gemäuern, zusammengedrängt zu einem grossen Gehöft oder Vorwerk, wiederum ummauert, fast burgartig in ihrer abweisenden Geschlossenheit, die sichtlich von altersher bestand: man erkannte an schwer benennbaren Zeichen, dass die Anlage, festgefügt und verwittert, früher allein in der Landschaft gestanden hatte.

Auf diese Gebäude ritten wir geradewegs zu. Unterwegs passierten wir mehrere in Mauern eingelassene Tore, deren Wachmannschaft jedesmal den jungen Ritter grüsste, mit allen Anzeichen von Ehrerbietung. Mich sah niemand an und grüsste niemand, obwohl ich den Purpurstreif des zweiten Standes trug. Auch als wir das innere Gehöft erreichten, und vor dem letzten Tor absassen – der Ritter war geschmeidig vom Pferd gesprungen und hatte mich durch eine Handbewegung aufgefordert, ein Gleiches zu tun –, schien mich niemand zu sehen. Wir traten durch den Torbogen in einen gepflasterten Vorhof, die tiefe, zinnenbewehrte, einem Burgwall gleichende Mauer durchschreitend, die vom selben Alter sein musste wie das verwitterte Gehöft. Es waren schlichte Baulichkeiten, derb, dickwandig, mit Türen statt der mittlerweile in Mode gekommenen Fenster, die Mauern bedeckt von einem gelbbrauen, erdigen Bewurf, aus dem schwarze Balken ragten, das dauerhafte irdische Reich von Vespasians Vorfahren, Männern einfacher Herkunft und lebenstüchtigen Sinnes.

Der verstorbene Kaiser hatte darauf bestanden, dass nicht das Geringste an der Anlage verändert wurde, nur die nötigen Instandhaltungen vorgenommen, und stets im Stil des ererbten Bauernhofs, möglichst einfach, altmodisch und solide. Sparsamkeit, das sonst vorherrschende Motiv im Leben Vespasians, erklärte diese Marotte nicht, es war eher teurer als billiger, das Gehöft im Stil einer vergangenen Epoche zu erhalten. Alle möglichen Gründe wurden dafür vermutet, symbolische zumeist. Es hiess, der Kaiser sei seiner schlichten Abkunft allzeit mit Stolz eingedenk gewesen, seiner Abstammung aus sabinischem Bauerngeschlecht, die ihn befähigt hatte, wie ein Soldat zu leben, alle Kriegen zu überstehen und das Vaterland zu retten, als es durch das degenerierte julische Haus an den Rand des Untergangs geraten war. Den Römern galt der soldatische Mann als Verkörperung ihrer unbezwinglichen Kraft, als Imperator im Sinne der vom grossen Augustus geforderten Tugenden *virtus, clementia, iustitia, pietas.* So hatte auch sein Sohn und Erbe Titus *pietas* an den

Tag gelegt und, obwohl sein eigener Geschmack in eine ganz andere Richtung ging, das Anwesen belassen wie es war.

Niemand sah mich an, als wir auf dem gepflasterten Vorhof standen, obwohl sich dort verschiedene Personen aufhielten, alle trotz der frühen Stunde vollständig bekleidet und hergerichtet, Gardisten und Offiziere, auch einige Höflinge, in Erwartung, ohne ersichtliche Beschäftigung. Aller dieser Männer Blicke mieden mich, gingen in andere Richtungen, glitten an mir vorbei oder suchten mich wie Luft zu durchdringen, ein fast überirdisches Erlebnis. Mein hochmütiger junger Ritter machte nun seinerseits jemandem Meldung, einem anderen Ritter, den er *perfectissimus* titulierte, woraus ich schloss, dass der Angeredete der Präfekt der Wache war, womöglich der Präfekt der Prätorianer. Dieser mass mich mit einem kurzen prüfenden Blick, schien zufrieden und klopfte dem jungen Ritter auf die Schulter. Der Schlag auf die Schulter schien meinen Ritter glücklich zu machen, sein Gesicht leuchtete auf. Er folgt dem Älteren ins Haus, ich sah ihn nie wieder.

Aus derselben Tür trat sofort darauf ein hochgewachsener Mann ins Licht, der mich an jemanden erinnerte, den ich seinerzeit am Hof gekannt haben musste. Er trug Uniform und senatorische Ornamente, ohne dass ich – auf diesem Gebiet nicht wirklich beschlagen – zu sagen wüsste, welche. An Neros Hof war es unmilitärisch zugegangen, das Tragen von Uniformen galt als unfein, sogar Tigellinus, der Präfekt der Prätorianer, hatte sich niemals in Rüstung und Rangabzeichen, sondern stets in der Toga gezeigt. Auch senatorische Ornamente wurden selten angelegt, schon wegen der bekannten Abneigung des Kaisers gegen diesen Stand. Der Mann kam auf mich zu, festen Schrittes, und baute sich vor mir auf wie ein Turm. Sein Gesicht war rund und bronzefarben. Kleine Augen zwischen ledrigen Lidern musterten mich mit einem Ausdruck von Belustigung. Er nickte mehrmals hintereinander, und sagte mit gedämpfter, dennoch dröhnender Stimme: »Grösse stimmt. Auch der Blick. *Vultus severus ac tristis.* Sag, erkennst du mich nicht, *egregie?*«

»Nicht wirklich. Zu meinem Bedauern, *clarissime.*« Es waren die ersten Worte, die seit dem nächtlichen Segen über meine Lippen kamen.

Der Senator brach in Gelächter aus, wobei sich seine Augen zu Schlitzen verengten und sein ohnehin starkfarbenes Gesicht unaufhaltsam rötete. Man sah, dass er oft und gern lachte, dass ihm Lachen ein Herzensbedürfnis war, ein zur Aufrechterhaltung seines Gleichgewichts nötiges Geschehen. »Hahaha ... Nicht wirklich ... Zu meinem Bedauern ... Auch die Sprache stimmt. Die Art sich auszudrücken. Ich würde sagen, ja, du bist es.«

Worauf er sich umdrehte und ins Haus lief, so rasch es seine hochsohligen Schuhe erlaubten, offensichtlich beflügelt von dem Bedürfnis, jemanden im Innern des Anwesens ungesäumt Mitteilung zu machen. Ich wartete eine Weile auf dem dämmerigen Vorplatz, flankiert von Gardisten, die mich still im Auge behielten. Vögel liessen sich hören wie probeweise, irgendwo krähte ein Hahn. Noch war die Sonne nicht aufgegangen, doch auf Dächern und Bäumen, Waffen und Rüstungen lag ein rosiger Schein. Wolkenlosigkeit und Windstille versprachen einen heissen Tag.

Wieder kam jemand aus dem erdfarbenen, flachen Gebäude, wieder jemand in Uniform, und wieder sprach er nicht, sondern machte sich durch Zeichen verständlich. Mir schien, als fordere er mich auf, ihm zu folgen, und während ich noch darüber nachdachte, ob dieser Eindruck trog oder nicht, fühlte ich mich bereits von den Gardisten vorwärtsgeschoben. Wir übertraten die Schwelle, in die in einfacher Mosaikarbeit das Wort *Salve* eingelassen war, durchquerten ein paar leere Räume mit an den Wänden sich hinziehenden Steinbänken, dann einen dunklen Innenhof, den eine alte Eiche fast vollständig verschattete. Der Baum war von gewaltiger Höhe und Dicke des Stamms, armstarke Wurzeln gingen von ihm aus, an verschiedenen Stellen hatten sie die Fliesendecke des Hofes gesprengt und lugten schwarz und gebuckelt daraus hervor. Ein Mann stand dort, offenkundig ein Unbekannter, dem ich aber dennoch bereits begegnet zu sein meinte, unter anderen Umständen, ich könnte nicht sagen wo und wann.

Dieser Eindruck streifte mich flüchtig, ich empfand ihn als irritierend. Der Mann war schlank, hochgewachsen, elegant, doch nicht auf römische Art, eher auf orientalische. Vor allem der schwarze, in Locken gelegte, viereckig gestutzte Bart, dem vertraute Wohlgerüche entströmten, unterschied ihn auf den ersten Blick von all den Glattrasierten um ihn her. Obwohl eindeutig höheren Standes, trug er keine Toga, sondern eine bodenlange gegürtete Tunika aus himmelblauem Gewebe. Als er aus dem Schatten trat und die einzige Ecke des Hofes gewann, in die das Morgenlicht fiel, blitzte es golden an seinem Gürtel.

Er begann in fliessendem Aramäisch zu sprechen. Ob ich der und der sei, ob bei guter Gesundheit, ob gut gereist. Sein Gerede wirkte unbemüht und unbedeutend, die Worte fielen auf mich nieder wie die leichten Tropfen eines Sommerregens, doch stand für mich fest, dass dieser Mann kein Schwätzer war, dass er es sonst vermied, rasch und überstürzt zu reden. Sein Mund war schmallippig, mit leicht abwärts gebogenen Winkeln, unter dem duftenden Bart verbargen sich scharfe Falten. Er sprach das Aramäische leicht und obenhin wie man nur das heimatliche Idiom zu sprechen vermag. Ich hörte eine Weile zu, dann erwiderte ich in der selben Sprache: »Dem Ewigen sei Dank, ich bin gut gereist. Und es freut mich, hier einen Landsmann zu treffen.«

Der Mann kräuselte die Lippen. »Einen Landsmann? Dein Akzent verrät, dass du keiner bist.«

Er sprach jetzt anders als vorhin, aufmerksam und bedacht, vermutlich so, wie er normalerweise sprach, da sich erwiesen hatte, dass ich sein hervorgesprudeltes, verwischtes Gerede verstand, also des Aramäischen mächtig und hierin nicht weiter zu prüfen war.

Ich antwortete: »Ich bin in Rom geboren und aufgewachsen, wie du zu bemerken die Güte hast, aber deshalb nicht weniger ein Landsmann. Auch du lebst fern der Heimat am römischen Hof.«

»Dein Aramäisch klingt angelernt«, entgegnete er. »Zweifellos hattest du gute Lehrer, vermutlich Gefangene von dort. Dennoch hört man heraus, dass du noch nie in der Heimat warst.«

»Du irrst.«

»So? Und wann soll das gewesen sein?«

Ich sagte ihm, wann. Auch dies war eine Frage zu meiner Prüfung. Er nickte, gab sich aber nicht zufrieden. In wessen Auftrag ich dort gewesen sei und mit wem. Er nahm die Antworten schweigend hin, sein Gesicht zeigte keine Regung. Die hochgewölbten

Lider senkten sich über die dunklen Augen und hoben sich wieder. Ihre Rundung wiederholte sich im Schwung der Brauen, die sich an der schmalen Nasenwurzel trafen wie Vogelschwingen, darüber spannte sich in mattem Alabasterton eine hohe, kaum gefurchte Stirn, die nach energischer Denkungsart aussah. Die Nase selbst, stark gebogen, doch ohne jeden Knick oder Höcker, verriet sicheres Gespür für Gelegenheiten. In ausgewogener Symmetrie glitt die Rundung der Wangenknochen in das schwarze Lockenwerk des Bartes. Ein gutaussehender Mann mit einem Anflug von Bedeutung. Einst hatte er Schweres erlebt – die Falten um den Mund sprachen von Qual und Leiden, vielleicht sogar Hunger und Durst –, doch hatten ihm Geistesstärke und Gebet geholfen, darüber hinwegzukommen. Sollte das Himmelblau der Tunika seine Zugehörigkeit zum Priesterstand andeuten?

Einige Minuten fiel kein Wort. Der Mann liess seinen kühlen Blick an mir entlangwandern, einen angesichts der Situation eher beiläufigen Blick, nicht darauf aus, mich zu verletzen. Der Blick verweilte auf dem schlichten Goldreif an meiner Linken und betrachtete ihn prüfend. Dann klappte er wieder kurz mit den gewölbten Lidern und schien mit seiner Meinung über mich fürs erste fertig zu sein.

Indessen hatte sein Interesse an meinem Ring auch meine Aufmerksamkeit auf seine linke Hand gelenkt, und an ihrem Zeigefinger sah ich nun gleichfalls Gold, das Vorrecht eines römischen Ritters. Ich begann zu ahnen, wer dieser Landsmann war. Als unsere Augen sich trafen, las er in den meinen Erstaunen oder Irritation, eine erste Vermutung, wer er sei, und ein befriedigtes Lächeln – das Lächeln eines Menschen, der es geniesst, erkannt zu werden – erschien auf seinen geschwungenen Lippen.

Das Lächeln verschwand, doch der Zwischenfall mochte ihn bestimmen, seinen abschliessenden Sätzen einen freundlicheren Ton zu geben. »Man hat mich gebeten«, sagte er, »mir einen Eindruck zu verschaffen, ob du die Person bist, die man erwartet. Du wirst einsehen, *egregie*, dass eine so lange Abwesenheit Zweifel an deiner Existenz hervorgerufen hat.«

Bei der Nennung meines früheren Titels hatte ich mich leicht verneigt, um zu zeigen, dass ich verstand.

»Ich habe mich davon überzeugt«, fuhr der Himmelblaue fort, »dass es sich bei dir in der Tat um den Fraglichen handelt, und werde entsprechend berichten. Der Imperator ist noch nicht eingetroffen. Sobald er hier ist, wird deine Vorlassung nicht länger auf sich warten lassen.«

Wir standen, wie seit Beginn unseres Gesprächs, wenige Schritte voneinander entfernt. Mein Gegenüber, sonst sparsam mit Gesten, machte beim letzten Satz eine etwas ungefähre Bewegung mit dem rechten Arm, die verbindlich und ermutigend sein sollte, worauf es an seinem Gürtel leise zu klimpern und klappern begann, wie wenn feine metallene Gegenstände gegeneinanderstossen. Schon mehrmals hatte ich es dort aufblitzen sehen, erst jetzt schenkte ich dem Geglitzer einen aufmerksamen Blick. Und was ich dort fand, beseitigte meine letzten Zweifel, wer der Himmelblaue war. An seinem Gürtel hing goldenes Schreibzeug, goldener Griffel, goldgefasstes Wachstäfelchen, ein goldplattierter Behälter für Schreibrohr und Tinte. Nur ein einziger Schreiber – um dessenthalben im ganzen Reich berühmt – besass solches Schreibgerät, ein Gnadenschenk des Kaisers: der frühere Tempelpriester Josephus.

Auf der Stelle fiel mir der Bann ein, den der Heilige Sanhedrin über diesen Mann verhängt hatte. Man hatte in Judäa Strassen aufgerissen, über die er gegangen war, und alles, was an ihn erinnerte, getilgt. Von den Mauern des belagerten Jerusalem war mit Pfeilen auf ihn geschossen worden, man warf Steine nach ihm, wo immer er sich zeigte. Es gab kaum jemanden, den meine unglücklichen Landsleute tiefer verachtet hätten. Jedem Juden auf der Welt war geboten worden, sieben Schritte Abstand zu ihm zu halten.

Ein Ruck ging durch meinen Körper, ich war drauf und dran, zurückzutreten, mich der Nähe des Geächteten zu entziehen. Der Mann erkannte meine Anstalten, seine gebräunten Wangen erblassten, er öffnete leicht die Lippen im sauber ausrasierten Bart. Er stand hoch in der Gunst der flavischen Kaiser, sein Buch über den Krieg in Judäa wurde in aller Welt gelesen und gepriesen, er besass Landgüter, Häuser und Kredit in Rom. Und doch erblasste er bei der Vorstellung, ein anderer Jude könnte vor ihm zurückweichen wie vor einem Aussätzigen. Er sah mich eine Sekunde mit schreckgeweiteten Augen an, ehe er sie in gespieltem Gleichmut schloss.

Als er sie wieder öffnete, hatte ich mich nicht gerührt. Ein Mitgefühl, eine Scheu, mir selbst unbegreiflich, hatte sich meiner bemächtigt und mich festgehalten, wo ich war. Er dankte es mir mit einem leisen Seufzen.

»Friede sei mit dir«, sagte er halblaut und fügte meinen hebräischen Namen hinzu. Ich sah ihm nach, wie er langsam, das Gesicht mir zugewandt, zur Tür des erdfarbenen Hauses ging, unter den Augen der Gardisten und kaiserlichen Offiziere, die uns in atemlosem Schweigen beobachtet hatten.

Wer ein Geheimnis ausstreut, geht um als Verleumder, und mit dem, der den Mund nicht halten kann, lass dich nicht ein …

Wieder wartete ich, diesmal im Hof zwischen den erdfarbenen Wänden. Trotz des Schattens, den die alte Eiche spendete, fühlte ich die aufkommende Hitze des Tages. Die Lage im Windschatten der Hügelkette verschonte den Ort von wilden Stürmen und Wettern, schirmte ihn aber auch gegen eine kühlende Brise aus den Bergen, die an einem solchen Tag Labsal gewesen wäre. Die Luft schien stillzustehen. Ich hörte Hühnergackern und Pferdewiehern, irgendwo hinter dem Anwesen setzte sich ein Wagen in Bewegung. Aus dem Gemäuer selbst drang kein Laut.

Der Offizier, der mich in diesen Hof geführt hatte, stand wieder vor mir, seine Gesichtszüge waren regelmässig, seine Augen lagen im Schatten des blitzenden Helms, seine muskulösen Glieder waren in Metallstreifen, Leinen und Leder gebunden wie bei einem Gladiator. Niemals hätte Nero solche Gestalten um sich geduldet, so viel Eisen und zur Schau gestellte Narben. Der Offizier trottete vor mir her über Schwellen, durch Gänge, Empfangsräume, er bewegte sich schwerfüssig, ein Mann, der lange im Feldlager gelebt hatte, unsichere, fremde Erde unter den Sohlen, die Erde feindlicher Länder und widerspenstiger Provinzen. Judäa, dachte ich, er war in Judäa. Jeder hier war in Judäa, die gesamte Umgebung des Kaisers besteht aus diesen Leuten, sie sind seine Getreuen, die Gefährten seines grossen Sieges. Hinter dem breiten gerüsteten Rücken trat ich durch eine weitere Tür.

Ein Raum tat sich auf, weitläufig wie eine Halle, so dass ich einige Zeit brauchte, ihn mit den Augen zu durchmessen, doch zugleich war er auffallend niedrig, nur einen halben Meter über den Hochgewachsenen spannten sich die dunklen Eichenbohlen, auf denen die Decke ruhte. Der grösste der Anwesenden war der lachlustige Senator, der mich vorhin in Augenschein genommen hatte, baumlang und unerschütterlich stand er in seinen roten Schuhen und lachte mir entgegen. Hier drinnen ging es trotz der frühen Stunde geschäftig zu. Männer in Uniform sassen hinter einem langen Tisch, auf dem Pergamente und Schriftrollen lagen, Landkarten und der Bequemlichkeit halber vom Gürtel gelöste Schwertgehänge. Von Osten fiel Licht durch eine Tür. Man liess mich mitten im Raum stehen, deutlich sichtbar im Lichtstreifen, der von der Tür einfiel, um mich entstand viel leere Luft, weil sich die anderen Anwesenden an die Ränder zurückzogen, in die dämmerigen Ecken oder hinter den langen hölzernen Tisch.

Dort sass jemand, den die anderen mit *perfectissimus* anredeten, mit dem Titel, der Präfekten oder Prokuratoren gebührt, ein vierschrötiger Offizier mit kurzgeschorenem eisgrauem Haar. Er fragte mich kurz und sachlich nach Namen und Stand, nach meinen Aufenthaltsorten während der letzten Jahre, nach meinen Sprachkenntnissen, Studien und Veröffentlichungen. Ich gab all dies zu Protokoll, ein seitlich am Tisch sitzender Aktuarius – gleichfalls in Uniform – schrieb in Schnellschrift nieder, was ich sagte. Man ersuchte mich um Angaben über meinen Schwiegervater, meine Schwäger, meine wenigen lebenden Freunde. Man begann endlich, nach Toten oder Verschollenen zu fragen, in schneller Folge, leidenschaftslos, ohne mir Zeit zum Überlegen zu lassen. Die Fragen gingen ins Seltsame über. Ob ich jemals in Samosata, Edessa, Palmyra oder Larissa gewesen sei, wollte einer der Beisitzer wissen, ein magerer, dünnhäutiger Mann mit schwarzem Haar und durchdringend blickenden, schieferfarbenen Augen. Ich verneinte der Wahrheit gemäss. Ob ich dort Verwandte hätte oder Freunde. Nicht dass ich wüsste, war meine Antwort, sie mochte ein wenig abweisend klingen, ein wenig von oben herab.

Der gelbhäutige Offizier schlug mit der flachen Hand auf den Tisch, dass die Papyri raschelten und die Schwertgehänge sprangen und klirrten. Seine Stimme war hell und scharf.

»Was soll das heissen: ›Nicht dass ich wüsste‹? Antworte klar und mannhaft, *egregie*, wie es sich für einen römischen Ritter ziemt!« Und er fügte einen Satz hinzu, der von den Rändern des weiten Saales mit zustimmendem Gelächter quittiert wurde: »Wir sind hier nicht in der Judenschule!«

Der Vorsitzende wartete das Gelächter ab und hob die rechte Hand. Er bat die Anwesenden um Ruhe und rügte dann mich für die »verunklärende Art der letzten Antwort«. Man habe sich zusammengefunden, um in allerhöchstem Auftrag, auf direkte Anordnung des Imperators und göttlichen Herrschers Titus Vespasianus Augustus, eine Befragung durchzuführen. Der vorgeladene Ritter möge sich hüten, die kaiserliche Untersuchungskommission zu verhöhnen. Im Übrigen bitte er um Disziplin.

Daraufhin rief er den »hier anwesenden *vir clarissimus* Clodius Eprius« in den Zeugenstand, und während mein Herz bei Nennung dieses Namens einen Augenblick aussetzte, um dann laut gegen meine Rippen zu trommeln, trat der baumlange Mann in die Mitte des Raumes, jener Lachlustige, der mich im Hof begutachtet hatte, blieb unweit von mir stehen und erwartete in militärischer Haltung die erste Frage.

»Ist es wahr, *clarissime*, dass du den hier vorgeladenen Ritter von früher her kennst?«

»Bei allen Göttern wahr, *perfectissime*.«

»Wann und wo fand eure erste Begegnung statt?«

Es folgte eine Schilderung der Szene unter Neros Sonnendach, in welcher ein junger Ritter der Leibwache das Missfallen des damaligen Kaisers erregt und einige Minuten in Gefahr geschwebt hatte. Der Vorgeladene sei bei dem Zwischenfall dabei gewesen, hätte aber versucht, den erzürnten Herrscher zu besänftigen und auch später das seine getan, den Vorfall herunterzuspielen. Dies war offenbar die Sichtweise, die man sich in der Familie Clodius Eprius zu eigen gemacht hatte. Der frühere Ritter der Leibwache trug sie im Brustton der Überzeugung vor, wie er gleichfalls überzeugt schien, dass ihm von Neros Seite Gefahr für Leib und Leben gedroht hatte.

»Du bestätigst damit, *clarissime*, dass der Vorgeladene zur Umgebung des damaligen Kaisers gehörte.«

»In gewissem Sinne, ja.«

»Kannst du eine Aussage darüber treffen, welches Amt am damaligen Hof er innehatte?«

»Kein sehr hohes. Er war Sekretär im Hofamt *a studiis*. Er sass manchmal mit dem Kaiser zusammen.«

»Er sass mit dem Kaiser zusammen? Allein?«

»An dem fraglichen Morgen, ja.«

»Erinnerst du dich, *clarissime*, worüber die beiden sprachen?«

»Über Bücher, *perfectissime*, über Verse, ich weiss nicht mehr. Habe mich nie besonders dafür intereressiert.«

»Sie sprachen nicht über den göttlichen Imperator Titus?«

Der Zeuge verstand nicht. Er stutzte, dachte nach, brachte vor, dass der göttliche Imperator Titus zu dieser Zeit noch nicht Imperator, nicht einmal in Rom gewesen sei, sondern Militärtribun in Germanien oder Britannien.

»Gewiss«, bestätigte der Vorsitzende, der sich mit dem jüngeren Clodius Eprius Mühe zu geben schien, ihn so oft es ging mit der Anrede *clarissimus* auszeichnete, ihm ermunternd zunickte, beim Fragen den Kopf neigte, »gewiss war der Imperator Titus damals erst Tribun – er war ja auch noch sehr jung –, aber es wäre doch immerhin möglich, dass sich der seinerzeitige Kaiser auch für einen Tribunen interessiert hat.«

Clodius Eprius gab durch verdutztes Schweigen zu verstehen, dass er es nicht für möglich hielt. Warum sollte sich der Herr der Welt für einen Militärtribunen interessieren, noch dazu für einen, der an einem so weltfernen Ort wie Germanien oder Britannien diente? Andererseits wollte er nichts falsches sagen, nichts, das als Respektlosigkeit gegenüber dem flavischen Kaiserhaus verstanden werden konnte, zur Vorsicht erzogen, wie er war, zudem seinem jetzigen

Herrscher, dem Imperator Titus, von Herzen zugetan. Indessen spürte er, dass auch sein Schweigen ungut wirkte und Antwort von ihm erwartet wurde. Mit verhalten dröhnender Stimme, als rapportiere er einem Vorgesetzten im Feld, brachte er endlich hervor:

»Jawohl, *perfectissime*, das ist möglich. Aber an dem betreffenden Morgen habe ich nichts diesbezügliches gehört.«

Der Vorsitzende wurde nun seinerseits vorsichtig. Mich wunderte die grosse Hochachtung, die man dem jungen Clodius Eprius entgegenbrachte, nachdem mir Matitjahu bei unserem Treffen in Rom erzählt hatte, dass des Senators Onkel und Beschützer, der lachlustige Konsul Clodius Eprius Marcellus, derselbe, der einst überraschend in meiner Morgenaudienz erschienen war, der öffentliche Ankläger und intime Freund Neros, auf dessen kaiserlichen Wink er zahlreiche Grosse vor Gericht gebracht hatte, darunter den beliebten Senator und Stoiker Thrasea Paetus (wofür er von Nero ein Blutgeld fünf Millionen Sesterzien erhalten haben soll), der andererseits als Gönner der Literaten auftrat, etwa des Columella, welcher ihm die berühmte Schrift *De cultura vinearum et arborum* gewidmet hatte, der Mann, dem es nach Neros Sturz gelungen war, obenauf zu bleiben und Freund erst Kaiser Othos, dann der Flavier zu werden, dass dieser rundum Unglaubliche, Unverwüstliche, immer Lachende am Ende doch noch zu Fall gekommen war, kürzlich erst, zwei Jahre zurückliegend, unter der Anklage einer Verschwörung gegen Kaiser Vespasian.

Der Kaiser war bald nach der missglückten Verschwörung eines natürlichen Todes gestorben, so dass Prozess und Aburteilung des älteren Clodius Eprius dem Thronfolger Titus überlassen blieben. Der frühere Konsul kam der Verurteilung zuvor, indem er sich mit einem Rasiermesser die Kehle durchschnitt. Es mutete sonderbar an, den Neffen dieses Mannes unter Titus' Freunden zu sehen. Eigentlich gab es dafür nur eine Erklärung: der Neffe hatte den Onkel beizeiten preisgegeben. Er hatte vielleicht noch mehr getan: ihn angezeigt. Man konnte nicht einmal sicher sein, ob der ältere Clodius Eprius wirklich ein Komplott gegen Vespasian geplant hatte. Eine solche Anklage liess sich fingieren, um einen Missliebigen aus der Welt zu schaffen. Einen – um es genauer zu sagen – dem Prinzen Titus Missliebigen. Der Neffe des Opfers trat als Anzeiger auf, wofür er die Erbschaft und Ehrenstellen am Hof erhielt. Es waren neronische Methoden. Es waren Vorgänge, wie ich sie vom Hof des grossen Sängers in Erinnerung hatte, wo das Beseitigen unliebsamer Personen alltäglich geworden war. Wandelte Titus auf solchen Wegen? Nannte ihn das Volk zu Recht »der zweite Nero«? Denn auch Nero hatte mit guten Vorsätzen begonnen, von kundigen Männern beraten, im Volk beliebt, erst allmählich verwandelte sich das Jünglingsgesicht in eine Fratze des Unheils …

»Andere Personen haben zu Protokoll gegeben«, sagte der Vorsitzende, »der frühere Kaiser hätte den damaligen Militärtribunen und heutigen Imperator Titus Vespasianus mit seinem Argwohn verfolgt. Hast du, *clarissime*, seinerzeit davon gehört?«

»Es wurde verschiedenes geredet, *perfectissime.* Aber wer hört auf dergleichen? Am Hof jedes Kaisers gibt es böse Zungen, darauf kann man nichts geben …« Der jüngere Clodius Eprius sah sich im Kreise um, mit einem Audruck so glaubhafter Herrschertreue, dass die Männer am Tisch zu nicken begannen, der Vorsitzende und der mit dem gelben Gesicht, schliesslich auch der Dritte, der dort sass, ein schläfriger alter Senator in der Toga mit dem breiten Purpurstreif, der einzige nicht uniformierte Mann im Raum.

»Unter dem, was da geredet wurde«, fuhr der Vorsitzende dennoch fort, unbeirrbar in seiner Wissbegier, wenn auch mit gesenkter Stimme und sichtlich auf der Hut, »unter den Gerüchten, die am Hof umgingen, gab es da auch Erklärungen, warum der damalige Kaiser den Militärtribunen … nun, sagen wir, nicht gemocht haben könnte?«

»Der frühere Militärtribun und jetzige Imperator«, erwiderte Clodius Eprius, und seine Stimme klang drohend, »war damals wie heute allgemein beliebt, voller Güte und Milde gegen jedermann. Ich kann mir nicht vorstellen, warum ihn jemand nicht gemocht haben sollte.«

»Selbstverständlich, *clarissime.*« Der Vorsitzende liess einige Augenblicke verstreichen, in denen er nichts anderes tat als mit dem Kopf nicken, viele Male, leicht vornübergebeugt, die Hände auf der

Tischplatte. Er machte eine kurze Pause, ehe er weitersprach. »Nur wären doch, angesichts eines so beliebten, begabten, in jeder Hinsicht von den Göttern bevorzugten jungen Mannes, wie unser Imperator Titus Vespasianus Augustus von jeher gewesen ist, auch Regungen der Eifersucht denkbar, zumal von seiten eines Herrschers, den die ehrwürdigen Väter Senatoren zum Feind des Vaterlandes erklären mussten, der bedauerlicherweise mehr als einen würdigen Mann unter ungerechten Anschuldigungen ...«

Der Vorsitzende senkte den Kopf als sei er beschämt über das, was auszusprechen ihn seine Rolle zwang, seine Stellung als Vorsitzender einer kaiserlichen Untersuchungskommission, die um jeden Preis die Wahrheit herauszufinden hatte. Clodius Eprius gab durch Nicken zu verstehen, dass er diese Lage verstand. Auch er seufzte kurz. »Vielleicht«, begann er dann, mit gerunzelter Stirn und sichtlichem Zögern, »vielleicht wäre so etwas denkbar, ja.«

»Danke. Eine allerletzte Frage. Ist jemals ein Gerücht zu deiner ehrenwerten Kenntnis gelangt, eine Wahrsagung betreffend, genauer gesagt, den Spruch eines griechischen Stirnbetasters, der dem göttlichen Imperator Titus schon als Knaben das Diadem des Herrschers verhiess?«

»Nie davon gehört, *perfectissime*. Bedauere.«

»Danke, *clarissime*. Die kaiserliche Untersuchungskommission dankt dir für deine Geduld und Aussagebereitschaft. Wir wollen dich selbstverständlich nicht länger als nötig aufhalten.«

Der jüngere Clodius Eprius riss den rechten Arm in die Höhe, drückte die Wirbelsäule durch und blieb einen Augenblick so stehen, dann nahm er schnellen Schrittes seinen Abgang. Als er an mir vorüberging, wandte er mir sein rundes, dunkles, derbhäutiges Gesicht zu und sagte beiläufig, dennoch gut hörbar für die hinter dem Tisch sitzende Kommission: *»Bono animo, amice.«*

Ich erinnerte mich sofort: es waren die selben Worte, die mir der Senator Petronius zugeflüstert hatte, bevor wir in das Abenteuer mit der Tempelmauer gingen, an jenem kalten Frühlingsabend in Neros Palast, kurz bevor mich Kaiserin Poppäa Sabina einer ersten Anrede würdigte. Ich empfand eine ähnliche Sensation wie damals. Clodius Eprius konnte von den Worten des Petronius nicht wissen, und wenn er die selben wählte wie dieser, war es das, was viele Menschen »Zufall« nennen, in Wahrheit ein Zeichen. Meine Zuversicht kehrte zurück, als stünde mir eine Zukunft bevor, freies Aufatmen an einem fernen, lichterfüllten Ort. Vielleicht ist es der Tod, dachte ich. Viele haben ihn eine Befreiung genannt, ein Übergehen ins Licht. Ich rührte mich nicht, riskierte kein Lächeln oder Seufzen, doch fand der gelbhäutige Beisitzer etwas in meinem Gesicht, das ihn seinerseits schief lächeln liess.

»Ich ordne jetzt eine Frühstückspause an«, erklärte der Vorsitzende und erhob sich mit Tatkraft. Ein herbei eilender Adjudant legte ihm das Schwertgehänge an. Der Raum leerte sich, bald hörte ich nur noch die Stimmen der sich durch den Korridor entfernenden Offiziere.

Man führte mich in ein kleines weissgetünchtes Zimmerchen, in dem nichts stand als ein Bett, ein Tisch und ein Hocker, und wo sich gleichfalls, schlaff in einer Ecke lehnend, mein fast leerer Proviantsack fand. Als ich ihn auspackte, konnte ich mich des Eindrucks nicht erwehren, dass er durchsucht worden war. Einen Gegenstand nach dem anderen nahm ich heraus und legte ihn auf die hölzerne Platte des Tisches. Da waren der silberne Becher und Teller, das Besteck, der leere Weinschlauch. Schliesslich die kleine Schriftrolle mit den mosaischen Büchern. In dieser wollte ich eben zu lesen beginnen, als ein Offizier eintrat und einen verschlossenen Korb auf den Tisch stellte.

»Guten Morgen, *egregie*«, sagte er. »Der Ritter Flavius Vespasianus Josephus schickt dir von seinem Frühstück.«

Wer? wollte ich fragen. Doch ich wusste die Antwort, ehe die Frage über meine Lippen kam. Flavius Vespasianus Josephus war der römische Name des früheren Tempelpriesters Josef ben Matitjahu, der Name eines Freigelassenen, ein Name, bestehend aus zweien, aus dem eigentlichen Namen und, diesem vorangestellt, dem seines früheren Eigentümers. Josephus, der überlebende Kommandant der Festung Jotabah, war von Kaiser Vespasian zum Gefangenen gemacht, in Ketten gelegt und mit diesem Namen gezeichnet worden, dadurch als ehemaliger Sklave erkennbar, wie hoch er auch immer am römischen Hof aufsteigen mochte.

»Ich bin beauftragt hinzuzufügen«, sagte der Offizier, »dass alle Speisen für den Ritter Josephus nach den Reinheitsvorschriften der judäischen Küche zubereitet werden.«

Der Bann, dachte ich, und starrte auf den Korb. Dieser Mann ist mehr als tot. *Cherem*, der Auschluss von der Torah-Lesung, vom gemeinsamen Gebet, von der gemeinsamen Mahlzeit. Aber er handelte wie einer, der noch dazugehörte. Er stand einem Landsmann bei. Er vergass nicht, was es hiess, ein Gefangener zu sein, ein gefangener Jude, der immer und überall versuchen soll, die Gebote zu halten.

»Danke.« Ich hob den Kopf und sah den Offizier an. »Übermittle dem Ritter Josephus meinen tiefempfundenen Dank.«

Und wenn du zu dem Ewigen, deinem Gott zurückkehrst und auf seine Stimme hörst, ganz so wie ich dir heute gebiete, du und deine Kinder, mit deinem ganzen Herzen und deiner ganzen Seele, dann wird der Ewige, dein Gott, dein Geschick wenden und sich deiner erbarmen …

So ging es in den nächsten Tag weiter, stundenlanges Anhören von Zeugen, wenige Ruhestunden in der weissgetünchten Kammer, Mahlzeiten, die mir der Offizier brachte, Lesen und Gebet. In den Nächten schlief ich tief und traumlos. Der Ort war still, die Luft gesund. Ich hatte aufgehört, nach dem Sinn dieser Untersuchung zu fragen, die man unter grossen Aufwand anberaumt hatte und die dennoch nicht recht vom Fleck zu kommen schien, in der immer wieder, von verschiedenen Zeugen, die gleiche Geschichte erzählt wurde: dass Kaiser Nero den jungen Tribunen Titus mit Argwohn verfolgt, gehasst, bespitzelt, um sein Leben zu bringen versucht hätte, und dass ich einer von Neros nahestehenden Freunden gewesen sei.

Die meisten Zeugen waren mir unbekannt. Es handelte sich um frühere Bedienstete am Kaiserhof, um ehemalige Leibwächter, Gärtner, Bademeister, Mundschenken, Musikanten, sogar der ehemalige Aufseher der kaiserlichen Raubtierkäfige war darunter, ein nubischer Freigelassener mit ergrautem Wollhaar und einem goldenen Ring im Ohr. Es waren Menschen, die der Kaiser und seine Freunde nicht als solche wahrgenommen hatten, eher wie Gegenstände oder Schatten, die aber allesamt vom Ewigen Gott mit Gehör und Gesicht, Gefühl und Gedächtnis begabt worden waren, die zu lauschen und zu beobachten, nachzudenken und sich zu erinnern vermochten, die über eine Zunge, eine Sprache, einen Willen verfügten und jetzt, da der kaiserliche Geheimdienst sie irgendwo aufgespürt hatte, ihre Eindrücke vom Hof des letzten julischen Herrschers in Worte fassten.

Mir schien, dass diese Leute die Wahrheit sagten. Für sie stand kaum etwas auf dem Spiel, ihre eigene Rolle in den geschilderten Szenen und Zwischenfällen war unverfänglich, bestand in Lampenhalten, Wachestehen, Frottieren oder Wege Harken, auch hatten sie meist nur Bruchstücke des Geschehens mitbekommen, da Nero sich viel bewegte, ständig seine Umgebung wechselte, in abgerissener, sporadischer Weise Gespräche führte. Ich sass stundenlang dabei, ohne mich zu langweilen, hörte Geschichten, die mir teils bekannt, teils in nebelhafter Erinnerung, teils vollkommen neu waren, erlebte Nero und seine Freunde, darunter dann und wann auch mich. Zum ersten Mal sah ich die glänzenden Paläste, wasserreichen Bäder und Zaubergärten aus der Perspektive derer, die sie bewacht, in Betrieb gehalten, gereinigt hatten, erfuhr, was hinter den Kulissen des ewig laufenden Riesenbetriebs vor sich gegangen, wie man dort gedacht, gefühlt und die Grossen des Reiches beurteilt hatte, nach welchen Gesichtspunkten, mit welchen Gefühlen.

Ich war so beschäftigt mit Zuhören und Zuschauen, dass ich die drückende Hitze nicht spürte, unter der einige der Militärs und Hofleute zu leiden schienen – in Eisen und Leder, wie sie aus mir unersichtlichen Gründen selbst in Friedenszeiten und am Kaiserhof sich kleiden zu müssen meinten – oder der alte Senator am Tisch der Untersuchungskommission, den die Fliegen belästigten und der gelegentlich, in einer von seiner Schläfrigkeit seltsam abstechenden Wut, mit Papyrusblättern oder Schriftrollen herumfuchtelte, um sich ihrer zu erwehren. Meist war es still im Raum, bis auf die Stimme des eben Redenden. Stunden gingen so dahin, Morgenstunden, Vormittage, Nachmittage, einem Uhrzeiger gleich wanderte der von der östlichen Tür her einfallende Lichtstreifen über die groben Fliesen des Fussbodens. Ich hörte auf, die Tage zu zählen, ich vergass, wie lange es her war, seit wir uns aus meiner Fluchtburg am Meer nach Rom, von dort hierher aufgemacht hatten, wie lange ich inzwischen hier sass und hörte, in dem weissgetünchten Raum meine Nächte verbrachte, meine Torah-Abschnitte las, meine Mahlzeiten gereicht bekam.

Mir blieb viel Zeit für eigene Gedanken. Die Aussagen waren episodisch und weitschweifig. Versunkene Alltagsbilder wurden beschworen, zeremonielle Regelungen eines untergegangenen Hofes. Personen wurden erwähnt, an die sich kaum jemand erinnerte oder erinnern wollte ... Was war wirklich während meiner römischen Jahre geschehen? Was davon hatte ich wahrgenommen? Kaiser, Hof und Quiriten kümmerten sich – wie Zeitgenossen meist – nur wenig um die Vorgänge, in denen die Bedeutung der Epoche gelegen haben soll. Sie sassen beim Wagenrennen, badeten, tafelten, kosten mit ihren Sklavinnen. Während all dies dem Augenschein nach ihre Wirklichkeit war, geschah im Verborgenen, was uns bis heute bewegt: der Tempel in Jerusalem wurde reif für seinen Sturz, aus dem heimgesuchten Volk ging eine Sekte hervor, das Gesetz unserer Bücher ergriff über diesen Umweg die Völker der Erde. Und unser Volk selbst, das über die Welt verstreute, blieb erhalten gegen alle Wahrscheinlichkeit. Nur wenige ahnten die Tragweite der Ereignisse, der hellsichtige Seneca etwa, der das Ende der römischen Götter voraussah und die geheime Macht der Besiegten über ihre Sieger: *victi victoribus leges deterunt* ...

Auch über mich sprachen die Befragten dann und wann, ohne dass sie der Kommission neue Aufschlüsse über meine Rolle als »dem Kaiser nahestehender geheimer Berater« zu geben imstande waren, auf welche Bezeichnung sich die Untersuchungskommission hypothetisch geeinigt hatte. Laternenträger, Tänzerinnen, Leibwächter, Aufwärter berichteten übereinstimmend, ich hätte mit dem Kaiser über Schriftrollen gesessen, Gedichte rezitiert und vergleichende Sprachstudien getrieben, sei eher selten am Hof gesehen worden, ab einem bestimmten Zeitpunkt gar nicht mehr, und einer der Harmloseren unter den kaiserlichen Freunden gewesen, zerstreut und geistesabwesend, manchmal anteilnehmend, indem ich etwa einen alten Gärtner nach einer seltenen Pflanze gefragt oder einem Notarius meine Begeisterung über ein besonders gelungenes Schriftblatt bekundet hatte.

Manchmal glaubte ich eine Person zu erkennen, obwohl seit meiner Begegnung mit ihr viele Jahre vergangen waren. So ging es mir mit einem Menschen von Mitte Dreissig mit gutgeschnittenen, wenn auch verlebten Gesichtszügen, über der Stirn sich lichtendem, gelockten Blondhaar und frech umherblickenden grünen Augen. Von seiner Ausstrahlung her meinte ich sofort zu wissen wer er war. Dann befielen mich Zweifel. Konnte dieser nicht hässliche, aber auch nicht gut aussehende Mann mit den scharfen Falten um Mund und Augen, der matten Haut und den schadhaften Zähnen, dieser etwas schlaffe Dreissiger in eleganter Tunika und Schuhen aus farbigem Leder, Neros ehemaliger Liebling, der Mundschenk Pythagoras sein? Die Antwort fiel nicht leicht, weil der Betreffende mit einem anderen Namen, dem eines kaiserlichen Freigelassenen, angeredet wurde, und weil er – offenbar bereits ein wenig kurzsichtig – längere Zeit brauchte, bis er mich im Halbdunkel des nachmittäglichen Raumes erkannte. Als er aber, nach mehrfachen suchenden Umherstreifen der grünen Augen, endlich sicher zu sein meinte, sandte er mir quer durch den Saal ein ermutigendes Grinsen, wie damals, als ich bei Nero in Ungnade geraten und er einer meiner letzten Fürsprecher war.

Die Vernehmung ging in seinem Fall in indezente, den Zeugen beschämende Fragen über, doch er hielt sich gut. Sein Verhältnis mit Nero hätte schon einige Zeit vor dessen Sturz ein undramatisches Ende gefunden, verursacht durch Überdruss von Seiten des Kaisers, der ihn freiliess und finanziell auf eigene Füsse stellte, um ihn nicht mehr sehen zu müssen. Pythagoras hatte daraufhin ein Wandertheater gegründet und war mit diesem durch die italischen Lande gezogen. Seine Aufführungen wären vom ersten Tage an ausverkauft gewesen, da man zahlreich herbeiströmte, um Neros früheren Geliebten zu sehen, ausserdem, weil sein Lehrer der berühmte Halityrus gewesen, ein noch heute unvergessener Schauspieler. Er habe sich, als Nero ums Leben kam, eben in Calabrien befunden, was seine gesamte Theatertruppe bezeugen könne. Seine Antworten waren kurz und zeigten das Selbstbewusstsein eines in seiner Sphäre geachteten Mannes. Nein, er war nicht nach Rom geeilt, um eventuelle Legate des Kaisers entgegenzunehmen, obwohl dieser ihm solche versprochen hatte, er war weiter mit seinem Theater durch Calabrien gereist. Er hatte folglich auch den Leichnam Neros nicht gesehen und konnte keine Hinweise geben, ob der frühere Kaiser wirklich zu Tode gekommen oder möglicherweise noch irgendwo am Leben war.

Die Kommission interessierte sich für die Besitztümer des Zeugen und nötigte ihn, darüber Angaben zu machen: ein Stück Land, eine Villa, aber nichts Gigantisches oder Aufregendes, nichts, das zu weiterem Inquirieren Anlass gab, keine Paläste oder Riesengüter mit Tausenden Arbeitskräften in Sklavenställen, wie sie etwa Neros Günstlinge Menekrates, der Kitharaspieler, oder Spiculus, der Schaufechter, ihr eigen genannt hatten, was beide schon unter Neros kurzlebigem Nachfolger Galba den Kopf kostete. Pythagoras hatte sich zu bescheiden gewusst, deshalb lebte er und erfreute sich seiner Freiheit. Warum er nicht auf seinem Gut Aufenthalt nehme, wollte der Vorsitzende wissen, wie ein ehrbarer Landwirt und Grundbesitzer, sondern mit einer Schauspieltruppe in der Gegend umherziehe. Ob er Frau und Kinder hätte, fragte der magere Beisitzer, und in seiner Stimme war eine Spur von Hohn.

»Sicher«, antwortete der frühere kaiserliche Sklave. »Warum denn nicht? Drei Kinder habe ich. Und was das Umherziehen betrifft: es macht mir Freude. Italien hat wunderschöne Landschaften.«

Darüber wurde in den dunklen Tiefen des Saales zustimmend gelacht. Auch der Vorsitzende zeigte ein kurzes Blecken der Vorderzähne, was offenbar bei ihm das Lächeln darstellen sollte.

»In Syrien bist du nicht gewesen auf deinen Wanderungen?« fragte der magere Beisitzer.

»Nie im Leben.«

»Keine Reisen in den Osten?«

»Nein.«

»Obwohl dein früherer Herr, der Kaiser, den Osten so besonders geliebt haben soll.«

»Das mag sein. Aber ich kann nicht jeder seiner Vorlieben folgen. Es waren deren einfach zu viele.«

Auch darüber wurde gelacht. Der schläfrige alte Senator zeigte zum ersten Mal Interesse an der Verhandlung, richtete sich in seinem Lehnstuhl auf, hob die Brauen, und seine blassen, kühl blikkenden Augen waren weit offen. Er gab zu erkennen, dass er die Gabe einer witzigen Rede zu schätzen wusste.

»Du scheinst mit dem Ritter hier auf gutem Fuss zu stehen«, sagte der Magere und wies mit der sehnigen Hand in meine Richtung, »Eure Begrüssung vorhin könnte man herzlich nennen. Ist es, weil der Kaiser ihn so über alles schätzte?«

»Es ist eher, weil dieser Mann tatsächlich schätzenswert ist. Im übrigen mochte ihn der damalige Kaiser gar nicht besonders.«

»Das ist uns neu.«

Hierauf kam keine Antwort.

»Das hören wir zum ersten Mal«, wiederholte der Beisitzer. »Wie könnte der damalige Kaiser den Ritter nicht gemocht haben, wo doch zahlreiche Zeugen vor dieser Kommission bestätigt haben, dass ebendieser Ritter vom Kaiser immer wieder vertraulicher Gespräche gewürdigt wurde, sogar solcher unter vier Augen? Ich bitte das festzuhalten«, und er wandte sich an den gebeugt sitzenden, unentwegt schreibenden Aktuarius an der Schmalseite des Tisches, »ich bitte im Protokoll festzuhalten, dass sich der Zeuge im Widerspruch zu allen bisherigen Aussagen befindet.«

»Ich habe nicht gesagt, dass er ihn nicht mochte, sondern dass er ihn nicht besonders mochte«, antwortete der frühere kaiserliche Mundschenk. »Ausserdem ist die Frage, wie sehr er ihn mochte, von vergleichsweise geringer Bedeutung, angesichts der Tatsache, dass er ihn brauchte.«

»Ah. Ihn brauchte … Wozu?«

»Der frühere Kaiser war ein Mann des Theaters. Nichts interessierte ihn sosehr wie seine künstlerischen Projekte. An ihnen arbeitete er Tag und Nacht.« Der ehemalige Mundschenk wandte sich nun geradewegs an den alten Senator, in dem er anscheinend, seit dessen Gesicht einen munteren, angeregten Ausdruck angenommen hatte, einen früheren Bekannten wiedererkannte. »Alle, die am damaligen Hof verkehrten, wussten darum. Der Ritter war dank seiner grossen Kenntnisse in Sprache, Literatur und Verskunst mehrerer Völker einer seiner unentbehrlichen Ratgeber.«

»Nun, die Verskunst ist sicher eine wichtige Sache …« erklärte der magere Beisitzer. Es klang spöttisch, doch er lächelte nicht. »Deshalb, sagst du, brauchte er ihn? Nicht etwa, um mit ihm das Schicksal anderer Menschen am Hof zu erörtern?«

»Lass gut sein, *egregie*«, sagte plötzlich der alte Beisitzer zum Mageren, mit einer redegewohnten, salbungsvollen Stimme von unerwarteter Tiefe und Kraft. »Was dieser Mann sagt, ist wahr. Ich kannte den Hof des verblichenen Kaisers und fühle mich um der Wahrheit willen veranlasst, die Aussage des Zeugen zu bestätigen. Bitte auch dies ins Protokoll.«

Der Magere gab sofort nach. Er lächelte, machte im Sitzen eine Verbeugung und rang sich ein paar verbindliche Worte ab, wobei er den Senator mit *ornatissimus* anredete, einem Titel, der wenigen Würdenträgern zustand, früheren Prokonsuln und Statthaltern, und der mich in wiedererwachender alter Gewohnheit zu Überlegungen veranlasste, wer der schläfrige Beisitzer sein mochte. Ich erinnerte mich seiner nicht von Neros Hof. Er sprach mit der Modulation eines geschulten Orators, vielleicht sogar eines öffentlichen Anklägers.

»Noch Fragen an den Zeugen, *ornatissime*?« erkundigte sich der Vorsitzende, indem er den Oberkörper dem alten Beisitzer zuwandte und gleichfalls eine Verbeugung im Sitzen andeutete.

Der Alte nickte begütigend, mit geschlossenen Augen, und wandte sich nun seinerseits an den früheren Mundschenk:

»Der Ritter war bekanntermassen ein Ratgeber des damaligen Herrschers in künstlerischen Fragen. Schliesst das aber – theoretisch gesehen – die Möglichkeit aus, das er, von solchen *topoi* inspiriert, dem Kaiser auch in anderen Fragen zur Seite gestanden hat?«

Der Mundschenk geriet zum ersten Mal während des Verhörs in Verlegenheit. Er errötete sogar. Die Frage war so allgemein, so scheinbar nichtssagend formuliert, dass er sie am liebsten unbeantwortet gelassen hätte wie vorhin eine ähnliche, doch nachdem ihm der Alte eben gegen den gelbgesichtigen Offizier zu Hilfe gekommen war, fühlte er sich zu einer Entgegnung verpflichtet. Er schien überdies zu wissen, wer der alte Senator war, mehr noch, er schien ihn zu fürchten. Mit der Selbstdisziplin eines Schauspielers nahm er sich zusammen und anwortete heiter: »Am Hof des Kaisers Nero war so gut wie alles möglich, wie *ornatissimus* sich gütigst erinnern werden.«

»Meine Kenntnis dieses Hof war nicht annähernd so intim wie die des Zeugen«, erwiderte der Alte und setzte zu dieser Feststellung eine betrübte Miene auf, als dauere es ihn tatsächlich, Nero nicht so nahe gestanden zu haben wie sein damaliger Mundschenk. »Darf ich die Gelegenheit wahrnehmen, einen so kundigen Mann nach etwas zu fragen, was mich schon lange beschäftigt? Es hat mit dem Führungsstil des vormaligen Kaisers zu tun.« Er liess unvermutet seine volle Stimme ertönen, das geschulte Organ eines Rhetors, der gewohnt ist, lange Reden zu halten, im Senat, auf dem Forum, vor Gericht. »Hältst du es für denkbar, *liberte*, dass der in Rede stehende frühere Kaiser Angelegenheiten von Bedeutung für Stadt und Reich auch mit Menschen besprach, die dazu nicht befugt waren? Hat, um das nächstliegende Beispiel zu nennen, der Kaiser jemals mit dir über solche Angelegenheiten gesprochen?«

Die Anrede *libertus,* Freigelassener, sollte den Mundschenken daran erinnern, dass er ein geborener Sklave war, ein Staubkorn, ein Nichts verglichen mit den Männern, denen auf Ehre und Gewissen zu antworten er vor diesem Tische stand. Der zweite Teil der Frage enthielt die Drohung, bei Gelegenheit auch seine Rolle am Hofe Neros näherer Betrachtung zu unterziehen, also auch gegen ihn eine Untersuchung einzuleiten. Der Mundschenk legte sein Gesicht in Falten tiefen Nachdenkens, als müsse er sich auf Fernliegendes besinnen, als ginge er in Gedanken Szenen und Bilder durch, Augenblicke des Alleinseins mit dem verblichenen Nero, eine stumme, mimische Darbietung, die einen gewissen Eindruck auf die Anwesenden machte. Immerhin handelte es sich bei dem Mann, dessen der Mundschenk gedachte, um einen römischen Kaiser, einen dem jetzigen Imperator unliebsamen zwar, aber dennoch einen Gottessohn, Caesar Augustus und Herrscher Roms und der Welt. Stille war, als der Zeuge in Erinnerung versunken vor dem langen Tisch der Vernehmer stand, Stille, als er den Mund öffnete und sprach: »Ich will dem ehrwürdigen Fragesteller in geziemender Demut und ungesäumt antworten, dem hochedlen *vir ornatissimus* und früheren Konsul Junius Vibius Crispus, dem Freund des Gottes Vespasian und seines göttlichen Sohnes, des Imperators Titus ...«

Der Konsular hörte ihn mit freundlicher Miene an. Ein kurzes Flackern in seinen Augen verriet, dass er des Mimen Taktik durchschaute: die Nennung seines Namens als mir zugedachte Warnung. Junius Vibius Crispus war ein bekannter Mann, wer am römischen Hof gelebt hatte, musste sich auf ihn besinnen. Der schläfrige, sich sanftmütig gebende Beisitzer war erkannt und enttarnt, als der frühere Ankläger und Anzeiger, der Redner in zahlreichen Prozessen, als ein früherer Grosser, der schon unter Kaiser Claudius das Konsulat bekleidet hatte, sich jedoch unter Nero zurückhielt und nichts als *curator aquarum*, Vorsteher der Wasserleitungen und Aquedukte war, welches Amt er durch alle Stürme des Drei-Kaiser-Jahres beibehielt, sogar, was noch mehr überraschte, unter Vespasian. Schon in meinem Städtchen am Meer war mir von einem Besucher mitgeteilt worden, dass Vibius Crispus noch immer am Hof und unter den Freunden der flavischen Kaiser sei.

Vielleicht verdankte er sein Überleben einer Ausstrahlung von Unscheinbarkeit, ja Unbedarftheit, die er bisher auch hier um sich verbreiten gewusst hatte, begünstigt durch ein nichtssagendes Aussehen, besonders dann, wenn er in vorgeblicher Schläfrigkeit die durchdringend blickenden hellen Augen schloss, die sein einziges auffallendes Merkmal bildeten. Der Mangel an Bedeutung seines Äusseren wurde durch eine gewaltige und eindrucksvolle Stimme wettgemacht, mit der er schon als junger Quästor das Forum und ganz Rom in Atem gehalten hatte. Wahrscheinlich wäre er im Falle ärmerer oder niederer Geburt zum Theater gegangen, womöglich Sänger geworden, Schauspieler oder Orator. Es sprach für seine

Klugheit, dass er derlei niemals versucht hatte, auch zu Neros Zeiten nicht, als es unter Söhnen grosser Häuser Mode war: die Wahrscheinlichkeit seines Überlebens wäre dann sehr viel geringer gewesen. Er fand andere Möglichkeiten, seine oratorischen Gaben einzusetzen, indem er eine weniger gefährliche Bühne betrat, die des Tribunals. Die Kaiser, unter denen er diente, hatten keine Zeit oder nicht die geeignete Stimme, um selbst Ehrgeiz als Redner vor Gericht zu entwickeln, weshalb ihn von ihrer Seite nicht nur keine Eifersucht traf, sondern Dank, wenn er ihnen seine Fähigkeiten lieh. Dabei blieb er zeitlebens ein Verehrer des Schauspiels, dessen Entwicklung er mit wehmütiger Sachkenntnis verfolgte und dessen herausragende Gestalten, etwa Halityrus, er gern in sein Haus einlud und auf jede Weise begünstigte. Soweit ich wusste, war er sehr reich, sein Wirken als Ankläger hatte ihm ein enormes Einkommen beschert.

Diesen Mann hatte der frühere Mundschenk als »hochedlen *vir ornatissimus* und früheren Konsul Junius Vibius Crispus, den Freund des Gottes Vespasian und seines göttlichen Sohnes, des Imperators Titus« angeredet, ihn somit gepriesen und zugleich preisgegeben – wer konnte wissen, ob es die Rache des in die Enge Getriebenen war, wenn er des Anklägers Inkognito lüftete, oder die Verehrung eines Schauspielers für den bekannten Mäzen des Theaters? Es blieb ungewiss, in der Schwebe. Man sann im Saal darüber nach, wie es gemeint sein könnte, als der Mundschenk hinzufügte, wiederum mit feinem Gespür, wieweit er bei dem mächtigen Konsularen gehen durfte:

»Die an mich gestellte Frage lautete, ob der vormalige Kaiser jemals Unberufene in Entscheidungen von reichswichtiger Tragweite eingeweiht hat, Entscheidungen, Hochgeborene betreffend, also ehrwürdige Väter, ihre Häuser und Angehörigen, oder römische Ritter von Geblüt. Die Antwort, soweit sie mich betrifft, *ornatissime*, ist Nein. Über manches sprach der Verblichene zu mir, auch über Persönliches«, und er senkte seine vom ständigen Schminken geröteten Lider schamhaft über die grünen Augen, »niemals jedoch über die Schicksale der Grossen. Ich kann es mir auch in anderen Fällen nicht vorstellen. Der verstorbene Kaiser mochte nicht immer die hohen Ansprüche der Römer an ihren Herrscher erfüllen, doch er hat keinen Augenblick seines Lebens vergessen, dass er der Ur-Urenkel des grossen Augustus war.«

Diese Erklärung löste Gefühle aus, man hörte Räuspern im Hintergrund, der Vorsitzende der Kommission zeigte einen bärbeissigen Gesichtsausdruck, um seine Rührung zu verbergen. Der Schauspieler ging noch einen Schritt weiter und wandte sich bei dem folgenden Satz auch pantomimisch, durch Hinwenden seines geschmeidigen Körpers in der Tunika, an den alten Konsularen: »Sogar mein verehrter Meister, der unvergessene Halityrus, wurde bei all seiner Nähe zum verstorbenen Kaiser niemals, wie er mir selbst anvertraute, in derlei Entscheidungen einbezogen.«

Der alte Ankläger sah versonnen vor sich hin. Er hatte bei der Wendung »der unvergessene Halityrus« sichtlich ergriffen mit dem weissharigen Kopf genickt und dadurch zu verstehen gegeben, dass er Römer war und seinen Freunden die Treue hielt. Und noch etwas mussten ihm des Zeugen Worte ins Gedächtnis gerufen haben: den Umstand, dass dieser ein Schüler und Protektionskind des Halityrus war und nach römischem Ehrenkodex auch den Schutz von Halityrus' Freunden verdiente, mithin auch seinen, des früheren Konsuls Schutz, soweit angemessen und rechtens, zumindest aber sein hilfreiches Wort. Niemandem im Raum konnte entgangen sein, dass der Konsular über den früheren kaiserlichen Liebling verärgert gewesen war, über seine frechen Antworten an die Mitglieder der Untersuchungskommission, so dass er seine Geburt als Sklave zu erwähnen für nötig befunden hatte, doch nun sah es aus, als sei diese Regung verflogen und an ihre Stelle Mitgefühl mit dem Zeugen getreten, mit dem verwaisten Schüler des Halityrus, der von neuem der Protektion eines Grossen bedurfte.

Auch ich war ergriffen. Der Auftritt des früheren Mundschenks hatte mich entlastet und die Absichten der kaiserlichen Kommission durchkreuzt. Es würde nun um einiges schwerer fallen, mich dessen zu überführen, was mir offenbar zur Last gelegt werden sollte: heimliche Beeinflussung Neros gegen Grosse des Reiches, womöglich gegen den damaligen Tribunen Titus. Mit pochendem Herzen hatte ich den Fragen der Kommission gelauscht, aus denen sich diese Absicht heraushören liess, mit noch grösserer Erregung den Antworten des Mannes, der einst unter dem Namen Pythagoras Neros Mundschenk und Liebling gewesen war. Entschieden hatte dieser Mann Nein gesagt zu allen Verdächtigungen, und da bisher kein Zeuge klar gegen mich aufgereten war, stand die Sache der Anklage bedeutend schlechter als zuvor.

Wenn dies den alten Konsularen Vibius Crispus – ergriffen von Reminiszenzen an den »unvergessenen Halityrus« – wenig zu beschäftigen schien, bewegte es den gelbgesichtigen Beisitzer umso mehr. Er hatte das Komödienspiel über sich ergehen lassen, seinerseits ganz unempfänglich für dessen Wirkungen, und bei Nennung des Namens Halityrus gleichfalls genickt, wenn auch auf andere Weise als Vibius Crispus. Alarmiert, aufgeschreckt fuhr sein magerer, pergamenthäutiger Kopf mit dem glatt anliegenden schwarzen Haar in Richtung des Redenden, er hörte dessen letzte Sätze zu Ende an und ergriff sofort darauf das Wort: »Eine Frage noch. Der Name Halityrus ist gefallen. Handelt es sich um den bekannten jüdischen Schauspieler?«

»Um den Schauspieler, ja.«

»Der Genannte gilt als verschollen. Kann der Zeuge Angaben zum Schicksal dieses Mannes machen?«

»Ich bedauere, *egregie*.«

Der Gelbgesichtige wandte sich vom Zeugen ab und sagte, an den Vorsitzenden und Vibius Crispus gerichtet: »Der Fall, den uns der göttliche Imperator Titus zu untersuchen beauftragt hat, betrifft nicht nur das mögliche Mitwirken des vorgeladenen Ritters an der betreffenden Angelegenheit, sondern aller Personen, die denkbarerweise an ihr beteiligt sind, also der früheren künstlerischen Ratgeber des vormaligen Kaisers Nero, die dem in Edessa, Larissa, Palmyra und anderen Städten vagierenden Abenteurer, der sich für jenen Kaiser ausgibt und den Frieden des Reiches bedroht, mit ihren Kenntnissen zur Seite stehen oder ermutigend auf ihn einwirken könnten.«

»Gewiss«, bemerkte der Vorsitzende.

»Da der Jude Halityrus zu dem in Frage kommenden Personenkreis gehört, beantrage ich, den Zeugen dazu gesondert zu vernehmen. Er hat erklärt, ein Schüler des Schauspielers zu sein, also ein ihm Nahestehender, und ich halte es für wahrscheinlich, dass er, entsprechend befragt, notfalls unter Anwendung peinlicher Methoden, Angaben zum Aufenthaltsort des angeblich Verschollenen machen kann.«

»Der Antrag ist ins Protokoll der Sitzung aufzunehmen«, sagte der Vorsitzende, obwohl die Aufforderung übeflüssig schien: der unentwegt schreibende Aktuarius am unteren Tischende hatte es sicher längst getan.

Der Gelbhäutige fuhr fort: »Ich gehe also davon aus, dass mein Antrag von der Kommission angenommen ist und ersuche in diesem Sinne …«

»Das scheint mir etwas voreilig«, warf Vibius Crispus ein, sich aufrichtend, seine Toga mit dem breiten Purpurstreif über der Schulter zurechtrückend, somit dieses Kleidungsstück betonend und seine gesellschaftliche Überlegenheit gegenüber dem gelbgesichtigen Ritter. »Gestatte mir, *egregie*, dass ich als der Ältere vor Übereiltheit im Verfahren warne, einem oft bei Sonderkommissionen anzutreffenden Fehler. Ich erinnere mich an den Fall eines Konsularen, der vor einigen Jahren *per repetundis* angeklagt war und gegen den auf den ersten Blick erhebliches Beweismaterial vorlag, auch entsprechende Zeugenaussagen, wo sich jedoch bei nochmaliger Prüfung der eingereichten Unterlagen, zu der ich als Mitglied der Zulassungskommission dringend riet, eine Reihe von unzulässigen Schritten in der Voruntersuchung herausstellte, so dass schliesslich eine Überprüfung des Falles …«

Der gelbgesichtige Beisitzer sass aufrecht in Metall und Leder, den flachen Oberkörper dem Sprechenden zugewandt. Er atmete schwer, vielleicht wegen der Hitze des Spätsommertages, die ihn und die anderen Uniformierten im Raum härter ankommen musste als Vibius Crispus in der Toga. Sein Gesicht war unbewegt, erschöpft klebte die Haut an den Knochen, sein Haar schien sich zu sträuben. Er lauschte wie wir alle der langatmigen Erzählung des alten Anklägers, einer umständlichen, mit juristischen Termini gespickten Auseinandersetzung, in der es um »voreilig angewandte Massnahmen«, »Verfahrensfehler« und »anfechtbare Untersuchungsmethoden« ging, die zur Kassation des Falles und zu unerfreulichen Folgen für die beteiligten Juristen geführt hatten, und zwar hauptsächlich aus dem Grund, dass man seinen, Vibius Crispus', Empfehlungen nicht gefolgt war. Er verstünde den Drang des jüngeren Kollegen, den vorliegenden Fall – einen Fall von reichsbedeutender Tragweite – möglichst schnell und zur Zufriedenstellung des göttlichen Imperators voranzutreiben, doch sei gerade der Imperator Titus, wie man wisse, ein Verehrer von Korrektheit in Verfahrensfragen, von klassischem Gerechtigkeitssinn und daher ein Vorbild für alle Römer. Er wolle dies angemerkt haben, um die kaiserliche Kommission, der anzugehören er die Ehre habe, vor falschen Schritten zu bewahren. Darauf schob er eine Stoffbahn seiner Toga, die während der Rede verrutscht war, mit exakter Bewegung an ihre alte Stelle zurück, schloss die Augen und fiel in Schweigen.

»Auch mir scheint die weitere Befragung des Zeugen nicht notwendig«, begann der Vorsitzende nach einem Augenblick des Abwartens. Er wandte sich leichthin an den mageren Beisitzer: »Du erhältst deinen Antrag aufrecht, *egregie?*«

»Mir liegt an Einmütigkeit«, entgegnete dieser. »Ich stimme soweit mit dem verehrten Kollegen überein, dass eine Befragung in Sachen des Juden Halityrus mit dem hier vorgeladenen Ritter nur mittelbar zu tun hat und daher warten kann, bis dessen Fall entschieden ist.«

Der Vorsitzende nickte und sagte mit halber Stimme zum Aktuarius: »Der Antrag ist aus dem Protokoll zu streichen.« Zum früheren Mundschenken Pythagoras: »Wir danken dem Zeugen für sein Erscheinen und seine ausführliche Darlegung«. Er ergriff eine Glocke, die irgendwo zwischen Akten gelegen hatte und läutete mit ihr. »Die Verhandlung ist bis morgen früh unterbrochen.« Schwungvoll erhob er sich aus seinem Stuhl und liess sich sein Schwertgehänge anlegen. Der Saal leerte sich in Minutenschnelle, Pythagoras war einer der letzten, der ihn verliess. In der Tür blieb er stehen und grinste mir zu.

Oh hüte mich wie Augapfel im Auge, verbirg mich unter deiner Flügel Schatten. Vor den Frevlern, die mir Gewalt antun, vor meinen Feinden, die mir ringsum drohen. Ihr Fettherz haben sie verschlossen, mit ihrem Mund reden sie stolz daher …

In meinem weissgetünchten Zimmerchen verbrachte ich eine unruhige Nacht. Ich erinnere mich an hellen Mondschein, Zikadengezirp und die gelegentlichen Kommandorufe der einander ablösenden Wachen. Lange fand ich keinen Schlaf, ein berüchtigter Wüstenwind, von Afrika kommend, verursachte mir brennende Augen und trockenen Gaumen. Es muss das Ende August gewesen sein, vielleicht Anfang September. Ich versuchte, die Tage zu zählen, die seit Verlassen des Städtchens am Meer zusammengekommen waren, mich des Geschehenen und Gesagten zu erinnern, der letzten Bilder Roms, der Landschaften und durchfahrenen Orte, der Gespräche mit Jedidah, Jacobus, Matitjahu, Asarja, der Auftritte vor der Untersuchungskommission, der folgenschweren Begegnungen mit Pythagoras, dem jüngeren Clodius Eprius, dem früheren Tempelpriester Josephus, versuchte sie ihren Tagen zuzuordnen, in schlüssiger Reihenfolge zu rekonstruieren, und über diesen Mühen schlief ich gegen Morgen ein.

Es war ein flacher, dürftiger Schlummer, von Alpträumen heimgesucht, von Gesichten und Begegnungen, schliesslich, im Wiederauftauchen aus den ohnehin flachen Randbezirken der Abwesenheit, von theoretischen Erwägungen halb sinnloser Art, von Formulierungen, die ich sofort aufschreiben zu müssen meinte und die mir, als ich zu vollem Bewusstsein erwachte, entfallen waren. Ich fand, ich sollte meine Gedanken schriftlich ordnen und eine Verteidigungsschrift vorbereiten, dann wieder, ich müsse in aller Ausführlichkeit das Morgengebet sprechen, schliesslich, ich dürfe mich nicht ohne kräftiges Frühstück einem neuen und – wie mir in trübem Vorausahnen schwante – entscheidenden Tag vor der Untersuchungskommission aussetzen. Am Ende gelang mir nichts von alledem, das Gebet fiel hastig aus, Müdigkeit, Zerstreutheit, am Ende sogar Kopfschmerz lähmten meine Gedanken, die Notizen gerieten konfus, und das Frühstück war noch fast unberührt, als schon die Tür aufging und der Offizier vor mir stand, um mich durch gewundene, von warmer Luft erfüllte Gänge vor die Kommission zu führen.

Dort traf mich, kaum eingetreten, ein Blick des mageren Beisitzers, ein Blitzen aus wachen, von Argwohn erhellten Augen unter schmalen Brauen. Ich sah, dass er viel jünger sein musste als die beiden anderen am Tisch, auch um einiges jünger als ich, wenn man von seiner blassen, um die Augen bläulich verschatteten Haut absah, statt dessen die jugendliche Straffheit seiner Glieder, die Raschheit seiner Bewegungen, seine sprungbereite Geistesgegenwart in Betracht zog, wenn man die Atmosphäre bedachte, die er verbreitete, ein Knistern wie von Elektron oder Magnetstein. Er schlug rasch die Augen nieder, um mich nicht vor der Zeit zu warnen, und blätterte in vor ihm liegenden Papieren.

In aufkommendem Unbehagen nahm ich meinen Stuhl seitlich der Kommission, in der Nähe der östlichen Tür, wo mir zu allem Überfluss das Morgenlicht eines heraufziehenden heissen Tages in die Augen stach. Eben noch rechtzeitig liess ich mich auf die hölzerne Sitzfläche sinken, um das Zittern meiner Knie, das mich unter dem Blick des Anklägers befiel, nicht sichtbar werden zu lassen. Ich versuchte es durch Zupfen an den Togafalten zu verbergen und besann mich auf einen Psalm, in dem unser vielgeprüfter König seinen Gott zu Hilfe ruft, gegen die zahllosen Feinde, die ihn bedrängen. Die Anderen liessen mich in Ruhe, ihrerseits mit dem Ihren beschäftigt, mit Eintreten, einander Begrüssen, geräuschvollem Platznehmen.

Man hatte grosse Karaffen mit geeistem Wasser kommen lassen, des brennenden, Mund und Auge dörrenden Windes wegen, der in matten, heissen Schwaden vom Meer herüberwehte. Gläserklirren, Eisgeklingel, Plätschern und Glucksen war zu hören, Hantieren mit Krügen und Bechern zu sehen, nur der magere Ankläger sass gebeugt und reglos auf seinem Stuhl und las aus Protokollen, darüber des Trinkens vergessend, hingerissen von der Beweiskraft seiner Dokumente, mit trockenem, belegten Gaumen. Er hatte gleich zu Beginn ums Wort gebeten und gab es nicht wieder her. Ein Mitarbeiter war zur Hand, ein gut dressierter Mensch, zuverlässig und stumm, der seinem Herrn, wann immer dieser die Rechte über seine Schulter nach hinten hielt, eine Schriftrolle oder ein Blatt hineinlegte, die er in verabredeter Reihenfolge einem ihm zu Füssen stehenden Aktenbehälter entnahm.

Der Gelbgesichtige öffnete mit schmalen Händen eine neue Rolle und teilte mit belegter Stimme mit, was sie enthielt.

»Ich erlaube mir ferner, der Kommission das Protokoll der Vernehmung des römischen Ritters Ofronius Tigellinus, vormals *praefectus praetorio, vir perfectissmus*, zur Kenntnisnahme vorzulegen, unterfertigt, beglaubigt und gesiegelt im achthundertdreiundzwanzigsten Jahr nach der Gründung Roms, vor dem Ausserordentlichen Ausschuss zur Untersuchung der unter dem vormaligen Herrscher Servius Galba begangenen Unregelmässigkeiten, eingesetzt auf Geheiss des Imperators Marcus Otho Caesar Augustus.«

Er fügte hinzu: »Anweisung zu genannter Untersuchung war ein *clandestinus nuntius* von des genannten Imperators eigener Hand, woraus ich – mit Zustimmung der geehrten Kommission – auf eine ausserordentliche Stufe der Geheimhaltung schliesse, die niemals widerrufen wurde und daher bis heute besteht. Ich beantrage aus diesem Grund, alle Personen von der Anhörung dieses Dokuments auszuschliessen, die nicht zum weiteren Verlauf der Verhandlung unerlässlich sind.«

Dieser Antrag löste beim Vorsitzenden eine gewisse Verlegenheit aus. Er sah sich genötigt, die Entscheidung zu treffen, welcher der Anwesenden »unerlässlich« wäre und welcher nicht. Eine solche Entscheidung wurde erschwert durch den mittlerweise gesellschaftlichen Charakter der Veranstaltung und die Anwesenheit hoher Würdenträger des Hofes, die sich regelmässig als Zuschauer einfanden. Der Vorsitzende löste das Dilemma, indem er sein Befremden durch Hochziehen der Brauen, sogar leichtes Achselzukken deutlich werden liess – womit er den Ärger der Würdenträger auf den Antragsteller, den mageren Beisitzer lenkte – und sofort darauf, wenngleich etwas verfrüht, eine Frühstückspause anberaumte. Die Hofbeamten, die aus Neugier zur heutigen Verhandlung erschienen waren, hatten Gelegenheit, sich ohne Peinlichkeit zurückzuziehen, indem sie nach dem Frühstück nicht wiederkamen. In fast leerem Raum fand man sich nach der Unterbrechung wieder ein, um der Verlesung des viele Jahre alten Protokolls zu lauschen.

»Die Vernehmung des Ritters Tigellinus, vormaligen Präfekten der Prätorianer«, erklärte der Beisitzer mit gesenkter Stimme, »galt seinem eigenen Fall und muss folglich, was seine persönliche Rolle in den betreffenden Vorgängen betrifft, als voreingenommen betrachtet werden. Doch enthält sie zweifellos glaubwürdige Angaben über das Wirken anderer Personen am Hof des früheren Kaisers Nero, darunter auch des vorgeladenen Ritters.«

»Welches Urteil wurde über den Ritter Tigellinus verhängt?« fragte der Beisitzer Vibius Crispus, der damit zum ersten Mal an diesem Tag das Wort ergriff. Die Frage war für das Protokoll bestimmt, da der alte Konsular mit Sicherheit von Tigellinus' Ende wusste.

»Das Todesurteil.«

»Wurde das Urteil vollstreckt?«

»Nein.«

»Der frühere Gardepräfekt wurde vom Kaiser begnadigt?«

»Nein. Er entzog sich der Vollstreckung durch Freitod.«

»So bitte ich denn ins Protokoll aufzunehmen, dass ich die Glaubwürdigkeit des genannten Zeugen in Zweifel ziehe. Der Selbstmord kommt unter Umständen einem Schuldgeständnis gleich und lässt die Aussagen des früheren Präfekten von Eigeninteresse bestimmt erscheinen, auch, was andere Personen des Hofes betrifft.«

Der gelbgesichtige Beisitzer fragte ungerührt: »Kann ich mit der Vorlage des genannten Dokuments fortfahren?« Und tat so, nachdem der Vorsitzende genickt hatte. Ehe er das Dokument selbst verlas, hielt der Beisitzer eine kurze Einführung für angebracht:

»Der ehemalige Präfekt der Prätorianer stand im Verdacht, den früheren Kaiser in den entscheidenden letzten Tagen nachlässig bewacht, mehr noch, ihn absichtlich der Volkswut preisgegeben zu haben. Das Verhör beschäftigte sich unter anderem mit den gesetzlich vorgeschriebenen Aufgaben des Präfekten der Garde bei der Bewachung des Kaisers, der kaiserlichen Paläste und Domänen sowie der kaiserlichen Familie. Der frühere Präfekt beschrieb diese Aufgaben in allen Einzelheiten, ohne dass ich hier darauf einzugehen für notwendig erachte, da, was er aussagte, mit der Dienstanweisung für die kaiserliche Leibwache in Einklang steht. Er äusserte sich ferner, im Sinne seiner Verteidigung, zu den oft erheblichen Schwierigkeiten seines Amtes, Kaiser Nero betreffend, und nannte den Kaiser eine ›überaus schwer zu bewachenden Person‹. Vom Vorsitzenden befragt, wie dies zu verstehen sei, schilderte er folgende Situation. Ich zitiere aus dem Original-Dokument:

‚Eines Tages traf ich den Kaiser ganz allein mit einem seiner Sekretäre, einem Ritter judäischer Herkunft. Der Genannte hatte für den Kaiser ein Poem geschrieben, mit dessen Aufführung man sich am Hof beschäftigte. Das Poem hiess *Der Kitharaspieler* und war damals sehr bekannt. Ich traf die beiden über griechischen Schriftrollen. Sie unterhielten sich angeregt. Der Kaiser war absolut unbewacht. Es war nicht mal der nach der Dienstanweisung unerlässliche Leibwächter im Ritterrang zugegen, der immer, unter allen Umständen, in Nähe des göttlichen Caesar zu sein hat.

Frage des Vorsitzenden: Wie ist das zu erklären?

Antwort des Tigellinus: Der Kaiser hatte den betreffenden Leibwächter weggeschickt.

Frage: Auf einen Botengang?

Antwort: Nein. Er hatte Misstrauen gegen ihn gefasst.

Frage: Gab es für dieses Misstrauen einen ersichtlichen Grund?

Antwort: Nach meinem Dafürhalten nicht. Der betreffende Leibwächter war ein zuverlässiger Mann.

Frage: Du erinnerst dich an seinen Namen?

Antwort: Gewiss. Er war der Neffe des kaiserlichen Freundes Clodius Eprius Marcellus, *vir ornatissimus*. Daher schien mir der Verdacht des Kaisers unbegreiflich.

Frage: Hast du dem Kaiser zu verstehen gegeben, dass du den Verdacht für unbegründet hieltest?

Antwort: Selbstverständlich. Aber der Kaiser schien felsenfest davon überzeugt, dass der jüngere Clodius Eprius unzuverlässig sei und weigerte sich, ihn fortan in seiner Nähe zu sehen.

Frage: Dauerte diese Verbannung von Hofe lange an?

Antwort: Soweit mir bekannt, während der gesamten noch verbleibenden Herrschaft des Kaisers.

Frage: Wo sich hielt der jüngere Clodius Eprius während dieser Zeit auf?

Antwort: In verschiedenen Militärkommandos.

Frage: Als Ritter der Leibwache unterstand er deinem Befehl. Hast du ihn damals befragt, was zwischen ihm und dem Kaiser vorgefallen war?

Antwort: Noch am selben Tag. Er sagte, auch er könne sich den plötzlichen Ausbruch von Argwohn seitens des Kaisers nicht erklären. Er sei ganz unvermutet angerufen worden, erst vom Kaiser, aber so leise, dass er nicht sicher gewesen sei, dann, mit lauterer Stimme von dem judäischen Ritter ...

Frage: Das heisst, der judäische Ritter befand sich beim Kaiser, als es zu dem fraglichen Stimmungswechsel kam?

Antwort: Ja.

Frage: Wie lange schon?

Antwort: Das weiss ich nicht.

Frage: Wo ist dieser Ritter jetzt?

Antwort: Auch das kann ich nicht mit Gewissheit sagen. Ich vermute, er hält sich versteckt.

Vorsitzender: Wir werden der Sache nachgehen. Der fragliche Ritter muss in der damaligen Hofrangliste stehen. Bitte ins Protokoll, dass man ihm ungesäumt eine Vorladung zu dieser Kommission zustellen soll und, falls er der Aufforderung nicht nachkommt, Fahndungsbefehl gegen ihn erlässt, mit Personenbeschreibung et cetera.«

An dieser Stelle wurde der Beisitzer in seiner Vorlesung aus der Schriftrolle unterbrochen, durch das volltönende Organ des alten Konsularen Vibius Crispus. »Eine Frage.«

»Bitte, *ornatissime*«, sagte der Vorsitzende mit einem Gesicht, als sei er eben aus langer Geistesabwesenheit erwacht.

»Aus dem verlesenen Protokoll geht hervor«, begann der alte Ankläger, »dass der Ritter Tigellinus das in seiner Situation Naheliegende versuchte, nämlich den gegen ihn erhobenen Verdacht der

Vernachlässigung seiner Dienstpflichten mit allen Mitteln von sich abzulenken. Vergegenwärtigen wir uns seine Situation. Die politische Lage hatte sich mit dem Tode Kaiser Galbas überraschend zu seinen Ungunsten verändert. Er sah sich seines letzten Fürsprechers beraubt, des Konsuls Vinius Rufinus, dessen Tochter er unter Nero vor der Hinrichtung bewahrt hatte. Mit Salvius Otho war ein früherer Freund Neros auf den Thron gelangt, der Tigellinus bestens kannte und durchschaute, der sein verhängnisvolles Wirken an Neros Hof aus nächster Nähe erlebt hatte und ihn um jeden Preis unter Anklage sehen wollte. Tigellinus – begreiflicherweise – tat alles, um sich des Vorwurfs der Vernachlässigung oder verräterischen Preisgabe Neros zu erwehren, zunächst, wie aus dem verlesenen Text deutlich wird, indem er den Kaiser als unberechenbar, launenhaft, schwer zu bewachen, mit einem Wort, als selbst-immanentes Sicherheitsrisiko darstellte. Schliesslich brachte er einen geheimnisvollen Unbekannten ins Spiel, den judäischen Ritter. Er erwähnte ihn zuerst in der Geschichte mit dem jüngeren Clodius Eprius, die wir aus dessen eigener Befragung vor unserer Kommission bereits kennen.«

»Und diese Aussage deckte sich mit der des Tigellinus! Auch der Zeuge Clodius Eprius bestätigte, damals wie heute, dass der vorgeladene Ritter anwesend war, als der Kaiser ohne jeden ersichtlichen Grund ...«

»Ich bitte, mich nicht zu unterbrechen, *egregie*. Ich verstehe deinen Eifer in diesem hochbedeutenden Verfahren, aber hat unser verehrter Otacilius Sagitta, den der Imperator mit dem Vorsitz dieser Kommission betraute, deshalb verdient, ihn zu übergehen? Er ist es, der hier das Wort erteilt, römischer Sitte gemäss, und wenn mich meine Erinnerung nicht trügt, hat er es gerade mir erteilt, nachdem ich ihn ordnungsgemäss darum ersuchte.«

»Ich bedauere, *perfectissime*«, erklärte der magere Beisitzer, an den Vorsitzenden gewandt, »wenn der Eindruck entstanden sein sollte ...«

Der Vorsitzende gab, trotz seiner gekränkten Miene, durch eine Handbewegung zu verstehen, dass er die Sache als vergessen betrachte, und wandte sich sofort darauf mit einem gewissen Nachdruck dem alten Konsularen zu, um ihn zum Weitersprechen aufzufordern.

»Zu deinem Zwischenruf, *egregie*«, fuhr dieser fort, »da er nun einmal gefallen ist: Clodius Eprius hat vielleicht den selben Tatbestand geschildert wie der frühere Präfekt Tigellinus, aber mit gänzlich anderer Tendenz. Wenn mir recht ist, nannte er den Einfluss des judäischen Ritters nebensächlich, sein Amt unbeträchtlich, und beschränkte sein Zusammensein mit dem Kaiser ganz auf Literarisches. Wie war die Stelle im Protokoll?«

Der Aktuarius an der Schmalseite des Tisches blätterte mit einer Schnelligkeit, die der seiner Handschrift nicht nachstand, in dem vor ihm liegenden gehefteten Bündel von Pergamenten, und las mit mit lauter, blecherner Stimme die folgende Stelle aus der Anhörung des Senators Clodius Eprius:

»Frage: Kannst du eine Aussage darüber treffen, welches Amt am damaligen Hof er innehatte?

Antwort: Kein sehr hohes, würde ich sagen. Er war Sekretär im Hofamt *a studiis*. Er sass manchmal mit dem Kaiser zusammen.

Frage: Er sass mit dem Kaiser zusammen? Allein?

Antwort: An dem fraglichen Morgen, ja.

Frage: Erinnerst du dich, *clarissime*, worüber die beiden sprachen?

Antwort: Über Bücher, *perfectissime*, über Verse, ich weiss nicht mehr. Habe mich nie besonders dafür intereressiert ...«

»Danke«, sagte der alte Ankläger. »Ist das dieselbe dämonische Gestalt, die der ehemalige Präfekt Tigellinus heraufbeschwört? Der mysteriöse Judäer, in dessen Gesellschaft der Kaiser plötzlich anderen Sinnes ward, von Argwohn erfasst, von Hass auf ehrenwerte Römer? Ich habe meine Zweifel an der Glaubwürdigkeit des Ritters Tigellinus schon vor Verlesen des Protokolls angemeldet und finde sie bestätigt. Ein Mann, in die Enge getrieben, von den Schatten seiner zahllosen Opfer gejagt, ein Mann, der tausend Gründe hat, von sich auf andere abzulenken ... Ich misstraue diesem Zeugen, der zu seinen Lebzeiten kein Verbrechen scheute und offenbar noch an der Schwelle des Todes Andere mit ins Verderben ziehen wollte.«

Zum ersten Mal an diesem Morgen atmete ich auf. Die Motive für Vibius Crispus' Eingreifen waren nicht ganz klar, ich vermutete, sie hatten mit Halityrus zu tun, mit der beängistigenden Betonung, die der magere Beisitzer auf die Worte »Jude« oder »judäisch« legte, mit einer sich abzeichnenden Theorie, unser Wirken am Hofe Neros betreffend, mit der Hypothese einer Verschwörung gegen den jetzigen Herrscher Titus. Offenbar wollte Vibius Crispus beizeiten die Fragwürdigkeit der Quelle herausstellen: Tigellinus in Todesnot, kurz vor der eigenen Verurteilung. Vielleicht waren noch andere Gründe im Spiel, ein gut vorstellbares Misstrauen des alten Konsularen gegen den brennenden Ehrgeiz des Jüngeren, seine Sorge, dieser könne – begünstigt von des Kaisers zunehmender Paranoia – ein ähnliches Schreckensregiment anstreben wie der Präfekt Tigellinus am Hofe Neros. Auch in Vibius Crispus', Leben mochte es dunkle Punkte geben, die der gnadenlose Militäranwalt eines Tages aus den Akten herauspicken konnte. War nicht Vibius Crispus ein Freund des Vitellius gewesen, des letzten Kaisers im Drei-Kaiser-Jahr und Gegnerspielers von Titus' Vater Vespasian? Wie auch immer, es war dem Alten ernst, er stellte sich mit Nachdruck gegen die Theorie einer Verschwörung, und in mir regte sich Hoffnung.

»Ich darf dennoch mit dem Verlesen des Dokuments fortfahren?« fragte der Magere.

»Bitte, *egregie*.« Der Vorsitzende lehnte sich zurück.

»Der Ritter Tigellinus wurde im weiteren Verlauf zu seinen persönlichen Eindrücken über die Szene befragt, in welcher der hier vorgeladene Ritter eine näher zu untersuchende Rolle spielt. Ich zitiere aus dem Protokoll der damaligen Vernehmung:

Frage des Vorsitzenden: Du sagtest, du hättest den Kaiser allein mit jenem Ritter angetroffen, als du hinzukamst. Warum kamst du eigentlich hinzu? Hatte der Kaiser dich rufen lassen?

Antwort des Tigellinus: Ja. Er befahl dem Ritter der Leibwache, ehe er ihn entliess, mich zu ihm zu schicken.

Frage des Beisitzers Licinius Proculus: Das heisst, er richtete es so ein, dass er nur kurze Zeit mit dem judäischen Sekretär allein wäre?

Antwort: Ja. Vorausgesetzt, dass der Ritter der Leibwache mich sofort fand und zum Kaiser schicken konnte.

Beisitzer Lucinius Proculus: Nehmen wir an, dass der Kaiser davon ausging. Um welche Tageszeit handelte es sich?

Antwort: Vormittag.

Beisitzer: Nun, da hättest du in deinem *officium* sein sollen. Verhält es sich so?

Antwort: Ja.

Beisitzer: Es handelte sich also bei dem Alleinsein des Kaisers mit dem judäischen Sekretär von vornherein um eine begrenzte Zeitspanne, ein *interim*, noch dazu um ein sehr kurzes. Man kann folglich nicht von einer im Sinne der Dienstvorschrift unzulässigen geheimen Zusammenkunft ohne Bewachung sprechen. Auch nicht von einem Indiz für die Unmöglichkeit, den Kaiser angemessen zu bewachen, wofür du diese Geschichte als Beleg herangezogen hast. Der Kaiser benutzte den Leibwächter als Boten, um den Präfekten der Prätorianer herbeizurufen. Ist es so?

Antwort: Unter anderem. Er entliess ihn sozusagen, mitten aus seinem Dienst heraus.

Beisitzer: Nun, das musste er ja wohl, wenn er ihn auf einen Botengang schicken wollte.

Frage des Vorsitzenden: Ich erinnere daran, dass der hier vorgeladene Ritter Tigellinus vorhin das Gegenteil ausgesagt hat: der Kaiser hätte den Leibwächter nicht auf einen Botengang geschickt. So steht es im Protokoll. Du widersprichst deiner eigenen Aussage.

Beisitzer Licinius Proculus: Mich interessiert in diesem Zusammenhang der Umstand, dass der Kaiser nur einen Leibwächter hatte, wo er doch offenbar dazu neigte, die Wachen als Boten zu benutzen …«

Hier wurde die Vorlesung des mageren Beisitzers erneut vom Konsularen Vibius Crispus unterbrochen: »Eine Frage, *perfectissime*.«

»Bitte, *ornatissime*«. Wieder sah der Vorsitzende aus, als kehrte er aus grosser Ferne an diesen Tisch zurück.

»Mir ist nicht ersichtlich, wozu wir uns dieses endlose, zwölf Jahre alte Protokoll anhören. Die Unstimmigkeiten in der Aussage des Angeklagten Tigellinus treten klar zu Tage. Der damalige Beisitzer, der Ritter Licinius Proculus, bemerkt zutreffend, dass Tigellinus' Geschichte im Grunde eher gegen ihn spricht als dass sie ihn entlastete.«

»Auch der Ritter Licinius Proculus ist nicht über jeden Zweifel erhaben«, erwiderte der magere Beisitzer. »Vielleicht hatte er als damaliger Präfekt der Prätorianer persönliche Gründe, seinen Amtsvorgänger und früheren Vorgesetzten Tigellinus zu belasten.«

»Das ist nicht schlüssig. Es gibt auch frühere Untergebene, die in unwandelbarer Treue zu ihrem Vorgesetzten halten. Je nach dem, ob dieser Vorgesetzte es verdient ... Ich verweise auf meine früheren Einwände, die Glaubwürdigkeit des Tigellinus betreffend. Wozu, frage ich, diese Vorlesung? Wir sind vom Imperator Titus Flavius Vespasianus beauftragt, die Untersuchung in gebotener Zügigkeit voranzutreiben.«

»Dem ist zuzustimmen«, erklärte der Vorsitzende. »Ich ordne an, dass aus dem fraglichen Schriftstück nur noch solche Abschnitte verlesen werden, die unmittelbar mit dem vorgeladenen Ritter zu tun haben.«

Der magere Beisitzer errötete, was in seinem Fall hiess, dass sich sein gelbliches Gesicht eine Spur ins Bräunliche verfärbte. Er schien in seinem Ehrgefühl verletzt, nachdem er es sich aus Hochachtung vor römischen Gerichtsakten versagt hatte, das Protokoll durch willkürliche Auslassungen zu kürzen, und sich nun für diese achtbare Regung vom Vorsitzenden einer römischen Untersuchungskommission getadelt sah. Er überwand die Bitterkeit, die ihn vorübergehend am Sprechen hinderte, beugte sich wieder über die Schriftrolle, in der das Protokoll von Tigellinus' Vernehmung niedergelegt war, und begann nach kurzem Suchen:

»Der Beisitzer Licinius Proculus kam wenig später nochmals darauf zurück, dass der Kaiser nur wenige Minuten mit dem judäischen Sekretär allein gewesen sein konnte. Der Vorgeladene Tigellinus anwortete darauf, und ich zitiere wiederum wörtlich aus dem Protokoll: Auch in wenigen Minuten vermag ein entschlossener Mann vieles auszurichten.

Frage des Beisitzers: Das ist ein Allgemeinplatz. Ausserdem eine

Unterstellung. Oder gab es im Verhalten des Kaisers irgendeine Veränderung gegenüber dem sonstigen zu beobachten?

Antwort: Der Kaiser war auffallend aufgebracht über den Ritter, den er eben entlassen hatte.

Beisitzer Licinius Proculus: Ich kann darin nichts Auffallendes sehen. Wäre er über den Mann nicht verärgert gewesen, hätte er ihn doch wohl kaum weggeschickt, oder?

Frage des Vorsitzenden: Dennoch sollte man vielleicht der Frage nachgehen, warum der Kaiser dermassen verärgert über den Ritter der Leibwache war. Hat er sich dazu geäussert?

Antwort des Tigellinus: Ja.

Frage des Vorsitzenden: Ah, das ist interessant. Nur so nebenher geäussert oder direkt an dich gewandt?

Antwort: Direkt an mich gewandt.

Frage: Da du als Präfekt der Prätorianer der Vorgesetzte des Leibwächters warst, käme dies einer Beschwerde gleich. Der Kaiser beschwerte sich also bei dir über den Leibwächter. Worüber genau?

Antwort: Darüber, dass ihn sein Gesicht irritiere.

Frage: Was soll das heissen? Bitte erkläre uns ... Wir sind nicht so geübt im Verständnis des damaligen Kaisers wie du.

Antwort: Dass ihn sein Gesicht an jemanden erinnerte, an den er nicht gern dachte.

Frage: An wen? Sagte er auch dies?

Antwort: An den damaligen Tribunen Titus.«

Hier hob der gelbgesichtige Beisitzer den Blick und sah den Vorsitzenden an, geradewegs, mit einer Intensität, als wolle er ihn durchleuchten. Der Vorsitzende schien leicht zusammenzufahren, sei es unter diesem Blick, sei es im Spasmus eines unsanften Erwachens aus heiteren Tagträumen, als der Name Titus fiel wie Peitschenknall.

»Ich bitte die letzten Sätze zu wiederholen«, sagte er. Ihnen lauschend, veränderte sich sein Gesichtsausdruck. Er fragte mit hochgezogenen Brauen: »Heisst das, der frühere Kaiser Nero schickte einen Leibwächter weg, weil er dem göttlichen Imperator Titus ähnlich sah?«

»So steht es im Protokoll.«

»Mit Verlaub, *perfectissime«,* fuhr hier der alte Vibius Crispus dazwischen, »es handelt sich um Auslassungen des Ritters Tigellinus, dem offenbar die Angst vor der verdienten Strafe den Verstand getrübt hatte. Und wir sind im Begriffe, das allen Ernstes in Erwägung zu ziehen ...« Er hob den Kopf und blickte triumphierend um sich. »Dabei kennen wir den damaligen Leibwächter und heutigen Senator Clodius Eprius, haben ihn erst kürzlich hier vor diesem Tisch gesehen! Und wissen ebenfalls, dass der Imperator Titus von unvergleichlicher Schönheit ist, dass er in seiner Jugend – ich erinnere mich dessen wohl – eine geradezu göttliche Erscheinung war, ein Wunder an Anmut und Jugendzauber. Ich möchte unserem guten Clodius Eprius keineswegs zu nahe treten, aber eine Ähnlichkeit zwischen ihm und dem schönsten Jüngling Roms, dem strahlenden jungen Tribunen Titus, ist in keinem Lebensalter vorstellbar. Selbst dann nicht, wenn man Neros Kurzsichtigkeit in Betracht zieht ... Ich frage nochmals: Worauf lassen wir uns hier ein?«

Der Vorsitzende nickte mehrmals hintereinander, mit einer tiefernsten, in die Länge gezogenen Miene. Nun, da der Name des Imperators gefallen war, gewann alles in diesem Verfahren einen heiklen Aspekt. War es zulässig, das Aussehen des Clodius Eprius dem des Imperators Titus zu vergleichen? War der Imperator Titus, bei dem es sich bekanntermassen um den Sohn eines Gottes handelte, überhaupt einem normalen Sterblichen vergleichbar?

»Dennoch möchte ich mit dem Verlesen des geheimen Protokolls fortfahren«, erklärte der magere Beisitzer unbeeindruckt. »Ich habe nicht beantragt, die Äusserungen des vormaligen Kaisers auf ihren Wahrheitsgehalt zu untersuchen, sondern lediglich zur Kenntnis zu nehmen, was der Untersuchungskommission unter Kaiser Otho zu Protokoll gegeben wurde, insonderheit, wo es unseren göttlichen Herrscher, den Imperator Titus, betrifft.«

Er hatte ein wenig die Stimme gehoben bei den letzten Worten und mit der Stimme den Kopf. Der Vorsitzende nickte, ohne nachzudenken. Vibius Crispus schwieg, bei der nochmaligen Erwähnung des Namens Titus hatte sich sein Gesichtsausdruck verändert, in einer Weise, die mich beunruhigte. Die Vorlesung nahm ihren

Fortgang, der Dialog vor jener zwölf Jahre zurückliegenden Kommission, das Hervorkramen verstaubter, verräucherter Fundstücke aus der Debris eines zusammengestürzten Hofes. Trocken, vom Wüstenwind behindert, ab und zu von Hüsteln unterbrochen, las der Beisitzer aus der Rolle. Er las, dass der Kaiser, als Tigellinus hinzugetreten war, mit mir Griechisch gesprochen hätte, als wolle er unser Gespräch dadurch schwerer belauschbar machen. Er las, dass die auf Neros Schoss liegenden Schriftrolle eine Tragödie des Euripides gewesen sei, auf deren Titel sich Tigellinus zwar nicht mehr besinnen konnte, deren »Tonart« ihm jedoch als »auffallend aggressiv« in Erinnerung war. Der Kaiser, in seiner Erregung, hätte sich für vernünftige Vorschläge nicht mehr ansprechbar erwiesen, zum Beispiel für den, mich zu entlassen, als sich das Gespräch im weiteren Verlauf Sicherheitsfragen und anderen Angelegenheiten von reichsbedeutender Tragweite zuwandte.

Es kam zu einem Einspruch des Konsularen Vibius Crispus, den Euripides betreffend, den er für einen »durchweg gesitteten, eher moderaten Autor« erklärte, doch der Vorsitzende wirkte diesmal weniger empfänglich für seine Rede. Dieser Stimmungsumschwung war mit der drohenden Betonung zu erklären, die in der Stimme des Gelbgesichtigen mitschwang, zum ersten Mal, als er denkbare Zusammenhänge zu »unserem göttlichen Herrscher, dem Imperator Titus« erwähnt hatte, von da an bei jeder sich bietenden Gelegenheit. Der Stil seiner Vorlesung gewann an Pathos. Grossen Eindruck machte der Tatbestand meiner Anwesenheit bei einem Gespräch zwischen Nero und Tigellinus über Sicherheitsfragen. An dieser Stelle wanderte ein kurzer Blick des Vorgesetzten über meine Gestalt und mein Gesicht, aufmerksam, bedenklich, als müsse er mich von nun an mit anderen Augen ansehen.

Und noch etwas begann die Stimmung im weiten, fast leeren Raum zu beeinflussen. Von draussen, aus den Gängen und Höfen, drang etwas herein, Schwingungen der Unruhe, als sei das in der Mittagshitze vor sich hin brütende Gehöft mit einem Mal aufgestört und erwacht. Undeutliche Laute waren von ferne zu hören, Pferdewiehern, Geschepper, Kommandorufe, einmal das sich nähernde und wieder entfernende Geräusch aufklatschender Ledersohlen, die sich im Geschwindschritt an unserer Tür vorbeibewegten. Zwei Uniformierte, dem Aussehen nach Stabsoffiziere, in der Tiefe unseres Raumes, im Halbdunkel, weitgehend unbemerkt, sprangen auf und liefen mit hastigem Abschiedsgruss hinaus. Die Mitglieder der Kommission sassen still, die Gesichter erstarrt in konzentriertem Lauschen. Der Vorsitzende öffnete sogar leicht den Mund. Die Unruhe verging und verebbte, wieder legte sich Schläfrigkeit über die dicken Mauern. Der magere Beisitzer las aus seinem Protokoll:

»Frage des Vorsitzenden: Du sagst, dass der judäische Ritter immer noch anwesend war, als sich das Gespräch unter dem Sonnendach Sicherheitsfragen zuwandte. Hast du nicht versucht, den Kaiser dazu zu bewegen, ihn wegzuschicken?

Antwort: Der Kaiser hat nicht reagiert.

Frage des Beisitzers Licinius Proculus: Was für Sicherheitsfragen waren das?

Antwort: Der Kaiser beklagte sich über die Ähnlichkeit zwischen dem Ritter der Leibwache und dem Tribunen Titus. Er erkundigte sich, wo sich der Tribun derzeit aufhalte. Ich sagte, in Germanien oder Britannien, bei einer der dort stationierten Legionen. Der Kaiser äusserte sich, ein wenig *per ludricum*, über den Lebenswandel des Tribunen, über seine Trinkgewohnheiten, seine Vorliebe für Hetären und Lustknaben …«

Der Gelbgesichte stockte. Auch der Vorsitzende sass starr, sogar der alte Konsular. Alle drei zeigten den lauschenden Gesichtsausdruck, den sie vorhin, bei der das Anwesen aufstörenden Unruhe, zum ersten Mal angenommen hatten und der zurückkehrte, wann immer von draussen Zeichen der Lebhaftigkeit zu vernehmen waren. Es war still, soweit ich hören konnte, Gänge, und Hallen lagen in tiefer Nachmittagsruhe.

Und von den Vorräten der Dunkelheit will ich dir geben und von den Schlupfwinkeln der Geheimnisse, damit du weisst, dass ich der Herr bin, der dich beim Namen ruft …

Zur Klage ist kein Grund. Oder es wäre immer Grund dazu, im Erwachen und Einschlafen, am Morgen und zur Nacht: dass die Dinge sind, wie sie sind, die Gestirne stehen, wo sie stehen. Das Leben wird uns gegeben, genommen, selbst Gottesleugner wissen, dass Geburt und Tod nicht unserem Willen unterliegen. Der magere Ankläger scheute keine Mühe, Neros Hass gegen den Tribunen Titus als Ergebnis meiner geheimen Einwirkung hinzustellen. Ich gestand mir ein, dass es schlecht um mich stand. Selbst wenn es ihm nicht gelingen würde, seine Kollegen davon zu überzeugen, war meine Glaubwürdigkeit erschüttert, mein Stand in der kommenden Hauptuntersuchung, wo es um die Frage gehen sollte, wer den syrischen Aufrührer – Terentius Maximus oder wie er hiess – präpariert und mit dem nötigen Wissen versehen hatte für sein sinnloses Unternehmen.

Denn sinnlos war all dies aus Menschensicht: eine Person, mir gänzlich unbekannt, tauchte in Edessa, Palmyra und anderen fernen Orten auf, ein Mensch, dessen Namen ich kaum kannte, ein Komödiant, ein singender Syrer, ohne jeden Zusammenhang zu mir, meinem Denken, meiner Welt, tauchte dort auf, fern, unsichtbar, und zerstörte mein Leben … Man kann an einer Fliege sterben, dachte ich, an einem Windhauch, einem Nichts. Hat es Sinn, daran zu glauben, ehe es geschieht? Hat es überhaupt Sinn an das zu glauben, was uns in dieser Welt zustösst?

Als ich am frühen Nachmittag, während die Kommission irgendwo zu Tische lag, in meiner weissen Kammer eingeschlossen war und mich Trauer überkam, Todesangst und Trübung der Gedanken, holte ich meinen Codex hervor und begann zu schreiben. Ich wollte meine Aufzeichnungen fortsetzen, solange es ging. In Tironischen Noten, den fliegenden Kürzeln der Schnellschrift, legte ich rasch und ohne Umstände nieder, was ich gehört und gesehen hatte. Den Wachen draussen war es gleichgültig, womit ich mich beschäftigte, solange ich mich still verhielt und sie nicht beim

Würfeln störte. Wie immer wirkten der Vorgang des Schreibens, der Geruch nach Tinte, das raschelnde Dahingleiten des Schreibrohrs auf den rauhen Pergamentblättern beruhigend auf mein erregtes Gemüt.

Es war eine Gnade, jetzt schreiben zu können, schreiben und denken, und dieser engen Kammer zu entfliehen. Ich gestand mir ein, wie sehr ich am Leben hing und wie mich der Gedanke entsetzte, es könnte an diesem Ort sein Ende finden. Asarja hatte mir vom Sterben des Nazareners erzählt, jenes Jeshua, an den er glaubte. Auch dieser hatte sich im Sterben verlassen gefühlt, nicht nur von den Menschen, auch von Gott. *Eli, Eli, lama asavtani* soll er, am Kreuz hängend, gerufen haben, Mein Gott, warum hast du mich verlassen? Es war der Ruf aus dem Psalm unseres leidgeprüften Königs, ein nicht erhörter Ruf: Meinen Gott rufe ich am Tage, doch mir wird keine Antwort, bei Nacht, und doch wird mir keine Ruhe … Ich erinnerte mich des Gesprächs an Asarjas Krankenbett. Asarja lag reglos auf dem Bauch oder zur Seite gedreht, sein Rücken war verpflastert und verbunden. Der Nazarener, erzählte er, war einer von den *pejrushim,* auf Griechisch Pharisäern, ein Verkünder und Verbreiter der Schrift, die im Land umherwandern und dem Volk erklären, was das Wort meint und vermag. Soweit verstand ich diese Gestalt, sie war fast alltäglich in ihrem traditionellen Motiv: der mit dem Wort Gottes Heilende.

Worüber sprachen wir? Ich sagte Asarja, dass ich zum ersten Mal spürte, wie schwierig das Sterben war. Dass mir jetzt, da der Tod zum ersten Mal andeutungsweise Gestalt annahm, jeder Gedanke daran schecklich schien, dass ich offenbar wenig Sehnsucht nach der kommenden Welt verspürte und lieber noch hier unten blieb. *Ma beza be dami*, zitierte ich unseres Königs Anruf an Gott, *bird'ti el shachat*, Was gewinnst du durch mein Blut, wenn ich sinke in die Gruft? Kann Staub dich preisen, rühmen deine Wahrheit? Wir sollen leben und Gottes Grösse bezeugen, unsere Kinder heranwachsen sehen, unsere Werke gedeihen, unser Volk von neuem erstarken …

Ich müsse den Tod nicht als Schrecken empfinden, erwiderte Asarja. Unsere Angst vor dem Sterben sei im Grunde nur Trägheit.

Mit dem Hinübergehen beginne etwas Neues und Beglückendes. Die meisten Menschen empfänden Furcht vor allem Neuen, selbst wenn es Befreiung und Erleichterung sei. Wir widerstrebten aus Befangenheit und Schwere des Leibes, aus Schwäche, aus unserer Verfallenheit an Irdisches.

Man sagt, ihr sucht den Tod, fragte ich. Ist das wahr?

Nein, gab er zurück. Ich bin Jude wie du. Ich weiss, dass wir leben sollen. Aber wir nehmen hin, dass man uns verfolgt und nach dem Leben trachtet. Wir nehmen die Welt, wie sie ist. Wenn wir wollen, dass unser Gott der Gott aller Menschen wird – denn so steht es geschrieben –, müssen wir auch die Menschen nehmen, wie sie sind.

Erst wenn der Messias kommt, sagte ich, soll unser Gott zum Gott aller Völker werden. Heisst das, ihr meint, er sei schon gekommen?

Das weiss kein Sterblicher, war seine Antwort. Wann es auch immer sein wird, es gilt, die Bereitschaft bis dahin zu bewahren. Den Glauben an den alleinigen Gott und an sein Reich hienieden. Durch Zeiten unbekannter Dauer.

So meint ihr es, wenn ihr versucht, die Heiden zu gewinnen?

Allein können wir das Friedensreich nicht errichten, sagte Asarja. Was wissen wir? Und unvermutet begann er, vom Sterben des Galiläers zu erzählen, von seinem Gefühl des Verlassenseins, von seinem Ausruf in Todesnot: *Lama asavtani …*

Aber das hiesse doch, sagte ich, auch ihm selbst fehlte die Gewissheit, ob er der König und Erlöser war.

Er war ein Mensch, erwiderte Asarja sanft. Und musste nicht hinzufügen, was wir beide dachten: dass sein Nichtwissen, sein Menschsein eher für ihn sprach, für die Annahme, er sei der Messias, der Gesalbte. Andererseits bewies es nichts: der Erwartete sollte ein König sein, sein irdisches Wirken ein dauerhaftes Reich hinterlassen, das Reich des Heils, der Erlösung. Meinte Asarja allen Ernstes, jene kurze Zeit des Umherwanders und Kündens, der vergebliche Ritt auf einer weissen Eselin hinauf nach Jerusalem zur Pesach-Zeit, dieses kurze, tragische Leben sei genug gewesen, um das Friedensreich zu gründen?

Ich fragte: Woher wollt ihr wissen, dass er es war, wo nicht einmal er selbst es wusste?

Es hat sich hinterher gezeigt, nach seinem Tod. Du siehst doch, dass wir gesegnet sind. Anders als ihr, die ihr an Land und Tempel hängt. All dies wird vergehen und sehr bald, während wir erstarken.

Ohne uns seid ihr wie ein Gewächs ohne Wurzel, sagte ich. Ihr könnt wachsen, soviel ihr wollt, ihr werdet den Halt verlieren.

Wir werden die Welt haben.

Ihr werdet euch ganz und gar dem Menschen zuwenden und Gott darüber vergessen. Ihr werdet den, der nicht wusste, anbeten, und nicht mehr den, der weiss.

Du tust, als wäre er Gottes Gegner. Wir aber sagen, er ist Gottes Sohn. Man mag das verstehen, wie man will. Eines ist gewiss: dass Gott ihn sandte, um uns zu segnen.

Vielleicht werdet ihr gesegnet sein. Aber der Segen wird von euch weichen, wenn ihr uns verratet.

Wir? Eher seid ihr gefährdet zu verraten. Ihr habt es bereits getan, indem ihr den Römern erlaubt habt ihn zu töten.

Das ist Unsinn, sagte ich, und du weisst es selbst. Wie sollten wir die Römer an etwas hindern, das nach ihrem Gesetz ganz selbstverständlich war? Ihr geratet unter Einflüsse, die euch gegen uns einnehmen. Ihr verbindet euch mit Völkern, die ihr nicht kennt. Was, wenn sie über euch kommen und mächtiger werden als ihr? Wenn ihr Kinder des Bundes euren Einfluss auf die Bewegung verliert, wenn sie zum Strom anschwillt und ihr darin untergeht?

Das wird nicht geschehen, erklärte Asarja. Gott wird die Völker erleuchten wie er uns erleuchtet hat. Unser Gesetz ist das klügste, das es in dieser Welt gibt, es taugt für alle Menschen. Die Völker werden vom Geist Gottes erfüllt sein wie wir. Ich achte deine Befürchtungen, aber es sind die Befürchtungen eines Kranken, eines Todesängstlichen. Sei getrost. Wir werden euch in Ruhe bei euren Büchern lassen, euch, die Wortgetreuen, Übergenauen, wir werden euch durch die Tat beweisen, dass wir das Gesetz verstehen und erfüllen. Wir haben euren prüfenden Blick nicht zu fürchten, eure Anmahnung des Geschriebenen, eure ewige Erinnerung an den alten Gott. Dazu werdet ihr am Leben bleiben. Leben wie wir, ewiglich …

Ich fuhr auf. Mein Kopf hatte auf dem Tisch gelegen, auf unbeschriebenem Pergament. Schritte näherten sich, die Ledersohlen meiner Wache. Ich liess alles Schreibgerät verschwinden, Tusche, Schreibrohr, mein geheimes Notizbuch, das Abschiedsgeschenk des treuen Primus. Ich wusste nun sicher, dass ich leben wollte. Während vor der Tür Stimmen zu hören waren und das Klirren von Schlüsseln, fühlte ich das Blut in meine tauben Glieder zurückkehren, die Kraft des Geistes sich regen, die Entschlossenheit, mich zu wehren.

Ein Weiser rühme sich nicht seiner Weisheit, der Starke huldige nicht seiner Stärke, der Reiche preise nicht den eigenen Reichtum. Sondern rühmen sollen sie das Rühmenswerte: dass sie verstehen und mich kennen …

Am späten Nachmittag kam der magere Militäranwalt mit dem Lesen des Protokolls zu Ende. Sein Bild von mir stand im Raum: ein Ausbund an Falschheit, im Auftrag feindlicher Mächte an Neros Hof, hinter einer Maske vorgeblicher Versenkung in literarische Fragen. Es mochte die Zuhörer ein wenig überzeichnet anmuten, verfehlte aber seinen Eindruck nicht. Immer wieder fühlte ich von Argwohn geschärfte Augen über mein Gesicht hinwandern, atemlose Stille begleitete manchen Abschnitt der Lesung, ab und an entrang sich dem Vorsitzenden ein Laut innerer Bewegung.

Anschaulich wurde die Geschichte mit der Wachstafel wiedergegeben, die Nero während des Gesprächs unter dem Sonnendach in der Hand gehalten und auf der, mit wenigen scharfen Strichen eingeritzt, das Wort TITVS gestanden hatte, des Kaisers unheilverkündende Blicke auf dieses Wort und der Stoss mit dem geschliffenen Griffel, so heftig, dass nicht nur der Name davon durchbohrt wurde, sondern auch gleich Wachs und Holz. Tigellinus hatte den Zwischenfall vor der Untersuchungskommission des Kaisers Otho wirkungsvoll wiederauferstehen lassen, der magere Beisitzer das seine hinzugetan, indem er im Vorlesen stockte und seine Stimme brüchig und tonlos geworden war. Es folgte die Darlegung der Schwierigkeit, Kaiser Nero zur Annahme eines neuen Leibwächters zu bewegen, sein, wenn man wollte, nochmaliger Versuch, gegen alle Sitte mit mir allein zu bleiben, endlich das scheinbar scherzhafte Geplänkel um die Frage, ob ich als Leibwächter geeignet sei. Tigellinus zitierte meinen verdächtigen Scherz »Ich würde das nächstbeste Ding hier nehmen«, mitsamt meinem Griff in die Schale aus Achatglas, wo die bronzenen und eisernen Stilette umherrollten, lang wie Dolche, gewichtiger und schärfer als Messerklingen.

Der letzte Satz von Tigellinus' Aussage lautete: »Ich zog mich befehlsgemäss zurück und liess den Kaiser mit dem judäischen Ritter allein.« Mit diesem Satz endete auch der Militäranwalt, unvermittelt, ohne weitere Erklärung, in lastendem Schweigen. Die Kommission brauchte einige Augenblicke, um sich zu sammeln. Dann hörte ich den Vorsitzenden zu mir sagen: »Wir haben nun einige Fragen an dich, *egregie.*«

Ich stand mit durchgedrücktem Rückgrat vor der Kommission, erhobenen Kopfes, mit leicht zurückgezogenen Schultern, wie ich es von Kindheit an gesehen hatte. Die Stille war ungetrübt. Der alte Konsular streifte mich mit einem Blick aus halbgeschlossenen Augen.

»Bitte«, begann der Vorsitzende in falsch klingender Sanftheit, »hilf uns, die folgenschweren Aussagen des Ritters Tigellinus, die hier soeben verlesen wurden, zu verifizieren.«

Ich neigte den Kopf zum Zeichen meiner Bereitschaft.

»Ist es wahr, dass du, nachdem der Präfekt der Prätorianer abgetreten war, mit dem damaligen Kaiser allein bliebst?«

»Es ist denkbar, dass ich bis zum Eintreffen des neuen Leibwächters allein beim Kaiser war. Wir waren so sehr ins Gespräch vertieft, dass wir solche Ausserlichkeiten nicht beachteten.«

»So sehr ins Gespräch vertieft ... Über Verskunst?«

»Worüber sonst, *perfectissime*? Ich verstehe nur von dieser einen Sache genug, um ein Gespräch mit Herrschern zu wagen.«

»Du verstehst auch sonst allerhand. Zum Beispiel mit einem metallenen Griffel aufreizende Bewegungen zu machen.«

»Das Wort ›aufreizend‹ ist nicht mal in der Aussage des Präfekten Tigellinus gefallen. Es sagte, ich hätte aufs Geratewohl in die Schale gegriffen.«

»Aufs Geratewohl ...«, wiederholte der Vorsitzende. »Und was heisst: Nicht mal in der Aussage des Tigellinus? Hegst du Zweifel an den Angaben des früheren Präfekten?«

»Ich halte für denkbar, dass der Präfekt gewissen Einzelheiten nachträglich eine Bedeutung unterlegt, die sie an dem fraglichen Tag, unter den gegebenen Umständen, angesichts der Versunkenheit des Herrschers in literarische Fragen, nicht wirklich hatten.«

»Das hiesse dennoch«, summierte der Vorsitzende, »du warst allein beim Kaiser, bevor der Ritter Tigellinus erschien und warst wiederum allein mit ihm, nachdem der Ritter euch verlassen hatte?«

»Wenn dem so war, *perfectissime*, kann es sich beide Male nur um Augenblicke gehandelt haben.«

»Halten wir den Tatbestand für die Akten fest: Der Vorgeladene gesteht, dass er mehrmals allein beim Kaiser war. Noch Fragen?«

»Ja«, rief der magere Beisitzer und wandte sich an mich: »Es könne sich nur um Augenblicke gehandelt haben, sagst du ... Man spricht zu recht von ›schicksalschweren Augenblicken‹. Schicksalschwer für die, über die ihr gesprochen habt. Der Kaiser wurde, indem du bei ihm warst, anderen Sinnes, was einen Ritter aus senatorischem Hause, wenig später, was den Tribunen Titus betraf. Für beide Männer hatte die kaiserliche Laune schwerwiegende Folgen. Im ersten Fall jahrelange Verbannung vom Hof, im Fall unseres heutigen Imperators vermutlich die später erfolgende Abkommandierung nach Judäa, an einen bekanntermassen lebensgefährlichen Ort.«

»Ich habe mit dem damaligen Kaiser über seine Inszenierung des Poems *Der Kitharaspieler* gesprochen, über nichts anderes.«

»Gewiss, das ist deine Darstellung. Ich dagegen wage zu schlussfolgern, dass du einer der geheimen Berater des Herrschers warst. Ein so misstrauischer Mann wie der vormalige Kaiser Nero bleibt nicht eine einzige Sekunde mit jemandem allein, dem er nicht bedingungslos vertraut.«

»Man kann einem Hofbeamten nicht zum Vorwurf machen, dass ihn sein Herrscher für vertrauenswürdig hält.«

»Deine Zunge ist gewandt wie eine Schlange.« Der magere Militäranwalt erhob sich leicht und mühelos aus seinem hölzernen Stuhl, ging mit steifen Schritten um den Tisch und stand vor mir. Das Knarren und Klirren der Uniformträger war um ihn, er roch nach Metall und Lederwichse. Ich sah ihn zum ersten Mal aus der Nähe, blass und übernächtig, mit einer grossen, dünnrückigen, gebogenen Nase und bläulicher, erschöpfter Haut unterhalb der schiefergrauen Augen, die sich in der Anspannung unterdrückter Gefühle zu schmalen Schlitzen zusammengezogen hatten.

»Wir werden dafür sorgen, dass wir die Wahrheit erfahren, wie es unseres Amtes ist. Du wirst uns Auskunft erteilen über deine geheimen Gespräche mit dem Kaiser. Wir werden dich ausführlich befragen. Gegebenenfalls unter Anwendung peinlicher Methoden.«

Er wandte sich um und blätterte, mir den Rücken zuwendend, in einer Akte, als verweigere er mir seine weitere Teilnahme, sein Interesse. Als wolle ich mich mit dem Schrecken der angekündigten Folter allein lassen. Und mir ging durch den Kopf, dass vermutlich dieses Alleinsein das schlimmste an der Folter war: dass der Gequälte mit dem körperlichen Schmerz zugleich die totale Verlassenheit erlebte, auch sie bis tief in die Knochen zu spüren bekam, die Abwendung, die Verahtung der anderen, sein Ausgestossensein aus der nicht-leidenden, gesunden, anerkannten Menschheit, den Verlust all dessen, was uns selbstverständlich scheint: aufrechter Gang, das Recht auf Äusserung, die Beachtung durch unseresgleichen ...

»Wer weiss, wer du wirklich bist«, fragte der Magere nachdenklich, indem er geräuschvoll die Schriftrolle fahren liess und wieder auf mich zutrat. »Wer weiss, wen wir hier vor uns haben. Eine zweifelhafte Identität, ein unglaubwürdiger Lebenslauf, eine durchweg fragwürdige Herkunft ...«

»Das nun nicht, *egregie*«, unterbrach ihn der Konsular Vibius Crispus. »Fraglos ist der Vorgeladene römischer Bürger von Geburt. So steht es in den Akten. Und als römischer Bürger ist er berechtigt, beim Kaiser zu appellieren. Wir sollten das bedenken. Verstösse gegen die Richtlinien der Untersuchungsführung können im Fall einer *appellatio* geltend gemacht werden, und unser Imperator Titus ist ein Herrscher von seltener Gerechtigkeitsliebe. Es ist unzulässig, einen römischen Bürger, bevor noch eine *accusatio* ausgesprochen wurde, mit Folter zu bedrohen. Deine Verhörmethoden aus dem judäischen Feldzug in Ehren, aber hier haben wir es nicht mit einem Kriegsgefangenen zu tun, sondern mit einem römischen Ritter. Mit einem Mann deines Standes, *egregie*, um genau zu sein.«

Der Vorsitzende, schweigend neben dem Konsularen sitzend, zeigte eine Miene, als sei dies ein bedenkenswerter Umstand.

»Behandelt man so einen Standesgenossen?« Der alte Konsular liess sein klangvolles Organ erdröhnen wie ein Redner vor vollem Saal. »Hast du nicht eben lang und breit ein Dokument verlesen, aus dem hervorgeht, wie angemessen und respektvoll selbst der Ritter Tigellinus von seinen Verhörbeamten behandelt wurde, ein Mann, der ungezählten Menschen Tod und Verderben brachte und dennoch, als römischer Ritter und früherer Präfekt, ein ordentliches Verfahren erhielt? Wir wollen die Werte unseres Imperiums niemals ausser Acht lassen, *egregie*, auch nicht im Eifer eines Tribunals! Wir sind keine Wilden. Wir sind es uns schuldig – besonders in einer noch ganz und gar offenen Voruntersuchung – ein korrektes Verfahren zu führen, ein Verfahren ohne Einschüchterungsversuche, ohne Beleidigungen eines römischen Bürgers und Ritters, worin zugleich eine Beleidigung der römischen Bürgerschaft und des Ritterstandes gehen werden muss, eine Herabwürdigung der unumstösslichen Prinzipien, auf denen unser Imperium errichtet ist …«

»Bitte, *ornatissime*«, unterbrach hier der Vorsitzende den immer lauter werdenden Redeschwall, »niemand beabsichtigt …«

»Ich wollte es nur zu bedenken geben«, erwiderte der alte Ankläger, mit einer Stimme, als wolle er nicht zu bedenken geben, sondern zum Sturm aufrufen. Seine Haut hatte sich gerötet, seine Augen leuchteten. Er sass aufrecht, seine linke Hand hatte sich auf dem Tisch zur Faust geballt.

Der gelbgesichtige Militäranwalt verneigte sich im Stehen und Gehen, raschen Fusses war er wieder an seinem Platz hinter dem

Tisch. Er wirkte mit sich zufrieden, als hätte er den Ausbruch vorausgesehen und für unvermeidlich gehalten, als hätte er dieses Voraussehbare rasch hinter sich bringen und dadurch entschärfen wollen, und könne nun, nicht fürder davon bedroht, zur Tagesordnung übergehen.

»Selbstverständlich sind mir die Rechte römischer Bürger bekannt, *ornatissime*, wenn es sich auch in diesem Falle um sehr junge Rechte handelt, denn der Vorgeladene ist der Sohn einer kaiserlichen Freigelassenen aus Judäa, wie gleichfalls in den Akten steht ...«

»Aber das ist infam!«, warf der alte Ankläger dazwischen. Die Empörung wich nicht aus seinem Gesicht, sein Greisenkopf hob sich hochrot über dem Weiss der Toga.

»...wobei die Vaterschaft gänzlich unklar zu sein scheint, jedenfalls machen selbst frühere Akten darüber ungewisse Angaben ...«

»Es ist infam«, wiederholte der Alte, »allein aus der Zugehörigkeit des Vorgeladenen zu einem bestimmten Volk Aufschlüsse über seine Ehrbarkeit herleiten zu wollen.«

»Ich referiere den Stand der Akten. Es gibt mehrere Akten unter diesem Namen, auch ältere. Die Identität des Vorgeladenen muss in jedem Fall einer Prüfung unterzogen werden. Ich beantrage, einige diesbezügliche Fragen stellen zu dürfen.«

»Ist das wirklich nötig?« fragte der Vorsitzende. »Mehrere Zeugen haben übereinstimmend bestätigt, dass der vorgeladene Ritter der Mann ist, den wir suchen.«

»Die Zeugen haben bestätigt, dass der Vorgeladene der Mann dieses Namens ist, aber nicht, *wer* dieser Mann eigentlich ist. Es sind verschiedene Zusammenhänge, in denen ein Mann dieses Namens auftaucht. Zum Beispiel in einer Akte aus der Amtszeit des früheren Präfekten Tigellinus, in der es um seine mögliche Beteiligung an einer Verschwörung gegen Kaiser Nero geht. Handelt es sich bei dieser Person tatsächlich um unseren unpolitischen Ritter, der eigener Aussage zufolge immer nur mit Verskunst beschäftigt war?«

»Einspruch!« rief der alte Konsular. »Die fragliche Akte ist auch mir bekannt. Sie beschäftigt sich jedoch nicht mit des Genannten möglicher Beteiligung an einer Verschwörung, wie hier fälschlicherweise suggeriert werden soll, sondern mit der Frage, ob der Vorgeladene zu dem unter Kaiser Nero zu Unrecht hingerichteten Senator Plautius Lateranus in persönlichen Beziehungen stand. Der designierte Konsul Plautius Lateranus war eine der edelsten Gestalten im Widerstand gegen unwürdige, unrömische Zustände. Er gehörte zum Kreis um den Konsularen Calpurnius Piso, und die von diesem geführte Konspiration zählt zu den Ruhmestaten der damaligen *clarissimi*, die sich gegen das ungesetzliche Regiment des Präfekten Tigellinus auflehnten.«

»Dem mag wohl sein«, erwiderte der magere Beisitzer, obwohl ihm anzusehen war, dass er die Verschwörung des Calpurnius Piso keineswegs für eine Ruhmestat hielt, sondern für etwas Kriminelles, für einen Angriff gegen die Ordnung des Staates, »dem mag wohl sein, nur muss selbst die ehrenvollste politische Betätigung oder Verbindung des hier Vorgeladenen erneut die Frage aufwerfen, inwiefern sie mit dem Charakterbild übrereinstimmt, das er selbst von sich zeichnet. Es existiert eine weitere Akte, die einer vom früheren Gardepräfekten Nymphidius geführten Untersuchung nämlich, welche weiland der Frage galt, wieweit der Betreffende an Aktivitäten der christlichen Sekte beteiligt war, einer unter mehreren Kaisern als staatsfeindlich verfolgten geheimen Verbindung radikaler Juden und von ihnen verführter Mitbürger. Diese Sekte gilt bis heute als eins der grössten Sicherheitsrisiken des Reiches. Ein Mann vom gleichen Namen wie der Vorgeladene wird in der Akte als mutmasslicher Spitzel der Sekte im Kreis um die verstorbene Kaiserin Poppäa Sabina genannt. Der Verdächtige entzog sich der Vorladung vor die Untersuchungskommission durch Flucht.«

»Wieder ist, was der Kollege Beisitzer vorträgt, verzerrt und in der Tendenz verfälscht«, erklärte Vibius Crispus unter Kopfschütteln, als sei er darüber tatsächlich bekümmert. »Die Untersuchung unter dem sattsam bekannten Freigelassenen Nymphidius – einem Mann, den seine eigenen Untergebenen, die sonst so treuen Prätorianer, erschlagen mussten, weil er sich in wahnsinniger Vermessenheit selbst zum Kaiser ausrufen wollte –, diese Untersuchung war in Wirklichkeit nur der damals übliche Versuch, begüterte Familien unter Anklage zu stellen und ihre Vermögen zu konfiszieren. Wir alle wissen von der Misswirtschaft des damaligen Kaisers, der das Reich mit einer Schuldenlast von Vierzig Milliarden Sesterzien hinterliess, welche nur durch die heldenhaften Anstrengungen des Gottes Vespasian und seines Sohnes, des göttlichen Imperators Titus, getilgt werden konnte.«

Auch hierzu nickte der Gelbgesichtige, als hätte er mit dem Einwand gerechnet. Er wartete, bis das letzte Wort verklungen war, neigte den Kopf, als die Namen Vespasian und Titus fielen, und erwiderte:

»Dennoch ersteht aus erwähnten Akten und Untersuchungen eine fragwürdige Persönlichkeit, ein umtriebiger Mann, überall eingeweiht, mit Verbindungen in alle Kreise, Günstling der Kaiserin, Freund hoher Würdenträger, zugleich mit Angehörigen der christlichen Sekte befreundet, zum Beispiel mit einem gewissen Shimeon ben Levi, der wegen staatsfeindlicher Umtriebe aus der Hauptstadt verbannt werden musste, wobei – wie die Untersuchungskommission unter dem vormaligen Präfekten Nymphidius in ihren Akten festgehalten hat – jener Shimeon eigentlich zum Tode verurteilt war und nur durch Intervention des Vorgeladenen zu der bei Majestätsverbrechen unüblichen Strafe der Verbannung begnadigt wurde, und zwar von Kaiser Nero selbst. Wie also der Vorgeladene offenbar imstande war, den Kaiser gegen ihm treu gesinnte römische Offiziere einzunehmen, reichte sein Einfluss andererseits aus, bereits verurteilte Landsleute aus Judäa ihrer Bestrafung zu entziehen.«

»Einspruch. Der Mann, den der Kollege Beisitzer als ›bereits verurteilten Staatsverbrecher‹ bezeichnet, war ein stadtbekannter Arzt, geschätzt wegen seiner Heilerfolge, der sich nicht nur in jüdischen Häusern, sondern auch bei römischen Senatoren wohlbegründeter Beliebtheit erfreute. Ich selbst habe seine Dienste in Anspruch genommen, auch andere *clarissimi* wie der frühere Prokonsul von Bithynien, Gaius Petronius, oder der bereits erwähnte Plautius Lateranus und dessen Tante, die Gattin des Konsuls und Siegers im britannischen Feldzug, die allseits verehrte Pomponia Graecina. Um die Verstiegenheit der Hypothesen des Beisitzers noch deutlicher zu machen: auch der Gott Vespasian, der sich damals vorübergehend in Rom aufhielt, liess sich vom Arzt Shimeon gegen seine Gicht behandeln, zu seiner grössten Zufriedenheit. Was du hier vorträgst, *egregie*, scheint mir voreingenommen und daher mit römischer Rechtspraxis unvereinbar.«

»Auch mir scheinen deine Konklusionen etwas weit hergeholt«, beeilte sich der Vorsitzende zu versichern, nachdem ›der Gott Vespasian‹ für Shimeon ben Levis Unschuld zum Zeugen angerufen worden war. Einen Augenblick herrschte Schweigen. Das Schweigen vertiefte sich, ging in Lauschen über, in eine Art ehrfürchtiges Erstarren: wieder waren, irgendwo fern im Gemäuer, die Schwingungen jener Unruhe und Bewegung vernehmbar, die meine Vernehmer schon mehrfach hatten verstummen lassen.

»Bitte, *egregie*«, sagte der Vorsitzende, sich besinnend, »fasse jetzt deine Ansicht über den Vorgeladenen in wenigen Sätzen zusammen, damit wir zu einer Beschlussfassung darüber kommen, ob ausreichende Verdachtsmomente vorliegen, die eine Hauptuntersuchung rechtfertigen. Falls du noch Fragen an den Vorgeladenen hast – und auch du, verehrter Vibius Crispus – bitte ich diese jetzt zu stellen. Wir haben alle verfügbaren Zeugen gehört und dem Aktenmaterial früherer Kommissionen ausreichende Aufmerksamkeit gewidmet, um nun ungesäumt unseren eigenen Eindruck in verbindliche Worte zu fassen. Bitte, *egregie*, beginne du, da du in dieser Befragung die Rolle des Anklägers übernommen hast.«

»Sehr wohl, *perfectissime*. Obwohl ich mir Widerspruch gegen die Behauptung vorbehalte, ich wirkte hier in der Rolle des Anklägers. Dies wäre unstatthaft, da wir noch in der Voruntersuchung sind. Ich habe nichts anderes getan, als die Indizien vorzutragen, die sich in grosser Fülle in den Akten der Geheimarchive fanden, besonders in denen der *Castra praetoria*, wo der Fall des Vorgeladenen zweimal untersucht worden ist. Die erste Untersuchung, unter dem Vorsitz des damaligen Präfekten Tigellinus, wurde von diesem ›wegen Mangels an Beweisen‹ eingestellt, wobei die Plötzlichkeit des Abbruchs den irritierenden Eindruck hinterlässt, als sei auch hier, wie schon bei anderer Gelegenheit, von allerhöchster Stelle ...«

»Zur Sache.«

»Auch die zweite Untersuchung, diesmal unter dem Präfekten Nymphidius, musste unbeendet zu den Akten gelegt werden, diesmal, weil sich der Vorgeladene einer Befragung durch Flucht entzog. Er ist von einer fast unheimlichen Ungreifbarkeit. Wie lange will sich die kaiserliche Behörde noch von diesem Ritter foppen lassen, der immer wieder an den Brennpunkten der Ereignisse auftaucht, dort sein geheimnisvolles Wesen treibt und dann verschwindet? Ist es nicht, verehrte Kommission, nachgerade unsere Verpflichtung, das Werk unserer Amtsvorgänger zu Ende zu führen und diesen Mann der Gerechtigkeit zu übergeben? Jahrelang hat er sich jeder Untersuchung durch ein Leben im Untergrund entzogen, bis es der Behörde endlich gelungen ist, seinen Aufenthaltsort zu ermitteln. Und wieder besteht – als wäre alles Vorerwähnte nicht genug – der Verdacht staatsfeindlicher Konspiration, schlimmer noch, des Majestätsverbrechens. Wie wir wissen, ist ein Usurpator aufgetaucht und hat sich im Osten des Reiches zu etablieren verstanden, vom Perserkönig und anderen Mächten unterstützt. Er hält Hof, begeistert zahlreiche Mitläuferschaft als Kitharaspieler und Sänger, hetzt gegen Rom und das Herrscherhaus, schmäht den Gott Vespasian und seinen göttlichen Sohn, hat es dahin gebracht, dass unser von seinem Dienst am Vaterland beanspruchter Imperator ihm seine Aufmerksamkeit zuwenden muss ...«

In der stets offenen Tür zum Hof, der Tür nach Osten, entstand Bewegung von Licht und Dunkel. Die Tür lag jetzt, am frühen Abend, in Dämmer und Vergessenheit, der sich in ihr abzeichnende Schatten machte als solcher kaum Eindruck, veränderte nichts an den Lichtverhältnissen im Raum, bewegte sich geschmeidig, und doch wandten sich ihm alle Augen zu. Der Eintretende war ein Offizier der Prätorianer, hochgewachsen, in voller Rüstung, mit Schwert, Lanze und von rotem Rosshaar überbuschtem Helm, über der Uniform trug er, auf der rechten Schulter von einer Fibel gehalten, den Militärmantel. Er trat ein, grüsste wortlos die Kommission und postierte sich rechts neben der Tür. Ein zweiter Schatten, ihm gleich in Grösse, Breite, Rüstung und zitterndem Helmbusch, glitt nach ihm herein und nahm die linke Seite. Weiter geschah nichts. Der gelbgesichtige Beisitzer schluckte, der

Adamsapfel an seinem mageren Hals fuhr auf und nieder, dann setzte er seine Rede fort:

»Die Fäden führen, nach allem, was wir in den genannten Akten zu lesen Gelegenheit hatten, zu dem hier Vorgeladenen und anderen judäischen Hofleute am Hof Kaiser Neros, die gleichfalls als ›verschwunden‹ gelten. Da die Untersuchung der Behörde, wie von mir dargelegt, immer wieder auf rätselhafte Weise aufgehalten wurde, müssen wir uns mit diesem beschämenden Tatbestand begnügen, mit dem angeblichen ›Verschwinden‹ einstmals mächtiger und berühmter Männer, als wäre unser wohlorganisiertes, von Reichsstrassen durchzogenes Reich irgendein Sumpf oder Urwald. Wir alle wissen, dass unser Imperium, von den Adlern unserer Legionen beschirmt, vom Gott Vespasian und seinem Gottessohn Titus geordnet, um seiner Sicherheit, Gesetzlichkeit und Transparenz von den Völkern der Welt geschätzt wird wie keines je. Wie, frage ich, soll es möglich sein, im Römischen Reich zu ›verschwinden‹? Wo halten sie sich in Wahrheit verborgen, die Hintermänner der syrischen Strohpuppe, woher weiss jener Elende, der sich in schwer erreichbaren Wüstennestern versteckt und von dort den Osten des Reiches beunruhigt, indem er vorgibt, Kaiser Nero zu sein, woher weiss dieses Phantom, dieses Sprachrohr geheimer Interessen, so gut Bescheid über den verblichenen Nero und seinen die Massen betörenden Gesang? Wer hat ihn instruiert, wer in Stand und Kenntnis gesetzt? Wer lehrte ihn die Kithara schlagen, dass selbst Kenner finden, sein Spiel gliche dem des ehemaligen Herrschers? Sagt selbst: ist es nicht naheliegend, dass jene ›verschwundenen‹ Berater des früheren Kaisers damit zu tun haben, unser flüchtiger Ritter oder der verschollene Halityrus, gleichfalls ein Jude, jene Versprengten vom Volk der Heimlichen, der Anbeter des Unsichtbaren?«

Und der Geist soll den Ägyptern in ihrem Innern vergehen, und ihre Pläne will ich vereiteln. Da werden sie ihre Götzen befragen und ihre Beschwörer, ihre Geister und Zauberer …

Das ohnehin schwache Licht, das vom Hof einfiel, verschwand ganz, wurde von festen Körpern verdrängt, die Tür und Hof erfüllten, begleitet von Klirren, kurzen, gedämpften Kommandos und anderen schwer auszumachenden Geräuschen. Aus dem dunklen Pulk, der da sichtlich herandrängte, löste sich ein Mann und trat ein, grusslos, mit spähend vorgestrecktem Kopf. Er war dünn und nicht mehr jung, der sehnige Vogelhals kam aus ledernem Koller und Kragen, lose hing der lange Mantel in kunstvollem, von Dienerhand gelegten Faltenwurf, an der Schulter von einer kostbaren Schnalle gehalten. Die Mitglieder der Kommission erhoben sich von ihren Stühlen, ohne Säumen, in tiefem Ernst. Der dünne Mann winkte freundlich, ein wenig von oben herab, sah den beiden Wachen ins Gesicht, erst der rechts vom Eingang, dann der linken, und blieb dann gleichfalls stehen, nahe der Tür.

Daraufhin wurde etwas hereingetragen, etwas Kolossales, schwer und kompakt, unter dem leisen Keuchen der Träger, zweier riesenhafter, kahlgeschorener Asiaten, deren Arm- und Schultermuskeln, aufs äusserste angespannt, plastisch hervortraten wie bei Standbildern siegreicher Athleten. Zwischen ihnen sass, im Takt ihrer Tritte leise schwankend, eine Figur in einem hölzernen Tragestuhl. Ein halblautes Kommando, und die Last wurde abgesetzt, mit einem einzigen, kurzen Geräusch der auf die Fliesen stossenden Stützen, zwischen der Tür und dem Tisch der Kommission. In der Stille war unterdrücktes Stöhnen zu hören, das offenbar aus dem Tragsessel kam. Gleich darauf waren die Träger verschwunden, der Hof lag leer.

Gedämpftes Abendlicht beleuchtete den Sitzenden, seine Gestalt im weissen Umhang, seinen massigen Kopf. Bei dem Umhang handelte es sich nicht um die Toga, wie mir auf den ersten Blick hatte scheinen wollen, sondern um das *paludamentum*, den Feldherrenmantel, ein Kleidungsstück, das in Rom zu tragen unüblich ist, das nur auf Feldzügen, allenfalls noch auf Reisen angelegt wird. Der Kopf ging in einen dicken Hals über, mit gedunsenen Wangen und einem gespaltenen, vorspringenden, einst markanten Kinn, das, in einem weichen Hautpolster ruhend, seine Konturen verloren hatte. Die Augen waren von geschwollenen Lidern bedrängt wie ich es von Nero kannte, doch wölbten sich die Brauen des Sitzenden höher, standen seine Augäpfel weiter auseinander als bei diesem, wirkten Nasenwurzel und untere Stirn weit und frei. Als junger Mann musste er gewinnend gewirkt haben, vor allem wegen der Heiterkeit und Zuversicht, die vom Schnitt seiner grossen, leicht vortretenden Augen ausging, vom Flügelschlag seiner Brauen, von den geistvoll geschwungenen Winkeln des Mundes.

Eine matte Bewegung der fleischigen Hand gebot allen im Raum, so zu tun, als hätte sich nichts Besonderes ereignet. Man beeilte sich, diesem Befehl zu folgen, nahm wieder Platz, schickte sich an, in den bisherigen Beschäftigungen fortzufahren. Einige Würdenträger in Uniform waren irgendwie mit in den Saal gelangt und sassen in gespielter Gleichgültigkeit in den Sitzreihen hinter der Kommission. Ich wagte noch einen Blick auf den Mann im Tragestuhl und sah, dass sein oberer Schädel seltsam ausladend war, breitstirnig auseinanderdriftend, fast viereckig, ein Eindruck, der von der Frisur begünstigt wurde, einem jugendlichen Lockenkopf, kurzgehalten, romantisch Stirn und Schläfen umspielend. Es war, als läge diesem Haupt eine sachte, kaum sichtbare Unregelmässigkeit zu Grunde, die schwer zu erklären, doch auch nicht zu leugnen war, und über die ich tief im Innern erschrak.

Überhaupt war eine Art sanftes Erschrecken im Raum, ein Gewahrwerden der Macht und Majestät, die sich in der sitzenden Gestalt verkörperte, schmerzhaft wie zu grelles Licht. Alle Luft zwischen den Wänden schien davon erfüllt, schien zu strahlen, zu vibrieren. Die Wirkung wurde nach einigen Minuten schwächer, aber sie verlor sich nicht. Er wirkte auf jeden Fall bedeutender als Nero, der trotz aller Grausamkeit das Kindische niemals abgelegt hatte. Der alte Vibius Crispus war Freund mehrerer Kaiser gewesen und durfte das Atmen derselben Luft mit diesen unvergleichlichen Wesen ein alltägliches Ereignis nennen, und doch war er minutenlang in Erregung. Er verbarg sie geschickt durch verzögerte Bewegung, gesenkten Blick, kontrolliertes Atmen.

Auch der magere Militäranwalt fand seine Geistesgegenwart wieder und fuhr fort zu reden, wo ihn das Erscheinen des Tragsessels unterbrochen hatte. Er offenbarte bei dieser Gelegenheit eine bewunderswerte Fähigkeit des Repetierens, wie man sie nur durch besondere Ausbildung erlangen kann, durch die hohe Schule der Gedächtniskunst, durch Sicheinprägen schwieriger Stoffe von Kindheit an. Ich kannte solche Techniken von unseren Schriftgelehrten, die das längste Gebet ebenso im Kopf zu behalten vermögen wie die komplizierteste Debatte der Lernhäuser, die schon als Knaben lernen, auf welche Weise sich das Memorieren der Worte beherrschen lässt. Nach einer Sensation wie der eben erlebten wäre ein nicht in diesem Sinn Ausgebildeter kaum imstande gewesen, sich auf den letzten vorher gesprochenen Satz zu besinnen.

Doch der magere Ankläger schloss kurz die Augen, dann wiederholte er seine These von der Beteiligung der früheren Berater Kaiser Neros am staatsfeindlichen Treiben der »syrischen Strohpuppe« Wort für Wort wie er sie vorhin geäussert. Er warf nochmals die Frage auf, woher jener Elende, der, in fernen Wüstennestern verschanzt, den Osten des Reiches beunruhigte, so gut über den früheren Kaiser und seinen Gesang im Bilde war, und rief zum zweiten Mal an diesem Tage aus, vielleicht in Anwesenheit des schweigenden Tragestuhls sogar mit mehr Emphase als vorhin: »Wer hat ihn instruiert, wer in Stand und Kenntnis gesetzt? Wer lehrte ihn die Kithara schlagen, dass selbst Kenner finden, sein Spiel gliche dem Neros? Sagt selbst: ist es nicht naheliegend, dass jene ›verschwundenen‹ Berater des früheren Kaisers damit zu tun haben, der flüchtige Ritter oder der verschollene Halityrus, gleichfalls ein Jude, jene Versprengten vom Volk der Heimlichen, der Anbeter des Unsichtbaren?«

Wieder gestand ich mir ein, dass die Beredsamkeit dieses Mannes Gefahr in sich barg, über mich und mein eigenes Leben hinaus. Ich lauschte seiner Rede wie alle im Saal, erstaunt über ihre Wendung: »Denn die Juden beten das Unsichtbare an, sie verschmähen die Götter der Menschen. Sie verachten das Menschliche in ihnen. *Gens contumelia numinum insignis*, ein Volk, gekennzeichnet durch die Beleidigung der Gottheit, wie der Freund des Gottes Vespasian und seines göttlichen Sohnes Titus, der gelehrte Ritter Gaius Plinius sagte ...«

Hier geschah etwas Auffallendes: der Sitzende im Tragestuhl nickte. Er nickte kurz und schwermütig, in Erinnerung an den Verstorbenen, den Freund der flavischen Kaiser, den allseits geschätzten Ritter Plinius, der im ersten Jahr von Titus' Regierung beim Ausbruch des feuerspeienden Berges Vesuvius ums Leben gekommen war. Der Tod dieses Würdenträgers galt als vorbildlich wie sein Leben und Wirken, bis zuletzt hatte er sich bemüht, römische Siedler zu retten, die auf der Landzunge zwischen Berg und Meer gefangen waren und die er mit seinem Schnellsegler in Sicherheit zu bringen suchte. Er hatte noch vieles andere in römischen Augen Verdienstvolle getan, zum Beispiel war er als hoher Offizier im judäischen Feldzug gewesen, an der Seite seines Freundes, des Prinzen Titus. Das Nicken der Gestalt im Tragestuhl hatte den Mageren ermuntert, weshalb er mit erhobener Stimme fortfuhr und im Sinne besserer Einprägsamkeit seinen letzten Gedanken wiederholte:

»Sie beten das Unsichtbare an, sie verschmähen die Götter der Menschen, *gens contumelia numinum insignis*, um es mit den Worten des Plinius zu sagen. Sie huldigen einem leeren Raum, wie sich bei Eroberung ihres Heiligtums gezeigt hat, sie beten das Nichts an, und das Nichts ist das Böse! Ein Nichts ist ihnen heilig, also ist ihnen nichts heilig, nichts und niemand, kein Gott, kein Kaiser und kein Vaterland. Da sie alles verachten, was sonst Menschen wert und teuer ist, wie sollten sie da Reich und Herrscher anerkennen, wie den Frieden des Imperiums und seiner Bewohner? Fürs erste mögen sie unschädlich sein, unserem Imperator Titus zum Dank, dem Triumphator im judäischen Feldzug, dem strahlenden Sieger von Jerusalem! Er hat ihren Tempel niedergerissen, die Brutstätte des Unheils, das Schlangennest, von wo die Tücke ihre gewundenen Wege nach Rom und in manchen Ort des Imperiums nahm. *In nihilum occidere* – endlich war es ihnen selbst beschieden, in Nichts zu zerfallen! Aber noch irren ihre versprengten Abgesandten allerlanden umher, sinnen Rache, trachten Unheil! Sie unterminieren das Bestehende, reden Leichtgläubigen unsere Götter aus und versuchen, sie für den Unsichtbaren zu gewinnen. Was ist das für ein Gott, frage ich, der unsichtbar bleibt, der das Licht scheut, der sich nie zeigt? Von dem seine Anhänger dunkel verkünden, es sei ›das Ein und das Alles‹ und daher ohne Gestalt? Alles auf der Welt hat Gestalt, ein Gott ohne Gestalt ist Lug und Trug! Und was für ein Volk, das solchem Gotte huldigt, für ihn zu jeder Schandtat imstande ist! Wir haben in Judäa gesehen, wessen sie fähig sind, wie sie ihr Land, ihre Stadt, ihre Kinder opfern, diesem nichtigen Gott zuliebe, diesem Nicht-Gott, diesem leerem Raum. Was ist das für ein Gott, frage ich …«

»Ich erhebe Einspruch!«, rief der Konsular Vibius Crispus dazwischen. Alle Blicke wandten sich wie auf Kommando dem Tragsessel zu. Die Gestalt zeigte ein kaum merkliches Nicken, begleitet vom langsamen Schliessen der grossen vortretenden Augen.

»Bitte, *ornatissime*«, sagte leise der Vorsitzende.

»Mir ist in keiner Weise ersichtlich«, begann der alte Ankläger, der sich erstmals zum Reden erhoben hatte, »wozu mein Kollege Beisitzer uns mit diesen Ausführungen behelligt, mit diesen Erklärungen über den Gott der Juden, der in unserem Verfahren nichts zur Sache tut. Der Vorgeladene steht nicht wegen seines religiösen Bekentnisses vor dieser Kommission. Der Glaube an den jüdischen Gott ist seit den Edikten des Julius Caesar und seines Sohnes und Erben, des Gottes Octavian, *religio licita* im römischen Reich, eine anerkannte, geduldete Religion, und der Gott Vespasian und sein göttlicher Sohn, unser gütiger Imperator Titus, haben ihr diesen Status zu bewahren geruht, gewiss auf Grund tiefgreifender Erwägungen. Es ist also unzulässig, jemandem aus seinem Glauben an diesen Gott einen Vorwurf zu machen oder gar – wie mein Kollege Beisitzer versucht – einen schuldhaften Tatbestand.«

Ein kurzer Blick nur, hinüber zu der reglos sitzenden Gestalt, und der Vorsitzende verkündete entschlossen: »Dem Einspruch wurde stattgegeben. Der Beisitzer wird aufgefordert, endlich zur Sache zu kommen.«

»Sehr wohl, *perfectissime*. Nur ist es ebendiese Religion, die sie umtreibt und unbeirrbar macht, zum Schaden des Reiches. Nie sollten wir vergessen, wie obenauf sie unter Nero waren. Mich schauderte, als ich jene Akten las, mein Römersinn empörte sich über solche Zustände. Der hier Vorgeladene war tatsächlich von eher bescheidenem Rang, ein Sekretär im Hofamt *a studiis*, aber welchen Einfluss wusste er daraus zu ziehen! Der Präfekt Tigellinus, von dem es doch heisst, er sei am Hofe Neros allmächtig gewesen, fürchtete ihn! Er scheute davor zurück, gegen diesen Mann ein Verfahren zu eröffnen, eine allfällige *accusatio mota*, er beliess es – ganz gegen seine Art – bei einem einzigen Verhör in den Untersuchungen der Verschwörung des Calpurnius Piso. Warum? Was wusste der damalige Gardepräfekt, das uns bis heute verborgen ist, verborgen und unsichtbar wie der jüdische Gott?«

»Einspruch«, sagte Vibius Crispus.

»Einspruch stattgegeben. Zur Sache, *egregie*, oder ich sehe mich genötigt, deine Rede zu beenden.«

»Was wusste der Ritter Tigellinus, frage ich, über die tatsächliche Rolle des Vorgeladenen am Hofe Neros, über seine geheimen Einflüsse während gewisser Studiensitzungen mit dem Kaiser, Sitzungen über griechischen und hebräischen Büchern, wie mehrfach bezeugt wurde, während derer sich das Herz des leicht zu begeisternden, leicht entflammbaren jungen Herrschers dem sanften, eingängigen Gerede des Judäers öffnete? Noch andere Glaubensbrüder waren am Kaiserhof tätig, der beliebte Schauspieler Halityrus etwa, gleichfalls ein Hebräer, mit wirklichem Namen Hoshea ben Natan, ein geborener Sklave, dem besonders die damalige Kaiserin Poppäa Sabina zugetan war und der, wie man sagt, an ihrem Totenbett wachte, um ihre Seele im letzten Augenblick für den jüdischen Gott zu fangen ...«

Halityrus erschien mir vor Augen, von rätselhafter Traurigkeit ergriffen, von Müdigkeit, Überdruss, vielleicht Reue, in einem Zustand jedenfalls, der ihn für die Ideen der Selbstaufopferung geneigt gemacht hatte, die unter den Christiani umgingen. Dann war er verschwunden ... Mein Mund öffnete sich von selbst, ich sagte mitten in des Beisitzer Rede: »Das ist nicht wahr. Halityrus war zu dieser Zeit nicht mehr in Rom.«

»Selbst wenn, was ändert es am Tatbestand einer langjährigen Beziehung?«, fragte der Beisitzer. »Die Zeugen in der damaligen Untersuchung bestätigten, dass der Schauspieler mit der Kaiserin ...«

»Aber so geht das nicht!« warf der Vorsitzende ein. »Der vorgeladene Ritter muss darüber belehrt werden, dass sein Betragen ungebührlich ist! Von der kaiserlichen Untersuchungskommission befragte Personen haben nicht das Recht, in die Verhandlung einzugreifen. Deine einzige Form der Äusserung, *egregie*, besteht im Beantworten der an dich gerichteten Fragen.«

»... dass der Schauspieler mit Kaiserin Poppäa Sabina ein anstössiges Verhältnis unterhielt«, fuhr der magere Beisitzer fort, mit einem kurzen Rucken der Schultern, als wolle er den Einwurf des Vorsitzenden abschütteln, einen Einwurf, der zu meiner Belehrung erfolgen mochte, aber störend in seine Rede fuhr, »... Verhältnis unterhielt, genauer gesagt, ihr Liebhaber war, wodurch sich ungeahnte Möglichkeiten der Einflussnahme ergaben. Man findet Spuren in den Akten, wonach über die Kaiserin Einfluss auf die Vergabe höchster Ämter genommen wurde, etwa, was naheliegend ist, des Prokurators von Judäa, aber auch Posten in der kaiserlichen Verwaltung in Rom, wie Vorsteher von Hofämtern, Präfekturen und anderes. Man verhalf sich gegenseitig zum Ritterrang, um für solche Ämter in Frage zu kommen. So sorgte der hier Vorgeladene dafür, dass sein Schwiegervater römischer Ritter wurde, obwohl dieser noch als Sklave geboren war. Man half einander mit Geld, um den Zensus aufzubringen, falls das bei diesen Leuten je nötig ist, denn Geld haben sie immer, spätestens in der zweiten Generation, mögen sie noch so arm, selbst in Ketten nach Rom gekommen sein. Andererseits taten sie alles, um Unliebsame zu beseitigen und vom Hof fernzuhalten, wie die Voruntersuchung im Falle des vorgeladenen Ritters erwiesen hat. So nahmen die Judäer Einfluss am Kaiserhof, nicht selten zum Schaden Roms. Einige von ihnen sind bis heute in Amt und Würden. Ich rate, ihre Aktivitäten zu untersuchen, gegebenenfalls eine Kommission damit zu betrauen ...«

»Aber das ist ungeheuerlich!«, sagte Vibius Crispus mit zurückgenommener, grollender Stimme, sich langsam aufrichtend und rot anlaufend, dass die hellen Augen leuchteten. »Ich bitte ins Protokoll aufzunehmen, dass ich den Vorschlag des Beisitzers verurteile. Er regt an, Untersuchungen gegen am Hof geschätzte Personen anzustrengen, nur weil sie judäischer Abstammung sind! Wo sind wir hier? Ist Rom noch Rom? Hat man dich, *egregie*, jemals wegen deiner kleinasiatischen – wenn mir recht ist, kappadokischen – Abstammung behelligt? Ist dir nicht bekannt, dass unser göttlicher Herrscher, der Imperator Titus, geborene Juden zu seinen Freunden zählt?«

»Ich muss mir die Unterstellung verbitten, ich hätte Freunde des Kaisers in Untersuchungen einbeziehen wollen«, erwiderte der Magere, dunkel anlaufend. »Wer richtig zugehört hat, weiss, wen ich meine, welche jüdischen Umtriebe in gewissen Hofämtern und Schlafgemächern, welches Unterminieren und Missionieren, welche Geheimbünde in den Hinterzimmern der Synagogen, in Privathäusern und unterirdischen Gelassen. Ferner bin ich nicht kappadokischer, sondern kilikischer Herkunft. Drittens bin ich als Beisitzer in einer vom Imperator Titus berufenen Kommission dir, *ornatissime*, gleichgestellt. Es ist sinnlos, mich einschüchtern zu wollen. Mich leitet ausschliesslich die Liebe zum flavischen Herrscherhaus, die Sorge um seine Zukunft. Als Militäranwalt in Judäa habe ich zahlreiche Untersuchungen geleitet ...«

Der Vorsitzende hatte einen Blick hinüber zum Tragsessel gewagt und auf der breiten, asymmetrisch ausladenden Stirn Zeichen von Unmut bemerkt, vielleicht auch das leise Ächzen oder Stöhnen gehört, das von dort kam, worauf er die Hand hob und Ruhe gebot.

»Ich muss doch bitten«, sagte er. »Die Disziplin lässt zu wünschen übrig, und ausgerechnet in diesem Augenblick ...« Er schüttelte den Kopf, schwieg einen Lidschlag lang und fügte hinzu: »Das Wort erteilt ausschliesslich der Vorsitzende dieser Kommission. Die Beisitzer werden aufgefordert, es nicht mehr eigenmächtig zu ergreifen und Zwischenrufe zu unterlassen. Es ist unzulässig, einander zu unterbrechen. Der ritterliche Beisitzer möge sich kurzfassen, damit wir endlich zu einer Beschlussfassung in der Frage des Vorgeladenen kommen. Anwürfe gegen Personen judäischer Herkunft haben zu unterbleiben. Alle diesbezüglichen Äusserungen sind aus dem Protokoll zu streichen, wodurch sich auch der Protest des senatorischen Beisitzers erübrigt. Es sind ausschliesslich Fragen und Feststellungen zugelassen, die den Vorgeladenen betreffen.«

Die Stimme des mageren Beisitzers, als er weitersprach, klang ernüchtert, vermutlich hatte auch er einen Blick auf die breite Stirn geworfen oder das leise Ächzen gehört. Die Atmosphäre im Raum kühlte sich deutlich ab. Auch war es dunkler geworden, der Abend fiel ein und mit ihm das Zirpen der Zikaden.

»Ist es wahr, *egregie*«, fragte der Magere, der sich unvermutet an mich wandte, »dass die meisten der vom damaligen Kaiser vorgetragenen Lieder aus deiner Feder stammen?«

»Die Frage ist nicht so einfach zu beantworten.« Ich hielt inne, da um den Tragsessel Bewegung entstanden war, ausgelöst durch ein leises Fingerschnippen der sitzenden Gestalt. Der Uniformierte trat ein, der vorhin schon einmal im Raum gewesen war, jener Dünne, Ältere mit der kostbaren Fibel auf der Schulter, neigte sein Gesicht dem Sitzenden zu, lauschte, lief hinaus und kehrte ungesäumt wieder, in der Hand einige Wachstafeln mittlerer Grösse. Der Sitzende begann sich mit einer gewissen Mühe zu bewegen, holte langsam unter dem Mantel ein Behältnis für Schreibgeräte hervor, entnahm ihm einen geschliffenen Griffel und fing an, kaum dass ihm der Uniformierte die Tafeln gereicht hatte, auf der zuoberst liegenden mit rascher, geübter Hand zu schreiben. Ich sah, dass es Schnellschrift war, Tironische Noten, und die Geschwindheit, mit der er die Zeichen auf die Wachstafel setzte, verblüffte angesichts der sonstigen Langsamkeit und Schlaffheit seiner Bewegungen. Auch veränderte sich sein Gesicht, indem er schrieb. Über den Ausdruck von Schmerz oder Bedrückung legte sich ein Hauch von Heiterkeit, vielleicht von Glück. Auch mich überkam etwas wie Glück bei diesem Anblick, wie ich es immer empfinde, wenn ich irgendwo einem Liebhaber der Schreibkunst begegne.

»Die Frage ist nicht so einfach zu beantworten«, sagte ich, dabei wie gebannt auf die fleischige Hand mit dem Griffel starrend. »Ich habe für den damaligen Kaiser Manuskripte verfasst, die er hinterher veränderte und adaptierte, so dass meist, was dann auf den Proben zu hören war, erst recht, was der Kaiser öffentlich im Theater aufführte, kaum Ähnlichkeit mit dem ursprünglich von mir Geschriebenen hatte.«

Die Hand war gefolgt ohne zu stocken, in derselben Geschwindigkeit, in der ich gesprochen hatte, sie setzte den Punkt in eben dem Augenblick, als mein letztes Wort verklang. Der Sitzende im Tragestuhl schrieb nicht langsamer als Primus, als der kaiserliche Aktuarius am Tisch oder der berühmte Freigelassene des Redners Cicero, er war ein Könner auf diesem Gebiet, ein Könner aus Passion. Und da er nun beschäftigt war, seine Augen nicht mehr ins Leere starrten, sein gelegentliches Ächzen und Stöhnen eine vernünftige Erklärung in der Anstrengung des Schreibens fand, löste sich auch die Spannung aller anderen im Saal, nahm die Verhandlung ihren Lauf. Der magere Beisitzer änderte die Taktik und beschränkte sich darauf, mir Fragen zu stellen.

»Nehmen wir ein Beispiel«, schlug er vor. »Das damals berühmte Poem *Der Kitharaspieler*, von dem in den Akten soviel die Rede ist – wer hat es denn nun geschrieben, der Kaiser oder du?«

»Zunächst ich. Später hat der Kaiser Änderungen für nötig befunden, als er es inszenierte.«

»Nein, ich meine den Text. Den reinen Text. Wer hat zum Beispiel diese Zeilen verfasst

Er wird er. Er wird Rom.
Er verzaubert sich selbst: Stadt und Steine
Und ihr Tag und Nacht allesbeschirmender Glanz,
Sein Gesang wird all dies, und das Lachen und Weinen
Der Quiriten und Völker geht über in Tanz,
Wenn er singt, liegt die Welt unter jauchzenden Grüssen
Ihm, dem Herrscher und Sänger, glückselig zu Füssen …

Ist das von dir oder von ihm?«

»Von mir«, erwiderte ich. Lange hatte ich diese Zeilen nicht gehört. Auch nicht an sie gedacht. Ihrer ganz und gar vergessen. Aber wenn es etwas auf dieser Welt gibt, auf das zu hoffen vergebens ist, dann das Vergessen. Ich warf einen Blick hinüber zu dem Sitzenden und sah, dass er mitgeschrieben hatte und mit seinen grossen, hervortretenden Augen auf die Wachstafel starrte. Da schien mir auf einmal, als ob sich die dicklichen Lippen in die Breite zogen und in den Winkeln des Mundes belustigte Kringel enstanden …

»Mit solchen Versen«, sagte der Magere, »war es natürlich leicht, des Kaisers Herz zu gewinnen ...«

So hatte Primus gegrinst, als ich es ihm diktierte. Und sein Grinsen hatte mich ermutigt. Primus hielt die Römer für Emporkömmlinge, für siegreiche, stumpfe Soldaten. Er sah Zerstörer in ihnen, die Zerstörer seiner griechischen Heimat und ihrer Tempel, die Räuber der Figuren und Weihegefässe. Er hatte minutenweise fast glücklich gewirkt, wenn ich ihm solche Verse zum *Kitharaspieler* diktierte, ruhmredige, hochtönende Verse, aus denen ein kluger Mensch meine wahre Meinung über Rom heraushören konnte.

»... des Kaisers Herz zu gewinnen und sein Einverständnis in diesem und jenem Fall. Man wundert sich heute über manche von Neros Entscheidungen, die Provinz Judäa betreffend, weil sie offensichtlich den Interessen des Reiches zuwiderliefen. Ich möchte, die Zustimmung der Kommission vorausgesetzt, an folgenden Fall erinnern, der sich im Jahre der Konsuln ...«

Er blickte in seine Papiere. Der Vorsitzende benutzte die Gelegenheit, zum Tragestuhl hinüberzuspähen, aber diesmal kam kein Zeichen von dort, das bleiche Gesicht blieb reglos, verharrte in jenem Lächeln, das es beim Überlesen meiner Gedichtzeilen angenommen hatte.

»Damals weilte eine Abordnung aus Jerusalem in Rom, bestehend aus Priestern und Schriftgelehrten des Sanhedrin, dortzulande hochrangigen Männern, die ein Anliegen an den Kaiser hatten: ihnen beizustehen gegen den römischen Prokurator von Judäa, den Ritter Porcius Festus, in der Streitfrage um eine Mauer, die von den Priestern eigenmächtig, ohne Genehmigung des römischen Landpflegers, im Tempel errichtet worden war. Abgesehen davon, dass es an sich schon ein erstaunliches Begehren darstellt, wegen einer solchen Bagatelle den römischen Kaiser um Beistand zu bitten und eine Abordnung nach Rom zu entsenden ...«

»Einspruch«, sagte der alte Vibius Crispus zum Vorsitzenden, mit einer Stimme, als sei er der ewigen Einsprüche mittlerweile leid.

»Bitte, *ornatissime.*«

»Es ist keineswegs ein erstaunliches Begehren, den römischen Kaiser um Beistand gegen einen römischen Prokurator zu bitten.

Die Möglichkeit der Beschwerde gehört zu den unverzichtbaren Prinzipien des römischen Rechts. Sich an den Kaiser zu wenden, ist Ausdruck der Liebe der Völker gegenüber dem göttlichen Herrscher, in dem sie ihren Vater und Beschützer sehen. Der Augustus ist nicht nur der Vater des Vaterlands, wie einer seiner Titel lautet, er ist auch der Vater aller Völkerschaften, die sich vertrauensvoll dem römischen Rechtsverbund angeschlossen haben. Und was insbesondere Judäa betrifft, so hatten dort betrüblicherweise mehrere Prokuratoren Anlass zur Klage gegeben, sogar Recht gebrochen, wie ihre Prozesse in Rom zeigten. Pontius Pilatus und Venditus Cumanus mussten verurteilt werden. Marcus Antonius Felix schied auf unehrenhafte Weise aus dem Amt. Auch gegen den Prokurator Gessius Florus wurde am Kaiserhof Klage erhoben, und zwar nicht nur von den Juden, sondern vom kaiserlichen Legaten in Antiochia. Unser Herz schlägt mit den Völkern. Das römische Imperium beruht auf Prinzipien des Rechts und der Menschlichkeit. Es gehört zu den bedauerlichen Schwächen der vorflavischen Verwaltungen, dass die Missbräuche in Judäa Überhand nehmen konnten, Missbräuche, die unseren Imperator Titus nötigten, selbst in das Schicksal dieser Provinz einzugreifen. Wozu hat unser erhabener Herrscher seine Kraft, seine Jugend, sein Leben eingesetzt, wozu seine besten Jahre im Feldlager verbracht, seiner nicht schonend, aller Strapazen und Härten nicht achtend, wozu, wenn nicht dazu, die von gewissen Vorgängern verschuldeten Verhältnisse wieder zurechtzusetzen, die Wirren zu beenden, den Menschen dort Frieden zu geben? Wenn, wie der Kollege Beisitzer suggeriert, in der Provinz Judäa zu Neros Zeiten erfreuliche Zustände geherrscht hätten, wozu dann der Krieg? Will der Kollege Beisitzer zu verstehen geben, dass unser menschenfreundlicher Imperator Titus ein Herrscher ist, der Krieg um des Krieges willen führt? Überlege dir, *egregie*, welche Implikationen du mit deinen unbedachten Bemerkungen auslöst!«

»Ich bin sicher«, beeilte sich der Vorsitzende zu erklären, »dass der Beisitzer derlei Implikationen keineswegs im Sinne hatte ...« Er sprach mit einer gewissen Hast, da sich der Sitzende im Tragestuhl schon seit einigen Minuten nicht bewegt hatte, auch nicht mehr schrieb, nicht mehr lächelte, nur noch sass, reglos, lustlos, mit einem Ausdruck als sei ihm all dies lästig, der Raum, die sich streitenden Männer, die Verhandlung.

Der magere Beisitzer stand einen Augenblick sprachlos. Zum ersten Mal sah er sich von Vivius Crispus in eine wirklich gefahrvolle Lage gebracht, aus der es nur eine Art von Entrinnen gab: sofortiges Bekennen.

»Ich würde zutiefst bedauern, wenn meine Äusserung auch nur im geringsten zu Missverständnissen Anlass gegeben haben sollte.« Er war erbleicht, seine Haut zeigte die Farbe von Pergament, sein glattanliegendes Haar das stumpfe Schwarz von Kohlenruss. »Unser Imperator Titus ist die Zierde des Menschengeschlechts, mögen ihm die Götter ein langes Leben schenken!«

»Mögen ihm die Götter ein langes Leben schenken!«, riefen der Vorsitzende, der alte Vibius Crispus und noch etliche im Saal sitzende Männer, einige sogar aufsspringend und die Hand zum römischen Gruss erhebend. Diesen erwiderte die Gestalt im Tragestuhl auf ihre Weise, langsam, wie gequält, ein Anheben des dicken Unterarms, ein Zurückklappen der Hand. Dann war, ein wenig überraschend, das Fingerschnippen zu hören. Daraufhin lugte der Vogelkopf des Offiziers im Mantel zur Tür herein und neigte sich dem Mund des Sitzenden zu, verschwand und kehrte wieder. Er war diesmal in Begleitung eines Mannes in der Toga mit dem schmalen Purpurstreif, der ein Kristallgefäss trug. Noch jemand erschien, ein junger Mensch, kaum dem Knabenalter entwachsen, welcher den Trank, den der Mann in der Toga aus dem Kristallgefäss in einen goldenen Becher gab, unter lebhaftem Mienenspiel kostete, worauf der Kaiser aus seiner Hand den Becher nahm und ihn leerte. Ein scharfer Geruch nach Kräutern verbreitete sich, Arzt und Vorkoster nahmen ihren Abgang. Der Vogelköpfige warte noch einen Moment, doch als der Mann im Tragestuhl schwieg, ging auch er unter einer Verbeugung hinaus.

Der Zwischenfall hatte alle Anwesenden ergriffen. In den Augen des alten Vibius Crispus standen Tränen. Der Militäranwalt, immer noch blass, bat in halblauten Worten, mit der Befragung fortfahren zu dürfen. Ein Nicken des Vorsitzenden war die Antwort.

»Ich frage den Vorgeladenen, ob er von der Abordnung aus Jerusalem wusste und mit ihr in Berührung kam.«

»Ich war mit der Abordnung in der Morgenaudienz des Kaisers«, antwortete ich. »Der Kaiser empfing die Abordnung überaus gnädig. Der *procurator a cubiculo* war gleichfalls anwesend.«

Der Beisitzer nickte. »Du wusstest von den Absichten der Gesandtschaft?«

»Soweit es für den mir vom kaiserlichen Hofamt *a cubiculo* erteilten Auftrag von Belang war.«

»Worin bestand dieser Auftrag?«

»Die Gesandten zum Kaiser zu begleiten, mit ihnen in der Morgenaudienz zu sein, gegebenenfalls für sie zu übersetzen, sie in meinem Haus zu empfangen, auch weiterhin zu ihrer Verfügung zu sein, falls sie Wünsche und Bedürfnisse hatten.«

»Was für Wünsche und Bedürfnisse?«

»Etwa besondere Buchrollen betreffend, Schreibgerät, Papyros oder andere Bequemlichkeiten.«

»Das müssen ja Männer nach deinem Herzen gewesen sein, die sich nur für Bücher und Schreibgerät interessierten«, sagte der Beisitzer. »Über den Zweck der Gesandtschaft wurde nicht gesprochen?«

»Wie ich bereits ausgesagt habe, wurde ich in Kenntnis gesetzt, dass die Gesandtschaft in der Hauptstadt war, um wegen der Tempelmauer zu appellieren.«

»Denn es ist mehr als merkwürdig«, erklärte der Beisitzer, an die Kommission gewandt, »dass dieser *appellatio* stattgegeben wurde – und ihr wurde stattgegeben, anscheinend vom Kaiser selbst und auffallend rasch –, merkwürdig aus mehreren Gründen. Der erste ist, dass die Priesterschaft formal im Unrecht war, da sie eine bauliche Veränderung in dem zur Sicherheitszone erklärten Tempelbezirk vornehmen liess, die der römische Prokurator nicht genehmigt hatte. Darin kam der mangelnde Respekt der Juden gegenüber Roms Oberhoheit bereits deutlich zum Ausdruck, eine Haltung, die später zu offener Rebellion und zum Krieg führte. Zweitens aber, und dieser Aspekt wiegt nicht weniger schwer, verschaffte diese Mauer den Feinden des römischen Reiches, die sich mit Vorliebe im Tempel und seinen anliegenden Säulenhallen und Gebäuden trafen, neue Freiräume und Zonen der Konspiration, da der Einblick von der Westhalle und von der Burg Antonia fortan behindert war. Die römischen Wachsoldaten konnten nicht mehr genau übersehen, was im inneren Tempelhof und in den Kolonnaden geschah, wer dort ein- und ausging, ob Waffen versteckt wurden oder verdächtige Personen. In den Akten des Hofamtes *a libellis* finden sich, als Anlage zu den Berichten des Prokurators Porcius Festus, präzise Zeichnungen, die den Tatbestand verdeutlichen. Übrigens starb der Vorsteher des genannten Hofamtes, der Freigelassene Doryphorus, kurz nach der Abreise der judäischen Gesandtschaft eines ungeklärten Todes. Er hatte sich, wie aus handschriftlichen Marginalien in den Eingaben des Prokurators ersichtlich, gegen das Anliegen der Juden gestellt und hegte die Absicht, in diesem Sinne dem Kaiser Vortrag zu halten. Der Kaiser entschied sich jedoch für das Ersuchen der judäischen Gesandtschaft, das heisst, er stimmte zu, die ohne Genehmigung erbaute Mauer zu belassen wie sie war. Seltsamerweise existiert darüber kein einziges Dokument in den Akten der Hofämter. Dabei wäre im Falle so hochrangiger Petenten eine *epistula principae* angemessen gewesen, ein Schriftstück von verbindlichem Charakter. Man muss annehmen, dass der damalige Kaiser den Fall ohne die zuständigen Beamten der Hofämter entschied, und zwar in einer handschriftlichen *subscriptio* auf dem Blatt der Eingabe selbst, welche Form des Bescheids gleichfalls Rechtskraft besitzt. Ich muss dennoch aus meiner langjährigen Kenntnis kaiserlicher Akten hinzufügen, dass ein solches Vorgehen angesichts der Hochrangigkeit der Streitparteien, eines römischen Prokurators und eines judäischen Hohepriesters, fast beispiellos ist. Hinzukommt, dass der Posten des Prokurators von Judäa – nach dem plötzlichen Ableben des Ritters Festus im Dienst – über längere Zeit unbesetzt blieb, wodurch wiederum die jüdische Streitpartei begünstigt wurde. In gewissem Sinne verletzte der positive Bescheid des Kaisers die Interessen des Reiches. Kannst du, *egregie*, der Kommission Aufschluss geben, wie es zu dieser schwer erklärlichen Entscheidung kam?«

»Die Entscheidungen eines römischen Kaisers entziehen sich grundsätzlich meiner Erklärung«, antwortete ich.

»Du versuchst einer Antwort auszuweichen.«

»Einspruch«, rief der alte Vibius Crispus.

»Bitte.«

»Ich finde die Antwort angemessen. Eher will mir die Frage befremdlich scheinen. Wie sollte ein kleiner Beamter am Kaiserhof die Entscheidungen des göttlichen Herrschers erklären können? Und was willst du eigentlich mit deiner Wortwahl zum Ausdruck bringen, *egregie*, ›schwer erklärliche Entscheidung‹? Es handelte sich um eine Entscheidung des damaligen Kaisers! Dieser Kaiser mochte sein wie er wollte, deshalb blieb er immer noch die höchste richterliche Instanz im Reich! Will der Kollege Beisitzer auch dieses Prinzip der römischen Rechtsprechung in Zweifel ziehen? Ich hoffe, die Frage war lediglich als Versuch gemeint, die Gesetzestreue des Vorgeladenen zu prüfen, nicht etwa als Meinungsäusserung seitens des Beisitzers.«

Jeder im Raum versuchte auf seine Weise, zum Tragestuhl hinüberzublicken, die meisten in dem Bemühen, ihr Hinüberblicken vor den anderen zu verbergen, auch dem im Tragestuhl Sitzenden das Gefühl zu ersparen, er werde beobachtet. Doch dieser kümmerte sich nicht um die verstohlen Spähenden, hatte sich wieder über seine Wachstafeln gebeut und machte Notizen in Schnellschrift. Er gab in keiner Weise zu erkennen, was er von alledem hielt, vom Vorgehen des mageren Beisitzers, von den Einsprüchen des alten Konsularen, von meinen gelegentlichen Antworten.

»Ich verwahre mich gegen diese Misinterpretation …«, begann der Magere, doch da ihm niemand Aufmerksamkeit schenkte, fügte er nichts weiter hinzu, presste die Lippen zusammen und schwieg.

»Dafür habe nun ich einige Fragen an den vorgeladenen Ritter«, erklärte Vibius Crispus. Er wandte sich mit einigem Pomp in meine Richtung, indem er eine verrutschte Stoffbahn seiner Toga über die Schulter legte und dort malerisch anordnete, ohne hinzusehen, mit geübter Hand. »Verschiedene Zeugen haben erklärt, sie hätten dich mit dem damaligen Kaiser über hebräische Texte sprechen hören, sogar daraus lesen. Ist das zutreffend?«

»Wir sprachen manchmal über hebräische Texte. Daraus vorgelesen habe ich selten, da der Kaiser diese Sprache nicht verstand.«

Erst während ich sprach, erreichte mich das Bewusstsein der Gefahr. Wenn sich der alte Beisitzer gegen mich stellte, konnte es dafür nur einen Grund geben: der Kaiser wollte meinen Kopf.

»Was interessierte den Kaiser an diesen Texten?«

»Ihr poetischer Charakter. Das Hebräische ist eine besonders bildreiche, metaphorische Sprache. Die lange wechselhafte Historia unseres Volkes, der vielgeprüfte Geist seiner Menschen, die Schönheit des Landes Judäa stehen im Hintergrund jedes Wortes und verleihen ihm ahnungsvolle Tiefe.«

»Dafür interessierte sich der Kaiser? Das hiess doch sicher auch, dass er sich für Judäa interessierte?«

»Er interessierte sich für Einzelheiten unserer Geschichte, zum Beispiel für das Saitenspiel von König David, dem Dichter und Sänger auf dem Thron. Ich übersetzte öfters aus dessen Poemen. Auch Davids Sohn, König Shlomo, griechisch Salomon, interessierte den Kaiser, besonders sein Verhältnis zur legendären Königin des Südlandes, wie es in unseren Büchern auf poetische und anrührende Weise ...«

»So fernliegende Dinge? Zeigte er kein Interesse für die römische Provinz Judäa, für das Judäa seiner Tage?«

»Nein, *ornatissime*. Jedenfalls nicht im Gespräch mit mir.«

»Du sagtest, dass du die judäischen Gesandten in die Morgenaudienz beim Kaiser begleitet hast. Worüber sprach er mit ihnen?«

»Über die Rituale und Tänze in den Tempelhöfen. Er liess sich von einem der Gesandten ein Stück vortanzen.«

»Vortanzen? Habe ich richtig verstanden?«

»Ja. Der verstorbene Kaiser war an allen mit Tanz und öffentlicher Aufführung verbundenen Fragen überaus interessiert.«

»Danke«, sagte der Alte. »Keine weiteren Fragen.«

Der Sitzende im Tragsessel hatte mitgeschrieben, jetzt blickte er auf und sah zu uns herüber. Mir schien, als ob er ein müdes Lächeln zeigte, ein Lächeln, das Nero galt, nicht mir, und alle Furcht fiel von mir ab, so dass ich mich wiederum schwach werden fühlte, diesmal vor Erleichterung. Vielleicht war ich erblasst oder zeigte sonst ein Zeichen von Hinfälligkeit, der magere Beisitzer behielt mich

im Auge. Auch, als er langsam und scheinbar demütig sagte: »Ich habe gleichfalls noch einige Fragen an den Vorgeladenen.«

»Bitte.«

»Der Vorgeladene hat durch seine Antworten vor der Kommission einen günstigen Eindruck von sich zu erwecken gewusst. Was er sagte, schien glaubwürdig und wahrheitsgemäss. Er verstand, gerade in seinen Antworten auf die zuletzt gestellten Fragen, das Bild von sich zu bestätigen, das er von Anfang an der Kommission deutlich zu machen anstrebte: das eines unpolitischen, abgeklärten, ganz mit literarischen Fragen beschäftigten Menschen. Er spekuliert darauf, dass wir in der Schule von der Existenz solcher Menschen gehört haben, von Philosophen, weltfernen Dichtern, edlen Träumern, die ein höheres, besseres Menschsein verkörpern, und dass wir uns daher wünschen, dass es sie gäbe. Nur trifft man sie im wirklichen Leben selten, eigentlich nie.«

»Zur Sache«, sagte der Vorsitzende. Ihm war, wie uns allen, das leise Stöhnen aus dem Tragsessel nicht entgangen.

»Auch ich würde dem Vorgeladenen gern glauben, dass er der Mann ist, für den er sich ausgibt, als den er sich hier darzustellen versteht. Allerdings kennen wir seine Herkunft, seine Hintergründe. Die Mutter war eine geborene Sklavin des kaiserlichen Hauses, von Kaiser Caligula freigelassen, später an die Kaiserin Agrippina übergegangen, eine, soweit man weiss, unbescholtene Frau. Wer aber war der Vater?«

Der Sitzende im Tragsessel hatte aufgehört zu schreiben, er lehnte sich zurück, eine seiner gedunsenen Hände auf der Wachstafel, die andere mit dem Griffel schlaff von der Armlehne hängend. Sein Gesicht verriet, dass er sich belästigt fühlte. Ein Ausdruck, ungewiss im Zwielicht des Abends, zwischen dem Dämmer des Hofes und dem matten Schein der Öllampen, die man inzwischen im Saal angezündet hatte. Der Vorsitzende starrte ihn stumm und erwartungsvoll an, der alte Konsular wirkte ernsthaft besorgt.

Nur der Magere schien die Ermattung des Sitzenden nicht zu bemerken, er sah nicht zu ihm hinüber, sah überhaupt nirgendwo hin, war ganz gesammelt und auf sich konzentriert. Kaum, dass er die Augen ein wenig offenhielt und aus seinem Mund die Frage entliess: »Wer war dein Vater, *egregie*? Würdest du die Güte haben, der kaiserlichen Untersuchungskommission diese einfache Frage beantworten?«

»Ich kannte ihn nicht. Er starb vor meiner Geburt.«

»Ist das alles, was du vorgibst über ihn zu wissen?«

»Was sollte ich von ihm wissen, da ich ihn niemals gesehen habe?«

»Hat niemand über ihn gesprochen? Auch nicht deine Mutter? Fürwahr, es wundert mich nicht. Der frühere Präfekt Tigellinus hat an anderer Stelle des von mir bereits zitierten Protokolls vor der Kommission des Kaisers Otho über deine Familienverhältnisse ausgesagt. Du weisst, *egregie*, wie dein Vater ums Leben kam?«

...\pEr entrollte einen Papryros, wanderte mit seinen unbestechlichen Augen über die dicht gesetzten Zeilen, fand die Stelle, die er suchte, und las: »Aus dem Protokoll der Kommission zur Untersuchung der Verschwörung des Marcus Aemilius Lepidus und anderer gegen den göttlichen Herrscher Gaius Julius Caesar Caligula, im siebenhundertdreiundneunzigsten Jahr nach Gründung der Stadt Rom. Um mir nicht wieder den Vorwurf zu ausführlicher Darlegung zuzuziehen, fasse ich zusammen, was hier steht, und ersuche die geehrte Kommission, selbst Einblick in das Dokument zu nehmen. Der Mann von dem an dieser Stelle des Verhörs die Rede ist, ein gewisser Aruba, Sohn des Alexander, ein Freigelassener judäischen Blutes ...«

Wenn der Löwe brüllt, wer sollte sich da nicht fürchten? Wenn Gott der Herr redet, wer da nicht zum Propheten werden?

Es wurde eine längere Vorlesung. Das Geradestehen und Lächeln kostete mich einen Gutteil meiner Geistesgegenwart, so dass nur Bruchstücke des Protokolls in mein Bewusstsein drangen. Seit vielen Stunden war mein Körper in diesen schlecht gelüfteten Raum gesperrt, vom frühen Morgen an, der Tag schien mir einer der längsten meines Lebens. Auch der Sitzende drüben im Tragestuhl wirkte ermattet. Er schrieb nicht mehr, schien kaum noch hinzuhören, sass bleich und gedunsen in seinem Stuhl. Schweiss stand auf seiner Stirn, als ob er fieberte. Er atmete schwer aus schwammiger Brust.

»Dabei gilt als gesichert ...«, hörten wir. »Weitere Zusammenhänge ... muss der Tod der Drusilla als Auslöser ... ihr früherer Gatte Aemilius Lepidus gestand in der peinlichen Befragung ... behauptete, auch zwischen ihm und dem Kaiser sei es in ihren Jugendtagen ... wurde das Gerücht blutschänderischer Beziehungen zwischen der Livilla und ihrem göttlichen Bruder, dem Kaiser, als bewusste Verleumdung ... mehrere Männer konsularischen Ranges gestanden ... erwies sich Prinzessin Agrippina gleichfalls in die Vorgänge einbezogen ... der Freigelassene Aruba, ein Diener judäischer Herkunft ... anstössige Vertraulichkeit ... versuchte die Kommission dem Charakter seiner Beziehungen zur Prinzessin Agrippina nachzugehen ...«

Mühsam hielt ich mich auf den Beinen. In der abgestandenen Luft lag Todeshauch, *sensus moriendi*, die Ahnung schrecklichen, geheimen Sterbens. Alle diese Menschen waren ermordet worden. Aemilius Lepidus gleich nach dem Prozess, Kaiser Caligula nur ein, zwei Jahre später, als die nächste Verschwörung gelang. Die Verschwörer hatten ihn mit ihren Schwertern in Stücke gehauen, seinem Töchterchen an einer Säule den Kopf zerschmettert. So starben Roms Caesaren, nach einem Leben voller Furcht und Bluttaten. Kein beneidenswertes Los, bei Lichte besehen, und doch kämpften Menschen mit allen Mitteln darum, in diese Lage zu kommen, begingen alle nur denkbaren Verbrechen dafür, betrogen, mordeten, um ihrerseits betrogen und ermordet zu werden. Prinzessin Livilla nach ihrer Rückkehr aus der Verbannung. Von der mannstollen Kaiserin Messalina, die ihrerseits dem Günstling Narcissus zum Opfer fiel. Den wiederum die Kaiserin Agrippina beseitigen liess, die Mutter Kaiser Neros, der ihr Mörder werden sollte. Und auch Nero war durch das Schwert gestorben und fast alle Grossen seines Hofes. Der Konsular Vibius Crispus, in Reichweite vor mir, mit gerötetem Gesicht nach langem Verhandlungstag, erwies sich als seltene Ausnahme.

Wie ich selbst. Falls nicht jetzt meine Stunde schlug und der magere Beisitzer mein Schicksal war. Der unentwegt Redende tat, was in seinen Kräften stand. Er erklärte den Freigelassenen Aruba zu einer Schlüsselfigur im missglückten Komplott gegen Kaiser Caligula. Er sei von den Prätorianern erschlagen worden, was seine Bedeutung hinreichend beweise: hätten sich Elitesoldaten des Kaisers sonst herbeigelassen, einen judäischen Freigelassenen anzurühren? Er zitierte Akten, darunter nochmals Tigellinus' Verhör vor der Kommission des Kaisers Otho, und geheime Dokumente, die der Kaiserin-Mutter Agrippina galten, in der er die Protektorin des jungen Freigelassenen sah.

»Von Jugend an«, führte er aus, »war der Kaiserin eine befremdliche Vorliebe für Männer aus Judäa zu eigen ... der frühere Präfekt erinnerte daran, dass die verblichene Kaiserin mit dem Prinzen Julius Agrippa, dem Sohn des Königs von Judäa ... aber auch mit Niederen, sogar mit Unfreien, wie dem Pantomimen Halityrus, den sie schon als Knaben verführte ...«

Das Kniezittern stellte sich wieder ein. Seit dem Morgen hatte man mir nichts zu trinken gegeben, aus Achtlosigkeit oder welchem Grund immer, keinen einzigen Schluck, obwohl immer wieder grosse Krüge geeisten Wassers hereingetragen wurden und der Vorsitzende, der alte Vibius Crispus, der Magere, sogar die Zuschauer die Becher hoben und tranken.

»Verständlicherweise möchte sich der Vorgeladene eines solchen Vaters nicht erinnern, eines Vaters, der schon in seiner Jugend im Ränkespiel des Kaiserhofes sein eigentliches Element entdeckte, der kein Mittel scheute, keine Tücke, keine Verstellung ...«

Es war erstaunlich, wie wenig diese Rede meine Aufmerksamkeit fesselte, obwohl sie vielleicht über mein Leben entschied. Mich quälte Durst. Mir war als fülle sich der Raum mit Rauch, als beginne er sacht zu kreisen.

»... denn dieser Vater zerstört die gleisnerische Fassade, reisst dem Ritter die Larve vom Gesicht. Ein Heuchler steht vor uns, ein geborener Betrüger. Ein Mann, der den Tribunen Titus hinterhältig bei Kaiser Nero denunzierte – um dadurch die Zuneigung dieses Herrschers zu gewinnen –, ein Mann, der für die wühlerische Sekte der Christen am Hof sondierte und sich dennoch bei Kaiserin Poppäa Sabina einzuschmeicheln wusste, ein Schönredner und Damenliebling, denn auch das liegt ihm im Blut. Ein Mann mit Verbindungen überallhin, zu kaiserlichen Hofämtern wie zu jüdischen Gemeinden, zu senatorischen Kreisen wie Staatsverbrechern. Ein Mann mit Zugriff auf grosse Geldmittel, wenngleich er nach aussen den Mittellosen spielt. Ein Mann, *arrogans, morosus, hostis generis humani*. Wovor sollte ein solcher Mann zurückschrecken? Hätte er Bedenken, den Aufrührer Terentius Maximus zu unterstützen, den syrischen Schwindler, der sich für Kaiser Nero ausgibt? Feige verbarg er sich vor allen ehrbaren Menschen, jahrelang lebte er im Untergrund wie ein flüchtiger Verbrecher ... Lassen wir uns nicht täuschen von einer Maske der Empfindsamkeit und Gelehrsamkeit! Der Sohn dieses Vaters weiss den Harmlosen zu spielen! Gründe gibt es genug für ihn und seinesgleichen, dem Imperator Titus nach dem Leben zu trachten, Gründe genug für die fanatischen Überreste eines verlorenen Volkes, das sich mit seinem Untergang nicht abfinden will. Wenigstens Rache wollen sie üben, wenn sonst schon nichts mehr zu retten ist. Nie werden die Juden Kaiser Titus vergeben, dass er ihr nichtiges Heiligtum, ihre leere Kammer, ihren giftigen Hort dem Erdboden gleichgemacht hat ...«

Der Redner schüttete durstig einen Becher Eiswasser hinunter und hob ungesäumt zu weiterer Rede an. Er schien zu spüren, dass ihm nicht mehr viel Zeit blieb. Die Gestalt im Tragestuhl begann sich ungeduldig zu regen.

»Denn es ist Judäa, die hinter alledem steht, die gefallene, aber nicht restlos unterworfene Provinz. Der Krieg gegen Juda geht weiter: die Juden selbst sind es, die uns durch ihre Wühltätigkeit dazu zwingen, ob sie sich nun Christiani nennen, Sikarii oder wie immer. Die militärische Befriedung war nur der Anfang in den Bemühungen des flavischen Kaiserhauses, die Gefahr des Judentums aus dem gesamten Imperium ...«

Die Gestalt im Tragestuhl schnippte leise mit den Fingern. Gleich war der Mann im Mantel zur Stelle, beugte sich über den Sitzenden, lauschte. Löste sich leicht aus dem Schatten und war mit wenigen Schritten beim Vorsitzenden am Tisch, fast geräuschlos trug ihn der hochsohlige senatorische Schuh. Der Vorsitzende erhob sich mit einiger Hast, auch der alte Vibius Crispus fand rasch auf die Beine. Am Tisch wurde geflüstert. Der Offizier ging zurück zum Tragestuhl und blieb dort abwartend stehen, dunkel, faltenreich hing sein Mantel herab, auf seiner Schulter leuchtete die goldene Fibel. Der Vorsitzende am Tisch räusperte sich, seine Augen waren weit aufgerissen, er begann zu sprechen, mit einem Unterton von Bestürzung.

»Wir danken dem Beisitzer für seine ausführliche Darlegung. Indessen ist es für heute zu spät, eine Entscheidung zu treffen. Die Kommission unterbricht ihre Sitzung bis morgen.«

Und wie immer leerte sich der Raum in Minutenschnelle, verschwanden die Männer, die hier Stunde um Stunde gesessen hatten, mit der Geschwindigkeit flüchtiger Wesen. Nur der alte Vibius Crispus eilte nicht mit den anderen hinaus, sondern ging hinüber zum Tragsessel, um von seinem Vorrecht als Freund erster Vorlassung Gebrauch zu machen, den Kaiser Roms und der Welt zu küssen. Behutsam beugte er sich über die reglose Gestalt und näherte seine Lippen den gedunsenen, bleichen Wangen. Der Kaiser schloss die geschwollenen Lider über den vortretenden Augäpfeln und formte den Mund zu einem Lächeln. Rückwärts entfernte sich der alte Mann in der Toga, langsam, Schritt für Schritt, den Blick auf das Gesicht des Kranken gerichtet. Er sah mich nicht. Seine Augen waren verschleiert von Tränen.

... und die Säulen aus Kupfer am Hause des Herrn, und die Gestelle und das kupferne Meer, das im Haus des Herrn war, zerbrachen die Chaldäer und schleppten die Stücke nach Babel ...

Zunächst war noch Geschäftigkeit und Bewegung um ihn. Arzt und Mundschenk erschienen, die Prozedur des Eingiessens wiederholte sich. Der Kaiser, während er trank, schien sich auf etwas zu besinnen. Er streckte die schwere Hand in meine Richtung und forderte mich zum Sitzen auf.

Er war von Menschen umringt, die sich schweigend um ihn bemühten. Man mass ihm den Puls und trocknete seine Stirn mit einem Tuch, dem Dufstoffe entströmten. Ein dunkelhäutiger Sklave kniete vor ihm, löste die Riemen seiner Schuhe und rieb seine geschwollenen Waden mit feuchten rosafarbenen Schwämmen. Ein anderer trug in weihevoller Langsamkeit eine Pfanne mit Räucherwerk herein. Wohlgerüche verbreiteten sich, Myrrhe, Balsam und anderes, und mit ihnen Sanftmut und Ruhe. Irgendwann gab der Sitzende durch eine Geste zu verstehen, dass es genug sei. Wieder leerte sich der Raum im Handumdrehen. Der Offizier im Mantel neigte sich über ihn.

»Die Wachen …«, sagte der Kaiser mit ungelenken Lippen. »Alle. Auch niemand im Hof. Nur du.«

Dann wandte er sich an mich: »Du musst trinken, *egregie*. Das ist gutes Wasser aus den Quellen von Acquae cutiliae.«

Die Wachposten zogen ab, bemüht, leise zu sein, dennoch unter einigem Geschepper, sie mussten sich bücken, um mit ihren Helmbüschen durch die Tür zu kommen. Wir blieben zurück, der Sitzende im Sessel und ich, Stille erfüllte den Raum wie etwas Fühlbares, umhüllte mich, legte sich auf mich, drang in mich, machte, dass ich meine Erschöpfung bis in alle Knochen spürte. In grossen Schlucken trank ich vom Wasser aus der Karaffe des Vorsitzenden, nachdem ich den Segen gemurmelt hatte.

»Du kannst den Segen laut sprechen«, sagte der Kaiser. »Ich höre eure Sprache ganz gern.«

Ich tat wie geheissen.

»Möchtest du essen?«

»Nein, Göttlicher. Aber ich danke für die Anteilnahme.«

»Ich bin Offizier«, sagte er. »Ein Offizier ist daran gewöhnt, an seine Leute zu denken. Übrigens ist es an meinem Hof üblich, den Kaiser mit Imperator anzureden.«

Er versuchte ein Lächeln. Sein Sprechen war mühsam, er vermied es, den Kopf zu bewegen. Er hielt ihn nach hinten gelehnt, gegen ein Kissen aus blauer Purpurseide, das an die hölzerne Lehne des Tragestuhls geschnallt war. Diese Haltung änderte er nur, wenn er schrieb oder das von ihm Geschriebene las. Und eben das tat er, nachdem einige Minuten verstrichen waren, er sah seine Wachstäfelchen durch, überlas seine in Schnellschrift niedergelegten Notizen, las sich fest, und wie immer, wenn er mit Schriftlichem beschäftigt war, entspannte sich sein Gesicht.

Er sah auf und fragte: »Fühlst du dich besser?«

»Ich danke, Imperator. Der Anblick eines Schreibenden flösst mir stets Hoffnung ein.«

Sein Lächeln wirkte weniger mühsam als bisher. »Ja, schreiben beruhigt. Auch ich bin nicht ungeübt in den Tironischen Noten.«

»Ich sah kaum je einen Schreiber geübter darin.«

»Danke, *egregie.* Du verstehst zu schmeicheln.«

»Incorrupta rerum fides.«

»Du verstehst sogar, raffiniert zu schmeicheln. Es ist, wie der Beisitzer gesagt hat.«

»Welcher römische Grosse würde, was ich sage, überhaupt als Schmeichelei empfinden?«

»Zugegeben, wenige«, antwortete er. »Aber auf diese wenigen würde – gerade weil sie wissen, dass sie nur wenige sind – die Schmeichelei umso grösseren Eindruck machen. Ich bleibe dabei: du bist ein Hofmann.«

Er wirkte erheitert nach diesem Austausch. Dann kehrte, wie eine Erinnerung, das Bewusstsein seiner Schwäche zurück. Er liess das bedrängte Seufzen oder Ächzen hören, das mir mittlerweile vertraut war, lehnte sich zurück in sein Kissen und schwieg.

»Ich denke fast«, sagte er, nachdem er einige Zeit stillgesessen hatte, schwer atmend, mit geschlossenen Augen, »ich denke fast, du hast dir von Anfang an einen Spass mit uns gemacht. Mit uns Römern, meine ich. Diese Poeme, die du für Nero gedichtet hast … Ob er je begriffen hat, wieviel heimlicher Spott darin lag … wieviel ungeheuerlicher Spott … der Spott eines jüdischen Sklavenkindes über ihn, den Nachkommen des Augustus?«

Ich war mir dessen beim Schreiben nicht bewusst, wollte ich erwidern. Als ich es niederschrieb, schien es mir ernst. Der Kaiser beugte sich vor und kramte in seinen Wachstäfelchen. »Warte, hier ist es …

Er wird er. Er wird Rom.
Er verzaubert sich selbst: Stadt und Steine
Und ihr Tag und Nacht allesbeschirmender Glanz,
Sein Gesang wird all dies, und das Lachen und Weinen
Der Quiriten und Völker geht über in Tanz,
Wenn er singt, liegt die Welt unter jauchzenden Grüssen
Ihm, dem Herrscher und Sänger, glückselig zu Füssen ...

Das ist gut nachempfunden. Ihr habt ein unheimliches Gespür für anderer Völker Seelenwelten. Ihr versteht den Witz einer Sache. Aber es wirkt immer ein wenig, als ob ihr euch darüber lustig macht.«

Er wandte mir sein Gesicht zu. Seine Miene war starr. Was manchmal darüber hinging wie ein Erzittern mochte Erschrecken sein, wetterleuchtendes Erinnern, Schattenspiel der Seele. Es konnte auch Schmerz sein, gewöhnlicher körperlicher Schmerz.

»Und das solltet ihr nicht tun, ihr Juden. Ihr solltet euch nicht über die Völker lustig machen, bei denen ihr lebt. Sie werden euch darum bitten, euch sogar dafür bezahlen. Sie werden euch feiern und mit feilem Ruhm überschütten, weil ihr sie gut unterhaltet. Aber am Ende werden sie es übelnehmen. Du hast gehört, was der Ritter sagte: Nichts ist ihnen heilig.«

Er schwieg und atmete schwer. Sonst geschah nichts. Der Saal lag in spukhaftem Halblicht, Schwaden von brennendem Räucherwerk tanzten auf und ab. Der Mann im Tragestuhl war krank, sein Bewusstsein flatterhaft, seine Rede in der Nähe des Deliriums. Doch ich fühlte nichts anderes als die Wonnen der Stille. Wenn meine Lage hoffnungslos war, fehlte es mir an Kraft, darüber nachzudenken. Zum ersten Mal seit Stunden sah ich Jedidah, die in Reate wartete, in der Gewissheit, mich wiederzusehen. So hatte sie beim Abschied gesagt. Sie war ganz sicher gewesen, ohne den geringsten Zweifel.

»Betest du?«, fragte der Mann im Tragestuhl. »Du kannst laut beten, wenn du willst. Ich habe lange keinen Juden beten hören.«

»Wenn du erlaubst, Imperator, möchte ich für deine Gesundheit beten.«

»Danke, *egregie*. Vielleicht hilft es. Die römischen Ärzte können nichts mehr für mich tun.«

Ich stand auf und wandte mich gegen die Tür zum Hof, von der ich wusste, dass sie nach Osten wies. Mit halblauter Stimme sagte ich das Achtzehn-Segen-Gebet, und mir schien, dass er das meiste davon verstand. Er nickte beim achten Segen *rifa'ejnu ve nerafé*, Heile uns, Ewiger, dann werden wir geheilt sein, hilf uns, dann ist uns geholfen …

»Früher habt ihr im Tempel für des Kaisers Gesundheit gebetet«, sagte er, kaum dass ich fertig war. Er besann sich auf etwas und fügte hinzu: »Der Krieg begann damit, dass einer dieser Eiferer – hiess er nicht Eleazar? – das tägliche Opfer für den römischen Kaiser abschaffte.«

Wieder Schweigen. Ich fragte mich, ob ich richtig verstanden hatte. Der Zerstörer des Jerusalemer Tempels bedauerte, dass es das tägliche Tempelopfer für die Gesundheit des Kaisers nicht mehr gab?

»Der Ritter möchte deinen Kopf«, begann er nach einiger Zeit. »Ein tüchtiger junger Mann. Ich kenne ihn aus Judäa. Leute wie er werden es machen am kommenden Hof. Am Hof meines Bruders. Vieles wird sich ändern. Sie hat gut daran getan, Rom zu verlassen.«

Er fiel in sein Schweigen zurück und blickte starr vor sich hin. Ich versuchte mir das Aussehen eines leblosen Gegenstandes zu geben, damit er nicht unnötig daran erinnert wurde, dass ich anwesend war. Nichts war gefährlicher, als solche Vertraulichkeiten.

»Sie verstehen euren Gott nicht«, fuhr er fort, irgendwann. »Das ist der Kern des Problems. Auch ich habe lange nicht verstanden, was das für ein Gott sein soll: unsichtbar, unnahbar, ohne Gestalt. Bis ich eines Tages mit der Königin darüber sprach. Euer Gott ist kein guter Gott, sagte ich, er ist nicht menschlich. Das muss er auch nicht, war ihre Antwort. Es würde vollauf genügen, wenn die Menschen menschlich wären. An Gott ist es, göttlich zu sein. Seit diesem Tag glaube ich zu verstehen, was ihr meint.«

Ihn überzeugt die Idee der Unterscheidung, dachte ich. Sie ist die Grundlage jeder Ordnung und Gesetzgebung. Er versteht unseren Gott vom Standpunkt eines Organisators, eines *vir militares*. Ein eingeschränkter Aspekt, doch kein abwegiger … Sein Atem hatte sich beruhigt, er fing von neuem an, mühsam, Wort für Wort, allmählich beredter, geschmeidiger, wie ihn überhaupt sein Reden, einmal in Gang gekommen, von den Schmerzen abzulenken schien.

»Und da sie euren Gott nicht verstehen, bleibt auch ihr ihnen rätselhaft. Manche meinen, ihr kämt von der Insel Kreta her, der Berg Ida sei euer Namensgeber, daher das Wort Iudaeus. Andere halten euch für Ägypter. Oder für Leute aus Aithiopia. Frevler und Aussätzige sollt ihr gewesen sein, Hungerleider, die von dort fliehen mussten. Diesen Unsinn lehrte auch der Grieche Chairemon, der in meiner Jugend Prinzenlehrer am Hofe war. Wir haben uns darüber lustig gemacht, mehr als einmal, am Prinzentisch. Nero am meisten. Er sagte zu mir und Britannicus: Er redet bloss so, weil er selbst aussieht wie ein Aussätziger, mit seinen roten Freckeln, die er von all dem Geschimpfe hat ... Andere meinen, ihr stammt von Nomaden ab, von wilden Aramäern. Das mag noch am ehesten zutreffen, eine *vita nomadum* als Zwischenspiel, man kann nicht leugnen, dass es euch im Blute liegt. Aber das wesentliche bleibt den meisten verborgen. Sie wissen nicht, dass ihr frühere Städter seid, Kulturmenschen, die in die Wüste gingen. Denn das muss Griechen oder Römer unbegreiflich anmuten, das können sie niemals verstehen: dass jemand von sich aus in die Wüste geht. Für uns ist Wüste ein Schreckensort. Du weisst, mit welchen Worten des Entsetzens Lucanus in seiner *Pharsalia* die Landschaften der Wüste beschreibt. Königin Berenike hat es mir erklärt, sie zog sich ab und zu in die Wüste zurück, zum Nachdenken, zur Läuterung, zur Klärung ihrer Gedanken. Ihr kommt aus den grossen Städten des alten Reiches, wo die Flüsse Euphrates und Tigris zusammenströmen und sich in jenes Meer ergiessen, das wir in der Schule Sinus Persicus nannten, da diese Städte heute den Persern gehören. Sie wechselten oft ihre Herren, ihrerseits unverrückbar an diesem fruchtbarsten aller Orte. Und bei einem der Wechsel – verbunden mit Verfall, Verarmung, Krieg – müssen eure Vorfahren in die Wüste gezogen sein, so wie sich auch heute in Judäa mancher in die Wüste zurückzieht, um nachzudenken und zu beten. Die Esseni etwa, denen mein verstorbener Freund Gaius Plinius so respektvoll Erwähnung angedeihen liess in seinem mir gewidmeten Buch. Der gute Gaius verstand euch ganz gut. Was er gegen euch vorbringt, ist nur das Übliche. Unsere Freundschaft entstand in Judäa, wo wir während des Feldzuges im selben Zelt schliefen. Wie schade, dass er so früh ...«

Er brach ab. Eine Pause folgte, deren Länge er nicht wahrzunehmen schien. »Worüber sprachen wir?« fragte er.

»Über die Herkunft meines Volkes, Imperator.«

»Richtig. Ich erinnerte mich an Berenikes Erzählung. Sie las mir aus euren Büchern vor. Sie hatte eine wunderbare Stimme, melodisch, klangvoll, aber es war etwas von jenen schweren Wüstenwinden darin, die plötzlich den Horizont verdunkeln. Quer durch die Wüste wanderten eure Vorväter, die früheren Städter, durch die Landschaft Melitene, vielleicht kamen sie aus dem versunkenen Agra oder aus Ur oder Babylon oder Nippur, aus einer der grossen Städte der Alten Welt. Durch das Land der Aramäer, der Ituräer, der Amoniter wanderten sie, und weil sie von dort unversehens auftauchten, von Osten, scheinbar aus Sand und Nichts, sahen die, auf deren Siedlungen sie stiessen, bei Hebron und Beer Sheba, Wüstenmenschen in ihnen. Aber sie kamen nur von dort. Der Irrtum klärte sich bald auf. Durch geschickte Bündnispolitik wurde euer Vorvater ein mächtiger Herr unter all den Kleinkönigen. Er wusste Frieden zu schliessen, doch er scheute auch Krieg nicht. Er wechselte vielfach den Ort, aber als es darauf ankam, liess er sich nieder. Er kaufte Land, ein Stück Erde für ein Grab, um dort seine Frau zu bestatten.«

Er stockte. Es sah aus als wolle er wieder in Schweigen verfallen, er starrte eine Weile stumm vor sich hin und öffnete leicht die Lippen. Dann holte er Luft, so tief er konnte, und sprach weiter, etwas wie Lächeln im bleichen Gesicht, ein Lächeln der Erleichterung.

»Denn Abraham begriff, dass eine alles einende Gottheit, ein *deus universalis*, die beste Grundlage für ein allgemeines Gesetz bildet, für ein einheitliches System verbindlicher Werte, auf dem man Grösseres und Höheres errichten kann. Nicht nur ihr seid darauf gekommen, auch bei den Ägyptern oder Griechen gab es Ansätze zu diesem genialen System, zu einem Ein-Gott, einem Allmächtigen, Alles Erfassenden – so hat, glaube ich, Anthistenes der Kyniker dieses Konzept genannt, *megale cheir*, die All-Hand, die Allumgreifende. Wahres Verständnis der Natur des kosmischen Seins, schrieb er, erwache erst aus dem Prinzip der Einheit der Göttlichkeit. Denn der Kosmos sei Einheit, somit auch das ihm zugrundeliegende Prinzip. Dieser Gedanke muss gross denkende Menschen faszinieren. Auch vom Standpunkt menschlicher Selbstachtung. Ein Mensch, der zu einem allmächtigen, alles vermögenden, unbegrenzt zuständigen Gott betet, erhebt sich damit selbst, befreit sich aus der kleinen Welt der Feldraine, abgezirkelten Mauern, beschränkten Gedanken. Ein Gott für den Regen, ein anderer für die Sonne, eine Göttin der Fruchtbarkeit, eine Göttin der Erde – das bleibt unbeholfen, zersplittert, schwach. Hesiod sagt, es gäbe dreissigtausend Götter. Wie kommt er auf diese Zahl? Hat er die Sterne am Himmel gezählt, die Winde der Erde, die Abgründe des Meeres, Schlaf und Traum, deren jeder ein einzelner Gott sein soll? All dies ist unzählbar, das sagt einem die Vernunft. Wie naheliegend ist dagegen die Idee eures Vorvaters: Einer ist es. Einer, der alles übersieht, alles bewegt, alles in sich eint. Ich denke, dass immer wieder Menschen eingeleuchtet hat, wieviel sinnvoller es wäre. Aber nur ihr habt diesen Gedanken konsequent in die Tat umgesetzt. Dafür gebührt euch ewiger Dank.«

Ich war nun sicher, dass ich träumte. Wenn man bedachte, wer er war … Wie er dort sass und zu mir sprach … Wie er den alten Gott zu erklären versuchte, mit Hilfe seiner Römervernunft. Musste nicht, wer unserem Verhältnis zu Gott soviel Vorteilsdenken und heimliches Kalkulieren unterstellte, unsere Bilanz für die denkbar erfolgloseste halten? Oder durchschaute er, dass es nicht so war, dass wir im Verhältnis zu unserem Gott nicht rechneten? Was für Berechnungen liessen sich schon anstellen mit der Zahl Eins? Einer ist es. Einer, der alles übersieht, alles bewegt. Aber auch Einer, der viel schwerer wiegt als alle Spielzeuggötter zusammen, viel schwerer auf dem Einzelnen lastet. Denn wir sind Einzelne, und dieser Gott ist eine Riesenlast. Sein Anspruch kaum zu tragen. Seine Gebote kaum zu erfüllen. Und da wir es so schwer haben mit diesem Gott, so viel schwerer als andere, fehlt uns der Glaube an den irdischen Triumph. Aber vielleicht ist es das Grösste, was eine

Gruppe von Menschen erreichen kann: dass sie zwar nie triumphiert, aber auch nie aufhört zu bestehen. Ich atmete tief durch und richtete mich auf. Da war die Stimme wieder, die bedrängte, manchmal von Stöhnen unterbrochene Stimme aus dem Tragestuhl.

»Wenn euch die meisten Menschen nicht mögen, wenn ihr ewige Einzelgänger bleiben müsst hier unten – was nur für Schwächlinge eine Strafe darstellt, für Starke eher eine Herausforderung –, wenn ihr daher in ständiger Gefährdung lebt, so darum, weil sie euren Gott nicht verstehen. Wie sagte der Ritter vorhin? Ihr hättet keinen. Nichtig sei euer Glaube, leer euer Tempel gewesen ... Es ist schiere Selbstbeschwichtigung. Sie zitterten, als sie das brennende Heiligtum sahen. Ich erinnere mich an die unmenschliche Wut, mit der sie in die Vorhöfe eindrangen. Sie schrien, sie quetschten sich gegenseitig tot an den Toren, sie starben aus schierer Angst. Nie habe ich meine Legionäre so gesehen. Sie fürchten euren Gott, sie warten insgeheim auf seine Rache. Weil sie ihn zu Recht als Bedrohung für ihre Horden selbstgemachter Gottheiten erkennen, für ihren Puppenkram, ihre kindischen Kulte. Weil euer Gesetz klüger, klarer und strenger ist als jedes andere auf der Welt. Weil ihr unbesiegbar seid wie euer Gott. Weil, wer einmal verstanden hat ...«

Es war still im Raum, man hörte das Knistern und Knacken von Sandelholz in den Duftschalen. Ich sagte mir, dass ich träumte. Trotzdem flackerten Fragen auf wie man sie nur in wachem Zustand stellt: Wenn du verstanden hast, was wir meinen, warum hast du dann den Tempel zerstört?

»Du fragst«, hörte ich ihn, »warum ich dann den Tempel zerstören liess ... Wo ich doch behaupte, Berenikes Antwort zu verstehen. Ist es das, was du dich im Stillen fragst?«

Er starrte mich an, bis ich nickte. Seine stark vortretenden Augäpfel waren gerötet und ohne Glanz.

»Sie hat es mir nie verziehen«, sagte er. Sein Gesicht zog sich langsam in die Breite, zu einer Grimasse, wie ich sie von Narren und Zwergen am Kaiserhof kannte, die geschwollenen Lippen öffneten sich und entblössten breite, kräftige, aber stumpf wirkende Zähne. »Ich hatte ihr versprochen, das Heiligtum zu schonen. Doch wie sich herausstellte, lag es nicht in meiner Hand. Das ist so bei Einstürzen. Wenn etwas Grosses zusammenbricht, eine Stadt, ein Tempel, eine Welt …«

Es wird sich so verhalten, dachte ich, dass meine Wahrnehmung getrübt ist nach den Verhören, dem stundenlangen Stehen, dem quälenden Durst, dass ich den Unterschied nicht mehr wahrnehme zwischen Wachen und Träumem, dass ich die Welten vermische, die innere, die äussere, dass ich den Verstand verliere. Der Sitzende starrte mich an, immer noch mit gefletschten Zähnen. Er wollte wissen: »Du glaubst mir?«

»Ja, Imperator«, sagte ich langsam. Mein Mund war taub, als hätte ich Nelken gekaut.

»*Sie* hat mir nicht geglaubt. Sie hat mich von diesem Tag an verachtet. Sie schlief noch ein paar Mal mit mir, lag mit mir zu Tisch und las mir aus euren Büchern vor, aber ich war ihr verächtlich. Sooft wir uns sahen, habe ich ihr zu erklären versucht, warum es nicht zu verhindern war. Ich habe versucht, ihr etwas von der Eigengesetzlichkeit des Krieges zu erklären, davon, dass ab einem bestimmten Grad von Kampfeswut und Erhitzung kein Sterblicher mehr imstande ist, Übergriffe zu verhindern … Sie war die klügste Frau, die ich jemals getroffen habe, aber eben doch eine Frau, und die Gesetze des Krieges blieben ihr unbegreiflich.«

Berenike, dachte ich, die ehrlose Schwester des Königs Julius Agrippa – wozu kam sie dann noch nach Rom? Man sagt, um Titus' Gemahlin zu werden. Man fügt hinzu, sie wäre in Leidenschaft zu ihm, dem Sieger, entbrannt und ihm sklavisch gefolgt, wie eine Hündin habe man sie fortjagen müssen … Dergleichen wird von Männern erzählt. Von Männern, die davon träumen, Frauen zu ihren Füssen zu sehen. Man kann getrost davon ausgehen, dass sie andere Gründe hatte. Wollte sie es auf sich nehmen, Judäa zuliebe? Um als Kaiserin das Schlimmste zu verhindern? Habe ich ihr Unrecht getan, wenn ich ihren Namen mit Attributen der Schande und des Elends bedachte, aber auch wirklich nur, im Wortsinn, bedachte, denn zu niemandem habe ich je ein Wort über sie gesprochen …

»Es war aus zwischen uns seit diesem Tag. Ich weiss bis heute nicht, wozu sie nach Rom kam. Ich sah sofort, in dem Augenblick, als sie aus der Sänfte stieg, dass sie mir nicht vergeben hatte. In der Zwischenzeit war ihr noch viel Übles gegen mich hinterbracht worden. Ihr war bekannt, wie unentschlossen ich im Kriegsrat aufgetreten war. Dass ich nachgegeben hatte. Die Befehlshaber der Legionen fanden, dass man keine besondere Rücksicht auf den Tempel nehmen solle. Doch der Ritter Tiberius Alexander, der Erste meines Stabes, riet dringend zu einer Geste der Schonung: das Bauwerk würde dadurch zu einem Sinnbild römischen Grossmuts, römischer Gesittung, man müsse das tägliche Opfer für die römischen Kaiser wieder aufnehmen, zum Wohle des Herrschers, zum Wohle aller, ein tägliches Ritual, das den Frieden im Osten versinnbildliche. Falls wir es aber zerstörten, träfe uns ewige Schmach. Man hörte sich das an, schweigend. Alle wussten, dass Tiberius Alexander Jude ist. Sein Vater, der Alabarch, hatte die Innentore für den Tempel gestiftet, versilberte, vergoldete Tore in wunderbarer Arbeit. Man überrechnete im Kopf ihren Wert ... Der Ritter Alexander hat gute Gründe, mochten meine Offiziere denken, Römer aus alten Häusern, ohne das geringste Verständnis für euren Gott. Ich schloss mich seinen Argumenten an, wie es zuvor schon die Befehlshaber Fronto und Carealis getan hatten, die klügsten Männer im Kriegsrat. Die anderen drängten auf Zerstörung. Alle möglichen Gründe wurden vorgebracht. Man erinnerte an das Unwesen der Sekte des Galiläers, die im ganzen Reich ihre Fäden spinne, überall Römer ihren Göttern abspenstig mache, dem Glauben ihrer Väter. Immer noch sei es nicht gelungen, das Unwesen der Sekte zu bannen, und immer wieder werde dergleichen aus Jerusalem hervorgehen. Der Tempelbezirk sei ein strategisch bedeutsamer, zentraler Ort, eine riesige Festung voll Waffen und Munition, von welcher, werde sie nicht rasch eingenommen, immense Gefahr für unsere Soldaten ausginge. Von diesem Gegner, fanatisch wie er sei, könne man keinerlei Gnade erwarten, erbarmungslos würden die im Tempel verschanzten Eiferer jede römische Schwäche zu tollkühnen Aktionen nutzen. Schon jetzt sei der Feldzug verlustreicher als man je für möglich gehalten. Eine Schonung des Tempelbezirks werde bei den erschöpften, über die Härte des Gegners erbitterten Soldaten kein Verständnis finden. Die Popularität des

Feldherrn Titus suche ihresgleichen in der Geschichte Roms, dennoch müsse man, auch in Gedanken an seine glänzende Zukunft, die Stimmung der Truppe im Auge behalten. Die Soldaten wollten den Triumph. Sie wünschten nichts sehnlicher, als gemeinsam mit ihrem geliebten Feldherrn Titus, der sich als würdiger Sohn seines kaiserlichen Vaters erwiesen, in Rom einzuziehen, eine *lustratio* unter Gesang und Geschmetter, eine Stadt und Welt ergreifende Rückkehr der geprüften, gereinigten Sieger unter der Ägide des Jupiter, vom Marsfeld kommend, durch das Tal Velabrum – wo das gedrängte Volk seine glorreichen Söhne sehen, bejubeln, berühren wolle – über die Foren alsdann, bis zu jenem Bogen, den man dem Titus errichten werde, dem geliebten Feldherrn und Kaisersohn, der in purpurner Toga, das Adlerzepter in Händen, auf dem von Schimmeln gezogenen Wagen dem Heere voranfährt, im Lorbeerkranz, das Antlitz mit Mennige rot gefärbt, einem Gott ähnlicher als einem Sterblichen …«

Der erschöpfte Redner brach ab. Eine Pause folgte, in der ihn die Erinnerung ergriff und davontrug. Auch ich brauchte die Unterbrechung. Seine Monologe lösten Bewegung in meinem Inneren aus, Turbulenzen, Gedankenstürze, wie es manchmal geschieht, überraschend, durch jemanden, den man bisher nicht kannte, den man fremd und fern meinte, zu fern, als dass er eigene Vorstellungen beunruhigen könnte.

»Aber ein Triumph«, fuhr er leise fort, so leise, dass ich mich unwillkürlich vorbeugte, »ein Triumph ist *ex composito* an gewisse Bedingungen geknüpft. Vollständige Niederwerfung des Feindes, Eroberung seines Hauptquartiers, eine Mindestzahl von Toten. Ich bin Soldat. Für mich ist ein Triumph in Rom das höchste, was ein Mensch erreichen kann. Ich habe mich eurem Gott genähert, wie ich dir sagte, ich glaube nicht mehr an die Divinität des römischen Kaisers. Unter meiner Herrschaft gab es kein einziges Verfahren wegen *crimen maiestatis*. Auch die Christiani blieben unbehelligt, auch die Sikarii, obwohl sie dem Augustus die gebührende Anrede verweigern. Aber ob nun göttlich oder nicht – gibt es Höheres für einen Sterblichen als die Kaiserwürde? Mein Vater war nicht mehr der Jüngste, wir hatten im Drei-Kaiser-Jahr gesehen, wie schnell

Nachfolgekämpfe und Wirren ausbrechen können. Das Wohlwollen meiner Soldaten hob mich empor oder auch nicht ... Einer der Befehlshaber, Liternius Fronto, der Präfekt der ägyptischen Legionen, durchschaute, was in mir vorging. Er sagte leise: Triumphator – Imperator. Nur dies. Es hiess zugleich: wir stehen hinter dir, Senat und Ritterschaft, wann immer du uns brauchst. Oh, wenn man bedenkt, wie andere Kaiser daran gescheitert sind, dass sich der römische Adel gegen sie stellte ... Sie wollten unbedingt, dass der Tempel fiel. Hinter den strategischen Gründen verbargen sich andere. Tiefere. Irrationale. Ihr Hass auf euer Land. Ihr Hass auf die Christiani, in Claudius' Tagen entzündet, unter Nero entflammt ... Vieles hing an diesem Bauwerk. Sein Sturz war zugleich das Ende jeder Gnade. Man brachte mich später dazu, sämtliche Priester hinrichten zu lassen, da sie als gute Diener ihres Heiligtums diesem in den Orkus nachzufolgen hätten. Ich erinnere mich, dass ich von all dem quälenden Hin und Her Kopfschmerzen bekam. Erst am Ende der Sitzung teilte ich dem Kriegsrat meine Entscheidung mit. Der Tempel solle unbehelligt bleiben, sagte ich, dies mein grundsätzlicher Wille. Doch liege mir als Feldherrn daran, die mir anvertrauten Truppen vor unnötigen Verlusten zu bewahren. Falls die Juden die Tempelanlage als Festung benutzten, etwa grosskalibriges Geschoss von dort auf unsere Truppen feuerten, müsse man die Lage neu erwägen. Ich delegierte sozusagen die Entscheidung. Ich überliess sie eurem Gott.«

Stille. Mit wachsender Ablehnung hatte ich dem halblauten Gerede gelauscht. Der letzte Satz empörte mich bis zum Schmerz. Ich war nicht freiwillig hier, er konnte mir zumuten, was er wollte. Er warf mir einen Blick zu, einen, wie mir schien, verschlagenen Blick. Bei allen Verbrechen an unserem Volk, dachte ich, müssen wir uns auch noch den Hohn gefallen lassen: Wo ist euer Gott? Warum hilft er euch nicht? Es war nicht meine Schuld, behauptete er, es war der allerhöchste Wille ... Aber war es ganz von der Hand zu weisen? Konnte wirklich er, dieser kranke, unentschlossene Mann, das Bauwerk Gottes zu Fall gebracht haben?

»Dennoch«, fuhr er fort, »hatte ich den Vorwand genannt, unter dem der Tempel zerstört werden konnte. Ich wusste, dass er den

Legionären verhasst war. Sein Gleissen in der Sonne, das Gefunkel seiner goldenen Bekrönung, der strahlende Glanz seines Marmors. Sie wollten, dass der Krieg ein Ende nahm, dass Judäa endlich in den Staub getreten wurde. Sie wollten Jerusalem in Schutt und Asche sehen. Ich wusste, dass sie für die vernünftigen Gründe des Ritters Tiberius Alexander nicht mehr ansprechbar waren.«

Er trank aus seinem goldenen Becher, verzog das Gesicht und stiess auf. Der durchdringende Geruch nach Heilkräutern verbreitete sich wie in einem Krankenzimmer.

»Aber Tiberius Alexander ist Berenikes früherer Schwager, sein verstorbener Bruder Marcus war einst mit ihr verheiratet. Sie wusste jedes Wort, das ich im Kriegsrat gesprochen hatte. Ich nahm es dem guten Alexander nicht übel, irgendwo musste er sich ausweinen in seinem Gram. Es war wirklich über alle Vorstellung grauenhaft. Allein die unmenschliche Hitze des Feuers. Die Tore seines Vaters, des Alabarchen, zerschmolzen. Vieles ging einfach zuschanden an diesem Tag. Nachher konnte niemand sagen, wie das Feuer entstanden war. Es war auf einmal da. Es griff um sich, sein Qualm verdüsterte den Himmel. Die hellen Marmorwände standen rauchgeschwärzt, später barsten sie in Stücke. Alles ging in Scherben, auch die Disziplin meiner Armee. Die Legionäre waren beim Eindringen in die Tempelhöfe wie von Sinnen, schoben sich zu Hunderten durch die Tore, erdrückten einander, zertraten ihre Kameraden. Der helle Marmor schwamm in Blut. Man pflanzte im Innenraum unsere Feldzeichen auf. Der Vorhang wurde heruntergerissen, jenes wunderbare Gewirk aus Purpur und Scharlach, aus eingewobenem Gold, man riss es in Fetzen, trampelte darauf herum. Die Soldaten plünderten nicht nur, sie zerstörten, besudelten sinnlos, entleerten sich in die heiligen Gefässe. Sie töteten jeden Juden, dessen sie habhaft wurden, aber auch das schien ihnen nicht genug, sie schlugen ihnen die Glieder ab, rissen sie in Stücke. Es war nicht mein erster Feldzug, aber dergleichen hatte ich noch nie erlebt. Ich kam spät in den Tempelhof, ging durch all das Grauenhafte hindurch, lief die blutbeschmierte Treppe aufwärts, sah die Tore offen, den Vorhang heruntergerissen, betrat das Allerheiligste. Ich fand es über Menschenwort gross. Hier hatte euer Gott gewohnt. Er hatte sich erst kürzlich zurückgezogen. In der Luft war noch der Flügelschlag seiner Heerscharen. Ich begriff, dass ich des Todes war. Es war mir auf der Stelle klar. Wie konnte ich so töricht sein, es vor dieser Frau verbergen zu wollen? Wenn du ein Mann wärst, sagte sie, hättest du es verhindert …«

Er sass zurückgelehnt mit weit geöffneten, glotzenden Augen. Schweiss stand auf seiner Stirn, auf den weichen, aufgeschwemmten Wangen, auf dem breiten Nasenrücken, dem gespaltenen Kinn. Er atmete mühsam, es klang wie Keuchen.

»Seitdem bin ich kein Mann mehr. Kann keinen Sohn mehr zeugen, keinen Nachfolger. Ich muss meinem Bruder den Thron überlassen, obwohl ich ahne, obwohl auch mein Vater … *Quod evitari non potest.* Nicht sie ist schuld daran, wie die Leute behaupten, sie hat es nur ausgesprochen. Ich war schon im Kriegsrat kein Mann mehr. Ich hätte nicht nachgeben dürfen, nur weil ein paar Senatoren gegen mich standen, weil sie drohend die Stimmung der Soldaten beschworen. Auch als Kaiser war ich kein Mann. Ich habe allen alles versprochen, deshalb nennen sie mich ›die Zierde des Menschengeschlechts‹ und preisen mich in ihren Büchern. Gegenüber Berenike hätte ich Wort halten müssen. Sie war kein Weibchen wie die anderen, von denen man sich im Bett irgendwas abhandeln lässt … Aber ich sah es nicht. Ich war verdorben. Zuviel gehurt. Schon als Knabe. Zuviel getrunken. Von allem zuviel …«

Er wird mich töten lassen, dachte ich. Er hat längst Vorsorge getroffen, dass niemand von seinem Gerede erfährt. Während wir hier sitzen, arbeitet der magere Ankläger ein paar Räume weiter an seiner *accusatio* für die morgige Hauptverhandlung.

»Ich habe nicht gewusst, wie sehr ich sie brauche. Sie war die einzige Frau in meinem Leben …«

Er sprach leicht lallend, in halben, nicht zu Ende geformten Worten. Manches verstand ich nicht, bemühte mich auch nicht mehr darum. Ich dachte immer wieder dasselbe: Sein Gerede kostet mich den Kopf.

»… als sie nach Rom kam … Ich sehe sie vor mir … ein elfenbeinfarbenes Kleid, das eng an ihren herrlichen Gliedern anlag, im Fluss der Bewegungen, als sie an meiner Seite die Stufen zum Palast erstieg … die schönste Frau … sie glich einer Wüstengazelle … ihre Haut wie Gold …«

Sie war damals eine Frau Ende Vierzig, dachte ich. Und immer noch ›die schönste Frau‹ … Für ihn? Auch für andere? Hat sie den Römern wirklich so missfallen? Oder war der Auftritt des Kynikers Diogenes im Theater, als er sie mit Schimpf überhäufte, eine Intrige der griechischen Hofpartei? Nein, das wäre zu einfach. Die Römer wollten es, das römische Volk. Als Frau kann sie ihnen nicht missfallen haben. Doch als Kaiserin: undenkbar …

»… ihre Augen voller Verachtung … mein Leben von da an ein sinnloses Suchen … liess mich die Reue kosten, lang und bitter … Von der Stimmung des Volkes hast du dich treiben lassen, vom Murren der Soldaten! Was warst du für ein Narr! Sie hätten die Schonung des Heiligtums nicht gebilligt? Sie hätten alles gebilligt, wenn du ein Mann gewesen wärst! Sie las mir die Stelle vor aus euren Büchern, in der einer eurer Könige bestraft wird, weil er auf das Volk hörte statt auf Gott … Wie hiess er noch? Du kennst die Geschichte?«

»König Sha'ul«, antwortete ich. »Der Segen wurde von ihm genommen, *ki avarti et pi adonaj v et dvarejcha j'rati et ha am va eshma b kolam,* Da ich des Herrn Weisung und deine Worte übertrat, denn ich fürchtete das Volk und hörte auf seine Stimme.«

»Ich fürchtete das Volk …«, wiederholte der Mann im Tragestuhl. »Sie sind auch zum Fürchten. Ich sah sie kürzlich im Amphitheater, ihre rohen, blutrünstigen Gesichter, ihre offenen Münder, und mich überkam Entsetzen. Ich fragte mich: wozu? Wir laden Schuld auf uns, um uns bei fremden, dummen Menschen beliebt zu machen. Sind sie das wert? Die Spiele in Antiochia, Caesarea, Alexandria … in blöder Hingabe sahen sie dem Sterben zu, die Mäuler aufgerissen, als wollten sie das Blut saufen … Berenike verargte mir die Spiele mehr als alles. Wenigstens den Triumph, sagte sie, hättest du lassen sollen. Als ich ihr auseinandersetzte, dass es unmöglich war, da mein Vater darauf bestand, lachte sie mich aus. Ich sagte ihr, dass sie kein Recht hätte, mich wegen meiner Treue zum Vater zu verspotten, sie, die aus Familienrücksicht sogar ihren Onkel geheiratet hat! Wir gingen im Streit auseinander. Feiere deinen Triumph, sagte sie mit ihrer Wüstensandstimme, aber ohne mich. Sie verliess Rom, begleitet von ihrem Bruder, dem König. Wenn du sie drüben sehen wirst, sag ihr, dass ich es bereue.«

Was meinte er? Ich schrak aus meinem Halbdämmer auf. Wo sollte ich die Königin sehen – in der kommenden Welt? War sie denn tot? Ich hatte nie davon gehört. Aber er konnte nichts anderes meinen. Er verhöhnte mich, weil ich sterben musste, verhöhnte mich wie Nero den jungen Plautius verhöhnt hatte, als er ihn mit den Worten dem Scharfrichter übergab: Nun magst du hingehen und meine Mutter umarmen ... Sein Gesicht verzog sich, das Dreieck seines gespaltenen Kinns drängte aufwärts, schob sich allmählich gegen ein anderes Dreieck, das von Spitze und Flügeln seiner flach aufliegenden Nase gebildet wurde, zwei gegeneinander gerichtete Keile, die sein Gesicht in eine Lineatur des Schmerzes zerrissen, in die Miene eines Menschen, der in Tränen ausbricht. Er sprach weiter, von Stössen seines Zwerchfells aufgehalten.

»Die Römer wollten, dass sie geht ... Die Römer wollten, dass ich ihnen ein guter Herrscher bin ... Kann ein Mann, der kein Mann mehr ist, ein guter Herrscher sein? Das Volk will alles auf einmal, es verlangt das Unvereinbare und schert sich nicht darum, was es kostet ... Ihr Weggehen war der Preis für meinen Triumph. Ihr Weggehen war mein Ende als Herrscher. Nichts bezahlen wir so teuer wie unsere Siege.«

Er sann diesem Gedanken nach, langsam nickend, während sich seine Augen mit Wasser füllten, mit dem blassen Wasser, das sein Körper in so überreichem Masse besass, bis dieses Wasser über die Ränder der geschwollenen Lider trat und in zwei Rinnsalen die Wangen hinunterlief wie bei einem Kind.

Und wenn, von Gott gesandt, Verwirrung über Saul kam, nahm David die Harfe und spielte darauf mit seiner Hand, und Saul wurde leichter zumute und alle bösen Gedanken wichen von ihm …

Er fasste sich rasch. Mit entschlossener Geste wurden die Tränen zertupft, mit einem Zipfel des Feldherrenmantels, und durch Gehuste eine vorübergehende Festigkeit der Stimme gewonnen. »Wahrscheinlich war es nur ein Vorwand«, erklärte er vernünftig. »Sie war zu klug, um in Rom zu bleiben. Niemand hätte sie vertreiben können, ihr Bruder, König Agrippa, hat Sitz im römischen Senat. Aber sie kannte die Geschichte der Kleopatra. Fremden Fürstinnen bringt Rom kein Glück. Erst Caesars Geliebte und ›Königin der Könige‹, dann von seinem Nachfolger Octavian zur Staatsfeindin erklärt … Ich hätte sie nicht schützen können. Spätestens jetzt nicht mehr, da ich sterben muss.«

Er sagte auch dies im Ton einer einfachen Feststellung, als hätte er wenig damit zu tun. Er straffte sich und schnippte mit den Fingern. Der Mann im Mantel mit der goldenen Fibel erschien. Der Arzt und der Mundschenk. Dann ein Ägypter, der ihm das Gesicht mit einer Essenz abrieb, ein anderer Diener, der ihm Füsse und Waden massierte. Er trank von dem Tonikum, das der Arzt in einen goldenen Pokal geträufelt und wovon der Mundschenk mit parodistisch verzerrter Miene gekostet hatte. Während man ihn umsorgte, befahl er, das Nachtessen zu bringen. So drückte er sich aus, schlicht, hausväterlich. Auf dem einzigen Tisch im Saal wurde gedeckt, auf dem Tisch der Kommission, wozu man die Akten, die sie zurückgelassen hatte, einfach beiseite schob, klappernde Schriftrollen, raschelnde Papyri, und aufwendig Geschirr und Gerät austeilte, für zwei Personen, als gälte es ein Liebesmahl. Kaum war all dies geschehen, verschwand der Hofstaat wie von Zauberhand. Er hatte sich in seinem Tragestuhl zum Tisch bringen lassen und sass mir gegenüber.

»Und nun stärke dich, *egregie*. Ein schlechter Wirt, der überm Erzählen seine Gäste vergisst. Ich trink einen Becher mit. Essen kann ich nicht. Bitte, probiere diesen Wein.«

Da er mich zögern sah, nahm er selbst den ersten Schluck. Ich murmelte den Segen und tat es ihm nach. Er beobachtete mein Gesicht, und als er das Staunen darin fand, das er erwartete, begann er zu lachen.

»Sieh an, das hättest du nicht gedacht ...« Er lachte kraftlos, tiefinnerlich erheitert, dennoch besorgniserregend, als sei Lachen etwas Ungesundes, ihm Unbekömmliches. Auch ich war aus der Bahn geworfen, erschüttert von der Wahrnehmung meiner Geschmacksnerven: der Wein im Becher war derselbe, den wir in Jacobus' Haus getrunken hatten, bei meinem letzten Frühstück in Rom. Es war Wein aus Judäa, ein besonderer Jahrgang, von dem mein Schwiegervater wusste, dass ich ihn liebte.

»Rate, wer mir den Wein geliefert hat ...« Wieder das Lachen. Bei Lichte besehen war der Umstand, dass der Wein von Jacobus stammte, wenig überraschend. Seit Jahrzehnten wandte sich der Hof an den Grosshändler, wenn es jüdische Gäste zu beköstigen galt.

»Alles hier ist nach euren Reinheitsgeboten bereitet, *egregie*. Ich habe oft Juden zu Tisch. Wenn man sich einmal an euch gewöhnt hat ... Euch kann man nur lieben oder hassen. Und nun tu mir die Ehre und iss und trink.«

Ich gehorchte. Tat das eine wie das andere, fand Geschmack daran, genoss die Leckerbissen und den Wein, erwärmte mich, lebte auf. Die trübsinnigen Gedanken lichteten sich wie Morgennebel, meine Furcht verflog. Der Mann im Tragsessel hatte den Weinbecher nicht wieder berührt, ass auch nicht, nippte nur ab und zu an seinem scharfriechenden Trank.

»Ich trinke das hier«, sagte er und schwenkte seinen goldenen Pokal wie in Zecherlaune, »ein schmerzlinderndes Mittel. Das einzige, das mir noch hilft. Es ist überaus schädlich, schwemmt meinen Leib auf, raubt mir die Geistesgegenwart, aber ohne diesen Götternektar würde ich vor Schmerzen brüllen. Die Dosis muss ständig erhöht werden, lange wird es nicht mehr gehen. Manchmal denke ich, mein Bruder Domitian kann es nicht abwarten und lässt von den Ärzten Gift hineintun. Wahrscheinlich ist es eine Unterstellung. Mein Vorkoster ist mir treu ergeben. Man kann euch lieben oder hassen, sagte ich. Mein Bruder liebt euch nicht, soviel ist sicher.«

Vom Essen war ich müder und schlaffer geworden, auch gleichgültiger. Schwer sass mein Körper im Stuhl, ich ass und trank und hob den Blick nicht. Was er jetzt redete, war nicht für mich bestimmt. Ich kannte ihn nicht, den Prinzen Domitian.

»Man kann es nicht erklären. Er hat wenig Grund, euch zu hassen, er kennt euch kaum. Doch Hass braucht keinen Grund. Es ist daher müssig, ihn entkräften zu wollen. Ich habe zum Beispiel nie verstanden, warum Nero mich hasste. Ich war jünger als er, kam als Thronanwärter nicht in Frage, nicht mal als Kitharaspieler wollte ich es mit ihm aufnehmen ...«

Ich wartete, ob jetzt das Lachen käme, aber es blieb still. Ich schälte Früchte, schnitt sie in handliche Stücke, ordnete sie auf einer Kristallschale und bot ihm davon an.

Er bediente sich. Kaute lange und mit besorgtem Gesichtsausdruck an einem Stück Pfirsich. Seufzte. Schnippte mit den Fingern. Bis der Mann im Mantel erschien, blieb noch Zeit für ein freundliches Wort: die sonst beim Kauen entstehenden Schmerzen wären diesmal ausgeblieben, meine Gegenwart scheine ihm zu wohlzutun.

Er flüsterte in das ihm hingeneigte Ohr. Und als wir wieder allein waren: »Denn diese Frage beschäftigt mich seit langem. Du bist der einzige, der sie beantworten kann. Hat er mich gehasst?«

»Gefürchtet, Imperator. Soweit würde ich gehen.«

»Nein, lieber Freund, keine Ausflüchte. Furcht und Hass ist zweierlei, wie du wohl weisst. Die Furcht vor Gott ist der Beginn der Weisheit, sagt euer grosser König. Hass jedoch ist fern aller Weisheit, immer nur Dummheit, daher lässt er sich auch nicht besänftigen. Weshalb hätte er mich fürchten sollen? Als ihn seine Mutter auf den Thron setzte, war ich fünfzehn Jahre alt. Mein Vater war ein früherer Konsul, der nicht hoch in Ansehen stand. Ich war es, der etwas zu fürchten hatte.«

»Vielleicht war es wegen der Wahrsagung?«

»Ja, ich habe gehört, dass sie ihn ängstigte. Sollte er wirklich so einfältig gewesen sein? Er, ein Schüler des Seneca, dem Wissenschaft als höchste Wahrheit galt ... Aber oft sind jene, die so schrecklich aufgeklärt tun, am anfälligsten für Aberglauben. Auch mein Bruder hält sich für einen durchweg vernünftigen Menschen.«

Eine Pause folgte. Er nippte an seinem Getränk. Dann fragte er: »Du hast doch sicher Neros Werke in deiner Bibliothek? Kannst gar das eine oder andere Stück auswendig?«

»Auswendig nicht, Imperator.«

»Aber du hast den Klang im Ohr? Würdest es wiedererkennen? An einem Manuskript erkennen, ob es von ihm ist?«

»Ein mir unbekanntes Manuskript?«

»Eins von den Liedern, die der Syrer singt. Könntest du, wenn ich dir den Text gebe, erkennen, ob er es geschrieben hat?«

»Der verblichene Kaiser war eine komplexe Persönlichkeit. Er könnte Texte geschrieben haben, die mich überraschen.«

Er schrieb die Antwort mit. Als er die Zeichen der Schnellschrift überlas, begann er zu lächeln. Er sagte belustigt: »Auch eine Art, zum Ausdruck zu bringen, dass er launenhaft war, unberechenbar und labil. Das meinst du doch?«

»Nicht nur, Imperator. Ich meine auch, dass er ein begabter Dichter war und ein grosser Theatermann. Dass er sich ernsthaft der Literatur gewidmet hat ... Auf seine Weise.«

»Wenn auch nicht viel davon geblieben ist. Kaum jemand kennt heute seine Verse.«

»Das ist wahr, Imperator.«

»Man spürte die *affectatio*, das Falsche, Nachgeahmte. Euer Sänger-König mochte ihm vorschweben – von daher glaube ich wirklich, dass ihr, Halityrus und du, einigen Einfluss auf ihn hattet. Aber er begriff nicht, dass ein Poet auf dem Thron ein Menschenfreund sein muss. Die Lieder eures Königs sind die Gesänge eines Liebenden, eines Gläubigen. Liebe und Glaube sind Synonyme. Nero äffte die Pose nach, ohne zu verstehen. Habe ich recht?«

»Vergessen ist nach unserem Verständnis eine schwere Strafe, vielleicht die schwerste, die es gibt.«

Er nickte. »Damit haben ihn die Götter für seine Untaten bestraft. An nichts lag ihm mehr als an seinem Nachruhm.«

Und als ich nichts erwiderte, wollte er wissen: »Wie denkst du darüber?«

»Man kann nur zustimmen, Imperator. Denen, die den Erfolg des Tages geniessen, ist oft das Gedenken der Späteren verwehrt.«

»*Sapientia sat.* Wenn du in dieser Richtung weitergehst, kommst du zu mir. Was wird dereinst von Titus bleiben?« Er patschte sich mit der Hand auf den dicken Unterarm. »Wenn dieser Leib dahin ist und all der Tand, mit dem wir ihn behängen … Das wolltest du sagen, nicht wahr? Du bist geübt, in Andeutungen zu sprechen.«

»Ich sprach von Literatur, Imperator.«

»Nicht jeder würde dir das durchgehen lassen«, sagte er lächelnd. »Mein Bruder zum Beispiel …« Und das Lächeln zerfiel. »Tagesruhm, ja, davon hatte der gute Nero genug. Kein Sänger ist zu Lebzeiten so gefeiert worden. Ich werde nie vergessen, wie das Publikum raste. Die Zustimmung berauschte ihn. Der Beifall einer unüberschaubaren, gesichtslosen Menge ist eine Droge. Die Menge herrscht dadurch, dass sie das Bedürfnis wachruft, ihr zu gefallen. Der es vorübergehend vermag, fühlt sich fälschlich als ihr Herr … Dabei hat man es nicht mal mit wirklichen Menschen zu tun. Die Masse ist ein eigenes Wesen, keinesfalls die Summe der in ihr Vereinten. Nein, etwas Eigenes, Neues, ein Ungeheuer. Ein unberechenbares, unbegreifliches Monstrum. In der Menge obsiegt das Schlechteste in jedem Einzelnen. Je mehr Menschen sich zusammenfinden, umso weniger Hoffnung, dass ihr gemeinsames Handeln sinnvoll und vernunftbestimmt ist, im Sinne von Menschsein und menschlichem Mass.«

Er atmete ein paarmal tief ein und aus. Ich vermutete, er werde das Thema wechseln, doch er fragte: »Du bist anderer Meinung?«

»Es ist, wie du sagst, Imperator. Woraus jedoch nicht zwangsläufig gefolgert werden kann – wenn ich mir diesen Einwand erlauben darf –, dass die Herrschaft Einzelner in jedem Fall vernunftbestimmt wäre.«

»Du denkst an Nero? Ich frage mich, wieweit er überhaupt ein Einzelner war und als Einzelner herrschte. Ob es nicht in Wahrheit wieder die Menge war, die durch ihn handelte. Und ob er nicht, weil er sich von der Menge dirigieren liess, wurde wie sie. Der Einzelne entledigt sich seiner Menschlichkeit, indem er in der Menge untertaucht – das ist der geheime Zauber dieses Bades … Nero soll sogar in Blut gebadet haben … In Stierblut … Warst du mal dabei?«

»Nein, Imperator.«

»Du verleugnest deine Nähe zu ihm? Dabei gibt es Berichte über euer häufiges Zusammensein. Auch im Mithräum sollst du gewesen sein ... Ich hatte gehofft, endlich jemanden zu treffen, der mir verschiedene Fragen ... Kommen wir zur Sache. Der syrische Aufrührer. Sag mir klar heraus, ohne Umschweife: Ist er der frühere Kaiser, ja oder nein?«

»Nein, Imperator.«

»Woher nimmst du die Gewissheit?«

»Der verstorbene Kaiser war nicht der Mann, sich Jahre lang still zu verhalten. Wenn er noch lebte, hätte man längst von ihm gehört.«

»Wie erklärst du dir, dass der Syrer so genau über Neros Vortrag und Spieltechnik im Bilde ist?«

»Er hat den Kaiser im Konzert erlebt. Es gibt geniale Imitatoren.«

Der Mann im Sessel hatte die Antworten mitgeschrieben. Er starrte auf das Täfelchen, mit zwinkernden Lidern, als läge ihm auf der Zunge zu sagen: Sollte es tatsächlich so einfach sein? Er sagte stattdessen: »Immerhin, deine Scheu, verächtlich über Nero zu sprechen, erfüllt mich mit der vagen Hoffnung, du würdest einst auch über mich so umsichtig, behutsam, ja pietätvoll Zeugnis ablegen. Im Grunde lässt sich wenig dagegen sagen. Ich habe den Ritter Martialis nie an meinem Hof sehen wollen, obwohl er ein berühmter Dichter ist. Er hat eine giftige Zunge und lebt davon.«

Jemand klopfte an den hölzernen Rahmen der Tür zum Hof und trat sofort darauf ein, der Mantelträger mit der goldenen Fibel. Er trug Schriftrollen unter dem Arm und einen Gegenstand in einer Hülle aus golddurchwirkter Seide. Ich sah nicht genau hin, gefesselt von den letzten Sätzen des Sprechers. Er hatte seiner Hoffnung Ausdruck verliehen, ich würde auch über ihn so umsichtig, behutsam, pietätvoll Zeugnis ablegen wie über Nero. Hiess das, wenn ich ihn richtig verstand, dass ich leben sollte? Aber verstand ich ihn richtig? Konnte man ihn beim Wort nehmen, krank und schmerzgeplagt wie er war? Raschelnd fiel die seidene Hülle von dem Gegenstand, den der Kaiser, wieder allein mit mir, aufrecht im Arm hielt. Zum Vorschein kam eine Lyra, deren Arme von blassem Horn, beidseitig geschwungen, aus runder Schildkrötenschale emporstrebten, schlank und klanggewiss, zwischen Querstab und Korpus mit sieben hellschimmernden Saiten bespannt. Der Kranke lächelte, als er mit dicken Fingern über das Instrument fuhr.

»Es ist meine«, sagte er. »Doch nimm du. Meine Hände taugen nicht mehr zum Spiel.«

Ich sei mir der Ehre bewusst, murmelte ich, erschüttert von seiner Geste. Einem anderen sein eigenes, vertrautes Instrument zum Spielen zu überlassen, galt als Zeichen grosser Nähe.

»Der grosse Terpnos hat mich das Spiel gelehrt. Noch in Judäa habe ich manchmal vorgesungen. Damals hatte ich noch eine Stimme. Auch die Königin lauschte mir gern.«

»Was soll ich spielen«, fragte ich, um einem neuerlichen Abgleiten in Trauer und Tränen zuvorzukommen.

»Das hier.« Er reichte mir eine der Schriftrollen über den Tisch. Ich öffnete sie, las den Titel und erstarrte. Die Zierlettern, von der Hand eines professionellen Abschreibers sauber und anmutig auf den Papyros gesetzt, fügten sich zu dem Wort *Kitharodos.*

Wieder hörte ich ihn lachen. Er lachte lange, sein schwerer Körper schütterte und bebte, dass der hölzerne Tragestuhl klagende Geräusche von sich gab. Endlich ging das Lachen in Seufzen über, in Stöhnen, als hätte er sich wirklich überanstrengt. Ich wagte aufzublicken, sah, dass er Tränen in den Augen hatte – Lachtränen offenbar, doch wer konnte es wissen?

»Spiel mir *Manches wage ich bei Nacht ...«*

Ich nickte stumm, ohne ihn anzusehen. Woher kam dieses Exemplar des *Kitharaspielers*, woher hatte er das längst aus allen Bibliotheken verbannte Buch? Offenbar kannte er es, wusste einzelne Stücke beim Namen, er, der sich so feindselig geäussert hatte ...

»Es wundert dich«, fragte er, »dass der Frevler und Unmensch Sinn für deine Verse hat? Ich habe früher selbst gern welche deklamiert. Ganz anders als mein Vater, der auf diesem Gebiet nichts empfand und bei Neros Gesang einschlief, was letztlich sein und mein Leben von Grund auf veränderte, indem es ihm die Strafversetzung nach Judäa eintrug und damit auch mir, woraus wiederum der entscheidende Anstoss zu unserer Kaiserwürde werden sollte ... Wir wollten es nicht, mein Vater und ich, weder nach Judäa gehen noch Kaiser werden, kein Gedanke daran, es war eine strafweise Versetzung oder wenigstens eine, bei der unser guter Nero alles Mögliche im Sinn hatte. Das übrige geschah im Selbstlauf, wie es zu gehen pflegt. Ich komme nicht nach meinem Vater, bin ihm wenig ähnlich. Meine früh verstorbene Mutter ... Vielleicht interessiert es dich, dass sie die Tochter eines Schreibers war. Die Liebe zu den Lettern liegt mir im Blut. Wie sagten die alten Babylonier? Wer sich auf der Schreibtafel hervortut, leuchtet wie die Sonne ...« Er hielt inne. »Es wird mir mühsam, mich zu konzentrieren. Ich wollte über Nero sprechen. Wie ich ihn für seine Gesänge bewunderte. Wie es mich später überraschte, als die kaiserliche Kommission herausfand – durch einen Hinweis des Ritters Tigellinus –, dass Nero in vielen Fällen gar nicht der Autor war. Sondern du. Und wie es mich auch wieder nicht überraschte. Wenn einer dieses irre Zeug geschrieben haben konnte, dann ein Jude.«

Die kaiserliche Lyra behutsam in beiden Händen, sass ich reglos und überlegte, was seine letzte Äusserung meinen könnte. Auch er schien nachzudenken. Dann, wie erwachend, wiederholte er seine Aufforderung, das Lied *Manches wage ich bei Nacht ...* für ihn zu spielen. Ich nahm meine Erinnerung zusammen, seit Jahren hatte ich das Lied weder gesungen noch gehört. Nach einigen suchenden Griffen auf dem fremden Instrument fand ich die ersten Akkorde von Neros Vertonung, schloss die Augen und begann:

Manches wage ich bei Nacht
kühner als am Tage,
wenn ich um den Schlaf gebracht,
still mein Herz befrage,
wenn ein Antlitz, das der Tag
mir von fern gezeigt,
sich in Morpheus' Traumgemach
über mich geneigt,
ach, dann wage ich den Kuss
der im Tageslichte
den Bedenken weichen muss,
die ich selbst errichte ...

Allmählich erinnerte ich mich der Tonfolgen, die Nero für diese Verse gefunden, der eingängigen Melodie, für Wirkung im Theater berechnet, für rasches Überspringen auf eine Zuhörerschaft, die aufnahmebereit war, begierig, ungeduldig, die eine schnelle Gemeinsamkeit ersehnte, mit sich, mit Rom und ihrem Augustus. Ich spielte leise, ohne Überschwang. Ich wollte meinen Zuhörer sich selbst überlassen, ihn nicht zu jener rasch aufflammenden, rasch verfliegenden Begeisterung drängen, die in Neros Musik lag. Der Mann im Tragestuhl schien zufrieden. Er tippte ein paar Mal leicht die Fingerspitzen aufeinander als wolle er Beifall andeuten.

»Ein Poem, wie es mir gefällt«, sagte er, »einfach und wahr. So haben wir alle, als wir jung und verliebt waren, wach gelegen und das Antlitz angeschaut, dem wir uns bei Tage nicht zu nähern wagten. Und seit ich ein wenig mehr von eurem Gott verstehe, ahne ich, dass dein Lied vielleicht auch anders gemeint sein kann, dass jenes Antlitz nicht unbedingt das eines Menschen sein muss. Dass es vielleicht gar kein Antlitz sein muss, nur die Idee davon ... Noch ein Lied. Es ist wahrscheinlich mein letztes Konzert. Da war eine Stelle im *Kitharaspieler*, wo es um unsere Kindersehnsucht ging, um unsere Anhänglichkeit an die Mutter. Die Metapher für die Mutter war Rom, unsere Stadt. Ich habe oft, wenn ich fernen Kommandos war, an dieses Lied denken müssen. Habe es sogar ein paar Mal selbst gesungen. Du erinnerst dich?«

»Es gibt ein Lied, Imperator, auf das die Beschreibung passen könnte, *Einst als Knabe in Rom.* Aber es ist nicht vor mir. Der frühere Kaiser hat es dem Poem als Vorspiel hinzugefügt.«

»Der frühere Kaiser? Unsinn. Du warst der Autor des Poems, dein war die Idee, der Ton, das dichterische Ich. Was immer der gute Nero dazugeschrieben hat, es ist in deinem Geist, nach deinem Muster ...« Er schüttelte den Kopf. »Wozu solche unsinnige Offenheit, die niemand wünscht? Du hast wenig Ähnlichkeit mit dem Mann, der dein Vater gewesen sein soll. Falls das Bild zutrifft, das der Ankläger zeichnet ... *De mortuis nil nisi bene.* Er hatte es mit Persönlichkeiten von fulminanter Wirkung zu tun, mit der Kaiserin Agrippina zum Beispiel, an die ich mich gut erinnere. Übrigens, warum hat sie, die meinen Freund Britannicus vergiften liess und mich beinahe mit ihm, ausgerechnet dich verschont? Sogar noch gefördert? Du bist ein Glückskind, *egregie*. Hat dir das schon mal jemand gesagt?«

»Ja, Imperator. Meine Frau.«

»Du bist Witwer, hörte ich … Trotzdem, ein Glückskind. Auch ich hatte viel Glück. Du weisst, dass auch ich aus dem Giftbecher getrunken habe?«

»Man sprach darüber am Hof, Imperator.«

»Wir waren Freunde und tranken aus demselben Kantharos wie immer. Aber ich kam mit dem Leben davon, während Britannicus starb. Der eine geht vor die Hunde, der andere steht wieder auf … Und jetzt sing mir das Lied.«

Diesmal musste ich erst den Vers im Manuskript suchen, ich hatte das von Nero geschriebene Stück nur ein-, zweimal gehört. Meine Hände bewegten sich fahrig, als ich die Doppelrolle drehte, eine Seite aufrollend, zugleich die andere einwickelnd, wobei meine Augen den Text überflogen. Der Mann im Tragestuhl gab sich Mühe, mir zu helfen, er hatte, als ich die Rolle zu drehen begann, wortlos die Lyra an sich genommen und hielt sie für mich, eine freundschaftliche Geste am Rande des Unvorstellbaren. Darüber nachzudenken war keine Zeit, ich fühlte inzwischen selbst so etwas wie Fieber, eine hitzige Schwäche, als würde ich krank. Endlich fand ich, was ich suchte. Noch ungewisser als der Text war die Melodie. Wortlos bat ich um das Instrument. Dabei sandte ich ein unhörbares Stossgebet an meinen Gott: Lass mich jetzt nicht im Stich, der du David Töne eingegeben hast, als er vor König Sha'ul gerufen wurde, ihn durch Saitenspiel zu erheitern …

Der Mann im Tragestuhl beobachtete mich. Er schloss diesmal nicht die Augen wie sonst. Dann tat er etwas Unerwartetes: er spitzte die dicken Lippen und pfiffelte ein paar Takte vor sich hin, die erste Zeile des Liedes. Mir fiel sofort die weitere Tonfolge ein, die Melodie der ganzen Strophe. Ich verneigte mich dankend und begann:

Einst als Knabe in Rom
an den Bänken des Tiber

wenn im Abendlicht rot
der Janiculum glüht,
und das Herz sich besinnt
und der Klang deiner Lieder,
wo ich immer auch bin,
mir im Herzen erblüht …

Es war ein epinikischer Gesang, klassisch und einfach, gebildet aus girlandenartig aneinandergehängten Triaden im Sinne des griechischen Vorbilds. Nach diesem Muster konnte es endlos gehen. Die Gegenstrophe folgte, die seinerzeit der Chor gesungen hatte:

Oh du schimmerndes Rom
veilchenumkränztes,
hochbesungenes du,
Siebenzahl deiner ewigen Hügel
übermenschlich göttliche Stadt …

Mein einziger Zuhörer lauschte ergriffen, wiegte sacht seinen Kopf im Takt meines Spiels. Als ich geendet hatte, sagte er: »Ein Epinikion. Die Gegenstrophe war ursprünglich von Pindar, nicht wahr? Etwas abgewandelt: Siebenzahl deiner ewigen Hügel … Er nahm sich, was er brauchte. Trotzdem, gut gemacht. Er war unmenschlich gerissen. *Qualis artifex pereo* … Wie er sich die Adoption erschlichen hat, wie er und seine Mutter den armen Britannicus aus dem Weg räumten, dann den Alten, dann Narcissus, wie nach und nach alle sterben mussten, die julischen Blutes waren … Ich frage mich manchmal, ob er überhaupt wusste, was er tat. Was denkst du?«

»Ich glaube, er lebte, was die Erkenntnis seiner eigenen Schwächen betraf, im Zustand weitgehender Unschuld.«

»Das ist zum Lachen«, erklärte der Mann im Tragestuhl, lachte aber nicht. »Die Unschuld des Massenmörders, ein aberwitziger Aspekt … Ich ahne, was du meinst. Die Geborgenheit in der Übereinstimmung. Solange die Mehrheit den Wahnsinn mitmacht, lebt der Einzelne fern vom Bewusstsein seiner Schuld. Der Mensch wandelt auf dem schmalen Grat zwischen Genie und Wahnsinn, Inspiration und Selbstvernichtung, Gottesnähe und Terror. Wir alle können Liebende und Zerstörer werden, in ein und demselben Leben, in ein und demselben Leib. Dagegen habt ihr das Gesetz gestellt, ein Gesetz, das überzeugt, weil es das Böse im Menschen stillschweigend voraussetzt. Es gab wohl nur zwei Möglichkeiten für den Schöpfer der Welt: entweder den Menschen wieder von der Erde verschwinden zu lassen oder ihn in ein sicheres Regelwerk einzubinden. Eure Bücher sagen, er hätte beides erwogen und beides versucht. Sinflut oder Gesetz. Manches, was in euren Büchern steht, klingt ungeheuerlich. Aber immer schafft es Freiheit des Denkens. Und ihr habt recht. Es gibt Zeiten, da muss man seine Heiterkeit ganz aus sich selber nehmen.«

Von draussen wehte Kühle herein, ein Windstoss fuhr in die Papiere auf dem Tisch und machte sie rascheln und flattern.

»Aus diesem Grund habt ihr immer die Hand im Spiel, wo die Fundamente für etwas Neues und Grosses gelegt werden. Ihr habt zu Julius Caesar gehalten, als er in Not war und Freunde brauchte, ihr habt dem grossen Augustus Octavian beigestanden, seinen Prinzipat zu errichten, ihr habt sogar uns, dem flavischen Haus, zum Thron verholfen, obwohl wir vor Jerusalem standen. Dafür blieb euch das Privileg der *religio licita* erhalten, euer von vielen beneidetes Vorrecht. Wer weiss denn, ob euch die *religio* nicht in diesem Augenblick wichtiger war als die Stadt? Vielleicht braucht ihr im Augenblick keinen Tempel, sondern Einsicht und Innerlichkeit? Ich denke, ihr versteht selbst nicht immer, was ihr tut. Umso weniger verstehen euch die Kleinen und Engherzigen, die im Staub dieser Welt zu Hause sind. Aber das tut euch keinen wirklichen Schaden, da immer ein paar Grosse zu euch halten, sei es der junge Alexander oder Roms Caesaren, und eure Besonderheit erkennen, euer unerklärliches Wirken auf Völker und Reiche. Auch ich habe euch eure Rechte belassen …«

Und dein Bruder, fragte ich mich, der undurchsichtige Prinz … was wird er tun? Aber ich sass still derweilen, wie man still sitzt in einem durch schwarze Wasser gleitenden Kahn.

»So, wie ihr jetzt seid, hat euch ein Herrscher natürlich am liebsten, ohne weltliche Macht, ganz zu seiner Disposition. Seht zu, dass ihr nicht zu hoch steigt an fremden Höfen, dass ihr nicht tollkühn werdet. Und wisset, dass euch aller Hass des Hades treffen wird, falls ihr eines Tages wirklich eure Stadt zurückerobert, eure Heimat, euer Heiligtum.«

Das waren gewiss die Ufer des Traums und nichts anderes. Der Zerstörer Jerusalems sagte voraus, dass wir den Tempel zurückerhalten würden, die Stadt und das Land, er sagte es mit flacher, gepresster Menschenstimme, im kurzatmigen Duktus eines Kranken. Ich fürchtete, dass es mir mit diesen Worten gehen werde wie so oft mit Träumen: dass ich sie nach dem Erwachen selbst nicht mehr glaubte. Er redete indessen weiter, unbesorgt, als sei er allein.

»Was uns zu Feinden macht«, sagte er, »was uns aufeinanderhetzt und einander töten lässt, ist die Angst voreinander. Auch ich war zu ängstlich. Wenn wir ohne falsche Furcht sein könnten … Ich habe Nero gefürchtet, so lange er lebte. Und darüber hinaus. Noch in Judäa, obwohl es dort eigentlich genug anderes zu fürchten gab. Aber wir ängstigen uns vor dem, wovor wir uns zu ängstigen angewöhnt haben, nicht sosehr vor dem, was uns wirklich bedroht. Eines Nachts, während der Belagerung Jerusalems, stürzte einer der Türme ein, die ich auf den Wällen hatte errichten lassen, um die Verteidiger von der Mauer zu vertreiben, ein Ungetüm von fünfzig Ellen Höhe, ganz mit Eisenplatten verkleidet, gepanzert gegen einen Angriff durch Feuerschleudern und Geschütze. Es war kurz nach Mitternacht, der Lärm gewaltig. Alles lief sofort zu den Waffen. In der Dunkelheit entstand Panik: das Getöse, das Geschrei der von den herabstürzenden Eisenplatten Verletzten, die allgemeine Angst, die Juden könnten einen Ausbruch aus der belagerten Stadt unternommen haben … Ich sah gute Leute furchtsam werden in dieser Nacht. Nur ich behielt die Nerven. Ich ging herum und beruhigte alle. Ich fürchtete nicht den Ausfall der Juden, diese Gefahr achtete ich vergleichsweise gering.«

Er nahm einen Schluck aus seinem Pokal, widerwillig, mit angehaltenem Atem, um ihn verbreitete sich der stechende Geruch.

»Denn ich wusste etwas, wovon niemand im Lager ahnen konnte. Ich wusste, dass ich für diese Nacht eine Inspektion der Türme geplant hatte, dass ich überraschend dort hatte auftauchen wollen, um die Wachen zu kontrollieren, die Ordnung, den Zustand der Bewaffnung. Ich wollte alle damit überrumpeln, auch die Ofiiziere meines Stabes, um niemandem Zeit für heimliche Vorkehrungen zu lassen. Wider Erwarten wurde ich aufgehalten, durch einen Zwischenfall bei den syrischen Hilfstruppen, eine versuchte Meuterei, irgendeine Spitzbüberei aus Geldgier und Blutrausch. In aller Eile sollten Urteile vollstreckt werden, um deren Bestätigung man mich ersuchte. Damit verging eine halbe Stunde, der Tribun erstattete umständlich Bericht, ein paar der Herren stellten Fragen ... Da stürzte der Turm zusammen. Ohne mich. Alle, die drin waren, wurden erschlagen. Mich durchfuhr ein tödlicher Schreck. Ich dachte an das auseinanderfallende Schiff, mit dem Kaiserin Agrippina umgekommen war. Wie hatte der schreckliche Mensch herausgefunden, dass ich die Türme besichtigen wollte? Wie konnte er in Rom oder Athen oder wo er grad war, von meinen Plänen wissen? Sein Geheimdienst, dachte ich, wer in meiner Umgebung arbeitet für ihn? Ich hatte dem Kammerdiener gesagt, er solle meinen Mantel bereitlegen, ich hatte Fackelträger geordert ... Schon lange vermutete ich, er hätte Befehl erteilt, mich zu beseitigen. Ich pries den höchsten Willen, der mich gerettet hatte. Zugleich verstärkte sich meine Furcht, er werde es von neuem versuchen. Während sich das Heer beruhigte, die Soldaten, die Offiziere, lag ich wach und dachte an ihn. Bis mir endlich, gegen Morgen, zu Bewusstsein kam, dass er gar nicht mehr lebte. Dass ich mich vor einem Toten ängstigte. Selbst das befreite mich nicht von meiner Furcht. Denn auch die Befehle eines Toten können ausgeführt werden.«

Er schwieg und sann einem Gedanken nach. Ich sass und wartete, immer noch seine Lyra im Arm.

»Die eisernen Türme besiegelten das Schicksal der Stadt. Wäre Jerusalem gefallen, wenn mich in dieser Nacht ein Balken erschlagen hätte? Wer war es wirklich, der mir nach dem Leben trachtete? Wer war es, der mir hier eine Warnung zuteil werden liess? Nur an Nero dachte ich, an einen Menschen. Ich wollte ihn überleben, ihn stürzen, seine Macht brechen. Ich habe nie geglaubt, dass der römische Kaiser ein Gott sei. Zu diesem Zeitpunkt hatte ich auch den Glauben an die anderen Götter verloren. Denn ich dachte nicht mehr an sie, und was sind das für Götter, an die wir nicht denken? Niemand an Neros Hof dachte an sie, und ich bin, ob ich will oder nicht, ein Kind der neronischen Zeit. Die Tragödie des Menschen beginnt damit, dass er keinen Gott mehr hat. Wenn er keinen Gott mehr hat, verliert er den Glauben an sich selbst. Er verliert die Hoffnung, die Kühnheit des rettenden Gedankens, den Mut. Und worin hätte hier der Mut bestanden? Darin, die Belagerung abzubrechen. Den Angriff auf die Stadt zu lassen. Ich hätte es als Zeichen verstehen können, als Zeichen, von meinem Vorhaben abzulassen. Vielleicht wäre ich dann heute noch ein gesunder Mann. Sie waren ohnehin vom Hunger geschwächt, lange hätten sie sich nicht mehr gehalten. Die Stadt wäre uns zugefallen, kein Feuer, kein Blutvergiessen, der Tempel stünde wie eh ... Doch ich hatte keinen Gott mehr und demzufolge keinen eigenen Gedanken. Ich wollte nur noch, was die anderen wollten, Sieg, Beute, Triumph in Rom. Ich war nicht klüger als Nero. Auch er hielt an seiner Rolle fest bis zum letzten Tag. Spielte den Herrscher und Gottessohn vor einem Publikum, das auseinanderlief ... Jedes Publikum läuft irgendwann auseinander, läuft davon und weiss von nichts ... Am Ende fragt man sich: Wozu habe ich das alles getan? Nero litt darunter, dass die Stadt Alexandria für eleganter galt als Rom, dass seine Dynastie, die julisch-claudische, verglichen mit den orientalischen jung war. Und meine erst ... Sogar am persischen Hof sollte man den Kaiser Roms bewundern, nicht mehr nur für die Macht seiner Waffen, sondern für niegesehene Pracht. Von einem Goldschatz soll er in seinen letzten Tagen phantasiert haben, dabei konnte er nicht mal mehr das Brotgetreide bezahlen ... Unsere Götter geben uns Zeichen, innezuhalten, von unserem sinnlosen Treiben abzulassen. Aber wir hören nicht, wollen nicht verstehen ...«

Des Königs Grimm ist wie ein Bote des Todes, aber ein kluger Mann wird ihn versöhnen. Im Licht von des Königs Angesicht ist Leben, und seine Gnade gleicht dem Regen im Herbst …

Die Kühle, die nun endlich, mit fortschreitender Nacht, von draussen eindrang, fuhr in leichten Schauern über meine schläfrige Haut. Ich war im Stuhl zusammengesunken und nahe am Einnicken. Sein Gerede begann sich im Kreis zu bewegen, und wenn er auch, wie er sagte, nicht mehr an die Göttlichkeit der römischen Caesaren glaubte, so hatte er offenbar sich selbst an die Stelle der Götter gesetzt und huldigte seiner eigenen Person, seinem Ich. Was, wenn sein Monolog unversehens ins Delirium überging? Ich sah den Ankläger in seinem Zimmer sitzen und die letzten Zeilen der *accusatio* schreiben: Deshalb beantrage ich … Meine Aufmerksamkeit liess nach, die Worte des Sprechenden rauschten an mir vorbei, manche entgingen mir ganz.

»Ihr Juden … Als Volk und jeder Einzelne … Seid ihr wirklich so klug, wie ihr meint? Hast du je darüber nachgedacht, wie wenig euch eure Siege an Neros Hof genützt haben? Was hast du nicht alles versucht, um den Kaiser … Nimm dein Poem … du hast dich vergeudet, dabei bist du begabt … Ihr habt um ein paar Meter Mauer gekämpft, um ein paar Meter Stein«, hörte ich, und meine Aufmerksamkeit kehrte zurück. »Nun ist die Mauer gefallen, ganz und gar. Und mit der Mauer der Tempel. Wozu eure Mühen?«

Doch er schien keine Antwort zu erwarten. »Eure Mühen sind umsonst«, sagte er, »wenn euer Gott nicht will. Ihr müsst ihn tief gekränkt haben, denn er schlug euch mit Konfusion. Man vergegenwärtige sich: der jüdische Sanhedrin klagt gegen den jüdischen König, wegen einiger Meter Stein … Eure Zerissenheit, eure ewigen Kämpfe untereinander, eure Sucht, euch gegenseitig anzuschwärzen … In der Frage des Stadtrechts von Caesarea habt ihr verloren, und diese Niederlage erwies sich als viel bedeutsamer als der Sieg wegen der Tempelmauer. In Caesarea brach der Aufstand aus, aus dem Aufstand wurde Krieg, aus dem Krieg eure Katastrophe. Mehrmals habe ich den Verteidigern von Jerusalem angeboten, die Stadt zu übergeben, unter wahrhaft menschlichen Bedingungen. Sie schlugen es aus …

Wollt ihr nicht einfach ein stilles Händlervolk werden? Im Schatten der grossen Städte, mit den Rechten, die euch kluge Herrscher zugestehen werden? Was braucht ihr ein Land? Was braucht ihr Krieger? Ihr seid überall willkommen, wenn ihr in der Stille euren Geschäften nachgeht.«

»Wir sind sehr verschieden, Imperator«, erwiderte ich vorsichtig. »Nicht jeder taugt zum Händler.«

Darüber musste er lächeln, wenn auch nur mit den Lippen. »Das sind Scherze, lieber Freund«, sagte er. »Dabei fand euer vielzitierter Sänger-König, ihr solltet das Spotten lassen. Sein erster Gesang beginnt mit diesem Rat, ich habe es mir gemerkt. Habt ihr je verstanden, was er meinte? Noch auf den Mauern Jerusalems haben eure Leute, dem Hungertod nahe, ihre Witze zu uns heruntergebrüllt. Dachtet ihr, auch das ist ein Scherz?« Er schlug mit der flachen Hand auf die Armlehne des Tragestuhls. »Was schweigst du? Dein Herrscher hat dir eine Frage gestellt!«

»Der Imperator weiss«, erwiderte ich, »dass wir alles versucht haben ...« Meine Stimme gehorchte mir nicht mehr, die Worte schmerzten im Hals, es war, als hätte sich meine Kehle verengt. »Wir haben alles versucht«, sagte ich langsam, »die Juden in Rom, meine Freunde am Hof ... mit aller Anstrengung versucht, den Krieg zu verhindern.«

»Worte. Sie werden deinen Ankläger nicht beeindrucken. Er wird morgen in diesem Raum die Anklageschrift verlesen, nachdem der Vorsitzende der Komission, der ehrenwerte Ritter Otacilius Sagitta, auf ein Kopfnicken von mir oder auch nur auf mein Schweigen, dem Antrag auf Eröffnung eines Hauptverfahrens zugestimmt hat.«

Als ich darauf schwieg, fragte er: »Du hast dich darauf eingestellt, dass man dich unter Anklage stellen wird?«

»Offen gestanden, nein.«

»Lass die Scherze.«

»Nach allem, was ich von der Güte des Imperators Titus gehört hatte, wie sollte ich für möglich halten, dass er mich unter falschen Anschuldigungen vor Gericht stellen würde?«

Er zuckte die Schultern. »Das geht an mir vorbei. Nicht ich stelle dich vor Gericht, sondern ein Ankläger, und er tut es nach den Regeln des römischen Rechts.«

»Der Ankläger hat nichts vorzuweisen als Gerüchte.«

»Sag bloss, Gerüchte haben kein Gewicht.«

»Die Zeugen bestätigen nichts von dem, was er sagt.«

»Bisher nicht. Aber was, wenn man sie peinlich befragt? Denkst du, sie werden sich für dich foltern lassen? Ich vermute, man wird dich der Konspiration gegen Kaiser und Reich beschuldigen. Der Zusammenarbeit mit Terentius Maximus, dem falschen Nero. Wer weiss denn, ob du nicht bei ihm in Syrien warst, so still und unbemerkt wie du dich all die Jahre bewegt hast ... Es gibt Aufzeichnungen darüber. Wo bist du nicht überall gewesen ...«

»Dutzende Menschen können bezeugen, dass ich das Städtchen am Meer zwei Jahre lang nicht verlassen habe.«

»Sie werden das Gegenteil bezeugen, wenn ich auch nur die leiseste Andeutung mache, mir läge daran. Ich habe mir zugemutet, stundenlang der Verhandlung zu folgen, ohne den Ankläger zu unterbrechen – obwohl ich seine Argumente auswendig kenne –, nur um dich verstehen zu machen, dass dieser Mann entschlossen ist, dich um deinen Kopf zu bringen. Mein Bruder, der künftige Kaiser, steht hinter ihm. Er hat vor, gegen die Sikarier vorzugehen, gegen die Christiani und andere von euren Sekten. Er vermutet, sie hätten sich im Geheimen über das Imperium verbreitet und wollten das flavische Kaiserhaus zu Fall bringen. Der syrische Hochstapler kommt ihm gerade recht. Er ist nicht dumm, mein Bruder Domitian. Er sieht die Gefahr, die von euch ausgeht, erst recht jetzt, in eurer Schwäche.«

Pause. Er rang nach Luft. Domitian, dachte ich, der Thronfolger. Zum ersten Mal erfüllte mich der Name mit Schrecken.

»Denn eure Schwäche ist in Wahrheit eure Stärke. Warum können sich die Christiani überall ausbreiten, allerorten ihre für Rom gefährliche Botschaft verkünden? Weil sie all dies, ihre wachsende Menge, ihre Entschlossenheit, ihren weltweiten Anspruch, mit einem Gestus der Gewaltlosigkeit verbinden. Eine unwiderstehliche Mischung. Kämen welche und versuchten dasselbe mit Gewalt – sie müssten scheitern. Sie würden Abscheu hervorrufen, Gegenkraft,

Entschlossenheit … Aber die Christiani, ihre Friedensbotschaft, ihr sanftes Versprechen, ihr Glaube, die bessere Welt schon hienieden zu errichten … Sie machen uns hoffnungstrunken, uns alle, ihre Gegner wie Anhänger. Auch ich habe Freunde unter ihnen. Einer sitzt in der Untersuchungskommission … ja, du hast richtig gehört. Der Name eines anderen wurde heute mehrmals erwähnt. Was wird nach meinem Tod aus ihnen werden? Und aus dir? Bist du auch einer von denen, die das hochherzige Selbstopfer für eine bessere Welt auf sich nehmen?«

»Der Imperator weiss, dass ich nicht zur Sekte gehöre.«

»Was nützt es dir? Du hast herausgefunden, dass ich dir gewogen bin, dass ich deinem Volk gewogen bin, ich, der Zerstörer Jerusalems. Dass ich verstanden habe, warum ihr sein müsst, wie ihr seid. Ein Volk muss es geben, das anders ist, wie es immer und überall eine Ausnahme gibt. Denn dies ist das Zeichen der Götter. Nur Menschen glauben an Gleichheit. Götter setzen Zeichen, Male ihres Hierseins. Und so ein Zeichen seid ihr.«

Er nickte mehrmals mit dem schweren Kopf, dass seine gedunsenen Wangen bebten. »Aber selbst wenn ich um all das weiss, wird es dir nichts nützen. Mein Leben zählt nach Tagen. Die Krankheit nistet wie ein nächtlicher Vogel in meinem Kopf …«

Er berührte diesen Kopf mit den Fingerspitzen und zog die Brauen zusammen, als spüre er Schmerz. Als er weitersprach, war Gereiztheit in seiner Stimme.

»Und solltest du sein wie die Christiani oder die Sikarier, dass dich Sterben nicht schreckt, so wisse, dass ein Verfahren gegen dich noch andere Juden ins Unglück ziehen wird, Verwandte, Freunde, sogar Kinder …«

Ich wagte einen Blick in sein Gesicht. Es hatte sich leicht gerötet, es glänzte und glomm von innerer Wärme, und wenn es auch die des Fiebers war, belebte sie doch seine fahlen Züge und gab ihnen unvermutete Ausstrahlung. Sogar seine Augen hatten unerwartete Leuchtkraft gewonnen, hell und starr standen sie in all dem bewegten Fleisch.

Dann fragte er: »Falls du heil davonkommen solltest … Was wünschst du dir für den Rest deiner Tage?«

»Stille, Imperator.«
»In Rom?«
»Wohin mich der Imperator gehen heisst.«
»Ausweichende Antwort ... Also nicht in Rom?«
Ich dachte an Jedidah. War dies der Augenblick, von dem sie gesprochen hatte? Wenigstens war es der Augenblick herauszufinden, ob sie Recht hatte oder nicht. Ich sagte leise: »Überall, wohin die Sonne strahlt, herrscht die Gnade des Imperators Titus.«
Er beobachtete mich stumm, aus überraschend klaren Augen. Dann beugte er sich in meine Richtung und gab ebenso leise zurück: »Wenn es sich so verhält ... warum dann nicht fliehen?«
Ich fragte: »Aber wohin?«
»Das fragst du mich?«
»Heisst das, der Imperator lässt mir in seiner Gnade die Wahl des Ortes? Aber wohin kann ein Jude gehen?«
Er hob und senkte die schweren Schultern. »Wohin? Wo Juden sind, würde ich sagen.«
»Nach Alexandria? Nach Antiochia, Cyrene, Smyrna, Tarsus? In eine der kleinasiatischen Städte?«
»Warum nicht dorthin, wo ihr zuhause seid?«
»Nach Judäa?«
»Du fürchtest dich vor Judäa?«
»Nein, Imperator. Nur kann ich nicht wissen ...«
Ein Lächeln erschien in den Winkeln seines fleischigen Mundes. »Was kannst du nicht wissen?« fragte er mit einem Anflug von Hohn.
»Ich weiss nicht, ob es römischen Juden erlaubt ist, sich in Judäa niederzulassen.«
Er wartete, ob das alles sei. Da ich schwieg, sagte er gleichmütig: »Wenn sie einen Passierschein haben, einen Reiseauftrag ... Wenn sie einen Brief an den kaiserlichen Statthalter mitführen, an den Ritter Flavius Silva, womöglich einen Brief vom Kaiser selbst ...«
»Die Gnade des Imperators übersteigt jedes Mass. Ich muss dennoch um etwas bitten.«
»Bitte.«

»Ich bin nicht allein.«

»Nicht allein? Eine Frau?«

»Meine Frau.«

»Deine Frau? Hiess es nicht, sie wäre gestorben?«

Er sah mich an, in seinen Mundwinkeln erschienen wieder die belustigten Kringel. »Verstehe. Gestorben wie du. Und dein Kind? Na, ich frage nicht weiter. Eine erstaunliche Familie … Für euch hat das messianische Zeitalter wohl schon begonnen, die Wiedererweckung der Toten?« Er nickte. »Es ist kein Scherz. Euer ganzes Volk wird auferstehen, ich weiss es, seit ich im leeren Tempel stand. Ihr werdet alles wiederbekommen, ihr werdet nach Jerusalem zurückkehren, Wunder werden sich ereignen, die Menschen werden es nicht glauben wollen … Ach, ihr seid auch mir unheimlich. Ich weiss es seit dem Augenblick, da ich sie zum ersten Mal sah. Wie sie über den Mosaikboden des Palastes langsam näherkam in ihrem Gazellengang, dunkel strahlend, nach Myrrhe und Balsam duftend. Wenn du sie drüben siehst, wirst du ihr Grüsse bestellen? Wirst du ihr erzählen, dass ich in meiner Sterbestunde nur von ihr gesprochen habe?«

Er schluchzte, wandte sich ab und barg sein Gesicht im Gewebe des weissen Feldherrenmantels. Ich sah nicht hin. Die Unterbrechung gab mir Gelegenheit, mit meiner Bestürzung fertig zu werden. Mein Herz klopfte wild, als wollte es davonfliegen. Ich goss mir den Becher voll, murmelte den Segen, trank in grossen Schlukken. Jedidah, dachte ich, womöglich behält sie recht. Einige Zeit sass ich still, der Wein beruhigte meinen Atem. Der Mann im Tragstuhl blieb noch einige Zeit abgewandt, drehte sich dann langsam in meine Richtung, aber nicht weiter, als dass ich sein Profil sah, die verschwollenen Lider, wunden Lippen, das hängende Kinn. Er fragte: »Du wüsstest einen Ort, drüben, wo du leben kannst?«

»Auf dem Land, mit des Imperators gütiger Erlaubnis. Auf einer Pflanzung meines Schwiegervaters.«

»Würdest du dafür einen Auftrag für mich erledigen?«

»Jeden, den du befiehlst, Imperator.«

»Es gibt da einen Ort in der Nähe der Küste, er heisst Javne. Schon mal davon gehört?«

»Gewiss, Imperator. Ein Lernhaus.«

»Eure Rettung, der Quell eures Überlebens. Raban Jochanan durfte das Lernhaus gründen, mit meines göttlichen Vaters ausdrücklicher Erlaubnis. Das ist wichtig. Deshalb wird selbst mein Bruder niemals wagen, es anzutasten. Wer zu denen von Javne gehört, ist sicher. Der römische Statthalter schützt ihn auf seinen Wegen. Ich gebe dir einen Brief an das dortige Oberhaupt mit, darin ich dich ausdrücklich als Verbindungsmann zum römischen Legaten empfehle. Du verstehst, worum es geht? Du bist Jude und Römer. Deine intime Kenntnis römischer Sinnesart, deine literarischen Fähigkeiten, deine Gewandtheit ... mit einem Wort, du wirst dich den Schriftgelehrten in Javne unentbehrlich machen. Auch der Ritter Flavius Silva, unser Legat, wird froh sein, wenn er nicht mehr selbst mit den gelehrten und schwierigen Herren verhandeln muss.«

»Libenter«, sagte ich und neigte den Kopf.

»Ich will es hoffen. Mir liegt an Javne. Schon aus Pietät gegenüber meinem Vater, dem Gott Vespasian. Du weisst, wie es zur Gründung des Lernhauses kam? Raban Jochanan rettete sein Leben, indem er sich für tot erklären und von seinen Schülern in einem Sarg aus der belagerten Stadt tragen liess. Ein mutiger Schritt, der den Edelmut des Sterbens im untergehenden Jerusalem fraglos aufwog. Man nahm ihn gefangen und brachte ihn vor den Heerführer. Sein Überlebenswille, sein Optimismus, seine Geistesgegenwart im Gespräch mit meinem göttlichen Vater trugen ihm das Privileg ein, ein neues Lehrhaus zu eröffnen – ein erster Schritt in eine neue Zukunft eures Volkes. Jochanan, ein uralter Mann, gewann meines Vaters Anteilnahme, indem er ihm die Kaiserwürde voraussagte. Mein Vater lachte, aber als kurz darauf die Nachricht eintraf, der Präfekt von Ägypten, der Ritter Tiberius Julius Alexander, hätte seine Legionen auf ihn eingeschworen, erfasste ihn Nachdenklichkeit ... Du siehst, noch ein Jude kam ins Spiel. Einer, den ihr Verräter nennt. Euer Gott ordnet die Dinge für euch, auch wenn ihr nicht versteht. Seither haben wir alles getan, um das Lehrhaus zu fördern.«

Er bewegte sich unruhig in seinem Stuhl und tastete an seiner Hüfte. Als er nicht gleich fand, was er suchte, sagte er: »Schreib du.

Mich verlässt die Geistesgegenwart. Du musst sofort aufbrechen, wenn du noch zu Lebzeiten des Imperators Titus das Schiff besteigen willst. Auch beginnt heute abend euer *shabat*, so dass du vierundzwanzig Stunden verlieren wirst, also sieh zu, dass du vorher bis Reate kommst ... Dort wartet dein Schwiegervater, der Ritter Jacobus? Sei sparsam mit Worten gegenüber diesem schätzenswerten Mann. Was er nicht weiss, kann ihm niemand entlocken, auch kein Geheimagent meines Bruders Domitian. Hast du verstanden?«

»Jedes Wort, Imperator.«

»An die Arbeit! Schreibrohr und Tusche hast du am Gürtel, Wasser steht vor dir, nimm ein Blatt aus den Akten vom Tisch und beginne ... Der erhabene Herrscher des Imperiums und Herr der Welt, der Imperator Titus Flavius Vespasianus Augustus, grüsst seinen Legaten in Caesarea, den Ritter Lucius Flavius Silva Nonius Bassus, *vir perfectissimus* ... Schneller ...«

»Es muss korrekt wirken«, murmelte ich, über den Tisch gebeugt. »Es soll aussehen wie in der kaiserlichen Kanzlei aufgesetzt ...«

Er diktierte den Brief zu Ende. Dann sagte er: »Hör zu ... Erst will ich das Blatt unterschreiben ... Zeig her, was du geschrieben hast ... Ja, ganz hübsch. Siegeln werden wir später ... Jetzt hör zu.«

Seine Anstalten, meine Aufmerksamkeit zu fesseln, waren ungewöhnlich. Ich horchte auf, sah ihn an, legte das Schreibrohr aus der Hand. Er blickte zur offenen Tür, von wo kein Laut zu hören war, und winkte. Ich verstand, dass ich zu ihm kommen sollte. Ich lief, meine aufgelöste Toga mit der Rechten raffend, um den Tisch der Kommission. Ging vor dem Mann im Tragestuhl ins Knie, mein Ohr nahe seinem Mund. Sein Atem war heiss vom Fieber.

»Ich nannte Javne den ersten Schritt in eine neue Zukunft eures Volkes«, hörte ich. Er sprach flüsternd und kurzatmig, geradewegs in mein Ohr. »Aber was heisst das? Wie wollen die Rabanim eure Lehre bewahren, nun ihr keinen Tempel mehr habt, keinen Sanhedrin, keinen irdischen Wohnsitz? Oft habe ich mit dem Ritter Josephus darüber gesprochen. Wir sind uns einig, dass es nur einen Weg gibt: sie müssen die mündliche Lehre aufschreiben. Sie werden bald damit beginnen, sonst geschieht euch, was anderen Völkern geschieht, dass eure Rituale, Gebete, Sitten, eure Erkenntnisse, die Debatten der Lernhäuser, alles, was ihr bisher aus Scheu vor falschem Diktum nicht aufgeschrieben habt, dass all dies strittig wird, unverbindlich, verstreut, dass es, kurz gesagt, verlorengeht. Du verstehst meinen Gedanken?«

Ich nickte stumm.

»Wie ich euren Gott kenne, wird er nicht wollen, dass eure Weisheit verlorengeht. Denn sie kommt von ihm. In ihr liegen die Schätze der alten Welt, der Völker, aus denen ihr hervorgegangen seid, mit denen ihr gelebt, die ihr überdauert habt. In euch lebt Babylon und Ur und die wilde aramäische Wüste. In euch ist Assyrien, Persien, Ägypten. Alle Weisheit des endlosen Ostens, alle Weisheit des ewigen Gestern. Nur durch euch wird eines Tages Kunde sein von einer Welt, die sonst versunken wäre. Und es ist nicht irgendeine Welt, sondern die Wiege der Menschheit. Da euer Gott dieses Vergessen nicht will, wird er den Männern von Javne Einsicht geben, das Mündliche niederzuschreiben. Ein dickes Buch wird entstehen, umfangreicher als alle Bücher bisher. Eure Geschichten und Erinnerungen, eure Rechtsprechung und Gesetzesauslegung, eure Weisheiten, Parabeln, Sprüche – alles wird darin vereinigt sein. Du wirst die gelehrten Männer in diesem Vorhaben bestärken. Versprich mir das.«

»Ich verspreche es, Imperator.«

»Sage: Ich verspreche es im Namen des Ewigen Gottes.«

»Ich verspreche es im Namen des Ewigen Gottes.«

»Und nun hör zu. Merk dir jedes Wort. In diesem Buch wird auch von mir die Rede sein. Es ist unvermeidlich. Ich habe euren Gott erzürnt. Man wird mich einen Frevler und Übeltäter nennen, einen Verworfenen und Tempelschänder. Sage ihnen, dass ich bereue. Ich tat, was ich tat, aber ich bin kein Barbar. Sage ihnen, ich wusste, dass ich sterben muss. Schon zu Lebzeiten sterben und verderben. Ich wusste es von dem Augenblick an, da ich über den zerfetzten, besudelten, zu Boden gerissenen Vorhang ins Allerheiligste schritt, über Leichen, Blut, Exkremente und all das Unaussprechliche, das an diesem Tag geschah. Ich dachte an Pompeius, der es vor mir getan hat, mir fiel ein, wie er geendet ist, wie man seinen abgeschnittenen Kopf in Alexandria dem Caesar brachte. Es war zu spät, ich hatte es getan. Sage ihnen wörtlich: In dem Augenblick, da er auf den zerrissenen, blutigen Vorhang trat, war ihm, als hätte er sich selbst getötet. Hast du verstanden? Wörtlich diesen Satz.«

Er zitterte. Aus Schwäche sank er vornüber und lehnte seine fiebernde Stirn gegen meine Schläfe.

»Sage ihnen, falls sie es noch nicht wissen, Rom sei abgebrannt und der Tempel des Jupiter Capitolinus. Sage ihnen, ich sei es eines frühen, qualvollen Todes gestorben, des qualvollsten, von dem man je gehört. Kopfschmerz bei Tag und Nacht, über Jahre, sich allmählich verstärkend, ein Schmerz von innen, zum Wahnsinn treibend, als wüchse etwas in meinem Kopf, etwas Böses, Erdrückendes. Dieses Etwas hat mein Leben zur ständigen Pein werden lassen und mich all meiner Kräfte beraubt, meiner Geistesgegenwart, meines Gleichgewichts, meiner Sinne, meines Gehörs und Geschmacks, meines Schlafes und aller Freude. Behaupte, du wärest bei der Öffnung meines Schädels dabei gewesen, die man nach meinem Ableben vornehmen wird. Ich werde, ehe du in Javne eintriffst, tot und eingeäschert sein. Sage, man hätte in meinem Schädel ein böses Tier gefunden, ein Insekt, einen Vogel mit eisernem Schnabel, der mir langsam, qualvoll langsam das Gehirn zerpickte ...«

Tränen liefen ihm über die gedunsenen Wangen. Seine geschwollenen Lippen verzogen sich wie die eines Kindes, das sich grausam behandelt fühlt, zu Unrecht bestraft, von der Mutter verlassen. Eines Kindes, das an der Welt irre wird. Er atmete schwer und stiess klagende Laute aus.

»Oft habe ich gedacht: es ist ungerecht. Wie kann euer Gott so ungerecht sein, so hartherzig, so grausam ... Was habe ich schon getan? Ich habe im Kriegsrat ein paar zweideutige Sätze gesprochen ... Was ist gross geschehen? Ein Bauwerk ging in Flammen auf wie so viele. Aber ich nehme es hin. Ich bin kein Gott, ich weiss nicht, was ich wirklich tat. Welche Folgen die Zerstörung des Heiligtums zeitigen wird, zeitigen sage ich und meine: was sie auslösen wird im Laufe der Zeiten. Vielleicht wird man euch, eurem

Volk, eurem Gott noch in Jahrhunderten Unrecht tun, nur weil es das Heiligtum nicht mehr gibt. Weil ihr schutzlos seid und ohne Haus. Vielleicht werden Tausende, Hunderttausende im Laufe der Zeiten dafür sterben müssen. Unschuldige, Ahnungslose, lange nach mir Geborene, Kinder und Frauen, getötet, immer wieder, in Massen getötet ... Euer Gott weiss, dass ich bereue. Auch die Menschen sollen es wissen. Es soll in euer Buch geschrieben werden. Eure Schriftgelehrten sagen, dass ein Mann, der bereut, gerettet werden kann. Dass er gnädig aufgenommen wird in der kommenden Welt.«

Er weinte. Es war ein leises, tränenreiches Weinen, ein Vorgang der Auflösung, ein Übergehen, Zerfliessen. Schliesslich beruhigte sich sein Atem, mit matter Stimme befahl er: »Ruf den Arzt.«

Ich ging zur Tür, in deren Nähe, allein im dunklen Hof, der Mantelträger stand. Ohne dass ich etwas sagen musste, füllte sich der Raum mit ernst blickenden Männern, die den Tragestuhl umringten. Ich hielt mich abseits, sah sie nicht an. Auf dem Tisch lag der Brief an den Legaten Flavius Silva, offen sichtbar, mit der kaiserlichen Unterschrift. Der Mann im Mantel reckte seinen Vogelhals und spähte dorthin.

Ich hörte den Kaiser sagen: »... das stärkste, das du hast ...«

»Imperator«, begann der Arzt, »die verträgliche Dosis des Mittels wurde bereits überschritten. Ich kann es nicht länger verantworten. Das Mittel, wie ich schon mehrfach in Erinnerung zu rufen mich genötigt sah, hat Nebenwirkungen, für die wir bei solcher Dosierung nicht einstehen können.«

Die flache Hand patschte ungeduldig auf die Lehne des Tragestuhls. Der Arzt sah hilfesuchend den Mann im Mantel an.

Dieser sagte: »Tu, was der Imperator wünscht.«

Daraufhin nahm der junge Vorkoster, dem Aussehen nach ein Alexandriner, den Pokal entgegen und nippte mit gespitztem Mund und klappernden Augenlidern, schmatzte, schluckte und gab ein fauchendes Geräusch von sich, wie wenn er etwas Feuriges, Überscharfes getrunken hätte, dabei war sein überängstliches Mienspiel eine gelungene Verspottung aller Vorsicht der Welt. Die Pantomime erheiterte manchen im Raum, wider Willen verzogen sich betrübte Gesichter zu einem Lächeln, auch der Kranke zeigte ein Breitziehen des Mundes, sogar Grübchen in den gedunsenen Wangen, ehe er selbst das Gefäss an die Lippen setzte. Er zwang sich, es zu leeren, in wenigen Schlucken, wobei ihm die Augen aus den Höhlen traten und sich seine Stirn mit Schweiss bedeckte. Man stand im Halbrund vor seinem Gestühl und wartete. Endlich atmete er auf und sah die Hofleute an, mit geklärtem Blick.

Er gab durch Wedeln mit beiden Händen, die Handrücken nach aussen gekehrt, sein Begehren nach Alleinsein zu verstehen, nur dem Mann im Mantel bedeutete er zu bleiben.

»Wie heisst der Präfekt unserer kaiserlichen Flotte?« fragte er.

Der Name einer ritterlichen Familie wurde genannt.

»Haben wir ein Schriftstück, das er unterzeichnet hat?«

»Im kaiserlichen Archiv.«

»Und hier, unter unseren Akten?«

»Wir haben nur das Nötigste mitgenommen, Imperator, die laufenden Vorgänge ... Ich werde sehen«, beeilte sich der im Mantel hinzuzufügen, als er des Kaisers Miene sah.

»Mach so schnell du kannst.«

Wir schwiegen, bis sich die Schritte über den gepflasterten Hof entfernt hatten.

»Hast du noch Fragen an den Kaiser, ehe du gehst?« erkundigte sich der Sitzende.

»Ich hätte tausend Fragen.«

»Stell immerhin die erste.«

»Die Lage der Juden in Rom, meiner Verwandten, meiner Freunde ... Ich werde nun reisen, und meine unerwartete Abfahrt kann in ihren Augen den Eindruck erwecken, ich überliesse sie, für meinen Teil durch kaiserliche Gnade geehrt, einem ungewissen Schicksal.«

»Einem ungewissen Schicksal?« wiederholte er unwillig. »Du tust, als wäre Rom ein Schreckensort. Du, der du in Rom so gute Tage hattest, der du so begeisterte Lieder auf unsere Stadt geschrieben hast ... Vergiss das nicht. Niemals soll man seine Jugendliebe verleugnen. Sage ihnen, ihr Schicksal in Rom wird das denkbar beste sein. Rom ist die Mutter. Rom ist gnädig ... Sie müssen den *fiscus iudaicus* zahlen, die Steuer, die der Gott Vespasian für euch eingeführt hat, aber auch du in Judäa wirst ihn zahlen und jeder Jude in der Welt. Sie sollen die römischen Gesetze einhalten, nicht missionieren und meinen Bruder, den künftigen Kaiser, nicht reizen. Mein Bruder Domitian ist voller Pietät gegen seinen Vater, den Gott Vespasian. Da dieser eurem Volk Religionsfreiheit, sogar ein neues Lehrhaus zugestanden hat, werden alle künftigen Kaiser des flavischen Hauses – möge es ihrer zahlreiche geben! – eurem Volk seine Rechte belassen.«

Ich verbeugte mich stumm. Wir schwiegen. Der hagere Mann im Mantel kehrte zurück, er hatte denselben, der Morgenkühle wegen, gelöst und die goldene Fibel von der Schulter genommen; ganz umhüllte ihn der dunkle Stoff, so dass er noch mehr als zuvor an einen übergrossen Vogel erinnerte. Seine hochsohligen Schuhe waren feucht von Tau und nassem Gras. Er legte etwas auf den Tisch, ein Stück Pergament, und teilte mit: »Der Präfekt der kaiserlichen Flotte hat vor einigen Tagen um die Verlegung zweier Schiffe nach Puteoli ersucht, daher fand sich das bisher unbeantwortete Schreiben unter den mitgeführten Vorgängen der kaiserlichen Kanzlei.«

»Das nenne ich Fügung. Wo liegt mein Schnellsegler?«

»In Ostia, Imperator.«

»Bring Siegellack.«

Wieder lauschten wir den sich entfernenden Schritten. Der Kaiser sagte: »Gib mir das Pergament.«

Er studierte aufmerksam die Handschrift des Präfekten, seine nur mässig verschnörkelte Signatur. »Schon schlimmere Klauen gesehen …« Er grinste mich an. »Kein Problem. Gib mir ein Blatt zum Probieren.«

Er machte ein, zwei Versuche, bereits der dritte gelang überraschend gut. Ich hatte viel von seinen Fähigkeiten gehört, Handschriften zu imitieren, man sagte, er verstünde jede Signatur so treffsicher nachzuahmen, dass er Fälscher hätte werden können. Als er noch Prinz und Mitregent war, liess ihn sein Vater handschriftliche Episteln im kaiserlichen Namen schreiben, und niemand, hiess es, hätte je einen Unterschied bemerkt. Er arbeitete mit Hingabe, die Brauen zusammengezogen, einige Minuten lang. Mit Geschick ahmte er die Kanzleischrift eines Schreibers der Hofämter nach, liess schwungvoll die Unterschrift folgen, und hielt mir das Blatt entgegen. Es war eine Anweisung des Präfekten der Flotte an den Kapitän des kaiserlichen Schnellseglers, mich und meine Familie nach Caesarea überzusetzen.

Ich schüttelte erstaunt den Kopf angesichts der täuschenden Ähnlichkeit der Unterschrift. Auch die Kanzleischrift hatte er gut getroffen, man glaubte, zwei verschiedene Handschriften zu sehen. Das gedunsene Gedicht des Kranken zeigte ein Lächeln, als er mein Erstaunen sah. Dann kehrte der Mann im Mantel zurück, Siegellack wurde erhitzt und auf die kaiserlichen Briefe geträufelt, mühsam drückte der Sitzende seinen Ring, der unverrückbar an einem der geschwollenen Finger stak, in die sich abkühlenden runden Plaketten.

Der Mann im Mantel übergab mir die Schriftstücke. Ich war aufgestanden und nahm meinen Abschied. Der Sitzende wandte den Kopf in meine Richtung, sein Blick, der sich trübte, suchte meine Augen. Ich erwiderte den Blick, indem ich mich langsam zur Tür entfernte, rückwärts, Schritt für Schritt, das Gesicht dem Kaiser zugewandt, wie es die Sitte gebietet und der Respekt vor dem Tod.

Jegliches hat seine Zeit und alles Vorhaben unter den Himmeln seine Stunde. Zeit geboren zu werden und Zeit zu sterben, Zeit zu pflanzen und die Pflanze zu pflücken, Zeit zu töten und Zeit zu heilen, Zeit abzubrechen und Zeit zu bauen, Zeit zu weinen und Zeit zu lachen …

Gleichmütig gleitet der Griffel dahin, was immer geschieht. Er eilt vorwärts, ob es Heiteres zu berichten gilt oder Schreckliches, banges Beginnen oder glückliche Erfüllung. Wir können von Glück reden: die Geschichte ist erzählt, der Schreiber noch am Leben. Die Zeichen der Kurzschrift füllen mein Notizbuch, in Reate, im Reisewagen oder wo ich grad bin, nochmals auf nächtlicher Fahrt durch

Rom, schliesslich in Ostia, in der Kajüte des kaiserlichen Seglers, eines schlanken Schiffes, soweit ich in der Dunkelheit sehen konnte, denn erst spät am Abend ging ich an Bord.

Nach schnellem Ritt durch die Berge – über Tag, in Staub, Hast, Hitze, umgeben von einer Eskorte, der Eile befohlen war –, traf ich kurz vor Shabat in Reate ein, wo mich Jedidah und ihr Vater unter Tränen begrüssten. Sie hatten dort wirklich die ganze Zeit gewartet, in zwei Zimmerchen der Garnison, die ihnen der Militärkommandant – gegen ich weiss nicht welche Bezahlung – überlassen hatte. Ihre Erleichterung war gross, aber noch grösser die Überraschung, als ich ihnen sagte, wohin die Reise ging. Ich sprach von »Reise«, um Jacobus zu schonen, auch Jedidah hielt sich zurück. Erst als wir allein waren, fiel sie mir um den Hals, sprach von ihrer Freude, ihrem Glück. In Wahrheit wäre ich erst jetzt ein freier Mann, nach einem Leben in ungeliebten Diensten und auf der Flucht. Unser Leben begänne erst jetzt, und was immer es bringen würde, es war endlich das unsere. Sie hätte die Festung keinen Augenblick verlassen, sagte sie, und die ganze Zeit in meinen *commentarii* gelesen. Und je länger sie las, umso mehr daran geglaubt, dass unser Weg dorthin führen müsse, wohin uns nun kein anderer sandte als der Kaiser selbst.

Für Jacobus stürzte eine Welt ein. Er war sicher gewesen, ich würde in die Hauptstadt zurückkehren und mit mir seine Tochter und seine Enkel. »Der Kaiser will es so?«, fragte er eins ums andere Mal, »der Kaiser will es?« Er ging soweit, den begleitenden Offizier zu fragen, und erfuhr, dass die Eskorte Befehl hatte, mich geradewgs nach Ostia zu begleiten, wo der kaiserliche Schnellsegler lag. Scharfsichtig wie er war, vermisste er unter den kaiserlichen Papieren, die ich ihm zeigte, einen Auftrag zur Rückreise. Der fingierte Brief des Präfekten der Flotte befahl dem Kapitän des Seglers nur die Überfahrt in einer Richtung. Jacobus erklärte mit leichtem Zittern in der Stimme, die gesamte Familie, angeführt von seiner Frau, müsse nach Ostia kommen, um uns Lebewohl zu sagen. Wäre nicht Shabat gewesen, hätte er Briefe geschrieben und Boten gesandt. Der Ruhetag hinderte ihn daran, er fand im Gebet seine Fassung wieder und fügte sich in einen schlichteren Abschied.

Nochmals passierten wir Rom, in Eile, zu nächtlicher Stunde, so dass die Abschiedsszene, die sich an der Porta Raudus culana abspielte – dem grobgehauenen Torbogen, von dem die Strasse nach Ostia meerwärts aus der Stadt führt – zwar dramatisch und tränenreich, aber kurz ausfiel. Jedidahs Mutter war bleich, ihre Augen starr und aufgerissen. Ungern übergab sie uns die Kinder, schlug vor, sie »vorerst« bei ihr zu lassen, da Rom Sicherheit bedeute, Judäa nichts als Gefahr. Sie beharrte aber nicht darauf, vielleicht, weil sie vor Trauer kaum sprechen konnte. Sie weinte, umarmte Tochter und Enkel, jeden einzeln und alle zugleich, am Ende auch mich, segnete uns, behängte uns mit glückbringenden Amuletten, versah uns mit Geschenken, so dass wir, die wir Rom vor kurzem mit leeren Händen verlassen hatten, mit umfangreichem Gepäck das kaiserliche Schiff bestiegen.

Auch mein Freund Asarja erschien zum nächtlichen Abschied an der Porta. Er erklärte, dass es Zeit für ihn sei, seine Schuld zu begleichen. Ich hätte im das Leben gerettet, das könne er nicht vergelten, aber wenigstens sollte alles, was ihm gehöre, auch mein sein. Als ich den Kopf schüttelte, sagte er: »Du weisst nicht, was auf euch zukommt. Wieviel Geld nehmt ihr mit?«

»Ich bin in der Eile nicht dazu gekommen, mich darum zu kümmern.«

Er begann zu lachen. »Was willst du drüben mit leeren Taschen? Sobald du an Land bist, werden dich alle möglichen Leute um Geld angehen. Keinen Schritt kannst du machen in Judäa ohne Geld ...«

»Ich hoffe, wir werden Einnahmen aus den Pflanzungen haben.«

»In ein paar Jahren vielleicht. Wovon wollt ihr bis dahin leben? Nimm diese Wechsel auf eine Bank in Caesarea. Richte ein Konto ein. Du weisst, wie man so was macht?«

Er händigte mir eine Liste mit Adressen aus, Empfehlungsbriefe, Schreiben an seine Frau, seine Kinder, an Verwandte und Freunde in Galiläa und Judäa. Ihm bliebe genug, sagte er, seine Geschäfte in Rom gingen gut. Sollte ich seine Frau und Kinder finden, bitte er mich dafür zu sorgen, dass sie zu ihm kommen könnten. Falls nur noch die Kinder, hätte er mich in einem beiliegenden Schreiben zu ihrem Vormund eingesetzt. Falls niemand mehr von den Seinen am

Leben sei, solle ich sein Geld verwenden, um Gefangene freizukaufen und auf Jacobus' Gütern anzusiedeln, nicht anders, als wir es in Italien getan. »Unsere Botschaft ist die Freiheit«, sagte er. »Dazu wurden wir aus Ägypten geführt. Solange wir frei sind, haben wir Hoffnung, ins Land zurückzukehren.« Er umarmte mich an der nächtlichen Porta, im tanzenden Licht der Fackeln.

Ich hielt die Wechsel in der Hand. Auch unter den Abschiedsgaben meiner Schwiegermutter war manches Wertvolle, so dass ich zum ersten Mal froh über die Wache war, die mir der Kaiser bis Caesarea mitgegeben hatte. In Judäa musste ich mich dem Legaten Flavius Silva anvertrauen, einem harten, militärischen Mann, zu dessen Schreckenstaten die Erstürmung der Festung Masada gehört hatte und die anschliessende Strafaktion in den Landschaften am Salzmeer, sogar gegen die Schlupfwinkel der Essener und heiligen Männer, die aus Jerusalem und anderen Orten geflohen waren, unter Mitnahme der Schriftrollen, und sich durch selbstauferlegte Gelübde und gottgefälligen Wandel den Wirren zu entziehen suchten. Flavius Silva schonte ihrer dennoch nicht und liess die schutzlosen Siedlungen der Frommen zerstören. Er war Titus' Jugendfreund aus gemeinsamer Militärzeit. Ich hoffte, der Brief des Kaisers möchte auf ihn Wirkung tun, selbst wenn Titus, wie er vorausgesagt hatte, vor meinem Eintreffen in Judäa gestorben sein sollte.

Am nächsten Morgen, in Ostia, lud uns einer der Gemeindevorsteher zum Frühstück ein, ein Überseehändler und Geschäftsfreund meines Schwiegervaters, der nahe der Porta Romana, durch die wir die Hafenstadt betraten, in einem Haus zum Tiber hin wohnte, mit Blick auf Speicher, Verladeplätze und den von Barken und Booten wimmelnden Fluss. Wir sassen in der weinumrankten Laube auf dem Dach des Hauses, schon war es Meeresluft, die uns umwehte, war die Ahnung der Ferne um uns und unsere Aufmerksamkeit geteilt. Unsere Blicke schweiften über Segel und Masten, flatternde Wimpel, die bunten Kleider fremdländischer Seeleute. Der Gastgeber erwies sich als heiterer Mann, mit dessen Geschäften es aufwärts ging wie mit denen der meisten Juden in Ostia, der uns freigiebig bewirtete und zum Bleiben in seinem Haus einlud, über Nacht, so lange wir wollten. Sein Sohn konnte schon nach dem ersten Becher die Augen nicht mehr von meiner Tochter lassen und fühlte sich zu einem Trinkspruch »auf glückliche Heimkehr« angeregt, wobei offenblieb, was er damit meinte. Ich verstand soviel, dass er Miriam gern wiedergesehen hätte, dass sie in seinen Augen kein Kind mehr war, dass es Zeit wurde für mich und die Meinen, irgendwo ein Zuhause zu finden, Haus und Hof und geregeltes Leben, und während ich lächelnd den Becher hob, ergriff eine niegekannte Sehnsucht nach Ruhe und Sesshaftigkeit von mir Besitz, breitete sich in meinem Körper aus wie sanfter, lähmender Schmerz, ausgerechenet in diesem Augenblick, da es galt, erneut ins Ungewisse aufzubrechen.

Jedidah und die Kinder verliessen uns nach dem Essen, um an Bord des Seglers zu gehen. Alexander begleitete sie, er sollte dem Kapitän den fingierten Brief des Präfekten der Flotte überbringen, den Brief von der Hand des Kaisers, und mein Eintreffen für den Abend ankündigen. Denn Jacobus, unversehens den Vater und Älteren hervorkehrend, liess mich nicht gehen, bestand darauf, dass ich ihn in die Synagoge von Ostia begleiten und dort das Nachmittagsgebet mit ihm sprechen müsse, »zum letzten Mal auf italischem Boden«, wie er eigensinnig betonte, alle schonenden Abmachungen von Reise und Rückkehr in den Wind schlagend. So bestiegen Jedidah und die Kinder ein Ruderboot unseres Gastgebers, das sie zu dem auf Reede liegenden Segler übersetzte, während Jacobus und ich in Gesellschaft der jüngeren Söhne Menashe und Josephus, eskortiert von dem unvermeidlichen Prätorianer-Offizier und zwei Gardisten, die Hauptstrasse von Ostia hinuntergingen, zur meerwärts weisenden Porta Marina, hinter der die neuerbaute Synagoge lag.

Jacobus lief stumm, ohne einen Blick für mich, mit schwerem Schritt auf dem marmornen Pflaster. Er drängte zur Eile, nötigte uns zu raschem Gang, trotz Menschengewimmels auf Hauptstrasse und Forum. Ich deutete sein Schweigen als Resignation: mehrmals in den letzten Stunden hatte er Bedauern über unsere Trennung geäussert, doch da ich in des Kaisers Auftrag reiste und er selbst mich gedrängt hatte, dem kaiserlichen Willen Folge zu leisten, konnte er nichts dagegensetzen, keinen Überredungsversuch, keine Klage.

Ostia erleichterte den Abschied, die Stadt lebte ganz dem Hafen, dem Wasser, dem Blick in die Weite. Fernweh lag in der Luft, Reiselust, der salzige, lockende Odem der offenen See. Die Gebäude am Weg, mit Ausnahme eines halbrund in die Strasse sich wölbenden Theaters, dienten dem Umschlag weitgereister Waren: Speicher, Getreidemühlen, mehrgeschossige Mietshäuser mit Läden und Lagerräumen im Erdgeschoss, eine Schenke, vor der vierschrötige Männer im Stehen einen Becher Wein tranken oder an hölzernen Tischen, auf den Gehweg gerückt, mit lauten, gelentlich brüllenden Stimmen Geschäfte besprachen. Man sah Fremde, halbnackte Africaner, die beim Reden und Lachen die weissen Zähne zeigten, blonde Gallier aus Marsilia mit hellen, spähenden Augen, Seeleute aus Hispanien, Ägypten, Kleinasien, in den Kleidern ihrer Länder, dazwischen Beamte der kaiserlichen Hafenbehörde in der weissen Toga. Vielstimmiges Gerede erfüllte die Luft, Gelächter, Rufe von Schauerleuten, Kommandogebrüll wie in allen Häfen des Imperiums, vom Nordmeer bis zum Nil. In Caesarea drüben würde uns kein anderes Bild empfangen, kein anderer Lärm, auch die Sprachen wären die gleichen.

Hinter dem Stadttor, der Porta Marina, lief die gepflastere Strasse weiter wie vorher, immer noch zwischen Gebäuden, die Stadt wuchs und überwucherte ihre Grenzen. Schnurstracks führte die Strasse zum Meer, an ihrem Ende, im langsam verblassenden Licht des Spätnachmittags, öffnete sich der Ausblick auf ein Gewimmel von Schiffsleibern, Segeln, Lastkähnen und Galeeren, von ägyptischen Rahseglern und römischen *liburnae,* von schwimmenden Körpern aller Grössen und Flaggen, von kleinen Booten, die sich geschäftig zwischen ihnen bewegten. Das vielfarbige Bild wurde gleich darauf von Mauerwerk verdrängt, indem wir ostwärts in eine Strasse oder Gasse zwischen Gebäuden einbogen, Mauerwerk verschiedenen Materials, in einem nach eiligem Bauen aussehenden Wirrwarr aller möglicher Stile, den schmalen Raum zwischen Stadt und Ufer füllend. Wir passierten das Grabmal eines reichen Reeders und gleich darauf eine öffentliche Badeanstalt, die um diese Tageszeit voller Menschen war. Ihre Tore standen offen, man lief hinein und hinaus, junge Männer in Gruppen, beleibte Hausväter, von ihren

Sklaven begleitet, dazwischen Händler mit Bauchläden, Ausrufer, geschminkte Mädchen, Kuppler, Badediener, die ihre Dienste anboten. Mitten in diesem Trubel standen die Bildnisse des Gottes Vespasian, des Kaisers Titus und seines jüngeren Bruders Domitian, und so deutlich Jacobus bisher seine Eile gezeigt hatte, so entschieden blieb er jetzt stehen, genau vor den drei Statuen, und bedeutete mir durch einen Blick, ein gleiches zu tun.

Die Standbilder waren bescheidener als die vielmeterhohen Figuren des Gottes, des göttlichen Kaisers und des kaiserlichen Prinzen, die wir eben, in Bronzeguss auf hohen Sockeln, auf dem Forum der Stadt gesehen hatten. Es waren Hermen, lebensgross, in halbrunden Nischen in die Front des Badehauses eingelassen, Hermen aus poliertem Marmor, einfach und hell, um sie mit Blumen zu bekränzen oder im Vorübergehen, aus dem Stehgreif, eine Andacht vor ihnen zu verrichten. Es erregte keinen Anstoss, dass wir im Strom der Fussgänger stehen blieben, wirkte sogar schicklich, umso mehr als ich Jacobus' Beispiel folgte und tat, als meditierte ich ein wenig im Angesicht der Götterbilder. Da war der bäuerlich runde Schädel des Vespasian mit den engstehenden Augen unter fast braunlosen Wülsten, mit dem flachen Hinterkopf und dem vorspringenden Kinn, das an den Bug eines Schiffes erinnerte. Neben ihm das gleichfalls kompakte, doch gegenüber dem Vater veredelte Antlitz des jetzigen Kaisers. Zwei Gesichter, die ich mit eigenen Augen gesehen hatte, weshalb es wenig zu verwundern gab. Ich spürte Jacobus' Blick, von der Seite auf mich gerichtet, leise fordernd, als wolle er sagen: sieh sie dir an, alle drei. Auch den jüngsten und letzten noch, den Prinzen, betrachte ihn genau, mir liegt daran.

In der Tat war der Kopf des Prinzen Domitian, falls man sich für ihn interessierte, zweimaliges Hinsehen wert. Ich hatte bis dahin kaum einen Gedanken an ihn verschwendet, und nicht nur ich: kaum jemand in Rom und der Welt hatte ihn gross beachtet. Er stand im Schatten der Kaiser, des Vaters und Bruders, war bisher durch nichts hervorgetreten, von den Staatsgeschäften weitgehend ausgeschlossen, an öffentlicher Wirkung gehindert – soll nicht das Misstrauen des alten Kaisers, wie Matitjahu erzählt hatte, soweit gegangen sein, den jüngeren Sohn von seinem Sterbebett fernzuhalten? Auch Titus liebte den kleinen Bruder nicht. Und doch wurde er demnächst Kaiser, aller menschlichen Voraussicht nach, und war daher, was immer Vater und Bruder von ihm dachten, genauer Betrachtung wert.

Domitian war ein Jahrzehnt jünger als Titus, er hatte die Dreissig noch nicht erreicht. Er unterschied sich von den beiden Älteren durch schärfere, feinere, weniger gerundete Formen, eine vorspringend gewölbte, unterhalb der Wurzel geknickte Quiritennase, begleitet von aufwärts schwingenden Jochbeinen, wodurch seinem Kopf alles Plumpe, Derbe, Dickschädelige fehlte, das Vater und Bruder schon auf den ersten Blick kennzeichnete. Zwar war auch Titus' Miene nicht ohne Geist, doch blieb sein Schädel der des Vaters, ein Quadrat- und Bauernschädel aus den Sabiner Bergen, der Hals kurz, der ganze Mann plump und gedrungen. Nichts davon fand ich bei Domitian. Mit Erstauen nahm ich wahr, dass der Prinz gutaussehend, sogar schön genannt werden konnte. Seine Augen, grösser und weiter auseinander stehend als die des Vaters, lagen wohlgebettet zwischen geschwungenen Wangenknochen und schmalrückiger Nase, der Mund, mit leicht vorstehender Oberlippe, hatte etwas Üppiges, Sinnliches, Draufgängerisches, das Kinn, kühn vorspringend, war dem des Vaters ähnlich, doch edler geformt. Der schmal wirkende Kopf ruhte auf einem langen, säulenhaft runden Athletenhals. Sanft gelocktes Haar umgab Stirn und Schläfen, hing im Nacken herab, feines, offenbar etwas dünnes Haar, und ich erinnerte mich, von Matitjahu gehört zu haben, dass der einzige Schönheitsfehler, zugleich der grosse Kummer des Prinzen eine beginnende Kahlköpfigkeit war, die er durch Kränze, Bänder und andere Kopfbedeckungen zu verbergen suchte.

Aber letztlich war es nicht der Kopf des Prinzen, der mich fesselte, sondern der seines Bruders, des jetzigen Kaisers. Denn dieser, wie es beim Anstarren von Standbildern nicht selten geschieht, schien sich zu beleben, sein Blick mir zu gelten, sein steinerner Mund zu lächeln. Es war Titus' Blick, wie ich ihn kannte, sein Lächeln mit vollen Lippen, deren Winkel in tiefen Schatten lagen und spöttische Kringel bildeten. Ja, du siehst richtig, sagte dieses Lächeln, mein Bruder ist anders als ich, man könnte in Zweifel geraten, ob er der Sohn der selben Mutter ist oder besser: des selben Vaters. Denn er kommt ganz nach unserer Mutter, ein gutaussehender Mann, höhergewachsen als ich, schlank, aufrecht, ein Athlet, schon als Jüngling hatte er so kräftige Hände, dass er einen Apfel zerdrücken konnte. Ein starker, langlebiger Mann. Er wird länger regieren als mein Vater und ich zusammen. Er wird die Angst nach Rom zurückbringen, die Prozesse, das lautlose Sterben. Er wird allen, auch euch Juden schwer zu schaffen machen. Und noch oft werdet ihr euch meiner erinnern und denken, dass ich so schlecht nicht war.

Jacobus räusperte sich, um mich aus meiner Versunkenheit zu holen, und lief wieder los, im gleichen eiligen Schritt wie vorhin. Nach wenigen Minuten erreichten wir das Versammlungshaus der jüdischen Gemeinde, eine weisse Marmorwand rechts, nahe der gepflasterten Gasse, von ihr getrennt durch eine Reihe junger Dattelpalmen. Man trat in einen Vorhof, flache Stufen abwärts, hier liess der Offizier die zwei Prätorianer zurück und äusserte für seinen Teil die Absicht, sich kurz zu entfernen, um »einige Kameraden zu besuchen, die in Ostia stationiert sind«. Wir hörten es mit Erleichterung, uns war wohler ohne ihn und sein immer lauschendes Ohr. »Eine Stunde«, betonte er, »eine Stunde kann ich euch geben, ich habe strikte Order, den Ritter vor Anbruch der Dunkelheit an Bord zu bringen«. Er befahl den Gardisten, auf keinen Fall die Vorhalle zu verlassen, und verabschiedete sich von uns mit einem Kopfnicken, als wollte er sagen: Ich weiss, dass ihr im Stillen reden wollt, ich bin römischer Ritter, ein *homo liberalis*, nicht weniger als ihr.

Jacobus gab durch ein Lächeln zu verstehen, dass er nicht daran zweifelte. Ein Synagogendiener erschien, kaum dass der Offizier in der Gasse verschwunden war, und lud die beiden Gardisten in einen Raum zur Rechten, wo ein Krug auf dem Tisch stand und einige Männer, dem Aussehen nach Sänftenträger, bei den Bechern sassen. Orientalische Brettspiele standen vor ihnen, die viel Kopfzerbrechen und Konzentration verlangten. »Hier dürft ihr nicht Würfel spielen«, erklärte der Diener, »es ist ein Gotteshaus, unser Gott verbietet alle Spiele um Geld, doch auch dieses wird euch gefallen, es kommt aus Persien, ich erkläre euch die Regeln ...«

Jacobus' Lächeln wurde breiter, er schien den Mann zu kennen wie dieser ihn, zeigte sich überhaupt mit dem Ort vertraut, nickte anderen zu, die zurückgrüssten, wirkte heiter, wie befreit. Er ging voran, trat vor mir in eine Vorhalle linkerhand, diesmal aufwärtsführende Stufen, aus weissem, rauchfarben geäderten Marmor, dem selben, aus dem die Mauern und Säulen bestanden, wodurch die Synagoge kühler wirkte als sie sein mochte, licht und weit, erfrischend in ihrer Kühle und Weite nach einem Weg durch die wimmelnde, heisse Stadt.

Ein Mosaikboden, hellfarbig, von blasser Buntheit breitete sich vor uns aus, durch die Vorhalle und das anschliessende Tetrastoon, das aus Säulen gebildete Geviert mit Lichtöffnung in der Decke, bis zu einem Podium am anderen Ende des hinter den Säulen beginnenden Betraums. Dieses Podium, wohl zwanzig Meter entfernt an der gewölbten Westwand, bedeckt von einem schweren purpurfarbenen Teppich mit Goldstickerei, war die *bimah* zum Vorlesen aus dem Gesetz. In einer nach Osten gerichteten, wiederum von Säulen flankierten Apsis, dem Pult des Vorlesers gegenüber, befand sich der *aron ha kodesh,* der Schrein für die Schriftrollen. Auch er war über den Mosaikboden erhöht, vor ihm eine Plattform, auf der zu festgelegten Zeiten die früheren Tempelpriester – falls solche anwesend waren – ihren Segen sprachen. Waren keine Priester unter den Versammelten, las der Vorbeter den Segen. Synagogen brauchen keine Priester, jeder anwesende Jude, des Lesens kundig und bei guter Gesundheit, kann den Gottesdienst leiten wie ein eigens dazu Berufener. Die heiligen Bücher werden unter Gesang hinüber zum Podium getragen, wobei die Betenden den Träger der Rolle umringen und mit den Zipfeln ihrer Gebetsmäntel, mit den Fingerspitzen, besonders Begeisterte mit den Lippen die Umhüllung der Rolle berühren, um der ewigen Weisheit, die sie enthält, teilhaftig zu werden. Dann wird das ewige Buch auf der marmornen *bimah* geöffnet, entrollt und der betreffende Abschnitt in feierlicher Betonung gesungen.

Als wir eintraten, war nichts dergleichen zu hören, keine Lesung, kein Gesang, nur das Summen gedämpfter Stimmen. Männer und Knaben sassen verstreut, einzeln, in Gruppen, Schriftrollen vor sich oder leise redend auf steinernen Bänken entlang der Wände, auf faltbaren Stühlen mitten im Raum, manche auf dem Marmorboden, und als Jacobus einen neben der linken Säule sitzenden bärtigen Mann fragte, ob die hier Versammelten schon das Nachmittagsgebet gesprochen hatten, schüttelte dieser, von seiner Buchrolle aufblickend, stumm den Kopf, stellte fest – durch einen Blick in die offene Säulenhalle –, dass die Sonne im Westen stand und rief einen Namen, worauf ein halbwüchsiger Junge zum Podium lief und den ersten Psalm zu singen begann.

Alle in der Halle unterbrachen ihre Beschäftigungen, standen auf und besannen sich, die Gesichter gen Osten, auf das Achtzehn-Segen-Gebet, rezitierten es still für sich, Wort für Wort, die Lippen bewegend, manche mit geschlossenen Augen, andere im Takt der Worte sich wiegend, eine grosse Stille war um uns, lange, nachhaltig, und ein mitten im Gebet eintreffender Fremder, schwarzbärtig, in ägyptischer Kleidung, blieb still bei den Säulen stehen und wartete reglos, bis wir mit unserem Schweigen zu Ende waren und der Vorbeter wieder zu singen begann. Auch Frauen und Mädchen zeigten sich, rechts von den Säulen, nahe einer die Hallenwand entlanglaufenden marmornen Bank. Sie schienen Reisende zu sein, aus einem orientalischen Land, in quergestreiften Gewändern, die Köpfe in Schals gehüllt.

Der Vorbeter war nicht älter als vierzehn und wusste alle Gebete auswendig, sang sie mit eben gebrochener, noch etwas rauher Stimme. Wir lauschten, Fremde und Einheimische, Alte und Junge, Männer, Kinder und Frauen, und der Kontrast zwischen dem offensichtlichen Alter der Texte, wie an längst nicht mehr üblichen Wendungen erkennbar war, und der Jugend dessen, der sie vortrug, ergriff mich wie immer. Jacobus, nachdem er einige Leute begrüsst hatte, wandte sich zu einer Tür hinter der Apsis des Torah-Schreins, die in die tieferen Räume des Gebäudes führte. Im Vorübergehen sah ich die Ornamente in den Kapitellen der Säulen, in den Marmor geschnitten, gebildet aus heimatlichen Symbolen wie dem Widderhorn, dessen Klang seit Jahrhunderten den *shabat* ankündigt, oder den Früchten des Sukot-Festes, der Citrusfrucht *etrog*, dem Palmspross *lulav*.

Wir gingen durch einen Korridor mit eingelassenen Becken zum Händewaschen, links eine Küche, aus der Gerede und Geschirrklappern drang, und wandten uns rechts in eine weitere Halle, an deren fernen Wänden, durch Wandschirme abgetrennt, improvisierte Schlafstätten erkennbar waren, auf Bänken liegende Kissen und Teppiche für Reisende oder Studenten, die es vorzogen, gleich in der Synagoge zu schlafen, in Nähe der Schriftrollen und eines *quorums* von zehn Männern. Zu meiner Überraschung empfing uns hier Jacobus' Diener, offenbar vorausgesandt, um alles für seinen Herrn einzurichten. Ein kleiner Alkoven war für Jacobus bereitet, ich sah, hinter dem mannshohen Schirm aus geflochtenem Rohr, mir bekannte Kissen, Wolldecken und Proviantkörbe, mit denen Jacobus zu reisen pflegte, ausserdem zwei Aktenbehälter, die er seit dem Aufbruch aus Rom mit sich führte. Er liess sich auf der Marmorbank nieder, nahe einer hinteren Tür, die in den Garten der Synagoge ging. Vogelzwitschern war von dort zu hören, das sanfte Rauschen und Klappern von Palmblättern. Den Blick auf diese Tür gerichtet fragte Jacobus mit gesenkter Stimme: »Du hast ihn dir genau angesehen?«

Ich wusste, er meinte Domitian, den künftigen Kaiser. Ich bemühte mich, meiner Stimme einen gleichgültigen Ton zu geben: »So gut es ging in der kurzen Zeit.«

»Und du verstehst meine Befürchtungen?«

»Befürchtungen?«

»Erinnerst du dich an Neros Gedicht *Der Einäugige*?«

»Die Satire?«

Er nickte traurig.

»Ich habe sie für ihn bearbeitet.«

»Dann weisst du auch, auf wen sie gemünzt war?«

»Auf einen ehemaligen Prätor ... Wie hiess er noch?«

»Besinne dich lieber nicht auf den Namen. Dieser Mann besitzt einen Brief – und soll ihn unvorsichtigerweise anderen Senatoren gezeigt haben –, einen Brief des jungen Domitian, in dem ihm dieser eine Nacht verspricht. Für irgendwelche Gegenleistungen, manche sagen, für Geld. Er soll sich auch andere Protektion auf diese Weise verschafft haben. Er war damals arm, seines Vaters Güter waren verpfändet. Du müsstest dich erinnern.«

»Ich erinnere mich, dass Vespasian vom Prokonsulat aus Africa zurückkehrte, ohne sich bereichert zu haben. Vermutlich als einziger Prokonsul in der Geschichte Roms.«

»Ja, damit fing es an. Seine Gläubiger setzten ihm zu, er musste alles zu Geld machen. Später erwies es sich als vorausschauend. Das Hofamt *a rationibus* liess ihn in Ruhe. Man hielt ihn von da an für mittellos, wahrscheinlich hat er nur deshalb überlebt. Armut kann ein Segen sein. Eine Befreiung.« Jacobus seufzte. »Man redete damals viel darüber. Auch über die Söhne.«

Ich zuckte die Schultern. »Worüber wird nicht alles geredet. An Neros Hof waren solche Geschichten alltäglich.«

»So spricht jemand, der am Hof aufgewachsen ist, vaterlos, ohne Gesetz«. Es war der übliche Tadel, das alte Misstrauen gegenüber meiner mangelnden Erziehung. Dann fügte er zu meinem Erstaunen hinzu: »Welcher Gewinn wärst du für die Gemeinde. Du hast manches mitangesehen. Du wüsstest vielleicht sogar mit dem neuen Kaiser einen Weg.«

Armut kann ein Segen sein … Der Satz erreichte erst jetzt mein Bewusstsein. Hatte Jacobus so viel verloren, dass er am Rande der Armut stand? War er in ähnlicher Lage wie seinerzeit Vespasian? Doch werden solche Männer wirklich arm? Was immer sie in die Hand nehmen, verwandelt sich nach einiger Zeit in neue Möglichkeiten. Das Geld hängt an ihnen, läuft ihnen nach, mit derselben Beharrlichkeit, mit der es andere meidet …

Inzwischen sprach er weiter, über den Prinzen und die Furcht, die ihm galt. »Er ist dubios«, hörte ich. »Er schweigt, spricht mit niemandem. Man sagt, er hätte keine Freunde. Er hasst den Senat wie einst Nero. Sicher hat es mit seiner elenden Jugend zu tun.«

»Was geht es uns an?«

»Wenn Hass die treibende Kraft seines Lebens ist … So etwas gibt es doch, nicht wahr?« Wieder seufzte Jacobus.

»Er wird nicht schlimmer sein als andere«, sagte ich.

»Ich sehe, du willst mich besänftigen. Also verbirgst du etwas. Der Kaiser hat ein Wort fallen lassen?«

Bisher hatte ich vermieden, über meine Erlebnisse auf dem Landgut zu sprechen, über die Mitteilungen jener Nacht. Ich dachte an die Mahnung des Kaisers: was Jacobus nicht wusste, könne ihm niemand entlocken, auch kein Geheimagent seines Bruders Domitian. Und wenn ohnehin Schweigen das Klügste in meiner Lage war, dann erst recht über den kommenden Herrscher und ihn betreffende Äusserungen des jetzigen. Konnte man jedes Wort eines Fiebernden auf die Goldwaage legen? Hatte er nicht, unter Einwirkung seiner betäubenden Tränke, manches gesagt, was an der Grenze zu Wahn und Wachtraum lag?

»Ich kann mich nicht genau erinnern ...« begann ich.

»Du kannst hier offen reden«, entgegnete Jacobus. »Wenn es einen Ort gibt, an dem wir sicher sind, dann eine Synagoge. Geh überall in die Synagoge, ganz gleich wo du hinkommst. Auch in Caesarea drüben, als erstes ... Sie ist unser Zuhause. Ich kenne die Leute hier. Habe einiges gespendet, damit dieses schöne, lichte Gebäude aus Marmor entstehen konnte. Auch Alexander hat gegeben, auch dein Freund Asarja. Wir alle haben öfter in Ostia zu tun, da lag es nahe. Du siehst, ich will hier die Nacht verbringen, in Nähe der Schriftrollen und Studenten. Es ist ein Trost, die jungen Leute über den Büchern zu sehen.«

»Ja. Auch wir sollten es öfter tun.«

»Es ist vielleicht meine grösste Freude in diesen Tagen«, fuhr Jacobus fort. »Unser ganzes Volk lernt. Können wir Besseres tun? Lernen führt zu mehr Offenheit, Einfühlsamkeit, Beweglichkeit. Je älter ich werde, umso lieber lese ich, umso weniger mache ich mir aus den Geschäften. Sie gehen auch nicht mehr so gut, mein Kopf hat Schwierigkeiten mit Zahlen ...« Er lächelte, als er mein erstauntes Gesicht sah.

Ich lächelte zurück und sagte: »Ich fange an, mir ernsthaft Sorgen zu machen.«

»Brauchst du nicht. Wozu hat man Söhne?«

Wir schwiegen. Von draussen, durch die Tür zu Küche und Esszimmer, drang der Lärm junger Stimmen, lauter werdend, einander überschreiend.

»Genau das war es, was ich beweisen wollte!«

»Du widersprichst dir selbst. Eben hast du behauptet ...«

»Was habe ich behauptet? Ich habe gesagt, Rabbi Zadok sagt ...«

Schweigen oder sprechen? Was mir der Kaiser in jener Nacht anvertraut hatte war schwer wiederzugeben, im Grunde unaussprechlich. Zumindest verlor es, indem man es weitererzählte, an Glaubwürdigkeit. Manches ist nur wahr in dem kurzen Augenblick, da es dem Sprechenden über die Lippen kommt. Und selbst wenn die Ahnungen des Kranken zutrafen, wem halfen sie? Was nützten sie denen, die sich in Rom zuhause fühlen wollten? Jacobus war entschlossen zu bleiben wie wir uns zum Weggehen entschlossen hatten, zum Aufbruch, zur Wanderung, zum Wagnis. Wer könnte sagen, warum? All dies war längst beschlossen und besiegelt, lange zurückliegend schon, für menschliche Wahrnehmung lange, Jahre, Jahrzehnte zurück, in Lebensperioden, die man mit rasch ausgesprochenen, summarischen Worten umriss: Jugend, Zeit der Träume, damals …

»Die Unsterblichkeit der Seele …«, rief nebenan eine Stimme.

»Es geht um die Frage der Wiederauferstehung. Kehrt die Seele unter Umständen in ihren alten Leib zurück?«

»Dann wäre es besser, früh zu sterben! Solange der Körper noch einigermassen beisammen ist.«

»Unsinn! Der Prophet Jechsekiel sagt …«

»Wenn das Denken eines Menschen vom Hass bestimmt ist …«, hörte ich Jacobus' Stimme, während das laute Gerede und Gelächter im Speisezimmer anhielt, »wenn ein Mensch mit Leidenschaft hasst wie andere lieben … Dagegen ist guter Wille machtlos. Man sagt, er hasse die Christiani. Angeblich soll es überall Proselyten geben, bis in die höchsten Kreise. Auch sonst soll die heimliche Sympathie für unseren Glauben zunehmen. Wir hatten ein paar gute Jahre. Titus hat niemanden verfolgt. Er fühlte sich dem Erbe seines Vaters verpflichtet, dem kaiserlichen Grossmut gegenüber den Besiegten. Er soll sich in Judäa unserer Lehre genähert haben. Es gibt Schriftgelehrte, die behaupten, er sei auf dem Weg der Umkehr gewesen … Hat er davon nichts erwähnt?«

»Er hat erwähnt, dass ihm an unserem Lernhaus in Javne liegt. Seinem Vater zuliebe.«

»Ja, er gilt als Ausbund an Pietät. Ich bin sicher, er spielt diese Rolle bis zum letzten Atemzug. In Wahrheit haben er und der Alte sich weniger gut verstanden als es den Anschein hatte. Auch was uns betraf. Er hat Sinn für das Höhere, er versteht manches, was Aussenstehenden verborgen bleibt. Schrecklich, dass ausgerechnet er das Heiligtum zerstören musste ... Leidet er darunter? Hat es mit seinen Schmerzen zu tun? Du schweigst, also liege ich richtig ... Javne, sagst du. Was will er von Javne?«

Vom Garten her trat jemand ein, das Gesicht nicht mehr zu erkennen, erst jetzt nahm ich wahr, dass es dunkelte. Die Gestalt nickte uns zu, durchquerte den Raum und trat in den erleuchteten Korridor zur Küche, hinein ins Stimmengewirr und Geschirrgeklapper, in den Sog der munteren Gespräche.

»Javne ... Warum Javne?« wiederholte Jacobus. »Ist es, weil er ans Aufschreiben glaubt?«

Mir lief ein Schauer über den Rücken.

»Du weisst, was ich meine?« fragte Jacobus. Er sass vor mir auf seinem bestickten Kissen, die Hand mit dem Ring auf dem Knie, die Augenhöhlen dunkel, Bart und Haupthaar hell.

»Die mündliche Lehre muss aufgeschrieben werden«, sagte er leise, »jetzt, da der Tempel gefallen und unser Wissen von Vergessen bedroht ist. Allerdings wäre es etwas Neues, ein Bruch mit der Gewohnheit. Die traditionelle Meinung ist: das Mündliche soll in ewiger Bewegung bleiben, unendlich, dem Fluss der Zeiten folgend. Aber viele sind für das Aufschreiben, auch ich. Man muss die Schriftgelehrten darin bestärken. Der Ewige, gesegnet sei sein Name, ist ein Gott des Gehens und Bleibens, der Bewegung und der Beständigkeit. Es muss natürlich drüben in Javne geschehen, im kaiserlich autorisierten Lernhaus. Aber ich frage mich: was hat Titus damit zu tun? Was geht es ihn an?«

Er blickte starr vor sich hin. Wir schwiegen.

»Raban Shimeon ben Gamliel sagt«, hörten wir draussen eine Stimme, »dass die Seele in dem Augenblick, da sie den Leib verlässt ...«

Jacobus nickte. Er sass auf seinen Kissen und nickte mehrmals vor sich hin, den grauen Bart auf der Brust, die Hände auf den Knieen. Er hob langsam den Kopf und sah mich an.

»Natürlich. Er fürchtet um seine Seele. Warum bin ich nicht

gleich darauf gekommen … Es ist so einfach, dass man es schnell ausser Acht lässt. Er ist ein Mensch, ein gewöhnlicher Mensch. Er bereut und will, dass es aufgeschrieben wird. Er schickt dich nach Javne, damit du unseren Lehrern und Meistern sagst, dass er bereut. Ist es so?«

Er sah mich geradewegs an, und obwohl ich seine Augen nicht genau ausmachen konnte, spürte ich seinen Blick. Ich hob die rechte Hand und legte den Zeigefinger auf meine Lippen.

»Verstehe«, murmelte er. »Er hat dich gewarnt. Du sollst uns nicht in Gefahr bringen … Also ist es, wie ich sage. Er weiss, dass uns sein Bruder verfolgen wird.«

Er beugte sich vor und ergriff meine Hand.

»Gottes Segen sei mit dir. Ich werde an euch denken, jeden Tag. Es fällt mir schwer, euch ziehen zu lassen. Aber was soll man machen?«

Wir sassen einige Augenblicke stumm, er hielt meine Hand fest, war in sich zusammengesunken und atmete schwer. Dann liess er die Hand fahren, richtete er sich auf und lehnte den Rücken an die Wand, um sich Haltung zu geben, wie ich es von ihm kannte.

»Du hast mir nicht erzählt«, sagte er, »wie es dir dort ergangen ist.«

»Gut.«

»Hat man dich angeklagt?«

»Nein«, erwiderte ich der Wahrheit gemäss. Und hoffte, er möge sich mit dieser Frage begnügen. Denn auch das würde ihm nicht helfen: vom Hass des mageren Anklägers zu erfahren, von seiner Entschlossenheit. Auch zu Jedidah hatte ich bisher nicht darüber gesprochen, wollte es erst auf der Überfahrt tun oder drüben in Judäa, für den Fall, dass sie jemals bereute, dort zu sein. In diesem Augenblick wollte ich ihr erzählen, wie man mich an Titus' Hof behandelt hatte.

»Nein?« fragte Jacobus. »Kein Verhör?«

»Eine Befragung.«

»Lange und gründlich … Du warst einige Zeit dort.«

»Ich habe die Tage nicht gezählt.«

»Kein gutes Zeichen … Haben sie dich geschlagen?«

»Nein. Alles blieb korrekt.«

»Und der Kaiser ... Wie verhielt er sich?«

»Sehr gnädig. Du siehst ja: ich bin hier.«

»Verstehe«, erwiderte er. Und mir schien, als begriffe er jetzt erst, dass ich nicht mehr nach Rom zurückkehren konnte, auch dann nicht, wenn ich gewollt hätte. Er sass wieder schweigend, atmend, zusammengesunken, und wieder raffte er sich nach einigen Minuten auf.

»Die Lehre«, sagte er, »das Studium. Darauf kommt es jetzt an. Der Kaiser hat erkannt, dass in Javne unsere Zukunft liegt. Ausgerechnet er, der Zerstörer des Tempels. Studieren. Die Lehre auslegen, ergründen, bewahren. Schon, um mit unserer Angst leben zu können. Wir müssen verhindern, vor Angst verrückt zu werden. Wie könnten wir sonst weiterleben, heimatlos, immer in der Minderzahl, immer gefährdet, ohne irdischen Schutz ...«

Von draussen, aus dem Speisezimmer, war laut losplatzendes Gelächter zu hören, dann Stühlerücken, Schritte, Stimmen. Ein Kopf lugte zur Tür herein und rief: »*Rabotaj,* das Abendgebet.«

»Eines noch«, sagte Jacobus, indem er die aufgelösten Stoffbahnen seiner Toga ordnete. »Du hast ihn gefragt?«

Ich nickte.

»Und er hat ... etwas erwidert? Etwas Verbindliches? Er ist immer noch der Kaiser.«

»Doch. Ein paar Sätze.«

»Schreib sie auf. Hier ist Pergament. Der Diener bringt dir Licht und Wasser. Schreib, während wir nebenan beten.«

Er wirkte versöhnt, weil ich den Kaiser auf unsere Lage angesprochen hatte. Das gab ihm seine Haltung wieder, seine Umsicht. Er war umsichtig genug, mich um schriftliche Niederlegung der Antwort zu bitten. Und ich war froh darüber, es half ihm hinweg über die bevorstehende Trennung. Er stand auf und ging hinaus. Der Synagogendiener erschien mit einem Schälchen Wasser und einer Öllampe, die er neben mich auf die Steinbank stellte. Während ich aus der Bethalle den Vorbeter hörte, einen anderen als vorhin, nahm ich ein Schreibrohr aus meiner Schatulle, mischte Tusche und begann zu schreiben.

Es wurde ein kurzgefasster *libellus*, ein amtlich aussehender, in lateinischen Lettern niedergelegter Schriftsatz, der mit seinen in dunkler Tusche gemalten Grossbuchstaben an Bronzetafel und Marmorinschrift erinnerte, an einen kaiserliches Erlass, ohne freilich im mindesten verbindlich zu sein. Aber welche Erklärung eines Herrschers hätte fortan überhaupt noch Verbindlichkeit – im Sinne von Einklagbarkeit, von *scripturam sequi* –, da wir aller Rechtsmittel beraubt waren und die Dinge zu nehmen hatten, wie sie kamen? Ich schrieb, der Imperator Titus Vespasianus Augustus hätte die hier niedergelegte Erklärung über die Rechte der Juden in Rom im Beisein des Unterzeichners, eines römischen Ritters und vom Kaiser mit Vorlassung Beehrten, an diesem und jenem Tag auf seinem Landgut bei den Quellen von Acqua cutiliae abgegeben: Unverändert sollten unsere Rechte bestehen, wie in den Edikten der Caesaren festgelegt und in den Erztafeln des römischen Senats zum Gesetz erhoben und verewigt, dies der Wille des Imperators Titus Flavius Vespasianus, was ich, Unterzeichner, im Beisein zweier Zeugen an Eides statt versichere.

Da wird man sagen: Jenes wüste Land ist gleich dem Garten Eden geworden, und die verheerten, verödeten, geschleiften Städte stehen befestigt da. Und wissen werden die Völker, die rings um euch noch übrig sind, dass ich, der Ewige, die Trümmer aufgerichtet und Leben gepflanzt habe, ich, der Herr, habe es gesagt und getan …

In der Tür zur Gasse standen zwei grell geschminkte Mädchen, die eine blond gefärbt, die andere mit feuerroten, hochgetürmten Locken. Wir hörten die Stimme des Offiziers, der die Gardisten anbrüllte. Offenbar waren sie im Begriff gewesen, ihren Posten in der Vorhalle zu verlassen und den Mädchen zu folgen, oder diese in die Pförtnerstube zu holen und mit ihnen zu trinken, was auch immer, der Offizier sah darin Vernachlässigung, Widersetzlichkeit,

Missachtung seiner ausdrücklichen Weisung. Die Gardisten standen schweigend, stocksteif vor dem Tobenden, die Gesichter erhitzt, die Augen glasig. Unsanft waren Jacobus und ich aus dem Gespräch gerissen worden, erst durch den Synagogendiener, der die Rückkehr des Offiziers meldete, dann durch dessen Gebrüll.

Wir traten aus dem dunklen Raum in den Korridor, die Stufen abwärts, ins helle Licht der Vorhalle. In verschiedenen Türen zeigten sich neugierige Gesichter. Der Kopf des Offiziers war rot angelaufen, sein Haar klebte an der Stirn. Es war zu sehen, dass auch er nicht mehr nüchtern war. Sie wissen, dass der Kaiser im Sterben liegt, dachte ich, ihre Disziplin lässt nach. Der Nachfolger muss ihre Treue erkaufen, durch ein Geldgeschenk an jeden Gardisten, gestaffelt nach Dienstgrad wie jedesmal. Dann dachte ich, dass mich das alles nichts mehr anging. Ich hörte Jacobus neben mir seufzen.

»Ich habe mich etwas verspätet, *egregie*«, begann der Offizier, doch als ihm bewusst wurde, dass es entschuldigend klang, änderte er den Ton: »Wir müssen sofort aufbrechen. Das Boot wartet … Los!«, fuhr er die Gardisten an, und indem er sich zu ihnen umwandte, sah er, dass einer von ihnen den halbvollen Weinkrug im Arm hielt, offenbar für unterwegs. Er warf mir einen irritierten Blick zu, doch da ich freundlich lächelte, schloss er die geröteten Augen und tat, als hätte er nichts gesehen.

»Bis morgen früh also«, sagte Jacobus. Wir wussten, dass der Schnellsegler das Eintreffen der kaiserlichen Post abwartete, dringender *litterae* und Schriftstücke der Hofämter, die vor dem Morgen nicht hiersein würden, und Jacobus hatte sich in den Kopf gesetzt, in aller Frühe an Bord zu kommen, das Morgengebet mit uns zu sprechen und von Jedidah und den Kindern Abschied zu nehmen. Ich sah ihn in der erleuchteten Tür der Synagoge stehen, als ich mich zwischen den Gardisten entfernte, eingehüllt in ihr Lederknarren, ihren Geruch nach Schweiss, Eisen und saurem Wein. Die Mädchen folgten in geringem Abstand. Sie trugen kurze, seitlich geschlitzte Tuniken aus leichtem, flatternden Byssos, im Laufen sah man ihre Schenkel, lächelnd zeigten sie die Zähne.

Die kurze Strecke zum Ufer wurde in Eile zurückgelegt, einmal strauchelte der Offizier in der Dunkelheit, fluchte in schrecklichen

Ausdrücken und hielt fortan den Blick zu Boden gesenkt. Die Besinnung darauf, dass er mich vor Anbruch der Nacht an Bord des kaiserlichen Seglers zu bringen hatte, schien ihm erst spät gekommen zu sein, als er sich bereits irgendeiner heiteren Beschäftigung hingegeben hatte, ärgerlich hatte er sich losgerissen und in seinem Ärger vergessen, einen Laternenträger zu mieten. Es war eine sternklare Nacht, die Gassen zwischen Stadtmauer und Uferpromenade wimmelten von Menschen. Aus einer Taverne war Gesang zu hören, Sambykenklang, das Schlagen des Tympanons, aus einer anderen streitende Stimmen. Ein Bariton lallte: »Was redest du … Ich sage dir, er stirbt! Ein paar Tage noch oder bloss ein paar Stunden, und dann mögen uns die Götter gnädig sein …«

Als wir die steinerne Uferpromenade erreichten, das Gewirr der Bootsstege und Anlegestellen, den Wald der Masten, die überall schaukelnden Lichter, zeigte sich, dass der Offizier die Orientierung verloren hatte. Er brauchte lange, um den Steg zu finden, an dem das Boot zur Abfahrt lag. Mehrmals liefen wir hin und her, in unserem Schlepptau die Mädchen. Ich hörte den Offizier nach dem Kai der kaiserlichen Flotte fragen, mit gereizter, zunehmend verzweifelter Stimme, und die wirren, einander widersprechenden Antworten von Matrosen und Hafenwächtern. Ich gab nicht wirklich darauf acht, mit eigenen Gedanken beschäftigt, mit dem Schriftstück, das ich auf Jacobus' Bitte aufgesetzt und im Beisein zweier Zeugen unterzeichnet hatte, zweier Männer, die rasch aus der Bethalle geholt worden waren. Mir war nicht ganz klar, warum Jacobus an der Aufzeichnung von etwas derart Flüchtigem lag. Überall schien man zu wissen, sogar in den Gassen von Ostia, dass der Atem des Imperators Titus am Verhauchen war und mit ihm sein kaiserlicher Wille. Glaubte Jacobus, künftige Herrscher durch ein solches Zeugnis zu beeindrucken? Oder Senatoren und Grosse? Dann dachte ich: Er tut recht daran. Wir dürfen nichts unversucht lassen. Wo viele Feinde sind, findet sich unverhoffter Beistand. Fraglos war es das klügste in unserer Lage, alles aufzuschreiben, Buch zu führen, nichts zu vergessen.

Jacobus hatte mich mit dem Inhalt der beiden Aktenbehälter vertraut gemacht, die er seit unserer Abfahrt aus Rom mit sich führte und die, wie er mich wissen liess, für mich bestimmt waren. Sie enthielten Briefe an die Besatzungsbehörde, Vollmachten und Dokumente, mit deren Hilfe wir in Judäa von Neuem seine Geschäfte in Gang bringen sollten, die im Krieg ruinierten Pflanzungen, Ölpressen, Weinkeltereien. Auch darüber hatte ich zuerst gestaunt, ich hielt seinen Optimismus für einfältig. Dann wurde mir bewusst, dass ich selbst es war, meine Frau, meine Kinder, die in der verödeten Landschaft leben sollten, in den eingefallenen Gemäuern, verwüsteten Gärten … Wir müssen mit dem, was uns gegeben ist, zurechtkommen, hatte er gesagt, uns irgendwie in den Trümmern des Lebens einrichten. Was ist Leben? Aushilfe, Improvisation … Das Gebrüll des betrunkenen Offiziers hatte ihn unterbrochen.

Endlich fanden wir das Boot und stiegen ein. Lichter wurden im Bug und Heck angezündet, die Ruder glitten ins Wasser, dann ging es durch feuchtes Dunkel und kühler werdende Luft, unter rhytmischem Ruderschlag und Geplätscher, hinaus zu dem auf Reede liegenden Schiff. Das Boot schwankte im Wellengang, der Wind hatte zugenommen, es musste später sein als gedacht. Die Mädchen waren an der Anlegestelle zurückgeblieben, standen dort in ihren dünnen Hemden und blickten uns nach.

»Sie werden frieren, die armen Dinger«, sagte einer der Gardisten.

»Aber nicht lange«, gab der andere zurück, »wir sind gleich wieder da.«

Darüber wurde zustimmend gelacht, von den Matrosen und Ruderern, mit denen das Boot bemannt war.

»Habt wohl schon was angezahlt?« fragte eine Stimme aus dem Dunkel, worauf wieder Gelächter zu hören war.

»Wir? Als ob wir anzahlen müssen … Das macht der rote Helmbusch, das Zeichen der Garde!«

»Der Helmbusch? Willst du sie bürsten mit dem Helmbusch?«

»Hahaha …«

»Da hab ich was anderes …«

»Denkst du, wir nicht?«

»Ihr? Du glaubst wohl, sie nimmt jeden?«

Der Gardist neben mir holte den Weinkrug hervor, den er seit dem Aufbruch aus der Synagoge mitschleppte, wischte symbolisch mit der Hand über den tönernen Rand und hielt ihn dem Offizier hin.

»Zum Aufwärmen, Herr. Ein Schluck kann nicht schaden.«

»Haltet den Mund«, sagte der Offizier und sah rasch zu mir herüber. Ich lächelte wie vorhin. Da ergriff er den Krug, setzte ihn an die Lippen und nahm einen langen, durstigen Zug wie ein Mensch, der schon vorher am Tag getrunken hat und zu seinem Verdruss nüchtern zu werden beginnt. Nach ihm trank der Gardist, dann der zunächst sitzende Matrose, so ging es weiter, reihum im schwankenden Nachen, bis zu meinem Nachbarn. Dieser hielt mir den Krug hin, mit fragender Miene, ich nahm ihn, trank und gab ihn weiter.

Der Offizier hatte es gesehen. Er richtete das Wort an mich, zum ersten Mal, seit wir die Synagoge verlassen hatten. »Eine tüchtige Reise, *egregie.* Quer übers grosse Meer. Da wünschen wir Glück, nicht wahr, Jungs ... und den Segen der Götter.«

»Den Segen des Neptun und der Winde!« riefen mehrere Stimmen.

Das Boot näherte sich einem Dreiruderer, lang und schmal, hell erleuchtet in Heck und Bug, mit vielen kleinen Lichtern in Rahen und Mastkorb, ein Funkeln und Leuchten, und all dies, im nächtlichen Wasser gespiegelt, machte den Raum, in den wir hineinglitten, gleissend und glanzerfüllt wie einen festlichen Saal. Wir wurden bemerkt, von oben kamen Rufe, der Offizier unten im Boot fand auf die Füsse, stand breitbeinig auf schaukelnden Planken, die Hände trichterförmig am Mund, um hinaufzubrüllen: »Der Bote des Kaisers!«

»Parole?«

»Hierosolyma est perdita.«

Eine Strickleiter flog uns entgegen, unter Klappern, am Holz des Schiffes aufschlagend, sich im Fallen entrollend. Während sich die Ruderer mühten, das Boot am Abtreiben zu hindern, half mir der Offizier auf die unterste Sprosse, auf die nächste, und blieb, als er mich allein weitersteigen sah, unterhalb von mir stehen. Er hatte die Rechte zum römischen Gruss erhoben und versuchte, im rollenden Boot strammzustehen. *»Di te bene ament, egregie!«*, rief er mir hinterher. Eine Windbö fuhr mir in die Gewänder und löste die Stoffbahnen. Ich klammerte mich an das nachgiebige Seil und bewegte mich unsicher aufwärts, dabei kam mir die Frage in den Sinn, wie eigentlich Jedidah und die Kinder auf das Schiff gekommen waren ...

Kräftige Arme zogen mich an Deck, wo mich der Kapitän empfing, ein hagerer, bedrückt wirkender Mann. Er sah mich kaum, wandte sich, nachdem er mich flüchtig begrüsst hatte, wieder dem Wasser zu, um hinabzustarren und dem Boot nachzublicken, das sich rasch entfernte, ins Dunkel tauchte, gleich darauf nur noch als schwankender Lichtpunkt zu sehen war. Der Kapitän stand und lauschte. Vom unsichtbaren Boot wehte noch Minuten lang Geschrei und Gelächter herüber, und während er an der Reling lehnte und ins Dunkel horchte, verzog sich sein Gesicht wie im Schmerz.

»Hoho, kannst es wohl kaum erwarten ...«

»Er will ihr seine rote Bürste zeigen, den Helmbusch der Garde!«

»Wer redet vom Helmbusch? Jetzt zeig ich ihr das andere! Das Schwert samt Gehänge ...«

»Hahaha ...«

Der Kapitän wusste, dass die Ursache der Heiterkeit nichts anderes war als Vorfreude auf das Geldgeschenk des künftigen Herrschers. Es war, auch wenn die Gardisten es empört bestritten hätten, ihre Vorfreude auf Kaiser Titus' Tod. Der Kapitän musste diesen Tod schwernehmen, als Kommandant des kaiserlichen Seglers gehörte er zu Titus' Klientel, hing an ihm, liebte ihn, das Gelächter dort unten musste ihn quälen. Aber Titus' Klientel bedeutete, dass er in Judäa gewesen war, Judäa unterworfen hatte, Jerusalem und den Tempel zerstört, und mein Mitgefühl erlosch. Ich fragte nach Jedidah und den Kindern. Der Kapitän rief einen Matrosen, der mich über eine Treppe ins Innere des Schiffes führte und zugleich – wie mir sein zugesperrtes Gesicht verriet – den Auftrag hatte, mich zu bewachen. Er wird vor der Tür stehen, dachte ich, stehen und lauschen ... Zugleich überkam mich, indem mich der warme, nach Holz und Teer riechende Schiffsleib umfing, ein unbegreifliches

Gefühl von Geborgenheit. »Hier ist es, Herr«, sagte der Matrose und klopfte an eine Tür. Ich trat in die Kajüte, in der hinter einem Vorhang die Kinder schliefen und Jedidah im Lichtkreis der Lampe sass, eine Buchrolle in der Hand.

Wir sassen lange wach und flüsterten. Wir assen Brot, Früchte, Süssigkeiten und tranken Wein, den wir in unserem Gepäck fanden, ein ganzer Schlauch war da, mit der üblichen Fürsorge eingepackt. Ich ass und trank nur gern in Jedidahs Gesellschaft, nur dann genoss ich den Geschmack der Früchte, des Weins, des Lebens. Das ging schon zu lange so, als dass ich mich noch darüber wunderte. Einst hatte es mich erstaunt: warum lag mir, seit ich diese Eine kannte, nur noch an ihr? Andere wechselten, suchten, schweiften, genossen das Gefühl der Eroberung ... Ich erlebte das alles bei immer derselben, diese Eine eroberte ich immer von neuem, und wo sie mit mir war, da ging es mir gut, in Rom, an Bord dieses Schiffes, wo immer.

Titus, der Herrscher Roms und der Welt, hatte die Frau, die er liebte, nicht bekommen, dafür den Lorbeerkranz, den Feldherrenmantel, den römischen Thron. Später stieg ich hinauf ins Heck des Schiffes und verbrachte dort die Stunden bis zum Morgengrauen. Wenn man sich einem Menschen zuwandte, einem statt vielen, wurde dieser eine immer erstaunlicher, rätselhafter, unter Umständen entdeckte man in ihm das Göttliche, und nicht mehr nur, wie der Philosoph Plato gesagt hatte, in sich selbst. Mein Denken war von einer Leichtigkeit, die mich erregte und wachhielt. Dabei entging mir nichts, kein Geräusch, kein Schatten, ich hörte das Holz knarren, die Spanten ächzen, Fische auftauchen, plätschernd ins Wasser zurückfallen, Vögel über uns kreisen, sich in der Takelung niederlassen, wieder auffliegen ...

Im ersten Morgendämmer legte Jacobus an, in einem mit Männern vollbesetzten Nachen. Seine Söhne waren mit ihm und einige Schriftgelehrte der Synagoge von Ostia. Zugleich wurde im Heck des Schiffes, unter Gesang und blutigem Geschehen, von einem römischen Priester ein Opfer für die Götter vorgenommen. Der Hafen war im Morgenlicht gut zu erkennen, mit seinen neuen Gebäuden und marmornen Mauern, er lag in unserem Blick, Richtung

Osten, als wir im Bug des Schiffes die Segen sprachen. Wir beteten lange, die weissen Gebetsmäntel umgelegt, die Kapseln mit den heiligen Zeichen an Stirn und Arm. Ein stimmgewaltiger Vorsänger war unter den Männern aus Ostia, der uns in seine Tonfolgen hüllte wie in schweren Faltenwurf, und immer wieder trug der Wind vom Heck des Schiffes den Gesang der Römer und Griechen herüber, die dort dem Neptun, den Winden und anderen für gute Überfahrt Zuständigen opferten.

Als die letzten Worte über den Wassern verhallt waren, herrschte ein paar Sekunden Stille. Ich hatte beim Beten an den Kaiser gedacht, erst jetzt wurde es mir bewusst. Ich hatte das ›Heile uns, Gott, dann sind wir geheilt‹, den achten der achtzehn Segen, in Gedanken an ihn gesprochen und ihn vor Augen gesehen, elend und krank in seinem Haus in den Bergen, Titus den Sieger, den Imperator Titus Flavius Vespasianus Augustus, den zehnten der römischen Caesaren, den Zerstörer Jerusalems und des Tempels, an ihn hatte ich gedacht, alle Segen hindurch, dass er Gnade finden möge, Heilung, Erlösung von seinen Schmerzen, in dieser oder in der kommenden Welt.

… während er, wie man erzählt, häufig die Vorhänge zurückschlug, zum Himel aufblickte und wiederholt und lebhhaft klagte, er habe nicht verdient, dass man ihm das Leben nehme. Denn es gäbe keine Tat, die er zu bereuen habe, eine einzige ausgenommen. Welche er damit meinte, darüber erklärte er selbst sich nicht deutlicher, und für andere dürfte es nicht leicht sein, es zu erraten.

SUETONIUS, DE VITA CAESARUM, TITUS 10,2

Das ist Titus, der Verworfene, der Gott lästerte und schmähte. Was tat er? Er nahm eine Hure bei der Hand und betrat mit ihr das Allerheiligste. Dann breitete er eine Torah-Rolle aus und versündigte sich auf ihr. Darauf nahm er ein Schwert und zerschnitt den Vorhang. Und ein Wunder geschah: Blut kam sprudelnd heraus. Da war ihm, als hätte er sich selbst getötet.

Rabbi Pinchas ben Aruba sagte: Ich war unter den Grossen Roms. Als er starb, öffneten sie sein Gehirn und fanden darin etwas wie einen Sperling im Gewicht von zwei Sela. In einer B'araita wird gelehrt: Wie eine einjährige Taube im Gewicht von zwei Litrin. Abaje sagte: Bei uns gibt es eine Überlieferung, dass ihr Schnabel aus Kupfer und ihre Krallen aus Eisen waren.

BABYLONISCHER TALMUD, NESIKIN, TRAKTAT GITIN 56 B

DANK

Mein Dank gilt Dr. Miriam Pucci-Ben Zeev (Jerusalem), Prof. Carsten Peter Thiede (Basel), George und Dr. Noa Sophie Kohler (Beer Sheva), Prof. Dr. Eli Reichenthal (Omer), Dr. Gideon Zucker (Beer Sheva), Prof. Dr. Alexander Borg (Beer Sheva), Issy Freedman (Netanya), Benjamin Kahane (Beer Sheva), Prof. Dr. Mark H. Gelber (Omer), Rabbi Joseph Weliki (Netanya), Rabbi Benjamin Zbar (Netanya), Dr. Irene Köhler (Berlin), Dr. Uwe Heldt (Berlin), Ofra Fajman (Sde Boqer) und vor allem meiner Frau Sabine Kahane, die den Weg dieses Buches mit mir ging. Ch. N.